프란츠 카프카(1883~1924)

카프카의 집 폐결핵으로 요양하며 에세이를 썼다.

프라하 올드 타운광장 이곳에 있는 독일인 학교에서 공부했다.

프란츠 카프카 박물관 카프카의 책, 서신 일기 원고, 사진 등 모든 첫 번째 버전이 전시되어 있다.

프란츠 카프카의 42층 조각 데이비드 서니. 머리가 회전 한다.

기념물 비소케 타트리에 있는 키얼링 결핵 요양소에 있 는 조각상

킨스키 카프카는 1893~1901년까지 이곳 중등학교에 다녔다.

Sketches by Franz Kafka, Courtesy Max Brod.

프란츠 카프카의 그림

모든 프란츠 카프카 피터 메르리어

프란츠 카프카의 청동 동상 야로슬라프 로나

프란츠 카프카와 막스 브로트

프란츠 카프카의 묘 프라하, 슈트라슈니츠 유대인 묘지

폴란드 키엘체에 있는 카프카의 흉상

풍자화풍의 카프카 초상화

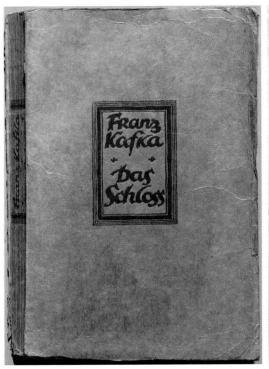

《성》 초판본(1926) 표지

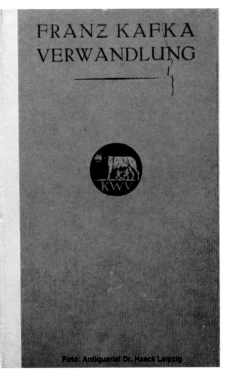

《변신》 초판본(1915) 표지

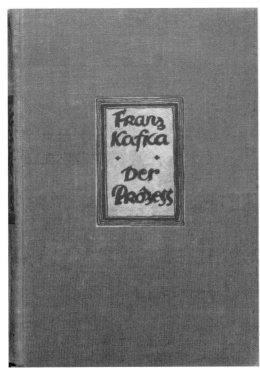

《심판》 초판본(1925) 표지

《변신》(1916) 초판본 표지　쿠르트 볼프 출판사

연간문학 〈아르카디아〉 표지 카프카의 《심판》이 친구 막스 브로드의 〈아르카디아〉에 처음으로 실렸다.

세계문학전집041
Franz Kafka
DAS SCHLOSS/DER PROZESS
DIE VERWANDLUNG

성/심판/변신

카프카/김정진 박종서 옮김

동서문화사

디자인 : 동서랑 미술팀

성/심판/변신
차례

Das Schloss
성
카프카/김정진 옮김

성

1 도착

K는 밤이 늦어서야 도착했다. 마을은 눈 속에 파묻혀 있었다. 안개와 어둠에 둘러싸여 성(城)이 있는 산은 전혀 보이지 않았다. 큰 성이 있음을 드러내는 희미한 불빛조차 새나오지 않는다. K는 국도에서 마을로 들어가는 나무다리 위에 선 채 휑한 저편을 한참 바라보았다. 그러다가 그는 마을 숙소를 찾아 걸음을 옮겼다. 여관집은 아직도 사람들이 자지 않고 있었다. 주인은 빈 방도 없는 데다 밤늦게 찾아온 손님에 놀라 당황하며 짚 깔개를 가져와 K를 휴게실에 재우려고 했다. K는 그러겠다고 했다. 농부 몇이서 아직 맥주를 마시고 있었으나 K는 누구와도 말을 나누고 싶지 않았으므로, 다락에서 꺼내온 짚 깔개를 난로 가까이에 펴고 드러누웠다. 방은 따뜻하고 농부들은 조용했다. K는 피곤한 눈으로 그들의 모습을 살펴보다가 어느덧 잠이 들었다.

그러나 잠이 들자마자 바로 깨고 말았다. 도시 사람 같은 차림새에 눈매가 가늘고 눈썹이 짙은, 배우처럼 생긴 한 젊은이가 주인과 함께 K 옆에 서 있었다. 농부들도 아직 그 자리에 있었는데 그들 몇몇은 이쪽 상황을 더 잘 보고 들으려는 듯 의자를 이쪽으로 돌려놓았다. 젊은이는 K를 깨운 데 대해 정중히 사과하고, 자기를 성의 집사 아들이라고 소개하고는 이렇게 말했다.

"이 마을은 성의 영지입니다. 여기서 살거나 묵는 이는 말하자면 성안에서 거주하거나 숙박하는 셈이 됩니다. 누구든 백작님의 허가 없이는 그렇게 할 수 없습니다. 그런데 당신은 그런 허가장을 갖고 있지 않은 것 같은 데다, 제시조차 하지 않았습니다."

K는 몸을 반쯤 일으키고 머리를 단정하게 쓰다듬은 다음, 그들을 올려다보며 말했다.

"내가 길을 잘못 들어 이 마을에 온 것 같은데, 여긴 어디인가요? 여기가 성이라구요?"

"그렇습니다." 젊은이는 천천히 말을 이었다. "베스트, 베스트 백작님의 성입니다." 여기저기서 K를 수상하게 여기는 듯 머리를 절레절레 젓는 사람도 있었다.

"그래서 숙박 허가가 필요하다는 거군요?" K는 상대가 아까 한 말이 어쩌면 꿈속에서 들은 게 아닐까 확인이라도 하듯 물었다.

"허가가 없으면 안 됩니다." 젊은이는 대답했다. 그가 팔을 쭉 뻗으며 주인과 손님들에게 들으라는 듯 K에 대한 심한 조롱을 섞어 말했다. "그렇잖으면 제가 허가를 받을 필요가 없다는 뜻으로 말했을까요?"

"그러면 허가증을 받아와야겠군요." K는 하품을 하면서 말하고 일어나려는 듯이 덮었던 이불을 밀어 젖혔다.

"그래 도대체 누구의 허가를 얻겠다는 겁니까?" 젊은이는 물었다.

"백작님이지요." K는 말했다. "그 밖에 달리 받을 데가 없지 않습니까?"

"이런 한밤중에 백작님의 허가를 받아 오신다고요?" 젊은이가 소리치며 한 걸음 물러섰다.

"안 된다는 말씀인가요?" K는 침착하게 물었다. "그렇다면 당신은 왜 나를 깨웠소?"

그러자 매우 화가 난 젊은이가 버럭 성을 냈다. "마치 부랑자 같은 언동이로군!" 그가 소리쳤다. "백작어른의 관청에 경의를 표하시오! 당신을 깨운 것은 지금 당장 백작님의 영토에서 떠나야 함을 알리기 위해서였소."

"농담은 그만두시오." K는 이상하리만큼 아주 나지막이 말하고는 벌렁 드러누워 이불을 덮었다. "이봐요, 젊은 친구. 당신은 좀 지나쳤소. 당신의 무례한 행동에 대해서는 내일 다시 따지기로 하지. 주인과 저기 있는 손님들이 증인이오. 증인이란게 필요하다면 말이오. 한데 말이 나온 김에 나는 백작님이 불러서 온 토지 측량기사라는 것만은 말해 두겠소. 내 조수들은 연장을 가지고 내일 마차로 따라오게 돼 있소. 사실 나는 눈이 내려 지체될까봐 서둘러 왔는데, 유감스럽게도 여러 번 길을 잃고 헤매다가 이렇게 늦어서야 도착했단 말이오. 성으로 인사하러 가기에는 너무 늦은 시간이란 것쯤은 당신이 지적하기 전부터 나도 잘 알고 있었소. 그래서 나는 이런 잠자리에도 만족한 거요. 그런데 당신은 그마저도 방해하는, 좋게 말해서 실례를 저질렀단 말이오. 이것으로써 내 설명은 끝났소. 잠이나 잘들 주무시오."

그렇게 말하고 K는 난로 쪽으로 돌아누웠다.

"토지 측량기사라지?" 그의 등 뒤에서 머뭇거리며 묻는 소리가 들리더니 다시 모두 잠잠해졌다.

그러나 젊은이는 곧 마음을 가다듬고 주인에게 말했다. "전화로 물어봐야 겠소." 그는 K가 잠들었단 사실을 염두에 두고 있다는 듯 목소리를 죽였지만, K에게도 충분히 들리는 음성이었다. 이런 시골 여관에 전화가 있다니? 참 잘 갖춰 놓았는데. 사건 하나하나가 K를 놀라게 했지만 전체적으로 본다면 물론 어느 정도 짐작하고 있던 일이다. 전화기는 바로 그의 머리맡에 설치되어 있었으나 졸려서 보지 못한 모양이다. 그 젊은이가 당장 전화를 걸려면 아무래도 K의 잠을 방해할 수밖에 없었다. 따라서 전화를 걸도록 내버려두느냐 막느냐가 문제였다. K는 내버려두기로 결정했다. 그렇게 하기로 마음먹은 한 자는 체하는 것도 부질없는 일이어서 도로 반듯이 드러누웠다. 농부들이 모여 앉아서 속닥거리는 모습이 눈에 띄었다. 측량기사 한 사람이 온 일도 사소하지 않은 모양이다. 부엌문이 열리며 문이 비좁을 만큼 뚱뚱한 여주인이 나타나자 바깥주인은 그녀에게 사정을 설명하려고 발끝으로 살금살금 다가갔다. 이윽고 전화로 이야기가 시작됐다. 집사는 자고 있는지 하급 집사 가운데 한 사람인 프릿츠 씨가 전화를 받았다. 쉬바르처라고 자기소개를 한 젊은이는 K를 발견한 자초지종을 대략 다음과 같이 말했다. 30대 남자로 형편없이 초라한 옷을 입고 있으며, 마디진 짧은 지팡이를 가까이 두고 작은 배낭을 베개 삼아 짚 매트리스 위에서 자고 있다. 물론 그 남자는 자기 눈에 수상하게 보인다. 여관 주인이 그의 의무를 소홀히 한 게 분명하므로 어찌 된 일인지 밝히는 것은 자기, 즉 쉬바르처가 해야 한다. 그런데 이 남자는 내가 자는 것을 깨우고, 꼬치꼬치 캐묻고, 마땅히 백작의 영토 밖으로 추방되어야 한다고 경고한 데 대해 퍽 무자비하다고 생각한 모양이다. 나중에 알게 된 일이지만, 그가 불쾌하게 느낀 것도 어쩌면 당연한 일이었을 것이다. 그도 그럴 것이, 이 남자는 자기가 백작으로부터 부름을 받은 측량기사라고 주장하기 때문이다. 이 사람의 주장을 재검토해 보는 것은 물론 형식상의 의무이다. 그래서 프릿츠 씨에게 부탁이 있는데, 이런 측량기사가 정말 오기로 되어 있는지 어떤지 중앙 사무국에 알아 보고 곧 그 대답을 전화로 알려 달라는 것이다.

전화 통화가 끝나자 조용해졌다. 쉬바르처는 저쪽 성에서 어떻게 된 일인지 알아볼 동안 답변이 오기를 기다리고 있었다. K는 그대로 누워, 한 번도 돌아다보지 않고 아무 관심 없는 듯 멍하니 천정을 바라보고 있었다. 악의와 조심스러움이 뒤섞인 쉬바르처의 이야기는, 그가 외교적 교양이 있음을 엿보게 해주었다. 성에선 쉬바르처처럼 낮은 계급에 속하는 사람도 이러한 교양을 갖추고 있었다. 그리고 성 사람들은 부지런함에서도 나무랄 데가 없었다. 중앙 사무국에서는 야근을 하고 있어서 곧바로 답변이 왔다. 벌써 프릿츠에게서 전화가 걸려 온 것이다. 성에서 온 답변은 퍽 짧았다. 쉬바르처는 화를 버럭 내면서 수화기를 내동댕이쳤다. "그것 봐, 측량기사라고 한 건 새빨간 거짓말이야. 이 천박한 거짓말쟁이 불량배야. 아마 더 악질일지도 몰라." 그 순간 K는 쉬바르처, 농부들, 주인, 주인마누라 할 것 없이 모두 자기에게로 덤벼들 것만 같았다. 우선 덤벼드는 것이라도 피하려고 이불 밑으로 기어들어갔다.

그때 또 한 번 전화가 걸려왔는데 K에게는 아까보다 더 크게 벨이 울린 것 같았다. K는 또다시 천천히 머리를 쳐들었다. 이번에도 K에 관한 전화라고 단정할 수 없었지만 모두 머뭇거리는 가운데 쉬바르처가 전화기 옆으로 되돌아왔다. 그는 거기서 상당히 긴 설명을 듣고 있다가, 드디어 나지막이 말했다. "그렇다면 무슨 착오라도 있었던 겁니까? 이런 불쾌한 노릇이 있담. 국장님이 직접 전화하셨다고요? 그럼 측량기사에게 뭐라고 설명하면 좋을까요?"

K는 조용히 귀를 기울이고 있었다. 그러니까 성에서 그를 측량기사로 임명했던 것이다. 이것은 한편으론 그에게 불리했다. 성에서는 그에 관해 샅샅이 다 알고 있을 것이다. 뿐만 아니라 힘까지 다 계산해 서로 비교해 놓고 자신만만한 미소를 띠며 싸움을 받아들일 태세를 갖추고 있기 때문이다. 그러나 한편으로는 대단히 유리한 점도 있다. 그것은 K가 생각하기에 자기는 확실히 성에서 과소평가를 받고 있으니까 미리 짐작했던 것보다는 훨씬 자유로울 수 있음이 밝혀졌기 때문이다. 그리고 그가 측량기사임을 인정했다는 사실은 확실히 상대가 정신적으로 그보다 뛰어나다는 것을 보여 주지만 이것으로 언제까지나 그를 두려움에 사로잡히게 할 수 있다고 생각한다면 잘못이다. 약간 소름끼치기는 했지만 그렇다고 해서 대단한 것은 아니었다.

계면쩍어하면서 다가오는 쉬바르처를 K는 손짓으로 오지 못하게 막았다. 주인 방으로 옮기라고 모두가 권했지만 K는 보기좋게 거절해 버리고 주인한 테서는 수면제가 될 만한 음료수를, 주인 마누라한테서는 비누와 수건과 세 숫대야를 받았다. 이제는 모두 이 방에서 나가 달라고 요구할 필요조차 없어 졌다. 혹시 이튿날에라도 어젯밤 그 자식 아니냐고 할까봐 두려워서 모두들 얼굴을 돌린 채 부랴부랴 뛰어나가 버렸기 때문이다. 등불이 꺼진 다음에야 그는 비로소 잠을 잘 수 있었다. 뛰어다니는 쥐 때문에 한두 번쯤 깰 뻔했을 뿐 다음날 아침까지 느긋하게 깊이 잠들어 푹 쉬었다.

아침 밥값은 K의 모든 다른 요금과 마찬가지로 주인이 보고하면 성에서 지불하기로 되어 있었다. 식사를 마치면 그는 곧장 마을로 가려고 했다. 어 제 주인이 한 행동이 생각나 꼭 필요한 용건이 아니면 말도 하지 않았다. 그 런데 이 주인이 잠자코 그의 주위를 맴돌며 애원하는 꼴이 보기 딱해 잠시 동안 자기 옆에 와 앉게 했다. K가 말했다.

"나는 아직 백작님을 알지 못하지만 기술자에게는 보수가 좋다는데 사실 인가요? 나처럼 처자식한테서 멀리 떨어져 일하러 나와 있으면, 두둑이 챙 겨서 돌아가고 싶거든요."

"그 점에 대해서는 걱정하실 것 없습니다. 보수가 나쁘다는 불평은 이제 껏 들어본 적이 없으니까요."

"하긴, 나도 겁쟁이는 아니니까, 백작님에게 의견을 말씀드릴 수 있어요. 하지만 다른 높은 분과 원만하게 타협해 두는 편이 훨씬 낫겠지요." K는 말 했다.

주인은 창 옆 의자에 K와 마주 앉아서 감히 더 편한 자리로 옮기려 하지 도 못하고, 커다란 갈색 눈으로 내내 불안한 듯 K의 얼굴을 쳐다보고 있었 다. 처음에는 K를 쫓아다니던 그가 이제는 될 수 있으면 내빼고 싶은 눈치 였다. 백작에 대해 꼬치꼬치 캐물을까봐 두려워하는 것일까? 그렇지 않으면 K를 점잖은 '신사'라고 생각하는 모양인데, 신사란 믿을 수 없다며 두려워하 는 것일까? K는 주인의 주의를 다른 곳으로 돌려야겠다 생각하고 시계를 보면서 말했다.

"이제 조수들이 올 시간이 되었는데, 그들도 여기에 묵을 수 있겠습니 까?"

"물론이지요. 근데 그분들은 선생님과 함께 성에서 지내지 않나요?"

그로서는 이런 손님들, 특히나 K 같은 손님이라면 무조건 성으로 가라고 권하고 싶은 게 아닐까? 이윽고 K는 말을 끄집어냈다.

"그건 아직 분명하지 않아요. 먼저 내가 할 일이 무엇인지 물어봐야 하거든요. 이를테면 성 밑의 이곳 마을에서 일하게 된다면 여기서 묵는 편이 현명하겠지요. 게다가 저 위 성 안의 생활이 내 성미에 안 맞을까봐 염려되니까요. 나는 언제나 자유롭고 싶어요."

"선생님은 성을 모르세요." 주인은 나지막한 소리로 말했다.

"물론이지요. 너무 성급하게 판단을 내려서는 안 되지요. 지금 당장 내가 성에 대해서 아는 것이라곤, 성 양반들이 제대로 된 측량기사를 뽑아 쓸 줄 안다는 것뿐이지요. 아마 성에는 이것 말고도 좋은 점이 있을 겁니다." 거기서 그는 불안한 듯 입술을 깨물고 있는 주인을 놓아주기 위해 일어섰다. 이 사람의 신뢰를 얻는 것은 결코 쉬운 일이 아니었다.

여관을 나서려는데 벽에 걸려 있는 까만 액자 속 어두운 초상화가 K의 눈길을 끌었다. 잠자리에 드러누워 있을 때도 눈에 띄기는 했지만 거리가 멀었기 때문에 자세한 부분까지는 똑똑히 볼 수 없었다. 그래서 K는 그림을 빼 버려 뒤에 댄 나무 바탕만 보인다고 생각하던 참이었다. 그런데 지금 자세히 보니까 역시 그림임에는 틀림없고, 나이가 쉰 쯤 되어 보이는 노인의 반신상이었다. 노인이 머리를 가슴 쪽으로 깊숙이 숙인 탓에 그의 눈은 거의 보이지 않지만 육중하고 높은 이마와 굳게 아래로 처진 매부리코가 뚜렷이 드러나 보였다. 뺨에서부터 턱까지 덥수룩하게 난 수염도 역시 머리를 숙이고 있기 때문에 턱에 짓눌려, 아래에서 헝클어져 부풀어오른 것처럼 보였다. 왼손은 손가락을 펴 더벅머리 속에 집어넣고 있었는데 어쩐지 머리를 쳐들 수는 없는 모양이었다. "저 분은 누구시죠? 백작이신가요?" K는 초상화 앞에 서서 주인 쪽을 돌아보지도 않고 물었다. "아니, 집사입니다." 주인이 대답했다. "성에는 잘생긴 집사가 있군요. 버릇없는 아들을 둔 게 유감스럽지만 말이오." "그렇지 않습니다." 주인은 K를 슬쩍 자기에게로 끌어당기더니 귓속말로 속삭였다. "쉬바르처는 어제 좀 지나쳤어요. 그 사람 아버지는 겨우 하급 집사였어요. 그것도 가장 아래이지요." 그 순간 K는 이 주인이 마치 어린애처럼 느껴졌다. "망할 자식!" K는 웃으면서 말했으나 주인은 따라 웃지도 않고 이렇게 말했다. "그의 아버지도 힘은 있어요." "어리석은 소리 하지 말아요. 당신은 누구에게나 권력이 있다고 생각하는 모양인데, 나도 그렇다고 생각하나요?" K는 쏘아붙였다. "선생님에게는 권력이 있다고 생각하지 않아요." 그는 은근히 수줍어하면서도 시치미를 떼고 점잖게 말했다. "그래도 당신은 통찰력이 꽤 좋군요. 솔직하게 말해서 나는 권력이 없어요. 그래서 권력 있는 사람을 당신 못지않게 존경하지만, 나는 당신처럼 솔직한 성격은 아니어서 그걸 절대로 고백하려고 들지 않을 따름이죠." K는 그렇게 말했다. 그리고 주인을 위로한 다음 자기에게 보다 호의를 갖도록 뺨을 가볍게 두드려 주었다. 그러자 이번에는 주인도 살짝 미소를 지었다. 사실 이 사람은 거의 수염도 나지 않은 보드라운 얼굴의 젊은이였다. 어떻게 해서 이 젊은이가 나이 먹은 중년의 뚱뚱보 여편네와 살게 된 것일까? 안이 들여다보이는 창문으로 보니 그 마누라가 옆방 부엌에서 두 소매를 팔꿈치까지 쭉 걷어붙인 채 부지런히 일하고 있었다. K는 더 이상 이 사람을 괴롭히려고 하진 않았다. 빙긋이 띤 미소를 사라지게 하고 싶지 않았다. 그는 주인에게 손짓으로 문을 열게 하고서 맑은 겨울 아침 햇빛 속으로 걸어 나갔다.

이제 K의 눈에는 저 멀리 맑은 대기 속의 성이 뚜렷하게 보였다. 눈이 전체적으로 얇고 고르게 쌓여서 모든 것의 형상을 있는 그대로 그려내고 있었다. 그래서 성의 윤곽은 더욱 뚜렷하게 드러났다. 좌우간 산 위는 이 마을보다도 훨씬 눈이 적게 쌓인 것 같았다. 마을에서는 어제 국도에서보다 걷기가 훨씬 어려웠다. 이곳에서는 눈이 작은 집 창문까지 닿고, 낮은 지붕 위에 무겁게 덮여 있으나, 산 위에는 모든 건물이 자유롭고 경쾌하게 솟아 있었다. 적어도 여기서는 그렇게 보였다.

대체로 성은 이곳 먼 데서 봐도 K의 기대에 어긋나지 않았다. 그것은 유서 깊은 기사의 성도 아니고 화려하게 꾸민 저택도 아니었다. 옆으로 넓게 퍼진 건축물로, 3층 건물 몇 채와 오목조목 총총히 서 있는 나지막한 건물들로 이루어져 있었다. 이것이 성이라는 사실을 미리 알지 못했다면 작은 도시라고 생각했을지도 모른다. 단지 탑 하나가 K의 눈에 띄었으나 주택 건물의 일부인지 아니면 교회에 딸려 있는 것인지 구별할 수 없었다. 까마귀 떼들이 탑 주위를 빙빙 돌고 있었다.

K는 성을 똑바로 바라보면서 계속 걸었다. 그 밖에는 아무 것도 신경쓰지

않았다. 그러나 성에 가까이 다가가자 적잖이 실망하고 말았다. 아주 초라한 시골집들로 이루어진 작은 마을에 지나지 않았기 때문이다. 사람들의 주목을 끄는 점이 있다면 아마도 이 시골집들이 모두 돌로 만들어졌다는 사실이다. 그것도 겉칠은 모두 벗겨지고 돌은 허물어질 것만 같았다. K는 언뜻 작은 고향 마을을 떠올렸다. 그곳도 이런 성에 비교하면 조금도 손색이 없었다. 단지 성을 시찰하기 위해서였다면 일부러 긴 여행을 할 필요가 없었을 것이다. 차라리 오랫동안 가보지 못했던 고향을 다시 한 번 방문하는 편이 더 현명했을지도 모른다. K는 고향의 교회 탑과 저 위에 서 있는 탑을 머릿속에서 서로 비교해 보았다. 떳떳하고 자신에 찬 모습으로 하늘을 향하여 삐죽 솟아올라 넓은 지붕 끄트머리가 붉은 기와로 끝나는 고향의 탑, 그것은 지상의 건물이지만—우리가 지상의 건물 말고 다른 것이야 세울 수 있으랴—땅을 기는 것 같은 집의 무리보다는 드높은 이상을 간직했으며 우울하게 일하는 나날의 표정보다도 훨씬 밝은 인상을 주고 있었다. 여기에 솟아 보이는 탑은—눈에 띄는 오직 하나의 탑이었다—지금 알았지만 아마도 성의 주요부인 듯한데, 그 단조롭고 둥근 건물의 일부를 담쟁이덩굴이 보기 좋게 덮고 있었다. 작은 창문들은 햇빛을 받아 반짝거리면서 어떤 착란적인 느낌을 주었다. 끝이 발코니처럼 생긴 성벽 위에는 톱니처럼 뾰족뾰족한 담벼락이 덧쌓여 있었다. 겁을 먹은 어린애가 아무렇게나 그린 것처럼 불확실하고 불규칙하게 부서질 듯 푸른 하늘에 울툭불툭 윤곽을 드러내고 있었다. 마치 법의 제재로 집 안의 가장 외진 방에 감금당한 우수에 잠긴 어떤 사람이, 자기 자신을 세상에 드러내려고 지붕을 뚫고 가만히 몸을 일으킨 모습처럼 보였다.

K는 다시 걸음을 멈추었다. 마치 걸음을 멈추어야만 판단력이 더 좋아지는 것처럼. 그러나 그는 곧 방해를 받았다. 그가 서 있는 바로 옆에는 마을 교회가—이것은 단지 예배소에 불과했고, 신도들을 받아들이기 위하여 확장한 창고처럼 보였는데—있고, 그 뒤에는 학교가 있었다. 임시로 지었다는 것과 아주 낡았다는 인상이 이상스럽게 뒤섞인 나지막하고 기다란 건물이 울타리로 둘러싸인 교정 저쪽에 있었다. 교정은 지금 온통 눈 벌판이었다. 그때 마침 어린애들이 선생님과 함께 나왔다. 어린애들은 선생님을 둘러싸고 있었는데 눈길은 줄곧 선생님을 응시한 채 끊임없이 재잘거린다. K는 빠르게 쏟아 내는 그들의 말을 도무지 알아들을 수 없었다. 몸집이 작고 어깨

가 좁은 젊은 선생은 몸을 아주 꼿꼿이 가누고, 그래도 그다지 이상하게 보이지는 않았는데, 이미 멀리서부터 K를 똑바로 쳐다보고 있었다. 이 선생과 어린애들을 제외하고 눈으로 덮인 이 넓은 벌판에 있는 사람이라곤 K 단 한 명뿐이었다. K는 이방인이었기 때문에 이 거만하고 몸집이 작은 사나이에게 먼저 인사를 건넸다. "안녕하십니까, 선생님!" 그가 말했다. 그러자 어린애들은 당장에 입을 다물어 버렸다. 그렇게 갑자기 조용해져서 자기 말을 끄집어내는 계기가 된 것이 선생은 어지간히 마음에 든 모양이었다. "성을 구경하고 계십니까?" 선생은 K가 얘기했던 것보다도 부드러운 어조로 물었다. 그러나 K가 성에 정신이 팔리는 것을 나무라는 말투였다. "네, 전 이곳이 처음입니다. 어젯밤에 여기 도착했습니다." K가 이렇게 대답하자, "성이 마음에 안 드십니까?" 선생은 빠른 어조로 물었다. "무슨 말씀이십니까?" K는 약간 당황해서 그렇게 되묻고 좀 더 부드러운 투로 질문을 되풀이했다. "성이 마음에 드냐고 물으신 겁니까?" "외지 사람들은 마음에 들어 하지 않거든요." 선생이 대답했다. 상대가 싫어할 말은 입 밖에 내지 않으려고 K는 화제를 돌려서 물었다. "선생님은 아마 백작을 아시겠지요?" "모릅니다." 선생은 말을 던지고 가버리려고 했다. 그러나 K는 집요하게 다시 한 번 물었다. "그래, 백작을 모르십니까?" "내가 백작을 알 거라고 생각하십니까?" 선생은 나지막한 소리로 이렇게 묻더니 목소리를 높여 프랑스 말로 덧붙였다. "천진난만한 어린애들이 있다는 사실을 좀 생각해보십시오." 그 말을 듣자 K는 기회를 놓치지 않고 냉큼 다시 물었다. "선생님, 언제 선생님을 방문해도 좋겠습니까? 저는 당분간 이곳에 머물기로 되어 있지만, 벌써부터 고독하고 쓸쓸해지는군요. 저는 농민도 아니고, 그렇다고 성 사람도 아니란 얘기지요." "농민과 성 사람 사이에 그다지 큰 차이점이 있는 것은 아닙니다." 선생은 말했다. "그럴지도 모르겠습니다. 그렇다고 해도 내 처지는 조금도 달라지지 않습니다. 언제 한번 찾아뵈어도 될까요?" "저는 백조 거리에 있는 정육점에 살고 있습니다." 그것은 초대라기보다 기껏해야 주소를 알려준 데 지나지 않았다. 그러나 K는 말했다. "알겠습니다. 찾아뵙겠습니다." 선생은 고개를 끄덕이더니 곧 다시 재잘거리기 시작한 어린애들을 데리고 가버렸다. 이윽고 그들은 가파른 비탈길 아래로 사라졌다.

한편 K는 넋 나간 사람처럼 멍하니 서 있었다. 이 대화가 약간 기분 나빴다. 그는 이곳에 도착한 이래 처음으로 심한 피로를 느꼈다. 여기까지 먼 길을 걸어와서 지쳤다고는 생각되지 않았다. 그는 하루하루 얼마나 침착하게 한 걸음씩 옮겨 놓았던가! 그런데 하필이면 형편이 나쁜 이때에 지나치게 긴장한 결과가 나타났다. 그는 새로운 친구를 사귀고 싶은 억누를 수 없는 욕구를 느꼈지만, 새 친구가 생길 때마다 피로는 더 심해졌다. 지금 같은 상태로는 성문 앞까지 산책하는 것만도 상당한 고역이었다.

이렇게 그는 또 앞으로 걸어갔다. 그 길은 기다랗게 뻗어 있었다. 도로, 즉 마을의 큰길은 성이 있는 산으로 나 있지 않았다. 성 있는 산에 가까워지는가 싶으면 심술이라도 부리는 듯 짓궂게 구부러지곤 했다. 어쨌든 성에서 멀어지는 것은 아니지만 그렇다고 도무지 가까워지는 것도 아니었다. 나중에는 이 길이 틀림없이 성으로 접어들 거라는 기대를 가지고 K는 계속 걸어갔다. 이런 희망 때문에 그래도 앞으로 걸어갈 수 있었다. 그는 너무나 지쳤기 때문에 오히려 이 길을 단념해 버릴 수가 없었다. 한없이 기다랗게 뻗은 이 마을이 그저 놀라울 따름이었다. 아무리 가도 작은 집들과 얼어붙은 유리창문과 눈뿐이고, 사람 그림자라곤 하나도 보이지 않았다. 드디어 그는 자꾸 자신을 끌어당기는 큰길에서 벗어나 간신히 좁은 골목으로 접어들었다. 눈은 더욱 깊어서 쑥쑥 빠져 들어가 발을 빼내기가 무척 힘들었다. 땀이 줄줄 흘러서 갑자기 걸음을 멈췄는데 더는 한 발짝도 내디딜 수가 없었다.

그러나 허허벌판에 그 혼자 오뚝 서 있었던 것은 아니다. 왼쪽에도 오른쪽에도 농가는 있었다. 그는 눈을 공처럼 뭉쳐 한 농가 창문으로 던졌다. 곧 문이 열렸다. 그가 마을길을 걷기 시작한 이래 처음으로 문이 열린 것이다. 갈색 가죽점퍼를 입은 늙은 농부가 고개를 갸우뚱 옆으로 기울이고 친절하나 맥 빠진 모습으로 문 앞에 서 있었다. "잠깐만 댁에서 쉴 수 있을까요? 너무 피곤해서 그렇습니다." 노인의 말이 그의 귀에는 도무지 들리지 않았으나, 고맙게도 눈 위로 판자를 내밀어 주었으므로 그것을 받아들었다. 그는 이 판자 덕분에 눈 속에서 구출되었다. 두서너 걸음 내딛자 벌써 방 안이었다.

커다란 방이었는데 어둠침침했다. 밖에서 막 들어온 그는 처음엔 아무것도 보이지 않았다. K는 빨래통에 걸려서 비틀거렸으나 어떤 여자의 손이 그의 몸을 붙들었다. 어느 구석에선가 어린애들의 시끄러운 소리가 들려 왔다. 또 다른 구석에서는 김이 모락모락 피어오르며 어스름 속에 검은 그림자를 이루고 있었다. K는 마치 구름 속에 서 있는 것 같았다. 누군가 말했다. "술 취한 사람이군!" "누구시오?" 이번에는 누가 거만한 목소리로 말했는데 다음에는 노인에게 따지는 모양이었다. "왜 이 사람을 끌어들였어요? 거리를 헤매는 사람을 죄다 끌어들일 작정이에요?" "나는 백작님의 측량기사입니다." K는 이렇게 말하고 여전히 보이지 않는 상대에게 변명하려고 했다. "아아, 측량기사군요." 여자 목소리가 들리더니 이내 잠잠해졌다. "나를 아십니까?" K는 물었다. "물론이지요." 같은 목소리가 짤막하게 대답했다. K를 안다는 것이 K에게 호감을 갖고 있다는 말은 아닌 듯했다.

드디어 자욱하던 증기가 좀 흩어져서 K는 차츰차츰 방 안의 형편을 알게 되었다. 빨래를 하기로 한 날인 모양이었다. 문 옆에서는 속옷을 빨고 있었다. 그러나 김은 다른 쪽 구석에서 피어오르고 있었다.

거기서는 K가 지금까지 본 일이 없을 만큼 큰 나무통—침대 두 개만 한 크기였다—에서 김이 뿌옇게 낀 가운데 남자 두 사람이 목욕을 하고 있었다. 그러나 그보다 더 사람의 주목을 끄는 것은 오른쪽 구석이었다. 다만 무엇이 사람들을 놀라게 하는지 그 점은 확실치 않았다. 거기에는 뒷벽에 있는 단 하나밖에 없는 큰 채광창으로부터, 아마도 뜰에서 들어오는 것 같은, 흰눈에 반사된 희미한 빛이 들어오고 있었다. 깊숙이 방구석에 놓인 키 높은 안락의자에 피곤한 모습으로 거의 드러눕다시피 앉아 있는 여자의 옷에, 이 빛이 반사되어 마치 실크 같은 광채를 내고 있었다. 여자는 젖먹이를 품에 안고 있었다. 주위에는 애들이 두셋, 언뜻 보기에도 알 수 있는 시골 애들이 놀고 있었는데, 그 여자는 이 애들의 어머니 같지는 않았다. 물론 질병과 피로로 시골에서는 남자들도 해쓱해 보였지만.

"좀, 앉으시오!" 한 남자가 말했다. 그는 온 얼굴이 털로 덮였으며, 입을 마냥 벌린 채 거칠게 숨을 쉬었는데 코밑에는 수염까지 기르고 있었다. 이 사람은 통의 테두리 너머로 나무 궤짝을 가리키다가 K의 얼굴에 온통 더운 물을 튀겼는데, 이 모습이 우스꽝스러웠다. 벌써 이 궤짝 위에는 처음에 K를 끌어들인 노인이 멍하니 깊은 생각에 잠겨 걸터앉아 있었다. 좌우간 앉으라고 허락해 줘서 K는 고마웠다. 이제 누구 하나 그에게 관심을 보이는 사람은 없다. 빨래통 곁에 있는 혈기 왕성한 금발 여성은 일하면서 나지막이 노래 부르고, 목욕하던 두 남자는 발을 구르기도 하고 몸을 빙 돌리기도 했다. 어린애들이 두 사람에게 가까이 가려고 하다가 번번이 세차게 튀는 물방울에 쫓겨나고 말았다. K에게도 여지없이 물방울이 튀었다. 안락의자에 앉은 여인은 죽은 듯이 드러누워서 품에 안은 어린애를 쳐다보지도 않은 채 우두커니 허공만 바라보고 있었다.

K는 꼼짝도 하지 않는 이 아름답고 애처로운 여인의 모습을 오랫동안 바라보다가 어느덧 잠이 들었던 모양이다. 큰 소리로 부르는 바람에 깜짝 놀라 눈을 떴을 때 그는 곁에 앉은 노인의 어깨에 머리를 기대고 있었다. 두 남자는 목욕을 끝마친 뒤 옷을 입고 K 앞에 서 있었다. 그 대신 어린애들이 금발 여인의 감시를 받으며 더운 물속에서 서로 쫓고 쫓기며 장난치고 있었다. 큰 소리를 질러 대는 털보가 이 두 사람 중에서 아랫사람인 것 같았다. 이 털보와 비슷한 키에 수염이 훨씬 적게 난 또 한 남자는 사색적이며 말수가 적었는데 넓적한 얼굴에 체격이 당당했지만 고개를 푹 숙이고 있었다. "측량기사 양반, 미안하지만 당신은 여기 있을 수 없습니다." 그 사람이 말했다. "저도 실례할 생각은 없습니다. 다만 조금 쉬었을 뿐입니다. 이젠 됐으니 가보겠습니다." K는 말했다. "틀림없이 이런 대우에 실망했을 것입니다. 그러나 우리에게는 손님을 대접하는 풍습이 없을뿐더러 손님도 필요 없습니다." 그 사람은 말했다. 잠을 자고 나니 기운이 좀 회복되고 전보다 귀도 더 잘 들리게 된 K는 이 솔직한 말이 반가웠다. 그는 몸을 움직이는 것도 전보다는 편해져 지팡이를 이리저리 내짚으면서 안락의자에 있는 여인에게로 다가갔다. 그러고 보니 키도 그 방에서 K가 가장 컸다.

"물론이죠. 무엇 때문에 당신들에게 손님이 필요하겠습니까? 그러나 어쩌다 손님이 필요할 때도 있습니다. 예를 들면 측량기사인 나 같은 손님 말입니다." K는 말했다. "그런 걸 내가 알게 뭡니까. 그러나 정말로 당신을 초대했다면 틀림없이 당신이 필요해서일 것입니다. 그것은 예외라고 할 수 있겠지요. 그러나 우리처럼 신분이 천한 사람은 아무래도 규칙을 지켜나가는 수밖에 도리가 없습니다. 나쁘게 생각하지 마십시오." 그 사람은 천천히 말했다. "원 별말씀을, 나는 당신뿐만 아니라 여기 계신 모든 분께 그저 감사할 따름입니다." K는 이렇게 말을 끝마치자 갑작스레 몸을 홱 돌려서 순식간에 여자 앞으로 다가섰다. 그 여인은 피곤한 눈초리로 K를 쳐다보았다. 명주로 만든 투명한 머릿수건이 이마 한가운데까지 덮였으며 젖먹이는 품안에서 새근새근 자고 있었다.

"당신은 누구십니까?" K는 물어보았다. 그러자 멸시하듯이, 다만 이 모멸이 K를 향한 것인지, 그녀 자신의 대답을 향한 것인지는 확실치 않았으나, 그 여인은 이렇게 말했다. "성에서 온 계집이랍니다."

모든 일이 눈 깜짝할 새 일어났다. 당장에 K는 양쪽 팔을 두 남자에게 붙들려서 끽 소리도 못하고 억지로 문까지 끌려갔다. 이해를 시키려면 완력을 쓰는 것밖엔 다른 도리가 없다는 듯한 태도였다. 이 꼴을 보고 뭐가 그렇게 재미있는지 노인은 손뼉을 치며 좋아했다. 빨래하던 여자도 미친 듯이 시끄럽게 떠들어대는 어린애들 옆에서 느닷없이 큰 소리로 웃어 댔다.

K는 곧 거리로 쫓겨나왔고, 남자들은 현관문에서 K를 살피고 있었다. 또 눈이 펑펑 내렸으나 오히려 좀 밝아진 것 같았다. 털보는 초조하게 외쳤다. "어디로 가실 거요? 이쪽은 성으로 가는 길이고, 저쪽은 마을로 가는 길인데." K는 이 남자에게는 대답도 하지 않았다. 표정은 거만하지만 그 사람보다는 상냥해 보이는 다른 남자에게 물었다. "당신은 누구시죠? 여러 가지로 폐를 끼친 인사의 말씀은 어느 분에게 드리면 좋을까요?" "가죽가게 주인 라제만이오. 그러나 당신은 누구에게도 고마워할 필요가 없어요." 그 사람의 대답이었다. "그래요. 언젠가 다시 만나뵐 기회가 있을지 모르겠네요." K가 말했다. "웬걸요." 그 남자가 말했다. 이때 털보가 손을 쳐들고 외쳤다. "안녕하시오. 아르투르! 안녕하시오. 예레미아스!" K는 돌아보았다. 이런 마을의 골목길에도 사람이 나타나다니! 성 쪽에서 두 젊은이가 오고 있었다. 두 사람 다 키는 중간 정도인데 날씬한 편이고 옷차림도 말쑥하며 얼굴까지 서로 꼭 닮았다. 얼굴빛은 짙은 갈색인데 뾰족한 수염이 유난히 새까매서 얼굴빛과 뚜렷한 대조를 이루었다. 길이 이처럼 눈에 파묻혀서 형편없는데도, 그들은 놀랄 만큼 빠른 속도로 걸었으며, 그것도 보조를 맞춰 기다란 다리를 내딛고 있었다. "웬일이오?" 털보가 외쳤다. 그들은 재빨리 발걸음을 옮기는 데다 멈추지 않았기 때문에 크게 소리를 지르지 않으면 알아듣지도 못할 지경이었다. "볼 일이 있다우!" 그들은 웃으면서 대꾸했다. "어디에요?" "여관에." "나도 여관에 가는데!" K는 갑자기 누구에게도 지지 않을 만큼 고함을 질렀다. 이 두 사람에게 거기까지 데려다 달라고 간곡히 부탁했다. 그들과 함께 가봤자 별다른 득을 볼 것 같지는 않으나 그래도 힘을 북돋아

주는 좋은 길동무임엔 틀림없었다. 그들은 K의 말을 듣고 그저 고개만 끄덕였을 뿐 그대로 지나가고 말았다.

K는 여전히 눈 속에 서 있었다. 굳이 눈 속에서 발을 빼내어 또 다시 조금 전의 깊은 눈 속에 들어가고 싶지는 않았다. 가죽가게 주인과 그의 동료는 속 시원하게 K를 쫓아낸 데 대해 자못 만족한 빛을 띠면서, 끊임없이 K 쪽을 돌아다보았다. 그들은 조금 열려 있는 문틈으로 천천히 몸을 밀어 넣는 듯하면서 집안으로 자취를 감추어 버렸다. K는 몸이 다 파묻힐 듯한 눈 속에 홀로 남게 되었다. '아무 목적도 없이 이렇게 막연하게 서 있다면 절망하지 않겠나.' K는 문득 이런 생각이 들었다.

그때 왼쪽 오두막에서 작은 창문이 열렸다. 닫혀 있을 때는 짙푸른빛으로 보였는데 아마도 눈에 반사된 빛 때문인 모양이다. 막상 창이 열리자 너무 작아서 그런지 안에서 내다보는 사람의 얼굴이 뚜렷이 다 보이진 않았다. 단지 눈만, 늙수그레한 갈색 눈만 보였다. "저기 서 있어요." K는 떨리는 여자 목소리를 들었다. "저 사람이 측량기사야." 남자 목소리였다. 그 남자는 곧 창가로 와서 적이 친절한 목소리로 K에게 물어보았다. 그의 말투는 마치 자기 집 앞에서 일어나는 일은 모조리 해결해두지 않으면 꺼림칙하다는 듯이 들렸다. "누구를 기다리는 거요?" "누가 썰매라도 태워주지 않으려나 기다리고 있어요." K는 말했다. "여기는 썰매 같은 건 오지 않아요. 탈 것이라곤 아무것도 없소." "그래도 이곳은 성으로 가는 길이잖소?" K는 이의를 달았다. "그렇긴 하지만 그래도 여긴 탈 건 아무것도 없어요." 그 남자는 좀 뻣뻣한 투로 말했다. 그러고 나서 두 사람은 아무 말도 하지 않았다. 하지만 이 사람은 무슨 궁리를 하고 있음이 틀림없었다. 왜냐하면 김이 피어오르는 창문을 아직 열어 두고 있었기 때문이다. "길이 나쁜데요." K는 이 사람의 궁리를 도와주려고 말을 끄집어냈다. 그런데 그 사람은 "나쁘다마다요" 이렇게 대답했을 뿐이다. "원하신다면 제 썰매로 모셔다 드리지요." "부탁해요, 꼭 부탁드립니다. 얼마나 드리면 되지요?" K는 기뻐하며 물었다. "돈은 필요 없소." K는 매우 놀랐다. "당신은 어쨌든 측량기사시고, 따라서 성에 소속된 셈이니까요. 그런데 당신은 대체 어디로 가시려는 거요?" 그 사람은 설명하는 투로 나오더니 나중에 그렇게 물었다. "성으로요." K는 재빨리 말했다. "그러시다면 안 가겠소!" 그 남자는 딱 잘라 대답했다. "그렇지만 나는 성에 소속되어 있는데." K는 그 사람의 말을 되풀이하면서 말했다. "그렇겠지요." 그 사람은 거부하려는 투로 대답했다. "그러면 여관으로라도 날데려다 주시오." K가 이렇게 부탁하자 그제서야 "좋아요. 그러면 곧 썰매를 끌고 오겠소." 대답하는 것이었다. 이 모든 일은 그가 친절하다기보다 오히려 대단히 이기적인 신경질쟁이며, 거의 고집스런 노력을 하고 있다는 인상을 주었다. 그 노력이란 K를 집 앞 빈터에서 내쫓아 버리려는 의도에서 나온 것이었다.

대문이 열리자 좌석도 없는 소화물 운반용의 납작하고 작은 썰매가 쇠약한 말에 끌려서 나왔다. 뒤이어 한 남자가 나타났는데 보기에도 허약했으며 허리는 구부러진 채 절름거리며 걸어왔다. 여윈 얼굴은 붉은 빛을 띠었으며 감기 기운까지 겹친 것 같았다. 머리에다 질끈 동여맨 털목도리 때문에 얼굴마저 굉장히 작게 보였다. 확실히 이 남자는 병자였는데 단지 K를 쫓아 버릴 목적으로 아픈 것을 무릅쓰고 나타난 모양이었다. K는 이 점에 대해 넌지시 암시를 주었으나, 그 남자는 손짓으로 그 말을 제지했다. 그가 들은 바에 따르면 남자는 마차꾼 게르스텍커라는 사람이고 마침 준비가 되어 있기 때문에 불편하지만 이 썰매로 작정했으며, 다른 썰매를 끌고 나오다가는 시간이 너무 오래 걸려서 지장이 많을 것이라는 그 정도였다. "타십쇼." 그는 말채찍으로 썰매 뒤쪽을 가리키며 말했다. "나는 노형과 함께 나란히 앉을 테요." K는 말했다. "나는 걷겠습니다." 게르스텍커가 말했다. "그건 왜요?" K는 물었다. "나는 걷겠습니다." 게르스텍커는 같은 말을 되풀이했다. 그런데 갑자기 기침의 발작으로 몸이 몹시 흔들려서 두 다리를 눈 속에 꼿꼿이 버틴 채 두 손으로 썰매 모서리를 꼭 붙들고 있어야만 했다. K는 그 이상 아무 소리도 하지 않고 썰매 뒤에 걸터앉았다. 기침이 차츰 가라앉자 두 사람은 출발했다.

K가 오늘 중으로 도착할 수 있으리라고 희망을 품었던, 저 건너편에 보이는 성은 이상하게도 벌써 어둠에 잠긴 채 점점 다시 멀어져 가고 있었다. 이제 잠시 헤어져야 한다며 작별인사라도 고하듯이, 성에서는 즐겁고도 가슴을 울렁거리게 하는 종소리가 울려왔다. 막연하게 꿈꾸던 것을 실현시키겠다고 위협하는 듯이―종소리는 고통스럽기도 했으므로―한순간 마음을 떨리게 하는 종소리였다. 그러나 이 커다란 종소리도 이내 멎어 버리고, 대신

위쪽에서인지 마을에서인지 알 수 없는 단조로운 종소리가 작게 울려왔다. 그러나 지금 울리는 종소리가 느리게 달려가는 썰매나 초라하지만 완고한 마차꾼에게는 더욱 잘 어울렸다.

"여보시오!" K는 갑자기 소리쳤다. 그들은 벌써 교회 가까이 와 있었고 여관까지의 거리도 멀지 않았기 때문에 K는 대담하게 나올 수도 있었다. "노형 마음대로 나를 이렇게까지 멀리 끌고 나오다니, 도대체 말도 안 돼. 노형에게 이럴 권리가 있소?" 게르스텍커는 들은 체 만 체, 아주 무관심한 태도로 말과 나란히 걸어갈 뿐이었다. "이봐!" K는 이렇게 소리치더니 썰매 위에서 눈을 조금 뭉쳐서는 게르스텍커의 귓전을 보기 좋게 명중시켰다. 이제는 그도 걸음을 멈추고 돌아봤다. K가 가까이서 그 사람을 바라보았을 때―마차꾼은 멈췄지만 썰매는 그래도 약간 앞으로 미끄러져 나갔다―이 사람의 구부러진 허리, 학대 받은 듯한 모습, 지칠 대로 지치고 마를 대로 마른 불그죽죽한 얼굴, 한쪽은 편편하고 또 한쪽은 쑥 들어가서 양쪽이 고르지 않은 뺨, 멍하니 벌린 입으로 드문드문 두서너 개씩 보이는 이, 이런 것들이 눈에 띄어서 K는 먼저 악의를 담아 한 말을 이번에는 동정심을 품고 되풀이했다. 즉 K를 실어다 주었기 때문에 게르스텍커가 처벌당하는 일이나 없을까 하고 물어볼 수밖에 없었다. "무슨 말이오?" 게르스텍커는 무슨 영문인지도 모르고 물었으나, 더 이상 설명을 들으려 하지 않고 말에게 소리질렀다. 두 사람은 다시 썰매를 몰고 앞으로 나아갔다.

그들이 여관―여관은 길이 구부러지는 곳에서 K의 눈에 띄었는데―가까이 왔을 때는 날이 아주 컴컴해져서 K는 깜짝 놀랐다. 그렇게 오랫동안 돌아다녔나? 기껏해야 한두 시간밖에 걸리지 않은 것 같은데 암만해도 이상했다. 좌우간 아침 일찍 출발했고 배도 전혀 고프지 않을뿐더러 조금 전만 하더라도 한결같이 환한 대낮이었는데 이렇게 빨리 어두워진단 말인가. "해가 짧다, 해가 짧아!" K는 혼자 중얼거리며 썰매에서 내려 여관으로 걸어갔다.

마주 보이는 문 앞 작은 계단 위에는 마침 여관 주인이 서서 등불을 높이 치켜들고 K쪽을 비추며 반갑게 맞아주었다. 문득 마차꾼 생각이 나서 K는 걸음을 멈추었다. 어딘지 컴컴한 곳에서 그의 기침 소리가 들렸다. 곧 다시 만날 날이 있을 것이다. 공손하게 인사하는 주인 옆으로 올라갔을 때, 비로소 K는 문 양쪽에 남자가 한 사람씩 서 있는 것을 깨달았다. 그는 주인의 손에서 등불을 받아들고 이 두 사람을 비춰 보았다. 좀 전에 만났던 아르투르와 예레미아스라고 부르는 사람들이었다. 두 사람은 군대식으로 경례했다. 행복했던 군시절이 떠올라 그는 웃었다. "자네들은 누군가?" 이렇게 묻고 나서 한 사람 한 사람 얼굴을 번갈아보았다. "선생님의 조수입니다." 두 사람은 대답했다. "이들은 조수지요." 주인은 나지막한 소리로 확인했다. "뭐? 자네들이 내가 뒤따라오라고 한, 내가 기다리고 있는 나의 옛 조수들이란 말인가?" K가 물었더니 두 사람은 그렇다고 대답했다. "그것 참 잘됐어. 자네들이 와 준 것은 정말 고마워." 잠시 뒤에 K가 말했다. "좌우간 퍽 늦었군. 자네들은 무척 게으름뱅이야." K는 다시 얼마 지난 뒤에 말했다. "길이 워낙 먼 걸요." 한 사람이 말했다. "길이 멀다고?" K는 되받아 말했다. "나는 자네들을 성에서 돌아오는 길에 만났단 말이야." "네." 두 사람은 이렇게 대답했을 뿐 더는 아무 설명도 하지 않았다. "연장은 어디에 두었는가?" K가 물었다. "아무것도 가지고 있지 않습니다." 그들이 말했다. "내가 맡겨둔 연장 말이야." K가 말했다. "아무것도 가지고 있지 않습니다." 그들은 되풀이했다. "아아, 자네들은 참 답답하군. 그래 측량술은 좀 아는가?" "모릅니다." 두 사람은 대답했다. "자네들이 나의 옛 조수였다면 잘 알고 있을 텐데." K는 말했다. 그들은 잠잠했다. "하여간 들어가게." K는 그들을 집 안으로 떠밀었다.

2 바르나바스

세 사람은 객실 작은 식탁에 앉아서 별말 없이 맥주를 마셨다. K가 한가운데, 조수들은 왼쪽과 오른쪽에 앉았다. 그 밖에는 어젯밤과 마찬가지로 농부들이 식탁 하나를 둘러싸고 앉아 있을 뿐이었다. "자네들은 참 골치야." K는 이렇게 말하고 지금까지 가끔 하던 버릇대로 두 사람의 얼굴을 번갈아보았다. "도대체 어떻게 자네들 두 사람을 구별하면 좋을까? 다른 건 이름뿐이고 그 밖엔 두 사람이 아주 기막히게 닮았으니 마치……." 거기서 그는 말이 막혔으나 자기도 모르는 사이에 이렇게 말해버렸다. "마치 뱀 두 마리처럼 서로 닮았어." 그들은 빙긋이 웃었다. "그래도 모두 우리를 잘 분간하던데요." 그들은 변명했다. "그럴 거야, 나도 직접 보았으니까. 그러나 나는 내 눈으로 자네들을 볼 뿐이지 구별할 순 없단 말이야. 그러니까 나는 자네들 둘을 한 사람처럼 취급해서 두 사람 다 아르투르라고 부르기로 하지. 자네들 두 사람 중 하나는 그런 이름일 거야. 아마도 자네지?" 한쪽 남자에게 K가 물었다. "아니요, 예레미아스예요." 그 남자가 말했다. "뭐 아무래도 상관없어. 나는 자네들을 아르투르라고 부를 테니까. 아르투르 어디로 갔다 와 하면 자네들 둘이서 가야 하고, 아르투르 이 일을 해 하면 함께 해야 돼. 자네들을 따로따로 일 시킬 수 없으니까 나로선 대단히 큰 손해를 보는거야. 그 대신 내가 명령하는 모든 일의 책임을 자네들 두 사람이 따로따로가 아니라 함께 지게 되니 그 점은 유리하단 말이야. 자네들 둘이서 일을 어떻게 분담하든지 간에 내게는 아무 상관이 없어. 다만 둘이서 서로 책임을 미루는 일은 없어야겠지. 내 눈으로 보면 자네들은 한 사람이나 마찬가지니까." K가 말했다. 그들은 한참 생각하더니 이렇게 말했다. "그건 기분 나쁜 일인데요." "그럴 걸세. 자네도 참 기분 나쁘기는 하겠지만, 그건 그냥 그렇게 해두지." K가 말했다. 좀 오래 전부터 농부 하나가 식탁 주위를 가만가만 소리 죽여 걸어 다니는 모습이 눈에 띄었다. 이 농부는 마침내 무슨 결심이나 한 것처럼 한쪽 조수에게 가까이 가서 귀엣말을 하려고 했다. "미안하지만." K는 손으로 탁자를 치고 일어나서 말했다. "이 사람들은 내 조수고, 지금 우리는 의논하고 있소. 아무도 방해할 권리는 없소." "아아, 네에, 실례했습니다." 농부는 겁을 먹고 말하더니, 뒷걸음질로 자기 동료들이 있는 곳으로 물러갔다. "이 점을 무엇보다도 주의해 줘야 해." K는 다시 자리에 앉으며 말했다. "자네들 두 사람은 내 허락 없인 아무하고도 얘기해선 안 된단 말이야. 나는 이 땅이 타향이고, 자네들도 나의 옛 조수라면 피차 타향 사람이긴 마찬가지지. 그러니까 우리 타향 사람 셋은 단결해야만 하네. 그런 의미에서 내게 맹세한다는 악수를 해봐." 그들은 기뻐 날뛸 듯이 곧 K에게 손을 내밀었다. "손 치워! 그러나 내 명령은 어디까지나 지켜야 돼. 이제 난 자러 갈 테니, 자네들도 어서 잠자리에 들게. 오늘은 하루 종일 일을 못했으니까 내일은 아침 일찍부터 일을 시작해야만 해. 아침 6시까지 성으로 타고 갈 썰매를 마련해서 이 집 앞에 대기하고 있게." "네, 알았습니다." 조수 한 사람이 대답했다. 그러자 다른 조수가 끼어 들었다. "너는 알았다고 말하지만 안 되는 일인 걸 알잖아." 그 말을 들은 K가 말했다. "조용히 하게! 자네들은 벌써부터 개인행동을 하고 싶어하는 모양이군." 그러나 그 말이 떨어지기가 무섭게 먼젓번 조수가 입을 열었다. "이 친구의 말이 옳습니다. 안 되는 일입니다. 허가 없이는 타향 사람이 성 안에 들어갈 수 없습니다." "어디서 그 허가를 신청해야 하지?" "잘은 몰라도 아마 집사에게 해야 할 겁니다." "그러면 전화로 신청해 보기로 하지. 자네들 둘이서 곧 집사에게 전화를 걸어 보게." 두 사람은 전화기 있는 데로 가서 집사에게 전화로—겉보기에는 우스우리만치 고분고분한 그들이 거기서 서로 옥신각신하는 꼴이 참으로 가관이었다—내일 K가 자기들과 함께 성에 가도 좋으냐고 물었다. "안 됩니다!" 대답 소리가 K가 있는 탁자까지 들려 왔다. 게다가 또렷한 목소리로 다음과 같이 말하는 것이었다. "내일도 안 되고 다른 날도 안 됩니다!" "내가 직접 이야기해 보지." K는 그렇게 말하며 일어섰다. 조금 전에 농부 하나가 돌발 사건을 일으킨 것 말고는 이때까지 K와 두 조수에게 주의를 기울인 사람은 거의 없었다. 그런데 K가 던진 마지막 이 말이 모든 사람의 주목을 끌었다. 거기 있는 사람들이 모두 K와 함께 일어나 말리려는 주인도 아랑곳없이 전화기 옆에 모여서 K를 좁게 반원으로 둘러쌌다. 그들 사이에서는 K가 아무런 허락도 얻지 못하리라는 의견이 지배적이었다. K는 그들의 의견을 듣고 싶은 게 아니니 조용히 좀 해달라고 부탁해야만 했다.

수화기에서 윙윙거리는 소리가 울려왔는데, K는 지금까지 한 번도 그런 소리를 들어 본 적이 없었다. 그것은 마치 수많은 어린애들이 와글와글 떠드는 소리 같았는데—사실 이 소음은 아주 머나먼 곳에서 들려오는 노랫소리였다—이런 와글거리는 소리가 불가능한 방법으로 높고 센 어떤 하나의 소리를 만드는 것 같았다. 그것은 단순히 보잘것없는 청각에 도달하기보다는 더 깊은 곳으로 침범해 들어갈 듯이 귓전을 때렸다. K는 전화를 걸려고도 하지 않고 단지 수화기에 귀를 기울였다. 왼팔을 전화대 위에 버틴 채 귀를 기울이고 있었다.

얼마나 시간이 지났는지 K는 알 수 없었다. 드디어 주인이 그의 윗옷을 잡아당기며 심부름꾼이 왔다고 일러주었다. "저리 비켜!" 그는 참다못해 버럭 소리를 질렀다. 아마도 전화기에 대고 외쳤던 모양이다. 저쪽에서 누군가 대답하는 목소리가 들렸다. 다음과 같이 대화가 계속되었다. "나는 오스발트인데 댁은 누구십니까?" 엄숙하고 거만한 목소리인데 K에게는 약간 발음을 잘못한 것처럼 느껴졌다. 정도에 지나치게 엄숙함을 과장함으로써 잘못된 발음을 살짝 감추려는 듯했다. K는 자기 이름을 밝히지 않고 머뭇거렸다. 전화에 있어서 이쪽은 무방비 상태이지만, 상대는 자기에게 공갈 협박도 할 수 있을뿐더러 제멋대로 수화기를 놓아 버릴 수도 있는 것이다. 그렇게 되면 K에게는 그나마 중요한 길이 막히는 셈이다. K가 머뭇거리자 상대는 초조해했다. "댁은 누구십니까?" 되풀이하더니 덧붙여서 말했다. "댁에서 이렇게 너무 자주 전화를 걸지 않도록 해주시면 대단히 감사하겠습니다. 조금 전에도 전화가 걸려 왔습니다." K는 이런 불평에는 조금도 개의치 않고 갑자기 이렇게 신분을 밝혔다. "나는 측량기사의 조수입니다." "어떤 조수지요? 어느 분의? 어떤 측량기사시죠?" K는 문득 어제 있었던 전화 통화가 떠올랐다. "프릿츠에게 물어보시구려." 그는 짤막하고 무뚝뚝하게 대답했다. 설마했는데 놀랍게도 이 말이 효과가 있었다. 그런데 그 효과가 있었다는 것보다 성안의 일이 통일적이고 조직적으로 움직이는 데 더욱 놀랐다. 이런 대답이었다. "알겠습니다. 또 그 측량기사시군요. 네에, 네, 그러고 또 무슨 말씀이시죠? 어느 조수이신지?" "요제프." K는 말했다. 뒤에 있는 농부들의 중얼거리는 소리가 약간 방해가 되었다. 농부들은 K가 진짜 자기 이름을 대지 않는 게 불만인 것 같았다. 그러나 이런 자들과 상대하고 있을 시간이 없었다. 전화 통화가 그에게는 더 중요해서 온 신경을 집중시켜야만 했다. "요제프라고요?" 그쪽에서 되물어 왔다. "조수들의 이름은" 잠시 말을 끊는 것이 누군가 다른 사람에게 이름을 묻는 모양이었다. "아르투르와 예레미아스네요." "그들은 새 조수고요." K가 말했다. "아니 옛날 조수들이지요." "그들은 새 사람들이오. 나는 오래된 조수고, 측량기사님의 뒤를 쫓아서 오늘 도착했어요." "아니오!" 이제 상대는 버럭 소리질렀다. "그러면 내가 누구란 말이오?" K는 이제껏 해온 것처럼 태연하게 물었다. 잠시 시간이 지난 뒤에 이전과 같은 목소리로 같은 발음을 또 잘못하면서 대답이 돌아왔다. 그러나 마치 다른 사람처럼 깊이와 무게가 담긴 목소리였다. "당신은 옛날 조수요."

K는 그 목소리에 귀를 기울이다가 하마터면 질문을 미처 못 알아들을 뻔했다. "용건이 뭐지요?" 이런 물음이었다. 마음 같아서는 수화기를 놓고 싶었다. 이런 대화에는 아무런 기대도 걸 수 없었다. 그렇다고 그만둘 수도 없어서 할 수 없이 빨리 물어보았다. "우리 주인은 언제 성으로 들어가게 되겠

습니까?" "절대로 안 되오." 이것이 대답이었다. "좋습니다." K는 이렇게 말하고 나서 수화기를 놓았다.

뒤에 있던 농부들이 어느새 바싹 다가와 있었다. 조수들은 힐끔힐끔 K쪽을 곁눈질해 쳐다보면서 이 농부들을 멀리 떨쳐 보내려 애쓰고 있었다. 그러나 그 꼴이란 웃음거리에 지나지 않았다. 사실 농부들도 이 전화 문답의 결과에 만족해 천천히 점잖게 물러갔다. 그때 뒤에서 농부들의 무리를 헤치고 남자 하나가 빠른 걸음으로 다가와, K 앞에서 허리를 굽혀 인사하더니 편지 한 통을 건넸다. K는 편지를 손에 들고, 지금으로서는 편지보다 중요하다고 생각되는 그 사람을 쳐다보았다. 이 사람과 조수들은 꽤 닮은 점이 많았다. 몸이 날씬한 것도, 꽉 죄는 옷을 입은 것도 똑같은 데다 동작에 절도가 있고 재빠른 점도 신통하게 같았다. 그러나 뚜렷이 다른 점도 있었다. '저 조수 두 놈 대신에 이 친구를 조수로 썼으면 좋겠군.' K는 생각했다. 사나이에게는 먼저 가죽장수의 집에서 보았던 젖먹이를 안은 여자를 떠올리게 하는 점이 약간 있었다. 그의 옷은 거의 흰색에 가까웠는데, 물론 실크옷은 아니고 다른 모든 사람들과 마찬가지로 겨울옷이지만 마치 실크옷처럼 부드럽고 장중해 보였다. 그의 얼굴은 환하고 명랑해 보였으며 눈은 자못 컸다. 그의 미소를 머금은 얼굴은 사람들의 마음을 대단히 밝게 해줬다. 이 미소를 쫓아버리려는 듯이 그는 얼굴에 손을 댔으나 뜻대로 되지 않았다. "자네는 누구지?" K가 물으니 "바르나바스라고 합니다. 심부름꾼이에요" 대답했다. 말을 할 때 입술을 움직이는 모양이 남자다우면서도 부드러워 보였다. K는 "여기가 마음에 드는가?" 묻고 나서, 자신이 아직 관심을 갖고 있는 농부들을 손가락으로 가리켰다. 그 농부들은 많은 괴로움을 겪은 듯한 얼굴이었다. 정수리를 얻어맞아서 머리통이 납작하게 짜부라진 것처럼 보이고, 그 얻어맞는 고통 속에서 지금의 얼굴 표정이 이루어진 것 같았다. 그들은 입을 벙긋 벌린 채 그를 쳐다보다가도, 눈길을 엉뚱한 곳으로 돌려 헤매다가 아무 물건이나 바라보았다. 그 다음 K는 조수들 쪽을 가리켜 보였다. 조수들은 서로 껴안고 뺨과 뺨을 맞댄 채 빙그레 웃고 있었는데, 공손한 건지 놀리는 건지 분간할 수 없었다. K는 이 모든 사람들을, 마치 무슨 특별한 사정이라도 있어서 억지로 떠맡은 시종을 소개하는 것처럼, 바르나바스에게 가리켜 보였다. 그러면서 바르나바스가 자기와 이 사람들을 똑똑히 구별해 그 차이

점을 알아주길 바랐다. 이 기대 속에는 친밀감이 깃들어 있었는데, 그것이 K에게는 대단히 중대한 일이었다. 그런데 바르나바스가 너무 순진해서 그렇다는 건 분명했지만 이 질문에 대꾸하려고는 생각지 않고, 잘 교육받은 하인이 주인의 명령에 복종하는 척하듯 질문에 대한 예의상 주위를 돌아볼 따름이었다. 얼굴을 아는 농부에게는 손짓으로 인사하는가 하면 조수들과는 두서너 마디 말을 주고받았다. 그 모든 언행은 자유롭고 자주적이었지만 이들과 함부로 어울리지는 않았다. K는 퇴짜 맞은 셈이지만 부끄럽게 생각하지는 않았다. 손에 든 편지를 뜯어 펴보니 다음과 같은 사연이 실려 있었다.

'존경하는 귀하께! 귀하가 잘 아시는 바와 같이 귀하는 영주이신 백작의 성에서 일하도록 채용되셨습니다. 귀하의 직속상관은 이 마을 면장입니다. 그가 귀하에게 업무와 보수 조건에 관한 사항을 상세하게 통지할 것이며 귀하는 면장에게 보고할 의무를 지게 될 것입니다. 한편 본관도 늘 귀하의 언동을 지켜볼 것입니다. 이 서한의 전달인 바르나바스는 귀하의 요청을 알아보고 본관에게 보고하도록 때때로 귀하를 방문할 예정입니다. 본관은 언제나 가급적 귀하의 요청에 응할 수 있도록 준비를 갖추고 있을 것입니다. 근로자에게 만족을 주는 것이 본관의 본분이기 때문입니다.'

서명은 읽을 수 없었으나 그 옆에 'X관청 장관'이라고 인쇄되어 있었다. "좀 기다려요!" K는 벌써 인사하고 나가려는 바르나바스에게 말했다. 그러고는 주인을 불러서 자기 방을 보여 달라고 부탁했다. 그는 잠시 혼자 이 편지의 내용을 연구해 보고 싶었다. 바르나바스에게는 퍽 호감을 가졌으나 어쨌든 단순한 심부름꾼에 지나지 않음을 생각하고 맥주를 대접하라고 부탁했다. 바르나바스가 맥주 대접을 어떻게 받아들일까 주목했는데, 그는 확실히 만족스런 표정으로 단숨에 들이켰다. K는 주인과 함께 식당을 나왔다. 이 작은 집 안에 K에게 내줄 수 있는 방이라곤 좁은 다락방이 하나 있을 뿐이었다. 그러나 그것조차 대단히 무리해서 마련된 것이었다. 지금까지 그 방에서 자던 하녀 두 사람이 다른 방으로 옮겨야만 했기 때문이다. 아닌 게 아니라 하녀들을 쫓아냈다 뿐이지 방 안에 달라진 것이라곤 하나도 찾아볼 수 없었다. 침대가 하나 놓여 있을 뿐인데 옷잇이나 이불잇도 덮여 있지 않았으며 쿠션 두서너 개와 말안장 덮개가 전부였다. 이 모든 것이 어젯밤에 흩어진 그대로였다. 벽에는 두서너 장의 성자 그림과 군인들 사진이 걸려 있었다.

통풍이 되도록 고려되어 있지도 않았다. 확실히 여관 사람들은 새 손님이 오래 묵지 않기를 바란 듯, 붙들려고 애쓴 점이라곤 조금도 보이지 않았다. K는 그 눈치를 다 알아차렸지만 이불을 몸에 두른 다음 책상 앞에 앉더니 촛불 빛에 또 한 번 편지를 읽기 시작했다.

　편지의 내용은 한결같진 않았다. 개인의 자유와 의지가 인정된 자유인에게 대하는 것처럼 K에게 말을 거는 구절도 있었다. 편지 첫머리가 그랬고, 그의 희망에 관한 구절도 그랬다. 그러나 또 한편으로는 드러내 놓고 또는 은연중에 K가 그 상관의 자리에서 보면 거의 눈에 띄지 않는 하찮은 한 노동자로 취급되어 있는 구절도 있다. 그런가 하면 명분상 상관이 '언제나 그의 행동을 감시하도록' 되어 있다. 그런데 그의 상관은 기껏해야 이 마을 면장에 지나지 않을뿐더러, 그는 이 면장에게 보고할 의무까지 지고 있다. 또 그의 유일한 동료라야 마을의 순경 정도일 것이다. 그것은 의심할 여지도 없이 모순이다. 틀림없이 계획적이라고 여겨질 만큼 너무나 명백하게 드러나는 모순이다. K는 관청의 우유부단함 때문에 이런 모순이 빚어졌다고는 생각하지 않았다. 관청을 대상으로 그런 생각을 한다는 것은 얼토당토 않았다. 오히려 그는 그 속에 공공연하게 주어진 선택의 자유를 보았다. 다시 말하면 그가 이 편지의 지령을 받고 어떻게 행동할 것인가, 즉 확실히 특이하긴 하지만 성과 순전히 허울뿐인 관계를 맺고 있는 마을 노동자가 될 것인가, 그렇지 않으면 사실상 자기의 고용과 관련된 모든 문제를 바르나바스가 갖다주는 통지에만 의존하는 이름뿐인 마을 노동자가 될 것인가, 이 선택이 K에게 맡겨진 것이다. K는 선택하는 데 주저하지 않았다. 가령 지금까지의 경험이 없었다고 하더라도 주저하지 않았을 것이다. 될 수 있는 한 성 사람들에게서 멀리 떨어져 마을 노동자로 머물러야만 그는 성에서 무언가를 이룰 수 있다. 아직 그를 조금도 믿지 않는 마을 사람들도, 가령 친구가 아닐지라도 마을 주민이 되면 그에게 말을 걸어올 것이다. 또 언젠가 그가 게르스텍커나 라제만과 구별할 수 없는 비슷한 모습이 된다면—빨리 그렇게 되어야 한다. 말하자면 모든 일이 그것으로 결정된다고 해도 과언은 아니다—그때면 틀림없이 모든 길이 한꺼번에 K 앞에 열릴 것이다. 길이란 성 사람이나 그들의 은총에만 맡겨 두면 막혀 버릴 뿐만 아니라 눈에 보이지 않게 될지도 모른다. 물론 위험하긴 하다. 그 점은 편지에서도 충분히 강조되어 있을뿐더러 피할 수 없다는 듯 어떤 기쁨을 가지고 표현되어 있다. 위험이란 즉 노동자 신분을 말한다. 근무·상관·업무·보수 조건·보고·노동자, 이러한 말로 편지는 가득 차 있었다. 그리고 다른 일, 개인적인 일이 언급되는 경우에도 항상 그 관점에서만 논의되고 있다. 만일 K가 노동자가 되려고 하면 가능하긴 하지만, 단지 그때는 다른 것이 될 수도 있는 희망을 다 희생시켜 버려야 하는 그야말로 소름이 끼칠 만큼 심각하고 진지한 이야기다. K는 자기가 현실적인 강제의 위협을 받는 것은 아님을 잘 알고 있었다. 아닌 게 아니라 그는 일반적으로 현실적인 강제 같은 것을 무서워하지도 않았으며, 그 부분에는 거의 아무런 공포도 없었다. 그러나 의지를 꺾어 버리는 환경이라든지 실망에 젖어 버리는 것, 순간순간 눈에 띄지 않는 영향, 이런 것들이 지닌 무서운 폭력을 그는 두려워했다. 그러나 그는 이러한 위험과 감히 대결해야만 했다. 편지에는 또 만일 싸움이 벌어진다면 뻔뻔스럽게 싸움을 건 책임이 K쪽에 있다는 사실까지도 언급되어 있었다. 다만 이것은 미묘한 표현으로 언급되어 있어서 편치 않은 양심만이—양심의 가책이 아닌 편치 않은 양심만이—눈치 챌 수 있었다. 그를 채용해서 일을 시키는 데 대해서도 '귀하가 잘 아시는 바와 같이' 하는 말이 그것이다. K는 이미 자기 이름과 도착했다는 사실을 신고해 놓았는데, 이미 그때부터 편지에 나타난 것처럼 자기 자신이 채용된 사실을 알고 있었다.

K는 벽에 걸려 있는 그림을 하나 떼고 그 못에 편지를 꽂았다. 이 방에서 묵게 되는 이상 편지는 이곳에 걸어 두기로 마음 먹었다.

그러고 나서 K는 식당으로 내려갔다. 바르나바스는 조수들과 함께 조그만 식탁에 앉아 있었다.

"아, 자네 거기 있었군." K는 특별한 이유도 없이 단지 바르나바스의 모습을 보는 것이 기뻐서 말했다. 그는 벌떡 일어섰다. K가 식당 안으로 들어오자마자 농부들은 일어서서 그에게로 가까이 오려고 했다. 늘 K의 뒤를 쫓아다니는 것이 그들의 습관이 되었다. "대체 자네들은 뭘 바라고 이렇게 뒤쫓아 다니는 거야?" K가 소리쳤다. 그들은 이 말을 기분 나쁘게 생각하지 않고 천천히 꽁무니를 빼며 제자리로 돌아갔다. 한 사람이 걸어가면서 설명하려는 듯 경솔한 투로 "늘 뭔가 새로운 것을 듣고 싶어서요" 이렇게 말하며 알쏭달쏭한 미소를 던졌는데, 다른 두서너 사람들도 그에게 호응해 같은 미소를 지었다. 뿐만 아니라 그 사람은 새로운 것이 맛있는 음식이라도 되는 듯 자기 입술을 핥고 있었다. K는 화해의 말은 한 마디도 하지 않았다. 아마도 그들이 자기 앞에서 존경의 마음을 품고 어려워하도록 하는 편이 좋았을 게다. 그런데 그가 바르나바스 옆에 앉자마자 목 뒤에서 농부의 입김을 느꼈다. 이 농부는 소금 항아리를 가지러 왔다고 말했다. 그러나 K가 바짝 화가 나서 발을 굴렀더니 소금 항아리도 찾지 않고 그대로 내빼 버렸다. K를 괴롭히는 것쯤은 정말로 쉬운 일이었다. 예를 들면 그저 농부들이 그에게 가까이 가도록 시키기만 하면 됐다. K에게는 그들의 고집 세고 깐깐한 관심이 다른 사람들의 폐쇄성보다 더 불쾌했다. 더욱이 그것은 관심이라곤 하지만 역시 폐쇄성이기도 했다. 왜냐하면 만일 K가 그들 식탁에 함께 앉으려고 하면 그들은 그대로 자리에 앉아 있지 않았기 때문이다. K는 소동을 일으키려고 하다가 다만 바르나바스가 거기 있기 때문에 그만뒀다. 그래도 그는 위협하는 태도로 농부들이 있는 쪽을 돌아보았다. 그들도 이쪽으로 얼굴을 돌리고 있었다. 그러나 이들이 이처럼 저마다 제자리에 앉아서 서로 이야기도 하지 않고 뚜렷한 관계도 없이, 단지 K를 쳐다보는 것만을 인연으로 삼고 쫓아다니는 것이 전혀 악으로 그러는 게 아닌 듯 느껴졌다. 어쩌면 그들은 그에게 정말 바라는 것이 있으면서도 그것을 사실 입 밖에 내서 표현할 수 없는지도 몰랐다. 그렇지 않으면 한낱 순진해서 그렇든지. 좌우간 여기선 순진한 게 특색인 것처럼 보였다. 이 집 주인은 손님에게 가지고 갈 맥주 컵을 두 손에 든 채 걸음을 멈추고 K쪽을 쳐다보면서 자기 마누라가 부엌에 난 작은 창문으로 윗몸을 내밀고 지르는 소리를 건성으로 듣고 있었는데, 이 주인 남자도 순진한 걸까?

전보다 더 침착한 마음으로 K는 바르나바스 쪽을 쳐다보았다. 두 조수를 멀리하고 싶었으나 좋은 구실을 찾을 수 없었다. 그들은 조용히 맥주를 쳐다보고 있었다. "편지를 읽었어. 자네는 편지 내용을 아는가?" K가 입을 열었다. "모릅니다." 바르나바스는 대답했다. 여러 말보다 눈빛이 더 많은 말을 하고 있는 듯했다. K는 농부들의 경우 악의라는 면에서, 이 바르나바스의 경우 선의라는 면에서 잘못 생각하는지도 몰랐다. 하지만 그가 있어서 기분이 좋은 것은 여전했다. "편지에는 자네 말도 나오지, 즉 자네는 나와 상관 사이를 가끔 오가며 연락을 하도록 되어 있어. 자네도 편지 내용을 알 거라고 생각했는데." "저는 단지 이 편지를 전해 드리고 다 읽으실 때까지 기다린 다음, 필요하시다면 구두 또는 서면으로 회답을 가지고 돌아오도록 지시를 받고 왔습니다." 바르나바스의 말이었다. "좋아, 쓸 필요도 없지. 상관에게 말씀드리게. 그분의 성함이 뭐였지? 사인을 봤는데 알아볼 수가 없었어." K가 말했다. "클람입니다." 바르나바스가 말했다. "그러면 클람 씨에게 감사해 하더라고 전해 주게. 이곳에 적합한지 아무런 증명도 되지 않은 나를 채용해 주시고 친절을 베풀어 주셔서 대단히 고맙게 생각한다고. 나는 그분 뜻대로 행동할 거야. 오늘은 다른 부탁은 없네." 한마디 한마디 빠뜨리지 않으려고 귀를 기울이던 바르나바스는 부탁받은 말을 K 앞에서 다시 한 번 외워봐도 좋겠냐고 물었다. K가 허락하자 바르나바스는 K의 말을 빠짐없이 그대로 되풀이했다. 그러고 나서 작별을 하려고 일어섰다. 아까부터 내내 K는 바르나바스의 얼굴을 살펴보고 있었는데 지금 또 마지막으로 한 번 그 얼굴을 찬찬히 뜯어보았다. 바르나바스의 키는 K와 거의 비슷했다. 그러나 K는 그가 눈을 내리깔고 자신을 바라보는 것 같았다. 바르나바스의 태도는 어디까지나 공손해서 이 사람이 다른 누구를 부끄럽게 하는 일은 없을 성싶었다. 물론 이 사람은 단지 심부름꾼에 지나지 않고, 자기가 배달하는 편지 내용도 몰랐을 뿐더러, 자신도 의식하지 못하는 사이에 눈초리·미소·걸음걸이에까지도 심부름꾼이라는 신분을 잘 나타내고 있었다. 사실 K는 작별하려고 손을 내밀었는데, 이 정다운 행동이 그를 깜짝 놀라게 한 모양이었다. 그도 그럴 것이, 바르나바스는 인사만 하고 그대로 나가 버리려고 했던 것이다.

바르나바스가 나가자마자—문을 열기 전에 K는 잠시 동안 어깨를 문간에 기대고 어느 한 사람만을 상대로 하지 않는 듯한 눈초리로 방 안을 훑어보았다—곧 K는 조수들에게 말했다. "방에서 서류를 가져올 테니 일에 대해서 상의하기로 하지." 그들은 함께 따라가려고 했다. "자네들은 여기 있어!" K가 말했다. 그래도 그들은 여전히 따라가려고 했다. K는 더욱 엄숙하게 명령을 되풀이해야만 했다. 현관에는 이미 바르나바스의 모습이 보이지 않았다. 지금 막 나간 것이 분명한데 말이다. 집 앞에도—눈이 다시 퍼붓기 시작했다—그의 모습은 온데간데없었다. "바르나바스!" 불러 보았으나 아무 대답이 없었다. 아직도 집 안에 남아 있는 것일까? 아무리 생각해 보아도 다른 가능성이 있을 것 같지 않았다. 그러나 K는 또 한 번 있는 힘을 다해서 이름을 불러 보았다. 바르나바스라는 이름이 마치 산울림처럼 어둠 속을 울렸다. 저 먼 곳에서 희미하게 대답하는 소리가 들려왔다. 그리고 보니 바르나바스는 벌써 그렇게 먼 곳까지 가버렸던 것이다. K는 돌아오라고 소리치면서 그 사람 쪽으로 걸어갔다. 한참을 와서야 두 사람이 만났기 때문에 여관에서는 그들의 모습이 보이지 않았다.

"바르나바스." K는 목소리가 떨리는 것을 어쩔 수 없었다. "자네에게 할 말이 아직 남아서. 이쪽에서 성에 뭔가 부탁할 게 있을 때, 자네가 우연히 찾아오기만을 기다리는 건 큰 낭패라는 걸 깨달았어. 만일에 내가 요행히 자네 뒤를 쫓아오지 않았다면, 자네가 다음에 다시 와줄 때까지 얼마나 오랫동안 기다려야 할지 누가 알겠는가. 자넨 정말 날아다니는 새처럼 빠르군. 난 자네가 아직도 집에 있다고 생각했어." "제가 선생님이 정해 주신 시간에 어김없이 오도록 상관께 부탁하면 어떻습니까?" 바르나바스가 말했다. "그것으론 부족해. 어쩌면 나는 1년 동안 아무 말도 하지 않을 거야. 그러다가 자네가 떠난 지 15분도 지나기 전에 긴급하게 전할 일이 생길지도 모르지." K가 말했다. "그렇다면 제가 상관과 선생님 사이를 연락할 뿐만 아니라 다른 연락 방법도 강구해 달라고 상관께 말씀 올릴까요?" 바르나바스가 말했다. "아니야, 아니야. 절대 그러지는 말게. 단지 겸사겸사 말했을 뿐이야. 어쨌거나 이번에는 다행히 운이 좋아서 자네를 뒤쫓아 올 수 있었어." K가 말했다. "여관으로 되돌아 갈까요? 새로 전할 말씀이 있으시다면 말입니다." 바르나바스는 이렇게 말하면서 벌써 여관 쪽으로 한 발짝 걸음을 옮겨 놓고 있었다. "바르나바스, 그럴 필요는 없어. 잠시 자네와 함께 걷기로 하지." K가 말했다. "왜 여관으로 가시려고 하지 않습니까?" 바르나바스가 물었다. "농부들이 성가시게 구는 것을 자네도 보지 않았는가. 귀찮아 죽겠어." K가 말했다. "둘이서 선생님 방으로 가면 될 텐데요." 바르나바스가 말했다. "그곳은 하녀들 방이야. 더럽고 곰팡이 냄새가 나서 숨 막힐 지경이라고. 그곳에 있지 않으려고 자네와 잠시 걸으려는 걸세. 자네는 그저……." K는 자기가 주저하는 기색을 단연코 이겨내기 위해 덧붙여서 말했다. "내가 자네의 팔짱을 끼게 해주게. 자네의 걸음이 더 믿음직하니까 말이야." 그렇게 말하고 K는 바르나바스의 팔짱을 끼었다. 주위는 아주 깜깜하고 바르나바스의 얼굴은 전혀 보이지 않을 뿐더러, 몸의 윤곽조차 어렴풋했다. K는 조금 전에도 그의 팔을 손으로 더듬어서 만져 보려고 했다.

바르나바스가 K의 말에 동의하여, 두 사람은 여관을 등지고 멀리 걸어갔다. 물론 K는 자기가 아무리 기를 써 보았자 이 사람과 같은 속도로 걸어갈 수 없을 뿐더러, 오히려 이 사람이 자유롭게 걸어가는 데 방해가 되리라고 느꼈다. 보통 때 같으면 대수롭지 않은 일로도 옴쭉 못할 정도로 녹초가 되어 틀림없이 뒷골목에서 쓰러졌을 것이다. 오늘 아침도 호젓한 골목길에서 눈 속에 파묻혀 오도 가도 못했는데, 지금도 바르나바스가 도와주지 않으면 이 길에서 빠져나갈 수 없으리라고 느꼈다. 그러나 K는 이런 걱정을 보기 좋게 물리쳐 버렸다. 게다가 바르나바스가 입을 열지 않고 잠자코 있었기 때문에 기분이 한결 가벼웠다. 두 사람은 아무 말 없이 걷기만 했는데 그러고 보니 바르나바스에게도 그저 앞으로 걸어가는 것, 단지 그것만이 두 사람이 함께 있는 목적이고 보람일 것이다.

두 사람은 계속 걸었지만 K는 어디로 가는지 알 수가 없었다. 더군다나 아무것도 분간할 수 없었다. 벌써 교회 앞을 지났는지 어떤지 그것조차 알 도리가 없었다. 단지 걸어가는 것 때문에 지쳐버리고, 지쳤기 때문에 생각을 다스릴 수 없었다. 목표가 뭔지 확고하게 정하지 못한 채 생각이 산산이 흩어져 버렸다. 자꾸만 고향이 눈앞에 어른거리고, 그 추억으로 가슴이 벅찼다. 고향의 광장에도 교회가 있었는데, 한쪽이 오래된 묘지에 둘러싸이고 또 이 묘지는 높은 담으로 둘러싸여 있었다. 몇 안 되는 아이들만이 이 담 위로 기어 올라갈 수 있었으며 역시 K는 올라가지 못했다. 어린애들이 호기심에 못 이겨서 그런 짓을 한 건 아니었다. 묘지가 어린애들의 눈에 그리 신비스런 것도 아니었다. 작은 살창문을 통하여 그들은 벌써 몇 번이고 묘지 안으로 들어갔다. 단지 높고 미끄러운 담을 정복하고 싶었을 뿐이다. 어느 날 오전 조용하고 인기척 없는 광장에 햇살이 넘쳐흐르고 있었다. K는 이전에도 또 그 후에도 광장의 그러한 광경을 본 적이 없었다. K는 놀랄 만큼 쉽게 이 담을 정복할 수 있었다. 몇 번 시도했으나 여지없이 실패했던 그곳에서, 작은 깃대를 입에 문 채 단숨에 담 위로 기어 올라갔다. 담 꼭대기에 올라가서 보니 돌 부스러기가 쫙쫙 굴러 내리고 있었다. 깃대를 꽂자 때마침 불어온 바람을 안고 팽팽하게 나부꼈다. 그는 아래를 내려다보고 주위를 둘러보

앉으며 어깨너머로 땅에 꽂힌 수많은 십자가를 돌아다보았다. 지금 이 자리에서는 아무도 따를 수 없을 정도로 위대했다. 그때 우연히 선생님이 지나가다가 노기를 띤 눈초리로 K를 아래로 내려오도록 했다. 뛰어내릴 때에 무릎을 다쳐서 K는 간신히 집에 돌아왔다. 그러나 담을 정복했다는 점에는 변함이 없었다. 이 승리감은 그때부터 그의 긴 생애를 통해 하나의 발판이 되는 것처럼 느껴졌는데, 그것이 그리 어리석다고만 할 순 없었다. 왜냐하면 벌써 오랜 세월이 흐른 지금, 그가 바르나바스의 팔에 기대고 걸어가는 눈 내리는 이 밤에, 그 추억이 도움이 되었기 때문이다.

그는 아까보다 더 바짝 바르나바스의 팔에 매달렸다. 바르나바스는 그를 끌고 가다시피했다. 침묵은 깨지지 않았다. K가 단지 길에 대해 아는 것이라고는 그 거리의 상태로 미루어보아 아직도 옆길로 구부러지지 않았다는 것뿐이었다. 아무리 길을 걷기 어렵다 해도 또 돌아갈 길이 걱정된다 해도 걸음을 멈추지 않으리라고 마음속으로 굳게 맹세했다. 어차피 질질 끌려갈 테니, 그의 체력을 가지고도 넉넉하다고 할 수 있을 것이다. 그런데 길이 끝없이 이어질 수 있을까? 낮에 보니까, 성은 쉽게 이를 수 있는 목적지처럼 눈앞에 가로놓여 있었을 뿐 아니라 심부름꾼 바르나바스는 틀림없이 지름길을 알 테니까 말이다.

거기서 바르나바스가 섰다. 여기는 어디쯤일까? 벌써 길이 막혔다는 말인가? 바르나바스는 K에게 작별하려고 하는 것일까? 그렇게 잘 안 될 것이다. K는 자신의 몸이 아플 정도로 바르나바스의 팔을 꼭 붙잡고 있었다. 혹시 믿을 수 없는 기적이라도 일어나서 두 사람은 이미 성 안이나 성문 앞에 와 있는 것일까? 그러나 K가 아는 한, 두 사람이 언덕길을 올라온 기억은 전혀 없었다. 그렇지 않으면 바르나바스가 눈치채지 못하도록 몰래 자기를 끌고 언덕길을 올라왔단 말인가? "대체 여기가 어딜까?" K는 나지막한 소리로 바르나바스에게 묻는다기보다 혼잣말하듯 물었다. "집입니다." 바르나바스 역시 나지막한 목소리로 대답했다. "집이라고?" "미끄러지지 않도록 주의하십시오, 내리막길이니까." "내리막길이라고?" "두서너 걸음만 내려가면 됩니다." 그는 덧붙여 말하기가 무섭게 벌써 문을 두드리고 있었다.

한 처녀가 문을 열었다. 그들 두 사람은 큰 방 문 앞에 서 있었다. 어둑한 방 안에는 왼편 깊숙이 식탁 위에 보잘것없는 석유램프가 하나 매달려 있을 뿐이었다. "함께 오신 분은 누구세요, 바르나바스?" 처녀가 물었다. "측량 기사님이셔." 그가 말했다. "측량기사라고요?" 처녀는 식탁 쪽을 보며 더 큰 목소리로 되물었다. 그러자 안쪽 깊숙한 곳에 있던 늙은 부부와 한 처녀가 일어나 K에게 인사했다. 바르나바스는 가족 모두를 그에게 소개했다. 부모님과 자매 올가와 아말리아였다. K는 그들을 본체만체했다. 가족 중에는 K의 함빡 젖은 윗옷을 벗겨서 난롯가에 말려 주는 사람도 있었다. K는 하는 대로 내버려 두었다.

여기는 두 사람의 집이 아니고 바르나바스만의 집이다. '그런데 대관절 우리가 어떻게 여기에 있는 것일까?' K는 바르나바스를 옆으로 불러다 물어보았다. "왜 자네 집으로 와 버렸는가? 혹 자네는 성 안에 살고 있나?" "성 안이라고요?" 바르나바스는 K가 한 말의 뜻을 모르겠다는 듯 되풀이했다. "바르나바스, 자네는 여관에서 성으로 가려고 하는 것 같았는데." K가 말했다. "아닙니다. 저는 집으로 돌아오려고 생각했습니다. 성에는 아침 일찍이 갈 뿐이고 거기서 묵은 적은 없습니다." 바르나바스가 말했다. "그래, 자네는 성으로 가려고 한 것이 아니라 여기로 오려고 했을 뿐이군." K는 말했다. K에게는 바르나바스의 얼굴에 떠오른 미소가 전보다 더 넋 빠진 것처럼, 그리고 인간 자체도 더 초라한 것처럼 느껴졌다. "왜 자네는 내게 그렇게 말하지 않았는가?" "선생님이 제게 물어보지 않아서 그랬습니다. 선생님이 제게 무슨 부탁을 하시려고 하면서 식당이나 방에서는 말씀하시기를 꺼리시기에 저는 이렇게 생각했습니다. 제 부모님이 계신 곳이라면 아무런 방해도 받지 않고 그 부탁을 말씀하실 수 있을 것이 아닌가 하고요. 만일에 선생님이 명령만 하신다면 모두 여기서 자리를 비킬 수도 있습니다. 뿐만 아니라 이곳이 마음에 드신다면 묵으셔도 좋습니다. 제가 무슨 잘못이라도 했습니까?" K는 대답할 수가 없었다. 오해였다. 저속하고 야비한 오해가 있었던 모양이다. 그래서 K는 이 사람에게 완전히 몸을 맡겼던 것 같다. 몸에 착 붙어 비단처럼 번지르하게 윤이 나는 바르나바스의 윗도리에 매력을 느끼고 정신이 팔렸던 모양이다. 그런데 지금 바르나바스가 이 윗도리의 단추를 풀자 누렇게 더러워진 누덕누덕 기운 셔츠가 젊은이의 굳세고 모진 가슴 위로 드러났다. 그 주위에 있는 모든 것이 이 셔츠와 딱 맞아떨어질뿐더러 오히려 그것을 넘어서고 있었다. 중풍을 앓는 늙은 그의 아버지는 뻣뻣한 다리로 천천히 내딛는다기보다 오히려 손으로 더듬으면서 겨우 걸어 다니고 있었다. 또 그의 어머니는 굉장히 뚱뚱해서 가슴에 손을 포갠 채 느릿느릿 아주 조금씩밖에는 앞으로 나아가지 못하고 있었다. 이 두 사람은 K가 방에 들어왔을 때부터 앉아 있던 방구석에서 K쪽으로 발을 옮기기 시작했는데 아직도 그에게 이르지 못하고 있었다. 금발의 누이들은 서로 닮은 데다 바르나바스와도 닮았지만, 그보다는 더 쌀쌀맞은 표정을 짓고 있었다. 키도 크고 몸도 튼튼한 이 처녀들은 새로 등장한 K를 둘러싸고 그가 무슨 인사말이라도 해주길 기대하고 있었다. 그런데 그는 한 마디도 할 수가 없었다. 그는 이 마을 사람 누구나 자기에게 중요한 사람이라고 생각했으며, 또 사실 그랬으나 이 집 사람들에게만은 전혀 관심이 없었다. 만일 여관으로 가는 길을 알고 있어서 혼자라도 돌아갈 수 있었다면 망설이지 않고 떠나 버렸을 것이다. 아침 일찍 바르나바스와 함께 성으로 갔으면 하는 생각에는 아무런 매력을 느끼지 못했다. 그는 오늘밤 중에 바르나바스의 안내를 받아 사람들 눈에 띄지 않고 성으로 들어갔으면 했다. 다만 그 안내를 하는 바르나바스가 여태까지 K의 눈에 비친 대로의 바르나바스, 즉 이 마을에서 만난 누구보다도 친밀감이 느껴지며 겉으로 드러난 신분보다 훨씬 긴밀하게 성과 관련되어 있다고 K가 믿는 장본인이어야만 한다. 하지만 바르나바스는 온전히 이 집안에 속할 뿐만 아니라 벌써 가족과 함께 식탁에 앉아 있는 이 집의 아들이었다. 이런 그와 누가 봐도 성에서 묵을 수 없는 남자가 대낮에 팔짱을 끼고 성에 들어가는 것은 도저히 있을 수 없는 일이며 전혀 가망이 없는 시도라고 할 수밖에 없었다.

K는 역시 여기서 묵기로 하되 그 밖에 아무것도 이 가족의 신세는 지지 말자 결심하고 창 옆 의자에 앉았다. 그를 쫓기도 하고, 또 무서워하기도 하는 마을 사람들이 먼저 생각했던 것보다는 위험하지 않은 듯이 느껴졌다. 그들은 결국 자기 자신만을 의지하도록 그에게 암시를 준 것이며 그의 힘을 한곳에 모으도록 도와준 셈이다. 그런데 이처럼 언뜻 보기에는 그를 돕는 것 같은 사람들, 즉 성으로 그를 데려가는 대신 살짝 위장하여 자기 가족에게 데려온 사람들은 그들이 원했든 원하지 않았든 간에 가려던 길에서 벗어나게 하고 그의 힘을 파괴시키는 역할을 한 것이다. 가족들이 식탁에 앉아 어서 오라고 그를 불렀으나, 그런 소리를 듣는 둥 마는 둥 K는 고개를 숙이고 의자에서 움직이려 하지 않았다.

바로 그때에 올가가—두 자매 중에서 비교적 얌전한 성격이었으며 사실 처녀답게 어쩔 줄을 모르고 당황한 기색까지 띠고 있었는데—일어서더니, K에게로 걸어와서 빵과 베이컨이 준비되었고 맥주도 가져올 테니 식탁으로 오라고 권했다. "어디서 가져옵니까?" 물었더니 "여관에서 가져오죠." 그녀는 대답했다. K에게는 그 말이 무척 반가웠다. 그래서 그는 맥주를 가져오는 것은 그만두고 그저 자기를 여관까지 데려가 달라고 부탁했다. 그런데 이야기를 들어 보니 그 여자는 그렇게 먼 K가 묵는 여관으로 가려는 것이 아니라 바로 옆에 있는 다른 여관인 신사관으로 가려던 참이었다. 그래도 그는 따라가게 해달라고 부탁했다. 틀림없이 그 여관에서 묵을 수 있을 거라고 생각했다. 그 여관의 잠자리가 어떠할지라도 이 집의 가장 좋은 침대보다는 나을 것 같았다. 올가는 금방 대답을 하지 않고 식탁 쪽을 돌아보았다. 식탁에서 바르나바스가 일어나 좋다는 의미로 고개를 끄덕이며 말했다. "선생님이 원하시면 함께 가드려." 찬성하는 말을 듣자, K는 자기가 끄집어낸 부탁을 거둬들이고 싶은 생각이 간절했다. 그냥 하찮은 일이라 그가 찬성했을 거라는 생각에서였다. K를 여관에서 받아줄지 어떨지 가족들이 모두 걱정했지만 K는 얼른 데려가 달라고 더욱 졸라 댔다. 그러면서도 그는 자기 부탁에 대해 납득이 갈 만한 이유를 찾는 데는 조금도 애쓰지 않았다. 이 가족은 그의 방식대로 그의 말을 받아들여야만 했다. 말하자면 그는 이 가족 앞에서 염치가 없게 굴었다. 가족 중에서 단지 아말리아만이 진지하고 솔직하고 태연했지만 약간 둔한 눈초리로 그의 마음을 어지럽게 했다.

여관까지는 아주 가까웠다. 도중에—K는 별다른 도리가 없으므로 올가의 팔짱을 끼고 그녀의 몸에 의지한 채 앞서 그의 오빠에게 그랬던 것처럼 이번에는 그녀에게 거의 끌려가다시피 하면서 갔다—들은 바에 따르면 그 여관은 본디 성 사람만 이용할 수 있어서, 마을에 무슨 볼일이 있을 때면 그곳에서 식사를 하고 때로는 묵기도 한다고 했다. 올가는 다정한 투로 나지막하게 K와 이야기했다. 그녀와 함께 걸으니 바르나바스와 걸을 때처럼 한없이 기분이 좋았다. K는 이런 쾌감을 억누르려고 애썼으나 도저히 억누를 수가 없었다.

이 여관은 언뜻 보기에 K가 묵는 여관과 꽤 비슷했다. 대체로 이 마을의 집들은 겉으로 보면 큰 차이점이 없었다. 그래도 이 여관과 먼젓번 여관의 세세한 차이점이 바로 눈에 띄었다. 바깥 계단에는 난간이 달려 있고 문 위에는 아름다운 등이 갖춰진 점이 그것이다. 그들이 집 안에 들어서자 두 사람의 머리 위에서 천이 펼럭였는데 이것은 백작 집안을 표시하는 물들인 깃발이었다. 현관에서 두 사람은 감독차 순시를 돌던 주인과 딱 마주쳤다. 그는 자세히 살피려는 것인지 졸려서인지 눈을 가늘게 뜨고 옆으로 지나가는 K를 보며 말했다.

"측량기사는 술집까지밖에는 못 들어갑니다." "알고 있어요." 올가가 얼른 K 편을 들며 말했다. "이분은 나를 따라온 것뿐이에요." 그러나 야속하게도 K는 올가 곁을 떠나 주인 옆으로 갔다. 올가는 그동안 현관 구석에서 초조하게 기다리고 있었다. "여기서 묵고 싶은데요." K가 말했다. "미안하지만 안 되겠습니다. 당신은 잘 모르시는 모양인데 이 집은 성에서 오신 분만 이용하도록 되어 있습니다." 주인의 대답이었다. "규정이 그래도 어느 구석에다 재우는 일쯤은 가능할 것 같은데." K는 반박했다. "손님의 뜻을 받아들인다면 좋겠지요. 하지만 지금 손님이 타향에서 오신 분과 같은 말투로 말씀하신 그 규정이 엄격하지 않다손치더라도 그것은 안 될 말입니다. 왜냐하면 성의 양반들은 대단히 까다롭거든요. 내가 알기로 그 양반들은 타향 사람의 모습을 보면 못 견뎌 하지요. 특히나 예기치도 않은 때에 느닷없이 보게 되면 환장하는 것 같습니다. 그러니까 내가 당신을 여기서 재웠다가 우연히—이 우연이라는 건 언제나 성 양반들 편이지요—들키기라도 한다면 모가지가 날아가는 것은 나뿐이 아니라 당신도 같은 운명이라는 것을 알아야 합니다. 어리석은 소리를 한다고 생각하시겠지만 사실인데 어떻게 합니까?" 주인은 그렇게 말했다. 키가 크고 단추를 꼭 낀 이 주인은 한 손은 벽에, 또 한 손은 허리에다 짚고 두발을 꼬고는 K 쪽으로 약간 윗몸을 구부리면서 정답게 말을 걸었다. 이 주인은 농촌 사람들이 잔치 때나 제사 때 입는 어두운 색 옷을 입고 있었으나 아무리 보아도 시골 사람인 것 같지 않았다. "나는 당신 말씀이 모두 옳다고 생각해요. 내 표현이 서툴렀는지는 몰라도 규정의 중요성을 얕본 적은 절대로 없어요. 단지 한 가지 당신의 주의를 환기하고자 하는 것은, 내가 성안에 귀한 연고자를 두었을 뿐더러 장래에는 더욱 중요한 인물과 관계를 맺게 되리라는 점이지요. 그런 연고자들은 내가 여기 묵었기 때문에 일어날지도 모르는 위험에서 당신을 보호해 주실 겁니다. 뿐만 아니라 내가 사소한 호의에 대해서도 충분히 사례할 수 있는 신분이라는 것도 보증해 줄 수 있지요." K가 말했다. "나도 압니다." 주인은 이렇게 말하더니 또 한 번 되풀이했다. "나도 그걸 압니다." 여느 때 같으면 K는 여기서 자기 요구를 더 강경하게 주장했을 것이다. 그러나 주인의 이 대답을 듣고는 맥이 탁 풀려서 그저 이렇게밖에는 물어보지 못했다. "오늘은 성 양반들이 많이 묵고 있나요?" "그런 면에선 오늘 형편이 좋습니다. 단지 한 분만이 묵고 계시거든요." 주인은 유혹하는 듯한 말투로 이야기했다. 그 말을 듣고도 K는 억지를 쓰지 못하고 있었으나 그럭저럭 받아줄 것도 같아서 그 양반의 이름만을 물어보았다. "클람." 주인은 대수롭지 않게 말하면서 자기 처를 돌아다보았다. 그때 마침 그의 처가 유행에 뒤떨어지는 데다 헐어빠진 단에 구김살투성이기는 하나 그래도 도회지 냄새를 풍기는 화려한 옷을 입고 옷자락을 팔랑거리며 이쪽으로 걸어왔다. 상관이 어떤 일로 부른다고 하면서 주인을 데리러 온 것이다. 주인은 떠나기 전에 다시 K쪽으로 몸을 돌렸다. 묵고 안 묵고는 더 이상 자기가 아닌 K의 결단에 달렸다는 눈치였다. 그러나 K는 한 마디도 입 밖에 낼 수 없었다. 공교롭게도 바로 그의 상관인 클람이 묵고 있다는 그 현실 앞에서 K는 당황하고 어이가 없을 지경이었다. 자기 자신도 똑똑히 설명할 수 없는 일이지만, 클람에 대해서는 성의 다른 사람에 대해서 느끼는 것처럼 기분이 자유로울 수가 없었다. 여기 있다 들킨다고 하더라도, 주인이 말한 것처럼 깜짝 놀라는 일은 없겠지만 말할 수 없이 괴롭고 난처할 것임에는 틀림없었다. 마치 신세를 진 사람에게 경솔하게 어떤 쓰라린 고통을 주는 듯한 기분이었다. 그와 동시에 이처럼 심상치 않은 사태에 전부터 두려워하던 하급자 신분에 의한 좋지 못한 결과가 뚜렷하게 나타났다. 뿐만 아니라 두려워하던 결과가 이렇게 뚜렷이 나타난 바로 이 마당에 그것을 극복할 수 없다는 사실을 깨닫고서 그는 무겁게 짓눌리는 듯한 심란한 기분에 사로잡히고야 말았다. 그는 우뚝 선 채 입술을 깨물고 한 마디도 입 밖에 내지 못했다. 도리어 주인이 안으로 자취를 감추기 전에 또 한 번 K쪽을 돌아다보았다. K는 주인의 뒷모습을 쳐다보며 그 자리에서 움직이려고도 하지 않았다. 마침내 올가가 와서 그를 데리고 갔다. "여관 주인에게 무슨 볼일이라도 있으셨나요?" 올가가 물었다. "이 집에서 묵으려고 했어요." K는 말했다. "저희 집에 묵으시면 좋은데." 올가는 의아스러운 듯이 말했다. "물론이에요." K는 이렇게 대답한 뒤 그 말의 뜻을 해석하는 것은 그녀에게 맡겼다.

3 프리다

술집은 한가운데가 텅 빈 커다란 방이었다. 농부 몇 사람은 벽에 기대서 나란히 놓인 통 옆에 자리 잡기도 하고, 또 통 위에 앉기도 하였다. 그들은 K가 묵는 여관에 드나드는 농부들과는 다르게 보였다. 누구나 회색빛을 띤 누르스름한 거친 천으로 된 옷을 입고 있었는데 훨씬 산뜻한 차림이었다. 윗도리는 헐렁했으나 바지는 몸에 꼭 맞았다. 그들은 키가 작고 언뜻 보기에도 서로가 쏙 빼닮았으며, 얼굴은 넓적하고 뼈가 드러났으나 두 볼은 둥글둥글했다. 말수가 적고 거의 움직이지도 않았다. 다만 그들은 거기에 들어온 K와 올가를 시선으로 좇았을 뿐인데 그것조차 천천히 아주 무관심한 태도였다. 사람 수가 많은데도 아주 조용히 했기 때문에 그들은 K의 마음속에 어떤 뚜렷한 인상을 주었다. K는 또 한 번 올가의 팔을 잡았는데 그것은 여기 있는 사람들에게 자기가 여기 있는 이유를 설명해 보이기 위한 것이었다. 구석에 있던 남자 한 사람이 일어섰다. 올가와 아는 사이였는지 그녀에게로 가까이 오려고 했다. 그런데 K는 끼고 있던 팔로 올가의 몸을 다른 방향으로 돌려 버렸다. 그녀 말고는 아무도 눈치 챈 사람이 없었으나 그녀는 곁눈질을 하더니 미소 지으며 하는 대로 잠자코 있었다.

프리다라고 부르는 젊은 여자가 맥주를 따라주었다. 몸집이 작고 눈에 잘 띄지 않는 금발 아가씨인데, 눈에는 애수를 띠고 뺨은 야위었으나 특별히 뛰어남을 나타내는 그녀의 눈초리는 사람의 마음을 뒤흔들 만했다. 이 눈초리가 K에게로 쏠렸을 때, K는 그 시선이 벌써 자기와 관계된 일을 해결해 준 것처럼 느꼈다. 그런 일이 있음을 그 자신은 조금도 모르고 있었으나 그 눈초리가 그런 일의 존재를 그에게 확신시켰던 것이다. 프리다가 올가와 이야기할 때도 K는 곁에서 물끄러미 그 여자의 얼굴만 쳐다보고 있었다. 올가와 프리다는 단지 냉담하게 말을 두서너 마디 주고받았을 뿐 친구처럼 보이지는 않았다. K는 거들어줄 생각으로 다짜고짜 이렇게 물었다.

"당신은 클람 씨를 아시나요?" 올가가 웃음을 터뜨렸다. "뭐가 우스워요?" K는 화를 내면서 물었다. "아니, 안 웃어요." 올가가 말했으나 그래도 웃음을 멈추지 않았다. "올가는 아직도 어린애야." K는 그렇게 말하고 탁자 위로 윗몸을 쭉 구부렸다. 또 한 번 프리다의 시선을 자기에게로 끌기 위해서였다. 그러자 그녀는 눈을 내리뜬 채 낮은 목소리로 말했다. "클람 씨를 만나려고 하세요?" K는 그를 만나게 해달라고 부탁했다. 그녀는 자기 바로 왼쪽에 있는 문을 가리켰다. "여기 작은 구멍이 있는데 이 구멍으로 들여다보면 보입니다." "그렇지만 여기 이 사람들은?" K가 물었다. 그녀는 아랫입술을 삐죽 내밀더니 부드럽기 그지없는 손으로 K를 잡고서 문 쪽으로 데리고 갔다. 확실히 동정을 살피기 위한 목적으로 뚫어진 구멍인데, 이 작은 구멍으로 옆방을 모조리 들여다볼 수 있었다. 클람은 눈앞에 나지막이 매달린 눈부신 백열등 불빛을 받으며 방 안 한복판 둥근 안락의자에 기분 좋게 앉아 있었다. 키는 중간 정도 되고 몸은 육중하게 보이는 뚱보였다. 얼굴은 매끈하게 윤이 났으며 두 뺨은 나이의 무게를 이기지 못해 살짝 처졌고, 검은 콧수염이 길게 자라 있었다. 코 위에 비스듬히 걸친 코안경이 번쩍거리며 두 눈을 가리고 있었다. 클람이 책상을 똑바로 대하고 있었더라면 K는 옆모습밖에 볼 수 없었을 것이나, 클람이 K쪽을 정면으로 향하고 있었으므로 그 얼굴을 온전히 볼 수 있었다. 클람은 왼쪽 팔꿈치를 책상에 올려놓고, 오른손은 버지니아 여송연을 들고서 무릎 위에 얹고 있었다. 책상에는 맥주 컵이 놓여 있었다. 책상 테두리 장식이 높아서 서류가 놓였는지 어쩐지 확실히 볼 수 없었지만 아무것도 없는 것 같았다. K는 확인하기 위해 이 구멍으로 들여다보고 서류가 있는지 알려 달라고 프리다에게 부탁했다. 그런데 그녀는 조금 전 이 방에 다녀왔기 때문에 책상에 서류가 놓여 있지 않다는 사실을 바로 확인할 수 있었다. K가 프리다에게 이제는 가야 되지 않느냐고 묻자, 마음껏 들여다보아도 상관없다고 대답했다.

K는 프리다와 단둘이 남아 있었다. 재빨리 주위를 살펴보니까 올가는 아는 남자 옆으로 가서 통 위에 걸터앉아 발을 퉁퉁거리며 통을 두드리고 있었다. "프리다, 클람 씨와는 잘 아는 사이인가요?" K가 속삭이듯 물었다. "아아, 네, 잘 알고말고요." 그녀가 말했다. 그녀는 K와 나란히 등을 기대고서, 지금에야 K의 눈에 띄었지만, 앞가슴을 넓게 파낸 시원스러운 크림색 블라우스를 만지작거리며 바로잡고 있었다. 이 블라우스는 여자의 빈약한 몸에 아주 어색하게 보였다. 그녀가 물었다. "올가가 웃은 것을 기억하시지요?"

"네, 예의를 모르는 여자예요." K는 말했다. "그래도" 그녀는 부드러운 어조로 말했다. "웃을 이유가 있었어요. 제게 클람을 아냐고 물으셨지만, 저는 ……." 여기서 그녀는 무의식중에 약간 몸을 일으켰다. 그러고는 지금 하던 이야기와 아무 상관도 없는 의기양양한 눈길로 K를 훑어보았다. "저는 그분의 애인이에요." "클람의 애인이시라고요?" K가 되묻자, 그녀는 고개를 끄덕였다. "그렇다면 당신은 내가 경의를 표할만한 사람이군요." K는 두 사람 사이의 분위기가 너무 진지해지지 않도록 미소를 띠면서 말했다. "당신만이 아니에요." 그녀는 정답게 말했으나, 그의 미소에 반응한 것은 아니었다. K는 그녀의 거만한 태도를 꺾을 만한 방법을 알고 있었으므로 그 방법을 한번 써 보려고 다음과 같이 물었다. "당신은 성에 가본 일이 있나요?" 그러나 그 질문은 아무 효과가 없었다. 그녀는 다음과 같이 대답했다. "아뇨, 제가 이 술집에 있는데 뭐가 부족해요?" 그녀의 허영심은 확실히 광적이었고 지금은 K에게서 그 허영심을 만족시키려는 모양이었다. "물론 당신은 이 술집에서 주인이 해야 할 일까지도 하고 있는 셈이겠죠." K가 말했다. "그래요, 하지만 나는 교정관(橋亭館)이라는 여관 마구간 하녀부터 시작했어요." 그녀는 말했다. "이 가느다란 손으로?" K는 반쯤 묻는 투로 말했는데, 자기가 단지 그녀의 비위를 맞추려고 하는 소린지 그렇지 않으면 그녀에게 홀딱 반해 버려서 하는 수작인지 스스로도 도무지 알 수 없었다. 그녀의 손은 확실히 작고 연약했다. 그러나 달리 말하자면 빈약하고 형편없다고 할 수도 있었다. "그땐 아무도 그런 것에 관심을 두지 않았어요. 그리고 지금도……." 그녀는 말했다. K는 다음 말을 계속하라는 듯이 그녀를 쳐다보았지만, 그녀는 머리를 흔들며 더 이상 말을 이으려고 하지 않았다. "물론 당신에게는 비밀이 있겠지요. 그걸 겨우 반 시간 전에 만난 남자에게, 아직 자기 신변에 관하여 이야기할 기회도 없었던 남자에게 말할 수는 없는 노릇이지요." K가 말했다. 곧 알게 되었지만, 그녀가 말을 잇게 하는 데는 적절치 못한 말이었다. K에게는 안성맞춤이었던 꿈꾸듯 몽롱한 상태에서 그녀를 일깨우는 결과가 되고 말았다. 그녀는 허리띠에 차고 있던 가죽 주머니에서 작은 나뭇조각을 끄집어내어 들여다보는 구멍을 막아 버렸다. 그러나 자기 마음이 변한 것을 상대가 눈치챌까봐 걱정했는지, 눈에 띌 만큼 억지로 기분을 억누르려고 애쓰면서 K에게 말했다. "당신에 관해서는 다 알고 있어요. 측량기사시죠?"

그러고는 이렇게 덧붙였다. "저는 다시 일을 시작해야 돼요." 그녀는 목로 뒤에 있는 자기 자리로 되돌아갔는데, 그 사이에도 그녀에게 술을 부어 달라고 빈 컵을 여기저기서 쳐드는 이들이 있었다. K는 사람들 눈에 띄지 않게 다시 한 번 그녀와 이야기하고 싶어졌다. 그래서 선반에 놓인 빈 잔을 집어 들고 그녀에게로 가 말을 걸었다. "프리다 양, 한마디만 더 허락해 주세요. 마구간 하녀에서 시작해 목롯집 아가씨가 되는 것은 참으로 대단한 일일뿐더러 뛰어난 재주가 필요해요. 그러나 그것만으로 우수한 인재가 최종 목적을 이루었다고 할 수야 있겠어요? 어리석은 질문이지요. 프리다 양, 웃지 마세요. 당신의 눈은 지나간 과거의 싸움보다 앞으로 닥쳐올 미래의 싸움을 보다 여실히 말하고 있어요. 그러나 세상의 저항이란 만만치 않고 목표가 커질수록 더 커가는 것이지요. 그러니까 아무 세력도 없고 빈약한 인간임에 틀림없지만, 그래도 당신과 마찬가지로 싸우고 있는 남자의 도움을 확보해 두는 건 조금도 수치가 되지 않을 거예요. 이렇게 많은 사람들이 의아스럽게 힐끔힐끔 쳐다보는 분위기에서가 아니고 마음을 터놓고 자유롭게 이야기할 기회가 앞으로 있으리라 생각해요." "무슨 말씀이신지 잘 모르겠습니다." 그녀가 말했다. 그녀의 목소리에는 자기 의지와 달리 삶의 승리가 아니라 한없는 실망이 섞여 있는 것처럼 느껴졌다. "당신은 나를 클람에게서 떼어놓으려는 거지요? 아아, 하느님 맙소사!" 그녀는 그렇게 말하고 손뼉을 쳤다. "당신은 내 마음속을 들여다보셨군요" 하고 K는 자신을 그렇게 못 미더워하는 것에 지친 듯 말했다. "이것이야말로 바로 내가 가슴속 깊이 간직했던 계획이었어요. 당신이 클람을 버리고 내 애인이 되는 것! 자아, 그 말을 했으니 이제는 갈 수 있어요. 올가! 집으로 가요." 올가는 고분고분하게 통에서 미끄러져 내려왔는데, 남자들이 그녀 주위를 둘러싸고 있어서 곧장 빠져나올 수 없었다. 바로 그때 프리다가 위협하는 눈초리로 K를 노려보면서 나지막하게 말했다. "언제 선생님과 이야기할 수 있을까요?" "여기서 묵어도 될까요?" K가 물었다. "네." 프리다는 대답했다. "지금 이대로 머물러도 될까요?" "올가와 함께 나가 주세요. 그러면 내가 여기 있는 사람들을 내쫓을 수 있으니까요. 잠시 뒤에 다시 돌아오세요." "알았어요." K는 이렇게 말하고 초조한 기색으로 올가가 돌아올 것을 기다렸다.

그런데 농부들이 그녀를 놓아주지 않았다. 그들은 어떤 춤을 생각해냈는데 그 중심인물이 올가였다. 둥그런 원을 그리면서 춤추고 돌다가 모두 한꺼번에 소리치면, 그때마다 한 사람이 그 여자에게로 가서 한 손으로 그 여자의 허리를 꼭 껴안고 소용돌이처럼 그 여자를 뺑뺑 돌렸다. 이리하여 원무 (圓舞)는 더욱 빨라지고 굶주린 듯 숨 가쁘게 그르렁거리며 외치는 소리는 점점 하나의 부르짖음으로 변해 갔다. 먼저까지는 웃으면서 그 동그라미를 뚫고 나가려던 올가도 이제는 머리를 풀어헤친 채 한 남자의 손에서 다른 남자의 손으로 비틀거리며 돌아다닐 뿐이었다. "저런 사람들을 제게 보낸다니까요." 이렇게 말하며 프리다는 홧김에 얇은 입술을 깨물었다. "저 사람들은 누군가요?" K가 물었다. "클람의 하인들이지요. 그이는 자꾸만 저런 사람들을 데리고 오는데, 그들이 있으면 마음이 아주 뒤숭숭해져요. 측량기사님, 오늘 제가 당신과 무슨 이야기를 했는지 통 알 수가 없어요. 기분 나쁜 일이라도 있으시면 용서해 주세요. 이 사람들이 있었던 탓이에요. 제가 아는 사람 중에서 제일 하찮고 보기 싫은 자들이에요. 그런데도 저자들 컵에 맥주를 따라줘야만 해요. 이런 사람들을 집에서 데리고 나오지 말라고 몇 번이나 클람에게 부탁했는데. 만일 다른 분들의 하인들한테 제가 이렇게 시달려야 한다면, 그이는 그래도 저를 생각해 주었을지도 모르겠어요. 그러나 아무리 부탁해봐도 소용이 없었어요. 그이가 도착하기 한 시간 전이면 언제나 마치 가축들이 외양간에 들어가는 것처럼 떼를 지어서 몰려와요. 그렇지만 이젠 저들이 마땅히 있어야 할 축사로 보내야겠어요. 만일 당신이 거기 계시지 않았다면 여기 이 문을 열어버렸을 거예요. 그러면 클람이 그들을 직접 쫓아내야 하겠죠." 프리다는 이렇게 말했다. "그들의 저 시끄러운 소리가 그의 귀에는 들리지 않나요?" K가 물었다. "안 들려요. 자고 있으니까요." 프리다가 대답했다. "뭐요! 자고 있어요? 내가 방 안을 들여다볼 때만 해도 자지 않고 책상에 앉아 있었는데." K가 소리쳤다. "언제나 그런 모습으로 앉아 있는 거예요. 당신이 들여다보셨을 때도 이미 잠자고 있었어요. 그렇지 않으면 제가 그 방 안을 보여 드렸겠어요? 그는 그런 자세로 자거든요. 성 양반들은 지나치게 잠만 자요. 상상도 하지 못할 정도예요. 사실 그렇게 많이 자지 않으면 대체 어떻게 그이가 이 사람들에게 배겨날 수 있겠어요. 이제 제가 직접 이 사람들을 몰아내야만 할 것 같아요." 프리다는 말했다. 그녀는 방구석에 있는 채찍을 손에 들자, 약간 서투른 점은 있었지만 마치 염소새끼가 뛰는 것처럼 한 번 펄쩍 높이 뛰더니 사람들이 춤추는 곳으로 내려갔다. 처음에 그들은 새 댄서가 왔다고 생각했는지 그녀 있는 쪽으로 몸을 돌렸다. 그 순간, 프리다는 하마터면 채찍을 떨어뜨릴 뻔했다. 그러나 곧 채찍을 처들었다. "클람의 명령이니 마구간으로 가세요! 다들 마구간으로 가란 말이에요!" 그녀가 외쳤다. 그들은 모두 참말이라고 생각했는지, K가 알 수 없는 어떤 공포에 휩싸여 뒤로 물러나기 시작했다. 맨 앞에 선 자에게 밀려 문이 열리자 밤바람이 흘러들어왔다. 그리고 모두가 프리다와 함께 자취를 감추고야 말았다. 그녀는 분명히 뜰을 지나서 마구간까지 이 사람들을 몰고 갔을 것이다.

갑작스러운 정적이 감도는 가운데, 그때 현관에서 누군가 걸어오는 발소리가 K의 귓가에 들려왔다. 어떻게든 안전을 기하기 위해 K는 목로 뒤로 뛰어 들어갔다. 몸을 숨길 데라고는 그곳밖에 없었다. 물론 술집에 있다고 해서 안 될 것까지야 없었지만 그래도 여기서 묵으려고 생각한 이상, 사람들의 눈에 띄지 않도록 주의해야만 했다. 그래서 실제로 문이 열리자 그는 탁자 밑으로 미끄러져 들어갔다. 이런 곳에서 들키는 것도 물론 위험천만이겠지만, 그때는 그때대로 난폭한 행동을 하는 농부들을 피해 숨었노라고 둘러대면, 그럴 듯하게 들리지 말란 법도 없었다. 들어 온 사람은 주인이었다. 그는 "프리다!" 외치더니 두서너 번 방 안을 왔다 갔다 했다.

다행히도 프리다는 곧 돌아와 K 이야기는 입에 올리지 않고 농부들에 대한 불평만을 늘어놓았다. 그녀는 K를 찾아내려고 목로 뒤로 걸어갔다. 그녀의 발을 만진 K는 그제서야 안심할 수 있었다. 프리다가 K에 대해서 언급하지 않았기 때문에 결국 주인이 말을 끄집어내야만 했다. "그런데, 측량기사 양반은 어디로 갔어요?" 주인이 물었다. 대체로 이 주인이란 사람은, 오랫동안 고위층 사람들과 비교적 자유롭게 교제해 온 터라 정중하고 예의바른 남자였다. 그는 프리다와 이야기할 때는 각별히 공손한 말씨를 썼는데, 이런 태도가 유난히 눈에 띄었다. 그럼에도 이 남자는 피고용인에 대한, 정말 당돌하기 짝이 없는 이 피고용인에 대한 고용주의 자세를 버리지 않았다. "측량기사는 완전히 잊고 있었어요. 확실히 훨씬 전에 나가 버렸을 거예요." 프리다는 이렇게 말하고 K의 가슴 위에 귀여운 다리를 올려놓았다. "내가 줄곧 현관에 있다시피 했는데도 그 사람을 못 봤어요." 주인이 말했다. "그래도 이곳에는 없는걸요." 프리다는 시치미를 뚝 떼고 말했다. "아마 숨어 있는 것 같아요. 아까 본 그의 인상으로는 무슨 짓이라도 하게 생겼더군요." 주인이 말했다. "하지만 그런 대담한 짓을 할 사람은 아니던데요." 프리다는 이렇게 말하고, K의 가슴 위에 올려놓은 발을 전보다 더 세게 꾹 눌렀다. 지금까지 깨닫지 못한 일이었지만 그녀의 성격에는 뭔가 쾌활하고 자유로운 점이 있었다. 그런데 그 자유분방함이 터무니없이 커져 갔다. 그녀는 느닷없이 "틀림없이 그 사람은 이 밑에 숨어 있어요" 이렇게 말하고는 웃어 대면서 K 쪽으로 허리를 구부리고 재빠르게 살짝 키스하는가 하면, 다시 뛰어오르는 것처럼 몸을 일으키고 이번에는 자못 슬픈 표정으로 "아니에요, 여기는 없어요" 말하는 것이었다. 한편 주인도 다음과 같이 말해 적이 사람을 놀라게 했다. "그가 나갔는지 어쩐지 확실히 알 수 없다는 것은 대단히 불쾌한 일이오. 단지 클람 씨만이 문제가 아니라 규칙이 문제지요. 프리다 양, 나와 마찬가지로 당신도 이 규칙을 지켜야만 해요. 술집은 당신이 책임지세요. 집 안의 다른 곳은 내가 더 찾아볼 테니. 그럼 편히 쉬세요!" 주인이 방에서 나가기가 무섭게 프리다는 스위치를 비틀어서 전등을 꺼 버리고 목로 밑에 있는 K 옆으로 와서 드러누웠다. "내 사랑! 그리운 내 애인!" 그 여자는 속삭였으나 K의 몸에는 손가락 하나 대지도 않았다. 샘솟는 사랑이 그리워 넋을 잃은 듯 벌렁 드러누워 두 팔을 쭉 뻗었다. 그녀의 행복한 사랑 앞에 시간은 끝없이 펼쳐져 있었다. 그녀는 노래라기보다는 탄식하는 곡조로 어떤 소 가곡을 불렀다. 그러다가 조용히 깊은 생각에 잠겨 있는 K를 보고 그녀는 깜짝 놀라 일어났다. 이번에는 마치 어린애처럼 그를 끌어당기면서 말했다. "자아, 나오세요. 이 밑에 있다가는 숨이 막히겠어요!" 두 사람은 서로 껴안았다. 여자의 작은 몸은 K의 품안에서 불타고 있었다. 두 남녀는 마치 넋 잃은 사람처럼 두서너 발짝의 거리를 굴러서 돌았다. K는 이런 실신 상태에서 빠져나가려고 끊임없이 몸부림쳤으나 아무 소용도 없었다. 두 사람은 꼭 껴안은 채 클람의 방문에 쿵하고 부딪친 다음, 맥주와 바닥을 덮고 있는 다른 오물 속에 누워서 뒹굴게 되었다. 거기서 두 사람의 호흡은 하나로 합쳐졌고, 심장의 고동조차 하나가 된 채 몇 시간이 흘렀다. 그러는 동안 K는 길을 헤매고 있는 듯한, 또는 일찍이 아무도 가 본 적 없는 타향에 발을 디뎌 놓은 듯한 기분에 휩싸였다. 이 타향에서는 모든 게 너무나 달라서 숨 막힐 지경이지만, 이곳의 어리석고 의미 없는 유혹에 사로잡혀서 계속 방황하며 걸어갈 수밖에 없다는 기분이 들었다.

그래서 클람의 방에서 점잖게 명령하는 듯한 낮은 목소리가 프리다를 부를 때, 그는 적어도 처음에는 공포를 느끼지 않았다. 오히려 마음을 즐겁게 해주는 여명처럼 의식을 깨우는 한줄기 희망까지 느꼈다. "프리다!" K는 프리다의 귓속에 그 속삭임을 여러 번 되풀이했다. 프리다는 몸에 밴 순종심으로 벌떡 일어나려고 했다. 그러나 다음 순간 자기가 어디에 있는지 생각해내고는 기지개를 켜더니 싱긋 웃으면서 말했다. "나는 안 가겠어요. 이제부터는 절대로 그에게 가지 않겠어요." K는 반대하려고 했다. 클람에게 가도록 타이르려고 그녀의 헤쳐진 블라우스를 여며주기 시작했으나, 한 마디도 할 수 없었다. 프리다를 팔에 껴안고 있으니 하늘을 날아오르는 것처럼 행복했다. 너무 행복해서 불안하기까지 했다. 프리다에게 버림 받게 된다면 자기가 가진 모든 것을 잃는 거나 마찬가지이리라. 한편 프리다는 K의 동의를 얻어 큰 힘이라도 생긴 듯 주먹을 불끈 쥐더니, 문을 두드리면서 외쳤다. "나는 측량기사와 함께 있어요! 나는 측량기사 곁에 있어요." 그러자 클람은 조용해졌다. K는 몸을 일으키고 프리다 옆에 무릎을 꿇고 앉아 희미하게 밝아오는 아침 햇살 속에서 주위를 둘러보았다. 무슨 일이 일어났는가? 나의 희망은 어디로 사라져버렸을까? 모든 게 폭로되어 버렸는데 새삼 프리다에게 무엇을 기대할 수 있을까? 싸움을 걸어오는 적과 목표의 크기에 어울리도록 신중한 태도로 대비해야 했는데, 난 밤새도록 여기 맥주가 흥건한 곳을 여기저기 굴러 돌아다녔구나. 그 냄새는 지금 머리가 어지러울 정도였다. "당신은 대체 무슨 짓을 한 거지? 우리 둘 다 이제 끝장이야." K는 혼잣말로 중얼거렸다. "아니에요. 끝장난 것은 나 혼자뿐이에요. 그래도 당신은 내 것이 되었잖아요. 안심하세요. 저기 보세요. 두 사람이 웃고 있어요." 프리다는 말했다. "누구 말이오?" K는 돌아보았다. 목로 위에 두 조수가 잠이 좀 부족한 듯하나 유쾌한 얼굴로 앉아 있었다. 그것은 의무를 충실하게 이행한 데서 나오는 명랑함인 것 같았다. "뭐하러 여기까지 왔어?" K는 마치 모든 것이 두 사람 잘못이라는 듯 소리를 질렀다. 그는 엊저녁에 프리다가 가지고 있던 채찍을 찾으려고 돌아다녔다. "우리는 선생님을 찾을 수밖에 없었습니다. 선생님이 우리가 있는 식당으로 내려와 주지 않으셨으니까요. 그래서 바르나바스네 집으로 선생님을 찾으러 갔다가 드디어 여기서 선생님을 만나 뵙게 되었습니다. 둘이서 밤새도록 여기에 앉아 있었습니다. 근무하는 것도 대단히 힘이 듭니다." 조수들이 말했다. "너희가 필요할 때는 낮이지 밤은 아니란 말이야. 둘 다 꺼져 버려!" K가 말했다. "지금은 낮입니다." 두 조수는 이렇게 말하며 꼼짝도 하지 않았다. 아닌 게 아니라 벌써 낮이었다. 뜰로 통하는 문이 열리더니 농부들이 올가와 함께 떼 지어서 몰려 들어왔다. K는 올가를 완전히 잊고 있었던 것이다. 옷은 단정하지 못한데다 머리도 잘 손질하지 않았지만, 어제 저녁과 마찬가지로 생기가 돌았다. 그녀는 안으로 들어오자마자 재빠르게 K를 찾았다. "왜 저와 함께 집으로 가시지 않았어요?" 그녀는 눈물을 글썽거리면서 말하더니, "그런 여자 때문에!" 이렇게 덧붙이고는 두서너 번 되풀이했다. 잠시 동안 자취를 감추었던 프리다는 작은 속옷 보따리를 가지고 되돌아왔다. 올가는 슬픈 표정을 지으며 옆으로 비켜섰다. "자, 가요!" 프리다가 말했다. 그녀가 교정관으로 가려 한다는 것은 말하지 않아도 짐작할 수 있었다. K와 프리다, 그 뒤를 따르는 조수 둘, 이렇게 행렬이 갖추어졌다. 농부들은 프리다를 퍽 멸시하는 듯 보였는데, 지금까지 그녀가 그들을 심하게 억눌렀던 만큼 이는 당연한 태도였다. 심지어 어떤 사람은 지팡이를 손에 들고, 그 지팡이를 넘지 않고서는 보내주지 않겠다는 위협적인 태도로 나오기까지 했다. 그러나 그녀의 시선만으로도 이 남자를 쫓아버리는 데 충분했다. 바깥 눈 속으로 나가자 K는 살짝 안도의 숨을 내쉬었다. 어쨌든 바깥에 있다는 것 자체가 대단히 기쁜 일이어서 이번에는 힘든 길을 고생하며 걷는 것도 참을 수 있었다. 만약 혼자였다면 걷기가 더 수월했을 것이다. 여관에 도착하자마자 바로 자기 방으로 가서 침대에 드러누웠다. 프리다는 침대 옆 마룻바닥에 잠자리를 마련했다. 조수들도 함께 들어오다가 쫓겨나자 이번에는 창문으로 들어왔다. K는 너무 피곤해서 그들을 쫓아낼 기운도 없었다. 여주인이 프리다를 만나려고 일부러 올라왔다. 프리다는 그녀를 아주머니라고 불렀다. 그들은 입을 맞추기도 하고, 오랫동안 껴안기도 하며 이상할 만큼 정다운 인사를 계속 나누었다. 대체로 이 작은 방은 조용할 새가 없었다. 남자 장화를 신은 하녀까지도 늘 퉁퉁거리며 뭘 가지고 들어오기도 하고 가져가기도 했다. K가 자고 있는 침대 밑에 여러 가지 물건이 가득 차 있었는데, 필요한 물건이 있으면 언제든 마구 꺼내 갔다. 그 여자들은 프리다를 동료라 생각하고 인사했다. 이처럼 무척 시끄러웠는데도, K는 하루 동안 침대에 누워 있었다. 잔심부름은 프리다가 맡아 주었다. 그리고 다음 날 아침 그는 대단히 상쾌한 기분으로 일어났다. 마을에 묵게 된 지 벌써 나흘째 되는 날이었다.

4 여주인과 나눈 첫 대화

그는 프리다와 둘이서만 다정하게 이야기하고 싶었다. 그런데 조수들이 눌러붙어 있었으므로 적잖이 방해가 되었는데, 가끔은 프리다까지 그들과 농담을 주고받으며 웃어대는 것이었다. 물론 그렇다고 해서 그들이 주제넘게 굴었다는 뜻은 결코 아니다. 그들은 구석진 마룻바닥에 헌 치마 두 벌을 깔고 잠자리를 마련했다. 측량기사님을 방해하지 않고 될 수 있으면 자리를 적게 차지하는 것이야말로 그들이 종종 프리다와 이야기한 대로 그들의 큰 바람이었다. 그들은 이를 위해 속삭이기도 하고 쿡쿡대기도 하면서 여러 가지 시도를 해보았다. 팔다리를 끼기도 하고 두 사람이 한데 쭈그려 앉기도 했는데, 어슴푸레한 데서 보면 구석에 큰 실뭉당이가 하나 구르고 있는 것 같았다. 그러나 밝을 때 보면 그들이 줄곧 K쪽을 뚫어지게 바라보며 주의깊게 관찰하고 있음을 알 수 있었다. 겉으로 보기에는 유치한 장난을 치고 두 손으로 망원경 보는 흉내를 내며 그와 비슷한 쓸데없는 수작을 부릴 때도 이 두 사람이 K쪽을 엿보고 있기는 매한가지였다. 또 이쪽을 향해 단지 눈을 깜박거리고, 자기네 수염을 손질하기가 바쁜 것처럼 보일 때에도 역시 마찬가지였다. 수염에 대해서는 둘 다 지대한 관심을 보였는데, 몇 번이나 그 길이와 숱을 서로 비교하고는 어느 쪽이 근사한가 프리다에게 판결을 내리게 했다. K는 가끔 침대에서 물끄러미 세 사람이 하는 짓을 지켜보고만 있었다.

이제는 충분히 원기를 되찾아 침대에서 일어날 수 있겠다고 느꼈을 때, 모두들 그의 시중을 들려고 다가왔다. 그러나 그들의 시중을 물리칠 만큼 원기를 되찾진 못했다. 이러다가 그들에게 의존하게 되어 어떤 나쁜 결과를 불러올 지도 모른다고 생각했지만, 되는 대로 내버려두는 수밖에 다른 도리가 없었다. 더욱이 식탁에 앉아서 프리다가 갖다 준 맛 좋은 커피를 마시고 프리다가 때주는 난롯불을 쬐고, 졸려기는 했으나 그래도 열의 있는 조수들에게 몇 번이고 계단을 오르락내리락 시켜서 세숫물·비누·빗·거울을 가져오게 하고, 나중에는 바라는 것을 작은 소리로 넌지시 암시해 술 한 컵까지도 가져오게 했을 때에는 과히 기분 나쁘진 않았다.

이처럼 자기가 명령하기도 하고, 또 주위 사람들이 시중을 들어 주는 가운데 K는 어떤 성과를 기대하기보다는 유쾌한 기분으로 말했다. "자아, 자네들 두 사람은 나가줘, 당분간 자네들은 필요 없어. 나는 프리다 양과 단 둘이서 이야기하고 싶을 뿐이야." 그들 얼굴에 별로 반항의 빛이 보이지 않자 좀 안됐다 싶어 달래주려고 덧붙여 말했다. "나중에 우리 셋이서 면장에게 가기로 하지. 아랫방에서 기다려 주게." "여기서 기다려도 되는데요." 방에서 나가기 전에 이렇게 말하긴 했지만 이상하게도 그들은 순순히 그의 말을 따랐다. "알고 있어. 하지만 나는 원치 않아." K가 대답했다.

프리다는 조수들이 나가자 그의 무릎에 올라앉아서 말했다. "이보세요, 조수들의 어디가 마음에 안 드세요? 그들을 속이거나 숨기는 일이 있으면 안 돼요. 그들은 성실하니까요." K는 이 말에 화가 나기도 하고 또 어떤 면에서는 귀가 솔깃하기도 했다. "성실하다고? 그들은 늘 내 동정만 살피고 있어. 어리석고도 지긋지긋한 일이야." K가 말했다. "당신 말을 이해할 것도 같아요." 그녀는 그 말과 동시에 그의 목에 매달려서 무슨 말인가를 더 하려고 했으나 이야기를 계속할 수 없었다. 앉았던 의자가 마침 침대 바로 옆에 있었기 때문에 그들은 비틀거리며 침대로 쓰러져 버렸다. 그들은 그 위에 드러누웠으나, 지난밤처럼 모든 것을 바칠 순 없었다. 그녀는 무엇을 더듬었고 그도 무언가를 더듬었다. 그들은 미친 사람처럼 날뛰고 얼굴을 찌푸리는가 하면 고개를 서로의 가슴에 처박으며 몰두했다. 포옹과 서로에게 내맡긴 육체는, 오히려 그들에게 더듬어야 한다는 의무만을 더욱 상기시켰다. 마치 개가 필사적으로 땅을 긁고 파듯이 그들은 서로의 몸을 긁고 문질렀다. 그리고 마지막 행복을 얻는 것조차 단념해 버리고 절망한 나머지 서로 혓바닥을 내밀고 상대 얼굴을 핥는 일도 한두 번이 아니었다. 마침내 피로가 몰려오자 그들의 마음을 겨우 가라앉히고 상대에 대해 감사해 했다. 그때 하녀들이 올라왔다. "아이고 망측해라! 이 꼴 좀 봐요!" 한 명이 말하더니 보기 민망한지 보자기를 그들 몸에 덮어 주었다.

잠시 뒤 K가 보자기를 들추고 주위를 돌아보니—놀라지는 않았으나—조수들이 늘 있던 구석에 자리 잡고 앉아 K쪽을 손가락질하면서 서로 점잖아야 된다고 경고하며 시치미를 떼고 인사했다. 그 밖에도 침대 바로 옆에는 여주인이 앉아서 양말을 뜨고 있었는데, 그런 꼼꼼한 일은 거인처럼 온 방을 거의 어둡게 하는 커다란 몸집에는 전혀 어울리지 않았다. "정말 오래 기다렸어요." 그녀는 이렇게 말하고 얼굴을 쳐들었다. 넓적한 얼굴엔 늙어서 주름살이 많이 잡혔지만 전체적으로 보면 아직도 윤기가 돌아서 옛날에는 아름다웠으리라고 상상할 수 있었다. 그녀의 말은 비난처럼, 얼토당토않은 비난처럼 들렸다. K는 한 번도 그녀에게 와 달라고 부탁한 적이 없었기 때문이다. 그래서 그는 고개만 끄덕여 그녀의 말에 답하고는 일어나 반듯이 앉았다. 프리다도 일어나 앉았으나 이번에는 K곁을 떠나서 여주인 의자에 기대었다. K는 넋 나간 사람처럼 말했다.

"아주머니, 내가 면장에게 다녀온 다음 말씀하시면 안 될까요? 면장과 중요한 일을 상의해야 되거든요." "내 이야기가 더 중요해요. 정말이에요. 측량기사님, 면장과의 이야기는 틀림없이 일에 관한 것뿐일 거예요. 그러나 내 이야기는 한 인간이 문제가 되니까요. 프리다, 즉 내가 사랑하는 하녀가 문제가 되지요." 여주인이 말했다. "아아, 그래요. 그런데 왜 이 문제를 우리 두 사람에게 맡겨 주지 않는지, 그것 참 알 수 없군요." K가 말했다. "애정 문제니까 걱정이 되어서 그렇지요." 여주인은 이렇게 말하며 프리다의 머리를 자기 쪽으로 끌어당겼다. 프리다는 서 있는데도 앉아 있는 여주인 어깨에 겨우 닿을 정도였다. "프리다가 아주머님을 이처럼 믿으니까 나도 믿는 수밖에 없어요. 더욱이 프리다가 조금 전에 내 조수들을 성실하다고 평한 일도 있으니 어쨌든 여기 우리는 모두 친구인 셈이지요. 따라서 나는 아주머니께 이렇게 말씀드릴 수 있어요. 내가 프리다와 결혼하는 게, 그것도 아주 가까운 장래에 결혼하는 게 가장 좋은 방법이라고 생각한다고요. 물론 프리다가 나 때문에 잃은 것을 채워넣을 수 없는 것이 참 유감스러운 일이지만요. 이를테면 신사관의 일자리라든지, 클람과의 우정 같은 것 말입니다." 프리다는 얼굴을 쳐들었다. 눈에는 눈물이 가득 괴고 승리감 같은 건 조금도 찾아볼 수 없었다. "왜, 하필이면 나예요? 왜, 하필이면 내가 뽑혔느냔 말이에요?" "뭐라고?" K와 여주인이 동시에 반문했다. "불쌍하게도 얘는 머리가 혼란스러운 모양이에요. 너무나 한꺼번에 행복과 불행이 몰려왔으니까요." 그때 프리다가 이 말을 증명하려는 듯이 두 사람밖에는 아무도 그 방에 없는 것처럼 K에게 폭풍과 같은 키스를 퍼부었다. 그러더니 그녀는 울면서 K의 몸을 껴안은 채 그 앞에 쓰러져 버렸다. K는 두 손으로 프리다의 머리를 쓰다듬으면서 여주인에게 물었다. "내가 옳다고 생각하시겠지요?" "선생님은 훌륭한 분이세요." 여주인은 이렇게 말했는데, 그녀도 울먹이는 목소리였다. 충격이 심했던지 숨을 가쁘게 내쉬고 있었으나 그래도 기운을 내서 다음과 같이 말했다. "일이 이쯤 되면 선생님이 프리다에게 해주어야만 하는 몇 가지 보증에 대해서 생각하셔야 해요. 내가 아무리 선생님을 존경한다 하더라도 역시 선생님은 타향 분이세요. 증인으로 세울 사람도 없고, 당신의 집안 사정도 이곳에서는 도무지 알 수가 없지요. 그러니까 보증이 필요하단 말이에요. 무슨 말인지 아시겠지요. 측량기사님, 선생님이 직접 열거하신 바와 같이 프리다는 선생님과 만났기 때문에 앞으로 무엇을 얼마나 더 잃어버릴는지 알 수 없어요."

"그래요, 물론 보증을 해줘야겠지요. 가장 좋기는 공증인 앞에서 하는 것이지만, 이건 아마도 백작님의 다른 관청에서 간섭하려고 들 것 같아요. 거기다가 나도 결혼식 전에 꼭 해야 할 일이 있어요. 좌우간 클람과 만나야 되겠어요." K가 말했다. "그것은 안 될 말이에요. 그런 생각을 하시다니!" 프리다는 이렇게 말하고 약간 몸을 일으켜서 K에게 기대었다. "꼭 필요한 일이죠. 만일 내가 성공하지 못하면 당신이 해야 돼요!" K가 말했다. "나는 안 돼요. K, 나는 안 된다니까요. 그리고 클람이 당신과 이야기할 줄 아세요? 대체 클람이 당신과 이야기할 거라고 어떻게 믿을 수 있냔 말이에요!" 프리다가 말했다. "당신하고라면 이야기할까?" K가 물었다. "나와도 안 돼요. 당신과도 안 되고, 좌우간 절대 안 돼요." 프리다가 말했다. 그녀는 두 팔을 뻗치고 몸을 여주인 쪽으로 돌렸다. "아주머니, 그의 바람 좀 들어 보세요." "선생님은 이상한 분이세요. 안 될 일을 바라고 계세요." 여주인이 말했다. 두 다리를 벌려 얇은 치마 사이로 억센 무릎을 드러낸 채 꼿꼿하게 앉은 그녀의 모습이 섬뜩한 느낌을 주었다. "왜 안 돼죠?" K가 물었다. "설명해 드리지요." 여주인이 말했는데 그 말투로 보아 최후의 호의라기보다는 그녀가 내리는 최초의 처벌인 것 같았다.

"그러면 기꺼이 설명해 드리겠어요. 물론 나는 성 사람이 아니고, 한낱 여자, 그것도 겨우 이 최하급 여관—가장 하급은 아니어도, 그와 다를 바 없는 여관이지요—여편네에 지나지 않아요. 그래서 당신이 내 설명을 대수롭지 않게 생각하실지도 몰라요. 그러나 나는 평생 동안 두 눈을 뜨고 살아왔을 뿐더러 많은 사람들과 만났어요. 힘든 일이나 고생도 혼자서 짊어지고 왔고요. 왜냐하면 내 남편은 물론 좋은 사람이긴 하지만 여관 주인 자질은 없으니까요. 게다가 책임이란 건 조금도 몰라요. 이를테면 선생님이 이 마을에 있을 수 있는 것이라든지 또 이 침대에서 편안하고 기분 좋게 앉아 있을 수 있는 것도 모두—나는 그날 밤 지칠 대로 지쳐서 쓰러져 버릴 지경이었어요—우리 집 양반이 무심한 덕분이에요." "뭐라고요?" K는 화가 났다기보다는 오히려 호기심에 자극되어 넋 나간 듯한 상태에서 깨어나면서 물었다. "단지 그이가 무관심한 덕분이지요!" 여주인은 K에게 삿대질을 하며 되풀이해서 외쳤다. 프리다는 그녀를 달래느라고 애썼다. "왜 이래!" 여주인은 휙 돌아서서 말했다. "측량기사님이 물으니까 내가 대답하지 않을 수가 없잖아. 클람 씨가 이분과 이야기하지 않으리라는 걸 우리야 뻔히 알지만 어떻게 이분이 그것을 이해할 수 있겠어! 나는 지금 클람 씨가 이분과 이야기하지 않을 것이라고 말했지만 사실은 그게 아니라 절대로 이야기하지 못하는 거야. 내 말 좀 들어 보라구요, 측량기사님! 클람 씨는 성 양반이에요. 지위 같은 건 제쳐 두고 그 사실만으로도 그분은 대단히 귀하신 분이에요. 그런데 대체 당신은 무엇이죠? 모두가 여기서 이처럼 겸손한 태도로 굽실거리면서 결혼 승낙을 얻고자 하는 당신 말이에요. 당신은 성 사람도 아니요, 그렇다고 마을 사람도 아니에요. 요컨대 당신은 아무것도 아니에요. 그러나 유감스럽게도 당신은 역시 그 무엇이기는 해요. 즉 당신은 이방인이어서 어디에 가나 방해가 되지요. 당신 때문에 늘 다른 사람들이 괴로움을 당해요. 하녀들은 방을 옮겨야만 했죠. 또 늘 무슨 생각을 하고 있는지 알 수도 없어요. 우리의 귀엽디 귀여운 프리다를 유혹했으니 할 수 없이 이 애를 아내로 줄 수밖에 없는 그런 사람이라구요. 하지만 이렇게 말한다고 해서 당신을 비난하는 건 아니에요. 당신이 어떤 사람인가에 대해 그대로 말했을 뿐이지요. 나는 나대로 지금까지 이런 꼴을 너무나 많이 당했으니까, 이런 광경을 보고도 견딜 수 있어요. 하지만 지금 당신이 대체 어떤 요구를 하는지 잘 생각해 보세요. 당신이 클람 씨 같은 분과 면회를 하고 싶다고! 프리다가 당신에게 구멍으로 들여다보게 했다는 이야기를 괴로운 마음으로 들었어요. 이 애가 그런 짓을 한 것도 당신에게 유혹 당했기 때문이겠지요. 그건 그렇다 하고 당신은 클람의 모습을 어떻게 보셨나요. 그걸 한번 말씀해 보세요. 아니, 굳이 대답할 필요도 없어요. 다 알고 있어요. 당신은 정통으로 본 셈이니까요. 그러나 당신이 클람을 만나는 일은 불가능해요. 내가 뻐기고 싶어서 하는 소리가 아니에요. 나도 만날 수 없다니까요. 당신은 클람을 만나고 싶어하지만, 클람은 마을 사람과 만나지 않아요. 그분은 지금까지 마을 사람과 만난 적이 한 번도 없어요. 그런 그가 적어도 프리다의 이름만은 언제나 불렀지요. 프리다는 마음 내키는 대로 언제나 그에게 말할 수 있었고, 구멍을 들여다봐도 좋다는 허락까지 받았어요. 이런 특권은 프리다의 굉장한 명예고 따라서 나는 죽을 때까지 이 명예를 자랑으로 삼을 거예요. 그러나 그분은 이 애와 아직 한 번도 이야기해 본 적이 없어요. 그분이 가끔 프리다를 불렀다고 하지만 사람들이 흔히 과장해서 생각하는 것처럼 그런 큰 뜻이 있는 것은 결코 아니에요. 그분은 단지 '프리다'라는 이름을 불렀을 뿐이지요. 그분의 마음속을 누가 압니까? 물론 프리다는 부리나케 달려갔지만 이것은 어디까지나 프리다가 한 일일 뿐이에요. 다만 이 애가 아무런 반대도 없이 클람의 방에 들어가도록 허가를 받은 것은 확실히 그분의 호의였는데, 그렇다고 클람이 프리다를 불러들였다고 단언할 수도 없는 노릇이에요. 지금은 영원히 지나간 옛일이 되고 말았지만, 어쩌면 지금도 클람은 '프리다'라는 이름을 부르고 있을지도 모르지요. 그건 얼마든지 있을 수 있는 일이에요. 그러나 이 애는 다신 그 사람 방에 들어가는 것을 허락받지 못할 거예요. 당신과 관계를 가진 여자니까요. 다만 한 가지만은 이 빈약한 내 머리를 가지고는 도저히 해결할 수 없네요. 다른 사람들로부터 클람의 애인—이 말은 좀 과장된 표현이라고 생각하긴 해요—이라고 불리던 색시가 어찌해서 당신에게 마음이 움직였는가 하는 바로 그 점이에요."

"정말로 이상한 일인데요." K는 이렇게 말하고, 고개를 숙이고 있었지만 옆에 바짝 붙어 앉은 프리다를 자기 무릎 위로 끌어 당겼다. "그러나 이런 사실로 보아 그 밖의 다른 일들도 당신이 생각한 대로만 일어나는 건 아니라는 것을 알 수 있을 겁니다. 예를 들어 보지요. 클람에 비교하면 나는 아무것도 아니라는 당신의 말씀은 맞습니다. 그리고 내가 지금 클람과 만나보길 원하고, 또 당신의 설명을 듣고서도 용기를 잃지 않았다고 해서, 문을 사이에 두지 않고도 클람의 모습을 태연히 볼 수 있다고는 말할 수는 없습니다. 그가 방에서 나오자마자 내가 내빼지 않는다고 장담할 수 없는 노릇이지요. 하지만 그럴 우려가 있다고 해서 나는 걱정만으로 일을 포기하진 않을 겁니다. 만일 내가 그를 감당해 낼 수만 있다면 그가 나와 대화할 필요는 없어요. 내 말이 그에게 준 인상을 보는 것만으로도 나는 만족하니까요. 내 말이 아무런 인상을 주지 못했다 하더라도 나는 한 사람의 권력자 앞에서 자유롭게 말했다는 소득이 있지요. 그러나 주인 아주머니, 당신은 인생이나 인간문제에 능통하시며, 프리다는 프리다대로 어제까지도 클람의 애인이었으니까 —군이 이 말을 피할 필요는 없겠지요—분명 어렵지 않게 클람과 이야기할 기회를 마련해줄 수 있을 거예요. 다른 방법이 없다면 신사관에서 만나는 것도 좋아요. 그는 틀림없이 오늘도 그 여관에 묵을 테니까."

"그건 안 될 말이에요. 당신은 도저히 이해하실 수 없나 보군요. 그런데 대관절 클람과 무슨 이야기를 할 작정이시죠?" 여주인이 말했다. "물론 프리다 이야기지요." K는 대답했다.

"프리다에 관한 이야기라고?" 여주인은 도무지 알 수 없다는 표정으로 되묻더니 프리다 쪽으로 몸을 돌렸다. "들었니, 프리다? 네 일 때문에 이분이, 바로 이분께서 클람과 만나서 이야기하시겠단다. 클람과 이야기하신다는 거야."

"아이 참, 아주머니는 지혜롭고 존경할 만한 분이신데, 쓸데없는 일에 매번 깜짝 놀라시는군요. 내가 프리다에 관해서 이야기하는 건 터무니없다기보다는 지극히 당연한 일이지요. 내가 나타난 그 순간부터 프리다가 벌써 클람에게 아무 의미 없는 존재가 되어 버렸다고 생각하신다면, 그것은 분명히 당신의 착각이에요. 정말 그렇게 생각하신다면, 당신은 그를 과소평가한 게 돼요. 이런 일을 당신에게 가르치려 들다니 주제넘은 짓이라는 것도 잘 알지만, 그래도 이렇게 할 수밖에 없군요. 클람과 프리다와의 관계에 나 때문에 변한 일은 하나도 없어요. 그들 두 사람 사이에는 관계가 있었는가 없었는가 두 가지 경우밖에 없어요. 만일 이렇다할 관계가 없었다면—이것은 프리다에게서 애인이라는 영광스러운 이름을 앗아 간 사람들이 하는 소린데—그런 관계는 현재도 없는 겁니다. 혹 또 어떤 관계가 있었다면 그것이 어째서 나로 말미암아, 당신이 바로 지적했듯 클람의 눈으로 보면 아무것도 아닌 나로 말미암아 파괴될 수 있을까요? 처음에 깜짝 놀랐을 때는 그렇게 생각할지도 모르죠. 그러나 조금만 생각해 보면 아니라는 걸 알 수 있지요. 좌우간 프리다가 이에 대해 어떻게 생각하는지 들어보기로 하지요."

시선을 먼 곳으로 옮기면서, 뺨을 K의 가슴에 댄 채 프리다는 말했다. "그건 아주머니가 말씀한 대로예요. 클람은 저에 대해 더는 아무것도 알려고 하지 않아요. 그렇다고 해서 내 사랑, 당신이 왔다고 해서 그런 것도 아니에요. 그는 그까짓 일로 꿈쩍도 하지 않아요. 더욱이 우리가 저 목로 밑에서 만난 것도 사실은 그분이 꾸민 장난 같아요. 제발 그 시간이 저주가 아닌 축복이기를!" "만일 그렇다면" K는 천천히 말했다. 프리다의 말이 너무나 달콤했기 때문이다. 그는 프리다의 말을 음미하기 위해 이삼 초 동안 눈을 감고 있다가 말했다. "만일 그렇다면 클람과 이야기하는 것을 두려워할 이유가 더욱 없지."

"정말이지" 여주인은 위에서 K를 뚫어지게 내려다보면서 말했다. "당신은 가끔 우리 남편을 생각나게 해요. 당신이나 그분이나 외고집쟁이고, 어린 애처럼 유치하죠. 당신은 여기 온 지 아직 이삼 일밖에 안 되는데, 무엇이든 이 고장 사람들보다도 더 잘 안다고 하는군요. 이 할멈인 나보다도, 그리고 신사관에서 많이 보고 들어서 경험을 쌓은 프리다보다도 더 잘 안다고 말이에요. 규칙과 오랜 관습을 어기고도 무언가를 이룰 수 있다는 걸 부인하진 않겠어요. 나는 아직 그런 경험은 없지만, 적어도 그와 비슷한 예가 있을 것 같기는 해요. 그러나 확실히 지금 당신은 늘 '아니다, 아니다' 말할 뿐이고, 자기 머리만 믿고 호의에 넘치는 충고를 무시한 채 흘려 버리기 일쑤지요. 대체 당신은 내가 당신을 걱정한다고 생각하시나요? 당신이 혼자 계신 동안 내가 당신에게 여러모로 관심을 쏟던가요? 그때 내가 당신에 관해 남편에게 한 단 한마디는 "그 사람을 피하세요" 이 말이었어요. 만일 프리다가 지금 당신 운명에 휩쓸려 들어가지 않았더라면 나는 지금도 똑같은 소리를 되풀이하고 있을 거예요. 내가 당신을 배려하고, 심지어 각별히 마음을 쓰는 건 모두 이 애 덕분이에요. 이것이 당신 마음에 들건 안 들건 상관없이 말이에요. 당신은 나를 함부로 괄시해선 안 돼요. 왜냐하면 당신은 내게, 즉 이 귀여운 프리다를 어머니처럼 걱정하면서 보살피는 여자에게 무시 못 할 책임이 있기 때문이에요. 정말 프리다의 말이 옳고 일어난 사건은 모두 클람의 뜻일지도 몰라요. 그러나 나는 지금 클람에 관해서는 아무것도 몰라요. 앞으로도 결코 그분과 만날 기회도 없을 테고. 내게는 전혀 손이 닿지 않는 곳에 있는 분이니까요. 그런데 당신은 여기에 앉아서 내 프리다를 껴안고 있으니, 말하자면—군이 감출 이유가 뭐 있겠어요? —바로 내 품안에 안겨 있는 거나 마찬가지지요. 왜냐하면 젊은 양반, 내가 당신을 이 집에서 쫓아낸다면 개집이든 어디든 이 마을에서 묵을 데가 있나 한번 찾아 봐요."

"고맙습니다. 솔직한 말씀이에요. 당신의 말씀을 그대로 믿겠어요. 그리고 보면 내 처지나, 또 나와 관련되어 있는 프리다도 상당히 불안하군요." K가 말했다.

"아니에요!" 여주인은 그의 말이 다 끝나기도 전에 미친 사람처럼 날뛰면서 외쳤다. "프리다의 처지는 당신의 처지와는 손톱만큼도 상관이 없어요. 프리다는 내 집 사람이에요. 내 집에 속하는 그 애의 처지를 불안하다고 말할 권리를 가진 사람은 이 세상에 한 명도 없어요."

"좋아요, 좋아. 나는 그 점에서도 당신이 옳다고 인정해요. 더군다나 그 이유를 알 순 없지만, 프리다는 당신을 대단히 무서워하는 모양이어서 이 의논에는 한몫 끼려고도 하지 않으니 더 말할 것도 없어요. 그러면 우선 이야기를 오로지 내 문제에만 국한시키기로 하지요. 내 처지는 무척 불안한 상태에요. 이것은 당신도 부정하지 않을뿐더러 증명하려 애쓰고 계시지요. 이것도 당신 말씀대로 대개는 옳지만 그러나 하나에서 열까지 모두 다 맞다고는 할 수 없어요. 예를 들어서 말하자면 나는 언제고 마음이 내키는 대로 갈 수 있는 정말 근사한 숙소를 하나 알고 있어요." K가 말했다.

"어디예요? 대체 어디란 말이에요?" 프리다와 여주인이 이구동성으로 무척 호기심에 차 외쳤다. 두 사람이 같은 동기에서 질문하는 투였다.

"바르나바스네 집이요." K가 말했다.

"저 건달들! 능구렁이처럼 교활한 자식들! 그 바르나바스 집에서라고? 좀 들어봐요……." 여주인은 이렇게 외치더니 방안 한구석을 돌아다보았다. 그런데 조수들이 벌써 어느 틈엔가 나타나서 서로 팔짱을 낀 채 여주인 뒤에 버티고 서 있었다. 여주인은 기댈 만한 것이 없어서 곤란한 듯 조수 한 사람의 손을 붙들고 말했다. "들어봐요, 이분이 어디를 헤매고 돌아다니는지! 하필이면 바르나바스 집이라고! 물론 거기라면 언제나 묵을 수 있겠지요.

아아! 신사관에 들지 말고 차라리 거기에 묵었으면 좋았을걸. 그런데 당신들은 대체 어디 있었지요?"

"주인 아주머니!" K는 조수들이 아직도 대답하지 못하는 사이에 말했다. "이 두 사람은 내 조수들이에요. 그런데 당신은 이 두 사람이 당신의 조수인 동시에 나를 감시하는 사람인 것처럼 취급하고 있어요. 적어도 다른 일이라면 무엇이든 될 수 있는 대로 공손하게, 당신과 토론할 마음의 준비를 갖추고 있지만 조수에 관해서는 안 되겠어요. 왜냐하면 이것은 사리가 너무나 명백하기 때문이죠. 제발 내 조수들과 이야기하지 마세요. 만일 이렇게 부탁드렸는데도 들어주지 않으신다면, 나는 두 사람이 당신에게 대답하는 것을 금해 버리겠어요."

"그렇다면 나는 당신네들과 이야기할 수 없구먼." 여주인이 이렇게 말하자, 세 사람 모두 웃음을 터뜨렸다. 여주인은 비웃는 투로 말했지만 K가 생각했던 것보다는 훨씬 부드러웠다. 조수들의 웃음은 여느 때와 같이 뜻 깊은 것 같으면서 뜻이 없는 것도 같은, 모든 책임을 거부하는 듯한 그런 웃음이었다.

"화는 내지 마세요." 하더니 프리다는 이어서 말했다. "우리가 흥분하는 것을 너그럽게 이해해 주셔야만 해요. 말하자면, 우리가 서로 떼려야 뗄 수 없는 인연을 맺게 된 것도 전적으로 바르나바스 덕분이지요. 내가 처음으로 술집에서 당신의 모습을 보았을 때—당신은 올가와 팔짱을 끼고 들어오셨죠—벌써 당신의 이야기를 몇 가지 듣고 있었어요. 그렇지만 당신은 내게 아무래도 좋은 존재였어요. 아니, 당신만이 아무래도 좋은 것이 아니라 거의 모든 게 아무래도 좋았어요. 나는 그 즈음 불만이 많았고, 여러 가지 일에 대해서 골을 냈어요. 그게 어떤 불만이고 어떤 분노였을까요? 예를 들면 술집에서 한 손님에게 모욕당한 일이 있었어요. 그들은 늘 내 뒤꽁무니를 쫓아다녔죠. 당신도 아마 거기 있던 젊은이들을 보셨을 거예요. 그런데 더 지독한 자들이 왔어요. 클람의 하인들이 제일 지독한 것은 아니었어요. 그런데 그 손님들 가운데 한 사람이 나를 모욕했어요. 그러니 그것이 결국 내게 어떤 의미였을까요? 내게는 그것이 마치 몇 해 전에 일어난 일처럼 느껴졌어요. 또는 그런 일이 전혀 일어나지도 않은 것처럼 느껴졌어요. 그런 소리를 이야기로만 들은 것처럼, 나 자신도 벌써 다 잊어버린 것처럼 느껴졌어요.

클람이 나를 버리고 만 다음부터는 모든 것이 달라졌어요."

거기서 프리다는 말을 끊었다. 그녀는 슬픈 듯이 고개를 푹 숙이고 깍지 낀 두 손을 무릎에 올려놓고 있었다.

"좀 보세요." 여주인은 외쳤는데 그 말투는 그녀 자신이 말하는 것이 아니라, 단지 프리다의 부르짖는 속마음에 자기 목소리를 빌려주는 것 같았다. 그 여자는 프리다 옆으로 바짝 다가앉아서 다음과 같이 말을 계속했다. "측량기사 양반, 당신이 한 일의 결과를 보세요. 그리고 내가 이야기를 나누면 안 되는 당신의 조수들도 교훈 삼아 지켜보는 게 좋을 것 같군요. 프리다가 그 어느 때보다도 행복할 때에, 당신이 이처럼 성공한 것은 무엇보다도 이 애가 지나치게 순진한 동정심에 사로잡혔기 때문이에요. 올가의 팔에 매달려 당신이 바르나바스 집으로 넘겨지는 것처럼 보였을 때, 그 꼴을 차마 보고만 있을 수 없었던 거지요. 이 애는 당신을 구해내다가 자신은 희생되고 말았어요. 이제 일은 이 지경이 되고, 프리다가 가졌던 모든 것을 이렇게 단지 당신 무릎 위에 앉는 행복과 바꿔 버린 이 마당에, 당신은 비장의 카드를 쓴답시고 언젠가 바르나바스 집에 묵게 될지도 모른다는 말을 하는군요. 아마도 당신은 그렇게 말함으로써, 내게서 엄연히 독립해 있다는 것을 증명하고 싶었던 모양이지요. 아닌 게 아니라 만일 당신이 바르나바스 집에 묵었더라면 당신은 내게 매여 있지 않을 것이므로 지금이라도 당장 내 집을 떠나야만 할 거예요."

"나는 바르나바스네 가족이 어떤 죄를 지었는지 몰라요." K는 생기가 없어 보이는 프리다를 조심스럽게 껴안아서 천천히 침대에 올려놓고 일어서며 말을 이었다. "어쩌면 아주머니의 말씀이 옳을지도 몰라요. 그러나 내가 우리 두 사람, 즉 프리다와 나 두 사람 사이의 일을 우리에게만 맡겨 달라고 부탁한 것은 확실히 내가 옳았어요. 그때 아주머니는 사랑하고 걱정하니까 어떻다고 무슨 말씀을 하셨는데, 나는 그다지 염두에 두지도 않았습니다. 반면 증오·조소·추방에 대해서는 더욱 신경을 썼지요. 아주머니가 프리다를 내게서 또는 나를 프리다에게서 떼어놓으려고 생각하셨다면 아주 교묘한 수단이었어요. 그러나 아주머닌 확실히 성공하지 못하실 겁니다. 만일 이 일에 성공한다고 해도—약간 위협하는 말투를 쓰는 것을 용서하세요—굉장히 후회하시게 될 거예요. 또 빌려주신 거처에 대해서는—기껏해야 지긋지긋한

굴에 지나지 않지만—이 방을 아주머니가 자진해서 빌려주셨는지 어쩐지 대단히 의심스러워요. 아마도 백작의 관청에서 어떤 지령이 내린 것 같은데. 그러면 나는 이곳에서 쫓겨난 사실을 거기에 신고해야겠지요. 내가 다른 거처로 배치되면 아마도 아주머닌 홀가분한 마음에 안도의 한숨을 내쉴 테지요. 그러나 나는 그보다 더 안심할 겁니다. 그건 그렇고, 나는 이제 이런저런 일로 면장한테 다녀오겠어요. 미안하지만 프리다만이라도 돌봐주세요. 아주머닌 프리다를, 어머니 같은 설교나 꾸지람으로 지독하게 혼내셨으니까요."

그러고 나서 그는 조수들이 있는 쪽으로 몸을 돌려 외쳤다. "가세!" 그리고 못에 걸린 클람의 편지를 빼더니 나가려고 했다. 여주인은 잠자코 그를 쳐다보다가, 그가 문손잡이에 손을 대었을 때 비로소 입을 열었다. "측량기사 양반! 난 아직 할 말이 남았어요. 왜냐하면 당신이 어떤 연설을 해도, 나 같은 이런 할멈을 아무리 모욕하려고 해도 당신은 역시 프리다의 장래 남편이기 때문이에요. 그래서 참고삼아 말씀드리겠는데, 당신은 이곳의 여러 가지 사정에 대해서는 아주 깜깜하시군요. 당신 말을 듣고 있으면, 그리고 머릿속에서 당신의 말과 생각을 실제 상황과 비교해 보면 아주 머리가 어찔어찔할 지경이에요. 이런 무지는 결코 한꺼번에 고쳐지지 않죠. 어쩌면 절대 고쳐지지 않을지도 몰라요. 그러나 당신이 조금이라도 내 말을 믿고 자신이 무지하다는 것을 언제나 잊지 않는다면 많은 면에서 더 나아질 거예요. 그러면 당신은 당장에 내게 더 친절하게 대하겠지요. 또 내가 가장 귀여워하는 이 애가, 예를 들면 음흉한 도마뱀과 인연을 맺기 위해서 독수리를 버렸다는 사실이 알려졌을 때, 내가 얼마나 깜짝 놀랐던가—그때의 놀라움이 아직도 가시지 않고 남아 있답니다—그것도 깨닫게 될 거예요. 도마뱀과 인연을 맺기 위해서 독수리를 버렸다고 했지만, 실제 상황은 그보다도 훨씬 나쁘지요. 나는 늘 이것을 잊어버리려고 노력하겠어요. 그렇지 않으면 도저히 당신과 조용하게 이야기를 나눌 수 없을 거예요. 아아, 당신은 또다시 화를 내는군요. 아니, 아직 가시면 안 돼요. 한 가지 이 소원만은 들어 주세요. 어디로 가시든, 당신은 이곳에서 가장 무지한 사람이란 사실을 잊지 말고 항상 조심해야 해요. 여기 우리 집에서는 프리다 덕분에 어떤 불이익도 당하지 않을 테니 마음대로 지껄여도 좋아요. 또 여기서는 왜 당신이 클람과 만나려고 생각하는가를 우리에게 털어놓고 이야기할 수도 있어요. 그러나 실제로 실천에 옮기는 것만은 제발 그만둬 주세요."

그녀는 흥분한 나머지 좀 비틀거리면서 일어섰는데 K에게 걸어가 손을 잡더니 애원하는 듯이 그를 쳐다보았다. "주인 아주머니, 왜 그런 대수롭지도 않은 일에 그렇게 굽실거리면서 부탁을 하십니까? 도무지 알 수가 없어요. 만일 당신 말씀대로 클람과 만날 수 없다면 사람들이 내가 그걸 하길 원하든 원하지 않든 내게는 성공하기 어려운 일이 아닙니까? 그러나 만일에 그것이 가능하다면 왜 내가 해서는 안 된다는 건가요. 더군다나 그것이 가능할 때는 아주머니의 중대한 반대 이유가 없어지는 동시에 당신의 다른 여러 가지 염려도 대단히 의심스러운 게 되겠지요. 물론 나는 아무것도 몰라요. 이것은 대단히 슬픈 일이지만 사실은 사실이니까 어쩔 수 없어요. 그러나 한편 무식한 자는 오히려 대담하게 행동하는 이점도 있으니까 나는 그 무지라든지, 또 그 형편없는 결과까지도 당분간은 힘이 닿는 데까지는 참으려고 마음먹고 있습니다. 그러나 이 여러 가지 결과란 뭐니 뭐니 해도 본질적으로 내게만 해당되는 것이지요. 그래서 나는 왜 당신이 내게 하소연하시는지 특히 그 점을 이해할 수 없어요. 여하튼 프리다만은 앞으로 당신이 여러 가지로 돌봐 주실 것이라고 믿습니다. 그리고 만일 내가 프리다의 시야에서 완전히 사라져 버린다고 하더라도, 당신은 그저 행복할 뿐이지요. 그렇다면 당신은 대체 무엇을 두려워하시는 거지요? 그렇지 않으면 당신은 혹시 무지한 자에게는 무엇이든 가능성이 있는 것처럼 보이기 때문에……." 여기까지 말하고 K는 벌써 문을 열었다. "혹시 당신은 클람을 생각하고 염려하시는 것은 아니겠지요?" 여주인은 그가 계단을 재빨리 내려가고, 조수들이 그 뒤를 따라가는 광경을 물끄러미 바라보았다.

5 면장의 집에서

K는 스스로 생각하기에도 놀랄 정도로 면장과의 면담이 별로 걱정되지 않아 이상한 생각이 들었다. 지금까지 백작 관청과의 직무상 교섭이 참 간단했기 때문이라고 억지로 이유를 붙여 보기도 했다. 아무튼 이는 K의 사건처리에 있어서 그에게 아주 유리한 어떤 근본원칙이 세워졌으며, 다른 한편으로는 관청 사무가 감탄할 만큼 통일성을 유지한 덕분이었다. 특히나 통일성이

없어 보이는 곳에서 완전한 통일성이 어렴풋하게 느껴졌다. K는 종종 이 유리한 근본원칙과 통일된 사무체계를 생각할 때마다 자기의 입장이 만족스러웠다. 그러나 자못 만족을 느끼고 기분이 좋아진 다음엔 언제나 바로 여기에 위험이 내포되어 있다고 재빠르게 중얼거리곤 했다.

백작의 관청과 직접 교섭하는 일은 그리 힘들지 않았다. 왜냐하면 이 관청이 아무리 잘 조직되어 있다 하더라도, 어디까지나 멀리 눈에 보이지 않는 성 사람들의 이름으로 언제나 멀리 떨어져 눈에 띄지도 않는 것들을 지켜야 하는 반면, K는 가장 생생하게 가까이 있는 무엇을 위해서, 즉 자기 자신을 위하여 투쟁해야 했기 때문이다. 더욱이 K는 적어도 애초에는 스스로 나서서 투쟁한 사람, 즉 공격자였다. 그리고 그는 혼자서 자기 자신을 위해 투쟁했을 뿐만 아니라 다른 힘들도 그를 도와주었다. 그는 그 힘을 알지 못했지만 관청의 조치로 미루어 보아 그것의 존재를 확실히 믿을 수 있었다. 그런데 관청은 하찮은 일을 가지고—지금까지는 오로지 하찮은 일밖에 문제가 되지 않았지만—K의 비위를 맞추려고 퍽 애써 왔다. 이렇게 함으로써 오히려 그가 관청을 상대로 투쟁하여 사소하지만 수월한 승리의 기회를 빼앗아 버렸다. 그리고 동시에 승리에 따르는 만족감과, 앞으로 있을 더 큰 싸움에 대한 자신감도 앗아가 버렸다. 그 대신 관청은 K로 하여금 제멋대로 여기저기 쏘다니게 하여 나쁜 버릇에 젖게 하고 나약하게 만들어 버렸다. 또한 투쟁이란 것이 이 마을 안에서는 일어나지 않게 하고 직무를 벗어난 이상한 생활 속으로 그를 몰아넣었다. 만일 그가 늘 조심하지 않는다면, 관청에서 아무리 친절하게 (일을 처리)해 주고 지나치게 쉬운 직무상의 의무를 그가 완전히 이행한다고 하더라도, 자기에게 보여 준 외관상의 호의에 눈이 어두워 모르는 사이에 직무 외의 생활은 아주 경솔하게 보냈을 것이다. 그러다 그가 무너지게 되면 관청에서는 여전히 온건하고도 우호적인 태도를 보이며, 자기네들 의사와는 달리 어쩔 수 없다는 듯, K도 모르는 공적 질서라는 명목 아래 K를 없애버릴지도 모를 일이었다. 그런데 여기서 그 직무 외의 생활이란 대체 무엇일까? K는 공무와 사생활이 이처럼 중복되어 있는 것을 다른 곳에서는 아직 본 일이 없었다. 공무와 사생활이 서로 혼동된 것이 아닌가 의심이 될 정도로 공사가 뒤바뀌었다. 예를 들면 지금까지 단지 형식적인 것에 불과했던, 클람이 K의 직무상에 미치는 권력은, 클람이 K의 침실에서 여실히 발휘하는 것과 비교하면 과연 어떤 뜻을 지닐까? 이 고장에서는 관청과 직접 맞설 때는 약간 경솔히 행동해도 상관이 없다. 약간 긴장을 늦추어도 괜찮았다. 그런데 그 밖의 경우에는 커다란 주의가, 한 발짝 내디딜 때마다 언제나 주위를 돌아보는 조심성이 필요하다.

K는 이 고장 관청에 대한 자기 견해가 옳다는 사실을 먼저 면장에게서 확인할 수 있었다. 면장은 뚱뚱하고 깨끗하게 수염을 깎은 친절한 남자였는데, 중풍으로 발작이 있었기 때문에 침대에 누운 채 K를 맞았다. "우리의 측량기사가 오셨구먼!" 그는 이렇게 말하며 인사하기 위해 일어났으나, 뜻대로 되지 않자 두 다리를 가리켜 용서를 구하고는 이불 속에 다시 누워 버렸다. 창이 작은 데다가 커튼이 걸려 있어서 방 안은 매우 어두웠다. 그 어슴푸레한 분위기 속에서 희미한 그림자처럼 보이는 부인이 K를 위하여 잠자코 의자를 갖다가 침대 옆에 놓았다. "앉아요, 어서 앉아요, 측량기사 양반! 앉아서 무슨 바람이 있으면 말해보구려." 면장이 말했다. K는 클람의 편지를 낭독하고 거기다가 몇 마디를 덧붙였다. 또다시 그는 관청과 교섭하는 일이 거저먹기로 느껴졌다. 공식적으로 관청에서 모든 부담을 지기 때문에 그들에게 모든 것을 떠넘길 수 있었으며 자신은 모르는 체하고 자유로운 기분으로 지낼 수 있었다. 면장도 그것을 눈치챘는지 기분 나쁘다는 듯이 돌아눕더니, 드디어 말을 꺼냈다.

"측량기사 양반, 당신도 벌써 짐작했겠지만 나는 이 사건에 대하여 샅샅이 잘 알고 있어요. 그러나 내가 아직 아무 일도 벌이지 않는 이유는 두 가지라오. 첫째는 내가 병을 앓고 있다는 것과, 둘째는 당신이 상당히 오랫동안 오지 않았기 때문에 당신이 벌써 단념해 버린 것이라고 추측했기 때문이지요. 그런데 당신이 친절하게도 몸소 나를 방문해 주었으니까, 달갑지는 않지만 사실대로 말할 수밖에 없구려. 당신은 당신 말대로 측량기사로서 채용되었어요. 그러나 유감스럽게도 우리에겐 측량기사가 필요 없다오. 측량기사가 할 일은 하나도 없다고 해도 과언은 아니지요. 우리가 관리하는 작은 영지는 말뚝으로 경계선을 표시하고 있으며 모든 것이 제대로 기록되어 있어요. 소유지 변동은 거의 일어나지 않고 경계에 관한 사소한 다툼은 스스로들 조정해서 해결하지요. 이러니 우리가 무엇 때문에 측량기사가 필요하겠소." 지금까지 그런 일을 깊이 생각해 본 것은 아니지만, K의 마음속에는 이와 비슷한 말이 나올 줄 예상했다는 확신이 깃들여 있었다. 그래서 곧 대답할 수가 있었다. "말씀 듣고 참으로 깜짝 놀랐습니다. 제 예상을 모조리 허물어뜨리는 군요. 무슨 오해가 있지 않았기를 바랄 뿐입니다." "미안하지만, 오해 같은 것은 없어요. 내가 말씀드린 그대로라오." 면장은 대답했다. "그러나 아무리 생각해도 있을 수 없는 일입니다! 이렇게 한없이 먼 여행을 하고 왔는데, 무자비하게 되돌아가라니 말이 됩니까!" K가 목소리를 높였다. "그것은 다른 문제입니다. 내가 결정할 수 없는 문제지요. 하지만 어떻게 그런 오해가 일어날 수 있었는지는 물론 설명해 드릴 수 있습니다. 백작님의 관청처럼 큰 기관에선 어느 과에서는 갑의 사항을, 다른 기관에서는 을의 사항을 각각 전담 관할하기 때문에, 어느 과도 다른 과에서 맡은 일을 모르지요. 물론 상부에서 아주 꼼꼼히 감독하기는 하지만, 그 성질상 전달되는 것이 늦는 게 보통이어서 늘 말썽이 생기곤 해요. 물론 언제나 당신의 경우와 마찬가지로 미미한 일에 지나지 않지만, 중대한 사건에서는 과오가 있었다는 소리를 아직 들어본 적이 없는데, 하찮은 일일수록 두통거리가 되기 일쑤구려. 당신 일에 관해서는 직무상의 비밀에 붙이지 않고—나는 그런 일을 하는 관리는 아니고 어디까지나 농부일뿐더러 평생 농부이기는 변함이 없을 테니까—사건의 전말을 솔직히 이야기하기로 하지요. 훨씬 전 일인데, 당시 내가 면장이 된 지 아직 두서너 달밖에 안 되었던 때에 명령이 내렸어요. 어느 과에서 그 명령을 내렸는지 알 수 없지만, 거기에는 특유의 단정적인 표현으로 측량기사를 초빙하라고 써 있었지요. 마을은 측량사업에 필요한 모든 도면과 기록을 준비하도록 명령받았고. 이 명령은 몇 해 전 이야기니까 물론 당신과는 관계가 없다오. 나도 지금 이렇게 병상에서 쓸데없는 일을 곰곰이 생각할 여유가 없었더라면 그렇게 우습기 짝이 없는 일은 떠오르지도 않았을 거요. 미치!" 그는 갑자기 이야기를 중단하고 무엇 때문인지 분주하게 방 안을 돌아다니는 아내를 불렀다. "미안하지만, 거기 장 속을 좀 찾아봐요. 아마도 명령서가 있을 테니까. 이 명령서는 내가 처음 관리에 취임했을 때의 것이오. 그 당시 나는 무엇이나 보관해 두는 버릇이 있었다오." 그는 K에게 설명하는 것처럼 말했다. 면장 부인이 곧 장을 열자, K와 면장은 그쪽을 바라보았다. 장에는 서류가 가득 들어 있었다. 장을 열자마자 마치 장작 묶음처럼 둥그렇게 동여맨 큰 서류다발이 굴러 떨어져 부인이 깜짝 놀라 옆으로 물러섰다. "아래에 있을거요, 아래에." 면장은 침대에서 지시하듯 알려 주었다. 부인은 아래에 깔린 서류를 끄집어낼 수 있도록 서류들을 두 팔로 안아 장 밖으로 내놓았다. 당장에 방의 절반은 서류로 파묻혀 버렸다. "거창한 일이 되었군." 면장은 혼자서 고개를 끄덕거리면서 말했다. "이건 일부에 불과하다오. 대부분은 광에 보관하고 있으나 거의 잃어버리고 말았지요. 그 누군들 죄다 보존해 둘 수야 있겠소? 그러나 광에는 아직도 많이 남아 있어요." "명령서를 찾을 수 있겠소? 표지에 '측량기사'라는 글자가 씌어 있고 그 아래에 푸른 잉크로 줄을 그은 서류를 찾아야 해." 그가 이번에는 아내에게 말했다. "여기는 너무 어두워서 촛불을 가져와야겠어요." 부인은 이렇게 말하고 높이 쌓인 종이를 넘어서 방 밖으로 나갔다. "집사람은 이런 어려운 공무를 수행할 때 참 큰 도움이 되지요. 이 일은 가욋일로 처리해야 하니까요. 나는 서류 작성하는 일을 시키려고 학교 선생 한 명을 조수로 두었는데도 일을 다 해내지 못해서 하다 남은 일거리를 거기 그 상자에 모아 두었어요." 면장은 이렇게 말하면서 다른 장을 가리켰다. "설상가상으로 내가 지금 병을 앓고 있으니까 쌓이기만 하지요." 그는 이렇게 말하고, 자못 피곤한 기색이었으나 그래도 자랑스럽게 몸을 뒤로 기대었다. "뭣하면 제가." K가 말을 꺼냈을 때 부인이 촛불을 가지고 돌아와서 상자 앞에 무릎을 꿇고 앉아 명령서를 찾기 시작했다. "제가 사모님을 도와서 함께 찾아 볼까요?" 면장은 빙그레 웃으면서 머리를 흔들었다. "이미 말씀드린 바와 같이 당신에게 직무상의 비밀 같은 것은 없어요. 그렇다고 해서 당신이 직접 서류를 찾게 할 수는 없는 노릇이지요." 방 안은 아주 고요했으며, 단지 바스락거리는 종이 소리만이 들릴 뿐이었다. 면장은 살짝 조는 모양이었다. 문을 가볍게 두드리는 소리가 들려서 K는 돌아다보았다. 틀림없이 조수들일 것이다. 그래도 그들은 어느 정도 교육을 받아 덮어놓고 방 안으로 뛰어 들어오지 않고 빠끔 열린 문틈으로 속삭였다. "바깥은 추워서 죽겠어요." "누구인가요?" 면장은 깜짝 놀라며 물었다. "내 조수들인데 어디서 기다리게 해야 좋을지 모르겠습니다. 바깥은 몹시 춥고 여기는 또 여기대로 폐가 되니까 말입니다." K가 말했다. "여기 있어도 상관없어요. 들어오라고 하세요. 더구나 전부터 아는 사람들이에요." 면장은 친절하게 말했다. "그러나 제게는 지장이 있습니다." K는 솔직히 말하고 나서, 시선을 조수들로부터 면장에게로 돌리고 다시 면장으로부터 조수들에게 옮겼다. 세 사람이 입 언저리에 띠고 있는 미소는 너무나 닮아서 누가 누군지 가릴 수 없을 지경이었다. 그래서 그는 시험 삼아서 이렇게 말해 보았다. "자네들은 벌써 방 안에 들어왔구먼. 그렇다면 자네들은 여기 있기로 하고 저기 계신 사모님을 도와서 서류를 찾아 주게. 표지에 '측량기사'라고 씌어 있고, 푸른 잉크로 줄을 친 서류일세." 면장은 아무 반대도 하지 않았다. K는 서류에 손댈 수 없었지만 조수들은 괜찮았다. 두 사람은 바로 서류더미에 덤벼들었으나 찾기보다는 종이 뭉치를 파헤치고 뒤적거리기만 했다. 한 사람이 서류의 표지제목을 한 자 한 자 읽으면, 또 한 사람은 그것을 상대 손에서 채가곤 했다. 부인은 빈 상자 앞에 무릎을 꿇고 있었으나 전혀 찾는 것 같지 않았다. 좌우간 촛불은 그녀에게서 멀리 떨어져 있었다.

"그러니까 조수들이 성가신 거군요. 그러나 당신의 조수데요." 면장은 그렇게 말하면서 만족스러운 미소를 지었다. 마치 모든 것이 자기 명령에서 나왔는데, 아무도 그것을 눈치채지 못한다고 비웃는 듯한 미소였다. "아닙니다. 그들은 내가 여기 온 뒤에 뒤쫓아 왔습니다." K는 냉담하게 대답했다. "뒤쫓아 왔다니 이상한 표현인데요. 아마도 배치됐다고 말씀하시려는 거겠지요." 면장이 말했다. "그렇다면 배치되었다고 해두겠습니다. 그들은 마치 하늘에서 떨어진 거나 마찬가집니다. 그 배치란 아닌 밤중에 홍두깨 격으로 엉터리가 아니고 무엇입니까?" "여기서는 엉터리 일이라곤 하나도 일어나지 않아요." 면장은 이렇게 말하면서 발이 쑤시고 아픈 것조차 잊어버리고 몸을 똑바로 일으켰다. "엉터리 일은 하나도 없다고 말씀하시지만 나를 부르신 건 어떻습니까?" K는 물었다. "당신을 초빙하는 문제도 충분히 검토했어요. 단지 부수적이고 세세한 문제가 복잡해져서 일이 혼란스러워진 것뿐이지요. 서류로 증거를 보여 드리겠습니다." 면장이 말했다. "서류는 나올 것 같지 않습니다." K가 말했다. "나올 것 같지 않다고요?" 면장이 말했다. "미치, 좀 빨리 찾아 줘요. 어쨌든 나는 서류가 없더라도 말할 수는 있다오. 먼저 말씀드린 그 명령에 대해서 우리는 유감스럽지만 측량기사는 필요 없다고 했어요. 그런데 이 회답은, 그 명령이 나온 본래의 과(課)—가령 이것을 A과라고 부른다면—A과로 되돌아가지 않고 무슨 착오로 B과에 전달된 것 같아요. 그러니까 A과는 회답을 받지 못한 겁니다. 그런데 유감스럽게도 B과

또한 우리의 대답을 온전히 받은 것이 아니었어요. 서류가 우리 손에 남아 있는 것인지, 그렇지 않으면 도중에 분실되었는지 알 수 없지만 과 안에서 분실된 것은 절대로 아니라는 점은 내가 장담할 수 있다오. 좌우간 B과는 단지 서류의 봉투밖에는 접수하지 않았어요. 그 봉투 겉에는 안에 든 서류 내용이 측량기사의 초빙 문제를 다루고 있다는 사실만이 기록되어 있을 뿐이오. 그러는 동안 A과에서는 그 문제에 대한 기록이 남아 있어서 우리의 회답을 기다리고 있었지요. 이런 일은 흔히 일어날 수 있는 일입니다. 일 처리를 아무리 꼼꼼히 한다 해도 말이지요. 그래서 담당자는 우리의 답변을 기다렸다가 측량기사를 초빙하든지, 또는 필요에 따라 우리와 계속해서 연락을 하든지, 태도를 결정하려고 생각하고 있었어요. 하지만 그는 메모를 소홀히 해서 이 일을 깡그리 잊어버리게 되었죠. 그런데 B과에서는 성실하기로 소문난 소르디니라는 이탈리아 인 담당자가 그 서류 봉투를 받았어요. 내부 사정을 잘 아는 나로서는 그처럼 유능한 사람이 어째서 언제까지나 아랫자리에 머물러 있는지 이해하기 어려워요. 소르디니는 물론, 빈 봉투를 우리에게 돌려보내고 알맹이가 비었으니까 그것을 넣어 보내라고 요청했어요. 그러나 이때는 A과가 처음 공문을 보낸 지 몇 년은 아니라도 벌써 몇 달은 지난 뒤였어요. 설명할 필요도 없을 만큼 명백한 일이지만, 보통 문서가 제대로 배달되는 경우에는 늦어도 하루면 해당 과에 전달되어 그날로 처리되게 마련이지요. 그러나 반대로 한번 어긋나게 되면, 아무리 조직 체계가 잘 잡혀 있어도 계속 엉뚱한 길로 돌아다니다가 보통은 길을 잃게 되고 말지요. 그때야말로 시간이 굉장히 오래 걸리지요. 따라서 소르디니가 보낸 문서를 받았을 때 우리는 그 사건을 단지 희미하게밖에는 기억할 수 없었어요. 그 무렵 우리는 미치와 나와 둘만이 일을 보고 있었고 학교 선생은 아직도 배치되지 않았으니, 아주 중요한 용건 말고는 사본을 보관해 두지도 않았어요. 요컨대 우리는 아주 애매한 그런 초빙 문제에 관해서는 아무것도 모를 뿐더러, 측량기사는 소용없다고 답변하는 수밖에 다른 도리가 없었지요."

"그런데" 면장은 자기가 너무 이야기에 열중했다는 듯이 또는 지나치게 이야기에 열을 올리지 않았나 하고 두려워하는 듯이 이야기를 멈추고는 "이 이야기가 지루하지 않아요?" 하고 물었다. "천만의 말씀입니다. 퍽 재미있는 이야기입니다."

K의 말을 받아 면장이 말했다. "심심풀이로 하는 이야기는 아니라오."

"제가 재미있게 듣는다고 말씀드린 까닭이 있습니다. 단지 하찮은 착오가 경우에 따라서는 인간의 생활을 결정적으로 좌우한다는 사실을 그 이야기를 통해 꿰뚫어 보게 되었기 때문입니다." K가 말했다.

"아직도 꿰뚫어 보시진 못했어요." 면장은 정색하고 말했다. "그러면 또 이야기를 시작하기로 하지요. 물론 소르디니 같은 사람이 우리의 답변만으로 만족했을 리 없지요. 사실 그가 내게는 참 골칫거리이긴 하지만 난 그에게 아주 감탄해요. 그는 아무도 믿지 않아요. 예를 들면 믿을 수 있을 만큼 수없이 겪어본 사람이라도 다음 기회에는 전혀 모르는 사람처럼, 더 정확하게 말하면 건달 대하듯 전혀 신뢰하지 않아요. 물론 틀림없이 옳은 태도예요. 관리라면 마땅히 그래야 하지요. 하지만 유감스럽게도 나는 성격상 이런 원칙을 따를 수 없다오. 보시는 바와 같이 생전 처음 만나는 당신에게도 무엇이든지 털어놓고 이야기해 버리잖소. 나는 그렇게밖에는 할 수 없어요. 그런데 소르디니는 우리의 답신을 받자마자 의심을 품었어요. 그래서 수많은 서신이 오가게 됐지요. 소르디니는 나에게 왜 측량기사를 초빙할 필요가 없다고 생각하게 되었는지 물었어요. 나는 미치의 뛰어난 기억력의 도움으로 최초의 제안은 직무상 그쪽에서 나온 것이며, 이쪽에서 측량기사를 부르자고 제안한 적은 없다고 대답했어요(제안한 것은 다른 과라는 사실을 물론 아주 옛날에 까맣게 잊어버렸어요). 여기에 대해서 소르디니는 관청에서 보낸 서한 이야기를 왜 이제야 꺼내느냐고 물었어요. 나는 지금 겨우 그 일이 생각났기 때문이라고 대답했지요. 이어서 소르디니와 나 사이에는 옥신각신 다음과 같은 말을 주고받았어요. 소르디니 : 그것 참 괴상한 일이다. 나 : 너무 오래 끌던 문제이니만큼 조금도 괴상하지 않다. 소르디니 : 그러나 역시 이상하다. 당신이 기억한다는 서한이 없다. 나 : 그 서한이 없는 것은 당연하다. 모든 서류가 없어졌으니까. 소르디니 : 그렇다고 해도 첫 공문을 보냈다는 기록이 있어야 할 텐데 그런 건 보이지 않는다. 여기에서 나는 말문이 막혀 버렸다오. 왜냐하면 소르디니의 과에 잘못이 있다고는 감히 주장할 수 없는 일이며, 또 믿어지지 않았기 때문이지요. 측량기사 양반, 당신은 아마도 마음속에서 소르디니를 비난하고 계실 테지요. 내 주장과 의견을 고려해서 다른 과에 그 일을 조회하는 성의를 보여 주었어야만 되는데 하고 나무랄지도 모르겠어요. 그러나 그 생각은 옳지 않아요. 나는 당신의 머릿속이라도 이 사람에 대한 나쁜 인상이나 오점을 남기고 싶지 않기 때문이지요. 실수가 있을지도 모른다는 가능성 따위는 전혀 계산에 넣지 않는 것이 관청 사무 원칙이지요. 전체 조직이 잘되어 있다면 이 원칙은 옳아요. 또 일을 아주 빨리 처리해야 할 때는 이 원칙이 필요해요. 그래서 소르디니가 다른 과에 조회하는 것은 절대 허락되지 않았지요. 더욱이 조회했다고 하더라도 상대 과에서는 결코 답변을 보내오지 않았을 거라오. 왜냐하면 혹시나 그 과에 잘못이라도 있어서 그것을 조사하기 위해 조회해 온 것이 아닌가 하고 바로 눈치를 채기 때문이지요."

"면장님, 말씀 도중에 실례지만 잠깐 질문 좀 드리겠습니다. 먼저 아까 감독관청 이야기를 하시지 않았습니까? 면장님 말씀대로라면 관청의 운영방법에 통제가 없었다는 얘긴데, 상상할 수 없는 얘기로군요." K가 말했다.

"당신은 대단히 엄격하군요." 면장은 이렇게 말하며 말을 이었다. "그러나 당신이 그 엄격함을 천만 배로 곱하더라도 관청이 스스로에게 부과하는 엄격함에 비하면 아무것도 아니라오. 감독관청이 있느냐고 묻는 사람은 당신처럼 아무런 사정도 모르는 타향 사람뿐이지요. 성에는 감독관청밖에는 없어요. 물론 일반적인 실수를 찾아내는 것이 감독관청의 역할은 아니지요. 왜냐하면 실수가 일어나지 않으니까요. 가령 당신의 경우처럼 실수가 일어났다고 하더라도 대체 누가 그것이 잘못이라고 단정을 내릴 수 있을까요?"

"퍽 색다른 의견이네요." K가 말했다. "내게는 케케묵은 이야기지요." 면장이 이어서 말하기를, "잘못이 일어났다고 믿는 점에서는 나도 당신과 그다지 다르지 않아요. 소르디니는 그 일에 절망한 나머지 큰 병에 걸렸다오. 잘못이 어디에서 시작되었나를 찾아내는 제1감독관청도 이때에는 잘못을 인정하고 있었어요. 그러나 제2감독관청이 똑같이 판단하고 제3, 제4 그 밖에 다른 감독관청들도 똑같은 판정을 내릴 것이라고 누가 장담할 수 있을까요?" 하는 것이다. "그럴지도 모르겠습니다." K가 입을 열어 다음과 같이 말했다. "하지만 나는 그런 복잡한 일에는 끼어들고 싶지 않습니다. 감독관청 이야기도 금시초문이고, 물론 아직도 잘 이해하지 못한 형편입니다. 단지 내가 생각하는 것은, 여기서 두 가지 사실을 구별해야 한다는 것입니다. 첫째로는 관청 안에서 일어난 일이고 관청 측에서 여러 가지로 해석할 수 있는 일입니다. 둘째로는 '나'라는 지금 존재하는 인간, 관청 밖에 있고 관청으로부터 어떤 손해를 입지만 언뜻 보기에는 대수롭지 않아서 위험이 진짜로 다가왔는지, 아직도 생각조차 못하는 저라는 인간 말입니다. 면장님, 면장님은 기가 막히게 관청 사정에는 능통하시지만, 면장님의 그런 풍부한 지식을 다 쏟아서 이야기해 주신 것은 아마도 제가 말씀드린 첫 번째 경우라고 생각됩니다. 그러나 저는 이 '나'라는 인간에 관해서도 한 말씀을 듣고 싶습니다."

"나도 그럴 참입니다. 그러나 미리 몇 마디 설명하지 않으면 알아듣기 어려울 것 같아요. 지금 내가 감독관청 이야기를 했지만 그것조차 시기상조인 듯하군요. 따라서 화제를 돌려서 소르디니와의 이야기가 서로 어긋났던 지점으로 돌아가지요. 먼저 말한 것처럼, 나는 점점 궁지에 몰렸다오. 그런데 소르디니가 어떤 사람에 대해 아주 사소하게 유리한 점이라도 손에 쥔다면 그는 벌써 승리해 버린 거나 마찬가지지요. 왜냐하면 그때에는 그의 주의력·정력·침착함이 훨씬 좋아지니까요. 따라서 그는 그의 공격을 받는 상대에게는 무서운 존재인 반면 공격하는 측에게는 참 훌륭한 존재지요. 이 후자의 경우도 나는 다른 기회에 직접 경험해 보았어요. 지금 이처럼 그의 이야기를 할 수 있는 것도 그랬기 때문이지요. 여하간 나는 그를 아직도 내 눈으로 직접 본 적은 없어요. 그는 너무나 바빠서 아랫마을로 내려올 수 없거든요. 사람들이 하는 소리를 들으니 그의 사무실은 큰 서류 묶음이 몇 층으로 쌓아 만들어진 기둥들이 빼곡하게 들어차 있다고 하더군요. 소르디니가 일할 때 필요한 것은 단지 서류뿐이라니까요. 그 산더미처럼 쌓인 서류들 속에서 늘 서류를 잡아 빼내기도 하고 또 속으로 집어 처넣기도 하는데, 그런 동작이 굉장히 빠른 속도로 이루어지기 때문에 기둥처럼 높이 쌓인 이 서류 산더미가 늘 무너지기 마련이란 겁니다. 그래서 쿵 하고 무너지는 소리가 꼬리에 꼬리를 물고 끊임없이 들려오는데, 그 소리가 소르디니 사무실 특징이라고 해요. 확실히 소르디니는 일꾼이며 아주 사소한 일에도 중대한 일과 마찬가지로 세심한 주의를 아끼지 않아요." 면장이 말했다.

"면장님, 면장님께선 언제나 제 문제를 아주 하찮은 일의 하나로 취급하십니다. 그러나 이 문제 때문에 많은 관리들이 아주 바쁘게 일해야 하네요. 이 문제가 처음에는 아주 사소한 일이었는지도 모르겠지만 소르디니 씨와 같은 관리가 열심히 활동한 결과 중대한 문제가 되어 버렸습니다. 이것은 유감스러운 일일뿐더러 또 내 뜻에도 어긋나는 일입니다. 왜냐하면, 내 자긍심은 나에 관한 서류가 산더미처럼 쌓였다가 한꺼번에 무너지기를 바라는 것이 아니라 한 사람의 측량기사로서 자그마한 제도책상에 조용히 앉아서 일하는 데서 오기 때문입니다." K가 말했다.

"아니오. 그것은 중대한 문제가 아니지요. 그 점에 대해서 당신은 불평할 이유가 없을 거요. 그것은 사소한 일 중에서도 가장 사소한 일의 하나지요. 일의 규모로 문제의 중요도를 결정지을 수는 없어요. 당신이 그런 생각을 품고 있다면 백작님의 관청을 이해하기에는 아직 어림도 없어요. 그러나 설사 일의 규모가 문제된다 하더라도, 당신의 경우는 가장 사소한 것의 하나지요. 평범한 일에서 실수가 없도록 하는 것이 보람은 있지만 훨씬 힘이 들어요. 좌우간 당신은 당신 문제 때문에 관청이 한 일을 사실 아직 아무것도 모르고 있어요. 그것을 지금부터 이야기해 드리지요. 처음에는 소르디니가 내 일에 관여하지 않았습니다. 하지만 그의 부하 관리들은 매일같이 신사관으로 찾아와서 마을 유지들에게 캐물어 조서를 작성했어요. 대개는 내 편을 들었지만 그중 완고한 자가 몇 사람 있었지요. 측량 문제가 농부들에게는 절실한 모양이라서 그들은 배후에 무슨 비밀협정이나 부정행위라도 있는 것이 아닌가 냄새를 맡고 돌아다녔어요. 더욱이 지도자 격인 인물까지 발견해 냈지요. 그래서 소르디니는 자연히 그들의 진술을 듣고 다음과 같이 확신하게 되었다오. 즉 내가 면 의회에 문제를 제시했다면 측량기사 초빙문제에 대해 모두 반대하지는 않았을 것이라고. 그래서 명백한 일—즉 측량기사는 필요 없다는 사실—이것이 적어도 문제를 삼을 여지가 있게 되었어요. 여기서 특히 브룬스비크라는 자가 유난히 많은 활동을 했어요. 당신은 이 사람을 모르시겠지만, 이 사람은 나쁜 사람은 아닌 것 같지만 우둔하고 공상을 즐기며 라제만과는 의형제 사이지요." 면장이 말했다.

"가죽가게 주인 라제만 말입니까?" K는 라제만의 집에서 만난 텁석부리 이야기를 했다. "네, 바로 그 사람 말이오." 면장이 말했다. "나는 그분의 부인도 알고 있습니다." K는 짐작으로 말했다.

"그러시겠지요." 면장은 말하고 입을 다물었다.

"미인이지만 얼굴빛이 좋지 않고 환자처럼 보이더군요. 아마 성 출신이지요?" K는 이 말을 반은 질문조로 말했다.

면장은 시계를 쳐다보더니, 숟가락에 가득히 약을 따라서 성급히 마셨다.

"성안의 일은 단지 그 사무조직에 관한 일밖에 모르십니까?" K는 조금 실례가 될 정도로 물어보았다.

"그래요." 면장은 빈정거리는 투지만 고맙다는 듯이 미소를 띠면서 말했다. 이어서, "사실은 그 사무조직이 가장 중요한 것이지요. 그런데 브룬스비크 말인데 그자를 이 마을에서 내쫓을 수만 있다면 대부분 기뻐할 텐데요. 라제만이라고 기뻐하지 않을 리 없어요. 그러나 그 무렵 브룬스비크는 약간 세력이 있었어요. 물론 그는 웅변가는 아니지만 큰 소리로 부르짖는 사람이었고, 그게 많은 사람들의 마음에 든 모양이에요. 이리하여 나는 문제를 면의회에 제기할 수밖에 없었어요. 아무튼 당장은 브룬스비크의 독무대였죠. 그도 그럴 것이 면 의회에서는 대다수가 측량기사 한 사람의 일쯤 아무래도 좋다는 태도였기 때문이지요. 그것은 지금부터 벌써 몇 년 전 일이지만 그때부터 지금까지 쭉, 이 문제는 결론을 보지 못한 채 질질 끌어왔어요. 그것은 한편에서는 소르디니의 양심적인 태도에서 나온 겁니다. 소르디니는 다수파 주장의 근거뿐만이 아니라 반대파 의견까지도 면밀히 조사해 밝혀내려고 노력했기 때문이오. 또 한편으로는 브룬스비크의 우둔함과 명예욕에 따른 것입니다. 그는 백작님의 관청과는 여러 가지로 개인적인 연고관계가 있었는데, 그는 자기의 독특한 망상으로 여러 가지를 꾸며내서 관청을 움직였던 거예요. 소르디니는 물론 브룬스비크에게 속아 넘어가지 않았어요. 어떻게 브룬스비크가 소르디니를 속일 수가 있겠어요? 그러나 속아 넘어가지 않기 위해 소르디니는 새로운 조사를 해야 했어요. 그런데 그 조사가 채 끝나기 전에 브룬스비크는 또 새로운 것을 생각해 냈어요. 브룬스비크라는 사람은 아주 민첩한데 그것도 그의 우둔함의 일부라고 하겠지요. 자아, 이젠 우리 관청의 특수한 성격에 대해서 이야기할 때가 온 것 같구려. 관청 조직은 정교한 만큼 지극히 민감하기도 해요. 한 문제가 쭉 오랫동안 검토될 때 그 검토가 아직 끝나기도 전에 예기치 못한 장소, 나중에 가서는 어디였던가 알 수도 없는 장소에서 갑자기 번갯불처럼 해결의 서광이 비추어 오는 수가 있어요. 그래서 대개 결과적으로 보면 참 옳다고는 하지만 제멋대로 그 문제의 끝을 맺게 되는 일도 있지요. 그것은 마치 관청이 사소한 한 가지 문제 때문에 몇 해 동안이나 자극을 받아 긴장을 계속하는 사이에 이젠 견뎌내지 못하게 되어 나중에는 관리의 힘을 빌리지 않고 자기 스스로 결말을 지어 버리는 것 같아요. 물론 그것을 기적이 일어났다고 할 수는 없어요. 확실히 관리 중의 어떤 사람이 그 처결을 문서에 기록했든지 또는 문서에는 쓰지도 않고 그대로 결론을 내려 버렸든지, 둘 중의 하나일 거예요. 그러나 좌우간 이 경우에 어떤 관리가 결정을 지었는지 또 어떤 근거에서 그 결론을 내렸는지 그 점에 대해서는 우리 측, 즉 여기서부터는 관청 측에서도 확인할 수 없어요. 다만 감독관청만이 훨씬 나중에 가서야 확인하게 되어 있지요. 그러나 그렇게 되면 우리는 알 도리가 없어요. 아무튼 그때쯤 되면 거의 어떤 사람의 흥미도 끌지 않을 테니까요. 먼저 말씀드린 것처럼 이 결정은 대개 아주 훌륭한 것이지요. 단 이 결정에 대해서 너무 오랜 시간이 지난 뒤에야 알게 된다는 점과, 따라서 그동안에 벌써 오래전 결말이 난 사건에 대해서 여전히 열올려 토론을 벌인다는 게 문제지요. 당신의 경우에도 이런 결정이 내렸는지 어쩐지 나는 알 수 없지만 거기에는 긍정과 부정의 양론이 성립하고 있어요. 결정이 내렸다고 해도 초청 통지가 당신에게 발송되고, 그 다음에 당신은 먼 여행을 떠나서 여기까지 오셨으니까 퍽 오랜 시간이 지났어요. 그동안 소르디니는 여기서 여전히 같은 문제와 씨름해 기운이 다 빠질 정도로 일에 몰두하고, 브룬스비크는 음모를 꾸미고, 나는 이 두 사람에게 고통을 받은 것이지요. 지금은 오로지 이러한 가능성을 암시할 뿐이지만, 다음과 같은 사실을 나는 아주 똑똑히 알고 있어요. 서로 옥신각신하는 사이에 몇 년 전 A과에서 측량기사 건으로 면에 문의를 했지만 아직껏 회답을 받지 못했다는 사실을 감독관청이 알아냈지요. 얼마 전 내게도 문의가 왔는데 그때에 모든 사정이 밝혀졌어요. 그래서 A과는 측량기사는 필요치 않다고 써 보낸 내 회답에 만족했으며, 소르디니는 자기가 이 문제에 관해서는 권한이 없었다는 사실과—물론 자기 잘못은 아니지만—지금까지 쓸데없는 귀찮은 일만 해왔다는 사실을 솔직히 인정할 수밖에 없었어요. 만일에 새로운 일이 여느 때처럼 여기저기에서 구름 떼처럼 밀려오지 않았더라면, 또한 당신의 문제가 단지 쓸데없는 문제에 불과한 것이 아니었더라면—사실 당신의 일은 사소한 문제 중에서도 가장 사소한 것이라고 말할 수 있어요—우리는 틀림없이 모두 안도의 한숨을 크게 내쉬었을 거요. 나는 소르디니도 역시 그랬으리라고 생각해요. 단지 브룬스비크만이 원한을 품었을 텐데 그것도 참 우스운 일에 지나지 않지요. 그런데 측량기사 양반, 내가 얼마나 실망했는지 알아주세요. 다행히도 사건이 모두 처리된 뒤에, 그때부터 벌써 오랜 세월이 흘렀는데 지금에서야 아닌 밤중에 홍두깨 격으로 당신이 나타나서 모든 일을 처음부터 새로 시작하는 형편이니까요. 그런 일은 나로서는 절대로 용납하지 않을 작정입니다. 그 점은 당신도 잘 아시겠지요." 면장은 무척이나 장황한 이야기를 끝냈다.

"네, 알겠습니다. 그런데 내가 더욱 잘 아는 것은 이곳에서 내게 굉장한 불법행위를 하고 있다는 사실입니다. 심지어 법률의 힘을 빌려서까지 권리를 침해해고 있는 것 같습니다. 그래서 나는 그것을 막아내려고 합니다." K가 말했다. "그것을 어떻게 막아내려 하오?" 면장이 물었다.

"그것은 말할 수 없습니다." K가 말했다.

"나는 당신에게 억지를 쓸 생각은 없어요. 단지 나는 당신의—우리는 초면이니 친구라고 말하지는 않겠습니다—말하자면 사무적인 동료라는 것, 이 점만은 잊지 않길 바랍니다. 당신을 측량기사로서 채용하는 일만은 인정하지 않지만, 그 밖의 일로는 언제든지 나를 믿어도 좋아요. 물론 가능한 범위 내에서 내 힘이 닿는 데까지 최선을 다해 보지요. 그렇다고 해서 무슨 큰 권력이 있는 것은 아니지만." 면장이 말했다.

"나를 측량기사로 채용하는 문제에 대해 자꾸 말씀하시는데, 나는 벌써 채용되었습니다. 이것이 클람의 서한입니다." K가 말했다.

"클람의 편지라고, 이것은 참 귀하고 얻기 어려운 것인데요. 클람의 사인이 기록되어 있어서 틀림없이 그의 필적처럼 보이는데요. 그러나 나 혼자만의 감정으로는 그렇다고 확인할 수가 없으니까, 미치!" 그는 아내를 부르더니 그 다음에 "대체 자네들은 뭘 하고 있나?" 물었다.

면장이나 K는 상당히 오랫동안 조수들과 미치를 잊고 있었는데, 그들은 찾는 서류를 발견해 내지 못한 모양이었다. 그래서 끄집어 낸 서류를 모조리 도로 장에 넣으려고 했으나, 산더미 같은 서류 무더기를 간추리지 않았기 때문에 본디대로 되지 않았다. 그러다가 아마 조수들이 지금 하고 있는 방법을 생각해낸 모양이었다. 그들은 장을 바닥에 눕혀 놓고 서류를 모두 꾹꾹 처넣은 다음 미치와 함께 장의 문 위에 앉아서 그것을 지금 한창 지근지근 누르고 있었다.

"그러면 서류는 아직 찾지 못했구면." 면장의 말이었다. "그것 참 유감이군요. 어쨌든 지금 이야기했으니까 줄거리는 아시겠지요. 하기야 서류 같은 건 필요 없게 되어 버렸어요. 언젠가 서류를 찾게 될 것이라고 생각해요. 아마도 학교 선생에게 있을 거요. 그에게는 아직도 굉장히 많은 서류가 남아 있으니까요. 그런데 미치, 촛불을 가지고 이리 와서 내게 이 편지를 읽어 주어요."

미치가 침대가로 다가와 걸터앉더니 튼튼하고 활기가 넘치는 남편에게 몸을 기대었다. 남편은 아내를 포옹하고 있었는데, 이러고 보니 여자는 전보다 더 파리하고 초라하게 보였다. 단지 그녀의 자그마한 얼굴만이 촛불을 받아 뚜렷하고 엄숙한, 세월의 풍화로 인한 부드러운 윤곽을 드러냈다. 편지에 시선을 떨어뜨리자마자 그녀는 가볍게 두 손을 모으고 말했다. "클람에게서 온 거군요." 그 다음에 둘이서 함께 편지를 읽으며 두서너 마디 서로 속삭였다. 한편 조수들은 누르고 있던 장 문을 잠그는 데 성공해 "만세!" 고함을 지르는 판이었으며 미치는 잠자코 고맙다는 눈초리로 그들을 쳐다보았다. 그때 면장이 말을 꺼냈다.

"미치가 나와 완전히 같은 의견이니까 솔직히 말씀드릴 수 있을 것 같군요. 이건 결코 공문이 아니고 사신(私信)이지요. 그것은 '존경하는 귀하에게'라는 편지 첫머리만 봐도 똑똑히 알 수 있어요. 또 그건 그렇다 치고, 이 편지에는 당신을 측량기사로 채용했다는 소리가 한 마디도 없어요. 오히려 일반적인 영주에 대한 봉사라고만 언급되어 있을 뿐이지요. 그것조차 강제력 있게 언급되는 것이 아니라 '귀하가 아시는 바와 같이' 채용되었을 뿐이라고 되어 있어요. 그 뜻은 즉, 당신이 채용됐다는 것을 입증할 책임이 당신에게 있다는 것이지요. 마지막으로 내가 당신의 직속상관이라고 밝히고 있으며, 직무상의 사항에 관해서는 전적으로 상관인 나의 지휘감독을 받으라고 명령하고 있어요. 그러면 내가 당신에게 세세한 모든 일을 전달하도록 되어 있다는 뜻인데, 그 부분은 벌써 다 말씀드렸지요. 관청 관계의 공문을 잘 읽을 줄 아는 사람, 공문 이외의 사신을 더 잘 해독하는 사람에게는 이런 일은 모두 너무나 명백해요. 이 사정을 잘 모르는 당신이 그것을 잘 이해하지 못하는 것은 그다지 이상한 일이 아니라오. 결국 이 편지의 취지를 간추리면 다음과 같은 내용 이외에는 아무것도 아니에요. 즉 당신이 백작님의 관청에 근무하도록 채용된 경우 클람이 당신을 사적으로 돌봐주겠다는 거지요." 이 것이 면장의 이야기였다.

"면장님, 이 편지를 아주 멋있게 해석하셨군요. 너무나 근사하게 해석하신 나머지 결국 서명 밖에 남지 않은 한 장의 백지가 되어 버렸습니다. 그렇게 함으로써 귀하신 분이라고 입에 올린 클람의 이름을 욕되게 한다는 걸 모르십니까?" K가 말했다. "그것은 오해지요. 나는 결코 편지의 뜻을 잘못 해석하지 않았어요. 나는 멋대로 해석해서 이 편지를 무시하는 태도는 취하지 않아요. 오히려 그 반대지요. 클람의 사신은 당연히 공문보다도 훨씬 중요한 가치를 지녔어요. 하지만 당신이 이 편지에 두는 것만큼의 값어치는 없다는 겁니다." 면장이 말했다.

"쉬바르처를 아십니까?" K는 물었다.

"아니, 몰라요. 미치! 당신은 혹시 알아? 당신도 모른다고? 두 사람 다 모르는데." 면장의 말이었다.

"그것 참 이상합니다. 하급 집사의 아들인데요." K가 말했다.

"측량기사 양반, 대체 내가 어떻게 그 많은 하급 집사의 아들을 알 수가 있겠어요?" 면장이 말했다.

"좋습니다. 그렇다면 쉬바르처는 하급 집사의 아들이라고 해두십시다. 내가 이곳에 도착한 날 벌써 이 쉬바르처와 한바탕 화를 내며 다투었습니다. 그때 그자는 프릿츠라는 하급 집사에게 전화를 걸고 조회한 결과, 내가 측량기사로서 채용되었다는 사실을 알게 되었습니다. 면장님, 이 사실을 어떻게 설명하시렵니까?"

"아무것도 아니지요. 당신은 사실 아직 한 번도 우리 관청과 교섭해 본 적이 없어요. 당신이 내게 말한 교섭은 모두 표면적인 것뿐인데, 사정을 모르니까 진짜 교섭이라고 생각하는 거지요. 전화 이야기가 나왔으니 말이지, 보시는 바와 같이 내게는 전화가 없는데 그래도 얼마든지 관청과 교섭하고 있어요. 전화는 식당 같은 데서는 도움이 될지 몰라도, 그것은 뭐랄까 오르골 같은 것이고, 그 이상의 역할은 하지 못해요. 당신은 여기 오셔서 전화를 걸어보신 적이 있지요? 그러면 아마도 내 말을 알아들으시겠지요. 성 안에서는 전화의 용도가 참 큽니다. 사람들의 이야기를 들어보면 성 안에서는 끊임없이 전화로 연락한다는데 물론 그것으로써 사무 능률을 상당히 올리고 있어요. 여기서는 전화를 걸면 성 안에서 그칠 새 없이 울리는 전화 소리가 떠들썩한 소음이나 노랫소리처럼 들리는데 당신도 그 소리를 확실히 들었을 거요. 그런데 이곳의 전화가 우리에게 전달해 주는 것 중에서 이 소음과 노랫소리만이 믿을 만한 것이고, 다른 모든 것은 가짜고 속임수지요. 성과 마을 사이에는 특정한 전화선이 없을뿐더러 우리 요청을 저쪽으로 연결해주는 중앙전화국 같은 것도 없어요. 여기서 성으로 전화를 걸면 저쪽에서는 가장 하급의 여러 과에 있는 전화가 모두 울리지요. 내가 잘 아는 사실이지만, 대개의 전화기는 벨을 끊어 놓았으니까 망정이지, 그러지 않았다면 성에 있는 모든 전화가 한꺼번에 울릴 거예요. 그러나 가끔 피곤에 지친 관리가 머리도 식힐 겸 해서 심심풀이로, 특히 저녁때나 밤에, 그 전령장치를 연결하는 일이 있어요. 그럴 때 우리에게 돌아오는 답변은 물론 농담 나부랭이에 지나지 않지요. 그것도 이해가 가는 일이지요. 늘 굉장히 중요한 일이 거듭 맹렬하게 진행되고 있는데, 그 와중에 개인적인 사소한 용무 때문에 전화를 걸고 폐를 끼치는 일이 대체 가능할까요? 그리고 내가 납득할 수 없는 일은, 여기에 처음으로 도착한 타향 사람이 가령 소르디니에게 전화를 걸어서 그를 불러냈을 때, 자기에게 대답하는 상대가 참말로 소르디니라고 어떻게 믿을 수 있느냔 말이에요. 저쪽에 나온 상대가 얼토당토않게 전혀 다른 과의 한낱 기록계원 일지도 모르는 일이지요. 그와 반대로 시간만 잘 선택하면 하찮은 기록계원을 불러내려고 했을 때, 도리어 소르디니가 대답하는 일도 물론 있을 수 있지요. 그럴 때는 첫 목소리를 듣기 전에 수화기를 내리고 내빼는 것이 확실히 나을 거예요." 면장이 말했다.

"설마 그러리라고는 생각지 못했습니다. 그런 자세한 점까지 알 순 없었으니까요. 그러나 저도 전화로 한 이야기는 그다지 믿지 않았으며, 틀림없이 성안에서 경험하거나 얻은 일만이 정말 중요할 거라고 늘 의식하고 있었습니다." K는 말했다.

"아니지요." 면장은 한 마디도 빠뜨리지 않겠다는 듯이 이어서 말했다. "이런 전화의 대답일수록 중요한 뜻이 있는 거지요. 그렇지 않겠어요? 성의 관리가 알려주는 일이 어째서 무의미할 수가 있을까요? 클람의 편지 이야기가 나왔을 때 벌써 그 말씀을 드렸지만, 이런 말들은 모두 직무상의 뜻이 없어요. 만일 당신이 그렇게 생각하지 않으시면 대단히 잘못이지요. 그와는 반대로 그런 말은 호의든 적의든 간에 개인적인 뜻이 다분해서 대개는 직무상의 뜻보다 더 중요하지요."

"좋습니다." K가 하는 말이다. "모든 사정이 그렇다면 저는 성 안에 좋은 친구들을 많이 둔 셈이군요. 잘 생각해 보면 벌써 훨씬 오래 전에 언젠가 측량기사를 부르게 되리라고 그 과에서 계획을 세운 것은 나에 대한 호의에서 나온 것 같습니다. 그리고 그 뒤부터 계속 이 우호적인 행동으로 나를 유인해 놓고, 이번에는 무자비하게 쫓아내려는 것입니다." K가 말했다.

"당신의 견해도 일리는 있어요. 성에서 하는 말을 액면 그대로 곧이들어서는 안 되는데, 그 점에서는 당신 말이 옳아요. 그러나 조심성은 비단 여기서 뿐만 아니라 어디 가서도 필요하지요. 그리고 문제의 발언이 중대해지면 중대해질수록 조심성이란 더 필요해요. 그래서 당신이 유인당했다고 말씀하신 것은 나로서는 이해할 수 없군요. 두서없이 여러 가지로 이야기했지만 내가 설명한 내용을 귀담아 들었다면 당신을 여기로 초빙하는 문제가 너무나 복잡해서 이렇게 짧게 이야기를 주고받아서는 그 문제에 대한 답변을 할 수 없다는 사실을 아셨겠지요." 면장이 말했다.

"그러면 이 문제의 결말은 이거군요. 이렇게 흐리멍덩하고 해결도 안 된 채 결국 내가 추방당한다는 거군요." K가 말했다.

"측량기사 양반, 누가 당신을 추방한답니까? 지금까지 여러 선결문제를 애매하게 다룬 것은, 그나마 당신에게 예의를 지켜서 올바른 대우를 보장해 드리려는 태도에서 나온 것이 아니겠어요? 당신도 참 신경질적인 것 같군요. 아무도 당신을 이곳에 붙잡아 두진 않겠지만 그렇다고 해서 그것이 당신을 내쫓는단 뜻도 아니잖아요." 면장이 말했다.

"아아 면장님, 면장님은 무엇이든 너무나 날카로운 통찰력으로 속까지 들여다보며 말씀하시는군요. 이제 나를 여기에 붙들어 매고 있는 것을 몇 가지 말씀드려야겠습니다. 고향을 떠나올 때 내가 바친 희생, 길고 긴 고생스러운 여행, 여기서 채용될 것을 전제로 가슴에 품었던 갖가지 희망과 기대, 모조리 잃어버린 재산, 이제부터 다시 집으로 돌아가서 다른 적당한 일을 구할 수 없을 거라는 절망, 그리고 마지막으로 중요한 것은 이 고장 사람인 내 약혼자입니다."

"아아, 프리다 말인가요." 면장은 조금도 놀란 기색을 보이지 않고 말했다. "알아요. 프리다는 당신이 가시는 곳이면 어디든지 따라가겠지요. 그 밖의 일에 관해서는 물론 깊이 생각해 볼 필요가 있어요. 그에 대해서는 성에 보고하도록 하겠어요. 성의 결정이 오거나 그보다 먼저 당신을 다시 심문할 필요가 생기면 좌우간 당신을 부르러 보내겠어요. 아시겠지요?"

"아니, 찬성할 수 없습니다. 나는 성에서 무슨 은총이나 자선 베풀기를 바라는 것이 아니라 내 권리를 주장할 따름입니다." K가 말했다.

"미치!" 면장은 자기 처를 불렀다. 그녀는 여전히 자기 남편에게 몸을 기대고 착 붙어 앉아서, 몽상에 잠긴 채 클람의 편지로 작은 배를 만들어 만지작거리고 있었다. K는 깜짝 놀라서 그녀의 손에서 편지를 빼앗았다. "미치, 다리가 또다시 쑤시고 아프기 시작했어. 찜질 약을 갈아붙여야 되겠어."

K는 일어서서 말했다. "그럼 이만 실례하겠습니다." 미치는 남편을 보며 "네" 대답하더니 재빨리 연고를 준비하면서 말했다. "외풍이 심하네요."

K가 뒤를 돌아보니, 조수들은 K의 말을 듣자마자 평소와 다름없이 어울리지 않는 열성을 보이며 문의 좌우로 가서 양쪽 문을 열어젖혔다. K는 세게 불어 들어오는 바람이 환자의 방으로 들어가지 않게 조심하느라고 면장에게는 허둥지둥 인사를 했다. 그리고 조수들을 끌어당기면서 방에서 나와 재빨리 문을 닫았다.

6 여주인과 나눈 두 번째 대화

여관 앞에서 주인이 그를 기다리고 있었다. 이쪽에서 묻지 않으면 말할 것 같지 않아서, K는 무슨 일이냐고 주인에게 먼저 말을 걸었다. "새 숙소를 정하셨나요?" 주인은 시선을 땅에 떨어뜨린 채 물었다. "부인께 부탁받고 물으시는 거지요? 부인께 쥐여사시는 모양이군요." K가 말했다. "원, 천만에요. 집사람에게 부탁받고 묻는 게 아니에요. 집사람은 선생님 때문에 흥분해서 의기소침해 있어요. 일손도 놓고 드러누운 채 끊임없이 한숨만 쉬고 있다고요." 주인이 말했다. "제가 부인께 가볼까요?" K가 물었다. "꼭 부탁해요. 사실은 선생님을 모셔가고 싶어서 면장댁 문 앞에서 귀를 기울이고 엿듣고 있었어요. 그런데 두 분이 한참 이야기하고 계셔서 방해가 될까봐 들어가지는 못했지요. 집사람 일도 걱정되고 해서 그냥 빨리 되돌아왔어요. 그런데 집사람이 내가 곁에 있는 것을 싫어해서 선생님이 돌아오시는 것을 기다리는 수밖에 없었어요." 주인의 말이었다. "그럼 빨리 가시죠. 곧 부인의 마음을 가라앉혀 드릴 테니까." K가 말했다. "그렇게만 된다면 좋으련만." 주인이 말했다.

두 사람이 환한 부엌을 지나가는데 하녀 서너 명이 서로 멀찍이 떨어져 잡일을 하고 있다가 K의 모습을 보자 꽤나 놀랐는지 멈칫했다. 여주인의 한숨 소리는 부엌에까지 들려왔다. 그녀는 얇은 판자벽으로 부엌과 분리된, 창문도 없는 칸막이 방에 누워 있었다. 거기는 큰 2인용 침대와 장 하나를 놓을 자리밖에 없었다. 침대는 부엌을 내다볼 수 있고 일을 감시할 수 있는 자리에 놓여 있었다. 반면에 부엌에서는 방 안이 거의 보이지 않았다. 방 안은 상당히 어두워 불그스름한 이부자리만 어렴풋이 보일 뿐이었다. 그곳에 들어서고 얼마간 어둠에 익숙해지고 나서야 하나하나 분간할 수 있었다.

"이제 오세요?" 여주인은 힘없이 말했다. 그녀는 팔다리를 편 채로 천장을 쳐다보고 드러누워 있었는데, 숨을 쉬는 것이 힘에 겨운 모양인지 새털이불을 발치로 걷어 젖히고 있었다. 침대에 누워 있으니 옷을 차려입고 일어나 있는 것보다도 훨씬 젊게 보였다. 레이스를 두른 얇은 나이트캡이 너무 작아 머리 위에서 벗겨질 것처럼 간신히 매달려 있었다. 그러니까 파리한 얼굴이 더욱 애처롭게 보였다. "부르지도 않았는데 찾아와서 폐가 되지 않을까요?" K는 부드러운 음성으로 말했다. "꽤나 오랫동안 당신을 기다리고 있었다고요." 그녀의 말투에는 환자다운 고집이 나타나 있었다. "거기 앉으세요." 그녀가 침대 가장자리를 가리키며 말하고는 "다른 분들은 나가 주세요!" 외쳤다. 어느새 조수들만이 아니라 하녀들까지 방 안에 들어와 있었다. "나도 나갈게, 가르데나!" 주인이 말했다. K는 이때에야 비로소 여주인의 이름을 들었다. "물론이에요." 그녀는 천천히 말하면서 다른 생각에 잠긴 듯이 건성으로 덧붙였다. "당신이 여기에 남을 까닭이 뭐가 있겠어요?" 그들이 모두 부엌으로 물러가자—조수들도 이번만은 한 하녀의 꽁무니를 따라 나갔다—눈치가 빠른 가르데나는 칸막이 방에는 문이 없으므로 여기서 말하는 소리가 부엌까지 훤히 다 들림을 깨닫고, 부엌에서도 나가라고 명령했다. 다들 그녀의 말을 따랐다.

"측량기사님, 저 장롱을 열면 바로 앞쪽에 솔이 걸려 있어요. 미안하지만 그것 좀 가져다 주세요. 그걸 몸에 걸치고 싶네요. 답답해서 새털이불은 견딜 수가 없어요." 가르데나가 말했다. K가 솔을 집어주니까, "참 아름다운 솔이지요?" 말했다. K가 보기에는 흔히 볼 수 있는 털로 짠 것 같았다. 호의로 한 번 슬쩍 만져 보았을 뿐 아무 소리도 하지 않았다. "네, 정말로 근사한 솔이에요." 그녀는 이렇게 말하곤 그 솔로 몸을 감싸더니 그제야 마음이 놓이는 듯 다시 드러누웠다. 모든 근심 걱정이 없어졌다는 그런 표정이었다. 그녀는 누워 있어서 머리가 흐트러졌다는 생각이 들었는지 잠깐 몸을 일으켜 나이트캡 둘레의 머리칼을 매만졌다. 참 탐스러운 머리칼이었다.

　K는 참을 수가 없어서 이렇게 말을 꺼냈다. "주인 아주머니, 내가 벌써 다른 거처를 구했는지 물어보도록 시켰지요?" "내가 사람을 시켜 선생님에게 물어보도록 했다고요? 아니에요, 그것은 오해예요." 여주인이 말했다. "바깥양반이 방금 내게 묻던데요." "그러리라고 생각했어요. 그이는 딱 질색이에요. 내가 선생님을 이곳에 묵게 하는 것을 탐탁지 않아 했을 때, 그이가 당신을 이곳에 붙들어 놓았지요. 그리고 지금은 당신이 이곳에 묵고 계신 것을 내가 기쁘게 생각하니까 이번에는 당신을 쫓아내려고 해요. 그이가 하는 짓은 언제나 그렇지요." 여주인의 말이었다. "그러면 나에 대한 생각이 아주 달라진 건가요? 한두 시간 사이에?" K가 물었다. "생각이 변한 것은 아니에요." 여주인은 힘없이 말했다. "손을 내밀어 주세요. 이렇게요. 그리고 모든 것을 다 고백하겠다고 약속해 주세요. 나도 그렇게 할게요." "네, 그런데 누가 먼저 시작하지요?" K가 물었다. "내가 먼저 하겠어요." 여주인이 말했는데, K의 비위를 맞추기 위해서 말한 것 같지는 않고 오히려 먼저 말하고 싶어서 참을 수 없는 모양이었다. 그녀는 요 밑에서 사진 한 장을 끄집어내어 K에게 내주었다. "이 사진 좀 보세요." 그녀는 애원하듯이 말했다. 사진을 좀 더 잘 보려고 부엌 쪽으로 한 발짝 옮겼으나 무슨 사진인지 분간하기 어려웠다. 사진은 오래되고 색이 바래서 희미한 데다가 여기저기 찢어지고 구겨져서 얼룩까지 있었기 때문이다. "아주 못쓰게 되었는데요." K가 말했다. "너무 안타까워요. 몇 해 동안이나 늘 몸에 지니고 다니면 자연히 그렇게 되지요. 하지만 자세히 들여다보면 모두 알 수 있을 거예요. 틀림없어요. 제가 도와드리지요. 뭐가 보이나 말해 보세요. 사진에 얽힌 이야기를 듣는 것은 참 재미있을 거예요. 그래, 무엇이 보이죠?" 여주인이 말했다. "젊은 남자요." K가 말했다. "맞았어요. 그런데 뭘 하고 있죠?" 여주인이 물었다.

"널빤지 위에 드러누워서 기지개를 켜며 하품을 하고 있어요. 그렇게 보이네요." 여주인은 웃었다. "아니, 틀렸어요." 그녀는 말했다. "하지만 여기에 널빤지가 있고 그 위에 한 남자가 드러누워 있어요." K는 자기 의견을 고집했다. "더 자세히 들여다보세요. 정말로 드러누워 있나요?" 그녀는 안타깝다는 듯이 말했다. "아니, 아니에요. 누워 있는 것이 아니라 허공에 떠 있군요. 그래, 이것은 판자가 아니고 틀림없이 무슨 끈인 것 같아요. 그러니까 이 젊은이는 높이뛰기를 하는 거군요." K가 말했다. "그래요. 그 사람은……." 여주인은 자못 기쁜 듯이 말을 이었다. "높이뛰기를 하고 있어요. 관청의 심부름꾼들은 이렇게 연습해요. 나는 당신이 아실 거라고 생각했어요. 그러면, 얼굴도 보이겠지요?" "얼굴은 잘 모르겠어요. 하지만 그는 분명 몹시 애를 쓰고 있어요. 입을 벌리고 눈은 감고 머리칼은 바람에 나부끼고 있군요." K가 말했다. "참 잘 맞히셨어요. 직접 만난 일이 없으면 그 이상 분간하기 어려울 거예요. 그분은 아주 잘생긴 청년이었어요. 나는 이 미남자를 한 번 슬쩍 봤을 뿐인데, 앞으로도 결코 잊지 못할 것 같아요." 여주인이 말했다. "대체 누군데요?" K가 물었다. "클람이 맨 처음 나를 불렀을 때 이 사람을 심부름꾼으로 보냈어요." 그녀가 말했다.

K는 여주인의 말을 똑똑히 알아들을 수가 없었다. 유리창이 덜컹거리는 소리에 정신이 팔렸기 때문이다. 방해의 원인이 곧 밝혀졌다. 조수들이 눈 내린 바깥뜰을 껑충껑충 뛰어다니고 있었다. K의 모습을 다시 보는 것이 자못 반가운 듯 기쁨에 넘쳐 서로 펄쩍펄쩍 뛰면서 K를 손가락질하는 바람에, 그들의 손가락이 계속 부엌 창문에 닿아서 똑똑 두드리는 소리를 냈다. 그러다가 K가 위협하는 태도로 나오면 금세 멈추고 서로 상대를 떼밀며 뒤로 물러가는 시늉을 하다가 어느 쪽이 먼저라 할 것 없이 어느새 창문 옆에 달려와 있었다. K는 재빨리 칸막이 방으로 들어와 버렸다. 이곳이면 바깥의 조수들에게 보일 염려도 없었고 이쪽에서 조수들의 모습을 보지 않아도 되었다. 그러나 거기서도 나지막이 애원하듯 유리창을 두드리는 소리가 오랫동안 귓가에서 맴돌았다.

"또 조수들이었어요." K는 변명이라도 하듯 여주인에게 말하고 바깥을 가리켰다. 그러나 그녀는 이 말에 아랑곳하지 않고, 사진을 그의 손에서 빼앗아 뚫어지게 쳐다보더니 손으로 어루만진 다음 다시 요 밑에 밀어 넣었다.

동작이 전보다 느렸지만 이는 피곤해서가 아니라 한없는 추억과 회상에 벅찼기 때문이었다. 그녀는 K에게 추억들을 모두 이야기하려고 마음먹었으나 이야기 도중 K의 존재를 완전히 잊어버리고 말았다. 지금 그녀는 숄에 달린 레이스를 만지작거리고 있었다. 잠시 뒤에야 비로소 눈을 치켜 뜨고 손으로 눈꺼풀을 비비고 나서 말을 꺼냈다. "이 숄도 클람에게서 받은 것이고, 이 작은 나이트캡도 그래요. 사진·숄·나이트캡, 이 세 가지는 클람의 기념품이에요. 나는 프리다처럼 젊지도 않고 야심도 없으며 상냥하지도 않아요. 그 애는 참 고운 마음씨를 지녔지요. 어쨌든 나는 삶에 순응할 줄도 알게 되었지만, 그래도 솔직히 말해서 이 세 가지가 없었더라면 이곳 생활을 이처럼 오래 버티진 못했을 거예요. 그래요. 아마 하루도 배겨낼 수 없었을지도 모르겠어요. 이 세 가지 기념품은 당신 눈에는 하찮은 것처럼 보일지 모르죠. 그런데 좀 보세요. 프리다는 그렇게 오랫동안 클람과 사귀었는데도 기념이 될 만한 것이라곤 하나도 없어요. 그애에게 물어봤거든요. 그애는 헛된 꿈만 꾸고 욕심도 너무 많아요. 그와 반대로 나는 세 번밖에는 클람에게 간 적이 없지만—왜 그런지 이유는 모르겠지만 그 뒤로는 나를 부르지 않았어요—짧은 인연이라는 것을 예감했었는지 이 기념품들을 가져왔었지요. 바로 이 점을 기억해야 해요. 클람은 스스로 남에게 무엇을 주는 법이 없으니까요. 하지만 마음에 드는 물건이 눈에 띄면, 그것을 달라고 조를 수는 있지요."

K는 아무리 자기와 관계가 있다고 하더라도 이런 이야기를 듣고 있자니 기분이 좋지 않았다. "대체 그 이야기는 몇 해 전 일이지요?" K는 한숨을 쉬면서 물었다.

"20년 전이지요. 아니, 20년도 훨씬 전이에요." 여주인이 말했다.

"상당히 오랫동안 클람을 생각하고 수절해왔군요. 주인 아주머니, 당신이 고백하시는 말씀을 듣고 앞으로의 내 결혼 문제를 생각하면 내가 크게 걱정할 수밖에 없다는 사실을 아십니까?" K가 말했다.

여주인은 K가 자기 일을 끄집어내서, 이야기 중에 끼어드는 것이 못마땅했기 때문에 화를 내면서 흘겨보았다.

"그렇게 화내지 마세요. 주인 아주머니! 클람에 대해서 이렇다 저렇다 말한 것은 아니니까요. 나는 여러 사건으로 클람과의 사이에 어떤 관계가 생겼어요. 클람을 숭배하는 사람도 이 사실만은 부정할 수 없어요. 일이 뭐 그렇게 되었지요. 그래서 나는 클람 이야기가 나오면 언제나 나의 일을 생각하게 돼요. 이것만은 어찌 할 수 없어요. 그런데 주인 아주머니." 여기서 K는 그녀가 머뭇거리는데도 불구하고 손을 꼭 잡았다. "요 먼젓번에는 이야기를 아주 어색하게 끝냈는데, 이번에는 사이좋게 헤어지도록 하지요."

"옳은 말씀이에요." 여주인은 이렇게 말하더니 고개를 숙였다. "그러나 내 사정도 봐 주세요. 나는 다른 사람처럼 민감하지는 못해요. 하지만 누구나 특별히 예민한 구석이 있듯 나도 이 문제만큼은 예민해요."

"공교롭게도 그 일에 대해서는 나 역시 그렇습니다." K가 말했다. "하지만 나는 자제할 수 있어요. 주인 아주머니, 말씀해 주세요. 결혼한 뒤에라도 프리다가 클람에 대해 터무니없이 정조를 지키려고 하면, 나는 어떻게 견딜수 있을까요? 프리다도 그런 점에서 당신과 같다고 하면 말이지요." "터무니없는 정조라고요?" 여주인은 으르렁거리며 이 말을 되풀이했다. "대체 그것이 정조인가요? 나는 남편에게 정조를 지키고 있지만 클람에게라고요? 클람은 이미 예전에 나를 애인으로 삼았었는데, 내가 나중에라도 이 지위를 잃는 일이 있겠어요? 그리고 당신은 프리다가 그런 태도로 나오면, 어떻게 견디느냐 이 말이지요? 아아 측량기사님, 어쩌자고 그런 말을 물으시는 건가요?"

"주인 아주머니!" K는 말투가 너무 심하다고 경고하는 기색을 보였다.

"미안해요." 여주인은 조금 누그러져서 말했다. "그러나 우리 남편은 그런 말을 물어보지는 않았어요. 그때의 나와 지금의 프리다 가운데 어느 쪽이 더 불행한지는 모르겠네요. 제멋대로 클람을 버린 프리다인지, 더 이상 부름을 받지 못하는 나인지 말이에요. 어쩌면 프리다가 더할 거예요. 물론 그 애는 그 점에 대해 제대로 모르는 것 같지만요. 그러나 그때의 나는 지금보다도 훨씬 불행하다는 생각에 사로잡혀 있었어요. '왜 이렇게 되어 버렸지? 클람이 나를 불러 오라고 세 번씩이나 사람을 보냈는데 네 번째는 아무 말이 없다니!' 이렇게 늘 스스로에게 물어보았으니까요. 지금도 사실은 계속해서 의문이 들어요. 그 시절에 그보다 내 마음을 혼란스럽게 하는 일이 뭐가 있었겠어요? 그런 일이 있고 얼마 지나지도 않아서 결혼했는데, 내가 바깥양반과 다른 일에 관해서 이야기할 수가 있었겠어요? 낮에는 틈이 없었죠. 이 여관을 형편없는 상태에서 넘겨받았기 때문에 하루빨리 일으켜 세우려면 힘들게 일해야만 했거든요. 그러나 밤은 다르지요. 몇 해 동안이나 우리는 클람의 일과 왜 그가 마음이 변했는지에 대해서만 이야기했어요. 그러다 바깥 양반이 잠들어 버리면 내가 깨워서 이야기를 계속했지요."

"그런데 괜찮으시다면 대단히 실례되는 질문 한 가지 해도 될까요?" K가 말했다.

여주인은 대답이 없었다.

"질문하면 안 되는 모양이군요. 그렇다면 좋아요." K가 말했다.

"그야 뭐, 상관없어요. 더군다나 당신이야. 당신은 무엇이든 오해하는 버릇이 있어서 내가 대답하지 않아도 오해하는군요. 당신은 오해하는 것 말고 할 줄 아는 게 없나봐요. 물어볼 게 있으면 물어보세요." 여주인이 말했다.

"만일에 무엇이든 오해하는 버릇이 있다면 질문 자체도 오해겠지요. 따라서 그렇게 실례가 되는 질문이 아닐지도 모르겠어요. 단지 이런 것을 알고 싶을 따름입니다. 당신이 어떻게 남편 분을 알게 되었으며, 어떻게 이 여관이 당신 소유가 됐나 하는 것 말예요." K가 말했다.

여주인은 이마를 찡그렸지만, 아무렇지 않다는 듯 말했다. "간단한 이야기예요. 아버지는 대장장이셨고, 지금 남편 한스는 큰 지주의 마부였어요. 그래서 한스는 자주 아버지에게로 놀러오곤 했어요. 그때는 내가 클람과 마지막으로 만난 뒤였어요. 당시에 나는 퍽 불행했지만 사실은 불행해해서는 안 되었는지도 몰라요. 왜냐하면 모든 것이 올바르게 되었기 때문이지요. 내가 클람을 만나러 가서는 안 된다는 것은 바로 클람이 결정했고, 따라서 옳다고 할 수 있어요. 클람의 마음이 변한 이유는 애매했지만 그것을 캐물어볼 수는 없었죠. 그렇다고 불행해해선 안 되었는지도 모르겠어요. 그러나 나는 역시 불행해서 일이 손에 잡히지 않아 온종일 우리 집 작은 앞뜰에 앉아 있기만 했어요. 한스가 그곳에 있는 나를 보고 곧잘 내 옆으로 와서 앉곤 했지요. 나는 그에게 고민을 고백하지 않았지만, 그는 내가 무엇 때문에 고민하는지 알고 있었어요. 그는 마음씨가 고운 젊은이였기 때문에 나와 함께 울어주곤 했어요. 그 무렵 여관 주인은 아내가 죽는 바람에 여관 경영을 그만두어야 했어요. 게다가 벌써 나이도 많았거든요. 이분이 언젠가 우리 집 뜰 앞을 지나가다가 우리가 거기 앉아 있는 것을 보고 걸음을 멈추었어요. 그리고 다짜고짜 이 여관을 세놓겠다시는 거예요. 이분은 우리를 믿으신다며 선금을 받지도 않고 싼 값으로 세놓아 주었어요. 나는 아버지에게 부담을 주고 싶지 않았기 때문에 그 밖에 다른 건 아무래도 상관없었어요. 그래서 나는 여관 일 같은 새로운 일이 생기면 옛 일을 어느 정도는 잊을 수 있을 거라 생각하고 한스의 청혼을 받아들였어요. 단지 그뿐이지요."

잠시 동안 두 사람은 잠자코 있다가 드디어 K가 말했다.

"그 여관 주인의 행동은 훌륭했지만, 경솔했던 것 같아요. 그렇지 않으면 그 사람에게는 당신들 두 분을 믿을 만한 특별한 이유라도 있었나요?"

"그분은 한스를 잘 알았어요. 한스의 삼촌이었으니까요." 여주인이 말했다.

"그렇다면 물론 잘 알았겠군요. 그러면 한스네 가족에게는 당신과의 결혼 문제가 중요했던가 보죠?"

"그럴지도 몰라요. 잘은 모르지만. 그런 문제엔 도무지 관심이 없었으니까요." 여주인이 말했다.

"틀림없어요. 가족들이 그렇게 손해를 감수하면서 까다로운 조건도 내걸지 않고, 더군다나 담보도 없이 여관을 당신 부부에게 넘겨주었으니까요." K가 말했다.

"나중에 알게 된 것이지만, 그것이 경솔한 일은 아니었어요. 나는 일에 몰두했어요. 대장장이의 딸이었으니까 몸은 튼튼했지요. 하녀나 하인도 필요 없었어요. 식당·부엌·외양간·뜰, 어느 곳이든 내가 다 맡아서 일했어요. 음식솜씨도 좋아서 '신사관' 손님까지도 빼앗아 올 지경이었지요. 당신은 아직 점심 시간에 식당에 오신 일이 없으니까 점심 자시러 오는 손님들을 아시지 못할 거예요. 처음에는 지금보다 훨씬 많은데, 그때와 비교하면 지금은 많이 준 셈이지요. 여하튼 그 결과 우리는 집세를 꼬박꼬박 냈을 뿐만 아니라 이삼 년 뒤에는 여관을 고스란히 사고, 빚도 하나 없게 되었어요. 그런데 거기까지는 좋았지만, 나는 너무 지나치게 일해서 건강을 해치고 심장병도 앓아서 결국 이런 할머니가 되어 버렸어요. 틀림없이 내가 한스보다 훨씬 위라고 생각하시겠지만, 사실은 그가 나보다 두서너 살밖에 어리지 않아요. 더욱이 그는 앞으로도 결코 나일 먹지 않을 거예요. 하는 일이라곤 파이프 담배를 피우며 손님들 이야기를 곁에서 듣고 있다가 고작 담뱃재나 털어내죠. 가끔 맥주를 나르기도 하지만 이런 일로는 절대 늙지 않을 거예요." 여주인이 말했다.

"정말 대단하세요, 아주머니. 그 점은 의심할 여지가 없어요. 그러나 우리는 당신이 결혼하시기 전 이야기를 하고 있지 않았나요? 한스의 가족은 금전적으로 희생해 가며, 또는 적어도 이런 큰 여관을 넘겨준다는 대단한 위험을 무릅써 가며 두 사람을 기어코 결혼시키려고 애썼어요. 그 무렵엔 아직 어느 정도인지 도무지 알 수 없는 당신의 수완과 벌써 무능하기 짝이 없다고 소문이 돌았을 한스의 능력, 이 둘밖에 없었는데 말이지요. 아무리 생각해도 당시로서는 기묘한 일이었을 거예요." K가 말했다. "하기야 뭐 그렇긴 해요." 여주인은 지친 목소리로 말을 이었다. "당신이 뭘 노리든 제대로 되지 않을 거예요. 이 이야기는 클람과 아무 상관도 없어요. 무엇 때문에 클람이 나를 돌봐주겠어요. 더 정확히 말하자면, 대체 클람에게 나를 돌봐줄 능력이 있었을까요? 그분은 나에 관해서 아무것도 몰랐어요. 그가 나를 부르러 하인을 보내지 않았다는 것은 그가 나를 잊어버렸다는 증거라고 할 수 있지요. 자기가 하인을 보내서 부르지도 않는다면 다 잊어버린 거나 마찬가지예요. 이런 소리는 프리다 앞에서는 하고 싶지 않아요. 그러나 잊어버리는 것으로 끝나는 문제가 아니에요. 그 이상의 의미가 있어요. 잊어버린 사람이면 다시 사귈 수도 있어요. 그러나 클람에게는 그런 일도 있을 수가 없어요. 그가 하인을 보내지 않는 사람은 단지 과거에서만 잊혀진 것이 아니라 미래에 대해서도 모조리 잊혀지거든요. 내가 기를 쓰고 노력하면 당신과 같은 생각을 할 수도 있지요. 그 생각이란 당신의 고향에서는 통했을지 몰라도 이곳에서는 어리석기 짝이 없어요. 아마 당신은 클람이 일부러 한스 같은 사람을 내게 주고 앞으로 언젠가 나를 부를 때에 지장이 없도록 했다고 생각하실지도 몰라요. 하지만 그런 바보 같은 일이 어디 있겠어요. 클람이 신호를 보낼 때, 내가 클람에게 달려가는 것을 누가 방해한단 말이에요. 이런 말도 안 되는 생각을 하다간 미치고 말 거예요."

"아니지요." K는 말을 이었다. "미쳐서는 안 되지요. 나는 아직 아주머니가 상상하시는 그런 정도까지 멀리 나가지도 않았어요. 사실은 그런 쪽으로 생각이 기울기는 했지만요. 그러나 내가 약간 이상하게 여긴 것은 친척들이 이 결혼에 대해서 큰 기대를 품었고 더구나 그 기대가 실현되었다는 점이지요. 물론 그건 당신의 심장과 건강을 희생함으로써 이루어진 일이에요. 어쨌든 이야기를 듣는 내내 이런 사실이 클람과 무슨 관련이 있을 거라고 생각했지만, 지금 당신이 말씀하신 것과 같은 상상은 하지 않았어요. 적어도 아직은 말입니다. 당신은 또 나를 여지없이 혼낼 수 있겠다 싶어 즐거워할 목적으로 분명히 그런 말씀을 하셨겠지요. 그런 즐거움은 맛보세요. 그러나 내 생각은 좀 다릅니다. 즉 두 사람이 결혼하는 동기가 된 것은 뭐니 뭐니 해도 클람이라고 나는 생각했어요. 클람이 없었더라면 당신은 불행에 빠지는 일도 없었으며, 일이 손에 잡히지 않아서 우두커니 앞뜰에 앉아 있는 일도 없었겠지요. 또 한스는 앞뜰에 있는 당신을 보았을 리 없고, 당신이 슬픔에 잠기지 않았으면 수줍은 한스가 당신에게 말을 걸어볼 용기도 내지 못했겠지요. 클람이 없었더라면, 당신은 한스와 함께 눈물에 젖는 일도 없었을 것이며, 늙은 여관 주인아저씨께서 당신과 한스가 거기서 어깨를 나란히 하고 정답게 앉아 있는 모습을 보지도 않았을 테니까요. 또 클람이 없었더라면 당신이 인생에 무관심하지 않았을 것이며, 따라서 한스와 결혼하지 않았을지도 모르지요. 이 모든 것에 충분히 클람의 그림자가 깃들어 있는 것처럼 느껴져요. 그러나 여기서 그치는 것이 아니지요. 클람과의 관계가 없었더라면 당신은 과거를 잊어버리려고 노력하지 않았을 것이며, 물론 몸도 돌보지 않고 무리해서 일하려고 하지 않았을 뿐더러, 사업을 이토록 번창하게 하는 일도 없었을 거예요. 따라서 여기에도 클람의 그림자가 깃들어 있는 셈이지요. 게다가 그 점은 그만두고라도 클람은 당신이 병에 걸린 원인이라고 할 수 있어요. 왜냐하면 당신의 심장은 벌써 결혼하기 전부터 불행한 사랑이 좀먹었기 때문이지요. 아직 풀리지 않는 의문은 한스의 친척들이 무슨 이유로 그다지도 두 사람을 결혼시키려고 애썼는가 하는 점이지요. 아까도 클람의 애인이 되는 것은 영원한 지위의 상승을 뜻한다고 말씀하셨지요. 어쩌면 이 점에 그들의 마음이 끌렸는지도 모르겠어요. 그 밖에도 당신에게는 이런 희망이 있다고 생각하지 않았을까요? 클람에게 불려가는 행운이—당신이 주장하는 대로 그게 행운이라 가정하고—아주머니의 것이고, 따라서 그 운명의 별이 언제까지나 당신 곁에 있어서 클람과는 달리 그토록 느닷없이 당신을 저버리지 않으리란 희망 말입니다."

"그런 일을 모두 진심으로 생각하고 계신가요?" 여주인이 물었다.

"진심이지요." K가 재빨리 말했다. "다만 내가 생각하기에는 한스의 친척들이 기대하던 것은 꼭 이치에 맞지도 않았으며, 그렇다고 해서 전혀 안 맞는다고도 할 수 없어요. 더욱이 그 희망 때문에 실수를 저질렀다는 것도 알 것 같아요. 겉으로 보면 모든 일이 잘된 것처럼 보이지요. 한스는 먹고사는 데 걱정이 없고 훌륭한 아내를 얻었으며, 세상 사람들에게 존경받게 되었을 뿐만 아니라 빚도 없는 상태지요. 그러나 사실은 모든 게 잘된 것은 아니었 어요. 한스는 자기를 멋진 첫사랑으로 여기는 소박한 소녀와 결혼하는 편이 훨씬 행복했을 거예요. 당신이 비난하시는 것처럼 한스는 가끔 식당에서 우 두커니 앉아 있는데, 그것은 한스가 정말 넋을 잃은 기분이기 때문이지요. 그렇다고 해서, 내가 아는 한 그가 불행한 것은 아니에요. 그러나 이에 못지 않게 확실한 일은, 똑똑하고 미남자인 이 젊은이가 다른 여자와 결혼했더라 면 더 행복했으리라는 것이지요. 사실 이 '행복'이라는 말 가운데는, 다른 사람에게 의존하지 않고 근면하고 사내답게 된다는 뜻이 포함되어 있어요. 그런데 당신 자신도 확실히 행복하지 않아요. 당신 말씀처럼 세 가지 기념품 이 없으면, 당신은 살아나갈 용기가 나지 않을뿐더러 심장까지도 병드셨으 니까요. 그렇다면 한스의 친척들이 희망을 품은 것은 잘못이었던가요? 나는 그렇게는 생각하지 않아요. 축복은 당신의 머리 위에서 빛나고 있었는데 아 무도 그것을 아래로 끌어내릴 줄 몰랐을 뿐이지요."

"대체 사람들이 무엇을 놓쳤단 말이지요?" 여주인이 물었다. 그녀는 이제 팔다리를 쭉 뻗고 누워서 천장을 쳐다보고 있었다.

"클람에게 물어보세요." K가 말했다.

"그렇다면 우리는 다시 당신 문제로 되돌아온 셈이군요." 여주인이 말했 다. "아니지요. 당신 문제이기도 하지요. 우리의 문제는 서로 밀접하게 연관 돼 있어요." K가 말했다.

"그러면 당신은 클람에게 무엇을 바라는 건가요?" 여주인이 물었다. 그녀 는 몸을 일으키고 꼿꼿이 앉은 채로 등을 기댈 수 있도록 베개를 일으켜 세 운 뒤 K를 똑바로 바라보았다. "나는 당신에게 나에 관한 일을 모조리 터놓 고 이야기했어요. 조금은 참고가 되셨을 거예요. 이번에는 당신 차례예요. 클람에게 무엇을 물으려는지, 나처럼 솔직하게 말해주세요. 프리다에게 자 기 방으로 올라가서 기다리라고 간신히 설득했어요. 그 애가 있으면 당신이 마음 편히 솔직하게 이야기하지 못할까봐서요."

"감춰야 할 일은 아무것도 없어요. 그보다 먼저 당신에게 주의를 환기시켜야 할 일이 있어요." K는 대답을 계속했다. "클람은 잊어버리는 버릇이 있다고 당신은 말씀했지요. 첫째로 이것이 내게는 도저히 있을 수 없는 일처럼 생각돼요. 둘째는 그건 증명하기 어려운 일이지요. 클람에게 총애를 받던 처녀들이 머릿속에서 꾸며낸 이야기일 거예요. 당신이 이런 허무맹랑한 이야기를 믿다니 참 이상하군요."

"꾸며낸 이야기가 아니에요. 모든 사람들의 경험에서 나온 결론이에요." 여주인이 말했다. "그렇다면 새로운 경험으로써 반박할 수도 있겠군요. 그리고 당신의 경우와 프리다의 경우 사이에는 상당한 차이가 있어요. 클람이 프리다를 부르지 않은 게 아니에요. 클람이 그녀를 불렀는데, 그녀가 가지 않았지요. 클람은 아직도 프리다를 기다리고 있을지 몰라요."

여주인은 입을 다물고 말이 없었다. 단지 K를 힐끔힐끔 살피며 바라볼 뿐이었다. 그러다 마침내 입을 열었다. "나는 당신 말씀을 조용하게 끝까지 들어 보려고 해요. 내 감정을 상하게 할까봐 두려워하지 말고 솔직히 이야기해 주세요. 단 하나 소원이 있어요. 클람이라는 이름을 부르지 말아주세요. '그분'이라든지 다른 어떤 것으로 부르고, 제발 이름을 입에 올리진 말아주세요."

"알았어요. 그러나 내가 그에게서 무엇을 바라는지는 정말 표현하기 어렵군요. 무엇보다도 나는 그를 가까이서 보고 싶고, 그의 목소리를 듣고 싶고, 그 다음에 그가 우리 결혼에 대해서 어떤 태도를 취하는지 알고 싶어요. 그리고 내가 그에게 무슨 부탁을 하게 될지, 그와 이야기해 봐야 알겠어요. 좌우간 여러 가지 이야기가 나올 테지만, 내게 가장 중요한 것은 그와 대면한다는 그 자체지요. 나는 아직 한 번도 진짜 관리와 직접 이야기해 본 적이 없어요. 이게 생각했던 것보다도 어려운 일 같네요. 하지만 나는 한 개인으로서의 그와 이야기할 의무가 있어요. 나로서는 이게 훨씬 하기 쉽다고 생각되는군요. 관리로서의 그를 만나려면 사무실로 찾아가야 되는데, 거기에서는 날 만나줄 것 같지 않아요. 게다가 사무실이 성에 있는지, 신사관에 있는지조차 알 수 없어요. 그러나 개인 자격인 그를 만난다면 집에서든 길에서든 아무 데서나 만날 수 있는 데서 이야기할 수 있어요. 또 그때에 관리로서의 그를 상대하게 된다 하더라도 아무 상관없어요. 그렇다고 그것이 나의 첫째 목적은 아니지요." K가 말했다.

"좋아요." 여주인은 무슨 염치없는 말이라도 하는 듯이 베개에 얼굴을 파묻어 버렸다. "만일 내가 연줄을 동원해 당신과 클람이 만날 수 있게 주선한다면 이것만은 약속해주세요. 회답이 올 때까지 제멋대로 독단적인 행동을 하지 않겠다고."

"그건 어려워요. 당신 요청대로, 당신 기분이 상하지 않게 하고 싶은 생각은 간절하지만, 시급한 일이에요. 면장과 면담한 결과가 신통치 못해 더욱 그렇지요." K가 말했다.

"그런 항변은 이치에 맞지 않아요. 면장은 정말 변변찮은 인물이지요. 당신은 그걸 눈치채지 못하셨나요? 부인이 모든 일을 처리해 주지 않는다면 하루라도 면장 자리를 유지하지 못할 거예요." 여주인이 말했다.

"미치 말인가요?" K가 묻자, 여주인은 고개를 끄덕였다. "내가 갔을 때도 거기 있었어요." K가 말했다.

"그 부인이 자기 의견을 말하던가요?" 여주인이 물었다.

"아니요. 그 부인에게 그런 능력이 있다는 인상도 받지 못했어요." K가 말했다.

"그러니까 당신은 하나에서 열까지 모조리 잘못 보신 거지요. 어쨌든 면장이 당신을 마음대로 부릴 수 있는 대단한 권한이 있는 게 아니니, 내가 기회를 봐서 부인과 상의해 보겠어요. 그리고 클람의 회답이 늦어도 일주일 안에 올 거라고 당신에게 약속하지요. 그러면 더는 내 말을 따르지 않을 이유가 없겠지요." 여주인이 말했다. "이것으로 모든 게 결정됐다고는 할 수 없어요. 내 결심만은 확고해서, 거절하는 뜻의 회답이 오더라도 결심한 일은 끝까지 해보려고 해요. 처음부터 그럴 생각이었기 때문에, 면담을 부탁할 수가 없어요. 면담 신청을 하지 않고 다짜고짜 부닥쳐 보면, 대담하지만 악의가 없는 시도일지는 몰라도, 거절하는 회답이 온 뒤면 노골적인 반항으로 변해 버릴 거예요. 물론 이것이 훨씬 나빠요." K가 말했다.

"나쁘다고요? 어쨌든 반항인 점에는 다름이 없어요. 그러면 마음대로 하세요. 치마 좀 이리 주세요."

K가 있는데도 그녀는 조금도 주저하는 기색 없이 치마를 입더니, 부엌으로 달려갔다. 꽤 오래전부터 시끄러운 소리가 식당 쪽에서 들려왔다. 부엌과 식당 사이에 있는 조그마한 들여다보는 창문을 두드리는 사람이 있었다. 조

수 두 사람이 그 창문을 열어젖히고 배가 고프다고 소리쳤다. 드디어 다른 사람들의 얼굴도 차례차례 그곳에 나타났다. 나지막하게 합창하는 소리도 들려왔다.

K와 여주인이 이야기를 나누는 바람에, 점심식사 준비가 대단히 늦어졌다. 아직 채 준비도 되지 않았는데 손님들이 모여들어서 웅성거리고 있었다. 그래도 여주인의 금지명령을 거스르고 부엌에 발을 들여놓을 용기 있는 자는 아무도 없었다. 그러나 창문으로 들여다보던 자들이 여주인이 온다고 말하자, 하녀들은 곧 부엌으로 뛰어 들어갔다. 막상 식당으로 들어가 보니 시골풍이긴 하나 촌스럽지 않은 옷차림을 한 남녀 합쳐서 스무 명도 넘는 사람들이, 창문에 모여 있다가 자리를 차지하려고 식탁으로 우르르 몰려갔다. 한 구석의 작은 식탁에는 벌써 한 부부가 어린애 두서넛을 곁에 끼고 앉아 있었다. 친절해 보이는 푸른 눈의 남편은 회색 머리칼과 수염이 잡아 뜯긴 것처럼 거칠고 텁수룩했는데, 아이들 쪽으로 약간 허리를 구부리고 서 있었다. 그는 줄곧 아이들의 노랫소리가 커지지 않게 애쓰며 나이프로 장단을 맞추었다. 아마도 어린애들에게 노래를 부르게 해서 배고픔을 잊어버리게 할 심산이었던 모양이다. 여주인이 모든 사람들 앞에서 생각나는 대로 아무렇게나 변명했는데 아무도 나무라는 사람이 없었다. 그녀는 남편이 없는지 주위를 둘러보았으나, 그는 사태가 심상치 않은 것을 눈치채고 재빨리 도망쳐 버렸다. 그녀는 천천히 부엌으로 들어가며, 프리다를 만나려고 서둘러 자기 방으로 들어가는 K를 본 체도 하지 않았다.

7 학교 선생

위층에서 K는 선생을 만났다. 프리다가 부지런히 일한 덕분에, 방 안은 알아보기 어려울 만큼 깔끔하게 변해 있었다. 환기가 잘 되어 있었고 난로는 따뜻했으며 바닥과 침대는 깨끗이 정돈되어 있었다. 사진을 포함해 하녀들이 남겨놓았던 잡동사니도 치워졌다. 예전에는 고개를 돌리면 식탁 위에 빵 부스러기와 더러운 물건이 수북하여 꺼림칙했는데 이제는 수놓은 흰 식탁보가 덮여 있었다. 이젠 손님을 맞이해도 충분했다. 프리다가 아침에 빨아 넌 듯한 K의 자질구레한 빨래들이 난로 옆에서 건조되고 있었지만, 별 문제는 아니었다. 선생과 프리다는 식탁 옆에 앉아 있다가 K가 방으로 들어서자 일어났다. 프리다는 K를 입맞춤으로 맞이했고 선생은 살짝 허리 숙여 인사했다. K는 여주인과 이야기 하느라 흥분이 가시지 않아 마음이 어수선했으나 지금까지 선생을 방문하지 못한 변명을 했다. 마치 K의 방문을 기다리다 못해 선생이 직접 찾아왔다고 생각하는 것 같은 투였다. 그러나 점잔을 빼고 있던 선생은 그제야 비로소 언젠가 자기와 K가 방문 약속을 한 적 있음이 떠오르는 모양이었다. "측량기사님, 이삼 일 전에 교회 마당에서 이야기 나눈 타지 사람이 당신이었군요." 그는 천천히 말했다. "그래요." K가 짤막하고 무뚝뚝하게 대답했다. 그때는 혼자였으니 할 수 없이 참았지만 지금은 자기 방에 있는 만큼 굳이 그럴 필요가 없었다. 그는 프리다 쪽으로 고개를 돌리고 곧 중요한 방문을 해야 하니 될 수 있는 한 좋은 옷을 입어야 한다며 그녀와 상의했다. 프리다는 자세한 것은 물어보지도 않고 새 식탁보 감상에 빠져 있는 두 조수를 불러서, 아래 뜰에서 K의 옷을 잘 솔질하고 구두를 닦도록 명령했다. K는 곧 구두와 옷을 벗었다. 그녀는 줄에 널었던 셔츠를 하나 걷더니 다림질하러 부엌으로 내려갔다.

K는 다시 식탁에 가만히 앉아 있는 선생과 단둘이만 남게 되었다. 그는 선생에게 조금 더 기다려 달라고 한 뒤 셔츠를 벗고 세숫대야에 담긴 물로 얼굴을 씻기 시작했다. 그리고 비로소 등을 선생에게 돌린 채 방문한 이유를 물었다. "면장님 부탁을 받고 왔어요." 선생은 말했다. K는 그 용건을 들으려고 했다. 그런데 선생은 물소리에 K의 말을 잘 알아들을 수 없자 할 수 없이 다가와 K 옆의 벽에 기대었다. K는 이처럼 얼굴을 씻고 수선을 떠는 것은 지금 서둘러 방문할 곳이 있기 때문이라고 변명했다. 선생은 그 말을 듣는 둥 마는 둥하면서 말했다. "당신은 면장님에게 대단한 실례를 했더군요. 그분은 많은 공적을 쌓고 경험도 많을 뿐더러, 존경할 만한 노인인데 말이죠." "내가 공손치 못했는지는 모르겠어요." K는 얼굴의 물기를 닦으면서 말을 이었다. "고상한 행동과 아주 다른 것을 생각한 건 확실한데요. 내게는 죽느냐 사느냐의 문제였으니까. 뻔뻔스러운 관청의 횡포에 내 생존이 송두리째 위협을 받는걸요. 당신도 그 관청에 근무하는 직원이니까 세세한 일을 하나하나 말씀드릴 필요는 없겠지요. 그런데 면장님이 내게 무슨 불평이라도 하시던가요?" "대체 그가 누구에 대해서 불평을 하겠습니까? 그럴 사람이 있더라도 그가 불평을 하겠습니까? 나는 면장님이 부르시는 대로, 당

신과 면장님의 대화를 간단한 조서로 작성했을 뿐입니다. 그것으로 면장님의 친절함과 당신의 답변 태도를 잘 알 수 있었지요."

프리다가 어딘가에 넣어 두었을 빗을 찾으면서 K는 말했다. "네, 조서라고요? 면담 때는 그림자조차 보이지 않던 사람이, 나중에 내가 자리에 없을 때 조서를 작성했다고요? 물론 조서 작성이 나쁜 것은 아니지요. 그런데 왜 조서를 꾸미는 거죠? 그게 공적인 일이었나요?" "아뇨. 하지만 반쯤은 공적이지요. 조서도 반쯤만 공적입니다. 우리 마을에서는 모든 일에 엄격한 질서가 유지되어야 하므로 조서를 작성하게 된 겁니다. 어쨌든 당신에겐 명예롭지 못한 조서가 작성되었습니다." 선생이 말했다. 침대 속으로 굴러 들어간 빗을 찾았기 때문에 K는 좀 더 차분하게 말했다. "조서가 작성되었다고 해도 상관 없습니다. 그걸 알리러 오셨나요?" "아니요. 나는 기계가 아니니까, 개인적인 의견을 말씀드리지 않을 수가 없군요. 그런데 내가 부탁받은 말씀을 전해 드리자면 면장님의 친절하심을 명백히 아시겠지요. 특히 내가 강조하는 것은, 면장님이 왜 그리 친절하신지 알 수 없지만, 내가 면장님을 존경할뿐더러 직책상 어쩔 수 없기 때문에 이 명령을 따른다는 것입니다." 선생이 말했다. 얼굴을 씻고 머리를 빗은 K는 이제 셔츠와 옷들이 오기를 기다리며 탁자에 앉았다. 그는 선생이 전한 말에 아무런 흥미도 느끼지 못했다. 더욱이 여주인이 면장을 얕보던 태도에도 은연중에 영향을 받았다. "벌써 점심때가 지난 모양이군요?" K는 어느 길로 갈까 생각하면서 물었다가 곧 자기 말을 정정하려는 듯이 "면장님 말씀을 내게 전하러 오셨나요?" 했다. "뭐 글쎄요." 선생은 자기의 모든 책임을 털어버리려는 듯 어깨를 으쓱하며 말했다. "면장님이 우려하는 것은 당신의 일이 너무 오랫동안 결정되지 않을 경우, 당신이 독선적으로 경솔한 짓을 저지르지 않을까 하는 점이지요. 나는, 면장님이 왜 그런 일을 염려하시는지 모르겠습니다. 당신이 무슨 일을 하든 내버려 두는 것이 가장 좋다고 생각해요. 우리가 당신 보호자도 아니고, 당신이 가는 곳마다 쫓아다닐 의무가 있는 것도 아니니까요. 그런데 면장님의 의견은 다르시더군요. 물론 이 일은 백작님 관청 소관이라 그가 결정을 서두를 수 있는 입장은 아닙니다. 그러나 그분은 자기 권한이 미치는 범위 내에서 아주 너그러운 처분을 내리려 하십니다. 그걸 받아들이느냐 받아들이지 않느냐는 전적으로 당신에게 달렸어요. 그분은 당신에게 임시 학교 관리인 자리를 제안하셨습니다." 선생이 말했다. K는 이 제안에 금세 마음이 쏠리진 않았지만, 어쨌든 자기에게 무엇이 제공되었다는 사실에 꽤 중요한 뜻이 내포되어 있다고 받아들였다. 면장의 생각은, K라는 사람이 자기보호를 위해 무슨 일을 할지 모르므로, 이를 막기 위해 마을자금을 다소 지출해야 한다는 것 같았다. 그러고 보면 이 일을 대단히 중요하게 여기는 모양이다! 이미 조서까지 작성하고 오랫동안 나를 기다린 이 선생은, 면장에게 쫓기다시피 여기까지 달려온 것이 틀림없다.

선생은 K가 자신의 말을 듣고 깊은 생각에 잠기자 말했다. "나는 지금까지 학교 관리인이 필요 없었다고 반대했습니다. 교회 관리인의 아내가 가끔 청소를 하고, 여선생 기자 씨가 그것을 감독합니다. 나는 아이들 일만으로도 골치가 아프니까, 거기에 학교 관리인 일까지 더하고 싶지 않다고 면장님에게 말씀드렸어요. 이 말씀을 듣고 면장님은 학교 안이 굉장히 더럽지 않느냐고 하셨지요. 나는 사실 그다지 심하지 않다고 대답했어요. 그리고 덧붙여 물었어요. '그 사람을 관리인으로 쓰면 더러운 것이 고쳐질까요?' 나는 결코 그럴 리 없다고 했지요. 그 사람이 관리 일에 대한 요령을 모르는 건 제쳐두더라도, 학교 건물에는 방이 따로 붙어 있지 않은 큰 교실 두 개가 있을 뿐입니다. 그러니 관리인은 가족들과 함께 교실 중 하나서 자고 아마 밥도 해 먹어야 하겠죠. 그렇게 되면 학교 건물이 깨끗해질 수 없을 테니 의심할 여지조차 없다고 말씀드렸어요. 그러나 면장님은 딱한 사정에 처한 당신에게 이 일은 큰 도움이 될 것이고, 따라서 당신이 있는 힘을 다해 맡은 일을 해 낼 거라고 하시더군요. 한 걸음 더 나아가서 면장님은 우리가 당신을 관리인으로 채용하면 당신의 부인과 조수 두 사람의 힘까지 빌릴 수 있게 되니까, 학교 정원까지도 나무랄 데 없이 가꿀 수 있을 거라고 하셨지요. 나는 서슴지 않고 이 의견에 반박했어요. 나중에 면장님은 당신을 위해 제안을 내놓지 못하자 웃으면서, 당신은 측량기사니까 교정에 있는 화단을 각별히 아름답게 가꿀 수 있지 않겠느냐고 말씀하셨어요. 아무튼 농담에 기를 쓰고 반박해 봤자 소용없어서, 이렇게 당신을 찾아온 겁니다." "쓸데없는 걱정을 하시는군요, 선생님! 전 그 일을 맡을 생각은 조금도 없어요." K가 말했다. "대단하신데요. 다짜고짜 거절하는 걸 보니 아주 대단하세요." 선생은 그렇게 말하고는 모자를 손에 들고 인사하더니 방에서 나가 버렸다.

곧 이어서 프리다가 당황한 표정으로 올라왔다. 다림질하지 않은 셔츠를 그대로 든 채로 무엇을 물어도 대답하지 않았다. 그녀의 마음을 풀어주려고 K는 선생 이야기라든지, 제안받은 일자리 이야기를 했다. 그녀는 그 이야기를 듣자마자, 셔츠를 침대 위에 내던지고 다시 급하게 밖으로 뛰어나가 버렸다. 그녀는 선생을 데리고 곧 되돌아왔다. 선생은 기분이 좋지 않은지 인사조차 하지 않았다. 프리다는 그에게 좀 참아달라고 부탁했다. 확실히 여기 데리고 오는 도중에 같은 부탁을 여러 차례 했을 것이다. 그런 다음 그녀는 K를 끌고, 지금까지 그런 것이 있는 줄 까맣게 몰랐던 옆문을 통해 이웃한 다락방으로 데리고 갔다. 그리고 흥분해서 숨을 헐떡이며, 거기서 비로소 자신에게 일어난 일을 이야기했다. "주인 아주머니가 몹시 화를 냈어요. 그녀는 당신에게 모든 것을 털어놓고, 당신이 클람과 만나는 것도 양보하는 태도로 나왔는데, 당신이 냉정하고 부당한 말투로 거절해 버렸다면서요. 그래서 당신을 더는 이 집에 둘 수 없대요. '만일 K씨가 성과 연줄이 있다면, 하루빨리 그것을 이용해야 할 거야. 오늘, 지금 당장이라도 이 집을 나가달라고 하겠어. 성에서 명령하거나 압력을 가하지 않는 한 K씨를 다시 받아들이지 않을 거야. 성에서 그렇게 하지 않기를 바랄 뿐이야. 나도 성과 연줄이 있으니까 그걸 한번 이용해 보지. 어차피 K씨는 우리 주인 아저씨가 일을 소홀히 한 탓에 묵게 되었거든. 우리집이 아니면 곤란한 것도 아니라잖아. 오늘 아침만 하더라도 언제든지 가서 잘 곳이 있다고 자랑했으니까 말이야'라고 하셨어요. 그러면서 나는 남으라는 거예요. 만일 내가 당신과 함께 나가 버린다면 주인 아주머니는 정말 비참해하실 거예요. 지금도 주인 아주머니는 내가 나가려 한다고 생각하고서 부엌 난로 옆에서 쓰러져 울고 계세요. 가엾게도 심장병을 앓고 계신 분이! 주인 아주머니는 어쩔 수 없어요. 이젠 클람과의 추억만 가슴에 품고 오로지 거기서만 삶의 보람을 찾고 있으니까요. 하지만 아무리 그래도 나는 당신이 가시는 곳이라면 어디까지나 따라가겠어요. 눈 속이건 얼음 속이건 가리지 않겠어요. 이제 이 이야기는 더 이상 할 필요도 없어요. 좌우간 우리 두 사람이 당장 곤란한 처지에 놓이게 돼서 나는 면장님의 제안을 듣고 무척 기뻤어요. 당신에게 그다지 적당한 일자리가 아닐지라도 그야말로 임시적인 거라고 하니까 괜찮을 거예요. 그러면 시간을 벌 수 있고, 곧 다른 일자리를 찾을 수 있을지도 몰라요. 설사 마지막에 불리한 결정이 내려진다 해도 말이에요." 프리다는 여기까지 이야기하고 나서 마침내 K의 목에 매달리며 말했다. "우리 너무 힘들어지면 다른 곳으로 떠나요. 무엇 때문에 이 마을에 있어야 하나요? 우선 면장님 제의를 받아들이기로 해요. 내가 선생님을 데리고 왔으니까 '그렇게 하겠다'고만 말씀하세요. 그러면 돼요. 그리고 학교로 이사해요."

"곤란한데." K는 이렇게 말했지만 진심으로 한 소리는 아니었다. 왜냐하면 집 문제는 별로 걱정되지 않았지만, 벽이나 창도 없이 바로 지붕으로 덮인 이 다락방에 있자니 셔츠바람으로 있기가 추워 견딜 수 없었기 때문이다. "당신이 방을 그렇게 깨끗이 치웠는데 나간다니! 아무래도 이번 일자리는 탐탁지가 않아! 그 너절한 선생 나부랭이 앞에서 잠시 굽실거리는 것도 견딜 수 없는 일인데, 그자가 상관이 되다니! 어떻게 해서든지 여기서 잠깐만 버티면 오늘 오후라도 사정이 확실히 달라질 거야. 당신 혼자라도 여기에 남아 있으면 선생에겐 그냥 애매한 대답을 해두고 형편을 봐서 시기를 기다리면 되잖아. 내 잠자리 하나쯤은 언제든지 마련할 수 있거든. 어쩔 수 없으면 바르……." 프리다는 손으로 그의 입을 틀어막았다. "그것은 안 돼요." 그녀는 불안한 듯 말했다. "정말 그런 말씀은 두 번 다시 하지 마세요. 그 밖에 다른 말씀이라면 무엇이건 따르겠어요. 만일 당신이 원하신다면 아무리 슬퍼도 혼자 여기 남겠어요. 당신이 바라시면, 내 생각엔 어쩐지 아닌 것 같지만 면장님의 제의도 거절하겠어요. 하지만 내 말 좀 들어 보세요. 만일 오늘 오후라도 다른 가능성이 보이면 학교 일자리를 당장 포기하는 것이 마땅하지요. 아무도 방해하는 사람은 없을 거예요. 선생 앞에서 굽실거리는 문제는 내게 맡겨 주세요. 당신이 조금도 불쾌하지 않도록 할게요. 내가 직접 그와 이야기할 테니, 당신은 잠자코 옆에 서 계시면 되요. 그건 나중에도 마찬가지예요. 당신이 원하지 않으면 그분과 직접 이야기하지 않아도 좋아요. 사실 나만 그분의 아랫사람이 되는 거지만 나도 결코 그분의 아랫사람이 되지는 않을 거예요. 나는 그분의 약점을 꼭 잡고 있으니까요. 그러니까 우리가 그 일자리를 받아들이면 아무런 손해도 없지만 거절하면 매우 손해를 보는 셈이지요. 무엇보다도 당신이 오늘 안으로 성에서 무슨 성과를 거두시지 못하면 이 마을에서는 정말 당신 혼자만의 잠자리도 구하지 못할 거예요. 여기서 잠자리란 앞으로 당신의 아내가 될 사람이 부끄럽게 생각지 않을 만큼의 홀

룡한 잠자리를 말하는 거예요. 만일 당신이 잠자리를 구하실 수 없다면, 당신이 추운 겨울밤에 헤매고 돌아다니는 것을 빤히 아는데도 나 혼자만 따뜻한 방에서 자라고 말씀하는 거나 마찬가지예요." K는 조금이라도 몸을 따뜻하게 하려고 내내 두 팔을 가슴에 포개 얹고 손으로 등을 감싸고 있다가 이윽고 입을 열었다. "그러면 받아들이는 수밖에 다른 도리가 없군. 자, 갑시다!"

그는 방에 들어가자마자 선생은 아랑곳없이 곧장 난로 옆으로 달려갔다. 선생은 탁자에 앉아 있다가 시계를 꺼내 보더니 말했다. "퍽 늦었군요." "그래도 우리는 그 일을 맡기로 했어요." "좋아요. 그러나 일자리는 측량기사님께 제공된 것이니까, 본인이 직접 의사 표시를 해야만 해요." 선생이 말했다. 프리다가 K를 거들었다. "물론, 이분은 그 일을 맡을 거예요. 그렇죠, K?" 그래서 K는 간단히 "으음" 하면 됐지만, 이것은 결코 선생이 아니라 프리다에게 한 소리였다. "그러면 직무에 관한 당신의 의무를 설명할 일만 남았군요. 의견이 서로 어긋나는 일 없이 완전히 일치되려면 말입니다. 측량기사님, 당신은 매일 두 교실을 청소하고 난로에 불을 지펴야 합니다. 학교 건물이나 비품, 체조기구의 간단한 수리는 직접 해야 하고요. 또 교정으로 가는 길에 쌓인 눈을 치워서 걸어 다닐 수 있도록 만들고, 나와 여선생의 잔심부름을 하고, 따뜻한 계절에는 정원을 관리해야 합니다. 그 대신 당신은 교실 두 개 중에서 어느 쪽이든지 마음에 드는 곳에 머물러도 좋아요. 그러나 두 교실에서 동시에 수업을 하지는 않아도 당신이 머무는 교실에서 하게 될 때는, 다른 교실로 옮겨 가야 합니다. 밥 짓기는 학교에서 하면 안 돼요. 그 대신 당신과 당신 가족들의 식사는 마을 비용으로 이 여관에서 제공하도록 되어 있어요. 그리고 몇 가지 주의하셔야 할 점을 말씀드려야겠군요. 학교의 체면을 손상하지 않도록 품위 있는 행동을 취해주세요. 수업 중에는 말할 것도 없고, 어느 때를 막론하고 당신 가정의 아름답지 못한 면을 보이는 일이 없도록 하시고요. 당신은 교양 있는 분이니까 그쯤은 알고 계시리라 생각합니다. 그리고 이와 관련해서 잠깐 말씀드릴 것은, 당신이 프리다와의 관계를 될 수 있으면 빨리 합법적으로 처리해 달라는 겁니다. 이런 모든 것과 그 밖의 세세한 점에 대해선 고용계약을 체결하면서 작성하게 될 텐데, 당신이 학교 건물에 이사오는 대로 서명하면 됩니다." 선생이 말했다. K에게는 이 모든 일이 중요치 않은 것처럼 느껴졌다. 자기와 전혀 관계없거나 그렇지 않더라도 자기를 속박하거나 부담은 되지 않을 거라고 생각했다. 다만 선생의 거만한 태도가 성미에 거슬렸기 때문에 가벼운 투로 이렇게 말했다. "그래요, 아주 평범한 조건이군요." 이 말이 주는 인상을 부드럽게 하려고 프리다는 보수에 대해서 물었다. "보수를 지불하느냐 않느냐에 대해서는 우선 한 달만 일을 시켜 보고, 그 성과를 검토한 다음 결정하기로 하지요." 선생이 말했다. 그러자 프리다가 말했다. "그건 너무 가혹한데요. 우리는 거의 무일푼으로 결혼하기 때문에 생활비를 벌어야만 하거든요. 선생님, 조금이라도 좋으니 곧 봉급이 나오도록 면사무소에 청원서를 내고 부탁해 볼 수는 없을까요? 그렇게 하는 편이 좋겠다고 생각하지 않으세요?" "아니요." 선생은 여전히 K에게 말을 하고 있었다. "내가 직접 부탁하면 들어 줄 거라고 생각하는 모양인데, 나는 그렇게 하지 않을 거요. 관리인의 일자리를 주는 것 자체가 당신에 대한 호의인데, 공적인 책임을 잊지 않기 위해서는 호의라는 것도 적당히 해두는 편이 좋다고 생각합니다." K는 본의 아니게 말을 입 밖에 내버렸다. "선생님은 호의에 대해서 잘못 생각하고 계십니다. 그런 호의는 오히려 내 쪽에서 베풀고 있는 것 같은데요." "아니지요." K의 입을 열게 한 데 만족한 선생은 미소를 띠면서 말했다. "당신이 말씀하려는 사정은 잘 알고 있어요. 그런데 우리에겐 학교 관리인이나 측량기사나 필요한 정도에서는 조금도 다름이 없어요. 어느 쪽이든 우리에게는 똑같이 큰 짐이지요. 이런 인건비 지출을 어떻게 마을 사람들에게 설명할 것인지 시간을 갖고 고민해보아야 합니다. 따라서 그 요구는 책상 위에 내동댕이쳐 놓고 더 이상 사족을 달지 않는 것이 가장 현명하다고 생각합니다." "나도 동감인데요. 당신은 원하지 않겠지만 나를 채용해야만 합니다. 그로 인해 골치깨나 아프겠지만 당신은 나를 채용하게 되어 있어요. 만일 갑이 을을 채용해야만 하는데, 을이 자기가 채용되는 것을 승낙한다면, 호의를 베푸는 것은 을이라고 할 수 있지요." K가 말했다. "이상한 말씀을 하시는군요. 대체 무엇 때문에 우리가 당신을 채용해야만 한단 말인가요? 우리를 그렇게 하도록 만드는 건 면장님의 착한, 너무 착한 마음씨지요. 측량기사님, 내가 볼 때 당신은 여러 쓸데없는 공상을 버리지 않으면 유능한 관리인이 되지 못할 겁니다. 당신이 말씀하신 것 같은 그런 의견은, 혹시나 봉급을 주려는 사람들의 기분을 아주

잡치게 하겠지요. 게다가 유감스럽게도 당신의 행태가 앞으로 내게 상당한 두통거리가 되겠어요. 나와 이야기하는 동안 당신은 쭉—내내 지켜보았는데도 믿기지 않는군요—셔츠와 팬티바람으로 계시거든요." 선생이 말했다. "정말이군요!" K는 손뼉을 치면서 웃었다. "지독한 조수들 같으니! 대체 그놈들은 어디 있는 거야!" 프리다가 빠른 걸음으로 문쪽으로 가자, 선생은 K가 더는 자기와 이야기하지 않을 것임을 알아채고, 프리다에게 언제 학교로 이사 올 거냐고 물었다. "오늘이요." 프리다는 말했다. "그러면 나는 내일 아침 살펴보러 가겠어요." 선생은 이렇게 말하며 손짓으로 인사를 하고 프리다가 열어놓은 문을 통하여 밖으로 나가려고 했다. 그런데 거기서 때마침 이 방에 살기 위해 소지품들을 갖고 들어온 하녀들과 부딪쳤다. 이 하녀들이 절대 뒤로 물러나거나 양보할 것 같지 않았기 때문에, 선생은 두 사람 사이를 빠져나가야만 했다. 프리다가 그의 뒤를 따랐다. "무척 급하게 서두르는군." K는 이렇게 말하면서도 전과 달리 아주 만족한 기색으로 그들을 맞았다. "우리가 아직 있는데도, 벌써 들어오는 겁니까?" 그는 말했다. 그녀들은 대답도 하지 않고 그저 당황하면서 손에 들고 있던 보따리를 끌어 안았는데, 그 속에서 눈에 익은 더러운 천 조각이 삐죽 나와 늘어져 있는 것이 K의 눈에 띄었다. "당신들은 한 번도 옷을 세탁한 일이 없는 모양이군요." K는 심술궂은 의도가 아니라 애정을 가지고 말했다. 그들은 이 사실을 눈치채고 동시에 굳게 다문 입을 벌리고는 아름답고 튼튼한 동물의 것 같은 이를 드러내면서 소리없이 웃었다. "자, 들어와요. 당신들 방이니까 마음대로 써요." K는 말했다. 그들은 여전히 머뭇거리고 있었다. 자기들 방이 너무나 변해 버린 것에 넋이 나간 모양이었다. K는 그들 가운데서 한 사람의 팔을 붙들고 더 들어오도록 끌어 당기려고 했다. 그러나 곧 그 팔을 놓았는데, 두 하녀가 대단히 놀란 눈빛을 잠깐 서로 주고받은 다음 K를 계속 뚫어지게 쳐다보았기 때문이다. "이제 내 얼굴을 실컷 구경했겠죠." K는 어떤 불쾌한 감정에 사로잡히지 않으려고 애쓰며 말했다. 그때 프리다가 옷과 구두를 가지고 와서 그것을 받아 입고 신어 보았다. 프리다는 두 조수를 거느리고 나타났는데 K는 지금을 비롯해서 항상, 왜 프리다가 조수들을 잠자코 보고 있는지 도무지 알 수 없었다. 그녀는 이 두 조수에게 뜰에서 양복을 솔질하라고 명령했는데 오랫동안 찾아다닌 끝에 그들이 아래층 식당에서 점심식사를 하려고 아주 태연하게 앉아 있는 것을 발견했다. 그들은 여지껏 솔질 하지 않은 양복을 무릎 위에 올려놓은 채 더 쭈글쭈글 구겨지게 짓누르고 있었다. 그래서 그녀가 직접 양복을 솔질하고 구두를 닦는 등 모든 일을 해야만 했다. 그러나 신분이 낮은 사람들을 잘 부릴 줄 아는 그녀는 듣기 싫은 잔소리를 하지 않았다. 뿐만 아니라 그들이 있는 앞에서 그들의 심각한 태만함을 마치 사소한 농담처럼 이야기하고, 조수 한 사람의 뺨을 애교를 부리면서 가볍게 두드리기까지 했다. K는 조만간 이 일로 그녀에게 한마디 해야겠다고 마음먹었다. 하지만 지금은 바로 나가야 할 시간이었다. "조수들은 이곳에 남아 있어야 해. 이사할 때 당신을 도와주도록 말이야." K는 말했다. 물론 조수들이 승낙할 리가 없었다. 배는 부르고 기분은 좋았으니 운동도 약간 하고 싶었던 것이다. 프리다가 "그래요, 당신들은 이곳에 남으세요." 말했을 때야 그들은 겨우 그 말에 따랐다. "내가 어디로 가는지 알고 있어?" K가 물었다. "네." 프리다가 말했다. "그런데도 당신은 나를 말리지 않는 거야?" K가 물었다. "당신은 여러 가지로 어려운 일을 겪으실 거예요. 하지만 내가 어떤 말을 한들 무슨 소용이 있겠어요!" 그녀는 말했다. 그녀는 K에게 작별 키스를 하고 점심식사를 하지 않은 그에게 아래에서 가져온 빵과 소시지가 들은 작은 보따리를 내주었다. 그리고 돌아올 때는 이곳이 아니라 학교로 오라고 이른 뒤 그의 어깨에 손을 얹고는 문 앞까지 따라 나와서 배웅했다.

8 클람을 기다림

K는 무엇보다도 하녀들과 조수들이 우글거리던 더운 방을 빠져 나와서 기뻤다. 바깥은 기온이 내려간 탓에 눈이 단단하게 굳어 전보다 걷기가 수월했다. 어느덧 해가 저물기 시작해서 그는 걸음을 서둘렀다.

성의 윤곽은 벌써 어둠에 묻히기 시작했는데 여전히 적막하기만 했다. K는 아직 한 번도 성 안에 사람이 살고 있는 기미를 느낀 적이 없었다. 하기야 이렇게 먼 데서 그것을 알아차리기란 절대 불가능한 일일 것이다. 그래도 K의 눈은 기어이 무언가를 알아내려고 했으며, 이 조용한 성의 모습을 그대로 보고만 있으려고는 하지 않았다. 성을 쳐다보고 있으면 K는 가끔 어떤 사람을 보는 것 같았다. 그 사람은 가만히 앉아 물끄러미 앞을 바라보고 있다. 하지만 깊은 생각에 잠겨 모든 것과 단절된 것이 아니라, 마치 혼자 있어서 아무도 자신을 쳐다보지 않는다는 듯 홀가분하고 거리낌 없는 태도이다. K가 쳐다보고 있으니 분명 상대도 K가 자기를 보고 있다는 사실을 깨달았을 것이다. 그러나 그것은 이 사람의 평온한 기분을 조금도 해치지 않는다. 그리고 사실—그것이 원인인지 결과인지 알 수 없었지만—관찰자 K의 시선은 아무 데도 멈추지 못하고 다른 곳을 향했다. 이런 인상은 오늘따라 일찍이 깃든 어둠으로 더 심해졌다. 오래 쳐다보면 볼수록 더욱 모든 것을 분간하기가 어려워지며 점점 황혼 속 깊이 가라앉아 버리는 것이었다.

K가 아직 불이 켜지지도 않은 신사관에 도착했을 때, 마침 2층 창문이 하나 열리더니 수염을 곱게 깎고 모피 윗도리를 입은 뚱뚱한 젊은이가 창문 밖으로 상체를 내밀었다. 이 사람은 잠시 동안 그대로 창문에 기대고 있었다. K가 인사해도, 답례로 고개 한 번 까딱하려는 기색마저 보이지 않았다. 현관이나 술집에서 K는 누구와도 마주치지 않았다. 김빠진 맥주 냄새는 전보다도 더 심했는데, 이런 일은 교정관에서는 아마도 있을 수 없을 것이다. K는 곧장 일전에 클람을 들여다 보았던 문 옆으로 가서 조심스럽게 손잡이를 돌려 보았다. 문은 잠겨 있었다. 그래서 들여다보는 구멍을 손으로 더듬어 보았다. 뭔가로 잘 막혀 있는 듯, 손으로 더듬어서는 그 자리를 제대로 찾을 수 없었다. 그래서 성냥불을 켰다. 그때 사람이 외치는 소리에 깜짝 놀랐다. 난로 옆, 문과 조리대 사이 한구석에 젊은 처녀가 쪼그리고 앉아 있었는데, 성냥불이 비치자 졸린 눈을 겨우 뜨고 그를 쳐다보았다. 프리다의 뒤를 이어 들어온 아가씨임에 틀림없었다. 그녀는 곧 정신을 차리고 전등을 켰는데, 얼굴 표정은 아직도 화가 나 있었다. 그러다 K를 알아보았다. "아아, 측량기사님." 그녀는 웃으면서 말하더니 손을 내밀고 자기소개를 했다. "내 이름은 페피라고 해요." 그녀는 몸집이 작고 혈색이 좋아 건강해 보였다. 불그스름하고 숱이 많은 갈색 머리를 단단하게 땋아 내렸는데 곱슬곱슬한 머리칼이 얼굴 언저리에서 물결치고 있었다. 그녀가 입고 있는 하늘하늘한 옷은 번쩍이는 회색 천으로 만든 것으로, 그다지 어울리지 않았다. 비단 리본으로 어린애처럼 어색하게 아래를 졸라매서 옷을 입은 모습이 아주 거북해 보였다. 그녀는 프리다에 관해서 묻고, 또 그녀가 곧 돌아오지는 않느냐고 물었다. 심술궂은 질문이었다. "나는 프리다가 나가자 바로 이곳으로 불려왔어요. 아무나 상관없이 사람을 쓸 수는 없으니까요. 나는 지금까지 객실을 맡은 하

녀였어요. 이번에 여기로 옮겨왔는데, 별로 좋은 점도 없어요. 여기서는 저녁부터 밤이 될 때까지 일이 너무 많아서 배겨날 것 같지가 않아요. 프리다가 이 일을 집어치운 것도 무리가 아니에요." 그녀가 말했다. "프리다는 여기서 대단히 만족했어요." K는 이렇게 말하고, 페피가 무시하고 있는, 그녀와 프리다의 차이점에 대해서 주의를 주려고 했다. 페피는 "프리다의 말을 곧이듣지 마세요." 하더니 이렇게 덧붙였다. "프리다는 아무도 쉽게 흉내 내지 못할 정도로 자기를 통제할 줄 알아요. 자기가 고백하지 않겠다고 생각하는 일은 절대로 고백하지 않아요. 그럴 때에는 그녀가 고백할 거리가 있다는 사실을 아무도 모르지요. 나는 그녀와 여기서 함께 근무한 지 벌써 이삼 년이 되었고 더군다나 늘 한 침대에서 잤지만 다정한 사이라고 할 순 없어요. 확실히 지금쯤은 나를 잊어버렸을 거예요. 그녀의 유일한 친구는 교정관의 늙은 주인 아주머니겠지요. 역시 프리다다운 점이에요." "프리다는 내 약혼자인데요." K는 이렇게 말하면서 문의 구멍이 있던 자리를 손으로 더듬었다. "알고 있어요. 그러니까 이런 말씀을 드리는 거죠. 그렇지 않으면, 무슨 소용 있겠어요?" 페피가 말했다. "알았어요. 내가 아주 옹졸하고 어울리지도 않는 여자의 마음을 얻은 것을 자랑삼는다고 생각하는 모양이군요." K가 말했다. "그래요." 그녀는 프리다에 대해서 K에게 암묵적인 동의를 얻은 듯이 흡족하게 웃었다.

들여다보는 구멍을 찾는 일에서 K의 관심과 주의를 끈 것은 그녀의 말이 아니라 외모였으며, 또 그녀가 이 자리에 있다는 사실 그 자체였다. 물론 그녀는 프리다보다 젊다 못해 거의 어린애였고 옷차림도 우스웠다. 확실히 그녀는 주점 여급에 대한 과장된 생각에 알맞은 옷차림을 하고 있었다. 그러나 이 과장된 생각이 그녀에게는 무리도 아니었다. 왜냐하면 아무리 생각해도 당분간이기는 하지만 그녀에게 적당하지 않은 이 과분한 자리가 맡겨진 데다, 프리다가 늘 허리에 차고 있던 가죽지갑도 주어지지 않았기 때문이다. 만일 그녀가 이 자리를 불만스럽다고 한다면 그건 자신을 지나치게 과대평가하기 때문이다. 그러나 그녀가 거짓말을 한 것이 아니라면, 어린애처럼 철이 없다고는 해도 객실담당이었으므로, 분명히 성과 관계가 있을 것이다. 그녀는 자기가 가진 성과의 연줄에 대한 가치도 모른 채 매일 이곳에서 낮잠만 자고 있는 것이다. 그러나 오동통하고 등이 약간 둥근 그녀의 몸을 품에 안으면, 그녀가 가닌 귀중한 재산을 빼앗을 수 없을지는 몰라도 K를 설레게 하고 원기를 북돋아서 험난한 길도 헤치고 나갈 수 있도록 해줄 지도 모르는 일이다. 그렇다면 프리다의 경우와 다름 없지 않나? 아니, 그래도 다르다. 그것을 이해하기 위해서는 프리다의 눈매를 생각해 보기만 하면 된다. K는 어떤 일이 있어도 페피의 몸에 손대지 않을 것이다. 그러나 지금 그는 잠깐 눈을 가려야만 했다. 그처럼 정욕에 사로잡혀 그녀를 바라보고 있었던 것이다. "불을 켜 둘 필요는 없어요." K가 말하자 페피는 스위치를 돌려 전등을 꺼버렸다. "선생님 때문에 너무 놀라서 켰을 따름이에요. 대체 이곳에 무슨 볼일이 있으신가요? 프리다가 무슨 물건이라도 잊어 버리고 갔나요?" "네." K는 이렇게 말하고 문 쪽을 가리켰다. "여기 옆방에 있던 수놓은 하얀 식탁보를 잊었어요." "아아 그 식탁보, 지금 생각났는데 아주 훌륭한 수예품이죠. 그걸 만들 때 내가 그녀를 도와줬지. 그런데 아마 이 방에는 없을 거예요." 페피가 말했다. "프리다가 있다고 하던데요. 여기에는 누가 묵고 있나요?" K가 물었다. "아무도 없어요. 여기는 성 양반들의 방이에요. 그분들이 여기서 먹고 마시지요. 이 방은 그런 목적으로 사용하고 있어요. 그러나 대부분의 양반들은 위층 자기 방에 계시고 여기에 내려오시지 않아요." 페피가 말했다. "만일 지금 아무도 없다는 사실이 확실하면 들어가서 식탁보를 찾았으면 좋겠는데, 그러나 그것도 어떨지 모르겠어요. 클람이 때때로 혼자 앉아 있다고 하니까요." K가 말했다. "클람이 없는 것만은 확실해요. 그분은 지금 곧 출발해요. 썰매가 벌써 마당에서 기다리고 있어요." 페피가 말했다.

K는 곧 한마디 설명조차 없이 술집에서 뛰어나와 버렸다. 현관에서 출구 쪽으로 나가지 않고 건물 안으로 몇 걸음 안 가서 안뜰에 이르렀다. 여기는 정말 조용하고 아름답구나! 네모진 안뜰은 삼면이 건물에 면하고 거리로 나 있는 한쪽은—이 거리는 K가 모르는 뒷골목이었는데—희고 높은 담으로 경계를 지었는데, 지금은 이 담에 달린 크고 육중한 문이 열려 있었다. 이 안뜰로 면한 부분이 정면 쪽보다도 높은 것처럼 보였다. 2층은 완전히 개축해서 외관이 꽤 훌륭하다. 2층 주위를 삥 둘러싼 목조 복도는 안뜰에서 보면 눈높이에 작은 틈새가 하나 있을 뿐, 나머지는 촘촘하게 판자를 대었기 때문에 썩 괜찮아 보였다. K의 앞쪽 비스듬히, 중앙 건물로 들어가는 입구가 맞은편 건물과 연결되는 모퉁이에 문도 없이 트여 있었다. 그 앞에 말 두 필이

끄는 거무스름한 썰매가 서 있었는데 문은 닫힌 채였다. 마부를 제외하고는 아무도 보이지 않았다. 그 사람도 멀리 떨어진 곳에 있었던 데다 황혼이 짙었기 때문에, K가 마부를 알아보았다기보다 그렇게 짐작했을 뿐이었다.

K는 손을 주머니에 찔러 넣고 조심스럽게 주위를 둘러보며 담장을 따라 안뜰의 두 면을 돌아서 마침내 썰매 가까이에 이르렀다. 마부는 며칠 전 술집에 있었던 농부들 가운데 한 사람이었으며, 모피로 몸을 휘감고 차가운 눈길로 K가 가까이 다가오는 것을 쳐다보고 있었다. 마치 고양이가 걸어가는 것을 좇는 듯한 눈초리였다. K가 어느새 그 사람 가까이 다가가 인사를 하고, 게다가 어둠 속에서 사람 그림자가 나타난 탓에 말이 놀라 소란을 떨었는데도, 그는 무관심한 태도였다. K에게는 다행한 일이었다. 담에 기대어 도시락을 풀고 이렇게 자기를 잘 챙겨주는 프리다에게 감사하면서, 건물 안의 모습을 살펴보았다. 직각으로 꺾인 계단이 아래로 나 있어서, 천장은 낮지만 깊숙한 복도와 밑에서 엇갈리고 있었다. 모든 것이 깨끗하고 흰색으로 칠해져서 윤곽이 뚜렷하게 드러났다.

K는 생각했던 것보다 더 오랫동안 거기서 기다렸다. 이미 오래전에 도시락은 다 먹어 버렸다. 추위가 몸에 스며들고, 어느덧 해는 져서 황혼이 어둠의 장막으로 변해버렸는데도, 클람은 여전히 나타나지 않았다. "시간이 더 많이 걸릴지 모르오." 갑자기 귓가에 쉰 목소리가 들렸으므로 K는 깜짝 놀라 몸을 움츠렸다. 그는 다름 아닌 마부였는데, 지금 잠이 깼다는 듯 기지개를 켜더니 큰 소리로 하품했다. "왜 많이 걸린단 말이오?" K는 마부가 끼어든 것이 오히려 고마운 듯 물었다. 정적과 긴장이 오래 지속되어 지루했다. "당신이 물러갈 때까지요." 마부가 말했다. K는 그의 말을 이해할 수 없었으나 더는 묻지 않았다. 묻지 않고 그대로 내버려두는 것이, 이 거만한 사람에게 말을 시키는 가장 좋은 방법이라고 생각했기 때문이다. 이 어둠 속에서 대답을 하지 않는 것은 상대에게 말하라고 거의 자극을 주는 거나 마찬가지였다. 역시 마부는 잠시 뒤에 물었다. "코냑을 마시겠소?" "좋지요." K는 잘 생각해 보지도 않고 말했다. 추워서 몸이 떨렸기 때문에 마부가 한 이야기에 무척 끌렸다. "그러면 썰매의 문을 열어 보시오. 문에 달린 주머니에 술이 두서너 병 들어 있으니까. 한 병 꺼내서 마신 다음 내게도 넘겨주시오. 털옷을 입고 있어서, 운전대에서 내려가기가 번거롭구려." 이런 잔심부름을

해주는 것이 불쾌했지만, 마부와 이미 말을 섞었으니 어쩔 수 없다고 생각하여 K는 그 말에 따랐다. 썰매 옆에서 갑자기 클람에게 들킬 위험을 무릅쓰고, 넓은 문을 열었다. K는 문 안쪽에 달려 있는 주머니에서 당장이라도 병을 끄집어 낼 수 있었지만, 막상 문을 여니 썰매 안으로 들어가고 싶은 충동에 사로잡혀, 잠시나마 안에 앉아 볼까 생각했다. 그는 살짝 안으로 기어들어갔다. 썰매 안은 따뜻했다. 차마 문을 닫을 용기가 없어서 환히 열린 채로 두었음에도 여전히 따뜻했다. 의자에 앉아 있다고 느껴지지 않을 만큼 폭신한 담요, 쿠션, 모피 자락에 파묻혀 버렸다. 사방으로 몸을 돌리고 펼 수도 있었다. 어느덧 그는 이 보드라움과 따뜻함 속으로 점점 파묻혀 들어가고 말았다. 두 팔을 쭉 뻗고 쿠션에 머리를 기댄 채 K는 밖의 어두컴컴한 건물을 쳐다보았다. 클람이 아래로 내려오는 게 왜 이렇게 오래 걸릴까? 눈 속에 오랫동안 서 있었던지라 썰매 안의 훈훈한 온기에 정신까지 몽롱한 상태로 K는 클람이 빨리 와주기를 바랐다. 한편으로는 그 바람을 방해하듯 차라리 이런 상태에서는 클람의 눈에 띄지 않는 편이 낫겠다는 생각이 희미하게 들었다. 그가 이처럼 몽롱한 망각의 세계에서 헤매게 된 것은 마부 덕분이었다. 마부는 그가 썰매 안에 있는 것을 알면서도, 코냑을 달라고도 하지 않고 그대로 내버려 두었다. 꽤나 사정을 봐 주는 태도였으나 K는 그의 부탁을 들어주러 안에 들어온 것이다. 그는 자세를 바꾸지 않고, 멀리 떨어진 열린 문이 아니라 자기 뒤에 닫힌 문의 주머니 속으로 힘겹게 손을 뻗었다. 어차피 닫힌 문에도 술병이 들어있어 아무래도 좋았다. K는 병을 하나 끄집어내 마개를 비틀어 뺀 다음 냄새를 맡아 보았다. 그는 자기도 모르게 미소를 띠었다. 향기가 대단히 감미롭고 매혹적이어서, 마치 아주 좋아하는 사람이 친절한 말을 걸어 오거나 칭찬해 주었을 때, 무슨 영문인지도 모르면서, 단지 상대가 자기가 사랑하는 사람이라는 사실만으로 한없이 행복해지는 것과 비슷했다. "이게 코냑인가?" K는 미심쩍은 듯 자문해 보고, 호기심에 조금 맛보았다. 그것은 진짜 코냑으로, 가슴속이 불타오르면서 몸은 후끈 달았다. 처음엔 단지 감미로운 향기에 지나지 않던 것이 마시는 동안 마부에게 알맞은 음료로 변하는 신기함이란! "이럴 수도 있을까?" K는 자신을 나무라듯 자문하고 또 한 모금 마셨다.

K가 마침내 코냑을 한숨에 들이켤 때, 주위가 환하게 밝아졌다. 집 안의

계단, 복도, 현관은 물론이고, 집 바깥 문에도 전등이 켜졌다. 계단을 내려오는 발소리가 들리자, K의 손에서 병이 미끄러지며 모피 자락 위에 술이 쏟아졌다. K는 썰매에서 뛰어나와 간신히 문을 닫을 수 있었다. 문은 꽝하고 요란스러운 소리를 내면서 닫혔다. 곧 이어 건물 안에서 신사 하나가 천천히 걸어 나왔다. 그 사람이 클람이 아니었던 것이 불행 중 다행이었다. 아니 오히려 유감스러운 일인가? 나타난 사람은 조금 전에 2층 창문가에서 보았던 바로 그 사람이었다. 이 젊은이는 언뜻 보기에 대단히 건강하며 살결은 희고 혈색이 좋았는데 심각한 표정이었다. K는 자신의 처지를 생각하며 음울한 눈빛으로 그를 바라보았다. 차라리 조수 두 사람을 이곳으로 보내는 편이 나았는 지도 모른다. 자기가 한 행동은 조수들이라도 넉넉히 할 수 있었다. K와 마주치고도 젊은이는 입을 다물고 있었다. 그렇게 가슴이 넓으면서도 말하기에는 숨이 찬 모양이었다. "이거 놀랐군요." 드디어 젊은이가 모자를 이마에서 살짝 추켜올리며 말했다. 뭐라고? 이 사람은 K가 썰매 안에 있었던 사실을 전혀 모를 텐데, 무슨 일을 말하는 걸까? 안뜰에 들어갔다고 그렇게 말하는 것일까? "대체 여길 어떻게 오셨습니까?" 그 젊은이는 숨을 내쉬며 나지막하게 물었는데, 어차피 어쩔 수 없다는 태도였다. 무슨 이런 질문이 다 있나! 뭐라고 대답한단 말인가! 그토록 기대하고 출발한 길이 결국 수포로 돌아갔다고 그대로 말할 것인가? K는 대답도 하지 않고 썰매로 가서 문을 열고 잊고 내렸던 모자를 끄집어냈다. 코냑이 썰매 발판 위에 엎질러진 것을 보자 기분이 나빴다.

K는 다시 젊은이 쪽으로 몸을 돌렸다. 자기가 썰매 안에 들어갔던 사실을 이 사람에게 알려줘도 상관없다고 생각했다. 그건 그다지 나쁜 일이 아니었다. 만일 질문을 받는다면—묻지 않으면 그럴 필요도 없지만—적어도 썰매의 문을 연 것은 마부가 부추긴 일이라는 점을 감추지 않을 셈이었다. 그런데 정말 안타까운 것은, 이 사내가 느닷없이 나타나 몸을 숨기고 맘 편히 클람을 기다릴 수 없다는 것이다. 또는 썰매 안에서 문을 닫고 모피 위에 앉아서 클람을 기다릴 여유, 젊은이가 가까이 올 때까지 그 안에 앉아 있을 침착함이 아쉬웠다는 것이다. 그러나 혹시 클람이 당장 나타날지도 모르는데, 그런 경우 썰매 밖으로 뛰어나가서 그를 공손히 맞이하는 편이 훨씬 낫다는 것은 더 말할 나위도 없었다. 여기서 생각해 볼 일이 한두 가지가 아니었지만,

다 끝난 일이 되었으므로 생각할 것이 없어져 버렸다.

"나와 함께 갑시다!" 그 젊은이가 말했다. 명령조는 아니었지만, 말하면서 일부러 차갑게 흔드는 손에서 그런 의도가 엿보였다. "나는 여기서 어떤 사람을 기다리고 있어요." K는 어떤 효과를 기대하지 않고 사실 그대로를 말했다. "오세요!" 젊은이는 K가 누군가를 기다리고 있음을 전혀 의심하지 않는다는 것처럼 서슴없이 말했다. "당신과 함께 가면 기다리는 사람을 만나지 못해요." K는 몸을 떨면서 말했다. 많은 일이 일어난 데도 불구하고 K는 지금까지 이뤄낸 일이 하나의 자산으로써—물론 표면적으로 확보한 데 지나지 않지만—하찮은 명령 따위에 포기해선 안 된다고 느꼈다. "여기서 기다리건 나와 함께 가건, 어쨌든 당신은 그분을 만나지 못해요." 젊은이는 자기 의견을 굳세게 주장했으나, 그래도 K의 생각에 대해서는 분명히 양보하는 태도였다. "그렇다면 차라리 여기서 기다리다가 만나지 않는 쪽을 택하겠소." K는 반항적인 투로 말했다. K는 그 젊은이의 말로는 여기서 전혀 움직이려 하지 않았다. 이 말을 듣자, 젊은이는 빼기는 자세로 고개를 뒤로 젖히고는 잠시 동안 눈을 감고 있었다. 마치 K의 몰이해로부터 다시 자신의 이성으로 돌아오려는 듯한 태도였다. 그는 혀끝으로 조금 벌어진 입의 입술 언저리를 핥더니 마부에게 말했다. "썰매에서 말을 끌러주게!"

마부는 K를 심술궂게 곁눈질했는데, 이번에는 젊은이의 명령에 따라 털옷을 입은 채 운전대에서 내려와야 했다. 그리고 젊은이가 명령을 취소하는 건 기대하지 않지만, K쪽에서 생각을 바꾸길 바라듯이 몹시 머뭇거리면서, 말을 썰매에 맨 채로 뒷걸음질시켜 옆 건물 쪽으로 몰고 가기 시작했다. 그 건물에 있는 큰 문을 열면 틀림없이 마구간과 차고가 있을 것이다. K는 자기 혼자 남았음을 깨달았다. 한쪽에서는 썰매가, K가 걸어온 다른 쪽 길에서는 젊은이가, 양쪽 모두 무척 느린 속도로 멀어져 갔는데, K에게 아직 그의 힘으로 그들을 도로 데려올 수 있다는 사실을 보여 주려는 것 같았다.

K가 그런 힘을 가지고 있었을 지는 모르나, 그게 무슨 소용일까. 썰매를 다시 되돌아오게 하는 것은 자기 자신을 쫓아버리는 거나 마찬가지였다. 그래서 그는 잠자코 혼자 그 자리에 버티고 서 있었지만, 기쁘지 않은 승리였다. 그는 젊은이와 마부를 번갈아 보았다. 젊은이는 벌써 K가 맨 처음 안뜰로 들어올 때 지나온 문에 이르렀는데, 거기서 또 한 번 이쪽을 돌아보았다.

K는 자기의 지나친 고집에 그가 고개를 설레설레 가로젓는 것처럼 느껴졌다. 그러고 나서 그 젊은이는 결심한 듯 단호하게 몸을 돌려 현관에 발을 내딛더니 이내 자취를 감췄다. 마부는 오랫동안 안뜰에 남아 있었다. 썰매를 치우는 일은 상당히 힘들었다. 묵직한 마구간 문을 연 다음 썰매를 뒷걸음질시켜 제자리에 갖다 놓고, 말을 썰매에서 떼어 여물통 있는 곳으로 끌고 가야 했다. 그는 그런 모든 일을 성실하게, 곧 다시 출발할 기미가 없다는 듯 한눈도 팔지 않고 했다. K쪽을 힐끗거리지도 않고 조용히 일하는 이 마부의 태도가, 그 젊은이의 행동보다 훨씬 엄한 비난처럼 느껴졌다. 마부는 마구간 일을 마치자 느리고 건들대는 걸음걸이로 안뜰을 비스듬히 가로질러 큰 문을 닫고 되돌아왔는데, 눈에 찍힌 제 발자국만 응시하면서 천천히 철저하게 했다. 그리고 다시 마구간에 들어가 전등을 모조리 꺼 버렸다. 누구를 위해 불을 밝혀 두었던 걸까? 위에 있는 목조회랑의 틈에서는 여전히 밝은 빛이 새어 나와 허공에서 헤매는 시선을 잡아 둘 수 있었다. 이제 K와 다른 사람과의 관계는 모두 끊어졌다. 보통 때라면 들어올 수 없었을 이곳에 온 이후 가장 자유로워져서, 얼마든지 기다릴 수 있었다. 다른 사람은 얻을 수 없는 자유를 쟁취한 것만 같았다. 아무도 그에게 손대거나 쫓아낼 수 없고, 말을 붙이는 것조차 용납되지 않는다고 여겨졌다. 그러나—이 확신도 그에 못지않게 강했는데—그와 동시에 이렇게 자유롭고, 이렇게 기다리고, 이렇게 다른 사람에게 아무런 방해도 받지 않는, 이런 것보다 더 무의미하고 절망적인 일은 없다는 생각도 떠올랐다.

9 심문에 맞선 투쟁

그래서 그는 재빨리 안뜰에서 건물 안으로 되돌아갔는데, 이번에는 담장을 따라 간 것이 아니라 눈 쌓인 정원 한복판을 걸어갔다. 복도에서 주인을 만났다. 주인이 조용히 인사하며 술집 문을 가리키기에 그의 손짓을 따랐다. 추워서 견딜 수 없던 데다 사람의 그림자가 그리워졌기 때문이다. 그러나 일부러 갖다 놓았다고 여겨지는 작은 탁자—왜냐하면 여기서는 언제나 나무 술통을 식탁 대신 썼기 때문이다—옆에 아까 만났던 젊은이가 앉아 있고, 이 젊은이의 맞은편에—K를 낙담케하는 광경이었지만—교정관 여주인이 서 있는 모습을 보았을 때는 자못 실망스러웠다. 페피는 고개를 뒤로 젖히고는 변함없는 미소를 띠며 자기의 지위를 상당히 의식한 듯 거드름을 피웠다. 몸을 돌릴 때마다 땋아 내린 머리가 흔들렸다. 여기저기 바쁘게 돌아다니던 그녀는 우선 맥주를, 그 다음엔 잉크와 펜을 가져왔다. 그 젊은이가 서류를 앞에 펴놓고 그 서류의 날짜와 탁자의 다른 서류 날짜를 비교한 다음, 무엇을 쓰려 했기 때문이다. 입술을 뾰로통하게 내민 여주인은 잠시 쉬고 있는 것처럼 보였다. 그녀는 서 있는 곳에서 젊은이와 서류를 내려다보고 있었는데, 필요한 말은 다 했고 모두 뜻대로 받아들여졌다는 표정이었다. "드디어 측량기사 양반이 오셨구먼!" 젊은이는 K가 들어오는 걸 힐끔 쳐다보며 말하고는 다시 서류에 열중했다. 여주인도 놀란 기색 없이 무관심한 태도로 K에게 슬쩍 시선을 던졌을 뿐이다. 페피는 K가 목로 앞으로 다가가 코냑 한 잔을 주문해서야 그가 왔다는 사실을 깨달은 모양이었다.

K는 목로에 기대어 두 눈을 손으로 누른 채 아무 생각도 하지 않았다. 그리고 코냑을 한 모금 마셨는데 맛이 없어서 못 먹겠다는 듯이 잔을 밀어 놓아 버렸다. "다른 분들은 잘 마시던데요." 페피는 무뚝뚝하게 말하고 술잔을 비운 뒤 씻어서 선반에 놓았다. "여기 이 양반들은 더 좋은 것을 가지고 있지." K는 말했다. "그럴지도 모르지만, 내게는 없어요." 페피가 말했다. 그녀는 더 이상 K를 상대하지 않고 다시 젊은이를 도우러 갔다. 그러나 젊은이가 아무것도 필요로 하지 않았으므로, 그녀는 그의 뒤에서 반원을 그리며 끊임없이 왔다 갔다 하며 어깨 너머로 수줍게 서류를 보려고 애썼다. 물론 대책없는 호기심과 거드름에 지나지 않았지만, 여주인은 눈살을 찌푸리며 못마땅해했다.

여주인은 갑자기 귀를 기울이고 온몸의 신경을 청각에 집중시키면서 허공을 뚫어지게 바라보았다. K가 돌아보았으나 달리 특별한 소리는 들리지 않았다. 다른 사람들도 그런 모양이었다.

그러자 여주인은 발꿈치를 들고서 안뜰로 통하는 뒤쪽 문으로 성큼성큼 걸어가더니, 열쇠구멍으로 살그머니 들여다보았다. 잠시 뒤 상기된 얼굴로 눈을 크게 뜨고 모두가 모인 쪽을 돌아보더니 손짓하며 사람들을 불렀다. 모두가 그쪽으로 가서 번갈아 가며 들여다보았다. 여주인은 마지막까지 가장 열심이었으며, 페피도 무엇인지 궁금해했는데, 그 젊은이는 냉담한 태도였다. 페피와 젊은이는 곧 되돌아왔지만 여주인은 긴장하여 몸을 깊숙이 구부리고 거의 무릎을 꿇은 자세로 들여다보고 있었다. 사람들은 그녀가 열쇠구멍에 자기 몸을 통과시켜 달라고 하소연하고 있는 것 같은 인상을 받았다. 왜냐하면 볼 만한 것이라곤 진작에 없어졌기 때문이다. 얼마 뒤에야 그녀는 겨우 몸을 일으켜 두 손으로 얼굴을 어루만진 뒤, 머리카락을 매만지며 심호흡을 했다. 그 모습은 내키진 않지만 이제 자기 눈을 이 방과 사람들에 적응시켜야 한다는 듯 보였다. 그때 K는 다 아는 사실을 확인하기 위해서가 아니라, 두려워하고 있던 여주인의 공격에 선수를 치기 위해 이렇게 말했다. "그럼 클람은 벌써 떠난 거지요?" 지금 그의 마음은 그만큼 약해져 있었다. 여주인은 대답도 하지 않고 그의 옆을 지나갔지만, 젊은이가 조그만 탁자에서 이쪽을 보며 말했다. "그래요. 당신이 감시를 그만두어서 클람은 떠날 수 있었어요. 아무리 그래도 클람의 신경과민에는 놀라지 않을 수 없군요. 아주머니, 클람이 얼마나 불안하게 주위를 돌아봤는지 보셨지요?" 여주인은 그걸 깨닫지 못한 모양이었지만 젊은이는 개의치 않고 말을 계속했다. "아무튼 다행히 아무것도 눈에 띄지 않았군요. 마부가 눈 위의 발자국까지 쓸어버렸으니까." "주인 아주머니는 아무것도 깨닫지 못한 모양인데요." K가 무슨 기대를 가지고 한 말은 아니었다. 다만 젊은이의 주장이 너무 독단적이고 고압적인 탓에 조금 약이 올랐기 때문이다. "아마 내가 열쇠구멍으로 들여다보지 않았을 때겠지요." 여주인은 이렇게 말하며 처음에는 젊은이를 변호했다. 그런 다음 클람이 한 일이 옳다고 주장하려는 듯 이렇게 덧붙였다. "물론 클람이 그렇게 신경과민이라고는 생각지 않아요. 우리는 클람을 염려하고 그의 신변을 보호해 주려고 하지요. 그래서 이런 때는 클람의 신경이 극도로 예민하다는 가정 아래 움직이지요. 그것이 좋아요. 클람도 확실히 그것을 바라고요. 그러나 사실 사정이 어떤지 우리로선 알 수 없어요. 물론 클람은 자기가 이야기하고 싶지 않은 사람과는 결코 만나지 않을 거예요. 그를 만나려고 아무리 애쓰고 악착같이 일을 꾸미고, 참을 수 없을 만큼 뻔뻔스럽게 나오더라도 안 될 거예요. 그런데 궁금한 건, 이야기하지 않고 대면하지 않는 것만으로도 충분한데, 클람은 왜 보는 것조차 못 견뎌 할까요? 이에 대해선 시험할 도리가 없으니 증명할 수도 없겠지요." 젊은이는 열심히 고개를 끄덕이며 말했다. "물론 기본적으로는 나도 같은 의견이에요. 단지 측량기사 양반이 알아듣기 쉬우라고 다르게 표현한 겁니다. 그러나 클람이 아까

밖에 나갔을 때 자기 둘레를 여러 번 돌아봤다는 것은 사실이에요." "확실히 그는 나를 찾았을 거요." K가 말했다. "그럴 듯한데요. 거기까지는 내 생각이 미치지 못했어요." 젊은이는 말했다. 모두가 한꺼번에 웃었다. 페피는 무슨 영문인지 모르면서도, 가장 큰 소리로 웃어 댔다.

"지금 여기 모인 사람들이 모두 즐거우니, 측량기사 양반이 두어 마디 하셔서 서류에 빠진 걸 좀 보충해 주시지요." 젊은이가 말했다. "굉장히 많이 쓰여 있는데요." K는 멀리서 서류를 바라보며 말했다. "네, 나쁜 습관이지요. 그런데 당신은 내가 누군지 모르실 거요. 클람의 마을 비서 모무스라고 합니다." 이 한마디로 방 안에는 무거운 공기가 감돌았다. 여주인과 페피는 이 젊은이를 알고 있었으나 그 이름과 위엄 있는 직분을 듣고 새삼 당황스러워했다. 젊은이는 자기가 분에 넘치는 말을 했다는 듯, 또는 자기 말에 포함된 엄숙함을 피하고 싶다는 듯이 서류에 얼굴을 처박고 쓰기 시작했으므로 방 안에는 글씨 쓰는 소리밖에는 들리지 않았다.

"대체 마을 비서란 게 무언가요?" 잠시 뒤 K가 물었다. 모무스는 자기소개를 한 뒤에 스스로 이런 설명을 하는 것은 적당치 않다고 생각했으므로, 여주인이 대신 나서서 대답했다. "모무스 씨는 클람의 다른 비서 분들처럼 그분의 비서 중 한 분이시지요. 그러나 이분의 근무지와—내가 잘못 생각한 것이 아니라면—직무상의 권한을 보면……." 그때 모무스가 쓰던 것을 멈추고 세차게 고개를 내둘렀다. 그래서 여주인은 할 수 없이 말을 고쳤다. "그러면 권한 문제가 아니고 단지 근무지에 관한 이야긴데, 지역적으로 보아 이 마을에 국한되어 있어요. 모무스 씨는 이 마을에서 클람의 여러 가지 사무를 처리하세요. 또 마을에서 클람에게 보내는 청원서도 이분이 접수하시죠." K가 이런 설명을 듣고도 감동하는 내색을 하지 않고, 시큰둥하게 여주인을 쳐다보고 있으니까 그녀는 약간 당황하며 덧붙였다. "그렇게 하도록 되어 있어요. 성 양반들은 모두 마을 비서를 두셨지요." 모무스는 K보다 더 주의 깊게 귀를 기울이고 있다가 덧붙여 말했다. "마을 비서는 대개 한 분만을 위해서 일하지만, 나는 클람과 발라베네 두 분의 일을 맡아 보고 있어요." "그렇지요." 여주인은 나름대로 기억을 되살리며 말했다. 그러고는 K쪽으로 고개를 돌려 말을 이었다. "모무스 씨는 클람과 발라베네 두 분의 일을 맡아 보고 계세요. 따라서 겸임 마을 비서라고 할 수 있지요." "더군다나 겸임이시라고요!" K는 이렇게 말하고, 사람들 앞에서 칭찬받는 어린애에게 하는 것처럼 모무스를 보며 고개를 끄덕였다. 모무스는 이제 완전히 몸을 앞으로 내밀다시피하면서 K를 빤히 쳐다보고 있었다. 이때 K는 멸시하는 태도를 보였지만, 그들은 눈치채지 못했다. 클람이 우연이라도 만나주지 않는 K 앞에서, 그 가장 가까운 측근에 대한 공적이 상세하게 나열되었는데, 칭송받길 바라는 의도가 노골적으로 엿보였다. 하지만 K는 그런 것을 제대로 파악할 능력이 없었다. 그는 온 힘을 다하여 클람을 한순간이라도 만나 보려고 애쓰면서도, 모무스 같은 사람의 지위를—설사 그가 클람 가까이서 생활하도록 허락받았다 하더라도—높이 평가하지 않았으며, 감탄하거나 질투하는 마음도 없었다. 왜냐하면 클람과 가까워지는 것이나 그의 곁에서 편히 지내기 위함이 목표가 아니라, 단지 그의 옆을 지나 성으로 들어가는 것이 목표였기 때문이다. 다른 이가 아닌 K 스스로가 자신의 소망을 위해, 클람에게 접근하는 것만이 노력할 만한 가치가 있는 일이었다.

그래서 K는 시계를 들여다보며 말했다. "이제 집으로 가봐야겠어요." 금세 모무스에게 유리한 상황이 되었다. "네, 그렇겠지요. 학교 관리인 일이 있으니 학교에 가봐야겠지요. 그러나 잠시 내게 시간을 내주셔야겠는데요. 몇 가지 간단하게 질문할 것이 있어요." 모무스가 말했다. "그러고 싶지 않은데요." K는 그렇게 말하고 문 쪽으로 가려고 했다. 모무스는 문서 하나를 손에 든 채 탁자를 치며 일어섰다. "클람의 이름으로 내 질문에 대답하기를 당신에게 요구하는 바요!" "클람의 이름으로라고요?" K는 그의 말을 그대로 되받아 물었다. "대체 그분은 내 일을 마음에 두고는 있습니까?" "그것은 판단을 내릴 수 없어요. 당신은 더더욱 그럴거요. 그러니 우리는 안심하고 당사자에게 맡겨 두자는 거요. 그러나 나는 클람에게 위임받은 직권으로 당신이 여기에 남아서 대답할 것을 요구합니다." 모무스는 말했다. "측량기사 양반." 여주인이 참견했다. "나는 더 이상 당신에게 충고하는 것을 삼가겠어요. 나는 지금까지 여러 충고를, 어디서도 경험할 수 없을 친절한 충고를 했는데 당신은 여지없이 거절하고 말았어요. 그래서 내가 지금 여기 비서님에게 온 것도—나는 숨겨야 하는 일 따윈 아무것도 없어요—관청에 당신의 거동과 의도를 알려, 앞으로 당신이 우리 집에 묵는 일이 없게 하기 위해서지요. 이제 이렇게 된 이상, 우리 사이는 변하지 않을 거예요. 따라서 이제부터 내 의견을 말씀드리는 것은 당신을 도우려는 것이 아니라 비서님의 어려운 직무를, 당신 같은 사람을 상대하는 수고를 조금이라도 덜어 드리기 위해서예요. 그러나 나는 아주 공평하고 솔직한 사람이니까, 당신과도 솔직하게 교제할 수밖에 없어요. 본의 아니지만 그렇게 되죠. 그러니 당신이 원한다면 내 말을 당신에게 유리하도록 이용할 수도 있어요. 아무튼 이 기회에 당신에게 일러주려는 말은, 당신이 클람과 만날 수 있는 길은 이 비서님의 조서뿐이라는 거예요. 표현이 과장될까봐 두려워서 말씀드리지만, 어쩌면 그 길은 클람에게까지 나 있지 않을 수도 있어요. 훨씬 앞에서 끊어졌을지도 모르지요. 그건 비서님의 생각으로 결정돼요. 어쨌든 당신이 클람에게 가는 길은 이 길 하나뿐이에요. 그런데 당신은 그저 반항하기 위해서 단 하나밖에 없는 이 길을 단념해 버리실 건가요?" "아아, 주인 아주머니. 그건 클람에게 가는 단 하나의 길도 아니고, 다른 길보다 더 나은 길도 아니지요. 그리고 비서 양반, 당신은 내가 여기서 한 말을 클람에게 알릴지를 결정하신다고요?" K가 말했다. "물론이지요." 모무스는 이렇게 말하고 거만하게 눈을 내리깔고는 시선을 좌우로 돌려 주위를 살펴보았으나 아무것도 눈에 띄지 않았다. "그렇지 않으면 내가 무엇 때문에 비서겠소." "그러면 주인 아주머니, 나는 클람에게 가는 길보다는, 우선 비서 양반에게 가는 길이 필요한 거군요." K가 말했다. "나는 그 길을 열어줄 생각이었어요. 오전에 내가 당신의 청을 클람에게 전해주겠다고 제의했지요? 당신의 청은 비서님의 손을 거치도록 되어 있어요. 그런데 당신은 그 제의를 거절해 버렸지요. 지금도 역시 당신에게는 이 길밖에 없어요. 물론 오늘 한 것처럼 불시에 클람에게 덤비려 했다가는 성공할 가능성도 희박하지요. 이 순간 사라져 버리려는 마지막 가냘픈 희망, 애초에 존재하지도 않았을 이 희망이 그래도 당신의 유일한 희망이지요." 여주인이 말했다. "주인 아주머니, 대체 왜 그러시나요? 처음에는 내가 클람을 만나러 가려는 것을 그렇게도 강력히 말리시더니, 이제 와서는 내 청을 대단히 진지하게 생각하고 내 계획이 실패한다면 내가 패배했다고까지 여기실 것 같군요. 클람과 만나려고 하면 안 된다고 내게 솔직한 마음으로 충고하던 분이, 지금은 똑같이 솔직한 마음이라면서, 설령 그 길이 클람에게까지 나 있지 않다 하더라도 곧장 나아가라고 부추기다니, 대체 이게 있을 수 있는 일인가요?" K가 말했다. "내가 당신을 부추긴다고요?" 여주인이 말했다. "당신이 시도해 봤자 희망이 없다는 내 말이 부추기는 건가요? 당신이 이렇게 자기 책임을 내게 돌리려고 하는 건 정말로 뻔뻔스럽기 짝이 없는 짓이에요. 당신이 그런 마음이 드는 건 분명히 비서님이 눈앞에 계시기 때문이겠지요. 그러나 아니에요. 측량기사 양반, 나는 결코 당신에게 뭘 하라고 부추기지 않아요. 다만 한 가지는 고백할 수 있어요. 내가 처음 당신을 만났을 때, 당신을 조금 높이 평가했다는 것이지요. 당신이 재빠르게 프리다를 정복해 버렸기 때문에 깜짝 놀랐고, 또 당신이 무슨 짓을 더 할지 알 수 없었어요. 그래서 그 이상 불행이 일어나는 것을 막아야겠다 생각해서 애걸하고 협박하기도 하여, 당신의 마음을 움직여 보는 수밖에 달리 도리가 없었어요. 그러는 동안 나는 모든 일을 차분히 생각하게 되었고요. 어쨌든 좋을 대로 하세요. 아마도 당신이 할 수 있는 일이란 바깥 안뜰의 눈 위에 깊은 발자국을 남기는 것뿐, 그 이상은 할 수 없을 거예요." 여주인이 말했다. "내가 보기엔 모순이 모두 해명된 것 같지 않네요." K가 말했다. "그러나 모순을 지적한 것만으로 만족하기로 하지요. 그런데 비서 양반, 부탁할 말이 있어요. 아주머니의 의견으로는 당신이 작성하시려고 하는 내 조서가 완성되면, 결과에 따라서 클람과 면회하는 일도 실현될지 모른다는데, 그 말이 맞는지 말씀해 주세요. 만일 그 말이 맞다면 지금 당장이라도 기꺼이 모든 질문에 대답할 용의가 있어요. 클람과 만나기 위해서라면 무슨 짓이라도 하겠어요." 모무스가 대답했다. "아니, 조서와 면담 사이에 그런 관련성은 없어요. 단지 클람의 사무기록 장부 때문에 오늘 오후에 마을에서 일어난 사건을 정확하게 기록해야 할 뿐이에요. 기록은 다 됐지만, 정리를 위해서 두서너 개 빈칸만 메워 주시면 돼요. 다른 목적이 있지도 않고, 설사 있다고 하더라도 그런 게 이루어질 리 없어요." K는 입을 다물고 여주인을 쳐다보았다. "왜 나를 쳐다보세요?" 여주인이 물었다. "내가 뭐 틀린 소리라도 했나요? 이분은 언제나 이래요. 비서님, 언제나 이렇다니까요. 다른 사람에게서 들은 소문을 제멋대로 뜯어 고쳐서, 그런 그릇된 소문을 들었다고 주장해요. 이분에게 클람을 만날 희망이라곤 손끝만큼도 없다는 사실을 오래 전부터 타일렀어요. 지금도 앞으로도 마찬가지라고요. 어쨌든 희망이라곤 전혀 없으니까 이 조서에서도 그 희망은 얻지 못할 거예요. 이보다도 더 뻔한 일이 있을까요? 더 자세히 말씀드리자면 이 조서를 통해서만이 클람과 실질적인 공무상의 관계를 맺을 수 있어요. 의심할 여지 없이 분명한 일이에요. 그러나 당신이 내 말을 믿지 않고 한결같이—도대체 무슨 목적으로 그러는지 알 수 없지만—클람과 만나기를 바란다면, 그 사고방식대로 해석해서 당신에게 도움이 될 수 있는 것이라곤 클람과 맺을 수 있는 유일한 공무상의 관련, 즉 이 조서가 있을 따름이지요. 나는 이 말씀을 드렸을 뿐이에요. 다른 무엇을 주장하는 사람이 있다면, 내 말을 악의로 꼬아서 말하는 거지요."
"주인 아주머니, 그렇다면 용서하세요. 제가 아주머니의 말을 오해했군요. 이젠 잘못 이해했다고 깨달은, 그러니까 당신이 먼저 하신 말씀을 듣고 그래도 내게 한 가닥 희망은 있다고 생각했어요." K는 말했다. "그래요, 물론 나도 그렇게 생각하고 있어요." 여주인은 말을 이었다. "하지만 당신은 또 내 말을 잘못 받아 들이고 계세요. 그것도 이번에는 반대로 받아들였지요. 나는 당신에게 그런 희망이 있다고 생각해요. 물론 그 희망의 근거는 이 조서에 있어요. 하지만 그렇다고 해서 당신이 '당신 질문에 대답하면 클람과 만날 수 있습니까?' 물으며 비서님에게 덤벼들 수는 없어요. 어린애가 그런 말을 물으면 사람들이 웃을지 몰라도 어른이 묻는다면 관청을 모욕하는 게 되니까요. 다행히 비서님이 교묘하게 대답해서 당신의 실례를 덮어 주셨어요. 내가 여기서 말하는 희망이란 당신이 조서를 통해서 클람과 어떤 관계를 맺을지도 모른다는 거예요. 이게 훌륭한 희망이 아닐까요? 이런 희망이라는 선물을 받을 만한 자격이 당신에게 있느냐고 물으면 당신은 아주 사소한 거라도 끄집어낼 수 있나요? 물론 이 희망에 관해 더는 자세하게 설명할 수도 없고, 특히 비서님 직무의 특성상 이에 대해서 암시를 줄 수는 없을 거예요. 비서님이 직접 말씀하신 대로 비서님에게는 정리 절차상 오늘 일어난 사건을 기술하는 것만이 문제지요. 가령 당신이 지금 당장 내 말에 관련해서, 비서님에게 물어보아도 더는 언급하시지 않을 거예요." "비서님, 대체 클람은 이 조서를 읽나요?" K가 물었다. "아니오." 모무스가 대답했다. "클람이 모든 조서를 훑어볼 수는 없어요. 게다가 클람은 읽지 않는 편이지요. '조서 같은 건 지긋지긋해.' 이렇게 늘 말하는 형편이니까요." "측량기사 양반." 여주인은 자못 난처하다는 듯이 말했다. "언제까지 그런 어리석은 질문으로 나를 괴롭힐 작정이세요? 클람이 이 조서를 읽고서 당신이 어떻게 생활하는지 꼭 알 필요가 있을까요? 과연 그게 옳은 일일까요? 그보다도 차라리 클람에게 조서를 보이지 말아 달라고 부탁할 마음은 없으신가요? 이건 결국 전과 같이 미련한 소원일 테지만—왜냐하면 아무도 클람 앞에서 뭔가를 감출 수는 없으니까요—그래도 공감은 얻을 수 있을 거예요. 그런데 대체 그것이 이른바 당신의 희망을 위해서 필요할까요? 클람이 당신을 보든 말든, 또 당신 말에 귀를 기울이든 말든, 그분 앞에서 이야기할 기회를 얻기만 하면 만족한다고 말씀하시지 않았어요? 그런데 당신은 이 조서를 통해서 적어도 그 정도는, 아니 어쩌면 그 이상의 것을 이룰 수 있지 않을까요?" "그 이상의 것이라고요? 어떤 방법으로요?" K가 물었다.

"당신이란 양반은 언제나!" 여주인이 소리쳤다. "어린애처럼 무엇이든 떠먹여 주어야 한다니까요! 대체 누가 당신의 그런 질문에 대답할 수 있겠어요? 당신도 이미 들었듯 이 조서는 클람의 사무장부에 올리도록 되어 있는데 그것에 대해서 더 분명히 말씀드릴 수는 없어요. 그런데 당신은 조서나 비서님이나 또는 사무장부의 의미를 죄다 아시나요? 비서님에게 심문을 받는다는 것이 무엇을 뜻하는지 아세요? 아마 비서님 자신도 십중팔구 그 의미를 모르실 거예요. 단지 여기에 조용히 앉아 자기가 말한 것처럼 정리하기 위해서 직무를 수행하고 있을 따름이지요. 그러나 생각 좀 해보세요. 클람이 이분을 임명했고, 이분은 클람을 대리해서 사무를 집행하고 계세요. 따라서 이분이 하시는 일은, 그것이 한 번도 클람에게 보고되지 않는다 하더라도 처음부터 클람의 동의를 얻은 거예요. 어쨌든 클람이 동의한 이상, 그의 정신이 배어 있지 않을 리가 있겠어요? 어설프게 비서님 비위나 맞추려고 이런 말을 하는 것이 아니에요. 이분도 아첨 따위는 사절할 거예요. 나는 이분의 독립적인 정신에 대해서 말씀드리는 것이 아니라, 지금처럼 클람의 동의를 얻고 있는 이분에 관해서 말씀드리는 거예요. 말하자면 이분은 클람의 손이나 도구처럼 움직이는 집행기관이니까요. 이분의 말씀을 듣지 않으면 누구든 좋지 않을 거예요."

K는 여주인의 협박 같은 건 무섭지 않았다. 그의 마음을 애써 붙들던 그 희망이라는 것에도 지쳐 버렸다. 클람은 먼 곳에 있었다. 언젠가 여주인이 클람을 독수리에 비교했을 때 우습다고 생각했는데 지금은 그렇지 않았다. 클람과의 먼 거리, 진입할 수 없는 그의 거주지, K가 들어본 적 없는 소리로만 깰 수 있을 듯한 그의 침묵, 증명하거나 저항할 수도 없는 그의 내려다

보는 눈초리, 위쪽 성의 이해 못할 법칙에 따라 움직여서 K와 같은 낮은 신분이 방해할 수도 없는 것들을 K는 생각해 보았다. 이것들은 모두 클람과 독수리의 공통점이었다. 그러나 조서는 이런 것과 확실히 아무런 관계도 없었다. 마침 모무스의 조서 위에는 맥주 안주로 먹다가 떨어뜨린, 소금 뿌린 과자의 부스러기가 잔뜩 흩어져 있었다.

"편안히 주무세요. 나는 심문이라면 지긋지긋하니까요." K는 이렇게 말하고 이번에는 정말 문 쪽으로 걸어갔다. "저 사람, 진짜 가는 모양인데요." 모무스는 불안한듯 여주인에게 말했다. "설마 아닐 거예요." 여주인의 말이 더이상 K의 귀에 들리지 않았다. 어느새 그는 현관에 나와 있었다. 몹시 추운 데다 바람까지 거세게 불었다. 맞은편 문에서 주인이 나왔다. 그는 문에 난 들여다보는 구멍 뒤에서 현관을 감시하고 있었던 모양이다. 현관에도 옷자락이 뒤집힐 정도로 세찬 바람이 불어와 주인은 옷자락을 잡고 있어야만 했다. "측량기사 양반, 벌써 돌아가십니까?" 그는 말했다. "지금 가면 이상한가요?" K가 말했다. "네, 이상합니다. 그런데 대체 심문은 받지 않으십니까?" 주인이 물었다. "네, 심문 같은 건 받지 않습니다." K가 말했다. "왜 그러십니까?" 주인이 물었다. "도대체 왜 그래야 하는지 알 수 없어요. 게다가 장난인지 관청의 변덕인지 알 수 없는 일에 왜 따라가야 되는지도 도무지 이해할 수 없고요. 어쩌면 다음에는 그 기분이나 변덕에 맞춰 심문을 받을지도 모르죠. 하지만 오늘만은 절대로 받지 않겠어요." K가 말했다. "네, 그럴 테지요." 주인은 이렇게 말했으나, 단순히 예의상의 동의일 뿐 결코 확신에서 나온 것은 아니었다. 그는 이어서 이렇게 말했다. "자아, 그러면 하인들을 술집으로 들여보내야겠습니다. 벌써 시간이 다 되었네요. 나는 단지 심문을 방해하고 싶지 않았을 뿐입니다." "당신은 그게 그렇게 중대한 일이라고 생각하시나요?" K가 물었다.

"네, 물론입니다." 주인이 말했다. "그렇다면 거절하지 말 걸 그랬군요." K가 말했다. "네, 거절하지 말아야 했습니다." K가 잠자코 있으니 K를 위로하려고 했는지, 아니면 빨리 이곳에서 내보내려고 했는지 주인이 덧붙였다. "그렇다고 하늘에서 금세 유황이 비처럼 쏟아지는 일은 없을 겁니다."

(구약 성서〈창세기〉
19장 24~25절 참조)

"네, 그렇겠지요. 그런 날씨처럼 보이지는 않네요." K가 말했다. 두 사람은 웃으며 헤어졌다.

10 거리에서

바람이 거세게 부는 바깥 계단으로 나와서 K는 어둠 속을 쳐다보았다. 사나운 날씨였다. 아무튼 얌전히 조서를 작성하게 하려고 여주인이 상당히 애쓴 것과, 자기가 그녀의 권유를 뿌리치고 고집을 부린 일이 떠올랐다. 물론 그녀의 그런 노력은 솔직한 마음에서 나온 것이 아니었다. 그가 조서를 쓰지 못하게 하려는 은근한 속셈이 있었던 것이다. 결국 그가 저항한건지 복종한건지 알 수 없었다. 상대는 꽤 간교한 인물이다. 겉보기엔 바람처럼 부질없는 일을 하는 것 같지만, 먼 곳의 낯선 사람이 내리는 지시를 받고 있다.

큰 길로 나와 몇 발짝 걸으니 멀리서 흔들리는 등불 두 개가 눈에 들어왔다. 이 생명의 표시를 보고 반가워서 그쪽으로 걸음을 서두르자 그 등불 쪽에서도 이쪽을 향해 흔들거리며 접근해 왔다. 그것이 조수 둘인 것을 깨닫자, 자기도 모르게 기대가 무너지며 우울한 기분이 들었다. 프리다가 마중 보낸 것 같았다. 시끄럽게 울부짖으며 덤벼드는 어둠을 물리쳐준 두 개의 등불이 그의 소유물임에도 불구하고 그는 실망했다. 그는 괴로운 짐이 되는 낯익은 조수들이 아니라 낯선 사람을 기대했던 것이다. 그러나 마중 나온 것은 조수 둘만이 아니었다. 두 사람 사이의 어둠 속에서 바르나바스가 나타났다. "바르나바스!" K는 이렇게 외치며 그에게 손을 내밀었다. "나를 찾아왔나?" 전에 바르나바스 때문에 났던 화는, 느닷없이 다시 만난 놀라움에 사그라졌다.

"네, 선생님께 찾아가던 길입니다." 바르나바스는 전과 다름없이 정답게 말했다. "클람이 보낸 편지를 한 통 가져왔어요." "클람이 보낸 편지라고?" K는 고개를 뒤로 젖히고는, 바르나바스의 손에서 재빨리 편지를 채갔다. "비춰주게!" 그가 조수들에게 말하자 두 사람은 좌우에서 바짝 가까이 다가와 등불을 높이 쳐들었다. 바람의 방해를 받지 않고 읽기 위해 큰 편지를 아주 작게 접어야만 했다.

'교정관에 묵고 계시는 측량기사 귀하! 귀하가 지금까지 종사하던 측량의 업적에 본관은 경의를 표하는 바입니다. 조수들의 근무상태 또한 칭찬할 만합니다. 귀하는 그들을 격려하여 일에 종사시키는 요령을 터득하고 계십니다. 열심히, 그리고 꾸준히 일하는 그들의 열의가 식지 않도록 해 주시기 바랍니다. 일을 끝까지 완수하고 좋은 성과를 거두도록 유의해 주십시오! 일이 중단된다면 본관은 분을 참지 못할 것입니다. 다른 점에 대해선 안심하십시오! 일을 마쳤을 때 지급할 임금 문제는 곧 결정되리라고 믿습니다. 본관은 항상 귀하를 주시하고 있습니다.'

K보다도 읽는 속도가 훨씬 느린 조수들이 이 반가운 소식에 기쁜 나머지 만세삼창을 하고 등불을 흔들었을 때, K는 겨우 편지에서 눈을 떼고 위를 쳐다보았다. "조용히 해!" 그는 이렇게 말하고서 바르나바스를 보며 입을 열었다. "이건 오해다." 바르나바스는 그의 말을 이해하지 못했다. "이건 오해야." K는 되풀이했다. 오후의 피로감이 되살아났다. 학교까지 가려면 아직 꽤 먼 것 같았다. 바르나바스의 등 뒤로 그의 온 집안 식구들 모습이 떠올랐다. 조수들은 여전히 몸으로 밀며 달려들어, K는 할 수 없이 팔꿈치로 떼밀었다. 프리다에게 조수들을 붙들어 두라고 했는데 어째서 그들을 보냈단 말인가? 집으로 가는 길은 혼자서도 찾을 수 있을 것이다. 그들과 함께 가느니 혼자 가는 편이 훨씬 마음이 편하다. 더욱이 조수 하나가 두르고 있던 목도리 끝이 바람에 나부끼며 K의 얼굴을 두서너 번 쳤다. 그럴 때마다 다른 조수가 줄곧 간들대는 기다랗고 뾰족한 손가락으로 K의 얼굴에서 목도리를 치웠지만, 그렇다고 사태가 더 나아지는 것은 아니었다. 두 사람은 바람과 밤의 어수선함에 은근히 흥분한 것 같더니, 이번에는 근처를 여기저기 왔다 갔다 하는 데 흥미를 느끼기 시작한 모양이었다. "이 자식들아 꺼져, 꺼지라고!" K는 소리질렀다. "네 녀석들은 나를 마중 나오면서 왜 내 짧은 지팡이는 안 가져온 거지? 뭘로 너희를 쫓아내란 말이냐?" 두 사람은 바르나바스의 뒤에 살짝 숨어 버렸는데, 그다지 걱정스럽지 않은 듯 방패막이가 된 바르나바스의 양 어깨 위에 등불을 올려놓았다. 바르나바스는 곧 그것을 떨어뜨려 버렸다. "바르나바스." K가 말했다. 바르나바스가 그를 충분히 이해하지 못하는 것 같아 마음이 무거웠다. 또 여느 때엔 아름답게 빛나던 그의 윗도리가, 중요할 때는 아무 소용도 없다는 사실이 그를 우울하게 했다. 다만 말 없는 반항이 눈에 띄었는데, 워낙 희미한 것이라 따질 수는 없었다.

그의 미소만은 여전히 빛을 내고 있었지만, 그조차 하늘에서 반짝이는 별이 땅 위의 폭풍을 어찌할 수 없는 것처럼 아무 도움도 되지 않았다.

"이봐! 클람이 뭐라고 써 보냈는지 한 번 보게." K는 이렇게 말하면서 편지를 그의 눈앞에 갖다 대었다. "그 사람은 틀렸어. 왜냐하면 나는 측량 일은 하나도 하고 있지 않은 데다, 조수들이 얼마나 신통치 못한가는 자네 눈으로 봐서 알 거야. 하지도 않은 일에 중단이 있을 수 없으니, 클람을 화나게 한다는 것도 말이 안 돼. 그런데 내가 대체 어떻게 그의 인정을 받는단 말인가! 도대체 마음을 놓을 수가 없군."

"제가 클람에게 그 말씀을 전하지요," 바르나바스가 말했다. 그는 K가 이야기하고 있는 동안 편지를 쭉 훑어보았지만, 너무 얼굴 가까이 갖다 대었기 때문에 거의 읽을 수도 없었다.

"아아, 자네는 그렇게 장담하지만, 자네가 하는 소리를 곧이들어도 좋을까? 나는 믿을 만한 심부름꾼이 필요해. 지금은 더욱더 그렇단 말이야." K는 초조한 나머지 입술을 깨물었다.

"측량기사님." 바르나바스는 고개를 한쪽으로 가볍게 갸우뚱하면서 말했다. 그런 바르나바스의 몸짓에 유혹당해 K는 하마터면 그를 믿어 버릴 뻔했다. "그 말씀은 제가 책임지고 클람에게 전해드리지요. 선생님이 먼젓번에 부탁하신 말씀도 꼭 전하겠습니다."

"뭐라고!" K는 외쳤다. "그 말을 아직도 전하지 않았나? 다음 날 성으로 가지 않았단 말인가?"

"네, 못 갔습니다. 선생님께서 보셨다시피 아버지께선 연로하십니다. 그런데 일이 잔뜩 밀려서 아버지를 도와드려야만 했어요. 그래도 가까운 시일 내에 성으로 가려고 합니다."

"대체 자네는 뭘 하는 겐가, 이 이상한 친구야!" 이렇게 말하면서 K는 자기 이마를 쳤다. "다른 어느 일보다 클람의 일을 먼저 처리해야 하지 않나? 자네는 심부름꾼이라는 중요한 역할을 맡았으면서 그렇게 형편없이 임무를 수행하다니 부끄럽지 않단 말인가? 자네 아버지의 일 같은 건 알게 뭐야! 클람은 보고를 기다리고 있는데, 자네는 달리다가 넘어지는 대신 마구간에서 말똥이나 긁어내다니!"

"제 아버지는 구둣방을 합니다." 바르나바스는 서슴지 않고 말했다. "아버지는 브룬스비크에게서 일감을 주문받고 있지요. 그리고 저는 아버지 밑에서 일하는 직공입니다."

"구둣방, 주문, 브룬스비크!" K는 마치 그 한마디 한마디를 없애 버리려는 듯이 심술궂게 말했다. "그런데 이 큰길에는 항상 사람 하나 보이지 않는데 대체 누가 신발이 필요하단 말이냐? 그런 구둣방 영업이 대관절 나와 무슨 상관이 있다는 거야? 내가 자네에게 심부름을 부탁한 것은 구둣방에서 심부름을 잊어버리거나 형편없이 망치라는 것이 아니라, 곧장 성의 그 양반에게 전해 달라는 것이었어." 이때 클람이 줄곧 신사관에 묵어서 성에는 없었을 것이라는 생각이 떠오르자 K는 조금 마음이 가라앉았다. 그런데 바르나바스는 처음에 K가 전하라고 했던 말을 아직 잘 기억하고 있음을 보여주기 위해, 그것을 외기 시작하여 K를 다시 흥분시켰다. "됐어, 더 알고 싶지 않아." K가 말했다.

"저에게 화내지 마십시오, 나리!" 그는 이렇게 말하고 자신도 모르게 K를 꾸짖으려는 듯 시선을 돌리더니 눈길을 아래로 떨어뜨렸다. K가 크게 소리를 질러 적잖이 당황했던 모양이었다. "자네에게 화를 낸 건 아닐세." K가 말했다. 그러자 이번에는 불안한 마음이 들었다. "자네 때문에 화를 낸 것은 아닐세. 중대한 용건을 전하는 데 자네 같은 심부름꾼밖에 없다는 게 안타까워서 그래." "보세요." 바르나바스는 심부름꾼의 명예를 지키느라 허락된 이상의 말을 끄집어내려는 눈치였다. "클람이 보고를 기다릴 리 없습니다. 오히려 제가 가면 화를 낼 겁니다. 그분은 언젠가 '또 새 보고야?' 이렇게 말씀하신 적이 있습니다. 제가 멀리서 오는 것을 보면, 대개 그분은 일어서서 옆방으로 가 만나주질 않으십니다. 또 제가 알려드릴 일이 있다고 해서 그 소식을 가지고 곧장 찾아가도록 되어 있는 것도 아닙니다. 차라리 그렇게 결정되어 있다면 당장에 가겠지요. 그러나 그것에 대해서는 뭐 하나 결정되어 있지 않습니다. 제가 한 번도 가지 않더라도 오라고 재촉받는 일은 없을 겁니다. 보고를 하러 가는 것은 어디까지나 제가 자발적으로 하는 일입니다." "그렇군." K는 일부러 조수들에게서 눈길을 돌리고 바르나바스를 쳐다보면서 말했다. 두 사람이 이야기하는 동안, 조수들은 그 어깨 뒤에 숨어 마치 참호 속에서 고개를 내미는 것처럼 번갈아 위로 고개를 내밀곤, K를 보고 깜짝 놀랐다는 듯이 바람 소리와 같은 가벼운 휘파람을 불며 다시 빠르게 고개를 움츠렸다. 그들은 오랫동안 이런 장난을 즐기고 있었다. "클람이 있는 곳의 사정이 어떤지 나는 몰라. 그리고 자네가 그곳 사정을 자세히 안다고 생각하지도 않아. 설사 자네가 안다 해도 지금 이 상황을 호전시킬 수는 없을 거야. 그러나 심부름은 자네도 할 수 있으니까, 부탁하는 걸세. 아주 간단한 심부름이야. 내일 바로 가서 소식을 전하고 답변을 받아 오든가, 아니면 적어도 클람이 어떻게 자네를 맞이했는가 그것만이라도 알려 줄 수 없겠나? 가능하냐는 게 아니라 그렇게 할 뜻이 있느냐는 말이야? 그렇게 해준다면 굉장한 도움이 될 거야. 자네에게는 상당한 사례도 할 거야. 아니, 지금 당장 이 자리에서 내가 들어줄 수 있는 소원이 있으면 말해봐!" "꼭 말씀대로 하겠습니다." 바르나바스가 말했다. "내 부탁을 되도록이면 잘 수행하도록 노력해 주겠다는 거지? 내 부탁을 직접 클람에게 전하고, 클람 본인에게서 회답을 받아 오겠다는 거지? 지금 당장 서둘러서 내일 오전 중이라도 좋으니까 그렇게 해 주겠나?" "최선을 다해 보겠습니다. 물론 언제나 그렇게 하고 있습니다만." "자, 이제 우리 말다툼은 그만두기로 하지! 전해 달라는 말은 이거야. 측량기사 K는 상관님에게 직접 만나뵙는 것을 허가해 달라고 청원하고 있다. 이것이 허가된다면 이에 따른 모든 조건을 K는 미리 승낙하겠다. 이런 청원을 할 수밖에 없게 된 이유는 지금까지 중간에 선 사람들이 모두 무능하기 짝이 없기 때문이다. 그 증거로 K가 오늘까지 측량 일을 전혀 하지 못했을뿐더러, 면장 통지에 따르면 앞으로도 결코 측량 일을 하지 못할 것이라는 점을 들 수 있다. 따라서 최근에 받은 상관님의 서한을 절망적인 기분으로 읽었는데, 사태가 이러다 보니 상관님을 직접 찾아뵙는 것 말고는 달리 해결 방도가 없다고 생각된다. 측량기사는 이 청원이 얼마나 불손한 것인가를 알고 있으나, 상관님에게는 될 수 있는 한 폐를 끼치지 않도록 할 것이고, 시간의 제한이나 면담할 때의 말수 같은 것도 상관님이 필요하다고 인정하는 결정에 따를 것이다. 기껏해야 열 마디면 충분할 것이라고 생각한다. 측량기사는 깊은 존경심으로 상관님의 결정을 초조하게 기다리고 있다. 이렇게 전해 주게나." 마치 클람의 집 문앞에서 문지기와 대화하는 것처럼 K는 정신없이 떠벌렸다. "생각보다 길어졌군." K는 말을 이었다. "그래도 이것을 직접 말로 전해야 하네. 좌우간 편지는 쓰고 싶지 않아. 왜냐하면 편지로 쓰면 소속불명으로 이리저리 한없이 돌아다닐 테니까." K는 바르나바스를 위해 종이 한 장을 조수 한 사람의 등에 대고 지금까지 말한 내용을 끼적였다. 그동안 다른 조수가 등불을 비춰 주었다. 바르나바스는 하나도 빠짐없이 기억하고 있어서, 조수가 옆에서 틀린 내용을 소곤거려도 전혀 구애받지 않고 학생처럼 정확하게 암송했다. 그 덕에 K는 간신히 종이에 기록할 수 있었다.

"기억력이 아주 굉장한데." K는 이렇게 말하면서 바르나바스에게 종이를 건네주었다. "다른 면에서도 비상한 점을 보여줘. 그건 그렇고 소원이 뭔가? 아무것도 없나? 솔직히 말해 자네가 무슨 소원이라도 말해야 이 심부름에 대해 안심할 수 있겠는데."

잠자코 있던 바르나바스가 입을 열었다. "제 누이들이 선생님께 안부 전해 달라고 합니다." "누이라고? 키 크고 튼튼한 그 처녀들 말이지?" K는 물었다. "둘 다 안부를 전해 달라고 했지만, 특히 아말리아가 꼭 부탁했습니다. 아말리아는 오늘도 선생님을 위해서 이 편지를 성에서 제게 가지고 왔습니다." K는 무엇보다도 이 말에 큰 관심을 보이며 물었다. "아말리아도 내 부탁을 가지고 성으로 가 줄 수 있을까? 그렇지 않으면 둘이 가서, 각자 자신의 운을 시험해 보는 건 어때?" "아말리아는 사무국에 들어갈 자격이 없습니다. 그렇지만 않다면 기꺼이 해드릴 것입니다." 바르나바스가 말했다. "아마 내일 자네 집을 찾아갈 거야. 단 자네가 먼저 회답을 가지고 오게. 학교에서 기다리고 있을 테니까. 자네 누이들에게 내가 안부를 묻더라고 전해 주게." K가 말했다. K의 이 약속은 바르나바스를 대단히 기쁘게 한 것 같았다. 작별의 악수를 한 다음 그는 다시 한번 K의 어깨에 살짝 손을 댔다. 바르나바스가 빛나는 옷차림을 하고 처음으로 식당의 농부들 사이에 나타났던 때의 모습이 지금 그대로 재현된 것 같았다. K는 미소를 띠고, 바르나바스가 어깨에 손을 대는 행동엔 자기를 높이는 어떤 뜻이 있는 것이라고 생각했다. 제법 기분이 좋아졌으므로, K는 돌아가는 길에 조수들이 하는 대로 내버려 두었다.

11 학교에서

그는 추위에 온몸이 얼다시피 해서 학교에 도착했다. 등불의 양초는 벌써 다 타버렸다. 주위는 완전히 어둠의 장막에 가려져 아주 가까운 거리도 분간할 수 없었다. 벌써 학교의 구조를 샅샅이 파악한 조수들의 안내를 받아 그는 교실 안으로 더듬더듬 들어갔다. "처음으로 자네들이 칭찬받을 만한 일을 했군." 그는 클람의 편지를 떠올리며 말했다. 교실 한구석에서 꿈속을 헤매는 듯 프리다가 외쳤다. "K를 자게 내버려 두세요! 그를 방해하지 마세요!" 잠에 겨워 K가 돌아오는 것을 기다릴 수 없었으나, 그녀의 머릿속은 그의 생각으로 가득 차 있었다. 불이 켜졌다. 석유가 얼마 남지 않아서 램프 불꽃을 크게 키울 수는 없었다. 사실은 이사한 지 얼마 되지 않아서 살림살이에는 부족한 점이 한두 가지가 아니었다. 불은 땠지만 체육실로 쓸 정도로 큰 방이어서—주위에 체조기구가 놓여 있고 천장에도 매달려 있었다—비축해 놓았던 장작을 모두 써버렸다. 분명히 아까는 기분 좋게 훈훈했다지만, 금세 차디차게 식어버렸다. 사실 창고 안에는 장작이 잔뜩 쌓여 있었다. 하지만 자물쇠로 잠긴 데다가 열쇠는 선생이 보관했는데 수업시간에만 장작을 꺼내는 것이 허락되었다. 침대라도 있어서 그 속으로 숨을 수 있다면 그래도 참을만했을 텐데, 침구라고는 짚을 넣은 이불 하나 뿐이었다. 이것은 털로 짠 프리다의 숄로 제법 깨끗하게 싸여 있었다. 그러나 깃털 이불 한 장 없이 엉성하고 빳빳한 이불 두 채뿐이어서 몸을 따뜻이 할 수 없었다. 짚으로 만든 형편없이 빈약한 이불인데도 조수들은 욕심을 내며 바라보았다. 물론 그 위에 누울 가망은 없었다. 프리다는 걱정스레 K를 쳐다보았다. 교정관에서는 굉장히 끔찍한 방을 사람이 살 수 있는 곳으로 뜯어고치는 솜씨를 보여주었으나, 여기서는 돈이 없어서 아무 일도 할 수 없었다. "우리 방의 유일한 장식품은 체조기구예요." 그녀는 눈물 어린 얼굴에 억지로 쓰디쓴 미소를 띠면서 말했다. 그러나 그녀는 K에게 흡족한 잠자리와 충분한 땔감이 없는 점에 대해서, 내일이라도 반드시 방법을 찾을테니 그때까지 참아 달라고 분명한 어조로 부탁했다. K도 인정하듯이 그가 그녀를 신사관이나 교정관에서 데리고 나왔는데도, 그녀의 말이나 눈치, 표정은 마음속으로 그를 원망하고 있지 않음을 알 수 있었다. 그래서 K는 모든 불편을 감수하려고 애썼는데, 그다지 힘든 일은 아니었다. 머릿속으로 바르나바스와 함께 걸어가면서 나눈, 클람에게 전하는 말을 한마디씩 되뇌었기 때문이다. 다만 바르나바스에게 전하던 말투가 아니라, 그가 클람에게 보고할 때의 말투를 상상했다. 그러면서 그는 프리다가 알코올램프로 끓이는 커피를 진심으로 기뻐하며 기다렸다. 점점 식어가는 난로에 기대어, 그녀가 민첩하고 익숙한 동작으로 일하는 모습을 하나하나 눈으로 뒤쫓았다. 그녀는 흰 식탁보를 교탁 위에 펴고 꽃무늬가 그려진 커피 잔을 늘어놓은 다음, 빵과 베이컨 그리고 정어리 통조림까지 꺼냈다. 만반의 준비가 다 되었다. 프리다도 K를 기다리느라 아직 식사 전이었다. 의자가 두 개 있었으므로 K와 프리다는 식탁을 향하여 의자에 걸터앉고, 조수 두 사람은 그들 발치에 있는 교단에 앉았다. 조수들은 조금도 가만히 있지 못하고 식사 중에도 수선스럽게 그들을 괴롭혔다. 음식도 잔뜩 받아놓아서 다 먹으려면 아직 멀었는데도, 가끔 일어서서 식탁 위에 먹을 것이 많이 남았나, 자기네들이 더 받을 수 있나 확인해 보곤 했다. K는 이 두 사람을 신경 쓰지 않다가, 프리다가 웃는 바람에 비로소 눈치를 챘다. 그는 식탁 위에 놓인 그녀의 손에 다정히 자기 손을 얹으며, 왜 그들의 행동을 관대하게, 버릇없는 일까지 그토록 너그럽게 받아들이느냐고 조용히 물었다. 그런 식으로는 도저히 그들을 떼어버릴 수 없고 어느 정도 강경하게, 아니 그들이 하는 짓에 맞춰 적절히 다루어야 그들을 통제하거나, 그들 쪽에서 이 일에 싫증을 내고 도망쳐 버리든지—이러는 편이 더 있음직하고 더 나을 텐데—할 것이라고 말했다. 또한 아무리 생각해도 학교에서 산다는 것은 기분 좋은 일은 아니다. 여기서 오래 살지도 않겠지만, 조수들이 나가고 우리 두 사람만 이 조용한 교실에서 살게 되면 여러 불편한 일도 그다지 문제 되지 않을 거라고도 했다. 그리고 그녀에게 그들이 나날이 뻔뻔스러워지는 꼴이 눈에 띄지 않느냐고 물은 뒤, 프리다가 자리에 있을 때면 그들이 더욱 원기왕성하게 날뛴다며, 당신 앞에서는 K도 다른 때와 달리 멱살을 잡고 혼내는 일은 없다고 생각하는 모양이라고 덧붙였다. 그밖에도 그녀가 여기 사정을 잘 아니 그들을 당장 쫓아버릴 간단한 방법을 알고 있을 것이고, 어떻게든지 조수들을 내보내는 것이 그들에게도 친절을 베푸는 것이라고 말했다. 왜냐하면 학교에서 보내는 생활이 그렇게 안락한 것 같지 않은 데다, 여기서는 그들이 지금까지 즐겨온 게으른 생활을 조금이나마 자제해야 하기 때문이라고 말이다. 여기선 그들도 일을 해야만 하고, 프리다는 며칠 내내 흥분했으므로 쉬어야만 한다, K 자신은 이 곤경에서 벗어날 길을 찾는 데 힘을 쏟아야 한다고 말했다. 여하튼 조수들이 나가기만 하면, 마음이 홀가분해져 다른 모든 일과 더불어 관리인 일도 손쉽게 할 수 있을 것이라고 했다.

프리다는 그의 말을 귀 기울여 주의 깊게 듣고는 살며시 K의 팔을 어루만지며 말했다. 자신도 그렇게 생각하지만, K가 조수들에게 지나치게 신경 쓴다는 것이다. 두 사람의 성격이 원래 쾌활하고 천진난만한데다가, 처음으로 성의 엄격한 규율에서 벗어나 낯선 사람 밑에서 일하게 되었기 때문에 그들이 흥분하여 놀란 토끼처럼 보이는 것이라고 말했다. 그리고 그들이 저지르는 어리석은 일에 화나는 것도 무리가 아니지만, 자신은 가끔 웃음을 참지 못할 때가 있다며 웃고 넘기는 편이 더 현명하다고 덧붙였다. 하지만 그들을 내보내고 둘이서 지내는 것이 가장 좋다는 점에선 생각이 같다고 말했다.

그녀는 K에게 바싹 다가와서 그의 어깨에 얼굴을 파묻었다. 그리고 그 자세로 이야기를 계속했는데 도무지 알아들을 수가 없어서 K는 그녀에게로 몸을 구부려야 했다. 프리다는 조수들을 쫓아내는 방법을 모르겠으며, K의 제안도 이뤄질 것 같지 않다고 말했다. 자기가 알기론 두 사람을 부른 것이 K이기에 계속 데리고 다니게 되리라는 것이다. 그러므로 그들을 참고 견디는 가장 좋은 방법은, 그들을 있는 그대로 받아들이는 것이라고 했다.

K는 그녀의 대답이 만족스럽지 않자 프리다가 그들과 한통속이거나, 아니면 적어도 그들에게 굉장한 애착을 느끼는 것 같다고 농담 반 진담 반으로 말했다. 사실 그들도 귀여운 면이 있긴 하지만, 호감 좀 있다고 내쫓지 못할 사람은 없다며, 이들을 그런 일의 예로 그녀에게 보여줄까 한다고 말을 이었다.

프리다는 만일 그게 성공한다면 K에게 감사하겠노라고 답했다. 그리고 어쨌든 앞으로는 절대로 그들과 웃거나 쓸데없는 이야기를 지껄이지 않겠다고 했다. 사실 두 남자에게 계속 관찰 당하는 것도 사소한 문제가 아니라며, 자신도 K의 시선으로 그들을 볼 수 있게 됐다는 것이다.

이때 조수들이 일어서서 먹을 게 아직도 남아 있나 살피며 두 사람이 오랫동안 속삭이는 이유를 알아보려 하자, 그녀는 몸을 움츠렸다. K는 될 수 있으면 이 기회를 이용하여 프리다가 조수들에게 싫증이 나도록 만들려고 했다. K는 프리다를 옆으로 바싹 끌어당겨서 함께 식사를 끝마쳤다. 이제 잠을 자야 할 터였다. 조수 한 명이 식사하던 중에 잠들어 버리자, 다른 조수는 그 모습이 재미있었는지, K와 프리다에게 잠자는 조수의 멍한 얼굴을 보게 하려고 애썼지만 잘 되지 않았다. 두 사람은 그 조수를 무시하고 높은 곳에 앉아 있었다. 견딜 수 없을 정도로 추워졌기 때문에 두 사람은 잠자리에 들기를 망설이고 있었다. 마침내 K는 불을 좀 피워야지 그러지 않으면 잠들 수 없을 거라고 말했다. 그는 도끼를 찾아보았다. 도끼 둔 곳을 알고 있던 조수들이 그것을 가지고 오자, 모두 장작창고로 달려갔다. 잠시 뒤에 얇은 문이 부서졌다. 조수들은 이런 근사한 일은 처음이라는 듯이 기뻐하며, 서로 부딪치고 장난하면서 장작을 교실로 나르기 시작했다. 순식간에 교실에는 장작이 산더미처럼 쌓였다. 드디어 불을 피우고 모두가 난로를 둘러싸고 드러누웠다. 조수들은 이불을 하나 가져와 몸을 감았다. 이불은 하나만으로 충분했는데, 둘 중 한 사람은 자지 않고 앉아서 불이 꺼지지 않게 보살피기로 했기 때문이다. 그러는 동안 난로 옆은 대단히 더워져서 이제 이불 같은 건 필요 없게 되었다. 램프도 꺼졌다. K와 프리다는 따뜻하고 조용한 분위기에 만족하며 잠자리에 들었다.

밤중에 K가 무슨 소리를 듣고 잠이 깨어 비몽사몽간에 프리다 쪽을 어렴풋이 더듬어 보니, 프리다 대신 조수 한 사람이 자기와 나란히 누워 있는 것을 알았다. 갑자기 잠이 깨서 놀란 탓이겠지만, 이 마을에 와서 이렇게 깜짝 놀란 적은 없었다. K는 고함을 지르면서 반쯤 몸을 일으키고 무의식 중에 이 조수를 주먹으로 한 대 갈겼다. 얻어맞은 조수는 울기 시작했다. 여하튼 이 사정은 곧 밝혀졌다. 프리다는, 그녀가 느끼기엔 고양이 같은 뭔가 커다란 동물이, 그녀의 가슴 위로 뛰어올라갔다가 곧 다시 내뺐기 때문에 잠이 깨었다. 그녀는 일어나서 양초에 불을 켜고 큰 방 안 구석구석으로 이 동물을 찾아 돌아다녔다. 그 기회를 틈타 조수 하나가 짚으로 만든 이불의 안락함을 찾아 기어들었던 것이다. 그는 이제 그 죗값을 단단히 받은 셈이었다. 한편 프리다는 아무것도 발견하지 못하고—틀림없이 착각했던 모양이다— K에게 되돌아왔다. 그녀는 저녁때 K와 한 약속을 잊어버렸는지, 돌아오는 도중에 쭈그리고 앉아서 흐느껴 우는 그 조수의 머리를 가엾다는 듯 쓰다듬어 주었다. K는 거기에 대해서는 아무 소리도 하지 않고, 조수들에게 불 때는 것을 그만두라고 명령했다. 산더미처럼 쌓였던 장작을 모두 때 버렸기 때문에 너무 더워서 견딜 수가 없었던 것이다.

아침이 되어 모두들 눈을 떴을 때는, 일찍 등교한 어린이들이 벌써 이 교실에 들어와서 호기심 어린 시선으로 잠자리를 둘러싸고 있었다. 당혹스러운 일이었다. 새벽녘에 다시 차가운 공기가 떠돌았지만, 어젯밤 방에 불을 너무 덥게 때는 바람에 모두들 셔츠까지 벗고 있었기 때문이다. 그런데 마침 옷을 입기 시작했을 때, 여선생 기자가 문에 나타났다. 그녀는 금발머리에 키가 크고 얼굴이 예뻤지만 약간 무뚝뚝해 보이는 아가씨였다. 그녀는 새로 들어온 관리인을 만날 것을 예상하고 있었던 모양이다. 거기다가 남선생에 게서 어떻게 행동하면 좋을지 지침을 받은 것 같았다. 그녀가 교실 문턱으로 들어서자마자, 다짜고짜 이렇게 말했기 때문이다. "도저히 참을 수 없군요. 대체 꼴이 이게 뭔가요? 당신네들이 교실에서 잠자는 것을 허락받았을 뿐이 지, 내가 당신네 침실에서 수업해야 되는 게 아니라고요. 관리인의 가족이라 는 사람들이 아침 늦게까지 잠자리에서 꾸무럭대다니, 별꼴이군요!"

K는 가족과 침대에 대해 몇 마디 해야겠다고 생각했다. 그러나 그동안에 도 프리다와 힘을 합하여—깜짝 놀라서 마룻바닥에 누운 채 여선생과 어린 이들을 물끄러미 쳐다보고 있는 조수들을 이 일에 동원하지는 않았다.—재 빨리 평행봉과 목마를 밀고 와서 양쪽 위에 이불을 덮었다. 작은 공간을 마 련하여 어린이들 눈에 띄지 않게 옷만이라도 입기 위해서였다. 물론 잠시도 마음을 놓을 수 없었다. 우선 여선생이 세숫대야에 깨끗한 물이 없다고 야단 법석이었다. K는 마침 자신과 프리다가 쓸 세숫대야를 가져오려던 참이었지 만, 여선생의 감정을 너무 자극하지 않으려고 그 생각을 단념했다. 그러나 아무 소용이 없었다. 곧이어 쾅하고 울리는 요란한 소리가 들렸다. 불행히도 어제 저녁 식사를 하고 남은 것을 교탁 위에서 치우지 않았더니 여선생이 자 로 쓸어버린 모양이었다. 전부 다 땅바닥에 떨어져 떼굴떼굴 굴렀다. 정어리 기름과 커피 남은 것이 흘러나오고 커피 주전자가 찌그러졌다. 그래도 여선 생은 관리인이 곧 치우겠거니 신경 쓰지 않는 눈치였다. 아직 옷을 다 입지 못한 K와 프리다는, 평행봉에 기대어 자기들의 자질구레한 물건들이 망가지 는 것을 바라보고 있었다. 조수들은 옷을 입을 생각도 하지 않고 이불 틈으 로 그 광경을 엿보고 있어서 어린이들의 웃음거리가 되었다. 커피 주전자가 망가져서 가장 속상해 한 사람은 물론 프리다였다. 그녀를 위로하기 위해 곧 면장에게 쫓아가서 배상을 요구하고 대용품을 가져오겠다고 K가 말하는 소 리를 듣고서야 프리다는 겨우 마음이 가라앉았다. 그녀는 식탁보라도 더럽 히지 않고 가져오려고 내의와 속치마 바람으로 교탁 쪽으로 뛰어갔다. 여선 생이 겁을 줘서 오지 못하게 하려는 듯 자로 끊임없이 교탁을 두드려댔지만,

프리다는 다행히 식탁보를 벗겨 왔다. K와 프리다는 옷을 다 입은 뒤, 연달은 사건에 넋이 나간 듯한 조수들에게 옷을 입으라고 명령하며 떼밀고 때리면서 재촉하다가, 심지어는 손수 옷을 입혀 주기까지 해야 했다. 옷 입는 일이 모두 끝나자 K는 이제부터 할 일을 정해 주었다. 조수들은 장작을 가져와 다른 교실부터 불을 피우기 시작할 것—그런데 그 교실에는 더 무서운 위험이 도사리고 있었다. 거기에는 그 남선생이 벌써 와 있을지도 모르기 때문이다—프리다는 마룻바닥을 청소할 것, K는 물을 길어다가 그 밖의 다른 정리정돈을 할 것, 아침식사에 관해서는 당장 생각할 겨를도 없었다. 여선생이 어떤 기분인지 살펴보기 위해 K는 맨 먼저 밖으로 나가려고 했다. 다른 사람들은 K가 나오라고 외치면 따라 나오기로 했다. K가 이런 대책을 세운 것은, 조수들의 어리석은 행동으로 인한 사태 악화를 처음부터 막기 위해서였고, 한편으로 프리다를 될 수 있으면 아껴주고 싶었기 때문이다. 그녀는 명예욕이 있으나 자기는 그렇지 않고, 그녀는 민감하지만 자기는 그렇지 않으며, 그녀는 눈앞에 일어나는 하찮은 문제들만 생각하지만 그는 바르나바스와 미래를 생각했기 때문이다. 프리다는 그에게서 눈을 떼지 않은 채 어떤 말에도 그대로 따랐다. K가 밖으로 나가자 여선생이 "그래, 편히 쉬셨어요?" 물었다. 그러자 어린이들은 깔깔대고 웃었는데 좀처럼 그칠 줄을 몰랐다. 여선생의 말은 질문이라고 할 것도 없어서 K가 무시한 채 곧장 세면대 쪽으로 바삐 가자, 여선생은 또 물었다. "당신들, 내 미체에게 대체 무슨 짓을 한 건가요?" 늙고 살찐 고양이가 사지를 쭉 펴고 탁자 위에 드러누워 있었다. 여선생은 약간 다친 듯한 고양이의 다리를 살펴보고 있었다. 그러고 보니 프리다의 판단은 맞은 셈이었다. 물론 이 고양이가 그녀의 몸 위로 뛰어올라간 것은 아니었다. 늙은 나머지 이제는 뛸 기력도 없어 몸 위를 기어서 넘어간 것이다. 보통 때는 인기척 없던 건물에 사람이 있는 데에 깜짝 놀라 너무 서둘러 숨는 바람에 다쳤던 것이다. K는 그 이유를 조용히 여선생에게 설명하려고 했지만, 여선생은 결과만을 트집 잡았다. "당신들이 이 고양이에게 상처를 입힌 거죠? 아주 멋진 첫인사를 했군요. 이걸 좀 보세요!" 그러고는 K를 교단 위로 부르더니 고양이 다리를 그에게 보였다. 눈 깜짝할 사이에 그녀는 고양이 발톱으로 K의 손등을 할퀴었다. 발톱은 날카롭지 않았으나, 여선생이 고양이는 신경 쓰지 않고 꾹 눌러서 사정없이 할퀴었기 때문에 기다랗게 부풀어 오른 상처에 피가 맺혔다. "그러면 일을 시작해요!" 그녀는 재빨리 말하고는 고양이 쪽으로 몸을 구부렸다. 프리다는 조수들과 함께 평행봉 뒤에서 보고 있다가, K의 손등에서 피가 흐르는 것을 보고 소리를 질렀다. K는 다친 손을 어린이들에게 보이면서 말했다. "이것 좀 봐! 그놈의 나쁜 고양이가 이렇게 했단다!" 물론 어린이들에게 들으라고 한 것은 아니었다. 아이들이 시끄럽게 웃고 떠드는 소리가 새삼스러운 계기나 자극이 필요 없을 만큼 이미 걷잡을 수 없었다. 이 시끄러운 와중에 이쪽에서 말하는 소리가 어린이들의 귀에 들어가 마음을 움직일 만큼 큰 영향을 준다는 것은 불가능했다. 여선생도 이 모욕적인 말에 힐끔 곁눈질로 응수했을 뿐 여전히 고양이를 살피고 있었다. 즉 그녀의 첫 번째 분노는 K의 손등을 피로 물들이는 것으로 일단락 되었다. 그래서 K는 프리다와 조수들을 불러 일을 시작했다. K는 더러운 물이 든 양동이를 비우고 깨끗한 물을 길어 와서 천천히 교실의 먼지를 쓸기 시작했다. 그때 열두 살가량 되어 보이는 남자아이가 의자에서 일어나 다가오더니 K의 손을 잡고 무슨 말인가 했는데, 너무 시끄러워서 무슨 소린지 도무지 알아들을 수가 없었다. 그때 갑자기 소음이 멎었다. K는 뒤를 돌아다보았다. 아침부터 쭉 두려워하던 일이 일어났다. 문에 남선생이 우뚝 서 있었던 것이다. 몸집이 작은 그가 왼손과 오른손에 하나씩 조수들의 멱살을 잡고 있었다. 조수들은 장작을 빼내 오다가 붙잡힌 모양이었다. 남선생은 굵고 거친 목소리로 한마디씩 똑똑 끊어서 소리 질렀다. "어떤 놈이 장작창고 문을 쳐부수고 들어간 거야? 그 자식 어디 있어? 당장에 죽여 버릴 테니까!" 그때 여선생 발밑에서 열심히 마룻바닥을 닦던 프리다가 몸을 일으키고 K를 쳐다보았다. 힘을 얻었으면 하는 표정이었다. 그리고 전과 같은 우월성을 시선과 태도에 드러내면서 말을 꺼냈다.

"제가 했어요, 선생님. 다른 도리가 없었어요." 프리다는 말을 이었다. "아침 일찍이 교실 난로에 불을 피우라고 해서 창고 문을 열어야만 했어요. 밤중에 당신에게 열쇠를 가지러갈 수도 없는 노릇이고, 우리집 양반은 신사관에 가 있어서 아침까지 들어오지 않을지도 모르겠고, 그래서 저 혼자 결정한 거예요. 잘못된 점이 있으면 제가 서툴러서 그런 것이니 용서해 주십시오. 우리집 양반이 제가 한 짓을 보고 굉장히 나무랐어요. 아침 일찍 난로에 불을 피우는 일까지 그만두라고 했지요. 왜냐하면 선생님이 창고에 열쇠를 채워 두신 것은, 선생님 자신이 여기 오기 전에는 불을 피우지 말라는 뜻이라고 이 양반이 판단했기 때문이에요. 따라서 불을 피우지 않은 것은 그의 책임이지만 창고 문을 부순 것은 제 책임이에요."

"누가 문을 부쉈나?" 남선생은 여전히 멱살을 잡힌 채 뿌리치려고 버둥거리는 조수들에게 물었다.

"주인입니다." 두 조수는 이렇게 말하고는 의심할 여지도 없도록 K를 손가락으로 가리켰다. 프리다는 웃었다. 이 웃음소리를 들으니 그녀가 한 말이 더욱 정말인 것처럼 느껴졌다. 그녀는 마룻바닥을 닦은 걸레를 양동이 속에서 짜기 시작했다. 마치 그녀의 설명으로 말미암아 이 돌발사건은 끝났으며, 조수들의 발언은 농담으로 덧붙인 데 지나지 않는다고 하는 것 같았다. 그녀는 다시 일을 계속하려고 마룻바닥에 무릎을 꿇고서야 이렇게 말했다.

"우리 조수들은 꽤 나이를 먹었지만 아직 이 의자에 앉혀도 좋을 아이들이에요. 저는 어제 저녁에 창고문을 혼자서 도끼로 두드려 부쉈어요. 아주 간단했어요. 조수들의 손을 빌리지 않아도 될 정도로요. 그들에게 도와 달라고 했다면 틀림없이 방해만 됐을 거예요. 그리고 밤이 되어 우리집 양반이 돌아와서 부서진 것을 보더니 될 수 있으면 고쳐보겠다고 나갔어요. 그때 조수들도 뒤따라 나갔어요. 여기에 남아 있기가 두려웠던 모양이죠. 그들은 그 양반이 부서진 문에서 일하고 있는 것을 보았어요. 그래서 지금 그런 소리를 한 거예요. 정말 애들 같다니까요." 조수들은 프리다가 설명하는 동안, 끊임없이 고개를 흔들며 K를 가리켰다. 말도 없이 표정만으로 프리다의 의견을 부정했지만, 뜻대로 되지 않자, 나중에는 얌전히 그녀의 말을 명령으로 받아들이고 남선생이 다시 물어도 대답하지 않았다.

"그렇다면 너희가 거짓말을 했구나? 아니, 적어도 경솔하게 관리인에게 죄를 뒤집어 씌우려고 했구나?" 그들은 여전히 잠자코 있었다. 그러나 몸부림치면서 겁먹은 눈초리를 보이는 꼴이 마치 죄를 의식하는 것 같았다. "그렇다면 지금 좀 맞아야겠다!" 남선생은 이렇게 말하고 한 아이를 다른 교실로 보내서 등나무 회초리를 가져오게 했다. 그가 이 회초리를 쳐들었을 때, 프리다가 외쳤다. "조수들은 거짓말을 한 게 아니에요. 사실을 말했어요!" 그녀가 낙담하며 걸레를 양동이 속에 던지자 물이 높이 튀었다. 그녀는 평행봉 뒤로 달려가서 숨어 버렸다. "거짓말쟁이!" 여선생이 외쳤다. 여선생은 고양이 다리에 붕대를 감은 뒤 무릎 위에 올려놓았는데, 고양이가 어찌나 큰지 그 여자의 무릎에는 벅찰 지경이었다.

"그렇다면 관리인 양반이군." 남선생은 이렇게 말하며 조수들을 떠밀고 K쪽으로 몸을 돌렸다. K는 아까부터 빗자루에 몸을 의지한 채 이야기를 듣고 있었다. "관리인 양반께선 자기가 저지른 천하고 옹졸한 행동의 죄를 다른 사람이 뒤집어쓰는 데도 비겁하게 그대로 보고만 있구료." "그렇지만" 프리다가 끼어들어 처음엔 불같았던 남선생의 화가 다소 누그러졌다는 사실을 알아챈 K가 입을 열었다. "조수들이 몇 대 얻어맞았다 하더라도 나는 아무렇지도 않게 생각했을 겁니다. 그놈들이 당연히 맞아야 될 상황을 열 번씩이나 그냥 넘어갔으니까, 지금 억울하게 한 번 맞는 것으로 잘못을 한꺼번에 씻을 수도 있어요. 그러나 만일 그렇지 않다 하더라도, 선생님과 나와의 정면충돌을 피할 수 있었으니까 내게는 기쁜 일이었을 겁니다. 아마 당신한테도 그 편이 나았을 겁니다. 좌우간 프리다가 조수들을 위해서 나를 희생시켰어요." 여기서 K는 잠시 말을 멈추었다. 사방이 고요한 가운데 평행봉에 걸친 이불 뒤에서 프리다가 흐느껴 우는 소리가 들렸다. "이제 정말 사건을 매듭지어야겠군요." K가 말했다. "정말 뻔뻔하군." 여선생이 말했다. "나도 같은 의견이에요. 기자 씨!" 남선생이 말했다. "그리고 관리인 양반! 당신의 근무 상태가 이처럼 형편없으니 당장에 해고요. 그 밖의 처벌은 보류하기로 하겠소. 이제 당신의 짐을 전부 가지고 학교에서 곧 나가 주시오. 그래야 우리가 좀 한숨 돌릴 수 있겠소. 밀렸던 수업도 제대로 시작할 수 있을 것이고. 그러니까 우물쭈물하지 말란 말이오."

"여기서 한 발짝도 나가지 않겠습니다." K는 말을 이었다. "당신이 나의 상관임에 틀림없지만 이 일자리를 마련해 준 분은 아닙니다. 이 일을 주신 분은 면장님이니까요. 따라서 나는 그분의 해직통지밖에 받아들일 수가 없어요. 면장님도 내가 여기서 아내와 조수들과 함께 얼어 죽으라고 이 일자리를 주신 것은 아닙니다. 당신이 말씀하신 것처럼 내가 자포자기해서 지각없는 행동을 하는 것을 막기 위해서지요. 그러니까 지금 당장 나를 그만두게 하는 것은 전적으로 면장님의 뜻에 어긋나는 일입니다. 내가 직접 면장님 입으로 그만두라는 말씀을 듣지 않는 한 그렇게는 못하겠어요. 더욱이 내가 당신의 경솔한 해직명령에 따르지 않는 것이 분명 당신에게도 유리할 겁니다."

"그렇다면 당신은 내 말을 듣지 못하겠다는 거요?" 남선생이 물었다. K는 듣지 못하겠다고 고개를 설레설레 흔들었다. "잘 생각해 보시오. 당신의 결심이 언제나 최선이라고는 할 수 없소. 예를 들면 어제 오후, 당신이 심문받길 거부했을 때의 일을 생각해 보시오." 남선생이 말했다.

"왜 지금 그런 말씀을 하시지요?" K가 물었다.

"그야 내 마음이지요. 자, 이제 마지막으로 말하겠는데, 당장 여기서 나가시오!" 그러나 이 말도 아무런 효과가 없자, 남선생은 교단 옆으로 가서 여선생과 나지막한 목소리로 상의했다. 그녀는 경찰의 힘을 빌리면 어떠냐는 의견을 냈으나 남선생이 거부했다. 마침내 두 사람은 의견을 한데 모았다. 남선생은 아이들에게 저쪽 자기 교실로 옮겨가서 다른 반 어린이와 함께 수업을 받으라고 명령했다. 이렇게 교실을 바꾸는 것을 어린이들은 기뻐했다. 모두 웃고 소리지르며 떠들썩하게 교실에서 나갔고 남선생과 여선생이 그 뒤를 따랐다. 여선생은 세상에 무관심하다는 듯 무표정한 살찐 고양이를 출석부에 얹어서 데려갔다. 남선생이 그 고양이를 여기다가 두고 가는 게 어떠냐는 이야기를 슬쩍 비치자, 여선생은 K의 잔인성을 지적하며 단호히 반대했다. K는 무척 화가 났지만, 이 귀찮은 짐이 되는 고양이를 남선생에게 넘겨 버릴 수 있었다. 남선생은 문을 나갈 때 K에게 마지막으로 다음과 같이 말했는데, 고양이를 맡은 것이 적지 않은 영향을 미친 모양이었다. "기자 씨는 할 수 없이 어린이들과 함께 이 교실을 나가는 것이오. 그 까닭은, 첫째, 당신이 고집스럽게 내 해직명령에 복종하지 않는 탓이고, 둘째, 아무도 이 젊은 처녀인 여선생에게 당신의 더러운 집안 살림 한가운데서 수업을 하라고는 할 수 없기 때문이오. 그러면 당신네들만 여기 남아요. 예의 바른 구경꾼들의 반감에 방해받을 일 없이, 어디 한 번 마음대로 판쳐 봐요. 그러나 오래 계속되지는 못할 거요. 그 점은 내가 장담하지." 이렇게 말하면서 남선생은 문을 덜컥 닫았다.

13 조수들

모두가 교실에서 나가자마자, K는 조수들에게 소리쳤다. "나가!" 그들은 느닷없이 내린 명령에 어리둥절해서 명령한 대로 움직였다. 그러나 나가는 그들 뒤에서 K가 문을 닫아 걸자, 두 사람은 되돌아오려고 밖에서 부르짖으며 문을 두드렸다. "너희는 파면이야! 이제는 너희를 두 번 다시 내 조수로 쓰지 않겠어!" K는 소리쳤다. 두 사람은 물론 이 말을 들으려 하지 않고 손과 발로 문을 요란스럽게 두드리고 찼다. "제발 선생님께 돌아가게 해 주세요!" 그들은 K가 있는 곳은 마른 땅이고 자기들이 있는 곳은 금방이라도 큰 물에 휩쓸릴 곳인 듯 곧 죽게 될 사람처럼 울부짖었다. 그러나 K는 동정하지 않았다. 시끄러운 소동이 참을 수 없이 커져서 남선생이 간섭해야 할 때까지 초조하게 기다렸다. 바로 예상했던 대로 일이 벌어졌다. "그 고약한 조수들을 들여보내시오!" 남선생이 외쳤다. "나는 그놈들을 파면해 버렸어요!" K는 큰 소리로 외치면서 대꾸했다. 이 대답은 예기치 않았던 효력을 발휘했다. 즉 단순히 해직통지를 할 뿐만 아니라 그 통지를 실제로 실행할 만한 힘을 가지고 있으면 어떤 결과가 되나 그 점을 남선생에게 보여 준 셈이었다. 남선생은 친절한 말로, 여기서 얌전하게 기다리고 있으면 K가 그들을 들여보내줄 수밖에 없을 거라고 타이르는 듯했다. 그러고 나서 그는 가버렸다. 이것으로 소동은 끝날 수 있었을지 모른다. 그러나 K는 또, 그들은 이제 최종적으로 해직되었을 뿐 아니라 절대로 복직될 가망성도 없다고 소리치기 시작했다. 이 말을 듣고 조수들은 또다시 아까처럼 소동을 일으켰다. 또 남선생이 나타났는데 이번에는 그들을 구슬리지도 않고 무서운 등나무 회초리를 쳐들어 그들을 학교건물 밖으로 내쫓아 버렸다.

얼마 있지 않아 그들은 체육실 창문 앞에 나타나 유리창을 두드리며 무어라고 소리쳤는데 뭐라고 하는지 알아들을 수가 없었다. 그들은 거기에 오랫동안 머물러 있지 않았다. 불안한 마음을 떨쳐 버리려 여기저기 뛰어다니고 싶었지만 너무 많은 눈이 쌓인 터라 그럴 수조차 없었다. 그래서 교정 울타리 옆으로 달려가서 돌 축대 위에 뛰어올랐다. 물론 거리는 상당히 멀었지만 이 축대 위에서라면 창문 앞에서 보는 것보다 교실 안을 더 잘 들여다볼 수 있었다. 그들은 울타리를 붙들고 축대 위를 이리저리 왔다 갔다 하고 있었다. 그러다 또 걸음을 멈추더니 두 손을 모은 채 K쪽으로 내밀고 애원하는 것 같은 자세를 취했다. 아무리 그래 봤자 소용이 없는데도 그들은 한참을 그러고 있었다. 마치 무엇에 홀린 듯도 보였다. 그들의 꼴이 보기 싫어서 K가 창문 커튼을 내린 뒤에도 그들은 여전히 그 자세 그대로였다.

커튼을 내렸기 때문에 어두침침해진 방 안에서 K는 프리다의 모습을 보려고 평행봉 있는 쪽으로 걸어갔다. K의 시선을 받자, 그녀는 일어나서 흐트러진 머리를 고치고 얼굴의 눈물을 닦더니 아무 소리 없이 커피를 끓이기 시작했다. 그녀는 모든 일을 잘 알고 있었지만 K는 조수들을 내쫓은 데 대해서 그녀에게 말해 주었다. 그녀는 단지 고개를 끄덕거릴 뿐이었다. K는 아이들 의자에 걸터앉아서 그녀의 피곤한 듯한 동작을 바라보고 있었다. 맑고 산뜻한 결단력 있는 태도가 그녀의 보잘것없는 육체를 아름답게 보이게 했는데 이제는 그 아름다움마저 사라져 버렸다. K와 함께 지낸 며칠은 그녀의 아름다움을 빼앗기에 충분했다. 술집 일은 결코 쉽지 않았겠지만 그래도 그녀의 성격에는 확실히 맞았을 것이다. 아니면 클람을 떠나온 탓에 이토록 야윈 걸까? 클람 가까이 있다는 사실이 그녀를 그처럼 한없이 매력적으로 만들었고 그 매력에 끌려서 K는 그녀를 억지로 데리고 나왔는데, 이제 그녀는 그의 팔에 안겨 시들어가는 것이었다.

"프리다." K는 말했다. 그녀는 커피 가는 기계를 손에서 놓고 의자에 앉아 있는 K에게로 다가왔다. "내게 화나셨지요?" 그녀는 물었다.

"아니야, 당신으로선 다른 방법이 없었을 거야. 당신은 신사관에서 편안하게 살고 있었지. 당신을 거기에 그냥 둘걸 그랬어." K가 말했다.

"네." 프리다는 슬픈 눈초리로 우두커니 앞을 바라보며 말했다. "당신은 나를 거기에 그대로 내버려 둬야 했어요. 나는 당신과 같이 살 만한 자격이 없는 사람이에요. 나에게서 해방되면 당신은 무엇이든 원하는 대로 이룰 수 있을 거예요. 당신은 나를 염려해 주시느라고, 도도하기 짝이 없는 남선생에게 억울한 꼴을 당하고, 이런 형편없는 일자리를 맡게 되고, 갖은 고생을 다하면서 클람과 만나려고 애쓰는 거지요. 모두 나 때문인데 변변히 보답도 못하고."

"아니야." K는 이렇게 말하고 위로하려는 듯이 한손으로 그녀를 껴안았다. "다 별거 아니야. 나는 조금도 슬프지 않아. 그리고 클람을 만나려고 하는 것은 당신을 위해서만도 아니니까. 당신은 내게 참 여러 가지 호의를 베풀어 주었어. 이 마을에 와서 당신을 알기까지는 어떻게 하면 좋을지 도무지 갈피를 잡지 못했지. 나를 살갑게 맞아주는 사람은 아무도 없고, 내가 무리해서 찾아가도 금방 내빼는 형편이었어. 쉴 만한 집을 찾았나 하면 이번에는 내가 빠져나와야만 할 그런 사람 집이었어. 예를 들면 바르나바스의 가족들

같이⋯⋯." "당신이 그 사람 집에서 도망쳤나요? 당신⋯⋯." 프리다는 활발하게 K의 말을 가로채면서 말했다. K가 머뭇거리면서 "그래" 하고 말하자, 프리다는 다시 피로감 속으로 빠져들고 말았다. 그러나 K에게는 프리다와 관계를 맺어 모든 일이 잘 풀렸다고 말할 용기가 없었다. 그는 천천히 그녀를 안고 있던 팔을 풀었다. 두 사람은 잠시 동안 아무 말도 없이 앉아 있었다. 이윽고 프리다는 K에게 안겼을 때에 전해지는 온기가 이제 그녀에게 없어선 안 된다는 듯한 어조로 말했다.

"나는 여기 이런 생활은 더 참을 수가 없어요. 만일 당신이 나를 버리시지 않을 작정이라면, 우리 어디로든, 남쪽 프랑스나 스페인으로 떠나요." "나는 떠날 수 없어. 나는 이곳에 살려고 온 거야. 나는 이 땅에 살게 될 거야." K는 자기 말의 모순을 조금도 해명하려 하지 않은 채 독백하듯이 말을 이었다. "이 땅에 살 생각이 없었다면 대체 무엇 때문에 이 쓸쓸한 땅에 끌렸겠어?" 그는 말을 계속했다. "실은 당신도 여기 남길 원할 거야. 여기는 당신 고향이니까. 단지 당신에겐 클람만이 없어. 그 사실이 당신을 절망적인 생각으로 몰아넣는 거지." "내게 클람만이 없다고요? 이 땅에는 클람 천지예요. 가는 곳마다 클람이 발에 걸려서 처치 곤란할 지경이에요. 클람을 피하기 위해서 난 이 땅을 떠나려는 거예요. 부족한 것은 클람이 아니라 당신이지요. 당신 때문에 떠나려고 하는 거예요. 여기서는 모두가 나를 주목하고 끌어 당기기만 해서 당신을 실컷 가질 수가 없으니까. 당신 곁에서 조용하게 지낼 수 있도록, 내게서 아름다운 가면이 벗겨지고 내 육체가 보잘것없이 초라해지면 좋겠어요." K는 그 말 가운데서 단지 한 가지만을 알아들었다.

"클람은 지금도 여전히 당신과 연락하고 있나? 당신을 부르던가?" 그가 물었다. "클람에 대해서는 아무것도 몰라요. 나는 지금 다른 사람들을 말하는 거예요. 예를 들면 조수 같은 사람들 말이에요." 프리다가 말했다. "아아, 그 조수들! 그 녀석들이 당신 뒤를 쫓아다니나?" K는 깜짝 놀라서 말했다. "그것도 눈치채지 못했나요?" 프리다가 물었다. "아니, 전혀 몰랐어." K는 이렇게 말하고 그동안의 구체적인 일들을 생각해 내려고 애썼으나 아무것도 떠오르지 않았다. "확실히 뻔뻔스럽고 치근덕대는 놈들이지만, 당신에게 수작을 걸려고 한지는 꿈에도 몰랐어."

"눈치채지 못했다고요? 교정관의 우리 방에서 그들을 쫓아낼 수가 없었다든가, 그들이 질투의 눈으로 우리 관계를 감시한다든가, 그들 가운데 하나가 어젯밤 내 잠자리로 기어들어왔다든가, 지금도 당신을 쫓아내어 당신의 신세를 망쳐 버리고 나와 함께 살기 위해서 당신에게 불리한 진술을 했는데, 당신은 도무지 눈치를 못 챘단 말이에요?" 프리다가 말했다.

K는 대답하지 않고 프리다의 얼굴을 쳐다보았다. 조수들에 대한 비난은 확실히 옳았지만, 우스꽝스럽고 유치한 데다 변덕스러운 그들의 기질을 생각한다면 악의 없는 행동으로 해석할 수 있는 일이었다. 그들이 항상 어디든지 K를 따라 가려 하고 프리다와 함께 뒤에 남으려 하지 않았던 사실이 그녀의 주장에 대한 반증이 아닐까? K는 그런 논리를 내세워 보았다. "그런 건 속임수예요. 당신은 그것조차도 눈치채지 못했나요? 그런 이유가 아니라면 왜 그들을 내쫓아 버렸어요?" 프리다가 말했다. 그녀는 이렇게 말하면서 창문 옆으로 가서, 커튼을 약간 옆으로 밀어 젖히고 바깥을 내다보며 K를 창문가로 불렀다. 조수들은 여전히 교정에 남아 있었고 벌써 피곤한 것처럼 보였으나 그래도 가끔 있는 힘을 다해서 팔을 학교 쪽으로 뻗고 애원하는 시늉을 했다. 그들 중 한 사람은 끊임없이 울타리를 붙들고 있지 않아도 좋도록 윗도리를 아예 뒤울타리의 살창 끝에 꿰고 있었다.

"저런, 가엾어라. 어쩌나!" 프리다는 말했다.

"내가 왜 조수들을 내쫓아 버렸느냐고? 바로 당신 때문이었어." K는 말했다. "저라고요?" 프리다는 여전히 바깥을 내다보면서 물었다. "조수들을 다루는 당신의 태도가 너무 친절해." K가 말을 이었다. "그들의 못된 행동을 너무 너그럽게 봐주지. 그들에게 웃어 주고, 머리를 쓰다듬어 주는 데다, 늘 그들을 동정해서 '가엾어라, 가엾어라' 입버릇처럼 말하지. 그리고 마지막으로, 아침엔 조수들을 회초리에서 구하려고 나를 값싸게 팔아넘겼잖아." K가 말했다. "네, 그래요. 내가 말하려는 게 바로 그거예요. 그게 나를 불행하게 하고 당신에게서 멀리 떼어 놓는 거예요. 나는 언제까지나 당신 곁에 있는 게 가장 행복한데 말이에요. 어쩐지 이 지상에는 우리가 서로 사랑하고 마음 편히 지낼 수 있는 장소가 없는 것 같아요. 이 마을은 물론 다른 곳에도요. 그래서 깊고 좁은 무덤을 떠올리곤 해요. 거기서 우리는 집게로 꼭 집은 것처럼 껴안고, 서로 얼굴을 파묻는 거예요. 그리고 그땐 결코 아무도 우리를 보지 못할 거예요. 그러나 여기서는, 조수들을 좀 보세요! 그들이 손을 모으고 있는 것은 당신에게가 아니라 내게 그렇게 하는 거예요." 프리다가 말했다.

"그리고 그들을 지켜보고 있는 사람은 내가 아니라 당신이지." K가 말했다. "물론 나지요." 프리다는 거의 화를 내면서 말했다. "그래서 아까부터 그 말씀을 드리지 않았나요? 그렇지 않다면 대체 무엇 때문에 조수들이 내 뒤를 쫓아다니겠어요? 가령 그들을 클람이 파견했다고 하더라도 말이에요……." "클람이 파견했다고?" K가 말했다. 당연히 그럴 것이라고 생각하긴 했지만, 실제로 듣자 그는 정말 깜짝 놀랐다. "클람이 파견한 게 분명해요." 이어서 프리다는 말했다. "그렇다고 하더라도 그들은 역시 회초리를 들어 가르쳐야 할 철없는 아이들일 뿐이에요. 얼마나 밉살스러운 자들이에요. 얼굴을 보면 어른이나 대학생처럼 느껴지는데, 하는 짓이라곤 마치 어린애처럼 어리석기만 하다니. 참 지긋지긋해요! 당신은 내가 그런 일도 모른다고 생각하시나요? 나는 그들을 부끄럽게 생각하고 있어요. 그들이 나를 언짢게 하는 것이 아니라 내가 부끄럽게 생각하는 거예요. 그래서 늘 그들을 쳐다보게 돼요. 모두가 그들에게 화를 낼 때 웃어야 하고, 모두가 그들을 때리려고 할 때 나는 그들의 머리를 쓰다듬어 주어야만 해요. 그뿐 아니라 밤에 당신 옆에 누웠을 때에도 잠을 이루지 못하고 당신 너머로 두 사람이 뭘 하고 있는지 살펴봐야만 했어요. 한 사람은 이불에 몸을 둘둘 말다시피하여 잠자고 또 한 사람은 난로 아궁이를 열고 그 옆에 무릎 꿇고 앉아서 불을 피우는데, 나는 그런 모습을 지켜보느라 당신 위에 몸을 구부렸다가 당신의 잠을 깨울 뻔했는걸요. 그리고 어젯밤 고양이 사건만 하더라도 고양이가 나를 깜짝 놀래킨 게 아니라—아아, 나는 고양이 같은 건 무섭거나 신기하지도 않아요. 떠들썩하고 소란스러운 술집에서 잠을 자기도 한걸요. —내가 나 자신에 놀란 거지요. 어쨌든 괴물 같은 고양이가 아니더라도, 나는 작은 소리만 들어도 깜짝 놀라서 움츠러들거든요. 당신이 깨어 모든 일이 물거품으로 돌아갈까 두렵다가도, 벌떡 일어나 촛불을 켜놓고 당신이 빨리 눈을 뜨고 나를 지켜 주기를 은근히 바라는 거지요."

"당신이 그러리라곤 꿈에도 생각 못했어. 다만 어렴풋이 그런 예감을 하면서 그들을 쫓아 버린 거야. 이제는 그들이 나가 버렸으니까 모든 일이 다 잘될 거야." K가 말했다.

"네, 마침내 두 사람이 떠났어요." 프리다가 말했지만 그녀의 얼굴에는 기쁨이 아닌 고민의 그림자가 비쳤다. 그녀가 말을 이었다. "그런데 그들이 누군지 모른다는 게 마음에 걸려요. 아까는 장난으로 클람이 파견한 자라고 말했는데, 진짜 그럴지 누가 알겠어요? 그들의 눈, 우직하면서 반짝이는 눈은 웬일인지 클람의 눈을 연상시켜요. 가끔 내 눈을 뚫어지게 쳐다보는 그들의 눈빛은 바로 클람의 눈초리예요. 그러니까 내가 그들을 부끄러워한다는 말은 사실 잘못됐어요. 단지 그랬으면 하고 바라는 거지요. 다른 곳에서 다른 사람들이 한다면 불쾌하고 볼썽사나운 어리석은 짓이라도 그들이 하면 그렇게 느껴지지 않거든요. 나는 그 점을 의식하고 사실 존경과 감탄의 마음으로 그들의 어리석은 행동을 보고 있었어요. 그들이 클람이 파견한 자들이라면, 우리를 놓아 줄까요? 또 그들에게서 자유로워지는 것이 과연 좋은 일일까요? 차라리 그들을 곧 불러들이는 게 낫지 않을까요? 그래서 만일 그들이 돌아와 준다면 다행스런 일로 여겨야 되지 않을까요?"

"당신은 내가 그 두 사람을 받아들이길 바라는 거지?" K는 물었다.

"아니에요, 아니에요. 나는 그런 건 조금도 바라지 않아요. 달려 들어오는 그들의 모습, 나와 다시 만나는 그들의 기쁨, 어린애들처럼 날뛰고 의젓한 남자로서 팔을 뻗치는 동작, 나는 아마도 그들을 참고 볼 수 없을 거예요. 다만 당신이 그들에게 여전히 쌀쌀한 태도로 대한다면, 클람이 당신에게 가까이 오는 것까지도 거부하는 결과가 되지 않을까 염려되어서 갖은 방법으로 그렇게 되지 않도록 막을 작정이에요. 그러니까 당신이 그들을 받아주면 좋겠어요. 그들을 될 수 있는 대로 빨리 들어오게 해 주세요! 나에 관해서는 조금도 염려하지 마세요. 내가 대관절 뭐란 말인가요. 나는 될 수 있는 한 내 몸을 보호하겠어요. 그러나 어쩔 수 없다면 저는 몸을 망치게 되겠지요. 하지만 그때에도 당신을 위해 그런다는 생각으로 그렇게 할 거예요." 프리다는 이렇게 말했다.

"나는 당신 이야기를 듣고 조수들에 대한 내 판단이 옳다는 확신을 얻었을 뿐이야. 나는 결코 그들을 다시 받아들이자는 의견에는 동의하지 않겠어. 내가 그들을 내쫓았다는 것은 우리가 경우에 따라서는 그들을 마음대로 좌우할 수 있다는 것에 대한 증명이고, 마음대로 좌우할 수 있다는 것은 그들과 클람과의 사이에 본질적인 관계가 없다는 증거 아닐까? 어젯저녁에 비로소 클람에게서 편지를 한 통 받았는데, 그 내용을 보면 클람은 조수들을 완전히 잘못 알고 있어. 그렇다면 클람에게 조수들은 대수롭지 않은 존재라는 결론이 나올 수밖에 없어. 만일 그들이 중요한 존재라면 클람은 조수들에 관해서 정확한 보고를 입수했을 테니까. 당신이 그들에게서 클람의 그림자를 본다는 것엔 아무 증거도 없어. 왜냐하면 당신은 지금 유감스럽게도 주인 아주머니의 영향을 받아 가는 곳마다 클람의 그림자를 보고 있기 때문이지. 여전히 당신은 클람의 애인이고, 내 아내라기엔 아직도 거리가 멀어. 가끔 이런 생각이 들 때면 몹시 울적해지고 모든 것을 다 잃어버린 것만 같아. 또 내가 이제야 간신히 마을에 도착한 것처럼 느껴져. 그것도 희망으로 가슴이 부풀어 오른 게 아니라—사실 내가 마을에 도착했던 당시에는 희망으로 가득 차 있었지만—희망이 사라져 버린 슬픔만이 나를 기다리고 있으며, 그것을 하나씩 하나씩 마지막 찌꺼기까지 맛보아야 한다는 의식에 사로잡혀서 말이야." 자기의 말을 듣고 프리다가 털썩 주저앉자 K는 "그러나 단지 가끔 그랬을 뿐이야" 하고 빙그레 웃으면서 덧붙였다. "지금 내가 한 얘기는 뭔가 좋은 것, 당신이 내게 어떤 의미인지 증명하는 거야. 당신이 지금 조수나 당신 둘 중에서 하나를 선택하라고 요구한다면, 말할 것도 없이 조수들이 참패를 당할 거야. 당신과 조수 중에 선택하라니, 생각만 해도 우스운 일이야! 그들과는 영원히 인연을 끊어 버리겠어. 그들 이야기는 두 번 다시 입밖에 내지도 말고 생각하지도 말아야지. 그건 그렇고, 우리 두 사람 마음이 약해진 건 아직 아침식사를 하지 않았기 때문 아닐까?" "그럴 수도 있어요." 프리다는 이렇게 말하고, 피곤한 듯 쓸쓸한 미소를 지으며 일을 시작했다. K도 빗자루를 손에 잡았다.

13 한스

잠시 뒤 문을 가볍게 두드리는 소리가 들렸다. "바르나바스!" K는 이렇게 외치더니 문 옆으로 갔다. 무엇보다도 그 이름에 깜짝 놀란 프리다는 K를 쳐다보았다. K의 서툰 솜씨 탓인지 그 낡은 자물쇠는 바로 열리지 않았다. 노크를 하는 사람이 누구인지 묻지도 않은 채 "곧 열겠어!" 이 말만 끊임없이 되풀이했다. 문을 활짝 열어젖히자 들어온 사람은 바르나바스가 아니라 아까 아침에 K에게 말을 걸려고 했던 작은 사내아이였다. K는 이 아이를 기억해내고 싶지 않았다.

"대체 여기에 무슨 일이야? 수업은 옆 교실에서 하고 있는데." 그가 말했다.

"바로 그 옆 교실에서 왔습니다." 사내아이는 이렇게 말하고 커다란 갈색 눈으로 침착하게 그를 쳐다보면서 두 팔을 옆구리에 바짝 붙이고 단정하게 서 있었다. "그러면 무슨 일로 온 거지? 빨리 말해 봐!" K는 나지막한 소리로 말하는 아이 쪽으로 몸을 약간 구부렸다. "도와드릴 일은 없습니까?" 사내아이가 물었다. "이 아이가 우리를 도와준대." K는 프리다를 보며 말하더니 "이름이 뭐지?" 이렇게 물어보았다. "한스 브룬스비크라고 합니다. 4학년 학생이고 마델라인 거리에서 구둣방을 하는 오토 브룬스비크 아들입니다." "그래, 네가 브룬스비크란 말이지!" 이렇게 말하면서 K는 보다 정답게 대했다.

한스는 여선생이 고양이 발톱으로 K의 손등을 할퀴어 핏자국이 난 것을 보자 딱하고 불쌍해서 그때부터 K의 편을 들려고 결심했다는 것이다. 그는 지금 엄한 처벌을 받을 위험을 무릅쓰고 자진해서 탈영병처럼 옆 교실에서 몰래 빠져나왔던 것이다. 무엇보다 아이는 이런 사내아이다운 상상에 사로잡혀 있는 것 같았는데, 그의 행동에서 엿보이는 진지한 성격 역시 그의 상상에 어울렸다. 처음에는 수줍어서 우물쭈물하고 있었으나 곧 K와 프리다와 친해져 따뜻하고 맛있는 커피를 대접받았을 때는 활달하고 붙임성 있게 굴었다. 아이는 두 사람에게 열심히 꼬치꼬치 질문했는데, 될 수 있는 한 중요한 일을 빨리 알아내서 K와 프리다를 위해 무엇을 할지 결정할 수 있었으면 하는 눈치였다. 그의 태도에는 어딘지 명령하는 것 같은 점도 있었지만 어린애다운 천진난만함이 섞여 있었으므로, 반은 진심으로 또 반은 장난 삼아서 그의 말을 들어 주었다. 좌우간 그 소년은 두 사람의 시선을 한 몸에 받아, K와 프리다는 일하는 손을 멈췄고 아침식사는 무한정 늦춰졌다. 소년은 학생용 의자에 걸터앉고, K는 교탁에, 프리다는 그 옆 안락의자에 앉아 있었는데, 한스가 선생이 되어 학생들을 시험하고 그 대답에 판정을 내리는 것처럼 보였다. 소년의 부드러운 입 언저리에 떠도는 흐릿한 미소로 미루어보면, 그게 단지 장난에 지나지 않음을 스스로 의식하고 있는 것 같았다. 하지만 그럴수록 아이의 자세는 더욱 진지했다. 아마도 그의 입가에 떠도는 것은 미소라기보다는 어린 시절의 행복 그 자체였을 것이다. 그는 한참 뒤에야 비로소 사실은 K가 라제만의 집에 들렀을 때부터 K를 알고 있었다고 털어놓았다. K는 그 말을 듣자 아주 기뻐했다. "그때 너는 부인의 발치에서 놀고 있었지?" K는 물었다. "네, 그분은 제 어머닙니다." 한스가 대답했다. 그래서 소년은 자기 어머니의 이야기를 해야만 했는데 머뭇거리다가 몇 번이나 재촉당한 뒤에야 비로소 말을 꺼냈다. 그의 말투를 들으면 그가 아직도 어린애에 지나지 않는다는 사실을 알 수 있었다. 하지만 가끔, 특히 그가 질문할 때면, 미래에 대한 예감 때문인지 또는 불안하고 긴장해서 듣다 보니 착각해서인지는 모르겠으나, 어쨌든 기력이 왕성하고 현명하며 앞을 내다보는 한 남자어른이 이야기하는 것처럼 느껴졌다. 그런가 하면 금세 별 수 없는 초등학교 학생으로 변해서 이쪽에서 던지는 여러 가지 질문의 뜻을 전혀 모르기도 하고, 또는 그릇된 뜻으로 오해하기도 했다. 또 어린이답게 상대를 배려하지 않아서, 소리가 너무 작다고 몇 번씩이나 주의를 주었는데도 들리지 않을 정도로 소곤소곤 이야기하고, 나중에 꼬치꼬치 물어보는 질문에 대해서는 제 고집을 세워서 반항적으로 꼭 입을 다물어 버렸다. 더군다나 상대의 질문에 전혀 당황하지 않는 점도 어른과 다르다고 할 수 있었다. 대체로 한스의 태도를 보고 있으면 질문은 자기만 할 수 있고, 다른 사람이 자기에게 질문하는 것은 규칙위반이며, 귀중한 시간을 낭비하는 것과 마찬가지라는 사고방식인 것 같았다. 다른 사람이 질문할 때면 그는 상체를 꼿꼿이 세우고 머리는 숙인 채 아랫입술을 내밀고서 오랫동안 그대로 앉아 있었다. 이 모습이 프리다의 마음에 들어서 그녀는 소년의 말문을 막을 작정으로 종종 질문을 했다. 그렇게 몇 번을 성공했는데 K는 기분이 상했다. 대체로 이 소년에게서 들은 이야기는 아주 적었다.

그의 어머니는 병을 약간 앓고 있지만 어떤 병인지 알 수 없었다. K가 찾아갔을 때 그의 어머니가 무릎 위에 안고 있었던 어린애는 한스의 누이동생이고 이름은 프리다였다(한스는 자기 누이동생이 자기에게 귀찮게 꼬치꼬치 캐어묻는 부인과 이름이 똑같은 것을 알고 불쾌한 표정을 지어 보였다). 그들은 모두 마을에 살지만 라제만의 집에 거하는 것은 아니었다. K가 들렀을 때는 목욕하려고 거기에 와 있었을 뿐이다. 라제만에게는 큰 목욕통이 있어서 작은 아이들은 그 안에서 목욕하기도 하고 또 쫓고 쫓기는 장난을 치기도 했다. 하지만 한스는 거기에 끼지 못했다. 한스는 자기 아버지에 대해 불안해 하거나 두려워하면서 이야기했는데, 어머니가 함께 화제에 오르지 않을 때만 그러했다. 어머니에 비해 아버지의 가치는 대단치 않아 보였다. 이밖의 가정생활에 관한 질문에는 K와 프리다가 아무리 물어도 절대 대답하지 않았다. 아버지의 직업에 대해서는, 그가 이 고장에서 가장 큰 구둣방을 경영하고 아무도 그를 따를 사람이 없다고 했다. 전혀 다른 질문을 받았을 때도 한스는 이 말을 자주 되풀이했다. 더구나 한스의 아버지는 다른 구둣방에, 이를테면 바르나바스의 아버지에게도 일거리를 주고 있다는 사실을 알 수 있었다. 그런데 바르나바스의 아버지에게 일자리를 주는 것은 오로지 특별한 호의에서 나온 것인 듯했다. 적어도 한스가 자랑스럽게 고개를 돌린 태도가 그러한 점을 암시하고 있었다. 그 모습을 보고 프리다는 참다못해 교단에서 뛰어내려 소년에게 키스를 해 주었다. 지금까지 성에 가본 적이 있는가 하는 질문에 대해서는 몇 번이고 질문을 되풀이 한 다음에야 겨우 대답했는데 그것도 "없습니다" 한마디였다. 또 어머니에 대한 질문에는 아무런 대답도 없었다. 마침내 K는 싫증이 났다. K의 생각에도 이런 질문을 하는 것은 쓸데없는 일 같았으며, 이 점에 관해서는 소년의 태도가 옳은 듯 느껴졌다. 순진한 어린애를 통해서 간접적으로 가정의 비밀을 알아내려는 것은 부끄러운 일일 뿐더러, 캐물어도 알아내지 못한다는 게 더욱 수치스러운 일이었다. 그래서 이야기를 끝맺기 위해, 대체 한스가 어떻게 도와주려는지를 물었다. 그 질문에 한스는 남선생과 여선생 두 사람이 더 이상 K에게 잔소리하는 일이 없도록 도와주겠다고 대답했다. K는 그 소리를 듣고도 놀라지 않았다. K는 한스에게 다음과 같이 설명했다.

우선 그런 도움은 필요치 않고, 잔소리하는 것은 학교 선생의 본성이니까 아무리 시키는 대로 빈틈없이 일을 한다고 하더라도 잔소리는 면하지 못할 것이라고 말했다. 일 자체는 까다롭지 않으나 오늘은 단지 우연한 사정 때문에 일이 밀렸을 뿐이고, 잔소리를 듣는다 하더라도 자기는 학생들처럼 그렇게 심각하게 느끼지는 않으며, 더욱이 잔소리 따위는 상대하지 않고 넘겨 버리니까 사실 문제 삼을 필요조차 없다고도 했다. 그리고 가까운 장래에 그 선생의 눈에 띄지 않는 곳으로 사라져 버릴 속셈이라고 덧붙였다. 자기가 선생에게 꾸지람 듣지 않도록 도와주려고 한 것에 대해선 무엇보다도 고맙게 생각하지만 한스도 제자리로 돌아가면 좋겠으며 아마도 지금 돌아가면 벌을 받는 일도 없을 것이라고 K는 말했다. K는 다른 사람의 도움 문제는 언급하지 않고, 선생에게 맞서는 것만큼은 도움이 필요하지 않다고 넌지시 암시했다. 그런데도 한스는 그 말을 똑똑히 알아듣고 혹시 K가 다른 사람의 도움을 원하는 것은 아니냐고 물었다.

한스는 기꺼이 K를 도와주겠다면서 이렇게 말했다. 만일 자기가 할 수 없는 일이라면 어머니에게 부탁해 보겠는데, 간혹 아버지도 힘들 때면 어머니에게 도와달라고 한다면서 틀림없이 성공할 거라고 했다. 그리고 거의 집 밖에 나가지 않지만 그날 이례적으로 라제만 씨 댁에 갔던 어머니도 언젠가 K의 소식을 물어본 일이 있다고 했다. 한스가 종종 라제만 씨 댁에 가서 아이들하고 놀기 때문에, 어머니가 라제만 씨 댁에 또 측량기사가 찾아오지 않았느냐고 한스에게 물었다는 것이다. 그의 어머니는 몸이 몹시 쇠약해서, 어머니를 쓸데없이 자극하지 않기 위해 한스는 그저 측량기사를 본 일이 없다고 대답했는데, 더 이상 그 이야기는 하지 않았다고 했다. 그러나 이젠 학교에서 K를 보았기 때문에 어머니에게 알리기 위해 말을 건 것이라고 했다. 어머니가 시키지는 않았지만 소원을 이루어 드리면 너무 기뻐할 것이라고 한스가 말했다. K는 그 말을 듣고 잠깐 생각한 다음 말했다. 자기는 도움이 필요치 않은 데다 필요한 것도 이미 모두 가지고 있지만, 한스가 도와주려하니 신통하고 그 마음씨가 고맙다고 했다. 하지만 곧이어 언젠가 도움을 청하게 될 때는 주소를 알고 있으니 그때는 한스에게 부탁하겠노라고 덧붙였다. 그리고 K가 도움을 받는 대신 지금은 자기가 한스를 약간 도와줄 수 있을지도 모른다며, 한스의 어머니가 아픈데도 이곳에서는 그 병을 고치는 의술이 없는 것 같아 마음이 아프다고 말했다. 가벼운 병도 치료하지 않고 내버려두면 큰 병이 될 수 있다고 이야기해주고, 자신이 의학 지식이 약간 있을 뿐 아니라 환자를 치료해 본 귀중한 경험도 있으며, 의사들이 고치지 못한 병을 자기가 고친 일이 몇 번이나 있다고 했다. 자신의 고향에서는 K가 병을 고치는 신비로운 힘이 있다고 해서 '쓰디쓴 약초'라고 불렸다고 알려주었다. 그러니 한스의 어머니를 만나서 이야기해 보면, 아마 큰 도움이 되는 충고를 할 수 있을 것이며, 한스를 생각해서 꼭 그렇게 해드리고 싶다고 말했다. K가 이렇게 제의하는 소리를 듣자 처음으로 한스의 눈이 빛났다. 이에 K는 더욱 열을 올려 기를 쓰고 제의를 되풀이해 봤으나 결과는 신통치 못했다.

한스는 여러 가지 질문을 받아도 별로 슬픈 표정을 보이지 않고, 병든 어머니를 잘 보호해야 하니까 얼굴을 잘 아는 사이가 아니면 아무도 어머니에게 문병을 와서는 안 된다고 답했다. 그때만 하더라도 K가 어머니와 몇 마디 하지도 않았는데 그 뒤 며칠 동안 침대에 누워 계셨다며 그런 일이 드물지 않다는 것이었다. 게다가 그때 아버지가 K에게 화를 내셨으니 그가 어머니를 문병하는 일은 결코 허락 받을 수 없을 거라고 했다. 또한 아버지는 K의 행동을 질책하기 위해 K를 찾아내려고 했는데 어머니가 간신히 아버지를 말렸다고 말했다. 하지만 무엇보다 어머니 자신이 아무와도 이야기하려고 하지 않으므로, 어머니가 K의 이야기를 물었다고 해서 예외라고는 생각지 않는다고 말을 이었다. 그리고 어머니가 K를 만나고 싶었다면, K의 이야기를 일부러 꺼냈듯이 분명한 의사표시를 할 수도 있었을 것인데, 그러지 않은 것을 보면 어머니의 뜻을 똑똑히 짐작할 수 있다고 했다. 따라서 어머니는 K의 소식을 듣고 싶은 것이지 K와 만나보고 싶은 것은 아니라는 것이었다. 마지막으로 어머니가 앓고 있는 병은 결코 진짜 병이 아니라고 말했다. 어머니 자신이 자기 병의 원인을 잘 아는 편이라서 가끔 그 말을 하는데, 어머니는 대체로 이 땅의 공기를 못 견뎌 하는 것 같다고 말했다, 그리고 어머니는 병세가 나아진대도 가족들 때문에 이곳을 떠나려고 하지 않는다고 했다.

K가 한스에게서 들은 이야기는 대충 그런 줄거리였다. 한스는 K를 돕겠다고 하면서도, 자기 어머니를 K에게서 보호해야 할 때는 사고력이 눈에 띄게 향상되었다. 한스는 K를 어머니와 만나게 하고 싶지 않다는 착한 의도 때문에 자기가 먼저 한 이야기에 모순된 말을 했다. 예를 들면 병에 관한 것이 그랬다. 그럼에도 K는 한스가 지금도 여전히 자기에게 호의를 품고 있음을 알았다. 다만 한스는 어머니 일 때문에 다른 모든 일을 잊어버린 것이었다. 누구를 막론하고 어머니의 상대자가 되면 나쁜 사람 취급을 받고 말았다. 지금은 공교롭게도 K가 그랬으나, 아버지라도 그런 점에서는 마찬가지였다. K는 이것을 시험해 보려고 한스의 마음을 떠보았다. 그는 아버지가 어머니를 어떤 일로도 괴롭히지 않으려고 조심하시는 것은 정말 훌륭한 일이라고 생각한다고 말했다. 그리고 그때 조금이라도 그런 눈치를 챘다면 분명히 어머니에게 말을 걸지 않았을 것이라며, 집에 돌아가거든 늦게나마 K가 어머니에게 죄송했다고 사과하더라고 전해 달라고 했다. 하지만 납득할

수 없는 일이 하나 있는데, 한스가 말하는 것처럼 병의 원인이 그렇게 확실하다면 왜 아버지는 어머니가 얼마간 다른 곳에서 요양하겠다는 것을 말리는지 물었다. 아버지가 어머니를 말리고 있다고밖에 달리 표현할 수 없다며, 어머니가 집을 떠나지 못하는 이유는 오직 가족들 때문이 아니냐고 했다. 그렇지만 아이들은 함께 데리고 갈 수 있는 데다, 오랜 기간 멀리까지 갈 필요도 없는데, 바로 저 위에 성이 있는 산만 해도 공기가 아주 다를 것이라고 했다. 또한 마을에서 제일가는 구둣방 주인이고 성에는 어머니를 기꺼이 맞아줄 친지들이 있을 테니 이사 비용을 염려할 필요도 없지 않겠느냐고 했다. 왜 아버지는 어머니를 놓지 않는 것일까? 아버지도 이런 병환을 대수롭잖게 여기지는 않겠지만, K는 어머니를 언뜻 보았을 뿐인데도 안색이 나쁘고 몸이 너무 쇠약해 깜짝 놀랐기 때문에 말을 걸어 보고 싶은 충동을 느꼈다고 했다. 그때 벌써 K는 한스의 아버지가 목욕탕 겸 세탁장의 더러운 공기 속에 병든 아내를 내버려두고, 큰 소리로 떠드는 것에 깜짝 놀라지 않을 수 없었다고 말했다. 아버지는 뭐가 중요한지 문제의 초점을 잘 모르는 모양이고, 최근에는 어머니의 병세도 좋아진 것 같지만, 그렇다고 해도 이런 병은 변덕스러워서 안심하고 있으면 나중에는 걷잡을 수 없게 되어 때를 놓칠 수 있다고 했다. 그리고 K가 어머니와 이야기할 수 없다면 아버지와 만나서 주의해 드리면 좋겠다고 덧붙였다.

한스는 호기심에 차 K의 말에 귀를 기울이고 있었다. 그는 대부분의 말은 알아들었으며, 이해할 수 없는 부분에서는 거센 위협을 느꼈다. 그럼에도 그는 아버지가 K를 싫어하기 때문에 그가 아버지와 이야기할 수 없다고 말했다. 또 아버지는 틀림없이 남선생이 한 것처럼 K를 대할 것이라고도 했다. 한스는 K 이야기를 입에 올릴 때는 미소를 띠면서 수줍어했으나, 아버지 이야기를 입에 올릴 때는 못마땅하고 슬픈 표정을 지었다. 그렇지만 K가 혹시 어머니와 이야기할 수 있을지도 모르겠다며, 아버지 몰래 해야 한다고 덧붙였다. 그러곤 마치 벌을 받지 않고 금지된 일을 해보려고 방법을 궁리하는 여자처럼 멍한 눈으로 잠시 생각에 잠겨 있다가 드디어 입을 열었다. 어쩌면 모레는 가능할지도 모르겠다면서, 아버지는 저녁때 신사관에 가서 상의할 일이 있다니까 한스가 저녁때 와서 K를 어머니에게로 안내하겠다고 말했다. 물론 어머니가 동의해야 하므로 그런 일은 상당히 어렵게 여겨진다고 하였다. 무엇보다도 어머니는 아버지 뜻에 거스르는 일은 절대로 하지 않고 모든 일에 아버지에게 순종하는데, 자기가 보기에도 이치에 벗어나는 일조차 그렇다고 말했다. 그러고 보니 한스는 K가 아버지에 대한 대책을 찾아주길 바라고 있었던 것이다. 전부터 알고 지내던 주위 사람들은 아무런 도움도 줄 수 없기 때문에, 갑자기 나타나 어머니의 입에까지 오른 낯선 사내가 혹시 무슨 도움을 주지나 않을까 살펴 보려고 했던 것이다. 그러나 소년은 오히려 자기가 K를 도우려 한다고 믿었으므로 마치 자기 자신을 속이고 있는 거나 마찬가지였다. 이 아이는 거의 무의식중에 본심을 감춘 셈인데 능글능글하기 짝이 없었다. 그것은 지금까지의 태도나 말씨에서는 거의 엿볼 수 없었으나, 늦게나마 반은 우연히, 반은 일부러 이 아이에게 고백시킴으로써 비로소 알 수 있었다. 소년은 K와 오랫동안 이야기하면서 어려움을 어떻게 극복해야 하는지 곰곰이 생각했다. 한스가 아무리 생각해 보아도 그것은 거의 극복하기 힘든 어려움이었다. 깊은 생각에 잠겨 있으면서도 도와달라고 애원하듯 한스는 불안하게 눈을 깜박거리면서 K의 얼굴을 뚫어지게 바라보았다.

한스는 말했다. 아버지가 집을 나가기 전에는 어머니에게 아무 말도 할 수 없는데, 만일 말하게 되면 아버지가 그 사실을 알게 되고 모든 일이 물거품이 된다고 말했다. 그러니까 나중이 아니면 그 일을 입 밖에 낼 수 없고, 지금 말한다 하더라도 어머니의 건강을 생각하면 갑작스레 할 수는 없어서 적당한 기회를 봐서 천천히 얘기해야 한다고 했다. 그래야 어머니의 동의를 얻게 되고 그런 뒤에야 겨우 K를 데리러 올 수 있다는 것이었다. 그러나 그러면 너무 늦어서 아버지가 금세 돌아오지 않을까? 그래, 역시 불가능하다. K는 한스가 비관적인 태도를 보이자 결코 절망적이지 않다고 말했다. 잠깐 동안 만나서 이야기만 하면 충분하므로, 시간이 부족하다고 걱정할 필요는 없다고 이야기해 주었다. 더욱이 자기를 부르러 올 필요도 없는데, 자기는 한스의 집 근처에 숨어서 기다리다가 한스가 신호를 보내면 가겠다고 K가 말했다. 한스가 K가 집 근처에서 기다리면 안 된다고 했다. 또다시 한스는 어머니 일 때문에 신경과민이 되어 버렸다. 한스는 어머니에게도 알리지 않은 채 K가 출발하면 안 되고, 자기는 어머니 몰래 비밀협정을 맺을 수는 없으며, 자신은 K를 학교에서 불러와야 하지만, 그것도 어머니에게 자초지종을 말하고 허락을 받은 뒤여야만 한다고 말했다. K는 좋다고 말했다. 그러면서 그렇게 되면 사실 위험이 많은 데다 집에서 아버지에게 들켜서 붙들리는 일이 없다고 장담할 수 없을 것이라고 했다. 그렇게 되지 않는다 하더라도 어머니는 그것이 두려워서 절대로 K를 오지 못하게 할 것이며 아버지 때문에 모든 일이 헛일이 될 것이라고 말했다. 거기에 대해서 이번에는 한스가 반박했고, 이리하여 옥신각신 토론은 그칠 줄 몰랐다. 벌써 꽤 오래 전부터 K는 학생용 의자에 앉아 있던 한스를 교단의 자기 옆으로 불러서 무릎 사이에 끌어 당기고 가끔 달래는 듯이 쓰다듬어 주었다. 이렇게 두 사람이 가까이 있은 덕분에 한스가 이따금 반대했는데도 불구하고, 마침내 두 사람은 그럭저럭 의견 일치를 보게 되었다.

한스는 먼저 어머니에게 진실을 전부 고백한다. 그러나 어머니가 쉽게 동의하도록 K는 브룬스비크와도 이야기하길 바란다고 덧붙인다. 물론 어머니 때문이 아니라 K 자신의 일 때문이라고 말하는 것이다. 이는 사실 거짓말은 아니었다. 말하고 있는 사이 K에게 언뜻 어떤 생각이 떠올랐던 것이다. 브룬스비크가 위험하고 나쁜 사람일지라도 지금 자신의 적은 아니다. 적어도 면장이 알려 준 바에 따르면 브룬스비크는 정치적인 이유에서이긴 하지만, 측량기사의 초빙을 요구한 사람들의 우두머리 아닌가. 따라서 K가 마을에 온 것을 브룬스비크는 확실히 환영할 터였다. 그렇다면 첫날 K에게 인사했을 때의 불쾌한 태도와 싫어하는 기색은 아무래도 알 수 없는 일이다. 혹시 브룬스비크는 K가 맨 먼저 자기에게로 도움을 청하지 않아 마음이 상했거나 또는 다른 오해가 있는지도 모르겠다. 그런 오해는 두서너 마디 이야기하면 풀릴 것이다. 그렇게만 되면 브룬스비크는 K가 남선생이나 면장과 맞설 때 버팀목이 되어 줄 것이다. 좌우간 관청에서 일삼고 있는 눈속임을—대체 그것이 눈속임이 아니고 무엇이겠는가? —즉, 면장과 남선생이 훼방을 놓아 백작의 관청에도 보고하지 않고 억지로 관리인 자리를 맡겨버린 사기행위의 정체를 폭로할 수도 있을 것이다. K를 둘러싸고 브룬스비크와 면장이 다시 싸움을 벌이면 틀림없이 브룬스비크는 K를 자기편으로 끌어넣을 것이다. 그럼 K는 브룬스비크 집의 손님이 될 것이다. 그리고 브룬스비크는 K가 면장과 맞설 수 있게 자신의 권력을 마음대로 쓰게 해줄 것이다. 그 덕에 K에게 일이 유리하게 전개될지 누가 아는가. 좌우간 브룬스비크의 아내에게 가까이 갈 수 있을 것이다. 이렇게 K는 몽상에 잠기고 또 몽상은 K의 주위에서 아롱거렸는데, 그동안 한스는 어머니만을 생각하면서 입을 다물고 있는 K를 심란하게 쳐다보고 있었다. 그것은 마치 심각한 증상에 대해 치료법을 궁리하는 의사를 쳐다보는 것 같았다. 측량기사 자리 때문에 아버지인 브룬스비크와 만나겠다는 K의 제안에 한스는 동의했다. 그렇게 하기만 하면 아버지로부터 어머니를 보호해 줄 수 있을 뿐더러, 곤란한 경우가 일어나서 변명할 필요가 생기는 일은 거의 없을 거라고 생각했기 때문이다. 한스는 또 K가 늦은 시간에 방문하는 것을 아버지에게 어떻게 설명할 것인가 물었다. K는 관리인의 일이 견딜 수 없고 선생이 사람을 멸시하는 대우를 했기 때문에 갑자기 절망감에 사로잡혀 모든 분별력을 잃어버렸다고 변명할 거라 말했다. K의 대답에 한스는 약간 우울한 표정을 짓기는 했지만 그럭저럭 이해했다.

이렇게 일어날 수 있는 일들을 미리 생각해보니, 성공할 가능성이 아주 없지 않다는 희망이 보였기 때문에 한스는 생각을 짜내는 고통에서 벗어나 자못 즐거운 모양이었다. 그래서 그는 처음에는 K를 상대로 그 다음에는 프리다를 상대로 잠시 동안 어린애다운 순진한 태도로 지껄였다. 프리다는 내내 전혀 다른 생각을 하는 것처럼 앉아 있었는데 이때 비로소 이야기에 한몫 끼게 되었다. 다른 말을 하던 중에 그녀는 한스에게 무엇이 되고 싶으냐고 물었다. 한스는 그다지 깊이 생각해 보지도 않고 K와 같은 인물이 되겠다고 대답했다. 왜 그런지 이유를 물었으나 한스는 확실히 대답하지 못했다. 학교 관리인이 되겠느냐고 물었더니 그렇지 않다고 명확하게 부정했다. 질문을 좀 더 한 뒤에야 비로소 그 아이가 어떤 경로로 그런 희망을 품게 되었는지 밝혀졌다. 지금 K의 신분이란 부럽기는커녕 멸시당하는 처량한 신세라는 사실을 한스도 잘 알고 있었기 때문에, 그걸 알기 위하여 일부러 다른 사람의 생활을 관찰할 필요는 없었다. 한스도 될 수 있으면 K가 어머니를 쳐다보거나, 어머니에게 말을 걸지 못하도록 말리고 싶은 생각이 간절했다. 그런데도 한스는 K에게로 찾아와서 도움을 청했으며 K가 그 청을 받아들였을 때는 기뻤다. 한스가 볼 때 K에게 특별히 남들과 다른 점이 있다고 생각하진 않았으나, 무엇보다도 어머니가 K의 이야기를 입 밖에 냈다는 사실은 무시할 수 없었다. 이런 모순에서도 한스는, 지금은 K가 물론 비천하고 보잘것없는 신분이지만 까마득히 먼 장래에는 다른 모든 사람보다 귀하게 될 것이라는 확신을 얻게 되었다. 이리하여 마침내 바로 이 터무니없이 머나먼 장래와 그때 이루어질 자랑스러운 발전에 한스는 한없이 마음이 끌렸다. 그래서 현재의 K를 장래의 가치로 계산하여 생각했는데, 이 바람에는 어린애다운 깜찍함이 깃들어 있었다. 그것은 한스가 K를 나이 어린 동생이나 후배처럼 내려다보고 그 장래가 어린 소년인 자신보다도 훨씬 멀리 뻗어 있는 것처럼 생각한 점이다. 그래서 한스는 프리다의 연이은 질문으로 이에 대해 대답해야 했을 때는 침울해하며 걱정스러워 했다. K가 입을 열고 이야기를 시작해서야 비로소 소년의 얼굴에 다시 명랑한 빛이 떠올랐다. "네가 무엇 때문에 날 부러워하는지 알아. 이 마디 있는 아름다운 지팡이 때문이지?" 한스는 탁자 위에 놓인 그 지팡이를 이야기하는 내내 무심코 만지고 있었다. K는 이런 지팡이를 만드는 것은 어렵지 않으니 계획이 성공하면 한스에게 더 훌륭한 지팡이를 만들어 주겠다고 말했다. 한스는 정말 지팡이밖에 염두에 없다고 할 정도로 K의 약속을 듣고 매우 기뻐하며 즐거운 마음으로 헤어졌는데, 떠날 때 K의 손을 꼭 붙들고 "그럼 모레예요" 다짐했다.

14 프리다의 비난

한스는 아슬아슬한 시간에 교실을 나갔다. 왜냐하면 한스가 나가자마자 갑작스레 남선생이 문을 열어젖혔기 때문이다. 그는 K와 프리다가 둘이서 한가하게 앉아 있는 모습을 보고 소리쳤다. "방해해서 미안하지만, 대체 언제 이 방을 치울 거지? 우리는 저쪽에 콩나물처럼 촘촘히 앉아 있으려니 비좁아서 수업도 제대로 할 수 없어. 그런데 당신네들은 이 넓은 체육실에서 팔다리를 펼 대로 펴고 몸을 뻗을 대로 뻗고 있으니. 그것도 부족해서 조수들까지도 내쫓았지. 자아, 일어서 봐! 움직이기라도 해보란 말이야!" 그러더니 K에게만 이렇게 말했다. "자네는 지금 당장 교정관에 가서 점심식사를 가져와!" 남선생은 펄펄 뛰고 화를 내면서 소리쳤지만 말씨는 비교적 부드러웠다. 거칠게 들리는 '자네'라는 말조차 그랬다. K는 곧 명령에 따르려고 했으나 남선생의 마음을 떠보려고 말했다. "저는 해고되었을 텐데요." "해고당했건 안 당했건, 좌우간 점심식사를 가져오란 말이야!" 남선생이 말했다. "해고당했는지 안 당했는지 저는 그 점을 알고 싶습니다." K가 말했다. "무슨 말이 그렇게 많아! 자네는 해고통지를 거부하지 않았는가!" "해고통지를 무효로 하는 데 그것만으로 충분합니까?" K가 물었다. "나는 그것으로 충분하다고 생각하지 않아. 내가 그렇게 생각하지 않는 것은 확실한데, 면장님은 그러면 된다고 생각하는 모양이야. 도무지 알 수 없어. 자, 빨리 뛰어가. 안 그럼 내 주먹에 맞아 밖으로 날아가게 될 테니까!" 남선생은 그렇게 말했다. K는 만족했다. 선생이 어느새 면장과 만나고 왔거나, 그렇지 않다면 면장과 이야기하지도 않고 단지 면장이 낼 것 같은 의견을 추측했을 뿐인지도 몰랐다.

면장의 의견이랄 것이 꽤 그럴 듯했다. 그래서 K는 곧 식사를 가지러 가려고 바삐 서둘렀다. 그러나 미처 복도를 벗어나기도 전에 남선생이 그를 불렀다. 점심식사를 가져오라는 색다른 명령을 내려서 K가 얼마나 열심히 일하는지 시험해 보고, 그것을 앞으로 참고 삼으려 한 것일까. 아니면 또 새로운 명령을 내리고 싶어져서 K에게 바쁜 심부름을 시켜 달음박질을 하게 해 놓고 다시 명령을 내려서 사환처럼 날쌔게 방향전환하는 꼴을 보고 즐기려는 것일까? 그 둘 중에 어느 쪽인지 알 수 없으나, 좌우간 남선생은 그를 불렀다. K는 너무 시키는 대로 하면 남선생의 노예나 왕자의 매를 대신 맞는 소년밖에 되지 못한다는 사실을 알고 있었지만, 이제 어느 정도는 남선생의 변덕을 참고 받아들이려 했다. 왜냐하면 지금까지 알게 된 것처럼, 남선생은 합법적으로 K를 해고할 수는 없어도 K의 자리를 견딜 수 없을 만큼 괴롭게 만들 수는 있기 때문이다. 게다가 이 자리는 지금 K에게 전보다 더 중요했다. 한스와의 대화에서 K는 실현 가능성은 없다 하더라도 결코 잊을 수 없는 희망을 새로 품었다. 이 희망은 심지어 바르나바스까지 가려서 어렴풋이 만들 정도였다. K는 이 희망만을 추구하는 것 외에 달리 어떤 도리도 없었기 때문에 온 신경을 거기에 집중하고, 다른 일은 모조리 즉 식사·주거·마을 관청 심지어는 프리다 일까지도 생각하지 않았다. 그러나 사실 프리다 일만이 문제였다. 그 밖의 다른 모든 일은 프리다와의 관계만 없으면 아무 상관도 없었다. 그래서 K는 프리다에게 얼마쯤 안정감을 주는 이 자리를 지키려고 노력해야만 했다. 이 목적 때문에 여느 때 같으면 도저히 참지 못할 남선생의 무례를 참고 견뎌냈다. 그런 일로 후회하는 것은 당치도 않았다. 그 모든 것은 고통스러워할 만한 것도 아니었을뿐더러, 일상생활에서 끊임없이 일어나는 하찮은 괴로움의 일부분이고 K가 지금 추구하고 있는 것에 비하면 아무것도 아니었다. 그리고 K가 이곳으로 온 것은 남들처럼 편안한 생활을 하기 위해서가 아니었다.

이리하여 K는 여관에 심부름을 가려고 했다가, 명령이 바뀌는 바람에 여선생이 어린이들과 함께 들어올 수 있도록 먼저 교실부터 치워야 했다. 교실을 치우는 일은 굉장히 빨리 해야만 했다. 바로 점심식사를 가져와야 했기 때문이다. 남선생은 벌써 무척 배가 고프고 목이 말라 있었다. K는 말씀대로 다 하겠다고 장담했다. 잠시 동안 남선생은 K가 서둘러 잠자리를 치우고, 체조기구를 제자리에 정돈해 놓고 재빠르게 교실을 쓸어 내는 한편, 프리다는 프리다대로 교단을 닦고 문지르는 광경을 쳐다보고 있었다. 두 사람이 열심히 일하는 모습을 보고 남선생은 만족하는 것 같았다. 남선생은 또 문 앞의 난로에 지필 장작을 한 무더기 준비하도록 시키고—그는 사실 K를 창고로 보내고 싶지 않았지만—곧 다시 돌아와서 검사하겠다고 을러대고는 아이들이 있는 쪽으로 가버렸다.

한동안 묵묵히 일하던 프리다는 대체 왜 남선생에게 그렇게 고분고분하느냐고 K에게 물었다. 이 질문에는 확실히 동정과 염려가 담겨 있었다. 그러나 K는 처음에 프리다가 자기를 남선생의 명령이나 횡포로부터 보호해 주겠다고 약속했는데도 그것이 잘 안 된 것을 생각하고는, 관리인이 된 이상 맡은 일을 할 수밖에 없지 않느냐고 짧게 대답했다. 그리고 두 사람은 입을 다물어 버렸다. 나중에 K는—이 짤막한 대화를 하면서 그는, 프리다가 그때까지 상당히 오랫동안, 특히 한스와 자기가 이야기하는 동안 내내 근심에 잠겨 있었음을 생각해냈다—장작을 날라 들이면서 대체 무얼 생각하느냐고 그녀에게 터놓고 물었다. 그녀는 천천히 얼굴을 들어 그를 쳐다보면서 딱히 무엇을 생각하는 것이 아니라, 단지 여주인 일과 여주인이 말한 여러 가지가 정말이었던 것 따위를 두서없이 생각할 따름이라고 대답했다. K가 다그치자 몇 번을 빼다가 비로소 그녀는 전보다 더 자세한 대답을 했다. 말을 하면서도 그녀는 일하는 손을 쉬지 않았는데, 일에 열중했기 때문이 아니라—일은 조금도 진척되지 않았다.—그러고 있으면 K의 얼굴을 보지 않아도 되었기 때문이었다.

프리다는 이야기를 시작했다. 그녀는 K가 한스와 이야기하는 소리를 처음에는 침착하게 듣고 있었지만, K의 몇 마디 말을 듣고 깜짝 놀라서 그 말의 뜻을 분명히 파악하려고 애쓰기 시작했다. 그때부터 줄곧 K의 말에서 여주인이 프리다에게 해준 경고를 확인할 수 있었는데, 그 경고를 프리다는 지금까지 결코 옳지 않다고 믿었다는 것이었다. 프리다의 막연한 표현에 기분이 상한 K는 눈물겹게 호소하는 듯한 소리를 듣고 나서 감동했다기보다는 초조해져서—사실 지금까지 여주인이 직접 끼어들어 K의 생활에 간섭하여 성공한 적은 별로 없었지만, 지금 또다시 기억을 통해 그의 생활에 개입해왔기 때문이었다. —팔에 안고 온 장작을 내동댕이치더니 마룻바닥에 철퍼덕 주저앉으며, 진지한 말투로 똑똑히 해명해 달라고 그녀에게 요청했다. 그래서 프리다는 말을 시작했다. "벌써 여러 차례나, 처음부터 주인 아주머니는 내가 당신을 의심하게 하려고 애써 왔어요. 그러나 당신이 거짓말쟁이라고 주장한 것은 아니에요. 절대로 그러시진 않았어요. 주인 아주머니 말은 이래요. 즉 당신은 어린아이처럼 솔직한 사람이지만 우리와는 아주 다르니까, 설사 당신이 솔직하게 말한다 하더라도 우리는 도저히 당신의 말을 믿을 수는 없다고, 따라서 좋은 친구가 나타나 일찌감치 우리를 돕지 않는 한 우리는 쓰라린 경험을 하고 나서야 당신의 말을 믿게 될 거라고. 사람 보는 눈이 날카로운 주인 아주머니도 별 수 없다는 거죠. 그러나 교정관에서 당신과 마지막으로 이야기한 다음에 주인 아주머니는—주인 아주머니의 말을 그대로 되풀이한다면—당신의 '모략을 알았다'고 했어요. '이제는 K가 아무리 숨기려 해도 속지 않아' 이렇게 말했어요. 그러면서도 당신은 뒤에 뭘 감추지 않는 사람이라고 늘 되풀이해서 말했지요. 그러곤 이렇게도 말하더군요. 언제든지 기회가 있으면 당신 말을 잘 들어 보라고, 건성으로가 아니라 귀를 잘 기울여 신중히. 주인 아주머니는 더 이상 말이 없었지만 내게는 그 말 가운데서 이런 내용이 들리더군요. 당신이 내게 접근해 온 것은—주인 아주머니는 이런 수치스러운 표현을 썼어요—단지 내가 우연히 당신의 눈에 띄어서 마음에 든 것뿐이라고요. 거기다가 당신이 주점 여급은 손님이 손을 내밀기만 하면 누구에게든 몸을 바친다고 잘못 생각했기 때문이라고요. 뿐만 아니라 주인 아주머니가 신사관 주인에게 들어보니, 당신은 그때 어떤 이유로 신사관에 묵으려고 했는데 그러자면 아무래도 나를 이용해야만 했다는 거예요. 이런 사실만으로도 그날 저녁 당신이 나를 애인으로 삼을 만한 동기는 충분하다고 생각한다는 거죠. 그러나 우리 사이가 그 이상 발전하는 데는 어떤 다른 계기가 있어야만 하는데, 그게 클람이라는 거예요. 주인 아주머니는 당신이 클람에게 무엇을 요구하는지 안다고는 주장하지 않아요. 단지 당신이 나와 알기 전에도 알게 된 뒤와 마찬가지로 기를 쓰고 클람을 만나고 싶어했다고 주장해요. 주인 아주머니의 견해는 이래요. 즉 당신은 나를 알기 전에는 클람을 만날 희망이 전혀 없었지만, 나를 알게 된 뒤로는 머지않아 떳떳하게 클람 앞에 나설 확실한 방법을 나를 통해서 손에 넣었다고 생각하고 있다는 거예요. 나를 알기 전에는 이곳에서 갈피를 잡지 못하고 헤맸다고 당신이 말했을 때—물론 무슨 이유가 있어서 나온 이야기가 아니라 단지 지나가는 말로 새어나온 데 지나지 않았지만—얼마나 깜짝 놀랐는지 몰라요. 그와 똑같은 이야기를 주인 아주머니도 했던 것으로 기억하고 있어요. 또 주인 아주머니는 이렇게 말했어요. 당신이 나를 알고 나서야 비로소 목적을 의식하게 됐다고. 그렇게 된 이유는 당신이 클람의 애인인 나를 손아귀에 넣었으니까, 최고 가격이 아니면 함부로 내놓지 않을 담보를 확보한 거나 마찬가지라고 생각하기 때문이라고요. 당신이 유일하게 애쓰는 거라곤 이 가격을 놓고 클람과 흥정하는 일이라고 하더군요. 당신에게 나는 아무것도 아니고 오직 금액만이 문제이기 때문에, 당신은 나에 관해선 무엇이든 순순히 받아들이면서도 금액에 관해서는 아주 고집을 부린다고. 그래서 당신은 내가 신사관 일자리를 잃어버린 것이라든지 교정관을 나와야만 했던 일, 그리고 지금은 어려운 관리인 일을 해야 하는 것까지도 무관심하다는 거예요. 당신은 애정이라곤 조금도 없을뿐더러 나를 위해서 시간도 내주지 않아요. 나를 조수 두 사람에게 맡긴 채 질투하지도 않고요. 단지 내가 클람의 애인이라는 사실만이 당신에게 가치가 있죠. 당신은 아무것도 모르면서 내가 클람을 잊지 않도록 애쓰고 있어요. 마지막으로 결정적인 시기가 닥쳐왔을 때 내가 극심하게 반항하지 못하도록요. 그처럼 냉정하신 당신이 주인 아주머니와는 곧잘 다투시더군요. 나를 당신에게서 빼앗을 수 있는 사람은 오로지 주인 아주머니뿐이라고 믿기 때문이겠죠. 그래서 주인 아주머니와 끝까지 맹렬히 다툰 다음 나를 데리고 교정관을 나오시지 않았어요? 그러면서도 내가 당신의 소유물이고 어떤 일이 있더라도 내 마음이 변하지 않을 거라 확신하고 있어요. 당신은 클람과의 면담을 현금을 거래하는 장사와 마찬가지라고 생각하고 있어요. 그리고 여러 가지 가능성을 계산하고 있어요. 만일 기대하는 가격을 얻을 가능성이 있을 때는 무슨 짓이라도 할 작정이겠죠. 클람이 나를 바란다면 서슴지 않고 나를 내줄 것이며, 그가 당신더러 내 옆에 가 있으라고 하면 내 곁에서 떠나지 않을 것이고, 또 그가 나를 버리라고 하면 당신은 그대로 나를 차버릴 거예요. 뿐만 아니라 당신은 이득이 된다 싶으면 거짓 연극을 꾸며 저를 사랑하는 척 흉내도 내실 거예요. 만약 클람이 관심을 보이지 않으면 당신은 날 클람에게서 빼앗았다는 사실로 그에게 창피를 주겠지요. 아니면 내가 그 사람에게 한 사랑 고백을—난 정말 사랑 고백을 했었어요—그에게 전하고는, 나를 다시 받아들여 달라고 부탁할 거예요. 물론 그가 값을 치르는 조건으로요. 그래도 어쩔 수 없게 되면 K부부의 이름으로 거지와 같은 행세를 할 거예요. 만일 주인 아주머니가 내린 결론처럼 당신이 했던 지금까지의 추측, 희망, 클람에 대한 공상, 그리고 클람과 나와의 관계에 대한 상상, 그런 것이 모두 다 착각이었다고 깨닫게 되면 그때부터 내게는 지옥이 시작되는 거지요. 그렇게 되면 나는 정말로 당신의 단 하나의 소유물이 되니까요. 당신은 그 소유물에 의지했는데 그것이 가치없다는 사실이 증명되었으니, 당신은 그에 맞게 나를 다루겠지요. 당신은 내게 소유자의 감정 이외에 아무런 감정도 없을 테니까요."

K는 입을 꼭 다문 채 긴장한 상태로 귀 기울여 듣고 있었다. 아래에 깔고 앉았던 장작이 굴러서 그는 하마터면 마룻바닥에 미끄러질 뻔했는데, 거기에는 조금도 신경쓰지 않았다. 그는 간신히 일어서서 교단 위에 걸터앉고는 살그머니 빼내려고 하는 프리다의 손을 잡고 말했다. "당신과 주인 아주머니의 의견이 뚜렷하게 구분되지 않는 부분들이 있는걸." "이것은 모두 주인 아주머니의 의견이에요." 프리다는 이어서 말했다. "나는 주인 아주머니를 존경하기 때문에 아주머니 말씀이라면 무엇이든 귀를 기울였어요. 내가 그분의 말을 따르지 않은 것은 그때가 처음이에요. 그분 말은 너무 한심해서 우리 관계를 제대로 이해하지 못하는 것 같았어요. 오히려 내게는 그분의 말에 반대되는 것이 옳게 느껴졌어요. 나는 우리가 첫날밤을 지낸 뒤에 맞았던 그 우울한 아침을 생각했어요. 당신이 내 옆에 무릎 꿇고 앉아서 이제 모두 끝났다는 듯한 눈빛을 보였던 그 장면을 상상했어요. 그리고 내가 이토록 애를 쓰는데도 당신에게 도움이 되기는커녕 방해만 되고 있는 것을 절실히 느꼈어요. 나 때문에 주인 아주머니는 당신의 원수가, 강적이 되어 버렸어요. 당신은 지금도 그분을 여전히 과소평가하지만요. 당신은 나를 여러모로 걱

정해 주고, 나를 위해서 일자리를 구하려 싸워야 했으며, 면장에 대해서 불리한 입장에 서게 되었고, 또 학교 선생들에게 머리를 조아리게 되었고, 조수들에게까지 약점을 잡혀서 완전히 그들의 손아귀에 잡혀 있었지요. 그런데 가장 나쁜 것은 당신이 나 때문에 어쩌면 클람을 욕되게 했을지도 모른다는 것이에요. 어떻게든 클람을 만나서 달래보려고 애쓰지만 그것은 헛수고일 뿐이에요. 주인 아주머니는 이런 사정을 틀림없이 나보다 잘 알고 있으니까, 내가 너무 자책하지 않도록 귀띔해 준 것이라고 혼자 생각했어요. 호의는 고맙지만 헛수고였어요! 이 마을이 아닌 다른 곳에서였더라면 당신에 대한 사랑으로 이 모든 난관을 극복하고 결국 그 힘이 당신을 앞으로 나아가게 했을 거예요. 하지만 이 사랑의 힘은 벌써 증명된 셈이에요. 당신을 바르나바스 가족에게서 구했으니까요." "그러면 그것이 그때의 당신 생각이었던가? 그리고 그 생각이 어떻게 변했지?" K가 물었다. "나도 모르겠어요." 프리다는 이렇게 말하고 그녀의 손을 잡고 있는 K의 손을 보았다. "아마 아무것도 변하지 않았을 거예요. 당신이 이처럼 내 옆에 계시고, 이렇게 침착하게 물으시면, 나는 조금도 변하지 않았다는 생각이 들어요. 그러나 사실은……." 그녀는 K에게서 손을 뿌리치고, K와 마주 보며 자세를 똑바로 하고 앉아서 자기 얼굴을 가리지도 않은 채 울었다. 그녀는 눈물로 범벅된 얼굴을 그에게로 향하고 있었는데, 그 모습이 마치 자기 자신 때문에 우는 것이 아니니까 아무것도 감출 것이 없으며, 단지 K에게 배신당한 것이 슬퍼서 우는 것이므로 그 모습을 보여 주는 것은 당연하다는 것 같았다. "사실 당신이 한스와 하는 이야기를 들은 다음부터 모든 사정이 달라졌어요. 당신은 아주 순진한 것처럼 시치미를 떼고 가정사와 그 밖의 여러 가지 일을 이것저것 물으셨어요. 마치 당신이 아주 다정한 태도로 술집에 들어오셔서 천진난만하고 열렬하게 내 시선을 찾으시던 그 모습을 눈앞에서 보는 것만 같았어요. 그때와 조금도 다름없어요. 그래서 나는 주인 아주머니가 여기 있어서 당신의 말을 듣고도 자기 의견을 고집하려고 한다면 참 재미있으리라고 생각했어요. 그러나 그 다음에 어떻게 해서 그렇게 되었는지는 모르겠지만, 당신이 무슨 목적으로 한스와 이야기하셨는지 깨닫게 됐어요. 당신은 동정어린 말로 얻기 어려운 그 아이의 신뢰를 얻었는데, 아무런 방해 없이 당신의 목표를 향해서 거침없이 나아가기 위해서였지요. 당신의 목표는 말을 듣는 동안 점점 확실해졌어요. 바로 브룬스비크 부인이었지요. 당신은 겉으로는 부인을 염려하는 것처럼 말했지만, 그 이야기를 들어 보니 결국은 자기 자신의 일밖에는 염두에 두지 않는다는 사실이 밝혀졌어요. 당신은 부인을 얻기도 전에 벌써 부인을 속이셨어요. 당신의 말씀을 듣고 나의 과거뿐만 아니라, 미래까지도 알 수 있었어요. 내게는 마치 이렇게 느껴졌어요. 주인 아주머니가 내 옆에 앉아서 모든 사정을 설명한다, 나는 있는 힘을 다해서 주인 아주머니를 뿌리치려고 한다, 그런데 이런 노력에는 희망이 없다는 사실을 분명히 깨닫게 된다. 그런데 이때 속은 사람은 내가 아니라—나는 결코 속지 않았어요. —알지도 못하는 부인이었어요. 그래도 나는 다시 용기를 내서 한스에게 무엇이 되겠느냐고 물어보았더니, 한스는 당신과 같은 사람이 되겠다고 대답했어요. 이미 한스는 완전히 당신의 소유가 되어 버린 거죠. 이쯤 되면 좋지 못한 일에 이용당한 착한 한스와 그 당시 술집에 있었던 나 사이엔 대체 어떤 차이가 있을까요?"

"당신의 말은 모두." 비난에 익숙해짐에 따라 침착해진 K가 입을 열었다. "당신이 한 소리는 어떤 의미에서는 옳아. 확실히 틀리지는 않았지만 적개심으로 가득해. 당신이 아무리 자기 생각이라고 믿어도 그것은 나의 적인 주인 아주머니 생각이야. 그래서 나는 안심했어. 하지만 그 생각에는 교훈적인 점도 많고, 또 주인 아주머니에게서 여러 가지를 배울 수 있을 것 같은 생각도 들어. 주인 아주머니는 나를 소중히 대해주지는 않았지만, 지금처럼 그런 심한 소리도 하지 않았어. 그녀가 당신에게 이런 무기를 맡긴 까닭은, 확실히 당신이 그것을 내가 특별히 곤란하고 아슬아슬할 때에 쓰길 바랐기 때문이야. 만일에 내가 당신을 마음대로 이용했다면 주인 아주머니도 똑같이 당신을 마음대로 이용한 셈이지. 그런데 프리다, 생각을 좀 해보란 말이야. 모든게 꼭 주인 아주머니가 말하는 그대로라고 해도, 그건 당신이 나를 사랑하지 않는 때에 한해서만 문제일 거야. 그럴 때는 내가 당신을 미끼로 크게 한몫 챙기려고 노림수와 술수를 써서 당신을 얻은 셈이 되겠지. 그리고 보면, 내가 술수를 써서 당신의 동정심을 자아내려고 그때 올가와 팔짱을 끼고 당신 앞에 나타났다고 할 수 있지 않겠어? 주인 아주머니가 내 죄와 허물을 늘어놓을 때 이것도 집어넣는 것을 잊었을 뿐이겠지. 그러나 이렇게 극단의 경우가 아니고, 만일에 교활한 맹수가 당신을 낚아채 버린 것이 아니라, 나와 당신이 동시에 서로 손을 뻗어 환영하고, 두 사람이 다 자기 자신을 잊고 상대를 발견했다고 하면 프리다, 그때는 대체 어떨까? 그때에는, 나는 나 자신의 일과 당신의 일을 함께 해 나가게 되는 거야. 이렇게 되면 나의 일과 당신의 일은 전혀 분리할 수 없고 단지 적의를 품고 있는 주인 아주머니만이 구별할 수 있을 뿐이지. 이 원칙은 모든 것뿐만 아니라 한스의 경우에도 적용돼. 아무튼 당신은 마음이 여려서 나와 한스의 이야기를 과장해서 생각하는 거야. 왜냐하면 한스와 나의 견해가 완전히 맞아 떨어지지 않는다고 하더라도, 대립적인 관계까지는 아니니까 말이지. 게다가 우리의 의견이 일치하지 않는 걸 한스가 눈치채지 못할 리 없지. 만일 당신이 그렇게 생각한다면, 그 애어른 같은 신중한 아이를 대단히 얕보는 거야. 그리고 가령 한스가 모든 일을 눈치 채지 못하고 있다 하더라도, 피해를 입는 사람은 아무도 없을 거고 또 그러기를 바라지."

"정말 뭐가 뭔지 모르겠어요." 프리다는 한숨을 쉬고서 말을 이었다. "나는 당신을 의심한 일도 없지만, 만일에 의심 같은 감정이 주인 아주머니에게서 내게 옮아왔다면, 나는 기꺼이 털어 버리겠어요. 그리고 무릎 꿇고 당신의 용서를 빌겠어요. 내가 아무리 욕설을 퍼붓는 여자라고 하더라도, 이것만은 쭉 실행해 왔어요. 그러나 당신은 여전히 많은 비밀을 가지고 있어요. 당신은 오셨다가도 또 나가시는데, 어디서 오셔서 어디로 가는지 나는 몰라요. 아까 한스가 문을 두드렸을 때, 당신은 바르나바스의 이름을 부르셨어요. 이유는 알 수 없지만 당신은 그 지긋지긋한 이름을 아주 정답게 부르시더군요. 단 한 번만이라도 내 이름을 그렇게 다정하게 불러 주셨으면 얼마나 좋았을까요. 당신이 나를 조금도 믿어 주시지 않는데 왜 내가 당신을 의심해선 안 될까요? 나를 믿지 않는다는 것은, 나를 전적으로 주인 아주머니에게 맡겼다는 증거예요. 당신의 태도는 주인 아주머니의 말을 뒷받침하는 것 같아요. 무엇이든 다 그렇다는 뜻은 아니에요. 당신이 하나에서 열까지 주인 아주머니의 이야기에 들어 맞는다고 주장하고 싶지는 않아요. 어쨌든 조수들을 내쫓은 건 나 때문이 아닌가요? 아, 내겐 괴로운 일이라도, 당신의 모든 행동과 말에서 내게 좋은 점을 찾으려고 내가 얼마나 애쓰는지 당신은 알까요."

"무엇보다도 프리다, 나는 당신에게 전혀 감추지 않아. 주인 아주머니는 나를 무척 미워하고 내게서 당신을 빼앗으려 노리고 있어! 또 얼마나 비겁

한 수단을 쓰는지 몰라! 게다가 프리다, 당신은 주인 아주머니에게 얼마나 양보하는지! 내가 당신에게 대체 뭘 숨긴다는 거야? 내가 클람을 만나고 싶어하는 것을 당신은 알고 있어. 당신이 돕지 못하니 나 혼자 해야 한다는 것도 잘 알고 있을 텐데. 내가 아직 성공하지 못한 건 물론이고 말이야. 이처럼 헛된 시도만으로도 충분히 몸서리치도록 수치스러웠는데, 그걸 이야기해서 이중으로 자존심을 상해야 한다는 거야? 클람의 썰매 문 옆에서 오들오들 떨며 오후 내내 기다리다가 허탕 친 이야기를 자랑 삼아서 하란 말인가? 이런 일을 생각하지 않아도 된다고 기뻐하면서 나는 당신에게로 서둘러 돌아오는 거야. 그런데 당신은 기다리고 있다가 이런 싫은 일들을 내게 떠올리게 하는군. 그리고 바르나바스라고? 그래 나는 바르나바스가 오기를 기다리고 있어. 그는 클람의 심부름꾼이야. 내가 그를 심부름꾼으로 쓴 게 아니야." K가 말했다. "또 바르나바스라고요!" 프리다는 외쳤다. "나는 그가 좋은 심부름꾼이라고는 생각지 않아요." "아마도 당신의 말이 옳을지도 몰라. 그러나 그는 내게 보내진 단 한 명의 심부름꾼인걸." K가 말했다. "그렇다면 더 나빠요. 그러니까 더욱 그를 조심해야 돼요." "유감스럽게도 그는 지금까지 한 번도 그럴 만한 빌미를 주지 않았어." K는 미소 지으면서 말을 이었다. "그는 어쩌다 한 번씩 오면서 가져오는 소식도 신통치 못해. 단지 그것이 직접 클람에게서 나왔기 때문에 가치가 있는 거야." "그렇지만 클람은 결코 당신의 목표가 아니죠. 어쩌면 그 점이 내게는 가장 불만스러운지도 몰라요. 당신의 나쁜 점은 언제나 나를 거쳐 클람에게 다가가려는 것이었어요. 그런데 지금 이렇게 클람에게서 멀어지는 것은 훨씬 더 나빠요. 이것은 주인 아주머니가 전혀 예상 못했던 일이에요. 주인 아주머니의 말에 따르면 나의 행복, 미심쩍기는 하지만 지금 누리고 있는 내 행복은 당신의 클람에 대한 희망이 수포로 돌아갔다고 결정적으로 깨닫는 날 끝난다는 거예요. 그런데 당신은 벌써 그런 날을 기다리지 않아요. 갑자기 어린애가 들어오니까, 당신은 그 애의 어머니를 손에 넣으려고 그 애와 다투기 시작했어요. 마치 살아남기 위해 공기를 얻으려는 것처럼요." 프리다가 말했다. "당신은 내가 한스와 나눈 이야기를 똑바로 알아들었군. 사실 그래. 그런데 당신의 과거가 송두리째 그렇게 타락한 건가? (물론 주인 아주머니는 제외하고 말이야. 주인 아주머니는 떼밀려서 함께 추락할 여자는 아니니까) 앞으로 나아가기 위해선 투쟁을 해야 하고, 밑바닥에서 올라오는 경우에는 특히 그렇다는 사실, 그런 것들을 모를 만큼 타락한 거야? 조금이라도 희망이 있는 것은 될 수 있으면 모조리 이용해 봐야 하는 게 아닌가? 내가 여기에 도착한 날, 길을 잃고 헤매다 라제만의 집에 가게 되었을 때 그 부인은 성에서 왔다고 말했어. 그렇게 말한 사람에게 충고나 도움을 구하는 것보다도 더 절실한 일이 있을까? 주인 아주머니가 클람과 만나는 것을 막는 모든 장애물을 잘 알고 있다면, 그 부인은 아마도 거기에 이르는 길을 알고 있을 거야. 자기가 그 길로 성에서 내려왔을 테니까." K는 이렇게 말했다. "클람에게로 가는 길 말인가요?" 프리다가 물었다. "물론 클람에게로 가는 길이지. 거기 말고 어디로 가겠어?" K는 이렇게 말하더니 펄쩍 뛰어 일어나서 외쳤다. "자, 우물 쭈물할 시간 없어. 점심식사를 가지러갈 시간이 다 되었으니까!" 프리다는 K에게 여기 있어 달라고 간절히 부탁했다. 마치 그가 여기에 남아 있어야만 그가 해 준 위안의 말이 증명된다는 눈치였다. 그러나 K는 프리다에게 남선생을 상기시키고, 당장이라도 천둥 치듯 요란한 소리로 활짝 열릴지도 모르는 문을 가리켰다. 그러고는 곧 돌아오겠다 약속하며, 자기가 와서 할 테니 난로에 불을 지피지 않아도 된다고 말했다. 결국 프리다는 잠자코 그 말에 따랐다. K는 밖으로 나와서 눈길을 터벅터벅 걸어가다가—벌써 훨씬 전에 치웠어야 할 눈이 이상하게도 여지껏 그대로였다. —울타리 옆에 조수 하나가 죽은 사람처럼 녹초가 되어 축 늘어진 채로 달라붙어 있는 꼴을 보았다. 한 명뿐인데, 다른 하나는 어디로 갔을까? 적어도 한 사람만은 K의 압력에 못 견뎌서 도망간걸까? 남아 있는 남은 조수는 아직 상당한 열의를 보였다. 이 조수는 K를 보자마자 기운이 생겼다는 듯 팔을 쭉 내밀고 갈망하는 듯한 눈을 부릅뜨기도 했다. "그 녀석 끈기 하나 훌륭하군!" K는 혼잣말로 중얼거렸으나 이렇게 덧붙이지 않을 수 없었다. "그렇게 고집을 부리다가는 울타리에서 얼어죽을 거야!" K는 주먹을 쭉 내밀고서 일절 가까이 오지 못하게 위협했다. 그러자 조수는 겁을 집어먹고 뒤로 슬슬 물러갔다. 때마침 프리다가 K와 상의한 대로, 불을 피우기 전에 환기를 위해 창을 열었다. 조수는 곧 K를 단념하고 억제할 수 없는 매력에 이끌리듯 창문으로 다가갔다. 프리다는 조수에 대한 정다움과 K에 대한 난처함 때문에 얼굴을 찌푸리면서 창밖으로 손을 흔들었다. 쫓으려는 건지 인사하려는 건지 알 수 없었다. 그러나 조수는 개의치 않고 좀 더 가까이 다가갔다. 그러자 프리다가 급하게 창문을 닫아 버렸다. 그러나 창문 옆을 떠난 것은 아니고 창문 뒤에서 문고리를 잡은 채, 고개를 갸우뚱 한쪽으로 기울이고는 눈을 크게 부릅뜨고서 어색한 미소를 짓고 있었다. 그런 태도가 조수를 위협하기는커녕 오히려 매혹한다는 사실을 그녀는 알고 있었을까? 그러나 K는 더 이상 뒤돌아보지 않았다. 그보다는 차라리 될 수 있는 대로 빨리 갔다가 서둘러 돌아오려고 생각했던 것이다.

15 아말리아 집에서

마침내—벌써 어둑어둑해진 늦은 오후였다—K는 교정에 쌓인 눈을 치워 길 양쪽에 높이 쌓아 올리고 단단하게 굳으라고 두드렸다. 이것으로써 오늘 할 일은 끝난 셈이었다. 그는 교정 문 옆에 서서 주위를 둘러보았으나 아무도 보이지 않았다. 조수는 벌써 몇 시간 전에 꽤 멀리까지 쫓아버렸다. 조수는 정원과 오두막 사이 어딘가로 숨어 버렸는데, 그 뒤로는 완전히 자취를 감추고 말았다. 프리다는 집에 있었다. 빨래를 하거나 기자의 고양이를 씻기고 있을 터였다. 프리다에게 이 일을 맡긴 것은 기자로서는 대단한 신뢰감의 표시였다. 물론 그것은 내키지 않는 부당한 일이었다. 단지 여러 가지로 일을 게을리 한 터라 기자가 고맙게 여길 기회는 모조리 이용하는 것이 좋다고 생각했기 때문이지, 그렇지 않았다면 K는 프리다가 이 일을 맡는 것을 보고 가만히 있지 못했을 것이다. 기자는 K가 다락방에서 어린애 목욕통을 가져다가 물을 데우고, 고양이를 조심스럽게 집어넣는 모습을 흐뭇한 듯이 쳐다보았다. 기자는 고양이를 완전히 프리다의 손에 맡겨 버렸다. 왜냐하면 K가 마을에 도착한 첫날 저녁에 만난 쉬바르처가 찾아와, 그날 밤 일을 사과하면서 관리인에게 적당한 멸시 어린 표정으로 K에게 인사한 다음, 기자와 함께 다른 교실로 가버렸기 때문이다. 지금도 두 사람은 여전히 거기에 있었다. 교정관에서 K가 들은 바에 따르면, 쉬바르처는 집사의 아들인데 기자에게 반해서 벌써 오랫동안 마을에 살고 있으며, 이런저런 연줄을 대어 보조교사 자리를 얻었다는 것이다. 그가 이 직책을 맡고 하는 일이라곤 주로, 기자의 수업 시간에 결석하는 일 없이 아이들 틈에 섞여서 학생용 의자에 앉아 있거나 또는 교단 옆 기자 발치에 앉아 있는 것이었다. 이런 행동은 수업에 전혀 방해가 되지는 않았다. 아이들은 벌써 오래전부터 이런 상황에 익숙했던 것이다. 쉬바르처가 아이들에 대한 애정이나 이해도 없이 그들과 거의 말도 하지 않으며, 단지 기자의 체조시간만을 맡으면서, 그 밖에는 기자 곁에서 그녀와 같은 공기를 마시고 그녀의 체온을 느끼면서 생활한다는 데에 만족하는 만큼 아마도 그러기가 더욱 쉬웠을 것이다. 그의 가장 큰 기쁨은 기자 옆에 앉아 어린이들의 공책에서 틀린 곳을 고쳐 주는 일이었다. 오늘도 두 사람은 이 일을 하고 있었다. 쉬바르처는 공책을 산더미처럼 가져왔으며, 남선생은 언제나 자기 몫까지 이 두 사람에게 시켰다. 그래서 아직 밝은 동안에는 이 두 사람이 창가의 작은 책상에 앉아, 서로 머리를 맞대고 함께 일하는 모습을 볼 수 있으나, 이젠 가물거리는 촛불 두 개만이 눈에 띌 뿐이었다. 이 두 사람을 맺어주는 것은 진지하고도 말 없는 사랑이었다. 이 사랑에서 주도권을 잡고 이끌어 나가는 것은 바로 기자였다. 그녀의 둔하고도 답답한 성격은 가끔 난폭해져서 모든 한계를 넘는 일이 많았다. 그녀 자신도 다른 사람이 비슷한 짓을 했으면 결코 그것을 참고 보지 못했을 것이다. 그래서 활발한 쉬바르처도 그에 보조를 맞춰서 천천히 걷고, 느리게 말하고, 되도록 침묵을 지켜야 했다. 그러나 보다시피 그에게는 기자가 잠자코 자기 눈앞에 있다는 사실만으로 이 모든 일에 대한 충분한 보상이 되었다. 그런데 기자는 전혀 그를 사랑하지 않는지도 몰랐다. 어쨌든 한 번도 깜박거리지 않고, 마치 동공이 회전하는 것처럼 보이는 그녀의 둥근 회색 눈은 그런 질문에 대해서 아무 대답도 하지 않았다. 다만 알 수 있는 것은 그녀가 별다른 토를 달지 않고 쉬바르처를 받아들인다는 것뿐이었다. 그러나 그녀는 집사의 아들에게 사랑 받는 영광을 대수롭지 않게 여기는 것이 분명했다. 쉬바르처의 시선이 그녀의 뒷모습을 좇거나 말거나 그녀는 언제나 풍만한 자태로 침착하면서도 경쾌하게 돌아다녔다. 반면에 쉬바르처는 마을에 머물러 있는 한결같은 희생을 그녀에게 바쳤던 것이다. 그를 데려가려고 늘 찾아오는 아버지의 심부름꾼, 그는 몹시 성을 내며 쫓아 보냈다. 마치 그런 심부름꾼 때문에 성의 일이라든지 자식된 도리를 순간적이나마 떠올리게 되는 것이 그의 행복을 몹시, 그리고 치명적으로 방해한다고 여기는 것 같았다. 그러나 사실 그에게는 자유로운 시간이 얼마든지 있었다. 왜냐하면 기자는 보통 수업시간이나 공책에서 틀린 곳을 고쳐줄 때만 쉬바르처 앞에 나타났기 때문이다.

물론 그녀가 타산적이어서가 아니라 그녀가 안락한 생활을, 자기 혼자 있는 것을 무엇보다도 좋아했으며 집에서 편안한 기분으로 기다란 의자에 드러누울 때가—고양이가 있었지만 거의 움직일 수 없어 조금도 방해가 되지 않았다—가장 행복했기 때문이다. 이리하여 쉬바르처는 하루의 대부분을 일도 하지 않고 그럭저럭 보냈지만 그것도 그에게는 좋았다. 왜냐하면 언제든 기자가 살고 있는 '사자의 거리'에 찾아갈 수 있었기 때문이다. 사실 그는 그 기회를 썩 잘 이용했다. 그는 기자가 살고 있는 다락방으로 올라가서 언제나 자물쇠가 채워져 있는 문 앞에서 귀를 기울이고 동정을 살피곤 했는데, 방 안에 감도는 알 수 없는 정적만을 확인하고 서둘러 그곳을 떠나는 것이었다. 어쨌든 이런 생활방식의 결과, 기자와 함께 있을 때는 결코 그런 일이 없지만, 그는 순간적으로 고개를 쳐드는 관료적인 거만함을 우습게 폭발시켰다. 그런데 그 관료적인 거만함은 그의 신분에는 당치도 않은 것이었다. 그럴 때면 K도 경험했듯이 대개 그다지 좋은 결과를 맺지 못했다.

다만 놀라운 일은, 적어도 교정관에서는, 존경할 만한 일이라기보다 우스운 일로 화제에 올랐을 때조차 모두 어느 정도 존경심을 가지고 쉬바르처 이야기를 한다는 것이었다. 덕분에 기자까지도 한 몫 끼어서 존경받는 특전을 누리게 되었다. 그렇지만 보조교사인 쉬바르처가 K보다 굉장히 뛰어나다고 생각한다면 오산이다. 그는 그다지 뛰어나지 않았다. 학교 관리인이란 존재는 교원에게, 더군다나 쉬바르처와 같은 보조교사에게는 대단히 중요한 인물이라 그를 멸시하다가는 큰코다치기 십상이다. 만일 신분상 어쩔 수 없이 경멸하는 태도를 보였다면, 적어도 거기에 걸맞는 보상으로 달래줘야 하는 것이다. K는 때로 이렇게 생각해 보았다. 쉬바르처는 그 첫날밤 이래 K에게 빚을 지고 있는 형편이다. 그 날 이후 쉬바르처가 정당한 대접을 했다고 하더라도 빚이 줄어든 것은 아니다. 쉬바르처의 그 대접이 그 뒤 모든 사태의 방향을 결정했을지도 모른다는 생각이 잊히지 않기 때문이다. 참으로 어처구니없는 일이지만 쉬바르처 덕분에 이곳에 도착한 첫 순간부터 관청의 모든 주의가 K에게 쏠리게 되었다. 그 당시 K는 이 마을 사정을 전혀 모르고, 아는 사람조차 없어 도망갈 곳도 없었을 뿐더러, 머나먼 길을 걸어왔기 때문에 몸이 녹초가 되어 축 늘어졌으며 아무에게도 의지할 길 없이 저 짚포단 위에 드러누웠으니, 그대로 관청의 손아귀 안에 들어간 것이다. K가 하룻밤만이라도 늦게 도착했더라면, 모든 일이 달라져서 다른 사람들 눈에 띄지 않게 조용히 진행되었을 것이다. 어쨌든 아무도 K에 관해서 알지 못했을 것이며 의심도 품지 않았을 것이다. 적어도 그를 나그네쯤으로 생각하고 하룻밤 정도 자기 집에 재우는 데 까다롭게 굴지도 않았을 것이다. 쓸모 있고 믿을 만한 젊은이라는 평을 받았을 것이며, 자연스레 그 소문이 이웃 사이에 퍼져서 틀림없이 어디에 하인으로라도 일자리를 찾았을지 모른다. 물론 그 소문을 관청에서 모르게 되었을 리 없다. 그러나 K 때문에 중앙 사무국 또는 전화통 옆의 누군가가 한밤중에 억지로 잠을 깨어 당장 결정하라는 요구를 받고, 겉으로는 겸손한 말투이지만 사실은 귀찮고 무자비한 요구를 당했으며, 더군다나 성 사람들이 모두 싫어하는 쉬바르처에게 그런 짓을 당했던 것이다. 반면 이런 어리석은 일이 일어나는 대신, K가 그 다음 날 집무시간에 면장을 찾아가서, 사실은 이곳에 처음으로 온 나그네지만 어떤 마을 사람 집에 묵고 있으며 꼭 다음 날 다시 떠날 것이라고 그럴 듯하게 신고하는 것과는 아주 굉장한 차이가 있었다. 물론 K가 이곳에서 일자리를 구하는 뜻밖의 사태가 벌어지지 않을 때의 이야기이다. 만약 일자리를 구한다 해도 단지 이삼 일에 그치는 것이다. 왜냐하면 그는 이곳에 오래 머물려고 하지 않았을 것이기 때문이다. 쉬바르처만 없었더라면 그렇게 되었을 것이다. 그때에도 관청은 계속해서 이 안건을 다뤘을 테지만, 상대의 조급함—관청에서 특히 참을 수 없어 하는—에 방해받지 않고, 조용히 관례에 따라서 일을 처리했을 것이다. 그렇게 따지고 보면, 사실 이 모든 일에 대한 책임은 K가 아닌 쉬바르처에게 있다고 해야 한다. 그러나 쉬바르처는 집사의 아들이고 적어도 겉으로는 정당하게 행동했으니까, K만 바가지를 쓰게 된 것이다. 그리고 이 모든 터무니없는 일에 대한 원인을 살펴보면 어쩌면 그날 애인인 기자의 기분이 나빴기 때문일지도 모른다. 그래서 그날 밤 쉬바르처는 잠을 이루지 못하고 여기저기 쏘다니던 끝에 K에게 화풀이를 했던 것이다. 물론 다른 관점에서 본다면, K는 쉬바르처의 이런 행동 때문에 덕을 좀 봤다고 말할 수도 있다. 오로지 그 덕분에 K가 혼자서는 도저히 이룰 수 없고 또 감히 이루려고 마음먹지도 못했던 일, 관청에서도 좀처럼 인정하지 않았을 것 같은 일, 즉 K가 처음부터 잔꾀를 부리지 않고 관청이 허용하는 한에서 거리낌 없이 관청과 맞설 수 있었는지도 모른다. 그러나 그것은 좋지 못한 선물이었다. 물론 그 때문에 K는 여러 가지 거짓말을 하거나 남모르게 감추지 않아도 좋았지만, 같은 이유로 거의 무방비 상태가 되어서 싸움에서 불리한 위치에 서게 되었다. 이렇게 생각하니 절망스러웠지만, 그것을 스스로 위로하려는 듯이 K는 혼자 중얼거렸다. '유감스럽게도 관청과 내 힘의 차이는 엄청나서, 내가 아무리 거짓말하고 계책을 쓴다 하더라도 그 커다란 차이를 나에게 유리하도록 줄일 수 없다.' 그러나 이것은 K가 자위하는 공상에 지나지 않았다. 쉬바르처는 여전히 빚을 지고 있었다. 그때 그는 K에게 손해를 입혔으므로, 머지않아 K를 도와줄 수도 있을 것이다. K는 앞으로도 아주 사소한 일, 즉 기본적으로 해결해야 할 일들에 대해 도움이 필요할 것이다. 하지만 바르나바스 같은 사람은 도움이 될 것 같지 않았다.

K는 상황을 살피러 바르나바스의 집으로 가고 싶었지만, 프리다를 생각해 하루 종일 머뭇거리고 있었다. 프리다가 보는 앞에서 바르나바스의 방문을 받지 않도록 지금까지 바깥에서 일하고 일이 끝난 다음에도 기다렸으나, 바르나바스는 나타나지 않았다. 이제는 바르나바스의 누이들한테 가보는 수밖에 다른 도리가 없었다. 잠깐 동안 문 앞에서 바르나바스의 안부를 묻고 곧 다시 돌아올 작정이었다. 그는 눈 속에 삽을 꽂고 달려갔다. 숨 가쁘게 바르나바스의 집에 이르자 짧게 노크한 다음 금세 문을 열어젖히고는, 방 안 상황을 살피지도 않고 물었다. "바르나바스는 아직 돌아오지 않았나요?" 그제야 그는 비로소 올가는 없고 노부부가 먼젓번처럼 문에서 멀리 떨어진 어슴푸레한 어둠 속에 앉아 있음을 깨달았다. 두 노인은 문간에서 무슨 일이 일어났는지 확실히 알지도 못하고 천천히 얼굴을 돌렸다. 마지막으로 눈에 띈 것은 아말리아가 난로 옆 기다란 의자에서 이불을 덮고 드러누워 있다가 K를 보고 깜짝 놀라 일어나서, 마음을 가라앉히려고 이마에 손을 대고 있는 모습이었다. 만일 올가가 여기 있었다면 곧 대답을 듣고 돌아갈 수 있었겠지만, K는 어쩔 수 없이 몇 걸음 다가가 아말리아에게 손을 내밀 수밖에 없었다. 그녀는 아무 말 없이 그의 손을 잡고 악수했다. K는 그녀에게 흥분한 양친이 걸어나온다든가 하는 일이 없도록 부탁했는데, 그녀는 몇 마디 말로 그렇게 했다. 아말리아는 올가가 마당에서 장작을 패고 있고 자신은 몹시 피로해서—그녀는 그 이유를 말하지 않았다—조금 전부터 누워 있으며, 바르나바스는 아직 돌아오지 않았지만, 성에서 묵는 일은 절대 없으니 곧 돌아올

거라고 했다. K는 알려주어 고맙다고 인사했다. 이제는 돌아가도 상관이 없었다. 그런데 아말리아가 그래도 올가가 돌아올 때까지 기다려 보지 않겠느냐고 물어서 유감스럽지만 시간이 없다고 대답했다. 그러자 아말리아는 오늘 벌써 올가와 이야기했느냐고 물었다. 그는 놀라서 아니라고 대답하고, 올가가 자기에게 무슨 특별한 일이라도 전하려고 했는지 물어보았다. 아말리아는 조금 기분 나쁜 듯이 입을 일그러뜨리며 잠자코 고개를 끄덕이고는—그것은 확실히 작별 인사였다—또다시 드러누워 버렸다. 그녀는 드러누운 채 그가 아직 거기 있는 것이 참 이상하다는 듯 살펴보았다. 그녀의 눈빛은 언제나 그렇듯 차고 맑았으며 움직임이 없었다. 그 시선은 바라보는 대상에 곧장 집중되는 것이 아니라—그것이 사람의 마음을 어지럽혔다—거의 깨달을 수 없을 정도지만, 의심할 여지 없이 그 대상을 스쳐서 지나가는 것이었다. 이것은 무기력함이나 당황, 불성실 때문이 아니라, 다른 모든 감정을 넘어서는 끊임없는 고독에 대한 갈망 때문인 것 같았다. 이는 아마 그녀 자신도 의식하지 못했으리라. K는 자기가 여기 처음 왔던 그날 저녁, 그의 마음이 이 시선에 쏠렸던 것도, 이 가족에게서 꺼림칙한 인상을 받은 것도 틀림없이 이 눈초리—시선 자체는 불쾌한 것이 아니라 사랑스러운 것이었고, 타협하지 않는 표정에 진실함이 묻어났다. —때문이라는 생각이 들었다. "아가씬 언제나 슬퍼 보여요, 아말리아. 무슨 고민이라도 있나요? 말할 수 없어요? 나는 이제까지 당신 같은 시골 아가씨를 본 적이 없어요. 그걸 확실히 깨달은 것은 오늘, 바로 지금이에요. 아가씬 이 마을 출신인가요? 이 마을에서 나셨나요?" K가 물었다. 아말리아는 K가 마지막 질문만을 한 것처럼 그렇다고 대답했다. 그러고 나서 말했다. "선생님은 올가를 기다리시는 거죠?" "무엇 때문에 자꾸 똑같은 질문을 되풀이하죠? 나는 여기 오래 있을 수 없어요. 집에서 약혼자가 기다리고 있으니까." K가 말했다. 아말리아는 팔꿈치를 괴고 몸을 기댔다. 그리고 약혼자에 대해서는 아무것도 모르겠다고 말했다. 프리다의 이름을 댔으나 아말리아는 프리다를 알지 못했다. 그녀는 올가가 그 약혼에 대해서 아느냐고 물었다. 올가는 K가 프리다와 함께 있는 것을 보았으며, 소문이 금방 마을에 퍼져 알거라고 K는 대답했다. 그런데 아말리아는 K에게 올가가 그 일을 모를 것이고, K를 사랑하는 것 같으니 그 말을 들으면 몹시 슬퍼할 것이라고 장담했다. 그리고 언니 올가는 수줍음을 몹시 타서 그런 소리는 하지 않았지만 사랑이란 자신도 모르게 드러난다고 말했다. K는 아말리아가 잘못 생각했다고 자신있게 말했다. 아말리아는 미소 지었다. 이 미소는 슬픔이 깃들어 있긴 했으나, 우울하게 찌푸린 얼굴을 밝히고 침묵을 깨뜨리며, 서먹함을 친밀함으로 바꾸고, 비밀을 깨끗이 털어 버리는 것이었다. 이것은 또한 지금까지 소중히 지켜오던 소유물, 물론 다시 찾지 못하는 것은 아니지만 그러나 전부 되찾을 수는 없는 소유물을 포기하는 것이었다. 아말리아는 자기가 잘못 생각한 건 아니라고 확실히 말했다. 그리고 계속해서 자기가 여러 가지 일을 안다면서, K가 바르나바스의 편지를 핑계 삼지만 사실은 올가 때문에 여기에 찾아온다는 사실을 알고 있고, 또 자기는 이제 모조리 알고 있으니 쑥스러워 하지 말고 때때로 놀러와도 좋다, 이 이야기만은 K에게 하려고 생각했다고 아말리아는 말했다. K는 고개를 흔들면서 자기가 약혼했다는 사실을 상기시켰다. 아말리아는 이 약혼에 대해서 그다지 중요하게 생각하지 않는 것처럼 보였다. 약혼했다 하더라도 지금 혼자 그녀 앞에 서 있는 K의 직접적인 인상이 그녀에게는 결정적인 것이었다. 단지 그녀는 K가 이 마을에 온 지 겨우 며칠밖에 안 됐는데, 대체 언제 그 아가씨와 사귀었느냐고 물었다. K는 그날 저녁 신사관에서 있었던 이야기를 했다. 아말리아는 그 말에 대해서 간단히 자기는 K를 신사관으로 데리고 가는 데 절대 반대했다고 말했다. 그녀는 때마침 한쪽 팔에 장작을 잔뜩 안고 들어오는 올가를 증인으로 불렀다. 찬바람을 쐬서 뺨이 붉었지만, 발랄하고 원기왕성한 모습이었다. 며칠 전 방 안에 우울하게 서 있던 모습과 비교해 볼 때 일을 했기 때문인지 아주 변한 것처럼 보였다. 그녀는 장작을 내려놓고 자연스럽게 K에게 인사하더니 곧 프리다 이야기를 물었다. K와 아말리아는 눈짓을 나누었는데, 그녀는 K가 자기 말을 반박하고 있다고 생각지 않는 모양이었다. 그로 인해 기분이 상한 K는 프리다에 관해서 보통 때보다 더 자세히 이야기하고, 그녀가 학교에서 곤란한 환경에 놓여 있으면서도 그 어려운 조건을 극복하면서 그럭저럭 살림을 꾸려가고 있다고 말했다. 그런데 이야기를 너무 서둘던 나머지—빨리 집으로 돌아가고 싶은 마음에—작별인사를 한다는 것이 그만 자기도 모르게 꼭 한번 놀러오라고 두 자매를 초대하고 말았다. 물론 순간 깜짝 놀라서 말문이 막혔지만, 아말리아는 잠시도 그에게 말할 여유를 주지 않고 찾아가겠다고 대답했다. 그러자 올가도 한몫 끼지 않을 수 없어 자기도 찾아가겠다고 말했다. 한편 K는 빨리 헤어져야겠다는 생각에 안절부절못하다가, 아말리아의 시선을 받자 불안한 기분에 사로잡혀 더 꾸며댈 생각도 하지 않고 바로 고백해 버렸다. 사실 지금의 초대는 잘 생각해 보지도 않은 채 순전히 개인적인 감정에서 기분적으로 튀어나온 것이어서 유감스럽지만 꼭 지키겠다고 할 수는 없다, 왜냐하면 자기로서는 도무지 알 수 없는 일이지만, 프리다와 바르나바스네 가족은 서로 증오하고 있기 때문이라고 말했다.

"증오가 아니에요." 아말리아는 이렇게 말하며 긴 의자에서 일어나 담요를 자기 뒤로 던졌다. "그건 그렇게 큰일은 아니에요. 그건 다른 사람들의 말을 그대로 되풀이하는 데 지나지 않아요. 자, 빨리 가세요. 약혼자 있는 곳으로 가세요. 전 선생님이 서두르는 걸 알아요. 우리가 방문한다는 것도 걱정하지 마세요. 처음부터 장난 삼아 말했을 뿐이니까요. 그러나 선생님은 때때로 놀러 오세요. 그렇다고 잘못되는 일은 없으실 거예요. 언제나 바르나바스에게 볼일이 있어서 왔다고 핑계를 대시면 되잖아요. 선생님이 거리낌 없이 기분 좋게 오시도록 이것도 말씀드리지요. 바르나바스가 선생님을 위해 성에서 소식을 가져온다 하더라도, 그것을 선생님에게 알리기 위해서 또 학교까지 갈 수는 없는 노릇이에요. 오빠는 그렇게 많이 돌아다니지 못해요. 가엾은 오빠는 일로 기진맥진해 있으니까, 선생님이 직접 소식을 들으러 오셔야 할 거예요." K는 지금까지 아말리아가 이처럼 많은 이야기를 조리 있게 하는 걸 들어 본 적이 없었다. 말투도 여느 때와는 달랐다. 일종의 오만함이 엿보였는데, K만이 아니라 아말리아를 속속들이 잘 아는 올가도 그것을 느낀 모양이었다. 올가는 조금 떨어진 곳에서 두 손을 무릎 위로 내려뜨리고, 또 언제나 하는 버릇대로 발을 조금 벌리고 몸을 살짝 앞으로 기울인 채 서 있었다. 눈은 아말리아에게로 돌리고 있었으나 아말리아는 단지 K의 얼굴만 쳐다보고 있었다.

"내가 진심으로 바르나바스를 기다리는 게 아니라고 생각하면 큰 착각이에요. 관청과 얽힌 문제를 해결하는 것이 나의 가장 큰 소원이자 유일한 소원이에요. 바르나바스가 그 일로 나를 도와줄 것이라고 나는 큰 희망을 걸고 있어요. 물론 이미 한 번 그에게 실망한 일이 있지만, 그것은 그의 탓이라기보다는 오히려 내 탓이었지요. 더군다나 그 일은 내가 처음 여기 도착했을 때 그 어수선함 속에서 일어났으니까요. 그때 나는 잠깐 저녁 산책을 하고 나면 모든 일이 잘 풀릴 거라고 생각했지요. 그런데 불가능한 일이 불가능한 것으로 밝혀지자 그의 탓으로 돌렸어요. 아가씨 두 분을 비롯해 아가씨네 집안에 대한 인상에도 그런 요소들이 영향을 미치고 있었어요. 하지만 벌써 지나간 일이고 지금은 아가씨들을 전보다 더 잘 이해한다고 생각해요. 아가씨들은 더욱이⋯⋯." K는 여기서 적당한 말을 하려고 애썼으나 금방 머리에 떠오르지 않아서 임시적인 말로 만족했다. "아가씨들은 내가 지금까지 안 마을 사람들 중에서 누구보다도 마음씨가 고와요. 그러나 아말리아, 아가씬 오빠의 일에 대해서는 아닐지라도, 그것이 나에게 갖는 의미를 낮춰 보아서 은근히 내 머릿속을 어지럽히고 있어요. 아마도 아가씬 바르나바스가 하는 일을 자세히 몰라 그럴 거예요. 뭐, 좋아요. 더는 캐묻지 않기로 합시다. 하지만 나는 아가씨가 잘 알고 있을 거라는 인상을 받았어요. 그렇다면 그것은 좋지 못해요. 왜냐하면 아가씨의 오빠가 나를 속이고 있다는 뜻으로 해석할 수도 있으니까 말이에요."

"진정하세요. 나는 몰라요. 어떻게도 내막을 캘 수 없어요. 내가 여러 가지로 돌봐 드리는 당신을 생각해서라도 그럴 수 없어요. 선생님 말씀대로 우리는 마음씨가 고우니까요. 오빠 일은 오빠에게 맡겨 두면 돼요. 제가 오빠 일에 대해서 아는 것이라곤, 내키지 않게 가끔 우연히 들려오는 소문뿐이에요. 그와 반대로 올가는 선생님에게 무엇이든 알려드릴 수 있어요. 올가는 오빠와 통하는 사이니까요." 아말리아는 이렇게 말하고는 부모님께 가서 무어라 속삭이더니 부엌으로 사라져 버렸다. 마치 그가 여기 더 오래 머물 테니 작별 인사 따위는 필요 없다는 듯한 태도였다.

16

K는 조금 놀란 표정으로 거기 남아 있었는데, 올가는 그의 표정에 아랑곳하지 않고 난로 옆 긴 의자로 그를 데리고 갔다. 이제 비로소 K와 단둘이 앉아 있게 되어 그녀는 정말 행복한 듯했다. 분명 질투심이 끼어 들지 않은 평화로운 행복이었다. 질투심과는 거리가 멀어 그에 따른 거북한 점이나 가혹한 점이 없다는 게 K는 기분이 좋았다. 그는 유혹적이거나 거만하지 않고 수줍은 듯 잔잔한 올가의 푸른 눈을 즐겁게 들여다보았다. 프리다와 여주인

의 경고를 들었기 때문에, 여기 모든 일에 대해 그의 마음이 보통 때보다도 더 너그러울 것은 없었지만, 그런 경고로 말미암아 그는 더 주의 깊고 예민해진 것 같았다. 올가는 아말리아에게 여러 성격이 있지만 마음씨가 곱다고는 말할 수 없는데, K가 왜 아말리아의 마음씨가 곱다고 했는지 이해할 수 없다고 말했다. 그러자 K가 웃음을 터뜨렸고 올가도 따라 웃었다. 거기에 대하여 K는 이렇게 설명했다. 마음씨가 곱다는 찬사는 물론 그녀, 즉 올가에게 어울리는 것이라고. 아말리아는 너무 교만하여 그녀 앞에서 한 이야기는 물론 그녀에게 순순히 일러준 이야기도 모조리 자기 마음대로 생각해 버린다고. "정말로 그래요." 올가는 사뭇 진지한 표정으로 말을 이었다. "선생님이 생각하는 것보다도 더 그래요. 아말리아는 나보다도, 바르나바스보다도 어리지만 좋은 일이나 나쁜 일이나를 막론하고 모든 집안 일에 결정권을 행사해요. 물론 그 애는 장점도 단점도 다른 사람보다 더 많이 가지고 있어요." K는 그것이 지나치게 과장하는 거라고 생각했다. 뭐니뭐니해도 아말리아 스스로 이렇게 말하지 않았던가. 예를 들면 자기는 오빠 일에는 조금도 간섭하지 않는데 올가는 이와 반대로 무엇이든 오빠 일을 알고 있다고. "어떻게 설명하면 좋을까요?" 올가가 말했다. "아말리아는 바르나바스나 저에 관한 일에는 조금도 관심이 없어요. 그 애는 부모님 일 말고는 아무 일도 걱정하지 않아요. 밤낮으로 부모님만을 돌봐드리고 있어요. 지금도 부모님에게 무얼 드시겠냐고 여쭤본 다음 음식을 만들러 부엌으로 간 거예요. 무리해서라도 부모님을 위해 일어난 거지요. 사실 그 애는 몸이 좋지 않아서 낮부터 이 긴 의자에 드러누워 있었거든요. 그 애는 나와 바르나바스 일은 전혀 신경 쓰지 않지만, 그래도 우리는 그 애를 언니나 누나처럼 생각해 의지하고 있어요. 만일 그 애가 우리에게 어떤 조언이라도 하면 우리 남매는 그 말에 따를 거예요. 그러나 그 애는 조언을 하지 않아요. 그 애에게 우리는 남과 마찬가지인 모양이에요. 선생님은 세상 경험도 많으시고 타향에서 오셨잖아요. 선생님이 보기에도 그 애가 특별히 똑똑한 것처럼 보이지 않으시던가요?"

"아말리아는" K가 말했다. "유달리 불행해 보여요. 그런데 아말리아는 바르나바스의 심부름꾼 일을 우습게 보고 심지어 멸시하는 것 같던데 어떻게 당신들은 그녀를 존중할 수 있죠?"

"바르나바스가 무슨 일을 하면 좋을지 알 수 있다면 심부름꾼 일을 당장에 집어치울 거예요. 전혀 만족하고 있지 않으니까요." "바르나바스는 솜씨좋은 구두 직공이 아니던가요?" K가 물었다. "그래요. 바르나바스는 틈틈이 브룬스비크의 일을 돕고 있어요. 마음만 먹으면 밤낮으로 일을 해서 수입도제법 올릴 수 있지요." 올가가 말했다. "그렇다면 심부름꾼 일 대신 할 일이있는 것 아니오?" K가 말했다. "심부름꾼 일 대신이라고요? 돈 때문에 그일을 맡았다고 생각하세요?" 올가는 깜짝 놀라서 물었다. "그렇지요. 바르나바스가 심부름꾼 일에 만족하지 않는다고 방금 전에 말했잖아요?" K는 말했다. "네, 그래요. 그런데 여러 가지 이유가 있어요. 그것도 성에 대한 봉사거든요. 그렇게라도 믿어야지요." 올가는 말했다. "뭐라고요? 그런 일조차 의심을 품고 있나요?" K는 물었다. "뭐, 그렇지는 않아요. 바르나바스는사무국에 가면 하인들과 함께 어울리고, 멀찍이서 몇몇 관리들도 볼 수 있어요. 또 꽤 중요한 편지를 받아서 전수하고, 소식을 말로 전하는 일까지도 맡고 있어요. 아무리 생각해도 대단한 일이지요. 그렇게 젊은 나이로 그만큼출세했다는 게 우리로선 자랑스러워요." 올가가 말했다. K는 고개를 끄덕였다. 언제부터인가 집으로 돌아갈 생각은 까맣게 잊고 있었다. "자기 제복도가지고 있나요?" K는 물었다. "그 윗도리 말인가요? 아녜요. 아직 심부름꾼이 되기 전에 아말리아가 만들어 준 거예요. 그런데 선생님은 어쩜 아픈데를 아주 따끔하게 찌르시는군요. 그는 벌써 옛날에, 제복이 아니라—성에제복 같은 건 없으니까—어엿한 정식 관복을 받았어야 했어요. 그렇게 해주겠다는 확실한 약속까지 있었고요. 그런데 이런 점에서 성 양반들은 처리가아주 느려요. 불행히도 이 처리가 느리다는 것이 대체 무엇을 뜻하는지는 전혀 모르겠어요. 어쩌면 일이 관청식으로 처리된다는 뜻인지도 모르지요. 아니면 관청 일이 아직 시작되지 않았을 수도 있어요. 그러니까 예를 들면 바르나바스를 지금에서야 시험해 보겠다는 뜻인지도 몰라요. 그리고 마지막으로 관청 일은 이미 끝났지만, 어떤 이유로 그 약속이 취소되어 바르나바스가관복을 지급받을 수 없다는 의미인지도 모르겠고요. 그 이상 더 자세한 일은알 수도 없고, 안다고 하더라도 훨씬 나중에나 가능할 거예요. 선생님도 알고 계실지 모르겠지만 우리 마을에는 이런 말이 있어요. '관청의 결정은 소녀처럼 수줍음을 탄다.' 올가는 그렇게 말했다. "그것 참 멋진 관찰인데요."

K는 말했다. 그는 올가의 말을 그녀보다도 더 진지하게 해석했다. "정말 멋진 관찰이에요. 관청의 결정은 또 다른 점에서도 소녀와 같을지 모르겠는데." "어쩌면 그럴지도 몰라요. 물론 선생님이 어떤 뜻으로 말씀하시는지 알 수 없어요. 아마도 매우 칭찬하는 뜻이겠지요. 어쨌거나 관복은 바르나바스의 걱정거리 중 하나예요. 우리 남매는 걱정을 함께 나누니까 내 걱정거리이기도 하고요. 왜 관복을 얻을 수 없는건지 서로 물어보지만 부질없는 일이지요. 이 모든 일은 그리 간단하지가 않아요. 예를 들면 관리에게 관복이 아예 없는 것 같아요. 이 마을에서 우리가 아는 한, 그리고 바르나바스가 이야기하는 것을 들어 보면, 관리들은 물론 아름다운 옷이긴 하지만 그래도 평상복을 입고 돌아다닐 뿐이래요. 참, 선생님도 클람을 보셨지요. 물론 바르나바스는 관리는커녕 말단 관리도 아닐뿐더러, 또 관리가 되려고 분에 넘치는 생각도 하지 않아요. 그러나 바르나바스가 하는 소리를 들어 보면 이 마을에선 절대 볼 수 없긴 하지만, 비교적 계급이 높은 하인들도 관복이 없대요. 그러면 조금 위로가 되지 않느냐고 사람들은 생각할지도 몰라요. 그런데 그건 얼토당토않은 말이에요. 바르나바스가 계급이 높은 축에 속하는 하인일까요? 아니에요. 아무리 그를 좋아하고 그의 편을 든다 해도 그렇게 말할 순 없어요. 그는 급 높은 하인은 아니에요. 그가 마을에 온다는 사실, 아니, 여기에 살고 있다는 사실이 벌써 그 증거지요. 급이 높은 하인은 관리보다도 더 몸을 사리지요. 아마 당연한 일일지도 몰라요. 어쩌면 그들은 웬만한 관리들보다 지체가 높을지도 몰라요. 두서너 가지 그것을 증명할 만한 것이 있어요. 그들은 많은 일을 하지 않아요. 바르나바스의 말을 들어 보면, 그렇게 몸집이 크고 강건한 사람들이 천천히 회랑을 걸어서 지나가는 광경은 정말 장관이래요. 바르나바스는 언제나 이들 옆을 살금살금 지나다닌다는 거예요. 요컨대 바르나바스가 급이 높은 하인인가 아닌가, 화제에 올릴 필요조차 없어요. 그래서 급이 낮은 하인의 신분이라도 되었으면 하는 건데, 이 사람들이 바로 관복을 입고 있어요. 적어도 마을로 내려올 때는 그래요. 규정된 제복도 아니고 다른 점도 가지각색이지만, 그래도 그 옷으로 성의 하인임을 알아볼 수 있어요. 선생님은 그런 사람들을 신사관에서 보신 일이 있을 거예요. 그 옷의 특징은 대개 몸에 착 들러붙는다는 점이지요. 농부나 직공 같으면 그런 옷은 필요 없을 거예요. 그래서 바르나바스는 이 옷을 가지고 있지

않아요. 이 사실은 단지 부끄럽다거나 불명예스럽기만 한 것이 아니에요. 그렇다면 차라리 참을 수도 있겠지요. 문제는 이 일로 인해 슬플 때면 모든 것에 대하여 의심을 품게 된다는 거예요. 바르나바스와 저는 때때로 그래요. 그럴 때면 이렇게 묻지요. 바르나바스가 하는 일은 과연 성에 대한 봉사라고 할 수 있을까? 확실히 바르나바스는 사무국에 가긴 하지만, 그 사무국이 정말 성일까? 그리고 설사 사무국이 성에 속한다고 하더라도 바르나바스의 출입이 허가되는 곳은 정말 사무국일까? 그는 사무국으로 들어가요. 그러나 그곳은 전체 사무국의 일부분에 지나지 않아요. 그 앞에는 울타리가 있고, 울타리 뒤에는 또 다른 많은 사무국들이 있어요. 그가 더 앞으로 가지 못하도록 금지되어 있는 것은 아니에요. 하지만 그가 벌써 자기 상관들을 만났고 상관들이 그에게 심부름을 시켜 다시 보낸다면, 그는 더 이상 앞으로 나아갈 수 없어요. 더욱이 거기서는 누구나 끊임없이 감시당하고 있다고, 모두 그렇게 생각하고 있어요. 그리고 가령 그가 앞으로 뚫고 나간다고 하더라도 거기서 아무 공적인 일이 없는 한낱 침입자에 지나지 않는다면 그것이 무슨 소용 있겠어요? 그런데 선생님, 이 울타리를 어떤 특정한 경계선처럼 생각하시면 안 돼요. 바르나바스도 이 점을 언제나 되풀이해서 나에게 주의시켜요. 울타리는 그가 가는 사무국 안에도 있어요. 따라서 그가 통과하는 울타리도 있는 셈이죠. 그 울타리가 아직 그가 넘지 못한 울타리와 다른 점은 없어요. 그러니까 바르나바스가 이미 들어가 본 사무국이 있는데, 그 사무국과는 본질적으로 다른 사무국이 이 마지막 울타리 뒤에 있다고 처음부터 생각해서는 안 돼요. 아까 말씀드린 바와 같이 단지 마음이 심란할 때만 그렇다고 믿는 거예요. 그럴 때면 의심이 자꾸 생겨서 도저히 막아낼 도리가 없거든요. 바르나바스는 관리들과 이야기하고 심부름거리를 얻어요. 그런데 어떤 관리들이고 또 어떤 심부름일까요? 바르나바스는 지금 클람에게 배치되어 그에게서 직접 명령을 받는대요. 그건 정말 대단한 일이에요. 계급 높은 하인이라도 이런 일은 없으니 거의 과분한 특전이라 할 수 있죠. 그래서 은근히 걱정도 되는군요. 클람과 서로 얼굴을 마주하고 이야기한다고 생각 좀 해보세요. 하지만 사실일까요? 네, 사실이겠죠. 그런데 그렇다면 왜 바르나바스는 거기서 클람이라 불리는 관리가 정말 클람인지 의심할까요?"

"올가, 농담하면 안 돼요. 클람의 외모에 대해서는 의심할 여지가 없지 않습니까. 그 사람의 외모는 누구나 다 알고 있어요. 나도 직접 그를 본 일이 있어요." K가 말했다. "농담이 아니에요, K씨. 농담은커녕 나의 가장 진지하고도 심각한 걱정거리예요. 그렇다고 제 마음을 가볍게 하고 선생님의 마음을 무겁게 하려고 이야기를 하는 것은 절대 아니에요. 선생님이 바르나바스에 관해서 물어보셨을 뿐만 아니라, 아말리아가 그 이야기를 하라고 부탁했고, 게다가 보다 자세한 내막을 아시는 것이 선생님께 큰 도움이 되겠다고 생각했기 때문에 이야기하는 거예요. 또한 바르나바스를 위해서이기도 하고요. 선생님이 너무 큰 기대를 그에게 걸지 않도록, 그가 선생님을 실망시키지 않도록, 또 선생님을 실망시킴으로써 그가 고민하는 일이 없도록 하기 위해서 말이에요. 그는 아주 예민해요. 예를 들면 그는 간밤에 잠을 이루지 못했는데, 그건 어제 저녁, 선생님이 그 애를 탐탁지 않게 여겼기 때문이에요. 이렇게 말씀하셨다지요. 선생님께 바르나바스 같은 심부름꾼밖에 없어서 불행하다고요. 이 말 때문에 그는 밤새 뒤척였어요. 물론 선생님은 그가 흥분한 사실을 눈치 채지 못하셨을 거예요. 성의 심부름꾼은 자신을 퍽 억제해야 하거든요. 그런데 자제한다는 것이 결코 쉽지 않은 일이고, 그건 선생님과의 관계에서도 그렇죠. 물론 선생님은 그에게 과분한 일을 요구한다고 생각하시지 않을 거예요. 선생님은 심부름꾼의 임무에 대해서 어떤 뚜렷한 개념을 세워 두시고, 그에 따라서 자신의 요구를 정하시겠지요. 그러나 성에서는 심부름꾼에 대해서 다르게 생각해요. 설사 바르나바스가 그 임무에 완전히 헌신하더라도 그래요. 유감스럽게도 그는 가끔 그러려고 생각하는 것 같지만 말예요. 그가 하는 일이 정말 심부름꾼이라는 직책이냐 아니냐는 의문만 없다면 사실 순종해야 할 거예요. 거기엔 반대가 있을 수 없겠죠. 물론 그는 의심스럽다는 말을 입에 올려서는 안 돼요. 만일 그가 그런 짓을 한다면 자신의 존재를 매장하는 것과 마찬가지일 뿐 아니라, 자신을 지배한다고 믿는 규칙을 어기는 셈이 돼요. 그런데 바르나바스는 저에게도 터놓고 말하지 않아요. 저는 아양을 떨거나 키스를 해주며 그의 의심을 없애는 수밖에 없어요. 그때조차도 그는 의심이 의심이라는 걸 인정하려 들지 않아요. 그의 피속에는 아말리아와 통하는 게 있어요. 그는 오직 저에게만 속을 터놓지만 그렇다고 모든 것을 얘기하지는 않아요. 그러나 클람에 관해서는 가끔 상의해요. 나는 아직 한 번도 클람을 본 적은 없어요. 왜인지 아시겠지요? 프리다가 나를 별로 좋아하지 않기 때문에 클람의 모습을 들여다보는 영광을 한 번도 베풀어 주지 않았던 거예요. 그러나 클람의 외모는 마을 사람들이 잘 알고 있어요. 몇 사람은 그를 본 적도 있고요. 마을 사람들은 한 사람도 빠짐없이 그의 이야기를 소문으로 들어 알고 있어요. 눈으로 보고, 소문으로 듣고, 또 잘못된 여러 저의까지 더해져서 클람의 이미지가 만들어졌어요. 중요한 부분은 본인과 일치할지 몰라도, 그 밖의 다른 점에서는 변하기 쉬워요. 그리고 변한다고 하지만 아마도 클람의 실제 외모가 달라지는 만큼 그렇게 바뀌진 않을 거예요. 그가 마을에 올 때와 떠날 때가 전혀 다른 사람처럼 보인다는 거예요. 맥주를 마시기 전과 마신 다음이 다르고, 깨어 있을 때와 잠자고 있을 때가 다르고, 혼자 있을 때와 사람들과 이야기할 때가 다르다는 거지요. 그리고 이 일을 통해서 알 수 있는 사실은 성에서는 여기와 또 아주 딴판이라는 거예요. 요컨대 그에 관해 알려진 점들은 마을 안에서조차 굉장한 차이가 있어요. 키나 자세·몸집·수염 등에 대해서는 의견이 분분한데, 옷차림에 관해서는 다행히도 똑같은 말들을 해요. 그는 언제나 똑같은 옷, 즉 옷자락이 기다란 검은 윗옷을 입고 다녀요. 물론 이 모든 차이점은 무슨 요술 때문이 아니라, 목격자가 대개는 순간적으로밖에 클람을 볼 수 없기 때문에 생기는 거예요. 그때의 순간적인 기분, 흥분의 정도, 희망과 절망의 무수한 단계, 그것들에서 차이점이 생기는 거지요. 저는 바르나바스가 가끔 이야기해 준 것을 그대로 되풀이해 선생님에게 말했어요. 그러니까 이런 일에 개인적으로 직접 관계하는 사람이 아니라면 이 정도로 대개 안심할 수 있다고 생각해요. 그런데 우리는 그럴 수 없죠. 바르나바스에게는 정말 클람과 이야기하고 있는지의 여부가 사활이 걸린 문제니까요."

"나도 같은 입장이오." K가 말했다. 그리하여 그들 두 사람은 난로 옆 긴 의자에 서로 가까이 다가앉았다.

올가의 이야기는 모두 달갑지 않은 소식뿐이었다. 물론 K는 당황했지만 그래도 여러 가지 점에서 대충 그 손해를 메울 수 있다고 생각하였다. 여기서 적어도 겉으로나마 자신과 사정이 비슷해서 서로 의지할 수 있는, 프리다와의 관계처럼 일부분이 아니라 참으로 많은 점에서 서로 이해할 수 있는 사람을 발견했다는 것이다. K에게는 물론 바르나바스가 뭔가 소식을 가져다줄 거라는 희망이 차츰 사그라든 것은 사실이지만, 그래도 성에서 바르나바스의 사정이 나빠지면 나빠질수록, 그는 이 마을에서 K와 더욱 가까워지는 셈이었다. K는 이 마을에서 바르나바스와 아말리아 남매가 이런 불행한 노력을 하고 있으리라고는 지금까지 한 번도 생각하지 못했다. 물론 아직 설명이 충분하지 못하고 나중에는 전혀 다른 방향으로 흐르게 될 지도 몰랐다. 올가의 순진한 성격에 정신이 팔려서 다짜고짜 바르나바스의 성실성까지 믿어버리는 잘못을 저질러서는 안 된다. 올가는 계속해서 말했다. "클람의 외모에 관한 여러 가지 이야기를 바르나바스는 아주 잘 알고 있어요. 예전부터 이 이야기를 많이, 그것도 지나치게 많이 모으기도 하고 비교해 보기도 했어요. 언젠가는 마을에서 직접 마차의 창 너머로 클람을 보았대요. 아니, 보았다고 믿고 있어요. 그러니까 클람이라는 사람을 알아볼 수 있는 준비는 충분히 갖추었다는 거죠. 그런데 어느 날—선생님은 이것을 어떻게 설명하시겠어요?—바르나바스는 성의 어느 사무국에 들어갔어요. 한 사람이 그에게 많은 관리 중 하나를 가리키며 이 사람이 클람이라고 말했는데, 그때 그는 클람을 알아보지도 못했을 뿐더러 그 뒤 오랫동안이나 그 사람이 클람이라는 생각이 들지 않더래요. 만일 선생님이 지금 바르나바스에게, 세상 사람들이 보통 클람이라고 생각하는 사람과 진짜 클람 본인과 과연 어떤 점이 다르냐고 물어보아도 대답을 듣지 못하실 거예요. 그는 대답한답시고 성에서 본 관리의 모습을 묘사하려고 하겠지요. 그가 말하는 클람의 모습과 우리가 알고 있는 것은 정확하게 일치할 거예요. 그러면 나는 '바르나바스, 왜 의심하고 고민하는 거야?' 물을 거예요. 여기에 대해 그는 분명히 난처한 기색으로, 그때 성에서 본 관리의 특징을 하나하나 늘어놓기 시작하겠지요. 그러나 그 특징들이란 바르나바스가 본 것을 그대로 얘기하는 것이라기보다 오히려 그의 머릿속에서 꾸며낸 것이에요. 더욱이 그 특징들은 아주 사소한 것들이어서—예를 들면 고개를 묘하게 끄덕였다든가 단추를 끄른 채 조끼를 입고 있었다든가 하는 따위니까요—그의 얘기를 도저히 진지하게 받아들일 수 없어요. 나는 바르나바스가 어떻게 클람과 만나고 오나, 그 방법이 더 중요하다고 생각해요. 바르나바스는 내게 그 이야기를 자주 해줘요. 그림을 그려서 설명해 줄 때도 있죠. 보통 바르나바스는 큰 방으로 안내받아요. 클람의 개인 사무실은 아니에요. 보통 관리 한 사람 한 사람의 사무실이라는 것은 없으니까요. 이 방엔 세로로 벽에서 벽까지 닿는 책상이 하나 놓여 있고, 그것으로 방이 두 부분으로 나뉘어요. 한쪽은 좁아서 두 사람이 빠듯하게 스쳐 지나갈 정도인데 이것이 관리의 방이지요. 넓은 쪽은 민원인, 방청객, 하인, 심부름꾼들의 방이에요. 책상에는 큰 책들이 여러 권 펼쳐져 있고 대부분 책 옆에는 관리가 서서 책을 읽고 있대요. 그러나 언제나 똑같은 책 옆에 서 있는 건 아니래요. 책을 바꾸는 게 아니라 자리만 바꿔요. 공간이 좁기 때문에 자리를 바꿀 때마다 관리들이 어떻게 서로를 밀치고 지나가는지 정말 놀랍다고 해요. 입식 책상 바로 앞에 낮고 작은 책상이 바짝 붙어 있는데, 서기들은 그곳에 앉아 관리들의 말을 받아쓴대요. 바르나바스는 언제나 이 받아쓰기에 놀라요. 관리가 뚜렷하게 명령하는 것도 아니고 그렇다고 큰 소리로 말하는 것도 아니래요. 받아쓰고 있다고는 거의 눈치 채지 못할 정도고, 오히려 관리는 계속 책을 읽는 것으로 보인다는 거죠. 그런데도 관리는 끊임없이 무엇을 속삭이고 서기는 그걸 듣고 있는 것이지요. 가끔은 서기가 앉아있는 상태에선 도대체 무슨 소린지 알아들을 수 없을 만큼 작은 소리로 말한대요. 그러면 서기는 벌떡 일어나 부르는 소리에 귀를 기울이고 얼른 앉아서 그것을 쓴 다음, 또다시 벌떡 일어나 먼저 했던 동작을 되풀이해야만 한대요. 정말이지 얼마나 이상한 광경이에요? 물론 바르나바스는 이런 광경을 관찰할 시간적 여유가 얼마든지 있어요. 왜냐하면 객석에서 몇 시간이고, 사정에 따라서는 며칠이고 기다려야 비로소 클람이 그에게 눈길을 돌리니까요. 설령 그의 모습이 클람의 눈에 띄어서 바르나바스가 똑바로 서더라도 무엇이 결정된 건 아니에요. 왜냐하면 클람이 또 그에게서 시선을 돌려 책을 들여다보거나 그를 잊어버리는 일도 있으니까요. 그런 일이 자주 있대요. 이렇게 하찮은 심부름꾼의 일이란 대체 무엇일까요? 그래서 바르나바스가 아침 일찍 성으로 간다는 소리를 들으면 내 마음은 우울해져요. 아무리 생각해도 도무지 쓸데없고 보람도 없는 길, 헛수고만 하고 허탕만 치는 하루, 허무하기 짝이 없고 계속 헛도는 희망, 이런 것이 대체 무엇일까요? 반면 집에는 구둣방 일이 산더미처럼 쌓여 있어서 브룬스비크는 자꾸 재촉하는데, 바르나바스 말고는 일할 사람이 없고."

"할 일을 받을 때까지 바르나바스는 오랫동안 기다릴 수밖에 없겠군요. 이 마을에는 일할 사람이 넘쳐나는 것 같으니 무리가 아닐 테죠. 누구라도 매일같이 할 일을 받을 수는 없을 거예요. 이 점에 대해선 여기서 한탄할 필요가 없다고 생각해요. 누구나 다 그러니까요. 그러나 나중에는 바르나바스도 할 일을 받게 되겠죠. 내게도 벌써 편지를 두 통이나 전해 주었으니까."

"우리가 한탄한 게 잘못인지도 모르겠어요. 특히 나는 단지 소문을 들어 알고 있을 뿐이고, 아무래도 여자니까 바르나바스처럼 잘 이해하지 못하는지도 모르죠. 게다가 그는 아직도 우리에게 이야기하지 않은 일이 많아요. 그러나 선생님께 보낸 편지 이야기를 들어 보세요. 그는 이 편지를 직접 클람에게서 받지 않고 서기에게서 받았어요. 어느 날 어느 시간에―그러니까 성의 근무는 아무리 편안한 것처럼 보여도 몹시 피곤하죠. 왜냐하면 바르나바스는 늘 대기하고 있어야 하니까요―서기가 그를 떠올리곤 부르지요. 클람이 시켜서 그렇게 하는 것 같지는 않아요. 클람은 조용히 자기 책만 읽고 있다고 하니까요. 평소에도 때때로 그렇지만, 그는 바르나바스가 들어올 때 코안경을 닦곤 하는데, 그럴 때면 바르나바스를 쳐다보는 모양이에요. 그가 안경 없이도 본다는 것을 전제로 한 얘기지요. 바르나바스는 그 점을 의심하고 있어요. 그때 클람은 거의 눈을 감고 있다니까요. 그는 잠을 자면서 꿈속에서 안경을 닦는 것처럼 보인대요. 그러는 동안 서기는 책상 밑에 있는 많은 문서나 서류 중에서 선생님에게 보내는 편지 한 통을 찾아낸대요. 그러니까 그것은 서기가 그때 막 쓴 편지는 아니에요. 오히려 봉투 모양으로 보아 벌써 오랫동안 거기에 깔려 있던 퍽 오래된 편지지요. 그러나 만일 그렇게 오래된 편지라면 왜 바르나바스를 그다지도 오랫동안 기다리게 했을까요? 선생님도 그렇고요. 그 편지 또한 마찬가지죠. 왜냐하면 그 편지는 지금 케케묵은 것이 되어 버렸으니까요. 그 때문에 바르나바스가 형편없고 게으른 심부름꾼이란 나쁜 평판이 돌게 돼요. 서기가 하는 일은 아주 간단해요. 바르나바스에게 편지를 내주면서 '클람이 K에게' 이렇게 말하며 바르나바스를 내보내면 그만이죠. 그러면 바르나바스는 집으로 돌아와요. 간신히 언어낸 편지를 속옷 속 맨살에다 넣고 숨 가쁘게 달려오는 거죠. 그리고 우리는 지금처럼 이 긴 의자에 걸터앉아서, 함께 모든 것을 하나하나 검토하고 그가 한 일을 평가해 봐요. 그리고 마지막으로 그 성과가 아주 하찮다는 것을, 더구나 의심스럽기까지 하다는 사실을 알게 돼요. 그러면 바르나바스는 편지를 내던져 버린 채 배달할 용기를 잃고, 그렇다고 자러갈 생각도 하지 않은 채 구두 짓는 일에만 매달려서 낮은 의자에 앉아 밤을 새우지요. 사정은 그래요. K씨, 이것이 내 비밀이에요. 아마도 선생님은 이제 아말리아가 내 비밀을 알려고 하는 것을 왜 단념해 버렸는지 이상하게 여기시지 않겠지요."

"편지는?" K는 물었다. "편지라고요? 그것은 내가 바르나바스를 끈질기게 재촉하면, 그러는 동안 며칠이고 몇 주일이고 그냥 지나가는 일도 있지만, 편지를 들고 배달하러 나가는 거죠. 그는 이런 대수롭지 않은 일에는 내 말을 잘 들어요. 나는 그의 이야기에서 받은 첫 느낌을 지워 버리면, 다시 마음을 가라앉히고 정신을 차릴 수도 있어요. 하지만 그는 많이 알고 있어선지 그렇지 못해요. 그럴 때면 나는 몇 번이고 되풀이해서 이렇게 말하죠.

'바르나바스, 도대체 뭘 원하는 거야? 어떤 삶을, 어떤 목표를 꿈꾸는 거야? 넌 우리를, 나를 완전히 버릴 작정이야? 그게 너의 목적이야? 내 생각이 틀린 건가? 그렇지 않다면 네가 그동안 이룬 성과에 대해서 이처럼 지독하게 불만스러워하는 까닭을 이해할 수 없으니 말이야. 우리 이웃 중에 누가 벌써 너만큼 출세했는지 둘러보라구. 물론 그들의 형편은 우리와 달라. 그들은 자기들의 살림에서 벗어나려고 애쓸 이유가 없지. 그러나 비교해 보지 않더라도, 네 경우에는 모든 일이 정말 잘 돼가고 있다는 걸 다들 알고 있어. 걸림돌도 있고 의문과 환멸도 있겠지. 하지만 단지 우리가 예전부터 알고 있던 사실에 지나지 않아. 아무것도 선물처럼 거저 주어지지 않으니까, 대수롭지 않은 것이라도 스스로 싸워서 얻어내야 한다는 것을 뜻하는 데 불과하단 말이야. 그건 자랑스러워할 이유이지 풀이 죽을 이유는 아니잖아. 그리고 또 넌 우리를 위해서 싸우는 것이기도 하잖아? 그게 네게는 조금도 중요하지 않단 말이야? 그게 네게 새로운 힘을 주지 않는단 말이야? 그리고 내가 그러한 동생을 두었다는 사실에 행복과 자부심을 느낀다는 것, 그게 너에게 아무런 믿음도 주지 않는단 말이야? 정말이지 네가 성에서 이룬 일은 나를 실망시키지 않지만, 네가 내 옆에서 하는 행동은 나를 실망시키고 있어. 넌 성으로 들어가도 좋다는 허락을 받았고, 언제든 사무국을 방문할 수 있으며, 하루 종일 클람과 같은 장소에서 지내잖아. 또 공식적으로 인정된 심부름꾼이며, 관복을 청구할 수도 있고, 중요한 편지를 배달하는 일을 맡고 있어. 그런 모든 것이 너의 일이고, 네가 해도 좋은 일이야. 네가 마을로 내려오면 우리는 행복에 겨워 울면서 얼싸안아야 할 텐데, 오히려 넌 내 얼굴을 보면 모든 용기를 잃는 것 같아. 넌 모든 일에 의심을 품고 있어. 구두 짓는 일만 너의 마음을 끄는지 우리의 미래를 보장해 주는 이 편지를 팽개쳐 두고 있잖니.' 나는 이렇게 바르나바스를 타이르지요. 며칠이고 이것을 되풀이한 다음에야 비로소 동생은 한숨을 쉬면서 편지를 들고 나가는 거예요. 그러나 아마 내 말 때문은 아닐 거예요. 동생은 그저 또다시 성으로 가고 싶은 생각이 들어서 그러는 거겠지요. 명령을 다 이행하지 않고서는 감히 성으로 갈 엄두가 나지 않을 테니까요." 올가의 이야기였다. "당신이 바르나바스에게 한 이야기는 모두 옳아요. 놀랄 만큼 정확하게 그 일들을 정리하는군요. 머리가 굉장히 좋은데요." K가 말했다. "아니에요. 선생님은 잘못 생각하고 있어요. 어쩌면 나도 동생을 속이고 있는지 몰라요. 대체 그가 무엇을 이루었다는 거죠? 물론 그는 사무국에 들어가는 것을 허락받았어요. 그러나 그것은 사무국이라기보다 말하자면 사무국 옆방이라고 할까, 아니 그것도 아닐 거예요. 틀림없이, 진짜 사무국에 들어가는 허가를 받지 못한 사람들을 모조리 모아 놓는 방일지도 모르겠어요. 또 그는 클람과 이야기해요. 그러나 과연 진짜 클람일까요? 그저 클람을 조금 닮은 누군가가 아닐까요. 기껏해야 클람을 조금 닮았거나 더 닮으려고 애쓰면서, 클람처럼 잠이 덜 깨 꿈꾸듯 거드름을 피우는 그런 사람이겠지요. 클람의 그런 점은 흉내 내기 쉬우니까. 물론 클람의 그 밖의 다른 점은 조심스럽게 건드리지도 않지만 시험해 보는 사람은 많아요. 그리고 클람처럼 모두 열렬히 동경하는데도 만나기 힘든 인물이란, 사람들 머릿속에서 여러 가지 모습으로 상상되기 마련이죠. 예를 들면 클람은 여기서 모무스라는 마을 비서를 두고 있어요. 그렇지요? 선생님은 아시지요? 그 사람도 남의 눈에 띄는 건 무척 싫어하지요. 나는 그를 몇 번 본 적이 있어요. 젊고 건강한 신사죠. 그렇지 않아요? 그런데 마을 사람들 가운데는 조금도 클람을 닮은 것처럼 보이지 않는 그가 다름 아닌 클람이라고 장담하는 자가 있어요. 이렇게 사람들은 스스로 혼란에 빠지는 거죠. 성 안에서도 대충 비슷한 상황일 거예요. 어떤 사람이 바르나바스에게 '저 관리가 클람이다' 말했다고 해요. 사실 두 사람 사이에는 어느 정도 닮은 점이 있어요. 그러나 이 비슷한 점에 대해 바르나바스는 늘 의심을 품고 있어요. 그리고 이 모든 사실이 그의 의심을 뒷받침해 주지요. 클람이 그런 공공연한 장소에서 다른 관리들 틈에 끼어, 연필을 귀 뒤에 끼우고 함께 서성댈 필요가 있을까요? 있을 수 없는 일이에요. 바르나바스는 순진한 말씨로—이때는 분명 낙관적인 기분이 들 때일 거예요—가끔 이렇게 말하는 버릇이 있어요. '그 관리는 클람과 꼭 닮았어. 그가 자기 사무실 책상 앞에 앉아 있고, 문에 클람이라는 이름만 붙어 있다면 나는 아무런 의심도 품지 않을 거야.' 순진한 이야기이지만 그래도 조리는 있거든요. 물론 이렇게 하면 더 조리 있을 거예요. 성에 갔을 때 그 자리에서 바르나바스가 두서너 사람에게 정말 어떻게 된 상황인지 물어보는 거죠. 그런데 그가 말하기론 방 안에는 굉장히 많은 사람들이 여기저기에 서 있다고 해요. 그렇다면 그들이 하는 말이, 물어보지도 않는데 저 사람이 클람이라고 알려 준 사람의 말보다 믿음직하다고 할 수는 없어도, 적어도 사람이 많은 만큼 어떤 근거, 즉 일치점이 생길 수 있지 않을까요? 이것은 바르나바스의 생각이지 내 생각은 아니에요. 그런데 그는 자기 생각을 감히 실천할 용기는 없어요. 자기가 모르는 규칙을 자칫 위반하여 자기의 지위를 잃어버리지나 않을까 하는 두려움에, 아무에게도 감히 말을 걸어 보지 못하는 거예요. 그토록 그는 불안하다고 느끼는 거죠. 바로 이 비참한 불안이라는 것이 저에겐 다른 어떤 설명보다도 그의 지위를 분명히 보여 주지요. 그가 이 죄도 아닌 질문을 하기 위해 감히 입을 벌리지도 못한다면, 그곳의 모든 것이 그에게 얼마나 의심스럽고 위협적인 것으로 보이는지 알 수 있어요. 그런 걸 곰곰 생각해 보면, 나는 바르나바스를 저 알지도 못하는 곳에 혼자 내버려 두고 있다는 데에 자책하게 돼요. 겁쟁이도 아니고 제법 출중한 남자인 바르나바스 조차 겁에 질려 떨 그런 곳에다 말이죠."

"이제야 결정적인 말을 하는군요. 비로 그거예요." K가 말을 이었다. "당신의 이야기를 들으니, 이제 알 것 같아요. 바르나바스는 이 임무를 맡기에는 너무 어려요. 그가 말한 것 중 무엇 하나 곧이들을 만한 게 없어요. 성에서 그는 공포 때문에 몸이 오그라져서 아무것도 관찰할 수가 없죠. 그런데도 거기서 본 이야기를 억지로 시키니까, 어수선하고 어지러운 이야기밖에는 할 수 없는 거예요. 나는 이것을 조금도 이상하게 생각하지 않아요. 관청에 대한 두려움은 이 마을 사람들에겐 타고 난 것이며, 또 앞으로도 평생동안 여러 방식으로 영향을 주게 될 거예요. 당신네들 스스로도 나름대로 그 일에 가세하고 있어요. 나도 근본적으로는 그것에 이러쿵저러쿵 반대하는 것은 아니에요. 만일 어느 관청이 좋다면 그에 대해서 경외심을 느껴서는 안 된다는 법은 없어요. 그러나 바르나바스처럼 마을 밖으로 나가 본 경험도 없는 젊은이를 갑자기 성으로 보내고는 사실 그대로 보고하라고 요구하거나, 그의 말 한마디 한마디를 계시의 말인 양 꼬치꼬치 캐물어서 검토해 보거나, 나중에는 그 말의 해석에 그의 인생의 행복이 걸린 것처럼 만들어서는 안 되지요. 그것보다 더 그릇된 일은 없어요. 물론 나도 당신과 마찬가지로 바르나바스 때문에 착각한 셈이에요. 그에게 기대를 걸고 있었던 만큼 실망하게 되었지만, 기대든 실망이든 그의 말에서 비롯한 것이니, 따지고 보면 아무런 근거도 없는 거나 마찬가지예요." 올가는 잠자코 있었다. 그래서 K는 말을 계속했다. "동생에 대한 당신의 믿음을 뒤흔드는 내 마음이 편치는 않아요. 당신이 그를 얼마나 사랑하는지, 또 그에게 어떤 기대를 거는지 알 수 있으니까요. 하지만 반드시 그렇게 해야만 하는 것이고, 당신이 애정과 기대를 품은 만큼 더욱 그래야 해요. 왜냐하면, 생각해 보세요. 늘 무엇이 당신을 가로막고 있어서—그것이 뭔지 나로선 모르겠지만—바르나바스가 스스로 획득한 것이 아니라, 선물로 얻은 것이 무엇인지 당신은 완전히 깨닫지 못하고 있어요. 그는 사무국으로 들어와도 좋다는 허가를 받았어요. 아가씨가 원한다면 그게 옆방이라고 해도 상관없어요. 그래요, 옆방이라고 해 두죠. 거기엔 계속 나아갈 수 있는 문이 있고, 재주만 좋다면 뚫고 지나갈 수 있는 울타리가 있어요. 나를 예로 들자면, 이 옆방이란 적어도 당분간은 들어갈 수 없는 곳이지요. 바르나바스가 거기서 누구와 이야기하는지 나로선 알 수 없어요. 어쩌면 그 서기는 최하급 하인일지도 몰라요. 그렇다 하더라도 그는 자기 바로 위 상관에게 바르나바스를 데리고 갈 수 있어요. 그렇지 못하더라도 적어도 그 사람의 이름을 말해줄 수는 있어요. 만일 그럴 수 없더라도, 누구라도 이름을 댈 수 있는 사람을 가리키고 거기로 가라고 지시할 수 있어요. 소위 클람이란 자는 진짜 클람과는 손톱만큼도 공통점이 없을지도 몰라요. 비슷하다고 본 것은 바르나바스가 흥분한 나머지 눈이 어두워졌기 때문일 수도 있어요. 그는 관리 중에서 가장 하급일지도 모르고, 또는 전혀 관리가 아닐지도 몰라요. 그러나 그도 책상에 자리 잡고 앉아서 하는 일이 있다는 것만은 사실이지요. 큰 책을 펴놓고 뭔가를 읽고, 서기에게 무언가를 속삭이며, 잠깐 바르나바스에게 눈길이 닿게 되면 무엇을 생각하기도 할 테지요. 그리고 그것이 모두 진실이 아니고, 그와 그의 행위가 전혀 아무것도 뜻하지 않는다 하더라도 어쨌든 누군가 이 사람을 그 자리에 배치했으며, 아무런 생각 없이 그러지는 않았을 거예요. 따라서 나는 이 모든 사실로 미루어 보아 여기에는 뭔가가 있다, 뭔가 바르나바스에게 제공되어 있다, 이렇게 말하고 싶어요. 그래서 그가 이걸로 의심과 불안, 절망밖에 얻을 수 없다면, 그건 오로지 바르나바스의 책임이지요. 그런데 나는 있을 수 없을 만큼, 가장 불리한 경우에서부터 출발하고 있거든요. 왜냐하면 우리는 별로 신뢰가 가지 않긴 하지만, 바르나바스의 말보다는 믿을 만한 편지를 갖고 있기 때문이지요. 가령 그것이 오래된 편지 더미에서 마구잡이로 빼낸 아무 가치 없는 편지라 해도, 해마다 열리는 큰 대목 시장에서 점괘를 위해 카나리아에게 제비를 뽑게 하는 것보다 못한 식으로 빼낸 편지라 해도, 그래도 이 편지는 나의 일에 적어도 어떤 관련이 있어요. 내게 유리한 도움이 되지 않는다 해도 어쨌든 내게 보내온 것만은 확실해요. 뿐만 아니라 이 편지는 면장 부부가 증명한 바에 따르면 클람이 직접 쓴 것이고, 단순히 개인적이고 내용도 모호하지만, 그래도 중요한 의미가 있어요."

"면장님이 그렇게 말씀하셨나요?" 올가가 물었다. "네, 면장의 말이죠." K가 대답했다. "그 이야기를 바르나바스에게 해줘야겠어요. 동생이 그 이야기를 들으면 분명히 기운을 낼 거예요." 올가가 빠른 어조로 말했다.

"바르나바스에게 기운을 북돋아 줄 필요는 없어요. 그것은 네가 옳다, 지금까지 했던 것처럼 계속 밀고 나가야 된다고 그에게 타이르는 거나 마찬가지지요. 그런 방법으로는 결코 아무것도 이루지 못할 거예요. 이를테면 두 눈을 다쳐서 붕대를 감은 사람에게, 붕대를 통해서 똑바로 쳐다보라고 아무리 용기를 북돋아 준다 해도 그 사람에게는 무엇도 보이지 않을 테니까요. 붕대를 풀어 주어야만 비로소 볼 수 있게 되지요. 바르나바스에게 필요한 것은 도움이지 격려는 아니에요. 좀 생각해 보세요. 저 산 위에는 풀 수 없게 얽혀서 복잡한 큰 관청이 있어요. 내가 여기 오기까지는 이 관청이 어떤 곳인지 대충 안다고 생각했는데, 아주 어리석기 짝이 없는 일이었어요. 어쨌든 거기에는 관청이 있고 바르나바스는 거기로 나아가는데, 가엾고 안타깝게도 아무도 없이 혼자지요. 만일 그가 평생 그 사무국의 어둠침침한 한구석에 쭈그려 앉아 지내면서 그의 존재가 무시되는 일만 없어도 그에게는 더할 수 없는 영광일 거예요." K가 말했다.

"K씨, 우리가 바르나바스 임무의 중대성을 과소평가한다고 생각하시면 안 돼요. 우리는 관청을 충분히 경외해요. 선생님 자신이 그렇게 말씀하시지 않았어요?" 올가가 말했다. "그러나 그릇된 경외심은 그 대상의 명예를 손상시켜 품위를 떨어뜨리지요. 바르나바스가 그곳으로 들어갈 수 있다는 특전을, 거기서 무위도식하는 데 남용하더라도 경외심이라고 할 수 있을까요? 또는 마을로 내려와 방금까지 그를 무서워서 떨게 하던 그들을 의심하고 비난해도 경외심이라고 할 수 있을까요? 또는 그가 절망해서인지 피곤해서인지는 몰라도, 편지를 곧 배달하지 않고 맡은 일을 당장 수행하지 않더라도, 그것을 경외심이라고 말할 수 있을까요. 아니 이쯤 되면 벌써 경외심이라고는 할 수 없어요. 그런데 올가 양, 이 비난은 한 걸음 더 나아가서 당신에게까지 미친다는 사실을 알아야 해요. 나는 당신까지 비난할 수밖에 없군요. 당신은 관청에 경외심을 품고 있다고 믿으면서도, 아직 어리고 연약한 바르나바스를 홀로 성으로 보냈으니까요. 적어도 못 가게 말리지는 않았지요." K가 말했다.

"선생님이 내게 하시는 비난을 나는 벌써 오래전부터 나 자신에게 하고 있어요. 다만 내가 바르나바스를 성으로 보냈다는 비난은 당치도 않아요. 내가 그를 성으로 보낸 것이 아니라 그가 제 발로 걸어갔어요. 하지만 당신은 내가 갖은 수단을 다해 꾀를 쓰거나 설득시켜 강제로라도 그를 말렸어야 했다고 말씀하시겠지요. 나는 그를 못 가게 붙들어야 했는지도 모르겠어요. 그러나 만일 오늘이 그날, 그 결정적인 날이라 치고 내가 바르나바스의 곤란과 우리 가족의 곤궁을 그때와 다름없이 오늘도 느낀다면, 바르나바스가 모든 책임과 위험을 뚜렷이 알면서도 다시 미소를 띠면서 조용히 떠난다면, 나는 그동안 모든 경험을 했음에도 오늘도 역시 그를 붙들지는 않을 거예요. 선생님도 역시 내 처지라면 그 밖에 다른 도리가 없으리라 생각하실 거예요. 선생님은 우리의 고난을 모르세요. 그러니까 우리를, 그 중에서도 바르나바스를 부당하게 평가하시는 거죠. 그 무렵 우리는 지금보다 큰 희망을 가지고 있었어요. 그러나 그때에도 우리의 희망은 그리 크다고 할 수 없었죠. 컸다면 우리의 고난뿐이고, 지금도 그 상태가 그대로 계속되고 있어요. 프리다가 우리에 관해 아무것도 이야기하지 않던가요?" 올가가 말했다. "넌지시 암시만 주었을 뿐 결정적인 이야기는 아무것도 하지 않았어요. 여하간 당신들 이름만 들어도 흥분하니까요." K가 말했다. "주인 아주머니도 아무 말 없었나요?" "네, 아무 말 없었어요." "그러면 그 밖에 다른 사람도 아무 말이 없었나요?" "네, 아무도 말하는 이가 없었어요." "물론 그럴 거예요. 아무도 이야기하지 못할 거예요. 누구든 우리에 관해서 조금은 알고 있어요. 그것이 진실이든—그것도 사람들의 귀에 들리는 한도 내에서지만요—그렇지 않으면 사람들에게서 들은 소문이나 제멋대로 꾸며낸 유언비어든 말이에요. 모두 필요 이상으로 우리에 관해서 생각하지만, 아무도 다른 사람에게 솔직히 이야기하지는 않을 거예요. 우리 일을 입에 올리기 꺼려하는 거죠. 그들이 그러는 것도 당연해요. 이걸 이야기해 드린다는 것은, 아무리 선생님께라고 해도 어려운 일이에요. 그리고 아무리 선생님과는 관계가 없어 보여도, 이야기를 듣고 나면 이곳을 떠나 다시는 우리에 대해 알려고 하지 않을 수도 있으니까 말이에요. 그러면 우리는 선생님을 잃어버리는 거죠. 고백하자면 이제 저에게 선생님은 바르나바스의 성 근무보다 더 소중해요. 이 모순 때문에 나는 밤새 고민했어요. 이 사실을 아셔야만 해요. 그렇지 않으면 우리가 어떤 처지에 놓여 있는지 도무지 이해하기 곤란하실 테고, 언제까지나 바르나바스를 부당하게 대하실 텐데, 참 가슴 아픈 일이에요. 더군다나 우리가 의견을 같이 하지 못한다면 선생님은 우리를 도와주시지 못할뿐 아니라 반대로 우리의 도움, 특별한 도움을 받으실 수 없게 되니까 말예요. 그리고 또 한 가지 묻고 싶은 것이 있어요. 선생님은 그게 뭔지 궁금하지 않으세요?" "왜 그런 말을 묻지요? 필요하다면 알고 싶은 게 당연하지 않아요? 근데 왜 묻지요?" K가 물었다. "미신 때문이에요. 선생님은 아무 죄도 없고 바르나바스처럼 순진하시지만, 우리 사건 속으로 휩쓸리고 말 거예요." 올가가 말했다. "어서 이야기하세요. 나는 두렵지 않으니까. 게다가 당신은 여자다운 불안함 때문에 사실보다 더 심각하게 생각하는 것 같네요." K가 말했다.

17 아말리아의 비밀

"스스로 판단해 보세요. 무척 간단한 이야기라서, 중요한 의미를 담고 있으리라고는 아무도 금방 알지 못할 거예요. 성에는 소르티니라는 귀하신 관리 한 분이 계세요." 올가는 말했다. "그분에 관해서는 나도 들은 일이 있어요. 나를 데려오는 문제에 관여한 분이지요." K가 말했다. "아니, 그렇지 않을 거예요. 그분은 좀처럼 모습을 잘 드러내지 않으니까요. 소르디니라고

D자를 쓰는 이탈리아 사람과 혼동하신 게 아닐까요?" 올가가 물었다. "그렇군요. 소르디니였어요." K가 말했다. "그래요, 모두 소르디니는 잘 알고 있어요. 가장 부지런한 관리라고 소문이 자자하죠. 반면에 소르티니는 대단히 소극적이고 늘 틀어박혀 지내는 사람이어서 사람들은 그를 잘 모르는 편이에요. 3년도 더 전에 그의 모습을 보았을 때가 처음이자 마지막이었어요. 7월 3일, 소방대 축하 행사에서였죠. 성 양반들도 참석해서 새 소방펌프 한 대를 기부했어요. 소르티니는 소방대 문제를 맡고 있다고 하면서—아마 그분은 대리로 그 자리에 참석했던 것 같아요. 대개 관리들은 서로 대리 노릇을 하고 있어요. 따라서 관리들의 권한과 관할을 분간하기는 참 어려워요. —그때 소방펌프의 양도식에 참석했어요. 그 말고도 성에서 여러 명이 참석했어요. 관리와 하인들이지요. 소르티니는 그 답게 아주 뒷전에 물러서 있었어요. 키가 작고 약한 체격이었는데 무슨 생각에 잠긴 것처럼 보였어요. 소르티니의 모습을 본 사람들이 기묘하게 느낀 점은, 그의 이마에 잡힌 주름살이었죠. 모든 주름살이—분명히 지금도 마흔은 넘지 않았을 텐데 주름살이 굉장히 많았어요—부채 모양으로, 이마 전체와 콧잔등까지 퍼져 있었어요. 그렇게 주름살이 많은 사람은 지금까지 한 번도 본 적이 없어요. 아무튼 우리, 즉 아말리아와 나는 벌써 몇 주 전부터 이 축하 행사를 설레는 마음으로 고대하고 있었어요. 주일날 입는 아름다운 외출복도 한 벌 새로 장만해 놓았어요. 특히 아말리아의 옷은 아름다웠어요. 흰 블라우스는 몇 겹으로 레이스를 겹쳐 달아서 앞이 불룩하게 부풀어 있었어요. 어머니가 가지고 있던 레이스를 모두 빌려주신 거예요. 나는 그때 무척 샘이 나서 축하 행사 전날 밤새도록 거의 울면서 새다시피 했어요. 아침에 교정관 아주머니가 우리 모습을 구경하러 와서 비로소……." 올가가 말했다. "교정관 아주머니가?" K가 물었다. "네, 그분은 우리와 아주 친했어요. 그녀는 아말리아가 훨씬 예쁘게 차려입었다는 걸 알아차리고는, 나를 달래기 위해서 자기가 지니고 있던 보헤미아 석류석 목걸이를 빌려주었어요. 드디어 우리가 출발할 준비를 마치고 아말리아가 제 앞에 서자, 모두 그 애의 모습을 감탄하며 바라보았어요. 그러자 아버지는 '모두들 내 말을 잘 기억해 둬. 오늘 아말리아는 신랑을 얻는다' 말씀하셨어요. 그때 나는 왜 그랬는지 모르겠지만, 내가 자랑스러워하던 목걸이를 아말리아의 목에 걸어주었어요. 시샘 따위는 찾아볼 수 없었

어요. 그 애의 승리 앞에 고개를 숙이게 된 거죠. 나뿐만 아니라 누구라도 그 애 앞에서는 틀림없이 고개를 숙일 거라고 생각했어요. 그때 아말리아가 보통 때와는 아주 달라 보였기 때문에 우리는 깜짝 놀랐어요. 사실 그 애는 그리 아름답진 않았어요. 하지만 그 애의 어두운 시선이—그때부터 그 애는 쭉 그런 눈초리였어요—우리 머리 위를 스쳐 지나갈 때면 자기도 모르게 머리를 숙이게 됐지요. 모두들 그것을 깨달았어요. 우리를 데리러 온 라제만 부부도 그렇게 말했어요." 올가가 말했다. "라제만?" K가 물었다. "네, 라제만이요. 우리는 정말 인기를 끌었어요. 우리가 없었으면 축하연회가 멋있게 시작되지 못했을 거예요. 왜냐하면 아버지가 소방대의 세 번째 훈련 책임자였거든요." 올가가 말했다. "그때는 아버지가 그렇게 정정하셨던가요?" K가 물었다. "아버지요?" 올가는 왜 그렇게 묻는지 모르겠다는 듯 되물었다. "3년 전만 해도 아버지는 아직 젊은이라고 해도 좋을 정도로 원기가 왕성했어요. 예를 들면 신사관에 불이 났을 때만 해도, 갈라터라는 몸이 육중한 관리 한 사람을 업고 나와 구출하셨죠. 나도 그 자리에 있었는데, 사실 화재의 위험은 없었어요. 난로 옆에 놓았던 마른 장작이 그슬려서 불붙기 시작했을 뿐이에요. 그런데도 갈라터는 겁을 집어먹고 창문에다 대고 사람 살리라고 소리쳤어요. 그래서 소방대가 쫓아오고 우리 아버지는 그를 구출해야 한 거죠. 그때 이미 불은 꺼져 있었어요. 어쨌든 갈라터는 뚱뚱해서 잘 움직이지 못하니까, 그런 상황에선 조심해야 했어요. 나는 오로지 아버지를 위해서만 이 이야기를 하는 거예요. 그때부터 고작 3년 남짓 세월이 흘렀건만, 저기에 앉아 있는 아버지의 모습을 좀 보세요." 그때야 비로소 K는 아말리아가 다시 방으로 돌아와 있는 것을 알게 되었다. 그러나 그녀는 부모님과 함께 멀찍이 떨어져 있는 식탁에 앉아서, 신경통 때문에 팔을 움직이지 못하는 어머니에게 음식을 떠먹이고 있었다. 그리고 아버지에게는 조금만 참으면 아버지에게도 음식을 드리겠다고 말했다. 그러나 그녀가 타일러도 아무 소용이 없었다. 아버지는 수프를 먹고 싶은 생각이 간절해서, 자신의 허약한 몸은 개의치 않고 억지로 수프를 숟가락으로 떠 먹으려고 하는가 하면, 아예 수프 접시를 입에 대고 마시려고 했다. 그러나 둘 다 뜻대로 잘 안 되자 툴툴거리며 불평을 했다. 사실 숟가락이 입에 닿기도 전에 수프가 흘러 내려 거의 남지 않은 데다 입까지 닿지도 않았다. 축 늘어진 수염만 계속 수프에 빠져 국물이 여기저기 뚝뚝 떨어지며 튀기만 하고, 입에 거의 들어가지 않았다. "3년 만에 저렇게 되신 건가요?" K가 물었다. 그러나 그는 여전히 이 노인들과 식탁 한 구석에서 벌어진 광경에 아무런 동정심이 들지 않았다. 다만 짜증을 느꼈을 뿐이다. "네, 3년 만에요." 올가는 천천히 말했다. "아니 더 정확하게 말하면 잔치가 벌어진 두서너 시간 사이에 그렇게 된 거예요. 잔치는 마을 어귀에 있는 작은 시냇물 옆 목장에서 벌어졌어요. 우리가 도착했을 때는 벌써 야단법석이었어요. 이웃 마을에서도 많은 사람들이 모여들었구요. 사람들이 어수선하게 웅성거리는 소리에 머리가 다 어지러웠어요. 우리는 물론 아버지에게 끌려서 먼저 소방펌프 있는 곳으로 갔어요. 펌프를 보자 아버지는 좋아서 껄껄 웃으셨죠. 아버지는 펌프에 손을 대보면서 하나하나 설명하기 시작했어요. 다른 사람들이 아무리 말려도 말을 듣지 않으셨죠. 펌프 밑에 볼 것이 있으면 우리는 모두 쭈그리고 그 밑으로 기어들어가다시피 해야 했어요. 바르나바스는 싫다고 했다가 매까지 맞았다니까요. 아름다운 옷을 입은 아말리아만 펌프에 신경쓰지 않고 가만히 서 있었어요. 그러나 아무도 그 애에게 한마디도 하지 못했어요. 나는 가끔 그 애에게 뛰어가서 팔을 붙들었지만 그 애는 잠자코 있을 뿐이었어요. 우리는 지금도 왜 그렇게 되었는지 알 수 없지만 어쨌든 꽤 오랫동안 펌프 앞에 서 있었지요. 우리는 아버지가 펌프 옆을 떠났을 때야 비로소 소르티니가 그 자리에 있다는 사실을 깨닫게 되었어요. 분명히 소르티니는 그때까지 쭉 펌프 뒤에 숨어서 지렛대에 기대고 있었던 것 같아요. 그때 주위에서 아주 엄청난 소동이 일어났어요. 잔치 때문만이 아니었어요. 성에서는 소방대에 나팔 몇 개도 기증했는데, 이 악기는 조금만 힘을 주어 불기만 하면—아마 어린애도 불 수 있을 거예요—굉장히 요란한 소리를 냈어요. 그 소리를 들으면 꼭 터키 사람들이 눈앞에 쳐들어왔다고 생각될 정도였어요. 아무도 그런 소리에는 익숙하지 못해서, 모두들 나팔을 새로 불 때마다 몸을 움츠리곤 했어요. 그리고 새 나팔이었으니까 누구나 불어 보려 하고, 뭐니뭐니해도 마을 잔치여서 그런 짓을 해도 그냥 넘겨 버렸어요. 마침 우리 주변에는—아마도 아말리아 때문에 모여든 것 같아요—그런 나팔 부는 사람이 두서넛 있었어요. 그런 상태에서 침착하게 마음을 가다듬고 있기란 어려운 일이었어요. 더군다나 아버지 명령에 따라서 펌프에 집중하고 있어야 했기 때문에, 우리는 그야말로 사람이 할 수 있는 최고의 긴장 상태에 있었지요. 그래서 이상할 만큼 그렇게 한참이나 소르티니가 있다는 사실을 깨닫지 못했던 거예요. 물론 우리는 그때까지 소르티니를 만난 일이 한 번도 없었지만요. 라제만이 '거기 소르티니가 있어요'라고 아버지에게 속삭였을 때, 나는 두 분 옆에 서 있었어요. 아버지는 공손하게 인사하신 뒤 조금 흥분하여 우리도 인사하라고 눈짓하셨어요. 아버지는 전에 소르티니를 만난 적도 없었지만, 그래도 쭉 그를 소방 문제 전문가로서 존경해 왔고 집에서도 곧잘 그에 관해서 이야기 했으므로, 지금 소르티니의 모습을 실제로 눈앞에서 본다는 것은 우리에게 대단히 뜻밖의 일이며 뜻 깊은 일이기도 했어요. 그러나 소르티니는 우리를 신경쓰지 않았어요. 이건 소르티니만의 특성은 아니고 대부분의 관리들이 백성들에게 아주 무관심한 것처럼 보이는 것과 같아요. 더욱이 그는 몸이 피곤했어요. 단지 직무를 수행하기 위해서 이 마을에 머무르고 있었죠. 이런 행사 대표의 직무를 거북하게 느낀다고 해서 나쁜 관리라고 할 수는 없어요. 다른 관리나 하인들은 이왕 왔으니 백성들 사이에 끼어 있었을 뿐이거든요. 그러나 소르티니는 펌프 옆을 떠나지 않았어요. 뭔가 하소연이나 아부를 하려고 그에게 접근하려는 사람들을 침묵으로 얼씬 못하게 하면서 말이에요. 그래서 우리가 그를 눈치 챈 뒤에야 그는 우리에게 얼굴을 돌리더니 피곤한 시선으로 한 사람씩 차례차례 쳐다보았어요. 한 명씩 쳐다보면서 한숨까지 쉬는 것 같았는데 마침내 시선이 아말리아에게 멎었어요. 그 애가 그보다도 훨씬 키가 컸기 때문에 눈을 위로 치켜뜨고 쳐다봐야 했어요. 그는 순간 자못 놀란 듯이 우뚝 서더니 아말리아에게로 가려고 끌채를 뛰어 넘었어요. 처음에 우리는 그것을 오해하고 모두들 아버지를 따라 그에게 가까이 가려고 했어요. 그런데 그는 손을 쳐들고 우리를 제지하더니 그 다음에는 가라고 손짓을 했어요. 그뿐이에요. 그리고 우리는 정말로 신랑감을 구했다고 아말리아를 놀렸어요. 어리석게도 우리는 그날 오후 내내 어쩔 줄 몰라 하며 기뻐 날뛰었어요. 아말리아만 전보다 말수가 적었어요. '아말리아도 은근히 소르티니에게 반했군' 하고 브룬스비크가 말했어요. 그는 성격도 약간 거친 데다가, 아말리아 같은 기질의 사람을 이해하지 못해요. 하지만 이번에는 그의 말이 맞는 것 같았어요. 그날 우리 대부분은 몰래 빠져나와 다른 곳에 갔다가 자정이 지나서야 집에 돌아왔어요. 아말리아를 제외한 모두가 성에서 베푼 달콤한 술에 취해 있었어요." "그러면 소르티니는?" K가 물었다. "네, 나는 소르티니를 잔치 도중에 지나다니면서 여러 번 봤어요. 그는 끌채 위에 걸터앉아서 가슴에 팔짱을 끼고, 성에서 마차가 모시러 올 때까지 꼼짝 않고 앉아 있었어요. 그는 소방 연습에는 가지 않았어요. 그런데 그때 연습에 참가한 아버지는 소르티니가 보고 있으리라 기대하고, 같은 연배의 남자들 가운데서 가장 눈부신 활약을 했지요." "그러면 당신들은 그에 관해서 그 이상 아무 소식도 듣지 못했어요?" K는 물었다. "당신은 소르티니를 대단히 존경하고 있는 것처럼 보이는데요." "네, 존경하고말고요." 올가는 이어서 말했다. "우리는 그에게서 편지도 받는 걸요. 다음 날 아침, 술에 취해 자고 있던 우리는 아말리아가 소리지르는 바람에 잠이 깼어요. 다른 사람들은 곧 침대로 움츠리고 들어갔지만, 나는 아주 잠이 깨 아말리아에게로 달려갔어요. 그 애는 창 옆에 서서 손에 편지를 한 장 들고 있었어요. 한 남자가 창 너머로 편지를 건네준 뒤 회답을 기다리고 있었어요. 아말리아는 짧은 편지를 다 읽고 축 늘어진 손에 쥐고 있었어요. 그 애가 그렇게 지쳐서 녹초가 된 모습을 보면 나는 언제나 강렬한 애정을 느낀답니다. 나는 그 애 옆에 무릎을 꿇고 앉아 그 편지를 읽었어요. 내가 다 읽기 무섭게 아말리아는 힐끔 내 얼굴을 바라보더니 편지를 뺏어 손에 쥐었어요. 그러나 차마 다시 읽을 생각은 못 하고 갈기갈기 찢어 버리곤, 그 찢어진 종잇조각을 바깥에서 기다리고 있는 남자의 얼굴에 뿌리고 바로 창문을 닫아 버렸지요. 이것이 그 결정적인 날 아침의 일이었어요. 하지만 그 전날 오후의 순간순간도 그 다음 날 아침과 마찬가지로 결정적이었죠." 올가가 말했다. "그런데 그 편지에는 뭐라고 씌어 있었나요?" K가 물었다. "아, 아직 그 이야기를 하지 않았군요. 편지는 소르티니에게서 온 것이었고, 편지 받는 사람의 이름은 '석류석 목걸이를 건 소녀에게'라고 적혀 있었어요. 그 편지 내용을 그대로 되풀이할 수는 없지만, 대충 신사관에 있는 자기에게 오라는 요구였어요. 그것도 자기가 30분 이내에 떠나야 하니 빨리 오라는 거였죠. 편지는 그때까지 내가 한 번도 들어 본 적 없을 만큼 상스러운 말로 씌어 있어서 전체적인 상황을 종합해서 그 뜻을 절반 정도 추측할 수 있을 정도였어요. 아말리아를 잘 모르는 사람이 그 편지를 읽었다면 분명, 남자에게서 이런 형편없는 편지를 받은 여자는 얼마나 타락한 여자인가 하고 생각했을 거예요. 그 여자가 아주 순결한 처녀라고 하더라도 말이에요. 물론 그건 연애편지가 아니었어요. 여자의 마음에 들만큼 달콤한 말은 한마디도 씌어 있지 않았으니까요. 오히려 그의 마음이 아말리아의 그림자에 사로잡혀서 일에 방해가 되었다고 화를 냈어요. 그래서 우리는 나중에 이 일을 이렇게 해석했어요. 틀림없이 소르티니는 저녁때 성으로 돌아가려 생각하고 있었다, 그런데 아말리아 때문에 마을에 남았다, 그리고 밤에 아말리아가 잊혀지지 않아서 새벽녘에 속이 상해 몹시 화를 내면서 편지를 썼다고요. 그 편지는 아무리 무감각하고 냉정한 사람이 읽었더라도 처음에는 엄청나게 화를 냈을 거예요. 그리고 다음 순간에는 그 간악하게 협박하는 문구 때문에 격분하는 감정보다 불안한 마음이 더 컸을 거예요. 아말리아가 아닌 다른 여자였다면 말이에요. 그러나 아말리아는 몹시 화가 났을 뿐이었어요. 그 애는 자기 자신을 위해서나 다른 사람을 위해서 불안이라는 것을 몰라요. 그 뒤에 나는 곧 내 침대 속으로 기어들어가면서 토막토막 끊어진 편지의 한 구절, '그러니까 빨리 와야 해! 그러지 않으면……'이란 문구를 되뇌었어요. 그동안에 아말리아는 창문 옆 긴 의자에 앉아서 밖을 내다보고 있었어요. 마치 심부름꾼이 찾아오기를 기다리면서, 오기만 하면 첫 번째 심부름꾼처럼 혼을 내겠다고 벼르는 것 같았어요." "관리들이란 으레 그런 식이지요." K는 머뭇거리면서 얘기하고는 이렇게 말을 이었다. "그런 수단을 쓰는 자들은 그들 사이에서 많이 볼 수 있어요. 그래서 당신의 아버지는 어떻게 했나요? 만일 직접 신사관에 가서 더 확실하고 빠른 길을 택하셨다면 다른 문제지만, 당국에 쫓아가서 강경하게 소르티니를 고소했으면 좋았을 텐데. 이 사건에서 가장 거슬리는 점은 아말리아에 대한 모욕 같은 게 아니에요. 이건 쉽게 보상받을 수 있어요. 그런 것에 대해서 왜 당신이 그렇게 중시하는지 도무지 알 수 없군요. 당신 이야기를 들어보면, 소르티니가 그 편지 한 통으로 아말리아를 영원히 웃음거리로 만들었다고 생각할 수도 있어요. 하지만 그런 일이 있을 수 있을까요? 아말리아는 아주 쉽게 명예를 회복할 수 있었을 텐데, 이삼 일만 지나면 이런 사건은 곧 잊게 되니까요. 소르티니는 아말리아가 아닌 자기 자신을 웃음거리로 만든 거예요. 따라서 내가 소르티니를 걱정스러워하는 점은 그가 권력을 그처럼 남용할 수 있다는 가능성이지요. 이 경우에는 말을 너무나 노골적으로 해서 속까지 드러낸데다, 아말리아 같은 아주 뛰어난 적수를 만나 실패로 돌아갔지요. 그런데 이와 비슷한 다른 경우에는, 아말리아보다 형편이 조금만 불리해도 완벽하게 성공할 수 있겠지요. 게다가 다른 이들의 눈도 피할 수 있으며 심지어는 당한 사람의 눈에서조차 벗어날 수 있을 걸요." "조용히, 아말리아가 이쪽을 보고 있어요." 올가가 말했다. 아말리아는 벌써 부모님에게 음식을 떠 드리는 일을 마치고 이번에는 어머니 옷을 벗겨 드리려고 했다. 어머니의 치마 끈을 풀고 어머니의 두 팔을 자기 목 주위에 걸치게 한 다음 그대로 어머니의 몸을 약간 쳐들어 치마를 벗기고 나서 가만히 의자에 앉혔다. 어머니가 아버지보다 몸이 더 불편했으므로 아말리아가 어머니의 시중을 먼저 들어주는 것이 당연한데도, 아버지는 그게 항상 불만이었다. 그는 딸의 동작이 더디다고 생각했는지 그것을 나무라는 듯 스스로 옷을 벗으려고 했다. 그런데 우선 가장 불필요하고 가장 쉬운 일, 즉 발에 헐거워서 자꾸 벗겨지려는 슬리퍼를 벗는 일부터 하기 시작했는데도 아무리 애써도 벗을 수가 없었다. 곧 목구멍에서 가래가 끓어 단념하지 않을 수 없게 되자 다시 빳빳하게 굳어 의자에 기대어 앉고 말았다.

"가장 중요한 점을 모르시는군요." 올가는 말했다. "선생님 말씀은 모두 옳을지도 몰라요. 그러나 가장 중요한 점은 아말리아가 신사관에 가지 않았다는 거지요. 그 애가 심부름꾼을 어떻게 취급했는지는 대단치 않은 일이었어요. 감쪽같이 처리해 버리려고만 하면 얼마든지 그럴 수 있었어요. 그러나 그 애가 가지 않았다는 사실로 말미암아 우리 가족에게 저주가 내렸어요. 일이 그쯤 되면 심부름꾼에 대한 복수도 용서될 수 없었어요. 그뿐 아니라 이 사실이 온 세상에 확 퍼져 버렸어요."

"뭐라고요!" K는 소리쳤으나 올가가 애원하듯이 손을 쳐들었기 때문에 소리를 죽이면서 말했다. "당신은 언니로서 아말리아가 소르티니의 말을 듣고 신사관으로 달려갔어야 했다고 말하진 않았겠지요?" "아니에요. 제발 그런 오해는 말아 주세요. 왜 그렇게 생각하시나요? 나는 아말리아처럼 모든 행동에서 올바른 사람은 보지 못했어요. 만일 그 애가 신사관에 갔더라도, 물론 나는 그 애가 여전히 옳다고 인정했을 거예요. 그러나 그 애가 가지 않은 것은 정말 잘한 행동이었어요. 솔직히 말해 만일 내가 그런 편지를 받았더라면 아마 갔을지도 몰라요. 나 같으면 그 뒤에 벌어질 일이 무서워서 견디지 못했을 거예요. 아말리아니까 그것을 견뎌낼 수 있었지요. 물론 빠져나갈 구멍은 얼마든지 있었어요. 다른 여자 같으면 화려하게 치장하느라 잠시 시간을 보냈을 거예요. 그런 뒤 겨우 신사관에 가서 소르티니가 벌써 출발했다는 사실, 그가 심부름꾼을 보낸 다음 바로 출발했다는 사실을 알았을지도 몰라요. 성 양반들의 기분은 시시각각으로 변하니까 그런 일도 충분히 있을 수 있어요. 그러나 아말리아는 이런 일도, 또 이와 비슷한 일도 하지 않았어요. 그 애가 받은 모욕은 너무나 컸기 때문에 그 애는 무조건 대담하게 굴었어요. 겉으로라도 따라가는 척했더라면, 적어도 그때 신사관의 현관에 한 발짝이라도 디뎠더라면, 이런 화는 피할 수 있었을 거예요. 이 마을에는 아주 똑똑하고 유능한 변호사들이 있지요. 그들은 아무 것도 없는 데서 사람이 원하는 것을 뭐든 만들어 낼 수 있지만, 이런 경우만은 그 유리한 무(無)도 전혀 존재하지 않았어요. 있는 것이라곤 소르티니의 모독적인 편지와 심부름꾼이 당한 모욕뿐이었어요." "참으로 불행한 일을 당했군요. 무슨 그런 못된 변호사들이 다 있단 말입니까. 그러나 소르티니가 한, 범죄자나 저지를 못된 행위 때문에 아말리아가 고소를 당하거나 처벌 받는 일은 도대체 있을 수 없지 않아요?" K가 말했다. "그런데 그것이 가능했거든요. 물론 합법적인 소송을 거친 것은 아니고 또 누가 직접 그 애를 처벌한 것도 아니에요. 그럼에도 그 애는 다른 방법으로 처벌 받았어요. 우리 가족이 모조리 처벌 받았어요. 이 벌이 얼마나 무서운 것인지 깨닫기 시작하셨으리라고 생각해요. 대단히 부당하다고 생각하시는 모양인데, 이 마을에서는 그런 의견을 가진 사람이라곤 선생님밖에 없어요. 선생님의 의견이 우리에게 참 호의적이라서 마음에 위안이 돼요. 그 의견이 분명 잘못 생각하신 것이 아니라면 좋겠어요. 나는 그것을 선생님에게 증명해 드릴 수 있어요. 이때 프리다에 관한 말이 나오더라도 양해해 주세요. 결과만 제외하고 본다면, 프리다와 클람 사이에도, 아말리아와 소르티니 사이에서 벌어진 일과 똑같은 일이 일어난 거예요. 처음에는 깜짝 놀라셨는지 모르겠지만 지금은 옳은 결과라고 생각하시지 않나요? 그런데 그걸 익숙해졌기 때문이라고는 할 수 없어요. 단순한 판단이 문제가 될 때 익숙해졌다고 그렇게 무뎌질 수는 없지요. 단지 오류에서 벗어났을 따름이죠." "올가, 그렇지 않아요. 당신이 이 일에 왜 프리다를 끌어넣는지 모르겠군요. 사건의 성질이 전혀 다르니까, 그렇게 근본적으로 다른 것을 뒤섞지 말고 차근차근 이야기해 보세요." K가 말했다. "제발 내가 또 비교한다 해도 오해하지 마세요. 선생님은 이 비교가 부적당하다고 여기시지만, 프리다에 관해서 잘못 생각하고 있어요. 그녀를 두둔해 줄 필요는 전혀 없고 그저 칭찬만 해주면 돼요. 내가 두 경우를 비교한다고 해서 두 사람이 똑같다고 주장하는 것은 아니에요. 그들의 관계는 흑백의 대조와 마찬가지지요. 백이 프리다라고 할 수 있어요. 최악의 경우라도 사람들은 프리다를 비웃을 수 있을 뿐이지요. 내가 예의를 잃고—나중에 얼마나 후회했는지 몰라요—술집에서 한 것처럼요. 그러나 이 경우에 비웃는 사람은 악의가 있거나 그렇지 않으면 질투하고 있거나 둘 중에 하나지요. 아무튼 여전히 비웃을 수 있어요. 한편 아말리아는 어떠냐 하면, 그 애와 혈연관계가 아니면 그 애를 경멸할 뿐이지요. 그러니까 이것은 당신의 말씀처럼 근본적으로 다른 두 가지 경우임에 틀림은 없지만 그래도 비슷한 것이지요." 올가가 말했다. "서로 비슷한 점도 없어요." K는 이렇게 말하고, 못마땅하다는 듯 고개를 살살 내둘렀다. "이제 프리다 이야기는 그만 둬요. 아말리아가 소르티니에게서 받은 것 같은 추잡한 편지를 프리다는 한번도 받아 본 적이 없어요. 프리다는 진정으로 클람을 사랑했어요. 의심스러우면 그녀에게 물어봐도 좋아요. 지금도 여전히 클람을 사랑하고 있으니까요." "그러나 그게 그렇게도 큰 차이라고 말할 수 있을까요?" 올가가 물었다. 그러고는 잠시 뒤 말했다. "클람이 프리다에게 소르티니와 똑같은 편지를 써 보내지 않았다고 생각하시나요? 성 양반들은 책상에서 일어서기만 하면 백성들의 실정이나 세상물정에는 아주 깜깜해요. 그래서 부주의하게 아주 난폭한 말들을 쓰기 일쑤지요. 물론 다 그렇다고는 할 수 없어도 그런 분이 많아요. 아말리아에게 보내온 편지도 그래요. 실제로 종이에 뭐라고 쓰이는지는 아랑곳하지 않고 머릿속에서 생각나는 대로 써버렸는지도 몰라요. 성 양반들이 대체 무슨 생각을 하시는지 우리로선 도무지 모르겠어요. 어떤 식으로 클람이 프리다와 교제했는지, 직접 들으시거나 다른 사람이 이야기하는 소리를 들으신 적이 없나요? 클람이 몹시 난폭하다는 것은 모두들 알고 있는 사실이에요. 몇 시간이고 입을 다물고 있다가, 갑자기 사람을 깜짝 놀라게 하는 말을 하기도 해요. 소르티니가 난폭한지 어떤지는 아무도 아는 사람이 없어요. 일반적으로 소르티니가 어떤 사람인지 아는 사람은 거의 없거든요. 그에 대해서 모두들 아는 것이라곤 소르디니와 이름이 비슷하다는 점뿐이죠. 이렇게 이름이라도 닮지 않았더라면 모두들 그에 관해 아무것도 몰랐을 거예요. 소방 전문가라는 것만 하더라도 확실히 소르디니와 혼동하고 있어요. 사실은 소르디니가 진짜 전문가지만, 자기와 소르디니가 이름이 비슷한 것을 이용하고 있는 거예요. 그것도 대표자의 의무는 소르디니에게 넘겨 버리고, 자기는 방해 받지 않고 마음 편히 자기 일에 열중하려는 것이 가장 큰 목적이지요. 소르티니처럼 세상물정에 어두운 사내가 갑자기 시골 처녀에게 반했다는 건, 인근 가구 직공이 반한 거와는 전혀 다르다고 할 수 있지요. 더욱이 관리와 구둣방 집 딸과는 그 사이에 어떻게 해서든지 다리를 놓아 주어야만 하는 먼 거리가 있다는 점도 생각해야 해요. 다른 사람이면 어떨지 몰라도 여하간 소르티니는 그런 방식으로 다리를 놓으려고 했어요. 물론 우리가 모두 성에 예속돼 있어서 서로 간에 아무런 거리도 없으니까, 다리를 놓아줄 필요도 없다고 말하는 사람도 있어요. 일반적으로는 그 말이 맞겠지요. 하지만 우리는 유감스럽게도 막상 아주 중요한 때면 그 의견이 전혀 맞지 않는 경우를 많이 보아왔어요. 여하튼 제 말씀을 끝까지 들으시면 소르티니가 늘 쓰는 수단을 아시게 될 것이고, 또 지금까지 상상하시던 것처럼 그렇게 어마어마하게 생각하시지 않게 될 거예요. 아닌 게 아니라 그가 쓴 방법은 클람의 것과 비교하면 훨씬 이해하기 쉬워요. 가령 휩쓸려 들어간다하더라도, 클람의 경우보다는 훨씬 참아내기가 쉽죠. 클람이 쓴 애정 어린 편지는, 소르티니의 가장 난폭한 편지보다도 상대를 더 괴롭히지요. 이렇게 말한다고 해서 나를 오해하지 마세요. 클람을 비판하려는 것은 아니에요. 다만 선생님이 두 사람을 비교하는 것을 반대하시니까 해 보았을 뿐이에요. 아무튼 클람은 여군 사령관 같아요. 때로는 이 여자, 때로는 저 여자에게 오라고 명령하니까요. 어느 여자에게도 곧 싫증을 내요. 그래서 그는 오라고 명령할 때와 마찬가지로 나가라고 명령하지요. 클람은 먼저 편지를 써보내는 그런 귀찮은 짓은 하지 않을 거예요! 이런 점을 비교해 보더라도, 숨어서 소극적인 생활을 하고 여성 관계도 알 수 없는 소르티니가 의자에 앉아서, 물론 불쾌한 내용의 편지라지만 관료적인 필체로 편지를 썼다는 사실은 역시 어마어마한 일일 거예요. 그런데 이 경우에 두 사람의 차이라는 것이 클람에게 유리하지 않고 소르티니에게 유리하다고 하면, 그런 차이를 생기게 한 것은 프리다의 애정이라고 말할 수 있을까요? 내가 볼 때 관리와 여자들의 관계를 판단하기란 대단히 어렵거나 아주 쉽거나 둘 중의 하나라고 생각해요. 여자 쪽에 애정이 없는 경우라곤 없어요. 관리가 짝사랑 또는 실연하는 일도 없어요. 따라서 이 점으로 미루어 본다면, 한 소녀가 단지 사랑하기 때문에 관리에게 몸을 맡겼다고—그렇다고 여기서 프리다의 이야기를 하는 건 아니에요—사람들에게 말을 듣는다 하더라도, 아무것도 칭찬받을 만한 게 못 돼요. 그녀가 관리를 사랑하여 그에게 몸을 허락했다뿐이고, 자랑할 것은 하나도 없어요. 그러나 아말리아는 소르티니를 사랑하지 않았다고 선생님은 이의를 다시겠지요. 네, 뭐 그 애는 그를 사랑하지 않았지만, 사랑하고 있었을지도 모르죠. 그 점은 확실히 뭐라고 말할 수 없어요. 누가 감히 판단을 내릴 수 있겠어요? 그 애 자신도 알 수 없을 거예요. 아말리아는 일찍이 관리가 그처럼 퇴짜 맞은 예가 없을 정도로 매몰차게 차버렸지만, 그렇다고 해서 자기가 상대를 사랑하지 않았다고 단언할 수 있을까요? 바르나바스는, 아말리아가 3년 전 창문을 쾅 닫고서 놀란 일로 지금도 가끔 몸서리치곤 한다고 말해요. 정말이에요. 그러니까 그 애에게 물어볼 수도 없지요. 그 애는 소르티니와 관계를 끊어 버렸다는 것밖에는 아무것도 모르니까요. 지금 자기가 그를 사랑하고 있는지 어쩐지 그 애 자신도 모를 거예요. 그러나 우리는 잘 알고 있어요. 여자들의 마음이란 의젓한 관리들이 자기들에게 몸을 돌리기만 해도 그들을 사랑할 수밖에 없게 돼요. 여자들은 부정하지만, 처음부터 관리들을 사랑하고 있어요. 그런데 소르티니는 단순히 아말리아 쪽으로 몸을 돌렸을 뿐만이 아니라 아말리아를 보았을 때 소방수레의 끌채를 뛰어넘었어요. 책상에 앉아서 일하느라 뺏뻣이 굳은 다리로 말이에요. 그러나 아말리아는 예외라고 선생님은 말씀하실지 몰라요. 네, 그 애는 예외지요. 그 애는 소르티니에게 가는 것을 거부함으로써 그것을 증명했어요. 이는 훌륭한 예외지요. 그런데 여기서 아말리아가 소르티니를 사랑한 일도 없다고 주장한다면 그건 예외의 남용이 될 거예요. 이젠 알 수 없는 일이니까요. 그날 오후 우리는 확실히 눈이 멀어 있었어요. 그래도 그때 자욱하게 낀 안개 장막을 통해서 흐릿하게나마 아말리아의 그리워하는 마음을 본 것 같았어요. 그 정도의 분별은 가지고 있어요. 그런데 이런 점을 모두 종합해서 비교해 본다면, 대체 프리다와 아말리아 사이에는 어떤 차이점이 있을까요! 다만 아말리아가 거부한 일을 프리다는 했다는 것뿐이지요." "그럴지도 몰라요." K가 말했다. "그러나 내게 있어서 큰 차이점이란, 프리다는 내 약혼자지만 아말리아는 성의 심부름꾼 바르나바스의 누이이고, 그녀의 운명은 바르나바스의 근무성과에 좌우된다는 점밖에는 나와 아무 상관도 없어요. 만일 어떤 한 관리가 아말리아에게 그토록 못된 짓을 했다면—당신의 말을 듣고 나는 처음에 그렇게 생각했어요—나의 지대한 관심을 끌었을지도 모르겠어요. 물론 그것도 아말리아의 개인적인 고뇌라기보다는 공적인 문제로서 그렇지요. 그런데 당신의 이야기를 들은 뒤엔 사정이 상당히 달라졌어요. 물론 어떻게 변했는지 나도 알 수 없지만, 당신 말이니까 그래도 믿을 수 있겠지요. 그래서 나는 이 일을 완전히 모른 체하고 싶군요. 나는 소방수도 아닌데 소르티니에게 신경 쓸 까닭이 없잖아요? 물론 프리다에게는 신경이 쓰여요. 그런데 내가 이상하게 느끼는 건, 나는 당신을 완전히 믿는데, 당신은 빙 둘러 아말리아를 거쳐서 끊임없이 프리다를 공격하려고 하며, 내가 프리다를 의심하도록 꾸민다는 점이에요. 물론 그것이 의식적이라거나 악의가 담겼다곤 생각하지 않아요. 만일 그렇게 생각한다면, 나는 벌써 여기를 나가 버렸을 거예요. 당신은 일부러 그러는 것이 아니라 상황에 끌려서 할 수 없이 그렇게 되어 버린 거죠. 아말리아를 사랑하는 마음에서 당신은 그녀를 모든 여자들 위에 높이 올려 놓으려고 애쓰고 있어요. 그런데 그녀에게서 이 목적에 맞는 칭찬할 만한 아름다움을 찾아볼 수 없으니까 할 수 없이 다른 여자들을 트집 잡아 깎아내리는 거죠. 아말리아의 행동이 색다르긴 하지만 당신에게서 이야기를 들으면 들을수록 그녀의 행동이 대단했는지 사소했는지, 현명했는지 어리석었는지, 용감했는지 비겁했는지 분간이 안 가요. 아말리아는 자기가 왜 그랬는지 가슴속에 묻어두니까, 아무도 그녀에게서 그것을 알아낼 수 없을 거예요. 이와 반대로 프리다는 색다른 행동을 한 것이 아니라 단지 자기 마음에 따랐을 뿐이지요. 이것은 기꺼이 프리다와 마음을 터놓으려는 사람에게는 명백한 일이에요. 누구라도 알 수 있고, 이러쿵저러쿵 떠벌릴 여지도 없어요. 그러나 나는 아말리아를 깎아내리려는 것도, 프리다의 편을 들려는 것도 아니에요. 단지 내가 프리다와 어떤 관계인가를, 또 프리다에 대한 공격 하나하나는 동시에 나에 대한 공격이라는 것을 당신에게 밝히고 싶을 따름이에요. 나는 내 뜻으로 이 마을에 걸어와서 내 뜻으로 여기에 묵고 있지만, 여기에 도착한 이래 일어난 모든 사건과 앞으로의 내 희망—아무리 희미하더라도 어쨌든 희망은 있는 셈이죠—이 모든 것이 프리다의 덕분으로 생긴 것이니, 뭐니뭐니해도 이것을 무시할 수는 없어요. 물론 여기 사람들은 나를 측량기사로서 받아들였지만, 그것은 표면적인 것일 뿐 나는 모든 사람들에게 놀림당하고 또 모든 집에서 내쫓겼어요. 그리고 지금도 놀림당하고 있기는 마찬가지지요. 그뿐 아니라 더 까다로운 일이 있어요. 내 생활공간이 넓어졌는데, 이것은 확실히 굉장한 일이에요. 나는 초라하지만 가정을 꾸렸고, 보잘것없지만 하나의 지위, 실제의 직업이 있어요. 또 나에게는 다른 일로 바쁠 때면 내 일을 대신해 줄 약혼녀가 있지요. 나는 그녀와 결혼하여 이곳의 일원이 될 거예요. 나는 또 클람과 공적인 관계는 물론이고 아직 써먹을 수는 없지만 사적인 관계도 맺고 있어요. 그게 대단치 않다고 말할 수 없겠죠. 내가 당신네 집으로 찾아오면 당신들은 누구한테 인사할까요? 당신은 누구에게 당신네들 집안 이야기를 털어놓을까요? 당신은 누구에게서 어떤 도움의 가능성을—아무리 미미하고 시시한 것이라 할지라도—기대할까요? 설마 이 나라는 인간, 바로 일주일 전에 라제만과 브룬스비크에게 강제로 집 밖으로 내쫓긴 측량기사에게는 아니겠지요. 당신은 그 도움을 이미 어떤 권력의 배경을 가진 남자에게 기대하고 계시겠지요. 그런데 내가 이 권력의 배경을 얻은 것은 프리다 덕택이지요. 프리다는 겸손한 여자니까, 만일 당신이 그런 질문을 하려 들면 그런 일은 알지 못한다고 할지도 몰라요. 그리고 모든 사정을 고려해 보면 순진한 프리다가 거만한 아말리아보다 더 많은 일을 한 것 같아요. 내 말 좀 들어 보세요. 나는 지금 당신이 아말리아 때문에 도움을 구하고 있다는 인상을 받고 있어요. 그러면 누구의 도움을 구하는 것일까요? 바로 프리다지요." "내가 정말로 프리다를 그렇게 나쁘게 말했던가요?" 올가가 말했다. "우리는 확실히 그렇게 할 생각도 없었고, 또 실제로 그렇게 했다고도 생각하지 않지만, 그럴지도 모르겠네요. 우리의 처지란 그야말로 온 세상 사람들과 사이가 참 나쁘다고 할 수 있으니까요. 그래서 한번 불평을 시작하면, 견딜 수 없어져서 제 자신도 무슨 소리가 나올지 모르거든요. 말씀하신 대로, 지금 우리와 프리다 사이에는 큰 차이가 있어요. 그래서 그것을 강조해 보는 것도 좋은 일이에요. 3년 전에 우리는 당당한 시민의 딸이었고, 고아 프리다는 교정관의 하녀였어요. 우리는 거들떠보지도 않고 그녀의 앞을 지나갔어요. 확실히 너무나 건방졌지만, 우리는 그렇게 교육을 받았어요. 선생님은 그날 저녁 신사관에서 시간을 보내셨으니까, 현재 상황을 잘 이해하셨을 거예요. 프리다는 손에 회초리를 들고 있었고 나는 하인들 무리에 끼어 있었어요. 더욱 나쁜 것은 프리다가 우리를 업신여기고 있을지도 모른다는 점이에요. 그녀의 입장에선 그럴 만도 하니까요. 정말 형편상 그럴 수밖에 없게 된 거죠. 우리를 업신여기지 않는 사람이 어디 있겠어요! 우리를 멸시하기로 결심하면 그것만으로도 모든 사람이 속한 무리에 한몫 낀 셈이 되는 걸요. 프리다의 뒤를 이어서 들어온 여자를 아시나요? 페피라는 여자인데. 나는 그저께 저녁에 비로소 그녀를 알게 되었어요. 지금까지 그녀는 손님 방에서 심부름하는 하녀였어요. 그녀가 나를 무시하는 점에서는 확실히 프리다보다 한 수 위예요. 그녀는 내가 맥주를 가지러 오는 것을 창 너머로 보자 달려나와 문을 닫아 버렸어요. 나는 그녀가 문을 열어 줄 때까지 오랫동안 애원했는데, 머리에 단 리본을 주겠다는 약속까지 해야만 했어요. 그런데 문이 열린 다음에 페피에게 리본을 주었더니 그녀는 그것을 방구석에다 내동댕이쳐 버렸어요. 그녀가 나를 멸시하는 것도 무리가 아니에요. 사실 나는 그녀의 온정만 바랄 뿐이지요. 더욱이 그녀는 신사관에서 주점 여급 노릇을 하고 있잖아요. 어디까지나 임시직이지만요. 그녀는 확실히 거기에 오래 근무할 만한 성격이나 조건을 갖추지 못했어요. 신사관 주인이 페피와는 어떤 이야기를 하고 프리다와는 어떤 이야기를 하는지 비교해 보면 알 수 있어요. 그런 주제에 페피는 아말리아까지 멸시하고 있어요. 하지만 아말리아가 한 번 쏘아보기만 하면 많은 머리에 뜨게질 리본을 단 꼬마 페피는 당장 방에서 뛰어나가 버릴 거예요. 그 통통한 다리로는 도저히 낼 수 없는 빠른 속력으로요! 어제만 해도 그녀가 아말리아를 두고 뒷얘기하는 소리를 들었는데 어찌나 화가 나던지! 나는 그 소리를 손님들이—선생님이 전에 보셨듯이—나에게 올 때까지 듣고만 있었어요."

"당신은 굉장히 소심한 모양이군요." K는 말했다. "나는 단지 프리다를 그녀에게 알맞은 자리에 앉혀 놓았을 뿐이고, 지금 당신이 생각하는 것처럼 당신들을 깎아 내리려고 한 것은 아니에요. 또 당신네 가족은 나에게 아주 특별한 의미가 있어요. 그것을 나는 감추려고 하지 않았어요. 그런데 대체 이것이 어떻게 멸시하는 계기가 되는지, 나는 도무지 알 수 없군요." "아아 K씨, 선생님도 곧 그것을 이해하시게 될 것이라고 생각하니 염려가 돼서 죽겠어요." 올가가 말했다.

"소르티니에 대한 아말리아의 태도가 이 같은 멸시의 첫 계기였다는 사실을 도저히 이해하지 못하시나요?" "그렇다면 너무나 이상하지 않을까요?" K가 말했다. "그걸로 아말리아를 칭찬하거나 처벌할 수 있을지언정 어떻게 멸시할 수 있지요? 또 사람들이 내가 이해할 수 없는 감정으로 정말 아말리아를 멸시한다면 왜 또 그 감정을 당신네들에게까지, 즉 죄 없는 가족에게까지 미치게 하는 걸까요? 예를 들어서 페피가 당신을 멸시한다는 것은 정말 얼토당토않은 일이에요. 내가 다음에 신사관으로 갈 일이 있으면 그녀에게 보복을 할 작정이에요." "K씨, 만일" 올가가 말했다. "나를 멸시하는 사람들의 생각을 모조리 바꿔 놓을 작정이라면 그건 어려운 일이에요. 왜냐하면 모든 것이 성에서 비롯되었으니까요. 나는 그날 아침부터 점심때까지의 일을 지금도 잘 기억하고 있어요. 그날도 여느 때처럼 우리의 허드렛일을 해주던 브룬스비크가 나타났어요. 아버지는 그에게 일거리를 주고 집으로 돌려보냈죠. 우리는 아침상을 받고 모두들, 아말리아나 나까지도 대단히 활기에 넘쳐 있었어요. 아버지는 여전히 잔치 이야기를 했어요. 그는 소방대에 관해서 여러 가지 계획을 품고 있었어요. 성에는 전속 소방대가 있었는데, 이번 잔치 때 사람을 보내와 이런저런 상의를 했어요. 그 자리에 참석했던 성 양반들은 우리 소방대 연습을 보고 대단히 호평했고, 성 소방대와 비교해서 우리 쪽이 낫다는 결론을 내렸죠. 그래서 성 소방대를 새로 편성해야 된다는 필요성이 화제에 올랐어요. 그러기 위해선 마을에서 교관이 나와야 된다는 것이었지요. 물론 여기에 거론된 후보자가 두서넛은 있었지만, 아버지께선 당신이 뽑히셔서 그 임무를 맡게 될 희망이 보였던 모양이에요. 아버지는 이 일에 대해서 여러 가지 이야기를 하셨어요. 아버지는 식사 때면 기분 좋게 팔 다리를 쭉 펴는 것을 좋아했어요. 그때도 두 팔로 식탁을 반쯤 껴안는 시늉을 하며 앉아서 열린 창문으로 하늘을 쳐다보시는데 정말로 청춘과 희망에 빛나는 것 같은 표정이었죠. 그런 아버지의 모습은 그 뒤 다시는 볼 수가 없었어요. 그때 아말리아는 자기가 잘났다는 말투로―그 애에게 그런 점이 있다니, 믿기질 않았어요. ―이렇게 말했죠. '성 양반들의 그런 얘기는 그다지 믿을 만한 게 못 돼요. 그러한 경우 그들은 흔히 마음에 들 만한 소리를 입에 담고 싶어해요. 그런 것은 거의 뜻이 없거나 또는 전혀 뜻이 없는 것

둘 중에 하나지요. 입 밖에 내자마자 영원히 잊혀져 버리는 거라고요. 물론 다음에도 사람들은 그들에게 꼼짝없이 속아 넘어가고 말죠.' 어머니는 무슨 그런 말을 하느냐며 나무랐어요. 아버지는 단지 그 애가 조숙하고 약삭빠른 것에 웃었을 뿐이었지요. 하지만 잠시 뒤 갑자기 몸을 움츠리고 뭔가 없어진 것을 찾는 듯했어요. 그러나 없어진 것이라곤 하나도 없었지요. 아버지는 브룬스비크가 심부름꾼의 일과 찢어진 편지 이야기를 하더라고 말한 다음 그것이 누구와 관계가 있으며 어떤 일이냐고, 혹시 그것에 대해 좀 아는 것이 없냐고 우리에게 물었어요. 우리는 잠자코 있었어요. 아직도 새끼 양처럼 나이가 어렸던 바르나바스가 어리석고 유쾌한 소리를 했어요. 그래서 모두들 다른 이야기를 하고 이 일은 잊어버렸어요."

18 아말리아의 벌

"그러나 우리는 곧 여기저기에서 편지에 관한 질문 공세를 받았어요. 친구, 원수, 아는 사람, 모르는 사람 할 것 없이 우리를 찾아왔지요. 그러나 아무도 오래 머무르지 않았어요. 가장 친한 친구들일수록 서둘러 떠나 버렸죠. 언제나 동작이 느리고 태도가 점잖던 라제만도, 방의 넓이를 검사하러 온 것처럼 들어와서 방 안을 삥 둘러보더니 그대로 나가 버렸어요. 라제만이 내빼자 아버지는 갑자기 다른 손님들을 놔두고 서둘러 그의 뒤를 쫓아 문까지 달려갔지만 곧 뒤쫓는 것을 단념하고 말았지요. 꼭 철없는 어린애 장난처럼 보였어요. 브룬스비크가 와서 자기는 아버지에게서 독립하겠다고 말했어요. 때를 이용할 줄 아는 약삭빠른 사내지요. 손님들이 와서는 아버지 창고에 들어가 수선하려고 놓아두었던 자기들 신발을 찾아냈어요. 처음에 아버지는 손님들의 마음을 돌이키려고 노력했으나—우리도 조금이나마 있는 힘을 다해서 아버지를 거들었어요—나중에는 할 수 없이 단념해 버리고, 잠자코 모두가 구두를 찾도록 도와주었어요. 주문장부에는 줄마다 선이 그어졌고, 우리 집에 맡겨 두었던 손님들 가죽도 주인에게 되돌아갔어요. 빚이 있던 사람들은 빚을 갚았죠. 모든 일을 전혀 다투지 않고 처리했어요. 우리와의 관계를 빨리 청산할 수만 있다면 사람들은 그걸로 만족해서 설령 약간 손해가 된다 해도, 조금도 개의치 않았어요. 그리고 드디어, 예상했던 일이지만 소방대장인 제만이 나타났어요. 나는 지금도 그 광경이 눈앞에 보이는 것 같이 선해요. 제만은 키가 크고 뼈가 굵은 사나이였으나, 허리가 약간 앞으로 구부정하고 폐병을 앓고 있었어요. 도무지 웃는 일도 없었죠. 바로 그가 아버지 앞에—그는 지금까지 아버지를 감탄해 왔고, 다정스럽게 이야기하면서 대장대리의 지위를 약속하기도 했었지요—서 있었어요. 그는 아버지에게, 조합에서 아버지를 해임했으며 증서 반환을 요구한다는 사실을 전해야만 했어요. 마침 우리 집에 와 있던 사람들은 저마다 일하는 손을 멈추고, 두 사람 주위에 몰려와서 둥글게 둘러쌌어요. 제만은 아무 말도 하지 못하고 끊임없이 아버지 어깨를 두드릴 뿐이었어요. 말을 해야겠는데 뭐라고 해야 좋을지 몰라서 그 말을 아버지 몸에서 털어 내려고 하는 것 같았죠. 그렇게 아버지의 어깨를 두드리면서 그는 한결같이 웃고만 있었어요. 웃는 것으로 자기 자신이나 주위 사람들을 조금이나마 안심시키려고 하는 듯했죠. 그러나 그는 웃을 줄 몰랐을 뿐더러, 모두 그가 웃는 소리를 한 번도 들은 적이 없었기 때문에 아무도 이것을 웃는 것이라고 생각지 않았어요. 그러나 아버지는 이날 겪은 일 때문에 너무 피곤한 데다 절망해서 다른 사람을 도울 형편이 아니었어요. 정말이지, 너무 지쳐서 무엇이 문제인지조차 생각할 수 없는 듯했어요. 우리도 모두 절망하기는 했지만 어렸기 때문에 그런 완전한 파멸이 정말로 있다고 믿지 않았어요. 이렇게 방문객들이 줄지어 오는 동안, 틀림없이 나중에는 누구라도 찾아와서 정지명령을 내리고 모든 걸 되돌려 놓을 거라고 줄기차게 생각했어요. 판별력이 부족한 우리 눈에는 제만이 그러기에 안성맞춤의 인물처럼 보였죠. 이렇게 끊임없이 계속되는 웃음의 마지막에는 희망을 걸 수 있는 말이 튀어나오지 않을까 하고, 우리는 바짝 긴장한 채 고대하고 있었어요. 우리에게 일어난 이 말도 안 되는 부당한 일 말고 대체 웃을 일이 뭐가 있을까요? '대장님, 대장님, 이제 이 사람들에게 말씀해 주십시오.' 우리는 그렇게 말하려고 그의 옆으로 다가갔어요. 그러나 이 것은 단지 그에게 이상하게 빙빙 도는 운동을 시킨 데 지나지 않았어요. 그가 드디어 이야기를 시작했어요. 다만 우리의 남모르는 소원을 이루어 주기 위한 것이 아니라, 지칠 줄 모르고 떠들어 대는 주위 사람들의 외침에 호응하기 위한 것이었어요. 우리는 여전히 희망을 버리지 않았어요. 그는 무턱대고 아버지를 칭찬하는 말부터 시작했어요. 아버지를 조합의 영예, 후배들이 이뤄내기 어려운 모범, 없어서는 안 될 조합원이라 부르고 아버지가 퇴직하시면 조합이 위태로워질 것이라고 말했어요. 여기서 그만두었더라면 모조리 훌륭한 말이었지요. 그런데 그는 또 말을 계속했어요. 그런데도 조합이, 물론 당분간이라고 하지만 아버지의 퇴직을 결정했다면, 조합이 이런 태도로 나올 수밖에 없었던 이유의 중대성을 사람들은 알 수 있을 것이라고 했지요. 아마 어제 축하잔치에서도 아버지의 빛나는 업적이 없었더라면, 그만한 성과를 거둘 수 없었을 것이라고 말했습니다. 그리고 바로 이런 업적 때문에 당국에서 특별히 관심을 보임으로써 조합은 지금 세상 사람들의 주목을 받고 있으니까, 전보다 더욱더 청렴함에 신경 써야 한다고 하더군요. 그런데 갑자기 심부름꾼을 모욕하는 사건이 발생하여 조합으로서는 다른 방도가 없어서 그, 즉 제만이 그것을 전달해야 하는 어려운 역할을 맡게 되었다고 했어요. 그러니 아버지가 더는 자신을 곤란하게 하지 말길 바란다면서 제만은 연설을 끝마쳤는데, 퍽 만족한 기색이었어요. 그는 자기 연설에 확신하여 지금까지처럼 지나치게 수줍어하지 않았어요. 그는 벽에 걸려 있는 임명장을 가리키며 떼어오라고 손가락질했어요. 아버지는 고개를 끄덕이고 가지러 갔으나 손이 떨려서 못에서 빼낼 수 없었어요. 그래서 내가 의자 위에 올라가 도와드렸어요. 그리고 그 순간부터 모든 것이 끝나 버렸어요. 아버지는 사진틀에서 증서를 꺼내려 하지도 않고 그대로 모두 제만에게 내주어 버렸어요. 그리고 구석에 앉은 채 움직이지도 않고 아무와도 이야기하지 않았어요. 그래서 우리만이라도 손님들과 이야기를 주고받아야 했지요."

"그러면 당신은 이 이야기의 어느 부분에 성의 영향이 있다고 생각하는 거죠?" K가 물었다. "아직까지는 성이 이 사건에 간섭하고 있는 것 같지는 않은데요. 당신이 지금까지 이야기한 것은 단지 사람들의 분별없는 불안이라든지, 이웃 사람이 손해를 입은 것을 보고 기뻐하는 심보라든지, 믿을 수도 없는 우정이라든지, 어디서나 흔히 경험할 수 있는 일이지요. 물론 당신 아버지도, 내게는 모름지기 그렇게 느껴지지만, 다소 도량이 좁았다는 것을 알 수 있어요. 왜냐하면 그 증서, 대체 그것이 뭔가요? 그의 능력 증명서라는 것인데, 그 능력이란 그가 몸에 지니고 있는 것이 아닌가요? 만일 그 능력이 그를 조합에 없어서는 안 되는 인물로 만들어준다면 더욱더 좋은 것이지요. 그리고 대장이 두 마디도 말하기 전에 아버지가 증서를 그 사람 발밑에 내동댕이친다면, 대장을 곤경에 빠뜨릴 수 있었을지도 몰라요. 그런데 당신이 아말리아에 대하여 한마디도 언급하지 않는 것은 대단히 인상적으로 느껴지는군요. 모든 것이 아말리아 때문이라고 했지만, 그녀는 시치미를 딱 떼고 뒤에 숨어서 집안의 재난을 바라보고만 있었던 모양이군요." "아니에요. 아무도 그 애를 나무랄 수 없어요. 누구라도 그렇게 행동하는 수밖에 다른 도리가 없었어요. 이 모든 것이 다 성의 영향이 미친 탓이지요." 올가가 말했다. "성의 영향?" 모르는 사이에 뜰에서 들어와 있던 아말리아가 말했다. 부모님은 벌써 침대에 누워 있었다. "성 이야기를 하시나요? 아직도 함께 앉아 계셨어요? 선생님은 곧 돌아가실 것처럼 말씀하시지 않았어요. 벌써 10시가 다 되어 가는데요. 대체 그런 이야기가 선생님과 무슨 상관이 있나요? 이 마을에는 그런 이야기로 마음을 살찌우려는 사람들이 있어서, 마치 두 분이 여기에 앉아 있는 것처럼 한데 모여 앉아서 서로 입맛을 다시며 수군대죠. 하지만 선생님이 그런 부류의 사람이라고는 생각되지 않는데요." 아말리아가 말했다. "천만에요. 나도 그런 부류에 속해요. 그와 반대로 그런 이야기는 모르는 체하고, 다른 이야기에만 열광하는 사람에게선 그다지 큰 감명을 받지 못하죠." K가 말했다. "그래요. 사람들의 관심은 가지각색이니까요." 아말리아가 말을 이었다. "나는 언젠가 쉴 새 없이 성 일만 생각하는 젊은이의 이야기를 들었어요. 그 사람은 다른 일은 모두 내팽개쳐 버렸다는 거예요. 그의 머릿속은 온통 성에 대한 생각으로 가득 차 있어, 모두 그가 상식이 있는지 의심할 지경이었어요. 하지만 결국 이 사람은 성 일이 아니라, 단지 사무국에 있는 어느 하녀의 딸을 사모하고 있었다는 사실이 밝혀졌죠. 물론 그는 그 처녀를 손아귀에 넣었어요. 그 뒤부터는 모든 일이 순조롭게 되었다는 거예요." "어쩐지 호감이 가는 사람인데요." K가 말했다.

"그 남자가 마음에 드신다니 의아하지만 아마 그 부인은 마음에 꼭 드실 거예요. 자, 이제 난 폐는 그만 끼치고 자러 갈게요. 그리고 부모님 때문에 불을 꺼야 해요. 부모님은 금방 깊은 잠에 드시기는 해도 한 시간만 지나면 단잠은 다 주무시고 아주 희미한 불에도 깨세요. 그럼 편안히 주무세요." 정말로 곧 어두워졌다. 아말리아는 부모님 침대 옆 마룻바닥 어딘가에 잠자리를 마련한 모양이었다. "아말리아가 이야기한 그 젊은이란 대체 누구인가요?" K가 물었다. "글쎄요. 아마도 브룬스비크 말인 것 같은데, 이야기가 들어맞지는 않아서 누군가 다른 사람인지도 모르겠어요. 동생은 농담인지 진담인지 알 수 없는 소리를 할 때가 많아서 그 말을 똑바로 이해하기가 어려워요." 올가가 말했다. "구차한 설명은 그만둬요." K가 말했다. "대체 당신은 왜 그렇게 동생을 의지하나요? 그 큰 불상사가 일어나기 전에도 그랬나요? 아님 그 뒤부터인가요? 당신은 동생에게 의지하지 않게 되었으면 좋겠다고 바란 적이 한번도 없나요? 대체 그 마음에는 무슨 그럴듯한 근거라도 있나요? 가장 나이 어린 그녀가 마땅히 순종해야죠. 죄가 있든 없든 집안에 불행을 초래한 것은 그녀 아닙니까? 매일 아침마다 가족 한 사람 한 사람에게 새로 용서를 빌어야 될 그녀가 오히려 여러분보다도 더 거만하군요. 그저 정답게 부모님을 돌봐드리는 것 말고는 아무것도 마음에 두는 일이라곤 없을 뿐만 아니라, 자기 스스로 말한 것처럼 무슨 일에도 연관되길 싫어해요. 게다가 그녀가 당신들에게 하는 이야기를 들어보면, 대개 진심에서 우러나온 것이긴 해도, 비꼬는 소리처럼 들리지요. 혹시 그녀가 당신이 여러 번 말한 그 미모로 집안을 지배하고 있는 건 아닌가요? 당신 세 남매는 서로 많이 닮았지만, 아말리아가 당신과 바르나바스, 두 남매와 다른 점은 그녀에게는 호감을 가질 수 없다는 점이에요. 난 처음 그녀를 보았을 때부터, 그 무감각하고 냉혹한 눈초리에 정이 떨어져 버렸어요. 그리고 그녀가 가장 어린데도 외모에서 젊음이라곤 조금도 찾아볼 수 없었어요. 그녀는 나이를 그렇게 먹지 않았는데도 과거에 젊었던 일이 없었던 것 같은, 나이를 초월한 여성과 같은 모습이에요. 올가는 날마다 봐서 그녀의 딱딱한 표정을 알아채지 못할 테죠. 그리고 보면 나는 소르티니의 애착도 결코 진지한 것으로 생각할 수 없어요. 어쩌면 그는 편지로 그녀를 부르려 했던 게 아니라 벌을 주려 했는지도 몰라요." K가 말했다. "소르티니 이야기는 하고 싶지 않아요. 가장 아름다운 처녀가 문제가 되건 또는 가장 미운 처녀가 문제가 되건 간에 성 양반들은 못하는 짓이 없어요. 그러나 그 밖의 점에서 선생님은 아말리아에 관해서 잘못 생각하고 계셔요. 아시겠어요? 내가 아말리아를 위해서 선생님의 환심을 사야 할 이유라곤 없으니까요. 그런데도 내가 이러는 것은 순전히 선생님을 위해서라고 할 수 있어요. 아말리아는 어쨌든 우리 불행의 원인이었어요. 틀림없죠. 그러나 이 불행으로 가장 큰 타격을 받은 아버지, 더군다나 집에서 말조심해 본 적이 없었던 아버지도 아말리아에게 비난의 말 한마디 해본 적이 없어요. 그렇다고 해서 아버지가 아말리아의 행동에 동의했기 때문은 아니에요. 소르티니의 숭배자인 아버지가 어떻게 그럴 수 있겠어요? 어림도 없는 일이죠. 만일 할 수만 있다면 자기 자신과 자기가 가진 모든 것을 기꺼이 소르티니에게 바쳤을 거예요. 다만 소르티니의 분노—틀림없이 엄청나게 화를 냈을 테니까—아래에서, 이미 실제로 벌어진 이런 상황에 그러시진 않겠지요. 분명히 몹시 성을 냈겠지만, 우리는 벌써 그때부터 소르티니에 관한 소식이라곤 아무것도 듣지 못했답니다. 그가 그때까지 꼭 숨어서 살았었다면 그 후에는 없어져 버린 거나 마찬가지예요. 정말 그 무렵의 아말리아를 당신에게도 보여드리고 싶군요. 뚜렷한 처벌을 내리지 않을 것이라는 사실을 우리는 모두 잘 알고 있었어요. 다만 사람들이 우리에게서 떠나갔을 따름이지요. 마을 사람들과 성이 다 같이. 물론 마을 사람들이 멀어지는 것은 깨달았지만 성에 관해서는 도무지 몰랐어요. 사실 우리는 성의 보살핌을 받고 있다는 사실을 그전에도 깨닫지 못했어요. 아마 그때 큰 변동이 있었더라도 깨닫지 못했을 거예요. 이 침묵이 가장 나쁜 것이었어요. 이것에 비교하면 마을 사람들이 떠나는 것쯤은 전혀 문제가 되지 않았어요. 사실 그들은 무슨 굳은 신념이 있어서 그런 것은 아니고, 우리에게 심한 적개심을 품은 것도 아니었을 거예요. 그때는 아직 지금처럼 우리를 멸시하는 일은 없었으며, 다만 마음이 불안해서 우리를 멀리했을 뿐이에요. 그런 뒤에 그들은 앞으로 일이 어떻게 전개되는지 주시하고 있었어요. 또 우리가 생활에 곤란을 느낀다는 걱정은 그때만 하더라도 전혀 없었어요. 채무자들이 모두 빚을 갚아 주고 수지맞는 거래도 했죠. 식료품 중에서 모자라는 것이 있으면 친척들이 몰래 구해다 주었어요. 때마침 추수철이어서 쉬운 일이었어요. 물론 우리는 밭 같은 건 가지고 있지 않았고 일 시켜 주는 곳도 없었어요. 말하자면 우리는 생전 처음으로 하는 일 없이 놀고 먹는 벌을 선고받은 거예요. 그래서 우리는 칠팔 월 삼복더위에 창문을 닫은 채 모두 함께 앉아 있었죠. 아무 일도 일어나지 않았어요. 소환이나 어떤 소식, 통지나 방문, 그 밖의 다른 어떤 것도 없었어요." 올가가 말했다. "아무 일도 일어나지 않고 이렇다 할 벌도 받을 것 같지 않았다면, 무엇이 두려웠던 거죠? 이해할 수 없는 사람들이군요!" K가 말했다. "이렇게 설명드리면 될까요?" 올가는 말을 이었다. "우리는 닥쳐올 일을 무서워하지는 않았어요. 단지 눈앞에 닥친 일이 고통스러웠죠. 말하자면 우리는 이렇게 벌을 받고 있었어요. 마을 사람들은 우리가 그들을 찾아오길 기다렸어요. 아버지가 다시 작업장을 열기를, 아말리아가—그 애는 귀하신 분들의 옷만 지을 수 있었지만—다시 주문 받으러 오기를 기다렸던 거예요. 그들은 사실 자기들이 한 짓을 유감스럽게 생각하고 있었어요. 마을에서 명망 있던 한 집안이 갑작스럽게 완전히 소외당하면 누구나 얼마쯤은 손해를 입게 마련이거든요. 그들은 단지 자기들의 의무를 이행하는 것만 생각했기 때문에 우리와 절교하게 된 거예요. 우리가 그들과 같은 입장이었더라면 역시 같은 태도를 취했을지도 몰라요. 사실 그들은 뭐가 문제였는지도 똑똑히 몰랐어요. 단지 심부름꾼이 종잇조각을 잔뜩 움켜쥐고 신사관으로 되돌아오는 것을 프리다가 목격했을 뿐이지요. 프리다는 그 사람과 몇 마디 주고받았어요. 그때 그녀가 들은 이야기가 갑자기 마을에 퍼진 거예요. 그러나 이것만 하더라도 우리에 대한 적개심 때문이 아니라 단순히 의무감에서 그랬다고 할 수 있어요. 똑같은 상황에 닥치면 누구라도 그렇게 하는 것을 의무라고 생각했을 거예요. 그래서 아까도 말한 것처럼 사건이 잘 해결됐다면 마을 사람에게도 가장 좋았겠죠. 만일 우리가 어느 날 갑자기 마을 사람들을 찾아가 모든 일이 벌써 잘 해결되었다고, 예를 들면 그동안 어떤 오해가 있었으나 그게 눈 녹듯 풀려 버렸다든지, 또는 물론 잘못이 있기는 했지만 그것이 어떤 행동에 의해 보상되었다든지, 또는—그 정도로도 모두 만족했을 테지만—성에 대한 연줄로 사건을 감쪽같이 해결했다든지, 그렇게 소식을 전해 준다고 해요. 그러면 사람들은 틀림없이 두 팔을 벌리고 우리를 맞이하여 입맞춤과 포옹을 해주고 잔치를 벌였을 거예요. 이미 다른 사람들 일로 두서너 번 그런 경험을 해 본 적이 있거든요. 그러나 그런 소식조차 필요치 않았을지도 몰라요. 단지 우리가 먼저 제 발로 걸어가서 손을 내밀고 예전처럼 교제를 다시 시작하도록 제의하고 편지 사건에 대한 얘기는 한마디도 경솔하게 입을 놀리지 않도록 주의했다면 그걸로 충분했을지 몰라요. 사람들은 모두 그 사건을 입에 올리길 기꺼이 그만두었을 거예요. 사실 불안하기도 했지만 무엇보다도 사건이 까다로워서 모두 우리와 관계를 끊어 버린 거예요. 그 사건에 대해서는 아무 소리도 듣지 않고 아무 말도 하지 않으며, 아무 생각도 하지 않고 싶어 했어요. 여하튼 절대 간섭하고 싶지 않았던 거예요. 만일 프리다가 이 사건을 다른 사람들에게 이야기했다면, 그건 사건을 즐기기 위해서가 아니라 자기나 모든 사람들을 이 사건에서 보호하기 위한 것이며, 또 모든 사람들이 극도로 조심하여 멀리 떨어져서 상관하지 말아야 하는 일이 일어났다는 걸 알리기 위한 거예요. 여기서는 가족으로서의 우리가 문제가 된 것이 아니라 단순히 이 사건이 문제가 되었고, 또 우리가 이 사건에 관련됐기 때문에 우리가 문제가 되었을 뿐이에요. 그러니까 우리가 다시 나타나서 지나간 일에는 손대지 않고 방법이야 어떻든 간에 이 사건을 극복한 사실을 보여 주었더라면, 그리고 세상 사람들이 그 사건의 성질이 어떤 것이었든 간에 이제 두 번 다시 화제에 오르는 일은 없으리라는 확신을 얻었더라면, 그걸로 모든 게 잘되었을 거예요. 그리고 우리는 어디서나 옛날과 다름없이 사람들의 도움을 받을 수 있었을 거고, 설사 우리가 이 사건을 완전히 잊지 않았다 하더라도 모두 그것을 이해해 주며 완전히 잊어버릴 수 있도록 도왔을 거예요. 그러나 우리는 아무 일도 하지 않고 그저 집 안에만 앉아 있었어요. 우리가 무엇을 기대하고 있었는지 나도 모르겠어요. 아마도 아말리아의 결심을 기다리고 있었을 거예요. 그 애가 그날 아침 집안의 지배권을 장악한 이래 쭉 그것을 쥐고 있었거든요. 특별한 조치나 명령, 요청도 없이 침묵만으로 그래 왔어요. 물론 아말리아를 제외한 우리에게는 의논할 일이 산더미처럼 많았어요. 그래서 아침부터 저녁까지 끊임없이 속삭이기만 했죠. 아버지께서는 자주 난데없는 불안에 사로잡혀서 우리를 부르셨어요. 그럴 때면 나는 침대 가에 걸터앉은 채로 밤을 절반이나 새우기도 했어요. 또 가끔은 바르나바스와 함께 쭈그리고 앉아 있었어요. 바르나바스는 겨우 모든 사정을 짐작할 만한 나이였는데, 아주 몸이 달아서 쉴 새 없이 몇 번이고 되풀이해서 설명해 달라고 요구했어요. 같은 또래가 누릴 수 있는 걱정 없는 세월이 이미 자기에게는 존재하지 않는다는 사실을 바르나바스는 잘 알고 있었어요. 그렇게 우리는 함께 앉아—지금 K씨와 나처럼 말이에요—해가 지고 날이 새는 것도 잊고 있었어요. 한편 어머니는 집안 식구들 중에서 가장 쇠약했어요. 온 가족이 겪는 고통뿐 아니라, 가족 한 사람 한 사람의 고통까지도 함께 느꼈기 때문이겠지요. 우리는 어머니에게 나타난 여러 가지 변화를 보고 깜짝 놀랐어요. 그리고 예감했죠. 이 변화는 곧 모든 식구에게 닥쳐올 거라는 걸. 어머니가 가장 좋아하시는 자리는 긴 안락의자의 한구석이었어요. 이 긴 의자는 이미 오래전에 브룬스비크의 큰 방에 놓이게 됐지만요. 어쨌든 어머니는 거기에 걸터앉아서 꾸벅꾸벅 졸기도 하고 잘 알아들을 수도 없는 말을 오랫동안 중얼거렸어요. 입술을 움직이기 때문에 무슨 말씀을 하시는구나 한 것뿐이에요. 우리는 끊임없이 편지사건을 논의했지요. 모든 확실한 세세한 점이라든지 또는 모든 불확실성까지도 고려해서 이모저모 검토한 것은 지극히 당연한 일이었어요. 또 어떻게 잘 해결할 뾰족한 방법이라도 없을지 서로 의견을 털어 놓게 된 것도 당연하고 불가피한 일이었죠. 그러나 잘한 일은 아니었어요. 그 때문에 우리가 피하고자 했던 구렁텅이 속으로 점점 깊숙이 빠져 들어가고 말았으니까요. 게다가 아말리아 없이는 실행할 수 없어서, 머릿속에 아무리 뛰어난 의견이 떠오른다 해도 소용없었죠. 모든 게 의논 이상으로 발전하지 못해 흐지부지 된 데다, 우리끼리 결론을 낸 것도 아말리아의 귀에 들어가지 않았어요. 아마 아말리아가 알았더라도 침묵으로 일관했을 거예요. 나는 다행히 지금은 그때보다 아말리아를 더 잘 이해하고 있어요. 그 애는 우리 모두보다 더 무거운 짐을 짊어지고 있어요. 아말리아가 어떻게 그것을 견뎌냈는지 또 지금 우리 사이에서 어떻게 살아가는지 이해하기 어려워요. 어머니는 우리 모두의 고통을 짊어지셨을지도 몰라요. 그 고뇌가 어머니의 책임이라고 느꼈기 때문에 짊어지셨을 뿐이지요. 그러나 오래 짊어지지는 못하셨어요. 따라서 어머니가 지금도 그 무거운 짐을 짊어지고 있다고는 말할 수 없어요. 왜냐하면 어머니는 그때 벌써 정신이 온전치 못했으니까요. 그러나 아말리아는 고뇌를 짊어지고 있었을 뿐만 아니라 그것을 꿰뚫어보는 분별력까지 있었어요. 우리는 오로지 결과만을 보았지만 그 애는 원인까지도 들여다보고 있었죠. 우린 뭔가 사소한 수단과 방법에 희망을 걸었으나, 그 애는 벌써 모든 게 판가름났다는 사실을 알고 있었어요. 우리는 늘 수군거리는데, 그 애는 그저 잠자코 있을 수밖에 없었어요. 그 애는 진실을 직시하며 꿋꿋이 살고 있어요. 그리고 이런 생활을 지금과 다름없이 그때도 참고 했어요. 우리가 아무리 고생한다 하더라도 그 애에 비하면 아무것도 아니에요. 물론 우리는 우리 집을 떠나야만 했어요. 브룬스비크가 우리 집으로 이사 오고 우리에게는 이 오두막집이 배당되었죠. 손수레를 한 대 빌려 두세 번 왔다갔다해서 집안 살림을 이곳으로 실어 날랐어요. 바르나바스와 내가 손수레를 끌고 아버지와 아말리아가 뒤에서 밀면서요. 맨 먼저 여기 모셔다 놓았던 어머니는 짐짝 위에 걸터앉아서 손수레가 올 때마다 나지막한 소리로 울면서 우리

를 맞이해 주었어요. 지금도 기억하지만, 애써 간신히 그 손수레를 끌면서도
—참 부끄럽기 짝이 없는 일이었어요. 우리는 수확물을 실은 마차와 여러
번 마주쳤는데, 그 사람들이 우리를 보더니 입을 다물고 눈을 돌려 버렸으니
까요. —바르나바스와 나는 걱정스러운 일과 여러 가지 계획에 대해서 쉴 새
없이 의논했어요. 그래서 이야기하다 자연히 걸음을 멈추는 일이 한두 번이
아니었고, 아버지께서 '애들아!' 하고 깨우치는 말씀을 듣고서야 비로소 우
리의 할 일이 생각나기 일쑤였어요. 그러나 아무리 여러 가지로 의논했다고
하나 이사한 뒤에도 우리 생활은 조금도 변함이 없었어요. 단지 하나 변한
점이 있다고 하면, 그것은 우리가 차차 빈곤의 고통을 느끼게 되었다는 것이
지요. 친척들의 보조가 끊어지고 재산도 거의 바닥이 드러나게 되었어요. 마
침내 그때부터 아시는 바와 같이, 사람들은 우리를 멸시하기 시작했어요. 우
리가 그 편지 사건에서 빠져나올 힘이 없다는 사실을 사람들은 깨닫게 되었
어요. 그리고 그 때문에 우리에 대한 감정이 좋지 못했어요. 사람들은 자세
히 알지 못했지만, 우리 운명의 커다란 시련을 과소평가하지는 않았어요. 자
기들도 우리처럼 이 시련을 극복할 수 없었을 거라고 모두들 인식하면서요.
그런만큼 더욱 우리와 완전히 떨어져야만 했죠. 만일 우리가 이 시련을 극복
했더라면 우리를 존경해 마지않았겠지만, 성공하지 못했으니 지금까지는 단
지 잠정적으로 했던 행동을 본격적으로 하게 된 것이지요. 우리는 모든 단체
나 모임에서 쫓겨나 버렸어요. 이쯤 되고 보니 사람들은 우리 이야기를 할
때 인간 대우도 해주지 않았어요. 우리의 성을 불러주는 사람도 없었어요.
할 수 없이 우리 이야기를 입에 올릴 때에는, 집안에서 가장 천진난만한 동
생 바르나바스의 이름으로 온 가족을 대표해서 불렀죠. 이 오두막집까지도
비난의 대상이 되었으니까요. 선생님도 이 오두막집 안으로 한 발짝 들여 놓
았을 때를 생각해 보시면, 사람들의 그러한 멸시가 무리는 아니라고 말씀하
시게 될 거예요. 나중에 사람들이 우리 집에 찾아왔을 때는 아주 사소한 일
에도 콧잔등에 주름을 잡으면서 경멸의 감정을 나타내곤 했어요. 예를 들어
작은 석유램프가 저기 식탁 위에 매달려 있다는 둥 그런 것들이죠. 그렇다면
식탁 위가 아니고 대체 어디에 램프가 매달려 있어야 속이 시원할까요. 그러
나 그들에게는 그것이 비위에 거슬리는 모양이죠. 우리가 그 램프를 다른 곳
에 걸어 놓았다 하더라도 싫어하는 마음에는 조금도 변함 없었을 거예요. 우

리의 인격을 비롯해 우리가 가진 모든 것이 경멸의 대상이 되어 버렸어요."

19 탄원

"대체 우리는 그동안 뭘 했을까요? 우리가 할 수 있었던 가장 나쁜 일을, 우리가 실제로 당한 것보다 더한 멸시를 당해도 어쩔 수 없는 일을 한 거예요. 우리는 아말리아를 배반하고 그 애의 침묵의 명령을 따르지 않았어요. 우리는 그런 생활을 계속할 수 없었어요. 아무런 희망 없이 어떻게 살아나갈 수 있겠어요. 그래서 저마다 나름대로 용서해 달라고 성에 애원하기도 하고, 졸라대기도 하는 등 여러 가지 방법을 시도해 보았어요. 물론 우리가 되돌릴 수 없는 일을 저질렀다는 것을 알고 있었어요. 우리와 성의 한 가닥 희망인 연줄은 아버지에게 호감을 가지고 있던 관리 소르티니였지만, 그 사건으로 우리 손에 닿지 않게 됐다는 사실을 알고 있었으면서도 일에 착수했어요. 아버지는 면장과 비서들, 서기들에게 부질없는 탄원을 하기 시작했어요. 대개는 만나지도 못하고, 간혹 술수를 쓰거나 우연으로 만나는 일이 있다고 해도 —그런 소식을 들었을 때 우린 얼마나 기뻐서 두 손을 맞대고 비볐는지 몰라요—아버지는 당장 쫓겨나서 두 번 다시 받아들여지지 않았어요. 성으로선 아버지에게 회답하는 것쯤은 식은 죽 먹기처럼 쉬운 일이죠. 당신은 대체 무엇을 원하는가? 당신에게 무슨 일이 일어났는가? 당신은 대체 무엇을 용서해 달라는 것인가? 성에서 누가 언제 당신에게 손가락 하나라도 댔단 말인가? 물론 당신은 그런 처지로 전락하고 손님을 잃기도 했다. 그러나 그런 일은 상공업자들에게 흔히 있는 일이다. 대체 성에서 모든 것을 다 보살펴주어야만 된단 말인가? 사실 성은 하나에서 열까지 모두 신경 쓰고는 있지만, 그렇다고 해서 함부로 사건의 결과에 간섭할 수는 없다. 단지 한 사람의 이익을 위해 무턱대고 그럴 수는 없는 노릇이다. 아니면 당신은 성에서 마을로 관리를 파견하라는 것인가? 또 파견된 관리들로 하여금 일일이 당신 손님들의 뒤를 쫓아가서, 그들을 억지로라도 돌려보내 달라고 할 심보인가? 그러자 아버지는 이렇게 항의했어요—우리는 이런 일을 자기 전이나 아버지가 돌아온 뒤에 집에서 상세하게 논의했어요. 아말리아의 눈을 피하려는 듯이 한구석에 모여 앉아서요. 물론 아말리아는 눈치챘으나 아무 말도 하지 않았지요. —망했다고 탄원하는 것이 아니다, 잃은 재산은 모조리 얼마든지 다시 회복할 수 있다, 지금까지의 일을 용서만 해준다면 그까짓 것은 아무래도 좋다. 그러면 성에서는 이런 대답이 돌아왔지요. 대체 무엇을 용서해 주면 좋은가? 지금까지 보고다운 보고라고는 받은 적이 없다. 적어도 변호사들끼리 주고받는 조서에는 기록이 되어 있지 않다. 따라서 확인된 범위 내에서는 당신에 대해 무슨 일을 꾸미는 것도 아니며 또 실천에 옮긴 흔적도 없다. 혹시 당신에 대한 처분을 지시했던 공문서의 제목이라도 지적할 수 있다는 것인가? 아버지는 지적할 수 없었지요. 그렇다면 당국에서 무슨 정치적인 간섭이라도 있었는가? 이 질문에 아버지는 그런 일은 모른다고 했어요. 당신이 모른다고 하고, 또 아무 일도 일어나지 않았다면 대체 무엇을 어쩌란 말인가? 용서해 줄 무엇이 없지 않은가? 기껏해야 당신이 아무 목적도 없이 관청에 폐만 끼치고 있다는 사실 정도가 아닌가. 이거야말로 도저히 용서할 수 없는 일이다. 그래도 아버지는 물러서시지 않았어요. 그때만 해도 아버지는 아직 대단히 힘이 세었고, 억지로 놀고먹게 된 터라 남는 시간도 많았거든요. 아버지는 머지않아 아말리아의 명예를 회복시켜 주겠다고 하루에도 몇 번씩이나 바르나바스와 나에게 나지막한 소리로 말했어요. 왜냐하면 아말리아가 그 말을 들으면 안 되니까요. 그렇더라도 그건 단지 아말리아를 위해 한 말이었어요. 사실 아버지는 명예를 되찾아 줄 생각을 한 것이 아니라 용서받을 생각만 했기 때문이지요. 그러나 용서받기 위해서는 먼저 죄를 확인해야만 하는데, 그 죄는 관청에서 부인되고 말았어요. 그래서 아버지는 돈을 쓰는 것이 시원치 못해, 사람들이 그 죄를 비밀에 부치고 있다는 생각에 빠졌어요. 이걸 보면 이미 아버지가 정신적으로 쇠약해졌다는 사실을 짐작할 수 있죠. 그때까지 아버지는 소정의 사례밖에 지불하지 못했는데, 우리 집 형편으로는 대단히 많은 금액이었어요. 어쨌든 아버지는 돈을 더 써야겠다고 생각했어요. 물론 잘못된 생각이었죠. 관청에서는 쓸데없는 이야기를 생략하기 위해서, 즉 행정의 간소화를 위하여 뇌물을 받는 관습이 있어요. 사실 그래도 아무 효과도 없지만요. 그러나 아버지의 바람이 그렇다면 우리는 아버지를 방해하고 싶지 않았어요. 그래서 아버지에게 조사 비용을 마련해 드리기 위해서 아직 남아 있던 것들을—거의 필수품들이었지만—팔아 버렸어요. 우리는 오랫동안 매일 아침 아버지가 나가실 때면 언제나 약간의 돈을 호주머니에 넣어 드리는 걸로 그나마 만족했어요. 물론 우리는 온종일 굶주렸지요. 그렇게 돈을 마련해 얻은 성과라곤 오로지 아버지가 앞날에 대해서 한 올의 희망을 낙으로 삼고 계시다는 점뿐이었어요. 결국 그건 거의 도움이 되지 못했어요. 아버지는 이처럼 돌아다니시느라고 굉장히 고생하셨고요. 사실 돈이 없었더라면 선뜻 결말이 났을 일이, 그 때문에 시간을 오래 끌었을 뿐이지요. 어느 서기는 상당히 많은 뇌물을 받아먹었으나 딱히 어쩔 수도 없는 처지인지라, 가끔씩 적어도 겉으로는 굉장히 애쓰고 있는 척하려 했어요. 그래서 서기는 조사해 보겠다고 약속하기도 하고, 또는 희망의 징조와 어떤 성공의 실마리를 잡았으니까, 물론 의무감 때문이 아니라 오로지 아버지를 위해서 노력해 주겠다는 뜻을 내비치기도 했지요. 아버지는 의심하기는커녕 더욱 그 사람을 믿게 되었어요. 허무맹랑한 약속을 곧이듣고 그날도 무슨 대단한 기쁜 소식이라도 가지고 오신 것처럼 기분 좋게 집으로 돌아오셨어요. 그런 날이면 아버지는 언제나 아말리아의 등 뒤에서 일그러진 미소를 지으며 부릅뜬 눈초리로 아말리아를 보고 계셨어요. 아버지는 자기가 노력한 결과, 아말리아가 명예를 회복하는 것도—아마 누구보다도 아말리아 자신이 깜짝 놀라겠지만—이제는 시간문제이다, 다만 모든 것이 아직 비밀이니까, 우리는 비밀을 지켜야 한다고 넌지시 우리에게 알리려고 했어요. 그럴 때 아버지의 모습은 참 보기 딱했어요. 결국 나중에 가서는 우리가 더 이상 아버지에게 돈을 드린다는 것이 불가능하다는 결론에 도달했어요. 만일 그렇지 않았다면 지금 말씀드린 것처럼 더 오랫동안 시간을 끌었을지 몰라요. 그러는 동안 바르나바스가 무척 애원해서 겨우 브룬스비크의 보조원으로 채용되었지요. 물론 저녁 어두울 때 일감을 받으러 가서, 또 어두울 때 일한 것을 가져다 주는 조건으로요. 브룬스비크가 자기 사업에 위험을 무릅쓰고 바르나바스를 받아 준 것은 인정하지만, 바르나바스에게 아주 적은 액수의 임금밖에는 지불하지 않았어요. 바르나바스의 일솜씨는 훌륭했지만, 그의 임금으로는 간신히 목구멍에 풀칠이나 할 정도였어요. 우리는 미리 잘 상의한 다음 될 수 있으면 아버지를 자극하지 않도록 조심하면서 돈을 보조해 드릴 수 없는 사유를 말씀드렸어요. 아버지는 그저 조용히 받아들이셨어요. 아버지의 이성은 이미, 자기가 여러 가지로 애쓰는 일이 비관적이라는 걸 꿰뚫어 볼 만한 능력을 잃어가고 있었어요. 실망에 실망을 거듭하는 동안 지칠 대로 지쳐서 완전히 판단력을 상실했기 때문이죠. 다만 아버지는 이렇

게 말씀하시더군요—대체로 아버지는 전처럼 또박또박 말씀하시지 못했어요
—돈이 조금만 더 있으면 내일, 아니 오늘이라도 모든 걸 알아낼 수 있을 거
라고. 그런데 이제는 다 틀려 버렸고, 오로지 돈 때문에 허사가 돼 버렸다고
하시더군요. 그러나 아버지의 말투를 들으면 아버지도 스스로 하는 말을 믿
지 않으신다는 것을 눈치챌 수 있었어요. 그런가 하면 아버지는 또 난데없이
새로운 계획을 털어놓기도 하셨죠. 죄를 입증하는 데 실패했기 때문에 공적
인 방법으로는 성공할 가망이 없으니, 개인적으로 관리들과 만나서 하소연
할 수밖에 없다는 것이었어요. 관리들 중에는 확실히 친절하고 동정심을 가
진 사람들도 있어요. 물론 그들은 관청에선 인정에 지면 안 되지만, 관청 밖
에서라면 적당한 때에 사적으로 만나서⋯⋯."

   그때까지 고개를 숙이고 올가의 이야기에 귀를 기울이고 있던 K가 말을
가로채어 물었다. "그러나 당신은 그것을 옳다고 생각하지 않겠지요?" 물론
이야기를 계속하면 바로 대답을 들을 수 있었지만, 그는 그것을 알고 싶었
다. "네." 올가가 말했다. "친절이나 동정 같은 건 전혀 문제도 안 돼요. 우
리가 아무리 젊고 경험이 없다고 해도 그 정도는 알고 있었으며 물론 아버지
도 그러셨어요. 단지 아버지는 다른 일도 모두 그렇지만 이 사실도 완전히
잊고 있었을 따름이에요. 그는 관리들의 마차가 지나다니는 성 가까운 큰 길
에 서 있다가, 아무 마차나 붙들고 죄를 용서해 달라고 하소연할 계획을 세
우고 있었어요. 솔직히 전혀 이성적이지 않은 계획이지요. 설령 불가능한 일
이 가능하게 되어 그 하소연이 실제로 관리의 귀에 들어간다 하더라도 그래
요. 관리가 단독으로 죄를 용서할 수 있는 것인가요? 그런 일은 관청 전체
의 이름으로 가능할 거예요. 더욱이 관청 전체의 이름으로도 십중팔구는 죄
를 용서할 수 없으며 오직 흑백을 가리는 것만 가능해요. 그리고 설령 관리
가 마차에서 내려 하소연을 들어 본다 하더라도, 가난하고 지친 초라한 늙은
이가 중얼거리는 소리를 듣고, 어떻게 사건의 전모를 파악할 수 있겠어요.
관리들은 모두 교양이 있지만 그 교양이란 게 한쪽으로 기울어진 것이지요.
누구나 자기 전문분야는 한마디만 들어도 전체를 꿰뚫어 볼 수 있지만, 다른
분야의 일이면 몇 시간을 설명해 주어도, 그 말을 듣고 그럴듯하게 고개를
끄덕거린다 해도 한마디도 알아듣지 못할 거예요. 네, 당연한 일이죠. 자기
에게 관련된, 관리가 어깻짓을 하는 것으로 해결할 수 있는, 사소한 관청 일

을 찾아보세요. 그리고 빈틈없이 이해하려고 노력해 보세요. 평생 걸려도 이해하시지 못할 거예요. 설사 아버지가 운 좋게 담당관리를 만나더라도 관리는 서류도 없이 더군다나 길에서 사무처리를 할 순 없지요. 더욱이 그 관리는 사람의 죄를 용서할 수 없고 단지 공적으로 처리할 수 있을 뿐이에요. 그래서 기껏해야 또다시 공적인 수속을 지시해 주는 것이 고작이겠지요. 그런데 이런 절차를 밟아 어떤 목적을 이루는 데 아버지는 이미 완전히 실패하셨어요. 대체 무슨 바람이 불어서 아버지가 또 새 계획을 관철시키려는 변덕을 부리셨는지 모르겠어요. 만일 그런 가능성이 손톱만큼이라도 있다면 그야말로 저기 큰 길은 하소연하는 사람들로 웅성거릴 거예요. 그러나 그게 불가능하다는 것은 어린아이라도 알 만한 사실이니까, 거기는 사람 그림자 하나 눈에 띄지 않지요. 그런데 이 사람 그림자 하나 보이지 않는다는 것이 또 아버지의 희망을 굳힌 모양이에요. 아버지는 여기저기에서 희망의 싹을 키우셨죠. 또 그때는 그렇게 하는 것이 대단히 필요하기도 했어요. 정상적인 사람이라면 그렇게 어마어마한 일을 진지하게 생각하지 않았을 테고, 또 생각할 여지없이 그것이 불가능하다는 사실을 똑똑히 알아챘을 거예요. 관리들이 마을과 성 사이를 오가는 것은 전혀 놀러 다니는 것이 아니고 자기를 기다리는 일을 하기 위해서지요. 그래서 그렇게 빨리 마차를 달리는 거예요. 게다가 또 그들은 결코 창문 밖을 내다보거나 마차 밖에 청원자가 없는지 살펴볼 생각도 하지 않아요. 마차 안에도 관리가 훑어봐야만 하는 서류가 잔뜩 쌓여 있으니까요."

"그런데 나는 관리의 썰매 안을 본 적이 있는데, 거기에는 서류 같은 것은 전혀 없었어요." K가 말했다. 올가의 이야기는 K에게 너무나 크고 거의 믿을 수 없는 세계를 보여 주었기 때문에, K는 자기의 조그마한 체험으로 그 세계에 접촉하고, 그 존재와 자신의 존재를 더욱 똑똑하게 확인해 보자는 충동을 억제할 수 없었다. "있을 수 있는 일이죠." 올가가 말을 이었다. "하지만 그렇다면 더욱 형편이 나빠요. 그건 관리가 맡은 일이 너무나 중요해서 서류가 굉장히 소중하거나, 그렇지 않으면 부피가 커서 마차에 싣고 올 수 없는 거예요. 그런 관리들은 전속력으로 마차를 달리게 해요. 좌우간 아버지를 위해서 시간을 내주는 사람은 한 사람도 없어요. 뿐만 아니라 성으로 가는 길은 얼마든지 있어요. 어떤 길이 인기를 끌면, 누구나 거기로 마차를 몰고, 또 다른 길이 인기를 끌면 이번에는 모두들 거기로 몰려들어요. 어떤 규칙에 따라서 이렇게 교체되는지는 아직 알려지지 않았어요. 예를 들면, 아침 8시에 모두들 어느 길을 달려요. 반시간 뒤에는 다른 길을, 그 10분 뒤에는 세 번째 길을, 또 반시간 뒤에는 아마도 다시 첫 번째 길을 달리고 그 뒤로는 온종일 그 길을 달리게 되지요. 그러나 어느 순간에 길이 변할지 몰라요. 물론 마을 가까이 오면 모든 길이 하나로 합쳐지지만 거기서는 이미 모든 마차들이 아주 빠른 속도로 달리고 있어요. 다만 성에 가까워지면 속도를 조금 떨어뜨리는 것이 보통이지요. 그렇지만 한길에서 마차들이 규칙적으로 출발하는 것을 볼 수 없는 것처럼 마차의 대수를 알아맞히기도 어려워요. 가끔은 마차가 한 대도 보이지 않는 날이 있는가 하면 또 떼를 지어서 달리는 날도 있지요. 그러면 이런 예비지식을 염두에 두고 우리 아버지를 생각해 보세요. 매일 아침, 비록 단벌신사지만 가장 좋은 옷을 입고, 안녕히 다녀오시라는 가족들 인사를 받으시면서 아버지는 당당히 출근하세요. 원칙적으로는 갖고 있으면 안 되지만 아버지는 소방대의 작은 휘장을 지니고 있어요. 마을 밖으로 나가면 옷에 꽂으시려는 거예요. 마을에서는 휘장을 다른 사람에게 보이는 것을 두려워하세요. 사실 아주 작아서 두 발짝만 떨어지면 벌써 보이지 않을 정도예요. 아버지는 그게 마차를 타고 지나가는 관리의 시선을 끄는 데 아주 효과가 있다고 생각하세요. 성문에서 그다지 멀지 않은 곳에 베르투흐라는 채소장수네 밭이 있어요. 그는 성에 채소를 대는 지정 상인이지요. 거기 농장 울타리의 좁은 받침돌 위에 아버지는 자리를 잡았어요. 베르투흐는 전에 아버지와 사이가 좋았기 때문에 그냥 눈감아 주었죠. 그는 한쪽 발이 약간 불편했는데, 그 발에 꼭 맞는 구두를 만들어 주는 사람은 아버지밖에 없다고 생각했어요. 그래서 아버지의 가장 좋은 고객 중 한 사람이기도 했거든요. 그런데 아버지는 날이면 날마다 거기에 앉아 계셨어요. 음산하고 비가 잦은 가을이었지만, 아버지에게 날씨 같은 건 아무런 상관이 없는 것 같았어요. 아침마다 똑같은 시간에 문손잡이를 잡고 우리와 작별인사를 해요. 그리고 저녁이면 흠뻑 젖어 돌아오셔서는—어쩐지 아버지 허리가 나날이 굽어가는 것처럼 보였어요—방 한구석에 피곤한 몸을 던지셨죠. 처음에 아버지는 그날 겪은 일들을 이야기해 주셨어요. 예를 들면 베르투흐가 옛정을 잊지 않고 동정하며 울타리 너머로 이불을 던져 주었다든지, 지나가는 마차에 탄 어떤 관리는 아는 사람인 것처럼 느껴졌다든지, 또 어떤 마부가 가끔 저쪽에서 그를 바라보고 장난하느라 말채찍으로 건드리고 간다든지, 그런 이야기였어요.

그러나 나중에는 이런 이야기를 하는 것도 그만두셨어요. 분명히 거기에서 무엇을 얻을 수 있다는 희망을 잃어버리신 거예요. 아버지는 거기서 하루를 보내는 것을 자기의 의무, 싱거운 직업이라고 밖에는 생각하지 않았어요. 그리고 그 무렵부터 아버지는 신경통을 앓기 시작했어요. 겨울이 가까워지고 예년보다도 눈이 빨리 내렸어요. 여기서는 금방 겨울이 되어 버리죠. 그래서 그때까지 비에 젖은 돌 위에 앉던 것처럼 아버지는 눈을 맞으며 앉아 있었어요. 밤에는 아픔에 못 이겨서 신음했어요. 아침에는 갈까 말까 망설이다가 결국 자기 자신을 이겨내고 나갔어요. 어머니가 매달려서 가지 못하게 말리면 아버지는 사지가 뜻대로 움직이지 않았기 때문에 마음이 약해져서 그런지 어머니에게 동행하는 것을 허락하셨어요. 그래서 어머니마저 고통스러운 병에 걸리고 말았어요.

우리는 종종 두 분 계신 곳으로 갔어요. 식사를 가지고 가기도 하고, 그냥 찾아가기도 했지요. 두 분을 설득해서 집으로 돌아오시도록 하려고 간 적도 있었어요. 우리는 몇 번이나 두 분이 그 좁은 곳에 쓰러져서 서로 기대고 있는 모습을 보아야만 했어요! 두 분은 얇은 이불을 얼기설기 걸치고 쭈그리고 앉아 계셨어요. 주위에는 잿빛 눈과 안개 말고는 아무것도 보이지 않았어요. 며칠을 두고 주위 사방 어느 곳을 내다보아도 사람이나 마차 그림자 하나 눈에 띄지 않으니, 그게 대체 무슨 꼴일까요? K씨, 얼마나 스산한 풍경이겠어요! 어느 날 아침, 마침내 아버지는 그 뻣뻣이 굳은 다리를 침대 밖으로 내밀 수가 없었어요. 아주 절망적이어서 우리가 보기에도 안타까웠지요. 아버지는 고열로 환각 상태에 빠진 듯 했어요. '저 위 베르투흐 집 옆에 마차가 한 대 선다. 관리가 마차에서 내리더니, 울타리 옆에 내가 없나 찾아본 다음, 고개를 흔들고 골을 내면서 다시 마차 안으로 되돌아가 버린다.' 이런 환각에 사로잡힐 때면 아버지는 마치 그 관리에게 자기가 어디에 있는지를 알리고, 자기의 부재가 얼마나 부득이한 일인지를 설명하려는 듯 굉장히 큰 목소리로 고함을 질렀어요. 사실 아주 오랜 부재가 되어 버렸죠. 다시는 그곳에 가실 수 없었으니까요. 아버지는 몇 주일이나 침대에 드러누워 계셨어요. 아말리아는 시중을 들고 간호하고 치료하는 것 전부를 도맡았어요. 물론 중간에 좀 쉴 때도 있었지만, 그런 생활을 오늘날까지 계속해 왔어요. 그 애는 고통을 가라앉히는 여러 가지 약초를 알고 있고, 거의 잠을 안 자고 지낼 수도 있을 뿐만 아니라 무엇에 대해서도 결코 놀라거나 두려워하지도 않고 또 덤비거나 서두른 적도 없어요. 부모님을 위하여 무슨 일이든 다 해드렸어요. 우리는 전혀 돕지도 못하고 주위에서 허둥지둥 돌아다니기만 했지요. 아말리아는 어떤 일이 있더라도 침착한 자세를 잃지 않았어요. 그러나 병환도 고비를 넘기고 아버지께서 조심스럽게 좌우로 부축을 받고 침대에서 일어나시게 되자, 아말리아는 곧 물러나 버리고 아버지를 우리에게 맡겼어요."

거기서 올가는 잠시 긴 이야기를 멈췄다.

20 올가의 계획

"우리는 아버지가 할 수 있는 일을 찾아봐야 했어요. 적어도 아버지가 가족들의 죄를 씻는 데 도움이 된다고 믿으실 만한 그런 일 말예요. 그런 일을 찾아내는 건 그다지 어렵지 않았어요. 어떤 일이라도 베르투흐의 농장 앞에 앉아 있는 것보다는 나았으니까요. 더구나 찾아낸 일은 나에게도 약간 희망을 품게끔 하는 일이었어요. 관청과 서기들이 있는 곳 또는 어딘가 다른 곳에서도 우리의 죄가 화제에 오를 때는 언제나 소르티니의 심부름꾼을 모욕했다는 것이 문제가 됐을 뿐이고, 감히 더는 간섭하려고 하지 못했어요. 그래서 나는 사람들이 심부름꾼 모욕 사건밖에 문제 삼지 않는다면, 그를 달래는 것으로—겉으로만 이라고 해도—모든 일을 다시 처음으로 돌릴 수 있지 않을까 혼잣말을 했어요. 사람들 말에 따르면, 아직 아무런 고발도 들어오지 않아 사건이 관청으로 넘어가지 않았다는 거예요. 그러니 용서한다는 것은 심부름꾼 한 사람의 자유이고 까다로운 건 아무것도 없었어요. 물론 이런 것은 모두 아무런 결정적인 중요성도 없고 단지 어디까지나 겉치레일 뿐이니까 아무런 소득도 기대할 수 없었죠. 그래도 아버지 마음을 기쁘게 해드릴 것이며, 아버지가 기뻐하시면 여러 가지로 통지를 가져와서 아버지를 괴롭히던 사람들도 난처한 입장에 빠지게 되고, 아마 아버지도 숨을 돌릴 수 있을 것이라고 생각했어요. 물론 먼저 심부름꾼을 찾아내야 했죠. 이 계획을 아버지에게 이야기했더니 처음에는 퍽 화를 내셨어요. 굉장한 고집쟁이가 된 아버지는 언제나 성공하려는 순간에 우리가 아버지를 방해했다고 생각하셨기 때문이에요. 처음에는 자금 지원을 끊고, 이번에는 침대에 억지로 눕혀서 말이죠. 이 오해는 특히 병 때문에 더욱 심해졌죠. 한편으로는 이미 다른 사람의 의견을 완전히 받아들일 수 없게 되셨기 때문이에요. 내가 끝까지 이야기하기도 전에 계획은 거부당하고 말았어요. 아버지의 의견은 앞으로도 베르투흐의 농장에서 기다리는 거였어요. 이제 매일같이 아버지 스스로 갈수는 없으니까 우리가 손수레로 그를 옮겨 날라야만 한다는 거예요. 그러나 나도 순순히 따르지 않았기 때문에 아버지도 점점 이 생각과 타협하게 되었지요. 단지 이 일에서 곤란한 점은 아버지가 내게 완전히 의지해야 했다는 거예요. 왜냐하면 그때 심부름꾼을 본 사람은 나 혼자뿐이고 아버지는 그를 몰랐기 때문이에요. 물론 나 또한, 하인들이란 비슷비슷하니까 또다시 그를 만났을 때 꼭 그 사람이라고 알아 볼 자신이 있었던 건 아니에요. 어쨌든 우리는 신사관에서 하인들을 찾아보기 시작했어요. 물론 그는 소르티니의 하인이고 소르티니는 두 번 다시 마을로 돌아오지 않았지만, 성 양반들은 늘 하인을 바꾸니까 그가 혹시 다른 주인을 모시고 있을지도 모르고, 가령 본인이 없다고 하더라도 적어도 다른 하인들로부터 그에 관한 소문을 들을 수 있다고 생각했어요. 물론 그런 목적으로 매일 신사관에 가봐야 했지요. 어디를 가나 우리는 환영받지 못했고, 더군다나 그런 곳에서는 더 말할 것도 없었어요. 사실 떳떳하게 돈을 내는 손님도 그곳에 들어가는 것을 꺼리는 형편이었죠. 그러나 자연스레 우리를 필요로 하는 일도 있다는 사실을 알게 되었어요. 그도 그럴 것이 프리다에게 하인들이 얼마나 두통거리였던가 선생님은 잘 아실 거예요. 그들은 일이 쉬운 탓에 몸이 둔해진, 대체로 한가한 사람들이지요. 관리인의 축사에 '하인 같은 팔자를 바라노라!' 이런 말이 있을 정도로, 생활의 안락함만을 따진다면 하인이 성의 주인이라 해도 좋아요. 그들도 그 점은 잘 인식하고 있어서 법으로 움직이는 성에서는 조용하고 얌전하게 품위를 지키고 있어요. 그건 여러 가지 소식통을 통해 확인된 일이에요.

이 마을에 있는 하인들에게서도 그런 면모를 엿볼 수 있어요. 단지 그게 일부분에 지나지 않아서—성의 법은 마을에서는 효력을 완전히 발휘하지 못하므로—그들은 마치 사람이 변한 것처럼 보여요. 법 대신에 걷잡을 수 없는 충동에 지배되어 난폭하고 반항적인 사람들이 되어 버리는 거예요. 그들은 부끄럼도 모르고 한없이 뻔뻔스러워요. 그래도 마을을 위해서 다행한 일은 그들이 명령 없이는 신사관을 떠날 수 없다는 것이에요. 그래도 그곳에 있는 동안은 그들과 정답게 지내도록 노력해야만 하죠. 그것이 프리다로서는 무척 힘든 일이었기 때문에, 나를 이용해 하인들을 달래곤 했어요. 그때부터 2년 넘게 적어도 1주일에 두 번씩 나는 마구간에서 하인들과 함께 밤을 보냈어요. 전에만 하더라도 아버지와 함께 신사관에 갈 수 있었지요. 아버지는 주점 한쪽에서 주무시며 내가 아침 일찍 가져올 소식을 기다리셨어요. 이렇다할 소식은 없었어요. 우리는 아직까지도 그 심부름꾼을 찾지 못했어요. 그는 여전히 자기를 높이 평가해 주는 소르티니에게 봉사하고 있다는 소문이지요. 그리고 소르티니가 더욱 멀리 떨어진 관청으로 전근 갔을 때에 그를 따라갔다고 해요. 하인들 역시 우리가 그를 보지 못하게 된 뒤로 그를 못 보았어요. 어떤 사람은 그를 보았다고 주장하지만 아마 착각일 거예요. 그러니까 내 계획은 실패한 셈이죠. 하지만 또 완전히 실패했다고는 할 수 없어요. 물론 우리는 심부름꾼을 찾지 못했어요. 그리고 유감스럽게도 아버지에게는 신사관에 간 일이라든지 거기서 밤을 새운 일, 또 쇠한 기력으로 나를 가엾게 여긴 일이 치명적인 상처가 되었어요. 그래서 거의 2년 동안이나 선생님이 보시는 바와 같은 상태에 놓여 있었어요. 오늘내일하는 것처럼 보이는 어머니보다는 그래도 아버지가 훨씬 나아요. 사실 아말리아의 초인적인 노력 때문에 어머니의 목숨이 연장된 셈이지요. 그래도 내가 신사관에서 한 일은 어느 정도 어떤 연줄을 맺어 주었다고 할 수 있어요. 내가 한 일을 후회하지 않는다고 해서 제발 나를 경멸하지 마세요. 성과의 연고도 그리 훌륭하다고는 할 수 없어요. 그러나 나는 지금 많은 하인들을, 수년 동안 마을로 찾아 온 거의 모든 양반들의 하인을 알고 있어, 앞으로 성에 가는 일이 있더라도 거기서 낯선 일은 없을 거예요. 물론 그들은 마을에서나 하인일 뿐이지 성으로 가면 전혀 딴판이지요. 마을에서 사귄 사람들도 성에서는 그들을 알아보지 못하나 봐요. 가령 성에서 다시 만나기를 기약하며 마구간에서 천 번 만 번 맹세했던 사이라도 아무 소용이 없어요. 사실 나는 그런 약속이 그들 모두에게 얼마나 무의미한 것인지 직접 경험해 보았어요. 그러나 가장 중요한 것은 그런 게 아니에요. 나는 단지 하인을 통해서 성과의 연결고리를 만든 건 아니에요. 이건 바람일 뿐이지만, 위에서 나와 내 일을 봐 주는 사람이 있어서—물론 많은 하인을 관할하는 건 관청 업무 중에서도 대단히 중요하고 힘든 일이지만—나에 대해 다른 사람보다 너그러운 판단을 내려줄지도 몰라요. 그분은 내 방법이 형편없다고 해도 내가 우리 식구를 위해서 분투하고 있다는 사실과 아버지가 애쓰시던 일을 이어가고 있다는 사실을 인정해 주실 거예요. 나는 이걸로 성과 연고를 맺고 있는 거예요. 이런 사정을 감안한다면, 내가 하인들에게 돈을 받아 식구들을 위해 쓰는 것도 용서하실 수 있을 거예요. 그 밖에도 내가 이뤄낸 일이 있지만, 선생님은 그것도 내가 잘못한 거라고 생각하시겠지요. 나는 하인들에게서 몇 해씩 걸리는 채용 절차를 밟지 않고 어떻게 우회적인 방법으로 성에서 일할 수 있는지 이야기를 들었어요. 그런 경우에는 물론 공식 직원이 아니라 남몰래 그리고 반쯤 승인된 사람이라는 데 지나지 않아요. 권리나 의무도 없어요. 그리고 의무가 없다는 건 그다지 좋지 못한 일이지만 무슨 일에나 가까이 있을 수 있으니까, 한 가지 좋은 점은 있어요. 즉 좋은 기회를 노려서 그것을 이용할 수 있다는 거죠. 마침 무슨 일이 있는데 옆에 직원이 없을 경우 사람을 부른다, 그래서 아직 직원은 아니지만 얼른 달려가면 그 사람은 조금 전까지만 해도 아니었던 존재, 그러니까 직원이 되는 거지요. 물론 언제 그런 기회가 있는가가 문제예요. 대개는 들어가자마자 주위를 살펴볼 여유도 없을 정도로 기회는 있어요. 새로 들어가서 당장에 기회를 잡을 만큼 침착한 사람은 없죠. 처음에 그 기회를 놓치면 공채 수속을 밟는 것보다도 더 오랜 세월이 걸려요. 그런데 반쯤 인정된 그런 사람은 결코 공식적으로 채용되는 일이 없어요. 누구나 이 점을 깊이 생각해야 하죠. 즉 공식적으로 채용될 때는 엄선된다는 사실, 조금이라도 평판이 나쁜 가정 출신은 처음부터 거절당한다는 사실에 대해서는 한마디도 언급이 돼 있지 않아요. 그런 가정 출신이 이런 수속을 밟는다고 하면, 본인은 결과가 신경 쓰여 몸부림치고 세상 사람들은 어이가 없어서 어떻게 그처럼 가망 없는 일을 할 생각을 했냐고 첫날부터 질문의 화살을 퍼붓고 야단법석일 거예요. 본인이야 달리 살아갈 도리가 없으니까 그래도 희망을 품어보는 거지요. 그러나 시간이 지나서 백발노인이 된 다음에야 겨우 그 사람은 자기가 거절당했다는 사실을 깨닫게 돼요. 모든 것을 잃고 자기 인생마저 부질없어졌다는 사실을 알게 돼요. 물론 여기에도 예외는 있는데, 바로 이것 때문에 사람들이 유혹에 쉽게 걸려드는 거예요. 평판 나쁜 사람들이 결국 채용되는 일도 있으니까요. 관리 중에는 본의 아니게 그런 야생의 냄새를 굉장히 좋아하는 사람이 있어서, 채용시험 때 코를 실룩거리며 냄새를 맡기도 하고, 입을 일그러뜨리기도 하고, 눈을 크게 부릅뜨고 쳐다보기도 해요. 그들에게는 지금 말한 것 같은 자들이 꽤나 구미에 당기는 모양이지요. 그래서 그것을 극복하기 위해서는 법서에 의지해야 해요. 물론 그런 일은 대개 채용되는 데 도움이 되지 않아요. 다만 채용수속이 한없이 연장될 뿐이지요. 그 수속은 대개 끝나지 않고, 그 남자가 죽은 뒤에야 비로소 중지될 뿐이에요. 따라서 채용이라는 건 합법적이건 불법적이건 간에 다 마찬가지이며, 겉으로 드러난 여러 어려움과 감춰진 것들로 가득 차 있어요. 따라서 그런 일을 하려면 미리 모든 걸 면밀하게 검토하는 것이 바람직해요. 바르나바스와 나는 결코 그런 점을 소홀히 하지 않았어요. 내가 신사관에서 돌아오면 언제나 우리 둘은 함께 앉아서, 며칠이고 시간 가는 줄도 모르고 내가 겪은 일들을 이야기 나눴어요. 그래서 바르나바스에게 맡겨진 일은 그의 손에서 제법 오랫동안 머무적거려야 했죠. 혹시나 이런 점에서, 말씀하신 대로 나에게 죄가 있는지도 몰라요. 나는 물론 하인들의 이야기를 곧이들을 수 없다는 사실까지 잘 알고 있어요. 하인들은 결코 내게 성 이야기를 하고 싶어하지 않아서 언제나 다른 일로 화제를 돌려 버리곤 했죠. 내가 한마디 한마디 재촉하지 않으면 중요한 이야기를 해주지 않았어요. 또 그들이 마음이 내켜서 이야기를 한다 하더라도, 서로 다투거나 쓸데없는 소리를 지껄이고, 뽐내며 호언장담을 하는가 하면, 허무맹랑하게 꾸며대기 일쑤였어요. 그래서 저 어두운 마구간에서 끝없이 들려오는 시끌벅적함 속에는 진실을 암시하는 말이라곤 기껏해야 한둘에 지나지 않았고, 그것도 보잘것없이 시시한 것들뿐이었죠. 하지만 나는 기억하는 대로 바르나바스에게 모든 것을 되풀이해서 이야기해 주었어요. 아직 진실과 거짓을 구별할 능력이 없던 그는 가족들이 처한 상황 때문에 이런 이야기들을 갈망했는데, 목이 말라 모든 것을 들이켜 버린 뒤에도 또 다른 것을 얻으려는 열망에 불타올랐어요. 그리고 사실 내 새로운 계획의 성패는 바르나바스에게 달려 있었어요. 하인들에게는 그 이상 아무 소득이 없었으니까요. 소르티니의 심부름꾼은 찾아내지 못했는데, 결코 찾아낼 수 없었을 거예요. 소르티니와 함께 그의 심부름꾼도 점점 그림자가 희미해져 갈 뿐이었죠. 그들의 외모나 이름까지도 잊을 때가 더러 있었어요. 나는 이따금 그들의 모습을 생각해 내려고 오랫동안 안간힘을 썼지만, 어슴푸레 기억만 더듬을 뿐 아무 효과도 없었어요. 그리고 나와 하인들과의 생활에 대해 말씀드리면, 물론 나는 사람들의 판단에 대해서 아무 힘도 없었어요. 기껏해야 행한 대로 받아들여지고, 그걸로 우리 집의 죄가 조금이라도 덜어지도록 바랄 수 있었을 따름이지요. 그러나 나는 그 희망이 이루어졌다고 생각할 만한 외적 증거를 하나도 얻을 수 없었어요. 그래도 여전히 그 일을 계속했지만, 우리 집안을 위해 내가 성에서 무슨 일을 실현할 가능성이라곤 아무것도 보이지 않았어요. 그러나 바르나바스에게는 가능성이 보였어요. 왜냐하면 내가 그럴 생각만 있으면—그럴 생각은 얼마든지 있었죠—하인들의 이야기를 듣고 바르나바스를 설득할 수 있었기 때문이에요. 성에서 일하는 사람은 자기 가족을 위해 대단히 많은 일을 할 수 있다고 추측할 수 있었어요. 물론 하인들의 이야기를 어디까지 믿을 수 있는지 그것이 문제지요. 그것을 확인하기는 어려워요. 그다지 신뢰할 수 없다는 것만은 분명하고요. 한번은 이런 일이 있었어요. 하인 하나가 내게—나는 두 번 다시 그를 만날 일이 없을 것이고, 그럴 일이 있더라도 그를 알아볼 수도 없겠지만—동생이 성에서 일할 수 있도록 도와주겠다, 아니면 적어도 바르나바스가 다른 연줄로 성에 찾아오는 일이라도 있으면 그를 돌봐 주겠다, 즉 그의 힘을 북돋아 주겠다고 굳게 약속했죠. 왜냐하면 일자리를 얻으려는 사람들은 기다리는 시간이 너무 길어서, 돌봐 주는 사람이 없으면 그동안에 졸도하거나 갈피를 잡지 못하고 아주 신세를 망쳐 버린다는 거예요. 이런 이야기 또는 이와 비슷한 이야기였는데, 경고로는 그럴 듯했지만 그에 따른 약속은 헛된 것이었어요. 그러나 바르나바스에겐 그렇지 않았어요. 물론 나는 동생에게 섣불리 그 약속을 믿지 말라고 주의를 줬지요. 내가 그 약속에 관해서 이야기를 하자마자 동생은 내 계획이 완전히 마음에 들었나 봐요. 내가 계획을 변호하기 위해서 늘어놓은 말은 거의 동생의 주목을 끌지 못했고, 주로 하인들의 이야기가 그에게 강한 인상을 남겼어요. 그때 내가 의지할 사람이라곤 나 자신밖에는 없었어요. 부모님과는 아말리아만이 의사소통을 할 수 있었고, 아말리아는 내가 아버지의 옛 계획을 실현해 보려고 노력할수록 내게서 멀어졌어요. 아말리아는 선생님이나 다른 사람 앞에서는 나와 이야기하지만, 그 밖에 다른 때는 결코 입을 열지 않았어요. 또 신사관 하인들에게 나는 노리개, 악착같이 부수고 싶은 노리개에 지나지 않았어요. 나는 이 2년 동안 그들 가운데 누구와도 정답게 이야기를 해본 적이 없어요. 단지 뒤에 무엇을 감추어 둔 것 같은 이야기, 꾸며 댄 이야기, 제정신이 아닌 것 같은 그런 광적인 이야기뿐이었지요. 그러고 보니 나에겐 바르나바스만 남게 되었지만 그는 아직도 어린애였어요. 나의 이야기를 듣는 동생의 눈동자는 언제나 이상스러운 빛, 그 뒤 쪽 그의 눈에 깃들어 있게 된 그런 빛을 띠고 있었죠. 나는 그것을 보고 깜짝 놀라기는 했으나 그렇다고 계획을 포기하지는 않았어요. 나는 너무 큰 것을 걸고 있는 게 아닌가 생각했어요. 물론 아버지의 허무하고 큰 계획을 내가 품고 있었던 것은 아니에요. 남자들에게서 볼 수 있는 결단력이 나에게는 없었으니까요. 나는 여전히 심부름꾼의 손상된 명예를 보상해 주면 된다고 생각했으며, 또 사람들이 나의 겸손한 태도를 보고 좋게 생각해 주기를 바라고 있었어요. 그러나 나는 곧 혼자서는 이루지 못했던 일을 바르나바스를 통해 다른 방법으로 더 확실하게 이루어 보려고 마음먹었어요. 우리는 심부름꾼 한 사람을 모욕하고 그를 사무국에서 내쫓아 버리는 거예요. 그러고는 바르나바스를 새로운 심부름꾼으로 내놓으면 어떨까요? 모욕당한 심부름꾼이 하던 일을 그에게 시켜 보면 어떨까요? 그래서 모욕을 당한 그 심부름꾼이 요구하는 기간 동안 분한 감정을 삭일 수 있도록 먼 곳에 떨어져 있도록 해주면 어떨까요? 물론 나는 이 계획이 아무리 겸손하다 할지라도 역시 불손한 점이 있다는 것을 잘 알아요. 마치 우리가 관청 인사 문제를 어떻게 처리하라고 명령하는 듯이 보일 수도 있어요. 또 관청이 최선의 조치를 취할 수 있는지에 대해, 우리가 대책이 필요하다고 생각하기 전에 조치를 취했는지에 대해 우리가 의심하는 것 같은 인상을 그들에게 줄지도 모르겠어요. 하지만 다르게 생각해 보기도 했어요. 관청이 나를 그렇게 오해할 리는 만무하다, 만일 오해한다 하더라도 고의로 오해할 리는 없다, 여하튼 내가 하는 모든 일이 자세히 조사되지도 않고 처음부터 함부로 거부당하는 일도 없으리라고 믿었죠. 그래서 나는 계획을 그만두지 않았고, 바르나바스의 명예욕도 여전했어요. 이런 준비를 하는 동안 바르나바스는 대단히 거만해져서 구둣방 일 같은 것은 자기처럼 앞으로 관청에 근무하게 될 사람에게는 너무 천한 일이라고 생각하게 되었어요. 뿐만 아니라 그는 아말리아가 아주 드물게 말이라도 한마디 걸면 근본적으로 큰 의견 차이라도 있는 듯이 눈에 불을 켜고 대들었어요. 그렇지만 나는 이 순간적인 기

뺨을 기꺼이 허용해 주었어요. 결국 미리 예측한 바와 같이 이 기쁨과 거만한 태도도 그가 성으로 나가게 된 첫날부터 한꺼번에 사라져 버렸죠. 이래서 이미 말씀드린 것처럼 허울뿐인 근무가 시작됐어요. 다만 적이 놀란 것은 바르나바스가 처음인데도 불구하고, 성으로 더 정확히 말하자면 그의 일터가 된 사무실로 거리낌 없이 들어간 거예요. 이러한 성과를 거둔 데 대해서 나는 거의 미친 사람처럼 날뛰었어요. 저녁때 집에 돌아온 바르나바스가 그 이야기를 내 귓가에 속삭였을 때, 나는 곧 아말리아에게로 달려가서 그 애를 붙잡아 구석에 몰아붙여 입술과 혀로 맹렬히 키스했어요. 그 애는 놀라고 아파서 울어 버렸어요. 나는 흥분해서 말도 하지 못했죠. 게다가 우리는 오랫동안 서로 이야기한 일이 없었으니까요. 그래서 나는 다시 며칠 뒤에 이야기하기로 작정했지만, 막상 그날이 되자 할 이야기가 없더라고요. 사태는 그 뒤 조금도 진전을 보지 못하고, 첫날 그렇게 빨리 도달한 점에 그대로 정지하고 말았어요. 바르나바스는 벌써 2년 동안이나 이렇게 단조롭고 가슴 졸이는 생활을 해왔어요. 하인들은 아무런 도움도 되지 않았어요. 나는 바르나바스를 시켜 하인들에게 보내는 짤막한 편지에서 바르나바스를 보살펴 달라고 부탁하고 그들이 했던 약속을 상기시켰어요. 바르나바스는 하인을 보기만 하면 편지를 끄집어내서 보였대요. 그런데 웬일인지 바르나바스가 만난 하인들 가운데는 나를 모르는 사람이 무척 많았던 모양이고, 또 나를 아는 사람들에게는 말도 없이 편지를 내미는 바르나바스의 태도가—성에서 바르나바스는 감히 말도 하지 못해요—성미에 거슬렸던지 아무도 바르나바스를 도와주는 사람이 없었다니 너무 심하지 않아요? 그래서 편지를 두서너 번쯤 본 듯한 하인 하나가 그것을 꾸겨서 휴지 더미에 던져 버렸을 때에는 구제된 것처럼 숨을 돌렸대요. 물론 그런 거라면 오래전에 우리 스스로 할 수 있었겠지요. 그런데 그 하인이 편지를 버리면서 '너희도 이런 식으로 편지를 다루잖아' 이렇게 말했을 법 하다는 생각이 들더라고요. 이 2년이라는 세월이 다른 점에서는 소득이 없었다 하더라도 일찍 늙은 것, 일찍 어른이 된 것이 이롭다고 말할 수 있다면, 바르나바스에게는 대단히 유익한 기간이었어요. 사실 동생은 여러 가지 점에 있어서 보통 남자 어른 이상으로 점잖고 현명해졌어요. 가끔 나는 동생의 얼굴을 쳐다볼 때면, 2년 전의 소년다운 모습이 떠올라서 무어라 말할 수 없는 슬픔에 잠겨요. 그런데도 이제 어른이 된 동생이 주어도 좋을 위안이나 격려를 나는 전혀 못 받고 있어요. 내가 없었더라면 그가 성에 들어가는 일도 없었을 텐데, 성으로 들어간 뒤부터 동생은 내게서 떨어져 독립해 나가고 있어요. 나는 그에게 단 하나의 믿을 만한 사람인데도, 그는 자기 마음 속에 있는 것의 일부밖에는 이야기해 주지 않아요. 그는 내게 성 이야기를 많이 들려줘요. 그러나 그가 전해 주는 자세한 이야기를 가지고도 그것이 어째서 그를 그리도 변하게 했는지 도무지 알 수 없어요. 그중에서도 특히 이해가 안 되는 일은 소년시절에는 어른들에게 걱정을 끼칠 정도로 지나치게 용감했던 동생이, 어른이 된 지금은 기운이 다 빠진 것 같은 꼴을 보이는 점이에요. 물론 우두커니 서서 기다리기를 날마다 되풀이하며 아무런 변화의 희망조차 없이 지내는 것은, 사람을 줏대 없고 회의적으로 만들겠지요. 뿐만 아니라 나중에는 다른 능력은 모두 잃은 채, 될 대로 되라는 절망적인 기분으로 서 있을 수밖에 없도록 만들겠지요. 그럼 동생은 왜 애초에 저항해 보려고 하지 않았을까요? 아마도 제가 말했던 것처럼 성에는 명예욕을 채워줄 것이 없지만, 우리 집의 상황을 호전시켜줄 만한 것이 있을지도 모른다고 생각한 거죠. 왜냐하면 모든 일이 하인들의 변덕을 제외하고는 대단히 소극적으로 진행되는 그곳에서 명예욕은 일로 채워지니까요. 그렇게 되면 일 자체가 우위를 차지하니까, 명예욕은 아주 소멸하고 어린이다운 순진한 바람은 들어갈 여지가 없게 되죠. 다만 바르나바스는 자기가 출입할 수 있는 방의 수상해 보이는 관리조차도 그 권력과 지식이 얼마나 대단한지 똑똑히 보았다고 말했어요. 관리들은 눈을 반쯤 감은 채로 손을 가볍게 움직여 빨리 받아 적게 해요. 또 말 한마디 없이 검지 하나로 툴툴거리는 하인들을 쫓아내 버리지요. 그럴 때면 하인들은 숨을 헐떡이면서 즐거운 듯 미소 짓는대요. 관리들은 책에서 중요한 대목을 찾아내면 힘차게 책 위를 두드려요. 그러면 하인들이 그 좁은 곳에 우르르 모여들어서 목을 쑥 빼고 그 대목을 보려고 덤벼드는 거죠. 만일 그들에게 인정받아서—타인이 아니라 관청의 한 동료로서, 물론 말단이겠지만—그들과 말을 몇 마디라도 하는 것이 허락되는 정도에까지 이르면, 우리 집을 위해서 뭔가를 얻을 수도 있지 않을까 하는 인상을 받았대요. 그러나 아직 거기까지는 가지 못하고 있어요. 바르나바스는 다른 사람에게 가까이 가는 데 도움이 될 만한 일을 감히 시도하지 않아요. 아직 어리지만 집안의 불행으로 책임이 무거운 가장의 지위를 떠안고 있다는 사실을 잘 알면서도 말이에요. 이제 여기서 이야기의 끝을 맺기로 하지요. 일주일 전에 선생님이 오셨어요. 나는 신사관에서 누군가 그런 얘기 하는 것을 들었으나 염두에 두지 않았어요. 측량기사가 한 명 왔다는데 나는 측량기사가 뭔지도 몰랐으니까요. 그런데 다음 날 저녁 바르나바스는—전부터 나는 정해진 시간에 제법 멀리 그 애를 마중나가곤 했어요—여느 때보다 일찍 집에 돌아왔어요. 그는 방 안에 있는 아말리아를 보자 나를 집 밖으로 끌고 나가서, 내 어깨에 얼굴을 대고 몇 분 동안이나 울었어요. 그는 이전의 어린아이로 돌아갔어요. 무슨 일인지 도저히 그가 감당하지 못할 일이 일어난 듯 보였죠. 갑자기 그의 눈앞에 아주 새로운 세계가 펼쳐진 것 같았어요. 그리고 이처럼 완전히 새로운 행복과 걱정 근심을 그는 참아낼 수 없는 듯 했어요. 사실 일어난 일이라곤, 단지 선생님에게 보내는 편지 한 장을 그가 맡고 있는 것뿐이었어요. 하지만 그것이 그가 처음으로 손에 쥐어 본 첫 번째 편지이며 첫 번째 일이었어요."

올가는 거기서 이야기를 멈췄다. 주위는 고요했다. 다만 가끔 가쁘게 골골하는 부모님의 숨소리가 들릴 뿐이었다. K는 아주 가벼운 기분으로 올가의 이야기를 보충하려는 듯이 말을 꺼냈다. "그렇다면 당신들은 내게 위선적인 태도를 취하셨군요. 바르나바스는 마치 숙련되고 대단히 바쁜 심부름꾼처럼 편지를 갖다 주었으며, 당신이나 이번에는 당신과 한편이 된 아말리아까지도 마치 심부름꾼의 직무나 편지 같은 건 단지 부업이나 덤처럼 취급했으니까요." "선생님, 우리 한 사람 한 사람을 구별하셔야 해요." 올가가 말했다. "바르나바스는 그 편지 두 통으로 다시 행복한 어린애가 되어 버렸어요. 자기의 활동에 대해서 여러 가지 의심을 품고 있지만 이 의심은 단지 동생과 나, 단 두 사람만의 문제지요. 동생은 상대가 선생님인 경우에는, '진정한 심부름꾼이란 이런 모습으로 등장할 것'이라고 상상하는 그대로 나타나는 것이 다시없는 명예라고 생각해요. 그래서 나는 두 시간 이내에 동생의 바지를 몸에 꼭 붙는 관복 바지 비슷하게—동생은 이제 정식 관복을 입길 바라지만—고쳐 주어야만 했어요. 그 바지를 입고 선생님 앞에 나가도 조금도 부끄럽지 않도록 해주고 싶었거든요. 여기에 오신 지 얼마 되지 않아 옷차림으로 감쪽같이 속일 수 있을 테니까요. 그것이 바르나바스지요. 그러나 아말리아는 심부름꾼이 하는 일을 정말 무시하고 있어요. 바르나바스가 약간 성과를 거둔 것처럼 보이는 요즘은—그것은 바르나바스와 내가 함께 앉아서 숙덕거리는 모습을 보면 그 애도 곧 알게 될 테지만—전보다도 더욱 그 일을 무시하고 있어요. 그러니까 아말리아는 진실을 말하고 있는 셈이에요. 결코 오해해서 거기에 대해 의심을 품어서는 안 돼요. 그리고 K씨, 만일 내가 심부름꾼의 일을 깎아내린 적이 있다면 그건 결코 선생님을 속이려고 한 것이 아니라, 불안에 못 이겨서 자연스레 그렇게 됐을 뿐이에요.

바르나바스의 손을 거쳐서 지금까지 전달된 이 두 통의 편지는 지난 3년 이래 우리 가족이 손에 쥐었던 최초의—물론 아직 미심쩍기는 하지만—은총의 표시지요.

이게 참다운 전환이고 단순한 착각이 아니라면—참다운 전환보다는 단순한 착각인 경우가 많지만요—이런 전환은 선생님이 여기에 오신 것과 관계가 있어요. 어느 면에서 본다면 우리의 운명은 선생님 손에 달려 있다고 해도 과언은 아니에요. 아마도 이 두 통의 편지는 단지 발단에 지나지 않고 바르나바스의 활동은 선생님에 관한 심부름꾼의 역할뿐만이 아니라 더욱 확대되어 가겠지만—우리는 가능한 한 그렇게 되기를 바라고 있어요—어쨌든 지금 당장은 모든 일에서 선생님만을 목표로 하고 있어요. 저 위 성에서는 주어진 일에 만족하고 복종해야 하지만, 이 아래 마을에서는 자기 힘에 따라서 무슨 일이라도 할 수 있어요. 다시 말하자면, 선생님의 호의를 확보해 두는 것, 적어도 우리를 싫어하지 않도록 조심하는 것, 또는 이것이 가장 중요한 일이지만 성과의 연고가 선생님에게서 끊어지지 않도록—그 관계 덕에 우리가 살 수도 있을 테니까—우리의 경험과 힘을 다해 선생님을 보호하는 것 등이지요. 그런데 이런 일은 어디서부터 시작하는 것이 가장 좋을까요? 우리가 가까이 가도 선생님이 의심하시지 않게 하기 위해서는 어떻게 하면 좋지요? 이곳 사정을 모르시니 모든 것에 의심을 품고 계신 것도 무리는 아니지요. 더군다나 우리는 사람들에게 멸시당하고 있고 선생님도 사람들 의견에 영향을 받고 계세요. 특히 약혼자 프리다를 통해서 그렇게 되셨어요. 어떻게 하면 우리는, 예를 들면 전혀 그럴 생각조차 없지만 선생님의 감정을 해치는 일 없이 선생님의 약혼자와 맞서, 선생님에게 다가가면 좋을까요? 그리고 그 편지, 선생님의 손에 넘어가기 전 내가 자세히 읽어 본 그 편지는—바르나바스는 읽지 않았어요. 심부름꾼으로서 그런 월권행위는 허용되지 않으니까요—아주 오래 되어서 언뜻 보기에 그렇게 중요한 것처럼 보이지 않았지만, 그래도 그것은 선생님을 면장에게 가라고 지시했으므로 중요하다 할 수 있지요. 그렇다면 우리는 이 일에 관해서 선생님에게 어떤 태도를 취해야 했던가요. 만일 우리가 그 중요성만 강조했다면 대단치 않은 일을 과대 평가하고, 명령을 전달하는 사람으로서 선생님에게 그것을 과장할 뿐 아니라, 우리 목적만 추구하고 선생님의 목적은 고려치 않는다는 의심을 받았을 거예요. 뿐만 아니라 그 편지를 선생님께 형편없이 보이도록 만들어, 본의 아니게 선생님을 속이는 결과가 되었을지도 모르겠어요. 그러나 만일 우리가 그 편지를 높이 평가하지 않았다 하더라도 역시 의심을 받았을 거예요. 왜 우리가 이 중요치 않은 편지를 배달하는 데 그렇게 열을 올렸는지, 왜 우리 말과 행동이 서로 모순되는지, 또 왜 우리는 편지를 받는 선생님만이 아니라 편지를 부탁한 사람까지 속이는지, 하는 점 때문이지요. 확실히 부탁한 사람은 우리가 편지받는 사람에게 쓸데없는 설명을 하여 그 가치를 떨어뜨리라고 맡긴 것은 아닐 테니까요. 그러니까 어느 한쪽으로 치우치지 않고 편지를 올바르게 해석할 수는 없어요. 편지는 스스로 끊임없이 가치를 변화시키고 있어요. 편지가 야기하는 생각은 끝이 없고, 또 그런 깊은 생각에 잠기다가 마침내 어디서 멈추게 되는가는 단지 우연을 통해 정해질 뿐이니, 의견 역시 우연한 것에 지나지 않을 테니까요. 더군다나 선생님에 대한 불안감이나 염려가 끼어든다면, 이제 모든 일은 엉망진창이 되어 버리는 거지요. 내가 이렇게 말씀드린다고 해서 너무 엄격하게 비판하시면 곤란해요. 언젠가 선생님은 바르나바스가 한 심부름을 불만스러워 한 적이 있었지요. 그때 바르나바스는 깜짝 놀라서, 거기다가 유감스럽게도 심부름꾼의 독특한 신경과민까지 한몫 끼어서 이 일에서 손을 떼겠다고 느닷없이 주장했지요. 바르나바스가 다시 그런 소식을 가지고 온다면 나는 물론 실패를 만회하기 위하여, 거짓말을 하고 갖은 나쁜 짓이라도 못하는 일이 없을 거예요. 적어도 나는 그 일을 선생님을 위하는 동시에 우리를 위해서 하는 거라고 믿어요."

문 두드리는 소리가 나자 올가가 달려가서 문을 열어젖혔다. 어둠 속 등불에서 흘러나온 한줄기 빛이 비쳤다.

밤늦게 찾아온 방문객은 수군거리며 물었다. 대답하는 쪽에서도 수군거렸지만, 방문객은 그 대답에 만족하지 않고 안으로 들어오려 했다. 올가는 그 사람을 막아낼 수 없었던지 아말리아를 불렀다. 부모님이 깨지 않도록 아말리아가 꾀를 부려 이 사람을 물리쳐 주기를 은근히 바랐던 것이다. 정말로 아말리아가 서둘러 달려와 올가를 옆으로 밀어젖히며 밖으로 나가더니 문을 닫아 버렸다. 그러곤 어느새 되돌아왔다. 올가가 하지 못했던 일을 순식간에 해치워버린 것이다.

　K는 올가로부터 그가 자기를 찾아온 사람이라는 것을 알게 되었다. 조수 한 사람이 프리다의 부탁을 받고 찾아왔던 것이다. 올가는 K로 하여금 그 조수를 만나지 못하게 하였다. 조수가 찾아온 사실을 K가 나중에 프리다에게 고백할 거라면 할 수 없지만, 지금 조수에게 들키는 것은 안 된다고 했다. K는 그 말에 동의했다. 그러나 여기서 밤을 새며 바르나바스를 기다리는 것이 어떠냐고 묻는 올가의 제의는 거절했다. 제의 그 자체로는 K가 수락하는 것이 좋았을지도 모른다. 왜냐하면 밤이 벌써 깊은 데다 그가 이제 원하건 원하지 않건 간에 이 가족과 밀접한 관계를 맺게 된 것처럼 느껴졌기 때문이다. 또 다른 이유는 여기에 묵는다는 게 고통일지 몰라도, 이렇게 밀접한 관계를 고려해 본다면 이 마을에서는 이 집에 묵는 것이 가장 자연스러웠다. 그런데도 K는 거절했다. 조수가 찾아와 깜짝 놀랐기 때문이다. K의 의향을 알고 있었던 프리다와, K가 무서운 사람이라는 것을 알고 그를 두려워하던 조수들이 어떻게 힘을 합치게 되었는지, 어째서 프리다가 서슴없이 조수를 시켜서 K를 부르러 보냈는지—그것도 심부름 온 것은 한 사람뿐이고, 또 한 사람은 프리다 옆에 남아 있는 모양이다—그 이유를 도무지 이해할 수 없었다. 그는 올가에게 채찍을 가지고 있는지 물었다. 채찍은 없었지만 버드나무 회초리를 가지고 있어 그것을 얻었다. 그리고 이 집에 또 다른 출구가 있느냐고 물어보았다. 안뜰을 지나 나가는 출구가 있었는데, 다만 거리로 나가기 전에 이웃집 정원 울타리를 넘어서 마당을 지나가야만 했다. K는 그대로 하려고 했다. 올가가 안뜰을 지나서 그를 울타리로 데려가는 동안 K는 걱정하는 그녀를 빨리 안심시키려고, 자기는 그녀가 이야기하는 도중에 약간 꾀를 썼다고 해서 마음이 언짢은 건 전혀 없으며 오히려 그녀의 마음을 더 잘 이해한다고 설명했다. 이어서 자기에게 여러 가지 이야기해 준 것은 자기를 믿어 주는 증거라고 생각하니 감사하고, 또 한밤중이라도 상관없으니 바르나바스가 돌아오면 곧 학교로 보내 달라고 부탁했다. K는 바르나바

스가 갖다 주는 통지가 자신의 단 하나뿐인 희망은 아닐 것이며, 만약 그것 밖에 없다면 한심하기 짝이 없는 노릇이라고 말했다. 그렇다고 그가 갖다 주는 통지를 단념하지는 않을 것이라고도 덧붙였다. 그리고 그것을 신뢰하는 동시에 그녀도 잊지 않겠다면서, 자기에게는 어떤 통지보다도 그녀가, 그녀의 용감함, 신중함, 총명함, 더불어 가족에 대한 그녀의 헌신적인 정신이 훨씬 소중하다고 했다. 그러고는 만일 올가와 아말리아 두 사람 중에 한 명을 선택해야 한다면, 결코 망설이는 일은 없을 거라고 말을 끝마치고는 그녀의 손을 꼭 잡더니, 어느새 이웃집 정원 울타리 위로 훌쩍 뛰어올랐다.

K가 한길에 나서 보니 어두침침한 밤이었으나, 조수가 여전히 위쪽 바르나바스의 집 앞에서 오락가락하는 모습이 보였다. 조수는 가끔 걸음을 멈추고 커튼을 내린 창 너머 방 안을 등불로 비춰 보려고 했다. K는 그를 불렀다. 그는 놀라는 기색도 없이 집안을 살피기를 멈추고 K쪽으로 걸어왔다. "누구를 찾지?" K가 물었다. 그리고 자기 넓적다리에다 버드나무 회초리의 휘청거리는 그 탄력을 시험해 보았다. "선생님을 찾고 있습니다." 조수는 다가오면서 말했다. "대체 너는 누구냐?" K는 느닷없이 물었다. 조수가 아닌 것처럼 느껴졌기 때문이다. 그 사람은 조수보다 주름살이 더 많아 늙고 지쳐 보였다. 얼굴도 더 통통하게 살이 쪘다. 걸음걸이 또한 관절에 전기가 통하는 듯 민첩하게 걸어가는 조수들과는 아주 딴판이었다. 속도는 느리고 약간 절름거리며 힘이 없었다.

조수는 "선생님은 저를 모르십니까?" 묻더니 "선생님의 옛날 조수 예레미아스인데요." 대답했다. "그래?" K는 등 뒤에 감추어 두었던 버드나무 회초리를 조금 끄집어냈다. "그런데 자네는 아주 사람이 변했군." "혼자라서 그렇습니다. 홀로 있노라면 자연히 즐거운 청춘도 날아가 버립니다." "아르투르는 어디 있나?" K가 물었다. "아르투르 말씀입니까?" 예레미아스가 되물었다. "그 귀여운 녀석 말입니까? 그 녀석은 일을 그만둬 버렸습니다. 선생님이 우리를 좀 심하고 엄격하게 대하셨으니까요. 마음이 여린 사람인들 감당할 수 있었겠습니까? 그 녀석은 성으로 돌아가서 선생님에 대한 불평불만이 대단했습니다." "그러면 자네는?" K가 물었다. "저는 남을 수 있었습니다. 아르투르가 제 몫까지 호소하고 있으니까요." 예레미아스가 말했다. "대체 자네들은 무엇이 불만인가?" K가 물었다. "선생님이 조금도 농담을 이해하지 못하신다는 점입니다. 대체 우리가 무슨 짓을 했단 말입니까? 조금 농담을 하고 조금 웃고 선생님의 약혼자를 조금 놀렸을 뿐입니다. 그 밖에는 모두 명령대로 했습니다. 갈라터가 우리를 선생님에게 보냈을 때……." 예레미아스가 말했다. "갈라터?" K가 물었다. "네, 갈라터입니다. 그때 마침 그가 클람의 대리를 보고 있었습니다. 그 갈라터가 우리를 선생님에게 파견하면서 이렇게 말했습니다. 저는 잘 기억하고 있습니다. 하긴 그것이 우리의 천직이긴 하지만요. '자네들은 측량기사의 조수로 가는 거야.' 그래서 우리는 말했습니다. '그러나 우리는 그 일에 대해서 아무것도 모르는데요.' 그랬더니 그는 '그런 건 아무래도 상관없어. 필요하다면 측량기사가 가르쳐 줄 거야. 가장 중요한 일은 자네들이 그 사람을 즐겁게 해 주는 거야. 내가 받은 보고에 따르면, 그는 만사를 대단히 까다롭게 생각하는 모양이야. 그에겐 이 마을에 왔다는 게 대단히 중요한 모양이야. 사실 별일도 아닌데 말이야. 그 점을 자네들이 가르쳐 줘야겠어' 이렇게 말했습니다." 예레미아스가 말했다. "음, 그럼 갈라터의 말이 옳았는가? 자네들은 명령을 정말로 실행했는가?" K가 물었다. "모르겠습니다. 기간이 너무 짧았으니까요. 제가 알고 있는 것은 단지 선생님이 대단히 난폭했다는 것이며, 우리가 불평한 것도 바로 그 점이었습니다. 그러나 도무지 알 수 없는 것은 고용인의 한 사람에 지나지 않는 선생님이, 더욱이 성 근무자가 된 것도 아닌 선생님이 어째서 그런 일이 괴롭다는 사실을 알아채지 못 하시나 하는 겁니다. 또 하나는 유치하고 경솔하게도, 일하는 사람을 곤란하게 하는 것이—선생님이 그랬듯—얼마나 옳지 못한 일인가, 그것을 모르고 계십니다. 선생님은 우리를 울타리에서 얼어 죽을 뻔하게 하고, 또 꾸중 한마디만 들어도 며칠 내내 고민하는 아르투르를 주먹으로 이불 위에 거의 때려눕히다시피 했지요. 게다가 오늘 오후에는 저를 이리저리 몰아대는 바람에 두근거리는 심장과 가쁜 숨을 가라앉히느라 한 시간이나 소비했을 지경이니, 이런 무분별하고 무자비한 일이 어디 있습니까. 저는 이제 어린애가 아닙니다!" 예레미아스가 말했다.

"예레미아스, 자네 말은 모두 옳아. 다만 그 말을 갈라터 앞에서 하란 말이야. 그가 자네들을 멋대로 파견한 것이지 내가 자네들을 보내 달라고 부탁한 것은 아닐세. 그리고 내가 자네들을 요청하지도 않았으니, 또 돌려보낼 수도 있었을 거야. 나는 될 수 있으면 권력행사를 하지 않고 조용히 자네들을 돌려보내려 했는데 자네들이 그렇게 하도록 만든 거야. 그건 그렇고, 왜 자네들은 내게 찾아왔을 때 지금처럼 이렇게 솔직히 말하지 않았느냐 말이야!" K가 말했다. "근무 중이었기 때문입니다. 확실합니다." 예레미아스가 말했다. "그렇다면 자네는 이제 근무 중이 아니란 말이지?" K가 물었다. "지금은 근무 중은 아닙니다. 아르투르가 성에 가서 일을 그만두겠다고 신고했습니다. 아마 지금쯤 성에서는 우리를 완전히 자유롭게 하기 위하여 수속이 진행되고 있을 것입니다." 예레미아스가 대답했다. "그런데 자네는 마치 아직도 근무 중인 것처럼 나를 찾고 있지 않나." K가 말했다. "아닙니다. 저는 다만 프리다의 마음을 진정시키기 위해서 선생님을 찾았을 뿐입니다. 바르나바스네 집 아가씨에게 반해서 프리다를 차버렸을 때 그녀는 몹시 슬퍼했습니다. 선생님을 잃어서라기보다는 선생님에게 배신당했기 때문입니다. 물론 프리다는 벌써 훨씬 전부터 이렇게 될 것을 짐작해서 무척 고민하고 있었습니다. 저는 선생님이 그래도 분별력이 있으실 거라 생각하고 상황을 살피러 학교 창문 옆으로 가봤습니다. 그런데 선생님은 안 계시고 프리다만이 교실 의자에 앉아 울고 있더군요. 그래서 저는 프리다에게 다가갔고, 우리 두 사람은 그럭저럭 뜻이 맞아 모든 일을 해치웠습니다. 이제 저는 신사관의 객실 전속 사환입니다. 적어도 성에서 제 사건이 해결될 때까지는 그렇습니다. 프리다는 다시 술집으로 되돌아갔습니다. 프리다에겐 그쪽이 훨씬 나을 것입니다. 선생님의 아내가 된다는 건 결코 현명한 일이 아닙니다. 그리고 선생님께서도 프리다가 선생님을 위하여 바치려고 했던 희생, 그런 헌신적인 태도를 높이 평가하시지 못했습니다. 그러나 지금도 자꾸 프리다는 선생님이 어떤 사람에게서 억울한 일이나 당하지 않나, 혹시 바르나바스 집으로 가지 않았나 염려합니다. 선생님께서 어디로 가셨는지는 물론 조금도 의심할 여지가 없었지만, 저는 그것을 확인하기 위해서 찾아왔습니다. 여러 가지로 흥분한 뒤니까, 프리다도 이젠 안심하고 잘 수 있도록 해주지 않으면 가엾지 않습니까. 물론 저도 불쌍하고 딱한 사정은 마찬가지입니다. 그래서 제가 선생님을 찾아 온 건데, 아가씨들이 바늘 가는 데 실 가듯 선생님을 따라다니고 선생님 명령대로 움직이는 꼴까지 목격했습니다. 그중에서도 진짜 도둑고양이처럼 살결이 검은 여자가 선생님을 위해 마음을 쓰더군요. 하긴 뭐, 누구나가 하고 싶은 대로 하는 거죠. 여하튼 선생님은 이웃집 정원을 뻉 둘러서 오실 필요는 없었습니다. 저는 그 길을 알고 있으니까 말이지요."
예레미아스가 말했다.

21

그러고 보니 예상하면서도 막아낼 도리가 없었던 일이 드디어 일어난 모양이다. 프리다가 그를 차버렸다. 그렇다고 모든 일이 결정된 것은 아니었다. 사태는 아직 그렇게 나쁘지 않았다. 프리다를 다시 얻을 수 있다. 대체로 프리다는 낯선 사람에게, 심지어는 이 조수들에게까지도 쉽게 영향을 받는다. 조수들은 프리다를 자기들 처지와 똑같이 생각하고 자기들이 그만두겠다고 말한 것을 계기로, 프리다에게도 그렇게 하도록 한 모양이다. 그러나 그는 단지 그녀 앞에 나타나서 그에게 가장 유리한 사실을 모조리 그녀의 기억에 떠오르도록 하면 된다. 그녀는 후회하여 다시 그에게 돌아올 것이다. 더욱이 바르나바스의 누이들 덕분에 이런 방문이 성공적이었다는 것을 설명할 수 있다면 그야말로 근사한 일이다. K는 프리다 일로 흥분한 마음을 가라앉히려고 이모저모 깊이 생각해 봤지만, 사실 조금도 안심이 되지 않았다. 조금 전까지만 해도 그는 올가에게 프리다를 칭찬하며 그녀를 자신의 하나뿐인 기둥이라고 자랑했다. 그러나 이 기둥은 그다지 튼튼하지 못했다. K에게서 프리다를 빼앗으려면, 구태여 힘센 사람이 손을 댈 필요도 없었다. 그다지 구미가 당기지 않는 이 조수, 가끔 살아 있는 것 같지 않은 인상을 주는 이 살덩어리로 충분했던 것이다. 예레미아스는 벌써 멀리 걸어가고 있었다. K는 그를 불러 세웠다. "예레미아스, 자네에게 솔직히 말하겠네. 그러니 자네도 정직하게 대답해 주게. 우리 두 사람 사이는 벌써 주인과 하인 관계가 아니야. 이것은 자네들뿐만이 아니라, 나로서도 참으로 기쁜 일일세. 그러니까 이제 서로 속일 이유라곤 털끝만큼도 없겠지. 이제 나는 자네가 보는 앞에서 이 회초리를 꺾어 버리겠네. 이 회초리는 자네를 때리려고 준비한 거야. 내가 정원 길을 택한 것은 자네가 무서워서가 아니라 갑자기 자네를 놀라게 하여 회초리로 두서너 대 갈겨 주려고 생각했기 때문이지. 그러나 지나간 일이니, 내가 한 일을 나쁘게 생각하지 말아줘. 사실 만일 자네가 관청에서 내게 억지로 떠맡긴 하인이 아니고 그냥 아는 사람이었다면, 확실히 우리는 굉장히 사이가 좋았을 걸세. 가끔 자네의 행동이 약간 나를 귀찮게 했을지 몰라도 말이야. 그러나 이제라도 늦지 않으니, 지금까지 소홀히 했던 일을 만회해 보기로 할까." K가 말했다. "정말입니까?" 조수는 이렇게 말하더니 하품하면서 피곤한 두 눈을 비볐다. "선생님에게 사정을 더 자세히 설명해 드리고 싶지만, 지금은 여유가 없습니다. 프리다에게 가야 하거든요. 그 아가씨가 저를 기다리고 있습니다. 그녀는 아직 일을 시작하지 않았어요. 모든 것을 잊어버리려는 듯 바로 일에 덤벼들려고 했으나, 제 권유에 따라서 주인은 그녀에게 약간 쉴 시간을 주었습니다. 적어도 그 시간만은 둘이서 보내려고 합니다. 또 선생님의 제안에 대해서 말씀드리자면 저는 선생님에게 거짓말을 하고 싶지도 않고, 그렇다고 선생님을 믿고 무엇이건 털어놓고 싶은 생각도 없습니다. 즉 저와 선생님의 사정은 이제 아주 다릅니다. 선생님과 제가 고용관계에 있었던 때는 선생님은 제게 대단히 중요한 인물이었습니다. 그것도 선생님의 성격 때문이 아니라 일을 명령하기 때문입니다. 그리고 그때만은 저도 선생님이 바라는 거라면 무엇이건 해드렸지만, 이제 선생님은 아무래도 상관없습니다. 아무리 회초리를 부러뜨린다 해도 제 마음을 움직이지는 못합니다. 단지 얼마나 난폭한 주인을 모셨었나 새삼스럽게 돌이켜볼 뿐입니다. 그걸로 제 마음을 끌려고 하다니 어림도 없습니다." "자네는 마치 두 번 다시 나를 무서워하는 꼴을 보이지 않겠다는 말투로군. 그러나 잘못 생각한 거야. 아마도 자네는 아직 내게서 벗어난 게 아닐 걸세. 그렇게 빨리 일이 끝나지는 않아……." "때로는 더 빠르기도 합니다." 예레미아스가 말했다.

"때로는 그럴지도 몰라. 그러나 이 경우가 그렇다고는 말할 수 없을 거야. 적어도 자네나 내가 아직 문서상으로 된 해결이라는 것을 손에 쥐고 있는 건 아니지. 즉 수속은 겨우 지금 시작했을 뿐이고 나는 연줄을 통해서 아직 손을 대고 있지 않으나 이제부터 그렇게 하게 될 거야. 하지만 그 결과가 자네에게 불리하게 되면, 그때 자네는 자기 주인의 마음에 들 준비가 조금도 되어 있지 않아서 당황하게 돼. 그러고 보면 버드나무 회초리를 분지른 것은, 아마도 쓸데없는 짓이었을 거야. 그리고 지금 자네는 프리다를 데려간 것에 대해 퍽 우쭐대고 있어. 그러나 내가 자네에게 경의를 품고 있다 해도─자네가 내게 이미 경의를 잃었다 하더라도, 내 마음에는 변함이 없어. ─자네가 프리다를 붙잡는 데 사용한 그 거짓의 탈을 벗기는 데는 내가 프리다에게 몇 마디 귀띔만 해도 충분할 거야. 사실 그저 거짓말을 늘어놓은 게 아니라면 어떻게 프리다를 내게서 멀어지게 할 수 있었겠어?" K가 말했다. "그렇게 위협해도 꿈쩍 않습니다. 선생님은 저를 조수로 둘 생각은 눈곱만큼도 없을 것입니다. 선생님은 아마도 조수인 제가 두려운 모양이에요. 조수가 두려우신 거지요. 두려우니까 그 착한 아르투르를 때리셨을 것입니다." 예레미아스가 말했다.

"어쩌면 그래서 덜 아프지 않았겠어? 아마 나는 앞으로도 이렇게, 자네에게 나의 두려움을 얼마든지 보여 줄 수 있을 거야. 자네가 조수 노릇을 달가워하지 않는 걸 보니 두려움을 무릅쓰고라도 자네에게 억지로 조수 일을 시키면 무척 재미있을 것 같군. 이제 아르투르는 빼고 자네 하나만을 붙잡는 것이 중요한 일거리가 될 것 같군. 그러면 자네를 더 주의해서 관찰할 수도 있을 거야." K가 말했다. "선생님은 제가 그런 것을 조금이라도 두려워하리라 생각하시는 모양이군요?" 예레미아스가 말했다. "그렇게 생각하지. 확실히 조금은 무서워할 거야. 자네가 똑똑하다면 훨씬 더 무서워하겠지. 그렇지 않다면 자네가 왜 진작 프리다에게 가지 않았겠나. 자네는 그녀를 좋아하나? 말해봐." K가 말했다. "좋아하느냐고 물으시는 겁니까? 그녀는 얌전하고 영리한 처녀이고, 클람의 옛 애인이었습니다. 그러니까 어쨌든 경의를 표해야 합니다. 그리고 그녀는 선생님에게서 벗어나 자유의 몸이 되고 싶다고 늘 제게 애원했습니다. 그러니 제가 그녀를 돌봐 주면 안 되는 이유가 어디 있겠습니까. 더군다나 제가 선생님에게 폐를 끼치는 것도 아니고요. 선생님은 바르나바스 집의 돼먹지 못한 계집애들과 즐기시지 않았습니까?" 예레미아스가 말했다.

"이제 자네가 무엇을 염려하는지 알았어. 참 딱한 노릇이야. 자네는 거짓말로 나를 속여 넘기려는 거지. 프리다가 원한 것은 단 하나, 개처럼 추잡하게 날뛰는 조수들에게서 빠져나와 자유의 몸이 되는 것뿐이었어. 유감스럽게도 나는 그녀의 원을 들어 줄 시간 여유가 없었어. 그래서 지금 태만했던 결과가 나타난 거야."

"측량기사님, 측량기사님!" 골목길에서 누군가 부르는 소리가 들려왔다. 소리의 주인공은 바르나바스였다. 그는 숨 가쁘게 허덕거리며 쫓아왔으나, 그래도 K에게 인사하는 것을 잊지 않았다. "성공했어요." 바르나바스가 말했다. "무엇을 성공했단 말인가? 내 청원서를 클람에게 제출했겠지?" K가 물었다.

"그건 잘 안 되었어요. 상당히 노력해 보았지만 불가능했어요. 저는 아무런 지시가 없었는데도 하루 종일 책상 바로 옆에 서 있었어요. 책상에 너무 바짝 붙어 서 있었기 때문에, 한 번은 제 그림자로 가려진 서기에게 어둡다며 떠밀린 적도 있었지요. 클람이 고개를 쳐들 때마다 저는 금지되어 있지만 손을 높이 쳐들고 제가 거기 있다고 알려 주었어요. 제가 될 수 있는 한 오랫동안 사무국에 버티고 있노라니까, 나중에는 하인들과 저만 거기에 남게 되었어요. 그리고 또 한 번 클람이 되돌아오는 것을 보고 기뻐했지만 클람은 저를 위해서 온 것은 아니었어요. 그는 대단히 바쁜 기색으로 책에서 무언가를 찾아보고는 곧 다시 나가버렸어요. 제가 언제까지고 꼼짝 않고 서 있자 마침내 하인은 비로 쓸어내다시피 하여 문밖으로 저를 몰아내어 버렸어요. 저는 선생님이 두 번 다시 제가 한 일에 대하여 불만을 느끼시는 일이 없도록 모든 것을 감추지 않고 말씀드리겠어요." 바르나바스가 말했다.

"자네가 아무리 애를 썼다 하더라도 아무 성과가 없다면 내게 무슨 소용이 있겠나, 바르나바스!" K가 말했다.

"그래도 저는 성공한 셈이에요. 제가 저의 사무국에서 나오자—저는 그곳을 저의 사무국이라 부르고 있어요—저 멀리 복도에서 신사 한 사람이 어슬렁어슬렁 걸어오는 모습이 보였어요. 그 밖에는 사람의 그림자라고는 하나도 보이지 않았어요. 시간이 몹시 늦었던 모양이에요. 저는 그를 기다리기로 결심했어요. 거기에 남을 수 있는 좋은 기회였으니까요. 저는 선생님에게 나쁜 보고를 전달하기가 미안해서 거기에 남았으면 하고 간절히 바라고 있었어요. 그러나 그 밖에도 그 신사를 기다리고 있었던 보람은 있었지요. 그 신사는 에를랑어였어요. 선생님은 그분을 모르십니까? 클람의 수석 비서 가운데 한 사람이지요. 몸은 작고 허약한 데다 약간 절름거리지요. 에를랑어는 곧 저를 알아보았어요. 기억력이 뛰어난 그는 세상 물정에 훤하고, 사람을 잘 알아보는 것으로 유명해요. 그는 그저 눈썹을 모으고 눈살을 찌푸리기만 하면 누구인지 곧 알아낸다는 거지요. 한 번도 본 일이 없고 단지 소문으로 들었다든지 또는 신문, 잡지, 책에서 읽은 사람을 만나도 그 사람이 누구인지 알아맞히는 일이 가끔 있어요. 예를 들면, 저만 하더라도 그가 저를 본 일이 한 번도 있는 것 같지 않거든요. 그렇게 사람을 잘 알아보기로 유명한 사람이지만, 에를랑어는 그래도 확신을 갖지 못하는 것처럼 물어보았어요. '당신은 바르나바스가 아닌가?' 그러더니 '당신은 측량기사를 알고 있지, 그렇지?' 묻는가 하면, 이어서 또 '그것 참 잘됐어. 나는 지금 신사관으로 가는 길일세. 측량기사더러 거기로 나를 찾아오라고 하게. 15호실이야. 곧 와야 돼. 거기서 두서너 가지 의논을 하고 내일 새벽 5시에는 다시 성으로 돌아와야 하니까. 그와의 만남이 내게 대단히 중요하다고 전해줘.' 이렇게 말했어요."

그때 갑자기 예레미아스가 달려갔다. 그때까지 혼자 흥분에 겨워 예레미아스를 전혀 알아보지 못한 바르나바스가 이렇게 물었다. "대체 예레미아스는 왜 저러는 겁니까?"

"나보다 먼저 에를랑어에게 가려고 하는 거야." 말하기가 무섭게 K는 예레미아스의 뒤를 쫓아서 달리기 시작했다. K는 그를 붙잡아 팔에 매달리며 말했다. "이렇게 갑자기 자네 마음을 움직이게 한 것은 프리다를 사모하는 정인가? 그 점에 있어서는 나도 자네에게 지지 않네. 그러니까 우리 발을 맞추어서 가기로 하지."

어두운 신사관 앞에 몇 사람 안 되는 무리가 모여 있었다. 그중 두서너 사람은 손에 등불을 들고 있어서 몇 사람의 얼굴은 알아볼 수 있었다. K는 한 사람 아는 얼굴을 발견했다. 마차꾼 게르스텍커는 인사하면서 이렇게 물었다. "여전히 마을에 계신가요?"

"네, 나는 오래 있으려고 왔어요." K는 말했다.

"아무래도 상관없어요." 게르스텍커는 이렇게 말하고 심하게 기침을 하더니 다른 사람에게로 돌아서 버렸다.

모두들 에를랑어를 기다리고 있다는 사실이 밝혀졌다. 에를랑어는 벌써 도착했으나, 이 민원인들을 만나기 전에 잠깐 모무스와 의논하고 있었다. 그들의 이야기로는 건물 안에서 기다리는 것이 허락되지 않아서 이렇게 바깥 눈 속에 서 있어야만 한다는 것이었다. 바깥은 그다지 춥지 않았지만 그래도 이들을 밤에 몇 시간 동안이나 건물 앞에 서 있게 한다는 것은 아무리 생각해도 무자비한 일이었다. 그것은 물론 에를랑어의 책임은 아니었다. 이 실정을 에를랑어는 잘 몰랐다. 그는 말하자면 기꺼이 사람과 접촉하는 성격이었으니까. 만일 이 사실이 그에게 알려졌더라면 틀림없이 굉장히 화를 냈을 것이다. 그것은 신사관 여주인 책임이었다. 가히 병적이라 할 만큼 깔끔을 떠는 그녀가 수많은 민원인이 한꺼번에 신사관으로 밀려들어오는 것을 지긋지긋하게 싫어하기 때문이다. "아무래도 꼭 들어와야 되겠다면 이 집 사정을 좀 생각해서 제발 한 사람씩 차례로 들어와 주세요." 이것이 늘 그녀가 하는 말버릇이었다.

여주인이 자기 주장을 고집한 결과 민원인들은 처음에는 곧장 방 앞의 복도까지 가서 기다리고 잠시 뒤에 계단에서, 그 다음 현관에서, 마지막으로 술집에서 기다리게 되었다. 그리고 결국 거리로 내쫓겨 버렸다. 그래도 그녀는 만족하지 않았다. 그녀의 표현처럼 자기 집이 줄곧 '포위당해' 있다는 게 도저히 참을 수 없는 일이었다. 대체 무엇 때문에 이런 민원인들이 드나드는지, 그녀는 이유를 알 수 없었다. "현관 계단을 더럽히기 위해서 드나드는 게지." 언젠가 어떤 관리가 화가 났는지, 그녀의 질문에 이렇게 대답한 적이 있었다. 그녀는 이 말이 마음에 들었던지 그 뒤 즐겨 인용했다. 그녀는 신사관 맞은편에 이 민원인들이 대기할 만한 건물을 한 채 지으려고 했는데 그것은 민원인들의 바람이기도 했다. 그녀는 심문이나 민원인들의 협의도 신사관 밖에서 하기를 열렬히 바랐지만 관리들이 반대했다. 그다지 중요치 않은 문제에서는 그 꾸준한 노력과 여성다운 상냥한 열성을 가지고, 규모는 작으나 하나의 전제 정치를 이룩할 수 있었지만, 관리들이 정색하고 반대했으므로 여주인은 물론 억지를 쓸 수가 없었다. 아마 여주인은 앞으로도 신사관에서 협의와 심문이 실시되는 것을 참아야 할 것이다. 왜냐하면 성에서 마을에 출장 나온 양반들은 모두 신사관을 떠나기를 싫어했기 때문이다. 그 양반들은 언제나 바쁜 듯 어쩔 수 없이 마을에 있는 것 같았다. 그들은 이곳 마을에서 묵는 기간을 필요 이상으로 연기시키려는 생각은 조금도 없었다. 따라서 단지 신사관의 평화로운 분위기를 깨뜨리지 않기 위해, 관리들이 가끔 모든 서류를 꾸려 길 건너 맞은편 건물로 옮겨 가느라 시간을 허비하게 할 수는 없는 노릇이었다. 사실 관리들은 공무를 술집이나 자기 방에서, 경우에 따라서는 식사중이라든지, 잠들기 전 또는 아침에 침대에 드러누워 처리하는 것을 좋아했다. 그래서 여관 밖에서 협의나 심문을 할 수는 없지만, 대기실을 세우는 문제는 유리한 해결점에 접근한 것처럼 보였다. 그러나 이것은 여주인을 심하게 괴롭히는 일이 되었다. 물론 대수롭지 않은 웃음거리에 지나지 않았지만, 바로 이 대기실 문제 때문에 여러 차례 협의를 되풀이해야 했던 까닭에 신사관 복도는 빌 겨를이 없었기 때문이다. 기다리는 사람들은 작은 목소리로 이런 이야기를 서로 수군댔다. 에를랑어는 한밤중이 되어서야 겨우 이 사람들을 불러들였다. 모두들 거기에 대해 불만이었으나 아무도 이의를 말하는 사람이 없는 것에 K는 깜짝 놀랐다. 그래서 그 이유를 물어보았더니, 사람들은 오히려 에를랑어에게 고마워해야 한다고 대답했다. 마음이 착할뿐더러 자기 직무에 관한 식견이 높아서 마을까지 출장 나올 생각을 다 했다는 것이다. 그렇지 않다면 어떤 하급 비서를 보내 조서를 작성하게 하는 일도 가능하며, 또 그렇게 하는 편이 아마도 규칙에 맞을 것이다. 그런데 그는 대개 이것을 거부하고 스스로 모든 일을 체험하려고 한다. 그러자면 자연스레 며칠이고 밤 시간을 희생해야 된다. 그의 업무계획에는 마을로 출장 나오기 위한 시간 같은 건 예정되어 있지 않으니까. 그 말을 듣고 K는 다음과 같이 반문했다. 클람도 낮에 마을로 내려와서 며칠이고 묵지 않는가? 고작 비서의 신분인 에를랑어가, 성에서 클람 이상으로 중요한 존잰가? 두세 사람은 마음씨 좋게 웃었지만, 다른 사람들은 당황해서 입을 다물어 버렸다. 그러나 거의가 침묵을 지키고 있었기 때문에 K는 대답다운 대답을 얻지 못했다. 단지 한 사람만이 머뭇거리면서, 물론 클람은 성에서나 마을에서나 없어서는 안 될 인물이라고 말했을 뿐이다.

그때 현관문이 열리더니 등불을 든 하인 두 사람 사이에서 모무스가 나타났다. "에를랑어 비서님을 맨 처음 뵐 게르스텍커와 K, 이 두 사람은 여기 있는가?" 그가 물었다. 두 사람은 동시에 이름을 댔다. 그런데 그들보다도 먼저 예레미아스가 "저는 여기 객실에 전속으로 있는 사환입니다." 말을 던졌다. 모무스가 빙그레 웃으며 인사하는 뜻에서 그의 어깨를 툭 치자 그는 집안으로 살그머니 들어갔다. "이제부터 예레미아스를 더 주의해야겠어." K는 나직이 중얼거렸다. K는 예레미아스가 성에서 그에 대해 반대 공작을 펴는 아르투르보다 덜 위험하리란 사실을 잘 알고 있었다. 어쩌면 성가시고 귀찮긴 해도 차라리 그들에게 시달리는 편이 제멋대로 사방을 쏘다니게 하여 그들이 음모를 함부로 꾸미도록 내버려두는 것보다—음모를 꾸미는 데 탁월한 듯하므로—현명했을 것이다.

모무스는 K가 그의 옆을 지나칠 때에야 비로소 K를 측량기사라고 알아본 것 같았다. "아아, 측량기사 양반, 심문당하는 것을 그렇게도 싫어하시던 분이, 심문 받으러 오셨군요. 그때 내게서 받으시는 것이 훨씬 간단하셨을 텐데. 물론 옳은 것을 선택하기는 어려운 일이죠." 이 말을 듣고 K가 걸음을 멈추려 하자 모무스가 말했다. "가세요. 가요! 그때 같으면 당신의 대답이 필요했지만, 지금은 필요 없어요." 그런데도 K는 모무스의 태도에 발끈해서 이렇게 말했다. "당신은 오로지 당신 생각뿐이군요. 나는 단순히 관청 형편만 생각하고 대답하는 건 아니지요. 그때나, 지금이나." 그러자 모무스가 말했다. "우리는 대체 누구를 생각해야 하나요? 그 밖에 또 누가 있어요? 어서 가시죠!"

복도에서 하인 한 사람이 그들을 맞이하여 안내했다. K가 벌써 알고 있는 길을 지나서 안뜰을 가로지른 다음 문으로 들어가더니 천장이 낮은, 약간 내리막인 복도로 데리고 갔다. 분명히 위층에는 고급 관리들만이 머물고, 비서들은 이 복도에 붙은 방에 묵고 있었다. 에를랑어도—그는 수석비서 가운데 한 사람이었다—그 점에서는 다름이 없었다.

하인은 등불을 꺼버렸다. 왜냐하면 이곳에는 밝은 전등이 있었기 때문이다. 모든 설비의 규모는 작았지만 아담하고 우아했다. 공간은 최대한 잘 활용되고 있었다. 똑바로 서야만 지나갈 수 있을 정도의 복도 양쪽으로 문이 거의 빈틈없이 총총히 이어져 있었다. 환기를 생각해서인지 양쪽 벽은 천장에서 약간 떨어져 있었다. 여기에 있는 몇 개의 작은 방들은 이 깊숙한 지하실처럼 생긴 복도 쪽으로는 창이 나 있지 않기 때문이다. 이처럼 완전히 막히지 않은 벽의 결점은 복도는 물론 방까지도 시끄럽다는 것이었다. 많은 방에 사람들이 있는 것 같았는데, 그들은 대부분 아직 자고 있지 않아서 인기척이라든지 망치 두드리는 소리, 유리잔 부딪치는 소리가 들렸다. 그래도 유쾌하다는 인상은 받지 못했다. 사람 목소리는 자연히 파묻혀서 가끔 한두 마디 알아들을 정도였다. 또 안에서 회의를 하는 기색도 없고, 단지 누군가 무엇을 받아 적게 하거나 낭독하는 모양이었다. 유리잔과 접시 부딪치는 소리가 들려오는 방 안에서는 한마디의 말도 새어나오지 않았다. 망치소리에 K는 언젠가 들었던 이야기가 생각났다. '많은 관리들은 끊임없는 정신적 긴장을 풀기 위하여 가끔 가구 제작이나 정밀기계 작업 같은 것으로 기분전환을 한다.' 복도에는 사람 그림자가 보이지 않았다. 단지 어떤 문 앞에 얼굴빛이 나쁘고, 마른 데다 키가 후리후리한 신사가 속에 잠옷 입은 것을 그대로 내보인 채 털가죽 외투를 걸치고 앉아 있을 뿐이었다. 아마도 방 안에 있기가 너무 지루하고 답답해서 밖에 나와 신문을 읽는 듯했다. 가끔 이 사람은 읽기를 그만두고 하품을 하면서 앞으로 허리를 구부리기도 하고 복도를 두리번거리기도 했다. 아마도 부른 사람이 있는데, 그가 빨리 오지 않고 꾸물거려서 기다리는 모양이었다. 그들이 그 옆을 지나갈 때 하인은 이 신사에 관해서 게르스텍커에게 이렇게 설명했다. "핀츠가우어 씨입니다." 게르스텍커는 고개를 끄덕이며 말했다. "저분은 벌써 오랫동안 마을에 내려오시지 않았어요." "네, 상당히 오래 되었습니다." 그의 말에 하인이 맞장구쳤다.

드디어 그들은 어느 문 앞에 이르렀다. 다른 문과 조금도 다르지 않았으나 하인의 말에 따르면 이 방에 에를랑어가 묵고 있었다. 하인은 K의 어깨에 올라타고 위에 뚫려 있는 넓은 틈으로 방 안을 들여다보았다. "침대에 드러누워 계십니다." 하인은 어깨 위에서 내려오며 말했다. 이어서 "물론 옷을 입고 계시지만 조시는 것 같습니다. 여기 마을로 오시면 생활방식이 영 달라져서 저렇게 갑자기 피곤을 느끼십니다. 아무래도 기다려야겠습니다. 잠이 깨시면 초인종을 울리실 것입니다. 사실 지금까지도 마을에 계시는 동안은 잠만 주무시고 잠이 깨시면 곧 마차를 타고 성으로 돌아가셔야만 할 때도 있었습니다. 아무튼 그분은 여기서 자발적으로 일을 하고 계십니다." "그렇다면 차라리 끝까지 주무시는 편이 낫겠어요. 아무튼 그분이 잠이 깬 뒤에 일을 볼 시간이 얼마 남지 않았다는 사실을 깨닫게 되면, 자기가 잔 것에 대해서 무척 불쾌하게 생각하고 일을 성급히 닥치는 대로 처리해 버리려고 하실 테니까요. 그렇게 되면 거의 말도 붙일 수 없어요." 게르스텍커가 말했다. "당신은 건축 일에 짐수레를 내주는 문제로 오셨지요?" 하인이 마차꾼 게르스텍커에게 물었다.

게르스텍커는 고개를 끄덕이고 하인을 옆으로 끌고 가더니 뭔가를 나지막히 귀에다 속삭였다. 그런데 하인은 거의 귀를 기울이지도 않고 자기 어깨까지도 닿지 않는 게르스텍커의 머리 너머로 저쪽을 바라보고 자못 점잔을 빼면서 천천히 머리를 쓸어내렸다.

22

K는 무심코 주위를 둘러보다가 저 멀리 복도 모퉁이에 서 있는 프리다를 보았다. 그녀는 누군지 알 수 없다는 듯 K를 그저 뚫어지게 바라볼 뿐이었다. 그녀는 빈 그릇이 놓인 쟁반을 손에 들고 있었다. 하인에게는 곧 돌아오겠다고 말하고, 그는 프리다에게로 달려갔다. 그러나 하인은 그에게 조금도 신경쓰지 않았다. 이 하인은 말을 걸면 걸수록 얼빠진 사람이 되어가는 듯했다. K는 프리다 옆으로 가서 그녀를 다시 자기 것으로 하겠다는 듯이 두 어깨를 붙들고 두서너 마디 의미 없는 질문을 던지고는 그녀의 눈동자를 찬찬히 들여다봤다. 그러나 프리다의 완고한 태도는 도무지 풀리지 않았다. 그녀는 멍하니 쟁반 위에서 그릇을 이리저리 옮겨 놓으며 말했다. "대체 내게 무슨 볼일이 있으시죠? 그들에게 가보세요. 그 사람들 이름은 잘 아실 테고, 당신은 그들과 함께 있다 오셨지요? 당신 얼굴을 보면 알 수 있어요." K는 당황해서 화제를 돌렸다. 이렇게 느닷없이 끄집어 내면 갈피를 잡을 수 없다. 더군다나 가장 좋지 않을 때, 하필이면 가장 불리한 이야기부터 하다니! "나는 당신이 술집에 있는 줄로만 알았어." K가 말했다. 프리다는 깜짝 놀란 듯이 그를 쳐다보더니, 비어 있는 한 손으로 다정스럽게 이마와 뺨을 어루만져 주었다. 마치 그의 얼굴을 잊어버렸기 때문에 손으로 더듬어서 회상해 보려는 것 같았다. 그녀의 시선조차 회상해 보려고 애쓰는 것같이 보였으며, 마치 베일에 가린 것처럼 안타까운 표정이었다.

"나는 다시 술집에서 일해요." 그녀는 말했다. 지금 하고 있는 이야기는 중요치 않으나, K와 대화를 이어가는 게 중요하다는 듯 일부러 천천히 말했다. "지금 하는 일은 내게 맞지 않아요. 다른 어떤 여자라도 이런 일쯤은 할 수 있어요. 침대를 정돈하고, 애교 있는 표정을 짓고, 손님 시중 드는 것을 귀찮아하지 않고 기꺼이 할 수 있는 여자라면 누구라도 객실 전속 하녀가 될 수 있어요. 그러나 술집이라면 사정이 약간 다르죠. 그때 나는 그다지 떳떳하게 술집에서 나오지 못했지만 곧 다시 술집에 채용되었어요. 이번에는 나를 돌봐 주는 후원자도 있어요. 주인은 내게 후원자가 있어서, 그 덕분에 나를 다시 채용하기가 쉬웠다고 기뻐해요. 더욱이 모두들 내가 그 자리를 맡으라고 권하는 상황이에요. 술집이 내게 무슨 기억을 떠오르게 하나, 그것을 잘 생각해 보시면 무슨 말인지 아실 거예요. 결국 나는 그 자리를 맡았어요.

내가 지금 여기 있는 것은 단지 임시로 보조역할을 하고 있을 뿐이에요. 페피는 자기가 당장 술집을 그만두어야 하는 그런 부끄러운 꼴을 당하지 않도록 해달라고 애원했어요. 그래서 그녀가 어쨌든 열심이었고, 모든 일에 힘닿는 데까지 최선을 다한 점을 고려해서 우리는 그녀에게 24시간의 여유를 주었어요."

"모든 게 그럴듯하게 꾸며져 있긴 하지만, 당신은 이전에 나 때문에 술집을 떠난 사람이야. 그런데 하필이면 머잖아 우리가 결혼식을 올릴 이 마당에 또 술집으로 되돌아가려는 거야?" K가 물었다. "결혼식 같은 건 없어요." 프리다가 말했다. "내가 당신에게 성실하지 않아서?" K가 묻자 프리다는 고개를 끄덕였다.

"생각 좀 해봐, 프리다. 당신은 불성실이란 말을 입에 올리지만, 이에 대해 우리는 벌써 몇 번이고 이야기하지 않았어? 결국은 얼토당토않은 오해라는 것을 당신은 인정해야 했고. 그 뒤로도 나는 아무 것도 변한 게 없어. 모든 것이 결백했어. 지금까지도 그랬고, 앞으로도 변함 없을 거야. 그러니까 다른 사람의 사주를 받았거나 그 밖의 일로 틀림없이 당신이 변했을 거야. 좌우간 당신이 억울하게 나를 비난하는 거지. 대체 그 두 아가씨와 내가 어쨌다는 거야? 그 중 살결이 검은 쪽은—이렇게 하나하나 나 자신을 변호해야 하다니 정말 부끄러울 지경이군. 그러나 당신이 요구하니까. —살결이 검은 쪽은 당신 못지않게 나에게도 귀찮은 존재야. 만일 어떻게 해서라도 그 여자를 멀리 할 수 있다면 나는 그렇게 하겠고, 또 사실 그녀의 성질로 보아 그것은 문제없을 거야. 아무도 그 여자만큼 수줍어할 수는 없을 테니까." "그래요!" 프리다는 엉겁결에 외치고 말았다. K는 그녀의 기분을 바꾼 듯하여 기뻤다. 프리다는 바라던 자신의 모습과 전혀 달라져 버렸다. "당신은 그 사람을 수줍다고 생각하시지요. 누구보다도 가장 뻔뻔스러운 여자를 당신은 수줍다고 말씀하세요. 곧이들리지도 않는 소리를 진심으로 말하는 태도가 거짓이 아니란 사실을 나는 잘 알고 있어요. 교정관 아주머니가 당신에 대해 이렇게 말했죠. '나는 그를 참고 볼 수도 없지만, 그렇다고 모르는 체할 수도 없어. 겨우 아장아장 걸어갈 수 있는 어린앤데 무턱대고 앞으로만 나가려고 하는 꼴을 어떻게 참고 본담? 아무래도 간섭해야겠어' 이렇게 말예요." 프리다가 말했다. "이번에는 주인아주머니의 의견을 받아들이기로 하지." K

는 미소를 지으면서 말을 이었다. "그러나 그 여자가 수줍은지 뻔뻔스러운지 하는 문제는 덮어두어도 좋을 거야. 나는 이제 그 아가씨에 관해서는 듣고 싶지도 않아." "그런데 왜 당신은 그녀를 수줍다고 말했지요?" 프리다는 호기심에 못 이겨 물었다. K는 프리다가 이처럼 이야기에 관심을 기울이게 된 것을 자기에게 유리한 징조라고 생각했다.

"시험이라도 해봤나요? 아니면 그렇게 해서 다른 여자들을 깎아내리려는 건가요?" K가 대답했다. "그 어느 쪽도 아니야. 내가 그녀를 그렇게 말하는 것은 사실 고마운 마음에서야. 이쪽에서 모르는 체해도 무관한 사이고, 가령 저쪽에서 종종 말을 걸어온다손 치더라도, 감히 다시 찾아갈 엄두조차 낼 수 없는 아가씨니까. 그런 경우에는 찾아가지 않으면 내가 큰 손해를 보게 돼. 아무튼 내가 찾아가는 것은 당신도 알다시피, 우리 두 사람의 장래를 생각해서야. 그래서 나는 다른 여자와도 이야기해야만 하는 거지. 나는 그녀의 유능함, 사려 깊음, 사심 없는 태도를 높이 평가하고 있어. 그 아가씨가 남자를 유혹한다고는 아무도 주장할 수 없을걸." "하인들의 의견은 다르던데요." 프리다가 말했다. "당신은 하인들의 정욕을 근거로 이 일뿐 아니라 다른 모든 일에서도 내가 불성실하다고 결론지으려는 건가?" 프리다는 잠자코 있었다. K가 그녀의 손에서 쟁반을 받아서 바닥에 놓고, 자기 팔을 그녀의 겨드랑이 밑에 낀 채 함께 좁은 곳을 왔다 갔다 했지만 그녀는 K가 하는 대로 몸을 맡겼다. 그러다 그녀는 "당신은 성실하다는 것이 무엇인지 모르세요." 이렇게 말하면서 그의 몸이 너무 바짝 가까이 오지 못하도록 살짝 몸을 비켰다. "당신이 그 여자들을 어떻게 대하든, 그건 그다지 큰 문제는 아니에요. 당신이 그 집으로 가서, 여자 방의 냄새를 옷에 배도록 해가지고 돌아오신다는 것 자체가 내게는 벌써 견딜 수 없는 모욕이에요. 더구나 당신은 아무 말 없이 학교에서 빠져나가 그 여자들 집에 밤늦게까지 앉아 계셨지요. 그리고 당신이 계시는지 찾으러 갔더니 그 여자들을 시켜 없다고 딱 잡아뗐죠. 그것도 말할 수 없이 수줍은 아가씨를 시켜서 말이죠! 그래도 그 집에서 남몰래 비밀통로로 빠져나오는 것을 보면 아마도 그 여자들에 대한 평판이 두려우신 모양이죠. 그 여자들 소문이 몹시 두려워서! 이제 이 이야기는 그만두기로 해요!" "그래, 이 이야기는 집어치우고 다른 이야기를 하기로 하지, 프리다! 이 일에 대해서는 달리 말할 것도 없어. 왜 내가 그곳을 찾아가야만 했나, 당신도 알 거 아냐. 이건 나로서는 쉬운 일이 아닌데 억지로 참아가며 하고 있어. 날 더는 곤란하게 하지 말아줘. 오늘 나는 잠깐 거기에 들러서 바르나바스가 돌아왔는지 물어보려고 했어. 그가 어떤 중요한 소식을 가지고 왔을 테니까. 하지만 그는 없었어. 그런데 곧 돌아오리라고 그의 가족들이 분명히 말했고, 또 나도 그리리라 생각했지. 나는 그가 나중에 학교로 찾아오게 하고 싶지 않았어. 그가 나타나면 당신이 싫어할 것 같아서. 그런데 시간이 훌쩍 지났는데도 그는 돌아오지 않았어. 그 대신 내가 몹시 싫어하는 다른 남자가 왔지. 나는 그에게 발견되는 것이 싫어서 이웃집 정원으로 빠져나왔어. 하지만 그렇다고 그에게서 내빼고 숨을 생각도 없어서, 거리로 나와서는 거리낌 없이 그에게 가까이 갔어. 사실 내 손엔 가늘고 휘어지는 버드나무 회초리가 들려 있었지. 그것뿐, 더 이상 말할 것도 없어. 다른 것에 대해선 말할 것이 있겠지만 말이야. 당신이 그 가족에 대해서 언급하기조차 꺼리는 것과 마찬가지로 내가 입에 올리기 꺼려하는 그 조수들은 대체 어떻게 된 거야? 내가 그 가족을 어떻게 대했는지와 당신이 그들을 어떻게 대했는지를 서로 비교해 봐. 나는 그 가족에 대한 당신의 반감을 이해할 수 있고 공감할 수도 있어. 나는 단지 볼일이 있어서 그들을 찾아갈 뿐이야. 가끔 그들에게 나쁜 짓을 하고 이용하는 것처럼 느껴지기도 해. 반면에 당신과 조수들은 어떻지? 당신은 그들이 당신 뒤를 쫓아다닌 것을 부정하지 않았어. 그리고 그들에게 어쩐지 매력을 느낀다고까지 고백했지. 그렇지만 나는 화내지 않았어. 여기에는 당신의 힘으로 어쩔 수 없는 힘이 작용하고 있다는 사실을 깨달았으니까. 나는 당신이 적어도 몸을 보호하려는 것만으로 만족했어. 그래서 당신의 몸을 보호하는 데 협력했고. 그런데 내가 단지 두서너 시간 감시를 소홀히 하는 걸 틈타—왜냐하면 당신이 성실하다 믿고, 학교 건물은 어떻게 해도 열리지 않도록 문이 꼭 잠겨 있고, 조수들이 도망쳐 버렸다고 믿었으니까. 내가 그들을 너무 얕잡아보지 않았나 후회하지만—예레미아스라는 놈이, 잘 보면 그렇게 튼튼하지도 못하고 늙수그레한 그 녀석이 뻔뻔스레 창가로 걸어가는 바람에 나는 프리다 당신을 잃었으며 결혼식 같은 건 없다는 그런 인사말을 듣게 되었어. 정작 비난해야 할 사람은 나인데도 나는 아무 말 하지 않았어. 아직까지 말이야." K는 이렇게 말하곤 프리다의 기분을 약간 다른 쪽으로 돌리는 것이 좋다고 생각했다. 그래서 프리다에게 점심때부터 아무것도 먹지 못했으니까 먹을 것을 좀 갖다달라고 부탁했다. 그녀도 K의 부탁을 듣고 기분이 가벼워졌는지 고개를 끄덕이고는 음식을 가지러 달려갔다. 그런데 K가 부엌으로 통한다고 생각했던 복도 쪽이 아니라 옆으로 두서너 계단 내려갔다.

잠시 뒤 그녀는 얇게 썬 차디찬 고기 한 접시와 포도주 한 병을 가져왔다. 그것은 아무리 보아도 식사 때 남은 찌꺼기 같았다. 찌꺼기라는 것을 드러내지 않기 위하여 고기를 한 점 한 점 새로 늘어세웠지만 소시지 껍질이 접시에 남아 있었으며, 병은 4분의 3가량이 비어 있었다. 그러나 K는 아무 소리 없이 먹기 시작했다. "부엌에 갔다 왔어?" 그는 물었다. "아뇨, 내 방에 갔다 왔어요. 이 아래층에 내 방이 있어요." 그녀가 말했다. "날 거기로 데려가 주겠어? 당신 방으로 내려가 잠깐 앉아서 먹고 싶은데." K가 말했다. "의자를 하나 갖다 드릴게요." 프리다는 말하기가 무섭게 벌써 걷기 시작했다. "됐어. 나는 당신 방으로 가지도 않고 의자도 필요 없어." K는 이렇게 말하며 그녀를 붙들었다. 프리다는 그가 붙잡는 것을 꾹 참으며 고개를 깊숙이 숙이고 입술을 깨물었다. "그래요, 아래층에는 그가 있어요. 뭘 기대한 거죠? 그는 내 침대에서 자고 있어요. 그는 바깥에서 몸이 잔뜩 얼어서 들어와 오들오들 떨기만 하고 거의 식사도 못했어요. 결국 모든 것이 당신 잘못이에요. 당신이 조수들을 몰아내지 않고 그 여자들 꽁무니만 쫓아다니지 않았더라면, 우리는 지금쯤 아주 편안하게 학교 안에 앉아 있을 거예요. 당신이 우리의 행복을 파괴해 버렸어요. 당신은 예레미아스가 조수 일을 하는 동안 감히 나를 유혹하리라고 생각하셨나요? 그렇다면 당신은 이곳 질서를 완전히 오해하고 계세요. 확실히 그는 내게 가까이 오려고 했으며, 고민하며 나를 노리기도 했어요. 그러나 그건 단지 장난이었어요. 배를 굶주린 개가 장난은 치지만, 감히 식탁으로 뛰어오르진 못하는 거나 마찬가지예요. 나도 마찬가지예요. 확실히 나는 그에게 끌렸어요. 그와 나는 어렸을 때부터 친구였어요. 우리는 함께 성 뒷산의 산비탈에서 놀았어요. 아름다운 시절이었죠. 당신은 한 번도 내 과거를 묻지 않았지요. 그러나 이 모든 것은 모두 예레미아스가 직무에 얽매여 있는 한 문제가 아니었어요. 왜냐하면 나는 장래 당신 아내로서의 의무를 알고 있었으니까요. 그런데 당신은 조수들을 내쫓아 버리고 그것을 마치 나를 위해서인 것처럼, 어느 의미에서는 사실이지만, 굉장히 자랑하셨어요. 아르투르의 경우는 당신의 계획이 단지 일시적이나마 성공했어요. 그는 여린 사람이어서 예레미아스가 지닌 것 같은, 어떤 고난이든 두려워하지 않는 정열은 없어요. 그런데도 당신은 언젠가 밤에 그를 주먹으로 때려서—당신의 그 주먹질이 우리를 불행으로 몰아넣었어요—거의 기절시켰어요. 그는 고소하러 성으로 도망쳐 버렸어요. 곧 돌아올지 몰라도 어쨌든 지금은 없죠. 그러나 예레미아스는 남아 있었어요. 근무 중엔 주인이 눈을 한 번만 깜박해도 무서워하지만 근무 중이 아닐 때는 아무것도 무서워하지 않아요. 그분이 와서 나를 감싸 자기 쪽으로 끌어들였어요. 당신에게 버림받고 옛 친구에게 사로잡힌 나는 버텨낼 수가 없었어요. 나는 학교 문을 열지 않았지만, 그가 창문을 깨고 나를 끌어냈어요. 그리고 우리는 여기로 도망쳐 왔죠. 주인은 그를 높이 평가하더군요. 손님들을 위해서도 그를 객실 전속 사환으로 둔다면 더할 나위 없이 좋겠지요. 그래서 우리는 채용되었어요. 그가 내 방에서 살고 있는 것이 아니라, 우리 두 사람은 함께 한 방을 쓰고 있어요." "아무리 그렇다고 해도 나는 조수들을 쫓아낸 걸 후회하지 않아." K는 말을 이었다. "만일 당신이 지금 이야기한 것과 같은 상태라면, 즉 당신이 충실한 것이 오로지 조수들이 직무상의 속박을 받고 있었기 때문이라면, 차라리 다 끝장을 본 게 잘됐어. 단지 가죽채찍이 무서워서 복종하는 맹수 두 마리 사이에 낀 우리 결혼 생활이 뭐 그리 행복하겠어. 그래서 나는 그 집 사람들에게도 감사하고 있어. 뜻하지 않게 우리 사이를 벌어지게 하는 데 큰 역할을 해주었으니까." 두 사람 다 잠자코 있다가 곧 어깨를 나란히 해서 이리저리 왔다 갔다 했다. 어느 쪽이 먼저 그 동작을 시작했는지 알 수 없었다. K에게 바짝 붙은 프리다는 그가 다시 자기를 껴안아 주지 않는 것을 야속해 하는 듯했다. K는 다시 말을 계속했다. "그렇다면 일은 다 끝난 셈이군. 우리는 작별해도 좋을 것 같아. 이제 당신은 남편 예레미아스에게 가야 되겠지. 아마도 예레미아스는 아직 몸이 얼어 있을 테고, 당신은 더 이상 그를 내버려둘 수 없을 테니까. 나는 혼자서 학교로 가든지 그렇지 않으면—당신이 없으면 거기선 아무것도 할 일이 없으니까—나를 받아 주는 집으로 가야겠지. 그런데도 내가 지금 주저하는 것은 다름이 아니라, 이제껏 당신이 해준 말에 미심쩍은 구석이 있기 때문이야. 거기엔 다 그럴만한 이유가 있어. 나는 예레미아스에게 당신 말과는 정반대되는 인상을 받았거든. 그는 조수로 근무하는 동안 늘 당신 꽁무니만 쫓아다녔어. 따라서 쭉 조수로 근무했다 하더라도, 진심으로 당신에게 덤벼드는 것을 언제까지나 참았으리라고 생각하지 않아. 그러나 그의 조수 직무가 끝났다고 보는 지금은 사정이 아주 다르지. 내가 그것을 다음과 같이 설명해도 이해해줘. 당신이 그의 주인이었던 나의 약혼자가 아닌 이상 당신은 그에게 이미 전과 같은 유혹의 대상은 되지 못해. 당신은 소꿉친구일지 몰라도 그는—나야 오늘 밤의 짧은 이야기만으로 그를 아는 데 지나지 않지만—내가 생각하기에는 그런 감정적인 요소를 그다지 중시하지 않아. 당신 눈에는 왜 그가 그렇게 열정적인 사람으로 비치는지, 나로선 도무지 알 수가 없군. 내가 볼 때 그의 사고 방식은 몹시 냉혹한 것 같은데 말이야. 그는 아마도 내게 그다지 좋지 못한 명령을 갈라터에게서 받아 이행하려고 하는 것 같아. 그가 일에 열성적이라는 건 나도 인정해. 이곳에서 그런 열정은 보기 드물지 않으니까. 그가 명령을 완수하려면 우리 두 사람의 관계를 깨뜨려야 했을 거야. 아마 여러 가지 방법으로 시도해 보았겠지. 그 하나를 예로 들면, 정욕과 사모하는 정으로 당신을 유혹하려고 했어. 또 하나는, 이 점에선 주인아주머니도 뒷받침을 한 셈이지만, 내가 성실치 않다고 꾸며댄 거야. 그의 모략은 성공했어. 뭔가 클람을 연상시키는 그의 분위기가 도움이 된 것 같아. 그는 실직했지만 더 이상 직업이 필요 없게 된 순간에 그리 된 건지도 몰라. 이제 그는 일의 성과를 거두고 당신을 학교 창문 밖으로 끌어냈지. 그러나 그걸로 그의 일은 끝났고 일에 대한 열정도 식어버린 거야. 그는 오히려 아르투르의 처지를 부러워하고 있어. 아르투르는 아무런 불만 없이 칭찬과 더불어 새로운 명령을 받아오니까. 그러나 좌우간 누구든지 남아서 사태가 앞으로 어떻게 전개되나 주시해 보아야 하는 거지. 당신을 돌보는 일은 예레미아스에겐 귀찮고 따분한 의무야. 당신에 대한 애정이란 티끌만큼도 찾아볼 수 없다고, 그는 내게 분명히 고백했어. 말하자면 당신을 클람의 애인으로서 대하는 거라고. 물론 그는 당신을 존경해. 따라서 그가 당신 방에 자리 잡고 살면서 자기 자신을 '꼬마 클람'이라고 느껴 본다는 것은 틀림없이 대단히 기분이 좋은 일이겠지. 그러나 당신이라는 존재는 그의 눈으로 보면 한 푼의 가치도 없는 여자야. 당신을 여기서 살게 한 것은 그로서는 자기 본분에 따르는 부차적인 것에 불과해. 당신이 불안해할까 봐 그도 여기서 묵고 있지만, 그것은 단지 일시적인 거야. 성에서 새로운 통지를 받거나 고작 당신에게서 감기를 치료하고 몸살을 풀 때까지나 계속 있으면 오래 간다고 할 수 있겠지." "어머나, 어쩌면 그렇게 사람을 헐뜯으시죠!" 프리다는 이렇게 말하곤 작은 두 주먹을 서로 맞부딪쳤다. "헐뜯는다고? 나는 그를 헐뜯지 않아. 어쩌면 그에게 억울한 짓을 하고 있는지도 모르지. 물론 그것은 있을 수 있는 일이야. 내가 그에 관해서 한 말은 겉으로 드러나는 것들은 아니니까 다르게 해석할 수도 있겠지. 그러나 헐뜯는다고? 만일 그렇다면, 그것은 단지 그 사람에 대한 당신의 사랑과 싸운다는 목적이 있을 뿐이지. 그게 필요하고 또 적당한 수단이라면 나는 주저하지 않고 헐뜯을 거야. 그렇다고 해도 아마 나를 비난하진 못할걸. 그는 나와 비교한다면, 명령을 내리는 사람 덕분에 유리한 고지에서 있어. 혼자라서 기댈 사람이 없는 내가 약간 헐뜯더라도 별 지장이 없을 정도지. 헐뜯는 건 죄로 보기엔 무리가 있는 데다 결국 따져 보면 힘없는 방어수단일 거야. 그러니까 주먹 좀 가만 놔둬." 그리고 K는 프리다의 손을 자기 손으로 쥐었다. 프리다는 자기 손을 그의 손에서 잡아 빼려고 했으나, 미소를 띤 채 별로 힘을 주지도 않았다. K는 말했다. "그러나 나는 굳이 헐뜯지 않아도 돼. 왜냐하면 당신은 그를 사랑하는 게 아니라 단지 그렇다고 믿을 뿐이며, 내가 그 망상을 깨뜨려 주면 고마워할 테니까 말이야. 만일 누군가가 폭력을 쓰지 않고 면밀한 주의와 꾀를 써서 내게서 당신을 데리고 가려 한다면, 그 두 조수들 손을 빌리는 수밖에 없을 거야. 겉으로 보기에 선량하고 천진난만하고 쾌활할뿐더러 경솔한 데다 높은 곳, 즉 성에서 내려온 젊은 이이고 동시에 어린 시절의 추억도 있을 테니까. 이 모든 게 무척 사랑스럽겠지. 그에 비하면 나는 정반대라고 할 수 있어. 당신이 전혀 이해할 수 없는 데다 당신 뜻에 어긋나는 일만 쫓아다니지. 더군다나 그 일 때문에 당신이 지긋지긋하게 싫어하는 사람들, 그래서 죄 없는 나까지 미운털이 박히게 하는 사람들과 함께 어울려야 하니 더 말할 나위도 없지. 우리 두 사람 관계의 결함이 짓궂게 또 대단히 교묘하게 이용당한 거야. 어떤 관계라도 결함이 있어. 우리 관계도 마찬가지지. 사실 우리는 서로 아주 다른 세계에서 살다가 만났어. 그리고 사귄 이래, 각자의 인생이 아주 새로운 길로 접어들어 아직도 서로 불안해 하고 있어. 너무나 새로운 인생행로니까 할 수 없지. 나한 사람에 관해서는 중요치 않으니까 말할 필요도 없어. 사실 나는 당신이 처음 내게 눈길을 돌렸을 때부터 끊임없이 당신의 호의를 받기만 했어. 다른 사람의 호의를 받는다는 것이 몸에 배기는 쉬운 일이지. 그러나 다른 건 다 제쳐두더라도, 당신은 클람과 헤어지게 됐어. 그것이 뭘 의미하는지 나는 아직 짐작할 수 없지만, 그래도 어슴푸레하게나마 조금씩 알 수 있을 것 같아. 사람들은 비틀거리기도 하고 어떻게 하면 좋을지 갈피를 못 잡기도 해. 내가 늘 당신을 받아들일 태세를 갖추고 있었다 하더라도 내가 언제나 그 자리에 대기하고 있었던 것도 아니야. 또 내가 거기서 대기하고 있을 때는 당신이 몽상에 잠기거나, 그렇지 않으면 현실적인 인물, 즉 주인 아주머니 같은 사람에게 꼭 붙잡히곤 했지. 요컨대 당신은 불쌍하게도 나를 외면하고 정체를 파악할 수 없는 불확실한 것을 동경하곤 했어. 그러는 동안, 마침 당신의 시선이 쏠리는 바로 거기에 안성맞춤으로 사람들의 그림자가 나타나는 때가 있었지. 당신은 그런 것들에 눈이 어두워서 단지 순간적인 것, 환영, 옛 추억, 이미 지나가고 계속 사라져 가는 과거의 생활, 이런 것들이 지금도 당신의 현실 생활인 것 같은 착각에 빠지고 말았어. 프리다, 그것은 잘못이야. 우리 둘의 결정적인 결합을 막는, 잘 살펴보면 무시해도 될 마지막 걸림돌이란 말이야. 자! 마음을 가라앉히고 자기 자신으로 돌아와. 당신은 클람이 조수들을 파견했다고 생각하지만 사실은 그렇지 않아, 갈라터가 그들을 보냈으니까. 또 그들이 이 착각을 핑계로 당신을 완전히 매혹해 버린 결과, 당신 스스로 그들의 더러움과 난잡함 속에서 클람의 흔적을 찾았다고 생각할지라도, 마치 거름더미 속에서 보석을 보았다고 생각하는 거나 마찬가지야. 가령 보석이 거기 있었다 하더라도 실제로는 결코 찾아낼 수 없어. 그들은 단지 말구종 같은 젊은이에 지나지 않아. 다만 그들이 몸이 허약해서 찬바람을 조금만 쐬도 병에 걸려 침대에 쓰러져 버리는 것을 빼면 말이지. 그들은 말구종다운 영악함으로 자기가 드러누울 자리를 찾아낼 만한 요령을 터득하고 있어.” 프리다는 머리를 K의 어깨에 기대고 있었다. 팔과 팔을 서로 휘감고 두 사람은 말없이 이리저리 왔다 갔다 했다. “하지만 우리가” 프리다는 느릿느릿 차분하게 말했다. 그녀는 K의 어깨에 기대 쉴 수 있는 시간이 얼마 없음을 알고, 이 짧은 시간을 끝까지 즐기려는 것 같았다. “하지만 우리가 그날 밤에 곧 다른 곳으로 이사했더라면 어디든 안전한 곳에서 함께 지낼 수 있었을 거예요. 언제든지 당신의 손을 잡을 수 있을 정도로 가까이 붙어 살 수 있었을 거예요. 당신이 가까이 계시는 것이 얼마나 필요했는지. 당신을 알게 된 뒤부터 당신이 곁에 안 계시면 얼마나 쓸쓸하고 외로운지 모르겠어요. 당신이 가까이 계시는 것은 내가 소망하는 단 하나의 꿈이지요. 그 밖의 꿈은 꿔본 적도 없어요."

그때 옆 복도에서 외치는 소리가 들렸다. 예레미아스였다. 그는 계단 맨 아랫단에 서 있었는데, 셔츠바람으로 프리다의 숄을 어깨에 두르고 있었다. 더벅머리는 쥐어뜯긴 것처럼 어수선하게 헝클어지고, 듬성한 수염은 마치 비에 젖은 것처럼 보였으며, 애원하거나 나무라는 듯 눈을 크게 부릅뜨면서 거무스름한 뺨을 붉게 물들이는가 하면—그 뺨의 살은 너무 힘없이 축 늘어진 것처럼 보였다—추위에 못 견뎌 숄의 술까지 흔들릴 정도로 벌거벗은 다리를 와들와들 떨고 있었다. 그는 마치 병원에서 탈출한 환자 같은 모습이었다. 이런 환자는 곧 침대로 다시 돌려보내는 수밖에는 다른 도리가 없었다. 프리다도 그렇게 생각했는지 곧 K 옆을 떠나서 아래에 있는 그에게로 갔다. 그녀가 예레미아스 옆으로 가서 조심스럽게 숄을 몸에 꼭 감싸 주고, 서둘러 그를 방 안으로 데려가려고 하자 그는 조금 힘이 나는 모양이었다.

그때 비로소 그는 K의 존재를 알았다는 듯이 "아아, 측량기사님!" 하고는, 더 이상 이야기하는 것을 달갑게 생각지 않는 프리다의 뺨을 어루만지면서 타이르듯이 말했다. "방해해서 죄송합니다! 몸이 너무 안 좋아서요. 이해해 주시겠지요? 열이 나는 것 같으니 따끈한 차를 마시고 땀을 내야겠습니다. 아무튼 교정의 저 지긋지긋한 울타리는 잊으려야 잊을 수가 없군요. 더군다나 언 몸으로 하룻밤 내내 뛰어 돌아다녔습니다. 사람들은 별 가치 없는 일을 하느라 건강을 해치면서도 금방 알아채지 못하죠. 측량기사님, 저는 개의치 마시고 제 문병도 할 겸 우리 방에 오셔서 프리다와 이야기 나누세요. 사실 정든 두 사람이 이별할 때는 헤어지는 순간 서로 할 말이 산더미처럼 많을 것입니다. 물론 침대에 누워 갖다 주기로 한 차를 기다리기만 하는 제3자는, 그 많은 이야기를 이해할 수는 없겠죠. 좌우간 들어오십시오. 저는 아주 조용히 있겠습니다."

"이제 그만두세요." 프리다는 이렇게 말하며 그의 팔을 잡아당겼다. "이 사람은 열 때문에 자기가 무슨 소리를 지껄이는지조차 몰라요. 그러니 K씨, 제발 당신은 들어오지 마세요. 저 방은 내 방인 동시에, 또 예레미아스의 방이기도 해요. 아니, 정확히 말하면 나만의 방이에요. 나는 당신이 들어오시는 것을 금지해요. 당신은 제 뒤를 따라 오시는 건가요? 아아 K씨, 왜 쫓아오시는 건가요? 나는 당신에게 결코 돌아가지 않아요. 그런 가능성이 있다고 생각만 해도 몸서리쳐져요. 당신이 좋아하시는 처녀들 있는 곳으로 가세요. 그들은 난롯가에 있는 소파에 속옷 바람으로 앉아서 당신을 기다리고 있다던데요. 그리고 누가 당신을 데리러 가면 고양이처럼 콧김을 내며 으르렁거린다면서요. 거기가 그렇게도 당신의 마음을 끈다면 틀림없이 자기 집이나 마찬가지겠군요. 나는 늘 당신에게 거기 가시지 말라고 말렸어요. 아무효과도 없었지만 어쨌든 만류했어요. 그것도 옛날 이야기고 지금 당신은 자유의 몸이 되셨어요. 아름다운 생활이 당신 눈앞에 펼쳐질 거예요. 아마도당신은 그 여자들 가운데 한 사람 때문에 하인들과 좀 다퉈야 하겠지만, 둘째 아가씨를 당신에게 내주지 않으려고 뻗대는 사람은 아무도 없을 거예요. 두 분은 처음부터 축복받은 연분이에요. 거기에 대해서 구구한 변명은 그만두세요. 다 알고 있으니까요. 당신은 무엇이든 반박할 수 있었지만, 결국 반박한 보람이 없게 되었죠. 그래요 예레미아스, 이분은 무엇이든 다 반박했지요!" 예레미아스와 프리다는 고개를 끄덕이기도 하고 미소를 띠기도 했다. 서로 은연중에 마음이 통하는 모양이었다. 프리다가 말했다. "그러나 가령이분이 모조리 반박했다 하더라도 과연 무슨 소득이 있었을까요. 또 나와는무슨 상관이 있을까요. 그들에게 무슨 일이 일어나더라도 그건 전적으로 그들과 이분의 문제지, 내 문제는 아니에요. 내 문제는 당신이 과거와 마찬가지로 건강한 몸이 되실 때까지, 당신을 간호하는 거예요. 나 때문에 K가 당신을 괴롭히기 전과 같이 건강한 몸이 되도록."

"그러면 정말로 함께 가시지 않습니까, 측량기사님?" 예레미아스가 물었다. 그런데 프리다가 이제는 전혀 K쪽을 돌아다보지도 않고, 이것이 마지막이라는 듯이 예레미아스를 끌고 가버렸다. 아래쪽으로 조그마한 문이 하나눈에 띄었다. 그것은 여기 복도에 있는 문보다도 더 낮아서 예레미아스뿐만이 아니라 프리다까지도 허리를 구부려야만 들어갈 수 있었다. 방 안은 밝고따뜻할 것 같았다. 잠시 동안 속삭이는 소리가 들렸다. 예레미아스를 침대로데리고 가기 위해서 여러 가지 다정한 말로 설득하는 모양이었다. 문이 닫혔다.

23

그때 비로소 K는 복도가 아주 조용한 것을 깨달았다. 이쪽—그가 프리다와 함께 서 있었던—은 모두 경영자 전용 방인 모양이었다. 뿐만 아니라 조금 전만 해도 그렇게 활기를 띠던 방들이 있는 기다란 복도까지도 역시 조용했다. 그렇다면 성 양반들 역시 잠든 모양이었다. K는 대단히 피곤했다. 그래서 예레미아스에게 제대로 맞서지 못했는지도 모른다. 그는 사람들의 이목을 끌 정도로 감기가 들어 있었다. 그의 초라한 모습은 감기 때문이 아닌 타고난 것이어서, 따끈한 차를 마신다고 나아질 것 같지 않았지만, 예레미아스와 똑같이 흉내 내는 것이 현명했을지 몰랐다. 사실 대단히 지쳤으니 노골적으로 여기 복도에 쓰러져 조금 졸면서 간호를 받는 것도 괜찮았을 것이다. 이렇게 동정을 얻는 경쟁은 물론, 다른 경쟁에서도 그는 예레미아스보다 유리한 지위와 승리를 차지했을 것이다. K는 몸이 지칠 때로 지쳤기 때문에 이 방들—그 중에는 분명히 빈방도 꽤 많은 것 같았다—가운데 아무 방이나 들어가 근사한 침대에서 마음 놓고 자봤으면 하고 생각해 보았다. 그렇게 하면 여러 가지 일에 대한 보상도 될 것 같았다. 자기 전에 마실 술도 한 병 준비되어 있었다. 프리다가 마룻바닥에 놓고 간 쟁반에는 작은 럼주 한 병이 놓여 있었다. K는 그 럼주를 다 마셔 버렸다.

적어도 에를랑어 앞에 나설 만큼의 기운은 차린 것처럼 느껴졌다. 그는 에를랑어의 방문을 찾았다. 그러나 이제는 하인이나 게르스텍커의 모습이 보이지 않았으며, 더구나 어느 문이나 모두 똑같아서 도저히 분간할 수 없었다. 그래도 대충 복도 어디쯤에 문이 있었는지 기억나는 것도 같았다. 그는 짐작 가는 문을 하나 열어 보려고 결심했다. 설사 열어 본들 그다지 위험할 것 같지 않았다. 만일 에를랑어의 방이면 자기를 맞아 줄 것이며, 또 어떤 다른 사람의 방이라면 실례했다고 사과하고 다시 나올 수도 있는 노릇이다. 만일 손님이 자고 있다면, 아무래도 이 경우가 가능성이 가장 높을 것 같은데, 자기가 방문한 사실을 상대는 전혀 깨닫지도 못할 것이다. 다만 방이 텅 빈 경우가 가장 난처할지도 모르겠다. 그런 상황에선 침대 속에 들어가서 한없이 자버리고 싶은 유혹을 도저히 이겨낼 것 같지 않았기 때문이다. 또 한 번 복도를 따라 좌우 양쪽을 살펴보면서 걸어갔다. 제발 누구라도 좋으니 에를랑어의 방문을 가리켜 주고, 이런 모험을 면하게 해주는 사람이라도 오지 않을까 하고 주위를 둘러보았으나, 그 기다란 복도는 사람 그림자조차 눈에 띄지 않고 아주 고요한 정적 속에 잠겨 있었다. 그 다음 문에 귀를 대고 방안의 인기척을 엿들어 보았다. 거기도 손님이 없는 빈방 같았다. 혹시 잠자는 사람이 깰까 봐 가만히 문을 두드려 봤지만, 아무 반응도 없었다. 조심에 조심을 다하여 문을 살그머니 열어 보았다. 그러자 나지막한 비명 소리가 그를 맞아 주었다.

그곳은 작은 방이었는데, 크고 폭넓은 침대가 방을 절반 넘게 차지하고 있었다. 침대 옆 탁자 위에는 탁상 전등이 켜 있고 그 전등 옆에 여행 가방이 놓여 있었다. 누군가 침대에 누워 이불로 몸을 가린 채, 굼틀거리면서 이불과 요 사이로 속삭이듯 물었다. "누구야?" 사태가 이쯤 되고 보니 그대로 가버릴 수도 없었다. 유감스럽게도 비어 있지 않은 불룩하게 부푼 침대를 K는 못마땅하게 바라보았다. 그러다 질문을 받은 것이 생각나서 이름을 댔다. 이름을 댄 것이 좋은 인상을 주었는지 침대에 누운 그 남자는 얼굴까지 덮은 이불을 약간 끌어내렸다. 그래도 침대 밖에서 심상치 않은 일이라도 벌어질까 봐 마음이 놓이지 않는지 당장이라도 다시 이불을 뒤집어쓸 태세를 갖추었다. 그러나 서슴지 않고 단번에 이불을 발로 힘차게 걷어차더니 침대 위에 꼿꼿이 일어섰다. 분명히 에를랑어는 아니었다. 키는 작지만 풍채가 좋고 아주 잘생긴 신사로 그의 얼굴에는 어딘지 어울리지 않는 구석이 있었다. 뺨은 어린애처럼 통통하고, 눈동자도 어린애처럼 즐거운 빛을 띠었는데, 반면 높은 이마, 뾰족하고 가느다란 입매—그 입술은 거의 다물려고 하지 않는다—당장이라도 사라져 버릴 것 같은 턱은 전혀 어린애답지 않고 탁월한 사고력을 나타냈기 때문이다. 이 탁월한 사고력에 대한 만족감과 자기 자신에 대한 충족감이야말로 어린애다운 순진함을 얼굴에 깃들게 한 원인인 것 같았다. "프리드리히를 아세요?" 그는 물었다. K는 모른다고 대답했다. "그러나 그는 당신을 알고 있어요." 남자는 미소를 지으면서 말했다. K는 고개를 끄덕였다. K를 아는 사람은 하나둘이 아니었다. 이것이 K의 인생행로에서 큰 장애의 하나이기도 했다. "나는 그 프리드리히의 비서지요. 내 이름은 뷔르겔이라고 합니다." 그 남자는 말했다. "실례했습니다." K는 이렇게 말하고 문의 손잡이를 잡으려고 손을 뻗쳤다. "다른 방 문과 착각해서 이 방 문을 열었습니다. 대단히 미안합니다. 나는 에를랑어 비서가 오라고 해서 가는 길이지요." K가 말했다. "그거 참 안됐군요. 당신이 다른 사람에게 불려가는 것 말고, 문을 혼동한 것 말입니다. 그런데 나는 한 번 잠이 깨면 두 번 다시 잠들 수 없어서요. 이건 내 개인적인 불행이니까, 당신은 미안하게 생각하실 필요 없어요. 여긴 왜 문이 착각하도록 만들어져 있는지 모르겠어요. 물론 거기에는 그만한 이유가 있지요. 옛날 어느 격언에 따르면 비서들의 방문은 언제나 열려 있어야 한다고 되어 있기 때문이에요. 물론 그렇다고 해서 말 그대로 해석할 필요도 없겠지만." 뷔르겔은 그렇게 말하더니 K의 의향을 떠보려는 듯 즐거운 표정으로 K를 쳐다보았다. 지금 말한 불평과는 반대로 이 사나이는 마음껏 쉰 것처럼 보였다. 뷔르겔은 현재 K처럼 극도로 피곤한 경험을 지금까지 한 번도 해보지 못한 것 같았다.

"대체 지금 어디로 가시려는 거요? 벌써 4신데. 가는 곳마다 사람들의 단잠을 깨워 버리겠군요. 누구나 다 나처럼 방해를 받는 데 익숙하다고 할 순 없고, 또 누구나 다 너그럽게 참아주지도 않을 거요. 비서들이란 신경이 지나치게 예민한 족속들이니까요. 그러니까 여기서 좀 기다려 보세요. 여기서는 5시쯤이면 일어나기 시작해요. 그 무렵에야 당신은 부름에 응할 수 있어요. 그러니까 그렇게 언제까지나 손잡이를 잡고만 계시지 말고 이리 와서 앉으세요. 보시다시피 여기는 장소가 좁으니 침대에 앉는 게 좋겠어요. 의자나 탁자가 없어서 놀라셨나요? 그래요, 나는 폭이 좁고 기다란 호텔 침대와 실내 가구 한 벌을 들이든지, 아니면 이 커다란 침대와 세면대 하나만을 들이든지 선택해야 했어요. 난 커다란 침대쪽을 선택했어요. 침실에서는 뭐니 뭐니해도 침대가 제일 중요하니까요! 정말로 팔다리를 쭉 펴고 잠을 푹 자야 하는 사람에게 이 침대는 그야말로 귀중한 것이지요. 항상 피곤하기만 하고, 그렇다고 편안하게 자지도 못하는 나로서는 하루의 대부분을 침대에서 보내고 있어요. 여기에서 모든 통신문을 처리하고 민원인들의 이야기도 들어요. 꽤 괜찮아요. 물론 그들이 앉을 곳은 없지만 그런 고통은 참아주니까요. 민원인의 입장으로 보더라도, 차라리 자기들은 서 있더라도 조서를 작성하는 사람이 기분 좋게 앉아 있는 편이, 자기들은 편안하게 앉아 있으면서 상대에게 야단맞는 것보다 훨씬 유쾌할 테니까요. 그리고 나는 사람들에게 침대가의 이 자리밖에는 권할 수 없는데, 여기는 결코 업무를 처리하는 자리는 못 되고 밤에 담소를 나누는 자리로만 쓰고 있어요. 그런데 측량기사, 당신은 참 조용하시군요." 뷔르겔이 말했다.

"무척 피곤해서요." K는 이렇게 말하고, 상대가 권하는 대로 체면도 차리지 않고 곧 침대 위에 앉아서 침대 기둥에 기대고 있었다. "물론 그러시겠지요." 뷔르겔은 웃으면서 말했다. "여기서는 누구나 피곤해요. 예를 들면 내가 어제와 오늘 이틀 사이에 한 일은 결코 사소하다고 할 수 없으니까요. 나는 지금 도저히 잠들 수 없어요. 그러나 있을 수 없는 일이 일어나서 당신이 여기 계시는 동안 내가 잠들게 되면, 제발 조용히 해주시고 문도 열지 말아 주세요. 그러나 염려하지 마세요. 내가 잠드는 일은 절대로 없을 것이며, 또 그런 달콤한 일이 있더라도 고작 이삼 분 동안일 테니까요. 나는 민원인과 접촉하는 데 너무나 익숙한 탓인지 사람을 대하고 있으면 쉽게 잠들곤 해요." 이 말을 듣고 기쁨에 넘쳐서 K는 말했다. "어서 주무세요, 비서님!" 그러고는 이렇게 덧붙였다. "그러면 나도 조금 잘 테니까요." "아니오, 아니오." 뷔르겔은 또 웃었다. "유감스럽게도 단지 잠자라고 권한 것만으로는 잠들 수 없어요. 다만 이야기하는 동안에 그런 기회도 생기는 것이고, 이야기하는 것이 나로 하여금 가장 빨리 잠들게 해주는 거지요. 사실 우리의 일은 성질상 신경이 지치게 마련이니까요. 나로 말하면 연락 비서관이지요. 연락 비서관이 뭔지 모르시나요? 그러면 말씀드리겠는데, 가장 많은 연락업무를 맡아 보고 있는 것이 나지요." 여기서 그는 자기도 모르게 상당히 기쁜 표정으로 두 손을 비볐다. "즉 프리드리히와 마을 사이의 연락이지요. 나는 성에 있는 그의 비서들과 마을에 있는 비서들 사이의 연락을 맡아 보고 있어요. 대개 마을에 있지만 그렇다고 언제나 그런 것은 아니지요. 언제든지 성으로 마차를 달릴 준비를 갖추고 있어야 해요. 여행 가방 좀 보세요. 불안정한 생활이지요. 누구에게나 적당한 직업이라곤 할 수 없어요. 그러나 한편으로는, 나는 이제 도저히 이런 종류의 일 없이는 지낼 수가 없다는 것도 옳은 표현이라고 생각해요. 다른 모든 일이 내게는 아주 싱겁게 보이거든요. 당신의 측량업무는 어떤가요." "나는 측량기사로서 일거리를 맡은 적이 없어요." K는 말했다. 지금 그의 생각은 온통 다른 데로 가 있었다.

그가 열망했던 것은 단지 뷔르겔이 잠들어 주었으면 하는 것뿐이었다. 그러나 그것도 단지 자기 자신에 대한 의무감 때문이고, 그도 마음속 깊은 곳에서는 뷔르겔이 잠들기까지는 까마득하다는 사실을 아는 것 같았다. "알 수 없는 일인데." 뷔르겔은 연신 고갯짓을 하면서 말하더니 무슨 기록을 해두기 위해서인지 이불 밑에서 메모지를 한 장 끄집어 내었다. "당신은 측량기사이면서 측량 일거리가 없나요?" K는 기계적으로 고개를 끄덕였다. 그는 침대 기둥에 왼팔을 뻗고 그 팔 위에 고개를 얹고 있었다. 여러 가지로 편안한 자세를 취해 보았으나, 이 자세가 가장 기분 좋았다. 그제서야 비로소 뷔르겔의 말을 조금 더 주의해서 들을 수 있게 되었다. 뷔르겔은 계속해서 말했다. "나는 이 사건을 앞으로 더 추궁해 볼 용의가 있어요. 좌우간 여기에선 어떤 전문 능력을 전혀 활용하지 않고 그대로 내버려두는 일은 용납되지 않으니까요. 게다가 그것은 당신을 모욕하는 거나 다름없지요. 대체 당신은 그것으로 고민하시지 않나요?" "나는 그것으로 고민하고 있어요." K는 천천히 말하고 혼자서 빙그레 웃었다. 사실 지금은 그런 일로 조금도 고민하지 않았기 때문이다. 더욱이 또 뷔르겔의 제의도 그에게 감명을 주지 못했다. 제3자가 심심풀이로 하는 것으로밖에는 생각되지 않았기 때문이다. 그는 K를 초빙하게 된 구체적인 사정에 대해서는 아무것도 모르고, 또 그 초빙이 마을이나 성에서 부닥친 난관이라든지, K가 이 땅에 머무르는 동안에 일어났거나 일어날 것 같은 징조를 보이던 가지가지 말썽들에 대해서는 조금도 몰랐다. 게다가 그가 비서라면 육감으로 당연히 그런 일이 있을지도 모르겠다는 예감이나 추측이 마음에 떠올라야 한다고 생각되는데, 그런 기색은 도무지 없고 뷔르겔은 다짜고짜 작은 메모지에 기록하여 사건을 성에서 해결해 주겠다고 제의했다. "당신은 벌써 여러 번 실망하신 모양이군요." 뷔르겔이 말했다. 이 말은 그가 퍽 세상 물정에 밝다는 것을 나타냈다. K는 이 방에 들어왔을 때부터 뷔르겔을 얕보아서는 안 된다고 가끔 스스로 경고했지만, 하여간 지금 상태로는 자기 자신의 피로 외에는 똑바로 판단하기 어려운 형편이었다. "아니지요." 뷔르겔의 이 말은 마치 K의 어떤 생각에 답변하려는 듯, 또 K를 동정해서 말하는 수고를 덜어 주려는 듯했다. "실망했다고 겁을 먹거나 풀이 죽어서는 안 돼요. 확실히 여기서는 사람을 놀라게 하는 일이 꽤 많아요. 이곳에 처음 온 사람의 눈에는 그 장애들이 도저히 뚫고 나갈 수 없는 것처럼 보이지요. 아무튼 나는 이곳의 사정을 검토해 볼 생각은 없어요. 아마도 사람의 눈에 비치는 현상이 그 겉모습이 보여 주는 실제 처지와 그대로 꼭 들어맞겠지요. 좌우간 나는 그것을 확정짓기에 충분한 거리를 두지 못해요. 그러나 주의해야 할 일은, 그래도 역시 전반적인 상황과 거의 일치하지 않는 기회가 흔히 생긴다는 거예요. 단지 말 한마디와 눈길 한 번을 통해 믿음을 표시하는 걸로, 평생 뼈아프게 고생하는 것보다도 더 많이 이뤄낼 수 있는 기회 말이에요. 확실히 그래요. 물론 이런 기회도 그것을 이용하지 않는 한, 역시 전반적인 상황에서 벗어나진 못하지만요. 그러나 대체 왜 그것이 이용되지 않는가? 나는 이 질문을 몇 번이나 되풀이해서 나 자신에게 물어봐요." 뷔르겔은 말했다. K는 그 이유를 알 수 없었다. 그는 뷔르겔이 이야기한 내용이 자기와 깊은 관계가 있는 것처럼 느껴졌으나, 이제는 자기와 관계있는 모든 일에 무척 싫증이 났다. 그는 고개를 살짝 옆으로 돌렸다. 그렇게 하여 뷔르겔이 질문할 수 있게 길을 터주는 동시에 그 질문에는 상관하지 않겠다는 눈치를 보였다. "마을에서는 심문을" 뷔르겔이 말을 계속하며 팔을 뻗어 하품을 했는데, 그의 동작은 그의 진지한 말과 이상한 대조를 이뤘다. "마을에서는 대부분 심문을 밤중에 실시해야 하기 때문에 비서들은 늘 불평이 이만저만이 아니지요. 그런데 그들은 왜 불평을 할까요? 일이 너무 힘들어서요? 밤중에는 자고 싶기 때문일까요? 아니지요. 그들은 절대로 그런 것을 불평하는 게 아니지요. 어디나 그렇지만 물론 비서들 사이에도 부지런한 사람과 그렇지 못한 사람이 있어요. 그러나 그들 중에 일이 너무 힘들다고 불평하는 사람은 아무도 없어요. 공공연하게 호소하는 사람은 더더욱 없지요. 그것은 우리가 할 짓이 아니니까요. 이 점에 관해선 우리는 평상시와 집무시간을 구별하지 않아요. 그런 구별 같은 건 전혀 알 바 아니지요. 그러면서 비서들은 밤에 하는 심문을 왜 반대하는 걸까요? 혹시 민원인에 대한 동정 때문일까요? 아니, 아니, 결코 그런 것은 아니지요. 비서들은 민원인에게 아주 가차 없거든요. 물론 자기 자신에게보다 더한 것은 아니고, 똑같은 정도로 그런거죠. 사실 가치가 없다는 것은 다름 아닌 직무를 엄격하게 준수하고 수행한다는 말이에요. 바로 민원인이 바랄 수 있는 최대의 동정이라고 할 수 있어요. 물론 건성으로 보는 사람은 깨닫지 못하지만 모두들 전적으로 인정하고 있어요. 예를 들면 민원인에게 환영받는 밤 심문 같은 경우가 바로 그렇지요. 밤 심문에 대한 근본적인 불평불만이 접수된 적은 없어요. 그러면 비서들의 싫증이란 그 원인이 대체 어디에 있을까요?" 그것에 대해서도 K는 알 수 없었다. 그는 거의 아무것도 알 수 없었으므로 뷔르겔이 진지하게 답변을 요구하고 있는지 그렇지 않으면 건성인지 분간할 수 없었다. '만일 당신 침대에 나를 재워 준다면 내일 낮에, 오히려 저녁때가 더 낫지만, 당신의 모든 질문에 대답해 주지.' 이렇게 생각했다. 그러나 뷔르겔은 조금도 신경쓰지 않는 것 같았다. 자기가 제기한 질문에 아주 정신이 팔려 있었다. "내가 알고, 또 나 자신이 경험한 범위 내에서는 밤 심문에 관해서 비서들은 대략 다음과 같이 생각하고 있어요. 심의의 공적인 성격을 유지하기에 밤은 곤란해요. 아니 불가능하다고 해도 과언은 아니지요. 그래서 밤에 민원인들과 심의하는 것은 그다지 적당치 않다는 겁니다. 이것은 외적인 것과 관련된 것이 아니에요. 밤이라도 여러 가지 형식은 낮과 똑같이 엄격하게 지켜질 수 있어요. 따라서 그것이 문제가 되진 않지만, 밤에는 공적인 판단을 그르치게 돼요. 밤이면 무의식중에 사물을 사적인 관점에서 판단하기 쉬우니까. 민원인들의 주장이, 적당한 정도 이상의 중요성을 띤다고 느끼게 돼요. 또 판단하는 데 불필요한 민원인들의 다른 상황이라든지, 그들의 고뇌나 걱정까지 고려해 주게 되지요. 민원인과 관리 사이에 반드시 필요한 울타리가, 겉으로는 나무랄 여지없이 존재하고 있다 하더라도 흔들리고 말아요. 그 밖에도 당연히 질문과 답변을 주고받아야 하지만, 이상하고 부당하게도 역할이 뒤바뀌는 것 같아요. 적어도 비서들, 직무상 그런 일에 아주 이상스레 예민한 감각을 지닌 사람들은 그렇게 말하고 있어요. 그러나 그런 그들일지라도—이것은 벌써 종종 우리 사이에서 화제에 오른 일이지만—밤에 심문할 때는 그 불리한 작용을 거의 깨닫지 못해요. 그래서 그들은 처음부터 그 불리한 작용을 저지하려 들고 그 결과 나중에는 아주 굉장한 일이나 한 것처럼 생각하게 돼요. 그러나 나중에 그 조서를 다시 읽어 보면 명백히 드러난 그런 약점을 보고 어처구니가 없을 때가 한두 번이 아니지요. 그런데 이것이 적어도 우리 규칙에 비추어 보면 일반적인 간단한 수속으로는 고칠 수 없는 결점이고, 민원인들에겐 반쯤 부당한 이득이 되는 셈이지요. 이것은 분명히 나중에 감독관청에서 개선할 테지만 단지 정의에 이바지할 뿐이고, 민원인들에게 해를 끼칠 수는 없어요. 이런 사정이라면 비서들이 불평불만을 하는 것도 참 당연하다고 할 수 있겠죠?" K는 잠시 동안 꼬박 잠이 들었다가 다시 깼다. '이것이 웬일인가? 웬일이지?' 그는 스스로에게 물어보면서 축 늘어진 눈꺼풀 밑으로 뷔르겔을 자기와 어려운 질의에 대해 말을 주고

받는 하나의 관리가 아니라, 그저 자기를 잠자지 못하도록 방해하는 그 무언가로 바라보았다. 그러나 뷔르겔은 자신의 사고에 완전히 몰두하여 지금 K를 슬쩍 속여 넘기는 데 성공했다는 듯이 빙그레 웃었다. 그러나 K를 다시 옳은 길로 인도하려는 마음의 준비가 되어 있었다. "그런데 이 불평불만을 아주 정당한 것이라고 부를 수도 없지요. 그야말로 밤 심문이 어디에도 규정되어 있는 건 아니니까요. 그러나 여러 가지 사정으로, 즉 너무 벅찬 일, 성 관리들의 근무 방식, 일손을 쉽게 놓을 수 없는 상황, 또 민원인 심문은 다른 심리가 완전히 끝난 다음에 시작하여 즉시 완료하라는 규칙, 이 모든 사정이 밤 심문을 피할 수 없는 필연적인 것으로 만들어 버렸어요. 그런데 필연적인 것이 되었다면—나는 이렇게 말하는데—이것은 간접적으로나마 어느 정도는 규칙의 결과이기도 해요. 그래서 밤 심문제도에 대해서 투덜거리는 것은—물론 약간 과장하곤 있었어요. 과장이니까 이렇게 말해도 상관없겠지요. —규칙에 대해 투덜거린다고 할 수 있어요.

이와 반대로 비서들이 규칙 범위 안에서, 밤 심문과 외적인 손해에 대해서 될 수 있는 대로 자신을 지키려고 노력하는 것은 오로지 비서들의 권한에 속하는 것일 거예요. 사실 그들은 그렇게 하고 있어요. 그것도 최대한으로요. 즉 그들은 가능한 한 두려워할 필요가 없는 심문 대상만을 받아들여요. 심의하기 전에 미리 자기 상태를 샅샅이 파악하고, 그 결과 필요하다면 마지막 순간에라도 심리를 모조리 취소해 버려요. 실제로 자기 앞으로 부르기 전에 민원인 한 사람을 열 번씩이나 소환하는 일이 종종 있는데, 그렇게 함으로써 자신이 붙는 거죠. 또 해당 사건을 담당하지 않고서는 권한이 없기 때문에, 쉽게 그 사건을 처리할 수 있는 동료에게 부탁해서 대신 처리해 달라고 합니다. 아니면 심의를 적어도 밤이 될 무렵이나 끝날 무렵에 하기로 하고 그 중간 시간을 피해요. 이상 말한 것 같은 본보기는 얼마든지 있어요. 그들은 좀처럼 쉽게 사람에게 넘어가거나 굽히지 않아요. 그들은 침범 당하기 쉬운 만큼 저항력도 강하답니다." K는 자고 있었다. 물론 깊은 잠은 아니었다. 아까 견딜 수 없을 정도로 지쳐 눈을 뜨고 있었던 때보다도 오히려 뷔르겔의 말을 더 잘 들었을 것이다. 말 한마디 한마디가 그의 귓전에 울렸다. 그러나 괴롭고 귀찮다는 생각은 이제 다 사라져 버렸다. 그는 스스로 자유로운 몸이 된 것처럼 느꼈다. 뷔르겔은 이미 그를 붙들고 있지 않았다. 그는 몇 번이나 뷔르겔에게 손을 뻗쳐 더듬어 보았다. 아직 깊은 잠에 빠지지는 않았다. 다만 잠에 취해 있을 뿐이다. 이제 아무도 그에게서 이 잠을 빼앗을 수 없었다. 그리고 그는 자기가 그 일로 큰 승리나 거둔 것처럼 느꼈다. 벌써 승리를 축하하기 위하여 사람들이 거기에 모여들었다. 자기를 비롯해 모두가 이 승리를 축하하여 샴페인 잔을 높이 쳐들었다. 무엇이 문제인지 모두들 알게 되었다. 그리하여 투쟁과 승리가 또 한 번 되풀이된다. 아니 되풀이되는 것이 아니라 지금 처음으로 이루어지는 것이며, 그것을 미리 축하하는 것이다. 다행히 결과가 확실하니까 그의 승리를 축하하는 것을 그만두는 일도 없다. 벌거벗은 그리스 어느 신의 조각상과 꼭 닮은 비서 한 사람이, 투쟁 중에 K에게 맹렬히 공격을 받고 있다. 그것은 보기에도 참 우스운 광경이었다. 자랑스러운 자세를 취하면서 뻐기고 있는 비서에게 K는 끊임없이 덤벼들어 그를 깜짝깜짝 놀라게 하고 있다. 상대는 불끈 쥔 주먹을 휘두르면서 자기의 알몸을 가리려 한다. 옆에서 보기에 그 동작은 참으로 느렸다. K는 꿈 속에서 그 꼴을 보고는 빙그레 웃었다. 싸움은 오래 계속되지 않았다. K는 한 발짝씩 큰 걸음걸이로 어슬렁거리며 앞으로 나아갔다. 대체 이게 무슨 싸움이란 말인가? 참다운 저항 같은 건 하나도 없었다. 가끔 비서가 흑흑 흐느껴 울 뿐이었다. 이 그리스 신은 소녀가 간지럼을 탈 때처럼 흑흑 소리 내며 울었다. 그러다가 마침내는 아예 가버렸다. K 혼자서 광장에 남았다. 완전히 전투태세를 갖추고 주위를 돌아다보며 적을 찾았다. 그런데 아무도 없었다. 그들은 물러가고 샴페인 잔만이 산산이 부서진 채 땅바닥에 흩어져 있을 뿐이다. K는 그나마도 아주 짓밟아 버렸다. 그런데 발에 유리조각이 박히는 바람에 깜짝 놀라서 눈을 떴다. 선잠을 깬 어린애처럼 기분이 좋지 않았다. 그래도 뷔르겔의 드러난 가슴을 보자 꿈에도 계속되었던 이런 생각이 그의 머릿속을 스쳐갔다. 여기에 너의 그리스 신이 있다. 그리스 신을 새털이불에서 끄집어내라! "그러나" 뷔르겔은 기억을 헤집어 실례를 찾고 있으나 찾지 못하겠다는 듯 골똘히 생각에 잠긴 얼굴로 천장을 쳐다보며 말했다. "그러나 온갖 대책에도 불구하고 민원인들은 밤 시간에 대한 비서들의 약점을(그것을 약점이라고 가정하자면) 자신을 위해서 이용할 가능성이 있어요. 물론 아주 드문, 더 정확하게 말하자면 결코 실현될 수 없는 가능성이지요. 그것은 민원인이 밤중에 느닷없이 나타날 때 생깁니다. 당신은 아마도 이것이 언뜻 보기에 당장이라도 일어날 것 같은데 그렇지 않다고 놀라실 거예요. 그래요. 당신은 사정을 잘 모르시니까요. 그러나 그런 당신이라도 관청 조직이 얼마나 빈틈이 없는지 알면 깜짝 놀라실 거예요. 따라서 이처럼 빈틈이 없는 데서 다음과 같은 일이 일어나요. 무엇인가 관청에 청원할 것이 있는 사람이라든지, 그 밖의 이유로 심문당해야 하는 자는 누구나 곧 지체 없이, 아직 당사자는 그 사건에 대해서 알지도 못하는데 소환을 받게 되죠. 그러나 이렇게 되어도 아직 심리를 받지는 않아요. 대개는요. 아직 시기가 되지도 않았는데, 아무 예고도 없이 갑자기 소환장을 들고 올 수는 없는 노릇이니까요. 기껏해야 시기가 나쁠 때나 공교로운 때 오는 정도지요. 그럴 때면, 그는 단지 소환장에 적힌 날짜와 시간을 지키라는 주의를 받을 뿐이에요. 그런 사람이 시간에 제대로 맞춰온다고 하더라도 보통은 쫓겨날 뿐이지요. 그런 경우 쫓아내는 일은 문제없어요. 민원인이 손에 들고 있는 소환장과 서류에 쓰여 있는 문구 같은 게 언제나 비서들을 납득시키는 것이 아니니까, 강력한 방어 무기가 되는 거예요. 물론 방어라는 것은 그 사건을 담당하는 비서들에게만 해당돼요. 밤중에 자고 있는 다른 비서들을 느닷없이 찾아가는 것도 있을 법하죠. 그러나 부질없는 일일 테니 아무도 그런 짓은 하지 않을 거에요. 그런 짓을 하면 담당비서의 감정을 해치는 것이 고작이니까요. 확실히 우리 비서들은 서로의 일에 대해 질투하는 일은 없어요. 그리고 모두가 과중한 일이 주는 부담을 떠안고 있지만, 민원인이 관할을 무시하는 일은 결코 용납할 수 없어요. 담당자에게 신고해서는 이야기가 잘 진행되지 않을 거라 생각하고, 담당이 아닌 자에게 슬쩍 부탁하려다 실패한 사람이 꽤 많아요. 그런 시도는 다음과 같은 사정에 부닥쳐서 꼭 좌절되고 말아요. 즉 담당 아닌 비서는 그가 밤중에 갑자기 민원인의 방문을 받고 설사 그 민원인을 도와 줄 생각이 간절하다 하더라도, 담당이 아니므로 여느 변호사 정도밖에는 간섭할 수 없어요. 어떤 때는 거기까지도 채 가지 못하지요. 왜냐하면 모든 변호사들보다도 법의 뒷길을 잘 아는 비서는 시간 여유만 있다면 무슨 일을 해 줄 수 있겠지만, 자기 담당이 아닌 다른 일에 소비할 시간 여유 따윈 전혀 없는 까닭이지요. 단지 한순간이라도 그런 일에 시간을 허비할 수 없어요. 이럴 줄을 뻔히 알면서 대체 누가 자기 담당도 아닌 일을 맡아 가지고 밤 시간을 낭비할까요? 게다가 민원인들도 날마다 해야 할 일이 있는 데다가, 담당자로부터 받은 소환이나 지시에 응하려고 하면, 사실 벅찰 테니까요. 다만 벅차다는 말은 물론 민원인들의 입장에서 한 말이고, 우리 비서들의 입장에서 벅차다고 할 때와는 사뭇 뜻이 다르지요." K는 미소를 지으며 고개를 끄덕였다. 이제 확실히 안 것 같았다. 그렇다고 뷔르겔이 한 말에 관심이 갔던 것은 아니고, 단지 그는 지금 이렇게 확신했기 때문이다. 얼마 안 가서 그는 완전히, 이번에는 꿈도 꾸지 않고 잠들어 버릴 것이다. 담당비서들과 담당이 아닌 비서들 사이에 끼어서 또 분주한 민원인들 무리를 앞에 보면서도 그는 깊은 잠에 빠져 버릴 것이다. 그리하여 모든 일에서 떨어져 나갈 것이다. 나지막하고도 흐뭇한 것 같은, 그리고 스스로가 잠드는 데 전혀 효과를 미치지 못하는 뷔르겔의 목소리에, 그는 벌써 완전히 익숙했기 때문에 그 목소리가 잠을 방해하기는커녕 재촉하는 것처럼 느껴졌다.

'방아, 방아, 물방아야, 덜컹덜컹 돌아라! 그댄 나를 위해 덜컹덜컹 도누나!' 그는 생각했다. "자, 그렇다면 어디에." 뷔르겔은 두 손가락으로 아랫입술을 만지작거리면서 눈을 크게 뜨고 목을 쑥 빼며, 애쓰고 방황하던 끝에 어느 매혹적인 경치가 가까워졌다는 듯이 말했다. "자, 그렇다면 어디에, 앞서 말한 드물고 결코 실현될 것 같지 않은 가능성이 있을까요? 그 비밀을 푸는 열쇠는 관할에 관한 규정에 감추어져 있어요. 즉 어떤 사건이든 비서 중에 특별히 정해진 한 사람만이 담당한다는 규정은 없다는 것이지요. 사실 크게 활동적인 조직에서는 결코 그렇게 할 수는 없어요. 한 사람의 비서가 이를 대부분 맡고, 그 밖의 다른 많은 비서는 그다지 깊이 간섭하지 않을 뿐 어느 정도는 그 일에 관계합니다. 아무리 일을 잘하는 일꾼이라 할지라도 대체 그 누가 가장 작은 사건이나마 그에 관한 모든 자료를 한꺼번에 자기 책상 위에 모아 놓을 수 있을까요? 그럴 수는 없어요. 한 사람의 비서가 대부분 맡아서 한다고 나는 말했는데, 그것 자체가 지나친 표현이었어요. 그들 비서들은 일에 거의 관계하지 않는 것처럼 보일 때도, 역시 전면적으로 관계하고 있는 것이 아닐까요? 이런 문제에서는 사건을 파악하는 열정만이 결정적인 요소가 되는 것이 아닐까요? 그리고 이런 열정은 비서들에게 항상 변치 않는 것이고 또 항상 완전한 강도로 존재하는 것이 아닐까요? 그야말로 비서들 사이에는 차이점이 있을지도 몰라요. 사실 그 차이점을 하나하나 늘어놓을 수는 없어요. 그러나 열정에 관해서는 그렇지 않아요. 그들 중에서 자신에게 조금이라도 권한이 있는 사건을 맡아달라고 부탁받으면 무시할 사람은 아무도 없을 거예요. 물론 외부에 대해서는 사건이 질서정연하게 심리되도록 해두어야 해요. 따라서 민원인들에게는 사건마다 정해진 비서가 한 사람씩 전면에 나타나는 것이며, 그들은 그 비서에게 공적으로 사건을 의뢰하게 돼요. 그러나 그때 선발되는 비서가 사건에 대해서 최대의 권한을 가진 사람이어야만 된다는 법칙은 절대로 없어요. 누가 그 역할을 맡게 되는가, 그것은 조직이 결정해요. 또 그때그때 특별한 필요성에 따라 그것을 결정하게 되고요. 실제 사정은 대충 이렇습니다. 그런데 측량기사 양반, 좀 생각해 보세요. 민원인이 지금 당신에게 말씀드린 것처럼 장애와 난관은 어디로 가나 놓여 있는 데도 불구하고, 한밤중에 그 사건에 크지 않은 권한을 가진 비서를 갑자기 방문한다는 가능성이 있겠는가, 그 점을 좀 생각해 보세요. 그런 가능성에 대해서 당신은 아직 한 번도 생각해 본 적이 없으시겠지요. 아무래도 그런 것 같아요. 사실 그런 일은 생각할 필요조차 없어요. 왜냐하면 그런 가능성이란 결코 없다고 해도 좋을 만큼 희박하니까요. 그처럼 촘촘한 체로 거르는 데도 그것을 빠져나가는 민원인이란, 매우 작고 교묘한 생김새여야만 할 테니까요! 그런 것이 있을 리 없다고 당신은 생각하시겠지요? 그 말씀이 옳아요, 그런 건 절대 없어요. 그러나 어느 날 밤에—모든 것을 보증할 수 있는 사람이란 없지요—그것이 나타나요. 물론 내가 알고 있는 비서 중 과거에 그런 사람은 한 명도 없었지만, 이걸로는 증명이 되지 않아요. 내가 아는 비서의 수는 여기서 문제가 된 사람의 수에 비하면 아주 한정되어 있지요. 더욱이 그런 꼴을 당한 비서가 그것을 고백하리라고는 도저히 장담할 수 없어요. 아무튼 그건 완전히 개인적인 일일뿐더러 어떤 의미에서는 관리로서의 체면과 관계있는 일이니까요. 어쨌든 내 경험이 증명하는 바에 따르면, 지금 문제가 되는 것은 아주 드물고 이전부터 겨우 풍설로만 떠도는, 그 밖의 다른 아무것으로도 증명되지 않는 것이지요. 따라서 그런 것을 걱정하는 일은 아주 지나친 생각이라는 겁니다. 만일 실제로 그런 일이 일어났다고 해도, 세상에 그런 일이 없다고 증명할 수만 있다면—증명하기는 대단히 쉽지요—문제는 무난히 처리되는 셈이지요. 그렇게 생각해야 될 거예요. 어쨌든 그에 대한 불안 때문에 이불 밑에 숨어서 마음 놓고 바깥을 내다보지 못한다는 것은 아주 병적인 것이지요. 게다가 만일 전혀 있을 것 같지 않은 일이 갑자기 어떤 형태로 나타난다면, 그때는 모든 게 끝장일까요? 그렇지 않아요. 모든 게 끝장나는 것은 가장 있을 것 같지 않은 일 중에서도 더욱 있을 수 없는 일이지요. 그렇다고 해도 민원인이 방 안으로 들어와 버리면 사정은 아주 곤란해져요. 그때는 가슴이 죄는 것 같아요. '얼마 동안이나 견 뎌낼 수 있을까?' 스스로 물어봐야 해요. 그러나 전혀 견딜 수 없다는 것은 명백한 사실이지요. 상황을 제대로 판단해야 해요. 한 번도 본 적 없이 늘 기다리기만 하였던, 참다운 갈망으로 기다리고만 있었던, 그리고 언제나 목 적을 이룰 수 없다는 것을 당연하게 생각하고 있었던 민원인이 거기에 앉아 있어요. 그 민원인은 잠자코 거기 있는 것으로 자신의 가없은 삶 속으로 뚫 고 들어와 달라고, 그 삶을 비서 자신의 것이라 생각하고 물색해 달라고, 그 리고 거기서 그의 절망적인 요구를 함께 고민해 달라고 청하는 것 같아요. 고요한 밤이면 그것은 유달리 매혹적이지요. 그러나 이 청에 응한다는 것은 엄밀한 의미에서 관리의 신분을 포기한다는 거나 마찬가지예요. 하지만 이 런 상태에서 청을 거부한다는 것은 불가능한 일이죠. 정확히 말하면 될 대로 되라는 기분이고, 더 정확하게 말하면 무척 행복한 상태라고 말할 수 있어 요. 그리고 될 대로 되라는 절망적인 기분은 무방비 상태와도 일맥상통하지 요. 우리는 무방비 상태로 여기 앉아서 민원인의 탄원을 기다리고 있어요. 그리고 상대가 한 번 입 밖에 낸 소원은 들어줄 수밖에 없다는 사실도 잘 알 고 있어요. 우리가 검토해 본 바로는 그 소원이 관청조직을 와해시키는 것이 라도 그래요. 사실 이런 일은 공무집행 중에 일어나는 최악의 경우이지요. 왜냐하면 첫째로—그 밖의 일은 다 그만두고라도—자기를 위한 터무니없는 승진을 요구하기 때문이에요. 말하자면 우리 지위로는 지금 여기서 문제가 되는 것 같은 탄원을 들어 줄 권한은 전혀 없으니까요. 그러나 한편으로는 밤에 민원인이 가까이 있는 것으로써 어느 정도 우리의 직무 능력도 커져요. 우리는 관할권 밖의 일까지도 떠맡아 수행하게 되지요. 마치 숲 속의 도둑처 럼 민원인은 다른 때 같으면 도저히 우리에게 강요할 수 없는 희생을 밤에 요구하는 것이지요. 그런 겁니다. 좌우간 지금 민원인은 여전히 거기 있으면 서 우리의 힘을 북돋우고, 강요하고, 격려합니다. 그래서 모든 일이 반은 넋 나간 상태에서 진행되지요. 그러나 그 다음은 어떻게 될까요? 일이 끝나면 민원인은 흡족하고 홀가분한 마음으로 우리에게서 떠나 버리지요. 우리만 무방비 상태로 거기에 남아서 우리의 직권남용에 대해 어떻게 될 것인지 걱정한답니다. 그런데도 우리는 행복해요. 얼마나 자멸적인 행복인가요! 물론 우리는 그 속사정을 민원인에게 감출 수도 있을 거예요. 민원인은 아무것도 깨닫지 못하죠. 사실 민원인은 아무래도 좋은 우연한 이유에서―지치고 낙담한 나머지 실망 때문에 아무 생각 없이―생각했던 것과는 다른 방으로 침입한 것이지요. 그리고 영문도 모른 채 거기 앉아서 열심히―만일 그가 무엇이든 열중할 수 있다면―자기 과실이나 피로에 대한 생각에 잠겼어요. 그를 그대로 내버려 두어야 할까요? 아니 그건 안 되죠. 우리는 그 행복한 사람에게 독특한 잡담으로 모든 것을 다 설명해 버려요. 우리는 조금도 수고를 아끼지 않고 무슨 일이 일어났나, 어떤 이유에서 일어났나, 그리고 이 기회가 무척 드물고도 전례 없이 귀중한 것이라는 사실 등을 기어코 상세히 가르치고야 말죠. 우리는 다음과 같은 일까지 가르쳐 주게 돼요. 민원인은 의지할 곳 없이―의지할 곳이 없다는 것은 민원인으로서 당연한 일이지만―헤매다가 우연히 이 절호의 기회를 얻은 것이다. 그래서 이제 그가 마음만 먹으면―측량기사 양반, 잘 들어 주세요―모든 일을 뜻대로 할 수 있다. 더군다나 그러기 위해서는 민원인이 자기 소원을 말하기만 하면 된다. 이쪽에서는 벌써 소원을 들어 줄 준비가 되어 있을뿐더러 들어주고 싶어서 벼르고 있다고, 그런 말을 죄다 해 줘 버려요. 관리가 고생하는 것은 이때지요. 우리가 그것까지 한다면 측량기사 양반, 그건 아무래도 필연적인 일이 일어났다는 것이지요. 우리는 겸손한 태도로 꾸준히 기다려야만 해요."

K는 이 모든 이야기엔 아랑곳없이 잠에 빠져들어 있었다. 처음 K는 침대 기둥 위에 왼팔을 얹고 그 위에 머리를 올려놓고 있었는데, 그 머리가 미끄러져서 허공에 뜨더니 점점 아래로 수그러졌다. 왼팔로 몸을 의지하는 것만으로는 충분치 않아서 K는 저도 모르게 오른팔을 이불 위에 뻗치고 지탱하려고 했으나 공교롭게도 이불 밑으로 쑥 내민 뷔르겔의 발을 잡아 버렸다. 뷔르겔은 그쪽을 바라보고 퍽 언짢았지만 발을 오므리지 않았다.

그때 한쪽 벽을 두서너 번 세게 두드리는 소리가 났다. K는 깜짝 놀라 눈을 뜨고 벽을 쳐다보았다. "측량기사가 거기에 있나요?" 묻는 소리가 들렸다. "있어요." 뷔르겔이 대답하고 K의 손에서 발을 빼더니 갑자기 어린애처럼 난폭하게 침대에 드러누워 버렸다. "그러면 이제 이쪽으로 보내주세요."

벽 쪽에서 소리가 났다. 뷔르겔과 K가 할 말이 남았을지도 모른다는 것 따위 조금도 고려하지 않은 말투였다. "에를랑어 목소린데." 뷔르겔은 속삭이듯 말했다. 그는 에를랑어가 옆방에 있다고 놀라는 기색도 보이지 않았다.

"그에게 빨리 가보세요. 벌써 골내고 있을 테니까요. 될 수 있으면 그의 마음을 진정시키도록 하세요. 그는 대체로 잘 자는 편이지만 우리가 너무 큰 소리로 지껄였어요. 사실 어떤 문제에 관해 말할 때는 자기 스스로 목소리를 억제할 수 없으니까요. 좌우간 가보세요. 당신은 완전히 잠에서 깨지 못한 모양이시군요. 가보세요. 여기에 볼일이 남았나요? 아니, 졸음 때문에 사과하지 않았도 돼요. 그렇지 않아요? 체력에는 한계가 있고, 이 한계라는 것이 중요하다는 것을 무시할 수 없지요. 그런 일에 대해서는 아무도 책임을 질 수 없어요. 우주까지도 한계에 따라 운행을 조정하고 균형을 유지하고 있어요. 다른 점에서는 별로 흥미롭지 않지만, 이 점에서의 우주란 상상조차 할 수 없을 만큼 기막히게 잘되어 있는 묘한 조직체계지요. 자, 가보세요. 왜 당신이 나를 그렇게 뚫어지게 바라보고 있는지 도무지 알 수 없군요. 만일 당신이 더 우물쭈물하시면, 에를랑어는 내게 덤벼들 거요. 나는 되도록이면 그런 것을 피하고 싶으니까 어서 가보세요. 저쪽에서 무엇이 당신을 기다리는지 누가 압니까? 여기는 모든 일에서 기회가 얼마든지 있어요. 물론 이용하기에는 지나치게 큰 기회뿐이지만요. 세상에는 자기 자신으로 인해 좌절을 맛보는 일도 많이 있지요. 참으로 놀랄 말 아닌가요. 사실 지금 같으면 그래도 좀 잠잘 수 있을 것처럼 느껴지네요. 물론 지금은 5시고 곧 시끄럽기 시작할 테지만, 좌우간 당신만이라도 나가 주세요!"

깊은 잠에서 갑자기 깼기 때문에 정신은 흐리멍덩하고, 아무리 자도 모자랄 정도로 졸리기만 했을 뿐더러, 어색한 자세로 졸았기 때문에 온몸이 구석구석 쑤셨다. K는 일어설 엄두도 못 내고 손으로 이마를 짚으며 시선을 무릎 위에 떨어뜨리고 있었다. 아무리 뷔르겔이 끊임없이 작별을 재촉했다 하더라도 그를 방 밖으로 내몰 수 없었을 것이다. 다만 이 방에 더 남아 있어도 아무 소용없다고 느꼈기 때문에 그는 천천히 방을 떠나려고 했다. 방은 말할 수 없이 삭막하게 보였다. 그렇게 된 건지, 처음부터 그랬는지는 알 수 없었다. 여기서 두 번 다시 잠들 수 없을 것이다. 이 확신이 행동을 결정하는 계기가 되기도 했다. 그래서 그는 살짝 미소를 띠며 일어나 의지할 만한 것이라면 무엇이든, 침대, 벽, 문 할 것 없이 마구 붙잡고, 이미 뷔르겔에게 작별을 고했다는 듯 인사도 하지 않고 나가 버렸다.

24

열린 문 옆에 선 에를랑어가 아는 체하지 않았더라면, K는 그 방 앞을 무심코 지나갔을지도 모른다. 아는 체라고는 하지만 둘째손가락으로 잠깐 신호를 보냈을 뿐이었다. 에를랑어는 이미 출발준비를 완전히 마친 뒤라, 옷깃이 꽉 끼고 목 위까지 빈틈없이 단추를 채운 검은 모피 외투를 입고 있었다. 하인 하나가 마침 그에게 장갑을 내주고 있었다. 하인은 다른 손에 털가죽 모자를 들고 있었다. "당신은 벌써 훨씬 전에 찾아왔어야 했어요." 에를랑어는 지그시 눈을 감고 변명 같은 건 필요 없다는 표정을 지었다. 잠시 뒤 그는 다시 말했다. "중요한 이야기입니다. 전에 프리다라는 여자가 술집에서 일하고 있었어요. 나는 그녀의 이름을 기억할 뿐, 사람을 잘 알지는 못해요. 그녀에 대해서는 내 알바가 아니니까요. 그 프리다가 가끔 클람에게 맥주를 가지고 왔어요. 지금 거기선 다른 여자가 일하는 모양이더군요. 물론 이 정도의 변화란 아무것도 아닌데, 이건 아마 누구에게나 다 마찬가지일 겁니다. 더군다나 클람에게는 더 말할 나위도 없어요. 그러나 어떤 일이 커지면 커질수록—물론 클람의 일이 가장 큽니다—외부로부터 자기 자신을 지키는 힘은 줄어들어요. 그 결과 아주 하찮은 일의 대수롭지 않은 변화 하나하나가 은근히 사람의 마음을 어지럽히는 수도 있어요. 책상 위의 아주 작은 변화, 오래전부터 있던 얼룩이 없어지기만 해도 마음이 뒤숭숭해져요. 시중드는 여자가 새로 왔을 때도 그렇지요. 물론 그 모든 일은—다른 사람들 같으면 그것이 일을 방해한다고 하지만—클람의 정신을 산란하게 할 염려는 없어요. 그것은 도무지 문제가 되지 않지요. 그래도 우리는 될 수 있는 대로 클람을 기분 좋게 해줄 의무가 있어요. 따라서 클람에게는 아무 방해가 되지 않는 일일지라도—대체로 그에게 방해란 있을 수 없으니까—제3자인 우리 눈으로 봐서 방해가 되지 않을까 의심가는 경우에는 될 수 있는 한 그것을 없애도록 노력해야 하지요. 그렇다고 해서 그나 그의 일을 위해서 우리가 이러는 것이 아니라, 우리 자신을 위해서, 우리 양심과 안녕을 위해서 그렇게 하는 거죠. 그러므로 프리다는 곧 술집으로 돌아가야 합니다. 어쩌면 프리다가 돌아가는 일로 물의를 일으킬지 모르지만, 그런 경우에는 그 여자를 다시 돌려보내기로 하고, 어쨌든 지금 그녀는 술집으로 돌아가야만 해요. 내가 듣기에는 당신이 그녀와 동거하고 있다는데, 그렇다면 그녀가 곧 돌아가도록 힘써 주세요. 지금 개인적인 감정 같은 건 도무지 고려할 수 없어요. 이런 일은 설명할 필요도 없어요. 따라서 나는 더 이상 이 문제를 언급하지 않겠습니다. 당신이 이 사소한 일을 인정해 주신다면, 다른 기회에 당신이 유리하게 될 수도 있을 겁니다. 이렇게 따지면 내가 필요 이상의 일을 한 셈입니다. 내가 당신에게 말할 것은 이것뿐입니다." 그는 작별인사로 K에게 고개를 끄덕이고 하인이 내민 털가죽 모자를 쓰고는 그 하인을 거느리고, 약간 절름거리면서 빠르게 복도를 내려갔다.

여기선 가끔 명령이 떨어지지만, 모두 손쉽게 할 수 있는 성질의 것이었다. 그러나 K는 이처럼 손쉽게 수행할 수 있다는 것을 기뻐하지 않았다. 명령이 프리다와 관계된 일이고, 더군다나 명령으로 한 소리가 K에게는 마치 비웃음처럼 들릴 뿐더러, 무엇보다도 그 명령으로 모든 노력이 소용없어졌다는 사실을 알게 되었기 때문이다. 명령은 불리한 것이나 유리한 것이나 모두 그의 머리 위를 지나가 버렸다. 유리한 명령도 따져 보면 결국 불리한 것이었지만 어쨌든 모두 그의 머리 위를 지나가 버렸다. 그리고 그는 그 명령에 간섭하거나 또는 완전히 그것을 침묵시켜서 자기 목소리에 귀를 기울이게 하기에는 너무나 신분이 낮았다. 에를랑어가 거절하면 나는 어떻게 할 것인가? 그가 거절하지 않는다 하더라도 그에게 뭐라고 말할 수 있을까? 물론 그동안 불리했던 여러 형편보다 오늘 그에게 화근이 된 것은 피로였다는 사실을 K는 잘 알았다. 자기 몸을 믿을 수 있다고 자신만만하던 그가, 또 이런 확신이 없었더라면 결코 타향으로 출발했을 리도 없던 그가 왜 불편했던 이삼 일간의 밤과 잠을 잘 수 없던 하룻밤을 견디어 낼 수 없었던가? 왜 마침내 여기서 이처럼 몸을 이겨 내지 못할 정도로 지쳐 버렸던가? 여기엔 아무도 지친 사람이 없고, 아니 누구나 한결같이 지쳐 있기는 하지만 그 점이 일을 방해하기는커녕 오히려 촉진시키고 있는 형편이다. 그러고 보면 K의 피로와는 전혀 다른 독특한 것이라고 결론지을 수 있다. 여기서는 행복한 일을 하는 도중에도 피로한 것처럼 보인다. 그러나 겉으로는 피로처럼 보이는 것도 사실은 온전한 안식이자 평화이다. 낮에 사람이 약간 지친듯 보인다면,

그것은 하루가 행복하고 순조롭게 흘러가는 증거라고 할 수 있다. "여기 양반들은 언제나 한결같이 대낮이군." K는 중얼거렸다.

이 생각은, 아직 5시인데 복도의 어디나 활기를 띠기 시작한 것과 참으로 좋은 조화를 이루었다. 방마다 요란스럽게 지껄이는 소리는 무언가 매우 기쁜 일이나 있는 성싶었다. 그것은 소풍 준비를 하는 어린이들의 환성처럼 들리기도 하고 닭장에서 일제히 날개를 치고 날아올라가려는 닭들처럼, 동이 트는 아침과 완전히 딱 맞아떨어지는 기쁨처럼 들렸다. 어디선지 관리 한 사람이 닭 울음소리를 흉내 냈다. 복도에는 물론 아직도 사람 그림자는 보이지 않았으나, 문들은 벌써 움직이기 시작했다. 끊임없이 문이 잠깐씩 열리는가 하면 곧 다시 닫혔다. 이리하여 복도는 문이 열렸다 닫혔다 하는 소리로 시끄러웠다. 가끔 K는 그 천장까지 닿지 않는 벽 위의 빈틈에, 아침이라 손질하지 않아서 흩어진 머리가 뵐락말락하는 것을 보았다. 멀리서 서류를 실은 수레를 끌고 하인 한 사람이 천천히 다가왔다. 또 다른 하인 하나는 수레와 나란히 걸어오면서 손에 든 목록을 보았는데, 그걸 가지고 문 번호와 서류 번호를 맞추어 보는 모양이었다. 수레는 거의 모든 문 앞에 섰다. 그러곤 대개 문이 열리고 관계 서류는, 가끔은 그저 종이쪽지 한 장뿐인 경우도 있었지만, 방 안에 넣어졌다. 그런 때면 방 안에서 복도를 향하여 짧은 말소리가 들렸다. 문이 닫힌 채로 있을 때는 서류를 조심스럽게 문 앞에 쌓아 놓았다. 이런 경우 서류가 벌써 배달되었는데도 그 근처 문의 움직임은 그치지 않고, 오히려 더 심해지는 것 같았다. 그것은 아마도 다른 방에 있는 사람들이 거기 문 앞에 아직 놓여 있는 서류를—왜 그런지 이유는 도무지 알 수 없었지만—은근히 엿보기 때문인 모양이었다. 그 방 사람들이 문을 열기만 하면 손쉽게 서류를 찾을 수 있는데 왜 열지 않는지, 도무지 알 수 없었다. 그 서류가 나중까지 치워지지 않고 있으면, 마지막에는 다른 사람 몫으로 나누어지는 일이 없다고 장담할 수도 없었다. 사실 사람들은 몇 번이나 실정을 살펴서 서류가 여전히 문 앞에 있는가, 자기들에게 분배될 희망이 있는가, 그 점을 확인하려 했다. 그런데 방치된 서류들은 대개 큰 묶음으로 되어 있었다. 그래서 K는 이것들을 자만심이나 악의에서, 또는 동료를 분개시키려는 마음에서 잠시 내버려둔 거라고 생각했다. 그가 이 가정을 확신하게 된 것은 가끔—그것은 으레 그가 똑바로 쳐다보지 않을 때였지만—오랫동안 실컷 구경거리가 된 그 서류 묶음이 갑자기 방 안으로 끌어들여진 뒤에 문이 다시 전같이 꼭 닫혀서 움직이지 않았기 때문이다. 그러자 끊임없는 매혹의 대상이 드디어 치워진 것에 대해서 실망했거나 만족했는지 주위의 문도 조용해지고, 다시 천천히 움직이기 시작했다.

K는 그런 모든 광경을 단순한 호기심뿐만 아니라 상당한 관심을 기울여 바라보고 있었다. 그는 자기가 이 활동적인 움직임의 한복판에 있는 것 같아서 하인들의 뒤를—적당한 거리를 두고 있다고는 하지만—따라 걸어가며 그들이 나눠주는 것을 바라보았다. 물론 몇 번이나 하인들은 고개를 숙이고 입술을 삐죽 내밀며 매서운 눈초리로 그를 돌아보았다. 나눠주는 일은 앞으로 갈수록 순조롭지 않아서 목록이 전혀 맞지 않기도 하고, 또 하인들이 반드시 서류의 구별을 잘한다고는 할 수 없어서 신사들이 이의를 제기하기도 했다. 아무튼 나눠준 것을 회수해야만 하는 일도 상당히 있는 모양이라서, 그럴 때면 수레가 되돌아와 서류 반환 문제를 놓고 문틈으로 담판을 했다. 담판 짓기는 대단히 까다로웠다. 돌려주는 일을 둘러싸고 옥신각신하기 시작하면 전에는 굉장히 활기를 띠고 움직이던 문도 이번에는 요지부동으로 잠겨서, 그런 것은 이제 아예 듣고 싶지도 않다는 식으로 보일 때가 가끔 있었다. 사태가 이쯤 되고 보면 그때부터 진짜 까다로운 일이 시작된다. 서류를 요구할 권리가 있다고 생각하는 사람들은 굉장히 초조해하며, 방 안에서 요란스러운 소리를 내기도 하고 손뼉을 치고 발을 구르는가 하면 문틈으로 몇 번이나 되풀이해서 복도를 향해 특정 서류번호를 소리치기도 했다. 그럴 때 수레는 그대로 내버려진 채, 하인 한 사람은 흥분해서 날뛰는 사람을 타이르려고 정신이 없었으며 또 한 사람은 닫힌 문 앞에서 서류를 돌려받는 일로 옥신각신하고 있었다. 두 사람 다 무척 고생하고 있었다. 흥분한 사람은 달래려고 하면 더욱 흥분하여 하인의 실속 없는 말에는 전혀 귀를 기울이지 않았다. 그에게는 위안의 말이 필요한 것이 아니라 서류가 필요한 것이다. 그런 중에 한 사람이 세숫대야에 가득 찬 물을 문 위 천장 사이에 뚫린 빈틈으로 하인에게 뒤집어씌웠다. 그리고 계급이 하나 높은 또 다른 하인은 더욱 무서운 꼴을 당했다. 일반적으로 상대가 협상을 시작하려고 하면 거기에는 지극히 구체적이고 사무적인 타협이 뒤따른다. 하인은 목록을, 관리는 자기 각서와 더불어 자기가 돌려줘야 하는 해당서류를 각각 증거물로 제시한다.

그런데 관리 쪽에서는 서류를 손에 꼭 쥐고는, 끊임없이 보려고 덤비는 하인의 눈에 서류의 어느 부분도 보이지 않도록 경계한다. 하인은 그럴 때면 또 새로운 증거물을 가지러 수레 옆으로—수레는 약간 경사진 복도 위에서 자꾸 조금씩 앞으로 굴러갔다—뛰어가기도 하고, 또는 서류를 요구하는 사람에게로 가서 이번에는 지금까지의 소유자 항의 대신에 그와 정반대의 항의를 들어야 했다. 이런 협상은 대단히 오래 걸렸는데, 때로는 의견이 일치해서 서류의 일부를 제출하기도 하고, 단지 서류가 뒤바뀌기만 한 경우에는 대신 다른 서류를 받기도 했다. 그러나 때로는 반환이 요구된 모든 서류를 선뜻 돌려주어야만 하는 일도—하인의 증명으로 그가 궁지에 빠졌든, 또 끊임없는 타협에 싫증이 났든지 간에—있는 모양이었다. 그럴 때 그는 서류를 하인에게 내주지 않고 갑자기 그것을 멀리 복도로 내동댕이쳐 버렸다. 그래서 동여맸던 끈은 풀어지고 종이들이 날아가 버리면, 하인은 그것을 제대로 주워 모으느라고 여간 애를 쓰는 게 아니었다. 그러나 이런 것도 하인이 돌려 달라고 부탁해도 대답 없는 경우와 비교하면 훨씬 나은 편이었다. 대답을 듣지 못할 때면 하인은 닫힌 문 앞에 서서 하소연하고, 맹세하고, 목록을 든 손을 떨며 관청의 규칙을 인용하기도 하지만, 모두 소용이 없어서 방 안에서는 한마디도 들려오지 않는 것이다. 하인은 허가 없이 방 안으로 들어갈 권리가 없었다. 그럴 때면 우수한 하인이라 할지라도 자제심을 잃어버렸다. 그는 수레 옆으로 가서 서류 위에 걸터앉아 이마의 땀을 닦고, 잠시 동안은 하염없이 다리만 간들간들 흔들 뿐이었다. 그러면 이런 상황에 굉장한 관심을 쏟는 주위 사람들이 여기저기서 수군거렸으며, 조용하게 가만히 있는 문은 하나도 없었다. 게다가 벽 위쪽 난간에서는 기묘하게도 얼굴 대부분을 가린 사람들이 잠시도 같은 자리에 머무르지 않고 쭉 일이 어떻게 되어가는지를 지켜보고 있었다. K는 이렇게 뒤숭숭한 소동의 와중에도, 뷔르겔의 방이 그동안 쭉 닫혀 있었다는 사실과, 하인이 벌써 그 부근을 지나갔는데도 뷔르겔에게는 서류가 한 장도 배달되지 않았다는 사실을 깨닫게 되었다. 아마 뷔르겔은 아직도 자고 있을 것이다. 아무튼 이렇게 시끄러운 속에서도 자고 있는 걸 보니 참 건강한 수면 습관임에 틀림없었다. 그러나 왜 그는 서류를 받지 못했을까? 이렇게 무시당한 방은 몇 되지 않았고, 더군다나 사람이 없다고 추측되는 방뿐이었다. 한편 에를랑어의 방에는 벌써 새로운, 매우 요란한 손님들이 들어왔다. 에를랑어는 날이 새기도 전에 그 손님에게서 내쫓긴 격이었다. 이런 일은 에를랑어의 냉정하고도 꼼꼼한 성격에는 어울리지 않았으나, 그가 문지방에서 K를 기다려야만 했던 사실이 그 이유를 설명해 주고 있었다.

K는 자신과 별 관계 없는 이 모든 일을 지켜보면서도 자꾸만 심부름꾼 하인을 되돌아보았다. 언젠가 K가 일반 하인들에 관해서 들은 이야기, 즉 그들의 무위무능이라든지 편안한 생활, 거만한 태도에 관해서 들은 이야기는 적어도 이 하인에게만은 해당되지 않았다. 확실히 하인들 사이에도 예외가 있는 모양이었다. 그렇지 않으면—이쪽이 더 가능성이 많은 것 같은데—그들 사이에 여러 부류가 있는 듯했다. 왜냐하면 K가 느낀 바로는 여기에 참으로 많은 부류가 있었기 때문이다. 특히 이 하인의 고집은 그의 마음에 쏙 들었다. 이처럼 작고 완고한 방들과의 싸움에서 하인은 한 걸음도 양보하지 않았다. K는 방 안에 사는 사람들을 보지 못했기 때문에 그것이 종종 방 그 자체와의 투쟁인 것처럼 느껴졌다. 물론 하인은 지쳐서 녹초가 되었지만—어떤 사람인들 녹초가 되지 않으랴! —곧 기운을 차리고 수레에서 미끄러져 내려와 꼿꼿이 서더니 이를 악물고 다시 정복해야 할 문을 향해 걸어갔다. 그는 두 번이고 세 번이고 격퇴당했지만—물론 짓궂은 침묵이라는 간단한 방법으로—조금도 물러서지 않았다. 그리하여 정면공격으로는 무엇 하나 얻어내지 못하리라는 것을 깨닫자 이번에는 다른 방법으로, K가 올바르게 이해했다면, 계략을 써서 공격해 보려고 했다. 하인은 문을 떠나는 척 하며, 그 문이 침묵으로 제풀에 지치도록 했다. 그리고 다른 문으로 갔다가 잠시 뒤 되돌아오더니 일부러 큰 소리로 다른 하인의 이름을 불렀다. 그리고 자기 생각이 달라져서 방 안 사람에게는 아무것도 빼앗지 않는 게 옳을 뿐더러, 오히려 그에게 더 많이 나누어 주어야 한다고 말하듯이 그 닫혀진 문 앞에 서류를 쌓기 시작했다. 그런 다음 하인은 걸어가면서 여전히 문을 주목하고 있었다. 그리하여 방 안 사람이 서류를 가져가려고 살그머니 문을 열면—대개는 곧 그렇게 되었다—하인은 펄쩍 뛰어서 어느새 방 앞에 이르러 발끝을 문과 문설주 사이에 끼워 넣고는 그 사람에게 담판하기를 요구했다. 이런 것은 대부분 상당히 만족할 만한 결과를 가져왔다. 또 이런 것이 잘 먹히지 않거나, 어떤 문에서는 옳은 방법처럼 보이지 않을 때에는, 다른 수단을 쓰기

도 했다. 그럴 때면 서류를 요구하는 사람에게 온 힘을 쏟았다. 그는 별 쓸모없는 조수인, 언제나 기계적으로 일하는 또 한 사람의 하인을 옆으로 제쳐놓고, 머리를 깊숙이 방 안에 처넣고는 남몰래 속삭이는 목소리로 신사를 설득하기 시작했다. 다음 분배 때에는 다른 사람에게 응분의 벌을 주겠다고 장담하는 것 같았다. 그는 몇 번이고 다른 사람의 문을 손가락으로 가리키고 피곤하지만 할 수 있는 만큼 웃음을 터뜨렸다. 그렇다고 해도 한두 번은 모든 시도를 포기해 버리는 경우도 있었다. 하지만 그럴 때도 K는 그것이 단지 표면상의 포기라고, 또는 적어도 뭔가 그럴 듯한 이유가 있다고 믿었다. 왜냐하면 하인은 조용히 걸어 나갔고 불평하는 신사의 소동을 아무 내색 없이 참았기 때문이다. 다만 그가 가끔 오랫동안 눈을 감고 있는 것으로 보아 이 소동 때문에 고민함을 알 수 있었다. 그러나 그 방 안 사람의 마음은 점점 가라앉았다. 그의 울부짖음은 마치 끊임없는 어린애의 울음소리가 점점 간격을 두고 흐느껴 우는 소리로 옮겨가는 것과 비슷했다. 그러나 조용해진 뒤에도 몇 번씩 간간이 흐느낌이 들렸고 문을 여닫는 소리가 났다. 좌우간 여기서 하인이 취한 태도는 완전히 옳았다는 것이 밝혀졌다. 이리하여 결국 마지막에는 만족하려 들지 않는 한 사람만이 남았다. 오랫동안 그는 잠자코 있었는데, 그것은 단지 숨을 돌리기 위한 것이었다. 드디어 갑작스럽게 침묵을 깨뜨리고 전보다 더욱 심하게 고함지르기 시작했다. 왜 그 사람이 그렇게 외치고 호소하는지 도무지 알 수 없었다. 아마도 서류분배 때문만은 아니었던 모양이다. 그동안 하인은 그럭저럭 일을 끝마쳤다. 다만 서류가 한 장, 그것도 메모철에서 떨어진 종이쪽지 한 장이 보조하는 사람의 잘못으로 수레에 남아 있었다. 그런데 이제 그것을 누구에게 나눠줄 것인지 알 수 없었다. ‘혹시 내 서류일지도 모르겠다.’ 그런 생각이 K의 머릿속을 번갯불처럼 스쳐갔다. 면장은 이렇듯 지극히 드문 경우의 이야기를 한 적이 있었다. 그리하여 K는 사실 그런 가정을 대수롭지 않은 웃음거리로 생각하고 있었지만, 결국 그 쪽지를 심상치 않게 한참 동안 들여다보고 있는 하인에게로 가까이 가려고 했다. 쉬운 일은 아니었다. 그 하인은 K의 호의에 반감을 보였다. 지금까지 괴로운 일을 하는 도중에도 귀찮아선지 조바심에선지 신경질적으로 고개를 돌려 K쪽을 바라보았다. 분배가 끝난 지금에야 그는 K를 좀 잊은 것 같았다. 그 밖의 모든 일에 무관심해졌다고 해야 하지만, 그가 극도로 지친 것을 생각하면 그것도 무리가 아니었다. 그는 지금 그 종이쪽지에 대해서 그다지 마음을 쓰지 않았다. 그는 쪽지를 읽어 보지도 않았으며, 단지 겉으로만 그런 체하고 있었을 따름이다. 여기 복도에 있는 한 방에 그 쪽지를 주면, 그 방 주인은 기뻐할 것이다. 그러나 그는 다른 결심을 했다. 그는 서류를 나눠주는 일에 이미 신물이 났다. 그는 둘째손가락을 입술에 대고 함께 온 하인에게 잠자코 있으라고 신호를 하더니—K는 아직도 그에게서 상당히 떨어진 곳에 있었다. —그 쪽지를 짝짝 찢어서 주머니에 집어넣었다. 이것은 아마도 K가 이곳에서 처음 목격한 규칙위반이었을 것이다. 어쩌면 K는 규칙위반이 뭔지 올바르게 이해하지 못했을 수도 있다. 그러나 가령 그것이 규칙위반이라고 할지라도 용서될 수 있었다. 여기를 지배하고 있는 여러 가지 사정으로 보아 하인이 아무 과실 없이 일한다는 것은 불가능한 일이었다. 쌓이고 쌓인 분노와 불안은 언젠가 한 번은 터질 수밖에 없었는데, 단순히 작은 쪽지를 찢는 것으로 그 마음을 풀었다면, 그래도 순진한 행동이었다. 어떤 방법으로도 가라앉힐 수 없던 방 안 사람의 목소리는 여전히 복도에 쨍쨍 울렸다. 두 하인은 다른 점에서는 그다지 사이가 좋지 못했지만, 이 소음에 대해서는 완전히 의견이 일치되는 모양이었다. 그 신사는 마치 소란 피우는 임무를 맡은 것만 같았다. 하인은 고개를 끄덕이면서 계속 하라고 그를 격려했다. 그러더니 더는 개의치 않고 자기 일을 다 끝마쳤다. 그는 수레 손잡이를 또 한 사람의 하인에게 잡으라고 재촉했다. 그리하여 두 사람은 왔을 때와 마찬가지로 수레를 끌고 출발했는데, 전보다 마음이 흐뭇했고 수레도 그들 앞에서 뛸 정도로 빨리 밀려 갔다. 두 사람은 단 한 번 몸을 움츠리고 뒤를 돌아보았을 뿐이었다. 끊임없이 고함을 지르던 사람은 그것으로는 충분치 못했는지, 이번에는—그가 뭘 바라는지 알고 싶었던 K가 마침 그 문 근처를 헤매고 돌아다닐 때—고함지르는 것을 그만두고 미리 위치를 알아둔 듯한 벨을, 수고를 덜게 된 것을 대단히 기뻐하면서 쉴 새 없이 울리기 시작했다. 그러자 다른 방들도 점점 시끌시끌해졌다. 그처럼 왁자한 소리는 찬성을 의미하는 것 같았다. 그 사람은 모두가 훨씬 전부터 하고 싶은 생각은 간절했으나 왠지 망설이고 있었던 일을 해치운 모양이었다. 그 사람이 벨을 울린 것은 프리다에게 심부름을 시키기 위해서가 아닐까? 얼마든지 벨을 울리라지. 그런데 프리다는 예레미아스의 머리를 식히기 위해 수건을 얹어

주느라고 대단히 분주했다. 만일 예레미아스가 병이 다 나았다고 하더라도 프리다는 틈이 없을 것이다. 왜냐하면 그때는 그의 팔에 안겨 있을 테니까. 그러나 벨이 울리는 소리는 바로 효과가 있었다. 벌써 멀리서부터 신사관 주인이 평소처럼 단추를 단정히 채운 검은 옷을 입고 바쁜 걸음으로 가까이 왔다. 그런데 허겁지겁 달려오는 모양새로 보아 체통 따윈 잊은 것 같았다. 그는 자기가 큰 불행 때문에 불려왔고, 그것을 붙들어서 가슴에 꼭 눌러 질식시키기 위해 왔다는 듯이, 팔을 반쯤 벌리고 있었다. 그리고 벨소리가 조금이라도 고르지 못하게 울릴 때마다, 약간 깡충 뛰면서 바쁜 걸음을 한층 더 재촉하는 것 같았다. 그의 뒤쪽 멀리에 여주인도 나타났다. 그녀도 팔을 벌리고 달려오고 있었는데, 종종걸음으로 멋까지 부리고 있었다. K는 생각하였다. 그녀는 늦었으니, 그동안 해야 할 일은 남편이 모두 해치워 버릴 것이라고. K는 주인이 달려오는 데 자리를 비켜주기 위해서 벽에 바짝 붙어 섰다. 그런데 주인은 K를 목표로 달려온 것처럼 K 앞에서 걸음을 멈추고, 거기에 또 여주인도 뒤쫓아 와서 서로 K에게 비난을 퍼부었다. K는 놀라고 당황해서 무슨 소린지 이해하지 못했다. 더군다나 그 신사의 벨소리에, 필요해서라기보다도 장난 삼아 흥에 겨운 나머지 다른 벨도 일제히 울리기 시작했기 때문에 더욱 그랬다. 자기 잘못을 자세히 안다는 것은 K에게 대단히 중요한 일이었기 때문에, K는 주인이 자기를 껴안다시피 하면서 이 소동을 등지고 함께 떠나려고 하는 것에 대해서 아주 달갑게 동의했다. 사실 소동은 점점 커졌다. 그들이 지나가자 뒤에서는—K는 한쪽에서는 주인이 다른 쪽에서는 여주인이 쉴 새 없이 말을 걸어 전혀 돌아보지 못했다—문은 모조리 활짝 열리고, 복도는 활기를 띠기 시작하여, 마치 복작복작한 좁은 골목처럼 사람들의 왕래가 빈번해졌다. 한편 그들 앞에 있는 방문들은 방 안 사람들을 내보낼 수 있게 K가 어서 지나가 주기를 초조하게 기다리는 듯했다. 이런 광경 속에서 승리를 축하하려는 듯이 벨이 연달아서 울리고 거기다가 종까지 합세해 시끄러운 분위기를 자아냈다. K는 간신히—그들은 벌써 썰매가 두서너 대 기다리고 있는 조용한, 눈으로 하얗게 덮인 안뜰까지 되돌아왔다—무엇이 문제인지 조금씩 알 수 있었다. 주인이나 여주인은 K가 어떻게 그럴 수 있었는지 이해할 수 없는 모양이었다. "대체 내가 무슨 짓을 했단 말인가요?" K는 질문했으나 오랫동안 명확한 대답을 들을 수 없었다.

두 사람에게는 K의 죄가 너무나 명백했기 때문에, 그들은 K가 진심으로 묻고 있다고는 꿈에도 생각하지 못했다. 그러다 보니, K는 모든 실정을 납득하는 데 꽤 오랜 시간이 걸렸다. 두 사람 이야기의 요점은 다음과 같았다. K가 복도에 나타난 것이 옳지 못했다. K는 술집에 들어가는 정도로―이것도 온정이나 은총을 입어서든지, 아니면 금지명령에 항거해서든지―만족해야 한다. 만일 K가 어느 관리에게 소환당하면 물론 소환된 곳으로 출두해야 하지만, 항상 다음과 같은 사실을 의식하고 있어야 하는 것이다. (K도 보통 사람의 상식쯤은 있을 게 아닌가?) K 자신이 지금 있어서는 안 될 곳에 있다는 것과 어느 관리가 공무집행상 필요해서 할 수 없이 K를 거기로 소환했다는 사실이다. 따라서 K는 재빨리 출두해 심문을 받고 돌아갈 때는 더 빨리 사라져야 한다. 대체 K는 그 복도에 있었을 때, 자기가 이런 곳에 있어서는 안 된다는 사실을 스스로 깨닫지 못했단 말인가? 만일 깨달았다면 어떻게 거기서 목초지에 풀어놓은 가축처럼 어슬렁거리며 돌아다닐 수가 있는가? 분명 K는 밤 심문에 소환당하지 않았던가? 왜 밤 심문을 하는지 모른단 말인가? 밤 심문의 목적은―여기서 K는 그에 대한 새로운 설명을 들었다―성 안 사람들은 낮에 민원인들을 보면 못 견디므로, 빨리 밤에 인공 불빛 아래서 그들을 심문하고 그 뒤에는 모든 추악한 것을 잠 속에서 잊어버리자는 데 있다. 그런데 K의 행동을 보면, 모든 대책을 비웃어 버린 거나 마찬가지다. 귀신이라도 새벽녘에는 자취를 감춘다고 하는데, K는 두 손을 주머니에 찔러 넣은 채 버티고 서 있었다. 모든 방 안 사람들이 이 복도와 함께 물러가기를 바라는 듯이 몸을 비키려고도 하지 않았다. 만일 그것이 가능하다면 틀림없이 실현되었을 것이다. 왜냐하면 신사들의 온정은 한이 없으니까 아무도 K를 쫓아내지 않을 것이며, 또 K가 결국 떠나야만 한다는 명백한 말을 하는 사람도 없을 것이기 때문이다. 누구 하나 그런 짓을 하지 않을 것이다. 아마도 K가 있는 동안 그들은 흥분해서 몸부림칠 것이며, 또 그들이 좋아하는 아침 시간을 허비해도 결코 그를 쫓아버리거나 나가라고 하지는 않을 것이다. K에 대해 단호한 수단을 취하는 대신에 그들은 고통을 선택한다. 물론 그러면서도 희망은 있다고 생각한다. 그 양반들은 이렇게 생각할 것이다. '결국 K도 이 명백한 사실을 틀림없이 점점 인식하게 되겠지. 그리고 우리도 괴롭기 한이 없지만 K도, 아침나절에 이런 복도에서 얼토당토않게 많은 사람의 시선을 한 몸에 받고 서 있는 것이 견딜 수 없을 만큼 고통스러울 것이다.' 그러나 그것은 헛된 희망이다. 어떤 경외심에 의해서도 사그라지지 않는, 완고하고 무감각한 마음이 있다는 사실을 그들은 모를 뿐더러, 그들은 겸손하고 친절하니까 그런 일을 알려고도 생각하지 않는다. 저 불쌍한 곤충인 밤나방도 날이 새면 조용한 방구석을 찾지 않는가? 몸을 납작하게 움츠리지 않는가? 숨어 있다가 나중에는 사라져 버리고 싶어하지 않는가? 그렇게 못하는 것을 안타깝게 생각하지 않는가? 그런데 K는 그 반대다. K는 거기 사람들의 눈에 가장 잘 띄는 곳에 가서 오뚝 서서, 만일 그렇게 날이 새는 것을 막을 수 있다면 틀림없이 그렇게 하려고 할 것이다. 물론 K가 그렇게 하지는 못하지만, 유감스럽게도 그것을 늦추고 어렵게 할 수는 있다. K는 거기서 서류가 나눠지는 광경을 보았을 것이다. 가까운 관계자 이외는 아무도 봐서는 안 되는 그 광경을. 이 집의 주인이나 여주인인 그들도 봐서는 안 되는 그것을. 지금까지 그들도 서류분배에 관해서는 사람들이 이야기하는 소리를, 오늘 그 하인들에게 들었던 것처럼 들었을 뿐이다. 대체 K는 그 서류분배가 얼마나 곤란을 겪으면서 이루어지는지 깨닫지 못했던 말인가? 어쩌면 도무지 이해하기 어려운 일인지도 모른다. 좌우간 그 양반들 한 사람 한 사람은 오직 일에만 봉사하며, 결코 자기 한 개인의 이익 같은 건 염두에도 두지 않는다. 그래서 그들은 온 힘을 다하여 기초가 되는 중요한 일인 서류분배가 빠르고 순조롭게 이루어지도록 노력하는 것이다. 그리고 K도 얼마쯤 눈치챘겠지만 모든 곤란이 생기는 주요한 원인은, 분배가 거의 문을 닫은 채 그들이 서로 직접 교섭하는 일 없이 이루어져야 한다는 점에 있다. 사실 하인에게 중간역할을 시키면 몇 시간이나 걸릴지 알 수 없을 뿐더러 중간역할을 하는 방법에 말썽이 안 생길 수 없는 것이다. 이것은 그들이나 하인들에게 늘 두통거리며 아마도 이후의 일에도 해로운 결과를 초래하고 말 것이다. 만일 그들끼리 서로 직접 교섭한다면 이 일도 단박에 해결되겠지만, 왜 그들이 그렇게 할 수 없는가 묻는 것을 보니, K는 아직도 이해하지 못했던 말인가? 이런 사람은 원 처음 보겠다고 여주인이 말하자 주인은 자기도 아주 동감이라고 맞장구쳤다. 지금까지 그들이 여러 고집쟁이들과 접촉해 왔지만 말이다. 보통 때 같으면 입 밖에 낼 수 없는 일까지도 K에게는 노골적으로 말해야 한다. 그러지 않으면 K는 가장 필요한 일도 모르고 지나갈 테니까. 그래서 다음과 같은 이야기를 하기로 한다. 당신이 있다는 이유만으로 그들은 방에서 나올 수 없었다. 아무튼 그들은 아침에 눈을 떴을 때 자기 모습을 다른 사람에게 보이는 것을 참 부끄러워하고 마음 상해하기 때문이다. 분명히 그들은 아무리 근사한 옷차림을 한다고 하더라도 '이처럼 벌거숭이와 같은 차림으로서는 도저히 사람 앞에 나설 수 없다'고 느끼는 모양이다. 그러면 왜 그들이 그렇게 부끄러워하는가. 그 이유를 설명하기는 대단히 어려우나, 혹시 영원한 일꾼인 자기들이 잠을 잤다는 것, 그 사실을 부끄러워 하는 게 아닐까? 그러나 그보다도 그들은 자기의 모습을 다른 사람들에게 보이는 이상으로, 다른 사람을 보는 것을 부끄럽게 여기는 모양이다. 민원인이란 견딜 수 없는 군상을 자기네들 눈으로 쳐다보는 것을, 불행 중 다행으로 밤 심문이라는 방법을 통해 그럭저럭 면했는데, 이제 아침이 되어 느닷없이 노출된 모습으로 민원인들을 새삼스럽게 눈앞에서 다시 대하기를 강요받는 것은 도저히 견딜 수 없는 일이다. 그런 일은 그들의 성미에 맞지 않는다. 그 사정을 고려해 주지 않다니, 대체 어떤 인간일까! 그것은 분명 K와 같은 인간임에 틀림없다. 법이건, 인간다운 배려와 동정이건, 모든 것을 저 둔한 무관심과 흐리멍덩하게 조는 태도로 무시해 버리는 사람, 서류분배를 거의 불가능하게 만들면서도 이 집의 명예를 떨어뜨리는 것쯤은 아무렇지도 않게 생각하는 사람, 그리고 그런 듣도 보도 못했던 물의를 일으키고도 태연한 사람이다! 사실 그 양반들이 절망 상태에 빠져 스스로 몸을 보호한다는 건 들어 보지 못했다! 그들이 보통 사람 같으면 상상도 못할 만큼의 자제심을 가지고 벨을 눌러, 다른 방법으로는 요지부동인 K를 쫓기 위해서 구원을 청하다니! 신사인 양반들이 구원을 청하다니! 그런 눈치를 챘으면 주인 내외는 물론이요, 모든 종업원이 진작 달려갔을 텐데. 그러나 그들은 가령 조금만 도와주고 곧 가버린다 하더라도, 부르지도 않았는데 아침에 무턱대고 신사들 앞에 나타날 용기가 없었다. K에게 몹시 화가 난 나머지 몸부림치며 스스로 힘이 없는 것을 절망하면서도 복도 입구에서 기다리고 있었다! 그리고 보통 때 같으면 결코 기대하지도 않았던 벨소리가 구원이 되었다! 어쨌든 최악의 상태는 지나갔다! 마침내 K에게서 벗어난 그 사람들이 기뻐하는 모습을 잠깐이나마 K에게 보여 주면 좋을 텐데! 그러나 K의 일은 아직 끝난 게 아니다. K는 자기가 여기서 일으킨 일에 대해서 반드시 책임을 져야 할 것이다.

그들은 이렇게 이야기하는 동안 술집 안에까지 들어와 버렸다. 주인이 대단히 분개하는데도 왜 K를 여기까지 끌고 왔는지 도무지 알 수 없었다. 아마 주인은 K가 피곤하니까 당장 이 건물에서 나가게 하는 것은 무리라고 생각했을지도 모른다. 앉으라고 권하는 것을 기다리지도 않고 K는 다짜고짜 맥주통 위에 주저앉아 버렸다. 그렇게 어둠침침한 곳에 있으니 기분이 좋아졌다. 이 넓은 곳에 지금은 약한 전등불이 하나, 맥주통 꼭지 위를 비추고 있을 뿐이었다. 바깥은 아주 깜깜했다. 눈보라가 치는 모양이었다. 이런 따뜻한 곳에 있는 것을 고맙게 여겨 쫓겨나지 않도록 조심해야 했다. 주인 내외는 K가 아직 믿을 수 없는 위험한 인물이어서, 갑자기 일어나 복도로 달려갈 수도 있다는 듯 여전히 앞에 서 있었다. 그러나 그들도 밤중에 놀란 데다 일찍 일어났기 때문에 피곤했다. 특히 여주인이 그랬다. 그녀는 경황이 없는 중에 어디서 그런 옷을 끄집어냈는지 명주처럼 하느작거리는 갈색 옷을 입고 있었다. 치마는 폭이 좀 넓고 단추를 잠근 것이나 끈을 잡아맨 것이나 약간 고르지 못했다. 그리고 고개가 꺾인 것처럼 남편 어깨에 기대고, 고운 헝겊으로 눈을 가볍게 두드리면서, 간간이 어린애처럼 짓궂은 눈초리로 K를 힐끔힐끔 쳐다보았다. 이 부부를 안심시키기 위해서 K는 말했다. 그들이 지금 해준 이야기는 모두 처음 듣는 것뿐이다. 물론 그런 사정은 전혀 몰랐지만, 그렇게 오랫동안 복도에 있지도 않았다. 사실 거기서는 아무것도 할 일이 없었다. 게다가 결코 누구를 괴롭히려고 한 것이 아니라 지쳤기 때문에 그렇게 되어 버렸다. 따라서 그들이 저 불쾌한 장면에 결말을 짓게 해준 데 대해서는 감사할 따름이다. 자기 행동에 대한 오해를 막기 위해, 변명하는 기회를 준다면 더 이상 다행한 일은 없을 것이다. 좌우간 그렇게 된 것은 단지 피곤했던 탓이고, 그 밖에 다른 이유는 없다. 그리고 이 피로는 자신이 아직도 심문당하는 긴장에 익숙하지 못한 탓이다. 사실 자기가 이곳에 온 지 얼마 되지도 않으니까. 아무튼 앞으로 다소 경험을 쌓으면 그런 일은 두 번 다시 일어나지 않을 것이다. 아마도 자기가 심문을 너무 심각하게 생각하는지 모르나, 그 자체로는 아무런 결점이 되지 않는다고 생각한다. 그런데 심문을 두 번 연달아 받아야 했다. 한 번은 뷔르겔의 심문이고 또 한번은 에를랑어의 심문이다. 그 중에 두 번째로 에를랑어에게 심문받을 때에는 그다지 오래 걸리지 않았으며, 그는 단지 자신에게 부탁했을 뿐이다. 그러나 두 개가 한꺼번에 닥쳐왔기 때문에 도저히 감당할 수 없었다. 한 몸에 두 지게를 지지 못하는 거나 마찬가지다. 일이 그렇게 몰려 닥치면 다른 사람, 아마 주인이라 할지라도 손을 들고 말았을 것이다. 둘째 번 심문에서 그는 그야말로 비틀거리면서 나왔다. 말하자면 술 취한 상태와 똑같았다. 아무튼 그는 난생처음 그 두 분을 뵙고 귀하신 음성을 듣고서 답변까지 해야만 했으니까. 그리고 대체로 좋게 끝난 것으로 알고 있는데, 그 뒤에 그런 불행이 일어났다. 그러나 먼저 일어난 사건을 이해해 준다면 아무도 나에게 책임을 뒤집어 씌우지는 못할 것이다. 유감스럽게도 에를랑어와 뷔르겔만이 그가 처한 상태를 알고 있었으니, 그 두 사람은 까다로운 일이 일어나지 않도록 힘을 써주었어야 했다. 그러나 에를랑어는 성으로 가려고 해서 그랬는지, 심문 뒤에 곧 출발해야 했다. 또 뷔르겔은 그 심문으로 지쳤던지—K라고 어떻게 지치지 않을 수 있겠는가? —나중에는 꼬박 잠이 들어 서류분배 중에도 깨어나지 않았다. 만일 K도 뷔르겔처럼 잘 수 있었더라면, 기꺼이 그 기회를 이용해서 그렇게 했을뿐더러 금지되어 있는 것을 보는 일 따위는 깨끗이 단념했을 것이다. 그는 실제로 아무것도 보지 못했을 만큼 잠에 취해 있었으므로 문제없는 일이었다. 따라서 사실 아무리 예민한 그들이라 할지라도 K 앞에 서슴지 않고 나타날 수 있는 상황이었다.

에를랑어의 심문을 포함한 두 번의 심문에 대해 이야기하면서 K가 그들에게 경의를 표한 것이 주인에게 호감을 준 모양이었다. 주인은 맥주통 위에 판자를 깔고 거기서 적어도 새벽녘까지 재워 주었으면 하는 K의 소원을 들어 줄 것 같았다. 그러나 여주인은 분명히 반대했다. 그녀는 그때 비로소 자기가 옷을 단정치 못하게 입고 있다는 사실을 깨닫고 계면쩍어서 어색하게 여기저기 잡아당기며 고쳐 보기도 하고, 몇 번이나 되풀이하며 고개를 살며시 내둘렀다. 예전부터 계속 해온 집안 청소에 대한 싸움이 다시 터지려는 모양이었다. 지금 무척이나 피곤한 상태에 있는 K에게 부부의 대화는 퍽 중요한 의미가 있었다. 이제 다시 여기서 쫓겨난다는 것은, 지금까지 겪어 온 모든 것보다 훨씬 더 불행하게 느껴졌다. 그게 있을 수 있는 일인가! 주인 내외가 둘이서 힘을 합쳐 반대한다고 하더라도 안 될 말이다. K는 맥주통 위에 쭈그리고 앉아서 일이 어떻게 되는지 두 사람을 주시하고 있었다. 그러자 여주인은 K가 오래전부터 눈치 채고 있었던 히스테리를 부리면서 갑자기 옆으로 가기가 무섭게—그녀는 벌써 남편과 다른 이야기를 하고 있었던 모양이다—외쳤다. "이 사람이 나를 쳐다보는 꼴을 좀 보세요! 제발 빨리 내쫓아요!"

그러나 눈치가 빠른 K는, 자기가 여기에 머무는 것은 이미 결정되어 문제없다는 태도로 말했다. "나는 당신을 쳐다본 게 아니라 당신의 옷을 봤을 뿐이에요!" "왜, 하필이면 옷을 봐요?" 여주인이 흥분해서 묻자 K는 어깨를 으쓱해 보였다.

"가요!" 여주인은 남편에게 말했다. "이 사람은 술이 취했어요. 놈팡이! 여기서 술이 깰 때까지 자도록 내버려두어요!"

여주인은 그렇게 말하더니 이번에는 페피에게—페피는 여주인이 부르는 소리를 듣고 곧 어둠 속에서 나타났는데, 머리는 흐트러져서 산발인 데다 피곤에 절은 몸으로 손에 빗자루를 들고 있는 모습도 멍하니 단정치 못해 보였다—뭐든 베개가 될 만한 것이 있으면 이 사람에게 던져 주라고 명령하였다.

25

K는 잠에서 깨자 처음엔 거의 잠을 자지 못했다고 생각했다. 방 안은 여전히 인기척이 없고 따뜻했다. 맥주통의 통꼭지 위에 달린 전등은 꺼져 있었다. 창 밖은 어두운 밤의 장막이었다. 그가 팔다리를 내뻗자 베개는 바닥에 떨어지고, 판자와 통에서 삐걱 소리가 나기 무섭게 페피가 달려왔다. 그때 K는 그녀에게서 벌써 저녁때가 되었다는 사실과 자기가 열두 시간 넘게 잤다는 이야기를 들었다. 뿐만 아니라 여주인이 낮에 두서너 번이나 K의 상태를 물었다고 하며, 게르스텍커도 K가 자는 동안에 한 번 그의 동정을 살피러 다녀갔다는 것이다. 그는 아침에 K가 여주인과 이야기하고 있을 때 여기 어둠 속에서 맥주를 마시며 기다리고 있었는데, K가 금방 곯아떨어져서 깨울 수도 없게 되었다는 것이다. 그리고 프리다도 찾아와서 잠시 동안 K 옆에 서 있었는데, 그녀는 K를 만나러 온 것이 아니라 여기서 여러 가지로 준비해야 하는 일이 있었다는 것이다. 왜냐하면 그녀는 밤부터 다시 근무하기로 했기 때문이라고 페피가 말했다. "그녀는 벌써 당신을 좋아하지 않는 모

양이군요!" 페피는 커피와 과자를 가져오면서 물었다. 그녀는 그전처럼 심술궂은 게 아니라 자못 슬픈 기색으로 물었다. 그동안 그녀는 짓궂은 세상을 알았고, 이와 비교하면 그녀의 악의란 사실 선의에 가까운 무의미한 것이라고 말하는 듯한 표정이었다. 그녀는 고민을 함께 나누는 사람에게 말하는 것처럼 K에게 이야기했다. K가 커피를 맛보고 달지 않다는 기색을 보이자, 그녀는 곧 달려가서 설탕이 가득 찬 그릇을 가져다·주었다. 그녀는 슬픈 표정을 감출 길이 없어 보였으나, 먼젓번보다 더 치장하고 있었다. 머리에 그물처럼 리본을 많이 엮어 넣었으며, 이마 위나 관자놀이의 머리칼은 곱슬곱슬 지져 붙이고 있었다. 거기다가 목에는 작은 목걸이를 하고 있었는데, 깊숙이 앞을 드러내 놓은 젖가슴 근처까지 늘어져 있었다. 드디어 달게 자고 일어났다는 기쁨과 이제는 커피를 마셔도 좋다는 만족감에서, K는 살그머니 그물처럼 생긴 머리의 구멍 하나에 손을 뻗쳐서 그것을 젖혀 보려고 했다. 그러자 페피는 기운 없는 목소리로 "건드리지 마세요!" 하더니, 그와 나란히 통 위에 걸터앉았다. 일부러 K가 그녀의 고민을 물어볼 필요도 없었다. 곧 그녀가 이야기를 꺼냈기 때문이다. K의 커피 주전자를 뚫어지게 응시하면서 이야기하는 도중에도 기분전환이 필요하며, 고민에 골몰하고는 있지만 자기 힘에 부치는 일이기 때문에 몰두할 수는 없다는 태도였다. 먼저 K는, 페피의 불행에 대해서 책임을 져야 하는 것은 K 자신이지만 그렇다고 그녀가 자기를 원망하지 않는다는 이야기를 들었다. 그녀는 말하는 동안에도 K가 이의를 제기하지 못하도록 끊임없이 고개를 끄덕였다. 페피의 말은 이러했다.

"처음 당신은 프리다를 술집에서 데리고 나가 내가 출세하도록 길을 터 주었어요. 사실 그 밖의 다른 방법으로는 프리다의 마음을 움직여서 그녀로 하여금 이곳을 떠나게 할 수 있으리라고 생각지 않아요. 그녀는 마치 거미가 거미줄에 매달려 있는 것처럼 술집 한구석에 앉아 있었어요. 또 그녀는 자신이 아는 범위 내에서 여기저기에 거미줄을 치고 있었어요. 도저히 그녀를 억지로 거미집에서 끄집어 낼 수는 없었을 거예요. 자기보다도 신분이 낮은 남자에 대한 사랑만이, 그녀의 지위에 걸맞지 않은 무언가만이 그녀를 자리에서 몰아낼 수 있었어요. 그러면 나 자신은 어떠했을까? 대체 내가 그 자리를 얻으려고 일찍이 생각한 적이 있었을까요? 나는 객실에서 심부름하는 하녀였어요. 중요치도 않고 앞날의 희망도 거의 없는 존재였어요. 물론 나도 다른 처녀들과 다름없이 아름다운 미래의 꿈이 있었어요. 아무도 꿈을 꾸지 못하도록 막을 수는 없으니까요. 그러나 그 이상의 발전을 진지하게 생각해 본 일은 없었어요. 나는 이미 손에 넣은 것으로 만족하고 있었어요. 그런데 갑자기 프리다가 술집에서 사라져 버렸고 너무 갑작스런 일이었기 때문에 주인은 그녀를 대신할 적당한 사람을 바로 구할 수 없었죠. 그때 주인의 시선이 내게, 물론 나는 적당히 앞으로 나와 있었지만, 머물게 되었어요. 내가 당신을 사랑한 것은 바로 그때였고 나는 과거에 어떤 사람도 그렇게 사랑해 본 적이 없었을 정도로, 당신을 열렬히 사랑하기 시작했어요. 그때까지 나는 몇 달이나, 조그맣고 어두침침한 아랫방에 앉아만 있었어요. 그리고 거기서 몇 해 동안이고, 운이 나쁘면 평생 동안 남의 주목을 받지 않고 파묻혀 지낼 각오였어요. 그때 당신이, 한 사람의 영웅이며 처녀 해방자인 K가 나타났어요. 그리고 내게 위로 올라가는 길을 열어 주었어요. 물론 그때 당신은 나에 관해서는 아무것도 모르셨어요. 또 당신이 나를 위해서 한 일도 아니었어요. 하지만 내가 감사하는 마음과는 아무 상관도 없어요. 임명되는 날 밤—확정되지는 않았어도 십중팔구는 그렇게 될 것 같았어요—나는 몇 시간이나 당신과 이야기하고 당신의 귓가에 감사의 말을 속삭이며 시간을 보냈어요. 그리고 당신이 몸소 책임을 떠안은 무거운 짐이 프리다였다는 사실은, 내 눈에 비치는 당신의 행동을 더 높이 평가하게 만들었어요. 나를 끄집어 내기 위해 당신이 프리다를 애인으로 삼았다는 사실에는 이해하기 어려울 만큼 희생적인 요소가 있어요. 프리다는 머리칼이 짧고 숱도 적을뿐더러 야위고 예쁘지 않은 노처녀에 뭔가 비밀을 감추고 있는—이것은 확실히 그녀의 외모와 관계있지만—마음속을 알 수 없는 여자예요. 그처럼 얼굴이나 몸에도 의심할 여지없이 음울한 빛이 감도는 것을 보면 적어도 뭔가 다른 비밀, 그녀와 클람의 관계 같은, 아무도 나중에 확인해 볼 수 없는, 그런 비밀을 지니고 있음에 틀림없어요. 그때 나는 이런 생각까지 했어요. 당신이 정말 프리다를 사랑하다니 그런 일이 있을 수 있을까, 당신이 당신 자신을 속이거나 프리다를 속이고 있는 것이 아닐까, 그리고 이 모든 상황의 한 가지 결과란 나 자신이 승진하는 일일 것이다, 곧 당신은 잘못을 깨닫고 그것을 감추려 하지 않을 것이다. 프리다를 보지 않고 나를 보려 할 것이라고 생각했어요. 결코 나의 광적인 공상은 아닐 거예요. 왜냐면 나는 처녀로서 얼마든지 프리다와 일 대 일로 대결할 수 있기 때문이죠. 거기에 대해선 아무도 부정하지 못할 거예요. 아무튼 당신을 순간적으로 현혹시킨 것은 무엇보다도 프리다의 지위였으며, 프리다는 어떻게 하면 그 지위가 더욱 빛날 수 있는지 알고 있었던 거예요. 그래서 나는 이런 일까지 꿈꾸게 되었어요. 내가 지위를 얻으면 당신은 애원하면서 내게 올 것이다. 그때 나는 당신의 소원을 듣고 지위를 잃든지, 아니면 당신을 거부하고 더욱 승진하든지, 둘 중 하나를 선택하게 될 것이라고. 그리고 나는 모든 것을 단념한 채 자존심을 꺾고 당신에게 가서 사랑을, 당신이 프리다의 곁에서 꿈에도 경험하지 못했던 사랑을, 세상의 어떤 명예로운 지위에도 의존하지 않는 참다운 사랑을 가르쳐 주리라고 마음의 준비를 했어요. 그런데 사정이 달라졌어요. 무엇 때문일까요. 무엇보다 당신 때문이고, 그 다음은 물론 프리다가 교활하기 때문이지요. 대체 당신은 무엇을 원하시나요. 정말 별난 사람이에요. 당신은 무엇을 얻으려고 애쓰시나요. 당신으로 하여금 일에 골몰하게 하고 가장 가깝고, 좋고, 아름다운 것을 잊어버리게 하는 소중한 일은 대체 무엇인가요? 나는 그 희생양이 되었고 모든 것이 어리석었던 데다 물거품이 되고 말았어요. 만일 지금이라도 신사관에 불을 질러 난로에 넣은 종이처럼 아무 흔적도 남지 않을 깡그리 태워 버릴 만한 힘이 있는 남자가 있다면, 그분은 오늘 내 애인이에요. 어쨌든 그렇게 해서 나흘 전에, 그것도 점심 식사 직전에 술집에 왔어요. 여기 일은 결코 쉬운 것이 아니라 거의 살인적이에요. 하지만 여기서 얻은 소득도 절대로 적지는 않아요. 여기에 오기 전부터 나는 하루도 헛되이 보내지 않았어요. 그렇지만 내가 대담한 생각을 품고 있었더라도, 이 지위를 요구한다는 것은 어림도 없었어요. 그렇지만 나는 충분히 관찰을 했기에, 이 지위가 얼마나 중요한지 잘 알고 있어요. 미리 준비도 하지 않고 이 자리를 맡은 것은 아니었어요. 아무런 준비 없이는 아무도 이 자리를 맡을 수 없을 테고, 가령 맡는다 해도 몇 시간 못 가서 자리를 잃고 말 거예요. 사실 여기서 객실 심부름을 하는 하녀처럼 행동하려면 그야말로 빨리 서둘러야 해요! 객실 심부름을 하는 하녀살이를 하노라면, 자기 자신이 아주 못쓰게 된 것처럼 또 다른 사람의 머릿속에서 완전히 사라진 존재처럼 느껴져요. 이 하녀 일이란 광산 일과 마찬가지예요. 적어도 비서들의 복도에서는 그렇다고 말할 수 있어요. 거기서는 며칠 동안이나 바쁜 걸음으로 왔다 갔다 하면서 감히 눈을 치 뜨지도 못하는 몇몇의 주간 민원인을 제외하고는, 다른 방 심부름을 하는 하녀가 두서너 명 있을 뿐이고, 그 밖에는 사람 그림자 하나 보이지 않아요. 더군다나 그 하녀들까지 똑같이 불쾌한 표정을 하고 있죠. 아침에는 방에서 나오는 것조차 허락되지 않아요. 아침나절은 비서들이 자기네들끼리만 오붓하게 지내고 싶어하니까요. 식사는 보통 남자 하인들이 취사장에서 그들에게 날라다 줘요. 따라서 하녀들은 아무것도 할 일이 없지요. 식사 중에도 우리는 복도에 나타나면 안 돼요. 다만 방 안 사람들이 일하고 있을 때에 한해서 하녀들은 청소를 해도 좋다고 돼 있어요. 그것도 물론 사람이 쓰고 있는 방은 안 되고, 빈 방에 한해서지요. 그런데 신사들의 일에 방해가 안 되도록 전혀 소리 내지 않고 청소한다는 일이 어떻게 가능할까요? 며칠 동안이나 신사 양반들이 묵으셨던 데다 천한 하인들이 들락날락 더럽힌 방인지라, 마지막으로 하녀들의 손에 맡겨질 무렵에는 노아의 대홍수로도 깨끗이 씻어낼 수 없을 지경이에요. 분명히 귀하신 양반들이지만, 마음을 굳세게 먹지 않고서는 그분들의 뒤치다꺼리를 해드릴 수 없어요. 물론 객실 심부름하는 하녀의 일이란 양이 그렇게 많진 않지만 꽤 힘이 들지요. 칭찬은 받기가 어렵고 언제나 꾸지람뿐이에요. 그 중에도 가장 괴롭고 자주 듣는 건 청소하는 도중에 서류가 없어졌다는 거지요. 그러나 실제로는 무엇 하나 없어지지 않아요. 어떤 종이쪽지라도 모두 주인에게 돌려주니까요. 그런데도 서류가 없어지는데, 결코 하녀가 잘못하기 때문은 아니에요. 그렇게 되면 그 다음에 위원들이 오고 하녀들은 당연히 방을 떠나야 해요. 위원들이 침대를 들추고 찾아요. 소지품이 거의 없는 하녀들에겐 고작 등에 짊어지는 바구니에 들어갈 만큼의 물품밖에는 없는데도, 위원들은 몇 시간이고 뒤적거리면서 찾아요. 물론 위원들은 아무것도 발견하지 못해요. 도대체 어떻게 서류가 그런 곳에 휩쓸려 들어갈 수 있겠어요? 하녀들이 그런 서류를 어떻게 한단 말인가요? 그런데 결과는 언제나 판에 박힌 듯 똑같아요. 실망한 위원들이 주인의 입을 빌려 퍼붓는 꾸지람과 욕설, 그리고 협박과 공갈뿐이지요. 또 밤낮을 가리지 않고 조용히 쉴 여유는 조금도 없어요. 한밤중까지 소란스럽고 꼭두새벽부터 다시 시끄러워져요. 제발 거기를 떠나고 싶지만, 거기서 살 수밖에 없게 되어 있어요. 왜냐하면 일하는 틈틈이 주문에 따라 취사장에서 사소한 음식을 날라오는 것은 객실 담당 하녀의 임무니까요. 특히 밤중에 더 그래요. 언제나 갑자기 누군가가 하녀의 방문을 주먹으로 두드려요. 그럼 주문을 받아쓰고 취사장으로 달려 내려가서 자고 있는 젊은 요리사를 흔들어 깨워요. 주문받은 갖가지 음식을 쟁반에 받쳐서 우리 방문 앞까지 가지고 가면 거기서부터는 하인이 그것을 날라요. 얼마나 한심한 노릇인가요. 그러나 이것이 가장 나쁜 일은 아니예요. 최악의 경우는 오히려 주문이 들어오지 않을 때지요. 모두 잠자리에 들어서 고요한 한밤중에 우리 방문 앞을 누군가 살금살금 걸어다니기 시작해요. 그럴 때면 우리는 침대에서 내려와—침대는 위아래로 겹쳐 있고 어디나 대단히 비좁아요. 우리 방은 세 칸으로 나뉜 큰 장롱이라고 할 수 있는데—문에 몸을 기대어 귀를 기울이면서 무릎을 꿇고 불안한 마음에 서로 껴안아요. 문 앞을 배회하는 발소리는 여전히 들려와요. 차라리 그 사람이 정말로 방 안으로 들어와 주면, 모두 기쁘게 생각할 지경이에요. 그러나 아무 일도 일어나지 않고 방 안으로 들어오는 사람도 없어요. 그래서 이렇게 자기 자신을 타일러야 하죠. 절박한 위험이 정말 닥친 것이 아니라, 틀림없이 그저 주문할 것인가 말 것인가 망설이며 문 앞을 왔다 갔다 하면서 결정을 내리지 못하는 어떤 사람일 거라고. 정말로 그것뿐일지도 몰라요. 그러나 어쩌면 아주 다른 것인지도 모르죠. 사실 우리는 방 안 사람들을 전혀 알지 못하고 그들의 모습조차 본 일이 거의 없어요. 아무튼 우리는 방 안에서 불안해 죽을 것만 같아요. 그리고 바깥에서 발소리가 그칠 무렵이면 우리는 벽에 기댄 채로 기진맥진해서 침대에 기어 올라갈 기운도 없을 지경이에요. 이런 생활이 다시금 나를 기다리고 있어요. 오늘 저녁이라도 방을 먼저 있던 곳으로 옮겨야 해요. 왜 이렇게 됐을까요? 당신과 프리다 때문이지요. 거기서 간신히 빠져 나왔는데 다시 그런 생활로 되돌아가야 하다니요. 물론 당신이 도와주기도 했지만 나 스스로 굉장히 노력해서 빠져 나올 수 있었어요. 거기서 일할 땐 다른 곳이라면 세심한 주의를 다하는 하녀들도 몸치장에 아주 소홀하게 돼요. 누구를 위해 단장하겠어요? 우리를 봐 주는 사람은 아무도 없잖아요. 기껏해야 취사장 사람들 정도지요. 그런 사람으로 만족할 수 있는 여자라면 모양을 내는 것도 괜찮을 거예요. 그 외에는 언제나 자기네들의 좁은 방에 있거나 또는 관리분들의 방에 있게 되지요. 그 신사들의 방에 깨끗한 옷을 입고 들어가는 것 자체가 경솔한 데다 낭비인 거죠. 항상 난방이 되는 방의 전등불 밑에 있게 되니, 늘 덥고 탁한 공기를 호흡하는 셈이거든요. 그래서 하루 온종일 피곤한 거예요. 우리야 일주일에 한 번 쉬는 오후 시간에 취사장 어딘가의 칸막이 방에서 조용히 안심하고 자면서 시간을 보내는 것이 제일이지요. 그런데 무엇 때문에 모양을 낼까요? 몸치장을 하기는커녕 입을 것도 제대로 없는 형편인데. 근데 나는 갑자기 술집으로 옮겨왔어요. 주점에서 자신을 내세우려면 하녀들의 일과는 정반대의 것이 필요해요. 거기서는 끊임없이 사람들의 시선을 받게 되는데, 개중에는 높은 안목으로 유심히 관찰하는 신사 양반들도 계세요. 따라서 언제나 되도록이면 우아하고 기분 좋게 보이도록 해야만 해요. 이건 하나의 전환점이라고 할 수 있어요. 그리고 나는 아무것도 소홀히 하지 않았어요. 나중에 어떻게 될 것인지에 대해선 걱정하지 않았어요. 또 나는 내가 이 지위에 필요한 여러 가지 재능을 지녔다는 사실을 알고 확신하고 있어요. 지금까지도 이 확신엔 변함이 없고요. 사실 이것만은 어떤 사람이건 빼앗을 수 없어요. 내 패배의 날인 오늘도 그래요. 다만 처음에 그 재능을 어떻게 증명할지가 어려운 일이었어요. 왜냐하면 나는 입을 것도 몸치장할 것도 없는 불쌍한 객실 담당 하녀였을 뿐더러, 신사양반들은 내가 점점 더 나아지는 모습을 오랫동안 봐줄 참을성도 없어서 과도기나 시간 여유를 주지 않고 다짜고짜 주점 여급이 되어 주길 바랐으니까요. 물론 그것도 당연한 일이지요. 그렇지 않으면 그들은 등지고 마니까요. 프리다도 거기에 맞출 수 있었으니까, 그들의 요구가 대단치 않다고 생각할지도 몰라요. 그러나 그건 잘못된 생각이에요. 나는 몇 번이나 그걸 생각해 본 적이 있어요. 가끔 프리다와 만나 본 적이 있고 한동안은 그녀와 같이 잔 일도 있어요. 그러나 프리다의 발자국을 더듬는 것은 쉬운 일이 아니에요. 그리고 아주 조심치 않는 한—대체 어떤 신사가 그렇게 조심할까요—곧 그녀에게 속을 거예요. 그녀의 외모가 얼마나 애처롭게 보이는지 아무도 그녀 자신 이상으로 더 자세히 알지 못해요. 예를 들면 그녀가 머리를 풀고 있는 꼴을 처음 본 사람은 가엾어서 손뼉을 칠 거예요. 이런 여자는 만일 일이 제대로 되어 간다면 도저히 객실 담당 하녀도 되지 못할 거예요. 사실 그녀도 그 점을 잘 알고 있지요. 그래서 그것 때문에 며칠 밤이고 몸을 내게 기대고 내 머리를 자기 머리에 갖다 대면서 울었어요. 그러나 그녀는 한번 일을 시작하면 모든 의구심을 깨끗이 버렸어요. 그녀는 자기 자신을 절세미인이라고 생각할 뿐만 아니라, 다른 모든 사람들에게도 이런 감정을 일으키게 하는 올바른 요령을 알고 있어요. 이것이 그녀가 사람의 마음을 꿰뚫어 보는 독특한 기술이지요. 또 그녀는 빠르고 교묘하게 거짓말을 해서 모두에게 그녀의 모습을 자세히 관찰하는 시간 여유를 주지 않도록 감쪽같이 사람의 눈을 속여요. 물론 오랜 시간 동안 통하지는 않아요. 사람들에게는 올바로 볼 수 있는 눈이 있으니까요. 그러나 그런 위험을 깨닫자마자 그녀는 다른 수단을 준비하지요. 말하자면 최근 그녀와 클람과의 관계 같은 거예요. 만일 당신이 믿지 않으신다면 지금이라도 확인해 볼 수 있어요. 아무튼 클람에게 가서 물어보세요. 아아 정말 얼마나 교활한지요. 그러나 만일 당신이 그런 질문을 하러 클람에게 갈 수 없다 하더라도, 혹은 더 중요한 질문이 있어도 그를 만나지 못하고 아예 차단됐다고 해도—물론 당신 같은 사람에게만 차단되어 있어요. 왜냐하면 프리다 같은 사람은 언제나 가고 싶을 때 그에게로 뛰어들어 갈 수 있으니까—당신은 그 일을 확인해 볼 수 있어요. 그저 기다리시기만 하면 돼요! 클람은 그처럼 틀린 소문을 도저히 오랫동안 참으면서 듣고만 있을 순 없을 거예요. 좌우간 그는 술집이나 홀에서 자기에 관해 입에 오르는 소문을 그야말로 악착같이 꼬치꼬치 추궁하니까요. 그런 것이 그에게는 중요한 일이지요. 그리고 만일 그것이 틀렸으면 그가 곧 고치고 말겠죠. 그러나 그가 그러지 않은 것을 보면 고칠 것이 아무것도 없는 모양이에요. 모두 참말인 게지요. 사람들이 실제로 보는 것은 프리다가 맥주를 클람 방에 날라다 주고, 돈을 받아 들고 다시 방에서 나오는 장면뿐이에요. 그런데 아무도 보지 않은 일을 프리다가 말하면 사람들은 그녀의 이야기를 곧이듣는 수밖에 없어요. 그런데 그녀는 절대 그런 이야기를 하지 않아요. 그녀는 결코 그런 비밀을 말하지 않을 거예요. 사실은 그녀의 주위에서 여러 가지 비밀이 저절로 드러나게 마련이지요. 그리고 그 비밀이 모조리 드러나면 그때는 그녀도 그에 대해서 이야기하기를 두려워하지 않아요. 그러나 그것도 구태여 무엇을 주장하려는 것이 아니라 겸손한 태도로 하는 거예요. 다 알려진 사실을 끄집어 내는 거지만, 그렇다고 모조리 끄집어내는 것도 아니에요. 예를 들면 그녀가 술집에 온 이래 클람이 전처럼 맥주를 즐기지 않으며, 양이 많이 줄어든 것은 아니지만 전과 같이 마시지 않는 게 명백하다는 둥, 그런 이야기는 절대로 하지 않아요. 물론 거기에는 많은 이유가 있겠지요. 클람에게 맥주가 전처럼 맛이 나지 않는 시기가 왔다든지, 그가 프리다에게 아주 정신이 팔려서 맥주 마시는 것까지도 잊어버렸다든지, 그런 이유도 있을 수 있어요. 그러니까 놀라운 일이기는 하지만 어쨌든 프리다는 클람의 애인이에요. 그녀가 클람까지 만족시키는데 어떻게 다른 사람을 만족시키지 않을 수 있겠어요. 그래서 주점에 걸맞는 성격을 갖춘 이 아가씨는 순식간에 굉장한 미인이 되었어요. 너무 아름답고 괄시 못할 존재가 되어서 이미 술집 같은 데는 만족하지 못하게 돼 버렸죠. 그리고 사실 다른 사람의 눈에도 여전히 그녀가 술집에 머물러 있는 것이 이상하게 보였어요. 주점 여급이라는 존재가 평범한 것은 아니지요. 그 점만으로도 클람과의 관계가 대단히 믿을 만한 것으로 생각되어요. 그러나 주점 여급이 클람의 애인이 되었다면, 어째서 그는 그렇게 오랫동안 그녀를 술집에 내버려두는 걸까요? 왜 그녀를 더 높은 자리로 끌어올리지 않을까요? 여기에는 아무런 모순도 없고, 클람이 그런 태도를 취하는 데는 분명한 이유가 있다든지, 또는 갑자기 얼마 안 가서 프리다의 승진이 이루어진다든지 그런 말은 얼마든지 다른 사람에게 할 수 있어도 결국 거의 효과가 없어요. 사람들은 특정한 생각을 갖게 되면 어떤 수단을 써도 오랫동안 거기서 벗어날 수 없게 돼요. 확실히 이젠 아무도 프리다가 클람의 애인이라는 사실을 의심하는 사람은 없어요. 다른 사람보다도 사정을 잘 알 만한 사람들까지도 이젠 의심하는 일에 지쳤나 봐요. 그들은 이렇게 생각했어요. '제기랄, 제멋대로 클람의 애인 노릇이나 하라지. 그러면 승진이라도 해서 증거를 보여 달란 말이야.' 그러나 아무런 낌새도 보이지 않았을 뿐더러, 프리다는 여전히 술집에 머물러 있게 된 것을 남몰래 대단히 기뻐하는 것 같았어요. 그녀는 사람들에게서 인기를 잃었어요. 물론 그녀가 그것을 깨닫지 못할 리 없어요. 평소부터 무슨 일이 있기도 전에 벌써 눈치 채고 있었으니까요. 정말로 아름답고 사랑스러운 여자라면 일단 주점에 적응한 이상 구태여 재간을 부릴 필요는 없으니까요. 미인으로 통하는 동안은, 어떤 특별한 불상사라도 갑자기 일어나지 않는 한, 언제까지나 주점에서 일할 수 있을 거예요. 그런데 프리다 같은 여자는 언제나 자기 자리를 걱정해야만 돼요. 물론 그녀는 다른 사람의 눈에 띄게 드러내지도 않을뿐더러 오히려 언제나 불평하고 그 자리를 저주했어요! 하지만 그녀는 마음속으로는 늘 사람의 기분을 살펴봤지요. 그래서 사람들이 자기에게 냉담해진 것을 알게 되었어요. 프리다는 모습을 드러내도 거들떠 볼 가치 없는 존재가 되고 말았어요. 이제는 하인들까지도 그녀를 신경 쓰지 않아요. 그들은 노골적으로 올가나 올가와 같은 여자에게만 붙어 다녔어요. 또 프리다는 여기 주인의 태도에서도 자기가 점점 그에게 필요치 않은 존재가 되어간다는 사실을 깨닫게 되었어요. 언제나 클람에 관한 새로운 이야기를 찾아낼 수는 없는 노릇이지요. 모든 일은 한계가 있으니까요. 그래서 드디어 프리다도 뭔가 아주 새로운 것을 해보겠다고 결심했어요. 그러나 대체 누가 처음부터 그것을 꿰뚫어 볼 수 있겠어요! 나는 어렴풋이 예감했으나 유감스럽게도 꿰뚫어 보지는 못했어요. 프리다는 스캔들을 일으킬 결심을 했어요. 클람의 애인인 자기가 아무래도 상관없는 아주 하찮은 어떤 남자에게 몸을 맡긴다는 것이지요. 이러면 주목을 받게 되어 오랫동안 소문이 자자할 테고, 결국 사람들은 다시 클람의 애인이란 대체 무엇을 의미하는가, 이 명예를 새로운 사랑에 도취해 포기한다는 게 무엇을 의미하는가 그 점을 생각하게 될 것이라는 속셈이지요. 그러자면 단지 거기에 알맞은 남자, 함께 이 재치 있는 연극을 해낼 수 있는 적당한 남자를 찾아내는 것이 어려운 일이었어요. 프리다가 아는 남자는 안 되고 또 하인들 가운데서도 절대로 안 되니까요. 그런 남자라면 틀림없이 눈을 부릅뜨고 그녀를 쳐다보며 그대로 지나쳐 갔을 거예요. 무엇보다도 그런 남자는 진실성을 충분히 보장할 수 없어요. 게다가 만일 프리다가 갑자기 이런 남자에게 습격당하여 정조를 지키지 못하고 제 정신이 아닐 때 정복당했다는 소문을 퍼뜨리는 것은 아무리 유창하게 떠벌린다 하더라도 불가능한 일이지요. 그래서 그 상대자는 아무리 하찮은 사람이라도—비록 어리석고 세련되지 않더라도—오직 프리다만 바라보며 그녀와—아, 얼마나 놀라운 일이에요? —결혼하는 것 외엔 더 큰 바람을 품지 않는다고 믿어지는 남자여야 했어요. 더군다나 그 남자는 하인보다 신분이 훨씬 낮은 남자지만, 어떤 아가씨에게도 비웃음사지 않아야 하고, 판단력을 갖춘 여자라도 한번쯤은 은근히 매력을 느끼게 될 그런 남자여야만 했지요. 그러나 대체 어디서 그런 남자를 찾아낼 수 있을까요? 다른 여자라면 평생 두고도 그런 남자를 물색해 낼 수 없었을 거예요. 그러나 프리다의 행운의 여신은 그녀를 위해서 측량기사 한 사람을 술집으로 데리고 왔어요. 그것도 더욱이 그 계획이 처음으로 그녀의 머릿속에 떠오른 바로 그날 저녁때지요! 그래요, 측량기사 아저씨! 당신은 정말로 무엇을 생각하시나요? 얼마나 이상스러운 생각을 하고 계시나요? 대체 어떤 특별한 일을 꿈꾸시나요? 좋은 일자리인가요? 또는 특별한 대우인가요? 당신은 그런 것을 원하시나요? 아니, 그렇지 않을 테죠. 만일 그렇다면 당신은 애당초 다른 방법으로 시작했을 테니까요. 아무튼 당신은 아무것도 아니에요. 당신의 형편을 살펴보면 정말로 딱해요. 당신이 측량기사라는 건 틀림없을 테니 기술을 터득하고 계시겠지요. 그러나 그 기술을 하나도 써먹지 못한다면 사실 아무것도 아니지요. 그런데도 당신은 조금도 사양하지 않고 여러 가지 요구를 하세요. 노골적인 것은 결코 아니지만, 그래도 다른 사람은 당신이 무슨 요구를 하는지 눈치를 채거든요. 그래서 사람들이 성이 나는 거예요. 당신은 객실 심부름하는 하녀라도, 오랫동안 당신과 이야기를 주고받으면 품위를 잃게 된다는 사실을 아시나요? 당신은 그런 색다른 요구를 모조리 마음속에 간직한 터라, 도착하신 첫날밤부터 굉장한 함정에 빠져 버렸어요. 그것을 부끄럽게 생각지 않아요? 대체 프리다의 어떤 점에 그렇게 매료되셨나요? 지금은 말씀하실 수 있겠지요? 그렇게 야위고 살결이 누르스름한 여자가 정말 당신의 마음에 드셨나요? 그럴 리 없지요. 당신은 그녀를 본 일도 없었으니까요. 그녀는 자기가 클람의 애인이라고 당신에게 말했을 뿐이에요. 그래도 이건 당신에게 새로운 일이어서 효과가 있었던 모양이지요. 그래서 당신은 아주 끝장나 버렸어요. 그러나 당신과 관계를 맺었다는 이유로 그녀는 술집에서 나가야만 했어요. 물론 신사관에 그녀를 위한 자리는 없어졌어요. 나는 아침에 그녀가 떠나가는 모습을 보았어요. 고용인들도 모여들었어요. 모두 이 광경을 보고 싶었으니까요. 그녀의 권세는 이때도 모두 아깝게 생각할 만큼 컸어요. 모든 사람들이, 그녀의 원수까지도 그녀를 가엾게 생각했어요. 그래서 그녀의 계산이 옳다는 것이 증명되었죠. 이런 남자에게 몸을 맡겨 버렸다는 것은 아무도 이해할 수 없는 일이며, 또 비참한 운명이었어요. 주점 여급에 대해 경탄하던 취사장의 어린 소녀들까지 슬픔에 잠겼어요. 나도 이 광경에는 대단히 감동받았어요. 그때 내 관심은 아주 다른 대상으로 쏠리고 있었지만, 감동이 밀려오는 것을 막을 도리가 없었어요. 프리다가 조금도 슬퍼하지 않는 것이 내 눈에는 이상하게 비쳤어요. 그런데 사실 이것은 프리다가 겪은 무서운 불행이었어요. 물론 그녀 자신도 대단히 불행한 것 같은 태도였지요. 그러나 이걸로 충분치 않았는데, 이런 연극으로 나를 속일 수 없었죠. 대체 무엇 때문에 프리다는 그렇게 당당할 수 있었을까요? 새로운 사랑이 행복해서 일까요? 하지만 이런 생각은 떨어져 나가 버렸어요. 그렇다면 무엇일까요? 그때 이미 그녀의 후임자로 지목된 나에게도, 보통때처럼 선선하게 친절한 태도를 취할 수 있는 그 힘을 그녀에게 준 것은 과연 무엇일까요. 그때 나는 그것을 깊이 생각해 볼 여유가 없었어요. 새로운 자리 때문에 여러 가지로 준비하느라고 할 일이 산더미처럼 쌓였었거든요. 두서너 시간 뒤에는 그 자리에 근무해야 했는데, 나는 머리를 채 곱게 빗지도 않았을 뿐더러, 우아한 옷, 고운 속옷, 신을 만한 신 중에서 아무것도 준비가 되어 있지 않았어요. 그것을 모두 두서너 시간 이내에 갖추어야만 했죠. 제대로 준비되지 않는다면 그런 자리는 차라리 포기해 버리는 편이 나았어요. 준비가 되지 않으면 30분도 못 되어 자리를 잃을 게 뻔했으니까요. 그러나 일부나마 갖출 수 있었어요. 나는 머리를 지지는 데 특별한 소질이 있었거든요. 언젠가는 여주인이 머리를 지져 달라고 해 불려 간 일도 있었어요. 특별한 미용기술이 있는 데다 머리 숱이 많아서 나는 머리를 마음대로 손질할 수 있었지요. 또 옷에 대해서도 곧 도와주는 사람이 나타났어요. 내 친구 둘이 헌신적인 봉사를 해주었죠. 친구 중 한 사람이 주점 여급이 된다면 그녀들에게도 명예라는 거예요. 뿐만 아니라 언젠가 내가 권력있는 사람이 되면 자기들에게도 많은 이익을 나누어 줄 수 있겠다는 거지요. 오래 전부터 친구 하나가 값비싼 천을 사용하지 않은 채 갖고 있었어요. 그녀의 보물이었죠. 그녀는 종종 그 천을 보여주고 다른 여자들을 감탄시켰죠. 언젠가는 그걸로 마음껏 치장하고 뻐겨 보리라 꿈꾸기도 했어요. 그런데 정말 갸륵하게도, 내가 그것을 필요로 하자 그녀는 선뜻 내주었어요. 두 사람은 자진해서 바느질까지 도와 주었죠. 만일 자기 자신의 바느질이라면 열심히 하지도 않았을 거예요. 이 일은 대단히 즐겁고 가슴 설레는 일이기도 했어요. 저마다 자기 침대에 층층으로 앉아 바느질을 하면서 노래를 불렀어요. 이미 완성한 부분과 그 부속물을 아래위로 서로 주고받고 했어요. 이제 나는 모든 일이 수포로 돌아가고, 빈 손으로 다시 친구들에게로 돌아갈 걸 생각하면, 점점 가슴이 억눌리고 죄어드는 것만 같아요! 정말 이런 불행이 어디 있나요. 이 얼마나 어이없는 일이에요. 무엇보다 K씨 당신의 잘못으로! 그때 모두들 이 옷을 보고 얼마나 기뻐해 주었던지요. 마치 성공을 보증해 주는 것 같았죠. 나중에 덤으로 리본을 다는 자리까지 마련되었을 때는 마지막 의혹마저 사라져 버렸어요. 이 옷은 정말 곱지 않아요? 이제는 이 옷도 구김이 잡히고 조금 얼룩졌지만, 나는 갈아입을 옷이 없어서 밤낮으로 이 옷만 입어야 했어요. 하지만 지금도 얼마나 고운 옷인지 보기만 해도 알 수 있어요. 저 지긋지긋한 바르나바스네 집 딸도 이것보다 더 좋은 옷은 절대로 만들지 못해요. 더군다나 위아래를 자유자재로 죄었다 늘였다 할 수 있는 점과, 한 벌의 옷에 지나지 않지만 여러 가지로 변형시킬 수 있는 점이 이 옷의 특징인데, 그건 다 내가 생각해 낸 거예요. 나를 위해서 옷을 짓는 것은 어려운 일이 아니었어요. 자랑하는 것은 아니지만 젊고 건강한 여자는 어떤 옷이라도 맞으니까요. 다만 속옷과 구두를 마련하는 게 가장 힘이 들었어요. 여기서 실패가 시작되었지요. 이때도 친구들이 힘닿는 데까지 도와 주기는 했지만 큰 도움이 되지는 않았어요. 나는 천들을 이어 꿰매 아주 형편 없는 속옷을 만들었어요. 또 신은 발뒤축을 높인 구두 대신, 사람들에게 보이기는커녕 감추고 싶은 슬리퍼로 버텨야만 했어요. 두 친구는 나를 위로해 주었어요. 그렇다고 해서 프리다가 뛰어나게 좋은 옷을 입은 것은 아니었어요. 그러긴커녕 너절하게 옷을 입고 돌아다녔기 때문에 손님들은 그녀에게 접대받느니보다 지하실 술통가에서 사환들에게 접대받는 쪽이 낫겠다고 생각할 징도였어요. 사실이었지만, 프리다니까 묵인된 거지요. 그녀는 총애와 촉망을 받고 인기가 대단했으니까요. 이것은 귀부인이 갑자기 더럽고 초라한 옷을 입고 나타나면 더 매혹적인 것과 마찬가지예요. 그러나 나 같은 신입이 그런 짓을 했다간 어림없는 일이죠. 게다가 프리다는 맵시 있게 옷을 입지 못하고 안목도 없었어요. 만약 어떤 사람이 누르스름한 살결을 타고 났다면 그는 피부를 감출 수밖에 없을 거예요. 그런데 프리다처럼 피부가 누르스름한 사람이 가슴을 깊숙이 드러낸 크림색 블라우스 같은 걸 입는다면 어떻겠어요? 그렇게 되면 너무 노란빛 일색이라 보고 있으면 눈에서 눈물이 흘러나올 지경이지요. 그리고 그리 심한 건 아니지만 그렇게 인색해서는 좋은 옷차림도 할 수 없어요. 번 돈은 모조리 소중하게 저축해 두었는데, 무엇 때문인지 아무도 알 수 없어요. 근무할 때 그녀는 돈이 필요치 않았어요. 거짓말을 하거나 꾀를 부리는 것으로 충분했으니까요. 그러나 나는 그런 흉내를 내려고 생각지도 않았으며 또

낼 수도 없어요. 그래서 처음에 스스로를 내세우기 위해 그렇게 몸치장을 한 것은 무리가 아니었어요. 더욱 강력한 수단으로 그렇게 할 수 있었다면 그야 말로 아무리 프리다가 교활하고 당신이 아무리 어리석더라도, 나는 언제까 지나 승리자로 있었을 거예요. 사실 출발은 참 멋있게 했어요. 여기서 필요 한 약간의 지식과 처세술 요령은 벌써 전부터 듣고 있었어요. 술집에 몸담게 되자마자 나는 이곳의 여러 사정에 정통하게 되었어요. 적어도 일에 관해서 는 프리다가 없는 것을 불편하게 생각하는 사람은 아무도 없었어요. 그 다음 날에야 비로소 손님 몇 사람이 대체 프리다는 어디 있느냐고 물을 정도였어 요. 실수하는 일도 없어서 주인은 만족해했어요. 첫날만은 주인이 염려하여 술집에 붙어 있었으나 그 뒤에는 이따금 찾아오는 정도였어요. 그러다 나중 에는 모조리 내게 맡겨 버렸어요. 돈 계산이—평균 수입은 프리다 때보다 조금 더 많았어요—꼭 들어맞았으니까요. 나는 개혁하기로 했어요. 프리다 는 부지런해서가 아니라 욕심과 권력욕 그리고 자신의 권한을 조금이나마 다른 누구에게 넘겨주게 되지 않을까 하는 불안 때문에 특히 누가 보고 있을 때면 일부이긴 하나 하인까지도 엄중히 감시했어요. 이와 반대로 나는 이 일 을 모두 지하실 사환들에게 나눠주고 말았어요. 사실 이 일은 그들에게 훨씬 적당했으니까요. 그러면 신사 양반들에게 접대하는 시간을 더 늘일 수 있었 으며 또 손님들도 빨리 접대할 수 있었어요. 그리고 다른 사람들과 두서너 마디 말할 여유도 있었어요. 물론 그렇다고 해서 난, 프리다처럼 자기 몸을 클람에게 맡겼다면서 다른 사람이 조금이라도 말을 걸거나 가까이 오면 그 것을 클람에 대한 모욕이라고 생각지는 않았어요. 물론 프리다의 태도는 현 명했어요. 왜냐하면 그녀가 어떤 사람을 가까이하면 이것은 터무니없이 기 막힌 호의라고 여겨졌기 때문이지요. 하지만 나는 그런 수단이 싫었고 또 그 런 수단은 처음부터 쓸 수도 없었어요. 따라서 나는 모든 사람에게 친절을 베풀었어요. 누구나 이에 대해서 친절로 보답해 주었지요. 이렇게 변한 것을 모두들 노골적으로 기뻐해 주었어요. 일에 지친 사람들이 잠깐 맥주를 마시 러 오면 모두들 단지 말 한마디, 눈짓 한 번, 어깨를 으쓱해 보이는 것만으 로 나를 다른 사람으로 변하게 할 수 있었어요. 모두들 악착같이 내 머리에 손을 댔기 때문에 하루에도 열 번이나 머리를 고쳐 빗어야만 했어요. 이 곱 슬거리는 땋은 머리, 그물코의 매력은 아무도 무시할 수 없었어요. 평소에는 넋빠진 것 같은 당신도 예외는 아니었으니까요! 이리하여 일은 많지만 보람 있고 흥분되는 하루하루가 지나갔어요. 그날들이 그렇게 빨리 지나가지 않고 조금 더 오래 계속되었더라면 얼마나 좋았을까요. 나흘은 너무나 짧았어요. 기진맥진할 정도로 긴장한 생활을 보냈다 하더라도, 닷새면 충분했을지도 모르지만 나흘은 사실 너무나 짧았어요. 그러나 나는 물론 이 나흘 동안 후원자와 친구들을 사귀었어요. 만일 모든 사람의 눈빛을 믿어도 좋다면 맥주잔을 가지고 갈 때 나는 우정의 큰 바다 속을 헤엄치는 것과 같았어요. 바르트마이어라는 이름의 서기는 내게 홀딱 반해서 이 목걸이와 로켓을 선물로 주었어요. 로켓 속에는 그의 사진이 들어 있었어요. 물론 이는 무모한 행동이었지요. 하여튼 그와 비슷한 일이 일어났어요. 그러나 그것도 나흘 동안이었어요. 나흘 동안 내가 아무리 노력했다고 하더라도 프리다를 완전히 잊어버리게 할 순 없었어요. 거의 잊게 만들 수는 있었을지도 모르죠. 프리다가 큰 스캔들로 일어난 자신의 소문을 조심스럽게 자자히 퍼뜨리지 않았더라면 아마 그녀는 더 빨리 잊혀졌을지도 몰라요. 하지만 그녀는 스캔들로 말미암아 사람들에게 새로운 존재가 되었어요. 사람들은 오로지 호기심에서 프리다를 다시 보고 싶어했어요. 언젠가는 싫증이 날 정도로 무미건조하기 짝이 없던 그녀가, 이 사건이 아니라면 전혀 상관없는 당신의 공적 덕분에 다시 그들을 매혹하게 되었어요. 물론 그들도 내가 여기에서 내 존재를 통해 영향을 미치는 한, 나를 희생시키지는 않았을 거예요. 그러나 그분들은 비교적 나이 먹은 신사들이어서 새로운 주점 여급에게 익숙해질 때까지는 지난 습관에 젖어서 둔하게 앉아 있어요. 이렇게 사람이 바뀌는 것이 유리하다고 해도, 적응에는 시간이 걸려요. 성 양반들의 의사와 달리 이삼 일만 더, 아니 닷새만 더 했더라면, 정말 나흘 가지고는 부족했어요. 아무튼 나는 임시 채용된 직원일 뿐이었어요. 그리고 이것이 어쩌면 가장 큰 불행인지도 모르지만, 이 나흘 동안에 클람이, 처음 이틀 동안은 마을에 있었는데도 불구하고 식당에는 내려오지 않았다는 사실이에요. 만일 그가 내려왔다면 나에게는 결정적인 시험이 되었을 거예요. 시험이라고 하더라도 내가 가장 두려워하지 않는, 오히려 즐거운 마음으로 기다리는 시험이지요. 이런 소리는 아예 입에 담지 않는 것이 좋지만 나는 클람의 애인이 되지 않았을 것이고, 또 나자신을 속이면서까지 그러고 싶지는 않았을 거예요. 그러나 나 역시 적어도 프리다처럼 솜씨 좋게 맥주잔을 식탁 위에 놓을 수 있었을 것이며, 프리다처럼 치근거리지 않고 애교 있게 인사하며 주문받고 돌아다녔을 거예요. 그리고 만일 클람이 여자의 눈동자 속에서 뭔가 찾으려고 한다면, 그는 그것을 내 눈 속에서 만족할 만큼 찾아낼 수 있었을 거예요. 그런데도 왜 그는 오지 않았을까요? 우연일까요? 나도 그때 그렇게 생각했어요. 이틀 내내 지금이나 오실까 하고 밤늦게까지 기다렸어요. '이제 클람이 오실 것이다.' 나는 한결같이 이렇게 생각하고 있었어요. 그리고 기대로 인한 불안과 그가 오면 맨먼저 보고 싶다는 욕망에 나는 여기저기 뛰어다녔어요. 이렇게 끝없이 실망하는 것 때문에 나는 아주 지쳐 버렸어요. 그래서 나는 실력을 충분히 발휘할 수도 없었죠. 잠시 틈만 나면 나는 곧 복도로—그곳에 들어가는 것은 종업원에게는 엄격히 금지되어 있었지만—살금살금 숨어들어가서 벽의 움푹 들어간 곳에 몸을 착 기대고 기다렸어요. 나는 이렇게도 생각했어요. '제발지금 클람이 와 주시면 좋은데, 그분이 방에서 나오시는 대로 마중 나가 내팔에 껴안고 식당으로 모실 수 있다면 얼마나 좋을까. 그분을 두 팔로 안고, 그분이 아무리 크고 무겁다 하더라도 쓰러지지는 않을 거야.' 그러나 그분은 오시지 않았어요. 그 복도는 가본 일이 없는 사람은 상상할 수도 없을 정도로 조용했어요. 도저히 오랫동안 견딜 수 없을 만큼 적막해서 사람은 버티질 못해요. 그러나 몇 번이나 되풀이해서 열 번 쫓겨나면 다시 열 번 올라가 봤어요. 사실 무의미한 일이었죠. 올 생각만 있다면 클람은 올 것이고 만일 전혀 올 생각이 없다면 어떻게 해도 나는 그를 끌어당길 수 없으니까요. 내가숨은 곳에서 심장이 하도 뛰어 반쯤 질식할 지경이었다고 하더라도 그래요. 부질없는 짓이었어요. 그러나 그가 오지 않는다면 모든 게 헛일로 돌아갈 판이었어요. 그런데 그는 정말 오지 않았어요. 나는 이제야 왜 클람이 오지 않았는가 그 이유를 알게 됐어요. 내가 두 손을 가슴에 대고 벽의 움푹 들어간 곳에 숨어 있는 꼴을 프리다가 위층 복도에서 보았다면 굉장히 재미있어 했을 거예요. 클람은 프리다가 허락하지 않았기 때문에 내려오지 않은 거예요. 물론 그녀의 청 때문에 생긴 결과는 아니에요. 그녀의 바람은 클람의 귓전에까지도 이르지 못해요. 그러나 이 거미 같은 여자는 아무도 알지 못하는 끄나풀이 있어요. 나는 손님에게 말할 때 옆에 앉은 사람에게 들릴 정도로 큰소리로 말해요. 그러나 프리다는 아무 말도 없어요. 맥주를 식탁 위에 놓고는 그대로 가버려요. 그녀가 돈을 주고 만든 단 하나의 옷인 실크 치마 스치는 소리만 들릴 뿐이죠. 간혹 그녀가 무슨 말을 할 때는 결코 큰 소리로 하지 않고 손님 귀에다 속삭일 뿐인데, 옆자리에 앉은 사람들이 귀를 기울일 정도로 허리를 아래로 구부리고 말해요. 말하는 내용이야 쓸데없는 일뿐이겠지만 반드시 그렇다고는 할 수 없는 거죠. 그 한마디 한마디가 여러 가지로 연관성이 있어서 서로 유기적으로 뒷받침하고 있어요. 그리고 대개 성공하지 못하지만—프리다를 계속 염려해 주는 사람은 없어요—그래도 그녀는 가끔 그 중 한 연줄을 꼭 붙잡게 돼요. 이런 끄나풀을 그녀는 철저하게 이용하죠. 당신은 그녀에게 그런 가능성을 제공한 거예요. 당신은 그녀 옆에 앉아서 그녀를 감시하는 대신 거의 집에는 있지도 않고 이리저리 헤매고 돌아다니며 쓸데없는 이야기를 지껄이기만 했어요. 당신은 모든 것에 관심을 가지면서도 단지 프리다에게만은 아주 주의를 소홀히 했어요. 그리고 교정관에서 텅 빈 학교 건물로 이사해서 결국 그녀에게 더 많은 자유를 주는 결과가 되고 말았어요. 이 모든 것이 달콤한 신혼 생활의 시작이라고 할 수밖에 없지요. 그러나 당신이 프리다의 곁에서 견디지 못했다고 해서 결코 당신을 비난하는 건 아니에요. 사실 그녀 곁에서 배겨내지는 못해요. 왜 당신은 그녀 옆을 완전히 떠나 버리지 못하고 몇 번이나 되풀이해서 그녀에게로 되돌아갔나요? 왜 당신은 자신의 방황을 그녀를 위하여 투쟁하는 것처럼 보이게 했나요? 당신은 마치 프리다와 접촉해 보고서야 비로소 자신의 가치가 없다는 사실을 깨닫고, 자기 자신을 프리다에게 맞도록 어떻게 해서든지 끌어올리려 하는 것 같았어요. 그래서 지금은, 여러 가지로 희생하는 일이 있더라도 나중에 보상받기로 하고 동거생활을 단념하고 있는 것 같아요. 그런데 그 동안에도 그녀는 시간을 헛되게 보내지 않았어요. 그녀는 아마 자기가 앞장서서 당신을 끌고 간 그 학교에 앉아서, 신사관을 관찰하고 또 당신까지 관찰하고 있었어요. 그녀는 아주 훌륭한 심부름꾼을 부리고 있어요. 바로 당신의 조수들이죠. 당신으로선 도무지 알 수 없는 일일 거예요. 설사 당신의 일을 아는 사람이라 하더라도 그 점은 알 수 없죠. 완전히 그녀의 손에 다 맡겨 버렸다는 조수들 말이지요. 그녀는 이 조수 두 사람을 자기 옛 친구들에게로 심부름 보내서 자기를 그들의 기억에 떠오르게 하고, 당신 같은 남자에게 감금당한 것을 한탄하고 호소한 거지요. 그리고 내게 반감을 갖도록 선동하고는 곧 자기가 술집으로 가겠다고 알리고, 도움을 청하고, 클람에게는 비밀을 누설하지 말아 달라고 그들에게 신신당부했어요. 또 그녀는 클람을 보호해야 하니까 어떤 일이 있더라도 절대로 술집으로 내려가게 해서는 안 된다고 주장한 거예요. 그리고 그녀는 어떤 사람에게는 클람을 보호해야 한다고 이야기하면서, 여관 주인에게는 이제 클람이 오지 않는다는 사실을 환기시켜 그동안 그의 방문이 자기의 공로인 것처럼 이용하죠. '그분이 뭣 하러 오시겠어요. 아래에서 고작 페피 따위가 접대하고 있는데. 그렇다고 주인께 책임이 있다는 것은 아니에요. 좌우간 그래도 페피는 찾아낼 수 있는 최상의 대리였으니까요. 그러나 대리로는 소용이 없어요. 이삼 일 동안도 안 돼요.' 이렇게 말하는 거지요. 프리다의 이런 활동에 관해서 당신은 아무것도 모르세요. 그러니까 바깥을 헤매고 돌아다니지 않으면, 그저 천하태평하게 그녀의 발치에 누워서 뒹굴기만 한 거죠. 그런데 프리다는 그동안에도 자기를 술집에서 떼어 놓는 그 시간을 손꼽아 세어 보고 있었어요. 더욱이 그 조수들은 이런 심부름꾼의 임무를 완수할 뿐만이 아니라 당신에게 질투심을 일으키고 당신을 흥분시키는 역할까지 맡고 있어요. 어렸을 때부터 프리다는 조수들을 알고 있었으니까, 지금 새삼스레 비밀이라는 게 있을 리 없어요. 그들은 프리다를 위해 사랑에 불타는 척했어요. 그리고 당신에게는 그것이 깊은 애정으로 발전할 위험이었죠. 그런데 당신은 무엇이든지 모순투성이의 일까지도 프리다의 마음에 들도록 하고 있어요. 조수들 때문에 질투하는 마음이 심해졌지만, 자기가 혼자서 방황하고 돌아다니는 동안에 세 사람만 남는 일이 있더라도 그것을 감수했어요. 마치 프리다의 세 번째 조수인 것 같았어요. 그래서 프리다는 그녀의 관찰을 토대로 드디어 큰 공격을 결심했어요. 술집으로 돌아갈 결심을 한 거죠. 사실 가장 중요한 고비를 맞아, 재빠르고 교활한 프리다가 이 기회를 놓치지 않고 이용하는 것에는 그저 경탄하는 수밖에요. 이 관찰과 결심의 힘만은 아무도 흉내낼 수 없는 프리다의 특기지요. 만약 나도 그런 것을 가지고 있었더라면 내 생활은 상당히 달라졌을 거예요. 프리다가 하루 이틀만 더 학교에 머물렀더라도 나는 쫓겨나는 일이 없었을 것이고, 모든 사람에게서 사랑과 지지를 받아 결국 완전히 주점 여급이라는 딱지가 붙었을 거예요. 또 필요한 것들을 좋은 것으로 장만하기 위해 돈을 충분히 벌고 있겠지요. 하루 이틀만 더 있었다면 아무리 계략을 쓴다

하더라도 클람을 홀 근처에 얼씬 못하게 할 수는 없었겠지요. 그는 내려와서 술을 마시고 기분이 좋아졌겠죠. 프리다가 없다는 사실을 깨닫더라도 그 변화에 대해서 퍽 만족했을 거예요. 그저 하루 이틀만 더 있었더라면 프리다는 그녀의 스캔들이나 연줄 그리고 조수들과 더불어 모조리 한꺼번에 그야말로 아무런 흔적도 남기지 않고 잊혀진 채 두 번 다시 모습을 나타내지 않았겠지요. 그렇게 되었다면 그녀는 더욱 당신에게 매달려서—그녀에게 그런 능력이 있다고 가정하고 하는 이야기지만—당신을 실제로 사랑하게 되었을까요? 천만에, 그건 그렇지 않지요. 왜냐하면 당신도 이제 하루만 지나면 그녀가 얼마나 당신을 속였는가, 자랑스러워 하는 아름다움이라든지 성실성이라든지 특히 그녀에 대한 클람의 사랑이라든지 그런 따위로써 얼마나 지독하게 당신을 속이고 있는가를 완전히 알아버리게 될 테니까요. 하루 그 이상은 필요도 없어요. 당신은 그 더러운 조수들의 살림살이와 함께 그녀를 집에서 내쫓아 버렸을 거예요. 생각 좀 해보세요. 하루면 충분하고 그 이상은 필요 없어요. 두 가지 위험 사이에서 그녀 위에 무덤이 닫히려고 했을 때, 당신은 사람이 너무 좋아서 마지막으로 내뺄 수 있는 좁은 길만은 그녀에게 열어 주었어요. 그때 그녀는 갑자기 뚫고 도망쳤죠. 아무도 그런 일은 예상하지 못했어요. 자연에 거스르는 것이니까요. 갑자기 그녀는 자신을 사랑하고 늘 자기 꽁무니만 쫓아다니는 당신을 내치고, 친구들이나 조수들의 후원을 받으면서 주인의 눈에는 구원의 여신으로서 나타났지요. 스캔들로 그녀는 전보다 훨씬 매혹적인 존재가 됐으니, 대단히 귀하신 분이나 대단히 천한 사람을 막론하고 확고한 정욕의 대상이 됐지요. 천한 사람의 수중에 빠진 것은 단지 순간이었고, 곧 적당히 그 남자를 물리치고, 그나 다른 모든 사람에게도 전처럼 닿지 않는 존재가 됐어요. 단지 과거와 차이점이 있다면 이런 일을 모두들 의심하는 게 당연했던 것이, 지금은 확신을 가지게 되었다는 것뿐이지요. 이리하여 그녀는 돌아왔어요. 주인은 나를 곁눈질하면서, 충분히 능력이 있다는 사실이 증명된 나를 희생시킬 것인지를 망설이고 있었는데, 곧 설복당해서 프리다에게 유리하도록 여러 가지로 떠벌렸어요. 특히 프리다는 틀림없이 식당에 클람이 다시 찾아오도록 할 것이라는 거였어요. 그래서 우리는 오늘 저녁 지금 여기에 머물러 있는 거예요. 그러나 나는 프리다가 올 때까지 기다리지 않겠어요. 그녀는 자리를 넘겨받는답시고 큰소리치고 뻐길 테니까요. 금고는 벌써 여주인에게 내주었으니까 나가도 상관없어요. 아래 층에 있는 하녀방의 칸막이 침대는 나를 받아들일 준비가 다 돼 있어요. 친구들이 눈물을 흘리며 맞이해 주겠죠. 옷을 벗어 버리고 머리에선 리본을 떼어서 모조리 방 안 한구석에다가 처넣어 버리겠어요. 거기는 감추는 곳으로 안성맞춤이니까 잊어버리고 싶은 시절의 일을 쓸데없이 머릿속에 떠오르게 하지는 않겠죠. 그리고 저 큰 양동이와 빗자루를 손에 들고 이 악물고 일을 시작하겠어요. 그러기 전에 나는 모든 사정을 당신에게 이야기해야만 했어요. 당신은 내가 충고해 드리지 않으면 지금도 여전히 이 사정을 정확히 모르실 테니까요. 이번만은 똑똑히, 당신이 이 페피에게 얼마나 추악한 행동을 했는지 또 얼마나 나를 불행하게 했는지, 그것을 알아 주셔야 되겠어요. 물론 당신도 다른 사람에게 이용당했을 뿐이겠지만."

페피는 이렇게 긴 이야기를 끝마쳤다. 그녀는 한숨을 내쉬고 눈물 몇 방울을 뺨에서 닦더니 마치 다음과 같이 말하려는 듯 고개를 끄덕이면서 K를 쳐다보았다. 결국 자기 불행 같은 건 문제도 안 된다. 나는 그 불행을 견디어 나갈 것이며 그렇다고 해서 누군가 다른 사람의, K는 더 말할 나위도 없고, 도움이나 위로는 필요치 않다. 나이는 젊어도 자기는 인생이 무엇인지 알며, 자기 불행은 자신이 아는 것을 확증하는 것뿐이니까. 단지 K가 문제되는 이 마당에 자기는 K의 눈앞에서 K의 실제 상황을 그려내려고 한 것이다. 그녀 자신의 모든 희망이 깨져서 모조리 허사가 된 뒤에도 그것만은 꼭 하려고 생각했다고 말하려는 것 같았다. 이윽고 K는 말을 꺼냈다.

"페피, 당신은 정말로 터무니없는 망상을 품고 있어요. 당신이 지금에서야 이런 여러 가지를 깨달았다는 것은 새빨간 거짓말이오. 그건 모두 아래에 있는 어둡고 비좁은 하녀 방에서 떠올렸던 꿈에 지나지 않아요. 그런 꿈은 하녀 방에서는 활개를 칠지 몰라도 이 넓은 술집에 가져오면 어색하기 짝이 없지요. 당신이 그런 생각을 하고 있으니까, 여기서 자리를 계속 차지할 수 없었던 거예요. 그건 말할 필요도 없죠. 당신이 자랑으로 삼는 옷이나 머리만 하더라도 하녀 방의 어둠과 침대 속에서 나온 것에 지나지 않아요. 그것들은 거기서는 대단히 아름다웠는지 모르겠지만, 여기서는 모두들 마음속으로 또는 대놓고 웃는 대상에 지나지 않아요. 그런데 당신의 이야기는 무엇이었던가요? 내가 이용당하고 속았다는 거지요, 페피? 천만에요. 당신이나 나나 나쁘게 이용당하거나 속은 일은 없어요. 아닌 게 아니라 프리다는 현재 나를 버렸어요. 당신의 말을 빌려 표현한다면 조수 한 사람과 도망쳤다는 거지요. 이 점에 있어서 당신은 한 가닥의 진상을 파악하고 있는 셈이지요. 또 그녀가 내 아내가 된다는 것도 절대로 있을 수 없어요. 그러나 내가 그녀에게 싫증이 났다든지 그녀를 다음날 내쫓아 버렸다든지, 또 세상에서 흔히 아내가 남편을 속이는 것처럼 그녀가 나를 속였다는 것은 전혀 맞지 않아요. 당신네들 객실 담당 하녀들은 열쇠구멍으로 엿보는 습관에 젖어서 자기들이 실제로 목격하는 좁은 범위의 하찮은 사실을 기준삼아 어마어마하게, 더군다나 그릇되게 전체를 추측하는 경향이 있어요. 그 결과, 이 경우에서 당사자인 나보다도 당신이 훨씬 많이 알고 있다고 말할 수 있어요. 나는 도저히 왜 내가 프리다에게서 버림받았는지를 당신처럼 정확하게 설명할 수 없어요. 내가 그녀를 소홀히 대했다—당신도 이 점에 대해서는 조금 언급했으나 충분히 이용하지 않았죠—고작 그렇게 설명하는 수밖에 없어요. 그것은 유감스럽지만 사실이에요. 나는 그녀를 소홀히 대했어요. 다만 그것은 여기서 말하기는 곤란하지만 특별한 이유가 있었어요. 만일 지금이라도 그녀가 내게로 돌아온다면 나는 행복할 거예요. 그렇지만 그렇게 되면 나는 곧 또다시 그녀를 소홀히 대하게 될 거예요. 사정이 그래요. 그녀가 내 곁에 있었으니까 나는 늘 방황하면서 당신에게 비웃음거리가 된 거죠. 그녀가 떠나 버린 이 마당에, 나는 아무것도 할 일이 없고, 피곤한 데다, 더욱 일이 줄어들어서 나중에는 완전히 없어지기를 바라는 형편이에요. 그럼 내게 더 충고할 말은 없나요, 페피?"

"있어요." 페피는 갑자기 활기를 띠면서 K의 어깨를 붙들고 말했다. "우리 두 사람은 다같이 속아넘어간 사람들인 셈이예요. 그러니 함께 있어요! 자, 나와 함께 저 아래 아가씨들이 있는 곳으로 가요!" 그 말을 듣고 K는 다음과 같이 말했다.

"당신이 속았다고 불평하는 한 나는 당신과 타협할 수 없어요. 당신이 줄곧 속았다고 주장하는 이유는 그래야 기분이 좋고 자기 마음을 감동시킬 수 있기 때문이죠. 사실 당신은 이 자리에 어울리지 않아요. 당신 말처럼 아무것도 모르는 나까지 알아볼 수 있을 정도니까, 당신이 어울리지 않는단 사실은 너무나 뚜렷해요. 당신은 참 좋은 아가씨지요, 페피. 그러나 그건 사람들에게 인정받기가 힘들 거요. 나도 처음에는 당신을 쌀쌀맞고 건방진 여자라고 생각했으니까. 그러나 사실은 그렇지 않더군요. 당신도 이런 자리에 있으니까 머릿속에 약간 혼동이 생긴 걸 거예요. 당신에게 맞지 않는 자리니까 말이지요. 물론 그렇다고 이 자리가 당신에게 너무 과하다고 말하려는 것은 아니에요. 이런 자리란 그렇게 특별한 것은 못 돼요. 세세한 점까지 따지고 보면 당신의 이전 자리보다 조금 명예스러울지는 몰라도, 전체적으로 보면 큰 차이가 있는 것은 아니지요. 양쪽이 서로 혼동될 정도로 닮았어요. 따라서 이렇게 말할 수도 있을 거예요. 객실 심부름하는 하녀로 있는 것이 술집에서 여급 노릇하는 것보다 나을지 모른다고. 왜냐하면 거기서는 언제나 비서들 아래에서 일하지만, 여기서는 물론 홀에서 고급 비서들의 시중을 들기도 하지만 훨씬 신분이 낮은 사람들, 예를 들면 나와 같은 사람도 상대를 해야만 하니까요. 나는 법률상 이 술집 이외의 다른 곳에 앉으면 안 되는데, 그런 나와 교제할 수 있다는 게 뭐 그리 대단한 영광이겠어요? 하지만 당신에게는 아무래도 그런 것 같고, 또 거기에는 그럴 만한 이유가 있겠지요. 그러니까 더욱 당신은 적임자가 아니라는 거예요. 이런 지위란 어느 거나 마찬가지고 다 비슷비슷해요. 그런데 당신은 여기가 마치 천국이라고 생각하는 것 같군요. 그래서 만사를 보통 수준을 넘어서 지나치게 열심히 해버리는 거지요. 당신 생각으로는 자신을 천사처럼 치장해 놓고—사실 천사들은 다르지만—그 지위 때문에 긴장해서 떨고 있는 형편이고, 늘 쫓기는 것 같은 착각을 해요. 또 당신이 보기에 당신을 지지할 것 같은 사람이 있으면 그들의 환심을 사려고 지나친 친절까지 베풀어, 그들을 귀찮게 해서 밀쳐 버리는 결과가 되고 말아요. 누구라도 술집에서 편안하게 지내고 싶어하지, 자기들 고생에 주점 여급의 근심까지 더하고 싶지는 않으니까요. 프리다가 그만둔 직후, 귀하신 분들은 아무도 이 사건을 깨닫지 못했는지 몰라도 이제는 그들도 이 일을 알고 정말로 프리다에게 몸이 달아 있어요. 왜냐하면 프리다의 행동은 당신과 전혀 달랐으니까요. 그녀가 다른 점에서는 어떻게 했고, 그 자리를 어떻게 여겼는지 몰라도, 그녀는 이 일에 경험이 풍부하고 냉정하며 침착했어요. 당신은 이러한 사실을 스스로 역설하면서도 조금도 이 교훈을 활용하려고 하지 않았어요. 당신은 그녀의 눈초리를 본 적이 있나요? 그것은 주점 여급의 눈길이 아니라 거의 떳떳한 여주인과 같았어요. 그녀는 언제나 전체를 내다보는 동시에 사람 하나하나도 살피고 있었어요. 그리고 한 사람 한 사람에게 머무는 눈길은 시선이 집중된 남자를 굴복시킬 만한 위력을 갖추고 있었어요. 그렇다면 그녀가 좀 마르고 약간 나이를 먹은 게, 또 머리칼이 풍성하지 않은 게 무슨 상관이죠? 이것들은 그녀가 사실 가지고 있었던 것에 비교하면 아무것도 아니예요. 이런 결점에 정신이 팔렸던 사람은 오로지, 더욱 뛰어난 것에 대한 감수성이 자기에게 모자라다는 사실을 보여 주는 것이지요. 그리고 클람은 결코 이런 비난에 영향받을 사람이 아니지요. 나이 어리고 경험 없는 당신의 그릇된 관찰 때문에 프리다에 대한 클람의 사랑을 믿을 수가 없는 거예요. 클람은 당신에게는—그것도 무리는 아니지만—손이 닿지 않는 곳에 있는 것처럼 보여요. 그래서 당신은 프리다도 클람에게 가까이 가지 못했다고 생각했어요. 당신은 잘못 판단한 거예요. 확실한 증거가 없다고 하더라도 나는 프리다의 말을 믿어요. 이것이 당신에게 아무리 믿을 수 없는 것처럼 느껴지고, 또 세상과 관료주의, 여성이 가진 아름다움의 고귀함과 그 힘, 그런 것에 대한 당신의 생각과 모순된다 하더라도 이건 사실이지요. 여기서 우리가 나란히 앉아서 내가 당신 손을 쥐고 있는 거나 마찬가지로, 클람과 프리다도 그것이 이 세상에서 가장 당연하다는 듯이 나란히 앉아 있었어요. 그리고 그는 자진해서 내려왔어요. 다른 일도 내버려두고 바삐 내려왔지요. 복도에서 그를 망보는 사람은 아무도 없었어요. 클람은 온 힘을 다해서 내려왔어요. 그리고 당신이 보고서 깜짝 놀랐다는 프리다의 옷 같은 건 클람은 거들떠 보지도 않았어요. 당신은 프리다의 말을 믿으려고도 하지 않지요. 더군다나 그걸로 자기의 정체와 인간성을 얼마나 드러내는지, 얼마나 자기 결점과 무경험을 폭로시키는지 깨닫지 못해요. 클람과의 관계를 전혀 모르는 사람이라도, 그녀의 인품을 보면 인정하지 않을 수 없을 거예요. 또 이 인품을 형성하고 있는 주체는 당신이나 나나 그리고 마을 사람들보다도 탁월한 존재라는 사실을 알 수 있을 거예요. 또한 그녀가 하는 이야기 내용은 보통 손님들과 여급 사이에 주고받는—그것이 당신의 인생 목적처럼 보이는데—그런 농담 따위를 훨씬 초월했다는 사실까지도 알 수 있을 거예요. 내가 이렇게 말하면 당신에게는 과격한 표현일지도 모르죠. 사실 당신 스스로도 프리다의 특성을 잘 파악하고 있으며, 그녀의 관찰력이나 결단력, 사람들에게 미치는 영향력에 대해서도 충분히 깨닫고 있으니까요. 단지 당신은 모든 것을 잘못 해석하고 있어요. 당신은 그녀가 그것들을 모두 이기적으로 자기 이익을 위해서, 다른 사람을 해치기 위해서, 극단적으로 말하자면 당신에게 무기로써 사용하고 있다고 생각하는 거지요. 아니, 페피. 그녀가 그런 화살을 손에 쥐고 있다 하더라도 이런 가까운 거리에서는 쏘려야 쏠 수 없지 않아요? 이기적이라고요? 오히려 이렇게 말할 수 있을지 몰라요. 그녀는 자기가 갖고 있는 것, 자기가 기대할 수 있는 것을 희생하고 우리 두 사람에게 더 높은 자리에 앉는 기회를 주었는데, 우리는 그녀를 완전히 실망시키고 그녀가 다시 이곳으로 되돌아오도록 만들어 버렸어요. 사실 그런지 아닌지 나는 알 수 없고 또 내가 무슨 잘못을 했는지 분명치 않아요. 다만 나 자신을 당신과 비교해 보면 자꾸 이런 생각이 들어요. 프리다의 침착한 태도와 사무적인 요령과 기지로는 눈에 띄지 않고 손쉽게 얻을 수 있는 것을, 우리 두 사람은 눈물로써 할퀴고 쥐어뜯고 잡아당겨서 손에 넣으려고 너무나 맹렬하고 시끄럽고 유치하고 미숙하게 애쓴 것 같다고. 그것은 마치 어린애가 식탁보를 잡아당기지만 위에 놓인 그릇을 모두 떨어뜨려서 깨뜨릴 뿐 영원히 무엇 하나 얻지 못하는 것과 마찬가지가 아닐까요. 정말로 그런지 어쩐지는 알 수 없어요. 그러나 당신이 말한 것보다도 이쪽이 더 진실성이 있는 것처럼 보인다는 점은 나도 잘 알겠어요.”

“그러시겠지요.” 페피가 말했다. “프리다가 당신을 두고 가버렸으니까 완전히 그녀에게 반하신 거예요. 가버린 여자에게 반해서 그리워하는 것은 결코 어려운 일이 아니니까요. 그러나 당신 말대로라고 해도, 또 당신이 모든 면에서 나를 조롱하시려고 하는 점에서마저 옳다고 해도 이제 당신은 대체 어떻게 하실 작정이시지요? 프리다는 당신을 버리고 떠났으며 당신에게는 내 설명이나 당신의 설명을 막론하고 그녀가 당신에게 되돌아와 준다는 가망이 없어요. 또 그녀가 되돌아온다고 해도 어쨌든 당신은 그때까지 어디서든지 시간을 보내야만 해요. 바깥은 추운데 당신은 일거리도 침대도 없잖아요. 우리에게로 오세요. 내 친구들은 당신의 마음에 꼭 들 거예요. 우리가 당신을 기분 좋게 해드릴 테니까요. 그러면 당신은 여자만으로는 무리라고 여겨지는 일을 도와 주시겠지요. 우리 여자들은 의지할 곳 없이 외롭게 사는 것도 면할 수 있고 밤이 되어 공포와 불안을 느끼는 일도 없어질 거예요. 우리에게 오세요. 내 친구들도 프리다를 알고 있어요. 우리는 당신이 싫증날 때까지 그녀 이야기를 해드릴 게요. 그러니까 오세요. 우리는 프리다의 초상화도 가지고 있으니까 그것을 당신에게도 보여드릴 게요. 그때 프리다는 지금보다 훨씬 얌전했어요. 틀림없이 당신은 예전의 그녀와 현재의 그녀를 분간하지 못할 거예요. 기껏해야 그녀의 눈! 그때부터 무엇을 엿보고 있었던 눈 정도일 거예요. 그러니 오시겠지요?"

"정말 그렇게 해도 괜찮을까요. 어제만 해도 내가 당신네들 복도에서 붙들리는 큰 소동이 있었는데."

"그건 당신이 붙들렸기 때문이에요. 그러나 우리에게 오시면 결코 붙들리지 않을 거예요. 우리 세 사람 말고는 당신을 아는 사람이 아무도 없어요. 네, 정말 재미있을 거예요. 이제 나는 조금 전보다 거기서의 생활이 훨씬 견뎌 내기 쉬운 것처럼 느껴져요. 지금 여기를 떠나야 한다고 하더라도 그다지 밑질 것은 없어요. 이보세요, 우리는 지금까지 세 사람만으로도 조금도 지루하지 않았어요. 아무튼 쓰디쓴 인생을 달콤하게 해야만 하니까요. 우리의 인생이란 아주 젊을 때부터 쓰라리게 마련이지요. 그래서 우리 세 사람은 한마음 한뜻으로 살고 있어요. 될 수 있는 대로 기분 좋게 지내면서요. 특히 헨리에테는 당신 마음에 드실 거예요. 에밀리에도 그렇고요. 나는 벌써 그 애들에게 당신 이야기를 해두었어요. 그러나 거기서는 그런 이야기를 해도 아무도 곧이듣지 않아요. 마치 그 방 밖에서는 아무 일도 일어날 리가 없다는 듯이 믿지 않는 태도였어요. 거기는 비좁고 따뜻해요. 그래도 우린 서로 착 붙어 앉았어요. 아니 우리는 서로 의지하고 있었지만 결코 권태를 느끼는 일은 없었어요. 정반대예요. 그리고 친구들을 생각하면, 거기로 돌아가는 것이 마치 당연한 것처럼 느껴져요. 그들보다 출세할 필요가 뭐가 있겠어요? 우리 세 사람은 모두 똑같이 앞길이 막혀 서로 뭉치게 됐어요. 그런데 지금 나 혼자 거기를 뚫고 나와서 그들에게서 멀어져 버렸어요. 물론 그들을 잊지는 않았죠. 어떻게 하면 그들을 도와줄 수 있을지 이 걱정만이 언제나 머리에서 떠나지 않았어요. 그리고 내 지위는 계속 불안정했는데 그것이 어느 정도였는지, 전혀 알지도 못했지만, 나는 헨리에테와 에밀리에에 관해서 집주인과 이야기한 일이 있었어요. 집주인은 헨리에테에 관해서 전적으로 양보하지 않겠다고 한 것은 아니었지만, 에밀리에에 관해서는 전혀 나에게 희망을 주지 않았어요. 그러나 생각해 보세요. 그들은 절대 거기를 떠나려고 하지 않아요. 그녀들은 거기서 보내고 있는 생활이 비참하다는 사실을 잘 알고 있어요. 그러나 마음씨가 고운 탓에 벌써 그것에 순응해 버렸어요. 그녀들이 헤어질 때 흘린 눈물은 무엇보다 나를 위해 흘려 준 눈물이라고 생각해요. 내가 같이 있던 방을 떠나야만 한다는 것, 그리고 추운 곳으로—그 방에 있으면 방 바깥에 있는 것은 모조리 냉랭한 것처럼 보이지요—나간다는 것, 알지도 못하는 큰 방에서 낯선 사람들과 싸워야만 한다는 것에 대한 슬픔이 담긴 눈물요. 이렇게 나가서 싸우려던 이유는 어떻게 해서든 생계를 이어가기 위해서였어요. 하지만 그런 거라면 지금까지의 공동생활에서도 그럭저럭 성공해 왔어요. 그것을 그녀들은 슬퍼하고 있었어요. 그녀들은 내가 지금 돌아간다 해도 조금도 놀라지 않을 거예요. 다만 날 위로해 주려고 한바탕 울고서 내 팔자를 한탄할지도 모르겠어요. 그러나 그녀들은 당신을 보고 내가 그곳을 떠난 것이 어쨌든 잘한 일이었다고 깨닫게 되겠지요. 이제 어떤 사람이 조력자이자 보호자로 와 준다면 모두들 행복하게 될 거예요. 그리고 모든 것을 비밀에 붙여야 할뿐더러, 우리가 이 비밀을 통해 전보다 더욱 굳게 맺어진다는 것을 그녀들은 더할 나위 없이 기뻐하겠지요. 자, 어서 오세요. 우리에게 오세요. 오신다고 해도 당신은 아무런 속박도 받지 않을 것이며 또 우리처럼 영원히 그 방에 얽매이는 일도 없을 테니까요. 드디어 봄이 오고 당신은 어딘가 다른 곳에 숙소를 정해 우리 집이 마음에 드시지 않는다면 그때는 나가셔도 상관없어요. 물론 그렇게 하시더라도 비밀은 지켜 주셔야 하며 우리를 배신하는 일은 절대로 없어야겠지요. 왜냐하면 비밀이 새는 순간 우리는 신사관에서 쫓겨날 테니까요. 또 그 밖에 다른 경우라도 당신이 우리 집에 계시는 이상은 우리가 안전하다고 생각지 않는 곳에는 결코 나타나지 않도록 조심해 주셔야겠어요. 어쨌든 우리의 충고 대부분을 들어 주셔야 된다는 것은 더 말할 나위도 없어요. 단지 이것이 당신을 얽매는 단 하나의 속박이라고 할 수 있어요. 하지만 이것은 우리와 마찬가지로 당신에게도 중요한 일이며, 그 밖에 당신은 완전히 자유예요. 우리가 당신에게 맡기는 일은 결코 어렵지 않을 테니 그 점은 염려하실 것 없어요. 그러니 가시겠지요?"

"봄까지는 얼마나 남았나요?" K가 물었다.

"봄까지라고요?" 페피가 되물었다. "이곳의 겨울은 길어요. 정말 길고 단조로운 겨울이지요. 그러나 아래에 있는 우리는 아무도 그 점을 불평하지 않아요. 월동준비가 제대로 잘 돼 있거든요. 그래도 언젠가는 봄이 찾아오고 여름이 되면 아마도 제 시절을 맞이하게 될 거예요. 그러나 지금 내 기억으로는 봄이나 여름이 퍽 짧은 것처럼, 마치 2, 3일 정도밖에 안 되는 것처럼 느껴져요. 그리고 그 2, 3일간마저 아무리 날씨가 좋다고 하더라도 가끔 눈이 내리지요."

그때 갑자기 문이 열렸다. 페피는 깜짝 놀라 몸을 움츠렸다. 깊은 생각에 잠겨 있었던 그녀의 마음이 술집에서 너무 멀리 떨어져 있었기 때문이다. 프리다가 아니라 여주인이었다. 그녀는 K가 아직도 여기에 있는 것을 보고 어이가 없었던 모양이다. K는 사실 당신을 기다리고 있었다고 변명했다. 그리고 이곳에서 하룻밤을 묵게 해 준 데 대해서 고맙다고 인사를 하였다. 그녀는 왜 K가 자기를 기다렸는지 도무지 납득할 수 없는 눈치였다. 그래서 K는 아직 그녀가 자기에게 볼일이 있을 거라고 생각했다고 말했다. 하지만 착각이었다면 용서해 달라며, 자기는 관리인이면서도 학교 일을 게을리 했기 때문에 그만 가봐야겠다고 했다. 그리고 이것이 모두 어제 소환장을 받은 탓이지만, 아무튼 자기는 이번 일 같은 사건에 대해서 거의 경험이 없기 때문이라고 덧붙였다. 그래도 여주인이 어제 같은 불쾌한 일을 두 번 다시 당하게 하고 싶지는 않다고 하며, 나가기 위해 인사를 했다. 여주인은 꿈꾸는 것 같은 눈초리로 그를 주시하고 있었다. 그 시선에 사로잡혀서 K는 상당히 오랫동안 자리를 떠날 수 없었다. 여주인은 넌지시 미소를 지었다가 K의 깜짝 놀란 얼굴을 보고 비로소 꿈에서 깬 모양이었다. 마치 자기 미소에 대한 답을 기다리고 있었는데 아무 대답이 나오지 않으니까 그제야 잠이 깼다는 표정이었다.

"당신은 아마도 어제 뻔뻔스럽게도 내 옷에 대해서 무슨 말을 하셨었지요."

K는 생각이 나지 않았다.

"생각이 나시지 않나요? 어제는 대담무쌍하시더니 오늘은 비겁하기 짝이 없군요."

K는 어제 몸이 피곤했다고 변명했다. 어제 자기가 엉뚱한 소리를 지껄였을 수도 있지만, 지금은 생각이 나지 않는다고 했다.

그는 자신이 주인아주머니의 옷에 대해 뭐라고 했는지 물은 다음, 그녀의 옷이 자기가 한번도 본 적 없을 만큼 아름답다고 했을 거라 말했다. 그리고 실제로 어떤 여주인도 그런 좋은 옷을 입고 일하는 것을 보지 못했다고 덧붙였다.

"그런 말은 그만두세요!" 여주인은 빠른 어조로 말했다. "나는 이제 옷에 대해서는 당신에게 한 마디도 듣고 싶지 않아요. 내 옷에 대해 걱정하지 마세요. 절대로 상관하지 말아 주세요."

K는 한 번 깊숙이 허리를 구부리고 인사한 다음 문 있는 데까지 걸어갔다.

"대체 그게 무슨 말씀이죠?" 여주인은 K의 뒤에서 말을 걸었다.

"그런 옷을 입고 일하는 여주인을 본 일이 없다는 게 무슨 말씀이시죠? 그런 말 같지도 않은 말을 해서 어쩌자는 건가요? 정말 말도 안 돼요. 대체 무슨 의도를 가지고 말씀하신 거죠?"

K는 뒤를 돌아보고 여주인에게 제발 흥분하지 말아 달라고 부탁했다. 물론 아무 의미 없는 말이었으며, 자기는 옷에 대해서는 아무것도 모른다고 말했다. 그 같은 신분의 사람에게는 덧조각을 대고 깁지 않은 깨끗한 옷이면 무엇이든 훌륭하게 보인다고도 했다. 단지 K가 놀란 것은 그녀가 한밤의 그 복도에서 거의 옷다운 옷도 걸치지 않은 남자들 사이로 그렇게 아름다운 야회복을 입고 나타나는 장면을 보았기 때문이었고, 그 이상 다른 이유는 없다고 변명했다.

"그렇다면" 여주인이 말을 이었다. "당신도 드디어 당신이 어제 한 말이 생각난 모양이군요. 더욱이 그것만으로는 충분치 않아서 쓸데없는 주석을 붙이기도 하고요. 옷에 관해서는 아무것도 모른다는 당신의 말이 옳아요. 그렇다면 차라리—당신에게 간곡히 부탁했다고 생각하는데—훌륭한 옷이라든지 맞지 않는 야회복이라든지, 이러쿵저러쿵 쓸데없는 비평을 하는 것은 삼가 주세요." 여기까지 말했을 때, 그녀는 오싹 오한이 난 모양이었다. "당신은 내 옷에 관해서 손톱만큼도 걱정하실 것 없어요. 아시겠어요?"

그래서 K가 잠자코 저쪽으로 몸을 돌리려고 하자, 그녀는 이렇게 물었다.

"대체 당신은 어디서 옷에 대한 지식을 얻으셨나요? 아무 지식도 없을 것 같은데." 여주인이 말했다. "그렇다면 숫제 아는 체하시지 말란 말예요. 회계실로 건너가 보세요. 당신에게 보여 드릴 것이 있으니까요. 그걸 보시면 그런 뻔뻔스러운 짓은 하지 않으시겠지요."

그녀는 앞장서서 문 밖으로 나갔다. 돈을 치러 달라는 것을 구실삼아 페피가 K에게 달려왔다. 두 사람은 서둘러 약속을 했다. K가 안뜰의 구조를 잘 알고 있었기 때문에 문제는 아주 간단했다. 안뜰에는 옆길로 통하는 문이 있고, 그 문 옆에는 쪽문이 있다. 지금부터 한 시간쯤 뒤 페피가 쪽문 뒤에 서 있다가 세 번 노크를 하면 열어 주기로 했다.

회계실은 주점과 마주보고 있었다. 현관을 가로질러 가기만 하면 되었다. 여주인은 벌써 불을 켠 그 회계실에 서서 초조한 기색으로 K쪽을 보고 있었다. 그런데 또 하나 방해가 생겼다. 게르스텍커가 현관에서 기다리고 있다가 K와 할 이야기가 있다고 했다. 그를 뿌리친다는 것은 쉬운 일이 아니었다. 여주인도 거들면서 게르스텍커의 강제적인 태도를 나무랐다.

"대체 어디로 가는 거요? 대체 어디로?" 문이 닫힌 뒤에도 그의 외침소리가 들렸다. 그 말은 한숨과 기침소리에 지저분하게 섞여 있었다.

불을 너무 때서 후끈거리는 조그만 방이었다. 좁은 쪽의 벽에 책상과 철제 금고가 바싹 붙어 있고, 넓은 쪽 벽에는 장롱과 긴 의자가 놓여 있었다. 대부분의 자리를 차지하고 있는 것은 장롱이었다. 넓은 쪽 벽을 모두 가리고 있을 뿐만 아니라 속이 깊기 때문에 방을 몹시 좁게 만들고 있었다. 이 장롱을 열려면 미닫이문을 세 개나 열어야 했다. 여주인은 K더러 긴 의자에 앉으라고 하며 자기는 책상 옆 회전의자에 앉았다.

"당신은 한 번도 재단을 배운 일이 없나요?" 여주인이 물었다.

"네, 한 번도 없어요." K는 말했다.

"대체 당신은 뭐하는 사람인가요?"

"토지 측량기사지요."

"대체 그게 뭐 하는 거지요?"

K의 설명은 여주인을 하품나게 할 뿐이었다.

"당신은 사실을 말하지 않으세요. 왜 그러시죠?"

"당신도 바른대로 고백하지 않으면서."

"내가요? 당신은 또 서서히 뻔뻔스러운 태도를 보이려는 건가요? 그리고 설사 바른대로 말하지 않았다 해도 내가 당신한테 변명을 해야만 하나요?

그런데 어떤 점에서 내가 당신한테 바른대로 고백하지 않았다는 건가요?”

“당신은 당신 자신이 말하고 있는 그런 보통 여주인은 아니니까요.”

“뭐라고요! 당신은 어쩌면 그렇게 눈썰미가 좋으신가요! 그렇다면 내가 그 밖에 뭐란 말인가요? 당신의 뻔뻔스러운 태도는 점점 더하는군요.” “당신이 여주인 이외의 무엇인가는 나도 모르겠어요. 내가 아는 것은, 당신은 여주인인데 당신이 입고 있는 옷은 여관집 여주인에게 어울리지 않고, 또 내가 아는 바로는 이 마을에서 아무도 그런 옷을 입지 않는다는 것뿐입니다.”

“그렇다면 우리는 이야기의 본론에 들어간 셈이에요. 당신은 그 말을 하지 않고는 배길 수가 없었던 모양이지요. 당신이란 사람은 뻔뻔스러운 게 아니라, 무엇인가 이치에 맞지 않는 것을 알면서도 누가 뭐라든 상관없이 그 말을 않고는 배길 수 없는 어린애 같은 사람이에요. 그러면 말해 보세요. 이 옷의 어디가 다르단 말이에요?”

“내가 그걸 말하면 당신은 화내실걸요.”

“아니지요. 그 말에 웃을 거예요. 어린아이 같은 말일 테니까. 그래 이 옷이 어떻다고요?”

“그걸 아시고 싶으시다는 말씀이군요. 그렇다면 말씀드리지요. 이 옷은 확실히 비싸고 좋은 천이에요. 그러나 이제 구식이라 너무 잡다하게 꾸며져 있고, 수선했어도 낡았고, 당신 나이나 모습이나 지위에도 어울리지 않아요. 그것이 내 눈에 바로 띄었어요. 내가 당신을 처음 보았을 때 말이죠. 일주일 전쯤 여기 현관에서였지요.”

“잘 알았어요. 구식이고 잡다하게 꾸며지고 그리고 또 뭐였지요. 그래, 대체 당신은 어디서 그런 말을 듣고 오셨지요?”

“눈에 보이는 대로죠. 배울 필요는 없어요.”

“당신은 간단하게 잘도 아시네요. 누구에게 듣지 않고도 유행이 무엇인지 금방 아시다니. 그러면 당신은 나에게 꼭 필요한 사람이 될지도 모르겠군요. 왜냐하면 나는 아름다운 옷에 대해서는 백지니까요. 하지만 이 장롱이 옷으로 가득 찬 것을 보시면 당신은 뭐라고 말씀하실까요?” 그녀는 미닫이문을 모두 열었다. 옷이 장롱 가득히 차 있었다. 대개는 어두운 색과 회색, 빨간 색과 검정 옷으로 모두 꼼꼼하게 펴서 걸려 있었다.

“모두 다 내 옷이에요. 당신 말씀대로 모두 구식이라 장식이 너무 많아요.

이 옷들은 위층 내 방에 갖다 넣을 자리가 없어 여기 둔 거지요. 위층에는 또 옷이 가득 찬 장롱이 둘 있어요. 둘 다 이것과 비슷한 크기예요. 어때요, 놀라셨나요?"

"아니, 그럴 것이라 짐작하고 있었어요. 내가 말하지 않았습니까. 당신은 단순한 여주인이 아니라 뭔가 다른 것을 노리고 있다고."

"내가 목표로 하고 있는 건 단지 아름다운 옷을 입는 것뿐이에요. 당신은 바보든지 어린애든지 아니면 몹시 성질이 고약한 위험인물이에요. 나가 주세요. 이제 나가 주세요!"

K는 잽싸게 현관으로 나갔는데 게르스텍커가 또 그의 소매를 꼭 붙잡았다. 그때 여주인이 K의 뒤통수에 대고 말했다.

"내일 새 옷이 다 돼요. 아마 당신을 데리러 사람을 보낼지도 몰라요."

화가 난 게르스텍커는 멀리서 자신을 방해하는 여주인을 아무 말도 못 하게 하려는 듯 손을 휘두르며, 함께 가자고 K를 다그쳤다. 그는 자세한 설명을 요구해도 응하지 않고, K가 지금 학교에 가야 한다는데도 아랑곳하지 않았다. 그러다가 K가 끌려가지 않으려고 저항하자 비로소 게르스텍커는 그에게 걱정하지 말라며, 자기 집에 가면 필요한 건 뭐든지 가질 수 있고 학교 관리인 일은 그만둬도 되니까 제발 그저 오기만 하라고 했다. 그는 벌써 온종일 K를 기다렸기 때문에 그의 어머니도 자기가 어디 있는지 전혀 모른다고 했다. K는 천천히 그의 말에 응하면서, 무엇 때문에 자신에게 귀한 음식과 숙소를 마련해 주려는지 물었다. 게르스텍커는 건성으로, 이제 자신에게는 다른 일이 있어 임시로 말을 돌볼 일꾼으로 K가 필요하다면서, K가 따라가지 않겠다고 버티느라 공연히 힘들게 하지 않았으면 좋겠다고 대답했다. 그는 보수를 원하면 돈도 주겠다고 했다. 그러나 K는 그가 아무리 잡아당겨도 그 자리에서 꿈쩍도 하지 않았다. 말에 대해서 아무것도 모른다고 했지만, 게르스텍커는 괜찮다고 초조하게 말하며, 화가 나서 K에게 같이 가자고 다그치려고 두 손을 마구 비벼댔다. K는 마침내 이렇게 말했다. "나는 당신이 왜 나를 데려가려는지 이유를 압니다." 하지만 게르스텍커는 K가 뭘 알던지 아무런 관심이 없었다. "내가 당신을 위해 에를랑어에게서 뭔가를 알아내 줄 수 있다고 생각하는 거지."

"그렇소." 게르스텍커가 말했다. "그렇지 않으면 당신이 나에게 무슨 소용이 있겠소."

K는 웃으며 게르스텍커의 팔에 매달려 어둠 속으로 그를 따라갔다.

게르스텍커의 오두막집은 화롯불과 짧게 동강난 촛불이 전부여서 어두침침했다. 그 촛불 가까이, 비스듬히 튀어나온 들보 아래 우묵한 곳에서 누군가 책을 읽고 있었다. 게르스텍커의 어머니였다. 그녀는 K에게 떨리는 손을 내밀어 자기 옆에 앉게 하고는 힘들여 말했다. 알아듣기는 힘들었지만 그녀가 한 말은.

—이 작품은 작자의 사망으로 인해, 완성되지 못한 채 여기서 끝이 난다.

Der Prozess

심판

카프카/박종서 옮김

심판

1 체포·그루우바흐 부인과의 대화·뷔르스트너 양

누군가 요제프 K를 중상한 것이 틀림없다. 무슨 잘못한 일도 없는데 어느 날 아침 그가 체포되었기 때문이다. 집주인인 그루우바흐 부인의 하녀는 매일 아침 8시만 되면 아침밥을 가져오는데 이날 아침에는 얼굴도 보이지 않았다. 여태까지 이런 일은 없었다. K는 잠시 베개에 머리를 누인 채 맞은편 집에 살고 있는 노파가 전과는 아주 달리 호기심에 가득 찬 시선으로 유심히 바라보는 것을 보고 있었다. 그러다 어쩐지 이상하기도 하고 배도 고프고 해서 벨을 울렸다. 곧 노크하는 소리가 나더니 이 집에서는 그때까지 본 적이 없는 어떤 남자가 들어왔다. 그는 늘씬한 몸집에 뼈대가 굵직하고 몸에 꼭 맞는 검은 옷을 입고 있었다. 그 옷은 여행복 같기도 했지만, 주름이 많고 호주머니와 고리 단추에 띠까지 달려 있는 것으로 보아 어떤 때에 입는지 확실치는 않았으나, 하여튼 다른 옷과 달라서 매우 실용적인 것 같았다.

"누구시지요?" K는 이렇게 묻고 침대에서 반쯤 몸을 일으켰다.

그러나 남자는 마치 방안에 나타난 자기를 두말 말고 맞이하라는 듯이 K가 묻는 말에는 귀도 기울이지 않고 제멋대로 이렇게 말했다.

"벨을 울렸나?"

"안나가 아침밥을 가져올 텐데." K는 이렇게 말하고 잠시 아무 말도 없이 생각에 잠기며 대체 이 남자가 어떤 사람인가 싶어 주의를 기울였다.

그러나 남자는 곧 그의 시선을 피하며 문 쪽으로 돌아서서 문을 조금 열더니 바로 앞에 서 있는 듯한 사람을 보고 이렇게 말했다.

"안나한테 아침밥을 청한 모양인데."

옆방에서 나직한 웃음소리가 들렸다. 그러나 몇 사람이 모여 있는지는 확실치가 않았다. 낯선 남자는 그 웃음소리를 듣자 무슨 영문인지 알아차린 듯이 K를 향해서 마치 전달이라도 하듯 이렇게 말하였다.

"안 되겠어."

"이상한데." K는 이렇게 말하고 침대에서 뛰어내리더니 허둥거리며 바지를 입었다.

"하여튼 옆방에는 어떤 사람들이 있으며, 그루우바흐 부인은 어떤 생각으로 나를 이렇게 괴롭히는지 좀 알아봐야겠소."

이런 말은 내놓고 할 필요도 없었고 결국 이런 말을 함으로써 도리어 그 남자의 감독권을 어느 정도 인정하는 셈이라는 것은 곧 짐작이 갔지만, 그렇다고 해서 그리 대단한 것 같지는 않았다. 낯선 남자도 결국 그렇게 생각하는 것 같았다. 그가 이렇게 말했기 때문이다.

"여기 있는 편이 낫지 않을까?"

"있고 싶지도 않지만 당신이 신분을 밝히지 않는 한 나는 이야기하고 싶지 않소."

"호의로 그랬던 것이오." 낯선 남자는 이렇게 말하고 자진해서 문을 열었다.

K는 제멋대로 옆방에 들어가 살펴보았으나 방 안은 전날 저녁과 별다르지 않았다. 그곳은 그루우바흐 부인의 살림방이었는데 가구, 이부자리, 꽃병, 사진 같은 것이 이리저리 흩어져 있었지만 그래도 오늘은 오히려 전보다 어느 정도 여유가 있는 것 같았다.

열린 창문 옆에서 어떤 남자가 책을 읽고 있는 이외에는 별로 전과 다름이 없었다. 그 남자가 얼굴을 들었다.

"왜 나왔어! 프란츠가 그냥 방에 있으라고 하지 않던가?"

"그런데 어찌된 일이지요?" K는 이렇게 말하고 이 새로 알게 된 사람한테서 시선을 돌려 문간에 서 있는 프란츠라는 남자를 쳐다보고 다시 시선을 돌렸다.

열린 창문으로 또 그 노파의 얼굴이 보였다. 노인다운 호기심에 가득 찬 시선으로 바라보던 노파는 사태를 끝까지 살피려는 듯 이제는 맞은편 창가로 옮겨와 있었다.

"그루우바흐 부인을 좀……." 이렇게 말하고 K는 자기한테서 멀찍이 떨어져 서 있는 두 남자를 뿌리치기나 하려는 듯한 태도를 보이며 앞으로 걸어가려고 했다.

"안 돼." 창문 옆에 있던 남자가 말하며 책을 자그마한 책상 위에 던지더니 그만 자리에서 일어났다. "가면 안 돼. 자네는 체포된 거야."

"어쩐지 그런 것 같소." K는 이렇게 말하고 다시 물었다. "그런데 대체 무엇 때문에 그러는 거요?"

"자네한테 그런 말을 하라는 지시는 없었어. 방으로 들어가 기다려. 벌써 소송 절차가 시작되었으니 적당한 때가 오면 다 알게 될 거야. 자네한테 이렇게 친절하게 말하는 것도 명령의 범위를 벗어난 거야. 그러나 아마 프란츠 이외에는 아무도 듣는 사람이 없을 테고 그도 역시 모든 규칙을 어기면서까지 자네한테 친절을 다하고 있어. 우리가 자네 감시자로 결정되었을 때처럼 앞으로도 운이 좋으면 자네는 안심할 수 있을걸."

K는 앉으려고 했으나 아무리 둘러보아도 창문 옆에 있는 의자 이외에는 앉을 곳이 없다는 것을 알았다.

"머지않아 모든 일이 사실이라는 것을 알게 될 거야." 프란츠는 이렇게 말하고 다른 남자와 같이 그를 향해서 가까이 걸어왔다. 무엇보다도 다른 남자는 K보다 훨씬 키가 크고 여러 번 그의 어깨를 두드려 주었다. 두 남자는 K의 잠옷을 이리저리 살펴보더니 앞으로 좀 더 좋지 못한 셔츠를 입게 될 테니 이 셔츠는 다른 속옷과 같이 보관해 두었다가 사건이 유리하게 해결만 되면 다시 돌려주겠다고 말했다. "그런 물건을 창고에 넣어둘 바에는 우리한테 맡기는 편이 나을걸." 그들은 말했다. "창고에서는 가끔 빼앗기는 수도 있고 게다가 어느 기한만 지나면 수속이 끝나건 말건 모조리 팔아 버리는 거야. 그뿐 아니라 이런 소송은 더디기가 한이 없고 특히 요즈음은 더해! 물론 나중에 창고에서 물건 값을 받겠지만 그건 몇 푼 되지도 않아. 우선 팔아버릴 때 부르는 가격대로 결정되는 것이 아니라 뇌물이 얼마나 되느냐 하는 것이 문제니까. 게다가 이러한 매상금은 이 사람 저 사람 손을 거쳐 몇 해를 두고 오고가는 동안에 흐지부지 줄어들게 마련이지 별거 있어."

K는 이런 이야기에는 조금도 귀를 기울이지 않았다. 그런 대로 그때까지 자기 물건에 대한 소유권은 갖고 있었으나, 그에게는 그러한 것보다는 그저 자기가 처해 있는 처지를 분명히 아는 것이 무엇보다도 중요했다. 그러나 이런 낯선 사람들 앞에서는 조금도 마음 놓고 생각할 여유가 없었다. 둘째 번 감시인—아무리 보아도 감시인에 지나지 않았다—의 뚱뚱한 배가 이상하게도 정답게 여러 번 그에게 부딪쳤지만, 그가 쳐다보았을 때는 억센 코가 옆

으로 삐뚤어지고 뚱뚱한 몸집에는 조금도 어울리지 않는 메마르고 뼈만 남은 얼굴이 보였다. 이 얼굴은 K의 머리 위로 보이는 다른 감시인과 무슨 이야기를 열심히 주고받았다. 대체 어떤 자식들일까? 무슨 이야기를 하고 있을까? 어떤 관청에 다닐까? 법치 국가에 살고 있으며 어디에 가든지 평화롭고 모든 법률이 당당하게 있는데 감히 어떤 자식이 함부로 내 집에 들어오는 것일까?

그는 언제나 모든 일을 가벼운 기분으로 생각하며, 아무리 최악의 경우라도 정말 그것이 나타나기 시작한 다음부터야 그러리라 믿고, 어떠한 위기가 닥쳐와도 앞일을 미리부터 궁상스레 근심하는 그런 성미는 아니었다.

그러나 지금 같은 상황에 그러한 태도는 옳지 못한 것 같았다. 사실 모든 일을 장난이라고 생각할 수도 있다. 아마 오늘이 그의 서른 번째 생일이기 때문에 그럴 수도 있고, 다소 심한 장난이지만 은행 친구들이 계획적으로 꾸민 거라고 생각할 수도 있는 일이다. 물론 그런 일은 얼마든지 있을 수 있고, 모르긴 하지만 어떻게 해서든지 감시인들의 눈앞에서 웃어 보이기만 하면 일은 그만 끝날 것 같았다. 그렇게 되면 그들도 같이 따라 웃을지도 모른다. 그들은 혹시 거리에서 이 구석 저 구석 뛰어다니는 심부름꾼인지도 모른다. 그러고 보니 그들은 본 적이 없는 얼굴도 아니었다. 그럼에도 그는 감시인 프란츠를 처음으로 만난 바로 그때부터 그들에게 대해서 아무리 보잘것없는 자기 장점이라도 남김없이 발휘해야겠다는 생각이 앞섰다. 그는 농담을 모른다고 뒤에라도 사람들이 쑤군거릴 것에 대해서는 조금도 염려하지 않았다.

확실히 그는 과거 경험에 따라서 무슨 일을 생각한 적은 조금도 없었다. 그 사건 자체로 보아서는 그리 대수롭지도 않은 일이었지만 이상하게도 그때까지 경험한 몇 가지 사건이 자꾸만 머리에 떠올랐다. 그런 때에 그는 대개 짐작이 갔을 터인데 그만 경솔한 태도를 취했기 때문에 처벌을 받은 적이 있었다. 그런 일이 두 번 다시 있어서는 안 될 것이오, 적어도 이번만은 그래선 안 된다. 만일 그것이 희극이라면 한번 같이 끼어 보고 싶은 생각도 없지 않았다.

그는 아직 자유로운 몸이었다.

"실례합니다." 그는 이렇게 말하고 두 감시인 사이를 빠져서 재빨리 자기 방으로 들어갔다.

"자식이 바보는 아닌 것 같은데." 이렇게 말하는 소리가 그의 뒤에서 들렸다.

방에 들어간 그는 곧 책상 서랍을 열었다. 그 안에는 모든 것이 말끔히 정돈되어 있었지만 찾고 있는 신분증서만은 흥분해서인지 좀처럼 눈에 띄지 않았다. 하는 수 없이 자동차 면허증을 찾아들고 감시인들한테 가려고 했으나 그 서류는 그리 도움이 될 것 같지 않았기 때문에 좀 더 찾아본 결과 출생증명서를 발견했다. 그가 다시 옆방으로 돌아왔을 때 바로 맞은편 문이 열리며 그루우바흐 부인이 들어서려고 했다. 그 여자는 불쑥 얼굴을 보였을 뿐 K를 보자 확실히 망설이는 태도를 보이며 미안합니다, 하고 그만 뒤로 물러서며 매우 조심스럽게 문을 닫았다.

"어서 들어와요." K는 그때까지만 해도 이렇게 말할 수 있었다.

그러나 그는 서류를 들고 방 한가운데 서서 그대로 문을 빤히 쳐다보고 있었지만 그 문은 다시는 열리지 않았다. 감시인들이 부르는 소리에 흠칫 놀랐다. 그들은 열린 창문 옆에 있는 책상에 앉아서 K의 아침밥을 다 먹어치웠다.

"왜 저 여자는 안 들어오는 거요?" 그는 물었다.

"들어오면 안 돼." 키가 큰 감시인이 말했다. "자네는 체포되어 있으니까."

"내가 어째서 체포돼요? 더구나 이런 꼴이 어디 있단 말이오?"

"아, 또 시작이군." 그 감시인은 이렇게 말하고 버터 바른 빵을 꿀 그릇에 담갔다. "그 따위 질문에는 대답할 수 없어."

"그래도 대답을 들어야겠소." K가 말했다. "이것이 내 신분증명서요. 이제는 당신들 것을 보여 주시오. 무엇보다 체포장 말입니다."

"쓸데없는 수작 말아!" 감시인은 말했다. "자네는 자네 처지에 순순히 따를 수 없단 말이로군. 자네는 지금 자네 친구라고 할 만한 사람들 중에서 사실 누구보다 가깝다고 할 수 있는 우리를 쓸데없이 골릴 작정인가?"

"그러지 말고 자네도 잘 생각해 봐." 프란츠는 이렇게 말하고 손에 들고 있던 커피 잔을 입으로 가져가지는 않은 채 의미심장하고 의아스러운 시선으로 오랫동안 K를 빤히 쳐다보았다.

K는 자기도 모르게 하는 수 없이 프란츠와 시선을 주고받다가 서류를 탁

치며 이렇게 말했다.

"이것이 제 신분증명섭니다."

"그까짓 게 뭔데." 키가 큰 감시인은 갑자기 이렇게 외쳤다. "어린애 장난이야 뭐야. 돼먹지 않게 그래 어쩌자는 거야? 우리 감시인과 신분증명서니 체포장이니 하며 따져서 네 시끄럽고 어쩔 수 없는 소송문제를 어물어물 넘길 생각이야? 우리는 말단에서 심부름이나 하는 놈이니 신분증명서 같은 것을 알게 뭐야. 매일 자네를 열 시간씩 감시하고 그 보수를 받는 이외에는 자네하곤 아무 관계도 없어. 이것이 우리 신분에 관한 전부야. 그래도 우리는 우리가 일하는 관청에서 이렇게 체포하기 전에 그래야 할 이유나 체포인의 신분쯤은 매우 상세하게 조사했다는 것을 잘 알고 있다. 그러니 틀릴 리가 있나. 우리 관청은 내가 아는 한, 물론 나는 가장 말단에서 일하는 사람밖에 모르지만, 주민들 가운데서 어떤 범죄를 찾아내는 것이 아니라 다만 법률에 의거해 죄를 문책할 뿐이야. 그래서 우리 감시인들을 보낼 수밖에 없는 거야. 그것이 법률이야. 뭐 잘못된 점이 있어?"

"그런 법률은 모르겠소."

"그러니까 더욱 나쁜 거야."

"그것은 그저 당신들 머리로서나 통할 법률이오." K는 이렇게 말하고 어떻게 해서든지 감시인들이 생각하는 그 가운데로 쑥 들어가서 그것을 자기에게 유리하도록 돌리거나, 아니면 그들 생각에 동화되려고 했다. 그러나 감시인은 그저 내뱉듯이 이렇게 말했다.

"이제 알게 될 테지."

프란츠가 끼어들며 말했다.

"여봐, 빌렘. 저 자식은 법률을 모른다고 하면서 자기는 죄가 없다고 야단이군."

"자네 말이 맞아. 그런데 저 자식이 말을 알아들어야지." 다른 남자가 말했다.

K는 더 이상 아무 대답도 하지 않았다. 이러한 말단 관리인들의—그들 자신이 그렇다고 말했다—수작을 듣고 더 골치를 앓을 필요가 있을까 하고 생각했다. 그들은 자기들도 모르는 수작을 부리고 있었다. 태연한 태도를 취하는 것도 그들이 어리석은 탓이었다. 자기와 비슷한 사람과 잠시 동안만 이

야기하면 이러한 자식들과 오랫동안 지껄이는 것보다 모든 일을 훨씬 잘 알 수 있을 것이다. K는 빈 방 안을 두서너 번 이리저리 거닐었다. 맞은편에 살고 있는 그 노파는 훨씬 더 늙은 노인 하나를 창문 옆으로 끌고 와서 끌어 안다시피 한 채 이쪽을 바라보았다. K는 이렇게 남의 눈 앞에서 노리갯감이 되는 것을 더 참을 수 없었다.

"당신들의 상관한테 데려다주시오."

"상관이 지시한다면 모르겠지만 그 전엔 안 돼." 빌렘이라는 남자가 말했다.

"아무튼 자네한테 하는 말인데" 그는 말을 계속했다. "방으로 돌아가 얌전하게 있으면서 무슨 지시가 있을 때까지 기다려. 쓸데없는 생각으로 어수선하게 그러지 말고 마음을 조용히 가라앉히란 말야. 머지않아 상부로부터 지시가 있을 테니까. 우리가 그렇게 친절하게 대했는데 자네는 우리한테 그렇지 못했어. 이러나저러나 우리는 보잘것없는 말단 관리지만 적어도 지금 자네한테 비하자면 자유로운 인간이라는 것을 잊고 있군. 이것은 사소한 우월감에서 하는 말이 아니야. 그래도 자네가 돈이 있다면 저 카페에서 간단한 아침밥쯤은 얼마든지 가져다 줄 아량이 있단 말이야."

이렇게 권하는 말에는 대답도 하지 않고 K는 잠시 동안 그냥 서 있었다. 옆방 문이나 응접실 문을 연다고 해도 아마 그 두 사람은 그를 가로막지는 않을 것이다. 그러니 그저 극단적인 태도를 취하는 것이 가장 간단하게 모든 일을 해결하는 방법인지도 모른다. 하지만 그러면 그들이 붙잡을지도 모른다. 그리고 한 번 그들한테 두들겨 맞아서 쓰러지게 되면 지금 그들에 대해서 아직껏 어느 정도 지닌 우월감을 그만 잃게 될 것이다. 그래서 그는 자연스러운 결과에 따르는 안전한 해결책을 택하려고 방으로 들어갔으나, 그들 편에서는 더 아무 말도 없었다.

그는 침대에 몸을 던지고 세면대에서 깨끗한 사과 하나를 들었다. 전날 저녁 아침에 먹으려고 남겨 두었던 것이다. 지금 아침밥을 대신할 수 있는 것은 이 사과 한 개뿐이지만, 한 입 큼직하게 베어 물어서 맛을 보니, 하여튼 감시인들이 동정해 주는 덕분에 얻어먹을지 모르는 그 더러운 카페의 아침밥보다는 훨씬 맛이 나았다. 기분이 좋아져서 앞으로를 기대할 수 있을 것 같았다. 오늘 오전에는 은행에 나갈 수 없지만, 그가 은행에서 차지하고 있는 높은 지위를 생각한다면 변명할 길은 얼마든지 있었다. 사실대로 말하고 용서를 빌어야 옳을까? 그는 그렇게 하려고 생각했다. 그런 때에 흔히 있을 수 있는 일이지만, 만일 그의 말을 믿어 주지 않는다면 그루우바흐 부인이나 맞은편에 살고 있는 두 노인을 증인으로 삼을 수 있었다. 그런데 이 두 노인은 확실히 지금 마주 보이는 창문 옆으로 걸어오고 있었다. 감시인들이 그를 방으로 몰아넣고 얼마든지 자살할 수 있는 이곳에 그냥 혼자 내버려둔다는 것이 K로서는 이상하게 생각되었다. 적어도 감시인들의 사고방식으로 생각해도 이상했다. 물론 그와 동시에 그는 지금 자기대로 생각하면서 자살할 어떤 이유가 있는지 자문했다. 그 두 사람이 옆방에 앉아서 자기 아침밥을 다 먹어치웠다고 해서 자살할 수 있을까? 자살은 어리석은 짓이다. 아무리 해 보려고 해도 너무나 어리석은 짓이기 때문에 실행할 수 없을 것이다. 만일 감시인들이 그렇게까지 옹졸하지 않다면, 그들도 역시 그와 같은 생각을 할 수 있었던 까닭에 그를 혼자 내버려 두어도 위험하지 않다고 여겼을 것이다. 만일 그들이 보려고 하면 그가 지금 고급 브랜디가 들어 있는 자그마한 찬장으로 와서 아침밥 대신에 우선 한 잔 들이켜고 용기를 내기 위해서 두 잔째 마시려는 그의 모습을 볼 수 있을 것이다. 하지만 둘째 잔은 그저 그런 것이 필요하게 되는, 거의 없을 그러한 경우에 대비하는 것이었다.

그때 옆방에서 부르는 소리에 흠칫 놀라서 그는 이를 잔에 부딪쳤다.

"감독이 부른다!" 그를 놀라게 한 것은 다만 그 외치는 소리뿐이었다. 이 짤막하고 끊어지는 듯한 군대식 부르짖음은 감시인 프란츠의 목소리라고는 조금도 생각되지 않았다. 아무튼 명령 자체는 매우 반가웠다.

"그렇겠지." 이렇게 그는 대답하고 찬장을 닫고 이내 옆방으로 달려갔다. 거기에는 두 감시인이 서 있다가 어림도 없다는 듯이 그를 다시 방으로 돌려보냈다.

"뭐야 이건!" 그는 외쳤다.

"셔츠 바람으로 감독 앞에 나설 생각이야? 그러다간 호되게 얻어맞을걸. 그리고 우리까지도!"

"흥 내버려둬!" K는 외쳤으나 이미 옷장 있는 데까지 떠밀려온 뒤였다. "남 자고 있는데 달려와서 예복을 입고 오라는 거야 뭐야."

"쓸데없는 수작 말아." 감시인들은 말했지만 K가 큰 소리로 외치자 그만 조용해지며 거의 슬픈 표정을 띠었기 때문에 K는 당황하면서도 한편 정신을 바싹 차렸다.

"에이 빌어먹을!" 그는 또 이렇게 중얼거렸지만 어느덧 웃옷을 의자에서 집어 잠시 두 손에 들고 서서 감시인들의 지시를 기다리는 듯한 태도였다.

"검정 웃옷을 입어야 해." 그들은 말했다.

그가 어떤 생각에서 그랬는지 모르지만 K는 당장 웃옷을 마루에 던지며 이렇게 말했다.

"그러나 아직 공판은 아니잖소."

감시인들은 조롱하듯이 웃으며 자기들의 주장을 굽히지 않았다.

"검정 웃옷이 아니면 안 돼."

"그렇게 해서 일이 빨리 끝난다면 그러지요." K는 스스로 웃장을 열고 얼마 동안 많은 양복 중에서 이것저것 들추다가 가장 좋은 검정 옷을 택했다. 허리통 맵시가 좋아서 친지들 사이에서도 거의 화젯거리가 되던 양복이었다. 그리고 셔츠를 꺼내서 단정히 갈아입기 시작했다. 감시인들이 목욕을 하라고 억지로 떼를 쓰는 데까지는 생각이 미치지 못했던 까닭에 그런 대로 모든 일이 빨리 진행되었다고 그는 생각했다. 혹시 그들에게 그런 생각이 나지나 않을까 해서 그들의 태도를 살폈으나, 사실 그것까지는 떠오르지 않는 모양이었다. 그 대신 빌렘은 옷을 갈아입는다는 보고를 프란츠가 감독한테 해야 한다는 것을 잊지 않았다.

다 갈아입고 나서 그는 빌렘 바로 앞을 지나 빈 옆방을 빠져서 다음 방으로 가야만 했다. 문은 이미 양쪽 다 열려 있었다. 이 방에는 K도 잘 알고 있지만 얼마 전부터 타이피스트인 뷔르스트너 양이 살고 있었다. 그러나 그 여자는 언제나 매우 일찍이 직장에 나가서 늦게야 돌아오는 까닭에 K하고는 인사 정도만 할 뿐 이야기를 주고받은 일은 없었다. 그런데 침대 옆에 있던 자그마한 야간용 책상을 심문할 때 쓰기 위해서 방 한가운데로 끌어내 놓고 저쪽에 감독이 앉아 있었다. 그는 다리를 포개고 한쪽 팔을 의자 뒤로 늘어뜨리고 있었다.

방 한쪽 구석에는 청년 셋이 서서 대지(臺紙)에 붙여 벽에 걸어놓은 뷔르스트너 양의 여러 사진을 바라보고 있었다. 열린 창문 고리에는 하얀 블라우스가 걸려 있었다. 맞은편 창문에는 두 노인이 아직 있었는데 사실은 사람 숫자가 더 늘었다. 왜냐하면 훨씬 키가 큰 어떤 남자가 셔츠 바람에 가슴을 헤치고 벌그무레한 수염을 손가락으로 누르기도 하고 비틀기도 하면서 거기 있었기 때문이다.

"요제프 K지?" 감독은 이렇게 물었는데, 모르긴 해도 그저 K의 불안한 시선을 자기한테로 돌리려고 하는 것 같았다. K는 머리를 끄덕거렸다.

"오늘 아침 사건 때문에 매우 놀랐지?" 감독은 물었다. 그러면서 두 손으로 양초, 성냥, 책, 바늘쌈지 할 것 없이 마치 심문하는 데 필요하기나 한 양 자그마한 야간용 책상 위에 놓여 있던 그러한 몇 가지 물건을 옆으로 밀어 놓았다.

"정말 놀랐습니다." K는 겨우 이해성이 있는 사람과 마주 앉아서 자기 일에 관한 이야기를 할 수 있다는 것에 쾌감을 느꼈다.

"사실 놀라기는 했으나 그리 대단한 것은 아니었습니다."

"그리 대단치는 않았다고?" 감독은 이렇게 묻고는 책상 한가운데에 양초를 세우고 그 주위에 다른 물건들을 모아 놓았다.

"제 말을 오해하시는 것 같은데요." K는 당황해서 자기 말을 해명하려고 했다.

"그러니까 결국." 여기서 그는 말을 끊고 의자를 찾으며 주위를 돌아보았다.

"앉아도 좋습니까?"

"그건 안 되게 돼 있어." 감독은 이렇게 대답했다.

"결국" K는 단숨에 이렇게 말했다. "물론 매우 놀랐습니다만, 세상에 태어나서 나이가 30쯤 되면 저같이 고생을 한 사람은 웬만한 일에는 그리 놀라지도 않고 태연한 태도를 취할 수 있습니다. 특히 오늘 아침 같은 사건에 대해서는 더욱 그렇습니다."

"왜 오늘 같은 사건에 대해서는 더욱 그럴까?"

"이 사건을 장난으로 생각한다는 것은 아닙니다. 장난치고는 너무나 빈틈없었으니까요. 아파트에 사는 사람은 모두, 그리고 당신들까지도 이 일에 관련된 것을 보면 장난의 범위를 넘었으니까요. 그렇기 때문에 장난이라고 말하려는 것은 아닙니다."

"그렇구말구." 감독은 이렇게 말하고 성냥통에 성냥이 얼마나 들어 있는가 세었다.

"그러나 한편" K는 이야기를 계속했는데, 이때 모든 사람들을 돌아보며 사진을 쳐다보는 세 젊은 남자도 자기를 봐 주었으면 했다. "이 사건은 그리 대수로운 것은 아닙니다. 제가 고발은 되었지만 고발당할 만한 죄를 짓지 않았기 때문입니다. 그러나 그것도 그리 대수로운 일은 아닙니다. 문제는 누가 고발을 했는가 하는 것입니다. 어느 관청에서 재판 수속을 했는지요? 당신들은 관리신가요? 정복을 입으신 분은 없고 당신들의 복장은―여기서 그는 프란츠를 돌아보았다―정복이라고 할 수 없으니까요. 아무리 보아도 여행복 같습니다. 이러한 의문에 대해서 명백한 답변을 해 주시길 바랍니다. 확실한 설명이 있으면 우리는 서로 매우 유쾌한 기분으로 헤어질 수 있으리라 생각합니다."

감독은 성냥통을 책상 위에 놓고 말했다.

"자네는 틀렸어. 여기 있는 이 사람들이나 나는 자네 사건에 대해서는 제삼자에 불과해. 사실 그 일에 대해서는 아무것도 몰라. 그리고 우리는 규칙대로 정복을 입을 수도 있겠지만 그런다고 해서 자네 사건이 불리해질 건 조금도 없는 거야. 자네가 고발되었다는 것을 나는 말할 수 없을 뿐 아니라 자네가 고발을 당하고 있는지 어쩐지도 나는 몰라. 그러나 자네가 체포된 것은 사실이야. 그 이상은 알 수 없어. 혹시 감시인들이 무슨 다른 말을 했는지는 모르나 그것은 아무 근거 없는 말에 지나지 않아. 그러니까 자네 질문에 대해서는 대답할 수 없지만 우리 일이나 자네한테 앞으로 일어날지 모르는 그러한 일에 대해서는 너무 머리를 쓰지 말고, 도리어 자네 자신의 일을 생각하라고 충고하고 싶네. 자기가 결백하다고 해서 이렇게 떠들어서는 안 돼. 자네가 다른 때에 남긴 그리 나쁘지 않은 인상을 그만 망치고 마는 거야. 그리고 무엇보다 말을 삼가야 해. 자네가 지금까지 한 말은 모두 한두 마디만 들어도 자네 태도로 다 알 수 있는 것들이 아닌가. 게다가 그런 말은 자네한테 그리 이로울 게 없지."

K는 감독을 빤히 바라보았다. 아무리 보아도 자기보다 손아래 같은 이 남자한테 여기서 이런 딱딱한 설교를 들어야 하는가? 공명정대하게 말한 탓으로 훈계를 받아야 한단 말인가? 체포 이유나 명령의 출처에 대해서는 아무 말도 없지 않는가? 그는 꽤나 흥분한 듯한 태도로 이리저리 걸어 다녔지만 아무도 그를 가로막는 사람은 없었다. 그는 와이셔츠의 커프스를 속으로 밀어 넣기도 하고 가슴을 어루만지기도 했다. 머리칼을 매만지며 그들 앞을 지

나가던 K가 말했다.

"참 맹랑한 일인데."

이 말을 듣고 세 남자는 그를 향해서 하고 싶은 대로 말해 보라는 태도였지만 매우 심각한 표정으로 그를 응시했다. K는 드디어 감독의 책상 앞에서 다시 발걸음을 멈추었다.

"하스테러 검사가 저의 친한 친구입니다." 그는 말했다. "전화를 걸어도 괜찮겠습니까?"

"좋소." 감독은 말했다. "하지만 전화를 거는 데 어떤 의미가 있는지는 알 수 없으나 그저 개인적인 일로 검사하고 말하려는 것이겠지?"

"어떤 의미인지 모르신다고?" K는 화가 나서라기보다 당황한 빛을 띠며 이렇게 외쳤다.

"대체 당신은 누구요? 의미니 뭐니 하지만 하는 일이 모두 무의미하지 않소? 어리석기 짝이 없는 일이지. 이 사람들이 먼저 나를 습격하고서 지금은 이 방 안 여기저기서 섰다 앉았다 하면서 당신 앞에서 저더러 고등 마술을 하라는 거요? 제가 확실히 체포된 것 같습니다만 검사한테 전화를 거는 것이 어떤 의미가 있느냐 말씀이지요? 좋습니다. 전화는 걸지 않겠소."

"하지만 저 그러지 말고……." 감독은 이렇게 말하고 전화가 있는 응접실 쪽으로 손을 내밀고 말했다. "어서 거시오."

"아니오. 걸고 싶지 않소." K는 이렇게 말하고 창문 옆으로 갔다. 맞은편 창문 옆에 아직 붙어 있던 늙은 친구들은 지금 K가 창문 옆으로 걸어가자 조용히 구경하던 분위기를 방해받은 모양이었다. 두 노인은 몸을 일으키려고 했으나 그들 뒤에 있던 남자가 그들을 진정시켰다.

"저쪽은 저쪽대로 또 구경꾼이 있습니다." K는 커다란 목소리로 감독을 향해서 외치며 둘째손가락으로 밖을 가리켰다.

"거기서 비켜!" 그는 맞은편을 향해서 외쳤다.

세 남자도 두서너 걸음 뒤로 물러서고, 두 노인은 남자 뒤로 돌아 숨었다. 그 남자는 널찍한 몸으로 두 노인을 가린 채 멀어서 잘 알아들을 수는 없었지만 입을 씰룩거리는 것으로 보아 무슨 말을 하는 것 같았다. 그러나 그들은 그만 그 자리를 물러선 것이 아니라 슬며시 또 창문 옆으로 가까이 갈 기회를 엿보는 것 같았다.

"염치없고 뻔뻔한 자식들!" 방 안으로 돌아서며 K는 말했다. K가 곁눈으로 얼핏 살펴보니 감독도 그의 말에 동감인 것 같았으나, 한편 생각하면 전혀 귀도 기울이지 않는 것 같았다. 왜냐하면 한쪽 손을 책상 위에 쭉 뻗치고 손가락 길이를 서로 비교해 보는 것 같았기 때문이다. 두 감시인은 천으로 장식해서 씌운 트렁크 위에 앉아서 무릎을 쓰다듬고 있었다. 세 젊은 남자는 손을 허리에 대고 멍하니 주위를 살폈다. 어딘지 아무도 돌보지 않는 사무실처럼 조용했다.

"그런데 여러분!" K는 외쳤다. 그는 잠시 동안 자기 어깨에 그 세 사람을 걸머진 것 같은 느낌을 받았다. "당신들의 태도로 보아 저에게 대한 볼일은 끝난 것 같이 생각되는데요? 제 의견으로서는 당신들의 행동이 옳고 그른 것은 더 생각지 말고 서로 악수나 하고 일을 원만히 해결하는 것이 가장 좋으리라고 생각합니다. 당신들이 저와 의견이 같으시다면 어서……." 이렇게 말하고 그는 감독의 책상 옆으로 걸어가서 손을 내밀었다. 감독은 얼굴을 들고 입술을 지긋이 깨물며 K가 내민 손을 바라보았다. 어디까지나 감독이 응해 주리라고 K는 생각하고 있었다. 그러나 감독은 자리에서 일어나 뷔르스트너 양의 침대 위에 놓여 있던 빳빳하고 둥그런 모자를 들고 마치 새로운 모자를 써보거나 하듯이 두 손으로 단정히 쓰면서 "자네는 모든 일을 왜 그렇게 간단히 생각하는 거야!" K를 보며 말했다. "일을 원만히 해결하자는 말이지? 아니 아니야, 사실 그렇게는 안 돼. 물론 그렇다고 해서 자네에게 실망을 줄 생각은 손톱만큼도 없네. 아니 그런 짓을 어떻게 할 수 있겠어? 다만 자네가 체포되었다는 것뿐이야. 그 사정을 자네한테 알려야만 했기 때문에 그렇게 한 것뿐이야. 자네가 그것을 그대로 받아들인 것도 알고 있어. 오늘은 이만하면 충분하니까 그만 헤어지기로 하세. 물론 잠시 동안이지만. 사실 자네는 지금 은행으로 가고 싶어하는 거지?"

"은행요?" K는 말했다. "저는 체포되었다고 생각했는데요?"

K는 약간 거만한 태도로 이렇게 물었다. 왜냐하면 그가 청한 악수를 받아들이지 않았지만 하여튼 감독이 자리에서 일어선 다음부터는 그들한테서 벗어나게 된 것같은 생각이 들었기 때문이다. 그는 그들을 놀리고 있었다. 그들이 떠나가면 현관까지 따라가서 저는 체포되었는데요, 하고 다시 한 번 말할 뱃심이었다. 그래서 그는 또 이야기를 되풀이했다.

"체포되었는데 어떻게 은행엘 갑니까?"

"아 그것 말인가?" 이미 문간에 서 있던 감독은 말했다. "그것은 자네의 잘못된 생각이야. 자네는 체포되었어. 사실 그렇단 말이야. 허나 그렇다고 해서 자네 직업까지 방해하지는 않아. 전처럼 살아가도 아무 상관없어."

"그러면 체포되어도 그리 나쁘지는 않군요?" K는 감독 옆으로 가까이 갔다.

"언제나 그렇지는 않아." 감독은 말했다.

"하지만 체포 사실을 꼭 알릴 필요가 있었던 것 같지는 않군요." K는 이렇게 말하고 좀 더 가까이 갔다. 다른 사람들도 가까이 왔다. 모두 좁은 방문 옆으로 모였다.

"그것은 내 의무야." 감독은 말했다.

"어리석은 의무인데요." K는 조금도 지지 않고 말했다.

"그럴지도 모르지." 감독은 말했다. "하지만 이런 이야기로 시간을 보내고 싶지는 않네. 자네가 은행으로 가려는 거라고 생각했던 거야. 자네는 말 한 마디마다 신경을 쓰고 있지만, 난 은행에 가라고 자네한테 강요할 생각은 없고 다만 자네가 은행으로 가고 싶어한다고 생각했을 뿐이야. 그리고 자네가 안정된 마음으로 은행에 나가서도 그리 눈에 띄지 않도록 하기 위해서 자네 친구 세 사람을 자네 재량에 맡기려고 여기 데려 왔네."

"뭐요?" K는 이렇게 외치고 어이가 없다는 듯이 그 세 사람을 바라보았다. 아무 특징도 없고 핏기도 없는 이 젊은 남자들은 사진을 같이 찍은 기억이 있기는 하지만, 사실 그저 같은 은행원이지 친구라고 할 정도는 아니었다. 친구라고 하는 것은 너무나 지나친 이야기로 그저 전지전능한 감독의 머리가 약간 돌았다는 것을 나타내는 것이었는데, 하여튼 그들은 하급 은행원인 것만은 틀림없었다. 어떻게 K는 그들을 알아보지 못했을까? 이 세 사람을 알아보지 못한 것을 보니 감독이나 감시인들한테 얼마나 정신이 팔려 있었던가 말이다. 태도가 어색하고 두 손을 마구 휘젓는 라아벤슈타이너, 눈이 우묵하게 들어가고 금발머리인 쿨리히, 만성적인 근육긴장 탓에 언제나 징그러운 웃음을 띠는 카아미너.

"안녕하시오." K는 잠시 뒤 이렇게 말하고 가지런히 머리를 숙이는 그 세 사람에게 손을 내밀었다. "나는 조금도 몰랐어. 그러면 출근해 볼까?"

세 사람은 웃으면서 마치 그동안 쭉 그 말이 떨어지기만 기다렸다는 듯이 자꾸 머리를 끄덕였다. 그러나 K가 모자를 방에 놓아두어 손에 들고 있지 않는 것을 보자 그 모자를 가지러 모두 덩달아 뛰어갔다. 그 태도로서는 하여튼 어떤 당황한 꼴을 숨길 수가 없었다. K는 아무 말도 없이 서서 두 개의 열린 문으로 들어가는 그들의 뒷모습을 보고 있었다. 가장 뒤떨어진 것은 물론 아무 관심도 없는 라아벤슈타이너로 발만 터벅거리고 있었다. 카아미너가 모자를 내밀자, K는 은행에서도 가끔 그랬듯, 카아미너의 웃음은 그러자고해서 그런 것이 아니라 다만 자기가 웃고 싶은 대로 웃을 수 없는 것이라고 똑똑히 혼잣말을 했다. 다음 응접실에서 그루우바흐 부인이 여러 사람에게 현관문을 열어 주었지만 그 여자는 그리 책임을 느끼는 것 같지 않았다. 그리고 K는 전과 같이 그 여자의 뚱뚱한 몸뚱이를 너무나 깊숙이 파고들어간 앞치마 끈을 쳐다보았다. 밖에 나오자 K는 시계를 한쪽 손에 들고 이미 반시간이나 늦었으니 쓸데없이 더 늦어지지 않도록 하기 위해서 자동차를 타기로 했다. 카아미너는 차를 잡으러 모퉁이까지 뛰어가고, 다른 두 사람은 K의 기분을 돌리려고 애를 쓰고 있었는데 갑자기 쿨리히가 맞은편 문간을 가리켰다. 거기에는 때마침 그 붉은 수염의 사내가 두리두리한 몸집을 나타냈다가, 조금 당황하면서 뒤로 물러서 벽에 몸을 기대고 있었다. 두 노인은 바로 계단을 내려오고 있었다. 그 남자를 쿨리히가 발견한 것에 K는 화를 내고 말았다.

"그런 델 보는 게 아니야!" 그는 커다란 소리로 외쳤지만, 다 큰 남자에게 그러한 말투로 말한다는 것이 얼마나 귀에 거슬리는 짓인지를 깨닫지 못했다. 그러나 변명할 필요는 없었다. 그때 바로 자동차가 왔기 때문이다. 그들은 차를 타고 앞으로 달렸다. 그때 K는 감독이나 감시인들이 돌아간 것을 전혀 몰랐음을 뒤늦게야 깨달았다. 감독 탓에 은행원 세 사람을 알아채지 못했다가, 이번에는 또 은행원들에게 정신이 팔려서 감독을 생각하지 못했던 것이다. 이런 것으로 보아 침착치 못했던 것은 사실이지만 앞으로 좀 더 주의하겠다고 결심했다. 그러나 그는 자기도 모르게 자동차 뒤 쿠션 위에 몸을 굽히고 혹시 감독과 감시인들이 보이지나 않나 하고 살펴보다가, 이내 다시 몸을 돌리더니 차 한쪽 구석에 폭 기댄 채 어느 누구를 찾아볼 생각은 조금도 하지 않았다. 지금으로서는 이야기를 건넬 필요도 없었다. 세 은행원들은 피로했던지 라아벤슈타이너는 오른쪽에서, 쿨리히는 왼쪽에서 차창 밖을 내다보고 있었다. 다만 카아미너만이 전과 다름없이 싱글거리며 무슨 일이라도 하려는 듯한 표정이었는데, 이러한 태도를 놀리는 것은 아쉽지만 인정상할 수 없는 일이었다.

이해 봄 K는 대개 9시까지 사무실에 앉아 있었지만, 일이 끝나면 혼자서혹은 은행원들과 함께 가능한 대로 잠깐 산책을 했다. 그런 뒤 어떤 맥줏집에 가서 늙은 신사들이 많이 모인 전용 탁자에 같이 끼어 보통 11시까지 밤을 지내기 일쑤였다. 그러나 이러한 시간 배정에도 예외가 없는 것은 아니었다. 말하자면 K의 일처리 능력과 신뢰할 만한 점을 매우 높이 사던 지점장은 그를 드라이브하는 데 데리고 나가거나 혹은 만찬에 초대하는 일도 있었다. 그 밖에 K는 한 주일에 한 번씩 엘자라는 처녀를 찾아갔는데, 그 여자는 밤을 새우고 아침에도 늦게까지 어떤 술집에서 일을 하는 까닭에 낮에 찾아가면 반드시 침대에서 그를 맞이했다.

그러나 이날 밤, 낮 시간은 일에 몰리고 또 점잖고 정다운 생일축사를 받는 가운데 어느덧 다 지나갔지만, K는 곧 집으로 돌아가려고 했다. 낮일을잠깐 쉬는 동안에도 그는 아침 일을 생각했다. 대체 어째서 이런 생각이 드는지 알 수 없었으나, 오늘 아침 사건 때문에 그루우바흐 부인의 집안 전체가 일대 혼란을 일으키게 되었고 질서를 회복하려면 누구보다 자기가 필요할 것 같았다. 이 질서가 회복되면 그 사건의 흔적들은 사라지고 모든 일은전과 다름이 없을 것이다. 더구나 그 세 은행원에 대해서는 조금도 겁낼 필요가 없었다. 그들은 은행의 수많은 직원들과 뒤섞이자 눈에 띄지 않았으며아무런 변화도 느낄 수가 없었다. K는 가끔 한 사람 혹은 세 사람을 다 같이 자기 사무실로 부르기도 했지만 그것은 그들의 태도를 살펴보려는 것뿐이지 별다른 목적은 없었다. 그러나 그는 언제나 그들을 안심하고 돌려보낼수가 있었다.

밤 9시 반에 그가 사는 집 앞에 왔을 때 현관 앞에서 그는 어떤 젊은 남자와마주쳤다. 그는 그 자리에 떡 버티고 서서 파이프에 담배를 피우고 있었다.

"누구시지요?" K는 곧 이렇게 묻고 얼굴을 그 젊은 남자한테로 가까이 했으나 현관이 어두컴컴해서 잘 보이지 않았다.

"문지기 아들입니다, 아저씨." 그 젊은 남자는 파이프를 입에서 떼며 옆으로 비켜섰다.

"문지기 아들이라고?" K는 이렇게 묻고 지팡이로 믿어지지 않는다는 듯이 마루를 두드렸다.

"아저씨, 무슨 일이 있으세요? 아버지를 불러올까요?"

"아니, 됐어." K는 말했지만, 그 목소리 가운데는 그 남자가 어떤 나쁜 짓을 했지만 자기가 용서해 준다는 듯한 어조가 들어 있었다.

"괜찮아." 그는 이렇게 말하고 발걸음을 옮겼으나 계단을 오르기 전에 다시 한 번 돌아보았다.

그대로 자기 방으로 가도 좋았지만 그루우바흐 부인과 이야기하고 싶었기 때문에 곧 그녀의 방문을 두드렸다.

부인은 책상 옆에서 양말을 꿰매고 있었다. 책상 위에는 낡은 양말 한 무더기가 쌓여 있었다. K는 밤늦게 죄송하다고 정중히 양해를 구했다. 그루우바흐 부인은 매우 정다운 표정으로, 그렇게 미안해 하지 않아도 된다는 듯이 말했다. "당신이라면 언제든지 말동무로 환영입니다. 당신이 우리 집에서 가장 훌륭하고 정다운 하숙생이라는 것을 아시지 않아요?" K는 방 안을 돌아보았으나 모든 게 잘 정리되어 있었다. 아침에 창문 옆 조그마한 책상 위에 놓여 있던 조반 식기도 이미 다 치우고 없었다.

'여자의 손이란 남몰래 여러 가지 일을 해치우는구나.' K는 생각했다. 자기 같으면 식기를 당장에 다 부숴 버리는 한이 있더라도 깨끗이 씻어 놓지는 못했을 것이다. 그는 용서라도 구하듯이 그루우바흐 부인을 바라보았다.

"왜 이렇게 늦게까지 일을 하시지요?" 그가 물었다.

두 사람은 책상 옆에 앉았는데, K는 때때로 양말 속에 손을 쑥 넣었다.

"일이 끝이 있어야지요." 부인은 말했다. "낮에는 종일 손님들한테 시달리니까 천상 내 일을 좀 치우려면 아무래도 밤에 하는 수밖에 없어요."

"정말 오늘은 너무 고생 많으셨습니다."

"왜요?" 그 여자는 이렇게 묻고 좀 더 캐물으려는 듯한 표정으로 일하던 손을 무릎 위에 놓았다.

"오늘 아침 여기 있던 사람들 말입니다."

"네, 그 일이요." 부인은 다시 평정을 되찾으며 이렇게 말했다.

"뭐 그리 대단한 일도 아니었는데요."

K는 아무 말도 없이 다시 양말을 꿰매는 부인의 모습을 바라보았다. 그 말

을 했기 때문에 부인이 이상하게 생각하는 것 같았다. 그럴수록 더욱 그 이야기를 해야 했다. 나이가 지긋한 여자니까 그런 말을 할 수도 있을 듯했다.

"아니오, 정말 수고를 끼쳤습니다." 그는 말했다. "그러나 다시 그런 일은 없을 겁니다."

"그럼요, 또 그런 일이 있겠어요?" 다짐하는 듯이 이렇게 말하고 부인은 쓸쓸히 그에게 미소를 던졌다.

"정말 그렇게 생각하시나요?"

"그렇고말고요." 부인은 나직한 목소리로 말했다. "어쨌든 그 일을 너무 어렵게 생각 마세요. 이런 세상에서 무슨 일이 있을지 알아요! K 선생님, 당신이 저와는 터놓고 말씀하시니까 저도 숨김없이 말씀드리지요. 문 뒤에서 조금 엿듣기도 했고 두 감시인도 저한테 얼핏 비친 말도 있고 해서요. 하여튼 당신의 행복에 관계되는 일인데 전들 어떻게 걱정이 안 되겠어요. 그야 저로서는 너무나 지나친 말 같지만, 하여튼 저는 하숙집 주인에 지나지 않으니까요. 그런데 감시인한테서 얼핏 들은 말이 있다고 했지만 무슨 나쁜 말은 못 들었어요. 그런 일은 조금도 없었어요. 체포되었다고 해도 도둑질을 하고 체포되는 것과는 다르잖아요. 도둑놈같이 체포되는 것은 나쁘지만 당신이 체포된 것은…… 그러고 보니 학문 같은 것 때문에 그러는 것 같더군요. 주책없는 말을 했다면 용서하세요. 어쩐지 학문 같은 것 때문에 그러는 것 같아요. 물론 저도 잘 모르고 아무도 알 수 없는 일이지만."

"주책없는 말이라니요. 아닙니다, 아주머니. 적어도 저는 어느 정도 당신과 같은 생각입니다. 그러나 저는 이 문제를 당신보다 날카롭게 판단하는 까닭에, 간단히 학문이라든가 그런 것이라고는 생각지 않고, 그저 거의 무의미한 일이라고 생각해요. 저는 습격을 당한 셈이지요. 만일 잠이 깨자마자 안나가 나타나지 않는 데에 조금도 구애되지 말고 자리에서 일어나, 저를 방해하러 들어오는 사람 같은 것은 돌아보지도 말고 당신한테로 가서 오늘 아침 식사만은 예외로 부엌에서라도 하고 옷은 당신더러 제 방에서 가져오게 했더라면, 한마디로 좀 더 현명한 태도를 취했더라면 그 이상 무슨 일이 일어나지도 않고 일어날 일이라도 모두 막을 수 있었을 겁니다. 그러나 마음의 준비가 없었어요. 말하자면 은행에서는 마음의 준비가 되어 있기 때문에 그런 일은 일어날 리가 없습니다. 제 밑에서 심부름하는 아이가 있고 또 바깥에서 걸려오는 전화와 사무실 전화가 눈앞 책상 위에 놓여 있으며, 손님들이나 은행원들이 끊임없이 드나드니까요. 게다가 무엇보다 은행에서는 사무관계로 언제나 머리가 긴장되어 있기 때문에 그런 일이 일어나면 참 시원하게 해치울 수 있습니다. 아무튼 끝난 일이니 저도 더는 그 문제에 대해서 조금도 말하고 싶지 않습니다. 그러나 저는 당신의 판단, 분별 있는 부인의 판단을 들어 보려고 했던 겁니다. 좋은 의견을 말씀해 주셔서 고맙습니다. 그러면 악수나 한 번 나눌까요? 이렇게 의견이 일치했으니까 서로 손을 잡고 그 기분을 더욱 두텁게 해야겠습니다."

'부인이 손을 내밀어 줄까? 감독인지 뭔지 하는 자식은 무시했는데.' K는 이렇게 생각하며 부인의 표정을 살폈다. 그가 자리에서 일어났기 때문에 부인도 일어섰지만, 그녀는 K가 말한 것을 제대로 이해하지 못했다. 이렇게 조금 당황했기 때문에 그녀는 자기로서는 생각지도 않게 그곳에는 어울리지 않는 말을 했다.

"그렇게 어렵게 생각지 마세요, K선생님." 울음 섞인 목소리로 말하는 부인은 사실 악수 같은 것은 다 잊어버리고 있었다.

"저는 조금도 어렵게 생각하지 않습니다." K는 이렇게 말하고 갑자기 피로를 느끼며 이 부인의 동의 따위는 아무 의미도 없음을 깨달았다.

문을 나서며 그는 다시 물었다.

"뷔르스트너 양은 계시나요?"

"없어요." 그루우바흐 부인은 이렇게 말하고, 보고라도 하는 듯한 이 멋쩍은 대답을 생각하자 늦은 감이 있지만 제 딴엔 동정이라도 하듯이 미소를 지었다.

"그 아가씨는 극장에 갔어요. 무슨 일이 있으세요? 제가 전해 드릴까요?"

"아니오, 그저 이야기를 좀 할까 해서."

"안됐습니다만 언제 올지 몰라요. 극장에 가면 언제나 늦게야 돌아오니까요."

"아니오, 상관없습니다." K는 이렇게 말하고 머리를 숙이고 문 쪽으로 몸을 돌리더니 그만 밖으로 나가려고 했다. "그의 방을 오늘 아침 좀 썼기 때문에 사죄라도 할까 해서 그럽니다."

"그럴 필요가 뭐 있어요, K선생님. 당신은 너무 신경을 쓰시는군요. 그

아가씨는 아무것도 모른답니다. 아침 일찍이 집을 나간 다음에 이내 말끔히 다 치웠어요. 보세요." 그리고 그 여자는 뷔르스트너 양의 방문을 열었다.

"감사합니다, 알겠어요." K는 이렇게 말했지만 열린 문까지 걸어갔다.

달빛이 어두운 방 안으로 고요히 스며들고 있었다. 보기에는 사실 모든 것이 전과 다름없고 블라우스도 이미 창문 고리에 걸려 있지 않았다. 침대 밑자리가 눈에 띄게 불쑥 두드러진 것 같았으며 그 일부가 달빛 속에 놓여 있었다.

"그 아가씨는 언제나 늦게 돌아오더군요." K는 그 책임이 당신에게 있다는 듯 그루우바흐 부인을 쳐다보았다.

"아무래도 젊은 사람이니까요!" 그루우바흐 부인은 마치 변명이라도 하듯이 말했다.

"사실 그렇습니다." K는 말했다. "그러나 너무 지나치지는 않아요."

"그렇지요." 그루우바흐 부인은 말했다. "당신 말씀이 옳아요, K선생님. 그 아가씨도 아마 그렇게 생각할 거예요. 뷔르스트너 양을 흠잡으려는 것은 아니에요. 얌전하고 귀여운 여자니까요. 친절하고 착실하며 시간도 잘 지키고 일도 잘하기 때문에 저도 감탄하고 있습니다. 하지만 한 가지 사실은 좀 더 자존심을 갖고 삼가야 할 것 같아요. 이번 달에 들어서도 두 번이나 변두리 길거리를 다른 남자와 같이 돌아다니는 것을 보았지 뭐예요. K선생님, 당신한테니 말이지만, 저는 참 불쾌했어요. 조만간 뷔르스트너 양한테 직접 그런 말을 할 겁니다. 더구나 의심되는 일은 그것뿐이 아니니까요."

"천만에, 그럴 리가 있어요." K는 화를 내며 말했다. "그러고 보니 제가 그 아가씨에 대해서 한 말을 정말 오해하시는군요. 저는 그런 의미에서 한 말이 아닙니다. 분명히 말씀드립니다만, 그 아가씨에게 절대 아무 말도 하지 마세요. 부인은 정말 오해하시는 겁니다. 저는 그 여자에 대해서 잘 알고 있어요. 당신이 한 말은 새빨간 거짓말입니다. 혹시 제가 너무 지나친 말을 했는지 모르지만, 조금도 당신의 말을 막을 생각은 없으니까 그 여자에게 말씀하시려거든 하십시오. 그럼 안녕히."

"K선생님!" 그루우바흐 부인은 애원하듯이 부르며 그가 연 문까지 급히 따라갔다.

"사실 아직 그 여자한테 말하려는 것은 아니에요. 물론 그 전에 좀 더 그 여자에 대해서 살펴볼 생각입니다만 제가 알고 있는 일을 당신에게 숨김없이 말한 것뿐입니다. 결국 이렇게 생각하는 것은 자기 하숙을 좀 더 깨끗이 하려는 주인이라면 누구나 다 그렇지 않을까요. 저도 그래서 그러는 것뿐이에요."

"깨끗이요!" K는 문틈으로 이렇게 외쳤다. "만일 하숙을 깨끗이 하려면 우선 저 같은 것을 내보내야 할 걸요." 그는 문을 눌러 닫고 나직한 노크 소리에는 귀도 기울이지 않았다.

그러나 조금도 자고 싶은 생각이 없었기 때문에 그냥 일어나 앉아서 뷔르스트너 양이 언제나 돌아오나 하고 이 기회에 그것을 확인하려고 결심했다. 그리고 너무 주제넘은 일이지만 그 여자와 한두 마디 이야기라도 할 수 있을 것 같았다. 창문 옆에 누워서 피로한 눈을 감았을 때, 그루우바흐 부인에게 한마디 하고 뷔르스트너 양을 설득해서 같이 이 집을 나갈까 하는 생각이 머리에 떠올랐다. 그러나 곧 그건 너무 지나친 일이라 생각하고 오늘 아침 사건 때문에 집을 옮길 생각을 떠올린 자신에 대해서 의심까지 해보았다.

하여튼 그보다 더 무의미하며 무모하고 어리석은 짓은 없을 거라고 생각했다.

인적이 없는 길거리를 바라보는 데 싫증이 나자 누가 이 집에 들어오면 곧 눈에 띌 수 있도록 응접실 문을 조금 열고 소파에 누웠다. 거의 11시까지 담배를 피우면서 조용히 그 자세로 있었다. 그러다 더는 그대로 기다릴 수가 없었기 때문에 잠시 응접실로 들어갔다. 이렇게 함으로써 뷔르스트너 양을 좀 더 빨리 집으로 돌아오게 할 수 있을 것 같은 생각이 들었던 것이다. 더구나 그녀에 대해서 무슨 생각이 있는 것도 아니요, 어떤 모습을 한 여자인지 조금도 생각이 나지 않았지만, 지금은 그 여자와 이야기를 하고 싶었으므로, 또 그녀의 귀가가 늦으므로 오늘 하루가 채 다 가기도 전에 그녀가 가져다 준 불안과 혼란이 그를 초조케 만들었다. 저녁식사도 못하고 오늘 밤 엘자를 찾아가려고 마음먹었던 것을 포기하게 된 것은 그 여자에게도 책임이 있다. 물론 지금이라도 엘자가 일하는 술집에 가면 이 두 가지 일은 아직 늦지 않았다. 그러나 그 일은 뒤에 뷔르스트너 양과 이야기가 끝난 다음에 하려고 생각했다.

11시 반이 지났을 때 계단에서 발걸음 소리가 났다. 여러 가지 생각에 잠겨 마치 자기 방에나 있는 듯이 발걸음 소리도 드높게 응접실에서 이리저리 거닐던 K는 자기 방문 뒤로 몸을 숨겼다. 온 사람은 뷔르스트너 양이었다. 떨리는 마음으로 문을 닫았을 때 그 여자는 비단 숄로 좁다란 어깨를 감쌌다. 이때를 놓치면 그 여자는 자기 방으로 들어가 버릴 것이요, 그렇게 되면 밤중이라 그 방에 들어갈 수도 없는 일이었다. 그래서 그때야말로 그 여자를 부를 때였지만, 일이 안 될 때라 자기 방 전등을 켜두지 않았기 때문에, 어두운 방에서 나간다면 마치 습격이라도 한 것 같아서 적어도 그녀가 몹시 놀랄 게 틀림없었다. 더 어물거릴 수도 없었기 때문에 어쩔 줄을 몰라 하며 그는 문틈을 통해 나직한 목소리로 그녀를 불렀다. "뷔르스트너 양."

그것은 부르는 것이 아니라 애원하는 어조였다.

"누구세요?" 뷔르스트너 양은 이렇게 묻고 눈을 두리번거리며 주위를 돌아보았다.

"접니다." K는 앞으로 나섰다.

"아, K선생님이세요!" 뷔르스트너 양은 미소를 지으며 말했다.

"안녕하세요." 그녀는 K에게 손을 내밀었다.

"말씀드릴 게 있는데, 지금 괜찮겠습니까?"

"지금요?" 뷔르스트너 양은 물었다. "지금 아니면 안 되겠어요? 좀 이상하지 않아요?"

"9시부터 기다렸는데요……."

"그래요? 저는 극장에 갔었어요. 당신이 기다리는 줄 누가 알았겠어요."

"말씀드리려는 동기는 오늘 비로소 생긴 겁니다."

"그러세요? 그러시다면 피곤해 몸을 가눌 수 없다고 해서 그만 거절할 수도 없는 일이니까 잠깐 들어오세요. 여기서는 아무래도 이야기할 수가 없고, 다른 사람들을 깨우면 그들보다도 저희가 더 기분 나쁘잖아요. 불을 켤 테니까 여기서 잠깐 기다리세요, 네? 그리고 여기 불은 꺼주세요."

K는 하라는 대로 했지만 뷔르스트너 양이 자기 방에서 다시 한 번 나직한 목소리로 들어오라고 재촉할 때까지 잠시 기다리고 있었다.

"앉으세요." 그 여자는 안락의자를 가리키며 말했다. 하지만 자기는 피곤하다면서도 침대 가장자리 철기둥에 그냥 기대 서 있었다. 자그마하지만 꽃으로 가득 장식한 모자를 좀처럼 벗으려고 하지 않았다.

"그런데, 무슨 말씀이지요? 어서 말씀하세요." 그 여자는 가볍게 다리를 포갰다.

"아마 당신은" K는 말을 시작했다. "사실 지금 이야기해야 할 정도로 급한 일은 아니라고 생각하실지 모르겠습니다만, 하지만……."

"서론은 그만두세요."

"그러시다면 더욱 좋습니다." K가 말했다. "말하자면 저의 책임입니다만, 당신 방이 오늘 아침 조금 어질러졌습니다. 저는 그럴 생각이 없었지만 낮도 코도 모르는 사람들이 그랬습니다. 지금 말씀드린 바와 같이 저 때문에 그렇게 되었습니다. 그래서 사죄 말씀이라도 드릴까 해서……."

"제 방이요?" 뷔르스트너 양은 방 안은 돌아보지도 않고 의아스러운 듯이 K를 바라보았다.

"그렇습니다." K가 말했다. 두 사람은 여기서 처음으로 서로 시선을 나누었다. "어떻게 해서 그렇게 되었는지는 전혀 말씀드릴 만한 것이 못됩니다."

"하지만 그것이 더 알고 싶은데요?"

"아닙니다."

"그렇다면 저는 별로 그런 비밀에 뛰어들고 싶지 않습니다. 재미없는 이야기라면 그만두세요. 방이 어질러진 흔적도 별로 없으니까 당신의 소원대로 그저 용서해 드리겠어요." 그 여자는 이렇게 말하고 손바닥을 허리에 바싹 댄 채 방 안을 한바퀴 돌았다. 사진을 붙인 대지 옆에서 그 여자는 발걸음을 멈추었다.

"어머나, 이것 좀 봐요!" 그 여자가 외쳤다. "정말 제 사진이 이렇게 막 흐트러지구. 난 몰라요. 그리고 보니 제 방에 누가 들어왔군요. 실례지 뭐예요."

K는 머리를 끄덕이고, 멋쩍게 쓸데없이 집적거리지 않고는 못 배기는 은행원 카아미너를 마음속으로 원망했다.

"참 이상해요." 뷔르스트너 양은 다시 말했다. "빈방에 들어오면 안 된다는 것을 당신도 아실 텐데. 그런 걸 어떻게 일일이 말씀드리겠어요?"

"당신 사진에 손을 댄 것은 제가 아니란 말입니다. 믿어 주실 것 같지 않아서 솔직히 말씀드립니다만 심리위원들이 은행원을 셋이나 데리고 왔어요. 그 중에서 한 사람은 머지않아 은행에서 내보낼 생각입니다만 사실 그 자식이 사진을 만졌습니다. 그렇습니다. 심리위원회가 여기서 열렸으니까요."

그 여자가 의아스러운 시선으로 그를 쳐다보았기 때문에 그는 이렇게 덧붙였다.

"당신 때문에 그랬어요?"

"그렇습니다."

"설마." 그 여자는 이렇게 외치며 웃었다.

"그러면 제가 무죄라고 생각하십니까?"

"무죄라니요. 모르긴 하지만 그렇게 중대한 판결을 간단히 말할 수는 없잖아요? 저는 당신을 잘 모르지만 그렇게 즉시 심리위원회에 회부된 것을 보면 중범이 틀림없지 뭐예요. 그러나 당신은 자유로운 몸이니까…… 적어도 당신의 안정된 태도로 봐선 감옥에서 도망친 건 아니라는 사실을 알 수 있으니, 그러한 죄를 저지를 리가 있어요."

"그렇습니다." K는 말했다. "그러나 심리위원회는 제가 무죄다, 혹은 생각했던 것보다는 죄가 가볍다고 인정했는지도 모릅니다."

"물론 그렇겠지요." 뷔르스트너 양은 매우 조심해서 말했다.

"좀 들어 보세요." K는 말했다. "당신은 재판사건에 대해서는 잘 모르시는 것 같은데."

"아니, 알아요." 뷔르스트너 양은 이렇게 말했다. "정말 여태껏 섭섭히 생각한 적이 한두 번이 아니었어요. 왜냐하면 저는 뭐든지 알고 싶었거든요. 재판에 대해서는 누구보다 흥미가 있으니까요. 재판은 특별한 재미가 있지요? 저의 지식은 이러한 방면에서 꼭 성공할 거예요. 다음 달이면 어떤 변호사 사무소에 사무원으로 들어가게 돼 있어요."

"참 잘됐군요." K는 말했다. "그러면 저의 심판 때 힘을 좀 빌려야겠군요."

"그러세요." 뷔르스트너 양은 말했다. "왜 안 되겠어요? 제 실력을 한번 시원하게 발휘해보겠어요."

"진심입니다." K는 말했다. "적어도 당신처럼 반은 진심으로 말하는 겁니다. 변호사를 데려오기에는 너무 사소한 문제지만 조언자는 꼭 필요할 겁니다."

"그렇지요. 그러나 저더러 조언자가 되어 달라고 하신다면 문제가 대체 뭔지 알아야 하지 않겠어요?"

"바로 그것이 문제입니다." K는 말했다. "그걸 저 자신도 모르겠어요."

"저를 놀리시는군요." 뷔르스트너 양은 매우 실망한 듯이 이렇게 말했다. "하고많은 날 중에 하필이면 이 한밤중에 그런 말을 하러 오셨어요? 너무해요!"

그리고 그들은 그때까지 나란히 서 있던 사진 옆에서 물러섰다.

"아닙니다." K는 말했다. "농담이 아닙니다. 제 말을 믿지 못하시는군요. 제가 아는 것은 이미 말씀드렸습니다. 아닙니다, 제가 알고 있는 것 이상이지요. 왜냐하면 그것은 심리위원회라는 것이 아니라 다만 제가 제멋대로 그렇게 부른 것이지요. 뭐라고 해야 좋을지 몰라서 그런 거예요. 심문은 전혀 없었습니다. 저는 그저 체포되었을 뿐입니다. 하지만 그것은 어떤 위원회에서 했습니다."

뷔르스트너 양은 안락의자에 앉더니 그만 웃어 버리고 말았다.

"대체 어떻게 체포되었지요?"

"무시무시하더군요." K는 이렇게 말했으나 지금 그런 일은 조금도 생각지 않고 그저 뷔르스트너 양의 표정에 마음이 끌려 있었다. 그 여자는 한쪽 손으로 얼굴을 괸 채 팔꿈치는 안락의자 쿠션에 올려놓았고, 또 한쪽 손은 천천히 자기 허리를 어루만지고 있었다.

"너무 막연하군요." 뷔르스트너 양은 말했다.

"뭣이 막연하단 말이오?" K는 물었으나 곧 머리에 떠오른 듯이 이렇게 물었다. "그때 일을 알고 싶단 말씀이지요?" 그는 몸을 움직이려고 했으나 나가려고는 하지 않았다.

"저는 그만 지쳤어요."

"너무 늦게 돌아오니까 그렇지요."

"결국은 꾸지람을 듣게 되었군요. 이맘때쯤에 당신을 방에 들이지 않았더라면 좋았을 걸. 꾸지람을 들어 싸지. 그리고 보니 오실 필요도 없는 걸 그랬어요."

"필요했지요. 그것은 이제 곧 아시게 될 겁니다." K는 말했다. "침대 옆에 있는 야간용 책상을 이리 옮겨도 괜찮겠어요?"

"또 무슨 생각이 나셨어요?" 뷔르스트너 양은 말했다. "그러시면 곤란한

데요."

"그러면 당신한테 말씀드릴 수 없잖아요?" K는 그 여자의 그러한 말 때문에 대단한 손해라도 입은 듯이 흥분된 어조로 말했다.

"그렇군요. 만일 설명하는 데 필요하시다면 책상을 조용히 끌어내세요." 뷔르스트너 양은 이렇게 말하고 조금 뒤에 다시 나직한 목소리로 말을 계속했다.

"피곤한데 공연히 또 그랬구나."

K는 책상을 방 가운데 놓고 그 뒤에 앉았다.

"인물배치를 정확히 알아 두세요. 그것이 매우 재미있습니다. 제가 감독이라 합시다. 저쪽 트렁크 위에는 두 감시인이 앉아 있고, 사진 옆에는 세 젊은 남자가 서 있습니다. 그리고 말이 났으니 말이지 창문 고리에는 하얀 블라우스가 한 벌 걸려 있습니다. 그리고 지금 막 심문이 시작됩니다. 아참, 제 자신을 잊어버리고 있었군요. 가장 중요한 인물인 저는 이 책상 앞에 서 있습니다. 감독은 다리를 포개고 팔을 의자 뒤로 이렇게 축 늘어뜨리고 있습니다. 그렇게 버릇없는 자식이 어디 있어요? 그리고 이제 정말 심문이 시작됩니다. 감독은 마치 정신을 차리라는 듯이 커다란 목소리로 냅다 고함을 질렀습니다. 당신이 아실 수 있도록 하려면 미안합니다만 저도 여기서 고함을 한번 질러야 하겠습니다. 그런데 그가 그렇게 고함을 치며 부르는 것은 제 이름뿐입니다."

웃으면서 귀를 기울이던 뷔르스트너 양은 K가 고함을 치는 것을 가로막기 위해서 둘째손가락을 입에 대었지만, 때는 이미 늦었다. K는 자기가 하는 일에만 열중하며 천천히 이렇게 외쳤다.

"요제프 K!"

아무래도 감독이 외친 소리만큼은 크지 못했으나 돌연 입 속에서 터져 나온 그 목소리는 점점 방 안에서 감도는 것 같았다.

그때 두서너 번 옆방 문을 두드리는 소리가 들렸다. 강하고 짤막하며 규칙적인 노크였다. 뷔르스트너 양은 파랗게 질려서 손을 가슴에 댔다. 더구나 K는 그 뒤 얼마 동안 오늘 아침의 사건과 장면을 보여 줄 상대인 이 여자 이외에는 아무것도 생각지 못하였던 까닭에 더욱 놀랐다. 마음을 가다듬고 그는 뷔르스트너 양한테로 나는 듯이 달려가서 그 여자의 손을 붙잡았다.

"염려하실 것 없습니다." 그는 속삭였다.

"모든 일을 저한테 맡겨 주세요. 누가 있기에 그러세요? 이 옆방은 살림 방이니까 아무도 자지 않습니다."

"그래도" 뷔르스트너 양은 K의 귀에 대고 이렇게 속삭였다. "어제부터 그 방에는 그루우바흐 부인의 조카인 대위가 자고 있어요. 빈방이 어디 있나 요. 저도 깜빡 잊었지만, 그런데 당신은 왜 그렇게 소리를 지르세요! 제가 괴롭잖아요."

"괴로울 거 뭐 있어요." K는 이렇게 말하고 그 여자가 쿠션에 몸을 던졌 을 때 그녀의 이마에 키스를 했다.

"싫어, 싫어요." 그녀는 이렇게 말하고 재빨리 몸을 일으켰다. "나가세요, 나가 주세요. 어쩌자고 그러세요. 그 사람이 문 뒤에서 엿듣고 있어요. 다 듣잖아요. 왜 저를 괴롭히세요."

"안 가겠어요." K는 이렇게 말했다. "당신이 좀 더 안정하기 전에는. 방 저쪽 구석으로 가죠. 거기면 저희가 말하는 게 들리지 않을 테니까."

그 여자는 거기까지 끌리는 대로 몸을 내맡기고 있었다. 그는 이어서 말했다.

"물론 당신은 괴로우시겠지만 위험할 건 조금도 없다는 것을 왜 모르세 요. 당신도 알다시피 이런 문제는 그루우바흐 부인이 결정권을 갖고 있습니 다. 더구나 대위가 그녀의 조카니까 하는 말인데 부인은 저를 매우 존경하며 제 말이라면 뭐든지 무조건 믿습니다. 그렇잖아도 제 신세를 지고 있으니까 요. 상당한 돈을 저한테서 빌렸거든요. 저희가 한방에 있는데 대한 변명에 대해서는 조금이라도 앞뒤가 들어맞기만 하면 무엇이든지 당신의 청을 받아 들이겠습니다. 그리고 그루우바흐 부인을 들춰서 다른 사람들이 그 변명을 믿게 할 뿐만 아니라, 정말 진심으로 그것을 믿게 할 수 있습니다. 그때 당 신은 결코 저를 두둔해서는 안 됩니다. 제가 당신한테 달려들었다고 소문을 퍼뜨리고 싶으시면 그루우바흐 부인에게 그렇게 알리는 것은 문제없고, 그 렇게 믿는다 해도 저에 대한 신뢰는 변함없을 겁니다. 그만큼 부인은 저를 좋아하니까요."

뷔르스트너 양은 아무 말도 없이 약간 쓰러질 듯한 자세로 멍하니 바닥만 바라보았다.

"제가 당신한테 달려들었다고 그루우바흐 부인이 생각한다 해도 상관없지 않아요?" K는 이렇게 말을 계속했다.

그의 눈앞에는 그녀의 머리칼, 가르마를 타고 약간 불룩하게 바싹 동여맨 불그레한 머리칼이 보였다. 그녀가 자기한테로 시선을 돌린다고 그는 생각했지만, 그녀는 태도를 변치 않고 이렇게 말했다.

"미안해요. 갑자기 노크하는 소리가 들렸기에 그만 놀라서 그랬어요. 대위가 있으니까 그 결과가 어떻게 될까 해서 그러는 건 아니에요. 당신이 소리를 지른 다음 매우 조용했는데 노크 소리가 들리기에 그만 그렇게 놀랐지 뭐예요. 그리고 저는 문 옆에 앉아 있던 까닭에 정말 바로 옆에서 노크 소리가 들렸어요. 당신의 말씀은 감사합니다만 저는 응할 수 없어요. 저의 방에서 일어난 일은 모두 제게 책임이 있으니까요. 그리고 누가 뭐라고 해도 제가 책임을 지겠어요. 물론 당신의 호의는 알겠어요. 그러나 그와 동시에 당신의 말씀 가운데 저에 대한 모욕이 다소 들어 있다는 것을 당신이 느끼지 못하신다니 그게 참 이상하군요. 그러면 가보세요. 저한테 상관 마세요. 무엇보다 지금은 혼자 있고 싶으니까요. 잠시 동안이라고 말씀하신 것이 어느덧 30분이 넘었어요."

K는 그녀의 손을 쥔 다음 팔뚝을 붙잡았다.

"화났어요?" 그는 말했다. 그녀는 그의 손을 뿌리치며 말했다.

"아니요. 천만에요. 저는 언제든 누구한테도 화낸 일이 없어요."

그는 다시 그녀의 손목을 붙잡았으나 이때 그녀는 그대로 그 남자를 방문까지 데리고 갔다. K는 그 방에서 나가려고 했다. 그러나 문 앞에 왔을 때 그는 이런 데 문이 있으리라고는 생각지도 못했다는 듯이 발걸음을 멈추었다. 뷔르스트너 양은 그 순간을 이용해 K를 뿌리치고 문을 열더니 응접실로 살금살금 들어가서 K를 보고 나직한 목소리로 말했다.

"이것 봐요. 이리 좀 와요. 자, 보세요."

그 여자는 대위의 방문을 가리켰는데, 그 문 밑으로 불빛이 스며 나왔다.

"저이는 등불을 켜고 저희 행동을 재미있게 엿듣고 있어요."

"그래! 어디."

K는 이렇게 말하고 응접실로 들어가서 그 여자를 붙잡고 입에 키스를 하고 나서 얼굴에다 마구 키스를 했다. 마치 목마른 짐승이 겨우 발견한 샘물에 혀를 빼고 덤벼드는 것 같았다. 나중에 그는 식도(食道) 가까이 그 여자

의 목에 키스를 하고 오랫동안 입술을 대고 있었다. 대위 방에서 기척이 들려오자 그는 얼른 얼굴을 들었다.

"그만 가겠어요."

그는 이렇게 말하고 뷔르스트너 양의 세례명을 부르려고 했으나 알 수가 없었다. 그 여자는 기운 없이 머리를 끄덕이며 어느덧 반쯤 몸을 돌리고 그가 자기 손에 키스하는 대로 정신없이 손을 내밀고 있더니 그만 머리를 숙이고 자기 방으로 들어갔다. K는 곧 침대에 누웠고, 금세 잠이 들었다. 하지만 그 전에 잠시 동안 자기 행동을 생각하며 만족을 느꼈으나 더 크게 만족하지 못한 것이 원통했다. 대위 때문에 그는 뷔르스트너 양을 진심으로 걱정했다.

2 첫 번째 심문

K는 다음 일요일에 그의 사건에 대해서 간단한 심문이 있으리라는 전화를 받았다. 이 심문은 일요일마다 있는 것은 아니지만, 연이어서 여러 번 규칙적으로 행해질 것이라고 했다. 누구나 심문을 재빨리 끝내는 것을 원하겠지만, 한편 생각해 보면 심문은 모든 점에서 철저히 해야 한다. 그렇다고 그 심문에 따르는 노력을 생각하면 결코 너무 오래 끌어도 안 될 것이다. 따라서 다시금 반복되면서도 짧은 심문으로서 끝날 수 있는 방법을 택해야만 했다. 심문하는 날짜를 일요일로 하는 것은 K의 직장 일에 방해가 되지 않게 하기 위해서였다. 그도 그렇게 하는 데 찬성하리라고 그 사람들은 생각했지만, 만일 다른 날짜를 원한다면 될 수 있는 데까지 그렇게 해주겠다고 했다.

말하자면 심문은 밤에라도 할 수 있지만, 밤에는 확실히 K의 머리가 흐려진다는 것이다. 하여튼 아무 이의가 없는 한 일요일로 정하겠다고 했다. 그리고 더 말할 것도 없이 반드시 출두해야 하며 물론 이 점은 다짐하지 않아도 잘 알 거라는 이야기였다. 출두할 집 번지를 알려주었는데, 그 집은 K가 아직 한 번도 가 본 적이 없는 멀리 떨어진 교외에 있었다.

이 통지를 받은 그는 아무 대답도 없이 수화기를 놓았다. 그는 곧 일요일에 출두하려고 결심했다. 아무래도 가야 할 길이요, 시작되었으니 자기는 자기대로 그 일을 대비해야만 할 것 같았다. 그리고 첫 심문으로 그만 끝내 버리려고 했다. 그는 아직 생각에 잠겨서 전화 옆에 서 있었다. 그때 뒤에서 지점장 대리의 목소리가 들렸다. 전화를 걸려고 하는데 K가 길을 가로막고 있었던 것이다.

"안 좋은 소식이오?" 지점장 대리는 태연하게 말했지만, 딱히 무엇을 알아보려는 것이 아니라 K를 전화통에서 물리치기 위해서였다. 지점장 대리는 수화기를 들고 전화가 연결되기를 기다리며 수화기 너머로 이렇게 말했다.

"저, K군, 일요일 아침에 내 요트를 타고 뱃놀이하러 가지 않겠나? 여러 사람이 모일 텐데 아마 아는 사람도 있을걸. 누구보다 하스테러 검사 말일세. 오겠나? 오게나그려!"

K는 지점장 대리의 이야기에 주의를 기울이려고 했다. 왜냐하면 그와 그리 사이가 좋지 못하던 지점장 대리의 이 초대는 화해를 청하는 것이며, K가 은행에서 얼마나 중요한 자리에 있고 그의 우정이나 혹은 적어도 그의 공평한 처사가 은행에서 지점장 다음으로 가는 사람에게 얼마나 중하게 생각되었느냐 하는 점을 보여 준 것이기 때문이다. 이 초대는 다만 전화가 연결되기를 기다리는 동안 수화기 너머로 전해진 것이지만 지점장 대리의 겸손한 태도임에는 틀림없었다. 그래서 K도 그만은 못했지만 겸손한 태도로 대하지 않을 수 없었다.

"감사합니다! 하지만 일요일에는 시간이 없겠는데요. 벌써 미리 약속한 데가 있어서."

"그래, 섭섭하군." 지점장 대리는 이렇게 말하고 돌아서서 그때 바로 연결된 전화로 이야기를 시작했다. 짧은 대화였지만 K는 그동안 그냥 멍청하니 전화 옆에 서 있었다. 지점장 대리가 수화기를 놓았을 때 비로소 그는 놀라며 필요치도 않은데 서 있었다는 것을 조금 변명이라도 하려는 듯이 이렇게 말했다.

"지금 저한테 전화가 와서 어디어디로 오라는 이야기는 있었습니다만 저쪽에서 시간을 알려 주지 않아서 그래서……."

"그러면 다시 한 번 전화를 걸어서 물어보시오." 지점장 대리는 말했다.

"대단한 일은 아닙니다." 그는 말했으나 앞서 그것만으로도 어딘가 불충분한 그 변명을 이 말로써 더욱 잡치고 말았다. 지점장 대리는 걸어가면서도 무슨 말을 했기 때문에 K는 대꾸를 해야만 했으나, 평상시에는 재판이 대개 오전 9시에 시작되니까 일요일에도 그 시간에 가는 것이 가장 좋으리라고 그는 그저 그런 일만 생각했다.

일요일 날씨는 흐릿했다. K는 전날 밤 늦게까지 늘 함께하던 패들과 언제나 드나드는 그 술집에서 마시고 떠들었던 까닭에 몹시 피곤해서 하마터면 그냥 계속 잘 뻔했다. 충분히 생각하고 지난 일주일 동안 쭉 생각해 본 여러가지 계획을 정리할 시간의 여유도 없이 옷을 갈아입고 아침식사도 먹지 않은 채 지정된 교외로 달려갔다. 주위를 살필 여유도 없었지만, 이상하게도 그는 자기 사건에 관련된 은행원인 라이벤슈타이너와 쿨리히와 카아미너를 만났다. 처음 두 사람은 전차를 타고 K가 가는 길을 앞질러 달렸지만 카아미너는 어떤 카페 테라스에 앉았다가 K가 지나가는 것을 보고 마치 무슨 구경거리나 생긴 듯이 난간 위로 몸을 굽혔다. 세 사람은 그의 뒷모습을 멍청하니 바라보며 자기들의 상관이 발걸음을 재촉하며 달려가는 것을 의아해했다.

K가 차를 타지 않은 것은 어떤 반항심에서였다. 자기 사건 때문에 남의 힘을 빌린다는 것은 그것이 아무리 작은 것일지라도 싫었고 어느 누구에게 요구하고 싶지도 않았다. 그렇게 함으로써 아무리 사소한 일이라도 깨끗이 처리하려고 했다. 그러나 결국 조금도 어김없이 시간을 지킴으로써 심리위원들에게 굽실거리려는 것은 아니었다. 하여튼 그는 지금 어느 일정한 시간을 지시받은 것은 아니지만 될 수 있는 대로 9시에 닿으려고 급히 달려갔다.

자기로서는 분명히 건물을 상상할 수는 없었으나 하여튼 어떤 특징으로 멀리서라도 분간할 수 있을 것이요, 혹은 현관 앞에서 어물거리는 색다른 사람들의 태도로 보아 얼마간 거리를 두고라도 알아볼 수 있으리라고 생각했다. 그러나 들어서자마자 잠깐 발걸음을 멈추게 한 유리우스 가(街)는 양쪽으로 다 똑같은 모양으로 지은 집들, 다시 말하면 가난한 사람들이 사는 높고 회색빛 나는 셋집만이 늘어서 있었다. 일요일인 까닭에 창가에는 대개 사람들이 서 있었다. 소매를 걷어 올린 남자들이 창문에 기대어 담배를 피우기도 하고 창문가에서 어린아이를 조심스럽고 정답게 부축하기도 했다. 다른 창문에는 이부자리가 가득가득 쌓여 있고 그 위로 가끔 여자의 헝클어진 머리가 보였다. 사람들은 통로를 사이에 두고 서로 부르며 그 부르는 소리가 바로 K의 머리 위에서 커다란 웃음소리로 변했다. 긴 도로에는, 일정한 간격을 두고 두서너 계단 내려간 낮은 곳에 여러 식료품 가게들이 나란히 자리

잡고 있었다. 여자들은 그러한 상점에 드나들거나 계단에 앉아서 잡담을 했다. 물건을 창문가에 가득히 내놓고 있던 과일 장수도 그랬지만 그도 부주의했기 때문에 K는 하마터면 그 남자의 밀차에 걸려서 그 자리에 그만 쓰러질 뻔했다. 바로 그때 좀 더 부유해 보이는 주택지 어느 집에서 다 낡은 축음기 소리가 시끄럽게 들려오기 시작했다.

K는 그때 시간도 넉넉하고 예심판사가 어느 집 창문에서 자기를 보고 자기가 나타난 것을 알아주리라는 듯이 천천히 골목길을 걸어 들어갔다. 9시가 조금 지났다. 그 건물은 약간 멀리 있었으며 흔히 볼 수 없을만큼 기다랗게 뻗쳐 있었다. 특히 출입구는 높고 널찍했다. 그것은 분명히 각 상품창고 소속의 화물 자동차가 드나들기 위해서 마련된 것이다. 그러한 창고들은 이맘때에는 아직 열리지도 않은 채 넓은 안뜰을 둘러싸고 있었으며 상회 마크들이 붙어 있었는데, K도 은행 사무 관계로 몇몇 상회는 알 수 있었다. 전과는 달리 이러한 환경을 좀 더 자세히 마음속에 새기려고 K는 안뜰 입구에서 잠시 동안 서 있었다. 가까이 있는 상자 위에는 맨발의 어떤 남자가 앉아서 신문을 읽고 있었다. 밀차 위에서는 두 어린아이가 흔들거리고 있었다. 그리고 펌프 앞에는 연약한 어린 처녀가 잠옷과 자켓바람으로 우두커니 서서 물이 통에 떨어지는 동안 K를 바라보고 있었다. 안뜰 한쪽 구석에는 창문 두 개 사이에 매인 줄에 젖은 빨래가 걸려 있었다. 어떤 남자가 그 밑에 서서 몇 마디 소리를 지르며 일을 시키고 있었다.

심문실로 가려고 계단 쪽을 향했으나 다시 발걸음을 멈추었다. 왜냐하면 안뜰에는 이 계단 이외에 다른 계단이 셋이나 있었고, 게다가 안뜰 저쪽 끝에 있는 좁은 길은 다시 또 다른 뜰로 이어지는 것 같이 보였기 때문이다. 위치를 좀 더 잘 알려 주지 않은 것이 원망스러워서 자기를 대하는 소홀하고 냉정한 태도를 단단히 호통쳐 따져볼 생각이었다. 그러나 결국 그 계단을 올라갔다. 재판은 죄악에 끌린다는 감시인 뷜렘의 말이 떠올랐다. 그렇다면 결국 심문실은 K가 우연히 택한 계단 저쪽에 있는 게 당연한 듯했다.

올라가면서 그가 계단에서 놀고 있던 수많은 어린아이들을 괴롭히는 결과가 되었는데, 그들의 대열을 헤치고 걸어갔을 때 어린아이들은 매서운 눈초리로 그를 바라보았다.

'다음에 또 이 계단을 오르게 되면' 그는 마음속으로 생각했다. '아이들의

마음을 살 수 있는 과자를 들고 오거나, 그들을 후려갈길 지팡이를 들고 와야겠다.'

바로 2층에 올라서려고 할 때 그는 공이 지나갈 때까지 잠시 기다려야 했다. 그러는 동안에 부랑배같이 사나운 얼굴을 한 두 아이가 그의 바지를 붙잡았다. 그것을 뿌리치다가는 그들을 다치게 할지도 모른다. 그리고 무엇보다 그들이 울음보라도 터뜨리지나 않을까 걱정이었다.

2층에 올라가서 그는 본격적으로 방을 찾기 시작했다. 심리위원회가 어디냐고 물을 수도 없었고, 마침 가구사 란츠라는 이름이 머리에 떠올랐기 때문에—그루우바흐 부인의 조카인 대위와 이름이 똑같아서—여기 가구사 란츠라는 사람이 살지 않느냐고 방마다 물으려고 했다. 그런데 그렇게 할 필요도 없다는 게 곧 판명되었다. 왜냐하면 문이란 문은 죄다 열려 있고 그 사이를 어린아이들이 드나들고 있었기 때문이다.

어느 방이나 자그마한 창문 하나와 부엌이 있었다. 몇몇 여자들은 젖먹이 어린 것을 한쪽 팔에 안고 또 한쪽 손으로는 부뚜막 일을 하고 있었다. 아직 애티를 벗지 못하고 보기에 앞치마만 두른 듯한 처녀들이 부산히 이리저리 뛰어다녔다. 어느 방이나 아직 침대에는 이부자리가 깔려 있었고, 거기에는 환자나 자는 사람들이 누워 있기도 하고 옷을 입은 채 기지개를 켜기도 했다. 문이 닫힌 방에 오면 K는 노크를 하고 여기 가구사 란츠라는 사람이 살지 않느냐고 물었다. 대개 여자가 문을 열고, 그러한 질문을 받으면 누군가 방안 침대에서 몸을 일으키는 사람을 향해 이렇게 말했다.

"가구사 란츠라는 사람이 여기 있느냐고 묻는데요?"

"가구사 란츠?" 침대에 있던 사람이 물었다.

"그렇습니다." K는 이렇게 말했지만, 사실 심리위원회가 거기 없는 것이 분명했기 때문에 그의 볼일은 이미 끝난 셈이었다. 사람들은 대개 K가 가구사 란츠라는 사람과 꼭 만날 일이 있는 것으로만 생각하고 오랫동안 생각하다가, 란츠라는 이름과 조금이라도 비슷하면 옆방 사람에게 물어보기도 하고 훨씬 떨어진 방까지 데려다 주기도 했다. 그들은 자기 생각에 따라서 그러한 사람이 아마 세 들어 있을지도 모른다느니, 자기들보다 사정에 밝은 사람이 있느니 하면서 수선을 떨었다. 나중에 K는 이미 자기가 물어볼 필요도 없이 이렇게 각 층으로 끌려 다니고 보니 처음에는 매우 실질적으로 생각되었던 그 계획도 안 되겠다는 생각이 들었다. 6층으로 올라가려고 했을 때 찾는 것을 그만두기로 결심하고 그를 다시 위로 데리고 가려던 친절한 청년과 헤어져서 밑으로 내려왔다. 그러나 이번에는 그렇게 두루 찾고도 아무 효과가 없었다는 데 화가 나서 다시 한 번 6층으로 올라가 첫 번째 문을 노크했다. 그 자그마한 방에서 처음으로 그의 눈에 띈 것은 이미 10시를 가리키는 괘종시계였다.

"여기 가구사 란츠라는 사람 없습니까?" 그가 물었다.

"어서오세요." 까만 눈을 반짝이며 어떤 젊은 여자가 말했다. 그 여자는 함지에 어린아이의 내복을 빨던 젖은 손으로 열려 있는 옆방 문을 곧바로 가리켰다.

K는 어떤 집회에 들어온 느낌이었다. 창문이 두 개 달려 있고 작지도 크지도 않은 방에는, 누구 하나 들어오는 그를 거들떠보는 사람도 없었지만 저마다 색다른 옷을 입은 수많은 사람들이 뒤끓고 있었다. 천정 밑으로 겨우 회랑이 둘려 있었고 그 회랑도 역시 초만원이었다. 사람들은 그저 몸을 굽히고 겨우 서서 머리와 등을 천정에 맞대고 있었다. 탁한 공기에 숨이 막힐 지경이어서 그는 다시 나와서 자기 말을 오해한 듯한 그 여자를 보고 이렇게 물었다.

"가구사 란츠라는 사람을 찾는데요?"

"그렇게 하세요." 그 여자는 말했다. "어서 들어가 보세요."

만일 그 여자가 그의 옆으로 와서 문손잡이를 쥐고 "당신이 들어가고 나면 문을 닫아야겠어요. 더 들어갈 수는 없으니까요." 이렇게 말하지 않았더라면 K는 아마 그 여자의 뒤를 따르지 않았을 것이다.

"그러지요." 그는 말했다. "그런데 벌써 만원이군요." 그런 대로 그는 다시 안으로 들어갔다.

바로 문 옆에서 이야기하던 두 남자 사이를 지나가려니까—한 사람은 두 손을 쭉 뻗치고 돈 세는 시늉을 하고 또 한 사람은 그의 눈을 뚫어지게 쳐다보았지만—누구의 손인가가 K를 붙잡았다. 키가 자그맣고 뺨이 붉은 청년이었다.

"이리 와요, 이리." 그는 말했다. K는 그 남자가 끄는 대로 따라가면서 북적거리는 혼잡 가운데서도 좁은 통로가 틔어 있고 그 통로를 사이에 두고 두 패로 갈려 있다는 것을 알았다. 이것은 좌우 양쪽 맨 앞줄에 서 있는 사람들 중에는 아무도 그를 돌보지 않고 몸짓 손짓을 하며 자기 패를 향해서 이야기를 하는 그들의 뒷모습만이 보이는 것만으로도 확실했다. 대개는 축 늘어진 낡고 기다란 검은 예복을 입고 있었다.

이런 복장을 보았을 때 K는 그저 당황했지만 그 외에는 어느 점으로 보나 정치적인 지구총회같이 생각되었다.

K가 끌려간 집회실 한쪽 끝에는 역시 사람들이 뒤끓고 있었다. 매우 나직한 연단 위에 책상 하나가 가로놓여 있고, 그 뒤에 키가 자그마하고 똥똥한 남자가 씨근거리며 앉아 있었다. 그는 그의 뒤에 서 있던 남자와—이 남자는 팔굽으로 의자 등을 짚고 다리를 포개고 있었다—너털웃음을 웃으며 말했다. 몇 번이고 허공으로 팔을 젓는 폼이 누구를 조롱하며 흉내를 내는 것 같았다. K를 데리고 간 남자는 보고하는 데 무척 애를 먹었다. 발끝을 세우고 두 번이나 무슨 말을 하려고 했으나 단 뒤에 있던 남자는 알아차리지 못했다. 연단 위에 있던 다른 남자가 청년에 대해서 주의를 환기하자 그 남자는 그때야 겨우 그를 돌아보고 허리를 굽혀 나직한 목소리로 보고하는 것을 들었다. 그러더니 그는 시계를 꺼내며 K를 힐끗 쳐다보았다.

"1시간 5분이나 늦었어." 그는 말했다.

K는 뭐라고 대답하려 했으나 그럴 여유가 없었다. 그 남자가 그렇게 말하자 오른편에 있던 사람들이 뭐라고 불평을 하며 웅성거렸기 때문이다.

"1시간 5분 전에 왔어야 해!"

그 남자는 다시 이렇게 버럭 소리를 지르며 얼른 방 안을 내려다보았다. 이내 또 불평하는 소리가 떠올랐으나 그 남자가 그 이상 아무 말도 없었기 때문에 그 소리도 점점 사라졌다. 지금 방안은 K가 들어왔을 때보다 훨씬 조용했다. 다만 회랑에 있는 사람들이 제멋대로 떠들고 있었다. 어두컴컴한 데다 연기와 먼지 때문에 확실히 분간되지는 않지만, 위에 있는 그들은 밑에 있는 사람들보다 차림새가 더욱 허술했다. 대개 방석을 들고 와서 쓸리지 않도록 머리와 천정 사이에 그것을 끼워 놓고 있었다.

K는 무슨 말을 하느니보다는 좀 더 유심히 살펴보려고 단단히 마음먹었던 까닭에 사실 늦게 온 데 대한 변명 같은 것은 그만두고 다만 이렇게 말했다.

"늦었는지는 모르겠습니다만 하여튼 지금 이 자리에 와 있습니다."

그러자 오른편에 모여 있던 사람들이 박수갈채를 했다.

다루기 쉬운 위인들이라고 K는 생각했으나, 왼편에 있는 사람들이 묵묵히 그저 아무 말도 없는 것이 조금 마음에 거리꼈다. 왼편은 바로 그의 등 뒤였으며 거기서는 드문드문 여기저기서 박수소리가 들렸을 뿐이었다. 모든 사람을 한꺼번에, 만일 그렇게까지는 안 되더라도 적어도 잠시 왼편에 있는 친구들의 기분을 맞추려면 뭐라고 말하면 좋을까 하고 그는 생각했다.

"참 그랬군 그래." 그 남자는 말했다. "그러나 나는 지금 자네를 심문할 의무는 없다."

또 불평하는 소리가 여기저기 들렸으나 사실 이번에는 오해한 것 같았다. 왜냐하면 그 남자는 떠드는 사람들을 손으로 제지하고 말을 계속했던 까닭이다.

"하지만 오늘은 예외로 심문하기로 하겠다. 두 번 다시 이렇게 늦어서는 안 돼. 자, 이리 나와!"

누군가 단에서 뛰어내리고 자리가 났기 때문에 K는 위로 올라갔다. 그는 책상 옆에 바싹 다가섰지만 뒤에 있는 군중이 너무나 많았던 까닭에 예심판사의 책상과 판사까지 연단 밑으로 밀어내지 않으려면 군중을 막아내야 할 정도였다.

그러나 예심판사는 그런 것은 조금도 개의치 않은 채, 제멋대로 버젓이 안락의자에 몸을 푹 파묻고 그의 뒤에 있던 남자에게 뭐라고 한마디 간단히 말한 뒤 그의 책상 위에 하나밖에 없던 조서를 손에 들었다. 학생이 쓰는 공책 같기도 한 그것은 낡을 대로 낡고 너무나 들춘 까닭에 꾸깃꾸깃 형편이 없었다.

"그런데" 예심판사는 조서를 들추며 따지려는 듯이 K를 보고 말했다. "자네는 실내 화가지?"

"아닙니다." K는 말했다. "은행의 업무주임입니다."

이렇게 대답하자 밑에 있던 오른편 친구들 가운데서 웃음소리가 터졌기 때문에 어쩔 수 없이 K도 따라 웃을 수밖에 없었다. 사람들은 두 손을 무릎 위에 뻗치고 터지는 기침을 걷잡지 못할 때처럼 몸을 자꾸만 흔들었다. 회랑 위에서도 누군가 웃는 사람이 있었다. 그만 기분이 상한 예심판사는 밑에 있는 사람들에게는 그럴 힘이 없었던지 회랑에 있는 사람들한테 분풀이를 하려고 그리로 뛰어올라가 그들을 위협했는데, 그때까지 조금도 눈에 띄지 않던 검은 눈썹을 씰룩거리며 미간을 찌푸렸다.

그러나 왼편에 있던 친구들은 여전히 아무 말도 없이 열을 지어 나란히 서서 얼굴을 연단 쪽으로 향하고 단상에서 주고받는 이야기나 다른 편 친구들의 입론에 대해서도 역시 조용히 귀를 기울이고 있었다. 자기들의 대열에서 하나씩 빠져나가 상대 친구들과 여기저기서 같이 이야기를 주고받는 것까지도 꾹 참고 있었다. 왼쪽 친구들은 무엇보다 숫자가 적었고 결국 오른편 친구들처럼 대단치 않은 것 같았지만 그 안정된 태도는 그저 소홀히 대할 수 없을 것 같았다. K가 이야기를 시작했을 때도 그는 왼쪽 사람들과 같은 기분으로 말한다고 생각했다.

"예심판사님, 제가 실내 화가가 아니냐고 물으신 것은, 아니, 당신은 물으신 것이 아니라 사뭇 꾸짖는 어조였지만, 저에게 대해서 취한 재판수속의 전모를 특별히 잘 나타내고 있습니다. 무엇보다 수속이 아니라고 이의를 품으실지는 모르겠습니다만, 그러한 당신의 이의는 그야말로 당연한 것입니다. 왜냐하면 제가 그것을 인정할 때만 수속이라고 할 수 있기 때문입니다. 그러나 지금은 잠시 그렇게 인정해 두기로 하지요. 그것은 말하자면 동정하는 의미에서 그러는 겁니다. 하여튼 이러한 수속을 존중하려고 할 때는 동정하는 마음으로 대하는 수밖에 없으니까요. 저는 그것이 부당한 수속이라고 표현하지는 않습니다만, 당신이 제대로 인식하게 하기 위해서 그렇게 부르고 싶습니다."

K는 말을 멈추고 방 안을 내려다보았다. 그의 말은 사실 예리하였다. 생각했던 것보다 더 예리했으며 옳은 말이었다. 여기저기서 반드시 박수가 일어날 만도 했지만 그대로 조용했다. 확실히 사람들은 긴장한 가운데 다음에 일어날 일을 기다리는 표정이었다. 사실 그러한 정적 가운데는 모든 일이 종막을 내릴 그러한 폭발이 준비되어 있었다. 바로 그때 빨래를 끝마치고 방문을 열고 들어온 그 젊은 여자는 매우 조심스런 태도였지만 몇몇 사람의 눈총을 받은 것이 몹시 기분에 거슬리는 것 같았다. 예심판사의 태도를 보고 K는 싱글거리며 웃었는데, 그것은 K의 이야기를 듣고 판사가 그만 당황하는 것 같이 보였기 때문이다. K의 말에 놀란 탓이겠지만 판사는 그저 온몸이 굳어진 듯 회랑을 향해서 서 있었다. 그러나 그때 잠시 틈을 타서 그는 남의 눈에 띄지 않으려는 듯이 천천히 자리에 앉았다. 사실은 자기의 표정을 건잡

기 위해서 그는 다시 조서를 손에 들었다.

"아무리 그래도 소용없습니다." K는 말을 계속했다. "예심판사님, 당신의 그 조서는 제가 이야기할 것을 그대로 보여 주고 있습니다."

낯선 사람들이 모인 가운데 자기 이야기만이 차근차근 울려나오는 데 적이 만족하며 K는 예심판사의 손에서 조서를 느닷없이 빼앗더니 마치 오물이라도 만지듯이 손가락 끝으로 중간 한 장을 집어 들었다. 그 탓에 빈틈없이 쓰여 있고 가장자리가 누렇게 절고 얼룩진 책장들이 양쪽으로 축 늘어졌다.

"이것이 예심판사 문섭니다." 그는 이렇게 말하고 조서를 책상 위에 떨어뜨렸다.

"예심판사님, 어서 천천히 계속해서 읽어 주십시오. 저는 이 학생노트 같은 건 조금도 무섭지 않습니다. 무엇보다 저는 다만 두 손가락으로 집어 들었을 뿐 손에 들어볼 생각은 없었으니까 그 안에 무엇이 적혀 있는지 전혀 모릅니다."

예심판사는 책상 위에 떨어진 조서를 들고 조금 정리하더니 다시 그것을 읽으려고 했다. 이것이야말로 어디까지나 비굴한 태도의 증거이며 적어도 그렇게 생각하지 않을 수 없는 것이다.

맨 앞줄에 있던 사람들이 매우 긴장된 시선을 K한테 던졌기 때문에 K는 잠시 그들을 내려다보았다. 모두가 상당한 연배였으며 그 중 몇몇 사람은 수염까지 희뜩희뜩했다. 아마 그들은 예심판사의 비굴한 태도를 보았을 것이다. 이야기를 시작할 때부터 K가 취한 그 침착한 태도는 조금도 동요치 않는 그 수많은 군중에게 결정적인 영향을 주게 될 것이 아닌가?

"제게 일어난 일은" K는 말을 계속했지만 이번에는 전보다 조금 나직한 목소리였다. 맨 앞에 있는 사람들의 얼굴을 살피고 있었기 때문에 그의 이야기는 약간 불안한 느낌이 있었다.

"제게 일어난 일은 어디까지나 개인적인 사건에 불과하며, 그리 심각한 문제라고는 생각지 않습니다. 그 문제만을 볼 때 그리 중대한 것이 아니지만 그것은 수많은 사람들이 밟고 있는 재판수속의 좋은 실례라고 할 수 있을 겁니다. 이러한 사람들을 위해서 저는 이 자리에 서 있는 것이지 저 한 개인을 위해서 서 있는 것은 아닙니다."

그는 자기도 모르게 언성을 높였다. 어디서 누군가 두 손을 높이 들고 박수를 치며 이렇게 외쳤다.

"옳소! 그렇소. 옳소! 백 번이라도 옳소!"

맨 앞줄에 서 있던 사람들은 여기저기서 수염만 쥐어뜯을 뿐 뒤를 돌아보는 사람은 하나도 없었다. K는 그 외침을 그닥 대수롭게 여기지는 않으나 그래도 기운을 얻었다. 그는 지금 그 자리에 모인 사람들이 다같이 박수쳐 주기를 바라는 것이 아니라, 그만하면 군중이 이 문제에 대해서 반성하기 시작했으니까 누구든지 가끔 자기 설교에 찬동만 해주면 그만이었다.

"저는 구변을 자랑하려는 것은 아닙니다." K는 확신을 갖고 말했다. "그리고 도저히 그럴 수도 없습니다. 아마 판사님이 훨씬 더 언변이 좋으실 겁니다. 그것이 직업이니까요. 제가 바라는 것은 어떤 공공연한 부정을 이 자리에서 털어놓으려는 것입니다. 좀 들어 보십시오. 저는 약 열흘 전부터 체포되어 있습니다. 체포한다는 그 자체가 어리석은 일이지만, 그것을 지금 이 자리에서 말하려는 것은 아닙니다. 저는 아침에 침대에 누운 채 습격을 당했습니다. 판사님께서 이미 말씀하셨으니 부인할 수 없겠습니다만, 저와 마찬가지로 아무 죄도 없는 어떤 화가를 체포하라는 명령을 내린 것 같은데 바로 제가 그 대상이 되었습니다. 저의 옆방은 뻔뻔스러운 두 감시인에게 점령되었습니다. 제가 아무리 무시무시한 강도라 할지라도 이보다 더 철저히 감시당할 수는 없을 겁니다. 뿐만 아니라 이 감시인들이라는 것이 불순하기 짝이 없는 놈들이라 쓸데없는 수작을 한바탕 지껄이고 나서는 뇌물을 먹으려고 갖은 구실을 다 붙이며 속옷과 양복을 빼앗으려고 했습니다. 그리고 제 눈앞에서 제 아침밥을 후닥닥 다 먹어치우고는 아침밥을 사다 주겠노라고 하면서 돈을 요구했습니다. 그뿐이 아닙니다. 저는 다음 방에 있는 감독 앞에 끌려갔습니다. 그곳은 제가 매우 존경하는 어떤 아가씨의 방입니다. 그 방이 저 때문에 더러워졌다고 하지만 저는 아무 죄도 없습니다. 하는 수 없이 저도 그 꼴을 보았습니다만 사실 감시인과 감독이 들어간 탓으로 그만 그 방이 더러워진 것입니다. 간신히 제 자신을 억제하고 감독을 보고 어디까지나 냉정한 태도로, 그가 지금 만일 여기 있으면 이 일을 보증해 줄 것입니다만, 제가 왜 체포되었느냐고 물었습니다. 그런데 이 감독이 제가 지금 말씀드린 그 부인의 의자에 되먹지 못하게 거만한 태도로 앉아서 뻗대며—그 꼴이 아직 눈앞에 선하게 떠오릅니다—뭐라고 대답했는지 아세요? 여러분 그는 결국 아무 대답도 없었습니다. 사실은 아무것도 몰랐겠지만 그는 저를 체포하고 그것으로 만족했던 것입니다. 그 남자는 그 밖에 또 이런 일을 했습니다. 그 아가씨 방에 제가 다니는 은행 하급 직원을 데리고 왔는데, 그들은 멋대로 그 아가씨의 사진이나 소지품에 손을 대기도 하고 뒤헝클어 놓기도 했습니다. 이 은행원들이 온 것은 물론 다른 목적이 있었겠지요. 그러니까 집주인이나 하녀와 같이 제가 체포되었다는 이야기를 사방에 퍼뜨려 저의 사회적 체면을 손상시키고, 특히 은행에서의 제 지위를 흔들리게 하려는 것이었습니다. 그러나 그것은 아무 효과도 없었습니다. 저의 집주인은 매우 순박한 사람입니다. 저는 여기서 존경하는 의미에서 그 부인의 이름을 부르겠습니다. 그 그루우바흐 부인까지도 이러한 체포는 버릇이 사나운 어린아이가 거리에서나 저지를 장난 이상의 것은 아님을 잘 알고 있었습니다. 다시 말씀드립니다만 이러한 모든 사건 때문에 저는 더욱 불쾌감을 느끼는 한편 한때 자꾸만 떠오르는 울화를 어찌 할 수가 없었습니다."

그가 여기서 이야기를 끊고, 아무 말도 없이 묵묵히 앉아 있는 예심판사를 바라보았을 때, 때마침 판사가 군중 가운데 어떤 사람에게 얼른 눈짓을 하는 것 같았다.

K는 미소를 띠며 이렇게 말했다.

"바로 지금 제 옆에서 예심판사님은 여러분 가운데 있는 어떤 사람에게 눈짓을 한 것 같습니다. 그렇다면 여러분 가운데는 이 연단에서 눈짓을 받은 사람이 있겠지요. 지금 이 암시는 쉬쉬하며 방해를 하라는 것인지 박수를 하라는 것인지 알 수 없습니다만, 모든 문제가 한 걸음 앞서서 드러날 대로 다 드러나고 누구나 다 알고 있는 이상 저는 그 암시가 무엇을 의미하는지 알아볼 생각은 조금도 없습니다. 그러한 일은 아무 흥미도 없습니다. 저는 판사님께 숨김없이 말씀드리지만 그렇게 남모를 암시는 그만두고 도리어 커다란 목소리로 '자, 쉬쉬해라!' 또는 '자, 박수를 쳐라!' 하는 식으로 밑에 있는 부하들에게 명령을 내리는 것이 좋다고 말씀드리고 싶습니다." 초조해서 어쩔 줄을 모르며 예심판사는 의자 위에서 이리저리 몸을 틀었다. 그의 뒤에서는 전에도 한 번 말한 적이 있는 그 남자가 다시 그에게로 몸을 굽혔다. 그것은 단지 여느 때처럼 그를 격려하든가 아니면 그에게 어떤 특별한 대책이라도 베풀어 주려는 것인지 모른다. 밑에 있는 사람들은 그냥 쑥덕거리며 이야기에 정신이 없었다. 그때까지는 의견이 서로 대립된 것 같이 보이던 그 두 패가 뒤섞여서 어떤 사람은 K를 손가락으로 가리키기도 하고 또 어떤 사람은 예심판사를 가리키기도 했다. 방 안은 안개같이 자욱한 먼지 때문에 기분이 언짢아질 정도였으며 멀리 서 있는 사람들은 잘 보이지도 않았다. 회랑에 있는 사람들은 더욱 보이지 않았던지 어물어물 예심판사 얼굴을 굽어보며, 일이 어떻게 돌아가는지 자세히 알기 위해서 그 자리에 모인 사람들에게 귀엣말로 물어봐야 했다. 대답하는 사람도 입에 손을 대고 역시 속닥속닥 말했다.

"곧 끝납니다." K는 종이 없었기 때문에 주먹으로 책상을 탕 쳤다. 이 소리에 놀라서 예심판사와 그에게 귀엣말을 하던 남자는 맞대고 있던 머리를 흠칫하며 곧 들었다. "모든 일이 저와는 아무 관계가 없으므로 저는 냉정하게 판단을 내리겠습니다. 여러분이 이 피상적인 재판에 관심을 가지고 저의 이야기를 들어 주신다면 매우 감사하겠습니다. 제가 말씀드리는 데 대해서 여러분이 서로 이야기하는 것은 다음으로 미루어 주시기 바랍니다. 시간도 없거니와 저는 곧 돌아가야 합니다."

이렇게 말하자 장내는 곧 조용해졌다. 사실 K는 이미 이 집회를 이끌어 나가고 있었다. 이미 처음같이 외치는 사람도 없고 찬성의 박수를 치는 사람도 없었지만, 그들은 어느덧 K의 이야기에 그만 확신을 가졌거나 그렇지 않더라도 어느 정도 그런 것 같이 보였다.

"틀림없이" K는 매우 나직한 목소리로 말했다. 모인 사람들이 모두 긴장된 표정으로 귀를 기울이는 것이 기뻤다. 이러한 정적 가운데는 눈에 보이지 않는 어떤 흥분이 흐르며 가장 열광적인 박수보다 사람들의 마음을 더욱 흥분시켰다. "틀림없이 이 법정의 모든 언행의 배후에는, 제 경우에서 말한다면 체포와 오늘 이 자리에서 받을 심문의 배후에는 커다란 조직체가 도사리고 있습니다. 이 조직체는 부패한 감시인이나 몽매한 감독 그리고 좋게 말해서 겸손한 예심판사를 고용하고 있습니다. 나아가서는 결국 상급 재판관이나 최고 재판관들과 아울러 수많은 조수, 서기, 헌병, 그 밖의 고용인들, 게다가 저는 이렇게 말하기를 주저치 않습니다만, 사형집행인들까지도 고용하고 있습니다. 여러분, 이 커다란 조직체는 무엇을 의미할까요? 그들은 무고한 사람을 체포하여 저의 경우와 마찬가지로 대개 아무 소용도 의미도 없는 재판수속을 하고 있습니다. 모든 일이 이처럼 아무 의미도 없으니 관리들이 극도로 부패하는 것을 어떻게 막을 수 있겠습니까? 그것은 어림 없는 일이 며 최고 재판관도 혼자서는 어쩔 수 없는 일일 겁니다. 그래서 감시인들은 체포된 사람들의 옷을 빼앗으려고 합니다. 그래서 감독은 남의 집에 함부로 들어가 무고한 사람들을 심문할 뿐만 아니라 이렇게 수많은 군중 앞에서 모 욕을 주고 있습니다. 감시인들은 체포된 사람들의 소지품을 보관할 창고 이 야기만 했는데, 저는 이런 창고를 한 번 보았으면 좋겠습니다. 체포된 사람 들이 피땀을 흘려서 번 재산은 창고 안에서 도둑이나 다름없는 창고 관리인 들에게 도난을 당하거나 그렇지 않으면 그냥 썩어 버리고 마는 겁니다."

K는 방 한쪽 구석에서 일어난 예리한 목소리에 그만 이야기를 끊고 그쪽 을 바라보려고 이마에 손을 대었다. 흐릿한 광선을 받으며 자욱한 먼지가 빛 나 눈이 부셨기 때문이다. 빨래를 하던 여자가 눈에 띄었는데, 사실 그 여자 가 누구보다 자기를 괴롭히는 것같다는 생각이 들었다. K의 이야기를 가로 막은 책임이 그 여자에게 있는지 어쩐지는 알 수 없었다. K는 어떤 남자가 그 여자를 문 옆 한쪽 구석으로 끌고 가서 끌어안고 있는 것을 보았다. 소리 를 지른 것은 여자가 아니라 남자였다. 그는 그저 입을 헤벌리고 천장만 쳐 다보고 있었다. 두 사람 주위에는 사람들이 쭉 둘러서 있고, 거기서 가까운 회랑에 있는 사람들도 K가 이 집회에서 조성한 엄숙한 분위기를 이렇게 망 친 데 대해서 몹시 흥분하는 것 같았다. 그래서 K는 얼른 그리로 뛰어가서 장내의 질서를 돌이키려고 했다. 적어도 그 두 사람을 방 안에서 쫓아내는 것은 사실 모든 사람들의 관심거리가 되어 있다고 생각했지만, 그의 앞에 서 있던 맨 앞줄 사람들이 그냥 버티고 서서 꼼짝도 하지 않았기 때문에 K는 지나갈 수가 없었다. 도리어 그를 가로막으려는 듯이 노인들은 팔을 앞으로 쭉 뻗치고, 누구의 손인지 돌아볼 사이도 없이 돌연 뒤에서 그의 목덜미를 그러쥐었다. 그러자 K는 그 두 사람에 대한 생각을 버리고 자기의 자유가 구속되며 정말 체포되는구나 하는 기분으로 연단에서 허둥지둥 뛰어내렸다. 이제 그는 군중과 바싹 얼굴을 마주 대고 서 있었다. 사람들을 제대로 판단 하지 못한 것이 아니었을까? 자기 이야기의 효과를 과신했던 것이 아닐까? 자기가 이야기하는 동안 사람들은 그럴 듯한 표정으로 서 있었으나 정작 결 론을 맺으려는 지금에 와서 자기들의 허세에 싫증을 일으킨 것일까? 자기를

둘러싸고 있는 것은 대체 어떠한 낯짝들일까? 자그마하고 까만 눈깔들이 여기저기서 K를 노렸는데, 취한 듯이 두 볼은 축 처져 있고 뻣뻣하고 기다란 수염은 꺼칠하며 그것을 만지면 수염을 만지는 것이 아니라 손톱으로 할퀴는 느낌이었다. 그런데 수염 밑에는, 정말이지 이건 처음으로 발견했는데, 올망졸망 가지각색의 휘장이 윗옷 깃에서 빛나고 있었다. 보이는 사람들은 모두 이 휘장을 달고 있었다. 보기에 좌우 두 패로 갈려 있는 듯한 그 사람들은 모두 한패거리였던 것이다. 그리고 갑자기 돌아섰을 때 그는 두 손을 무릎에 놓고 조용히 밑을 바라보는 예심판사의 옷깃에서도 그와 똑같은 휘장을 보았다.

"아, 그렇구나." K는 외치며 두 손을 높이 들었다. 그때까지 의심했던 모든 문제가 한꺼번에 풀리는 듯싶었다.

"사실은 당신네들 모두가 관리로구나. 당신네들이 바로 지금 내가 공격한 그런 썩은 무리였어. 청중인 동시에 탐정으로서 여기 모여든 거야. 보기에는 두 패로 갈려서 한 패는 나를 떠보려고 박수를 쳤다. 죄 없는 사람을 어떻게 하면 끌어들일까 그것을 연구하려고. 그러고 보니 여기서는 그래도 쓸모가 있을 것이다. 아무 죄도 없는 사람이 너희에게 변호를 부탁한 데 대해서 무한한 위안을 느꼈거나 그렇지 않으면…… 저리 가, 한 대 갈기기 전에." K는 자기 옆으로 어물어물 다가오며 부들부들 떨고 있는 어떤 노인을 보고 말했다. "아니면 정말 무엇을 배웠겠지. 그런 당신네들 영업이 잘 되길 빌어주지."

K는 책상 한쪽 옆에 있는 자기 모자를 재빨리 쥐고, 멍하니 어쩔 줄을 모르며 아무 말도 없이 서 있는 사람들 사이를 헤치고 문 쪽으로 쏜살같이 달렸다. 그런데 예심판사가 K보다 한 걸음 앞서갔던지 문 옆에서 K를 기다리고 있었다.

"잠깐!" 하고 그는 말했다.

K는 발을 멈추었으나 예심판사는 보지도 않고 그가 이미 손잡이를 잡고 있는 문을 보고 있었다.

"주의해 두지만" 예심판사는 말했다. "아직 모르는 것 같은데, 자네는 오늘 심문할 때 체포된 자가 받을 수 있는 특전을 포기한 것이다."

K는 문을 보며 웃었다.

"거지같은 자식들" K는 외쳤다. "심문을 일체 거부한다."

그리고 문을 열고 계단을 쏜살같이 뛰어 내려갔다. 뒤에서는 사람들이 또다시 떠들썩하며 웅성거리는 소리가 들렸지만, 사실은 이 사건을 연구자의 태도로서 토의하기 시작했던 것이다.

3 빈 법정·학생·재판소 사무실

K는 다음 한 주일 동안 무슨 새로운 타협이 있지 않을까 해서 매일같이 기다리고 있었다. 심문을 거부한다고 했지만 그들이 그 말을 그대로 받아들인 것 같이 생각되지는 않았다. 그리고 기다리던 타협이 사실 토요일까지도 없었기 때문에 아무 말도 없는 것을 보면 그 집으로 같은 시간에 오라는 거라고 생각했다. 그래서 그는 일요일에 다시 찾아가서 이번에는 곧장 계단을 올라가 복도를 지나갔다. 그를 알아본 몇몇 사람들이 자기 집 문 앞에서 인사를 했지만, 이미 누구한테 물어볼 필요도 없었기 때문에 주저할 것 없이 곧 그 문을 찾아갔다. 노크를 하자 문이 열렸다. 문 옆에 서 있던 그 여자는 전에 만난 일이 있지만 쳐다보지도 않고 그냥 옆방으로 들어가려고 했다.

"오늘은 쉬는데요." 그 여자는 말했다.

"왜 쉬지요?" 그는 어쩐지 믿을 수 없다는 태도였다. 그러나 그 여자가 문을 열었을 때 그도 역시 그렇게 생각했다. 방 안은 텅 비어 있었고 그렇게 비어 있는 탓인지 전번 일요일보다 훨씬 더 덩그라니 쓸쓸했다. 연단 위에 있는 책상에는 여전히 책이 몇 권 놓여 있었다.

"저 책을 좀 보아도 괜찮습니까?" K는 이렇게 물었으나 별다른 흥미가 있어서가 아니라 그저 이 방까지 왔다가 그냥 돌아가고 싶지가 않았기 때문이다.

"안 됩니다." 그 여자는 이렇게 말하고 그만 문을 닫았다. "그건 안 돼요. 예심판사님 책이니까요."

"아, 그렇습니까." K는 머리를 끄덕였다. "틀림없이 법률서적일 텐데. 이 사법제도에서는 아무 죄도 없는 사람이 쥐도 새도 모르는 사이에 판결을 받게 된단 말이야."

"그럴지도 모르지요." 그 여자는 이렇게 말했지만 그의 말을 이해치 못하는 것 같았다.

"그러면 가야겠군요."

"예심판사님한테 무슨 전할 말씀이 있으세요?"

"그를 아십니까?"

"그러믄요." 그 여자가 말했다. "바깥양반이 법정 사환인데요."

그때 비로소 K는 그전에 왔을 때는 빨래통 하나밖에 없던 이 방이 지금은 어떻게 된 셈인지 말끔하게 정돈된 거실로 변해 있다는 것을 알았다. 그 여자는 그가 놀라는 것을 보고 이렇게 말했다.

"이 방을 공짜로 빌려 쓰고 있어요. 그래서 개정날이 되면 비워야 해요. 남편 신분으로는 불편한 점이 한두 가지가 아니지만 어떡해요."

"방 때문에 놀란 것이 아닙니다." K는 마뜩잖은 표정으로 그 여자를 바라보았다. "당신이 결혼을 했다는 데 놀랐습니다."

"제가 당신 이야기를 방해한 전번 재판 때 일을 비꼬시는 건가요?"

"그렇습니다. 오늘에 와서는 이미 다 지난 일이고 거의 잊어버리고 말았지만 그때는 정말 화가 났습니다. 그러시면서 이제 와서는 남편이 있다고 말하니, 원."

"이야기가 중단되었다고 해서 당신에게 불리할 건 없지 않아요? 그 뒤 당신에 대한 이야기도 많았지만 사실 그들 판단은 그리 좋지 못했어요."

"그랬을 겁니다." K는 화제를 돌리면서 말했다. "하지만 그렇다고 해서 그것이 구실은 안 될걸요."

"그래도 저를 아시는 분은 누구나 다 그만 한 일은 용서해 주세요." 그 여자는 말했다. "그때 저를 끌어안은 사람은 오래전부터 저를 따라다녔어요. 저는 남자들을 유혹하는 성미가 아니지만, 어쩐지 그 남자한테는 그렇지 않아요. 이것은 숨길 수 없는 사실이고, 저의 남편도 벌써 눈치를 채고 있는걸요. 그러나 남편이 직장을 유지하려면 별 수 있어요? 그 사람은 아직 학생이지만 아마 앞으로 훌륭한 사람이 될 거예요. 언제나 저를 따라다니는데 지금도 당신이 오시기 조금 전에 돌아갔어요."

"다른 사람들도 다 그렇지요 뭐." K는 말했다. "별로 놀라지도 않습니다."

"사실 당신은 여기서 뭘 좀 개선해 보시려는 거지요?" 그 여자는 마치 자기나 K한테 어떤 해로운 말이라도 하듯이 의아스러운 표정으로 천천히 말했다. "당신의 이야기에서 저는 알았어요. 말씀이 참 훌륭하시더라고요. 저도 동감이에요. 물론 조금밖에 듣지는 못했지만. 처음에는 들을 수가 없었고, 나중에는 그 학생과 같이 마루에 누워 있었으니까요……. 여기는 참 싫어요." 잠시 뒤에 그 여자는 이렇게 말하고 K의 손을 쥐었다. "개선할 수 있을 거라고 생각하세요?"

K는 미소를 지으며 부드러운 그 여자의 두 손에 쥐인 자기 손을 약간 오므렸다.

"당신의 말과 같이 저는 여기서 무엇을 개선할 그런 처지가 못 됩니다. 그뿐 아니라 가령 당신이 그런 말을 예심판사한테라도 하면 당신은 웃음거리가 되고 그렇지 않으면 처벌이나 당할 겁니다. 저는 사실 자진해서 이런 일에 뛰어들 생각은 없었어요. 아무리 사법제도를 개선할 필요가 있다 해도 그것이 저의 잠자리를 괴롭힐 정도는 아니니까요. 그런데 보시다시피 체포된 까닭으로 이런 곳에 뛰어들 수밖에 없게 되었습니다. 사실 그것은 제 자신을 위해서 그런 겁니다. 그러나 당신한테 도움이 될 수 있는 일이 있다면 저는 무슨 일이든 기꺼이 돕겠습니다. 그저 이웃에 대한 사랑 때문이 아니라 당신도 저를 도와줄 수 있지 않겠어요?"

"대체 어떡하면 도와드릴 수 있겠어요?" 그 여자는 물었다.

"예를 들면 우선 저 책상 위에 있는 책이라도 보여 주세요."

"그러세요." 그 여자는 서둘러 앞장을 서서 K를 끌고 갔다. 그것은 모두 낡고 다 해진 책으로 표지 한가운데가 거의 다 꺾이고 실밥만이 간신히 달려 있었다. "여기 있는 것은 왜 이렇게 모두 더러울까." K는 머리를 흔들며 말했다. 그 여자는 K가 책을 손에 들기 전에 앞치마로 표지에 묻은 먼지를 대강 닦았다.

K가 맨 위의 책을 펼치자 추잡한 그림이 나왔다. 한 쌍의 남녀가 홀랑 벗고 의자 위에 앉아 있었다. 그 화가의 속된 구상이 그대로 드러났지만 그 솜씨가 너무나 서툴기 때문에 결국 남자와 여자가 눈에 띌 뿐이었다. 그리고 그것이 너무나 입체적으로 그림 속에서 두드러지고 너무 딱딱한 자세로 앉아 있으며 원근법이 맞지 않기 때문에 서로 마주앉아 있다는 것을 겨우 알아볼 정도였다. K는 그 이상 들추지 않고 둘째 번 책 표지를 펴보았다. 그것은 《그레테가 남편 한스로부터 받아야 했던 고통》이라는 제목의 소설이었다.

"이게 법률책이야?" K는 말했다. "이런 인간들한테 재판을 받다니 원."

"당신을 도와드리겠어요." 그 여자는 말했다. "어때요?"

"정말입니까? 그러다가 공연히 시끄러워지지 않겠어요? 당신 남편은 상관 앞에서 그저 굽실거리기만 한다고 말했잖아요."

"그래도 당신을 도와드리겠어요." 그 여자는 말했다. "이리 오세요. 우리 이야기 좀 해요. 시끄러우니 뭐니 그런 말씀은 아예 마세요. 아무리 위험한 일이라도 그저 겁을 집어먹을 때 그때뿐이지요. 자, 어서 이리 오세요." 그 여자는 연단을 가리키며 자기와 같이 계단에 앉기를 권했다.

"까만 눈이 참 아름답군요." 같이 자리에 앉으며 그 여자는 이렇게 말하고 밑에서 K의 얼굴을 쳐다보았다. "다들 아름답다는 제 눈도 당신 눈에 비하면 아무것도 아니군요. 당신이 처음으로 여기 들어오자 저는 곧 그렇게 생각했어요. 그래서 당신의 뒤를 따라 회의실에 들어갔지 뭐예요. 이전 같으면 어디 그래요, 어림도 없지요."

'하하 이렇게 됐구나.' K는 생각했다. '이 여자는 나한테 몸을 내맡기고 있다. 주위에 있는 모든 사람들과 다름없이 이 여자도 타락한 것이다. 그야 당연한 일이지만 재판소 관리들이 싫증났기 때문에 마음에 드는 다른 사람을 보고 눈이 아름다우니 뭐니 하며 아양을 떠는 것이다.' K는 아무 말도 없이 일어섰다. 자기 생각을 분명히 말해서 여자에게 자기의 태도를 밝히려고 했다.

"당신이 저를 도울 수 있으리라고는 생각지 않는데요." 그는 말했다. "저를 정말 도와주시려면 훌륭한 관리들과의 관계가 필요합니다. 그런데 당신은 그저 여기서 우글거리는 수많은 하부관리들만 알 뿐이지 그 이상 뭐 있어요? 사실 그런 사람에 대해서는 잘 아시니까 그들에게는 무슨 일이나 부탁할 수 있을 겁니다. 저도 그것은 잘 알고 있습니다. 하지만 아무리 큰일을 한다 해도 그것은 결심(結審)에 가서는 아무 효과도 없을 겁니다. 그러나 그렇게 함으로써 당신은 몇몇 친구들과 사이가 멀어지게 될지도 모르죠. 그래서야 되겠어요? 역시 당신은 그들과의 관계를 그냥 유지하세요. 사실 그럴 수밖에 없을 겁니다. 이런 말을 하니까 어쩐지 쓸쓸하군요. 그렇다고 해서 당신의 호의에 보답하려는 것은 아니지만, 당신이 지금처럼 별다른 이유도 없이 저를 그렇게 쓸쓸히 바라볼 때 당신의 얼굴은 더욱 제 마음에 듭니다. 당신을 차지할 수 있다면 저는 얼마든지 싸우겠어요. 하지만 당신은 그런 데서 만족을 느끼며 학생 따위를 사랑하고 있지요. 사랑하지는 않는다 해도 적어도 당신의 남편보다 좋아한다는 것은 당신의 말에서 곧 알 수 있습니다."

"천만에요." 그 여자는 이렇게 외치고 그대로 앉아서 K의 손을 붙잡았다. 그는 손을 빼낼 여유가 없었다.

"가시면 안 돼요. 저에게 오해를 남기고 가시면 안 돼요! 정말 가시겠어요? 잠깐만이라도 더 계실 수 없겠어요? 제가 그렇게 값싼 여자같이 보이세요?"

"그건 오해입니다." K는 이렇게 말하고 자리에 앉았다. "제가 여기 있는 것이 그렇게도 소원이라면 얼마든지 있겠습니다. 사실 시간은 있으니까요. 오늘은 심문이 있을 것 같아서 왔습니다. 지금도 말했지만 저의 소송문제에 대해서는 아무 말도 말아주세요. 소송 결과 같은 것은 아무래도 좋으니까. 유죄판결이 내려도 그저 웃어 버리고 말겠어요. 그러니까 제가 당신의 호의를 무시한다고 해서 나쁘게 생각지는 마십시오. 하여튼 이것은 재판이 원만히 끝날 것을 전제로 하는 말이지만, 사실 어떻게 될지 누가 알겠어요? 도리어 저는 관리들이 게으르거나 건망증이 있거나 혹은 공포심을 느낀 탓으로 소송 절차가 이미 중단되었거나 머지않아서 중단되리라고 생각합니다. 사실 상당한 뇌물을 기대하면서 그들은 형식적인 소송을 계속할 수도 있기는 합니다만 역시 그것은 아무 소용이 없을 겁니다. 저는 누구한테나 뇌물을 줘본 일이 없으니까요. 당신이 예심판사나 혹은 중요한 소문을 퍼뜨리기 좋아하는 친구에게 저라는 인간은 어떠한 일이 있더라도 또는 그들이 어떠한 수단을 쓰더라도 절대로 뇌물은 바치지 않는다고 전해 주세요. 그런 일은 절대로 없다고 그들에게 분명히 말해도 좋습니다. 하긴, 그러지 않아도 그들은 아마 자연히 알게 될 겁니다. 그렇게 느끼지 않는다 해도 지금 곧 그들에게 저의 심정을 알릴 필요는 없을 것 같습니다. 물론 그들이 알고 있다면 그들도 더는 쓸데없이 애쓰지 않아도 좋을 거예요. 사실 저도 불쾌한 일을 면할 수 있지만 만일 그것이 그들에게 반박할 기회를 준다면 저는 서슴지 않고 달게 받겠습니다. 그리고 그렇게 되도록 일부러라도 한번 꾸며 보고 싶습니다. 그런데 당신은 정말 예심판사를 아십니까?"

"그럼요." 그 여자는 말했다. "당신을 도와드리려고 했을 때도 제일 먼저 그 양반을 생각했어요. 그 양반이 지위가 낮은 관리인지 어쩐지는 모르겠습니다만, 당신이 그렇다고 말씀하시니까 아마 그렇겠지요. 그래도 그 양반이 상부에 제출하는 보고서는 정말 영향력이 있나 봐요. 그리고 보고서도 참 많이 쓰더군요. 관리들이 게으르다고 당신은 말씀했지만 반드시 다 그렇지는 않을 겁니다. 특히 예심판사님은 그렇지 않아요. 그 양반은 참 많이 써요. 말하자면 지난번 일요일에도 재판이 저녁때까지 계속되었어요. 그런데 다른 사람들은 다 돌아가도 예심판사님은 방에 남아 계시는 거예요. 그래서 저는 등잔까지 갖다드렸죠. 저의 집에는 부엌에서 쓰는 등잔밖에 없었는데도 그것으로 만족하며 계속 쓰시더라고요. 그러는 동안 그 일요일에 바로 휴가를 받아 가지고 나온 저의 남편과 같이 가구를 옮겨 놓고 방을 정리하는데 이웃 사람들이 찾아와서 저희는 촛불 하나를 놓고 이야기했어요. 그런데 그만 예심판사님 생각을 못하고 그냥 자버리지 않았겠어요. 글쎄, 꽤 밤이 깊었을 때 갑자기 눈을 뜨니까 글쎄, 예심판사님이 침대 옆에 서서 저의 남편한테 불빛이 비치지 않도록 손으로 가리고 있었어요. 공연한 염려를 하셨지요. 저의 남편은 아무리 불빛이 비쳐도 세상 모르고 자니까요. 저는 너무나 놀라서 소리를 지를 뻔했지만 예심판사님은 매우 정답게 조심하라고 주의를 하시더니 지금까지 쓸 것이 있어서 좀 늦었습니다, 지금 등잔을 갖고 왔습니다, 당신이 자고 있는 모습은 잊지 않겠습니다, 하고 속삭였어요. 제가 이런 말을 하는 것은 그저 당신에게 예심판사님이 정말 보고서를 많이 쓰시고 더구나 당신에 대해서 쓰고 있다는 것을 알리고 싶어서예요. 사실 당신에 대한 심문은 지난번 일요일 재판 중에서 가장 중요한 문제였으니까요. 그런데 그렇게 긴 보고서가 아무 의미도 없을 리가 있어요? 그리고 지금 제가 말씀드렸다시피 예심판사님이 처음으로 저한테 마음을 두고 있는 이때 그 양반을 이용하기가 가장 좋다는 것은 당신도 아시겠지요? 그 양반이 저한테 마음을 두고 있다는 데 대해서는 다른 증거도 있어요. 그 양반이 어제는 자기가 가장 신임하는 그 학생을 통해서 명주 양말을 선물로 보냈어요, 글쎄. 겉으로는 제가 법정을 청소한다고 그러신다지만 그것은 구실에 지나지 않아요. 청소한다는 것은 제 책임이고 그 때문에 저의 남편은 봉급을 받을 수 있으니까요. 참 예쁜 양말이에요. 좀 보세요." 그 여자는 다리를 쭉 뻗치고 치마를 무릎까지 걷어 올리고는 양말을 들여다보았다. "참 예쁘지요. 그런데 정말 너무나 좋아서 어쩐지 저한테는 어울리지가 않아요." 돌연 그 여자는 이야기를 그치고 K의 마음을 안정시키려는 듯 그의 손 위에 자기 손을 얹고 이렇게 속삭였다.

"이봐요, 베르트홀트가 저희를 보고 있어요."

K는 천천히 얼굴을 들었다. 법정 문 옆에 어떤 젊은 남자가 서 있었다. 그는 몸집이 자그마하고 다리가 조금 굽은 것 같았으며 나슬나슬한 노란 수염을 비틀며 위엄을 보이려고 했다. K는 그 남자를 신기한 듯이 바라보았다. 실제로는 처음 본 그는 자기와는 거리가 먼 법률학을 연구하는 그 학생으로, 아마 앞으로 고관직에 오르게 될지도 모른다. 그런데 그 학생은 K 같은 사람은 상대도 하지 않는 것 같았다. 수염에서 손을 떼더니 그 여자에게 손짓을 하고 창문 옆으로 갔다. 그 여자는 K한테로 몸을 굽히고 이렇게 말했다.

"노하지 마세요, 네? 제가 나쁜 여자라고 생각지 마세요. 저 양반한테 잠깐 다녀오겠어요. 참 보기 싫게 굽은 저 다리 꼴 좀 보세요. 곧 돌아올게요. 그리고 만일 당신이 데리고 가신다면 같이 가겠어요. 어디든지 당신이 원하는 대로 가겠어요. 좋으실 대로 해주세요. 될수록 여기서 아주 멀리 떠나면 얼마나 좋을까요. 물론 영원히 떠난다면 그야 더 말할 것도 없지만."

그때까지 K의 손을 어루만지던 그 여자는 자리에서 벌떡 일어나 창문으로 달려갔다. K는 자기도 모르게 여자의 손을 찾으며 허공을 더듬었다. 그는 정말 그 여자한테 마음이 끌렸다.

왜 이런 유혹에 빠져서는 안 되느냐 하는 것을 생각해 보았지만 확실한 이유는 잡히지 않았다. 저 여자는 재판소를 위해서 나를 낚으려는구나 하는 생각이 얼핏 떠올랐지만 그러한 이유는 아무것도 아니었다. 어떻게 저 여자가 나를 낚을 수 있으랴. 적어도 난 아직은 지금 당장이라도 재판소를 모조리 부숴 버릴 만한 자유가 있지 않느냐? 그렇게 생각하자 그 여자가 자기를 도와주겠다고 한 말은 거짓이 아니며 쓸모도 있을 것 같이 생각되었다. 그리고 예심판사나 그 일당에 대해서는 이 여자를 빼앗아 자기 것으로 만드는 것보다 더 통쾌한 복수는 없을 것 같았다. 그렇게 되면 언젠가 한번쯤은 예심판사가 K에 관한 허위보고를 꾸미느라고 애를 쓰다가 늦은 밤중에 그녀의 침대가 텅 빈 것을 발견하게 될 수도 있을 것이다. 그리고 침대가 비게 되는 것은 그 여자가 K의 소유가 되기 때문이다. 창문 옆에 있는 저 여자, 거칠고 탁탁한 천으로 된 검은 옷을 입은 풍만하고 후리후리하며 따스한 육체가 완전히 K의 소유가 되기 때문이다.

이렇게 여자에 대한 의심을 떨쳐버린 뒤에 K는 창문 옆에서 주고받는 나직한 대화를 참다 못해 연단을 손마디로 두들기다가 나중에는 주먹으로 치고 말았다. 학생은 얼른 그 여자의 어깨 너머로 K한테 시선을 던졌으나, 조금도 서슴지 않고 그녀한테 몸을 바싹 댄 다음 그녀를 끌어안았다. 그 여자는 그의 이야기에 귀를 기울이는 듯이 머리를 푹 숙이고 있었다. 학생은 여자가 머리를 숙이면 하던 이야기를 끝내지도 않고 그 여자의 목에 쪽 하고 소리를 내며 키스를 했다.

이러한 태도에 대해서 그 여자가 불평을 하자 학생은 매우 사나운 태도로 여자를 대했다. 이런 광경을 보고 K는 자리에서 일어나 방 안을 이리저리 거닐었다. 학생의 태도를 힐끔힐끔 살피며 어떻게 하면 그를 빨리 쫓아낼 수 있을까 생각했다. 가끔 통통 하고 커다란 소리를 내며 방 안을 휘돌아다니는 K의 태도가 그만 기분에 거슬린 그 학생이 다음과 같이 말했을 때 K는 단지 불쾌한 기분에 그치지 않았다.

"그렇게 못 참겠으면 가면 되지 않아. 벌써 나갔어야지. 당신 없다고 누가 서운해 할 사람 있어? 사실 내가 들어왔을 때 벌써 돌아갔어야 하는 거야. 어물거릴 게 뭐야."

이런 말을 듣자 머리끝까지 분노가 솟구쳐 올랐다. 무엇보다 그 말에는 불쾌한 피고에게 말하는 듯한 미래 법관의 거만한 태도가 들어 있었다. K는 바로 학생 옆에 서서 빙글빙글 웃으며 이렇게 말했다.

"참을 수 없는 것도 사실이지만 이렇게 초조한 기분은 자네가 가버리면 가장 간단히 해결될 수 있는 것이네. 학생이라지? 만일 자네가 법률을 연구하기 위해서 여기 와 있다면, 나는 선뜻 이 자리를 내주고 저 여자와 같이 나가 버리겠어. 하여튼 자네가 앞으로 재판관이 되려면 좀 더 많이 배워야 할 테니까. 자네가 연구하는 사법제도에 대해서 나는 아직 잘 모르지만, 그러한 제도는 사실 자네가 부끄러운 줄도 모르고 지금 제멋대로 지껄인 그런 건방진 이야기와는 아무 관계도 없을걸."

"저런 자식을 그냥 내버려둬?" 학생은 K의 모욕적인 말에 대해서 그 여자에게 설명이라도 하려는 듯이 이렇게 말했다. "틀렸어. 예심판사한테도 말했지만 심문하는 동안은 방에다 가둬 놔야 하는 건데. 예심판사도 가끔 주책이야."

"쓸데없는 수작 말아." K는 이렇게 말하고 여자한테로 손을 내밀었다. "이리 와요."

"오라구, 흥." 학생은 말했다. "안 돼, 안 돼, 이 여자는 내놓을 수 없어."

그리고 학생은 어디서 그런 힘이 났던지 여자를 한 팔로 덥석 안고 정답게 바라보더니 등을 구부리고 문 쪽으로 걸어갔다. 그러면서도 K에 대한 불안한 빛은 숨길 수 없었다. 그러나 학생은 한쪽 손으로 그 여자의 팔을 어루만지기도 하고 붙잡기도 하며 어디까지나 K의 기분을 건드리려고 했다. K는 두 서너 걸음 그의 옆으로 다가가서 그를 붙잡고 목을 졸라 버릴 생각도 없지 않았으나 그때 여자가 이렇게 말했다.

"쓸데없이 그러지 마세요. 예심판사님께서 저를 부르러 보내신 거예요. 당신하고 같이 갈 수는 없어요. 이 양반이 왜 이럴까." 그 여자는 말하며 손으로 학생의 얼굴을 어루만졌다.

"이 조그만 양반이 놓아 주어야지요."

"그러고 보니 당신은 떠나고 싶지 않은 모양이군." K는 이렇게 말하고는 한쪽 손을 학생의 어깨 위에 얹었다. 학생은 그 손을 이빨로 물어뜯으려고 했다.

"그러지 말아요." 여자가 외치며 K를 두 손으로 가로막았다. "그러지 마세요. 그러지 말아요. 그럼 안 돼요. 대체 왜 이러실까! 이러시면 제가 괴롭잖아요. 놓으세요, 네, 놓아요. 이 양반은 그저 예심판사님 명령에 따라서 저를 데리고 가는 것뿐이에요."

"그러면 가도 좋아요. 그리고 당신과 다시는 만나지 않겠소." K는 어이없는 듯이 어리둥절해서 화를 내며 이렇게 말하고 학생의 등어리를 떠밀었다. 쓰러지지 않은 것만을 다행으로 생각하며 학생은 여자를 끌어안은 채 후닥닥 뛰었다. K는 천천히 그들의 뒤를 따라갔다. 사실 그것은 처음으로 그들한테서 당한 패배였다. 그렇다고 해서 겁낼 필요는 없었다. 싸워 보려고 했기 때문에 패배를 당한 것이다. 집에 있으면서 전과 다름없는 생활을 했더라면 그는 이런 사람들 어느 누구보다 뛰어났을 것이요, 그들은 한번 툭 치기만 해도 그만 꼼짝 못하고 물러설 그러한 사람들이었다. 그때 그는 웃지 않을 수 없는 장면을 머릿속에 그려보았다. 그것은 이 불쌍한 학생, 쓸데없이 우쭐거리는 이 자식, 다리가 굽고 수염을 기른 이 자식이 엘자의 침대 앞에 무릎을 꿇고 손을 합장한 채 용서를 구하는 그러한 장면이었다. 이 생각이 너무나 마음에 든 그는 기회만 있으면 한번 그 학생을 엘자한테로 데리고 가려는 생각을 했다.

호기심에서 K는 다시 문으로 달려갔다. 그 여자를 어디로 데리고 가나 보려고 했는데, 어쨌거나 학생은 길거리에서까지 그 여자를 껴안고 가지는 못할 것이다. 길은 훨씬 가까운 것 같았다. 이 살림방 바로 맞은편에 좁다란 나무계단이 지붕 밑으로 통해 있는 듯 보였는데, 그것은 한 굽이 돌면서 끝까지 보이지 않았다. 학생은 뛰어가 기운이 빠진 탓에 여자를 데리고 몹시 느린 발걸음으로 씨근거리며 계단을 올라갔다. 여자는 밑에 있는 K를 보고 손짓을 한 다음 어깨를 들먹거려 보이며 자기는 이 유혹에 대해서 아무런 죄도 없다는 것을 보이려는 듯했으나, 그 태도에는 그리 섭섭해서 안타까워하는 빛은 없었다. K는 그 여자를 전혀 알지도 못하는 남처럼 아무 표정 없이 바라보았다. 사실 자기가 실망을 느낀 것과 그 실망을 쉽사리 극복할 수 있다는 것을 보이고 싶지 않았다.

그 두 사람은 곧 사라지고 K는 문간에 그냥 서 있었다. 그 여자는 자기를 배반했을 뿐 아니라 예심판사한테로 간다고 하면서 자기를 속였을 것이라고 생각할 수밖에 없었다. 예심판사가 지붕 밑에 앉아서 기다린다고는 생각할 수 없었다. 아무리 나무계단을 바라보아도 아무런 반응도 없었다. 그때 K는 계단입구에 있는 자그마한 간판이 눈에 띄기에 가까이 가보았다. 거기에는 어린아이가 쓴 것 같이 서툰 글씨로 '재판소 사무실 출입구'라고 씌어 있었다. 그러면 이 아파트 지붕 밑에 재판소 사무실이 있단 말인가? 그것은 누구나 탄복할 만한 시설은 아니었다. 그 자체가 처음부터 가장 가난한 사람들에 속하는 아파트 주민들이 별의별 잡탕을 다 쓸어 넣는 이 장소에 사무실을 정하고 있다면, 이 재판소가 자금조달에 얼마나 곤란할까 하는 것을 생각할 때 피고로서는 마음이 가벼워지는 일이었다. 물론 돈은 얼마든지 있지만 재판소와 관련해 쓰이기 전에 관리들이 먹어치울 수도 있다. 그것은 지금까지 K의 경험에 비추어 보아도 있을 수 있는 일이었다. 그렇다고 하면 재판소가 이렇게까지 부패했다는 것은 도리어 피고의 위신을 더럽히는 일이었지만,

결국 재판소가 가난한 것보다는 훨씬 더 마음이 편했다. 그래서 처음으로 심문할 때는 피고를 지붕 밑으로 소환하기가 부끄러워서 그러지 못하고 도리어 피고의 집을 찾아가서 괴롭히는 것을 K는 이해할 수 있었다. 이러한 재판관에 비할 때 K는 어떠한 지위에 있는가! 재판관은 지붕 밑에 앉아 있지만 K 자신은 응접실이 달린 커다란 방에 앉아서 큼직한 창문으로 번화한 거리의 광장을 내려다볼 수 있었다. 물론 그는 뇌물을 먹고 횡령을 해서 부수입이 있는 것도 아니요, 사환을 시켜서 사무실로 여자를 데려오는 일도 없었다. 그러나 적어도 K는 이렇게 살아가면서 그런 일까지 할 생각은 조금도 없었다.

K가 간판 앞에 서 있으려니까 어떤 남자가 계단을 올라와서 열린 문으로 살림방을 들여다보았는데, 그리로 법정이 보였다. 나중에 그 남자는 조금 전에 어떤 여자를 보지 못했느냐고 K한테 물었다.

"당신은 법정 사환이지요, 그렇지요?" K는 물었다.

"그렇습니다." 그 남자는 말했다. "아, 그렇지, 당신은 피고인 K씨군요. 그러고 보니 알겠습니다. 반갑습니다."

그러면서 그 남자는 뜻밖에도 K한테 악수를 청했다.

"그런데 오늘은 쉬는데요." K가 아무 말도 없이 서 있자 그는 이렇게 말했다.

"알고 있습니다." K는 이렇게 말하고 사환의 사복을 바라보았다. 흔히 볼 수 있는 단추 몇 개 이외에, 관청에 다니는 유일한 표시로서 장교의 낡은 외투에서 떼어 단 것 같아 보이는 금단추 두 개가 달려 있었다.

"조금 전에 당신 부인과 만났습니다만 지금은 여기 없습니다. 학생이 예심판사한테로 데리고 갔는데요."

"그래요. 보시다시피" 사환은 말했다. "저의 처는 언제나 그렇게 끌려 다니지요. 오늘은 일요일이라 저는 아무 일도 없었지만, 저를 여기서 쫓아내기 위해서 아무리 보아도 쓸데없는 일을 전하라고 하면서 저를 내보내지 않습니까 글쎄. 하지만 그리 멀지도 않고 해서 빨리 다녀오면 늦지 않겠다고 생각했지요. 그래서 될수록 빨리 달려가서 그곳에 파견되어 있는 그 양반한테 무슨 소린지 알아들을 수도 없을 만큼 큰 소리로 단숨에 전할 말을 전하고 다시 달려왔습니다만, 그 학생이 저보다 좀 더 빨리 온 모양이군요. 물론 그 자식은 가까이 있으니, 그저 지붕 밑 계단을 내려오면 되니까요. 제가 이렇게 매어 있지만 않으면 그 학생 놈을 이 벽에다 그저 한번 짓눌러 줄 텐데, 여기 간판 옆에서 말입니다. 언제나 그런 꿈만 꾸지요. 그 자식이 여기 마루 위에서 조금 들렸다가 그저 꼼짝도 못하게 처박혀서 팔을 벌리고 손가락을 쫙 펴고 꼬부라진 다리를 뒤틀면서 사방에 핏방울이 튀고…… 하지만 그것은 지금까지 꿈이었지요."

"달리 방법이 없습디까?" K는 히죽이 웃으며 이렇게 물었다.

"모르겠어요." 사환은 말했다. "날이 갈수록 더 불쾌해집니다. 지금까지 그 자식은 저의 처를 자기 방으로만 끌고 갔어요. 하지만 지금은, 결국 그렇게 되리라고 예상은 했지만, 예심판사한테까지 끌고 가지 않습니까 글쎄."

"그러면 당신 부인은 아무 죄도 없단 말입니까?" K는 말했다. 사실 이렇게 묻지 않을 수 없었다. 그만큼 그도 질투를 느끼고 있었기 때문이다.

"없을 리 있어요." 사환은 말했다. "그 년이 가장 죄가 크지요. 사실은 그 자식한테 홀딱 반한걸요. 그 자식으로 말더라도 여자라면 기어이 꽁무니를 쫓고야 말거든요. 이 집에서만 해도 그 자식은 다섯 곳이나 슬며시 들어갔다가 쫓겨났답니다. 무엇보다 저의 처는 이 집에서 가장 예쁘니까 전들 어떻게 막아낼 도리가 있어야지요."

"그렇다면 어쩔 수 없는 일이지요."

"왜 어쩔 수가 없어요?" 사환은 물었다. "그 학생 놈은 겁쟁이니까 제 처한테 손을 대기만 하면 한번 납작하니 두들겨서 다시는 그러지 못하게 해야겠어요. 그렇다고 해서 제가 할 수 있는 일은 아니고 다른 사람도 저를 위해서 그런 짓은 하지 못할 겁니다. 누구나 그 자식의 권세가 무서우니까요. 그저 당신 같은 사람이나 할 수 있을 겁니다."

"그걸 어떻게 제가?"

"아 참, 당신은 고소를 당했지요."

"그렇습니다." K가 말했다. "아마 그 남자가 소송 결과를 좌우할 힘은 없겠지만 예심에서는 그럴 수도 있을 것 같아서 더욱 근심이 되는군요."

"그렇지요." 사환은 K의 의견이 자기 의견과 같이 어디까지나 옳다는 듯이 말했다. "그래도 여기서는 원칙적으로 희망이 없는 소송은 할 수 없는데요."

"제 의견은 그렇지 않습니다." K가 말했다. "그런데 그건 그렇다 치고 사실 그 학생 놈을 해치워야 할 필요가 있다고 생각하는데요."

"매우 감사합니다." 사환은 예의를 갖추어 깍듯이 말했지만 사실 자기의 간절한 바람은 실현될 가망이 없는 것으로 생각하는 것 같았다.

"아마 또" K는 이렇게 이야기를 계속했다. "당신은 상관 이외의 다른 자식들도 역시 다 해치워야 할걸요."

"그렇고말고요." 사환은 당연하다는 듯이 말했다. 그리고 그때까지 매우 정다운 태도로 대하면서도 보이지 않던, K의 이야기라면 어디까지나 믿을 수 있다는 듯한 시선으로 이야기를 계속했다. "그 자식들은 언제나 음모만 꾸미니까요."

그러나 그는 이 화제가 조금 불쾌하게 생각되었던지 이야기를 돌려서 이렇게 말했다.

"이제 사무실로 가봐야겠는데, 같이 가시지 않겠습니까?"

"별로 볼 일도 없는데요."

"사무실 구경이나 하지요. 당신을 신경 쓸 사람은 아무도 없으니까요."

"볼 만한 것이 있을까요?" K는 주저하며 이렇게 물었으나 사실은 같이 가보고 싶은 생각이 간절했다.

"참 재미있을 겁니다."

"좋습니다." K는 말했다. "같이 가지요."

그리고 그는 사환보다도 앞서서 급히 계단을 올라갔다. 들어서면서 그는 하마터면 쓰러질 뻔했다. 왜냐하면 문 뒤에 층계가 또 하나 있었기 때문이다.

"이런 데는 아무 관심도 없는 모양이지요."

"아마 조금도 관심이 없을 겁니다." 사환이 말했다. "보십시오. 여기가 휴게실입니다." 기다란 복도가 있고, 그 복도는 아무렇게나 짜서 단 몇 개의 문을 지나 지붕 밑에 있는 여러 개의 자그마한 방으로 통해 있었다.

직접 햇빛을 받는 곳은 없었으나 그렇게 캄캄하지는 않았다. 조그마한 여러 개의 복도를 향해 있고 벽은 판자로 막은 대신에 그저 굵다란 나무 창살이 천장까지 닿아 있었다. 그 창살 사이로 햇빛이 조금 스며들고 있었다. 그 창살 사이로 책상에 앉아서 글을 쓰기도 하고 창살 너머 복도를 내다보는 몇몇 관리가 보였다. 사실 일요일이기 때문에 복도에는 사람이 별로 없었다.

그들은 매우 점잖은 인상을 주었다. 거의 일정한 거리를 두고 복도 양쪽에 두 줄로 기다랗게 놓인 의자에 앉아 있었다. 모두 아무 관심도 없는 듯한 태도였다. 그들은 얼굴 표정이나 태도, 수염, 그 밖에도 확실히 말할 수는 없지만 여러 가지 세심한 점으로 보아서 대개 부유층에 속하는 사람들이었다. 옷걸이가 없었던 까닭에 누가 먼저 그랬는지 모르나 그들은 모자를 의자 밑에 넣어 두고 있었다. 바로 문 옆에 앉아 있던 사람들이 K와 사환을 보고 인사를 하려고 일어섰다. 그러자 그것을 본 다음 사람들도 인사를 해야겠다고 생각했던지 두 사람이 지나갈 때 모두 자리에서 일어섰다. 완전히 다 일어서는 사람은 없고 등이나 무릎을 구부리고 마치 거리의 거지 같은 태도로 서 있었다.

K는 자기보다 조금 뒤떨어져서 걸어오는 사환을 기다려서 이렇게 말했다.

"저 사람들은 어쩐지 비굴해 보이는군요."

"그렇습니다." 사환은 말했다. "저 사람들은 피고입니다. 여기 있는 사람은 모두 피고입니다."

"그렇습니까!" 하고 K는 말했다.

"그러면 제 친구들이군요."

그는 옆에 있던 메마르고 키가 늘씬하며 이미 백발이 희뜩희뜩한 남자를 바라보았다.

"여기서 무엇을 기다리지요?" K는 은근히 이렇게 물었다.

갑자기 질문을 받자 그 남자는 매우 당황하는 태도였다. 다른 곳 같으면 확실히 자기를 억제할 수도 있었을 것이다. 수많은 사람들에 대해 우월감을 느끼고 세상 물정에 익숙할 대로 익숙한 사람으로 보였기 때문에 그가 당황하는 표정은 매우 거북해 보였다. 그런데 여기서는 그렇게 간단한 질문에도 대답을 못한 채 다른 사람들을 바라보며, 자기를 도와줄 의무가 있고 그렇게 도와주지 않으면 아무도 자기한테 대답을 요구할 수는 없다는 듯한 표정이었다. 그때 사환이 가까이 걸어가더니 그 남자의 마음을 안정시키고 원기를 돋우기 위해서 이렇게 말했다.

"이 양반은 그저 무엇을 기다리느냐고 물었을 뿐이오. 그러니 어서 대답해 봐요."

그 남자가 듣기에 사환의 목소리가 귀에 익은 것 같았기 때문에 K가 묻는 것보다 효과가 있었다.

"제가 기다리고 있는 것은……." 그는 이야기를 시작했지만 곧 말문이 막히고 말았다. 확실히 그는 질문에 상세히 대답하기 위해서 이렇게 이야기의 서두를 꺼냈는지는 모르나 그 이상 더 나오지를 않았다. 기다리던 사람이 몇몇 가까이 와서 이 세 사람 주위에 빙 둘러섰기 때문에 사환은 그들에게 말했다.

"비켜, 비켜, 통로는 내놔야지."

그 사람들은 조금 물러섰지만 전에 있던 자리로 돌아가지는 않았다. 그러는 동안에 질문을 받은 그 남자는 마음을 안정시키고 가볍게 미소까지 지으며 이렇게 대답했다.

"한 달 전에 저의 사건에 대한 증거 신청을 했는데, 그것이 정리되기를 기다리고 있습니다."

"참 애를 많이 쓰십니다."

"네." 그 남자는 말하였다. "제 일이니까요."

"누구나 다 당신처럼 생각한다고는 할 수 없지요." K는 말했다. "예를 들면 저도 고소를 당한 상황입니다만, 사실 원만히 해결되기를 진심으로 원하면서도 증거 신청이라든가 혹은 그 밖에 그러한 일은 해보려고 한 적이 없으니까요. 그런데 도대체 당신은 그런 일이 필요하다고 생각하십니까?"

"자세한 것은 모르지만." 그 남자는 또다시 어디까지나 애매한 태도로 말했다. 확실히 K가 자기를 놀리고 있다고 생각했기 때문에 또 무슨 실수나 하지 않을까 염려하면서 전에 한 대답을 그냥 반복하는 것이 가장 좋겠다고 생각하는 것 같았다. 그는 K의 초조한 시선을 받으며, 그저 이렇게 말했다.

"저는 증거신청을 했습니다."

"제가 고소를 당하고 있다고는 조금도 생각지 않습니까?"

"그럴 리가 있어요? 그렇게 생각하고 있습니다."

그 남자는 이렇게 말하고 조금 옆으로 비켰으나 그 대답 가운데는 그렇게 믿는다기보다 불안만이 나타나 있었다.

"그러면 당신은 제가 말하는 것을 믿지 않습니까?" K는 그 남자의 비굴한 태도에 자기도 모르게 그만 구역질이 났지만, 어떻게 해서든지 믿게 해보려는 듯이 그 남자의 팔을 붙잡았다. 그러나 그를 괴롭히려는 의도는 없었기 때문에 그저 가볍게 붙잡았을 뿐인데도, 그 남자는 K의 두 손가락이 아니라 새빨갛게 단 부젓가락으로 집히거나 한 듯이 소리를 질렀다. 이런 터무니없는 소리를 듣자 어쩐지 K는 그 남자가 싫었다. 자기도 고소를 당했다는 것을 믿지 않는다면 이쪽 상황이 더 유리했다. 이자는 아마 자기를 재판관으로 생각하는지도 모른다. 그래서 그는 작별인사로서 그 남자의 손을 꽉 그러쥐고 다시 의자 위에 떠밀어 버리더니 그만 앞으로 걸어갔다.

"피고들은 대개 저렇게 신경질적입니다." 사환은 말했다.

그들 뒤에서는 이미 비명을 끊긴 그 남자 주위에 호기심을 갖고 기다리던 사람들이 모두 모여서 생각지도 않았던 그 일에 대해서 자세히 물어보는 것 같았다. 그때 K 쪽으로 어떤 감시인이 걸어왔다. 무엇보다 칼을 차고 있는 것으로서 알아볼 수 있었는데, 그 칼집은 색깔로 보아서 그저 알루미늄으로 된 것 같았다. K는 감시인을 보고 놀라며 손을 내밀고 악수까지 했다. 외치는 소리를 듣고 온 감시인은 무슨 일이냐고 물었다. 사환은 몇 마디 말로 그를 안정시키려고 했으나, 감시인은 어디까지나 자기가 조사할 필요가 있다고 고집을 부리면서 가볍게 머리를 끄덕이더니 매우 빠르기는 했으나 풍증으로 다 굳어진 것 같은 짧은 발걸음으로 계속해서 걸어갔다.

K는 감시인이나 복도에 있던 사람들을 더는 생각하지 않았지만, 무엇보다 거의 복도 중간까지 와서 문도 없는 공간을 지나 오른편으로 돌아가게 되리라는 것을 깨달았을 때 더욱 그들에 대한 생각이 없어졌다. 이리 가도 좋으냐고 사환에게 물었다. 사환이 머리를 끄덕였기에 K는 거기서 그냥 오른편으로 돌았다. 언제나 한두 걸음 사환보다 앞서 걸어가는 것이 괴로웠다. 사실 여기서는 마치 자기가 체포되어서 몰려가는 것 같이 보일 수도 있는 일이었다. 그래서 가끔 사환이 따라오기를 기다리기도 했지만 사환은 이내 또 떨어지고 말았다. 드디어 K는 그런 불쾌한 기분에서 벗어나려고 이렇게 말했다.

"여기가 어떤 곳이라는 것을 보았으니까 그만 가야겠습니다."

"아직 다 보시지 못했습니다." 사환은 어디까지나 태연하게 말했다.

"그렇다고 해서 다 보고 싶지도 않습니다." 사실 피로를 느끼면서 K는 말했다. "그만 가겠습니다. 문이 어디죠?"

"벌써 길을 잃었습니까?" 사환은 놀라며 말했다. "이 끝까지 가서 오른편으로 복도를 따라 곧장 내려가시면 문이 있습니다."

"같이 가십시다." K는 말했다. "길을 좀 가르쳐 주시오. 여기는 너무 길이 많기 때문에 혹시 잘못 들지나 않을까 해서."

"길은 하나뿐입니다." 사환은 그만 시끄럽다는 듯이 이렇게 말했다. "당신과 같이 다시 돌아갈 수는 없는데요. 보고도 해야겠고, 그러지 않아도 당신 때문에 시간을 많이 보냈으니까요."

"같이 가요!" 그때 K는 사환의 못마땅한 태도를 알아차렸다는 듯이 좀 더 날카로운 어조로 이렇게 반복했다.

"그렇게 떠들지 말아요." 사환은 속삭였다. "여기는 어디나 사무실인데. 혼자 돌아가고 싶지 않으시면 좀 더 저하고 같이 가시든지 그렇지 않으면 보고를 마치고 올 때까지 여기서 기다려 주시오. 그러면 같이 가도 좋습니다."

"안 돼, 안 돼." K는 말했다. "기다릴 수는 없어. 지금 같이 가요."

K는 아직 자기가 서 있는 곳을 잘 돌아보지 않았다. 두루 달려 있는 여러 개의 나무문 가운데서 그 하나가 열렸을 때 비로소 그리로 시선을 돌렸다. K가 시끄럽게 떠드는 소리를 듣고 나온 듯한 처녀가 다가와서 물었다.

"무슨 일이 있으세요?"

그 여자 뒤에 멀찍이 어두컴컴한 가운데서 또 어떤 남자 하나가 가까이 걸어오는 것이 보였다. K는 사환의 얼굴을 바라보았다. K를 거들떠볼 사람은 아무도 없다고 사환은 말하지 않았던가. 그런데 어느덧 두 사람이 나타났다. 별것 아닌 일로 관리들은 그에게 주의를 기울이게 됐고, 왜 여기 왔느냐고 따져 물을지도 몰랐다. 단 한 가지 인정 받을 만한 구실은, 자기는 피고인이며 다음 심문 예정 날짜를 물어보려고 왔다는 것이지만 사실 그런 변명까지 하고 싶지는 않았다. 무엇보다도 그것이 사실이 아니고 허위인 이유는, 그가 그저 호기심에서 온 것이요, 역시 이것도 변명으로서 통하기 어렵겠지만 이 사법제도가 그 안이나 밖이나 똑같이 메스꺼운 제도라는 것을 확인하러 왔기 때문이다. 그리고 어디까지나 자기의 이러한 추측이 옳은 것이라고 생각되었던 까닭에 더 이상 캐고 들어갈 생각은 없었다. 그때까지 본 것만 해도 속이 꺼림칙할 뿐더러 지금 이 순간에 어느 문에서라도 불쑥 나타날지도 모르는 고관을 대할 만한 마음의 준비가 되어있지 않았기 때문에, 사환하고 같이 가든지 그렇지 않으면 하는 수 없이 혼자서라도 나가 버리려고 했다.

그러나 그가 아무 말도 없이 그냥 서 있는 것이 이상했던지 사실 그 처녀와 사환은 다음 순간 틀림없이 그에게 어떤 커다란 변화가 일어날 것이며 그것을 보고야 말겠다는 듯한 표정으로 K를 바라보았다. 그리고 문간에는 조금 전에 멀찍이 K의 눈에 띄었던 그 남자가 나직한 마루 기둥에 바싹 몸을 기대고 서서 성미 급한 관객처럼 발뒤꿈치를 돋우며 조금 몸을 흔들고 있었다. 그 처녀는 K의 그러한 태도는 기분 좋지 못한 탓이라고 생각했던지 의자를 들고 와서 이렇게 물었다.

"앉으시겠어요?"

K는 곧 의자에 앉아 좀 더 태연한 자세를 취하기 위해서 팔꿈치로 팔걸이를 짚었다.

"조금 현기증이 나시죠?" 여자가 물었다. 그때 바로 그의 눈앞에 여자의 얼굴이 보였는데, 가장 아름답게 피어난 여자들에게서 흔히 볼 수 있는 새침한 표정을 띠고 있었다.

"걱정하실 것 없어요." 처녀는 말했다.

"여기서는 그리 이상할 것도 없어요. 처음 여기 오면 정말 누구든지 그런 기분을 일으키니까요. 여기는 처음 오세요? 그래요. 그러면 그리 이상할 것도 없죠. 태양이 지붕판자를 내리쬐서 나무가 달면 자연 방 안 공기가 탁하고 침침해져요. 그래서 사실 여기는 사무실로서는 적당치 않아요. 물론 그 외에 여러 가지 좋은 점도 있지만. 하지만 공기만은 거의 매일, 소송관계로 수많은 사람들이 오고 가는 날이면 숨이 턱턱 막힐 지경이에요. 그리고 여기는 또 여러 가지 빨래가 널린다는 것을 생각하면—모든 하숙인들에게 일일이 하지 말라고 할 수도 없는 일이에요—조금 기분이 나쁘시다고 해서 이상할 것은 없다고 생각되시겠지요. 그래도 나중에는 이런 공기에 그만 익숙하게 되니까요. 두 번이나, 혹은 세 번쯤 오시게 되면 여기서도 그렇게 답답한 감은 느끼지 않으실 거예요. 이제 기분이 좀 어떠세요?"

K는 아무 대답도 없었다. 이렇게 갑자기 몸이 불편해서 이러한 사람들에게 몸을 맡기다시피 한 일이 너무나 애통했고, 게다가 이제 자기 몸이 불편하게 된 원인을 알게 되자 기분이 나아지기는커녕 더 불쾌해지고 말았다. 그 처녀는 K의 그런 기분을 깨닫고 그의 기분을 돌리기 위해 벽에 세워져 있던 갈고리 달린 장대를 들고 바로 K의 머리 위에 있는 밖으로 통한 들창을 밀어 열었다. 그러나 그을음이 떨어졌기 때문에 그녀는 이내 그 들창을 당겨서

닫고, 수건으로 K의 두 손에 떨어진 그을음을 털어 주어야 했다. K는 너무나 피곤해서 스스로 털어 버릴 기운이 없었다. 걸어갈 수 있을 만큼 기운을 회복할 때까지 그 자리에 그대로 앉아 있고 싶었으나, 자기에 대한 사람들의 관심이 점차 적어지자 될수록 빨리 그 자리를 떠나야 했다. 더구나 그 여자는 이렇게 말했다.

"여기는 있을 수 없어요. 다니는 데 방해가 되니까요."

K는 대체 어디 다니는 데 방해가 되느냐고 눈짓으로 물었다.

"원하신다면 병실로 데려다 드리겠어요. 좀 도와주세요, 네?" 그 여자가 문간에 서 있던 남자에게 말하자 그 남자는 곧 가까이 걸어왔다.

그러나 K는 병실로 가고 싶지 않았고 더 이상 끌려 다니고 싶지도 않았다. 사실 끌려 다녀야 틀림없이 불쾌할 것만 같았다.

"이제는 걸을 수 있습니다." 그는 이렇게 말하고 자리에서 일어났지만 편히 앉아 있던 탓인지 몸이 떨렸다. 그래서 몸을 똑바로 세울 수가 없었다.

"안 되겠어요." 그는 머리를 흔들며 이렇게 말하고 한숨을 쉬며 다시 자리에 앉았다. 그래도 사환이라면 자기를 밖으로 데리고 나갈 수 있으리라고 생각했지만, 그는 어느덧 그 자리에서 사라진 것 같았다. 자기 앞에 서 있던 그 여자와 남자 사이로 바라보았으나 그는 보이지 않았다.

"내가 생각하기에는" 그 남자가 말했다. 사실 말쑥하게 차린 그는 무엇보다 양쪽 끝을 뾰죽하고 길게 만든 회색 조끼로 더욱 눈에 띄었다. "이 양반 기분이 불쾌한 것은 여기 공기 탓이니까 병실로 가기보다 우선 사무실에서 나가는 편이 좋을 것이오. 그러면 이 양반도 매우 기분이 좋을 겁니다."

"그렇습니다." K는 기쁨에 가득 찬 어조로 이렇게 말하고 그 남자의 이야기에 끼어들었다. "틀림없이 기분이 좋아질 것 같습니다. 그렇게까지 몸이 약하지는 않으니까 그저 조금만 옆구리를 받쳐 주시면 됩니다. 사실 당신들에게 무슨 대단한 수고를 끼칠 것도 아니고, 그리 멀지도 않습니다. 문까지 데려다 주신다면 계단에서 조금 쉬고 기분을 회복할 것 같습니다. 이런 증세를 일으킨 일은 지금까지 없었기 때문에 정말 저도 놀랐어요. 저도 관리라서 사무실 공기에 익숙한 사람이지만 여기는 당신 말씀대로 너무 공기가 나쁜 것 같습니다. 그러니까 조금만 데려다 주시오. 정말 현기증이 나 혼자서는 도저히 엄두가 나질 않아요."

그는 두 사람이 자기 옆구리를 받치기 좋도록 어깨를 올렸다. 그러나 그 남자는 K의 요구에는 응하지 않고 그저 태연하게 두 손을 호주머니에 넣은 채 커다란 소리로 웃었다.

"그거 봐요." 그 남자는 여자한테 말했다. "역시 내 말이 맞았지. 이 양반은 아무 데서나 기분이 나쁜 게 아니라 이 방에서만 기분이 나쁜 겁니다."

처녀는 미소를 지었지만 남자가 너무나 K를 놀리는 것 같이 생각되었던지 손끝으로 남자의 팔을 가볍게 두들겼다.

"그러면 어때." 그 남자는 그냥 웃으면서 말했다. "물론 이 양반을 데리고 나갈 거요."

"그러면 좋아요." 깨끗하게 손질한 머리를 조금 갸웃하면서 처녀는 말했다.

"이분이 웃는다고 해서 너무 기분 나쁘게 생각지 마세요, 네?" 처녀는 K에게 말했다. 하지만 K는 그냥 우울한 기분으로 멍하니 앞을 바라보며 그런 설명은 필요 없다는 듯한 태도였다. "이분을 소개해도 괜찮겠지요? (남자는 좋다는 듯이 손짓을 했다) 이분은 안내인이에요. 기다리는 피고들에게 필요에 따라 여러 가지로 안내를 하죠. 이 사법제도가 일반에게는 그리 알려져 있지 않기 때문에 안내할 일이 참 많아요. 이분은 어떤 질문에도 응하니까 그럴 생각이 계시면 한번 안내를 청해 보세요. 그런데 이분의 장점은 이뿐만이 아니라 옷차림도 말쑥한 것이지요. 누구보다 피고들과 직접 접촉하는 안내인은 무엇보다 인상을 좋게 하기 위해서 언제나 옷차림이 말끔해야 한다고 생각해요. 저희 다른 사람들이야, 저를 보셔도 아시겠지만, 어쩔 수 있어요? 그저 허술하고 낡은 옷을 입고 있지요. 옷차림에 돈을 들인다는 것은 사실 아무 의미가 없기도 하니까요. 저희는 거의 언제나 사무실에 있고 잠도 여기서 잡니다. 그러나 지금도 말씀드렸지만 안내자만은 깨끗한 옷이 필요하다고 생각해요. 그런데 이렇게 말하면 좀 이상합니다만, 이 옷은 관청에서 준 것이 아니라 저희가 돈을 모아서, 물론 피고들한테도 돈을 모아서, 이분에게 이렇게 깨끗한 옷과 다른 물건을 사다준 거예요. 지금 이만하면 차릴 대로 다 차리고 좋은 인상을 줄 수도 있는데 공연히 웃기만 하면서 사람을 골리지 뭐예요."

"그건 그렇지만" 남자는 비웃듯이 말했다. "왜 이 양반한테 우리의 내막을 다 드러내 말하는지 모르겠군. 더구나 듣기도 싫다는데 왜 억지로 그런 이야기를 하지? 이봐, 이 양반은 확실히 무슨 볼 일이 있어서 여기 온 거요."

K는 그 말에 반박하고 싶은 생각도 없었다. 사실 그 처녀는 친절하게 대해서 K의 기분을 돋우거나 정신을 가다듬을 기회를 주려 했는지 모르지만, 그 수단은 틀렸다.

"이 양반에게 당신이 웃은 이유를 설명하려고 했어요." 처녀는 말했다.

"정말 사람을 모욕했지 뭐예요."

"나중에 데려다 주기만 하면 이 양반은 그보다 더한 모욕이라도 다 용서하리라고 생각하는데요."

K는 아무 말 없이 올려다보지도 않고 두 사람이 마치 무슨 사건이나 이야기하듯 떠드는 것을 그냥 참고 있었다. 그런데 갑자기 K는 한쪽 팔을 안내자가, 다른 팔을 그 처녀가 붙잡는 것을 느꼈다.

"그러면 일어나시오. 참 몸이 약하시군요." 안내인은 말했다.

"두 분에게 정말 미안합니다." K는 기뻐서 어쩔 줄을 모르며 이렇게 말하고는, 천천히 일어서서 부축하기에 가장 편한 곳으로 두 사람의 손을 이끌었다.

"저는 이렇게 생각합니다만" 그들이 복도에 가까이 이르렀을 때 처녀는 나직한 목소리로 K의 귀에 대고 속삭였다. "이 안내인에 대해서 좋게 생각해 주시도록 하는 것이 무엇보다 저의 의무 같아요. 사실 이렇게 말씀드리는 것이 진실이죠. 이 양반은 결코 냉정한 사람이 아니니까요. 몸이 불편한 피고를 데리고 나가는 것은 이 양반의 할 일이 아니지만 보시다시피 이렇게 하지 않아요. 저희는 다 그렇게 냉정한 사람은 아니에요. 언제나 다른 사람을 도와주고 싶어요. 그러나 사람들은, 재판소 관리들은 냉정해 누구 하나 도와주려고 하지 않는다고 생각한답니다. 그렇게 생각하면 참 괴로워요."

"여기서 좀 쉬지 않겠소?" 안내자가 말했는데, 사실 그때는 이미 얼마 전에 K가 이야기를 걸었던 그 피고 바로 앞에 와 있었다. K는 어느 정도 자신을 부끄럽게 생각했다. 얼마 전에는 그 피고 앞에 똑바로 서 있었지만, 지금은 두 사람의 부축을 받으며 모자는 안내인의 쫙 벌린 손가락 위에 놓여 있고 머리는 흩어지고 머리카락은 땀이 축축한 이마 위에 늘어져 있었다. 그러나 피고는 그런 것은 조금도 느끼지 못하는 듯이 자기 머리 위로 시선을 던지는 안내자 앞에 공손히 서서 자기가 그 자리에 서 있는 것을 변명이라도 하려는 것 같았다.

"오늘은 아직" 그는 말했다. "저의 신청이 다 정리되지 않은 것을 잘 알고 있습니다. 그러나 여기서 기다릴 수 있겠지요. 오늘은 일요일이니까 시간도 있고 여기 있어도 그리 방해가 될 것 같지도 않고 해서 찾아왔습니다."

"그렇게 변명하실 필요는 없습니다." 안내인은 말했다. "그렇게까지 걱정하신다면 도리어 괴롭습니다. 당신은 여기서 쓸데없이 이렇게 기다리고 있습니다만. 제 입장이 곤란하지 않는 한 당신의 사건 진행을 조금이라도 방해하고 싶지는 않습니다. 자기 할 일을 소홀히 하는 사람들만 보면, 당신 같은 사람들에 대해서는 얼마든지 참을 수 있습니다. 자, 앉으시지요."

"피고들을 어떤 말투로 상대해야 하는지 이분은 잘 알죠." 처녀가 속삭였다. K가 머리를 끄덕였을 때 안내인이 "여기 좀 앉지 않겠소?" 이렇게 다시 물어 그는 흠칫하고 놀랐다.

"아니오." K는 말했다. "앉고 싶지 않아요."

어디까지나 이렇게 분명하게 대답했지만, 사실은 앉는 것이 무엇보다 편했을지도 모른다. 마치 뱃멀미를 하는 것 같았다. 난항 중에 있는 배를 탄 것만 같았다. 물결이 나무로 만든 배허리를 몰아치며, 복도 저쪽에서는 엎치고 덮치고 물결 소리가 쏴쏴 하고 들려오며, 복도가 옆으로 흔들리고 양쪽에서 기다리던 피고들이 쓰러졌다가 다시 일어났다. 그래서 자기를 데리고 가는 처녀와 그 남자의 태연한 태도를 이해하기 힘들었다. 자기의 몸을 붙든 그들이 놓으면 자신은 나무 조각처럼 그냥 쓰러질 것만 같았다. 그들 두 사람은 자그마한 눈으로 날카로운 시선을 이리저리 던졌다. K는 규칙적으로 옮기는 발걸음을 느꼈지만, 거의 한 걸음 한 걸음 그들에게 끌려가는 형편이었기 때문에 발걸음을 맞출 수가 없었다. 나중에 그들이 자기에게 뭐라고 말하는 듯했으나 뭐라고 하는지 알 수 없었다. 그저 소란한 소리가 들릴 뿐이었다. 그 소리가 너무나 심해서 그 소리를 뚫고 마치 바다의 요괴 소리와 같이 아무 변화도 없는 드높은 소리가 울려오는 것 같았다. "좀 더 큰 소리로 ……." 그는 머리를 숙이고 속삭였으나 부끄러웠다. 왜냐하면 자기 귀에는 들리지 않았지만 몹시 큰 소리로 말했다는 것을 알고 있었기 때문이다. 마침내 그때 벽에 구멍이 뚫린 것 같이 시원한 바람이 흘러들었다. 그리고 옆에서 이렇게 말하는 소리가 들렸다.

"처음에는 그렇게 나가겠다고 하더니, 이제는 여기가 출입구라고 몇백 번 말해도 꼼짝을 않는군."

K는 처녀가 열어 준 출입문 앞에 서 있다는 것을 깨달았다. 마치 그는 자유의 첫맛을 보기 위해 온몸에 있던 모든 힘이 대번에 다시 생겨난 것 같았다. 그는 곧 계단에 한 걸음을 내딛고 거기서 자기한테로 몸을 굽히고 있는 두 전송자들과 작별을 했다.

"대단히 감사합니다." 그는 이 말을 되풀이하면서 그들의 손을 쥐었다. 그들이 사무실 공기에는 익숙했지만 계단에서 흘러드는 비교적 신선한 공기에는 못 견디는 것처럼 보인다는 생각이 들었을 때, 비로소 K는 그곳을 떠났다. 두 사람은 아무 대답도 없었고, 만일 K가 재빨리 문을 닫아 주지 않더라면 처녀는 아마 그 자리에 쓰러졌을지도 모른다. K는 잠시 발걸음을 멈추고 호주머니에 있던 자그마한 거울을 보며 머리를 매만진 뒤, 계단 한가운데를 굴러가던 모자를 집어 들고—안내인이 그것을 내던진 모양이었다—계단을 내려갔다. 사실 너무나 기분이 상쾌하고 성큼성큼 뛰어 내려갈 수 있었던 까닭에 이러한 변화에 불안을 느낄 정도였다. 그때까지 건강이 매우 좋았을 때도 이런 뜻밖의 변화는 전혀 느껴 본 적이 없었다. 육체가 어떤 혁명을 일으켜 그때까지 이겨 온 낡은 과정이 물러가고 새로운 과정이 준비되려는 것일까? 되도록 빨리 의사를 찾아가 보려는 생각에서 좀처럼 벗어나지 못했으나, 하여튼 그는—단단히 결심을 했는데—앞으로 일요일 오후는 오늘보다 좀 더 유익하게 보내려고 했다.

4 뷔르스트너 양의 친구

그 뒤 얼마 동안 K는 뷔르스트너 양과 이야기할 기회가 거의 없었다. 그야말로 갖은 수단을 다해서 그녀를 가까이하려고 했으나, 그 여자는 언제나 그것을 피하고 있었다. 사무실에서 집으로 돌아오면 그는 등불도 켜지 않고 방 안 긴 의자에 앉아서 그저 응접실만 바라보고 있었다. 하녀가 지나가던 걸음에 아무도 없는 그 방문을 닫고 가면, 그는 잠시 뒤 자리에서 일어나 그 문을 다시 열었다. 아침에는 전보다 한 시간쯤 일찍 일어났는데, 그것은 뷔르스트너 양이 사무실에 나갈 때 그녀와 단둘이서 만나려는 속셈인지도 모른다. 그러나 아무리 이렇게 애를 써도 좀처럼 만날 수가 없었다. 그래서 그는 그녀에게 사무실로 편지를 보내는 동시에 그 여자의 방으로 편지를 보내서 자기 태도를 다시 한 번 밝히려고 했다. 그리고 어떠한 요구라도 응해 주겠다고 하면서, 자신에 대해서 두려는 선은 결코 넘지 않겠다고 약속하며 한 번 만나서 이야기하면 좋겠다고 애원했다. 그리고 특히 당신과 만나서 이야기하지 않고는 더 그루우바흐 부인 집에 머물 수가 없다, 다음 일요일에는 하루 종일 방에 있으면서 자기 부탁을 들어 주겠다고 약속하는, 혹은 적어도 내가 무엇이라도 다 들어 주겠다고 하는데도 자기 청을 들어 줄 수 없는 이유를 설명하는 답장이라도 보내 달라, 기다리겠다, 이렇게 써 보냈다. 편지는 돌아오지도 않고 아무 회답도 없었다. 그 대신 일요일이 되니까 어디까지나 분명한 한 가지 징조가 보였다. 그날 아침에 K는 일찍부터 열쇠구멍을 통해서 응접실에 특별한 동정이 있음을 알아챘다. 그리고 곧 그 원인도 알게 되었다. 사실은 독일 사람으로서 몬타아크라고 하며 몸이 약하고 얼굴이 파리한 데다 다리까지 조금 저는 프랑스어 선생이 그때까지의 자기 방에서 뷔르스트너 양의 방으로 이사를 했다. 몇 시간 동안 그 여자가 발을 끌며 응접실을 지나다니는 것이 보였다. 내복이며 책상보며 책 같은 것을 들고 새 방으로 옮기는 것이었다.

그루우바흐 부인이 아침밥을 들고 K에게 왔을 때—K가 화를 낸 다음부터 부인은 아무리 사소한 일이라도 하녀한테 맡기지 않았다—K는 닷새 동안이나 아무 말 없이 지냈지만 그녀에게 묻지 않을 수 없었다.

"대체 오늘은 응접실이 왜 저렇게 분주하지요?" K는 커피를 따르며 물었다. "그만두라고 할 수 없어요? 하필 일요일에 방을 치울 건 뭐예요?" K는 그루우바흐 부인을 쳐다보지는 않았지만 그녀가 가볍게 안도의 숨을 쉬는 것을 느꼈다. K가 그렇게 단단히 따져 물었는데도, 부인은 그것을 용서나 혹은 용서하려는 것이라고 생각했다.

"방을 치우는 것이 아니에요, K선생님." 부인은 말했다. "몬타아크 양이 뷔르스트너 양의 방으로 이사를 하면서 짐을 옮기느라고 그래요."

부인은 더 말하지 않고, K가 그 이야기를 어떻게 생각하며 계속해서 이야기하는 것을 허락할지 어떨지 하는 것을 기다리고 있었다. 그러나 K는 부인을 한번 떠보려고 했던 까닭에 생각에 잠긴 듯이 머리를 저으며 아무 말도 없었다. 그리고 나서 그녀를 쳐다보며 말했다.

"뷔르스트너 양에 대해서 당신이 전에 의심하시던 것은 이만하면 풀렸겠지요?"

"K선생님!" 이 질문만을 기다리던 그루우바흐 부인은 이렇게 외치고 포갠 자기 손을 K한테로 내밀었다. "당신은 요전 제가 공연히 지껄인 이야기를 너무 심각하게 받아들였어요. 저는 당신이나 다른 어떤 사람을 중상하려는 생각은 조금도 없었어요. K선생님, 당신은 이미 오랫동안 저하고 아는 사이이니까 이것은 믿을 수 있으리라고 생각해요. 제가 요사이 며칠 동안 마음속으로 얼마나 괴로워했는지 당신은 모르실 거예요! 제가 방을 빌려 있는 사람의 험담을 어떻게 하겠어요! 그리고 당신을 내보내라고 말하셨지요? 당신을 내보내라고!"

마지막 말을 하는데 이미 눈물섞인 목소리로 그만 말문이 막혀버려 부인은 앞치마를 얼굴에 대고 훌쩍거리며 흐느껴 울었다.

"울지 마시오, 그루우바흐 부인." K는 이렇게 말하고 창 밖을 내다보았으나, 그저 뷔르스트너 양만을 떠올리며 그 여자가 낯선 처녀를 자기 방으로 맞아들였다는 것을 생각했다.

"울지 마시오." K가 돌아보았으나 그루우바흐 부인은 그냥 울고 있었다. "사실 그때는 저도 그렇게 나쁜 의미로 말한 것은 아닙니다. 서로 오해했어요. 그런 일은 가장 가까운 친구들 사이에도 있을 수 있는 일이니까요." 그루우바흐 부인은 앞치마를 눈 밑까지 내리고 K가 정말 마음을 풀었는지 어떤지 살펴보았다.

"뭐 사실 그런 것입니다." K는 이렇게 말하고, 그루우바흐 부인의 태도로 보아 대위가 그 사실을 조금도 폭로하지 않은 것 같았기 때문에 서슴지 않고 다시 이야기를 계속했다.

"그런데 제가 정말 잘 알지도 못하는 여자 때문에 당신과 사이가 멀어지리라고 생각하십니까?"

"그러믄요, K선생님." 그루우바흐 부인은 말하면서 조금 안심하는 것 같았으나, 이내 쓸데없는 말을 한 것은 그 여자의 버릇 탓인지도 모른다. "언제나 저는 혼자서 이렇게 반문했어요. 왜 K선생님은 그렇게 뷔르스트너 양을 걱정하실까? 당신한테서 무슨 싫은 소리만 들으면 제가 잠을 자지 못한다는 것을 잘 아시면서, 그 여자 때문에 왜 저하고 다투려는 것일까? 사실 그 처녀에 대해서는 제 눈으로 본 것밖에는 말하지 않았어요."

K는 그 이야기에 대해서 아무 말도 하지 않았다. 그 이야기 첫마디부터 부인을 방에서 쫓아내야겠다고 생각했으나 그러고 싶지가 않았다. 커피를 마시고 그루우바흐 부인에게 너무 말이 많다는 것을 깨닫게 하는 정도로 그치고 말았다. 문 밖에서는 몬타아크 양이 터덕터덕 발을 이끌며 응접실을 건너가는 발걸음 소리가 들렸다.

"들리십니까?"

K는 이렇게 물으며 손으로 문을 가리켰다.

"네." 그루우바흐 부인은 말하며 한숨을 쉬었다. "저도 가서 도와주고 하녀를 보내서 도와줄까도 했지만 저 여자는 고집이 세서 모든 것을 혼자 다 옮기려고 해요. 뷔르스트너 양도 참 이상해요. 몬타아크 양한테 방을 빌려 준 것만 해도 불쾌할 때가 있는데, 그런 여자를 자기 방으로 불러들이질 않아요, 글쎄."

"그런 걸 걱정할 게 뭐예요?" K는 이렇게 말하고 찻잔에 남아 있는 설탕 덩어리를 깨뜨렸다. "그렇다고 해서 부인께 무슨 손해날 것이라도 있습니까?"

"아니오." 그루우바흐 부인은 말했다.

"그 일만은 저도 그랬으면 했어요. 방이 하나 비면 거기서 저의 조카인 대위를 지내게 할 수 있으니까요. 요사이 그를 당신 옆방에 들어 있게 해서 당신에게 방해가 되나 않을까 벌써부터 걱정을 하고 있었어요. 그런데 그는 남의 일에 별로 신경을 쓰는 사람이 아니에요."

"무슨 생각을 하는 겁니까!" K는 이렇게 말하고 자리에서 일어섰다. "그런 이야기가 아니에요. 저 몬타아크 양이 걸어 다니는 것을, 지금 또 돌아옵니다만, 참지 못한다고 해서 당신은 저를 신경과민이라고 생각하는 것 같은데."

그루우바흐 부인은 그야말로 갈피를 잡을 수 없었다.

"K선생님, 이삿짐 같은 것은 다음날로 미루라고 할까요? 만일 원하신다면 곧 그렇게 하겠어요."

"아니오. 뷔르스트너 양 방으로 옮기도록 하시오."

"그러지요." 그루우바흐 부인은 이렇게 말했지만 K의 이야기를 완전히 이해하는 것 같지는 않았다.

"아무튼" K는 말했다. "그 여자가 짐을 나르는 대로 내버려두시오."

그루우바흐 부인은 그저 머리를 끄덕였다. 아무 말도 없이 겉으로 보기에는 거만한 것 같이 보이는 그 당황한 표정은 K의 기분을 더욱 건드렸다. 그는 창문 옆에서 문까지 방 안을 이리저리 걸어 다니면서 그루우바흐 부인에게 나갈 기회를 주지 않았지만, 사실 그러지 않았더라면 부인은 나가 버렸을 것이다.

K가 다시 문까지 왔을 때 노크하는 소리가 들렸다. 하녀였다. 몬타아크 양이 K한테 좀 할 말이 있어서 식당에서 기다리고 있으니까 곧 내려와 주었으면 좋겠다는 말을 전했다. K는 하녀의 이야기를 무슨 생각에라도 잠긴 듯 기웃하고 듣더니, 어느 정도 조롱하는 듯한 눈초리로 놀라며 그 자리에 서 있던 그루우바흐 부인한테로 돌아섰다. 이 눈초리는 K가 벌써 전부터 몬타아크 양의 초대를 예상하고 있었으며, 그것은 또 일요일 오전에 그루우바흐 부인 집에 하숙을 하는 사람들한테서 자기가 맛보게 될 괴로움과 어디까지나 관계가 있다고 말하는 것 같았다. 그는 하녀에게 곧 가겠다는 말을 전해 보낸 뒤 웃옷을 갈아입으려고 옷장 옆으로 갔다. 시끄러운 사람이라고 투덜거리는 그루우바흐 부인에 대한 대답으로는 그만 아침 밥상이나 치우라고 부탁했을 뿐이었다.

"조금도 들지 않으셨군요." 그루우바흐 부인은 말했다.

"아 네, 그냥 치워 주세요." K는 사실 모든 일에 몬타아크 양이 개입된 것 같아서 더욱 기분이 불쾌했다.

응접실을 지나가며 그는 뷔르스트너 양의 닫혀 있는 방문을 바라보았다. 그러나 초대를 받은 곳은 그 방이 아니라 식당이었다. 그는 노크도 없이 식당 문을 열었다.

식당은 길기는 했지만 조금 비좁고 창문이 하나밖에 없는 방이었다. 그래도 그런대로 여유가 있어서, 문 옆으로 한쪽 구석에 찬장 두 개가 가로놓여 있고 다른 곳에는 기다란 식탁이 쭉 놓여 있었다. 그 식탁은 문 가까이에서 시작해 커다란 창문 바로 옆에까지 닿아 있기 때문에 창문까지는 갈 수 없었다.

이미 식사준비는 다 되어 있었다. 더구나 일요일에는 하숙인들이 거의 다 여기서 점심을 먹기 때문에 준비된 분량이 상당히 많았다.

K가 들어갔을 때 몬타아크 양은 창문 옆에서 식탁을 따라 K 쪽으로 걸어 오고 있었다. 그들은 아무 말 없이 인사를 했다. 그러자 전과 같이 머리를 몹시 뻣뻣하게 쳐들고 몬타아크 양은 말했다.

"저를 아실지 모르겠어요."

K는 눈길을 좁히고 그 여자를 바라보았다.

"잘 알고 있습니다. 당신은 그루우바흐 부인댁에 사신 지가 오래 되셨으 니까요."

"그래도 제가 보기에 당신은 하숙에 대해서 그리 관심이 없으신 것 같은 데요?"

"그럴 리 있어요."

"앉으시지요." 몬타아크 양은 말했다.

그들은 아무 말도 없이 식탁 한쪽에 있는 의자를 각각 끌어당겨 서로 마주 앉았다. 그러나 몬타아크 양은 다시 일어섰다. 창문턱에 놓아둔 핸드백을 가 지러 가기 위해서였다. 그녀는 천천히 걸어갔다. 그리고 핸드백을 가볍게 흔 들며 돌아오더니 이렇게 말했다.

"저는 친구의 부탁을 받고 선생님에게 몇 마디 말씀드리려는 겁니다. 친 구가 직접 오려고 했지만 오늘은 기분이 좀 좋지 못해서……. 그러니까 너 무 나쁘게 생각지는 마시고 친구 대신으로 제가 찾아와 말씀드리는 것을 들 어 주세요. 친구도 아마 제가 대신해서 말씀드리는 것 외에는 더 말할 수 없 을 거예요. 도리어 저는 비교적 아무 관계도 없으니까 그 친구보다 더 말씀 드릴 수 있으리라고 생각해요. 그렇게 생각하시겠지요?"

"대체 무슨 말씀입니까?" 이렇게 대답했지만 몬타아크 양의 두 시선이 자 기 입술을 노리고 있는 것이 보기에도 피로했다. 그 여자는 그렇게 함으로써 그가 처음 말하고자 하는 것을 억누를 만한 힘을 얻으려는 듯싶었다. "저는 뷔르스트너 양 자신이 만나 줄 것을 간청했는데, 그것은 안 되는 모양이지 요?"

"그래요." 몬타아크 양은 대답했다. "혹은 도리어 그렇지 않다고 말씀드려 야 할지도 모르지요. 선생님 말씀은 이상하게도 날카로운데요. 말하자면 선 생님에게 말씀드릴 책임을 맡은 것도 아니고 그렇다고 해서 반대로 거절한 것도 아니에요. 그러나 말씀드릴 필요가 있다고 생각할 때도 있는데, 바로 지금 이 자리가 그런 것 같군요. 지금 선생님 말씀을 듣고 보니 솔직하게 다 터놓고 얘기할 수 있을 것 같아요. 선생님은 제 친구에게 편지나 구두로 말씀드릴 것을 요구했었지요. 그러나 적어도, 그것은 저도 그렇게 생각할 수밖에 없습니다만, 그 친구는 무엇에 대한 이야기라는 것쯤은 알고 있어요. 그러기 때문에 이유는 알 수 없으나 제가 정말 당신을 만나 보게 된 것은 어느 다른 사람을 위해서가 아니라는 것을 잘 알고 있어요. 그 친구는 어제야 겨우 그런 말을 했습니다만, 그저 조금 그런 말을 비쳤을 뿐이에요. 그때 말씀하신 것은 선생님께서도 그저 우연히 그런 생각을 하신 것이니까, 당장에는 그렇지 않다고 해도 머지않아 그것은 아무 의미도 없는 일이라고 생각하시게 될 테니까, 만나 뵈어야 K선생님도 별달리 생각하시지는 않으리라고 말했어요. 그런 말을 듣고 저는 그건 그렇지만 선생님에게 분명히 회답을 올리는 것이 일을 원만히 해결하는 데 도움이 되리라 생각한다고 대답했어요. 제가 이 문제를 맡겠다고 말하자 그 친구는 조금 망설이더니 승낙했어요. 어떻게 생각하면 선생님의 소원대로 한 것 같기도 해요. 아무리 사소한 문제라도 그것이 조금만 분명치 않으면 언제나 마음이 괴롭지만, 이번처럼 쉽사리 해결할 수 있으면 곧 결말을 지어 버리는 것이 좋을 테니까요."

"감사합니다." K는 이렇게 말하고 천천히 자리에서 일어나 몬타아크 양을 바라보고 식탁 위와 창문 밖으로 시선을 던지더니—맞은편 집은 햇빛을 받고 있었다—문으로 걸어갔다. 몬타아크 양은 그의 진의를 알 수 없다는 듯이 몇 걸음 그의 뒤를 따라갔다. 그러나 문 앞에서 그들은 뒤로 물러서지 않을 수 없었다. 문이 열리며 란츠 대위가 들어왔기 때문이다. K는 처음으로 그 남자를 가까이 마주할 수 있었다. 몸집이 크고 40세 가량 되어 보였으며 햇빛에 꺼멓게 타고 통통한 얼굴을 하고 있었다. 그는 K에게 가볍게 인사를 하고 나서, 몬타아크 양한테로 걸어가더니 점잖게 그녀의 손에 키스를 했다. 그 태도는 조금도 어색한 점이 없었다. 몬타아크 양에 대한 그의 은근한 태도는 K가 그 여자에게 대해서 취한 태도와는 너무나 현격한 대조를 이루고 있었다. 그렇지만 몬타아크 양은 K에 대해서 별로 불쾌한 기분을 느끼는 것 같지 않았다. K는 그녀의 태도를 보고 그렇게 생각했는데, 그녀가 자기를 대위한테 소개하려고 했기 때문이다. 그러나 K는 소개를 받고 싶지도 않았고 대위나 몬타아크 양에게 다정히 대할 수 없을 것 같았다. 그리고 K는 그 여자가 손에 키스를 받는 것으로 보아서 매우 순진하고 깨끗한 것 같이 보이면서도, 실은 자기를 뷔르스트너 양한테서 떼어 버리려는 친구들과 무슨 관계가 있는 것 같이 생각되었다. 그뿐만 아니라 몬타아크 양이 교묘하면서도 어디까지나 일거양득이라고 할 만한 수단을 택하고 있다는 사실을 깨달았다. 이 여자는 뷔르스트너 양과 K와의 관계가 어떻다는 것을 과장해서 말할 뿐 아니라, 특히 부탁을 받은 그 말을 과장하면서도 도리어 K가 모든 일을 과장하는 듯이 보이려고 했다. 그러나 그 여자의 생각은 그릇된 것이다. 자기는 조금도 과장하려는 생각이 없고, 뷔르스트너 양만 하더라도 보잘것없는 타이피스트에 지나지 않았다. 그래서 자기로서는 언제까지나 그런 일에 신경을 쓸 수 없다고 생각했다. 그때 그는 그루우바흐 부인으로부터 뷔르스트너 양에 관해서 들은 이야기를 일부러 생각하지 않으려고 했다. 그는 이런 일을 생각하면서 이렇다 할 인사도 없이 방을 나섰다. 그대로 곧 자기 방으로 가려고 했지만, 뒤에 있는 식당에서 들리는 몬타아크 양의 나직한 웃음소리가 귀에 거슬렸던지 그는 대위와 몬타아크 양을 한번 놀래켜 주고 싶었다. 그는 주위를 돌아보며 어느 방의 누가 자기를 가로막지나 않을까 해서 귀를 기울였지만, 식당에서 웃음소리가 새어 나오고 부엌으로 통한 복도에서 그루우바흐 부인의 목소리가 들릴 뿐 사방은 고요했다. 정말 기회만은 좋은 것 같았다. K는 뷔르스트너 양의 방문으로 가서 가볍게 노크를 했다. 아무 기척도 없어서 다시 한 번 노크를 했지만 역시 아무 대답도 없었다. 자고 있는 것일까? 혹은 정말 기분이 나쁜 것일까? 혹은 또 이렇게 나직하게 노크를 하는 것은 K임에 틀림없다고 생각하고 그만 꼼짝도 않고 앉아 있는 것이 아닐까? 그 여자가 방 안에 들어앉아 있다고 생각하자 그는 더욱 크게 노크를 했지만, 역시 아무 대답도 없었다. 그러자 쓸데없는 짓을 한다는 느낌이 없는 것도 아니었으나 결국 무슨 옳지 못한 짓이나 하듯이 조심스럽게 문을 열어 보았다. 방 안에는 아무도 없었다. 벽 있는 쪽으로 침대가 두 개 나란히 놓여 있고, 문 가까이 있는 세 발 달린 의자에는 옷가지와 속옷이 잔뜩 쌓여 있었으며, 옷장이 하나 열린 채로 놓여 있었다. 몬타아크 양이 식당에서 K와 이야기하는 동안 뷔르스트너 양은 밖으로 나가 버린 것 같았다. 그렇다고 해서 K는 그리 놀라지는 않았다. 그렇게 쉽사리 뷔르스트너 양을 만나리라고는 거의 기대하지 않았고, 그렇게 문을 열어 본 것도 사실은 그저 몬타아크 양에 대한 반발심에서 그랬던 것이다. 그러나 문을 다시 닫으며 열린 식당 문간에서 몬타아크 양과 대위가 서로 이야기하는 것을 보았을 때 그는 더욱 쓸쓸하고 괴로운 기분이 들었다. K가 문을 열었을 때부터 그들은 거기서 K를 쳐다보는 내색은 보이지 않으면서도 나직한 목소리로 말하며, 말하는 동안에도 멍하니 주위를 돌아볼 때와 같은 시선으로 K의 동정을 더듬고 있었다. 그러나 실은 그 시선이 무겁게 그를 노리고 있었기 때문에 그는 벽을 따라 서둘러 자기 방으로 돌아갔다.

5 태형관

그 뒤 어느 날 저녁, K가 사무실과 중앙계단 사이의 복도를 지나갈 때―그날 저녁에는 그가 가장 나중에 집으로 돌아갔으며, 다만 발송실(發送室)에서 사환 두 사람이 희미한 등불 밑에서 일을 하고 있었다―아직 한 번도 들여다본 적은 없지만 폐물창고가 있다고 생각했던 그 문 뒤에서 신음소리가 흘러나왔다. 깜짝 놀란 그는 발걸음을 멈추고 잘못 들은 게 아닐까 해서 다시 한 번 귀를 기울였다―잠시 고요했으나 또다시 신음소리가 들렸다―증인이 필요할 것 같기도 해서 그는 우선 사환 한 명을 부르려고 했으나, 호기심을 억제치 못하여 노크를 하고 문을 열었다. 생각했던 것과 다름없는 폐물창고였고, 문 뒤에 쓰지 못할 낡은 인쇄물과 흙으로 만든 빈 잉크병이 너저분하게 흩어져 있었다. 그런데 천장이 낮은 그 창고 안에 남자 세 사람이 허리를 구부리고 서 있었다. 선반 위에 놓은 촛불이 그들을 희미하게 비추었다.

"여기서 뭘 하는 거야?" 흥분한 탓에 당황하면서 나직한 목소리로 K는 물었다. 분명히 다른 두 사람을 마음대로 다루던 한 남자, 우선 그에게 시선이 갔다. 그는 검은 가죽 옷 같은 것을 입고 두 팔은 물론 목에서 가슴팍에 이르기까지 알몸을 드러내 놓고 있었다. 이 남자는 아무 대답도 없었다. 그러나 다른 두 남자는 이렇게 외쳤다.

"여보시오! 당신이 예심판사한테 쓸데없는 이야기를 했기 때문에 우리가 이렇게 매를 맞고 있소."

그때 비로소 K는 그것이 감시인 프란츠와 빌렘이며, 다른 남자 하나는 그들을 때리기 위해서 채찍을 손에 들고 있다는 것을 깨달았다.

"그런데" K는 이렇게 말하고 그 남자들을 바라보았다. "나는 조금도 쓸데없는 이야기를 한 적이 없소. 그저 우리 집에서 일어난 일을 말했을 뿐이오. 그리고 당신들이 취한 행동이 옳다고만 할 수는 없잖소."

"여보시오." 빌렘이 말했다. 한편 프란츠는 빌렘 뒤에 몸을 숨기고 채찍을 피하려고 했다. "저희 보수가 얼마나 형편없는지 아신다면 저희에 대해서 좀 더 너그럽게 판단할 수도 있지 않겠습니까? 저는 가족을 먹여 살려야 하고 프란츠는 결혼을 하려고 합니다. 흔히 있는 일이지만 돈을 좀 더 벌어 보려고 해도 그저 일만 꾸벅꾸벅해서는 제아무리 부지런을 피워도 어디 됩니까? 그래서 당신이 입은 훌륭한 속옷이 우리 마음을 유혹했습니다. 물론 그런 일을 하는 것은 감시인들에게 금지된 일이며 옳지 못한 것만은 사실이지만, 속옷은 감시인 차지가 되는 것이 관례고 사실 지금까지 그래 왔어요. 그리고 또 체포될 만큼 운수가 나쁜 사람에게 그런 물건이 무슨 소용이 있느냐 하는 것쯤은 다 아실 것 아닙니까? 물론 그런 말을 대놓고 함부로 하니까 이렇게 벌을 받는 수밖에 없겠죠."

"당신들이 지금 말한 것은 알지도 못했소. 그리고 결코 당신들을 처벌하라고 요구한 적도 없고. 하지만 결국 나는 원칙이 문제라고 생각하는데?"

"여보게 프란츠." 이렇게 말하며 빌렘은 다른 감시인을 바라보았다. "이 양반은 우리를 처벌하라고 요구하지는 않았다고 내가 자네한테 말하지 않았던가? 지금 자네도 들었지만 이 양반은 우리가 틀림없이 당하리라는 것을 몰랐다는 거야."

"이런 말에 흔들리지 말아요." 다른 또 한 남자가 K를 보고 말했다. "처벌은 어디까지나 정당한 것이며 피할 수 없는 것이야."

"이 사람 말은 듣지 말아요." 빌렘은 말하고 채찍으로 얻어맞은 손을 재빨리 입으로 가져가며 이야기를 끊었다. "우리가 이렇게 처벌을 받게 된 것은 당신이 밀고한 탓입니다. 그렇지 않다면 우리가 한 일을 알았다 해도 아무 일도 없었을 겁니다. 이러한 처벌을 정당한 것이라고 말할 수 있을까요? 우리 두 사람 다 그렇지만, 더구나 저는 감시인으로서 오랫동안 충실히 일을 해왔어요. 바로 당신이라도 관리 입장에서 말하면 우리가 어디까지나 충실하게 감시했다고밖에 할 수 없을 겁니다. 저희는 그래도 출세할 희망이 있었어요. 머지않아 틀림없이 이 사람처럼 태형관이 되었을 겁니다. 이 사람이라면 아무도 밀고할 수 없는 그런 좋은 자리에 있어요. 왜냐하면 이러한 밀고는 그리 흔한 일이 아니니까요. 하지만 여보시오, 이제는 만사가 다 글렀어요. 출세할 길도 막혔고 감시인보다도 훨씬 낮은 일을 해야 할 거예요. 게다가 지금 이렇게 쓰라리고 무서운 매를 맞게 되었으니!"

"그런데 매가 그렇게도 아프오?" K는 이렇게 묻고 자기 앞에서 태형관이 휘두르는 채찍을 유심히 바라보았다.

"홀랑 벗어야 하니까요." 빌렘이 말했다.

"그렇습니까?" K는 이렇게 말하고 뱃사공처럼 시꺼멓게 타고 야성적이며 기운이 넘치는 태형관의 얼굴을 유심히 바라보았다.

"이 두 사람에 대한 형벌을 감할 수 없을까요?" K는 그 남자에게 물었다.

"안 돼요." 태형관은 말하고 능글맞게 웃음을 띠며 머리를 흔들었다. "옷을 벗어!" 그 남자는 감시인들에게 이렇게 명령을 하고 다시 K를 보고 말했다.

"저 자식들의 말을 그대로 믿어서는 안 돼요. 무엇보다 채찍이 무서워서 머리가 좀 돌았으니까. 말하자면 여기 이 자식은" 그는 빌렘을 가리켰다. "출세니 뭐니 떠들어대지만 참 어리석은 일이지요. 저 뚱뚱하게 살찐 꼴 좀 보시오. 때려도 처음에는 기름진 살 속에 채찍이 푹 박힐 겁니다. 어떻게 해서 저렇게 살이 쪘는지 아시오? 체포된 사람의 아침밥을 처먹는 버릇이 있어요. 당신의 아침밥은 처먹지 않습디까? 어때요, 제 말이 맞지요. 그런데 배가 저렇게 뚱뚱한 자식은 태형관이 될 수 없어요. 절대로."

"배가 이런 태형관도 있어요." 그때 혁대를 늦추고 있던 빌렘이 이렇게 대들었다.

"닥쳐, 이 자식아." 태형관이 이렇게 말하며 그의 목덜미를 채찍으로 후려갈겼기 때문에 그는 온몸을 부들부들 떨었다.

"남의 이야기에 참견 말고 옷이나 벗어."

"이 사람들을 놓아 주면 사례는 얼마든지 하지요." K는 이렇게 말하고 태형관의 얼굴은 보지도 않고—이런 흥정은 서로 눈 딱 감고 해치우는 것이 최상이니까—종이봉투를 꺼냈다.

"틀림없이 다음에는 저를 밀고해서" 태형관은 말했다. "매를 맞힐 작정이군요. 안 돼요, 안 돼!"

"좀 생각해 보시오." K는 말했다. "이 두 사람이 벌을 받는 것을 원했다면 이렇게 돈을 내서 그들을 구하려고 하지는 않을 겁니다. 그저 문을 닫고 더는 보고 들을 필요도 없이 집으로 돌아가면 그만이지요. 하지만 어떻게 그럴 수 있겠소. 도리어 나는 진정으로 이 두 사람을 구해 낼 생각입니다. 그들이 벌을 받아야 한다거나 혹은 벌을 받을지 모른다는 것을 알기만 했어도 그들의 이름은 말하지 않았을 겁니다. 나는 이 두 사람에게 죄가 있다고는 조금도 생각지 않습니다. 이 제도가 죄지요. 죄는 상관들에게 있어요."

"그렇습니다." 감시인들이 이렇게 말하자 어느덧 그들의 벗은 등에 또 채찍이 내렸다.

"만일 여기서 당신 채찍을 어떤 고위층의 재판관이 받는다면" K는 이렇게 말하며 이미 치켜올린 채찍을 가로막았다. "당신이 때린다고 해도 사실 막지는 않겠습니다. 하지만 반대로 당신이 용기를 내서 이들을 놓아 준다면 돈은 아끼지 않을 텐데."

"당신의 이야기도 그럴 듯하기는 하지만" 태형관은 말했다. "나는 뇌물 같은 것으로 속지 않아요. 내가 할 일은 때리는 일이니까 그래서 그저 때리는 거요."

이때, K가 뛰어들어서 결과가 좋으려니 하고 기대해 그때까지 자신을 억제하고 있던 감시인 프란츠가 바지만 입은 채 문으로 걸어오더니 무릎을 꿇고 K의 팔에 매달리며 이렇게 속삭였다.

"저희 두 사람을 다 구할 수 없으면 저만이라도 벗어나게 해주십시오. 빌렘은 저보다 나이도 많고, 어떤 점으로 보나 좀 둔한 편이에요. 또 약 2년 전에도 한 번 가벼운 태형을 받은 일이 있지만, 저는 아직 이런 수치를 당한 적이 없으며 그저 빌렘이 하라는 대로만 했어요. 이러나저러나 그는 저의 선생 격이니까요. 아래층 은행 앞에서는 불쌍한 저의 약혼자가 이 사건의 결과를 기다리고 있어요. 정말 부끄러워서 견딜 수가 있어야지요."

그는 K의 웃옷에다 눈물에 젖은 자기 얼굴을 닦았다.

"더는 못 기다려." 태형관은 두 손으로 채찍을 쥐더니 프란츠를 후려갈겼다. 한편 빌렘은 한쪽 구석에 웅크리고 감히 어쩔 줄을 모르며 어물어물 그 광경을 바라보고 있었다. 그때 끊임없이 일정하게 울부짖는 소리가 프란츠의 입에서 터져 나왔다. 그것은 인간의 소리가 아니라 고문 받는 기계에서 나는 소리같이 들렸다. 그 소리는 온 복도를 울렸다. 틀림없이 그 집 어디서나 들렸을 것이다.

"소리 지르지 말아." K는 이렇게 소리를 질렀으나 자신을 억제할 수가 없었다. 그리고 긴장한 얼굴로 사환이 달려올지도 모르는 방향을 바라보면서 가볍게 그를 툭 쳤다. 정신없이 멍하니 서 있던 프란츠는 그 자리에 쓰러져 마치 경련이라도 일으킨 듯이 두 손으로 마루를 더듬었다. 그가 채찍을 피할 길 없이 마루 위에서도 그냥 매를 맞으며 쫓기고 있는 동안 채찍 끝은 일정하게 아래위로 흔들렸다. 그때 멀찍이 사환 하나가 나타나고 그 뒤에 조금 떨어져서 또 하나가 나타났다. K는 급히 문을 닫고 안뜰로 향한 한쪽 창문으로 걸어가서 그 문을 열었다. 울부짖는 소리는 완전히 그쳤다. 사환을 가까이 오지 못하게 하기 위해서 그는 이렇게 외쳤다.

"나야."

"안녕하세요, 부장님." 대답하는 소리가 들렸다. "무슨 일이 있었어요?"

"아니, 아무것도 아니야." K는 이렇게 대답했다. "안뜰에서 개가 짖었어."

그래도 사환이 그냥 그 자리에 서 있었던 까닭에 그는 다시 말을 덧붙였다.

"자네들은 가서 일이나 해."

사환들과 더 이상 이야기하지 않기 위해서 그는 창문으로 몸을 내밀었다. 잠시 뒤 다시 복도를 바라보았을 때 이미 사환들은 없었다. 그러나 K는 창문 옆에 서서 감히 폐물창고 안으로 들어가지도 못하고 그렇다고 해서 집으로 돌아가고 싶지도 않았다. 네모진 자그마한 안뜰을 내려다보았을 때 그 주위로 빙 둘러 있는 사무실 창문들은 이미 컴컴했고 맨 위층 창문만이 달빛에 어른거리고 있었다. K는 손수레가 서너 대 아무렇게나 놓여 있는 안뜰 한쪽 구석 어둠 속을 살펴보려고 애를 썼다. 매질하는 것을 막지 못한 것이 괴로웠지만 그것이 그의 책임은 아니었다. 만일 프란츠가 울부짖지 않았더라면 —확실히 아프기는 아팠겠지만 그래도 결정적인 순간에는 자신을 억제해야 했다—적어도 K는 정말 태형관을 이해시킬 어떤 수단을 발견했을지도 모른다. 말단 관리들이 모두 천박한 사람이라면 가장 비인간적인 일을 맡아 보는 태형관인들 어찌 그렇지 않으랴. K는 그 남자가 지폐를 보고 눈을 번들거리는 모양을 역력히 알아보았지만, 확실히 그 남자는 그저 뇌물 금액을 조금이라도 올리기 위해서 태연한 태도로 채찍을 휘두르고 있었다. 그리고 K도 돈을 아끼지는 않았을 것이다. 감시인들을 구하는 것이 문제였다. 이렇게 썩어

빠진 사법제도와 싸우기 시작한 이상 이러한 방면으로도 파고들어 가는 것은 당연한 일이었다. 그러나 프란츠가 외치기 시작했을 때는 사실 모든 것이 틀어지고 말았다. 그가 폐물창고에서 그 친구들과 흥정하고 있을 때 사환들이나 혹은 건물 안에 남아있던 사람들이 달려든다면, 그것은 K로서 견딜 수 없는 일이었다. 사실 이러한 희생은 어떤 사람이라도 그에게 요구할 수 없는 것이다. 만일 그가 할 생각만 있다면 스스로 옷을 벗고 태형관에게 감시인 대신으로 자기 몸을 맡기는 것이 사실은 훨씬 더 간단한 일이었다. 그러나 태형관은 아마 그렇게 대신으로 나서는 것을 받아들이지 않았을 것이다. 왜냐하면 그렇게 해야 조금도 이로울 것이 없을 뿐만 아니라 어디까지나 자기 의무를 소홀히 하는 것이기 때문이다. 또 K가 재판수속 중에 있는 한 손을 대지 못하게 되어 있기 때문에 사실은 이중으로 의무를 소홀히 하게 될지도 모르기 때문이다. 물론 이때에는 특별한 규정이 적용될 수도 있을 것이다. 하여튼 K는 그저 문을 닫을 수밖에 없었으나 그렇다고 해서 K가 모든 위기에서 벗어나는 것은 아니었다. 나중에 프란츠를 한 번 툭 친 것이 마음에 걸렸지만, 그것은 자기가 흥분한 탓이라고 하면 그대로 넘길 수도 있는 일이었다.

멀리서 사환들의 발걸음 소리가 들렸다. 그들의 눈에 띄지 않도록 문을 닫고 K는 중앙계단으로 갔다. 폐물창고에서 잠시 발걸음을 멈추고 귀를 기울였다. 그 남자는 감시인들을 때려죽였을지도 모른다. 사실 그들은 그 남자의 수중에 있었다. K는 손잡이로 손을 내밀려고 했으나 그만 다시 움츠리고 말았다. 이미 그는 그들 중에서 한 사람도 구할 수가 없었으며 게다가 사환들이 곧 달려올 것이 틀림없었다. 그러나 그는 이 사건을 다시 화제에 올려서 진범인, 다시 말하면 자기 눈앞에는 얼씬도 하지 않는 고관들을 힘닿는 대로 법에 따라 처단하리라고 단단히 마음먹었다. 은행 현관 계단을 내려가며 지나가는 사람들을 유심히 보았으나 그 넓은 광장에는 누구를 기다리는 듯한 처녀는 보이지 않았다. 약혼자가 기다리고 있다던 프란츠의 말은 어디까지나 동정을 사려고 한 거짓말인 모양인데 그쯤은 용서할 수 있으리라고 생각했다.

다음날에도 감시인들이, K의 머리에서 떠나지 않았다. 일을 하면서도 어수선하기만 하고 억지로 해치우려고 했던 까닭에 전날보다 조금 오래 사무실에 남아 있어야 했다. 돌아오는 길에 또 폐물창고 앞을 지나며 버릇이 된 것처럼 그 문을 열었다. 캄캄하리라고 생각했으나, 그때 눈에 띈 것을 도무지 이해할 수 없었다. 모든 것이 전날 밤에 문을 열었을 때 본 그대로였다. 바로 문지방 밑에 쌓여 있는 인쇄물이나 잉크병, 채찍을 손에 들고 있는 태형관, 여전히 홀랑 벗은 감시인들, 선반 위에 놓인 촛불, 그리고 감시인들은 탄식을 하며 이렇게 외쳤다.

"아, 여보시오!"

K는 곧 문을 닫고 좀 더 꼭 닫으려는 듯이 주먹으로 문을 두들겼다. 거의 울상을 하고 사환들한테로 달려갔다. 그들은 조용히 등사를 하다가 깜짝 놀라며 하던 일을 멈췄다.

"하여튼 폐물창고를 치워 주게!" 그는 외쳤다. "정말 먼지투성이야!"

사환들이 내일 청소를 하겠다고 말했던 까닭에 K는 머리를 끄덕였다. 이미 밤도 늦었기 때문에 자기 생각대로 무리하게 일을 시킬 수도 없었다. 사환들을 잠시 가까이 붙들어 두기 위해 조금 앉아서 등사한 종이를 몇 장 흐트러뜨려 등사한 것을 조사하는 것 같이 행동했으나, 사환들이 자기와 같이 가려고 하지 않는다는 것을 알고는 피로한 몸으로 허둥지둥 집으로 돌아갔다.

6 아저씨·레에니

어느 날 오후—바로 우편물 마감 전날이었기에 K는 몹시 분주했다—서류를 들고 들어오는 두 사환 사이를 헤치고 시골 소지주인 K의 아저씨 카알이 방으로 들어왔다. 그가 아저씨를 대하고도 놀라지 않은 까닭은 이미 그보다도 훨씬 전에 아저씨가 온다는 소식을 받고 매우 놀라 있었기 때문이다. 아저씨가 온다는 것을 벌써 한 달 전부터 K는 알고 있었다. 이미 그때 아저씨가 허리를 조금 굽히고, 왼손에는 납작하게 된 파나마 모자를 들고, 멀리서부터 오른손을 내밀고 도중에 있는 여러 가지 물건에 부딪치기도 하며 허둥지둥 서둘면서 책상 너머로 악수해 오는 모습이 K의 눈앞에 선했다. 아저씨는 항상 그렇게 바빴다. 언제나 하룻밤에 수도에 머물지 않으면서도, 그동안 계획하였던 일을 죄다 처리해야만 했을 뿐 아니라 게다가 가끔 있는 면회나 혹은 흥정이나 오락을 하나도 놓치지 않으려는 그런 엉뚱한 생각에 사로잡히기 때문이었다. 그럴 때 K는 무슨 일에서든, 옛날에 후견인으로서 자기를 돌봐준 아저씨의 편의를 보아 드려야 했다. K는 언제나 아저씨를 '시골에서 온 유령'이라고 불렀다.

인사가 끝나자 아저씨는 곧—K는 안락의자에 앉으라고 권했지만 아저씨는 그럴 여유조차 없었다—단둘이서 얘기를 나누자고 말했다.

"둘이서만 얘기할 필요가 있어." 아저씨는 괴로운 듯이 침을 삼키며 말했다. "그래야만 안심이 되니까."

K는 이내 아무도 안에 들여보내지 말라고 지시한 다음 사환들을 내보냈다.

"그런데 어떻게 된 일이냐, 요제프?" 두 사람만이 남게 되자 아저씨는 이렇게 외치고 책상 위에 앉더니, 좀 더 자리를 편하게 하기 위해서 여러 가지 서류를 들춰 보지도 않고 어물어물 엉덩이 밑으로 쓸어 넣었다. K는 아무 말도 없었다. 무슨 이야긴지 알기는 했지만 사무에 열중했던 긴장이 갑자기 풀리며 온몸이 노곤해져서 창문으로 맞은편 건물을 바라보고 있었다. 그의 자리에서는 자그마한 삼각지대와, 두 진열장 사이에 있는 아무것도 놓여지지 않은 벽이 약간 보일 뿐이었다.

"바깥만 바라보고 있구나!" 아저씨는 팔을 들며 이렇게 외쳤다. "제발 대답 좀 해봐, 요제프! 정말이야? 대체 그런 일이 있을 수 있어?"

"아저씨!" K는 이렇게 말하고 방심하고 있던 마음을 가다듬었다. "무슨 말씀이신지 모르겠는데요."

"요제프!" 아저씨는 마침 경고라도 하듯이 이렇게 말했다. "내가 아는 한 너는 언제나 사실대로 말했다. 그런데 지금 너의 말을 나쁜 징조라고 생각해도 좋으냐?"

"네, 무슨 말씀인지 알겠습니다." K는 솔직히 말했다. "틀림없이 제 소송에 대한 이야기를 들으셨군요."

"그래." 아저씨는 친절히 머리를 끄덕거리며 말했다. "나는 네 소송에 대해서 들었어."

"대체 누구한테서 들었지요?"

"에르나가 편지로 보내왔어." 아저씨는 말했다. "사실 그 애는 너와 아무런 교섭도 없고, 너는 너대로 그 애를 별로 생각지 않는 것은 섭섭한 일이지만, 어쨌든 그 애는 다 알고 있더군 그래. 사실 오늘 그 애의 편지를 받고 곧 이리로 왔지. 별다른 이유는 없었지만 그것만으로도 이유는 충분하니까.

그러면 너와 관계있는 부분만 읽을 테니 들어 보거라."

그는 종이봉투에서 편지를 꺼냈다.

"여기 있군. 자 이렇게 써 있구나. '오랫동안 요제프를 만나지 못했습니다. 지난번 주일에 한번 은행에 갔습니다만 요제프는 몹시 바빠서 볼 수 없었습니다. 거의 한 시간이나 기다리다가 피아노 연습이 있어서 집으로 돌아오고 말았습니다. 머지않아 기회가 올 것 같으니, 그때 그를 만날 생각입니다. 저의 축명일(祝名日)에 커다란 통으로 초콜릿을 보내왔습니다. 정말 반갑기도 했지만 무엇보다 남의 눈에 띄었어요. 그때 잊어버리고 그만 알려 드리지 못했습니다만, 물으시길래 지금에야 겨우 생각이 났습니다. 기숙사에서는 초콜릿을 보내 왔다는 소문이 퍼지자마자 곧 바닥이 나고 말았습니다. 그리고 요제프에 대해서 좀 더 알려드리겠습니다. 위에서도 말씀드렸지만 은행에서는 어떤 사람과 이야기를 하고 있었기 때문에 만나지 못했습니다. 잠시 동안 그냥 기다리다가 아직 말씀중이냐고 사환에게 물어보았어요. 그랬더니, 아마 그럴 거라면서 주임님에 대해서 일어난 소송문제 때문에 그런다는 이야기였습니다. 어떤 소송이냐, 잘못 안 것이 아니냐고 물어보았습니다만, '아니요, 잘못 알리가 있어요' 하며 소송도 매우 중대한 소송이지만 자기는 그 이상 알 수가 없다는 것이었습니다. 주임께서는 참 훌륭하고 정직한 분이기 때문에 어디까지나 도와드리고 싶었지만 어떻게 하면 좋을지 몰라서 그저 유력한 분들이 그의 뒤를 돌보아 주기를 바랄 뿐이다, 틀림없이 그렇게 되면 결국 원만한 결과를 맺게 되겠지만 주임님의 기분으로 미루어 본다면 지금까지는 어쩐지 그저 신통한 일이 없는 것 같다는 이야기였습니다. 물론 이 이야기는 그리 대단한 것은 아니라고 생각하면서도 그 순진한 사환의 마음을 안정시키기 위해서 다른 사람들에게는 말하지 말라고 타일렀습니다만, 모두 쓸데없는 이야기라고 생각했습니다. 그러나 아버지, 이번 이곳에 오시게 되면 잘 조사하시는 게 좋을 것 같습니다. 그래서 자세한 내용을 들어 보시고, 만일 필요할 경우 아버지의 유력한 친구들 힘을 빌린다면 그 사건을 수습하기가 그리 힘들 것 같지는 않습니다. 그러나 그렇게까지 할 필요는 없다 해도, 그렇게 되리라고 생각합니다만, 당신의 딸이 머지않아서 아버지의 품에 안길 수 있는 기회를 베풀어 주신다면 제 기쁨은 이에 더할 바 없겠습니다.'—참 똑똑하지."

편지를 다 읽고 난 아저씨는 이렇게 말하고 눈에서 찔끔거리는 눈물을 씻었다.

K는 머리를 끄덕거렸으나 얼마 동안 여러 가지 시끄러운 일 때문에 그만 에르나를 더욱이 그녀의 생일까지도 잊어버렸던 것이 생각났다. 초콜릿에 대한 이야기는 확실히 자기를 아저씨나 아주머니에게서 두둔해 주려는 생각에서 나온 말이었다. 정말 기특한 생각이었다. 사실 자기가 지금부터 어김없이 보내 주려고 했던 극장표로서는 도저히 그 신세를 갚을 수 없었지만, 그렇다고 해서 지금에야 기숙사로 찾아가서 열여덟 살의 어린 여학생과 이야기할 생각도 없었다.

"그래 어찌된 일이냐?" 그렇게 서둘며 흥분한 자신을 편지 때문에 잊어버리고 있던 아저씨는 이렇게 말하고 다시 한 번 편지를 읽는 것 같았다.

"네, 아저씨." K는 말했다. "사실 그렇습니다."

"사실이야?" 아저씨는 외쳤다. "사실이라니 대체 뭐냐? 그런 일이 있을 수 있니? 무슨 소송이냐? 설마 형사소송은 아니겠지?"

"형사소송입니다."

"그런데 너는 여기 이렇게 태연하게 앉아 있으면서, 그래, 네 목에는 형사소송이 걸려 있단 말이냐?" 아저씨의 목소리는 점점 높아졌다.

"태연할수록 그 결과는 좋을 겁니다." K는 피로한 듯이 말했다. "걱정 마세요."

"그러고야 어떻게 안심하겠어?" 아저씨는 외쳤다. "요제프, 이봐 요제프, 너나 친척이나 우리 집안을 생각해봐! 너는 지금까지 우리 집안의 명예였어, 앞으로도 집안의 수치가 되어서는 안 돼. 너의 태도는" 그는 이렇게 말하며 머리를 옆으로 기웃하고 K를 쳐다보았다. "네 태도가 마음에 들지 않아. 아직 힘을 잃지 않은 결백한 피고의 태도는 아니야. 자, 어서 말해 봐, 뭣 때문에 그래, 내가 너를 도와 줄 테니까. 물론 은행에 관한 일이겠지?"

"천만에요." K는 이렇게 말하고 자리에서 일어났다. "아저씨 목소리는 너무 커요. 사환들이 문 뒤에서 듣지 않습니까. 그건 참 불쾌한 일이에요. 차라리 밖으로 나가실까요. 밖으로 나가면 뭐든지 아저씨 질문에 대답하겠어요. 집안사람들한테도 사정을 설명할 책임이 있다는 것은 저도 잘 알고 있어요."

"그렇고말고!" 아저씨는 이렇게 외쳤다. "옳은 말이다. 자 어서, 요제프, 빨리 나가자."

"몇 가지 일러두어야 할 일이 있어요." K는 이렇게 말하고 전화로 대리를 부르자 대리는 곧 들어왔다. 흥분한 아저씨는 일부러 그러지 않아도 뻔한 일이었지만 당신을 부른 것은 이 남잡니다, 하고 대리를 보며 손으로 K를 가리켰다. K는 여러 가지 서류를 들추면서 자기가 없는 동안 오늘 중으로 처리해야 할 일을 나직한 목소리로 지시했다. 그 청년은 냉정하면서도 주의를 다해서 듣고 있었다. 물론 아저씨가 그 말을 듣고 있는 것은 아니었지만 무엇보다 우선 눈을 크게 뜨고 초조한 듯이 입술을 깨물며 옆에 서 있는 것이 괴로웠으며 그런 태도만 보아도 매우 기분에 거슬렸다. 아저씨는 방 안을 이리저리 거닐며 창문 앞이나 그림 앞에서 발걸음을 멈추고 "정말 알 수 없는 일이야. 대체 어떻게 되는 판이냐 말이야" 하며 이러쿵저러쿵 혼자서 그냥 외치고 있었다. 그 젊은 남자는 그런 말은 들리지도 않는다는 듯이 K가 부탁하는 일을 처음부터 끝까지 차근차근 들으며 몇 가지 적기도 하고는 K와 아저씨에게 인사를 하고 나갔다. 그때 아저씨는 그 남자에게 등을 돌리고 창문 밖을 바라보며 두 손을 내밀어 커튼을 구깃구깃하게 주물럭거리고 있었다. 문이 닫히자마자 아저씨는 이렇게 외쳤다.

"자, 인형 같은 그자가 나갔으니 이제 우리도 나가자. 자, 그만 나가!"

홀에는 은행원과 사환 몇 명이 여기저기 서 있고 마침 지점장 대리가 지나갔기 때문에 소송에 대한 아저씨의 질문을 가로막을 도리가 없었다.

"그런데, 요제프." 아저씨는 그 부근에 서 있던 사람들의 인사에 가볍게 답례를 하며 말했다. "솔직히 말해 봐, 어떤 소송이냐."

K는 입 속으로 우물거리며 웃음까지 조금 띠어 보이고 계단까지 왔을 때 비로소 사람들 앞에서 내놓고 말하고 싶지 않다고 아저씨에게 설명했다.

"그것도 그렇지만" 아저씨는 말했다. "이만하면 말해도 괜찮아."

머리를 갸웃하고 담배를 연거푸 뻑뻑 빨아들이면서 아저씨는 귀를 기울이고 있었다.

"하여튼, 아저씨" K는 말했다. "보통 재판소의 소송이 아닙니다."

"그럼 안 되지."

"어째서요?" K는 이렇게 묻고 아저씨를 뚫어지게 바라보았다.

"그럼 안 된단 말이야." 아저씨는 같은 말을 반복했다.

두 사람은 거리로 통하는 현관 계단에 서 있었다. 수위가 귀를 기울이고 있는 것 같았기 때문에 K는 아저씨를 끌어내렸다. 많은 사람들이 오가는 거리로 그들은 들어섰다. K의 팔을 붙잡고 걸어가던 아저씨는 더 이상 소송에 대해서 서둘러 묻지 않았으며, 잠시 동안 그들은 아무 말도 없이 앞으로 걸어갔다.

"그런데 무슨 일이 생겼어?" 드디어 아저씨가 물으며 갑자기 발걸음을 멈추었던 까닭에 그 뒤에서 걸어오던 사람들은 흠칫하며 그를 피했다.

"왜 그렇다는 편지라도 한 장 못 보내? 하여튼 그런 일은 갑자기 터지는 것이 아니라 오래 전부터 천천히 일어나니까 그러한 징조도 있었을 텐데. 너도 알다시피 나는 너를 위해서라면 무슨 일이든지 해왔고, 사실 지금도 너의 후견인이라고 할 수 있으며, 오늘날까지 그것을 자랑으로 삼아왔다. 물론 지금도 너를 도와줄 생각이지만 이미 소송이 시작되었으면 조금 힘들지도 몰라. 하여튼 여기서 얼마 동안 휴가를 받아 가지고 우리 시골로 가는 게 좋겠다. 지금 보니 말이지, 너 얼굴이 좀 상했구나. 시골에서 기운을 차리게 될 테니까 그렇게 해라. 무엇보다도 앞으로 여러 가지 시끄러운 일이 많을 테니까. 그리고 시골로 가면 어느 정도 재판을 피할 수 있지만, 여기서는 여러 가지 권력과 수단이 있어서 자동적으로 너한테도 반드시 적용될 게야. 그러나 시골에 가 있으면 기껏해야 기관에 있는 사람들을 파견하거나, 그렇지 않으면 그저 편지나 전보나 전화로 너에게 간섭을 하지 그밖에 별 수 있어? 물론 그렇게 되면 별로 효과는 없고 사실 너를 완전히 구할 수는 없어도 그저 숨만이라도 돌릴 수는 있지 않겠냐."

"여기서 떠나는 것을 금할지도 모르지요."

아저씨의 이야기에 조금 귀가 솔깃한 K는 이렇게 대답했다.

"그런 일이 있으리라고는 생각하지 않는데." 아저씨는 조금 생각에 잠기면서 말했다. "네가 여행을 떠났다고 해서 권력 있는 그들에게 무슨 큰 지장이 있을라구."

"아저씨께서는 이 사건을 대수롭지 않게 여기시리라고 생각했는데 도리어 저보다 훨씬 심각하게 생각하시는 것 같군요." K는 이렇게 말하고 아저씨의 발걸음을 재촉하듯이 팔을 붙잡았다.

"요제프!" 아저씨는 외치며 발걸음을 멈출 수 있도록 K를 뿌리치려고 했으나 K는 그를 놓지 않았다. "너는 참 이상하다. 지금까진 무슨 일이나 올바르게 생각하더니, 이제 그럴 힘이 없단 말이냐? 그러면 소송에 져도 좋으냐? 그렇게 되면 어떻게 된다는 것쯤은 알겠지? 그러면 너는 그만 끝장나고 마는 거야. 친척들까지도 모두 휩쓸리지 않으면 적어도 크게 수치를 당하게 되는 거야. 요제프, 정신을 차려. 너의 그 무심한 태도는 도무지 알 수가 없단 말이야. 너의 표정을 보면 '지는 소송 어디 가서 못하랴' 하는 것 같구나."

"아저씨" K는 말했다. "공연히 흥분하지 마세요. 아저씨는 흥분하고 계세요. 저도 그럴지 모르지만요. 흥분해서는 소송에 이길 수 없어요. 아저씨의 경험은 언제나 저를 놀라게 하며 지금도 저는 그것을 소중히 생각하지만, 저의 실제적인 경험도 조금 인정해 주세요. 소송 때문에 가족들한테까지 괴로움을 끼칠 것이라고 아저씨는 방금 말씀하셨는데, 저로서는 그런 말씀은 도무지 이해할 수가 없어요. 하지만 그건 다른 문제니까 그만두겠습니다. 아저씨 말씀이라면 무엇이든 기꺼이 따르겠어요. 하지만 시골에 머문다는 것만은, 아무리 아저씨께서는 그렇게 생각해도, 이로울 것 같지 않아요. 그렇게 하면 도망친 것이 되고 죄를 스스로 인정하는 셈이 되니까요. 그리고 여기 있으면 시끄럽게 따라다니겠지만 한편 저대로 좀 더 그 사건을 처리할 수 있을 겁니다."

"그건 그렇지." 아저씨는 그때서야 서로 뜻이 조금 통한다는 듯한 어조로 이렇게 말했다. "내가 지금 그런 말을 한 것은 그저 네가 여기 있으면 너의 무관심한 태도로 사건이 더욱 시끄러워질 것 같기도 하고, 내가 네 대신으로 그 사건을 처리하면 도리어 낫겠다고 생각했기 때문이다. 하지만 만일 네 자신이 힘을 다해서 그 사건을 처리할 생각이라면, 그야 그편이 훨씬 더 낫겠지."

"그러시면 이 점에서는 저와 의견이 같으신 겁니다." K는 말했다. "그런데 우선 제가 해야 할 일에 대해서 무슨 다른 의견은 없으세요?"

"그야 사건을 좀 더 충분히 생각해 봐야지." 아저씨는 말했다. "너도 짐작하겠지만 나는 이미 20년 동안이나 시골에 파묻혀 있었기 때문에 이런 방면에는 여간 어둡지 않단 말이야. 그래서 사실 거기 있으면서 모든 사정에 좀 더 밝은 사람들과 여러 가지 필요한 관계가 자연스레 그만 멀어지게 되고, 너도 알지만 나는 시골에서 남들과 그리 어울리지를 못했어. 사실 이런 사건에 부닥쳐 보니까 비로소 나도 짐작이 가는군그래. 이상하게도 에르나의 편지를 읽은 뒤 곧 그런 느낌이 있었고, 오늘 너의 얼굴을 대했을 때도 어느 정도 짐작이 가기는 했지만, 너의 이 사건만은 조금 의외였다. 그러나 그런 건 아무래도 좋아. 그저 지금 가장 중요한 것은 때를 놓치지 않아야 한단 말이야."

이렇게 말하며 아저씨는 어느덧 발꿈치를 들고서 자동차 한 대를 부르더니 운전사에게 행방을 알리고 K를 차 안으로 끌어들였다.

"저, 훌트 변호사한테로 가주시오." 그는 말했다. "그 사람은 내 동창이야. 너도 이름은 알겠지? 모르겠어? 그 사람을 모르다니. 가난한 사람을 변호하는 변호사로서 참 유명한 사람이다. 하지만 나는 무엇보다 그의 인간성이 더욱 믿음직하단 말이야."

"아저씨가 하시는 일이라면 뭐든지 좋습니다." K는 이렇게 말했지만 실은 너무나 급히 서둘며 사건을 취급하는 태도가 어쩐지 기분에 맞지 않았다. 피고로서 빈민을 상대로 하는 변호사를 찾아간다는 것은 그리 달가운 일은 아니었다.

"이런 사건에 변호사까지 댈 줄은 몰랐어요." K는 말했다.

"당연하지 무슨 소리냐." 아저씨는 말했다. "뻔한 일이지. 왜 못 대? 그런데 사건을 자세히 알 수 있도록 지금까지 일어난 일을 좀 말해 봐."

K는 곧 이야기를 시작했는데 조금도 숨기지는 않았다. 어디까지나 솔직한 그의 태도는 소송이 대단한 수치라는 아저씨의 의견에 대한 유일한 항거이기도 했다. 뷔르스트너 양의 이름은 그저 어쩌다가 한 번 입에 담았지만 그것이 그 솔직한 태도를 더럽히는 것은 아니었다. 왜냐하면 뷔르스트너 양은 소송과는 아무 관계도 없었기 때문이다. 말을 하면서 창밖을 내다보니 자기들이 바로 재판소 사무실이 있는 그 교외로 가까이 가고 있다는 것을 깨달았다. 아저씨에게 그 사실을 알렸으나, 아저씨는 그런 우연의 일치에 별로 놀라지도 않았다. 차는 어떤 컴컴한 집 앞에서 섰다. 아저씨는 아래층 첫째 방문에서 벨을 눌렀다. 기다리는 동안 그는 커다란 이빨을 드러내 놓고 웃으며 이렇게 속삭였다.

"8시라, 소송문제로 찾아오기에는 조금 적절치 않은 시간인데. 그렇다고 훌트가 오해하지는 않겠지."

그때 문에 달린 자그마한 창 구멍에 두 개의 커다란 검은 눈동자가 나타나 잠시 동안 그 두 손님을 빤히 바라보더니 그만 자취를 감추었다. 그러나 문은 열리지 않았다. 아저씨와 K는 두 개의 눈을 보았다는 사실을 서로 확인했다.

"새로 들어온 하녀라 낯선 사람이 무서운 모양인데."

아저씨는 이렇게 말하고 다시 한 번 문을 두들겼다. 또다시 두 눈이 나타 났지만 이번에는 어쩐지 우울한 표정을 띠고 있었다. 아마 그것은 그저 두 사람의 머리 위에서 시끄럽게 질질 소리를 내며 타고 있는 등잔불이 희미한 탓으로 느낀 착각인지도 모른다.

"문 열어." 아저씨는 외치며 주먹으로 문을 두들겼다. "우린 변호사 친구야."

"변호사님은 편찮으신데요." 그들 뒤에서 속삭이는 소리가 들렸다. 좁은 복도 저쪽 구석에 있는 문에 잠옷을 입은 어떤 신사가 서서 매우 나직한 목소리로 이렇게 알려 주었다. 이미 오랫동안 기다리느라 화가 난 아저씨는 홱 돌아서며 이렇게 외쳤다.

"편찮아요? 그 남자가 아프단 말씀이지요?"

그러더니 마치 그 신사가 병균을 지니고 있기나 하듯 약간 위협적인 태도를 보이며 그 남자한테로 가까이 걸어갔다.

"벌써 문은 열렸습니다." 그 신사는 변호사 방문을 가리키더니 잠옷 깃을 여미며 자취를 감추고 말았다. 문은 정말 열려 있었으며 어떤 젊은 처녀가 —K는 검고 조금 튀어나온 그 눈을 다시 알아보았다—기다랗고 하얀 앞치마를 입고 응접실에 서서 촛불을 들고 있었다.

"이 다음에는 좀 빨리 열어 주시오."

아저씨는 인사 대신에 이렇게 말했지만 그 처녀는 조금 무릎을 굽히며 인사를 했다.

"이리 와, 요제프." 천천히 처녀의 옆을 지나가는 K를 보고 아저씨가 말했다.

"변호사님은 편찮으신데요." 아저씨가 발걸음을 옮기며 문으로 다가가자 처녀는 말했다.

K는 그때까지도 멍청하니 처녀를 바라보고 있었지만 그 여자는 돌아서서 방문을 닫으러 갔다. 인형같이 동그란 얼굴에 파리한 뺨과 이마도 동그스름했다.

"요제프!" 아저씨는 또 소리를 지르더니 그 처녀를 보고 물었다.

"심장병인가?"

"아마 그런 것 같아요." 처녀는 이렇게 말하고 촛불을 들고 앞장을 서서 방문을 열었다.

그때까지 촛불 빛을 받지 못한 방 한쪽 구석에 놓인 침대에서 수염이 꺼칠한 얼굴이 나타났다.

"레에니, 누가 왔나?" 촛불에 눈이 부셔서 손님을 분간치 못한 변호사는 이렇게 물었다.

"알베르트야. 옛날 친구일세." 아저씨는 말했다.

"아, 알베르트." 변호사는 이렇게 말하더니 이 손님에 대해서는 별로 체면을 차릴 필요가 없다는 듯이 이불 위에 털썩 몸을 뉘었다.

"정말 그렇게 아픈가?" 아저씨는 침대가에 앉았다. "나는 그렇게 생각하지 않네. 심장병이야, 전에도 그랬지만 곧 낫겠지."

"글쎄." 변호사는 나직이 말했다. "그러나 이번에는 전보다 훨씬 좋지 못해. 숨이 가쁘고 도무지 잠을 못 자니까 날로 더 약해진단 말이야."

"그래." 아저씨는 커다란 손으로 무릎에 놓은 파나마 모자를 꾹 쥐었다. "그거 참 안됐네. 그런데 제대로 몸조리는 했나? 이 방은 너무 침침하고 어두운데. 여기 온 지가 벌써 오래되었지만 그때는 좀 더 명랑한 것 같았는데. 그리고 여기 있는 어린 여자도 새침해서 명랑한 빛이 없는 것 같군그래."

그 처녀는 그때까지도 그냥 촛불을 들고 문 옆에 서 있었다. 그녀의 시선은 불안했지만, 아저씨가 지금 자기에 대한 이야기를 하고 있으니까 그쪽을 볼 것 같은데도 아저씨보다는 K를 바라보고 있었다. K는 그 처녀 옆으로 밀어 놓은 의자에 기대고 있었다.

"나같이 몸이 좋지 않으면" 변호사는 말했다. "안정이 필요해. 그렇다고 별로 우울한 것은 아니야." 잠시 뒤에 그는 다시 이야기를 계속했다.

"그리고 레에니는 나를 잘 간호해 주니까. 참 얌전하지."

그러나 아저씨는 그 말을 그대로 받아들이지 못하고 분명히 그 여자에게 편견을 갖고 있는 것 같았다. 환자한테는 아무 말도 없었지만 아저씨는 그녀가 침대로 가서 조그마한 야간용 책상 위에 촛불을 놓고 환자에게 몸을 굽히고 이불을 바로 하며 환자와 나직한 목소리로 말하는 것을 냉정한 시선으로 노려보았다. 환자에 대한 생각은 별로 없이 아저씨가 자리에서 일어서서 여자의 뒤를 이리저리 따라다니다가 뒤에서 그녀의 웃옷을 붙잡고 침대에서 끌어낸다 해도 K로서는 별로 이상할 것이 없을 듯싶었다. K 자신은 매우 태연하게 그들을 대하며 변호사의 병환을 어디까지나 당연한 것으로 생각했다. 아저씨가 자기 사건에 대해서 베푼 거역할 수 없는 열성을 별로 애를 쓰지도 않고 다른 데로 돌릴 수 있다는 것이 K는 무엇보다 반가웠다. 그때 아저씨가 말했다. "이봐, 아가씨. 잠시 나갈 수 없을까? 친구하고 개인적으로 할 이야기가 있는데." 이는 사실 그 여자를 모욕하려는 생각에서 나온 말이었다. 아직 환자 위로 쑥 몸을 굽히고 벽에 닿은 이불을 펴면서 여자는 얼굴만 돌리고 어디까지나 태연한 태도로 말했다. "보시다시피 이렇게 몹시 편찮으신데 말씀하실 수 없지 않아요?" 그것은 홧김에 그만 막힐 것 같으면서도 다시 흘러나오는 아저씨의 이야기와는 너무나 현저한 대조를 이루고 있었다.

여자는 아저씨의 이야기에 그저 대꾸한 데 지나지 않았지만, 하여튼 그 말은 제삼자가 들어도 조롱하듯이 들렸기 때문에 사실 아저씨는 무엇에 찔리기나 한 듯이 흠칫 자리에서 일어났다.

"뭣이 어째!" 흥분한 탓에 목소리를 떨며 더구나 분명히 알아들을 수 없는 어조로 아저씨는 말했다. 결국 그렇게 되리라고 생각했던 K는 깜짝 놀라며 두 손으로 그의 입을 막으려는 생각에서 아저씨한테로 달려갔다. 그러나 때마침 처녀 뒤에서 환자가 몸을 일으켰기 때문에, 아저씨는 마치 무슨 꺼림칙한 것이나 삼킨 듯이 쓰디쓴 얼굴을 했지만 다시 한결 태연한 태도로 말했다.

"난 아직 이성을 잃지 않았어. 불가능한 일이라면 구태여 요구하지도 않아. 그러니까 아가씨, 그만 좀 나갈 수 없을까?"

여자는 침대 옆에 딱 버티고 서서 아저씨를 정면으로 마주하며 한쪽 손으로 변호사의 손을 어루만지는 것을 K도 본 것 같이 생각되었다.

"아니, 레에니 앞에서 못할 말이 뭐야?" 솔직히 애원하는 듯한 어조로 환자는 말했다.

"내 일이 아니야." 아저씨는 말했다. "내 비밀이 아니란 말야."

그리고 그는 더는 이러쿵저러쿵 이야기할 필요가 없고 잠시 생각할 여유를 주려는 듯이 몸을 돌리고 말았다.

"그러면 대체 누구 일이지?" 가라앉은 목소리로 변호사는 묻더니 또 몸을 뉘었다.

"내 조카를" 아저씨는 말했다. "같이 데리고 왔어." 그리고 그는 '은행 업무주임 요제프 K'라고 소개했다.

"오오." 환자는 훨씬 생기 있게 말하며 K한테로 손을 내밀었다. "미안합니다. 조금도 몰랐어요. 레에니, 나가 있어요, 응?" 여자에게 말하자 그 여자도 더 이상 거역치 않았지만 환자는 마치 오랫동안 작별이라도 하듯이 그 여자한테 손을 내밀었다.

"그러면 자네는" 아저씨가 기분이 풀려서 가까이 가자 변호사는 아저씨에게 이렇게 말했다. "문안을 온 것이 아니라 일이 있어서 왔군."

병문안을 왔다는 생각에 그때까지 우울했다가 그 이야기를 듣자 기운을 차린 듯 변호사는 꽤 괴로운 일임에도 불구하고 한쪽 팔꿈치를 세운 채 많은 수염 가운데서 몇 오라기를 쥐어뜯고 있었다.

"그 마귀 같은 여자가 나간 다음부터" 아저씨는 말했다. "자네는 훨씬 건강해 보이는데."

여기서 그는 이야기를 끊고 이렇게 속삭였다.

"틀림없이 엿듣고 있을 거야!"

그리고 문으로 달려갔으나 문 뒤에는 아무도 없었다. 그래서 다시 돌아왔지만, 그 여자가 엿듣지 않았다는 것이 아저씨에게는 더욱 꺼림칙하게 생각되었던 까닭에 조금도 실망하지는 않았으나 확실히 기분이 좋지 못했다.

"자네는 그 애를 오해하고 있어." 변호사는 말했지만 더 이상 여자를 두둔하려고 하지는 않았다. 아마 그렇게 말함으로써 그 처녀를 두둔할 필요가 없다는 것을 나타내려고 했는지도 모른다. 그러곤 훨씬 더 관심이 있는 듯한 어조로 이야기를 계속했다.

"자네 조카의 일 말일세. 만일 어려운 문제를 대할 기운이 있으면 그야 나도 행복한 일이겠으나 그저 그만한 힘이 있을지 걱정인데. 하여튼 무슨 일이든지 해보지도 않고 내던지고 싶지는 않아. 만일 나만으로 부족하면 다른 사람한테라도 부탁할 수 있으니까. 솔직히 말해서 이 사건은 매우 흥미가 있으니까 딱 손을 떼고 싶지 않단 말이야. 만일 내 심장이 이 일을 견뎌내지 못한다면 일하다가 쓰러지는 보람이라도 있겠지."

K는 이 이야기를 도무지 이해할 수 없다고 생각하며 설명을 구하려고 아저씨의 얼굴을 보았지만, 아저씨는 촛불을 손에 들고 야간용 책상 위에 앉아서 약병을 마루에 깐 융단 위에 굴리기도 하고, 변호사의 말에는 무엇이든 머리를 끄덕이고 동의를 하면서 때때로 K한테도 역시 동의를 재촉하는 듯이 그의 얼굴을 살폈다. 혹시나 아저씨는 벌써 소송에 대해서 미리 변호사에게 말했던 것일까? 그러나 그런 일이 있을 수 없다는 것은 지금까지 여기서 일어난 일이 무엇보다 그것을 반증하고 있었다. 그래서 그는 이렇게 말했다.

"무슨 말씀인지 모르겠는데요…… ?"

"그래, 내가 오해했다는 말씀이신가?" 변호사도 K와 같이 놀라며 당황해서 물었다.

"내 말이 너무 지나쳤나 보군요. 그런데 모르겠다니, 나는 당신의 소송문제라고 생각하는데."

"물론 그렇지." 이렇게 말하더니 아저씨는 K한테 물었다. "대체 어쩔 셈이냐?"

"그렇기는 합니다만 대체 저와 제 소송에 대한 말을 어디서 들었습니까?" K는 물었다.

"아 그거요." 변호사는 미소 지으며 말했다. "나는 변호사 아닙니까. 그래서 재판소 사람들과 교제하는 게 당연하고. 그러다 보면 소송에 대해 얘기하게 되는데, 이건 눈에 띄는 소송인 데다 무엇보다 친구의 조카분에 대한 일이라 기억하고 있습니다. 그게 이상할 건 없지요."

"대체 어쩔 셈이냐?" 아저씨는 다시 한 번 물었다. "너의 태도는 참 불안해."

"당신은 재판소 사람들과 교제를 하시지요?" K는 물었다.

"그렇습니다."

"너는 어린애 같은 말을 묻고 있구나." 아저씨는 말했다.

"자기와 같은 길로 나가는 사람들과 교제를 하지 않고 대체 어떤 사람과 하겠어요?" 변호사는 이야기를 계속했다. 그 말은 부인할 수 없었기 때문에

K는 아무 대꾸도 없었다.

'그런데 당신은 대법원에서 재판할 때 일하지 댁의 지붕 밑에서 일하지는 않으시겠지요?' K는 이렇게 내뱉으려고 했으나 그런 말을 입 밖에 낼 수는 없었다.

"하여튼 알아 둘 필요가 있지만" 빤한 일을 덧붙여 쓸데없이 설명이라도 하는 듯한 어조로 변호사는 말을 계속했다. "알아 둘 필요가 있지만, 이러한 교제를 통해서 변호를 의뢰하는 사람들에게 여러 가지 이로운 점을 알아낼 수 있으니까요. 무엇보다 이런 이야기가 퍼지면 곤란하지만 사실 여러 가지 점에서 그렇습니다. 물론 저는 지금 자리에 누워 있기 때문에 조금 마음대로 되지 않는 일도 있지만, 재판소의 친한 친구들이 문병을 왔기에 몇 가지 알았습니다. 아마 건강한 몸으로 하루 종일 재판소에서 보내는 사람들보다도 더 많이 알겁니다. 말하자면 바로 지금도 반가운 손님이 와 있으니까요." 이렇게 말하고 그는 컴컴한 방 한쪽 구석을 가리켰다.

"대체 어디 있지요?" K는 놀라 당황스럽게 물어보았다. 그는 어물어물 주위를 둘러보았다. 희미한 촛불 빛이 맞은편 벽까지는 도저히 밝히지 못했다. 그런데 그 구석에서 뭔가 움직이기 시작했다. 그때 아저씨가 높이 올린 촛불 빛을 받으며 거기 있던 자그마한 책상 옆에 어떤 중년 신사가 앉아 있었다. 그처럼 오랫동안 그 남자가 있다는 사실을 깨닫지 못한 것은 그가 조금도 숨을 쉬지 않은 탓인지도 모른다. 자기에게 주의가 쏠리게 되었다는 데 대해서 확실히 불만을 느낀 듯이 그 남자는 무거운 몸을 일으켰다. 짧은 날개처럼 두 손을 흔들며 소개나 인사는 일체 거절하려는 것 같았으며, 자기가 끼어서 남을 괴롭히고 싶지 않으니 어디까지나 그저 자기를 잊어 어둠 속에 내버려 둬 달라고 애원하는 것 같았다. 그러나 이렇게 된 이상 그럴 수도 없는 일이었다.

"사실 정말 놀랐어요." 변호사는 설명이라도 하려는 듯한 어조로 말하면서 가까이 오라고 재촉하며 그 신사에게 눈짓을 했다. 그 남자는 주저하는 듯 천천히 주위를 살피며 어느 정도 자기대로 체면을 세우면서 가까이 걸어왔다. "사무국장님, 아, 그렇지 참, 아직 소개를 못했군요. 이분은 제 친구인 알베르트 K씨, 여기는 조카분이신 업무주임 요제프 K씨, 그리고 이쪽은 사무국장님이십니다. 그런데 사무국장님께서는 모처럼 이렇게 찾아 주셨습니다. 그게 얼마나 고마운 일인지는 사실 이분이 얼마나 바쁘신지를 아는 사람만이 알 수 있습니다. 그럼에도 불구하고 지금 이 양반이 이렇게 찾아 주셨기 때문에 저의 약한 몸이 허락하는 한 저희는 정답게 이야기를 했습니다. 손님이 오면 거절하라고 레에니에게 이르지는 않았지만 저희끼리만 이야기를 하려고 했어요. 그런데 자네가 주먹으로 문을 두드리지 않았겠나, 알베르트. 그래서 사무국장님께서는 책상과 의자를 들고 구석으로 자리를 옮기셨단 말이야. 그러나 이렇게 되었으니 이 사건에 대해서 다같이 이야기하길 원한다면 자리를 함께 하도록 하지요. 그렇게 되면 확실히 또 서로 가까워질 수도 있을 겁니다. 자, 그러면 사무국장님." 변호사는 비굴한 웃음을 띠며 이렇게 말하고 침대 옆에 있는 안락의자를 가리켰다.

"죄송합니다만 그렇게 오래 앉아 있을 수는 없습니다." 사무국장은 정답게 이렇게 말하고 털썩 의자에 앉아서 시계를 보았다. "일이 너무 밀려서. 하여튼 저는 제 친구의 친구분을 대할 수 있는 기회를 놓치고 싶지는 않아요."

그는 머리를 약간 아저씨한테로 숙였다. 아저씨는 이 새로운 친구에 대해서 매우 만족하는 듯하면서, 전에도 그랬지만 경의를 표하지 못하고 당황한 듯이 너털웃음을 웃으며 사무국장의 말에 비위를 맞추었다. 얼마나 아니꼬운 꼴이냐! K는 모든 것을 태연히 바라볼 수 있었다. 왜냐하면 아무도 그에게 관심을 두는 사람이 없었기 때문이다. 사무국장은 그의 습관인지는 몰라도 한번 끌려 들어가면 어디까지나 그 화제를 이끌어 나갔으며, 변호사는 변호사대로 처음에 몸이 약하다고 말한 것은 새로운 손님을 쫓아 보내려는 속셈이었던지 손을 귀에 대고 유심히 듣고 있었다. 아저씨는 촛불을 들고—그는 허벅다리 위에 촛불을 놓고 쓰러지지 않도록 했지만 변호사는 때때로 염려되는 듯이 힐끔힐끔 쳐다보았다—곧 당황했던 기분을 잊어버리고 사무국장의 말투나 그 말에 따라 가볍게 파도처럼 흔드는 손짓에 그만 마음이 끌려 있었다. 침대철주에 기대고 있던 K는 어쩐지 사무국장에게 고의적인 무시를 당한 듯이 늙은 신사들의 이야기에 그저 귀만 기울이고 있었다. 그러나 도대체 무슨 이야긴지 알 수 없었다. 그래서 그는 간호사나 또는 그 여자가 아저씨한테 받은 그 사나운 대우를 생각하기도 하고, 때때로 사무국장이라는 사람을 전에 한 번 본 적이 없는지 또는 자기가 첫 심문을 당할 때 그 군중 가운데서 보지나 않았는지 생각했다. 잘못 보았는지는 모르나 이 사무국장은 그때 맨 앞줄에 서 있는 사람들, 다시 말하면 수염을 날리던 노인들 사이에 끼어 있던 것 같이 생각되었다.

그때 응접실에서 접시가 깨지는 듯한 소리가 들렸기 때문에 그들은 모두 귀를 기울였다.

"무슨 일인지 제가 알아보지요." K는 다른 사람들에게 자기를 붙잡을 기회라도 주려는 듯이 천천히 나갔다. 응접실로 들어가서 어둠 속에서 방향을 분간하려고 하자마자 문을 붙잡고 있던 자기 손에 훨씬 자그마한 손이 놓이더니 조용히 문을 닫았다. 여기서 기다리고 있던 것은 그 여자였다.

"아무것도 아니에요." 그 여자는 속삭였다. "당신을 이리로 끌어내리려고 그저 접시를 한 개 벽에다 던진 것뿐이에요."

K는 어물어물 이렇게 말했다.

"저도 당신을 생각했어요."

"그러면 더욱 좋군요." 여자는 말했다.

"이리 오세요."

조금 걸어가자 그들은 흐린 유리가 박힌 문에 이르렀다. 여자는 K의 앞에서 그 문을 열었다.

"자 들어오세요." 그녀가 말했다. 틀림없이 그것은 변호사의 연구실이었다. 세 개의 커다란 창문으로 흘러들어와 각각 마루 위에 자그마한 사각형으로 비치는 달빛을 빌어 보건대 그 방은 묵직하고 낡은 가구들로 장식되어 있었다.

"이쪽이에요." 여자는 기슭에 나무 장식이 달린 검은 궤짝을 가리켰다. 그위에 앉으며 K가 방 안을 둘러보니 천장이 높은 커다란 방이었다. 빈민을 상대로 한다는 이 변호사의 의뢰인들이 이 방에 들어와 보면 사실 정신을 차리지 못할 것이다. K는 손님들이 커다란 그 탁자 앞으로 걸어가는 짧은 발걸음이 눈앞에 보이는 것 같았다. 그러나 어느덧 그런 일은 잊어버리고, 그의 옆에 바싹 다가앉아서 그를 궤짝 옆에 놓인 의자로 슬며시 밀고 있는 여자에게 그만 정신이 팔렸다.

"제가 부르지 않아도 당신이 혼자서 오시리라고 저는 생각했어요." 그 여자는 말했다. "그런데 참 이상했어요. 방에 들어오면서부터 저를 뚫어지게 쳐다보시고는 기다리게 하는 법이 어디 있어요? 하여튼 저는 레에니라고 불러 주세요, 네?" 그 여자는 단숨에 내뱉듯이 이렇게 말했는데 잠시라도 이야기를 하지 않고는 견딜 수 없는 것 같았다.

"좋습니다." K는 말했다. "그런데 제가 이상했다고 하지만, 레에니 양, 그것은 간단히 설명할 수 있어요. 우선 노인들의 이야기를 들어야만 했기 때문에 아무 이유도 없이 나올 수 없었고, 둘째로 저는 뻔뻔한 사람이 아니라 도리어 수줍어하는 편이어서, 레에니 양, 당신이 대번에 저를 따르리라고는 생각지 못했어요."

"그렇지 않아요." 레에니는 팔을 의자에 걸치고 K를 바라보았다. "그보다도 저 같은 게 당신 마음에 들지 않았을 거예요. 지금도 그럴 거고요."

"마음에 든다고 해서 대단할 것은 없지만." 대답을 회피하려는 듯이 K는 이렇게 말했다.

"어머나!" 그 여자는 미소를 지으며 말했다. 사실 그 여자는 K의 이야기와 자기의 가냘픈 부르짖음에서 어느 정도 우월감을 느꼈다. 그래서 K는 잠시 동안 아무 말도 하지 않았다. 어두컴컴한 방이 어느덧 눈에 익었기 때문에 방 안에 꾸며진 자잘한 부분까지 모두 분간할 수가 있었다. 무엇보다 문 오른편에 걸려 있는 커다란 그림 한 장이 그의 눈에 띄어서 그것을 좀 더 자세히 보려고 앞으로 몸을 굽혔다. 그것은 판사복을 입은 어떤 남자를 그린 그림이었다. 그는 왕자같이 높다란 의자에 앉아 있었으며, 그 의자의 금빛은 그 그림 가운데서 무엇보다 두드러졌다. 특히 이상한 점은 이 판사가 위엄을 보이며 태연하게 앉아 있는 것이 아니라, 왼팔을 의자의 뒤쪽과 옆쪽에 꼭 붙이고 오른팔은 어디까지나 자유스럽게 두어 그저 손끝으로 한쪽 귀퉁이를 붙잡고 있으며, 다음 순간에는 화를 내면서 사나운 태도로 벌떡 일어나 무슨 결정적인 이야기를 하든지 그렇지 않으면 판결이라도 내릴 것 같이 보이는 점이었다. 확실히 피고는 계단 밑에 있다고 생각할 수 있었으며 누런 융단이 깔려 있는 계단 맨 위층계까지 그림에 나타나 있었다.

"아마 저건 내 재판관인 모양이지?" K는 이렇게 말하고 손가락으로 그 그림을 가리켰다.

"저 사람은 저도 잘 알아요." 레에니 역시 그 그림을 쳐다보았다. "이따금 여기에 오는 걸요. 이 그림은 젊었을 때 것이라고 하지만 그 사람은 조금도 이 그림과 같았을 성싶지 않아요. 하여튼 그 사람은 정말 몸집이 작으니까요. 그래도 여기서는 모두가 쓸데없이 저만 잘났다고 하니까, 아마 이 그림에서도 치수를 늘였을 거예요. 그런데 제 자신을 자부하는 저로서도 당신이 마음에 들지 않는다고 하니 참 섭섭해요."

그 여자의 마지막 말에 대한 대답 대신에 K는 그저 레에니를 와락 끌어당겨 으스러지게 안았다. 그 여자는 조용히 그의 가슴에 머리를 기대고 있었다.

"어떤 지위에 있는 사람이지요?"

"예심판사예요." 레에니는 자기를 끌어안고 있는 K의 손을 쥐고 손가락을 만지작거리고 있었다.

"겨우 또 예심판사야?" K는 실망한 듯이 말했다. "고관들은 숨어 있는 모양이지. 그래도 이 사람은 왕좌 같은 의자에 앉아 있는데."

"모두 조작이에요." 레에니는 K의 손 위로 얼굴을 숙이며 말했다. "사실은 부엌 의자 위에 낡은 말안장에 덮는 담요를 씌우고 앉은 거예요. 그런데 언제나 그렇게 소송에 대한 생각이 머리에서 떠나질 않나요?" 레에니는 천천히 이야기를 계속했다.

"아니 천만에요." K는 말했다. "사실은 너무 생각하지 않아서 걱정이지요."

"그것은 당신의 잘못이 아니에요." 레에니는 말했다. "듣기에는 당신이 너무 고집쟁이라고 하던데요."

"누가 그래요?" K는 이렇게 물었지만 사실은 여자의 육체를 가슴에 느끼면서 탐스럽고 단단히 땋아 붙인 그녀의 검은 머리를 내려다보았다.

"그런 말을 다 하면 실없는 사람이 되게요." 레에니는 말했다. "이름은 묻지 마세요. 그런데 당신은 잘못을 버리고 앞으로는 너무 고집을 부리지 말아야 해요. 아무래도 이 재판에 항거할 수는 없고 결국은 고백을 해야 하는걸요. 그러지 말고 다음번에는 솔직히 말하세요. 그렇게 해야만 빠져 나갈 구멍이 생기는 거예요. 그렇게 해야만 말이에요. 물론 그것도 남의 힘을 빌려야 하지만 그런 걱정은 마세요. 제가 다 해드릴 테니까요."

"그러고 보니 이 재판의 일이나 여기서 필요한 속임수를 잘 알고 있군요." K는 너무 지나치게 달라붙는 그 여자를 무릎 위로 끌어올렸다.

"어머, 좋아." 여자는 치마의 주름을 펴고 블라우스를 바로잡으며 무릎 위에서 몸매를 다듬었다. 그러더니 두 손으로 그의 목에 매달려서 몸을 축 늘어뜨리더니 오랫동안 그를 쳐다보았다.

"그래, 내가 솔직히 말하지 않으면 나를 도울 수 없나요?" K는 슬며시 물어보았다. '어째서 여자들이 나를 도우려고 이렇게 달려들까.' K는 이상하게 생각했다. '우선 뷔르스트너 양, 다음에는 법정 사환의 처, 이번에는 이 자그마한 간호사. 그런데 이 여자는 나에 대해서 어림도 없는 욕망을 품고 있는 것 같다. 마치 내가 유일한 보금자리인 양 내 무릎에 버젓이 앉아 있지 않느냐 말이다.'

"안 돼요." 레에니는 천천히 머리를 흔들며 대답했다. "그러면 제가 당신을 도울 수 없어요. 하지만 당신은 고집만 부리며 제멋대로 남의 말은 듣지도 않으니까 제 힘을 빌릴 생각은 없을 거고, 그런 일은 어떻게 되건 좋지 않아요."

"좋아하는 사람이 있지요?" 잠시 뒤 여자가 물었다.

"아니요."

"말해 보세요, 네?"

"그애요, 실은" K는 말했다. "아니라고 했지만 사진까지 갖고 있죠."

여자가 하도 조르는 바람에 그가 엘자의 사진을 보여 주었더니, 그 여자는 무릎 위에서 허리를 구부리고 사진을 유심히 살폈다. 그것은 스냅 사진이었으며 엘자가 술집에서 언제나 추는 원무가 끝난 다음에 찍은 것이었다. 치마는 돌 때처럼 주름진 채 몸에 감겨 있었고 단단한 허리에 두 손을 대고 몸을 쭉 빼고 웃으면서 옆을 바라보고 있었다. 누구를 보고 웃는지 이 사진으로서는 알 수가 없었다.

"허리를 무던히도 동였군요." 레에니는 이렇게 말하고 자기 생각대로 그렇게 보이는 곳을 가리켰다. "이런 여자는 싫어요. 쌀쌀하구 사납고. 그러나 당신에게는 아마 싹싹하고 친절할 테죠? 사진만 봐도 다 알 수 있어요. 이렇게 키가 크고 몸집이 굵은 여자라면 싹싹하구 친절하게 아양을 떠는 것뿐이에요. 하지만 당신을 위해서 몸을 바칠 수 있을까요?"

"아니요." K는 말했다. "싹싹하지도 친절하지도 못하고 아마 나를 위해서 몸을 바치지도 못할 거예요. 나는 지금까지 그런 것을 요구한 적도 없지만, 사실 당신처럼 이 사진을 자세히 본 적도 없어요."

"그러면 별로 관심이 없으시군요." 레에니는 말했다.

"그럼 당신의 애인이 아니란 말이지요."

"하지만" K는 말했다. "내 말을 취소하지 않을 거예요."

"그럼 당신의 애인이라도 좋아요. 그런데 이 여자를 놓치고 어떤 다른 여자를, 말하자면 저 같은 여자를 대하게 된다 해도 별로 섭섭하지는 않으시겠지요?"

"사실" K는 미소를 지으며 말했다. "그런 생각도 없지 않지만 이 여자는 당신에 비해서 큰 장점이 있어요. 내 소송에 대해서는 아무것도 모르고 있죠. 또 안다 해도 그런 일은 생각지도 않을 거예요. 자기 말대로 하라고 타이르지도 않을 테고."

"그게 무슨 장점이에요?" 레에니는 말했다. "무슨 다른 장점이 없으면 저는 용기를 잃지 않겠어요. 몸에 무슨 결함이 있나요?"

"결함?"

"네." 레에니는 말했다. "저는 이런 자그마한 결함이 있어요. 좀 보세요." 이렇게 말하고 그 여자는 오른손의 가운데 손가락과 넷째 손가락 사이를 벌렸는데 그 사이에는 피막(皮膜)이 거의 짧은 손가락 맨 끝 마디까지 닿아 있었다. 어둠 속에서 K는 그 여자가 보여 주려는 것이 뭔지 곧 분간치 못했기 때문에, 그 여자는 K가 그것을 만질 수 있도록 그의 손을 끌어당겼다.

"자연의 장난이란 참!" K는 손을 다 보고 나서 말을 계속했다. "얼마나 귀여운 손톱이야!"

레에니는 자부심에 차서, K가 감탄하며 자기 손가락 두 개를 여러 번 벌렸다 좁혔다 하는 것을 지켜보았다. 얼마 뒤 K는 그 손가락에 살짝 키스를 하고 놓아 주었다.

"어머나!" 여자는 곧 이렇게 외쳤다. "당신은 저한테 키스를 했지요."

입을 벌린 채 여자는 재빨리 그의 무릎으로 냉큼 기어올랐다. K는 어리둥절해서 여자의 얼굴을 쳐다보고 있었다. 여자가 이렇게까지 가까이 오니까 마치 후추같이 맵고 자극적인 향기가 그의 코를 찔렀다. 그 여자는 그의 머리를 쓸어안고 머리 위로 몸을 굽히더니 그의 목을 지그시 물고 키스를 하며 머리털까지 물어뜯었다.

"당신은 저한테로 왔어요!" 여자는 때때로 이렇게 외쳤다. "보세요, 이젠 저한테 왔어요!"

그때 여자는 무릎에서 미끄러지며 나직이 외치더니 그만 융단 위로 떨어지려고 했다. K는 그녀를 붙잡으려고 끌어안았으나 도리어 여자에게 끌리고 말았다.

"당신은 이제 제 것이에요." 여자는 말했다.

"저, 여기 열쇠가 있으니까 생각 나시면 언제든지 오세요." 이것이 여자의 마지막 말이었다. 그리고 방을 나서는 그의 뒤에다 대고 막연히 키스를 보냈다. 현관을 나섰을 때 비가 부슬부슬 내렸다. 창문 옆에 있는 레에니를 다시 한 번 볼 수 있지 않을까 해서 도로 한가운데로 나갔을 때, K는 멍하니 서서 조금도 깨닫지 못했으나, 그 집 앞에 서 있던 자동차 안에서 아저씨가 뛰어나왔다. 아저씨는 그의 팔을 붙잡고 마치 그를 그곳에 처박아 두려는 듯이 현관문으로 밀어 버렸다.

"이 자식아! 그게 무슨 꼴이냐. 그런대로 잘돼 가던 네 사건을 그만 쫄딱 망쳐 버리지 않니. 그래, 보잘것없는 그런 더러운 년한테 기어들어간단 말이야. 게다가 그년은 틀림없이 변호사의 정부다. 그런데 한 시간 이상이나 얼씬도 않는단 말이야? 이렇다 할 무슨 이야기도 없이 버젓이 대놓고 그년한테 달려가서는 그냥 처박혀 있어 그래? 그동안 너를 위해서 애쓴 아저씨, 아무래도 힘을 빌려야 할 변호사, 그리고 누구보다 지금 단계에서 너의 사건을 좌우하게 될 그 훌륭한 사무국장, 이렇게 다 모여 있었단 말야. 어떻게 하면 너를 구할 수 있을까 해서 나는 변호사를 신중히 대했고, 변호사는 또 그이대로 어떻게 사무국장을 소홀히 대할 수 있어. 그리고 너는 어디까지나 나를 도와주어야 한단 말이다. 그런데 그러기는커녕 그래 꽁무니를 빼야 옳단 말이야? 결국 끝까지 숨길 수는 없었단 말이다. 그 사람들은 은근하고 세상 물정을 훤히 꿰고 있기 때문에 그래도 아무 말 하지 않고 도리어 나를 두둔해 주었지만, 결국 더 이상 참을 수 없고 사건에 대해서 말할 수도 없으니까 그만 입을 닫고 말았어. 그리고도 몇 분·동안이나 묵묵히 앉아서 이제나저제나 네가 돌아오지 않을까 해서 귀를 기울이고 있었다. 그러나 모두가 다 헛일이었어. 처음 생각했던 것보다는 훨씬 오랫동안 앉아 있던 사무국장이 드디어 자리에서 일어나 작별인사를 하고, 분명히 나를 도와주지 못해서 미안하다고 하며 뭐라고 말할 수 없이 친절한 태도로 문간에서 기다리다가 그만 가시고 말았어. 그이가 나가 버렸기 때문에 물론 나도 한시름 놓았지만 사실은 숨이 막힐 지경이었다. 환자인 변호사로서는 모든 일이 더욱 괴로웠을 것이다. 내가 작별인사를 했을 때도 그렇게 너그러운 그 친구가 전혀 말을 못하더구나 글쎄. 너는 확실히 네가 힘을 빌려야 하는 그 사람의 죽음을 재촉한 거야. 그리고 이렇게 아저씨를 비까지 맞히며. 자, 만져봐. 흠뻑 젖었어. 몇 시간 동안이나 걱정을 끼치며 애를 태우게 한단 말이냐.”

7 변호사·공장주인·화가

어느 겨울날 오전—밖에는 흐릿한 날씨에 눈이 내리고 있었다—아직 시간도 일렀지만 이미 지쳐 버린 K는 사무실에 앉아 있었다. 적어도 밑에서 일을 보는 직원들이 들어오지 못하도록 하고, 중요한 일을 하고 있으니까 아무도 들여보내서는 안 된다고 사환에게 일러두었다. 그러나 그는 일을 하는 게 아니라 의자를 빙그르르 돌리더니 책상 위에 있는 물건을 몇 개 밀어 놓고 자기도 모르게 팔을 쭉 뻗치고는 머리를 숙인 채 꼼짝도 않고 있었다.

소송에 대한 생각이 그의 머리에서 떠나지 않았다. 변론 서류를 작성해서 재판소에 내는 것이 좋지 않을까 생각한 것이 한두 번이 아니었다. 거기에 간단히 약력을 쓰고, 비교적 중요한 사건에 대해서는 하나하나 어떤 이유로 자기가 그런 행동을 취하게 되었는지, 현재 판단하건대 그런 행동은 비난을 받아야 하는지 정당하다고 인정되어야 하는지 지적하고, 또 다른 문제에 대비해서도 이유를 들 수 있게 하려고 했다. 하여튼 이의가 달릴 수밖에 없는 변호사의 단순한 변호에 비해서 이러한 변론서류가 도움이 되리라는 것은 의심할 여지가 없었다. 사실 K는 그 변호사의 생각이 무엇인지 전혀 종잡을 수가 없었다. 하여튼 그리 대단할 것 같지는 않았다. 이미 한 달 동안이나 그를 부르지 않았다. 그리고 그전에 만나서 이야기했을 때도 그가 자기를 위해서 여러 가지로 돌보아 줄 능력이 있는 것 같은 인상을 받은 적은 한번도 없었다. 무엇보다 그에게 무엇을 물어본 적이 거의 없었다. 그러나 이 사건에선 물어볼 일이 많았다. 물어보는 것이 가장 중요한 일이었다. K는 자신이 이번 사건에 필요한 질문을 모두 열거할 수 있을 것 같았다. 그런데 변호사는 물어보지는 않고 자기가 말하든가, 또는 아무 말도 없이 그와 마주앉아서, 물론 귀가 먼 탓이겠지만, 책상 위로 약간 몸을 굽히고 많은 수염 가운데서 몇 오라기를 쥐어뜯으며 양탄자 위로 시선을 던질 뿐이었다. 사실 거긴

K가 레에니와 같이 앉아 있던 바로 그 자리인 것 같았다. 가끔 그는 K에게 쓸데없이 몇 가지 주의를 주었다. 그 이야기는 아무 소용도 없고 지루하기만 했기 때문에 이야기가 끝나도 그에게는 사례를 한 푼도 하지 않을 생각이었다. 변호사는 그를 한바탕 긁려 주었다고 생각하면 으레 그의 기운을 조금 돋우어 주려고 했다. 자기는 이와 비슷한 여러 소송에서 전적으로나 혹은 부분적으로라도 이겼다고 말했다. 그러한 소송은 사실 이 소송보다 더 힘들지는 않았지만 겉으로 보기에는 더욱 절망적인 것이었다. 이러한 소송 기록은 이 서랍 속에 들어 있다고 말하며 그는 서랍 하나를 두드렸다.

"미안하지만 이런 문서는 관청 비밀에 속하는 것이기 때문에 보여 줄 수 없습니다. 그러나 지금 이러한 모든 소송에서 제가 얻은 풍부한 경험은 사실 당신을 위해서 많은 도움이 될 겁니다. 물론 저는 곧 모든 절차를 밟기 시작했으며 첫 진정서는 거의 다 되었습니다. 변호사 측에서 주는 첫인상은 종종 소송 방향을 결정짓기 때문에 이 서류는 매우 중요한 것입니다. 유감스럽지만 사실 당신이 처음으로 제출한 진정서는 재판소에서 전혀 거들떠보지도 않는 일이 가끔 있다는 것을 유의해 주기 바랍니다. 관청에서는 그러한 서류를 그저 단순히 다른 서류들과 같이 넣어두고 우선 피고를 심문조사하는 것을 모든 서류보다도 중요시한다는 것을 아셔야 합니다. 그리고 신청인이 귀찮게 서둘면 관청에서는 모든 자료가 수집되는 대로 최종 판결을 내리기 전에 물론 전체적으로 관련을 지어서 모든 서류, 말하자면 이 첫 진정서도 자세히 검토됩니다." 변호사는 계속했다. "하지만 유감스럽게도 대개는 그렇지 못하고, 첫 진정서는 흔히 잊어버리거나 혹은 고스란히 분실되고 마는 것입니다. 그리고 아무리 나중까지 남아 있다 해도, 이건 변호사가 소문으로 들어서 아는 일이지만, 전혀 읽히지 않습니다. 이러한 일은 모두 한심한 현상이나, 그렇다고 해서 정당한 이유가 없는 것은 아닙니다. 재판수속은 공개될 성질의 것이 아니어서 재판소에서 필요하다고 생각할 때만 공개할 수 있습니다. 하여튼 당신은 공개해야 한다고 법률에 적혀 있는 것이 아니라는 사실을 잊지 말아 주기 바랍니다. 그러므로 재판소 측에서 내는 문서, 특히 기소장은 피고나 변호인이 볼 수 없는 것이며, 따라서 대개는 무엇 때문에 첫 진정서를 써야 하느냐 하는 것은 알 수 없고, 안다고 해도 그리 정확한 것이 아니기 때문에 그 사건에 대해서도 어떤 중요한 점을 내포시킨다는 것은 사실 그저 막연한 일에 지나지 않습니다. 참으로 효력이 있고 증거가 뚜렷한 진정서라는 것은 다음에 피고를 심문하는 동안 하나하나의 공소 사실과 그 이유가 확실히 드러나거나 혹은 추측할 수 있을 때 비로소 작성할 수 있는 것입니다.

이러한 사정으로 볼 때 사실 변호인은 매우 불리하고 곤란한 입장에 서 있습니다. 하지만 이런 일도 미리미리 그렇게 꾸며 놓은 것입니다. 다시 말하면 변호인은 사실 법률에서 인정된 것이 아니라 그저 묵인하는 정도에 지나지 않습니다. 그리고 해당 법률 조문에서 적어도 묵인한다고 해석할 수 있는지 없는지 하는 점에 대해서도 논쟁의 여지가 없는 것은 아닙니다. 따라서 엄밀히 말하자면 재판소에서 공인된 변호사라는 것은 없으며, 이러한 법정에서 변호사로서 나타난다는 것은 사실 엉터리 변호사에 지나지 않습니다. 물론 이런 사실은 모든 변호사에게 수치스러운 일입니다. 다음에라도 당신이 재판소 사무실에 가시는 일이 있으면 그런 사실을 알아 두기 위해서라도 한번 변호사 응접실을 보아 두시는 것이 좋을 겁니다. 거기 모여 있는 친구들을 보면 아마 당신은 깜짝 놀랄 겁니다. 그들에게 배당된 좁고 천장이 나직한 방은 보기만 해도 재판소에서 그들을 얼마나 멸시하는지 알 수 있습니다. 그 방은 조그마한 들창으로 햇빛을 받을 뿐만 아니라 이 창문이 너무 높이 달려 있어서 만일 밖을 내다보려면 우선 등을 딛고 올라설 친구를 구해야만 합니다. 게다가 바로 눈앞에 있는 굴뚝 연기가 코로 들어오고 얼굴이 새까맣게 될 지경입니다. 이 방 마루에는, 또 하나 그와 비슷한 상태를 든다면, 1년 이상이 지나도록 구멍이 하나 뚫어져 있었는데 사람이 빠질 정도는 아니었지만 그래도 발 하나만은 홀랑 들어갈 만큼 큰 구멍이지요. 그런데 변호사 휴게실은 2층 지붕 밑에 있어요. 그래서 누가 그 구멍에 빠지면 1층 다락방으로 떨어지고 더구나 소송 관계자들이 기다리고 있는 바로 그 복도로 떨어지게 됩니다. 변호사들이 이러한 상태를 수치스럽다고 말해도 그것은 지나친 표현이 아닙니다. 당국에 호소해도 아무 소용이 없었고, 그렇다고 방 안 어디를 자비로 수리한다는 것은 변호사에게는 금지되어 있습니다. 하지만 이렇게 변호사를 대우하는 것도 이유가 있습니다. 가능한 대로 변호인을 없애려고 하는 것이며 피고 자신이 모든 일을 하게 되어 있습니다. 본디부터 나쁜 생각은 아니지만, 그렇기 때문에 이 재판소에서 피고들에게 변호사가 필요 없다는 결론을 내리는 것보다 더 그릇된 일은 없을 겁니다. 도리어 반대로 이 재판소에서만큼 변호사가 필요한 곳은 없습니다. 말하자면 소송과정은 일반 사람들에게 비밀로 되어 있을 뿐만 아니라 피고에게도 비밀이 되어 있습니다. 물론 비밀로 할 수 있는 일에 한해서만 매우 넓은 범위에 걸쳐서 비밀로 할 수도 있습니다. 다시 말하면 소송 관계자도 재판소의 문서는 볼 수 없으며, 심문을 받고 나서 그 근거가 되는 문서를 결론적으로 추측하는 것은 매우 어려운 일입니다. 더구나 어쩔 줄을 모르며 정신없이 여러 가지 근심에 싸여 있는 피고로서는 더욱 어려운 일입니다. 그런데 여기에 변호인이 입회할 수 없으며 심문이 끝난 다음에, 더구나 될수록 예심실 문 앞에서 기다리고 있다가 피고한테서 심문에 대한 내용을 듣고 대개 그때는 이미 다 지쳐 버린 피고한테서 변호에 도움이 될 만한 것을 알아 두어야 합니다. 하지만 이 일이 가장 중요한 것은 아닙니다. 왜냐하면 사실 이러한 방법으로는, 유능한 사람이라면 모를까 대개는 다른 사람들보다 많은 것을 알아 내지 못합니다. 그래도 가장 중요한 일은 변호사의 인간적인 관계인데, 이런 점에 변호의 주요한 가치가 있습니다. 아마 당신도 경험하셨겠지만 재판소의 하부조직이라는 것이 그리 원만한 것이 아니며 관리가 의무를 잊어버리고 매수당하는 일이 있기 때문에 재판소의 엄중한 함구령에도 구멍이 나게 되는 겁니다. 이때 변호사들은 대개 뛰어들어서 매수도 해가며 비밀을 캐내려고 갖은 애를 쓰지만—사실 전에는 서류를 훔치는 일까지 있었지요. 이렇게 해서 얼마 동안 피고로서는 놀랄 만큼 유리한 결과를 얻을 수 있는 것도 사실이고, 애송이 변호사들은 이런 일을 신이 나서 떠들고 다니며 새로운 고객을 낚아요—앞으로 벌어지는 소송에는 아무 소용도 없으며 그 결과도 좋지 못합니다. 그런데 정말 보람이 있는 일은 정정당당한 인간적 관계, 그중에서도 고관들과 관계를 맺는 것뿐입니다. 물론 이것은 고관들 중에서도 비교적 지위가 낮은 사람들을 말하는 것입니다. 그저 이런 관계를 맺음으로써 그래도 처음에는 눈에 띄지 않지만, 나중에는 차차 뚜렷하게 소송과정에 영향을 줄 수 있습니다. 물론 그런 일을 할 수 있는 변호사는 극히 소수이며, 이런 점으로 보아서 당신은 매우 유리한 사람을 택했습니다. 저처럼 인간적인 관계를 맺고 있는 변호사는 아마 그저 한두 사람 있을까말까 할 겁니다. 물론 변호사도 이만하면 변호사 휴게실에 있는 친구들 따위는 거들떠보지도 않고 또 아무 관계도 없습니다. 그러나 그만큼 재판소 관리와는 관계가 밀접하지요. 재판소에 가서 예심판사실에서 판사들이 우연히 나타나기를 기다려 그들의 기분 여하에 따라, 어떤 성과를 올린 것 같으면서도 실은 아무 실속도 없이 돌아오거나, 그렇지 않으면 그것마저 얻지 못하고 돌아오는 일이 일반 변호사들의 일입니다. 하지만 난 그럴 필요는 조금도 없습니다. 당신도 보셨듯이 관리들이 집으로 찾아와서―그 중에는 정말 고관도 있지요―대개는 확실하거나 그렇지 않으면 적어도 쉽사리 진상을 알 수 있는 정보를 제공하고, 앞으로 벌어질 소송에 대해서 이야기합니다. 게다가 어떤 경우에는 이쪽 의견을 들려주면 설득되어 그 의견을 기꺼이 받아들이기도 하거든요. 물론 이 마지막 이야기는 너무 믿어서는 안 됩니다. 그들이 제아무리 결정적으로 변호에 유리한 새로운 의견을 말한다 해도 사무실에 돌아간 다음날에는, 그 전날과는 반대로 그들이 완전히 벗어났다고 주장한 최초의 견해보다 아마 피고에 대해서 더 엄격한 판결을 내릴 겁니다. 물론 이런 일은 막을 도리가 없습니다.

왜냐하면 두 사람 사이에서 이야기된 것은 어디까지나 그뿐, 이런 공적인 판결을 내릴 때 변호인 측에서 법정 관리들의 혜택을 입는다는 것은 있을 수 없는 일이기 때문입니다. 한편 법정 관리들이 인정이라든가 우정을 바탕으로 변호인 측―물론 모든 사정에 능한 변호인 측―과 연결되어 있는 것은 아닙니다. 오히려 어떤 면에서 보면 이들이 변호인 측을 의지하는 일도 있습니다. 바로 이런 점에서 애당초부터 비밀 재판소를 설치하고 있는 사법기관의 결함이 드러납니다. 관리들이 일반 대중과의 유대를 줄이는 거지요. 그들은 대수롭지도 않고 평범한 소송에 대해서는 모든 준비를 갖춥니다. 이런 소송은 궤도에 따라 자연스럽게 전개되며 그저 가끔 자극을 주기만 하면 그만입니다. 그와 반대로 매우 간단한 사건에 대해서는, 특히 어려운 사건을 대했을 때와 같이 가끔 어쩔 줄을 몰라 합니다. 밤낮으로 법률에만 구속되어 있기 때문에 인간적인 연결에 대한 올바른 판단을 하지 못하는 이들은 이런 사건들을 대할 때는 더욱 그런 생각을 하지 못합니다. 그러면 그들은 의논하기 위해 변호사를 찾아가고, 그 뒤로는 사환 한 사람이 전 같으면 어디까지나 비밀로 해둘 서류를 들고 따라옵니다. 그때 이 창가에는 뜻밖에도 수많은 사람들이 모여 멍하니 거리를 바라보고, 한편 변호사는 그들에게 좋은 충고를 주기 위해 책상에 앉아 서류를 연구합니다. 바로 그런 기회에 무엇보다 재판소 사람들이 그들의 직책을 얼마나 신중히 생각하며, 그들의 성격상 암만해도 극복할 수 없는 장해에 대해서 얼마나 실망하느냐를 볼 수가 있습니다.

관리의 직책이란 결코 편안한 것이 아닙니다. 그들을 그릇되게 평가해서 그들이 편안하다고 생각해서는 안 됩니다. 재판소에서는 서열이나 등급이 한이 없어서 모든 사정에 밝은 사람이라도 도무지 짐작할 수가 없습니다. 그런데 소송과정은 일반적으로 하급관리에게는 비밀이며, 그러기 때문에 자기들이 관계하고 있는 사건이 어떻게 전개될지 예측할 수 없고, 따라서 재판사건이 어디서 생기는지 알지도 못하는 사이에 그들 눈앞에 나타났다가 어떻게 되는지 알지도 못하는 사이에 전개됩니다. 그래서 하나하나의 소송절차와 최후 결정과 그 이유를 연구해서 얻을 수 있는 지식을 이런 관리들은 얻을 수 없습니다. 그들은 그저 법률에 따라 그들에게 규정되어 있는 소송의 각 부분에만 손을 대고 그 이상의 일, 따라서 그들이 한 일의 성과에 대해서는 대개 거의 소송이 끝날 때까지 피고와 관계를 맺고 있는 변호인만큼 알지 못하는 것이 보통입니다.

그렇기 때문에 이 점에 있어서도 그들은 변호인한테서 여러 가지 중요한 사실을 들을 수 있습니다. 이러한 모든 일을 생각해볼 때 당신은 가끔 소송관계자들에게, 누구나 대개 이런 경험은 있지만, 모욕적인 태도를 보이는 관리들의 흥분된 기분을 이상하게 생각하실 겁니다. 모든 관리들은 매우 태연한 듯하면서도 실은 흥분하고 있습니다. 물론 애송이 변호사들은 이렇게 흥분한 관리들에게 괴로움을 당하게 됩니다. 예를 들어 이러한 이야기가 있는데, 이건 얼마든지 있을 수 있는 일입니다. 착실하고 온순한 어떤 늙은 관리가 특히 변호사의 진정서로 뒤헝클어진 재판사건을 밤낮 쉬지도 않고 연구한 일이 있었습니다. 물론 이런 관리들은 사실 다른 곳에서는 볼 수 없을 정도로 부지런합니다. 그런데 아침이 되어서 24시간 동안 별로 이렇다할 수확도 올리지 못한 일을 끝마치자 출입문으로 가더니, 거기 숨어서 들어오려고 하는 변호사들을 계단 밑으로 밀어 던진 일이 있습니다. 변호사들은 밑에 있는 계단 옆방에 모여서 어떻게 하면 좋을지 서로 의논했습니다. 한편으로 말하면 들여보내 달라고 요구할 권리가 없었기 때문에 그 관리에 대해서 합법적으로 어떤 수단을 강구할 수도 없고, 이미 말한 바와 같이 관리들과 원수를 지는 일은 삼가야 했습니다. 그러나 한편 그대로 재판소에 있어 보아야 쓸데없이 시간만 보내기 때문에 어떻게 해서든지 안으로 들어가야 했습니다. 결국 그들은 지쳐버릴 때까지 이 노인을 곯려 주기로 했습니다. 곧 몇몇 변호사들이 계단으로 올라가 사실 소극적이긴 하지만 할 수 있는 데까지 저항을 하고 다시 밀려 내려가면, 거기서 친구들이 다시 그를 붙들어 주었습니다. 이런 일이 거의 한 시간가량이나 계속되어 그야말로 밤을 새운 그 노인은 지칠 대로 지쳐서 사무국으로 돌아가 버리고 말았습니다. 밑에 있는 사람들은 그가 돌아갔다고는 조금도 믿지 않고 우선 사람을 하나 보내서 정말 사람이 없는지 문 뒤에서 살펴보았습니다. 그러고 나서 그들은 밀려들어 갔습니다만 누구 하나 불평하려는 사람은 없었습니다. 왜냐하면 변호사들에게는, 아무리 보잘것없는 변호사라도 이런 사정은 알고 있지만, 재판소에 어떤 개선할 점을 들고 들어가서 그것을 완수하기란 너무나 요원한 일이기 때문입니다. 그런데, 이것은 매우 특기할 만한 일입니다만, 피고는 누구든지 단순한 사람일수록 소송에 발을 들이밀자마자 곧 개선책을 생각하기 시작하며, 가끔 다른 일을 하면 더욱 유익하게 이용할 수 있는 시간과 노력을 허비합니다. 올바르고 유일한 길은 현실에 만족하는 일입니다. 세세한 점을 일일이 개선할 수 있다 해도, 하기야 이것은 거의 쓸데없는 생각인데, 그것은 여러 가지 미래의 사건을 위해서는 도움이 되겠지만, 그 때문에 특히 항상 복수를 하려고 노리는 관리들의 눈에 띄게 되면 한없이 손해를 당하게 됩니다. 그저 눈에 띄지 않는 것이 제일이지요. 아무리 기분에 거슬려도 꾹 참아야 합니다.

이 어마어마한 재판조직은 말하자면 영원히 공중에 떠 있는 것입니다. 그런 데서 자기 힘으로 무엇을 바꾸어 보려고 해도 그때는 발붙일 곳을 잃어버리고 자신은 그만 떨어지게 됩니다. 한편 그 커다란 유기체는 전체가 거의 다 얽혀 있기 때문에 사소한 장해에 대해서는 다른 데서 쉽사리 보충할 수 있으며, 아무리 그것이 그 이상 더 굳어지고 더욱 주의를 기울이며 더욱 엄격하고 사나워지지 않는다고 해도, 그 상태에는 조금도 변함이 없을 것임을 힘써 알아 두어야 할 겁니다. 하여튼 일을 너무 복잡하게 만들지 말고 변호사한테 맡겨야 합니다. 이제 와 아무리 비난해도 소용없고, 특히 그 이유를 이해할 수 없을 때에는 더욱 그렇지만, 하여튼 사무국장에 대한 당신의 태도로 인해서 이 사건이 얼마나 불리해졌는지를 말해야겠습니다. 이 유력한 분은 당신을 위해서 힘을 다하려던 사람들의 명부에서 이미 빠져 버리고 말았습니다. 그 양반은 이 소송에 대해 지나가는 말로 언급하더라도 일부러 못 들은 체할 것입니다. 사실 여러 가지 점으로 보아서 관리라는 것은 어린아이와 같습니다. 애석하게도 당신의 태도는 사실 그렇지 못했습니다만, 아무리 진솔하게 대해도 가끔 관리들은 어쩐지 그만 기분이 상해서 친구와 이야기도 하지 않고 만나도 그만 돌아서 버리며 무슨 일이든지 방해를 하게 되는 수가 있습니다. 하지만 머지않아 뜻밖에도 이렇다할 아무 이유도 없이 그저 모든 일이 희망이 없을 것 같기 때문에 한 번 걸어 보는 농담으로 인해서 그들이 웃음을 띠게 되고 그만 기분을 돌리는 수도 있습니다.

그들을 대하는 것은 어려우면서도 또한 쉬운 일이지만 그렇다고 해서 무슨 원칙이 있는 것은 아닙니다. 이러한 세계에서 어느 정도 성과를 거두며 해나갈 수 있는 요령을 깨닫기에는 그저 평범한 생활을 하면서도 충분하다는 데는 놀라지 않을 수 없습니다. 물론 누구나 그렇지만 기분이 우울한 때도 있는 것입니다. 그런 때에는 제대로 된 일은 하나도 없는 듯이 생각되며, 처음부터 좋은 결과를 거두게 되어 있던 소송이므로 별로 손을 대지 않았어도 그렇게 되었으리라고 생각되고, 한편 다른 여러 소송들은 분주히 애를 쓰고 다니며 겉으로는 그런대로 성공한 것 같아서 기뻐하기까지 했지만 결국 모두 실패로 돌아가고 마는 것입니다.

이렇게 되면 무슨 일이나 믿을 수가 없을 것 같습니다. 내버려두면 제대로 될 소송이 쓸데없이 손을 댔기 때문에 틀어지고 말았다고 해도 감히 부정할 수는 없을 겁니다. 이것도 신념이 있는 태도에는 틀림없으나 사실은 한낱 자기 변호에 지나지 않습니다. 이러한 발작은, 물론 이것은 그저 발작에 지나지 않지만, 만족할 만큼 진행된 소송을 자기 손에서 빼앗긴 변호사들에게 있을 수 있는 일입니다. 사실 이것은 변호사한테 있을 수 있는 가장 불쾌한 일입니다. 아마 변호사가 피고에게 소송을 빼앗기게 되는 일은 결코 있을 수 없으며, 한번 일정한 변호사를 말한 피고는 어떤 일이 있어도 변호사를 떠나서는 안 될 것입니다. 하여튼 한번 도움을 구한 이상 어떻게 혼자서 해나갈 수 있겠어요? 그렇기 때문에 그런 일은 있을 수 없으나, 사실 소송이 변호사가 따라갈 수 없을 그러한 방향으로 기울어지는 수가 가끔 있습니다. 소송과 피고, 그 밖의 모든 것을 변호사는 간단히 빼앗기는 수가 있습니다. 그렇게 되면 관리들과 아무리 훌륭한 교제를 한다 해도 소용이 없을 겁니다.

관리들 자신이 아무것도 모르니까요. 이렇게 되면 소송은 비로소 새로운 단계에 접어들지만 그때에는 이미 도와 줄 수도 없고 소송은 남이 얼씬할 수도 없는 법정에 서 있을 것이요, 피고도 변호사의 손을 믿지 못하게 될 것입니다. 그리고 어느 날 집에 돌아오면 책상 위에는 갖은 애를 다 쓰고 그래도 가장 아름다운 희망을 품고 만들었던 변론서류가 잔뜩 쌓여 있습니다. 소송이 새로운 단계로 접어들면 그러한 서류까지 넘길 수 없기 때문에 반송된 것으로, 그것은 아무 가치도 없는 휴지에 지나지 않습니다. 그렇다고 해서 그만 소송에 진 것은 아닙니다. 그런 것이 아니라 적어도 소송에 졌다는 어떤 결정적인 이유는 없을 것입니다. 그저 소송이 어떻게 되어 가는지 알 수 없고 앞으로도 알 수 없다는 것뿐입니다. 그런데 이러한 경우는 다행히 예외적인 것이기도 하려니와, 가령 당신의 소송이 이런 경우에 해당한다 해도 아직은 안심할 수 있을 겁니다. 변호사로서 한번 힘을 발휘할 기회는 얼마든지 있으며, 그런 기회가 오면 마음껏 이용해 볼 테니 염려 마십시오. 지금도 말했지만 변론서류는 아직 내지 않았으나 도리어 너무 서둘러도 재미없기 때문이고, 유력한 관리들과 미리 의논하는 것이 더욱 중요해서 그런 일에 벌써 착수했습니다. 솔직히 말해서 그 결과는 한마디로 말씀드릴 수 없습니다만 자세한 사항은 당분간 말하지 않는 편이 좋을 겁니다. 그런 이야기를 해야 결국 당신은 너무 지나치게 낙관하거나, 그렇지 않으면 쓸데없이 근심이나 하실 테니 결과적으로는 별로 좋을 것도 없습니다. 그저 일이 잘된다고 하면서 매우 적극적인 태도를 보여 주는 사람도 있고 한편, 너무 낙관할 수는 없다고 하면서 여러 가지로 협조해 주는 사람도 있다는 것만을 말씀드립니다. 그렇기 때문에 전체적으로 성과는 매우 좋지만 예비회담은 대개 이렇게 시작되며, 앞날의 경과에 따라 비로소 예비회담이 어떤 보람이 있다는 것도 나타날 테니까 처음부터 너무 속단해서는 안 됩니다. 하여튼 아직 실망할 것은 없습니다. 어떻게 해서든지 사무국장을 이쪽으로 끌어넣을 수만 있다면, 그러기 위해서 벌써 여러 가지로 공작을 하고 있습니다만, 이 문제는 외과의사들이 말하는 이른바 깨끗한 상처니까 안심하셔도 별로 기대에 어그러지는 일은 없을 겁니다."

이런 이야기를 시작하면 변호사는 그야말로 한이 없었다. 그리고 찾아가면 언제나 이런 이야기를 되풀이했다. 그럴 때마다 진전을 보았다고 하지만 어떻게 진전되었다는 것을 알려 준 적은 없었다. 언제나 처음부터 꾸미던 변론서류를 붙들고 있지만 그 일도 한이 없었다. 다음에 오게 되면 이 서류가 어느 정도 커다란 효과를 올릴 것이며, 예측하지 못했는데 지금까지 제출할 적당한 기회가 없었다는 이야기였다.

이런 이야기에 그만 지쳐 버린 K가, 여러 가지 곤란한 사정도 있겠지만 하여튼 너무나 일이 느리다고 말하여도 그는 결코 느린 것은 아니다, 만일 적당한 때에 변호사한테 일을 부탁했더라면 일은 좀 더 진전되었을 것이다, 이런 문제를 그렇게 소홀히 한 것은 매우 애석한 노릇이며 그렇기 때문에 앞으로도 가끔 불리한 일이 있을지도 모른다고 했다.

언제나 그렇게 되풀이하는 그 지루한 이야기를 끊어 준 사람은 레에니뿐이었다. 그것은 반가운 일이었다. 경우가 밝은 그 여자는 K가 오면 언제나 변호사한테 홍차를 가져왔다. 그리고 나서는 K의 뒤에 서서 변호사가 목이 타는 듯이 찻잔으로 몸을 쑥 굽히고 차를 따라 마시는 것을 보는 척하면서 슬며시 K에게 손을 내밀었다. 방 안은 몹시 고요했다. 변호사는 차를 마시고, K는 레에니의 손을 꼭 쥐어 주고, 레에니는 뻔뻔하게도 가끔 K의 머리를 가볍게 어루만지기도 했다.

"아직도 여기 있었나?" 차를 마시고 나서 변호사는 이렇게 물었다.

"잔을 치우려고 있었어요." 레에니는 이렇게 말하고 마지막으로 K의 손을 다시 한 번 쥐었다. 변호사는 입을 씻더니 새로운 기분으로 다시 설교를 시작했다.

그러한 이야기를 해도 변호사가 위로를 하려는 것인지 실망을 주려는 것인지 알 수 없었으나, 확실히 자기에 대한 변호가 그리 신통치 못한 것은 사실이었다. 그런데 변호사는 가능한 한 자기 자신을 내세우려 하고, 그의 이야기대로 그가 사실 K의 사건만큼 큰 소송을 취급한 일이 없다는 것은 뻔한 일이었지만, 하여튼 그의 이야기에 별로 거짓은 없을 것이다. 그러나 그가 관리들과 개인적으로 친분이 두텁다고 장담은 하지만 그것도 어디까지나 믿을 수 없는 일이었다.

대체 그러한 사람들이 K한테 이롭도록 그저 이용만 당할 리가 있을까?

변호사도 이것은 다만 하급관리, 따라서 어디까지나 상관의 동정만 살피며 소송의 경과에 따라서 확실히 출세가 어느 정도 좌우될 그러한 관리들에 대한 이야기라고 분명히 말했다. 그렇다면 그들은 변호사를 이용하면서 사실 피고에게는 언제나 불리한 그런 진전을 노리는 것이 아닐까? 무엇보다 그들은 소송이 있을 때마다 그런 일을 하는 것은 아니며 사실 그럴 수도 없는 일이었다. 그리고 또한 변호사의 명예를 더럽히지 않는 것도 필요하였기 때문에 소송경과에 따라서는 도리어 그들이 양보를 하며 변호사의 이익을 도모하는 때도 있었다. 그러나 정말 사정이 그렇다면 그들은 어떻게 K의 소송, 변호사도 말했지만 매우 곤란하고 중대하며 이미 처음부터 재판소에서 대단한 관심을 일으킨 이 소송에 간섭을 하려는 것일까? 그들이 어떤 일을 할지는 그리 의심스러울 것이 없었다. 소송이 시작된 지 수개월이 지났지만 첫번 변론서류도 아직 수리되지 않았으며, 변호사의 보고 대로 모든 일이 이제 겨우 시작되었다는 것만으로도 알 수 있었다. 사실 이것은 피고를 어쩔 수 없는 상태에 놓아두었다가 돌연 판결을 내리거나, 그렇지 않으면 적어도 피고에게 불리한 예심판결을 상부관청에 상고한다는 통고를 내는 데 꼭 알맞은 처사였다.

그래서 K가 직접 나서는 것이 무엇보다 필요했다. 이런 겨울날 오후에 자기도 모르게 모든 일이 꼬리를 물고 머릿속에 떠오르며 몹시 피로했지만 이 확신만은 어쩔 수가 없었다. 그때까지 소송에 대해서는 경멸하는 태도를 취하였지만 그것은 이미 통하지 않았다. 만일 그가 세상에서 혼자 산다면 소송 같은 것은 얼마든지 무시할 수 있으리라고 생각했으나 사실 그런 세상이라면 애당초 소송이 일어날 리도 없었다. 그러나 K는 이미 아저씨한테 끌려서 변호사를 찾아갔으며 가족들도 돌봐야 했다. 그의 처지로서 이미 진행되고 있는 소송문제에서 도저히 벗어날 수 없었다. 그 자신도 말할 수 없는 어떤 만족감을 느끼며 경솔하게도 친지들 앞에서 소송에 대한 이야기를 하기는 했지만, 어찌된 일인지 다른 사람들도 다 알고 있었다. 뷔르스트너 양과의 관계도 소송문제에 따라서 그만 흔들리는 것 같았다. 말하자면 그는 이미 소송을 받아들이고 거부할 그런 자유는 없었으며 그저 그 한가운데 서서 버티는 수밖에 없었다. 아마 그대로 지쳐 버렸더라면 결과는 좋지 못했을 것이다.

그렇다고 해서 지금 지나치게 근심할 까닭이 있으랴. 그래도 은행에서는 비교적 짧은 시일 내에 높은 지위에 올라서 누구한테나 그럴 만하다는 인정을 받아왔기 때문에 그 능력을 조금이라도 소송문제에 돌린다면 틀림없이 좋은 결과를 가져오리라는 것은 그도 잘 알고 있었다. 하여튼 그러기 위해서는 혹시나 무슨 죄를 저지르지 않았나 하는 생각을 우선 집어치워야 했다. 사실 아무 죄도 없었다. 말하자면 소송은 하나의 커다란 사업과 같은 것이다. 은행을 위해서 그가 가끔 훌륭한 성과를 올린 그러한 사업, 말할 것도 없이 그런 사업에는 반드시 여러 위험성이 내포되어 있기 때문에 우선 그것을 물리쳐야 했다. 그러기 위해서는 어떤 책임문제에 대해서 이러쿵저러쿵 쓸데없이 겁을 집어먹을 것이 아니라 어디까지나 정당한 자기 권리를 주장해야 했다. 이렇게 생각해볼 때 변호사의 변호 같은 것은 되도록 빨리, 오늘 저녁에라도 거절해야만 한다. 변호사의 이야기를 들으면 사실 그러한 처사는 상식에서 벗어난 일이요, 변호사를 너무 모욕하는 일이라고도 하겠지만, 혹시 자기가 아무리 애를 써도 자기를 변호하는 변호사가 소송에 장해가 된다면 K는 더 이상 참을 수 없었다. 그러나 한번 변호사를 뿌리치게 되면, 곧 변론서류를 빨리 넘겨서 가능한 한 매일같이 서류심사를 독촉해야 했다. 물론 그러기 위해서는 다른 사람들과 같이 모자를 의자 밑에 틀어박고 복도에 앉아 있기만 해서는 안 될 것이다. 자신이 가지 않으면 여자들이나 다른 연락원들을 매일매일 관리들한테 보내서, 창살 너머로 복도만 바라볼 것이 아니라 책상에 앉아서 K의 변론서류를 심사하라고 독촉해야 한다. 이만한 노력은 마땅히 있어야 할 것이다. 모든 일이 순서에 따라서 하부 조직적으로 처리되고 상부의 감시도 있어야 하겠지만, 그렇지 못한 재판소에서는 어디까지나 자기 권리를 주장하는 그런 피고와는 반드시 무슨 충돌이 있을 것이다.

K는 이러한 일이라면 무슨 일이든지 서슴지 않고 하겠지만, 그러나 변론서류를 작성한다는 것은 괴롭기 짝이 없는 일이었다. 일주일 전만 해도 그러한 서류를 자신이 작성해야 한다는 것이 수치스럽다고만 생각했지 그것이 힘든 일이라고는 조금도 여기지 않았다. K의 머리에 어느 날 오전 일이 떠올랐다. 일이 한창 바쁠 때, 그는 돌연 모든 서류를 옆으로 밀어 놓고 시험 삼아 변론서류 비슷한 내용을 적어서 그 우둔한 변호사에게 보여 주려고 종이를 꺼내들었다. 그런데 그때 마침 지점장실 문이 열리더니 지점장 대리가 껄껄 웃으며 들어왔다. 물론 지점장 대리는 알지도 못하는 변론서류 때문이

아니라 때마침 어떤 농담을 듣고 웃은 것이지만, K는 그것이 몹시 불쾌했다. 그 농담을 이해하려면 그림이 필요했던 까닭에 지점장 대리는 K의 책상 위에 몸을 굽히고 그의 손에서 빼앗은 연필로, 변론서류를 쓰려던 종이에 그림을 그렸다.

그러나 오늘 K는 그런 부끄러움은 다 잊어버리고 변론서류를 작성해야겠다고 생각했다. 사실 사무실에서 그럴 시간의 여유가 없으면 집에 돌아가서 밤에라도 써야만 했다. 밤 시간만으로 부족하다면 휴가라도 얻어야만 했다. 사업을 할 때만 아니라 언제 어디에서 무슨 일을 하든지 도중에 중단하는 것은 가장 어리석은 일이다. 그러나 사실 변론서류를 쓴다는 것은 끝이 없는 노릇이었다. 아무리 대범한 사람이라도 그런 서류는 도저히 꾸밀 수 없다는 것쯤은 곧 짐작할 수 있을 것이다. 물론 그것은 변호사처럼 게으르고 꾀를 피우며 서류 완성을 미루기 때문이 아니라, 현재의 고소장이나 또는 그것을 앞으로 어떻게 보충해야 할지도 모르고 사소한 행동이나 사건에 이르기까지 지나간 생활을 모두 회상하며 기록해서 그것을 모든 방면으로 검토해야만 했기 때문이다. 그리고 그런 일이란 참 서글픈 것이었다. 아마 그런 일은 연금을 받고 퇴직한 다음 지루할 때 어린아이처럼 단순한 머리로 매일매일 심심풀이로 한다면 적합할지 모른다. 그러나 모든 생각을 일에 집중하고, 아직 오르막길인 데다 지점장 대리에게도 위협의 대상이 되어 그에게 세월은 쏜살같이 흘렀다. 그리고 젊은 사람으로서, 밤 한때나마 즐기려고 했다. 그러던 참에 이런 변론서류를 작성해야만 한다는 생각에 이르자 K는 다시금 우울한 기분에 휩싸였다. 그런 생각은 아예 걷어치우려고 하면서 거의 무의식 중에 응접실로 통하는 초인종을 눌렀다. 초인종을 누르며 시계를 쳐다보았다. 11시였다. 두 시간이나 귀중하고 긴 시간을 허비했지만 한층 더 피로를 느낄 뿐이었다. 그러나 유익한 결심을 했으니 시간을 허비한 것은 아니었다. 사환들이 여러 가지 우편물 이외에 이미 오랫동안 K를 기다렸다는 두 사람의 명함을 들고 들어왔다. 사실 은행으로서는 도저히 기다리게 해서는 안 될 귀한 손님들이었다. 어째서 그들은 하필 이런 때에 찾아왔을까? 아무튼 그 손님들은 닫힌 문 뒤에서 뭔가 물어보는 것 같았지만, 그렇게 부지런한 K가 어째서 귀중한 집무시간을 자기 개인일 때문에 소비했을까? 그때까지의 일에 피로를 느끼고, 피로한 가운데 앞으로의 일을 기대하며 첫손님을 맞이하려고 K는 자리에서 일어났다.

　그는 키가 자그마하고 쾌활한 신사로서 K가 잘 아는 공장주인이었다. 바쁘신데 죄송하다고 공장주인이 사죄를 하자, K는 자기대로 너무 오래 기다리게 해서 미안하다고 했다. 그러나 K의 사죄하는 말투가 어쩐지 기계적이며 어색했다. 만일 공장주인이 자기 일에 너무 열중하지 않았더라면 틀림없이 그런 태도를 알아챘을 것이다. 그 남자는 그러한 점에는 관심도 없다는 듯이 서둘며 여기저기 호주머니 속에서 계산서와 일람표를 꺼내 K의 눈앞에 펴놓았다. 그러고는 여러 가지 항목에 따라 설명을 하고 얼핏 한번 훑어보면서 잘못된 계산이 눈에 띄면 정정도 하면서, 약 1년 전에 계약을 맺은 같은 성질의 사업에 대한 이야기를 꺼내고는, 다른 은행에서는 그런 사업에 대해서 희생적인 조건을 내세운다는 등 장광설을 끝낸 뒤 K의 의견을 기다렸다. 사실 처음에는 K도 공장주인의 이야기에 귀를 기울이고 들으면서 그것이 정말 중대한 사업이라는 생각에 마음이 끌리기도 했지만 결국 그런 생각도 그만 사라지고 그런 이야기는 듣고 싶지도 않았다. 그런 대로 잠시 동안 공장주인의 시끄러운 이야기에 고개를 끄덕이다, 그저 허리를 꾸부리고 서류를 들여다보는 그 남자의 대머리를 바라보며 결국 공장주인이 언제쯤 자기 이야기가 모두 소용없는 말임을 깨닫게 될까 자문해 보기도 했다. 공장주인이 이야기를 끊었을 때, 사실 K는 우선 그런 이야기는 들을 수 없다고 솔직히 고백할 기회를 자기에게 주려는 것이라고 생각했다. 그러나 분명히 어디까지나 반박이라도 하려는 듯한 공장주인의 긴장된 시선을 보고 상담을 더 계속해야 한다는 것을 느꼈을 때는 어쩐지 쓸쓸한 생각만이 앞섰다. 그래서 K는 무슨 명령이라도 받는 듯이 머리를 숙이고 연필로 천천히 서류를 더듬으며 가끔 쉬기도 하면서 숫자를 뚫어지게 쳐다보았다. 공장주인은 숫자가 정말 확실치 않거나 또는 결정적인 것이 아니라고 해서 K가 어떤 이의를 품고 있다고 생각했던지, 하여튼 손으로 그만 서류를 덮고 K한테로 바싹 다가서며 다시금 사업에 대한 전반적인 설명을 하기 시작했다.
　"힘든데요." K는 서류가 가려져 있기 때문에 더 이상 애쓸 필요도 없다는 듯이 입술을 씰룩거리며 그만 의자에 털썩 주저앉고 말았다. 기운 없이 얼굴을 들었을 때, 바로 지점장실 문이 열리며 마치 베일 뒤에 있었던 것처럼 지점장 대리의 희미한 얼굴이 나타났다. K는 그 이상 지점장 대리에 대해서는 생각지 않고, 그가 나타났기 때문에 직접 자기에게 돌아올 어떤 즐거운 효과에 대해서 흥미를 느끼고 있었다. 왜냐하면 공장주인은 곧 의자에서 일어나 지점장 대리한테로 달려갔기 때문이다. 그러나 K는 지점장 대리가 다시 떠나지나 않을까 그것만이 걱정이었다. 그러나 그것은 기우였다. 그 두 사람은 서로 만나자 악수를 하더니 같이 K의 책상으로 걸어왔다. 공장주인은 업무주임이 일에 대해서 성의가 없다고 불평을 하면서, 지점장 대리의 눈앞에서 다시 서류를 들여다보고 있는 K를 가리켰다. 그리고 두 사람이 탁자에 기대고 공장주인이 지점장 대리의 마음을 흔들어 보려고 애를 쓰고 있을 때, K는 자기 머리 위에서 생각만 해도 무시무시하게 커 보이는 그 두 남자가 자기에 대해서 이야기를 주고받는 것 같은 생각이 들었다. 그는 조심해서 천천히 얼굴을 들고 그 두 사람의 태도를 살피려고 보지도 않은 채 서류 한 장을 집어 들고는 그들에게 보이려는 듯이 천천히 자리에서 일어났다. 그는 이렇다할 무슨 목적이 있는 것이 아니라, 그저 앞으로 그 방대한 변론서류 작성을 끝내고 그 괴로움에서 벗어나면 이런 태도를 취하리라는 그런 기분이었다. 그 이야기에 주의를 다하고 있던 지점장 대리는 힐끗 서류를 쳐다보고, 업무주임에게 중요한 일이라고 해서 반드시 그에게도 중요하지는 않겠지만, 하여튼 무슨 내용인지 읽어보지도 않은 채 K의 손에서 서류를 빼앗더니 이렇게 말했다.

"좋습니다. 벌써 다 알고 있으니까요."

그러더니 다시 조용히 서류를 책상에 놓았다. 불쾌한 듯이 K는 옆에서 그를 쳐다보았다. 그러나 지점장 대리는 그런 태도를 느끼지 못하였는지 혹은 느끼고도 그만 기분을 돌렸는지, 가끔 너털웃음을 웃으며 교묘한 대답으로 잠깐 공장주인을 실망케 하는가 하면 곧 자기 이야기를 번복하면서 그의 기분을 안정시키고 나중에는 자기 방으로 가서 그 이야기의 결말을 짓자고 말했다.

"매우 곤란한 문제데요." 그는 공장주인을 보고 말했다. "하여튼 잘 알겠습니다. 그리고 업무주임한테는"—이렇게 말하면서도 K는 돌아보지도 않았다—"괴로움을 끼치지 않는 것이 좋을 것 같습니다. 좀 냉정히 생각할 문제니까요. 저 양반은 오늘 대단히 바쁘기도 하려니와 응접실에서 벌써 한 시간

이상이나 기다리는 사람이 있습니다."

K는 태연한 척 지점장 대리한테서 시선을 돌리고 공장주인에게 정다운 듯하면서도 어쩐지 어색한 미소를 보냈지만, 그 이상은 아무것도 할 수 없었다. 그는 어쩔 줄을 모르며 약간 허리를 굽히고 마치 상점 점원처럼 두 손으로 책상머리를 짚고선, 이야기를 계속하며 책상에서 서류를 들고 지점장실로 들어가는 두 사람의 모습을 바라보았다. 공장주인은 문간에서 다시 한 번 돌아서더니 그만 실례하는 것이 아니라 이야기의 결과에 대해서는 물론 뒤에 말씀드릴 것이요, 그 외에도 잠깐 전할 이야기가 있다고 말했다.

결국 K는 혼자 남게 되었다. 아무도 만날 생각은 없었다. 밖에 있는 사람들이 자기가 아직 공장주인을 대하고 있으니까 들어갈 수가 없다고 생각하면 얼마나 좋을까. 그러면 사환이라도 들어오지 못하리라는 생각이 막연하나마 그의 마음속에 떠올랐다.

그는 창가로 가서 창문턱에 앉아 한 손으로 손잡이를 꼭 쥐고 광장을 바라보았다. 아직도 눈이 내리는데 조금도 갤 것 같지 않았다.

그는 오랫동안 그대로 앉아 있었다. 도대체 무엇 때문에 마음이 그렇게 괴로운지 알 수가 없었다. 가끔 흠칫 놀라며 응접실 문을 바라보았다. 어쩐지 소곤거리는 소리가 들리는 것 같았다.

그러나 아무도 나타나지 않았던 까닭에 마음을 안정하고 세면대로 가서 찬물에 얼굴을 씻고 상쾌한 기분으로 다시 창문가에 돌아왔다. 변호를 자기 힘으로 해보려고 처음부터 결심을 더욱 굳게 먹었다. 변호를 변호사에게 맡겨 두는 한 실제로 소송문제에 부닥칠 기회도 적고 멀리서 바라볼 뿐 직접 손을 대보는 일은 거의 없을 것 같았다. 생각이 나면 자기 문제가 어떻게 되었나 하는 것을 조사해 볼 수도 있었고 그렇지 않으면 그저 얼굴을 돌리면 그만이었다. 그러나 반대로 변호를 자기가 맡게 된다면 적어도 얼마 동안은 재판소에 나붙어 있어야만 했다. 나중에 그 결과가 아무리 결정적인 최후 해방이라 할지라도 그때까지는 우선 그 전과는 판이한 위험을 겪어야만 했다. 이런 점에 대해서 지금까지 반신반의하던 K도 오늘 지점장 대리나 공장주인과 자리를 같이하고 나서 깨달은 바도 적지 않을 것이다. 그러나 자기 힘으로 변호를 해보겠다는 결심을 했다면 어째서 그 자리에 어물거리고 앉아 있었던가? 그런데 앞으로 대체 어떻게 될 것인가? 그의 앞에는 어떠한 앞날이

가로놓여 있을까? 성공할 만한 어떤 길이 있을까? 신중한 변호—이것이 무엇보다도 필요하지만—이러한 변호를 하려면 역시 가능한 한 다른 모든 문제와의 관계를 끊어야 하지 않을까? 용케 참아나갈 수 있을까? 은행에서 일을 보면서 어떻게 그런 일을 할 수 있을까? 변론서류를 작성하는 데는 휴가를 얻으면 그만이겠지만 지금 같아서는 그것도 대단한 용기가 필요할 것 같다. 사실은 소송이 얼마나 계속될지가 문제다. 살아가다가 뜻밖에도 이러한 장해가 생길 줄이야 누가 알았으랴?

　이렇게까지 하며 은행을 위해 일을 해야 한단 말인가? —그는 책상을 바라보았다—이래도 손님을 맞아서 이야기 상대를 해야 한단 말인가? 소송이 계속되고 저 지붕 밑에서는 재판소 관리들이 이 소송에 관한 서류를 들추고 있는데도 은행 일을 돌보아야 한단 말인가? 이것은 마치 재판소에서도 인정한 소송에 따르는 고문이 아닌가? 대체 은행 같은 곳에 그가 하는 일을 판단하는 동시에 그의 특수한 사정을 이해해 주는 사람이 있을까? 결코 없을 것이다. 누가 어느 정도 알고 있는지는 모르겠으나 사실은 소송에 대해서 전혀 모른다고 할 수 없는 것이다. 아마 지점장 대리의 귀에까지는 아직 들어가지 않은 모양이다. 만일 그렇지 않으면 그는 우정이고 인정이고 없이 그런 약점을 이용하려고 했을 것은 뻔한 노릇이었다. 그리고 지점장은 어떤가? 확실히 그는 K에게 호의가 있으며 소문을 들으면 가능한 대로 K를 위해서 편의를 보아 주려고 하겠지만, 얼마만큼 적극적인 태도를 보일는지 알 수 없는 일이다. 왜냐하면 K의 지반이 무너지게 되면 지점장은 대리의 세력에 눌리게 될 것이요, 대리는 대리대로 지점장의 그러한 약점을 핑계로 자기 세력을 넓히려고 애를 쓸 것이기 때문이다. 그렇다면 K는 무엇을 기대해야 할 것인가? 그렇게 자꾸 생각만 하면 도리어 자신의 저항력을 약화시킬 것이다. 하여튼 자기 꾀에 넘어가지 말고 얼마동안 되도록 분명하게 사리를 판단하는 것이 또한 필요할 것이다.

　특별한 무슨 이유가 있는 것은 아니지만 그저 책상으로 돌아가고 싶지 않았기 때문에 그는 창문을 열려고 했다. 그러나 좀처럼 문이 열리지 않았다. 그는 두 손으로 손잡이를 돌려야만 했다. 문을 여니까 연기 섞인 안개가 빈 틈없이 흘러들어 방 안에는 무엇인가 타는 듯한 냄새가 자욱하게 풍겼다. 눈송이도 간간이 날아들었다.

"가을 날씨가 참 불쾌한데요." 공장주인이 어느새 들어와 K의 등 뒤에서 말했다. K는 머리를 끄덕거리며 불쾌한 표정으로 공장주인이 들고 있는 종이봉투를 바라보았다. 그는 당장 그 속에서 서류를 꺼내들고 지점장 대리와 교섭한 결과를 K한테 알리려는 태도였다. 그러나 공장주인은 K의 시선을 더듬으며 종이봉투를 손으로 툭툭 치기만 하면서 이렇게 말했다.

"이야기의 결과를 들어 보시겠어요? 이미 계약서는 이 속에 들어 있는 거나 다름없지요. 지점장 대리는 참 재미있는 분이시더군요. 그렇지만 어디까지나 조심해야지요."

그는 웃으면서 K와 악수를 하고 그를 웃기려고 했다. 그러나 공장주인이 서류를 보이려고 하지 않는 것이 또한 이상하게 생각되었기 때문에 그의 이야기 같은 것은 조금도 우습지가 않았다.

"업무주임님." 공장주인은 말했다. "날씨가 좋지 못하니까 매우 불쾌하신 것 같은데."

"그렇습니다." K는 이렇게 말하며 두 손으로 턱을 괴었다. "골치도 아프고 집안 걱정도 있고 해서요."

"그러시겠지요." 남의 이야기를 듣고만 있지 못하는 급한 성미인 공장주인은 이렇게 말했다. "누구나 사람이라면 십자가를 져야지요."

공장주인을 밖으로 전송이라도 하려는 듯이 K는 자기도 모르게 문 쪽으로 발걸음을 옮기었으나 공장주인은 이렇게 말했다.

"주임님, 잠깐 말씀드릴 게 있습니다. 오늘 같은 날 이런 말을 하면 당신을 괴롭히지나 않을까 염려되지만, 전에도 두 번이나 당신한테 들렀다가 그만 번번이 잊어버렸지요. 하지만 더 미루면 아무 효과도 없을 것 같고, 또 만일 그렇게 되면 너무 섭섭하지 않겠어요. 제가 말씀드리려는 것도 사실 전혀 무의미한 일은 아니니까요."

K가 대답할 사이도 없이 공장주인은 그의 옆으로 가까이 와서 손마디로 그의 가슴을 두드리며 나직한 목소리로 말했다.

"소송문제가 생겼다지요?"

K는 흠칫 뒤로 물러서며 이렇게 외쳤다.

"지점장 대리가 그런 말을 했군요?"

"아닙니다. 지점장 대리가 어떻게 알겠어요?" 공장주인은 말했다.

"그러면 당신은?" K는 훨씬 침착한 태도로 물었다.

"재판소 일이라면 여기저기에서 들을 수 있으니까요." 공장주인은 말했다. "제가 말씀드리려고 한 것도 바로 그 일입니다."

"별별 사람이 다 재판소와 관계가 있군!" K는 머리를 숙이며 이렇게 말하더니 공장주인을 책상 옆으로 데리고 갔다.

두 사람이 다시 전처럼 자리에 앉자 공장주인은 이렇게 말했다.

"알려드릴 수 있는 게 애석하게도 별로 없습니다만, 이러한 일은 조금도 소홀히 할 수 없으니까요. 제가 도와드린대야 대단할 것은 없지만 당신을 도와야겠다는 생각만은 간절합니다. 사업관계로 저희는 그래도 가까이 지냈으니까요. 그렇지 않습니까? 그런데⋯⋯."

K는 아까 이야기했을 때의 자기 태도에 대해서 사과를 하려고 했다. 그러나 공장주인은 좀처럼 이야기할 기회를 주지 않고 겨드랑 밑에 끼고 있던 종이봉투를 밀어 올리며 어물거리고 있을 수가 없다는 듯이 다시 이야기를 계속했다.

"당신의 소송에 대하여서는 티토렐리라는 남자한테서 들었습니다. 그는 화가인데 티토렐리는 아호이고 본명은 저도 전혀 모릅니다. 몇 해 전부터 가끔 저의 사무실에 조그마한 그림을 들고 나타나는데, 그 꼴이 거지나 다름없어 저는 언제나 동정을 베풀었습니다. 광야의 풍경을 그린 것이 대부분인데 하여튼 깨끗한 그림이었어요. 이러한 매매는 서로가 아무 허물도 없이 매우 순조롭게 진행되었습니다. 그런데 한 번은 너무나 귀찮게 찾아오기에 꾸지람을 했더니 그것이 발단이 되어서 여러 가지 이야기를 하게 됐습니다. 그가 그림만 그려서 어떻게 살아가나 흥미가 갔는데, 놀랍게도 그의 본 수입이 초상화에서 생긴다는 것을 알고 깜짝 놀랐습니다. 그의 말이 '재판소에서 일을 한다'고 그러지 않아요. 그래서 '어느 재판소냐' 물었지요. 그랬더니 재판소 이야기를 늘어놓더군요. 아마 당신이 누구보다도 잘 아시겠지만 저는 이야기를 듣고 참 놀랐어요. 그 뒤 그가 찾아오면 언제나 재판소에 관한 새로운 소식을 알려 주기 때문에 저도 차츰 그런 문제에 대해서 눈을 뜨게 되었지요. 하여튼 티토렐리는 쓸데없는 이야기가 많아요. 훤히 알고 있는 거짓말을 하기에 화를 내고 쫓아 버린 일도 있는데, 저 같은 장사꾼은 자기 일만 해도 눈코 뜰 사이가 없는데 아무 관계도 없는 이야기에 귀를 기울일 겨를이 있겠어요. 그런데 이야기가 났으니까 말씀드립니다만, 티토렐리가 당신에게 도움이 되지 않을까 생각했어요. 그는 재판관을 많이 아니까 자기 자신은 힘이 없더라도 어떻게 하면 유력한 사람들과 가까이할 수 있다는 것쯤은 가르쳐 줄 수 있을 겁니다. 그 사람의 이야기로써 무슨 결정적인 효과가 날 것은 아니지만, 그래도 제가 생각하기에는 당신이 그런 이야기를 들으시면 매우 유리할 것 같습니다. 무엇보다 당신은 변호사나 다름없는 분이시니까요. K 주임님은 변호사나 다름없는 분이라고 저는 언제나 말했어요. 그렇다고 해서 당신의 소송문제에 대해서 걱정하는 것은 아닙니다. 그러면 어떻습니까. 티토렐리한테 한번 가 보시겠습니까? 제가 소개한다면 무슨 일이든지 가능한 데까지는 보아 줄 겁니다. 물론 오늘이 아니라도 적당한 기회에 가보시는 편이 좋을 것 같습니다. 물론 이것도 말씀드려야 하겠습니다만, 제가 이렇게 권한다고 해서 반드시 티토렐리를 찾아갈 필요는 없습니다. 티토렐리의 힘을 빌리지 않고라도 해결할 수 있으면 그야 어디까지나 그를 무시하는 것이 도리어 좋으실 겁니다. 모르긴 하지만 벌써 충분한 계획을 세우셨을 테니까 티토렐리 같은 것은 도리어 방해가 되겠지요. 아니 그러시다면 구태여 가실 것도 없습니다. 사실 그런 사내의 이야기를 듣는다는 것은 좀 창피한 일이니까 소견대로 하시고, 어쨌든 여기 소개장과 주소가 있습니다."

잠시 망설이다가 K는 편지를 받아서 호주머니에 넣었다. 공장주인이 K의 소송문제를 알고 있으며 화가가 앞으로도 그 이야기를 퍼뜨릴 것이기 때문에 당하게 될 피해에 비하면 아무리 일이 순조롭게 진행된다 해도 소개장의 유리한 점이라는 것은 뻔한 일이었다. 방에서 나가려는 공장주인에게는 사실 간단한 인사마저 할 생각이 없었다.

"가보지요." 문간에서 헤어지면서 K는 말했다. "그렇지 않으면 제가 오늘은 매우 바쁘니까 언제 한번 저의 사무실로 오도록 편지를 보내지요."

"좋은 방법이 있으시겠지만" 공장주인은 이렇게 말했다. "하여튼 소송문제를 상의하기 위해서 티토렐리 같은 사람을 은행으로 부른다는 것은 삼가는 것이 좋지 않을까요. 그런 사람한테 편지를 한다고 해서 반드시 이로울 것은 없습니다. 그러나 하여튼 당신은 모든 문제를 충분히 생각해서 잘 처리하시리라고 믿습니다."

K는 머리를 끄덕이고 응접실까지 공장주인을 따라갔다. 겉으로는 태연한

듯 표정을 지었지만 자기 이야기에 대해서 매우 놀랐다. 티토렐리한테 편지를 쓴다고 말한 것은 사실 공장주인에게 소개장에 대해 매우 감사하며 가능한 한 티토렐리와 만날 기회를 만들었으면 하는 기분에서 말한 것이지만, 티토렐리의 힘이 유력하다고 생각했더라면 사실 서슴지 않고 그에게 편지를 보냈을 것이다. 그러나 편지를 해서 도리어 해로우리라는 것은 공장주인의 이야기를 듣고 비로소 깨닫게 되었다. 자신의 판단력은 이렇게 믿을 수 없는 것일까? 나중에라도 문제가 될지 모르는 그런 편지를 보내서 시원치도 않은 사람을 은행으로 불러 놓고 대리와 겨우 벽 하나를 사이에 둔 방에서 자기 소송 때문에 이러쿵저러쿵 부탁할 수 있다면, 사실 그보다 다른 어떤 위기에 처했을 때도 그것을 깨닫지 못하고 그만 그 속에 빠져 버릴 수 있는 일이 아닌가? 자기를 타일러 줄 사람이 언제나 옆에 있는 것은 아니다. 그리고 온 힘을 다해서 나서야 할 지금에야 뜻밖에도 자신의 이성에 대한 의혹이 생길 줄이야 누가 알았으랴! 은행업무를 볼 때 느꼈던 곤란이 이 소송문제에서도 나타나기 시작한 것일까? 하여튼 지금 그는 어떻게 티토렐리한테 편지를 쓰며 그를 은행으로 불러 올 생각을 했는지 알 수가 없었다.

그런 생각을 하며 머리를 흔들고 있을 때 사환이 옆으로 다가오더니 응접실에 손님 세 사람이 기다리고 있음을 알려 주었다. 그들은 K를 만나려고 벌써 오랫동안 기다리고 있었다. 사환이 K와 이야기를 하자 기회를 놓치지 않으려고 저마다 K한테로 가까이 왔다. 은행 측에서 그처럼 불친절하게도 휴게실에서 시간을 보내게 했기 때문에 그들도 더 이상 기다리지 못했던 모양이다.

"주임님." 그 중에서 어떤 한 남자가 말했다. 그러나 K는 사환에게 외투를 가져오게 하고 사환이 그것을 입혀 주는 사이에 그 세 사람을 보고 이렇게 말했다.

"죄송합니다, 여러분. 미안하지만 지금은 만날 시간이 없습니다. 대단히 죄송합니다만 급한 일이 있어서 곧 나가 봐야겠습니다. 보시다시피 꼼짝할 사이가 있어야지요. 내일이나 그렇지 않으면 언제든지 다시 한 번 오실 수 없겠습니까? 뭣하시면 용건을 전화로 상의하실까요? 그렇지 않으면 지금 간단히 용건을 말씀하실까요? 그러면 서면으로 자세히 말씀드리겠습니다. 물론 다시 한 번 오신다면 더욱 좋겠지만."

공연히 기다린 셈이 된 손님들은 K가 이렇게 자기 의견을 말하자 어리둥절해서 서로 얼굴만 바라보았다.

"자아, 그렇게 해주시겠습니까?" K는 이렇게 묻고 나서 그때 마침 모자를 들고 온 사환을 돌아보았다. 열려 있는 방문 사이로 밖에 눈이 더욱 심하게 내리는 것이 보였다. 그래서 K는 외투깃을 치켜올리고 목 밑에까지 단추를 채웠다.

바로 그때 옆방에서 나온 지점장 대리는 외투를 입고 사람들과 이야기를 주고받는 K를 싱글거리며 바라보더니 이렇게 물었다.

"벌써 나가십니까, 업무주임?"

"네." K는 긴장된 태도를 취했다. "볼 일이 있어서 좀 나가봐야겠습니다."

그러자 지점장 대리는 손님들을 돌아보았다.

"그러면 이 손님들은 어떻게 되지요? 벌써 오랫동안 기다렸는데."

"이야기는 다 끝났습니다." K는 말했다. 그러나 그때 손님들은 그 이상 참을 수 없다는 듯이 K의 주위에 모이더니, 중요한 문제가 아니라면 한 시간이나 기다리지 않았을 것이니 지금이라도 개별적으로 만나서 자세한 이야기를 들어 달라고 말했다. 지점장 대리는 잠시 동안 그들의 이야기를 듣고 있더니, 손에 든 모자에서 여기저기 먼지를 털고 있는 K를 바라보고 나서 이렇게 말했다.

"여러분, 매우 간단한 방법이 있습니다. 저라도 좋으시다면 업무주임을 대신해서 제가 말씀을 올리겠습니다. 물론 여러분의 용건은 조속히 결말을 지어야지요. 여러분과 같이 저희도 상인이니까 상인들의 시간이 얼마나 귀한지는 잘 알고 있습니다. 이리 들어오실까요?"

이렇게 말하고 그는 자기 방 응접실로 들어가는 문을 열었다.

K가 지금 어쩔 수 없이 포기한 모든 일을 지점장 대리는 어떻게 혼자서 차지할 수 있을까! 그런데 K는 필요 이상의 것을 포기하지는 않았는가? 확실치도 않고 사실 보잘것없는 희망을 품고 잘 알지도 못하는 화가한테 달려간 동안에 은행에서의 신용을 잃어버리면 다시는 걷잡을 도리가 없을 것이다. 사실은 이제라도 외투를 벗고 적어도 아직 이 방에 나란히 앉아서 기다리고 있는 두 손님의 기분이라도 돌려주는 것이 좋을 듯싶었다. K는 그때 자기 방에서 지점장 대리가 뻔뻔스럽게 장부를 이리저리 들추는 꼴을 보지

않았더라면 아마 그렇게 했을지도 모른다. K가 흥분된 표정을 띠며 문으로 가까이 왔을 때 지점장 대리는 이렇게 외쳤다.

"아, 아직도 나가지 않았군요!"

K한테로 얼굴을 돌렸지만 얼굴에 나타난 수많은 주름은 늙었다기보다 넘치는 정력을 보여 주는 것 같았다. 그는 곧 장부를 다시 뒤적이기 시작했다.

"저 회사 사장님 이야기로는 당신한테 계약서가 있다고 하는데" 지점장 대리가 말했다. "좀 찾아 주시겠어요?"

K가 한 걸음 들어서자 지점장 대리는 "아, 그만 두세요. 있습니다" 이렇게 말하더니 계약서뿐만이 아니라 다른 여러 서류까지 들어 있는 장부를 들고 자기 방으로 돌아갔다.

"지금은 어쩔 수 없지만" K는 혼자서 이렇게 말했다. "내 개인적인 여러 문제만 해결되는 날에는 누구보다 먼저 따끔하게 맛을 보여줘야겠군." 이런 생각을 하면서 다소 기분을 안정시키고, 이미 오랫동안 복도로 나가는 문을 열어 잡고 그를 기다리던 사환에게 볼 일이 있어서 나갔다고 기회를 보아 지점장에게 전하라는 부탁을 했다. 그러곤 잠시 동안이나마 완전히 자기 일에 몰두할 수 있다는 데 어느 정도 행복감을 느끼면서 K는 은행 문을 나섰다.

그는 곧 화가한테로 달려갔다. 그 화가는 재판소 사무실이 있는 곳과는 전혀 반대방향인 교외에 살고 있었다. 그 부근 일대는 훨씬 더 가난해 보이며, 집들도 더욱 음침하고, 도로는 눈이 녹으면서 질퍽질퍽 더럽기 짝이 없었다. 화가가 사는 집에는 커다란 문이 한 짝만 열려 있고 다른 쪽은 울타리 밑으로 구멍이 나서, K가 가까이 갔을 때는 그 구멍으로 누렇게 김이 나며 진득한 액체가 흘러내리고 쥐 몇 마리가 마치 그것을 피하려는 듯이 옆 도랑으로 뛰어들었다. 계단 밑에는 어린아이가 땅위에 엎드려서 울고 있었지만 문 맞은편에 있는 철판공장에서 울리는 소란한 소리 때문에 소리는 들리지 않았다. 공장의 문을 열려 있었고 무슨 일을 하는지 직공 세 사람이 빙 둘러서서 망치로 두들기고 있었다. 벽에 걸린 커다란 칠판에서 반사하는 희미한 광선이 두 직공 사이로 흘러서 그들의 얼굴과 작업복을 비추고 있었다. K는 이러한 모든 것을 얼른 한 번 쳐다보았을 뿐 가능한 대로 빨리 화가에게 몇 마디 물어보고 나서 곧 은행으로 돌아가려고 했다. 만일 여기서 조금이라도 성과를 올린다면 오늘 은행에서 할 일에도 좋은 영향을 미칠 것이다. 4층까지 오르자 그는 걸음을 늦추지 않을 수 없었으며 숨이 막혔다. 층계와 계단이 너무 높았다. 화가는 맨 위에 있는 다락방에 산다는 이야기였다. 공기도 매우 침침하고 좁다란 계단은 양쪽이 다 벽으로 막혀 있으며 맨 위에 여기저기 자그마한 들창이 달려 있을 뿐이었다. 잠시 발걸음을 멈추자 어떤 방에서 어린 소녀가 두서너 명 뛰어나오더니 깔깔거리며 급히 계단으로 올라갔다. K는 천천히 뒤를 따라가다가 발이 걸려서 그만 뒤떨어진 소녀와 나란히 서서 걸어가며 이렇게 물었다.

"여기 티토렐리라는 화가가 있니?"

그러자 열서너 살 먹어 보이며 약간 등이 굽은 소녀는 팔꿈치로 K를 쿡 찌르더니 옆으로 그의 얼굴을 쳐다보았다. 아무리 어리고 불구였지만 그 애가 이미 완전히 타락한 것만은 숨길 수 없는 사실이었다. 소녀는 웃는 빛을 조금도 보이지 않고 예리하며 매혹적인 시선으로 그를 뚫어지게 쳐다보았다. K는 그런 태도를 느끼지 못한 척하면서 이렇게 물었다.

"티토렐리라는 화가 아니?"

소녀는 머리를 끄덕이며 도리어 제편에서 이렇게 물었다.

"무슨 일로 왔어요?"

K는 티토렐리에 대해서 조금이라도 미리 알아두는 것이 이로우리라 생각되었다.

"내 얼굴을 좀 그려 달랠까 해서." 그는 말했다.

"얼굴을 그려 달래요?" 소녀는 이렇게 묻고 마치 그가 너무나 놀랍거나 당치도 않은 일을 말하기나 한 듯이 입을 딱 벌리고 손으로 K를 툭 치더니, 그러지 않아도 짧은 치마를 두 손으로 더욱 치켜올리며 빠른 걸음으로 다른 소녀들의 뒤를 따라 뛰어올라갔다. 위에서 그들이 떠드는 소리는 어느덧 희미하게 사라지고 말았다. 그러나 다시 계단을 도는 데서 그는 소녀들을 또 만났다. 사실 꼽추를 통해서 K의 이야기를 들은 그들은 그가 오기를 기다리고 있었다. 계단 양쪽에 서서 K가 그들 사이를 지나갈 수 있도록 벽에 몸을 붙이고 손으로 앞치마를 꼭 누르고 있었다. 그들의 얼굴이나 이렇게 열을 지어서 서 있는 태도에는 동심과 타락한 빛이 뒤섞여 나타났다. 웃으며 K의 뒤를 따르는 소녀들의 맨 앞에서 안내 역할을 하는 것은 역시 꼽추였다. 그 소녀 때문에 그래도 곧 방향을 바로 들 수가 있었다. 그 소녀는 곧장 올라가려는 K를 보고 티토렐리한테 가려면 옆으로 통한 계단으로 가야 한다고 가르쳐 주었다. 기다랗고 매우 비좁은 이 계단은 곧장 위에까지 보이며 바로 티토렐리의 방 앞에서 끝나 있었다. 경사진 문 위에는 다른 계단과는 달라서 자그마한 외등이 달려 있기 때문에 주위가 상당히 밝았으며 아예 칠도 하지 않은 문 판자 위에는 티토렐리라는 이름이 빨간 글씨로 굵직하게 씌어 있었다. K가 뒤를 따르는 소녀들과 같이 계단 한가운데까지 왔을 때, 소란한 발걸음 소리가 시끄러웠던지 위에 있는 문이 약간 열리더니 잠옷만 입은 듯한 어떤 남자가 문틈으로 얼굴을 내밀었다.

"오오!" 그들이 올라오는 것을 보고 이렇게 외치더니 그만 사라지고 말았다. 꼽추 소녀는 기뻐서 어쩔 줄을 모르며 손뼉을 쳤다. 그리고 다른 소녀들은 좀 더 빨리 올라가도록 K의 등을 밀었다.

그러나 아직 다 올라가기도 전에 위에 있는 화가가 문을 활짝 열어젖히고 머리를 푹 숙이며 K에게 들어오라고 권했다. 그러나 소녀들은 가로막았다. 소녀들이 아무리 애원하고 어떻게든 들어가려고 애를 써도 그는 단 한 명도 들여보내지 않았다. 다만 꼽추만이 쭉 뻗친 그의 팔 밑으로 빠져나갈 수 있었지만, 화가는 그 소녀를 쫓아가서 치마를 붙잡고 자기 주위로 한바퀴 빙 돌리더니 문 앞에 소녀들이 선 자리에 밀어 놓았다. 다른 소녀들은 화가가 없는 동안 문지방을 넘으려고 하지는 않았다. K는 이러한 광경을 어떻게 판단하면 좋을지 몰랐다. 모두가 정답게 놀고 있는 것 같기도 했다. 문 옆에 있는 소녀들은 제멋대로 목을 쭉 빼고 K가 알 수 없는 여러 가지 농담을 화가에게 지껄여대고, 꼽추 소녀를 붙들고 공중에서 빙 돌리던 화가도 웃고 있었다. 그런 뒤 화가는 문을 닫고 다시 한 번 K한테 인사를 하며 악수를 청하더니 이름을 밝혔다.

"화가 티토렐리입니다."

K는 뒤에서 소녀들이 시시덕거리고 있는 문을 가리키며 이렇게 말했다.

"이 집에서 인기가 굉장히 좋으신데요."

"어찌나 장난이 심한지." 화가는 이렇게 말하고 잠옷 맨 위에 단추를 채우려고 했으나 좀처럼 채워지지가 않았다. 그는 맨발에 홀렁거리고 누르스름한 바지를 입었는데, 허리를 동여맨 끈 끝이 이리저리 흔들리고 있었다.

"장난이 어찌나 심한지요." 그는 말을 계속하며 맨 위 단추가 마침 떨어져 나가자 잠옷에서 손을 떼고 의자를 내놓으며 K에게 앉기를 권했다.

"저애들 중에서, 마침 오늘은 없습니다만, 초상을 그려준 애가 있는데 그 다음부터 저렇게 저를 따릅니다. 제가 방에 있으면 허락하지 않는 한 들어오지 않습니다. 제가 없으면 적어도 한 애쯤은 언제나 방에 들어와 있지요. 제 방 열쇠를 만들어 가지고 서로 빌려 주고 있답니다. 어찌나 시끄러운지 참을 수가 없어요. 초상을 그리려고 어떤 부인을 집으로 데리고 와서 열쇠로 문을 열면, 붓으로 입술을 새빨갛게 칠한 꼽추애가 저 책상 옆에 서 있고 그 애가 봐주어야 할 어린 동생들은 제멋대로 설치면서 구석구석 방 안을 더럽히는 형편이지요. 바로 어제도 밤늦게 돌아왔는데……. 그런 일이 있다는 것을 생각해서서 제가 이런 꼴을 하고 방이 이렇게 누추한 것을 용서하십시오. 아무튼 밤늦게 집으로 돌아와서 침대에 누우려니까 누군지 다리를 할퀴는 게 있지 않겠습니까. 그래서 침대 밑을 들여다보았더니 아니 애가 하나 나오는 겁니다. 글쎄. 그들이 어째서 그렇게 저한테 밀려오는지 알 수 없지만, 제가 끌어들이지 않는 것만은 당신도 지금 보시다시피 아실 겁니다. 물론 그 때문에 일에도 방해가 되지요. 제가 이 작업실을 공짜로 쓸 수 있으니까 그렇지, 만일 안 그랬다면 벌써 이사를 하고 말았을 겁니다."

그때 바로 문 뒤에서 귀여우면서도 조금 겁먹은 듯한 목소리가 들렸다.

"이젠 들어가도 돼요?"

"안 돼." 화가가 대답했다.

"저 혼잔데도 안 돼요?" 다시 이렇게 물었다.

"그래도 안 돼." 화가는 문으로 가서 그만 자물쇠를 잠그고 말았다.

그동안 K는 방 안을 둘러보았다. 보잘것없이 비좁은 이 방은 아무리 생각해도 작업실이라고 할 수는 없을 것 같았다. 길이와 폭이 두 걸음이 될까말까한 정도였다. 마루나 벽, 그리고 천장은 모두 목재로 되어 있으며 네모진 재목 사이에는 좁은 틈이 나 있었다.

K의 맞은편 벽 옆에는 침대가 놓여 있고 그 위에는 가지가지의 침구가 쌓여 있었다. 방 한가운데 캔버스 위에 놓인 그림은 셔츠로 덮여 있었으며 그 소매가 마루까지 늘어져 있었다. K의 뒤에는 창문이 있었고, 그 문으로는 눈이 쌓인 옆집 지붕이 안개 속에서 보일 뿐이었다.

자물쇠로 잠그는 소리에 K는 자기가 곧 돌아가려고 한 것을 생각했다. 그래서 그는 호주머니에서 공장주인의 편지를 꺼내 화가에게 주며 이렇게 말했다.

"당신의 친구인 이분이 권하기에 이렇게 찾아왔습니다."

화가는 얼른 편지를 읽더니 그것을 침대 위에 던졌다. 만일 공장주인이 티토렐리에 대해서 그렇게까지 분명히 자기 친구이며 자기에게 구원을 청한 일이 있는 불쌍한 사람이라고 말하지 않았더라면, 그때 그 광경을 본 사람은 티토렐리가 공장주인을 모르거나 그렇지 않으면 적어도 그가 생각나지 않는 것이라고밖에 생각할 수 없었을 것이다. 게다가 화가는 이렇게 물어보았다. "당신은 그림을 사시려는 것입니까? 혹은 초상화를 부탁하시렵니까?"

K는 깜짝 놀라서 화가를 바라보았다. 대체 편지에는 무엇이 써 있었을까? 물론 K는 공장주인이 그 편지에, K는 다만 자기 소송문제 때문에 알아볼 일이 있을 뿐이라고 적었으리라 생각했다. 성급하게도 잘 생각해 보지도 않고 공연히 달려온 것이 아닐까! 어쨌든 그때 그는 화가에게 뭐든 대답해야 했기 때문에 캔버스를 쳐다보면서 이렇게 말했다.

"지금 그림을 그리시는 중이군요?"

"네, 그렇습니다." 화가는 캔버스에 걸려 있던 셔츠를 침대 위 편지가 있는 쪽으로 던졌다.

"초상화예요. 좋은 일감이지만 아직 덜 되었어요."

그것은 어떤 재판관의 초상이었기 때문에 다행히도 K는 우연히 재판소에 대한 이야기를 할 수 있게 되었다. 그것은 변호사 사무실에 있는 그림과 비슷하였다. 물론 전혀 다른 재판관으로, 두 볼에 텁수룩한 검은 머리가 늘어져 있는 뚱뚱한 인물이었다. 또 저번 그림은 유화였지만 이것은 파스텔로 가벼이 희미하게 그린 것이었다. 그러나 그 외에는 다 비슷하였다. 이 그림에서도 역시 재판관은 으리으리한 의자의 팔걸이를 꽉 붙잡고 위협적인 태도로 일어서려 하고 있었다.

"재판관이군요." K는 곧 이렇게 말하려고 했으나 잠깐 입을 다물고 자세히 살펴보려는 듯이 그림 가까이로 걸어갔다. 그 으리으리한 의자 뒤로 한가운데 커다란 인물이 보였지만 뭔지 알 수가 없었기 때문에 그는 화가에게 물어보았다. 그것을 좀 더 손질해야겠다고 하면서 화가는 자그마한 책상에서 파스텔 한 개를 들고 와서 그 인물을 더듬었지만, 그래도 K는 분명히 알 수가 없었다.

"정의의 여신(女神)입니다." 드디어 화가는 이렇게 말했다.

"그러니까 알겠습니다. 이것이 눈을 가리는 천이고 이것이 저울이군요. 그러나 발꿈치에 날개가 있어서 나는 것 같지 않습니까?" K는 말했다.

"그렇습니다." 화가가 말했다. "부탁을 받았기 때문에 이렇게 그릴 수밖에 없었죠. 사실은 정의의 여신과 승리의 여신을 합친 것입니다."

"별로 조화롭진 않은데요." K는 미소를 띠며 말했다. "정의는 동요해서는 안 됩니다. 안 그럼 저울이 흔들려서 정당한 판결을 내릴 수가 없습니다."

"그 점은 부탁한 사람의 주문대로 했습니다." 화가는 말했다.

"그러시겠지요." 자기 이야기로 남의 기분을 상하게 하고 싶지 않았던 K는 이렇게 말했다. "그 인물이 의자에 앉은 그대로 그리셨군요."

"아니오." 화가는 말했다. "그 인물이나 의자는 보지도 못했고 모두 상상으로 그린 것입니다. 무엇을 그리라는 지시만 받았습니다."

"뭐요?" 일부러 화가의 이야기를 잘 모르겠다는 듯이 K는 이렇게 물었다. "하여튼 이것은 재판관, 의자에 앉아 있는 재판관이지요?"

"그렇지만" 화가는 말했다. "고관은 아니고 이런 의자에는 한 번도 앉아 본 적이 없습니다."

"그런데 이렇게 당당하게 그려 달라는 것입니까? 마치 재판장 같군요."

"그렇습니다. 사실 이 사람들은 참 허영심이 강하지요." 화가는 말했다.

"그러나 상부에서 이렇게 그려도 좋다는 허락을 맡았습니다. 누구는 어떻게 그리라는 것이 미리부터 정해져 있으니까요. 그저 이 그림으로는 옷차림이나 의자를 자세히 판단할 수가 없습니다. 파스텔을 사용하는 것이 그런 표현에는 적합지 않으니까요."

"그렇군요." K는 말했다. "그런데 파스텔로 그렸다는 것은 이상한데요."

"재판관의 청이지요." 화가는 이렇게 말했다. "이것은 어떤 부인에게 주기로 되어 있습니다."

그림을 바라보는 동안에 일을 하고 싶었던지 그는 셔츠 소매를 걷어 올리고 파스텔을 몇 개 손에 들었다. K는 파스텔 끝이 움직이는 데 따라서 재판관의 머리에 잘 어울리고 불그스레한 그림자가 나타나며 그것이 광선처럼 화면 가장자리로 희미하게 뻗는 것을 보고 있었다. 점점 그림자가 뚜렷이 나타나며 마치 장식이나 훌륭한 표지처럼 머리를 에워쌌다. 그러나 정의의 여신 부근은 희미한 색채를 제외하고는 어디까지나 빛깔이 맑았으며 그래서 더욱 뚜렷이 나타났고, 그것은 이미 정의의 여신도 승리의 여신도 아니고 도리어 어디까지나 수렵의 여신같이 보였다. 화가의 솜씨는 의외로 K의 마음을 끌었다. 그러나 결국 그렇게 오랫동안 앉아 있으면서도 사실 자기 자신의 일은 하나도 이야기하지 못한 것이 민망했다.

"이 재판관의 이름이 뭐지요?" 갑자기 K가 물었다.

"그것은 말할 수 없는데요." 화가는 이렇게 대답하더니 그림 앞으로 몸을 쑥 굽히고 처음에는 그렇게 예의를 갖추면서 맞이한 손님을 확실히 무시하고 있었다. 맹랑한 친구라고 생각하면서 K는 그런 사람을 상대로 헛되이 시간을 보낸 것이 몹시 불쾌했다.

"당신은 재판소의 고문이라지요?" K가 물었다. 화가는 붓을 옆에 놓고 몸을 일으키더니 두 손을 비비며 빙글거리면서 K를 쳐다보았다.

"사실대로 말하라는 겁니까?" 그는 말했다. "소개장에도 있듯이 당신은 재판소에 대해서 알아보려고 왔는데 처음부터 그림 이야기를 꺼내서 저의 마음을 사려는 것이지요. 그것도 좋습니다. 그러나 그런 수단에 넘어갈 저는 아닙니다."

"아니오, 다 알고 있습니다." K가 변명을 하려고 하자 화가는 냉정히 이야기를 가로막았다. 그러더니 이렇게 이야기를 계속했다.

"하여튼 당신의 말씀대로 틀림없이 저는 재판소 고문입니다."

K가 이 사실을 확인할 수 있는 시간의 여유를 주기 위한 듯 그는 잠시 이야기를 끊었다. 문 뒤에서는 또 소녀들의 목소리가 들렸다. 그들은 아마 열쇠구멍 앞으로 몰려와서 틈 사이로 방 안을 들여다보는 것 같았다. K는 이러쿵저러쿵 변명하기를 그만두기로 했다. 화가의 기분을 돌릴 생각은 없었지만 그래도 화가가 자기만을 내세우면 사람을 깔보려는 태도가 아무래도 심상치 않았던 까닭에 그는 이렇게 물었다.

"그것은 공인된 지위인가요?"

"아니오." 화가는 이렇게 대답했을 뿐 그 이상 아무 말도 없었다. 그러나 K는 벌써 그의 입을 막아 버리고 싶지 않았던 까닭에 이렇게 말했다.

"공인되지 않으면서도 가끔 유력할 때가 있는데……."

"바로 제가 그렇습니다." 화가는 이렇게 말하고 이마에 주름을 지으며 머리를 끄덕였다. "어제도 당신 사건에 대해서 공장주인과 이야기할 때 제가 당신을 도와드릴 수 있느냐고 묻기에 하여튼 한번 저한테 오시는 것이 좋겠다고 대답했는데 지금 이렇게 곧 만나 뵙게 되어서 반갑습니다. 사건에 대해서 매우 염려하시는 모양인데 물론 그것도 무리는 아니겠지요. 아무튼 외투나 벗으시지요."

곧 일어설 생각이었지만 어쨌든 화가가 이렇게 권하기까지 하므로 무척 반가웠다. 방안 공기가 점점 탁해지기에 방 한구석에 놓여 있는, 분명 불이 들어 있지 않은 듯한 쇠난로를 몇 번이나 쳐다보았으나 여전히 공기가 무거운 것이 이상했다. K가 외투를 벗고 웃옷 단추를 풀고 있으려니까 화가는 변명이라도 하듯이 이렇게 말했다.

"저는 추우면 꼼짝할 수가 없는데 방 안이 이만하면 아늑하죠? 이런 점으로 보면 이 방은 위치가 참 좋은 편이지요."

K는 아무 대답도 안했지만 불쾌한 것은 무더워서가 아니라 오히려 흐릿하고 숨이 막힐 듯한 공기 때문이었다. 사실 오랫동안 환기하지 않았던 것이다. 화가는 캔버스 앞에 하나밖에 없는 의자에 앉아 있으면서 K에게는 침대 위에 앉으라고 권했기 때문에 그는 더욱 불쾌했다. 더구나 침대 한쪽 끝에 앉아 있는 K의 기분도 모르고 편히 앉으라고 말했는데도 K가 여전히 주저하자, 그는 옆으로 가서 침대 안쪽에 있는 이불 속으로 K를 밀어 넣었다. 그러더니 다시 자기 자리로 돌아가 결국 구체적인 첫 질문을 꺼내었기 때문에 K는 그 이상 다른 생각을 할 여유가 없었다.

"당신은 아무 죄도 없지요?" 그는 물었다.

"그렇습니다." K는 사실 이런 대답을 하면서 마음속으로 흐뭇한 기분에 어쩔 줄을 몰랐다. 관리가 아닌 사람에게 아무 책임도 없이 대답할 수 있었기 때문이다. 지금까지 그렇게 솔직한 질문을 받아 본 적이 없었다. 이렇게 즐거운 기분을 한껏 맛보려는 듯이 그는 다시 이야기를 계속했다.

"정말 아무 죄도 없습니다."

"그래요." 화가는 이렇게 말하고 머리를 숙이더니 깊이 생각에 잠기는 것 같았다. 갑자기 머리를 들며 그는 이렇게 말했다.

"아무 죄도 없으시면 문제는 간단합니다."

K의 눈에 우울한 빛이 떠올랐다. 이른바 재판소 고문이라는 이 남자는 마치 어린아이처럼 단순한 이야기를 하고 있었다.

"제가 죄가 없다 해서 문제가 간단할 것 같지는 않은데요." K는 말했다. 그래도 그는 미소를 지으며 천천히 머리를 흔들었다. "재판소에서 애를 쓰는 여러 가지 세밀한 사항들이 문제입니다. 처음에는 아무것도 없는 데서 결국은 커다란 죄를 만들어내니까요."

"하하, 그래요." 화가는 K가 공연히 자기 생각을 어지럽히기나 한듯 이렇게 말했다.

"그런데 정말 죄가 없지요?"

"그러믄요." K는 말했다.

"그것이 가장 문제니까요." 화가는 이렇게 말했다. 사실 그가 어떤 반발에 꺾일 사람은 아니었다. 그저 단호한 태도를 보이는 것 같기는 하나 그것이 확신이 있어 그러는지 혹은 무관심에서 그러는지 알 수가 없었다. 그래서 K는 먼저 그런 점을 확인하려고 이렇게 말했다.

"사실 당신은 저보다 재판소 내막을 잘 알고 계시겠지만 저는 그저 여기저기서 여러 사람한테 들었을 뿐입니다. 그러나 누구나 다 그런 말을 하지만 경솔하게 고소될 리도 없고 한번 고소를 당하게 되면 재판소에서는 피고의 죄에 대해서 확신을 갖게 되며, 이러한 확신은 좀처럼 번복할 수 없다고 누가 말하더군요."

"할 수 없다고요?" 화가는 이렇게 되물으며 한쪽 손을 높이 흔들었다. "절대로 번복할 수는 없습니다. 이 캔버스에 재판관들을 모두 그려 놓고 당신이 그 앞에 서서 변호를 하는 것이 실제로 재판소에 나가는 것보다 결과적으로는 훨씬 더 나을 겁니다."

"그렇겠군요." K는 자기도 모르게 이렇게 중얼거렸다. 사실 자기가 화가의 마음을 조금 떠보려고 했던 것은 까맣게 잊어버리고 있었다.

그때 문 뒤에서 다시 어떤 소녀의 목소리가 들려 왔다.

"아저씨, 손님은 아직 안 갔어요?"

"가만있어!" 화가는 문을 향해서 이렇게 외쳤다. "손님과 이야기하는 거 안 들려?"

그러나 그 소녀는 그래도 마음이 놓이지 않았던지 또 이렇게 물었다.

"그림을 그려 주시나요?" 화가가 아무 대답도 없었기 때문에 소녀는 다시 이렇게 말했다. "그렇게 보기 싫은 사람은 그려 주지 마세요, 네?"

그러자 분명히 알아들을 수는 없었지만 그 말에 찬성하는 듯이 외치는 소리가 한데 어울려서 들렸다. 화가는 문으로 달려가서 문을 조금 열더니 마치 애원하듯이 포개어 내밀고 있는 소녀들의 손이 보이자 이렇게 말했다.

"떠들면 차서 계단 밑으로 굴릴 테야. 여기 앉아서 조용해."

그래도 말을 듣지 않았던지 화가는 버럭 소리를 질렀다. "앉지 못해!" 그 제서야 겨우 조용해졌다.

"미안합니다." K한테로 다시 돌아오자 화가는 이렇게 말했다. K는 문 쪽은 돌아보지도 않았다. 그저 자기를 위하려는 화가에게 모든 것을 맡겨버리고 말았다. 이제는 꼼짝하지 않고 있는 K한테로 화가는 몸을 굽히고 밖에서 들을세라 그의 귀에 대고 이렇게 속삭였다.

"이 애들도 재판소와 관계가 있답니다."

"뭐요?" K는 이렇게 묻고 머리를 옆으로 돌리며 화가를 쳐다보았다. 그러나 화가는 다시 자기 자리에 앉으며 농담 같기도 하고 설명 같기도 한 어조로 말했다.

"사실 모든 것이 재판소와 관계가 있습니다."

"아직 그런 줄은 전혀 몰랐는데요." K는 이렇게 간단히 말했다. 화가의 이야기가 너무나 태연했기 때문에 소녀들에 대한 말을 듣고도 조금도 불안하지 않았다. 그러나 K는 잠시 문 쪽을 바라보았다. 그 뒤에는 소녀들이 계단 위에 조용히 앉아 있었다. 한 애만이 판자 틈 사이로 지푸라기를 들이밀고 천천히 아래 위로 흔들고 있었다.

"재판소가 어떻다는 것을 아직 조금도 모르시는 것 같군요." 화가는 이렇게 말하고 두 발을 쩍 벌리더니 발끝으로 마루 위를 탁 쳤다. "그러나 아무 죄도 없으니까 재판소에 대해서는 별로 아실 필요가 없으실 겁니다. 저 혼자서라도 도와 드리지요."

"어떻게 그런 일을 하시겠어요?" K는 물었다. "지금도 말씀하셨지만 재판소에서는 어떤 증거도 통하지 않는다면서요?"

"법정에서 내놓는 증거만 통하지 않는다는 거죠." 화가는 이렇게 말하고 마치 K가 그 미묘한 차이를 깨닫지 못한다는 듯이 둘째손가락을 세웠다.

"그러나 공공연한 재판소의 눈을 피해서 회의실이나 복도나 혹은 아틀리에 같은 데서 흥정을 한다면 문제는 전혀 달라집니다."

화가의 이야기는 그렇게 맹랑한 것 같지는 않았을 뿐더러 다른 사람들의 이야기와 맞아 떨어지는 점도 적지 않은 것 같았다. 그뿐 아니라 희망을 가질 수도 있는 이야기였다. 변호사의 이야기대로 재판관은 개인적인 친분만 있으면 사실 쉽사리 다룰 수 있기 때문에 화가가 허영심이 강한 재판관들과 관계가 있는 것은 중요한 일이며 조금도 소홀히 할 수 없었다. 그리고 점점 주위에 모여들기 시작한 구원자들 중에서도 화가는 누구보다 적합한 사람인 것 같았다. 한때 은행에서 조직능력이 있다고 칭찬을 받은 일도 있는데, 지금 전혀 혼자서 모든 일을 해둬야 할 이때야말로 그 재능을 한번 마음껏 시험해 볼 좋은 기회인 것이다. 자기 설명이 K에게 얼마만한 효과가 있었는가 하는 것을 살피던 화가는 조금 불안한 어조로 이렇게 말했다.

"제가 법률가처럼 말하는 것이 좀 이상하게 여겨지죠? 재판소 양반들과 항상 교제를 하는 동안에 나도 모르게 이렇게 되었습니다. 물론 얻은 것도 많았지만 예술에 대한 정열은 거의 잃어버리고 말았어요."

"그런데 처음에 어떤 인연으로 재판관들과 알게 되었습니까?" K는 물었다. 그는 화가가 자기를 도와주기 전에 우선 그의 신용을 얻어 두려고 했다.

"인연이고 뭐고 없지요." 화가는 이렇게 말했다.

"이 인연은 아버지한테서 물려받은 것입니다. 저의 아버지 때부터 재판소 화가였죠. 이 직업은 대대로 물려받게 되어 있어서 새로운 사람을 채용하는 일은 없습니다. 말하자면 각계각층의 관리들을 그리는 데는 비밀을 지켜야 할 여러 가지 규칙이 있습니다. 그리고 이 규칙은 일정한 집안 사람 말고는 절대로 알 수 없습니다. 말하자면 저 서랍 속에 아버지의 노트가 들어 있지만 함부로 보여줄 수 없는 것입니다. 그것을 알아야 재판관을 그릴 자격이 있습니다. 그러나 만일 이 노트를 잃어버리더라도 여러 가지 규칙이 저의 머릿속에 남아 있기 때문에 아무도 저의 지위를 위협할 사람은 없을 것입니다. 그리고 재판관이라면 누구나 다 옛날 훌륭한 재판관의 초상화같이 그려 주기를 원하는데, 그렇게 그릴 수 있는 사람은 저밖에 없을 겁니다."

"참 대단하시군요." K는 말하며 은행에서의 자기 지위를 생각해 보았다.

"그러니까 당신의 지위는 확고한 거군요?"

"물론 그렇지요." 화가는 이렇게 말하고 어깨를 움츠려 보였다. "그러기에 소송을 당하고 있는 불쌍한 사람을 도와주려는 것이 아니겠어요?"

"그런데 어떻게 도와주시죠?" 화가가 바로 지금 불쌍한 사람이라 말했지만 자기는 그런 사람이 아닌 듯이 K는 말했다.

그러나 화가는 상대의 기분 같은 것은 염두에도 없다는 듯이 이렇게 말했다.

"가령 당신의 경우만 해도 전혀 죄가 없으니까 저는 다음과 같은 일을 해 볼 생각입니다."

이렇게 무죄라는 말을 여러 번 되풀이했기 때문에 사실 K는 무안할 지경 이었다. 화가는 자기가 나서기만 하면 소송은 원만히 해결된다고 처음부터 말하지만, 그러다가는 결과를 망치지나 않을까 하는 염려도 가끔 없는 것은 아니었다. 그런 의심을 하면서도 K는 화가의 이야기를 가로막을 생각은 없 었다. 그리고 어디까지나 화가의 도움을 얻어 보려고 단단히 마음먹었던 탓 인지 변호사의 힘에 비하면 조금도 의심할 여지가 없는 것 같았다. 조금도 악의 없이 솔직하게 말했기 때문에 더욱 마음에 들었다.

화가는 의자를 침대 옆으로 끌어당기더니 나직한 목소리로 다음과 같이 이야기를 계속했다.

"깜박 잊고 그만 물어보지를 못했습니다만 어떤 석방을 요구하시지요? 세 가지 가능성이 있는데, 말하자면 그것은 실제적인 무죄와 형식적인 무죄 그 리고 소송지연 공작입니다. 정말 무죄가 되면 그보다 더 좋은 일은 없겠지만 저는 그럴 힘은 조금도 없습니다. 아마 제 생각 같아서는 정말 무죄로 만들 어 줄 만한 사람은 하나도 없을 겁니다. 물론 이때에는 피고의 무죄 여부가 문제겠지요. 그런데 당신은 아무 죄도 없으니까 자기의 무죄를 주장하면서 혼자 나설 수도 있을 겁니다. 그렇게 되면 저뿐만 아니라 누구한테 힘을 빌 릴 필요는 없을 겁니다."

처음 K는 이렇게 정연한 이야기를 듣고 놀라움을 금치 못했지만 그는 이 내 화가처럼 나직한 목소리로 말했다.

"당신의 말은 조금 모순된 것 같은데요?"

"어째서요?" 화가는 태연한 태도로 묻더니 의자에 몸을 기대고 싱글거렸 다. 이렇게 웃는 낯을 보았을 때 K는 화가의 이야기 가운데 모순이 있는 것이 아니라 재판소 소송과정 자체에 모순이 있다는 것을 암시하는 듯한 느낌이었지만 서슴지 않고 말을 계속했다.

"당신은 처음에 재판소에서는 어떤 증거도 통하지 않는다고 말하고, 다음에는 공공연한 재판소가 아니라면 그렇지도 않다고 말하고, 지금에 와서는 무죄라면 법정에 나서도 별로 애쓸 필요가 없다고까지 말했습니다. 사실은 이것이 우선 모순입니다. 그리고 재판관이라면 개인적으로 얼마든지 이용할 수가 있다고 하고서 당신이 말하는 실제적인 무죄는 개인적 교섭으로는 도무지 가망이 없다고 의견을 번복한 것이 두 번째 모순입니다."

"그건 그렇지 않지요." 화가는 말했다. "여기서는 두 가지 각각 다른 문제에 대한 이야기니까 법률에 쓰여 있는 것과 제가 개인적으로 경험한 것을 혼동해서는 안 되지요. 아직 읽어 본 일은 없지만 법률에는 결국 죄가 없는 자는 무죄판결을 받는다고는 씌어 있지만 재판관을 이용할 수 있다고는 씌어 있지 않을 겁니다. 그러나 제가 경험한 바는 전혀 반대입니다. 실제로 무죄라는 것은 있어 본 예가 없지만 재판관을 이용했다는 예는 얼마든지 있습니다. 물론 제가 아는 사건에 한해 없었다고 할 수도 있지만 그렇게 많은 사건 가운데 무죄가 하나도 없다는 것은 좀 이상하지 않습니까. 저는 어렸을 때부터 소송에 대한 이야기는 아버지한테서 많이 들었고, 아버지의 작업실을 찾아오는 재판관들도 입만 열면 그저 재판소 이야기뿐이었습니다. 하여튼 저희가 모이면 다른 이야기는 거의 없었습니다. 그리고 제가 재판소에 드나들게 되자 그런 기회를 될수록 많이 얻어서 수많은 소송 문제를 가장 중요한 대목에 따라서 방청도 하고 볼 수 있는 데까지 따라다녔지요. 그러면서도, 이것은 솔직한 말이지만, 정말 무죄판결이라는 것은 한 번도 본 적이 없습니다."

"단 한 번도 무죄판결을 본 적이 없단 말씀이지요?" K는 혼잣말처럼 그랬으면 하는 듯이 이렇게 말했다. "그런 이야기를 듣고 보니 제가 지금까지 재판소에 대해서 품고 있던 생각을 알 수가 있겠습니다. 그러니까 이런 면에서 보면 역시 재판소도 쓸데없는 곳이고, 가령 집행자 한 사람만 있으면 충분하겠군요."

"전부 다 그렇게 생각할 수는 없지요." 화가는 못마땅한 듯이 말했다. "저는 그저 제 경험을 말했을 뿐입니다."

"그만하면 다 알 수 있지 않아요?" K는 말했다. "그렇지 않으면 옛날에는 정말 무죄가 있었다는 얘기를 들은 적이 있습니까?"

"있었던 모양이에요." 화가는 이렇게 대답했다. "자세한 것은 알 수 없지만. 재판소의 마지막 재판은 공개되지 않고 재판관도 알지 못하기 때문에 옛날 재판에 대해서는 그저 전설 같은 이야기가 남아 있을 뿐입니다. 여러 가지 무죄판결에 대한 예를 이러한 전설이 전하고 있으며 그것을 믿는 것은 각자의 자유겠지만 사실 입증할 수도 없는 것입니다. 그렇지만 그것은 어느 정도 사실이며 이야기도 아름다워서 처음부터 부인한다는 것은 잘못이라고 생각합니다. 사실 저도 그런 전설에서 착안하여 몇 장 그림을 그려본 일도 있습니다."

"단순한 전설이라면 믿을 수 없습니다." K는 말했다. "그리고 재판소에서 그런 이야기를 증거로 내세울 수는 없지 않습니까?"

화가는 그만 웃어 버리고 말았다. "그렇지요. 그럴 수는 없습니다." 그는 대답했다.

"그러면 그런 이야기는 쓸데없지요." K는 이렇게 말하고 화가의 이야기가 아무리 맹랑하고 모순된 말이라도 우선은 그 의견을 받아들이려고 생각했다.

화가가 한 이야기의 사실 여부를 알아보고 반박까지 할 시간 여유도 없었고, 아무리 결정적인 이야기가 아닐지라도 어떻게 해서든지 자기를 도와 주게끔 했다는 것으로써 만족해야 했다. 그래서 그는 이렇게 말했다.

"그러면 실제적인 무죄판결에 대한 이야기는 그만하기로 하고, 또 다른 두 가지 가능성에 대한 이야기가 있던 것 같은데."

"형식적인 무죄와 지연공작 말씀이지요? 그 두 가지가 문제지요." 화가는 이렇게 말했다. "그러나 이야기를 시작하기 전에 웃옷을 좀 벗으실까요? 매우 더우신 것 같은데."

"그럴까요." 그때까지 화가의 이야기에만 정신이 팔려 있던 K는 이렇게 말하고 그때 더위를 생각했지만, 이미 이마에 땀이 몹시 흘러내려 있었다. "더위가 대단한데요."

화가는 K와 동감이라는 듯이 머리를 끄덕였다.

"문을 열 수 없을까요?" K는 물었다.

"안 됩니다." 화가는 말했다. "유리가 꼭 끼어 있기 때문에 열리지 않습니다."

그때 비로소 K는 화가가 벌떡 자리에서 일어나 창문을 열어제치기만 바라고 있었다는 것을 깨달았다. 안개라도 마음껏 마셔 보려고 했다. 그러나 공기가 전혀 통하지 않는다는 것을 생각하자 눈앞이 아찔했다. 그래서 그는 옆에 있는 털 이부자리를 손으로 가볍게 두드리며 나직한 목소리로 말했다.

"이래서는 기분도 나쁘지만 건강에도 좋지 못할 겁니다."

"아니오. 그럴 리 있습니까?" 화가는 창문에 대해서 변명이라도 하려는 듯이 이렇게 말했다. "열리지 않기 때문에, 유리 한 장에 지나지 않지만 이 중창보다 방 안이 훨씬 따스합니다. 그리 필요치도 않지만 공기는 얼마든지 판자 틈으로 들어올 수 있으며, 만일 필요하다면 출입문을 한 쪽이나 또는 두 쪽 다 열게 되어 있습니다."

이 설명을 듣고 다소 안심을 하게 된 K는 또 하나의 문을 찾기 위해서 주위를 살펴보았다. 그러자 그 태도를 깨달은 화가는 이렇게 말했다.

"당신 뒤에 있어요. 침대에 가리어 있습니다."

그때야 비로소 K는 벽에 달린 자그마한 문을 보았다.

"이 방은 크기가 작아서 작업실로는 적합지 않습니다." 화가는 K의 비난을 미리 막으려는 듯이 이렇게 말했다. "여러 모로 잘 생각해서 방을 이용해야 합니다. 물론 문 앞에 침대가 있는 것도 적합지 않지요. 그래서 제가 지금 그리고 있는 이 재판관 같은 양반도 침대가 놓여 있는 저 문으로 언제나 들어옵니다. 그리고 이 문 열쇠를 맡겨 두었기 때문에 제가 없을 때도 안에 들어와서 기다릴 수 있게 되어 있습니다. 그런데 그 양반은 언제나 아침 일찍 제가 자고 있을 때 찾아옵니다. 아무리 깊은 잠이 들어도 사실 침대 옆에서 문이 열리면 어떻게 더 잘 수 있겠어요? 이른 아침에 저의 침대를 타고 넘어 들어오는 재판관을 맞이할 때 내가 퍼붓는 악담을 들으시면, 아마 당신이 지금까지 재판관에 대해서 품고 있던 경의는 대번에 사라지고 말 겁니다. 물론 열쇠를 빼앗으면 그만이겠지만 그렇게 되면 서로 감정만 상하게 되죠. 하여튼 이 집 문이라면 고리를 부수는 것쯤 문제가 아니니까요."

이야기를 들으면서도 K는 웃옷을 벗어야 할지 말지 고민하다가 벗지 않으면 더 머무를 수 없을 것 같아서 벗기는 했는데, 이야기가 끝나는 대로 곧 입을 수 있도록 무릎 위에 놓았다. 웃옷을 벗자마자 밖에서 한 소녀가 또 이렇게 외쳤다.

"웃옷을 벗었네요!" 이 연극을 구경하려고 그들은 틈 있는 곳으로 벌써 몰려드는 것 같았다.

"모델이 되기 위해서 당신이 옷을 벗는 줄 아는 모양이에요." 화가는 말했다.

"그래요?" K는 말했지만 셔츠바람으로 앉아 있으면서도 어쩐지 전보다 기분이 좋지 못하였기 때문에 이야기에 별로 흥미가 없었다. 잠시 뒤에 불쾌한 듯이 이렇게 물었다.

"두 가지 다른 가능성이 뭐였지요?"

K는 어느덧 그 명칭을 잊어버리고 있었다.

"형식적인 무죄와 지연공작입니다." 화가는 말했다. "어느 편을 택하실지는 당신 생각에 달려 있지요. 물론 어느 편이든지 힘이 들기야 하지만 제가 힘을 쓰면 문제는 없습니다. 형식적인 무죄는 일시적인 힘을 써야 하는 반면에, 지연공작은 노력은 덜 들지만 계속 애를 써야 한다는 차이가 있습니다. 그럼 우선 형식적인 무죄로, 이것을 원하신다면 당신이 무죄라는 증명서를 한 장 쓰겠습니다. 이러한 증명형식은 아버지한테서 물려받은 것이기 때문에 절대로 불평이 있을 리가 없습니다. 그러면 이 증명서를 들고 제가 아는 재판관들을 찾아다니겠습니다. 그러니까 우선 제가 지금 그리고 있는 재판관이 오늘 저녁 여기 오게 되면 증명서를 보이겠습니다. 그러면서 당신이 무죄요, 제가 그것을 보증한다고 설명하겠어요. 그러나 그것은 형식적인 보증이 아니라 어디까지나 강력하고 실질적인 것입니다."

화가의 눈에는 공연히 이런 일을 맡게 되어서 귀찮다는 듯한 표정이 떠돌았다.

"매우 죄송합니다." K는 말했다. "재판관이 당신을 믿으시면서도 저에게는 무죄판결을 내리지 않을 그런 염려는 없을까요?"

"이미 말씀드렸지만" 화가는 이렇게 대답했다. "하여튼 재판관이 누구나 다 저를 믿어 줄지는 알 수 없습니다. 본인을 데리고 오라고 요구하는 재판관도 적지 않겠지만 그렇다면 한번 같이 가셔야 할 겁니다. 하여튼 그렇게만 된다면 반은 성공한 것이니까. 면접할 때의 주의사항은 물론 미리 제가 자세히 알려 드리겠습니다. 그것보다도 곤란한 것은, 흔히 있을 수 있는 일이지만, 처음부터 받아주지 않는 재판관입니다. 이들 때문에 애를 먹는데 여러 가지로 부탁을 해봐도 안 되면 깨끗이 단념하는 것이 좋습니다. 재판관 한 사람 한 사람이 결정권을 갖고 있는 것은 아니니까요. 이렇게 해서 증명서에 필요한 숫자만큼 재판관들의 서명을 받으면 그때 당신의 소송을 담당한 재판관한테도 찾아가겠습니다. 아마 그의 서명도 얻을 수 있겠지만 그렇게 되면 모든 일은 전보다 훨씬 빠르게 진전될 겁니다. 사실 그렇게 되면 무슨 장해가 있을 리도 없으니까 그때는 피고도 안심할 수 있지요. 참 이상하지만 무죄판결을 받은 다음보다도 더 누구나 이때에 안심하게 되는 겁니다. 이렇게 되면 별로 더 애쓸 필요도 없이 증명서에 많은 동료들의 서명을 받은 그 재판관은 안심하고 무죄판결을 내릴 수 있으며, 여러 가지 일정한 수속이 끝나면 저를 비롯해서 친지들한테도 반가운 일이지만, 당신은 당신대로 무죄 석방이 될 겁니다."

"그러면 무죄석방이 되는군요." K는 의아스러운 듯이 이렇게 말했다.

"그렇습니다." 화가는 말했다. "그러나 그것은 형식적인 무죄에 지나지 않습니다. 혹은 일시적인 무죄라고 하는 편이 좋을 겁니다. 결국 제가 알고 있는 사람은 재판관이래야 하부관리기 때문에 최후에 무죄판결을 내릴 만한 힘은 없으며 그런 권력은 당신이나 저나 우리 모두가 절대로 가까이할 수 없는 최고재판소만이 행사할 수 있습니다. 이야기가 났으니 말이지 이러한 재판소가 어떻다는 것은 전혀 알 수 없으며 알고 싶지도 않습니다. 하여튼 우리 재판관은 기소된 사람을 석방할 권리는 없지만 일시적으로 놓아 줄 권리는 있습니다. 말하자면 이렇게 무죄판결을 받음으로써 얼마 동안 기소를 면하게 되지만 완전히 면할 수는 없으며, 상부 재판소에서 명령이 있는 대로 즉시 효력을 발생하게 될 겁니다. 그리고 저는 재판소와 충분한 연락이 있기 때문에 자신을 갖고 말씀드리지만 재판소 규정에 나타난 실질적인 무죄판결과 형식적인 무죄판결의 차이는 순전히 피상적인 것입니다. 사실 아무 죄도 없으면 소송문제는 완전히 기각되고 수속을 밟을 필요도 없게 되며 기소뿐이 아니라 소송이나 무죄판결까지도 모두 취소되고 마는 것입니다. 그러나 형식적인 무죄판결은 사정이 좀 다릅니다. 말하자면 서류상으로는 아무 변경도 없고 그저 단순히 무죄증명이나 무죄판결 또는 그 이유 같은 것이 첨가될 뿐입니다. 그뿐만 아니라 수속 중이며 재판소 사무실 간의 끊임없는 교섭에 따라 필요하기 때문에 상부 재판소에 넘어갔던 서류는 하급 재판소로 되돌아오기도 하고 혹은 얼마 동안 지체되면서 이리저리 오락가락하는 수도 있습니다. 이러한 경로는 예측할 수 없습니다. 겉으로 보기에는 모든 것이 잊혀지고 서류는 분실되어 완전히 무죄판결이 내린 것 같은 느낌을 주지만, 사정을 잘 아는 사람들은 그렇게 생각지 않을 겁니다. 서류가 분실될 리도 없고 재판소에서 찢어 버릴 리도 없습니다. 어느 날 뜻밖에도 어떤 재판관이 조심해서 그 서류를 들여다보면 공소가 아직 유효하다는 것이 나타나게 됩니다. 그렇게 되면 즉시 체포할 수속을 밟게 됩니다. 이것은 형식적인 무죄판결이 있은 뒤 다시 체포될 때까지 상당한 시간이 지났다는 가정 아래 하는 말이지만, 사실 그런 경우도 있을 수 있는 것입니다. 또한 한편으로는 무죄로 석방된 사람이 재판소에서 집으로 돌아오자 어느덧 다시 체포하라는 체포령이 기다리고 있는 수도 얼마든지 있습니다. 이렇게 되면 사실 자유로운 생활은 마지막이 되는 겁니다."

"그러면 다시 소송이 시작되나요?" K는 믿을 수 없다는 듯이 물었다.

"물론이지요." 화가는 말했다. "소송은 다시 시작되지요. 무엇보다 첫 번째 소송 같이 형식적으로 무죄가 될 수 있으니까요. 그렇게 되면 다시 있는 힘을 다해서라도 굽혀서는 안 됩니다." 아마 마지막 이야기는 어느 정도 지쳐 버린 K를 생각하며 한 것이 틀림없었다.

"하지만" K는 화가가 무슨 새로운 사실을 폭로하지나 않을까 해서 이것을 가로막으려는 듯이 이렇게 물었다. "두 번째 무죄는 처음보다 힘들지 않을까요?"

"확실한 것은 말할 수 없습니다." 화가는 대답했다. "아마 다시 체포되었으니까 재판관이 피고에게 불리한 판결을 내리지 않을까 생각하시겠지만, 그렇지 않습니다. 재판관은 무죄판결을 내릴 때 다음 체포할 것을 미리 알고 있으니까요. 그러나 그 밖의 여러 가지 이유에서 재판관의 기분이나 법률적인 판단이 전과는 다를 수 있기 때문에 두 번째 무죄는 이러한 사정에 따라서 적당한 조치를 취해야 할 것이며, 그러기 때문에 첫 번째와 마찬가지로 노력이 필요할 겁니다."

"하지만 다시 무죄가 된다고 해서 그것으로 끝나는 것이 아니겠지요?" K는 이렇게 말하고 그렇지 않다는 듯이 머리를 흔들었다.

"물론이지요." 화가는 말했다. "다시 무죄가 되면 또 체포하고 또 무죄가 되면 또다시 체포하고 해서 한이 없습니다. 이미 형식적인 무죄판결이라는 말부터가 그런 의미일 겁니다."

K는 아무 말도 없었다.

"형식적인 무죄 판결은 마음에 들어 하지 않는군요." 화가는 말했다. "그럼 지연공작이 적당할 것 같은데 설명해 드릴까요?"

K는 머리를 끄덕였다. 화가는 의자에 푹 기대고 헤벌쭉하니 헤친 잠옷 속으로 손을 넣어서 가슴과 옆구리를 어루만지고 있었다.

"지연공작이라는 것은" 화가는 이렇게 말하고 가장 적당한 표현을 찾으려는 듯이 잠시 멍하니 허공을 바라보았다. "지연공작은 언제나 소송을 가장 낮은 단계에서 그대로 억제하는 것을 말합니다. 그러기 위해서는 피고와 원조자, 특히 원조자는 끊임없이 재판소와 개인적인 접촉을 유지하는 것이 필요합니다. 다시 말씀드리지만 이때 노력은 형식적인 무죄보다 많이 필요치 않습니다만 그 대신 매우 세심한 주의가 필요합니다. 언제나 소송에 대한 것을 주시하는 동시에 일정한 시기에, 게다가 특히 무슨 일이 있을 때에는 담당재판관을 찾아가서 어떻게 해서라도 재판관의 호감을 사도록 해야 할 겁니다. 개인적으로 안면이 없을 때는 아는 재판관을 시켜서라도 해야 하며, 그렇다고 해서 직접 만나 이야기할 기회를 단념해서는 안 됩니다. 이러한 점에 대해 주의를 게을리 하지 않으면 소송은 결코 첫 단계를 넘을 수 없음을 확실히 알 수 있을 겁니다. 이것으로 소송이 끝나는 것은 아니지만 피고는 무죄판결을 받을 때와 마찬가지로 유죄판결을 받을 염려는 없습니다. 이 지연공작은 형식적 무죄판결에 비해서 피고의 장래에 불안이 적다는 것이 특징입니다. 의외로 체포된다는 그런 불쾌한 공포를 면할 수 있을 것이요, 형세가 매우 불리한 때도 형식적인 무죄에서는 면할 수 없는 그런 초조와 흥분에 떨 필요도 없습니다. 그러나 한편 이 지연공작에도 피고로서 무시할 수 없는 단점이 있습니다. 그렇다고 해서 피고가 언제까지나 무죄석방이 되지 않는다는 것을 단점이라고 할 수는 없고, 이 점에 있어서는 형식적인 무죄라도 사실은 마찬가집니다. 내가 말하려는 것은 그와 다른 단점입니다. 적어도 무슨 확실한 이유 없이는 소송이 중지될 리가 없다는 것입니다. 그러므로 표면적인 어떤 사건이 있어야 합니다. 그래서 적당한 시기에 지령을 내린다든가 또는 피고를 심문하거나 조사할 필요가 있을 겁니다. 그렇게 되면 소송문제는 언제나 인위적으로 제한된 범위 내에서 돌게 됩니다. 이러한 조치가 피고에게 어느 정도 불쾌감을 주는 것은 사실이지만, 그렇다고 불쾌하게 생각할 필요는 없습니다. 말하자면 모든 문제가 사실 형식에 지나지 않기 때문에 심문은 매우 간단하며, 재판소에 나갈 시간도 없고 그럴 생각이 없을 때는 사과를 하면 그만이고, 재판관에 따라서는 지령을 보낼 시기에 대해서까지 타협할 수 있습니다. 사실 피고이니만큼 가끔 담당 재판관을 찾아보는 것만은 반드시 필요합니다."

이야기가 끝나기도 전에 K는 소매에 팔을 끼며 자리에서 일어섰다.

"이젠 가시네요!" 문 밖에서 이렇게 외치는 소리가 들렸다.

"벌써 가시렵니까?" 같이 자리에서 일어선 화가는 이렇게 물었다. "공기 때문에 견딜 수가 없으신 모양이군요. 매우 죄송합니다. 아직 이야기가 많이 남았는데 좀 더 간단히 말씀드릴 걸 그랬군요. 하여튼 그만하면 짐작하시리라고 믿습니다."

"잘 알았습니다." K는 이렇게 말했으나 억지로 그 이야기를 듣고 있었기 때문에 머리가 어지러웠다. 이야기는 그만 끝났다고 하면서도 화가는 돌아가는 사람에게 위안이라도 주려는 듯이 다시 한 번 종합적으로 이렇게 말했다.

"이 두 가지 방법이 피고의 유죄판결에 방해가 되는 것은 피차 일반입니다."

"그러나 실제적인 무죄판결도 받지 못하게 되죠." K는 자기가 이런 점을 깨닫게 되었다는 것이 도리어 부끄러운 듯이 나직한 목소리로 이렇게 말했다.

"맞습니다." 화가는 연이어 말했다.

K는 외투를 입으려고 했으나 망설여졌다. 모든 것을 짧은 시간에 빨리 듣고 밖으로 나가고 싶었다. 소녀들은 미리부터 아저씨가 옷을 입는다고 떠들었지만 사실 K는 아직 옷을 입지 못하고 있었다. 화가는 어디까지나 K의 기분을 알아보려고 이렇게 말했다.

"저의 제안에 대해서 아직 태도를 결정하지 못하시는 것 같은데 그것은 그럴 수도 있지요. 태도를 결정하는 데 너무 서둘 필요도 없을 겁니다. 무엇보다 득실은 별 차이 없으니까 너무 어물거려서도 안 되겠지만, 하여튼 모든 일을 신중히 생각하십시오."

"머지않아 다시 오겠습니다." K는 이렇게 말하고 갑자기 무슨 결심이라도 한 듯이 웃옷을 입고 외투를 어깨에 걸치고는 급히 문으로 발길을 돌렸다. 그때 소녀들은 다시 떠들기 시작했다. K는 문 뒤에서 떠드는 소녀들이 보이는 것 같았다.

"그렇지만 내가 하라는 대로 하셔야 합니다." 화가는 그냥 자리에 앉아서 이렇게 말했다. "안 그럼 은행으로 찾아가겠습니다."

"자, 문을 열어요." K가 손잡이를 당겼으나 밖에서 소녀들이 그것을 꼭 붙잡고 있다는 것을 알았기 때문에 이렇게 말했다.

"그러실 것 없이 이쪽 문으로 나가시는 것이 어떻습니까?" 화가는 이렇게 말하며 침대 뒤에 있는 문을 가리켰다.

K는 그때서야 침대 옆으로 달려왔지만 화가는 문을 여는 대신에 침대 밑으로 기어들어가더니 그 밑에서 이렇게 물었다.

"어떻습니까, 그림 한 장 보시겠습니까? 원하신다면 팔 수도 있는데."

K는 상대의 기분을 건드리고 싶지 않았다. 화가는 사실 자기를 생각해서 앞으로 힘을 써주겠다는 약속까지 했다. 더구나 건망증이 있는 K는 보수문제에 대해서도 아무 말이 없었기 때문에 그를 거절할 수도 없었다. 한시라도 바삐 아틀리에를 떠나려는 생각만이 초조하게 가슴을 죄었지만 잠시 그림을 보기로 했다. 화가는 침대 밑에서 틀에 넣지도 않은 먼지투성이의 그림 한 뭉치를 꺼냈다. 화가가 맨 위의 한 장에서 먼지를 훅 불었을 때 K는 잠시 동안 눈앞의 자욱한 먼지 때문에 숨이 막힐 지경이었다.

"광야의 풍경입니다." 화가는 그림을 K에게 내밀었다. 가느다란 나무 두 그루가 멀찍이 간격을 두고 어두운 풀밭 속에 서 있었다. 배경은 찬연하게 해가 넘어가는 광경이었다.

"좋습니다. 파시지요." K는 자기도 모르게 이렇게 말했다. 화가는 이 말을 별로 달리 생각하는 빛도 없이 마루에서 또 한 장을 들었기 때문에 K도 안심할 수가 있었다.

"이것은 화풍이 좀 다른 작품입니다만." 화가는 말했다. 첫 번째 그림과 무엇이 다른지 알 수 없지만 역시 나무가 있고 풀밭이 있고 해질 무렵이었다. 그러나 K는 그런 것이 문제가 아니었다.

"아름다운 풍경인데요." K는 말했다. "두 장 다 사서 사무실에 걸어야겠습니다."

"작품의 주제가 좋으신 모양이군요." 화가는 이렇게 말하고 또 한 장을 꺼내 들었다. "마침 여기 비슷한 그림이 또 한 장 있습니다."

그러나 비슷하다기보다 그것은 똑같은 풍경화였다. 화가는 이 기회를 이용해서 낡은 그림을 모조리 팔아 버릴 모양이었다.

"이것도 가져가겠습니다. 모두 얼마지요?"

"다음에 하시지요." 화가는 말했다. "지금은 바쁘실 테니까 다음 기회에 만나기로 합시다. 하여튼 그림이 마음에 드신다니 반갑습니다. 이 밑에 있는 다른 그림도 다 드리겠습니다. 모두 풍경화지만, 저는 대개 풍경화를 많이 그렸습니다. 컴컴한 그림을 싫어하는 분도 많은데 당신은 그런 그림을 좋아하시는 것 같군요."

그러나 K는 가난한 화가의 체험담 따위는 듣고 싶지도 않았다.

"넣어두시지요! 내일 사환을 보내서 가져가겠습니다." K는 화가의 이야기를 가로막으며 이렇게 말했다.

"그럴 필요는 없습니다. 가지고 갈 사람이 있으니까 곧 딸려 보내겠습니다." 화가는 말했다. 그때야 겨우 침대 위로 팔을 내밀더니 문을 열었다.

"그러지 마시고 침대 위로 올라오세요. 이 방에 들어오는 사람은 누구나 다 그러니까요."

이렇게 권하지 않아도 K는 사양할 생각이 없었다. 이미 털침대 한가운데로 한쪽 발을 올려놓고 있던 그는 열린 문으로 바깥을 내다보고는 흠칫 놀라면서 다시 발을 끌어당기고 말았다.

"저것이 뭐지요?" 그는 화가에게 물었다.

"뭣 때문에 놀라시죠?" 화가도 같이 놀라며 이렇게 물었다.

"재판소 사무실입니다. 아직 모르셨던가요? 이 지붕밑 방은 거의 어디나 재판소 사무실로 사용하니까 여기라도 이상할 건 없지 않습니까. 저의 작업실도 사실 재판소 사무실에 속합니다만 이렇게 빌려 쓰고 있습니다."

이런 곳에 재판소 사무실이 있다는 데 놀라기도 했지만 K는 자기가 재판소에 관해서 너무나 상식이 없었다는 데 대해서 더욱 놀랐다.

피고가 취할 근본적인 태도는 언제나 유의해서 남에게 약점을 잡혀서는 안 되며 왼편에 재판관이 서 있다고 해서 정신없이 오른편을 바라보아서는 안 된다는 것은 이미 알고 있었다. 하지만 그는 이러한 원칙에서 벗어난 행동을 취한 것이 한두 번이 아니었다. 그의 눈앞에는 기다란 복도가 가로놓여 있었다. 그 복도에서 훅 풍기는 공기에 비하면 작업실의 공기는 훨씬 시원하다고 할 수 있었다. 복도 양쪽에는 의자가 나란히 놓여 있었고 K가 가본 적이 있는 사무실 휴게실과 조금도 다름이 없었기 때문에 K는 이런 설비에 관해서는 면밀한 어떤 규칙이 있다고 생각했다. 얼른 보기에 소송에 관계되는 사람들은 그리 많지 않은 것 같았다. 어떤 남자가 쓰러질 듯이 팔에 얼굴을 묻고 앉아서 잠을 자는 것 같았다. 다른 또 한 사람은 어두컴컴한 복도 한쪽 끝에 서 있었다. K가 침대를 넘어가자 화가는 그림을 들고 그의 뒤를 따랐다. 잠시 뒤에 재판소 사환을 만났다. 사환들은 모두 평복 단추에 금단추를 섞어 달고 있었기 때문에 분간할 수가 있었다. 화가는 그에게 그림을 들고 같이 따라가라고 부탁했다. K는 걸어가면서 어쩐지 머리가 어찔어찔했다. 손수건으로 입을 가렸다. 출입구 가까이 이르렀을 때 소녀들이 이쪽을 향해서 달려왔지만 K는 그들을 피할 수가 없었다. 소녀들은 작업실의 다른 문이 열린 것을 알고 이쪽으로 빙 돌아서 복도로 들어가려고 한 것이다.

"더 못 나가겠습니다." 소녀들에게 밀려서 웃으며 화가는 이렇게 말했다. "그럼 실례하겠습니다. 너무 지나치게 생각지 마세요."

K는 돌아보지도 않았다. 골목길에 나서자 그는 바로 지나가는 마차를 세웠다. 우선 사환을 뿌리치는 것이 문제였다. 사환은 별로 눈에 띄는 사람은 아니었지만 그의 금단추가 어쩐지 자꾸만 눈에 거슬렸다. 마치 자기 책임을 다하려는 듯이 사환은 운전석 옆자리에 앉으려고 했지만, K는 그를 밀어 버리고 말았다. 은행에 닿았을 때는 어느덧 저녁때가 가까웠다. 그림은 그대로 차 안에 내버려두려고 했으나, 이 그림을 들고 썩 꺼지라고 화가에게 고함을 칠 기회도 있을 것 같아서 그것을 사무실로 들고 오게 해 얼마 동안 지점장 대리의 눈에 띄지 않도록 책상 맨 밑 서랍에 넣어 두었다.

8 상인 블록크·변호사 해약(解約)

드디어 K는 변호사의 대변을 거절하기로 결심했다. 그렇게 태도를 취하는 것이 옳은지 어쩐지 하는 의심도 없지 않았지만 하여튼 그렇게 할 수밖에 없다는 생각이 앞섰다. 변호사를 찾아가려던 바로 그날 그런 결심을 한 탓인지 사무능력도 감퇴되고 도무지 능률이 오르지 않았기 때문에 K는 늦도록 사무실에 남아 있어야 했다. 결국 변호사의 방문 앞에 섰을 때는 10시가 지나서였다. 벨을 누르기 전에 그는 전화나 편지로 알리는 것이 낫지 않을까, 서로 만나서 이야기한다는 건 확실히 괴로운 일이라고 생각했다. 그러나 결국 그는 만나보려고 했다. 만나서 이야기하는 이외에 어떤 다른 방법으로 해약을 한다면 그것은 그만 묵살되거나 혹은 형식적으로 수락될는지도 모른다. 그리고 레에니로 하여금 알아내라고 시키지 않는 한 변호사가 어떤 태도로 해약을 수락할는지, 또는 그저 소홀히 할 수만 없는 변호사의 의견에 따른다면 장차 어떤 결과를 가져올는지 전혀 알 수가 없었다. 그러나 변호사와 마주 앉아서 뜻밖에도 해약을 알리게 되면 직접 그의 마음속까지 알아낼 수는 없다 해도 그의 표정이나 태도로써 자기가 원하는 모든 일을 쉽사리 추측할 수 있을 것 같았다. 그뿐만 아니라 변호사한테는 그대로 변호를 의뢰하고 자기가 생각했던 해약을 단념하는 편이 좋을 것 같다는 생각도 없지 않았다. 벨을 눌렀지만 처음에는 여전히 아무 대답이 없었다.

'레에니가 곧 달려올 텐데.' K는 이렇게 생각했다. 그러나 잠옷을 입은 남자나 다른 어떤 사람이 있어서 괴로움을 당하는 것이면 몰라도, 전처럼 다른 의뢰인들이 섞인다면 곤란한 일이 아닐 수 없었다. 다시 벨을 누르며 다른 문을 돌아보았으나 오늘은 그것도 닫혀 있었다. 드디어 변호사 방문 들창에 두 시선이 나타났지만 레에니의 눈은 아니었다. 누군가 약간 열더니 그냥 문을 붙잡고 안방을 향해 외쳤다.

"누가 왔어요!"

그러고 나서 문을 활짝 열었다. K는 자기 뒤에서 다른 방의 문 열리는 소리가 들렸기 때문에 그리로 달려갔다. 문이 열리자 곧 응접실로 뛰어 들어갔더니, 그 남자의 외치는 소리에 놀라서 방 사이로 통하는 복도를 셔츠바람으로 달려가는 레에니의 뒷모습이 보였다. 잠시 바라보고 있다가 K는 문을 열어 잡고 있는 그 남자한테 시선을 돌렸다. 수염투성이이며 키가 자그마하고 메마른 그 남자는 촛불을 들고 있었다.

"여기에서 일하시나요?"

"아니오." 그는 대답했다. "처음입니다. 변호사께서 저를 변호하게 되었기 때문에 법률문제에 관해서 좀 문의할 것이 있어서 왔습니다."

"웃옷도 입지 않으셨는데?" K는 이렇게 물으며 그 남자의 단정치 못한 차림새를 손가락으로 가리켰다.

"네, 죄송합니다." 그 남자는 이렇게 말하고 자기 옷차림을 처음으로 보는 듯이 촛불로 자신을 비추어 보았다.

"레에니는 당신 애인이오?" K는 간단히 이렇게 물었다. 그는 두 다리를 약간 벌리고 모자를 들고 있던 두 손을 뒤로 돌려서 포겠다. 퉁퉁하게 외투를 입은 것만으로도 이미 보잘것없이 메마른 그 남자에 대해서 우월감을 느꼈다.

"원 천만에요." 그 남자는 이렇게 말하고 놀라며 그 이야기를 가로막으려는 듯이 손을 눈앞으로 올렸다. "아니오, 아닙니다. 무슨 그런 말씀을 하십니까?"

"그저 물어본 것뿐입니다." K는 미소를 띠우며 이렇게 말했다. "그건 그렇고……이리 오시지요."

K는 모자를 든 손으로 손짓을 하더니 그 남자의 뒤를 따라갔다.

"성함이 어떻게 되요?" 걸어가면서 K는 이렇게 물었다.

"블록크, 블록크라는 상인입니다." 자기 소개를 하면서 K를 돌아보았으나 K는 발걸음을 멈출 여유를 주지 않았다.

"그것이 본명인가요?"

"그럼요. 왜 그런 걸 의심하십니까?"

"본명을 알리지 않을 만한 이유가 있는 것 같아서요." K는 말했다. 그는 마치 낯선 지방에서 천한 사람들과 이야기할 때 자기 생각은 딴 데 있으면서도 무책임한 태도로 이야기에 뛰어들어 상대를 추어올리기도 하고 제멋대로 눌러 버릴 수도 있는 듯한, 그렇게 매우 자연스러운 기분이었다. 변호사 사무실 문 앞에서 발걸음을 멈추고 문을 연 다음 공손히 앞장서서 가던 상인을 보고 이렇게 외쳤다.

"좀 천천히 가시오! 여길 좀 밝혀줘요!"

K는 이 방에 레에니가 숨어 있으리라고 생각하고 두루 살펴보았으나 텅비어 있었다. 재판관의 초상 앞에서, K는 상인의 바지 멜빵을 끌어당겨 멈추게 했다.

"누군지 아시오?" K는 손가락으로 위를 가리켰다.

상인은 촛불을 높이 들고 눈을 깜박거리며 쳐다보더니 이렇게 말했다.

"재판관입니다."

"고관인가요?" K는 이렇게 묻고 상인이 그 그림에서 어떤 인상을 받았는지 알아보기 위해서 그의 옆으로 다가섰다. 상인은 감격한 듯이 그것을 쳐다보았다.

"고관이군요."

"볼 줄을 모르는군요." K는 말했다. "하급 예심판사 중에서도 가장 낮은 판사예요."

"아 참, 그러니까 생각이 납니다." 상인은 이렇게 말하고 들었던 촛불을 내렸다. "언젠가 그런 이야기를 들었어요."

"그야 물론 그렇겠지요. 제가 미처 생각을 못했지만 당신은 이미 들었을 겁니다."

"그런데 왜 그렇게 말씀하십니까?"

이렇게 반문하며 상인은 K한테 몰려서 문까지 걸어갔다. 복도에 나서자 K는 이렇게 말했다.

"레에니가 숨은 곳을 아시지요?"

"숨다니요?" 상인은 말했다. "숨은 것이 아니라 부엌에서 변호사님께 드리려고 수프를 끓이고 있을 겁니다."

"왜 진작 말해주지 않았죠?"

"안내하려고 했는데 당신이 저를 다시 불렀기 때문에." 모순된 이야기에 어리둥절한 상인은 이렇게 대답했다.

"당신은 아마 요령껏 하느라고 했겠지만" K는 말했다. "하여튼 좀 데려다 주시오!"

처음으로 가본 부엌은 엄청나게 크고 설비가 대단했다. 화로만 해도 보통 것보다 세 배나 더 컸지만 입구에 걸려 있는 자그마한 등불만이 부엌을 비쳤기 때문에 그 밖의 자세한 것은 알 수가 없었다. 레에니는 전과같이 하얀 앞치마를 입고 화로 옆에 서서 알콜 램프 위에 놓인 냄비에 계란을 깨 넣고 있었다.

"어서 오세요, 요제프 씨." 그 여자는 힐끗 쳐다보며 말했다.

"안녕하시오." K가 한 손으로 옆에 있는 의자를 가리키며 상인에게 자리를 권하자 그 남자는 자리에 앉았다. K는 레에니 옆으로 가까이 가서 그 여자의 어깨 너머로 이렇게 물었다.

"저 남자는 누구지?"

레에니는 한 팔로 K를 껴안고 다른 손으로 수프를 저으면서 그를 바싹 끌어당기더니 이렇게 말했다.

　"블록크라고 하는 가련하고 보잘것없는 상인이에요. 좀 보세요."

　그 두 사람은 돌아보았다. 상인은 K가 권한 대로 의자에 앉아서 필요치 않은 촛불을 끄고 연기가 나는 심지를 손가락으로 꾹 누르고 있었다.

　"조금 전에 셔츠만 입었더군그래." K는 이렇게 말하고 손으로 그 여자의 머리를 다시 화로 쪽으로 돌렸다. 그 여자는 아무 말도 없었다.

　"애인인가?" K는 물었다. 그 여자는 수프 냄비를 쥐려고 했으나 K는 그 여자의 두 손을 붙잡고 이렇게 말했다.

　"대답해 봐!"

　"사무실로 가세요. 다 말해 드릴 테니까."

　"안 돼, 여기서는 말 못하나?" K는 말했다. 자기한테 매달리며 키스를 하려는 여자를 가로막으며 K는 다시 입을 열었다.

　"지금 키스 같은 것은 하고 싶지 않아."

　"요제프 씨." 레에니는 애원하듯이 그의 눈을 들여다보며 이렇게 말했다. "블록크한테 질투를 해서는 못써요. 루우디!" 상인을 돌아보며 말했다. "좀 도와주세요, 네? 의심을 받고 있으니까요. 초는 놔두시고."

　그 남자는 별로 주의를 하는 것 같지도 않았지만 다 아는 듯했다.

　"당신이 왜 질투를 하는지 저는 모르겠는데요." 그 남자는 매우 담담한 어조로 말했다.

　"사실 나도 모르겠는걸." K는 빙글거리며 상인을 바라보았다. 레에니는 큰 소리로 웃으며 K의 기분이 풀어진 것을 이용해서 그의 품속으로 기어들며 이렇게 속삭였다.

　"내버려두세요. 어떤 사람인지 아시지 않아요. 변호사님과 잘 아시는 사이니까 그의 편의를 조금 보아 주었을 뿐이지 그 밖에는 아무 관계도 없어요. 그런데 당신은? 오늘 변호사님을 만나시겠어요? 오늘은 몹시 편찮으신 것 같은데요. 그러나 꼭 만나시겠다면 말씀은 드리겠어요. 오늘 밤은 여기서 지내세요, 네? 괜찮으시지요? 참 오래간만이에요. 변호사님도 물으시던데 소송문제를 그렇게 소홀히 하시면 안 돼요! 저도 드릴 말씀이 많으니까, 하여튼 외투를 벗으세요!"

그 여자는 외투를 벗기고 모자를 받아 들고 그것을 걸어 두기 위해서 응접실로 달려가더니 다시 돌아와서 수프를 저어 보았다.

"당신을 먼저 대하게 해드릴까요, 아니면 수프를 우선 가져가고 볼까요?"

"우선 내가 왔다고 좀 전해줘." K는 말했다. K는 사실 자기 사건에 대해서 특히 고려할 여지가 있는 해약문제에 관해서 레에니와 충분히 의논하려고 했으나 상인이 있었기 때문에 그럴 생각도 없어졌고 그저 불쾌하기만 했다. 그러나 문제가 그리 간단치 않았기 때문에 보잘것없는 상인이 있다고 해서 그만 단념할 수도 없었다. 그래서 복도까지 나간 레에니를 다시 불렀다.

"아니, 수프를 먼저 가져가." 그는 말했다. "이야기를 하려면 수프나 마시고 기운을 좀 내야 할 테니까."

"당신도 이 선생님에게 변호를 부탁하셨던가요?" 구석에 앉아 있던 상인은 나직한 목소리로 확인하듯이 이렇게 말했다. 그러나 K는 상대를 하지 않았다.

"그게 당신과 무슨 상관이 있어요?" K가 이렇게 말하자 레에니가 끼어들었다. "가만있어요. 그러면 수프를 먼저 가져가겠어요." 그러고는 수프를 접시에 담았다. "그런데 곧 잠이 들지 않을는지 모르겠어요. 식사만 끝나면 곧 잠이 들지 않아요, 글쎄."

"내 이야기를 들으면 눈이 번쩍 뜨일 걸." K는 말했다. 그는 자기가 변호사와 어떤 중요한 문제를 토의하려는 듯한 눈치를 보여서 레에니가 그 내용을 묻게 되면 이야기를 꺼낼 생각이었으나, 그 여자는 K의 말에 조금도 주의하지 않았다. 접시를 들고 그의 옆을 지날 때도 일부러 가볍게 그를 건드리며 이렇게 속삭였다.

"식사가 끝나는 대로 곧 알리겠어요. 그렇지만 당신을 되도록 빨리 돌려주셨으면 좋겠네."

"어서 가봐, 어서."

"왜 이렇게 쌀쌀하실까." 이렇게 말하고 그 여자는 접시를 든 채 문간에서 다시 한 번 돌아보았다.

K는 여자의 뒷모습을 바라보았다. 최후로 변호사를 단념할 결심을 했다. 먼저 레에니와 의논할 시간이 없는 것이 도리어 좋을지 모른다. 그 여자는 사정을 잘 모르기 때문에 그러지 말라고 권했을 것이요, 그렇게 되면 K도

어느 정도 해약을 단념했을지도 모른다. 그러나 다시 의혹과 불안 속에 빠져 결국 지금의 결심을 돌리지 못한 채 오래지 않아 다시 실천했을 것이다. 그리고 실천이 빠르면 빠를수록 쓸데없는 손해를 면할 수가 있을 것이다. 그런데 상인은 이 문제에 대해서 어떤 다른 의견이 있을지도 모른다.

K는 몸을 돌렸지만 상인은 그것을 보자마자 자리에서 일어서려고 했다,

"앉아 계시오." K는 이렇게 말하고 그의 옆으로 의자를 끌어당겼다.

"변호를 부탁한 지 오래됩니까?"

"네, 벌써 전부터 선생님의 신세를 지고 있습니다." 상인은 말했다.

"몇 해나 되시나요?"

"무슨 말씀인지 모르겠는데요?" 상인은 이렇게 말했다. "저는 곡물상입니다만 사업관계로 법률문제가 생겨서 사업을 시작했을 때부터 변호를 의뢰하고 있습니다. 이럭저럭 20년은 될 겁니다. 제 자신의 소송문제는, 아마 이것을 물으시는 것 같으신데, 처음부터 폐를 끼치고 있으니까 5년이 더 됐죠. 그렇습니다. 5년 이상입니다."

그러더니 낡은 수첩을 꺼내들고 다시 이야기를 계속했다.

"여기 다 기록되어 있으니까 원하신다면 정확한 날짜를 알려 드리지요. 하나하나 기억하기는 참 힘드니까요. 저의 소송은 제 처가 죽고서 곧 시작되었으니까 벌써 5년 반은 됩니다."

K는 그의 옆으로 바싹 다가앉았다.

"그러면 변호사님은 일반적인 법률문제도 취급하십니까?"

무엇보다 직업과 법률학의 이러한 관계가 K의 기분을 안정시키는 것 같았다.

"물론이지요." 상인은 이렇게 말하더니 K의 귀에다 속삭였다. "도리어 이런 사건에 더 유능하다는 이야기가 있던데요?"

그러나 자기 말을 후회라도 하듯이 K의 어깨에 손을 얹더니 이렇게 말했다.

"부탁입니다만 아무한테도 말하지 마세요."

K는 안심하라는 듯이 그의 허벅다리를 두드리며 말했다.

"천만에, 그렇게 배신할 사람은 아니니까 염려 말아요."

"사실 이 변호사 양반은 복수심이 강하시니까요."

"그러나 당신같이 충실한 의뢰인이야 무슨 걱정이 있겠어요."

"천만에요." 상인은 말했다. "저분은 흥분하면 분별이 없고, 더구나 저는

그렇게 충실한 편은 아니니까요."

"어째서요?"

"그런 말을 꼭 해야 되겠습니까?" 상인은 의아스러운 듯이 이렇게 물었다.

"해도 괜찮을 것 같은데요."

"그러면 일부만 말씀드리지요. 그러나 당신도 무슨 비밀이 있으시면 말씀해야 합니다. 그래야 같이 변호사에 맞서 싸울 수 있을 테니까요."

"참 주의가 대단한데요. 그러나 당신이 안심할 수 있도록 비밀을 하나 말하지요. 하여튼 당신이 변호사한테 충실치 못한 점은 뭐지요?"

"실은" 상인은 망설이면서 마치 체면에 관계되기나 한 듯이 말했다.

"이 양반 이외에도 의뢰한 변호사가 또 있습니다."

"그거야 나쁠 거 뭐 있어요?" K는 조금 실망한 듯이 이렇게 말했다.

처음 이야기를 시작했을 때부터 어쩐지 좀 소리가 높아가던 상인은 K의 이야기를 듣고 더욱 친근한 기분으로 말했다.

"여기서는 그럴 수 없습니다. 말하자면 이른바 변호사 이외에 변호사 대리한테 의뢰한다는 것은 엄하게 금지되어 있으니까요. 그런데 저는 그만 그런 일을 저질렀습니다. 그 사람 이외에도 다섯이나 변호사 대리가 있습니다."

"다섯이요?" K는 우선 그 수에 놀라며 말했다. "이 변호사 외에 다섯이나 있습니까?"

상인은 머리를 끄덕였다. "저는 지금 일곱 번째 변호사와 교섭 중에 있습니다."

"변호사가 그만큼이나 필요하십니까?"

"전부 다 필요합니다."

"그 이유를 좀 설명해 주실 수 있겠습니까?"

"그러지요." 상인은 말했다. "우선 소송에 지고 싶지 않기 때문에 그런다는 것은 말할 필요도 없을 겁니다. 쓸모가 있을 것 같은 사람은 그런 대로 무시할 수 없으니까요. 어떤 경우에 쓸모가 없다고 해서 거절할 수는 없는 것입니다. 그래서 저는 소송에 전 재산을 다 써버리고 말았습니다. 말하자면 사업자금을 다 까먹고 만 셈이지요. 전 같으면 어느 한 층을 모두 차지하고 있던 상점이 지금은 뒷골목 방 하나로 충분하며 점원도 하나만 데리고 일하고 있습니다. 이렇게 몰락하게 된 원인은 자금 부족만이 아니라 활동력이 부진한 탓이겠지만, 하여튼 소송에 머리를 쓰게 되면 다른 일은 돌볼 겨를이 없으니까요."

"그러면 당신은 요즈음 소송문제 때문에 애를 쓰십니까?" K는 물었다. "그것을 좀 알았으면 좋겠는데요."

"말씀 마십시오." 상인은 말했다. "처음에는 그런 대로 애도 써 보았지만 곧 그만두고 말았습니다. 애쓴 보람이 있어야지요. 거기서 애를 쓰고 교섭을 한다는 것은 적어도 저로서는 성미에 맞지 않는 일이었지만, 그저 멍청하니 앉아서 기다리는 것만 해도 이만저만한 고생이 아니더군요. 당신도 아시겠지만 사무실은 공기가 너무 탁해서 어디 견딜 수가 있습니까?"

"어떻게 제가 사무실에 간 것을 아십니까?"

"당신이 지나갈 때 바로 휴게실에 있었으니까요."

"참 우연한 일인데요." K는 그만 마음이 끌려서 상인을 무시하던 기분도 다 잊어버리고 이렇게 외쳤다. "당신이 저를 보았단 말이지요! 내가 지나갈 때 휴게실에 있었다고요? 그렇습니다. 확실히 한 번 지나간 일이 있었습니다."

"별로 우연한 일도 아니지요. 저는 매일같이 가니까요." 상인은 말했다.

"아마 앞으로 나도 종종 가야 할 겁니다." K가 말했다. "제가 그전같이 그렇게 극진한 대접은 받지 못할 겁니다. 그때는 제가 재판관이라고 생각했던지 거기 있던 사람들 모두가 자리에서 일어섰으니까요."

"그런 것이 아닙니다." 상인은 말했다. "그때 저희는 재판소 사환한테 인사를 한 것입니다. 당신이 피고라는 것은 누구나 다 알고 있었지요. 그런 이야기는 곧 퍼지니까요."

"이미 다 알았군요. 그런데 아마 저의 태도가 조금 거만했을 텐데. 그런 이야기는 없습디까?"

"있기는 있었지만 모두 쓸데없는 이야기지요."

"쓸데없는 이야기라니요, 무슨 말이지요?"

"그건 왜 물으시오?" 상인은 불쾌한 듯이 이렇게 물었다. "당신은 재판소 친구들을 아직 잘 모르고 아마 오해하시는 것 같군요. 재판수속을 할 때는 도무지 상식으로는 생각할 수 없는 여러 가지 일이 언제나 사람들의 이야깃거리가 되기 때문에 자연 미신을 들고 나올 생각도 하게 됩니다. 저만 해도 남의 일을 이러쿵저러쿵 이야기할 자격이 없습니다만 가령 피고의 얼굴, 특히 입술이 어떻게 생겼다는 것으로 소송의 결과를 알아보려는 것 또한 미신이라고 할 수 있지요. 그래서 그 친구들이 당신의 입술에서 판단하기를, 머지않아서 유죄판결을 받으리라는 이야기였습니다. 다시 말씀드리지만 이것은 유치한 미신에 지나지 않고 대개는 사실과 부합되는 일이 없지만 그러한 친구들과 같이 있으면 좀처럼 미신에서 벗어날 수가 없습니다. 당신은 그때 어떤 남자와 이야기를 주고받았지요? 그 남자는 대답도 변변치 못했는데, 사실 거기서는 당황하지 않을 수 없는 여러 가지 이유가 있습니다. 당신의 입술을 본 것도 그 이유의 하나였습니다. 그가 나중에 말했지만 당신의 입술을 보고 자기 자신의 유죄판결까지 알 수 있을 것처럼 생각되었다는 것입니다."

"제 입술이요?" K는 묻더니 호주머니에서 자그마한 거울을 꺼내들고 들여다보았다. "별로 이상할 것이 없는데요."

"저도 그렇게 생각합니다." 상인은 말했다. "조금도 모르겠어요."

"그 친구들 미신이 어지간한데요!"

"그렇다고 말씀드렸잖아요."

"그런데 그들은 그렇게 오다가다 서로 의견을 교환하나요?" K가 말했다. "저는 지금까지 아무 교제도 없었는데요."

"대개는 접촉이 없습니다." 상인은 말했다. "그럴 수가 없을 겁니다. 무엇보다 사람이 많으니까요. 게다가 피고들 사이에서는 공동이해라는 것이 거의 없습니다. 가끔 어떤 친구들 사이에서 공동이해에 대한 생각이 생기는 일도 있지만 그것은 단순한 망상에 지나지 않음을 곧 알게 됩니다. 재판소에 대해서 피고가 공동으로 할 수 있는 일은 하나도 없습니다. 어떤 사건이든지 개별적으로 조사하며 재판소에서도 신중을 기하니까요. 그래서 공동으로는 아무 일도 할 수 없습니다. 개인적으로 가끔 어떤 일을 남몰래 하는 수도 있지만, 그것은 성공한 다음에야 비로소 알려지기 때문에 어떻게 성공을 했는지 아무도 모릅니다. 따라서 일치단결한다는 것은 있을 수 없습니다. 휴게실에 여기저기 모여 있는 친구들도 무슨 별다른 이야기를 하는 것이 아닙니다. 훨씬 전부터 미신 같은 그런 생각에 젖어 있어요. 사실 그것은 그것대로 어떤 힘을 갖고 있으니까요."

"휴게실에서 기다리는 친구들을 보았지만" K는 말했다. "공연히 기다리는 것 같더군요."

"공연히 기다릴 리가 있어요." 상인은 말했다. "쓸데없는 일을 혼자서 꾸미는 것입니다. 이미 말씀드렸지만 저는 이 변호사 이외에도 변호사를 다섯 명이나 의뢰하고 있습니다. 그들에게 모든 일을 완전히 맡길 수 있으리라고 누구나 생각할 겁니다. 저도 처음에는 그렇게 믿었으니까요. 그러나 그것은 완전히 잘못된 생각입니다. 도리어 한 사람한테 부탁하는 편이 안심할 수 있을 겁니다. 무슨 말인지 잘 모르시겠지요?"

"모르겠는데요." K는 이렇게 말하고 너무나 빠른 상인의 이야기를 가로막기 위해서 그의 손 위에 자기 손을 조용히 놓았다. "좀 더 천천히 말씀해 주시오. 저로서는 모두 중요한 이야기뿐인데 미처 들을 수가 없습니다."

"그만 이야기가 너무 빨라서 죄송합니다." 상인은 말했다. "당신은 정말 애송이 신입생이니까요. 당신의 소송은 반 년 가량 되었던가요? 저도 이야기를 들었습니다만 참 새로운 소송문제지요! 그런데 저는 지금까지 여러 가지 이런 문제로 너무나 고생을 했기 때문에 내막까지 훤하게 들여다볼 수 있지요."

"당신의 소송문제는 그래도 그만큼 진척되어서 정말 다행입니다." K는 말했으나 상인의 소송문제가 어떤 상태냐고 직접 물어보고 싶지는 않았다. 그러나 그의 대답도 역시 확실치 않았다.

"사실 저는 5년 동안이나 저의 소송문제로 씨름을 했습니다." 상인은 이렇게 말하고 머리를 숙였다. "간단한 일이 아니니까요."

그리고 그 남자는 잠시 동안 아무 말도 없었다. 레에니가 오지나 않나 하고 K는 귀를 기울였다. 그는 아직 물어볼 말도 많고 상인과 정답게 이야기할 때 레에니가 뛰어드는 것을 원치 않았기 때문에 그녀가 오지 않았으면 했다. 하지만 한편으로는 자기가 와 있는데도 변호사한테 너무 오랫동안 가 있는 것이 불쾌했으며 수프를 가져가는 데 그렇게까지 시간이 걸리리라고는 생각지 않았다.

"저는 아직도" 상인이 다시 이야기를 시작하자 K는 곧 주의를 기울였다. "저의 소송문제가 지금 당신의 소송문제만큼 벌어졌을 때의 일이 생각납니다. 당시 저는 이 변호사만을 믿고 있었습니다. 그러나 그것만으로는 도저히 만족할 수가 없게 됐습니다."

이렇게 되면 무슨 일이나 다 알아볼 수 있으리라 생각하며 알아 둘만 한 일은 뭐든지 들어 두려는 듯이 상인의 기분을 돋우려고 K는 힘차게 머리를 끄덕였다.

　"저의 소송은" 상인은 이야기를 계속했다. "조금도 진전이 없었습니다. 그러나 심리가 있었기 때문에 언제나 빠짐없이 나가서 장부 같은 것은 모두 재판소에 제출했지요. 뒷날 알았지만 그것은 아무 소용이 없었습니다. 저는 변호사한테 달려간 적이 한두 번이 아닌데, 그때 변호사는 여러 가지 변론서류를 제출하더군요······."

　"여러 가지 서류요?"

　"네, 그렇습니다."

　"그것이 중요합니다." K는 말했다. "저의 사건에서 본다면 변호사는 아직까지도 그냥 첫 변론서류를 붙들고만 있을 뿐 아직 완성을 보지 못했어요. 지금에야 알았습니다만 변호사는 처음부터 뻔뻔스럽게 저를 무시하고 있었습니다."

　"변론서류가 아직 끝나지 않은 것은 여러 가지 이유가 있습니다." 상인은 말했다. "그런데 저의 변론서류는, 나중에야 알았지만 그런 것은 아무 가치도 없었습니다. 저는 어떤 관리가 호의를 보여 주어서 변론서류를 읽어 보기까지 했습니다. 사실 그것은 어마어마했지만 내용은 아무것도 없었죠. 무엇보다 라틴 말이 많아서 읽을 수가 있어야지요. 그리고 여러 장에 걸쳐서 재판소에 대한 일반적인 의견이 쓰여 있고, 다음에는 재판관들에 대해서 아첨하는 내용이었는데, 하여튼 그 재판관의 이름을 하나하나 들 수는 없어도 사정을 잘 아는 사람이라면 짐작할 수 있을 겁니다. 이어서 변호사는 자기 찬사를 늘어놓았지만 사실 그 태도는 개처럼 비굴했습니다. 나중에는 저의 사건과 비슷한 과거의 여러 가지 사건을 검토했는데, 사실 제가 보기에는 매우 신중한 것이었습니다. 저는 지금 변호사가 한 일을 비판하려는 것은 아니고 변론서류도 여러 통 있는 가운데서 한 통 읽었을 뿐입니다. 따라서 자세한 것은 모르나 하여튼 그때 저의 소송이 조금도 진전이 없었다는 것만은 사실입니다."

　"어떻게 진전되기를 원했지요?"

　"참 좋은 질문입니다." 상인은 웃으며 말했다. "이러한 재판수속은 진전할 가망이 없었습니다. 하지만 그때 저는 사정을 모르고, 또 지금 이상으로 상인 기질이 있었기 때문에 사건 전체가 결말을 짓는다든가 그렇지 않으면 규칙적으로 진행돼서 확실한 어떤 진전이 있기를 원했습니다. 그러나 실제로는 그와 반대로 똑같은 내용의 취조가 되풀이되었을 뿐입니다. 그리고 저도 끊임없이 같은 답변을 계속했지요. 일주일에도 몇 번씩 재판소 사환이 사무실이나 저의 집, 또는 저를 만날 수 있는 곳으로 찾아왔습니다. 그야 물론 시끄러운 일이었지요(지금은 전화로 부를 수도 있기 때문에 매우 편하게 되었습니다만). 그리고 친구들 간이나 특히 친척들 간에도 저의 소송에 대한 소문이 퍼지게 되고 사방에서 갖은 험담이 들려왔지만 그렇게 빨리 첫 번째 변론이 열릴 것 같은 기미는 조금도 보이지 않았습니다. 저는 변호사를 찾아가서 저의 고충을 말했습니다. 그러나 변호사는 이러쿵저러쿵 설명을 하더니 저의 부탁은 끝내 거절하고, 변론 날짜를 정하는 데 대해서는 어떤 압력이 있어도 효과는 전혀 없을 것이며 변론서류 가운데서 그것을 재촉하겠다고 하지만 그것은 어림도 없는 이야기며 그러다가는 두 사람의 신세만 망치게 된다고 말했습니다. 그래서 저는 이 변호사는 그런 일을 할 생각도 없고 능력도 없기 때문에 다른 어떤 변호사를 구해야겠다고 생각했습니다. 변론 날짜를 정하라고 요구하거나 스스로 정하는 것은 사실 불가능하기 때문에, 이 점에 대해서 이 변호사가 말한 것은 그래도 거짓은 아니었습니다. 그러나 다른 변호사에게 부탁한 것을 저는 조금도 후회하지 않습니다. 당신은 변호사 대리들에 관해서 훌트 박사로부터 여러 가지 이야기를 들었을 겁니다. 아마 그의 말은, 그들을 어디까지나 무시하고 한 말이었지만, 정당한 평가라고 할 수 있을 겁니다. 무엇보다 그가 변호사 대리들에 대해서 말하며 자기 동료들을 그들과 비교할 때는 사소한 일이지만 조금 그릇된 평가를 하는 수도 있기 때문에 아울러 이 점을 주의하라고 당신에게 말해 주고 싶습니다. 말하자면 그는 언제나 자기 동료 변호사들을 구별하기 위해서 '대변호사'라고 부르지만 그것은 잘못입니다. 물론 누구나 그럴 생각이 있으면 자기를 '대'라고 부를 수 있지만, 그것은 그저 재판소의 관습에 따라 통할 수 있을 겁니다. 관습에 따라서는 변호사 대리 이외에도 여러 층의 변호사가 있습니다. 그러나 이 변호사와 그 동료들은 지위가 낮은 변호사에 지나지 않으며 대변호사들은, 저도 이야기만 들었을 뿐 만나지는 못했지만, 그 지위로 말하면 지위가 낮은 변호사들이 변호사 대리들보다 높은 지위에 있는 것보다도 훨씬 더 높은 지위에 있습니다."

"대변호사요?" K는 물었다. "대체 어떤 사람들입니까? 어떻게 하면 만날 수 있지요?"

"아직 모르시는군요." 상인은 말했다. "어떤 피고라도 한번 이 변호사의 이야기를 들으면 얼마 동안은 그들에게 매력을 느끼게 돼 있습니다. 그러나 당신은 결코 그렇게 그릇된 길로 들어서면 안 됩니다. 대변호사가 어떤 사람인지 저도 모릅니다. 그리고 만날 수도 없습니다. 확실히 이런 사람들이 관계했다는 사건을 아직 듣지 못했습니다. 변호를 하는 수도 있지만 그것은 이쪽 의사만으로 되는 것이 아니라 그들 기분에도 맞아야 합니다. 더욱이 그들이 맡는 사건은 하급 재판소에서는 취급치 않습니다. 하여튼 그런 사람들은 생각지 않는 편이 좋을 겁니다. 왜냐하면 그런 생각을 하기 때문에 다른 변호사들과 이야기하거나 충고를 듣거나 도움을 받을 때 매우 불쾌하고 무의미하게 생각되기 때문입니다. 저도 그런 경험이 있습니다만. 그것보다는 차라리 모든 일을 내던지고 집으로 돌아가 침대에 누워서 아무 생각도 하지 않는 편이 좋지요. 그러나 사실은 이것도 어리석은 생각이지 언제까지나 침대에만 누워 있을 수 있겠어요?"

"그러면 당신은 그때 변호사를 생각지 않았던가요?"

"그런 것이 아니라……." 상인은 이렇게 말하고 다시 미소를 지었다. "완전히 잊어버릴 수는 없습니다. 더구나 밤에는 그런 생각이 더욱 많아지니까요. 그러나 그때 저는 속히 결말을 지어 버리려고 했기 때문에 변호사 대리한테로 가고 말았습니다."

"그렇게 붙어 앉아서 뭘 하세요!" 접시를 들고 돌아온 레에니는 문간 앞에 서서 이렇게 외쳤다. 사실 두 사람은 바싹 다가앉았기 때문에 조금만 몸을 움직여도 머리를 서로 맞부딪칠 정도였다. 상인은 키가 자그마한 데다 몸을 굽히고 있었기 때문에 이야기를 들으려면 같이 몸을 굽혀야만 했다.

"잠깐만 기다려!" K는 레에니의 이야기를 가로막으며 이렇게 외치고 그때까지 상인의 손 위에 놓았던 자기 손을 초조한 듯이 어물거리고 있었다.

"이 양반이 저의 소송에 관한 이야기를 듣고 싶어 하시기에." 상인은 레에니를 보고 말했다.

"어서 말씀하세요." 레에니는 말했다. 그 여자가 상인에게 하는 말에는 정다운 빛이 보였지만 어쩐지 굽실거리는 태도처럼 느껴져 K는 기분이 언짢았다. K는 그때 알았지만 그 남자는 그래도 쓸모가 있고 자기 경험을 교묘하게 이야기할 수 있는 재치도 갖추고 있었다. 그에 대한 레에니의 판단은 옳지 못한 것이었다. 그런데 레에니는 그때까지 상인이 들고 있던 초를 받아들고 앞치마로 그의 손을 닦아 주더니 그의 옆에 무릎을 꿇고 그의 바지에 떨어진 촛농을 긁어 주기 시작했다.

"변호사 대리에 관한 이야기였어." K는 이렇게 말하고 그 이상 아무 말도 없이 레에니의 손을 뿌리쳤다.

"왜 이러세요?" 레에니는 K를 툭 한 번 때리더니 그냥 자기가 하던 일을 계속했다.

"그렇습니다." 상인은 좀 더 충분히 생각하려는 듯이 이마에 손을 대었다. K는 이야기의 서두를 알리려는 듯이 이렇게 말했다.

"속히 결말을 짓기 위해서 변호사 대리한테로 가고 말았다는 이야기였지요."

"맞습니다." 상인은 이렇게 말했지만 그 이상 아무 말도 없었다.

'레에니가 있으니까 이야기를 삼가는구나.' 이렇게 생각하며 K는 앞으로 계속될 이야기가 궁금했지만 서둘지 않았다.

"내가 왔다고 알렸지?" K는 레에니를 보고 물었다.

"알리고말고요. 당신을 기다리고 계시는데요. 블록크 씨는 여기 계실 테니까 이야기는 나중에 하기로 하시지요." 그 여자는 말했다.

그러나 K는 망설이면서 "여기 계시겠어요?" 상인에게 물었다. 상인의 입을 통해서 직접 대답을 듣고 싶었기에 레에니가 그를 묵살해 버리는 것이 불쾌했다. 오늘 K는 어쩐지 레에니에 대해서 은근히 증오를 느끼고 있었다. 그러자 레에니가 다시 입을 열었다.

"저 양반은 여기서 가끔 주무시기도 하는데요."

"여기서?" K는 외쳤다.

사실 그는 자기가 변호사와 이야기를 얼른 끝마치고 같이 나가서 거리낌 없이 의견을 주고받을 생각으로 상인이 여기서 자기를 기다려 주려니 했다.

"그럼요. 누구나 다 당신처럼 자기에게 편리한 때에 찾아와서 곧 면회할 수 있는 줄 아세요? 선생님은 몸이 편찮으시면서도 밤 11시에라도 만나 주시니 고맙지 뭐예요. 당신을 위해서 당신 친구가 힘써 주니까 그저 당연하다고 생각하시는 모양이군요. 당신 친구나 적어도 저는 얼마든지 당신을 위해 드리겠어요. 그렇다고 사례할 필요는 없어요. 당신이 사랑해 주시면 그만이니까요."

'사랑을 해?' K는 잠시 이 말을 되씹어 보았는데 그때 머릿속에 떠오르는 무엇이 있었다. '그렇다. 나는 이 여자를 사랑하고 있다.' 그렇지만 그의 입에서는 불쑥 이런 말이 나왔다.

"나는 자기 의뢰인이니까 만나 주는 거야. 그런 일까지 하나하나 남의 힘을 빌려야 한다면, 한 걸음이 멀다 하고 애걸복걸하면서 머리를 숙여야 할걸."

"저 양반이 오늘은 왜 저렇게 기분이 나쁘실까?" 레에니는 상인을 보고 물었다.

'이제는 아예 내가 여기 없는 것처럼 말하는군.' K는 이렇게 생각하다가, 상인이 레에니의 이야기를 가로막으며 다음과 같이 말했을 때 그의 뺨이라도 갈기고 싶었다.

"선생님이 저 양반을 만나 주시는 것은 다른 이유가 있어요. 저의 사건보다 재미있으니까요. 그러나 저 양반의 소송은 시작된 지 얼마 되지도 않고 심리도 별로 진전이 없기 때문에 선생님도 아낌없이 힘을 쓰시지만, 두고 보세요, 사정은 달라질 테니까."

"정말" 레에니는 이렇게 말하고 웃으며 상인의 얼굴을 바라보았다. "무슨 이야기가 저렇게 많으실까! 저 양반의 이야기는" 그 여자는 K를 돌아보았다. "믿지 마세요. 악의는 없는 분이지만 이야기가 너무 많아요. 아마 그래서 선생님도 싫어하실 겁니다. 하여튼 기분에 맞지 않으시면 만나 주지 않으니까요. 저도 저 양반보고 그러지 말라고 얼마나 그랬는데요. 쓸데없지 않아요 글쎄. 좀 생각해 보세요, 블록크 씨가 오셨다고 저는 몇 번이나 알렸지만 사흘이 지나서야 만나 주셨으니까요. 부를 때 블록크 씨가 자리에 없으면 그때까지의 노력은 모두 헛일로 돌아가고 다시 만나겠다고 알려야 하지요. 그래서 여기서 자라고 했어요. 선생님은 밤중에도 부르는 수가 있으니까요. 이제는 언제 불러도 상관없어요. 하긴, 블록크 씨가 여기 있다는 것을 아시면 이분을 불렀던 것을 취소해 버리시는 수도 가끔 있지만."

K는 반문하듯이 상인을 바라보았고, 상인은 머리를 끄덕이며 전처럼 솔직한 마음으로 말했지만 부끄러워서 당황하는 것 같았다.

"누구나 머지않아 자기가 부탁한 변호사를 의지하게 됩니다."

"겉으로는 그렇지 않은 척하지만." 레에니는 말했다. "사실 저 양반은 여기서 자는 것이 좋다고 말한 적이 한두 번이 아니에요."

그러더니 그 여자는 자그마한 문으로 가서 그것을 열었다.

"저 양반의 침실을 보시겠어요?"

K는 그리로 가서 문지방에 선 채 창문이 하나도 없는 나직한 그 방을 들여다보았다. 방은 좁다란 침대 하나로 꽉 차 있었다. 침대에 들어가려면 가장자리 철주를 넘어야만 했다. 침대 머리맡에서 벽이 쑥 들어가고 거기에는 초가 한 개, 잉크병, 펜, 그리고 소송에 관한 것처럼 보이는 서류뭉치가 차곡차곡 놓여 있었다.

"하녀 방에서 자는군요?" 이렇게 물으며 K는 상인을 돌아보았다.

"레에니가 내준 방인데" 상인은 대답했다. "매우 편리합니다."

K는 그를 멍하니 쳐다보았다. 상인한테서 받은 첫인상이 어쩐지 옳은 것 같았다. 그는 소송이 오래 계속되었기 때문에 경험은 많았지만, 그것에는 그야말로 비싼 대가가 필요했던 것이다. 갑자기 K는 상인의 꼴을 더 바라볼 수가 없었다.

"저 남자를 침대로 데리고 가는 것이 어때?" K가 던진 이 말이 무슨 뜻인지 몰라 레에니는 어리둥절했다. K는 변호사한테로 가서 해약을 선언하고 변호뿐 아니라 레에니나 상인과 모든 관계를 끊어 버리려고 했다. 그러나 문까지 가기도 전에 상인은 나직한 목소리로 "업무주임님" 하고 불렀기 때문에 K는 불쾌한 얼굴로 돌아보았다.

"약속을 잊으셨군요." 상인은 이렇게 말하고 의자에서 애원하듯이 몸을 쑥 내밀었다.

"비밀을 하나 들려주겠다고 하셨지요?"

"그랬지요." K는 이렇게 말하고 똑바로 상인을 쳐다보고 있는 레에니에게 얼른 시선을 던졌다.

"그러면 들어 보시오. 물론 지금 와서는 무슨 비밀이라고 할 만한 것도 아니지만. 지금 저는 변호사를 만나서 해약할 생각입니다.”

“해약이요!” 상인은 이렇게 외치고 의자에서 일어나 팔을 높이 들고 부엌 안을 이리저리 뛰어다녔다. 그는 여러 번 이렇게 외쳤다. “그는 변호사와 해약한다!”

레에니는 곧 K한테로 달려갔으나 상인이 가로막자 주먹으로 그를 때렸다. 그냥 주먹을 움켜쥔 채 그 여자는 K의 뒤로 달려갔지만 K는 훨씬 앞서 뛰어가고 있었다. 레에니가 그를 따라 잡았을 때 그는 이미 변호사 방에 들어가 있었다. 들어가며 그는 문을 거의 닫았으나 발로 문짝을 열어젖히고 있던 레에니가 그의 팔을 붙잡고 끌어내려고 했다. K가 힘껏 그 여자의 손목을 쥐자 그 여자는 가볍게 한숨을 지으며 그를 놓아 주었다. 그녀는 감히 방 안으로 들어오지도 못했지만 K는 문을 잠갔다.

“벌써부터 기다렸습니다.” 변호사는 침대에서 이렇게 말하고 촛불 밑에서 읽고 있던 서류를 야간용 탁자 위에 놓고 안경을 끼더니 K를 노려보았다. 사죄도 하지 않고 K는 이렇게 말했다.

“곧 돌아가겠습니다.”

사죄하는 말이 아니었기 때문에 변호사는 그 말을 그냥 흘려버리고 말했다.

“다음부터 이렇게 늦으면 만나지 않겠습니다.”

“그렇다면 더욱 좋습니다.” K는 말했다. 변호사는 이상한 듯이 그를 바라보았다.

“앉으시지요.”

“그러지요.” K는 탁자 옆으로 의자를 끌어당겨서 앉았다.

“문을 잠그신 것 같은데.”

“그렇습니다.” K는 말했다. “레에니 때문에…….”

아무라도 용서할 생각은 없었다. 그러나 변호사는 이렇게 물었다.

“또 달라붙던가요?”

“달라붙다니요?”

“그렇습니다.” 변호사는 이렇게 말하고 큰 소리로 웃으며 기침을 했으나 기침이 끝나자 다시 웃기 시작했다.

“그만하면 대개 짐작은 하셨겠지요?” 그는 이렇게 묻고 K가 멍하니 탁자를 짚고 있던 손을 두드렸다. K는 재빨리 손을 뒤로 끌어 당겼다.

"당신은 별로 관심이 없으신 모양인데." 변호사가 아무 말도 없는 K를 보고 이렇게 말했다.

"도리어 그것이 좋습니다. 그렇지 않으면 제가 아마 당신에게 사죄해야 할 테니까요. 그것이 레에니의 묘한 성질인데 저는 벌써부터 그것을 묵인해 주고 있습니다. 당신이 지금 문을 잠그지 않았으면 이런 이야기도 없었을 겁니다. 물론 당신에게 말씀드려야 하는 것도 아니지만 당신이 몹시 놀란 표정으로 저를 바라보시니까 간단히 말씀드리겠습니다. 레에니의 묘한 성질이라는 것은 그 여자가 어떤 피고든지 대개 미남으로 생각한다는 것입니다.

그 여자는 어느 누구한테나 애정을 느끼며 사랑하고, 사실 또 누구한테나 사랑을 받는 것 같습니다. 말하는 대로 내버려두면 그 여자는 여러 가지 체험담을 말합니다. 당신은 매우 놀라시는 것 같은데, 뭐 그리 놀랄 것도 없어요. 올바른 눈을 가진 사람이라면 사실 피고를 미남으로 생각하는 일이 흔히 있습니다. 확실히 이것은 신기하면서도 어느 정도 자연 과학적인 현상입니다. 물론 기소되었다고 해서 하나하나 지적할 만한 분명한 어떤 변화가 외모에 나타나는 것은 아닙니다. 왜냐하면 다른 여러 사건과 달라서 피고는 대개지금까지와 별로 다름없는 생활을 계속하며, 만일 자기들을 돌보아 줄 만한 변호사가 있으면 소송 때문에 괴로움을 당할 일도 별로 없으니까요. 그러나소송에 대한 경험이 있는 사람이라면 수많은 군중 가운데서라도 피고를 하나하나 분간할 수 있습니다. 그러면 특징이 있느냐고 당신은 물으실 겁니다. 제가 피고들은 미남이라고 대답을 해도 당신은 그것으로 만족할 수가 없을겁니다. 그러나 그들이 미남이라도 해서 죄가 될 것은 없습니다. 왜냐하면, 이건 변호사로서 하는 말입니다만, 피고는 누구나 다 죄가 있는 것은 아니기 때문입니다. 그리고 지금부터 그들을 그렇게 미남으로 보이게 하는 것은 정당한 차별이라고 할 수도 없습니다. 왜냐하면 피고라고 누구나 다 차별을 받는 것은 아니니까요. 그래서 아름다운 점은 도저히 벗어날 수 없는 그들에게취해진 수속 가운데 있을 겁니다. 하여튼 미남 가운데서도 특히 아름다운 사람이 있지만, 그것도 정도 문제입니다. 저 구더기 같은 블록크도 아름다운것은 틀림없으니까요."

이야기가 끝나자 K는 매우 안정된 태도를 보였다. 그는 마지막 이야기를듣고 눈에 띌 만큼 머리를 끄덕이기까지 했다. 그리고 전에 생각한 것처럼 변호사는 직접 아무 관계도 없는 평범한 이야기를 해서 이번에도 흐지부지 얼버무려 버리고, K의 문제를 위해서 얼마나 애를 썼느냐 하는 근본 문제는 제쳐 놓으려 한다고 K는 확신했다. 변호사는 입을 다물고 K가 말하기를 기다렸지만 아무 말도 없었기 때문에, 그는 K가 자기에게 전보다 더 반항적 태도를 보인다는 것을 느끼며 이렇게 물었다.

"오늘은 무슨 특별한 이야기라도 있으신가요?"

"그렇습니다."

K는 이렇게 말하고 변호사의 동정을 살피기 위해서 손으로 촛불 빛을 가로막았다.

"오늘로써 저의 변호를 그만두시도록 말씀드리고 싶습니다."

"무슨 말씀이지요?" 변호사는 이렇게 물으며 한 손으로 이부자리를 짚고 침대에서 반쯤 몸을 일으켰다.

"알아들으셨으리라 생각합니다." 자세를 바로 하고 상대의 대답을 기다리기나 하듯이 앉아 있던 K는 이렇게 말했다.

"그러면 그 계획에 대해서 서로 이야기해 보실까요?" 잠시 뒤 변호사는 말했다.

"이제 계획이 무슨 필요가 있어요."

"그럴까요?" 변호사가 말했다. "그러나 우리는 너무 서두를 필요는 없을 것 같습니다." 변호사는 K를 놓치지 않을 생각에서 대변자는 아닐지라도 적어도 충고자라도 되려는 듯이 '우리'라는 말을 사용했다.

"조금도 서둘지는 않습니다." K는 이렇게 말하고 천천히 자리에서 일어나 그의 의자 뒤로 갔다. "너무 지나칠 정도로 충분히 생각해 보았습니다. 저의 결심은 어쩔 수 없을 겁니다."

"그러시면 몇 마디만 더 말씀드리겠습니다." 변호사는 이부자리를 떨치더니 침대가에 앉았다. 드러내놓은 흰 털이 꺼칠한 두 다리가 추위 탓인지 떨렸다. 그가 소파에서 담요를 집어달라고 하기에 K는 그것을 들고 와서 이렇게 말했다.

"떨리시는데 공연히 자리에서 나오셨어요."

"매우 중대한 일이니까요." 변호사는 이불로 상반신을 가리고 나서 다리를 담요로 감싸며 이렇게 말했다. "당신 아저씨는 저의 친굽니다. 그리고 당신도 그동안 정이 들게 되었습니다. 솔직히 말씀드립니다. 이렇게 말해서 조금도 부끄러울 것이 없다고 생각합니다."

이런 이야기는 될수록 피하려고 했지만 하는 수 없이 쓸데없는 설명을 해야 했다. 더구나 그의 결심을 돌릴 수는 없었지만 하여튼 마음을 산란케 했기 때문에 노인의 그러한 이야기는 K의 귀에 몹시 거슬렸다.

"호의만은 감사합니다." 그는 말했다. "저에게 유리하도록, 최대한으로 저의 사건에 대해서 힘써 주신 것은 저도 잘 알고 있습니다. 그러나 요사이 어쩐지 그것만으로는 충분치 않다고 생각되었습니다. 물론 저보다 나이도 많으시고 경험도 풍부한 당신에게 제 의견만을 내세울 생각은 조금도 없습니다. 지금까지 저 스스로도 모르게 그런 생각을 한 적이 있습니다만 널리 용서하시기 바랍니다. 하여튼 당신의 말씀과 같이 사태는 매우 중대합니다. 제 생각엔 소송문제에 전보다 좀 더 적극적으로 간섭해야 할 것 같습니다."

"잘 알겠습니다." 변호사는 말했다. "그런데 당신은 너무 서두시는데요."

"서두르는 건 아닙니다." K는 이렇게 말하고 마음이 흥분되어 더는 조심히 이야기할 생각도 별로 없어졌다.

"제가 아저씨를 따라 처음으로 찾아왔을 때 당신은 제가 소송에 대해서 별로 관심이 없다는 것을 아셨을 겁니다. 말하자면 억지로 깨우쳐 주는 사람이 없었으면 소송에 대한 생각은 조금도 없었을 겁니다. 그러나 아저씨께서 모든 일을 당신에게 맡기라고 고집하시는 바람에 저는 당신의 기분을 생각해서 그대로 따랐습니다. 사건을 변호사에게 맡기는 것은 소송의 괴로움을 어느 정도 면하기 위한 것이므로 사실 전보다는 부담이 가벼워지리라고 은근히 기대하고 있었습니다. 그러나 기대와 딴판이었습니다. 당신에게 부탁한 다음부터 소송문제에 그렇게까지 근심을 한 적도 없었습니다. 제가 혼자였을 때는 모든 일을 되는 대로 맡겨 두었지만 그 대신 괴로움은 조금도 몰랐습니다. 지금은 변호사도 있고 모든 준비를 다 갖추었으니 이제나저제나 당신이 손써주기만을 기다리고 있는데 모두 헛일이었습니다. 사실 저는 다른 사람한테서는 도저히 얻을 수 없을 듯한 여러 가지 정보를 당신한테서 들었습니다. 그러나 소송문제가 제 자신도 모르는 사이에 점점 더 절박해져가는 이때, 그런 정보만으로 만족할 수는 없습니다."

K는 의자를 박차고 일어나 저고리 주머니에 손을 넣은 채 움직이지 않고

그 자리에 서 있었다.

"어떤 시기가 오면" 변호사는 침착하고 나직한 목소리로 말했다. "소송은 사실상 아무 진전도 보이지 못합니다. 지금의 당신과 같이, 소송단계에 도달한 사람들이 제 앞에 뻗치고 서서 지금과 같은 이야기를 하는 경우는 얼마든지 있습니다."

"그렇다면" K는 말했다. "그런 친구들은 저처럼 올바른 의견을 가진 사람들입니다. 당신의 이야기는 조금도 저에 대한 반박이라고 할 수 없습니다."

"별로 반박이라고 할 생각은 없습니다." 변호사는 말했다. "그러나 아울러 말씀드리지만 당신께는 사법제도나 저의 활동범위에 대해서 다른 의뢰인들과는 달리 여러 가지 자세한 설명을 했기 때문에 그들보다 저의 심정을 좀 더 알아주시리라고 생각했습니다. 그럼에도 저를 믿지 못하신다면 매우 섭섭합니다. 그렇게 간단히 생각하실 문제는 아니니까요."

K에 대한 변호사의 태도는 얼마나 비굴한가? 확실히 지금 와서 예민할 대로 예민해진 자존심을 짓밟으면서까지 왜 이런 태도를 취해야 하는가? 변호사는 일이 얼마든지 있으며 또 돈도 있으니까 의뢰인을 한 사람 놓친다고 해서 그리 대단한 손해가 될 일도 없을 것이다. 게다가 자리에 누워 있으니 가능한 대로 일을 그만두어야 할 텐데 좀처럼 그렇게 하지 못했다. 왜 그럴까? 아저씨한테 대한 개인적인 친분이 있어서? 아니면 K의 소송문제가 매우 특수한 것이라고 생각하면서 K에게나 혹은 이런 가능성이 전혀 없는 것은 아니지만 재판소 친구들에게 자기의 수완을 보이려는 것일까? 서슴지 않고 K는 그 무엇을 알아보려는 듯이 변호사의 얼굴을 바라보았지만, 그의 얼굴에는 별다른 변화가 없었다. 어쩐지 그는 일부러 입을 다물고 있으면서 자기 말의 효과를 은근히 기다리는 것처럼 생각되었다. 그러나 변호사는 확실히 K의 침묵을 자기에 대한 호의로 생각했던지 이렇게 이야기를 계속했다.

"이렇게 큰 사무실에 조수가 한 사람도 없다는 것을 당신도 눈치챘으리라 생각합니다. 그러나 전에는 그렇지 않았습니다. 젊은 변호사 몇 사람이 저의 뒤를 돌보아 준 때도 있습니다만 지금은 혼자서 일을 하고 있습니다. 그것은 제가 전문으로 보던 일을 그만두고 당신이 부탁한 그런 법률 사건만을 취급하게 된 탓도 있겠지만, 한편 차차 이러한 사건에 대해서 깊이 인식하게 되었기 때문입니다. 결국 저의 의뢰인이나 저의 일에 대해서 과오를 범하지 않으려면 절대로 일을 남에게 맡겨서는 안 된다는 것을 알았습니다. 모든 일을 혼자서 해치울 결심을 했기 때문에 저는 의뢰인들을 거의 다 거절하고, 특별히 가까운 사람에 한해서 부탁을 받아들이는 수밖에 없었습니다. 세상은 참 넓어서 제가 내던진 일에 달려드는 사람이 제 주위에도 얼마든지 있었습니다. 그리고 게다가 조금 과로를 했기 때문에 이렇게 병이 나고 말았습니다. 그러나 이 결심을 저는 조금도 후회하지 않습니다만, 좀 더 사건을 거절했더라면 하는 생각도 없지 않습니다. 어쨌든 맡은 사건만은 열심히 뒤를 봐줘야 했기 때문에 상당한 성과도 올릴 수 있었습니다. 보통 법률문제를 변호하는 것과 제가 취급하는 사건을 변호하는 것을 비교해서 쓴 매우 잘된 책을 본 적이 있습니다. 요컨대 보통 변호사는 의뢰인을 가느다란 실로 판결까지 이끌어 가지만, 제 경우에는 즉시로 의뢰인을 걸머지고 판결뿐이 아니라 한 걸음 더 앞으로 이끌고 간다는 내용인데, 바로 그런 것 같습니다. 저도 이런 큰 일을 맡아서 후퇴하는 때도 없지 않습니다만, 가령 지금 당신처럼 오해를 하는 사람이 있으면 정말 일이 귀찮기만 합니다."

K는 이런 지루한 이야기를 듣고 있자니 이해가 되기보다는 도리어 화가 났다. 변호사의 이야기를 들으면서 K는 자기를 기다리는 것이 무엇이라는 것을 알 수 있을 듯했다. 지금 양보를 하면 위로의 말이 또 시작될 것이다. 현재 쓰고 있는 진정서나 재판소 관리들 기분이 좋다는 이야기, 그러나 앞으로 여러 가지 곤란이 가로놓여 있다는 이야기 등, 요컨대 듣지 않아도 알 수 있는 말을 되풀이하며 장래에 대해서 막연한 희망을 품게 하고 초조한 가운데 알 수 없는 어떤 불안을 느끼게 할 것이다. 가급적 그런 일은 막아야 한다고 생각한 그는 이렇게 말했다.

"무슨 새로운 계획이라도 있으신가요?"

변호사는 이런 모욕적인 질문을 받고도 그냥 참으며 대답했다.

"전처럼 계속할 생각입니다."

"그러면 알겠습니다. 설명하실 것 없습니다."

"아닙니다, 다시 한 번 해보겠습니다." 변호사는 K를 흥분시킨 일이 자기에게도 관계가 있다는 듯이 이렇게 말했다. "당신은 저의 변호를 적당히 평가하지 못할 뿐만 아니라 여러 가지로 인식이 부족한 태도를 보이는 것 같습니다. 이것은 당신이 피고이면서도 재판소의 대우가 너무 좋고, 솔직히 말하면 재판소에서 너무 미지근하게 취급하기 때문이라고 생각합니다. 그러나 이렇게 취급하는 것은 이유가 있습니다. 결국 자유로운 몸보다는 감옥에 들어가는 편이 훨씬 편한 때가 있으니까요. 하여튼 다른 피고들이 어떤 대우를 받고 있다는 것을 보여 드리고 싶습니다. 그러면 어떻다는 것을 아실 테니까요. 지금 블록크를 부를 테니까 문을 열고 이 탁자 옆에 앉아 주시오."

"좋습니다." K는 변호사가 하라는 대로 했다. 언제나 배우려는 생각이었다. 그러나 어느 때든지 안전한 조치를 취하려고 그는 이렇게 물었다.

"그런데 변호를 해약한 것은 아시겠지요?"

"알겠습니다." 변호사는 말했다. "그러나 오늘 밤중으로 취소할는지도 모르겠습니다." 다시 누워서 이불을 목까지 끌어올리고 벽으로 돌아누우며 그는 벨을 눌렀다.

벨소리가 들리자 곧 레에니가 나타났다. 얼른 주위를 둘러보고 형세를 살피더니 그가 변호사의 침대 옆에 조용히 앉아 있는 것을 보고 마음을 놓는 것 같았다. 자기를 바라보고 있는 K를 보고 그 여자는 미소를 지으며 반색했다.

"블록크를 불러와!" 변호사는 말했다. 레에니는 블록크를 데리러 가지 않고 문 앞에서 외쳤다.

"블록크 씨, 선생님이 부르세요!"

그러더니 변호사가 벽으로 돌아누워서 아무 관심도 없다는 것을 알았던지 슬며시 K의 의자 뒤로 돌아갔다. 그녀는 의자 등에 몸을 굽히기도 하고 정답고 조심스럽게 두 손을 K의 머리칼 속에 넣기도 하고 뺨을 어루만지기도 하면서 그를 괴롭혔다. 나중에 K가 한쪽 손을 잡고 놓지 않았기 때문에 그녀는 잠시 몸부림쳤으나 곧 그가 하는 대로 맡겨 버렸다.

잠시 뒤 블록크가 왔지만 문 앞에 서서 망설였다. 그는 눈썹을 추켜세우며 머리를 갸웃하고 다시 들어오라고 변호사가 말하기를 기다리는 것 같았다. K는 들어오라고 할 수도 있었지만 변호사뿐만 아니라 이 집에 있는 모든 사람들과 그만 인연을 끊어 버릴 결심을 했기 때문에 보고도 모르는 척했다. 레에니는 말이 없었다. 적어도 쫓겨날 근심은 없다는 것을 깨달았던지 블록크는 발꿈치를 들고 들어왔다. 얼굴은 긴장되어 있었고 뒷짐을 진 두 손은 떨리고 있었다. 문은 나갈 때를 생각해서 그냥 열어 두었다. K는 돌아보지도 않고 털이불에 시선을 던지고 있었는데 변호사는 이불을 쓴 채 벽에 몸을 기대고 있었기 때문에 전혀 보이지 않았다. 그러나 이때 변호사의 목소리가 들렸다.

"블록크 왔어?"

이 말은 거의 방 한가운데까지 들어온 블록크의 가슴을 쿡 찌르고 계속해서 등을 찔렀기 때문에 그는 비틀거리며 등을 굽히고 서서 말했다.

"네, 왔습니다."

"뭐야, 자네는?" 변호사는 말했다. "이런 때만 찾아오고."

"부르시지 않았던가요?" 블록크는 변호사보다 자신을 의심하는 듯이 이렇게 묻고, 자기 몸을 보호하려는 듯이 두 손을 앞으로 내민 채 밖으로 뛰어나가려는 듯한 자세를 취했다.

"부르기는 불렀지만" 변호사는 말했다. "하필 이런 때에 오냐 말이야."

그리고 잠시 뒤에 다시 이야기를 계속했다.

"언제나 이렇게 불편한 때만 찾아온단 말이야."

변호사의 말을 듣고 나서 블록크는 더 이상 침대를 바라보지 않았다. 상대와 시선이 마주치면 눈알이 터진다는 듯한 표정으로 방 한쪽 구석을 응시하며 그저 귀를 기울일 뿐이었다. 변호사가 벽을 향해 나직한 목소리로 빨리 말했기 때문에 잘 들리지 않는 것만은 사실이었다.

"그러면 다시 나가는 것이 좋을까요?"

"왔는데 그냥 갈 수 있나. 여기 있어!" 변호사는 말했다.

그러나 블록크가 정말 부들부들 떨기 시작했기 때문에 누가 보든지 그의 소망대로 해주었다기보다는 때리겠다고 채찍을 들고 위협이라도 한 것 같았다.

"어제 나는" 변호사는 말했다. "내 친구인 제3 재판관을 찾아가서 자네 이야기를 들었는데, 들어 보겠나?"

"네, 부탁합니다." 블록크는 말했다. 변호사가 곧 대답이 없었기 때문에 블록크는 다시 한 번 부탁하고 당장 무릎이라도 꿇을 듯이 몸을 굽혔다.

그때 K가 그를 보고 소리를 질렀다.

"무슨 꼴이야!"

레에니가 그의 입을 막으려고 했기 때문에 그는 그 여자의 다른 한쪽 손을 붙잡았다. 애정에서 그런 것이 아니라 그냥 힘껏 쥐었기 때문에, 그 여자는 쌔근거리며 손을 뿌리치려고 했다. 그런데 K가 이렇게 외치자 변호사는 분풀이라도 할 듯이 블록크에게 말했다.

"대체 자네 변호사는 누구야?"

"선생님입니다."

"그 밖에는?"

"선생님 이외에는 아무도 없습니다."

"그러면 다른 사람 이야기는 듣지 말아야 해."

블록크는 변호사의 말뜻을 알아차리고 증오에 가득 찬 시선으로 K를 바라보며 머리를 설레설레 흔들었다. 이 태도를 말로써 표현한다면 사나운 모욕이었음이 틀림없었다. K는 이런 남자와 마음 놓고 자기의 속마음을 터놓으려 했던 것이다.

"더는 괴롭히지 않겠소." K는 의자에 기대며 말했다. "무릎을 꿇건 엎드리건 좋을 대로 하시오."

그러나 블록크는 적어도 K에 대해서는 자존심이 있기 때문에 주먹을 휘두르며 가까이 다가오더니 변호사의 위세를 빌어서 고래고래 큰 소리로 외쳤다.

"당신은 그런 말을 할 자격이 없소. 무슨 원한이 있어 나를 모욕하는 거요? 그럴 때가 따로 있지. 그래 선생님 앞에서 그런 말을 해요? 동정을 해서 너그럽게 대해 주시니까 그렇지 어디 당신이 이런 자리에 얼씬할 수나 있어요. 당신도 기소되어서 법정에 서 있는데 저보다 나을 것이 뭐 있소. 그래도 당신이 신사라면 저도 당신 못지않게 당당한 신사요. 당신은 저를 신사로 대접해야 합니다. 당신은 이렇게 들어앉아서 뻔뻔스럽게 남의 이야기를 듣고 있는데 당신의 이야기와 같이 제가 엎드리고 굽실거려야 한다고 해서 당신이 우월감을 느낀다면 옛날의 관례를 하나 말씀드리지요. 용의자는 가만히 있지 말고 두루 돌아다니는 것이 유리하다, 가만히 있으면 자기도 모르는 새에 저울질을 당하고 죄를 받는 일이 많다는 이야깁니다."

K는 아무 말도 없이 꼼짝도 않고 정신없이 지껄이는 남자를 뚫어지게 쳐다보았다. 잠시 동안에 이 무슨 변덕인가? 그가 이리 몰리고 저리 몰리면서 지칠 대로 지쳐 앞뒤를 분간치 못하는 것은 소송 때문일까? 변호사는 의식적으로 모욕을 준 것이다. 그것은 결국 K한테 자기 힘을 보여서 될 수 있으면 K

를 굴복시키려는 속셈임을 그 남자는 모르는 것일까? 그러나 블록크가 그것을 분간할 힘이 없고, 변호사를 두려워하기 때문에 그럴 힘이 있어도 아무 소용이 없다고 하면, 어떻게 감히 뒷구멍으로 슬며시 다른 변호사에게 의뢰할 만큼 간사하고 대담할 수 있었을까? 더구나 이러한 비밀을 바로 그 자리에서 폭로할 수 있는 K한테 대들 수가 있을까? 그뿐만이 아니라 그 남자는 지금 변호사의 침대 옆으로 가서 또다시 K에 대한 불평을 하기 시작했다.

"선생님" 그는 말했다. "저자가 지금 저한테 이야기한 것 들으셨습니까? 아직 소송에 대해서는 시간으로 헤아릴 수 있을 정도의 경험밖에 없으면서 5년 동안이나 경험이 있는 저에게 훈계를 하며 조롱하지 않습니까 글쎄. 예의나 의무나 재판소의 관례가 어떻다는 것을 적은 힘으로나마 될 수 있는 데까지 연구한 저를 아무것도 모르는 철부지가 조롱을 하다니, 이게 될 말입니까?"

"남의 걱정은 말아." 변호사는 말했다. "자네가 옳다고 생각하는 일을 하면 그만 아닌가."

"사실 그렇습니다." 블록크는 용기를 얻은 듯이 이렇게 말하고 변호사를 곁눈으로 살피더니 바로 침대 옆에서 무릎을 꿇었다.

"선생님, 저는 이렇게 무릎을 꿇었습니다." 그는 말했다. 그러나 변호사는 아무 말도 없었다. 블록크는 한 손으로 조심스럽게 이불을 어루만지고 있었다. 물을 끼얹은 듯이 고요한 가운데 레에니는 K의 손을 뿌리치며 말했다.

"아파요. 블록크 씨한테 갈 테니까 놔요."

그 여자는 그리로 가서 침대가에 앉았다. 레에니가 오는 것을 보고 반가워하며 그는 입 밖에 내지는 않았지만 변호사한테 자기 얘기를 해 달라고 부탁하는 눈짓을 보냈다. 변호사의 보고가 무엇보다 듣고 싶은 눈치였지만 그것은 그저 다른 변호사들에게 그 보고를 제공하기 위해서였는지도 모른다. 레에니는 어떻게 하면 변호사의 기분을 맞출 수 있는지 잘 아는 듯했다. 그녀는 변호사의 손가락을 가리키며 키스하는 모양으로 입술을 내밀었다. 블록크는 변호사의 손에 키스를 하고, 레에니가 재촉하자 다시 한 번 더 키스를 했다. 그러나 변호사는 역시 말이 없었다. 그래서 레에니는 변호사한테 몸을 굽히고 쭉 뻗은 아름다운 몸매를 보이면서 그의 얼굴을 뒤덮을 듯이 바싹 몸을 대고 기다란 그의 흰 머리칼을 어루만져 주었다. 그러자 그도 입을 열지 않을 수 없었다.

"말하고 싶지 않아." 변호사는 이렇게 말하고 머리를 흔들었지만 아마 그것은 레에니의 애무를 좀 더 느끼려는 것인지도 몰랐다. 블록크는 머리를 숙이고 귀를 기울였지만 그 태도는 마치 그렇게 함으로써 무슨 명령이라도 거역한 것 같았다.

"왜 말씀 못하세요?" 레에니는 물었다. 그러자 K는 그것이 누구나 다 아는 이야기며 이미 여러 번 반복되었고 앞으로도 얼마든지 반복될 것이요, 블록크 이외에는 아무도 새로운 맛을 느낄 수 없는 그런 이야기를 들은 듯한 기분이었다.

"오늘 그의 태도는 어때?" 대답은 하지 않은 채 변호사가 물었다. 의견을 말하기 전에 그 여자가 우선 블록크를 내려다보자 그 남자는 손을 내밀고 애원하듯이 손을 비비고 있었다. 그 여자는 잠시 그런 꼴을 바라보고 나서 심각한 표정으로 머리를 끄덕이더니 변호사를 돌아보며 말했다.

"침착하게 열심히 일하고 있었습니다."

수염이 긴 그 늙은 상인은 젊은 처녀에게 유리한 증언을 해달라고 애원하고 있었다. 이때 그의 속셈은 알 수 없지만 하여튼 같은 입장에 서 있는 사람의 눈으로 볼 때 인정할 만한 점은 하나도 없었다. K는 변호사가 이런 연극을 해서 자기를 수중에 넣으려는 생각을 한다는 것을 어떻게 해석해야 할지 알 수가 없었다. 지금까지는 자기를 쫓아내지 않았지만, 이런 장면을 보니 그 자리를 물러설 생각이 간절했다. 변호사는 그 자리에 있는 사람들을 모욕하고 있었다. 운 좋게 K는 그리 피해를 입지 않았지만, 결국 변호사의 방법은 의뢰인이 세상일을 다 잊어버리고 소송이 끝날 때까지 속임수에 넘어가서 이리저리 끌려 다니는 것을 원하는 데 지나지 않았다. 그것은 이미 의뢰인이 아니라 변호사의 신변을 지키는 개였다. 만일 변호사가 개집 같은 침대 밑으로 기어들어가서 짖으라고 명령한다면 상인은 그것을 달게 받아들였을 것이다. 이 자리에서 이야기한 모든 일을 하나도 남김없이 가슴속에 담았다가 그럴 만한 장소에서 그 내용을 보고할 의무라도 있는 듯이 K는 비판적인 눈으로 깊이 생각하면서 귀를 기울이고 있었다.

"하루 종일 그는 뭘 했지?" 변호사는 물었다.

"저는 그 남자를" 레에니가 말했다. "저의 일에 방해가 되지 않을까 해서 전처럼 하녀 방에 가두어 두었어요. 문틈으로 가끔 동정을 살폈는데, 침대 위에서 무릎을 꿇고 선생님이 빌려 주신 책을 창문 옆에 펴놓고 읽더군요. 그래서 저는 좋은 인상을 받았어요. 사실 그 창문은 통풍구로 통해 있고 햇빛이라고는 조금도 받지 못하지만, 그래도 블록크 씨가 그런 데서 책을 읽는 것을 보고 정말 순종적인 사람이라고 생각했어요."

"매우 반가운 일이지만" 변호사는 말했다. "뭘 알고 읽던가?"

그 이야기를 들으면서 블록크는 끊임없이 입을 쫑긋거렸는데, 그것은 레에니의 입에서 듣고 싶은 대답을 입속으로 꾸며 보는 것이 틀림없었다.

"물론 그것은" 레에니는 말했다. "확실히 말씀드릴 수는 없습니다만 하여튼 철저하게 읽는다고 생각했어요. 하루 종일 같은 페이지를 펴놓고 한 줄 한 줄 손으로 짚어가며 읽었거든요. 제가 들여다볼 때마다 언제나 한숨을 쉬는 것을 보니 읽기가 매우 힘든 것 같더군요. 빌려 주신 책은 이해하기 힘든 책이지요."

"사실이야." 변호사는 이렇게 말했다. "물론 그것은 힘들지. 읽는대야 그가 뭘 알겠나. 그저 그를 변호하기 위해서 내가 얼마나 고생하는지를 그 책을 읽고 알아준다면 그만이지 뭐야. 더구나 이 고생은 누구를 위한 고생이냔 말이야? 어리석은 이야기지만, 블록크를 위한 고생이야. 무슨 말인지 그에게 알려 주어야 할 텐데. 하여튼 쉬지 않고 읽었지?"

"그럼요." 레에니는 대답했다. "그저 한번 물이 마시고 싶다고 해서 창구멍으로 물을 한 컵 주었지요. 그리고 저녁 8시쯤에 밖으로 불러내서 식사를 주었어요." 블록크는 곁눈으로 K를 힐끗 쳐다보았는데, 그 태도가 마치 '난 지금 칭찬을 받고 있어. 어때?' 말하는 것 같았다. 이만 하면 걱정 없다는 듯이 자유로운 태도로 무릎을 꿇은 채 몸을 이리저리 흔들어댔다.

따라서 변호사의 다음과 같은 말을 들었을 때는 정말 너무나 뜻밖이었다.

"네가 그를 그렇게 칭찬하니까" 변호사는 이렇게 말했다. "내가 말하기가 더 곤란하잖아. 재판관은 블록크나 그의 소송문제에 대해서 그리 호의적으로 말하지 않는단 말이야."

"호의적이 아니라니요, 그럴 리가 있겠어요?" 레에니는 물었다.

블록크는 긴장된 시선으로 그 여자를 바라보며, 이제 와서 어찌 할 수 없는 재판관의 이야기지만, 그 여자라면 이제라도 어떻게 해서든지 자기에게 유리하도록 이야기를 돌릴 수 있다고 믿는 것 같았다.

"호의적이지 않더라고." 변호사가 말했다. "블록크 얘기만 꺼내면 재판관은 불쾌한 표정까지 띠며 '그런 말은 그만둬' 이렇게 말하지. 그래서 '그는 저의 의뢰인인데요' 했더니 '당신은 이용을 당하고 있어요' 하지 않겠나 글쎄. 그래서 '그 사건은 아직 희망이 있다고 생각하는데요' 말했더니 '하여튼 자네는 이용을 당하고 있어' 또 그러는 거야. 그래서 '그럴 리가 없습니다. 블록크는 소송문제에 대해서는 누구보다 열심이고 언제나 자기 사건에 유의하고 있습니다. 저의 집에서 거의 살다시피 하며 새로운 소식을 들으려고 무척 애를 쓰고 있어요. 그렇게 꾸준한 사람도 드물지요. 사실 인간적으로 그리 좋은 사람은 아니고 태도가 불순하고 옷차림도 더럽지만 소송문제에서만은 나무랄 데가 없습니다' 이렇게 나도 빈틈없이 의식적으로 과장해서 말했지만, 재판관의 말이 '블록크는 간사한 사람이야. 그동안의 경험으로 소송을 지연시키고 있지만 그 무지막지한 태도란 간사한 데 비할 것이 아닐세. 만일 소송이 아직 시작되지도 않았다는 것을 알거나 소송이 시작되는 것을 알리는 종이 아직 울리지 않았다고 누가 알려 주면 그는 대체 뭐라고 할까?' 그러지 않겠나. 가만있어, 블록크."

그때 블록크는 휘청거리는 다리로 일어서면서 설명을 구하려는 태도였다. 변호사가 블록크한테 이야기를 건넨 것은 이번이 처음이었다. 피로한 시선으로 변호사가 멍하니 블록크를 내려다보자 그는 그 시선에 그만 눌려서 다시 천천히 무릎을 꿇고 말았다.

"재판관이 무슨 말은 하든 자네에게는 아무 관계가 없어." 변호사는 말했다. "그런 이야기에 일일이 놀라지 말게. 그런 일이라면 자네한테는 말도 하지 않겠네. 지금 최후의 판결이라도 받는 듯한 표정으로 쳐다보니 어디 견디겠나. 여기 저 양반도 계시니까 좀 삼가면 어때! 그런 태도를 취하면 재판관에 대한 신용문제에도 관계가 있으니까. 대체 자네는 어쩌자는 거지? 자네가 아직 살아 있고 내가 뒤를 돌보고 있으니까 쓸데없는 걱정을 말아! 최종 판결은 대개 의외로 불시에 닥치는 대로 선고자의 입에서 내리게 된다는 것을 읽었으면 알았겠지. 여러 가지 보류 조건은 있지만 어쨌든 그것은 사실이야. 그러나 자네 관심은 나로서도 불쾌하고 이것은 내게 대한 자네의 신뢰가 부족하기 때문이라는 것도 잘 알고 있네. 대체 내가 무슨 말을 했지? 어떤 재판관의 말을 전했을 뿐이야. 자네도 알지만 수속에 대해서는 여러 가지 견해가 있기 때문에 도무지 앞날을 헤아릴 수가 없단 말이야. 다시 말하자면 이 재판관은 구속이 시작될 시기에 대해서 나와는 생각이 전혀 다르지만, 그렇다고 해서 의견에 별로 차이가 있는 것은 아니야. 결국 소송이 어느 정도 진전되면 예로부터의 관습에 따라서 종을 울리게 되는데, 이 재판관은 그때야 비로소 소송이 시작되는 것이라고 생각하네. 지금 그것과는 다른 의견을 일일이 말할 수는 없고, 말한다 해도 자네는 어차피 모르지만 반박할 여지는 얼마든지 있다는 것을 알아 주기 바라네."

블록크는 어물어물 어쩔 줄을 모르며 침대 옆에 깔려 있는 양탄자의 털을 어루만지고 있었다. 재판관의 이야기가 근심이 되었기 때문에 변호사에 대한 자신의 비굴한 태도를 잠시 잊어버리고 자기 일만을 생각하며 재판관의 이야기를 여러 모로 생각해 보았다.

"블록크" 레에니는 경고라도 하듯이 말하고 그 남자의 옷깃을 조금 끌어 올렸다. "그런 장난은 그만두고 선생님의 말씀을 들어요."

9 성당에서

K는 은행의 매우 중요한 고객이며 이 도시에 처음 머무르는 어떤 이탈리아 사람에게 거리의 고적을 안내하라는 지시를 받았다. 이러한 지시는 전처럼 사실 영광으로 생각했지만, 간신히 은행에서 체면을 유지하는 이때에는 그리 달가운 것은 아니었다. 잠시라도 사무실에서 떠나는 것이 괴로웠다. 사무실에 있어도 전처럼 시간을 충분히 활용하지 못하고 대개는 어쩔 수 없이 그저 일을 하는 척하면서 지내고 있었지만, 그만큼 사무실을 비우면 더욱 불안했다. K는 언제나 자기를 미행하는 지점장 대리가 가끔 자기 사무실에 들어와서 책상 옆에 앉아 자기 서류를 들추며, 여러 해 동안 친구처럼 지내온 고객들을 만나 이간질을 하는 꼴이 눈앞에 보이는 것 같았다. 그뿐만 아니라 사무상의 실수까지 폭로하는 것 같았다. K는 그런 실수 때문에 요사이는 일을 하면서도 언제나 사방에서 어떤 위협을 받았지만, 이미 그 실수는 어쩔 수가 없었다. 따라서 사무관계로 외출을 하거나 혹은 잠시 동안 출장 지시를 받게 되면 그럴 법하다고 생각하면서도—최근에 와서는 그런 지시가 왜 그리도 많은지 알 수 없지만—사무실에서 잠시 동안 자기를 내보내고 자기가

하는 일을 검사하려고 하거나, 아니면 적어도 자기 같은 것은 사무실에 있으나마나한 사람이라는 그런 쓸데없는 생각을 그는 언제나 하고 있었다. 대개 이러한 지시를 거역하는 것은 그리 힘든 일은 아니었으나 감히 그럴 생각은 없었다. 불안한 마음은 전혀 근거가 없는 것은 아니어서 명령을 거절하는 것이 도리어 그 불안한 마음을 고백하는 것이 되기 때문이었다. 이런 이유에서 K는 그러한 명령을 겉으로만이라도 태연하게 받아들이고, 또 이틀 동안의 괴로운 출장명령을 받을 때도 몹시 오한이 나기는 했지만 그렇다는 말을 좀처럼 입 밖에 내지 못했다. 지긋지긋한 두통을 느끼면서 출장에서 돌아오니 그 다음날부터 자기가 이탈리아 고객을 안내하도록 정해져 있는 것을 알았다. 이번만은 거절하고 싶은 충동이 대단했고 직접적인 사무와는 아무 관계도 없는 명령이었지만, 고객에 대한 사교적인 이 의무는 사실 중요한 것이었다. 그러나 K는 자기가 할 일의 성과가 오르지 않는 이상 이 이탈리아 사람의 마음을 아무리 황홀케 한다 해도 지금의 지위를 유지할 수는 없다는 것을 잘 알고 있었다. 그는 하루라도 사무실을 떠나고 싶지 않았다. 한 번 떠나게 되면 다시는 들여보낼 것 같지 않은 불안이 앞섰기 때문이다. 그것은 너무 지나친 불안이라는 것을 잘 알면서도 어쩔 수 없는 일이었다. 그러나 이러한 경우에 싫다고 하면서 빠질 수는 없었다. K의 이탈리아어 지식은 그리 대단하지는 않았지만 그런 대로 부족할 정도는 아니었다. 더구나 옛날부터 미술사에 대한 소양이 있다고 해서 은행에서도 평판이 자자했고 사업관계로 잠시 고대미술협회에 들어가 있었기 때문에 그렇게 결정된 것이었다. 들은 바로는 그 이탈리아 사람이 미술을 좋아한다는 것이다. K가 그를 안내하게 된 것은 당연한 일이었다.

몹시 비가 내리며 날씨가 사나운 어느 날 아침, K는 불쾌한 하루를 앞두고 7시에 벌써 사무실에 나가 있었다. 이탈리아 사람을 접대하는 것에 시간을 빼앗기기 때문에 조금이라도 일을 처리하려는 생각에서였다. 다소나마 준비를 하기 위해서 밤늦도록 이탈리아어 공부를 했기 때문에 몹시 피로했다. 요즈음에는 언제나 창문 옆에 앉는 버릇이 생긴 탓인지 오늘도 책상보다 그 자리로 가서 앉고 싶은 생각이 간절했지만, K는 그런 생각을 억누르고 책상에 앉아서 일을 시작했다. 그러나 때마침 사환이 들어와서 업무주임이 출근했는가 보고 오라고 지점장이 보냈다면서 만일 출근했으면 벌써 이탈리아 손님이 와 있으니까 응접실까지 와달라는 말을 전했다.

"곧 갈 테니까." K는 이렇게 말하고는 자그마한 사전을 호주머니에 넣고, 외국 손님을 접대하기 위해서 준비한 이 도시의 명승고적 사진앨범을 옆에 끼고, 지점장 대리 방을 지나 지점장실로 들어갔다. 이렇게 일찌감치 사무실에 나와서 접대에 응할 수 있는 것을 K는 기쁘게 생각했다. 사실 아무도 예기치 못한 일이었다. 사환은 지점장 대리도 불러오라는 지시를 받았지만, 물론 지점장 대리의 방은 빈 채 한밤중같이 고요했다. K가 응접실로 들어가자 두 신사는 안락의자에서 일어섰다. 지점장은 정답게 미소를 띠며 K가 와 있었기 때문에 매우 기뻐하는 표정으로 곧 이탈리아 사람을 소개했다. 그 사람은 K의 손을 힘껏 붙잡고 너털웃음을 웃으며 매우 일찍 나왔느니 뭐니 하고 말했지만 K는 누구에 대한 말인지 헤아릴 수가 없었다. 그리 많이 쓰는 말이 아니어서 잠시 망설이다가 겨우 그 뜻을 알 수 있었다. K가 유창한 말로 대답을 하자 그는 텁수룩한 허연 수염을 얼른 두서너 번 어루만지더니 웃으며 머리를 끄덕였다. 이 수염은 향수를 뿌린 것 같았는데 누구나 가까이 가서 맡아보고 싶을 정도였다. 자리에 앉아서 간단한 이야기를 나누기 시작했을 때, 이탈리아 사람의 말을 간간이 한마디씩 알아들었을 뿐 도무지 전체를 다 이해할 수 없었기 때문에 K는 몹시 거북했다. 천천히 말하면 다 알아들을 수 있었지만 그는 너무나 유창하게 이야기를 하면서도 재미있다는 듯이 머리를 흔들어댔다. 더욱이 거기에 규칙적으로 어떤 방언까지 섞여 아무리 들어도 이탈리아 말이라고 생각할 수 없었다. 그래도 지점장은 이해할 뿐만 아니라 그 말에 대답도 했다. 물론 이것은 이 사람의 고향인 남부 이탈리아에 지점장이 이삼 년 가 있었기 때문이라고 짐작할 수 있었다. 그런데 이 남자가 쓰는 프랑스 말도 매우 이해하기가 곤란하고, 또 수염이 입술을 가리고 있기 때문에 움직이는 입술에 따라서 그 말을 짐작할 수도 없었다. K는 여러 가지 불쾌한 일이 일어나리라고 예상했지만, 결국 이 사람의 말을 이해하기를 아예 단념하고—사실 통역이나 다름없이 잘 이해하는 지점장이 있으니 너무 애쓸 필요도 없었지만—불쾌한 기분으로 그 남자를 바라보고만 있었다. 이탈리아인은 안락의자에 푹 몸을 파묻고 있으면서도 어쩐지 불편한 듯이 짧고 몸에 꼭 달라붙는 웃옷을 몇 번이나 끌어당기며 팔을 들고 손을 내흔들면서 무엇을 표현하려고 했다.

K는 앞으로 몸을 굽혀 얼굴을 가까이하고 그 손을 들여다보았으나 뭔지 도무지 알 수가 없었다. 결국 이야기가 오가는 데 따라 기계적으로 이리저리 시선을 던질 뿐 멍하니 앉아 있던 K는 전보다 더욱 피로를 느끼며 자기도 모르게 자리에서 일어나 몸을 돌리며 나가려고 하다가, 얼른 정신을 차렸다. 때마침 운 좋게 이탈리아 사람도 시계를 꺼내 보고 급히 자리에서 일어섰다. 그 남자는 지점장한테 인사를 하고 K한테로 다가왔는데, 너무 가까이 오는 바람에 K는 안락의자를 뒤로 물리고서야 몸을 움직일 수 있었다.

지점장은 K의 시선에서 이탈리아 말 때문에 망설이는 빛을 알아보았던지 그 두 사람의 대화에 뛰어들었다. 그 태도가 매우 지혜롭고 부드러웠기 때문에 겉으로는 그저 간단히 무슨 충고라도 주는 것 같았지만, 사실은 피로한 줄도 모르고 지점장을 가로막으며 말하는 이탈리아 사람의 이야기를 간결하게 요약해 주고 있었다. 지점장한테서 들으니, 그 사람은 아직 할 일이 몇 가지 있고 대체로 시간의 여유가 없기 때문에 명승고적을 모조리 서두르며 돌아보기보다는—이것은 물론 K의 찬성을 얻어야 할 것이요, 그 결정은 오로지 K의 의견에 달려 있지만—그저 성당만을 철저하게 구경하고 싶어 했다. 이렇게 학식 있고 친절한 분의 안내를 받으며—이것은 K를 말하는 것이지만, K는 사실 이탈리아인의 이야기는 듣지도 않고 그저 지점장의 말만 재빨리 알아들으려고 했다—구경할 수 있다는 것을 무한히 영광으로 생각하며, 별로 지장이 없으면 두 시간 뒤 10시쯤 성당에서 기다려 주면 틀림없이 그 시간까지는 가겠다는 이야기였다. K는 적당히 대답을 했다. 그 사람은 우선 지점장 그리고 K와 악수를 하고 나중에 다시 한 번 지점장과 악수를 한 뒤, 전송하는 그 두 사람에게 반쯤 몸을 돌리고 다시 뭐라고 지껄이며 밖으로 나갔다. 그런 뒤 K는 잠시 지점장과 같이 남아 있었다. 어쩐지 지점장은 오늘 기분이 그리 좋지 못한 것 같았다. 지점장은 K의 양해를 구할 생각이었던지—매우 정답게 나란히 서서—처음에는 자기가 그 사람을 안내할 생각이었으나 그만—자세한 이유는 말하지 않았지만—K를 보내기로 결정했다고 말했다. 처음에는 그 사람의 이야기를 이해하기가 어려울지 모르나 곧 이해하게 될 테니까 그리 실망할 것은 없으며, 가령 모른다 해도 그는 상대가 이해를 하건 말건 상관하지 않으니까 별로 문제될 것은 없다, 무엇보다 K의 이탈리아어 실력은 놀랄 만큼 훌륭하며 틀림없이 일을 잘 끝낼 것이라고 말했다.

그러고 나서 K는 방을 나왔다. K는 여가를 틈타 성당 설명에 필요하며 그리 많이 쓰이지 않는 말을 사전에서 찾아 써두었다. 그것은 매우 까다로운 일이었다. 사환이 우편물을 들고 들어왔다. 은행원들은 이것저것 문의하려고 들어와서 일을 하는 K를 보고 문 옆에 선 채 K가 그들의 이야기를 들어 줄 때까지 좀처럼 나가려고 하지 않았다. 지점장 대리도 가끔 들어와서 K가 들고 있는 사전을 빼앗기도 하고 쓸데없이 책장을 들추며 K를 괴롭혔다. 문이 열리면 어두컴컴한 휴게실에서 손님들까지도 얼굴을 내밀고 어물어물 인사를 했다―이것은 K의 주의를 끌려고 그러는 것이겠지만 사실 K가 보아 주었는지 어쩐지 하는 것은 확실치 않았다―이러한 모든 일이 K를 중심으로 움직였다. 한편 K는 자기가 필요로 하는 말을 모아서 사전을 찾으며 써두기도 하고 발음연습도 하며 나중에는 그것을 외어 보려고 했다. 그러나 옛날처럼 기억력이 좋지는 못했다. 이렇게 애를 먹이는 이탈리아 사람이 원망스러워서 사전을 서류더미 속에 집어던지고는 준비 따위 다시는 하지 않으려고 했으나, 벙어리처럼 서서 이탈리아 사람과 같이 성당에 있는 미술품을 돌아볼 생각을 하니 더욱 한심스러워서 어쩔 수 없이 사전을 다시 손에 들었다.

정각 9시 반에 그가 떠나려고 하자 전화가 왔다. 레에니가 아침인사를 하고 안부를 묻기에 그는 감사하다고 말한 다음 성당에 갈 일이 있어서 지금은 이야기할 시간이 없다고 했다.

"성당에요?" 레에니는 물었다.

"그래 성당에 가야 해."

"성당에 무슨 일이 있어요?"

K는 간단히 설명하려고 했으나, 이야기를 꺼내기도 전에 뜻밖에도 레에니는 이렇게 말했다.

"그들이 당신을 들볶고 있군요."

자기가 구하지도 않고 기대하지도 않았던 동정을 받고 K는 어쩔 줄을 모른 채 간단히 이야기를 끊었다. 그리고 수화기를 놓으면서 이젠 상대가 알아들을 수 없는 혼잣말로 이렇게 중얼거렸다.

"그래, 날 들볶고 있지."

이미 시간도 늦었고 약속시간에 닿기 힘들 것 같아서 그는 자동차를 잡았다. 사무실을 떠나려고 할 때 앨범 생각이 나서, 아침에는 줄 기회가 없었던 것을 지금 갖고 가기로 했다. 차 안에서 그는 앨범을 무릎 위에 놓고 불안한 듯이 그것을 만지고 있었다. 비는 그리 심하지 않았지만 날씨는 어둠침침하고 쌀쌀했다. 성당 안에서는 거의 아무것도 보이지 않을 것이요, 오랫동안 돌바닥에 서 있으면 감기에도 좋지 않을 듯했다. 성당 앞에 있는 광장에는 아무도 없었다. 이 비좁은 광장을 둘러싸고 있는 건물들에 언제나 커튼이 내려져 있는 것을 어렸을 때부터 이상하게 생각했지만, 날씨가 오늘 같으면 그럴 법도 하다고 생각했다. 성당 안에는 아무도 없는 것 같았다. 사실 오늘 같은 날 이런 데를 찾아오는 사람은 없을 것이다. K는 성당 양쪽 복도를 걸어갔지만 노파 한 사람을 만났을 뿐이다. 따뜻하게 옷을 입은 그 노파는 마리아 초상 앞에 무릎을 꿇고 그 초상을 쳐다보고 있었다. 그리고 한쪽 벽에 달린 문으로 들어가는 사환이 보였다. K는 늦지 않았다. 성당 안으로 들어서자 바로 10시를 쳤지만 이탈리아 사람은 아직 나타나지 않았다. K는 정문으로 돌아가서 잠시 망설이다가 혹시나 그 사람이 옆문에서 기다리지 않을까 해서 비를 맞으며 성당 주위를 한 바퀴 빙 돌았다. 그러나 아무도 없었다. 지점장이 시간을 잘못 들었을까? 그런 사람의 이야기를 어떻게 정확히 이해할 수 있을까? 그러나 하여튼 적어도 반 시간은 기다려야 했다. 피로했기 때문에 자리에 앉으려고 다시 안으로 들어갔다. 계단 위에 양탄자 조각 같은 것이 있었기 때문에 그것을 발끝으로 가까이 있는 의자 옆으로 밀어놓고 외투를 꼭 감싸며 깃을 세우고는 자리에 앉았다. 시간을 보내기 위해서 앨범을 펴놓고 몇 장 들추어 보았지만 양쪽 복도에 있는 물건을 하나하나 분간할 수 없을 만큼 어두웠기 때문에 그만두고 말았다.

멀리 중앙제단에는 세모진 커다란 촛대에 촛불이 가물거리고 있었다. 처음 들어왔을 때부터 켜 있었는지 어쩐지는 확실치 않았으나 바로 지금 켜진 것 같았다. 사환은 살금살금 걸어 다니는 버릇이 있었기 때문에 아무도 그의 발소리를 느낄 수가 없었다. 우연히 몸을 돌리자 그리 멀지 않은 곳에 기둥이 있었는데 거기 달린 촛대에서 굵고 커다란 초가 타고 있었다. 아름답기는 했으나 어두컴컴한 측면 제단에 걸려 있는 그림을 비치기에는 너무 약했으며 도리어 더 어둡게 하는 것 같았다. 이탈리아 사람이 오지 않은 것은 실례라고 하겠지만 확실히 현명한 처사였다. 온대야 아무것도 보이지 않고 K의 회중전등으로 몇 장의 그림을 조금씩 뜯어보는 데 지나지 않을 것이다. 어느 정도 알아볼 수 있을지 시험해 보기 위해 가까이 있는 자그마한 제단으로 가서 계단을 두서너 층계 올라가 나직한 대리석 난간 기슭에 허리를 굽히고 회중전등으로 제단 그림을 비춰 보았다. 등불빛이 눈앞에 감실거려 눈이 부셨다. 우선 눈에 띈 것은 그림 한쪽 옆에 그려진 갑옷 입은 몸집이 거대한 기사였다. 풀이 나슬나슬한 거친 땅에 검을 짚어 몸을 기대고 눈앞에 떠오르는 어떤 광경을 응시하듯 했으나, 이런 자세로 꼼짝하지 않은 채 광경이 벌어지는 곳으로 가까이 가려 하지 않는 것도 실로 이상했다. 혹시 그는 감시명령을 받았는지도 모른다. 오랫동안 그림을 본 일이 없는 K는 회중전등의 파리한 빛에 눈이 부시기는 했으나 얼마 동안 바라보고 있었다. 다음 불빛을 다른 부분으로 돌리자 그것은 흔히 볼 수 있는 그리스도의 매장도였으며 비교적 새로운 것이었다. K는 회중전등을 호주머니에 넣고 자기가 앉아 있던 자리로 다시 돌아갔다.

더 이상 이탈리아 사람을 기다릴 필요는 없을 것 같았지만, 밖에는 비가 몹시 내리고 성당 안은 생각했던 것보다 그리 춥지도 않았기 때문에 K는 잠시 동안 그냥 그곳에 머물기로 했다. 바로 옆에는 큼직한 설교단이 있었고 자그마하고 둥근 그 천장에는 반쯤 누인 누런 십자가 두 개가 끝이 서로 교차되어 달려 있었다. 겉으로 보이는 난간 벽과 그것이 기둥에 연결되는 부분이 푸른 나뭇잎 무늬로 장식되어 있고, 어린 천사들이 날기도 하고 혹은 조용히 쉬기도 하며 나뭇잎을 매만지고 있었다. K는 설교단 앞으로 가서 자세히 살펴보았다. 나뭇잎을 새긴 솜씨는 매우 섬세했다. 그리고 무늬가 있는 벽 사이와 그 뒤는 몹시 캄캄했으며, 그 암흑은 마치 틀에 박혀서 고정되어 있는 것 같았다. K는 그 사이로 손을 넣어, 천천히 돌을 어루만져 보았다. 설교단이 있다는 것은 그때 처음으로 알았다. 그 순간 바로 옆에 있는 예배석 뒤에서 사환이 나타났다. 축 늘어지고 주름이 많은 검은 옷을 입고 왼손에는 코담배갑을 든 채 이쪽 동정을 살피고 있었다. '어쩔 셈이?' K는 생각했다. '나를 의심하는 것일까? 그렇지 않으면 술값이 필요한 걸까?' 그러나 그 남자는 K의 눈에 띄자 코담배를 집더니 오른손으로 막연히 한쪽을 가리켰다. 도무지 알 수 없는 태도였다. K는 잠시 기다려 보았으나 그 남자는 끊임없이 무엇을 가리키면서 더욱 머리를 끄덕였다.

"왜 그러시지요?" K는 성당 안에서 감히 언성을 높이지 못해 나직한 목소리로 물었다. 그리고 지갑을 꺼내들고 예배석 사이를 지나 그 남자한테로 갔으나, 그 남자는 거절하는 듯이 손을 저으며 어깨를 들어 보이더니 그만 절름거리며 뛰어갔다. 절름거리며 급히 걸어가는 그 남자와 비슷한 걸음걸이를 K는 어렸을 때 말 탄 사람을 흉내 내면서 해본 일이 있었다.

'나이만 들었지 유치하군.' K는 이렇게 생각했다. '저러고서야 어떻게 성당 일을 볼까. 내가 서면 자기도 서서 이쪽 동정만 살피고 있으니.' 빙긋이 웃으며 K는 노인의 뒤를 따라 한쪽 복도를 지나 거의 중앙 제단 위에까지 올라갔는데 그 노인은 여전히 무엇을 가리키고 있었다. 그러나 노인이 그렇게 가리키는 것은 자기 뒤를 따르지 못하게 하려는 것이라고 생각했기 때문에 K는 일부러 돌아보려고 하지도 않았다. 결국 노인을 그냥 내버려두기로 했다. 공연히 그 노인한테 불안을 느끼게 할 생각도 없고, 만일 이탈리아 사람이 나타나게 되면 이 노인도 무시할 수는 없었기 때문이다.

앨범을 놓아 둔 자기 좌석을 찾으려고 중앙 통로를 지나가고 있을 때 K는 합창대 좌석에 바로 연이어 있는 것 같은 자그마한 설교단이 또 하나 기둥 옆에 달려 있는 것을 알았다. 그것은 매우 간소하며 꺼칠하고 희멀건 돌로 되어 있었다. 너무 작기 때문에 멀리서 보면 성자의 조각상을 넣어 두는 벽장이 텅 비어 있는 것 같이 생각되었다. 그 단상에 서면 설교자는 난간에서 한 걸음도 물러설 여유가 없었다. 그리고 돌로 된 그 천장은 이상하게도 우므러지고 경사가 심한 데다 장식은 하나도 없이 굴곡이 심하게 져 있기 때문에 보통 사람이라도 바로 설 수가 없어 난간 위에 몸을 굽히는 수밖에 없었다. 그것은 마치 신부를 괴롭히기 위해서 만든 것 같았다. 훌륭하게 장식한 것이 있는데 왜 그런 설교단이 필요한지 모를 노릇이었다.

설교 전에 바로 준비하게 되어 있는 불이 단상에 켜 있지 않았더라면 이렇게 작은 설교단은 눈에 띄지도 않았을 것이다. 그러면 이제부터 설교를 하려는 것일까? 아무도 없는 빈 성당에서? 바로 기둥 옆으로 설교단까지 통해 있는 계단을 내려다보았는데, 사실 그것은 너무나 비좁아서 사람은 오르내릴 수도 없는 기둥 장식 같아 보였다. 그러나 설교단 밑에 정말로 신부가 서 있는 것을 보고 깜짝 놀란 K는 어쩔 줄을 몰라 하며 겸연쩍게 웃어보였다. 그 신부는 난간을 붙잡고 단 위에 올라가려고 하면서 K를 힐끗 쳐다보고는 가볍게 묵례를 했다. K는 십자가를 긋고 허리를 굽혔지만 조금 늦은 감이 있었다. 신부는 몸을 움직여 짧은 걸음으로 계단을 올라갔다. 정말 설교를 하려는 것일까? 아마 사환은 그리 둔한 편은 아니었던지, K의 마음을 설교자한테로 돌려보내려고 한 것이 아닐까? 이렇게 텅 빈 성당에서는 그렇게 해야 했을 것이다. 그렇다면 마리아 석고상 앞에서 무릎을 꿇고 있는 노파도 불러와야 할 것이다. 그리고 설교를 시작하려면 오르간 서곡쯤은 있어야 할 것이 아닌가? 그러나 오르간 소리는 들리지 않고 그저 높다란 오르간의 검은 빛이 희미하게 번들거릴 뿐이었다.

지금 얼른 나가 버리는 것이 좋지 않을까 하고 K는 생각했다. 설교 도중에 나갈 희망은 조금도 없었다. 설교가 끝날 때까지 있어야만 했다. 사무실에서도 많은 시간을 썼고, 이미 이렇게까지 하면서 이탈리아 사람을 기다릴 필요는 없었다. 시계를 보니 11시였다. 그런데 정말 설교를 하려는 것일까? K 혼자서 청중을 대신할 수가 있을까? 만일 K가 그저 교회를 구경하러 온 외국 사람이라면 어떻게 될까? 사실 외국 사람이나 다름이 없었다. 지금은 오전 11시, 주일도 아닌 보통 날이며 더구나 날씨마저 쓸쓸한데 설교를 생각한다는 것은 너무 어리석은 일이 아닐까? 신부는—얼굴이 넓적하고 우울한 표정을 띤 그 젊은 남자는 신부임에 틀림없었다—잘못 켜 놓은 촛불을 끄기 위해서 그저 계단을 올라갔는지도 모른다.

그러나 그게 아니라 오히려 신부는 촛불을 살펴보고 심지를 조금 끌어올리더니 천천히 난간을 향해서 자리를 잡고 모가 난 그 가장 자리를 두 손으로 붙잡았다. 잠시 그대로 서서 머리는 조금도 움직이지 않고 예배석을 돌아보았다. K는 뒤로 물러서며 팔꿈치로 맨 앞줄 예배석을 짚고 몸을 기댔다. 어디라고 정확하게 가리킬 수는 없지만 그 사환이 일을 끝마치고 난 다음같이 평화로운 기분으로 등을 구부려 웅크리고 있는 모습을 멍하니 쳐다보았다. 그때 성당 주위는 몹시 고요했다. 그러나 K는 여기 머무를 생각이 없었기 때문에 하는 수 없이 그 정적을 깨뜨려야 했다. 사정이야 어떻든 일정한 시간에 와서 설교를 하는 것이 신부의 의무라면 K의 협력이 별로 필요할 것도 아니고, K가 있다고 해서 좀 더 훌륭한 설교를 할 리도 없을 것이다. K는 조용히 발을 옮기며 좌석을 따라 발꿈치를 들고 중앙에 있는 넓은 통로까지 나왔다. 거기만은 하여튼 무사히 지나갈 것 같았다. 아무리 소리를 죽여도 돌바닥에 울리는 일정한 발걸음 소리는 둥근 천장에 울리고, 그 소리가 끊임없이 계속되어 K의 뒤를 따르는 것이 조금 불안했다. 신부의 시선을 등에 느끼며 아무도 없는 예배석을 지나가는 자기 자신이 고독하게 느껴졌다. 그리고 성당의 크기마저 사람이 생각할 수 있는 한계 안에 있는 것 같았다. 처음 앉아 있던 자리에 오자 K는 놓아두었던 앨범을 손에 들고 그 자리에 서 있을 겨를도 없이 걸음을 옮겼다. 어느덧 예배석을 지나 출입문 사이에 있는 넓은 곳에 이르렀을 때, 돌연 신부의 목소리가 들렸다. 강하고도 노련한 그 목소리, 그 소리는 그것을 받아들이기 위해서 세운 이 성당을 쩡 하니 울렸다. 신부가 부른 것은 일반 예배자는 아니었다. 의심할 여지도 없이 한 사람을 대상으로 하는 것이었기 때문에 그만 피할 길이 막혀 버린 K를 보고 신부는 이렇게 외쳤다.

"요제프 K!"

K는 그 자리에 못 박힌 듯이 서서 멍하니 마룻바닥을 내려다보았다. 아직 자유로웠기 때문에 앞으로 걸어가서 바로 눈앞에 있는 자그마하고 컴컴한 나무 문을 지나 밖으로 나갈 수 있었다. 그렇게 하면 그건 결국 그 말이 들리지 않았거나, 혹은 들리기는 했지만 상대할 생각이 없다는 것을 의미하게 된다. 그러나 만일 돌아보게 되면 K는 그 신부의 말을 잘 이해하는 동시에, 불린 사람은 자기 자신이며 어디까지나 복종하겠다는 의지를 고백하는 것이 되기 때문에 그만 붙들리게 되는 것이다. 신부가 다시 한 번 불렀더라면 그대로 나가 버렸을지 모른다. 그러나 그래 주기를 기다려도 아무 소리도 없었기 때문에 대체 신부가 무엇을 하고 있는가 해서 K는 뒤를 돌아보았다. 신부는 여전히 태연하게 설교단 위에 앉아 있었으나 그는 K가 돌아보는 것을 분명히 본 것 같았다. 그때 깨끗이 돌아서지 않는다면 마치 어린아이들이 술래잡기나 하는 것처럼 꼴이 이상할 듯했다. 그래서 돌아서니까 신부는 가까이 오라고 손짓을 했다. 그때 이미 일은 될 대로 되었기 때문에 그는—사실 호기심도 있었고 속히 결말을 짓고 싶었기 때문에—성큼성큼 설교단으로 뛰어갔다. 예배석 첫머리에서 발걸음을 멈추었다. 그러나 신부는 거리가 너무 멀다고 생각했던지 손을 앞으로 내밀더니 둘째손가락을 똑바로 뻗으며 설교단 바로 앞을 가리켰다. K는 신부의 지시에 따라서 그 앞에 가 섰다. 머리를 잔뜩 젖히지 않으면 신부의 얼굴이 보이지 않을 정도였다.

"당신이 요제프 K지?" 신부는 난간을 짚고 있던 한쪽 손을 들며 알 수 없는 손짓을 했다.

"그렇습니다." K가 대답했다. 전 같으면 자연스럽게 밝힐 수 있었던 자기 이름이 요새는 어쩐지 무슨 무거운 짐 같기만 했다. 그뿐만 아니라 처음 만나는 사람들까지도 자기 이름을 알고 있었는데, 우선 자기 소개를 하고 나서 알게 되는 것이 순서가 아닐까?

"당신은 기소되어 있어요." 신부는 이상하게도 나직한 목소리로 말했다.

"네, 저도 알고 있습니다."

"당신을 찾고 있었습니다. 나는 교도소 신부입니다."

"그러십니까."

"말하고 싶은 것이 있어서 당신을 부른 것이지요."

"몰랐습니다. 저는 어떤 이탈리아 사람에게 이 성당을 보여 주려고 왔습니다."

"쓸데없는 말은 마십시오." 신부는 말했다. "손에 들고 있는 것은 뭔가요? 기도선가요?"

"아닙니다. 이 도시의 고적들을 소개한 앨범입니다."

"그런 건 버리십시오."

K가 앨범을 힘껏 내던졌기 때문에 그것이 펄렁 펴지더니 꾸겨진 채 마루 위로 밀려갔다.

"당신 소송문제가 불리하다는 것은 아시나요?"

"저도 그렇게 생각하고 있습니다." K는 말했다. "여러 가지로 애는 썼습니다만 지금까지는 아무 효과도 없습니다. 하여간 변론서류도 아직 작성되지 않았으니까요."

"결국 어떻게 되리라고 생각하시나요?"

"지금까지는 잘되리라고 생각했습니다만 요새는 그런 자신도 없습니다. 어떻게 될지 알 수가 있어야지요. 어떻게 될 것 같습니까?"

"모르지요, 아무튼 결과가 좋을 것 같지는 않은데. 사람들은 당신에게 죄가 있다고 생각하니까요. 아마 당신 소송문제는 하급 재판소를 벗어나지 못할 것입니다. 적어도 그동안 당신 죄가 드러났다고 누구나 생각하니까요."

"하지만 저는 아무 죄도 없습니다." K는 말했다. "그것은 잘못입니다. 한 인간이 죄가 있다는 것은 대체 어떻게 결정되지요? 저희는 모두 누구나 인간이 아닙니까?"

"그것도 그럴 듯한 이야기지만 당신같이 죄가 있는 사람은 누구나 그런 말을 하는 법이지요."

"당신까지도 제게 선입견을 갖고 말하십니까?"

"절대로, 그럴 리가 있겠습니까."

"감사합니다." K는 말했다. "수속하는 데 관계있는 사람들은 누구나 다 저한테 선입견을 갖고 있답니다. 그리고 그들은 아무 관계도 없는 사람들한테 그런 선입견을 퍼뜨리고 다니니까 저의 입장만 곤란해지잖아요."

"당신은 사실을 오해하고 있군요. 판결을 그렇게 갑자기 내리는 줄 아시나요. 수속절차가 서서히 진행된 뒤에 판결을 내리는 것입니다."

"그렇습니까?" K는 머리를 숙였다.

"앞으로 어떻게 할 생각인가요?"

"좀 더 도움을 얻어야 하겠습니다." K는 이렇게 말하고 자기 이야기에 대한 신부의 판단을 알아보고자 머리를 들었다. "아직 가능성은 있지요?"

"당신은 너무 남의 힘을 믿고 있군요." 신부는 불쾌한 듯이 말했다. "더구나 여자의 힘을. 여자 같은 것은 아무 소용도 없음을 모르시나요?"

"어느 정도까지는 당신 말씀이 옳다고 생각합니다만" K는 말했다. "반드시 그렇지는 않습니다. 여자란 위대한 힘이 있습니다. 만일 제가 아는 여자 몇 명에게 시켜서 저를 위해 일하게 한다면 목적은 문제없이 달성될 겁니다. 더구나 이 재판소에서는 여자라면 누구나 사족을 못 쓰니까요. 가령 예심판사한테 멀리서 여자를 보여 주지요. 그러면 그는 놓치지 않으려고 책상이고 피고고 할 것 없이 모조리 차버리곤 그 여자한테로 달려갈 겁니다."

신부는 난간 쪽으로 머리를 기웃했는데 어쩐지 설교단 천장의 압력을 느끼는 것 같았다. 밖은 얼마나 날씨가 사나운 것일까? 하여튼 침침한 낮이 아니라 어느덧 깊은 밤중이었다. 그림이 그려진 커다란 창문이 몇 개 있었지만 컴컴한 벽은 조금도 빛을 받지 못했다. 더구나 이때 사환이 나타나더니 돌아가며 중앙 제단 위에 켜 놓았던 촛불을 끄기 시작했다.

"기분이 불쾌하신가요?" K는 신부에게 물었다. "당신은 아직 이 재판소의 정체를 모르시는 것 같습니다."

신부는 아무 대답도 없었다.

"무엇보다 이것은 저의 경험을 그대로 말씀드린 겁니다." 단 위에서는 여전히 아무 말도 없었다.

"당신을 무시하려는 것은 아닙니다." K가 이렇게 말하자 신부는 밑에 있는 그를 보고 이렇게 고함을 쳤다.

"당신은 앞이 조금도 보이지 않습니까?" 이것은 분에 가득 찬 목소리인 동시에 쓰러지는 사람을 보고 놀란 나머지 자기도 모르게 무심코 내뱉은 외침이기도 했다.

오랫동안 그 두 사람은 아무 말도 하지 않았다. 밑이 어두워서 신부는 K의 얼굴을 잘 알아볼 수 없었지만, 자그마한 등불빛을 받고 있는 신부의 얼굴은 똑똑히 보였다. 왜 신부는 내려오지 않을까? 신부는 설교를 하려는 것이 아니라 K한테 몇 가지 이야기를 했을 뿐, 그러한 이야기도 K한테는 아무 소용도 없고 도리어 해가 되리라는 것은 신부 자신도 잘 생각해 보면 알 수 있을 것이다. 그러나 K에게 호의가 있는 것 같기 때문에 내려오면 의견이라도 주고받을 수 있을 것 같았다. 말하자면 어떤 방법으로 소송 문제를 좌우할 수 있겠느냐 하는 그런 문제는 말할 수 없어도, 소송 문제를 떠나 그것을 회피하며 소송 문제를 벗어나서 살아갈 수 있는 방법에 대해서는 간결하고 타당한 충고쯤은 받을 수 있을 것 같았다. 틀림없이 그것은 가능할 것이다. 지금까지도 여러 번 머리에 떠오른 적이 있었다. 만일 신부가 그런 방법을 안다면 부탁해서 알려 달라고 할 수도 있을 것 같았다. 무엇보다 그는 재판소와 관계가 있으며 K가 재판소를 공격했을 때도 자기의 부드러운 성미를 억누르고 고함도 치지 않았다.

"내려오시지 않겠습니까?" K는 말했다. "설교를 하실 필요는 없을 테니까요."

"내려가도 좋겠지요." 신부는 이렇게 말했으나 어쩐지 자기가 외친 것을 후회하는 듯했다. 등불을 떼며 그는 말했다. "처음에는 서로 조금 거리를 두고 말해야 해요. 그렇지 않으면 남의 말에 휩쓸려 그만 임무를 잊어 버리게 됩니다."

K는 계단 밑에서 기다리고 있었다. 맨 첫 층계를 내려오면서부터 신부는 K에게 손을 내밀었다.

"저를 위해서 시간을 좀 내주시겠습니까?"

"얼마든지."

신부는 이렇게 말하고 그 자그마한 등불을 K한테 주어 그것을 들게 했다. 가까이 와서도 신부의 태도에는 어딘지 엄숙한 빛이 남아 있었다.

"고맙습니다." K는 말했다. 그 두 사람은 나란히 측면 복도를 이리저리 걸었다.

"재판소 관계자로서 당신만은 예외이십니다. 여러 사람을 만나 보았지만 당신만큼 신뢰할 수 있는 사람도 없었습니다. 당신 같으면 저도 터놓고 말할 수 있겠어요."

"그렇게 속단하면 안 됩니다."

"속단이라니요?"

"재판소에 대해서 당신은 착각을 하고 있어요." 신부는 말했다. "법률 입문서에는 이런 착각에 대해서 대략 이렇게 씌어 있지요. 법정 앞에 문지기가 서 있습니다. 시골에서 어떤 남자가 그를 찾아와서 법정 안으로 들여보내 주기를 애원했지요. 그러나 문지기는 지금 들여보낼 수가 없다고 말했습니다. 그러자 그 남자는 이모저모로 생각하더니 그러면 다음 기회에는 들여보내주겠느냐고 물었습니다. '그럴 수는 있지만 지금은 안 돼' 문지기가 말했습니다. 법정 문이 열려 있고 문지기는 옆으로 물러서 있었기 때문에 그 남자는 몸을 굽히고 법정 안의 동정을 살피려고 했는데, 이것을 본 문지기는 껄껄 웃으며 이렇게 말했습니다. '그렇게 들어가고 싶거든 내 명령을 어기면서라도 들어가 보게나. 하지만 내게는 권력이 있다는 것을 잊어서는 안 돼. 더구나 나는 가장 낮은 문지기에 지나지 않지만, 문마다 문지기가 서 있으며 안으로 들어갈수록 권력은 더욱 강력해지지. 세 번째 문지기만 해도 그 위력에 눌려서 우리 같은 사람은 견딜 수가 없단 말이야.' 이것은 시골에서 온 그 남자가 예상조차 못한 난관이었습니다. 법정 문은 언제나, 그리고 만인에게 개방되어 있을 텐데 하고 그 남자는 생각했습니다. 하지만 털외투에 싸인 그 문지기의 큼직하게 날이 선 코와 기다랗고 타타르 사람을 연상케 하는 검은 수염을 바라보노라니 그 남자는 입장이 허락될 때까지 기다리는 편이 좋겠다고 생각하게 되었지요. 문지기는 나직한 의자를 내주며 문 옆에 앉으라고 했습니다. 거기서 그는 몇 해를 두고 앉아 있었습니다. 들어가려고 그 남자가 갖은 애를 쓰자 문지기는 그만 그의 애원에 지쳐 버리고 말았습니다. 문지기는 때때로 무슨 생각이 났던지 그 남자를 상대로 간단한 심문을 했습니다. 그 남자의 고향이나 그 밖의 여러 가지 사소한 사항을 물었던 것이지요. 하지만 이것은 훌륭한 양반들이 입버릇처럼 내놓는 쓸데없는 질문에 지나지 않았습니다. 그러면서도 나중에는 아직 들어가서는 안 된다고 반드시 덧붙였지요. 충분한 여행준비를 해갖고 온 그 남자는 서운한 일이었지만 결국 문지기를 매수하기 위해서 모든 것을 다 써버리고 말았습니다. 그러면 문지기는 그것을 모두 받아들이며 이렇게 말했습니다. '자네가 무시를 당했다고 생각해도 안 될 테니까 그대로 받아 두기로 하겠네.' 여러 해 동안 그 남자는 끊임없이 그 문지기를 바라보았습니다. 다른 문지기가 있다는 것은 잊어버리고 이 첫 번째 문지기만이 법정으로 들어가는 것을 가로막는다고 생각했습니다. 처음 얼마 동안 그 남자는 불행한 자기 운명을 저주했지만 몇 해가 지나가자 그저 막연한 불평만 늘어놓았습니다. 그리고 어린아이같이 되어, 오랫동안 문지기를 관찰하는 동안에 자기 털외투 깃에 벼룩 한 마리가 있는 것을 보자 그 미물한테까지 문지기의 기분을 돌릴 수 있도록 도와 달라고 애원했지요. 결국 시력도 약해지고 말았습니다. 정말 주위가 어두워졌는지 그저 눈이 흐려졌는지 알 수가 없었어요. 그때 법정 문을 꿰뚫고 한 가닥 영원불멸의 불빛이 암흑 속에서 빛나고 있는 것을 느꼈습니다. 이미 더 살아갈 희망은 없었고, 죽음을 앞두고 일생 동안의 모든 경험이 한 가지 질문으로 나타나며 뼛속을 쑤셨어요. 이것은 그때까지 문지기에게 물어본 적이 없는 질문이었지요. 다 굳어진 몸을 일으킬 기력도 없었기 때문에 그는 눈짓을 했습니다. 키가 서로 다르기 때문에 그 남자가 매우 불리한 입장에 있다는 것을 깨닫자 문지기는 깊숙이 허리를 굽혀야 했습니다. '이제와서 무엇을 알려고 그래? 참 어지간한데.' '모든 사람들이 법을 요구하고 있습니다.' 그 남자는 말했습니다. '하지만 저밖에는 아무도 법정에 들어가 보려는 사람이 없는 것은 대체 무슨 까닭일까요?' 문지기는 그 남자의 최후가 가까워 온 것을 깨닫자 멀어가는 그의 귀에 들릴 수 있도록 큰 소리로 외쳤습니다. '이것은 자네만 들어갈 수 있는 문이니까. 다른 사람은 들어갈 수 없어. 자, 나도 문을 닫고 가봐야지.'"

"그렇다면 문지기는 그 남자를 속인 거군요." 매우 흥미를 느낀 K는 그 이야기가 끝나자 곧 이렇게 말했다.

"그렇게 속단하지 마십시오." 신부는 말했다. "남의 의견을 아무 비판도 없이 받아들여서는 안 되지요. 나는 책에 씌어 있는 대로 말하였지만 속인다는 이야기는 적혀 있지 않았으니까요."

"하지만 속인 것만은 사실입니다." K는 이렇게 말했다. "당신의 첫 번째 해석이 어디까지나 옳습니다. 문지기는 그 남자가 살아날 가망이 없다는 것을 알았을 때 겨우 대답을 했습니다."

"하지만 문지기도 그때 처음으로 질문을 받았으니까, 그로써 문지기의 의무를 다했다 할 수 있지요."

"어떻게 의무를 다했다고 하겠습니까?" K는 말했다. "의무를 다하지는 못했습니다. 아무 일도 없는 사람을 쫓아 버리는 것이 문지기의 의무였는지 모르지만, 그 남자만이 들어갈 수 있는 문이라면 들여보내 주는 것이 마땅하지 않을까요?"

"당신은 책에 씌어 있는 것을 무시하고 그저 제멋대로 이야기를 고치는 것 같군요." 신부는 말했다. "이 이야기는 법정으로 들어가는 데 대해서 처음과 끝에서 말한 문지기의 중요한 설명이 들어 있습니다. 그 하나는 지금 곧 들여보낼 수는 없다는 말입니다, 또 하나는 이 문은 자네만이 들어갈 수 있다는 말입니다. 이 두 가지 표현에 모순이 있으면 당신 이야기대로 문지기는 그 남자를 속인 것이 되겠지만, 사실은 그와 반대로 모순이 없을 뿐만 아니라 첫 번째 설명은 이미 다음 설명을 암시하고 있는 것입니다. 무엇보다 문지기가 그 남자를 보고 그 뒤에 들어갈 수 있으리라고 암시한 것은 사실 월권행위라고 할 수 있을 것입니다. 그 당시 문지기의 의무는 그런 남자를 쫓아 버리는 데 있는 것 같았고, 그 책 주석자들은 모두 엄격한 것을 좋아하며 자기 직책을 어디까지나 충실하게 이행하는 것 같이 보이는 문지기가 함부로 그런 말을 한 데 대해서 이상하게 생각하고 있어요. 여러 해 동안 그는 자기 직장을 떠나지 않고 모든 일이 끝난 다음에야 문을 닫았지요. 하여튼 이것은 임무의 중대성을 분명히 인식한 태도가 아닌가요? '내게는 권력이 있다'고 한 그 말이 그 증거입니다. 그리고 상사한테는 그야말로 고분고분 잘 순종했지요. '가장 낮은 문지기에 지나지 않는다'는 말이 그 증거입니다. 그렇다고 해서 결코 이야기가 많은 것도 아닙니다. 여러 해 동안 이른바 '아무 관계도 없는 질문'을 해왔을 뿐이니까요. 그리고 결코 뇌물을 받을 사람도 아닙니다. 그러기에 뇌물을 받고도 '무시를 당했다고 생각해도 안 될 테니까 그대로 받아 두기로 하겠네' 말했던 것이지요. 의무를 소홀히 하지 않고 가볍게 넘어갈 사람이 아니라는 것은 그 남자가 들어가려고 갖은 애를 쓰면서 문지기를 괴롭혔다는 것을 보아도 알 수 있습니다. 또 그 외모도 고루한 성격을 충분히 나타내고 있지요. 큼직하게 날이 선 코, 기다랗고 타타르 사람을 연상케 하는 가느다란 검은 수염, 이 이상 임무에 충실한 문지기도 아마 드물 것입니다. 하지만 그는 한편 들어가려고 하는 사람들에게 대하기 편한 성격, 다시 말하면 결국 들어갈 수 있다는 암시를 주며 어느 정도 월권 행위라고 생각할 수 있는 일을 능히 해치우는 성격의 소유자입니다. 결국 그가 다소 머리가 단순한 동시에 자부심이 조금 강하다는 것은 부인할 수 없겠습니다. 자기의 권력, 다른 문지기의 권력, 보기에도 눈에 거슬리는 광경 같은 데 대해서 그가 말한 것은 어디까지나 옳다고 하겠지만, 이야기를 꺼내는 태도가 단순하고 자부심이 강하기 때문에 그만 이해가 흐려지고 만다는 것을 알 수 있습니다. 주석자들은 이 점에 관해서 '어떤 문제를 정확히 파악하는 것과, 같은 문제를 그릇되게 해석하는 것은 서로 상반되는 것이 아니다' 말합니다. 하여튼 그 단순한 태도와 자부심이 그리 대단한 것은 아니라도, 감시 능력을 약화시키는 것은 숨길 수 없는 사실이며, 이것은 문지기의 성격상 약점이기도 하지요. 그뿐만 아니라 문지기는 남에게 친절히 대한다는 성격이 있지만 그렇다고 해서 관리의 본분을 다했다고는 할 수 없습니다. 처음에는 어디까지나 분명히 입장을 거절했음에도 불구하고 농담 비슷한 말로 들어가 보라고 권하면서 쫓아내지는 않고 나직한 의자를 내놓으며 문 옆에 앉으라고 했다고 그 책엔 씌어 있습니다. 그 밖에 여러 해를 두고 그 남자의 애원을 들어줄 수 있는 인내력과 사소한 심문, 그리고 여러 가지 선물을 받아들인 일과 이런 곳에 문지기가 있다는 것은 얼마나 불미스러운 일이냐고 그 남자가 자기 옆에서 큰 소리로 욕지거리를 해도 그냥 내버려두는 아름다운 마음, 이러한 모든 점은 동정하는 마음에서 나온 것이겠지만, 문지기라고 해서 누구나 다 그런 태도를 취할 수는 없는 일이지요. 그러면서 나중에는 그 남자의 눈짓에 따라 깊숙이 몸을 굽히며 마지막으로 질문할 기회를 주었어요. 이때 문지기는, 물론 이것이 마지막이라는 것을 잘 알고 있었지만, '참 어지간한데' 이런 말로써 약간 초조한 빛을 보일 뿐이었지요. 더구나 한 걸음 나아가서 '참 어지간한데' 이 말은 감격한 나머지 한껏 친절미가 넘치는 말이라고 할 수 있으며, 그와 동시에 이 감격은 문지기가 겸손한 태도에서 하는 말이라고 해석하는 사람도 있지만, 어쨌든 이 문지기의 성격은 당신이 생각하는 것과는 전혀 다릅니다."

"그야 신부님이 저보다 훨씬 전부터 그 이야기를 자세히 알고 계시니까요." K는 말했다.

두 사람은 잠시 동안 아무 말도 없었다.

"그러시면 그 남자는 속지 않았단 말씀이지요?" 그때 K는 이렇게 말했다.

"내 말을 오해하지 마십시오." 신부는 말했다. "나는 이 이야기에 대한 여러 가지 해석을 소개했을 뿐이니 그런 것을 너무 중요시해서는 안 됩니다. 그 글은 변함이 없지만 해석 같은 것은 이 글에 대한 절망을 표현하는 수도 가끔 있으니까요. 이런 경우에 속은 것은 문지기라고 생각하는 사람도 있을 수 있는 것이지요."

"그것은 너무나 지나친 해석입니다. 무슨 근거라도 있나요?"

"근거라면" 신부는 대답했다. "문지기가 너무 단순한 탓이겠지요. 문지기는 법정내부에 대해선 아무것도 모르고 그저 법정에 이르는 길만을 알지만 그것도 현관에서 그만 돌아서지 않을 수 없는 처지입니다. 그가 속에 품고 있던 생각은 어리석기가 짝이 없고, 그 남자에게 공포감을 주려고 한 자신의 이야기에 도리어 자기가 공포를 느끼는 형편이었으니까요. 더구나 문지기는 그 남자보다 훨씬 더 공포감을 느꼈습니다. 왜냐하면 법정 내부에 있는 문지기의 이야기를 듣고도 그 남자는 여전히 안으로 들어가 보려고 했지만, 문지기는 조금도 들어가 볼 생각을 하지 않고, 적어도 우리가 알기에는 그러한 의사표시조차 전혀 없었기 때문입니다. 이 점에 대해서 어떤 사람은 문지기가 그 내부로부터 임명을 받고 법정 일을 맡아 보니까 반드시 그 안에 들어가 본 일이 있을 것이라고 말하지만, 아무리 내부의 명령으로 문지기 노릇을 한다고 해도 세 번째 문지기를 보기만 해도 어쩔 줄을 모르는 것을 보면 내부에 대해서 경험이 있는 것 같지는 않습니다. 그뿐만 아니라 여러 해를 두고 문지기에 대한 것 외에는 내부 형편에 대한 이야기는 아무것도 없는 것으로 보아, 아마 금지를 당한 것인지는 모르나, 하여튼 그런 이야기도 전혀 없습니다. 이러한 모든 점으로 보아 이 문지기는 법정 내부의 형편이나 의미에 대해서는 아무것도 모르며, 그저 속으며 살아가고 있다고 생각할 수밖에 없지요. 그런데 문지기는 시골에서 온 그 남자에 대해서도 착각하고 있었습니다. 왜냐하면 그 남자보다 낮은 지위에 있으면서도 그것을 몰랐으니까요. 문지기가 그 남자를 자기보다 지위가 낮은 사람으로 취급한 증거는 얼마든지 있고, 이 해석에 따르면 그와 전혀 반대라는 것도 알 수 있는 일입니다. 자유로운 자는 속박을 받는 자보다 위에 있는 법입니다. 그런데 그 남자는 어디까지나 자유로운 몸이지요. 가고 싶은 곳이면 어디든지 갈 수가 있었습니다. 단지 문지기 한 사람의 손에 달린 법정만 빼고요. 어쨌든 문 옆 나직한 의자에 앉아서 일생 동안 기다린 것도 어디까지나 자유의사에서 나온 일이요, 그 이야기에도 그가 속박을 받은 흔적은 조금도 없습니다. 이와 반대로 문지기는 직무상 자기 자리를 지킬 수밖에 없었으며, 자리를 떠나서 밖으로 나갈 수도 없었고, 그렇다고 해서 아무리 들어가 보고 싶어도 안으로 들어갈 수도 없었습니다. 그뿐만 아니라 그는 법정에서 일을 본다고는 하나 문지기에 지나지 않으며, 그래 결국 이 문으로 들어올 수밖에 없는 어떤 남자를 대하는 것뿐이었습니다. 이러한 점으로 보아도 역시 문지기는 그 남자보다 낮은 지위에 있었습니다. 그리고 그 이야기에는 어떤 남자가 찾아왔다고 쓰여 있는데, 그렇다면 문지기는 오랫동안 그 남자를, 그것도 생각날 때 제멋대로 찾아오는 남자를 기다려야 했다는 것을 알 수 있습니다. 결국 문지기가 하던 일의 결말은 그 남자의 생명이 끝나는 때에 따라 좌우되기 때문에 문지기는 그 남자보다 낮은 지위에 있다고 할 수 있지요. 그리고 이 문지기는 그런 점에 대해서 인식이 부족한 것 같으며, 이 해석에서 본다면 그는 자기 임무에 관해서도 크게 착각하고 있습니다. 다시 말하면 그는 나중에 '자, 나도 문을 닫고 가 봐야지' 말했지만 그 책 처음에 법정 문은 항상 열려 있다고 씌어 있고, 항상이라는 말은 이 문으로 들어가야 할 그 남자의 생명에는 관계없다고 해석할 수 있기 때문에 문지기라 해서 마음대로 문을 닫아서는 안 되는 것입니다. 무엇보다 이 점에 관해서 문을 닫는다는 것은 일종의 반발적인 행동이며 자기의 의무를 강조한 말이요, 끝까지 후회와 슬픔 속에 그 남자를 빠뜨려버리려는 생각에서 나온 말이라고 여러 가지 해석이 있지만, 하여튼 마음대로 문을 닫아서는 안 된다는 점에서는 모두의 의견이 일치합니다. 그뿐만 아니라 마지막에 그 남자는 법정 문으로 흘러나온 빛을 보았지만, 문지기는 직무상 문을 등지고 있어 그런 변화를 조금도 깨닫지 못했습니다. 따라서 마지막 순간에는 지식에서조차 문지기가 그 남자보다 뒤떨어져 있다고 생각할 수 있겠지요."

"참 그럴싸한 설명입니다." 신부의 설명을 입속에서 나직하게 중얼거리던 K가 말했다. "훌륭한 설명인데요. 속고 착각에 빠진 것은 문지기였다는 것을 저도 잘 알았습니다. 하지만 그렇다고 해서 제 의견을 버릴 생각은 없습니다. 문지기가 인식을 올바르게 했는지 혹은 착각에 빠져 있었는지 하는 것은 간단히 결정할 문제가 아니라고 저는 생각합니다. 속은 것은 그 남자입니다. 결국 문지기의 인식이 올발랐다면 일단 그 정확성을 의심해 볼 수는 있지만, 문지기 자신이 착각에 빠져 있다면 어쩔 수 없이 그 남자도 착각에 빠지게 된다고 저는 말하고 싶습니다. 이때는 문지기를 사기꾼이라고까지 말할 수는 없지만 사실 너무나 머리가 단순하기 때문에 곧 파면하는 것이 당연할 것입니다. 신부님께서는 문지기가 빠진 착각이 그 자신한테는 별다른 해를 입히지 않았지만 그 남자에게는 큰 손해를 끼쳤다는 것을 충분히 생각해야 할 겁니다."

"그 생각에 대해서는 반대의견도 있지요." 신부는 말했다. "이 이야기는 문지기를 비판할 권리를 아무한테도 주지 않는다는 의견입니다. 그가 어떤 인상을 주건 그는 법정에서 일을 보는 사람이요 법의 세계에 속하기 때문에 인간의 비판을 초월하고 있다는 것이에요. 따라서 문지기가 그 남자보다 낮은 지위에 있다는 것은 어림도 없는 생각이며, 법정 문지기로서 속박을 받는 편이 자유세계에서 사는 것보다는 훨씬 훌륭한 사람이라고 하며, 그 남자는 법정을 찾아오지만 문지기는 처음부터 거기에 있는 것입니다. 그는 법정에서 자기 임무를 맡은 사람이며 그 권위를 의심하는 것은 법정을 의심하는 것이나 다름이 없다는 것이지요."

"그런 의견에는 찬성할 수 없는데요." K는 머리를 흔들며 말했다. "이 의견에 찬성한다면 그 이야기를 모두 긍정해야 하겠지만, 당신도 훌륭히 설명하셨듯이 그런 어리석은 말은 없습니다."

"그건 그렇지 않습니다. 진실 여부를 문제시해서는 안 되지요. 다만 그것을 필연적인 사실이라고 생각하십시오."

"곤란한 생각인데요." K는 말했다. "결국 허위가 세상을 지배하게 된단 말씀이군요."

K는 결론적으로 이렇게 말했지만 아직 최후 결론을 내린 것은 아니었다. 너무나 피로해서 결론을 내릴 수가 없었다. 모든 생각이 그저 생소하기만 했고 모두 비현실적인 일이며 도리어 그런 것은 사법관 회의의 의제에나 알맞았다. 간단한 이야기가 이상하게 곡해되자 K는 이야기를 그만두려고 했다. 신부는 K의 이야기가 사실 자기와 의견이 맞지 않음을 알면서도 깊은 동정심을 보이며 K의 이야기를 묵묵히 인정했다.

두 사람은 아무 말도 없이 잠시 동안 걸어갔다. 어두워서 방향을 분간할 수 없었기 때문에 K는 신부 옆에 꼭 붙어서 갔다. 신부가 들고 있던 등불은 이미 꺼지고 말았다. 갑자기 눈앞에 은으로 만든 성자의 초상이 나타났다. 잠깐 은빛이 반짝이더니 그만 어둠 속으로 사라져 가고 말았다. 신부에게만 너무 의지할 수 없었기 때문에 K는 이렇게 물었다.

"정문 현관은 그리 멀지 않지요?"

"아니, 아직 멀었습니다. 벌써 가겠습니까?"

돌아가려고 그렇게 물은 것은 아니지만 마치 기다리기나 한 듯이 K는 이렇게 대답했다.

"꼭 가야겠습니다. 저는 모 은행 업무주임입니다. 여러 사람이 저를 기다리고 있으니까요. 여기 온 것도 외국 사람을 안내하려고 온 것이지 그 밖에는 별로 볼일이 없었습니다."

"그럼" 신부는 손을 내밀며 말했다. "여기서 실례하지요."

"어두워서 방향을 모르겠습니다."

"벽을 놓치지 말고 왼쪽으로 돌아서 가면 밖으로 나갈 수 있습니다."

신부가 몇 걸음 떨어지자 K는 커다란 목소리로 외쳤다. "좀 기다려요!"

"기다리고 있습니다."

"볼일은 끝났습니까?"

"끝났습니다."

"그토록 친절하게 여러 가지를 가르쳐 주신 당신이 그렇게 냉정하게 저를 버리십니까?"

"가야 한다지 않았습니까?"

"그건 그렇지만. 지금 말씀드린 것도 생각해 주세요."

"그전에 당신은 내가 누구인지 생각하셔야 합니다."

"당신은 신부님이지요?" K는 이렇게 말하고 신부 옆으로 가까이 갔다. 서둘며 은행으로 돌아갈 필요도 없으며 조금 더 거기 있을 수도 있었다.

"그러니까 나는 재판소에 관계하는 사람입니다." 신부는 말했다. "그러니 당신한테 요구할 것이 뭐 있겠습니까. 오는 자를 막지 않고 가는 자를 붙잡지 않으리라. 재판소는 당신한테서 아무것도 요구치 않습니다."

10 종말

K의 서른한 살 생일 전날 밤이었다—밤 9시쯤, 거리거리가 정적 속에 잠겼을 때—어떤 두 신사가 K의 집을 찾아왔다. 예복을 입고 창백한 얼굴에 몸집이 제법 있어 보였으며 실크 모자를 푹 눌러쓰고 있었다. 처음 찾아왔기 때문에 현관에서 약간 머리를 숙이더니 K의 방으로 들어오면서 그들은 다시 깊숙이 머리를 숙였다. 뜻밖의 손님이었지만 K는 그들과 같이 검은 옷을 입고 문 옆에 있는 의자에 앉아서 손에 꼭 들어맞는 장갑을 조금씩 밀어 올렸다. 마치 손님을 기다리는 듯한 태도였다. 그리고 곧 자리에서 일어나 그 두 사람을 힐끔힐끔 쳐다보면서 K는 이렇게 물었다.

"당신들이 오신다고 했던 분들인가요?"

그들은 머리를 끄덕였고, 손에 실크 모자를 들고 있던 한쪽 신사가 다른 남자를 가리켰다. 자기가 기다리던 손님이 아니라고 K는 생각했다. 창문 옆으로 가서 어두운 밤거리를 다시 한 번 바라보았다. 맞은편에 보이는 창문들은 모두 컴컴하고 대개는 커튼이 내려져 있었다. 창살이 달린 어떤 창문 안에는 아직 불이 켜 있고 어린아이들이 놀고 있었지만, 잠자는 시간이라 자유로이 움직일 수 없었는지 자그마한 손으로 서로 어루만질 뿐이었다.

"어디서 다 늙어빠지고 쓸모도 없는 말단 직원을 보냈군." K는 이렇게 중얼거리며 다시 한 번 그 사실을 알아보기 위해서 몸을 돌렸다. "사람을 얕보아도 분수가 있지."

그러면서 K는 갑자기 그들을 돌아보며 물었다.

"어느 극장에서 오셨지요?"

"극장?" 한 신사가 입술을 씰룩거리며 다른 남자의 의견을 구했다. 그러나 그 남자는 마치 조금도 의사가 통하지 않는 생물과 싸우는 벙어리 같은 태도였다.

"질문을 받을 만한 준비가 아직 못 됐군." K는 이렇게 중얼거리며 모자를 가지러 갔다.

계단 위에서 그 두 남자는 K의 팔을 붙들려고 했으나, K는 이렇게 말했다.

"밖에 나가서나 그래요. 내가 어디 몸이 불편한 것도 아니니까."

그러나 문 앞에 나오자마자 그들은 K의 팔을 붙들었다. 지금까지 이런 꼴을 하고 밖을 걸어 본 적은 없었다. 그들은 뒤에서 K의 양쪽 등에 몸을 꼭 들이대고 굽히지 않고 쭉 펴서 K의 팔을 휘감고 밑으로 K의 손을 붙잡았다. 훈련 받은 매우 익숙한 솜씨였기 때문에 반항할 여지가 없었다. K는 굳어진 그들 사이에 끼여서 걸어갔다. 그때 그들은 누구 한 사람 매를 맞으면 나머지 둘도 얻어맞을 정도로 완전히 한몸이 되어 있었다. 무생물이 아니면 찾아볼 수 없는 그러한 한몸이었다.

너무 꼭 붙어 있어 힘들었지만 K는 어둑어둑한 자기 방에서 볼 수 없었던 그들의 얼굴을 좀 더 똑똑히 보려고 애쓴 것이 한두 번이 아니었다.

'테너 가수인지도 모르지.' K는 묵직한 그들의 이중턱을 보고 이렇게 생각했다. 그리고 그들의 번지르르한 얼굴을 보자 구역질을 느꼈다. 눈가를 비비며 윗입술을 문지르고 턱 주름을 긁적긁적 긁고 있는 그들의 희멀건 손이 분명히 보였다.

K가 그것을 느끼고 발걸음을 멈추자 그들도 역시 발걸음을 멈추었다. 텅 비고 인적이 없으며 공원 같은 광장에 이르렀다.

"왜 당신 같은 사람을 보냈을까?" K는 묻는다기보다 이렇게 외쳤다. 그들은 어떻게 대답을 하면 좋을는지 모르겠다는 듯이 다른 쪽 팔을 축 늘어뜨리고 간호사가 잠을 자려는 환자를 기다리듯이 기다리고 있었다.

"더 이상 갈 수 없소." K는 그들의 마음을 떠보려는 듯이 이렇게 말했다. 그런 이야기에 대꾸할 필요도 없이 그들은 붙잡은 손을 늦추지 않고 당장 K를 끌고 가면 그만이었지만, K는 순순히 따르지 않았다.

'이렇게 해서 좀 대들어 봐야겠는데, 온힘을 다해서 맞서 보리라.' K는 생각했다. 파리 약에 철썩 달라붙은 다리를 오물거리며 헤어나려는 파리가 펀득 머리에 떠올랐다. '한번 실컷 애먹어 보라지.'

이때 밑으로 통한 계단을 따라 등성이에 있는 광장으로 뷔르스트너 양이 나타났다. 확실치는 않지만 비슷한 점이 많았다. 그러나 그것이 뷔르스트너 양이건 누구건 상관없었다. 다만 반항을 해야 아무 소용도 없다는 것이 얼른 머리에 떠올랐다. 아무리 반항하며 그들을 곯리고 인생의 마지막 영광을 맛본다 해도 그것은 결코 영웅적인 행동은 아니었다. K는 순순히 걷기 시작했다. 그러자 그들이 기뻐하는 것을 보고 K도 역시 기뻐했다. K가 어느 방향으로 가건 그들이 묵인했기 때문에 K는 그들 앞을 걸어가는 그 여자의 뒤를 따르려고 했다. 그러나 그 여자를 따르고 싶다든가, 좀 더 그 여자의 뒷모습을 바라보고 싶어서가 아니라 그 여자가 그에게 해 준 충고를 잊지 않으려고 했기 때문이었다.

'내가 지금 할 수 있는 유일한 일은' 그는 혼자 중얼거렸다. 자기 발걸음과 두 사람의 발걸음이 꼭 들어맞는 것이 자기 생각을 증명하는 것 같았다. '내가 지금 할 수 있는 유일한 일은 태연하게 모든 일을 처리할 수 있는 이성을 최후까지 지키는 것이다. 확실한 목적도 없이 손을 스무 개나 갖고 이 세상에서 날뛰려고 한 것은 사실 잘못이었다. 그런데도 나는 1년 동안이나 소송문제로 시달리면서 아무것도 얻지 못했다는 사실을 밝혀야 하는가? 감정이 둔한 인간이라는 인상을 주어도 좋단 말인가? 처음에는 빨리 소송을 끝내려고 한 내가 지금 소송이 끝나게 되니까 다시 소송을 해보고 싶어한다고 시빗거리가 되어도 좋단 말인가? 나는 그런 시비를 듣고 싶지 않다. 그저 반벙어리처럼 아무것도 모르는 친구들을 동행자로 보내고 제멋대로 내게 필요한 말을 지껄이게 내버려 둔 것이 고맙다.'

그러는 동안에 그 여자는 골목길로 들어갔지만, 이미 그 여자에게 무슨 볼일이 있는 것이 아니기 때문에 자기 자신을 동행자들에게 맡기고 말았다. 그 두 사람은 조금도 기분을 상하지 않고 달빛이 비치는 어느 다리에 이르렀다. 그들은 K의 사소한 행동에도 매우 친절한 태도를 보여 K가 난간을 얼른 돌아보았을 때도 그들은 그리로 몸을 돌렸다. 달빛 속에 남실거리는 물이 자그마한 섬 때문에 두 갈래로 갈려서 흐르고 있었다. 그리고 그 섬 위에 나무 수풀이 우거져 있었다. 그 수풀 밑으로 보이지는 않지만 편한 의자가 놓여 있는 자갈길이 통해 있었다. 여름이 되면 K는 그 위에 몸을 쭉 펴고 누워 있기 일쑤였다.

"서 있을 생각은 없어요." 동행자들이 너무 너그럽기 때문에 부끄럽게 생각한 K는 이렇게 말했다. 공연히 발걸음을 멈춘 데 대해 누군가 뒤에서 책하는 것 같았다. 그들은 곧 걷기 시작했다.

잠시 동안 좁은 비탈길을 올라갔다. 순경들이 여기저기 서 있기도 하고 걸어 다니기도 했다. 멀리 걸어갔는가 하면 또다시 가까이로 걸어왔다. 거무잡잡하게 수염을 기른 순경 하나가 칼집을 쥐고 아무래도 무슨 곡절이 있음직한 그들한테로 무엇을 알아보려는 듯이 가까이 걸어왔다. 그 두 남자는 멈칫했다. 순경이 무슨 이야기를 하려는 것 같았기 때문에 K는 두 남자를 끌고 갔다. 그러면서도 K는 순경이 뒤를 따르지나 않나 해서 여러 번 뒤를 돌아보았다. 그러나 그들과 순경 사이에 약간의 거리가 생겼을 때 K가 뛰기 시작했기 때문에 그 두 남자도 헐떡거리며 같이 뛸 수밖에 없었다.

그들은 급히 거리를 벗어났다. 이 부근에서는 거리가 별다른 변화도 없이 갑자기 넓은 평야로 이어져 있었다. 아직 거리의 여운을 남기고 있는 어떤 집 옆에는 자그마한 채석장이 있었는데, 황폐해져 돌보는 사람도 없었다. 그곳이 첫 목적지였는지, 혹은 기운이 다했기 때문에 더 뛸 수 없었는지 두 남자는 거기서 발걸음을 멈추었다. 그제야 그들은 아무 말 없이 기다리고 있던 K를 놓아 주며 실크 모자를 벗고 이마의 땀을 씻으면서 채석장을 살펴보았다. 다른 빛에서는 찾아볼 수 없는 자연스럽고 고요한 달빛이 주위를 비추고 있었다.

그들은 명령을 받았을 뿐, 아직도 일의 분담이 되어 있지 않은 듯이 은근한 태도로 다음 할 일에 대해서 의견을 나누었다. 잠시 뒤 한 남자가 K 옆으로 와서 웃옷과 조끼를 벗기고 나중에는 내복까지 벗겼다. K가 자기도 모르게 떨고 있는 것을 보자 그 남자는 안심하라는 듯이 K의 등을 가볍게 한번 때렸다. 그러더니 그 남자는 K가 벗은 옷가지를 하나씩 거두었다. 그런 물건은 지금 당장은 아니라도 앞으로 사용할 수 있을 것 같았다. 멍하니 서서 찬바람을 쏘이면 몸에 좋지 않다는 듯이 그 남자는 K의 팔을 끼고 잠시 이리저리 걸어 다녔다.

그동안 다른 남자는 채석장에서 적당한 자리를 찾고 있었다. 그가 적당한 자리를 찾은 뒤 눈짓을 하자 다른 남자는 K를 그곳으로 데리고 갔다. 바로 돌벼랑 밑이었다. 거기에는 캐다 남은 돌 하나가 가로놓여 있었다. 그들은

K를 땅에 앉히고 돌에 몸을 기대게 하더니 머리를 뒤로 젖혔다. 그들도 여러 가지로 애를 쓰고 K도 그들이 하라는 대로 했지만 그것은 너무나 답답하고 부자연한 자세였다. 한 남자는 자기 혼자서 적당히 K를 앉히겠다고 했으나 역시 편할 것은 조금도 없었다.

결국 K는 적당한 자세를 취하기는 했으나 그것도 결코 그리 편한 자세는 아니었다. 그러자 한쪽 남자가 예복을 풀어헤치고 조끼 위에 걸치고 있던 띠에 찬 칼집에서 길고 양면에 번쩍번쩍 날이 선 얄팍한 칼을 꺼내더니, 높이 들고 달빛에 칼날을 검사해 보았다. 또 몹시 불쾌한 인사를 주고받더니 한 남자가 다른 남자에게 K의 머리 위로 칼을 넘겨주자 그 남자는 다시 그 칼을 K의 머리 위로 돌려보냈다.

K는 자기 머리 위에서 칼이 오고갈 때 그것을 빼앗아들고 자기 가슴을 찔러 버리는 것이 차라리 속편하지 않을까 생각했다. 그러나 K는 그러지 않고 자유롭게 목을 돌리며 주위의 동정을 살펴봤다. 자신의 결백을 밝히지도 못하고 그들의 행동을 막을 수도 없었지만 마지막 실책에 대한 책임은 자기 기력을 송두리째 빼앗은 자들이 마땅히 져야 할 것이다.

K의 시선이 채석장 옆에 있는 집 맨 위층을 스쳤다. 돌연 불이 켜지며 창문이 활짝 열리더니, 멀고 높았기 때문에 약하고 메마른 듯 보이는 어떤 사람이 허리를 굽히더니 힘껏 팔을 벌렸다. 저 사람은 누구냐? 친구냐? 원수냐? 착한 사람이냐? 호의를 가진 이냐? 구원을 베풀자냐? 개인 자격이냐? 대표자의 자격이냐? 아직 구할 길이 있더냐? 잊어버렸던 구실이라도 남아 있더냐?

그렇다. 아직 구실은 있다. 아무리 철저한 이론이 있다 해도 살려는 인간에게 그것은 필요없다. 한 번도 얼굴을 보이지 않은 재판관은 어디 있느냐? 결국 내가 보지 못한 상급 재판소는 어디 있느냐? K는 두 팔을 높이 들고 손가락을 쫙 폈다.

그러나 한 남자의 손이 K의 목을 억누르고 다른 남자는 칼로 K의 심장을 찌르더니 그것을 두 번이나 계속하였다. 눈이 흐려졌지만 K는 두 남자가 마주보고 바로 자기 눈앞에서 최후의 결말을 노리는 것을 알았다.

"개새끼!" K는 말했다. 그가 죽은 뒤에는 모욕만이 남은 것 같았다.

Die Verwandlung

변신

카프카/박종서 옮김

변신

1

어느 날 아침, 꺼림직한 꿈에서 깨어난 그레고르는 자신이 침대 속에서 한 마리의 커다란 벌레로 변한 것을 알게 되었다. 그는 갑옷처럼 딱딱한 등을 대고 벌렁 누워 있었다. 고개를 약간 쳐들자 곧 껍데기에 활모양으로 불룩한 거북등무늬의 갈색 배가 보였다. 그때 불룩한 배 위에는 이불이 간신히 덮여 있었으나 그나마 흘러내릴 것만 같았다. 게다가 커다란 몸뚱이에 비해 어이 없을 만큼 가느다란 여러 개의 다리가 힘없이 눈앞에서 버르적거리고 있었다.

이게 어찌된 일일까, 하고 그는 생각했다. 꿈은 아니었다. 사람이 살기에는 좀 비좁은 듯하지만 아무튼 틀림없이 사람이 살고 있는 자기 방은 아무 일도 없었던 듯이 낯익은 사방의 벽으로 둘러싸여 있었다. 따로따로 묶은 옷감 견본이 흩어져 있는 책상 위쪽에는—잠자는 외판원이었다—그가 얼마 전에 어느 잡지 화보에서 오려내어 훌륭한 금박 사진틀에 끼어 넣은 그림이 걸려 있었다. 그것은 털모자를 쓰고 털목도리를 두른 어떤 부인의 자태를 묘사한 것으로, 똑바로 꼿꼿이 앉아서 두 팔 밑까지 푹 덮인 묵직한 털토시를 보는 사람의 눈앞에 쳐들고 있는 그림이었다.

그레고르는 창문 쪽으로 시선을 던졌다. 창문 함석판에 빗방울이 떨어지는 소리가 들렸다. 날씨가 음산한 탓인지 그는 기분이 우울해졌다.

잠을 좀 더 자서 모든 쓸데없는 망상을 다 잊어버리면 얼마나 좋을까 생각했다. 그러나 그것은 전혀 실천에 옮기기 어려운 일이었다. 왜냐하면 그는 늘 오른쪽으로 누워 자는 버릇이 있었는데, 지금과 같은 상태로서는 그러한 자세를 취할 수가 없었기 때문이다. 아무리 힘을 써서 오른쪽으로 몸을 뒤적이려고 해도 그저 이리저리 들먹일 뿐, 다시 그대로 먼젓번과 같은 벌렁 나

자빠진 자세로 되돌아오고 말았다. 그는 아마도 백 번쯤은 시도해 보았을 것이다. 허우적거리는 발들을 보지 않으려고 눈을 감았다. 옆구리에 이제껏 느끼지 못했던 가벼운 통증까지 느끼게 되었기에 그만 두어 버렸다.

아아, 어째서 나는 이런 고된 직업을 택했던가! 매일같이 여행이다. 사실 상점에서 근무하는 것보다 훨씬 더 힘이 든다. 게다가 여행을 떠나게 되면 열차 접속에 대한 걱정, 불규칙하고 좋지 못한 식사, 언제나 고객이 바뀌어서 오래 계속하지도 못하고 다만 겉으로만 대하게 되어 정도 들지 못하는 그러한 교제에 대한 근심을 면할 수가 없다. 지긋지긋하구나. 빌어먹을 것, 될 대로 되라지. 배 위가 좀 가려웠다. 머리를 좀 더 쳐들 수 있도록 드러누운 채 천천히 등을 침대 앞머리 철주 가까이로 밀어 올렸다. 드디어 가려운 곳을 알아냈는데, 그곳에 온통 자그마한 흰 점들이 박혀 있는 것이 보였다. 그는 그 점들이 무엇인지 도무지 알 수 없었다. 그래서 발 하나로 그곳을 만져보려고 했으나 곧 그 다리를 움츠렸다. 슬며시 대보았을 때 온몸에 소름이 쭉 끼쳤기 때문이다.

그는 다시 먼저 자세로 벌렁 나자빠졌다. 너무 일찍 일어나면 바보가 된다고 그는 생각했다. 사람은 잠을 자야 해. 다른 외판원들은 마치 후궁의 궁녀처럼 살고 있지 않은가. 예를 들면 내가 주문받은 것을 기입해 두려고 오전 중에 여관으로 들어올 때에야 비로소 그들은 앉아서 아침 식사를 하고 있었다. 내가 이런 짓을 한번이라도 흉내 냈다간 아마도 당장 사장에게 쫓겨날 것이다. 그렇게 하는 것이 나중에 도움이 될지 어떨지 누가 알아 줄 게 뭐냐, 부모님을 위해서 꾹 참아왔지만 만일 그렇지 않았다면 벌써 사표를 내놓았을 것이다. 그리고 그 사장 앞으로 걸어가서 내가 마음먹고 있는 것을 남김없이 털어놓는다. 그러면 틀림없이 사장은 놀라서 책상에서 떨어질 것이다. 책상 위에 올라앉아 사원들을 내려다보며 이야기하는 것은 역시 괴상한 버릇이다. 그렇지 않아도 사장은 귀가 먹어서 사원들은 바싹 가까이 가야만 한다. 자아, 그런데 나는 앞으로 전혀 그러한 희망이 없는 것은 아니다. 부모가 사장에게 진 빚을 갚을 만큼 앞으로 내가 돈을 모으면—그것은 아직 오륙 년은 더 걸릴 테지만—꼭 그 일을 한번 하고야 말겠다. 그것은 내 인생에서 하나의 큰 전환점이 될 것이다. 우선 무엇보다도 일어나야겠다. 기차가 5시에 떠나는데.

그는 옷장 위에서 째깍거리는 탁상시계를 쳐다보았다. '아차, 큰일났는 걸!' 그는 이렇게 생각했다. 벌써 6시 반이었다. 시곗바늘이 조용히 돌아가고 있었다. 벌써 30분이 지나고 45분에 가까워지고 있었다. 종이 울리지 않았단 말인가. 시계의 알람을 4시 정각에다 맞춰 놓은 것이 침대에서도 보였다. 틀림없이 종이 울렸을 것이다. 방 안을 뒤흔드는 알람 소리를 듣고도 잠을 잘 수 있었을까? 그러나 깊이 잠들지는 못했을 것이다.

그렇다면 아마도 편안하게 잠을 이루지 못한 만큼 더욱 깊이 잠들었을지도 모르겠다. 그러나 이제 어쩌면 좋단 말인가? 다음 열차는 7시에 떠난다. 그 시간에 대려면 한바탕 바삐 서둘러야 했다. 그런데 견본들도 아직 꾸려 놓지 않았을 뿐만 아니라, 아무래도 그다지 기분이 상쾌하지 않아서 몸이 가볍게 움직일 것 같지가 않았다. 설사 기차를 탈 수 있다손 치더라도 사장의 꾸지람을 피할 길이 없었다. 왜냐하면 심부름꾼이 5시 차를 기다리고 있다가 내가 내리지 않은 사실을 이미 사장에게 보고해 버렸을 테니까. 심부름꾼은 줏대도 없고 바보 같은 녀석인데 사장의 앞잡이로서 아첨을 꽤 잘했다. 자, 그러면 병에 걸렸다고 보고를 하면 어떨까? 그러나 그것은 무엇보다도 굉장히 불쾌한 일일 뿐더러, 수상하다고 의심을 살 것이다. 왜냐하면 그레고르는 5년간이나 근무하는 동안에 아직 단 한 번도 병을 앓은 적이 없었기 때문이다. 아마 사장은 생명보험 의사를 데리고 올지도 모른다. 그러고는 게으른 아들의 과오 때문에 부모들까지 사장에게 비난을 받을 것이다. 그리고 아무리 아프다고 변명한다고 하더라도 이 보험의사에게 진찰을 받아야 된다고 사장이 우기면 모든 일은 수포로 돌아가고 만다. 사실 이 의사의 입장에서 볼 때 나는 몸에 아무런 고장도 없으면서 그저 일하기를 싫어하는 사람이라고 생각할지도 모르니까. 또 이런 경우에 의사만 나쁘다고 할 수 있을까? 그레고르는 오래 잠을 자고 난 뒤에도 더 자고 싶었던 것을 제외하고는 사실 건강하였고, 게다가 무엇보다도 식욕까지도 왕성하였다.

그가 좀처럼 침대를 떠나려는 결심도 못하고 마치 주마등처럼 이런 모든 일을 심각하게 생각할 때—시계가 막 6시 45분을 알렸다—자기 침대의 머리 쪽에 있는 문을 조심스럽게 두드리는 소리가 들렸다—어머니였다—"6시 45분이다. 너 출발하지 않니?" 부드러운 목소리다! 그레고르는 대답하는 자기의 목소리를 들었을 때 깜짝 놀랐다. 이제까지의 자기 목소리에 틀림없었지만, 어쩐지 밑에서 울려나오는 것 같으면서도, 억제할 수 없는 괴로운 신음소리 같은 것이 섞여 있었고, 사실 첫 순간에는 말을 똑똑하게 발음하였지만 그 다음부터는 상대방이 분명히 알아듣고 못 듣는 것은 아랑곳없다는 듯이, 말끝이 여운으로 흐려지고 말았다. 그레고르는 자세히 설명하고, 모든 일을 속 시원하게 이야기하려고 했다. 그러나 사정이 그랬기 때문에 "네! 네! 어머니, 벌써 일어났어요"라고 대답할 뿐이었다. 문을 사이에 두고 있기 때문에 그레고르의 목소리가 변한 것을 아마 밖에서는 알아채지 못했는지도 모른다. 그의 대답을 듣고 어머니는 안심하고 발을 끌며 가버렸다. 그러나 이렇게 간단한 말을 주고받았던 까닭에 벌써 출발했으려니 했던 그레고르가 아직도 집에서 꾸물거리고 있는 것을 다른 가족들도 다 알게 되었다. 그때 벌써 아버지가 옆에 있는 문을 두드렸다. "그레고르! 그레고르!" 하고 아버지가 낮은 목소리로 불렀다. "대체 어떻게 된 거냐?" 잠시 후에 아버지는 묵직한 목소리로 다시 한 번 대답을 재촉했다.

"그레고르! 그레고르!" 그런데 다른 쪽 문에서 가느다란 목소리로 누이동생이 애원했다. "오빠, 어디 편찮으세요? 뭐 드릴까요?" 양쪽 문을 향해서 그레고르는 대답했다. "다 준비 됐습니다." 그는 신중하게 말하면서 한마디 한마디 사이에 간격을 두어, 귀에 거슬리는 이상스러운 모든 발음들을 없애기 위해서 띄엄띄엄 말했다. 아버지는 식사를 하러 돌아갔으나 아직 누이동생만은 "오빠, 문을 열어요, 네?" 하고 속삭였다. 그러나 그레고르는 문을 열 생각은 하지도 않을뿐더러 여행하면서 익힌 습관, 다시 말하면 집에서 밤이면 문이란 문은 모두 잠가 버리는 그의 용의주도한 습관을 다행한 일이라고 고맙게 여기기까지 했다. 그리하여 그는 조용히 방해를 받지 않고 일어나 옷을 주워 입고 우선 아침을 먹으려고 했다. 그러고 나서 비로소 다음 일을 생각하려 했다. 침대 속에서 아무리 생각해 본다고 하더라도 별로 신통한 결말을 얻을 수 없다는 것을 그는 잘 알고 있었기 때문이다. 그의 기억으로는 전에도 때때로 잠자리가 불편했던 까닭에 가벼운 고통을 느꼈지만 침대에서 일어났을 때에는 그것도 단순한 착각이었다는 사실이 밝혀졌던 일이 있었다. 그래서 분명히 오늘 아침의 여러 가지 상황도 차츰 어떻게 풀리게 되지 않을까 하고, 바짝 긴장해서 자신을 지켜보고 있었다. 자기 목소리가 변한 것은 외판원의 직업병인 심한 감기증세에 틀림없다고 생각하고, 그 점을 조금도 의심치 않았다.

이불을 떨쳐 버리는 것은 간단한 일이었다. 숨을 쉬면서 배를 조금 불리기만 하면 이불은 저절로 흘러내렸다. 그러나 그 다음이 어려웠다. 특히 그의 몸이 옆으로 몹시 퍼져 있었기 때문이다. 일어나려면 팔과 손을 써야 했다. 그러나 팔과 손은 없고, 제각기 얽혀서 움직일 뿐 그의 뜻대로 되지 않는 여러 개의 다리가 있을 뿐이었다. 그는 한 번 다리 하나를 꾸부리려고 했으나 그 다리는 제멋대로 쭉 뻗쳐졌다. 마침내 그는 드디어 그 다리를 마음먹은 대로 움직일 수 있었다. 그러는 동안 다른 다리들은 해방이라도 된 듯이 제멋대로 야단스럽게 수선을 떨며 움직거렸다. '자, 침대 속에서 언제까지 우물쭈물 해봤자 소용없다.' 그레고르는 혼잣말을 했다. 그는 우선 하반신을 침대 밖으로 내밀려고 했다. 그러나 그는 하반신을 보지도 못했고 어떤 모양으로 생겼는지 도무지 짐작할 수도 없었다. 막상 그가 그것을 움직이려고 했을 때 매우 힘들다는 사실을 깨달았다. 그리고 동작이 퍽 느렸다. 결국 그는 불끈 화를 내며 있는 힘을 다해서 사정없이 앞으로 몸을 내밀었다. 그런데 방향을 잘못 잡아 옆으로 틀어지면서 침대 아래쪽 철주에 부딪치고 말았다. 그는 그 자리가 화끈거리며 몹시 아팠던 까닭에 하반신의 감각이 매우 예민한 것을 알게 되었다.

그래서 그는 우선 상반신을 침대 밖으로 끌어내리려고 시도했다. 조심해서 머리를 침대가로 돌렸다. 이렇게 하는 것은 아주 쉬웠다. 몸뚱이가 넓고 크고 육중했지만, 머리가 도는 대로 몸뚱이도 천천히 따라갔다. 그러나 나중에 머리를 침대 밖으로 쑥 내밀고 허공으로 쳐들었을 때, 그는 그 이상 그런 식으로 앞으로 나아가는 데 불안을 느꼈다. 만일 그런 자세로 침대 밖으로 내민다면, 결국 아래로 떨어질 수밖에 없었다. 그러면 기적이라도 일어나지 않는 한 머리는 안전할 수 없을 것이다. 그리고 바로 그때야말로 똑바로 정신을 바짝 차려야만 한다고 생각한 그는, 오히려 침대 속에서 누워 있는 편이 낫겠다고 생각했다.

그러나 한숨을 지으며 다시 먼저처럼 애를 써서 전과 같은 자세로 돌아왔다. 여러 개의 발이 짓궂게도 서로 얽혀서 허우적거리는 꼴을 보았을 때, 이렇게 제멋대로 놀아서는 결국 휴식과 질서를 찾기 어려우리라는 것을 깨달았다. 그는 다시 그냥 우물쭈물 침대 속에 누워 있을 수는 없으며, 설사 침대 속에서 빠져나갈 희망이 거의 없다고 하더라도 모든 희생을 무릅쓰고 그것을 감행하는 편이 가장 현명하다고 혼잣말을 했다. 동시에 그러면서도 그는 절망적인 결심보다는 냉정하고 분별 있는 행동을 취하는 것이 훨씬 낫다고 생각하는 것을 잊지 않았다. 이러한 순간에 그는 날카로운 시선으로 창문을 쳐다보았다. 그러나 창 밖에는 안개가 좁은 거리 저쪽까지 자욱이 끼어 있어서 밖을 바라보아도 어떤 위안을 얻거나 명랑한 기분이 들지 않았다. '벌써 7시구나.' 그는 다시 시계 종치는 소리를 들었을 때 혼자 이렇게 중얼거렸다. '7시가 되어도 아직 저렇게 안개가 끼어 있구나.' 그는 가볍게 숨을 쉬며, 마치 자기가 고요한 가운데서 현실적이며 분명히 자기로서 납득이 갈 수 있는 그러한 원래 상태로 되돌아가기를 기대하는 듯이, 잠시 동안 조용히 누워 있었다.

그러나 다음에는 또 '7시 15분이 될 때까지는 무슨 일이 있더라도 꼭 침대에서 일어나야겠다. 너무 우물쭈물하고 있으면 내 일을 물어보려고 상점에서 누가 찾아올지도 모른다. 상점은 7시 전에 열 테니까' 하고 작정하고 이번에는 몸 전체의 균형을 잡고 몸부림치면서 침대 밖으로 빠져나가려고 했다. 이런 방법으로 침대에서 떨어지면, 떨어질 때 머리를 조심해서 위로 올리기만 하면 다치지 않을 것이다. 등은 딱딱한 것 같으니 양탄자 위에 떨어져도 아무 사고도 일어나지 않을 것이다. 그러나 떨어질 때 큰 소리가 나면 온 집안을 놀라게 하진 않더라도 집안사람들이 걱정할 것이라고 그는 매우 염려했다. 그래도 대담하게 해야만 한다.

그레고르가 이미 몸을 절반쯤 일으켰을 때—이 새로운 방법은 힘이 든다기보다는 재미있었고, 마냥 누운 채로 좌우로 흔들기만 하면 되었지만—자기 마음에는 누가 와서 좀 거들어 주기만 하면 모든 것이 간단히 될 것처럼 느껴졌다. 그는 힘 센 사람이 둘—아버지와 하녀를 생각했다—만 있으면 충분할 것 같았고, 그들이 팔을 자기의 둥근 등 밑에 집어넣어서 침대에서 약간 몸을 쳐들고, 허리를 구부리며 자기 몸을 침대에서 내려놓고, 그 다음엔 자기가 마루 위에서 몸을 뒤집을 때까지 조심스럽게 참아 주기만 하면 된다. 그때는 이 조그마한 다리들이 제구실을 다해 줄 것이다. 그는 문들이 잠겨 있다는 사실은 전혀 생각지도 않았다. 그러면서도 과연 정말 구원을 청해야 할 것인가? 아무리 곤란을 겪고 있어도 이런 생각을 하니 미소를 금할 수 없었다.

그는 줄기차게 몸을 흔들다가 균형을 잃고 침대에서 떨어질 지경에 이르 렀기 때문에 곧 마지막 결심을 해야만 했다. 왜냐하면 5분만 있으면 7시 15 분이 되기 때문이다—그때 현관문에서 벨이 울렸다. '상점에서 누가 왔구나' 하고 생각하니, 몸이 빳빳해지는 것 같았다. 그러는 동안에도 작은 발들은 더욱 분주하게 바둥거렸다. 잠시 온 집안이 조용해졌다.

'아무도 문을 열어 주지 않는구나!' 이렇게 그레고르는 혼자서 중얼거리면 서 어떤 헛된 희망에 매달려 보았다. 그러나 그때 하녀가 예전과 다름없이 침착한 걸음걸이로 현관으로 걸어 나가서 문을 열었다. 그레고르는 그 방문 객의 첫 인사만 듣고도 그것이 누구라는 것을 벌써 알았다. 바로 지배인이었 다. 어째서 자신은 조금만 직무에 태만해도 곧 크게 의심 사는 이런 회사에 근무하게끔 운명 지어졌단 말인가. 도대체 모든 사원들은 하나도 빼놓지 않 고 부랑배들이란 말인가? 그들 가운데는, 단지 아침 두서너 시간을 회사 일 에 이바지하지 않았다고 해서 양심에 가책을 느껴 미치게 되고, 마침내 침대 에서 일어날 수도 없는 상태에 빠지게 되는 그러한 충실하고 열성 있는 사람 이 하나도 없단 말인가? 사실 동정을 살피려면 급사를 보내서 물어보면 충 분하지 않은가? 어쨌든 물어봐야 할 일이 있다고 해서…… 지배인 자신이 와야 한단 말인가? 그리고 이러한 의심스러운 일의 조사는 다만 지배인의 판단에 맡길 수밖에 없다는 것을 아무 죄도 없는 가족들에게 알려야 한단 말 인가? 그레고르는 단단한 결심을 해서가 아니라 오히려 이런 생각을 하면서 흥분했기 때문에, 온힘을 다하여 침대에서 뛰어내렸다. 쿵 하고 큰 소리가 났다. 그러나 사실 큰 소리는 아니었다. 양탄자가 깔려 있어서 떨어지는 소 리가 좀 줄었다. 그래서 떨어졌을 때, 귀에 거슬리도록 요란한 소리는 전혀 나지 않았다. 다만 조심해서 충분히 머리를 들지 못했기 때문에 머리를 바닥 에 부딪치고 말았다. 그는 화가 나고 아파서, 통증이 있는 머리를 돌려 양탄 자 위에 문질렀다.

"방안에서 무엇이 떨어졌나 봅니다." 지배인이 왼쪽 옆방에서 말했다. 그 레고르는 언젠가 지배인에게도 오늘 자기에게 일어난 일과 같은 사건이 일 어날지도 모른다고 상상해 보았다. 물론 그럴 가능성이 사실 있을지도 모르 겠다. 그런데 그의 이러한 상상에 대한 솔직한 대답처럼, 그때 옆방에서 지배인은 몇 발짝 발에 힘을 주어 걸어 다니면서 에나멜 구두 소리를 냈다. 오른편 옆방에서는 그레고르에게 알리려고 누이동생이 속삭이고 있었다. "그레고르! 지배인이 오셨어요." "알았어." 그레고르는 이렇게 중얼거렸다. 그러나 누이동생이 알아들을 수 있을 만큼 목소리를 높이진 못했다.

"그레고르." 이번에는 왼쪽 옆방에서 아버지가 말했다. "지배인께서 오셔서 왜 아침 차로 출발하지 않았는가 물으신다. 뭐라고 말씀드려야 할지 우리야 알겠니. 그보다도 지배인께서 개인적으로 너하고 말씀하시겠다고 하신다. 그러니 자! 문을 열어라. 방이 지저분해도 지배인께서 널리 양해해 주시겠지." "여보게 잠자?" 그 사이에 지배인이 정답게 불렀다. "몸이 편치 않아요." 아버지가 아직 문 옆에서 설득하는 동안에 어머니가 지배인에게 말했다. "애가 몸이 편치 않아요, 지배인님, 제 말을 믿어 주세요. 그렇지 않으면 도대체 그레고르가 기차를 놓칠 리가 있겠습니까! 그 애 머릿속에는 장사밖에는 아무것도 없어요. 그 애가 밤에 한 번도 외출을 안 한다고 얼마나 제가 성화를 했는지 모릅니다. 오늘로 벌써 1주일 동안이나 시내에 와 있으면서, 매일같이 집에만 쳐박혀 있답니다. 저녁에는 우리 옆에 있는 탁자에 앉아서 조용히 신문을 읽거나 열차시간표를 연구해요. 심심풀이라곤 톱을 가지고 일하는 것뿐입니다. 예를 들면 이삼 일 저녁 동안을 계속해서 조그마한 사진틀을 짠답니다. 얼마나 훌륭한지 놀라실 겁니다. 방 안에 걸려 있답니다. 그레고르가 문을 열면 곧 보실 수 있습니다. 무엇보다도 당신이 이렇게 와주셔서 영광입니다. 지배인님, 우리만으로는 그레고르에게 문을 열게 하지 못했을 겁니다. 그 애가 고집이 보통 세야지요. 아침에 물어보았더니 그렇지 않다고 하기는 했지만, 틀림없이 몸이 불편할 것입니다." "곧 갑니다" 하고 그레고르는 천천히 말하고 조심스럽게 이야기 소리를 한마디도 놓치지 않으려고 가만히 있었다. "나도 그 밖에 다른 뜻으로는 설명할 수가 없는데요, 부인!" 하고 지배인이 말을 이었다.

"대수로운 일이 아니면 좋겠는데요. 사실대로 말하자면 우리 상인들은……… 행복하든 불행하든 좌우간 자기 사정이 어떻든 간에…… 약간 몸이 불편한 것쯤은 언제나 장사 생각을 해서라도 참고 극복해 나가지요." "그러면 지배인께서 들어가셔도 좋으냐?" 하고 아버지는 초조하게 이렇게 묻고, 또 문을 두드렸다. "안 됩니다." 그레고르가 말했다. 왼쪽 방에는 숨 막힐 듯한 침묵이 흐르고, 오른쪽 옆방에서는 누이동생이 흐느껴 울기 시작했다.

도대체 왜 누이동생은 다른 사람들이 있는 데로 가지 않았을까? 그 애는 이제 막 일어나서 아직 옷도 갈아입지 못한 모양이지? 그런데 무엇 때문에 우는 것일까? 내가 일어나지 않고 또 지배인을 들어오지 못하게 해서? 일자리를 잃을까 걱정이 돼서? 그렇잖으면 상점 주인이 옛날 빚을 재촉할지라도 몰라서인가? 그런 것들은 미리 걱정할 필요가 없는 일이다. 그래도 아직 그레고르는 여기 있을뿐더러 결코 부모를 저버릴 생각은 해본 일조차 없다. 잠시 동안 그는 양탄자 위에 누워 있었다. 그때 그의 상태를 잘 아는 사람이면 누구도 그에게 지배인을 안으로 맞아들이라고 진정으로 요구할 수 없었을 것이다. 그리고 다음에라도 쉽사리 변명할 수 있는 이런 사소한 실례 때문에 그레고르가 곧장 상점에서 쫓겨나는 일은 없을 것이다. 그래서 그레고르는 울며불며 지배인을 귀찮게 하느니, 그를 그대로 내버려두는 것이 훨씬 현명한 일이라고 생각되었다. 그러나 이 흐리멍덩하게 애매한 태도야말로 다른 사람들을 어리둥절하게 만들뿐더러, 그들의 태도를 정당화시키는 계기가 되었다.

"잠자 군" 하고, 지배인은 드디어 비교적 높은 목소리로 불렀다. "도대체 어찌 된 일인가? 자네는 방 안에 들어앉아서 단지 '네!' '아니오!' 하고 대답만 하고 있으니. 자네 부모님에게 괴롭고 쓸데없는 근심만 끼치고 또……이야기가 나왔으니 말이지만 이제껏 들어보지도 못한 방법으로 자네는 직업상의 의무를 게을리 하는 것이야. 나는 여기서 자네 부모님과 사장님을 대신해서 말하지만, 정말 부탁인데 곧 명확한 설명을 해주게. 이런 일이 어디 있어. 그래도 나는 자네를 침착하고 분별 있는 사람이라고 생각했는데. 지금 자네는 갑자기 괴상한 변덕을 부리려는 속셈인가. 사실은 오늘 아침 사장님께서 나에게, 자네가 늦은 데 대해서 그 이유를 그럴듯하게 암시해서 설명해 주셨어…… 얼마 전 자네에게 맡긴 회수금 문제지만……그러나 나는 그럴듯하게, 그와 같은 해석은 자네에게는 해당치 않을 것이라고 한사코 자네 편을 들어줬단 말이야. 그러나 지금 여기서 자네의 이해할 수 없는 고집을 보니, 자네를 위해서 조금이라도 변명해 줄 생각이 나지 않네. 그리고 자네의 지위는 결코 확고부동한 것이 아닐세. 나는 원래 모든 것을 단둘이서만 이야기하려고 했네. 그러나 자네가 내 시간을 헛되이 보내게 했으니까, 자네 부모님한테까지 그 사실을 알려 드리게 된 것일세. 요사이 자네의 근무성적이 사실 그리 만족할 만한 것이라고는 할 수 없어. 물론 지금은 장사가 잘 되는 시기가 아니라는 것은 우리도 알지. 그러나 장사가 안 되는 시기란 절대로 있을 수 없을뿐더러 있어서도 안 된단 말이야. 안 그래, 잠자 군?" "아아, 지배인님." 그레고르는 흥분한 나머지 자기도 모르게 소리를 쳤다. "이제 곧 일어납니다. 몸이 좀 불편하고, 현기증이 나서 일어날 수가 없습니다. 아직 누워 있습니다. 그러나 이제는 아주 기분이 좋아졌습니다. 지금 막 침대에서 나왔습니다. 조금만 참아 주십시오. 아직 기분이 전같진 않지만 곧 좋아질 겁니다. 이렇게 별안간 병이 나다니, 기가 막힙니다! 어제 저녁까지도 아무렇지 않았습니다. 부모님도 잘 알고 계십니다. 아니, 솔직히 말하면, 어제 저녁에 벌써 좀 이상한 예감이 들었습니다. 저를 유심히 본 사람이라면 눈치 챘을 것입니다. 왜 제가 상점에 알리지 않았던 것일까요. 이 정도의 병은 집에서 조리하지 않아도 견딜 수 있으리라고 생각했기 때문입니다. 지배인님! 저의 부모님을 나무라지 마십시오. 지금 당신의 저에 대한 비난은 터무니없는 것입니다. 저는 이제까지 그런 비난을 한 번도 들어본 적이 없습니다. 당신은 제가 발송한 최근 주문서를 아마 읽어 보시지 않은 모양입니다. 아무튼 8시 차로는 출발하겠습니다. 두서너 시간 쉬었더니 기운이 좀 납니다. 제발 먼저 가십시오. 지배인님! 저도 곧 직장으로 나가겠습니다. 사장님에게 제발 잘 말씀드려 주십시오!"

그러나 그레고르는 이런 말을 급히 쏟아 놓았기 때문에 자기가 무슨 말을 했는지 거의 알 수도 없을 지경이었다. 그는 침대에서 이미 연습한 탓인진 몰라도 쉽사리 옷장 쪽으로 가까이 가서 옷장에 의지하여 바로 일어서려고 애써 보았다. 사실 그는 문을 열고 자기 모습을 보여 주며 지배인과 이야기하려고 했다. 그다지도 방으로 들어오고 싶어 하는 저 사람들이 내가 변한 모습을 보면 뭐라고 말할까, 그 점이 자못 궁금했던 것이다. 그들은 틀림없이 깜짝 놀랄 것이다. 그땐 더는 변명할 필요가 없을 테니 그저 잠자코 있으면 된다. 만일 그들이 모든 것을 아무렇지도 않게 생각한다면 그때는 자기도 흥분할 이유라곤 없으니까, 바삐 서두르면 8시 차에 맞추어 정거장에 나갈 수 있을 것이다. 처음에는 몇 번이나 반들반들한 옷장에서 미끄러졌다. 그러나 드디어 몸을 뒤흔들며 꼿꼿이 일어설 수 있었다. 하반신이 불에 타듯이 아팠으나 그것에 조금도 개의치 않았다. 그때 그는 가까이 있는 의자 뒤편에 몸을 던졌다. 그 의자 뒤편을 조그만 발들로 꼭 붙들었다. 그래서 또 자기 자신을 움직일 수 있게 되자 그는 이윽고 입을 다물었다. 왜냐하면 그때 지배인의 말소리를 들을 수 있었기 때문이다.

"한마디라도 알아들으셨습니까?" 지배인이 부모에게 물었다. "확실히 저희를 놀리고 있는 것은 아니겠지요?" "천만에요." 어느덧 어머니는 울상이 되어 말했다. "틀림없이 그 애는 큰 병에 걸린 거예요. 그런데 우리가 그 애를 괴롭히고 있어요. 그레테! 그레테!" 하고 어머니는 외쳤다. "네?" 맞은편에서 누이동생이 소리를 쳤다. 그들은 그레고르의 방을 사이에 두고 이야기를 하고 있었다.

"빨리 의사한테 다녀오너라. 그레고르가 병이 났어. 빨리 의사를 불러와. 너는 그레고르가 말하는 소리를 들었니?" "그건 동물 소리였습니다." 어머니의 아우성에 비해서 매우 나지막한 목소리로 지배인이 말했다. "안나야! 안나야!" 아버지는 현관방을 통해 부엌에다 대고 부르며 손뼉을 쳤다. "빨리 자물쇠장수를 불러오너라!" 그때 벌써 두 소녀가 치맛자락 소리를 내면서 현관방으로 뛰어가고 있었다—도대체 누이동생은 어떻게 그리 빨리 옷을 입었을까? —현관문이 열렸다. 문이 닫히는 소리는 전혀 들리지 않았다. 큰 불행한 일이 일어난 집에서 흔히 그렇듯이, 문을 열어놓은 채 내버려둔 것이다.

그러나 그레고르는 훨씬 침착해졌다. 사실 자기로서는 전보다도 훨씬 똑똑하다고 느껴지는데도 불구하고 그의 말은 전혀 알아들을 수가 없었다. 아마도 귀에 익은 탓일지도 모른다. 그러나 사람들은 벌써 그가 정상적인 상태에서 벗어난 것으로 생각하고 그를 구원할 준비를 갖추고 있었다. 처음으로 지시가 내려지고 일이 적절하게 처리되었을 때, 믿음직하고 확고한 태도에 대해서 역시 그는 기분이 좋았다. 그는 또다시 사람 축에 끼이게 된다는 것을 느꼈다. 그리고 의사와 자물쇠장수에 대해서는, —이들을 확실히 분간하지도 못하면서—두 사람이 어떤 커다란 놀라운 성과나 비상수단 같은 것이라도 보여주지 않을까 기대하고 있었다. 점점 다가오는 운명을 결정지어 줄 이야기가 시작되면, 될 수 있는 대로 명확한 목소리를 내려고 그는 약간 받은기침을 했다. 기침을 누그러지게 흐린 소리로 내려고 애를 썼다. 혹시 사람의 기침소리와는 다르게 울리지나 않을까 두려웠기 때문이다. 사실 그는 감히 그것을 판단할 자신이 없었다. 그러는 동안에 옆방은 고요해졌다. 아마 부모와 지배인은 책상 옆에 앉아서 귀엣말로 이야기를 하거나, 혹은 문에 기대어 귀를 기울이고 있는지도 모른다.

그레고르는 천천히 의자를 문 쪽으로 밀고 나아갔다. 거기서 그는 의자를 떠나 문간을 향해 몸을 던져 문을 붙들고 꼿꼿이 섰다—그의 발꿈치에 약간 끈적거리는 액체가 분비되고 있었던 것이다—그대로 과격한 운동과 긴장을 풀고 잠시 쉬었다. 그 다음, 입으로 열쇠구멍의 열쇠를 돌리기 시작했다. 이빨이 하나도 없는 것이 유감이었다—무엇으로 열쇠를 붙들면 될까? —이빨 대신에 턱의 힘이 셌다. 턱의 힘으로 열쇠를 돌릴 수가 있었다. 그때 그는 어딘가 상처를 입었는데, 그것을 돌아볼 겨를도 없었다. 갈색의 액체가 입에서 흘러나와, 열쇠 위를 흘러서 마루 위에 뚝뚝 떨어졌다. "좀 들어 보세요!" 지배인이 옆방에서 말했다. "열쇠를 돌리고 있습니다." 그 말이 그레고르의 원기를 북돋아 주었다. 모두가, 아버지와 어머니까지도 '그레고르, 기운을 내라'고 자기에게 성원을 보내 주었으면 하고 생각했다. "이봐, 힘을 내라. 열쇠를 꼭 붙들어!" 하고 외쳐 주면 얼마나 좋을까. 모든 사람들이 자기가 애쓰며 흥분해 있는 것을 긴장한 태도로 보고 있으리라고 생각하자, 그는 있는 힘을 다해서 정신없이 열쇠를 물고 매달렸다. 열쇠가 돌아가자 그의 몸도 그 주위를 빙빙 돌았다. 그때 그의 몸뚱이는 단지 입 하나로 버티고 있었다. 필요에 따라서는 열쇠에 매달리기도 하고 또는 온몸의 무게로 위에서 내리누르기도 했다. 이윽고 짤깍하고 자물쇠가 열리는 맑은 소리에 그레고르는 제정신으로 돌아왔다. 숨을 돌리며 '자물쇠장수가 무슨 소용이야' 하고 중얼거렸다. 그리고 문을 활짝 열어젖히고 문의 손잡이 위에 고개를 올려놓았다.

그가 이러한 방법으로 해서 문은 이미 열렸지만 안쪽으로 열렸기 때문에, 그 모습이 가려져 있어 밖에서는 아직 보이지 않았다. 그는 우선 천천히 문의 판자를 따라서 바깥쪽으로 돌아가야만 했다. 더구나 방 안으로 들어가는 문 앞에서 벌렁 나자빠지는 추태를 보이지 않기 위해서는 각별히 조심해야 했다. 그는 그때까지도 이런 어려운 동작에만 마음이 쏠려 있었기 때문에 다른 것에는 주의를 기울일 겨를도 없었다. 그때 "오!" 하고 신음하듯 내뱉는 지배인의 큰 목소리가 들렸다―그 목소리는 마치 바람이 지나가는 소리처럼 들렸다―문 옆에 가장 가까이 서 있는 지배인의 모습이 보였다. 그는 어이없게 딱 벌린 입에 한 손을 갖다 대고 눈에 보이지 않는, 고르게 작용하는 꾸준한 어떤 힘에 밀려서 어물어물 뒤로 물러서기 시작했다. 어머니는―지배인이 와 있는데도 불구하고, 어젯밤부터 풀어헤친 머리를 손질하지도 못하고 서 있었는데―두 손을 모으고 처음에는 아버지를 쳐다보더니 다음에는 그레고르 쪽으로 두어 걸음 걸어와서 느닷없이 쓰러지고 말았다. 그 바람에 그녀의 치마가 사방으로 쭉 퍼졌다. 얼굴은 가슴속에 파묻혀서 전혀 보이지도 않았다. 아버지는 증오에 가득 찬 표정으로 마치 그레고르를 방 안으로 몰아넣으려고 하는 것처럼 주먹을 불끈 쥐었는데, 여러 사람이 서 있는 객실을 불안스럽게 두리번거리다가 두 손으로 눈을 가리더니, 육중한 가슴을 들먹거리며 울기 시작했다.

그레고르는 방 안으로 들어갈 생각도 하지 못하고 빗장이 잠긴 한쪽 문에 기대고 서 있었기 때문에 그의 몸은 밖에서 반쯤 보이고, 그 위에 옆으로 갸우뚱 기울인 머리가 드러날 뿐이었다. 그는 그런 자세로 여러 사람들을 엿보고 있었다. 그러는 동안에 주위는 훤히 밝아 왔다. 그리고 거리를 사이에 두고 저 건너편에 우뚝 솟아서 기다랗게 서 있는 거무죽죽한 건물―그것은 병원이었다―의 일부분이 뚜렷이 나타났다. 거리로 면한 전면에는 나란히 규칙적으로 창문이 뚫려 있었다. 아직도 비가 내리고 있었다. 하나하나 눈에 띌 만큼 커다란 빗방울이 한 방울씩 땅 위에 내려치는 것 같았다. 식탁 위에는 아침 먹은 접시들이 가득히 놓여 있었다. 아버지에게는 아침 식사가 하루 중에서 가장 중요한 식사였기 때문이다. 여러 가지 신문을 보면서 식사를 하기 때문에 몇 시간이나 걸렸다. 바로 맞은편 벽 위에는 그레고르의 군대시절 사진이 걸려 있었다. 육군 소위로 근무하고 있었을 때의 사진으로 한쪽 손을 군도 위에 대고 거리낌 없는 미소를 띠우는 품이 자기의 태도와 군복의 위엄에 대해서 경의를 표하라고 요구하는 듯이 보였다. 현관 옆방으로 통하는 문이 열려 있었고 또 현관문도 열려 있었기 때문에 현관 앞에 있는 계단 입구가 내다보이고 아래층으로 통하는 계단 첫머리가 보였다.

"그러면" 하고 입을 연 그레고르는 그때 냉정한 태도를 유지할 수 있는 것은 오로지 자기 혼자뿐이라는 사실을 똑똑히 의식하고 있었다. "곧 옷을 입고 견본을 꾸려가지고 출발하겠습니다. 출발해도 괜찮겠습니까? 그런데 지배인님, 제가 고집이 센 것이 아니라, 일하기를 좋아하는 사람이라는 것을 아셨을 줄 압니다. 출장여행은 참 괴롭습니다. 그러나 여행을 안 하고는 살아나갈 수가 없죠. 지배인님, 지금 대체 어디로 가십니까? 상점으로 가십니까? 그렇지요? 모든 일을 사실대로 보고하실 생각이지요? 지금 당장은 일할 능력이 없습니다만 그러니만큼 이 순간이야말로, 지금까지 일해 온 업적을 참작해 주신다면 몸을 회복한 뒤엔 반드시 정신 차리고 한층 더 부지런히 일하리라는 점을 믿어주서야 합니다. 당신도 잘 아시다시피 저는 사장님께 많은 신세를 졌습니다. 게다가 저는 부모님과 누이동생이 걱정됩니다. 저는 지금 곤란한 처지에 놓여 있습니다만 머지않아서 그런 처지에서 벗어날 것입니다. 그러니 제발 저를 전보다 더 좋지 않은 처지에 빠지게 하지 마십시오. 상점에서도 제 편을 들어 주십시오. 누구나 외판원을 좋아하지 않는다는 것은 저도 잘 들어 알고 있습니다. 외판원은 큰돈을 벌어서 화려한 생활을 한다고들 생각합니다. 사람들의 그러한 그릇된 생각을 고칠 수 있는 이렇다 할 두드러진 기회는 좀처럼 없을 겁니다. 그러나 지배인님, 당신은 다른 사원들보다도 상점의 실정을 더 잘 알고 계실 겁니다. 사실 딴 사람이 안 듣고 있으니 말씀드리지만, 사장님보다도 당신이 더 사정을 잘 알고 계십니다. 사장님은 기업주라는 독특한 직무상의 지위 때문에 자칫하면 자기 고용인에게 대해서 불리한 판단을 내릴 수도 있으니까요. 당신도 잘 아시다시피 거의 일 년 365일을 상점 밖에서 돌아다니는 저희 외판원이라는 직업은 뒷소문이라든지 뜻밖의 일이라든지 터무니없는 비난의 희생양이되기 쉽습니다. 외판원은 그런 사실을 전혀 모르기 때문에 이것을 막아낼 도리가 없습니다. 지칠대로 지쳐서 여행을 마치고 집으로 돌아와서야 비로소, 뭔가 원인 모를 불쾌한 증세나 결과를 몸으로 느끼는 형편입니다. 지배인님, 제발 떠나시기 전에 제 말이 어느 정도 옳다고, 한마디라도 좋으니 말씀해 주세요."

그러나 지배인은 그레고르의 첫마디를 듣자마자 몸을 옆으로 돌려 버리더니 입술을 비쭉 위쪽으로 치켜올린 채 들먹거리는 어깨 너머로만 그레고르 쪽을 돌아다볼 뿐이었다. 그레고르가 말하는 사이에도 가만히 있지를 못하고 그레고르에게서 눈을 떼지 않은 채, 마치 방을 떠나서는 안 된다고 금지되어 있는 것처럼 문쪽으로 살금살금 뒷걸음질쳤다. 그리하여 어느덧 현관

입구의 방에 이르렀다. 그러자 그는 재빨리 몸을 돌리며 마지막으로 거실에서 날쌔게 발을 뺐는데, 그 꼴을 목격한 사람이 있다면 그가 그 순간 발꿈치를 불에 데기라도 한 줄 알았을 것이다. 현관 입구의 방에서 마치 초지상적 (超地上的)인 하느님의 구제의 손길이 자기를 기다리고 있다는 듯이 그는 오른손을 계단 쪽으로 뻗칠 수 있는 데까지 쭉 내밀었다.

그레고르는 이런 일 때문에 상점에서의 자기 지위가 극도의 위험에 처하는 것을 피하려면, 지배인이 이런 기분을 간직한 채 떠나게 해서는 절대로 안 된다고 깨달았다. 그의 부모는 모든 실정을 잘 이해하지 못했다. 부모는 오래전부터 그레고르가 이 상점에서 착실하게 일하면 평생 동안 생활이 문제없이 보장된다고 확신하고 있었던 것이다. 그러나 지금 당장은 눈앞에 닥친 근심 때문에 골치가 아파서 장래 일까지 생각할 마음의 여유가 없었다. 그러나 그레고르는 바로 그 장래의 일을 염려하였다. 지배인을 붙들어 놓고 마음을 가라앉게 하여 설득을 시킨 다음, 마침내는 그의 환심을 사야만 한다. 그레고르와 그의 가족들의 장래는 바로 그 성패에 달려 있는 것이다. 이 자리에 누이동생이 있으면 좋겠는데! 누이동생은 영리하였다. 그레고르가 아직 태연하게 자빠져 누워 있을 때 누이동생은 오빠를 위해서 울고 있었다. 여자들 앞에서는 맥을 못 추는 지배인이니까 누이동생의 말이라면 설복시킬 수도 있을 것이다. 누이동생이라면 현관문을 꼭 닫고 현관에서 지배인을 붙잡고는 오늘의 놀라운 사건을 모조리 해명할 수도 있을 것이다. 그러나 마침 이 자리에 누이동생이 없었다. 그레고르 자신이 직접 일을 처리해야 했다. 현재 그가 과연 몸을 움직일 만한 힘이 있을지도 미지수였을 뿐더러 또 그가 말한다고 해도, 아마 상대방은 십중팔구 알아듣지 못할 것이다. 그러나 그는 그런 점에 대해서 도무지 생각지도 않고 갑자기 문 옆을 떠나서 슬금슬금 문틈으로 몸을 내밀고 문지방을 넘어서, 지배인 쪽으로 가려고 했다. 지배인은 그때 우스꽝스럽게도 현관 계단 난간에 두 손으로 꼭 매달려 있었다.

그러나 그레고르는, 뭔가 의지할 것을 붙잡으려고 허우적거리다가 나직한 소리를 내면서 수많은 작은 발을 깔고 그만 마루 위에 쓰러져 버렸다. 그러나 그렇게 쓰러지자마자, 그는 오늘 아침 처음으로 육체적 쾌감을 느꼈다. 그는 발밑에 단단한 마루를 딛고 있었다. 그가 기쁘다고 생각한 것은 발들이 마음대로 잘 움직여 주는 것이었다. 그 발들은 적어도 자기가 가고 싶은 방향으로 가려고 하면 자기를 운반해 주려고 애썼다. 조금만 참으면 모든 고통은 다 사라지고 건강도 완전히 회복될 것 같았다. 그가 무턱대고 움직이려는 충동을 억지로 참고, 어머니에게서 가까운 바로 맞은편 마루 위에 몸을 흔들면서 누워 있을 때, 완전히 넋 빠진 듯 생각에 잠긴 것처럼 보였던 어머니가 갑자기 벌떡 일어나 두 팔을 쭉 뻗고 손가락을 편 채 소리를 질렀다. "사람 살려요! 아아, 사람 살려!" 어머니는 마치 그레고르를 더 자세히 살펴보는 듯 머리를 옆으로 갸우뚱 기울였으나, 그것과는 반대로 정신없이 뒤로 달아나 버렸다. 그리곤 자기 뒤에 식사준비가 갖추어진 식탁이 있다는 것을 까맣게 잊어버리고, 그 옆에까지 가자 자기도 모르게 그만 그 위에 뛰어올라 앉았다. 자기가 앉은 옆에 뒤엎어진 큰 커피 주전자에서 커피가 쏟아져 양탄자 위에 흘러내리는 것도 모르고 있었다.

"어머니, 어머니" 하고 그레고르는 나직한 목소리로 부르고 어머니를 올려다보았다. 그 순간 머릿속에는 지배인에 대한 생각은 없었다. 그는 흘러내리는 커피를 보자, 몇 번이나 입을 딱 벌리고 허공을 향해 핥아먹고 싶은 충동을 참지 못했다. 그때 또 어머니는 비명을 올리며 식탁에서 뛰어내려 도망을 치다가, 맞은편에서 달려온 아버지 팔 안에 쓰러졌다. 그러나 그때 그레고르는 부모를 돌볼 겨를이 없었다. 지배인은 벌써 계단 위에 서서 턱을 난간 위에 올려놓고 마지막으로 뒤를 돌아다보고 있었다. 그레고르는 될 수 있으면 꼭 지배인을 붙들려고 앞으로 달려갔다. 지배인은 그 눈치를 채자 한꺼번에 몇 계단 뛰어내려 사라지고 말았다. "후우!" 하고 소리치는 것이 계단 밑에서 위에까지 울렸다.

지배인이 도망쳤기 때문에 그때까지 냉정한 태도를 보이던 아버지는 갑자기 당황한 빛을 띠는 것 같았다. 왜냐하면 그의 태도를 보면 스스로 지배인의 뒤를 쫓아가는 것도 아니고, 그렇다고 적어도 그레고르가 그의 뒤를 따라가는 것을 막지 않으려는 것도 아니었기 때문이다. 아버지는 지배인이 모자나 외투와 함께 긴 의자에 내버려둔 지팡이를 오른손에 들고 왼손으로는 탁자 위에서 커다란 신문을 들고와 그것들을 휘두르고 발을 구르면서 그레고르를 그의 방으로 몰아넣으려고 했다. 그레고르가 아무리 애원해도 소용이 없었다. 그가 애원하는 말은 아예 안 통하는 것 같았다. 그는 그만 단념하고 머리를 돌리려고 했으나 아버지는 점점 더 요란하게 발을 굴렸다. 몹시 추운데도 불구하고 어머니는 창문을 열어젖히고 창문에 기대어 얼굴을 밖으로 쑥 내민 채 두 손으로 가리고 있었다. 그때 마침 골목길과 계단 사이로 세찬 바람이 불기 시작하여 창문 커튼을 날리더니, 책상 위의 신문이 몇 장 우수수 소리를 내면서 마루 위로 날아 떨어졌다. 아버지는 사정없이 몰아넣으며 마치 야만인처럼 슛슛 소리를 쳤다.

그러나 그레고르는 그때까지 뒷걸음질치는 연습을 해보지 못했기 때문에 동작이 느렸다. 만일 돌아설 수만 있었다면, 곧 자기 방으로 돌아갔을 것이다. 그러나 몸을 돌리느라고 머뭇거렸다간 아버지를 화나게 할까봐 두려웠다. 언제 어느 때 아버지가 손에 든 지팡이로 등이나 머리를 죽도록 때릴지 몰라서 벌벌 떨고 있었다. 그러나 아무래도 방향을 돌려야 했다. 왜냐하면 뒷걸음을 치다가 방향을 바로잡지 못할까봐 두려웠기 때문이다. 그래서 그는 아버지 쪽을 불안스런 눈초리로 힐끔힐끔 쳐다보며 될 수 있는 한 재빨리 방향을 돌리려고 했으나, 사실 그 동작은 매우 느렸다. 그때야 비로소 아버지는 그의 착한 마음씨를 깨달았는지 그리 심하게 괴롭히지 않고, 도리어 멀리서 지팡이 끝으로 이리저리 도는 방법을 이끌어 주었다. 다만 듣기 싫은 소리에 정신이 헛갈려서 그만 방향을 잘못 잡아 너무나 지나치게 돌아가고 말았다.

다행히도 그의 머리가 문턱 앞에 닿았으나 그대로 문을 통과하기에는 몸집이 너무나 뚱뚱하다는 사실을 깨달았다. 물론 그때의 아버지의 정신 상태로서는 충분히 들어 갈 수 있는 길을 마련해 주기 위해 닫혀 있는 다른 문을 열어 주기만 하면 된다는 생각이 좀처럼 머리에 떠오르지 않았다. 될 수 있는 대로 빨리, 그레고르를 자기 방으로 몰아넣으려는 생각만이 머리에서 떠나지 않았다. 그레고르가 똑바로 일어서기만 하면 문제없이 문을 통과하리라고 생각했지만 그러기 위해서는 여러 가지로 까다로운 준비가 필요했다. 그러나 아버지는 절대로 그것을 허락할 것 같지 않았다. 도리어 아버지는 그러한 장애는 생각지도 않고 이상한 소리만 내면서 기를 쓰고 그를 앞으로 몰아댔다. 그때 그레고르 뒤에서 들려오는 소리는, 아무리 들어보아도 이 세상에 단 한 분밖에 없는 아버지의 목소리 같지는 않았다.

사실 그쯤 되고 보니 벌써 농담이라고는 볼 수 없었다. 그레고르는—될 대로 되라는 듯이—문을 향해 돌진했다. 몸 한쪽이 들리더니 문틈에 도로 비스듬히 쓰러졌다. 한쪽 옆구리가 스치면서 상처가 났기 때문에 하얀 문에 더러운 얼룩이 묻었다. 그는 문에 꼭 틀어박혀버려 혼자서는 더는 움직일 수가 없었다. 한쪽에 달린 발들은 허공에서 바르르 떨며, 다른 쪽 발들은 마룻바닥에 짓눌려서 몹시 아팠다. 그때 아버지가 뒤에서 빠져 나갈 수 있을 만큼 힘차게 밀었기 때문에 그는 피투성이가 되어 자기 방 안으로 깊숙이 밀려 떨어졌다.

아버지는 지팡이로 탕 하고 문을 닫았다. 그러자 주위는 드디어 조용해졌다.

2

저녁 어두워질 무렵에야 비로소 그레고르는 실신상태와 같은 괴로운 잠에서 깨어났다. 누가 건드리지 않아도 이보다 더 오래 잠잘 수는 없었을 것이다. 그는 실컷 잠을 자고, 마음껏 쉬었다고 느꼈기 때문이다. 재빠르게 걸어가는 발자국 소리와 현관방으로 통한 문이 조심스럽게 닫히는 소리에 잠이 깬 것처럼 느껴졌다. 가로등의 전기불이 여기저기 천장과 가구 위를 푸르스름하게 비치고 있었다. 그러나 아래쪽 그레고르의 침대 부근은 깜깜했다. 슬금슬금 기어서 그제야 비로소 귀중하다고 느끼게 된 촉각으로 불안스럽게 더듬어 가며, 무슨 일이 일어났나 알아보려고 문 쪽으로 몸을 밀며 기어갔다. 왼쪽 옆구리에서는 기다란 상처가 불쾌하게 잡아당기는 것 같았다. 그래서 그는 두 줄로 달린 작은 발들을 번갈아 절름거리며 걸어야 했다. 아침에 사고가 났을 때 발 하나가 몹시 상했기 때문에—아무튼 발 하나만이 상했다는 것은 거의 기적이라고 할 수 있었지만—그 다리를 힘없이 질질 끌었다.

문 옆에까지 와서야 비로소 무엇이 자기를 문으로 이끌었는가를 깨달았다. 그것은 어떤 음식 냄새였다. 거기에는 달콤하게 입맛을 돋우는 우유가 가득히 들어 있고 그 위에 흰 빵 조각이 둥둥 떠 있는 그릇이 놓여 있었다. 그는 너무나 기뻐서 웃을 뻔했다. 아침보다도 훨씬 더 배가 고팠기 때문이었다. 그는 곧 눈 위까지 잠기도록 머리를 우유 속에 처박았다. 그러나 그는 쓰라린 환멸을 느끼며 머리를 다시 들었다. 왼쪽 옆구리가 거북해서 먹기가 곤란했을 뿐더러—온몸을 숨 가쁘게 허덕이며 함께 움직이면 먹을 수는 있었지만—무엇보다도 평소에는 자기가 가장 좋아했던 음식이었기 때문에 아마 누이동생이 일부러 들여다 놓은 우유였겠지만 전혀 맛이 없었다. 그래서 지긋지긋하게 싫어져서 그릇에서 몸을 돌려 방 한가운데로 기어 올라왔다.

그레고르가 문틈으로 보았을 때 거실에는 전등불이 켜져 있었다. 그런데 전같으면 이맘때 늘 아버지가 석간신문을 어머니나 때로는 누이동생에게 소리높여 읽어 주었는데, 지금은 아무런 소리도 들리지 않았다. 누이동생이 늘 자기에게 이야기도 하고 편지로 적어 보내기도 했던 이 신문낭독도 아마 이제는 그만둔 모양이었다. 그러나 틀림없이 집을 비우지는 않았을 텐데 주위가 너무나 고요했다. '식구들이 어쩌면 이렇게도 조용히 지낼까' 하고 그레고르는 혼잣말을 하며 가만히 눈앞의 어둠 속을 바라보면서, 자기가 부모나 누이동생을 위해서 이런 훌륭한 집에 살림을 마련해 줄 수 있었다는 것을 무엇보다도 자랑으로 생각했다. 그런데 어떨까, 만약 이처럼 모든 게 안정되고 풍요롭고 충족된 생활이 갑자기 무서운 종말을 고하게 된다면. 이러한 불길한 생각에 잠기지 않으려고 그레고르는 몸을 움직이며 방 안을 이리저리 기어 다녔다.

꽤 오랜 시간이 흐르는 동안, 한 번은 옆에 있는 문이 또 한 번은 다른 쪽 문이 조금 열렸다가 그만 닫혀 버렸다. 누가 방 안으로 들어오려고 하다가 망설였던 모양이다. 그레고르는 주저하고 있는 사람을 어떻게 해서든 안으로 끌어들이든지, 그렇지 않으면 적어도 그것이 누구인지 알아볼 작정으로 직접 문 옆에 착 붙어 섰다. 그러나 더 이상 문이 열리지도 않고 기다려 보아도 소용이 없었다. 아침에 문이 잠겨 있었을 때에는 모두 방 안에 들어오고 싶어 안달이더니, 문을 열어 놓은 지금은 아무도 들어오지 않을 뿐더러 반대로 밖에서 자물쇠를 채워 버렸다.

밤 늦게서야 비로소 거실의 전등불이 꺼졌다. 그래서 부모님과 누이동생이 늦게까지 잠을 자지 않고 있었다는 것을 쉽사리 알 수가 있었다. 왜냐하면, 그때 세 사람이 모두 발끝걸음으로 사뿐사뿐 멀어져가는 소리가 똑똑히 들려왔기 때문이다. 물론 다음날 아침까지 아무도 그레고르의 방에 들어온 사람은 없었다. 그래서 그는 자기 생활을 새로이 어떻게 꾸려 나가면 좋을까 하고, 방해도 받지 않은 채 조용히 생각해 볼 여유가 있었다. 그런데 어쩔 수 없이 바닥에 엎드려 있어야만 하는 처지가 되고 보니 이 높고 텅 빈 방에서 5년 동안이나 살아왔지만, 왜 그런지 모르게 은근히 싫어졌다. 거의 무의식중에 몸을 돌려 소파 밑으로 기어들어갔으나, 부끄러움을 억누를 수가 없었다. 약간 등허리가 짓눌리고 머리도 들 수 없었지만, 곧 기분이 풀렸다. 다만 몸집이 뚱뚱해서 소파 밑으로 쑥 들어갈 수 없는 것이 안타까웠다.

밤새도록 소파 밑에 누워서 때로는 반쯤 졸다가도 배가 고파서 깜짝 깨기도 하고, 때로는 걱정과 막연한 희망 속에 잠겨 하룻밤을 세웠다. 그러나 아무리 생각해 보아도 결론은 똑같았다. 즉 무엇보다도 냉정한 태도를 취하고 꾹 참으면서 가족들의 입장을 충분히 고려하여, 현재 자기의 상태로 인해서 필연적으로 일어나는 그들의 여러 가지 불쾌한 기분을 참을 수 있게 해주어야 한다는 것이다.

아직 밝지 않은 새벽녘에 그레고르는 자기가 굳게 마음먹은 결심을 시험해 볼 기회가 생겼다. 거실에서 이미 옷을 다 입은 누이동생이 문을 열고 긴장된 표정으로 방 안을 들여다보았다. 누이동생은 그를 곧 발견하지 못했다. 그러나 소파 밑에 있는 자기를 발견했을 때—아! 어디건 방 안에 있을 수밖에 없지 않는가. 날아서 달아날 수도 없는 노릇이 아닌가—깜짝 놀라 질겁을 하며 어쩔 줄을 모르고 밖에서 다시 문을 닫아 버리고 말았다. 그러나 누이동생은 자기의 태도를 후회한 것처럼 곧 다시 문을 열고 들어왔다. 마치 중환자 집이나 낯선 손님 옆에라도 있듯이, 발꿈치를 들고 사뿐사뿐 들어왔다. 그레고르는 소파 가장자리까지 바짝 머리를 내밀고 누이동생을 쳐다보고 있었다. 자기가 우유를 마시지 않고 그대로 남겨 놓았는데 누이동생은 과연 그것을 눈치 챌 것인가, 그것도 사실은 배고프지 않아서가 아닌데, 더 입에 맞는 다른 음식을 방으로 날라 주면 얼마나 좋을까 하고 생각했다. 누이동생은 자진해서 갖다 줄 것 같지도 않을뿐더러, 동생에게 그렇게 하도록 주의를 주어야 한다면 차라리 그대로 굶어죽는 편이 낫다고 생각했다. 사실은 소파 밑에서 기어 나와 누이동생 발밑에 몸을 던지고 어떤 맛있는 음식이라도 청하고 싶은 생각이 간절했다. 그러나 누이동생은 우유가 주위에 약간 흘러 있을 뿐, 아직 그릇 안에 그대로 남은 걸 보자 몹시 놀란 것 같았다.

누이동생은 곧 그릇을 들어올렸다. 제 손으로가 아니라, 걸레 조각으로 싸 들고 밖으로 나가 버렸다. 그레고르는 그 대신에 무엇을 갖다 주나 하고, 그런 호기심에 끌려서 이것저것 상상해 보았다. 마침내 누이동생이 친절한 마음으로 가지고 온 것을 보았을 때, 그는 누이동생이 무슨 뜻에서 그랬는지 도무지 알 수가 없었다. 누이동생은 오빠가 좋아하는 것을 시험해 보려고 여러 가지 음식을 골라 가지고 와서 그것을 낡은 신문지 위에 펴놨다. 오래되어서 썩어가는 야채가 있는가 하면, 흰 소스가 주위에 말라붙은, 저녁 식사 때 먹다 남긴 뼈도 있었다. 건포도와 아몬드가 몇 알, 이틀 전에 그레고르가 맛이 없다고 한 치즈, 아무것도 바르지 않은 빵 한 조각, 버터 바른 빵, 버터를 바르고 소금을 뿌린 빵, 이밖에 아마도 그레고르 전용으로 정해 놓은 듯한 사발에다 물을 떠다 주었다. 그러고 나서 자기 앞에서는 그레고르가 먹지 않을 것이라는 것을 재빨리 알아차리고 급히 나가 버렸다. 그 다음 자기 마음대로 즐겁게 먹어도 좋다는 것을 그레고르에게 알리기 위해 밖에서 자물쇠까지 채웠다. 식사를 하러 가려고 그레고르의 조그마한 발들이 꿈틀거렸다. 그의 상처는 어느덧 다 나아 버린 것 같았으며, 조금도 불편을 느끼지 않았다. 그것에 대해서 그도 매우 놀랐다. 생각해 보니 한 달도 더 전에 손가락을 칼에 약간 베었는데, 엊그제까지 매우 아팠다. '혹시나 감각이 둔해진 게 아닐까?' 그는 이렇게 생각하고 어느덧 몹시 현기증이 든 것처럼 여러 가지 음식 가운데 우선 그의 입맛을 바짝 당긴 치즈를 먹었다. 연달아 쉴 새 없이 그리고 흐뭇한 나머지 눈물까지 흘리며 치즈, 야채, 소스 등을 차례로 먹어치웠다. 도리어 신선한 음식은 맛이 없었다. 신선한 음식은 냄새조차 맡기 싫었다. 그는 먹고 싶은 것을 약간 옆으로 끌어갔다. 이윽고 먹을 것을 다 먹어치우고 빈둥거리며 그 자리에 누워 있을 때 누이동생이 천천히 열쇠를 돌렸다. 그것은 얌전히 제자리로 돌아가라는 신호였다. 그는 어느덧 스르르 잠이 들었지만, 그 소리에 깜짝 놀라서 다시 소파 밑으로 부랴부랴 기어들어갔다. 누이동생이 방 안에 있기는 잠시 동안이었지만 소파 밑에 들어가 꾹 참고 있으려니까, 그것도 이만저만 힘드는 일이 아니었다. 왜냐하면 음식을 많이 먹고 몸집이 약간 뚱뚱해진 까닭에 비좁은 소파 밑에서는 숨도 제대로 쉴 수 없었기 때문이다. 그가 때로는 숨 막힐 것 같은 답답한 상태에서 쑥 튀어나온 눈으로 보고 있으려니까 아무것도 눈치를 채지 못한 누이동생은 먹다 남은 찌꺼기뿐만 아니라 그레고르가 전혀 손도 대지 않은 음식까지도 마치 더 이상 소용이 없다는 듯이 모조리 쓸어 모았다. 그러고 나서 쓰레기를 재빨리 통 속에 붓더니 나무 뚜껑으로 덮어 들고 방에서 나가 버렸다. 누이동생이 나가자마자, 그레고르는 소파 밑에서 기어 나와 사지를 쭉 뻗고 휘이 하고 숨을 돌렸다.

그레고르는 매일 이렇게 식사를 했다. 한 번은 아침에 부모님과 하녀가 아직 잠을 자고 있을 때, 두 번째는 모두가 점심을 먹은 다음이었다. 왜냐하면 부모님은 점심식사 후에 잠시 낮잠을 자고, 하녀는 누이동생의 심부름으로 장을 보러 밖으로 나가고 없기 때문이었다. 그에게 이런 시간에 식사가 주어지는 것을 보면, 결국 식구들은 그의 식사 때를 피하려고 마음먹었던 것 같다. 물론 집안 식구들은 그레고르를 굶겨 죽이고 싶지는 않겠지만, 아마 그레고르의 식사에 관해서는 누이동생의 말을 통해서 간접적으로 아는 것만으로 충분하다고 생각했던 모양이다. 또 누이동생도 사실 식구들이 진력이 나도록 많은 고생을 하고 있었기 때문에, 가족들에게 아마 슬픔을 덜어 주려고 마음먹었던 까닭일 게다.

첫날 아침에 의사와 자물쇠장수에게 뭐라고 말해 집에서 돌려보냈는지 그레고르는 전혀 알 수 없었다. 왜냐하면 아무도 그레고르의 말을 이해할 수가 없었기 때문에 그레고르 역시 다른 사람들의 말을 이해할 수 없다고 생각했고 그것은 누이동생도 마찬가지였다. 그래서 그는 누이동생이 자기 방에 들어왔을 때에도, 그녀가 가끔 한숨을 쉬거나 성자의 이름을 부르는 소리를 듣는 것으로 만족해야만 했다. 얼마 후 누이동생이 자기를 보살피는 데 약간 익숙해졌을 때—완전히 익숙해지는 것은 바랄 수 없었지만—때때로 친절한 말씨나 또는 친절하다고 해석되는 말을 들을 수 있었다. 그레고르가 식사를 남김없이 다 먹어치웠을 땐 누이동생은 "아! 오늘 식사는 맛이 있었나 봐!" 하고 말했다. 그러나 반대의 경우에는—사실 그럴 때가 잦았지만—언제나 "어머, 또 그대로 남겼네" 하고 쓸쓸한 표정을 지으며 되뇌기가 일쑤였다.

그러나 그레고르는 새로운 소식은 하나도 직접 들을 수가 없었기 때문에 늘 옆방에서 말하는 소리를 엿들었다. 옆방에서 말소리가 들려오기만 하면 그는 곧장 그 방문 옆으로 달려가서 온몸을 문에 바싹 대곤 했다. 처음에는 모든 화제의 중심에 그가 있었다. 이틀 동안은 식사를 할 때마다 어떻게 해야 좋을까 하고 상의하는 소리가 들렸다. 식사와 식사 사이에도 언제나 자기에 대하여 이야기하는 소리가 들렸다. 왜냐하면 사실 누구도 혼자서 집에 남고 싶지 않았고 동시에 어떤 때라도 집을 그대로 비어 둘 수 없어, 적어도 식구 두 사람은 언제나 집에 남아 있었기 때문이다. 하녀는 바로 첫날에—

이 사건에 대해서 무엇을 얼마나 아는지는 확실치 않았지만—곧 내보내 달라고 어머니에게 무릎을 꿇고 애원했다. 15분 뒤에 작별인사를 할 때, 하녀는 내보내 주는 것이 이 집에서 베풀어 준 가장 큰 은혜인 것처럼 눈물을 흘리며 감사의 말을 했다. 그리고 이쪽에서는 아무도 부탁하지 않았는데도 이일을 다른 사람에게 절대로 말하지 않겠다고 엄숙히 맹세했다. 그래서 누이동생은 어머니와 힘을 합쳐서 요리를 만들어야 했다. 그러나 식구들은 누구나 거의 아무것도 먹지 않았기 때문에 그다지 힘이 들지는 않았다. 식구들이 서로 식사를 권하지만 고마워, 많이 먹었어라든가 그와 비슷하게 대답하는 소리를 그레고르는 가끔씩 들을 뿐이었다. 술도 아마 마시지 않는 것 같았다. 때로는 누이동생이 아버지에게 맥주를 들지 않겠느냐고 물으며, 드시면 자기가 직접 가져오겠다고 정답게 말하는 소리가 들렸다. 아버지가 아무 대답도 하지 않고 있으면 누이동생은 아버지의 쓸데없는 염려를 덜어드리려는 생각에선지 "그럼 문지기 할머니를 보낼까요?" 하고 물었다. 그러면 이어서, 아버지가 커다란 목소리로 "안 마신다니까" 하고 엄숙하게 대답을 했다. 그래서 그 이야기는 더 이상 계속되지 않았다.

사건이 일어난 첫날에 벌써 아버지는 어머니와 누이동생에게 모든 재산상태와 앞일에 대해서 설명했다. 때때로 아버지는 탁자 옆에 서서 작은 금고 속에서 증서라든지 장부 같은 것을 꺼내왔다. 그 금고는 5년 전에 사업에 실패하여 파산했을 때 간신히 건져낸 물건이었다. 아버지가 그 복잡한 자물쇠를 열고, 찾는 물건을 끄집어 낸 다음 다시 그걸 닫아 버리는 소리가 들렸다. 이러한 아버지의 설명은 어떤 점에서는 그레고르가 감금생활을 시작한 이래 처음으로 들은 흐뭇한 이야기였다. 그레고르는 아버지의 사업이 파산에 이르렀으니까 아버지에게는 돈이라곤 한 푼도 남지 않았으리라고 생각했다. 적어도 아버지는 그에게 그것과 반대되는 말은 한 번도 한 적이 없었다. 그래서 그레고르도 아버지에게 물어보지 않았다. 그 당시 그레고르의 심적인 고통은 이만저만이 아니었으며, 다만 식구들을 모조리 절망에 빠뜨린 파산의 불행을 가족들이 되도록 빨리 잊도록 온갖 힘을 다했던 것이다. 그래서 그때 그는 맹렬히 일하기 시작하여 순식간에 일개 보잘것없는 점원에서 외판원까지 올라갔다. 외무를 맡아 보면 돈이 들어오는 길이 있었고, 일한 결과가 수수료 형식으로 곧 현금으로 바뀌었다. 그 돈을 집으로 갖고 와서 탁자 위에 늘어놓고 가족들을 깜짝 놀라게도 하고 기쁘게도 하였다. 그때는 남부러울 것이 없었다. 그 후에도 그레고르는 온 가족들의 생활비를 부담할 만한 많은 돈을 벌었고 또 생계를 유지해 나갔지만, 그렇게 찬란한 시절은 다시 돌아오지 않았다. 가족들이나 그레고르나 익숙해져 그것을 예사로 생각해 버렸으니, 가족들은 그저 고마운 마음으로 돈을 받고 그레고르도 기꺼이 돈을 내놓았다. 그러나 처음처럼 특별히 따뜻한 감정은 오고가지 않았다.

그래도 누이동생만은 아직도 그레고르와 가까웠다. 자기와는 달리 누이동생은 음악을 좋아했고, 기특하게도 바이올린을 잘 켰다. 그 누이동생을 다음 해에 음악 학교에 보내려고 은근히 마음먹고 있었다. 물론 많은 비용이 들지만 그것은 걱정도 하지 않았다. 그 비용쯤은 딴 수단으로도 벌어들일 수 있다고 생각했다. 그레고르가 며칠간 집에 머무를 때 누이동생하고 이야기하노라면 종종 음악 학교 이야기가 나왔다. 그러나 그것은 언제나 이루어질 수 없는 아름다운 꿈에 지나지 않았다. 부모는 이러한 순진한 이야기를 듣고 절대로 기뻐하지 않았다. 그러나 그레고르는 그 일에 대해서 신념이 확고했고 크리스마스 이브에는 엄숙히 선언하려고 작정하고 있었다.

문에 꼿꼿이 기대어 서서 이야기 소리에 귀를 기울이는 동안에 지금 자기 처지로서는 아무 소용도 없는 이런 생각들이 주마등처럼 그레고르의 머릿속을 스쳐갔다. 때로는 온몸이 노곤해져서 엿듣고 있기가 힘들어 자기도 모르는 새에 문턱에 머리를 부딪치기도 했는데, 그럴 때면 다시 얼른 문을 꼭 붙들었다. 왜냐하면 그런 일로 야기되는 소리는 아무리 나직해도 곧 옆방에 있는 사람들에게까지 들리게 되면 그들은 일제히 입을 다물어버리기 때문이다. 그리고 "또 무슨 짓을 하는구나" 하고 잠시 후에 아버지가 문 쪽을 향해 분명히 말했다. 그리고 난 다음에야 비로소 끊겨졌던 이야기가 차츰 다시 이어지는 것이었다.

그레고르는 그런 대화를 자세히 들을 수 있었다. 왜냐하면 아버지는 늘 자기의 설명을 되풀이했기 때문이다. 한편으로는 이런 일에 대해서 얘기해 본 것이 벌써 오래전이었고, 다른 한편으로는 어머니가 무슨 말이건 첫 마디에 곧 알아듣지 못했던 까닭이다. 그가 똑똑히 들은 바에 따르면, 모든 불운한 일이 겹쳤음에도 과거의 재산이 아직도 조금 남아 있고, 그동안에 손도 대지 않고 내버려둔 이자가 약간 불어나게 되었다는 사실이다. 그 밖에도 그레고르가 매달 집에 벌어온 돈도 전부 써 버리지는 않았다―그레고르 자신은 불과 이삼 굴덴밖에는 용돈으로 쓰지 않았기 때문이다―그래서 조그마한 밑천이 생겼던 것이다. 문 뒤에서 그레고르는 머리를 끄덕이며 열심히 듣고 있었다. 그리고 기대하지 않았던 이런 신중한 태도와 애써 절약하려는 마음씨가 기뻤다. 사실 이렇게 여분으로 남겨 놓은 돈이 있었다면 사장에게 빌린 아버지의 빚을 대뜸 갚아 버렸을 것이다. 그렇게 되었다면 그는 벌써 그러한 직장에서 발을 뺄 수 있었을지도 모른다. 그러나 이렇게 되고 보니 아버지의 처사가 집안의 행복을 위해서 훨씬 나았다는 것은 의심할 여지가 없었다.

하지만 돈을 모아 두었다고 해도 그 이자로 가족을 먹여 살리기에는 너무나 보잘것없는 금액이었다. 아마 1년, 오래 간대야 2년이나 살아나갈까, 그 이상 버티기는 어려웠다. 즉 그 돈은 애당초 손을 대서는 안 되고 만일의 경우를 생각해서 남겨 놓아야 할 정도의 금액에 지나지 않았다. 그래서 생활비만은 꼬박꼬박 벌어야 했다. 사실 아버지는 몸은 건강하지만 이미 늙어서 5년 동안이나 아무 일도 하지 못했고, 게다가 생활에 그리 자신이 있는 것도 아니었다. 아버지는 지난날 동안 고생만 하고 보람 없이 지내왔는데, 그는 평생 처음 얻은 이 5년간의 휴가 동안에 몹시 뚱뚱해지고 동작도 매우 둔해졌다. 그러면 늙은 어머니라도 돈을 벌어야 할 텐데, 그녀도 나이가 많은 데다 천식을 앓고 있기 때문에 뜻대로 되지 않았다. 어머니는 집안을 잠시만 돌아다녀도 힘이 들어 이틀에 한 번은 으레 숨쉬기가 곤란해서 창문을 열어 놓고 그 옆에 있는 소파 위에서 지내는 형편이었다. 그러니 누이동생이 돈벌이를 해야 할 텐데, 그녀는 아직 열일곱 살 먹은 처녀니까 전적으로 그녀에게 기댈 수는 없는 노릇이었다. 그녀가 이제까지 해온 생활이란 옷이나 깨끗이 입고 잠이나 실컷 자고 집안일이나 도와주고, 때로는 값싼 구경이나 하러 다니고, 무엇보다도 바이올린이나 켜며 지내는 게 고작이었으므로 그녀도 돈벌기는 틀렸다. 옆방에서 돈이 필요하다는 이야기가 나올 때마다 그레고르는 문 옆을 떠나서 창 옆에 있는 차디찬 가죽소파 위에 몸을 던졌다. 너무나 부끄럽고 서글퍼서 몸이 후끈 달았기 때문이다.

그는 밤새도록 소파 위에 누워서 잠을 이루지 못하고 오랫동안 가죽만 쥐어뜯을 때가 종종 있었다. 때로는 힘드는 줄도 모르고 의자 하나를 창가로 밀어다 놓은 다음 창턱에 기어올라 의자에 몸을 버티고 창에 기대어, 전에 그가 창을 내다보며 느꼈던 해방감을 되씹어 보기도 했다. 날마다 그렇게 바라보노라면 조금만 떨어져 있는 물건들도 점점 희미하게 보였기 때문이다. 전에는 아침저녁으로 보이던 맞은편 병원을 끔찍이 싫어했지만, 그것도 이제는 조금도 보이지 않았다. 그리고 만일 그가 한적하기는 하지만 어디까지나 도회지 같은 샬롯텐 거리에 살고 있다는 사실을 확실히 알지 못했더라면, 회색 하늘과 회색 대지가 서로 합쳐져서 지평선이 분간되지 않는 광야를 창에서 내다보고 있다고 생각했을지도 모를 일이었다.

무슨 일에나 세심한 누이동생은 의자가 창가에 있는 것을 단지 두 번밖에는 발견하지 못했으면서도, 방을 치우고 나면 번번이 의자를 창가에 밀어놓고, 게다가 그때부터는 안쪽 창문까지도 열어 놓곤 했다.

그레고르는 누이동생과 말을 할 수 있다면, 자기를 위해서 해주는 모든 일에 대해서 누이동생에게 감사를 할 수만 있다면, 그녀의 봉사를 훨씬 편한 마음으로 받아들일 수 있을 것 같았다. 그러나 그렇지 못했기 때문에 그레고르는 몹시 고민했다. 물론 누이동생은 될 수 있으면 여러 가지 불쾌한 기분을 씻어 버리려고 애썼다. 시간이 갈수록 누이동생은 점점 일을 잘 처리했다. 그리고 그레고르도 역시 시간이 지남에 따라서 모든 일을 훨씬 정확히 관찰하게 되었다. 이제 누이동생이 들어오기만 해도 그는 소름이 쫙 끼쳤다. 그전 같으면 그레고르의 방을 아무에게도 보이지 않으려고 온갖 주의를 다하던 누이동생이 이제는 방 안에 들어서자마자 문을 닫을 겨를도 없이 곧장 창가로 뛰어가서 마치 숨이라도 막힌다는 듯이 성급히 창문을 열어젖히고, 설사 아무리 추운 날이라 할지라도 창가에 서서 심호흡을 하는 것이었다. 이처럼 뛰어다니며 수선과 소란을 떠는 누이동생은 하루에 두 번씩 그레고르를 놀라게 했다. 누이동생이 방 안에 있는 동안 그는 계속해서 소파 밑에서 떨었다. 물론 자기가 거처하는 이 방 안에서 창문을 닫은 채 일할 수만 있다면 누이동생도 자기를 이런 일로 괴롭히지 않으리란 사실을 그도 이해하고 있었다.

그레고르가 변신한 지 벌써 한 달이 지난 어느 날이었다. 이미 누이동생은 그레고르의 모습을 보고 놀랄 아무런 이유도 없었다. 그러던 어느 날 누이동생이 다른 때보다도 일찍 들어왔다가, 꼼짝하지 않고 창 밖을 내다보던 그레고르와 마주치고 말았다. 그레고르는 자기가 창가에 서 있어서 창문을 여는 데 방해가 되니까 설사 누이동생이 방 안에 들어오지 않았다 하더라도 이상하게 여기지 않았다. 그러나 누이동생은 들어오지 않았을 뿐더러 뒤로 물러서며 문까지 닫았다. 모르는 사람은 아마 그레고르가 누이동생을 기다리고 있다가 물어뜯으려고 했다고 생각했을지도 모른다. 물론 그레고르는 곧 소파 밑에 숨어 버렸다.

그러나 누이동생은 아무리 기다려도 점심때까지 나타나지 않았다. 그리고 누이동생은 점심때에도 다른 때보다 훨씬 불안스러운 듯이 보였다. 그레고르의 추한 꼴을 본다는 것은 누이동생으로서는 여전히 참을 수 없는 일이며 앞으로도 그럴 것임을 누이동생의 태도를 보고 짐작할 수 있었다. 소파 밑에 불쑥 나와 있는 자기 몸뚱이의 일부를 힐끗 보고도 도망치지 않는 것은 누이동생이 어지간히 참고 있는 것이라고 그는 생각했다. 누이동생에게 이러한 자기 모습을 보여 주지 않으려고 그는 어느 날 자기 등에다가—이 일에 네 시간이나 걸렸다—아마포 홑이불을 지고 소파 위에 날라다 놓은 다음, 자기 몸을 다 가릴 수 있도록 홑이불을 정돈하였다. 그리하여 누이동생이 아무리 몸을 굽히고 들여다본다 해도 보이지 않도록 꾸며 놓았다. 만일 홑이불을 뒤집어쓰는 것이 쓸데없는 일이라고 생각되면 그때 누이동생은 걷어치울 수도 있을 것이다. 왜냐하면 그레고르가 재미 삼아 몸을 숨기는 것이 아니라는 사실쯤은 누이동생도 잘 알기 때문이다. 누이동생은 홑이불을 그냥 내버려두었다. 언젠가 그레고르가 누이동생이 이 새로운 설비를 어떻게 생각하나 살펴보려고 머리로 홑이불을 약간 들치고 보았을 때, 누이동생은 감사의 뜻이 어린 눈초리로 힐끗 자기를 쳐다보는 것처럼 느껴졌다.

처음 두 주일 동안은 부모도 감히 그의 방에 들어오질 못했다. 그러나 이제는 부모가 누이동생이 지금 하는 일을 매우 칭찬하는 것을 종종 들었다. 이제까지 그들은 누이동생을 쓸데없는 계집이라고 생각했으며 그 애에게 화만 냈던 것이다. 그러나 이제는 누이동생이 그레고르의 방 안에서 청소를 하면 아버지와 어머니는 방 앞에서 기다리고 있었다. 누이동생은 방에서 나오기만 하면 방 안이 어떻게 되어 있는가, 그레고르가 무엇을 먹었는가, 이번에는 거동이 어떻던가, 다소 나아가는 징조가 보이던가, 그런 점에 대해서 부모님께 자세히 설명해야만 했다. 그래서 어머니는 머지않아서 그레고르를 방문하려고 했으나, 아버지와 누이동생은 만류했다. 그 이유를 그레고르는 조심해서 듣고 자기도 그것이 지당하다고 생각했다. 그러나 어머니가 끝내 고집을 부리자 나중에 그들은 어머니를 억지로 붙들었다. 그러면 어머니는 큰 소리로 외쳤다. "그레고르에게 가게 해줘요. 뭐니 뭐니 해도 그는 내 불행한 아들이에요. 도대체 가봐야 된다는 것을 왜 알아주지 못하나요." 그럴 때 그레고르는 물론 매일이 아니고 일주일에 한 번만이라도 어머니가 들어와 주었으면 정말 좋겠다고 생각했다. 뭐니 뭐니 해도 어머니는 누이동생보다도 모든 일을 훨씬 더 잘 이해하고 있다. 누이동생은 확실히 대담하긴 하지만 아직도 어린애니까 아마도 어린애처럼 가벼운 기분으로 이런 힘든 일을 맡게 되었을 것이다.

어머니를 보고 싶은 그레고르의 소원은 곧 이루어졌다. 낮에는 부모님을 염려해서 창가에 나타나지 않았다. 그러나 이삼 제곱미터밖에 안 되는 방바닥을 기어 다녀 봤자 별수 없었고, 가만히 누워 있자니 밤 사이만 하더라도 괴로움을 느낄 정도였다. 식사에 대해서도 흥미를 잃어버렸기 때문에 그는 끊임없이 벽이나 천장을 가로 세로 위 아래로 기어 다니면서 기분을 전환시켜 보려고 애썼다. 특히 천장에 매달리기를 좋아했다. 방바닥에 누워 있는 것과는 전혀 다른 기분이었다. 숨도 자유로 쉴 수 있고 가벼운 진동이 온몸에 퍼졌다. 때로 그는 천장에 매달려 매우 흐뭇한 기분으로 방심 상태에 빠져 있다가 그만 발을 떼 방바닥에 철썩 떨어져 스스로 깜짝 놀라는 일도 있었다. 그러나 이제는 전과 달리 자유자재로 움직였기 때문에 이처럼 높은 곳에서 떨어져도 다치는 일은 없었다. 누이동생은 그레고르가 혼자서 고안한 이 새로운 취미를 곧 알아챘다—그는 기어 다닐 때 여기저기 찐득찐득한 점액의 발자국을 남겨 놓았다—그래서 누이동생은 그레고르가 될 수 있는 한 넓은 데서 기어 다니도록 방해가 되는 가구들을, 무엇보다 우선 옷장과 책상을 치워버리려고 마음먹었다. 그러나 이런 일을 혼자서 할 수는 없었다. 아버지에게는 감히 도와 달라고 청할 수도 없었고 또 하녀도 자기를 도와 줄 것 같지 않았다. 열여섯 살인 이 하녀는 사실 전의 하녀가 나간 뒤로는 모든 일을 도맡아서 끈기 있게 참아 왔던 것이다. 그녀는 부엌은 꼭 잠가 두고 있었는데 다만 특별한 용무로 주인이 부를 때만 문을 열겠다고 미리 허가를 받아놓았기 때문이다. 그래서 아버지가 안 계실 때 어머니를 불러오는 수밖에 딴 도리가 없었다.

어머니는 기뻐서 어쩔 줄 모르며 떠들면서 달려왔다. 그러나 그레고르의 방 앞에서 목소리가 뚝 그쳤다. 물론 누이동생은 방 안에 있는 모든 것이 제대로 정돈되어 있는가 살펴보고 나서 비로소 어머니를 안내했다. 그레고르는 부랴부랴 홑이불을 깊숙이 뒤집어쓰고 더 심하게 주름을 잡았기 때문에 사실 그 홑이불 전체가 단지 우연히 소파 위에 던져진 것처럼 보였다. 그레고르는 이번에도 홑이불 밑에서 내다보고 싶은 충동을 꾹 참았다. 어머니의 얼굴이 보고 싶었으나, 그만 단념하고 말았다. 그저 어머니가 와준 것만도 기쁠 따름이었다. "들어오세요. 오빠는 보이지 않아요." 누이동생이 이렇게 말했다. 분명히 어머니의 손을 잡아 끌어들이는 모양이었다. 연약한 여자 둘이 그 무거운 옷장을 이제까지 놓였던 자리에서 밀어 옮기는 소리가 들렸다. 누이동생이 거의 절반 가까이 일을 도맡아 보았기 때문에 너무 무리해서는 안 된다고 어머니는 염려되는 듯이 몇 번이나 주의를 주었지만, 누이동생은 끝내 듣지 않는 것 같았다. 매우 오랜 시간이 걸렸다. 15분이나 작업을 계속하고 나서 어머니가 말했다. "이 옷장은 역시 여기에 그대로 남겨 두는 것이 좋겠다. 우선 너무 무거워서 아버지가 돌아오시기 전에는 일을 끝낼 수 없을 것 같구나. 그리고 이 옷장을 방 한가운데 놓아두면 그레고르가 다니는 데 거치적거려서 방해가 될 것이고, 또 가구들을 죄다 치워 버렸다고 해서 과연 그레고르가 좋아할는지 어떨지, 확실히 모르지 않니. 차라리 그전대로 놓아두는 편이 좋을 것 같다. 옷장을 치우고 텅 빈 벽을 보니, 어쩐지 마음이 허전해서 못 견디겠어. 그리고 그레고르도 그렇게 오랫동안 이러한 가구들에 정이 들었을 테니, 방 안이 텅 비게 되면 틀림없이 쓸쓸한 느낌이 들 거야. 그러니 이래서는 안 되겠어." 어머니는 속삭이듯 나직한 목소리로 말했다. 그레고르가 어디 숨어 있는지 모르지만 그에게 자기 목소리가 들리지나 않을까 염려되는 것처럼. 어머니는 그레고르가 설마 사람 목소리를 알아들을 수 있으리라고는 꿈에도 생각지 못하는 듯했다. "그렇게 가구를 치워 버리면 우리는 그 애의 병세가 나아진다는 것을 완전히 단념하고, 그 애를 돌봐주지도 않고 혼자 내버려두는 셈이 되지 않니? 방은 전처럼 놓아두는 것이 가장 좋을 성싶은데 네 생각은 어떠냐? 그레고르가 병이 다 나아서 사람으로 되돌아왔을 때 방 안이 전과 똑같으면 그동안의 일을 잊기가 훨씬 쉬울 것이 아니냐."

그레고르는 이러한 어머니의 말을 들었을 때, 자기가 직접 사람의 말을 하지 못하며 가족들 사이에서 단순하고 지루한 생활에 얽매여 두 달이 지나는 동안에 틀림없이, 머리가 돌았다는 것을 깨달았다. 왜냐하면 방이 비기를 진심으로 바란다는 것은 머리가 돌았다고 설명할 수밖에는 다른 도리가 없었기 때문이다. 가구를 모조리 치워 버린 방이면 물론 자유롭게 사방으로 기어 다닐 수는 있지만 그와 동시에 곧 인간으로서의 자기의 과거를 완전히 잊어 버리게 될 것이다. 대대로 물려받은 가구가 기분 좋게 놓인 아득한 방을 동굴로 변하게 하려는 생각이 난단 말인가? 사실 이미 자기의 과거는 거의 잊어버리게 되지 않았는가? 다만 오랫동안 듣지 못했던 어머니의 목소리가 그의 마음을 뒤흔든 것이 아닌가. 역시 하나도 치워선 안 되겠다. 전부 그대로 두어야겠다. 그러한 가구가 현재 자기 상태에 미치는 좋은 영향을 없애서는 안 되겠다. 그리고 가구가 있기 때문에 쓸데없이 기어 다니는 데 방해가 된다고 하더라도, 결국 그것은 자기에게 이익은 될망정 해는 되지 않을 것이다.

그러나 누이동생의 생각이 그렇지 않으니 섭섭했다. 그레고르의 문제가 논의될 때 누이동생은 으레 소식통으로 간주되었으며, 특히 그의 사정을 아는 데는 부모들보다 훨씬 나았던 것이다. 누이동생이 그렇게 자부한 것도 이유가 없는 것은 아니었다. 그래서 누이동생이 처음에는 옷장과 책상만 치워 버리려고 생각했던 것이, 어머니의 그러한 충고를 듣고서, 그것뿐만이 아니라 없어서는 안 되는 소파 만을 제외한 나머지 가구를 모조리 치워 버리자고 고집을 부리는 데 충분한 근거가 되었다. 누이동생이 이렇게 요구하고 주장을 내세우게 된 것은 물론 어린아이다운 반항심이나, 요즈음 어려운 가운데 자기도 모르게 몸에 밴 자부심 탓만은 아니었다. 누이동생은 그레고르가 기어 다니려면 넓은 장소가 필요하고, 그와 반대로 누가 보더라도 명백한 것처럼, 가구들은 전혀 소용도 없다는 사실을 정말로 잘 알고 있었다. 아마도 그 나이의 처녀들이 휩싸일 수 있는 맹목적인 열성도 크게 작용했을 것이다. 그러한 열성은 기회가 있을 때마다 만족을 찾는 법이다. 그래서 이번에도 그레테를 유혹해 이제까지보다 더 그레고르에게 봉사한답시고 그레고르의 처지를 한층 비참하게 만들려는 것이었다. 왜냐하면 텅 빈 방에 그레고르만이 혼자 있다면 그레테 이외에는 감히 그곳에 들어오려는 사람이 없을 것이기 때문이었다.

그래서 누이동생은 어머니의 충고로 자기의 결심을 번복하려고 하지 않았다. 어머니는 이 방에 있는 것만으로도 어쩐지 불안스럽게 보였다. 어머니는 곧 입을 다물고 아무 말도 하지 않더니, 옷장을 밖으로 내놓으려는 누이동생을 도와주었다.

그런데 부득이하다면 옷장은 없어도 그냥 지낼 수 있지만 책상만은 남겨두어야 했다. 그리하여 여자 두 사람이 헐떡이며 옷장을 밀고 밖으로 나가자마자, 그레고르는 소파 밑에서 머리를 내밀었다. 그리고 어떻게 하면 자기가 신중하게, 될 수 있는 대로 조심스레 일에 간섭할 수 있을까 생각하면서 주위를 살펴보았다. 그러나 불행히도 어머니가 먼저 방으로 돌아왔다. 그레테는 아직도 옆방에서 옷장에 매달려서 혼자 이리저리 흔들고 있었다. 물론 그렇다고 옷장을 제자리에서 움직이지도 못했다. 그러나 어머니는 그레고르의 모습을 눈여겨본 일이 없었기 때문에, 어쩌면 기절해 까무러칠지도 몰랐다. 그래서 당황한 나머지 그레고르는 재빨리 소파의 다른 쪽 모퉁이로 뒷걸음질쳤으나, 그때 홑이불 앞쪽이 약간 움직인 것은 어쩔 수 없는 노릇이었다. 그것만으로도 어머니의 주위를 돌리기에는 충분했다. 어머니는 그걸 보고서 멈칫하더니, 순간적으로 가만히 서 있다가 갈피를 못 잡고 있는 그레테에게로 되돌아갔다.

그레고르는, 별다른 일이 생긴 것도 아니고 단지 두서너 개의 가구를 옮길 뿐이라고 몇 번이고 자기 자신을 타일렀다. 그런데도 불구하고 여자들이 드나드는 소리와 나직하게 부르는 소리, 마룻바닥에서 가구가 찍찍 끌리는 소리가 섞여들려—곧 그레고르 자신도 인정해야만 했던 것처럼—그는 마치 사방에서 밀어닥쳐오는 커다란 소동과 같은 무서운 인상을 받았다. 이윽고 그는 될 수 있는 대로 머리와 발을 움츠리고 몸을 마룻바닥에 꼭 대고 있었으나, 더 이상은 참을 수 없어 혼자서 비명을 지를 수밖에 없었다. 그들은 자기가 좋아하는 모든 것을 빼앗아가고 있었다. 수공용 실톱과 그 밖의 모든 도구들이 들어 있는 옷장은 벌써 밖으로 내놓았다. 다음으로 그들은 이미 마룻바닥에 꼭 박혀 있는 책상을 흔들고 있었다—그는 그 책상에서 상과 대학생으로서, 중학생으로서, 아마 그보다 훨씬 전에는 초등학교 어린이로서 숙제를 한 일이 있었다—사태가 이쯤 되고 보니, 이미 그로서는 두 여자들의 좋은 의도를 시험해 볼 만한 여유조차 없었다. 사실 그들이 그 자리에 있는 것조차 잊어버리고 있었다. 이미 지칠 대로 지친 두 여자는 아무 말도 없이 일에만 열중하고 있었기 때문에, 그들이 무겁게 발을 구르는 소리만 들릴 뿐이었다.

그는 후딱 소파 밖으로 기어 나왔다—어머니와 누이동생은 숨을 돌리기 위해서 마침 옆방 책상에 기대고 있었다—우선 어디로 갈까 망설이면서 네 번이나 기어가는 방향을 바꿨다. 사실 무엇을 먼저 남겨 놓아야 할지 자기도 분간할 수 없었다. 그때 이미 텅 빈 벽에, 온통 털가죽으로 몸을 싼 뚱뚱한 여인의 그림이 하나 걸려 있는 것이 유난히 눈에 띄었다. 그는 재빨리 기어 올라가서 유리 위에 몸을 붙였다. 유리에 몸을 꼭 닿았기 때문에, 후끈거리던 배가 시원해서 기분이 좋았다. 그레고르가 온몸으로 가리고 있는 이 그림만은 적어도 아무에게도 빼앗기고 싶지 않았다. 그는 여자들이 돌아오는 것을 살피기 위해서, 거실로 통하는 응접실 문 쪽으로 머리를 돌렸다.

그들은 오래 쉬지도 않고 곧 다시 돌아왔다. 그레테가 거의 꼭 껴안듯이 어머니의 몸에 한쪽 팔을 감고 있었다. "자, 그러면 이번엔 무엇을 치울까요?" 그레테는 이렇게 말하고 두리번거렸다. 그때 그레테의 시선과 벽에 붙어 있는 그레고르의 시선이 마주쳤다. 아마도 누이동생은 어머니가 바로 옆에 있었기 때문에 자신을 억누르려고 애쓰는 모양이었다. 어머니가 주위를 돌아다볼 수 없도록 고개를 어머니에게로 수그리고 온몸을 떨면서 분별도 없이 말했다. "가요, 잠깐 동안만 거실로 돌아가죠." 그레테의 의도는 그레고르도 잘 알았다. 어머니를 안전하게 모셔 놓고 그 다음에 자기를 벽에서 쫓아내려고 하는 것이다. 어디 할 수 있으면 마음대로 해보라지! 그는 그림 위에 달라붙은 채, 그림을 내주지 않았다. 그림을 내줄 테면 차라리 그레테의 얼굴에 뛰어내리려고 했다. 그러나 그레테의 말은 도리어 어머니의 마음을 불안하게 했다. 어머니는 옆으로 걸음을 옮기더니 꽃무늬 벽지 위의 커다랗고 누런 반점을 발견하자, 그것이 그레고르라는 것을 확실히 깨닫기도 전에 거칠고 날카로운 목소리로 외쳤다. "아이고머니! 아이고머니!" 두 팔만을 쫙 벌리고 절망한 듯이, 소파 위에 쓰러지더니 그만 꼼짝달싹도 못했다. "어머나, 오빠!" 누이동생은 주먹을 휘두르며 날카로운 눈초리로 쏘아보면서 이렇게 외쳤다. 이 말은 그가 변신된 이래 누이동생이 직접 그에게 건넨 첫마디였다. 누이동생은 어머니의 정신을 차리게 할 수 있는 각성제를 찾으려고 옆방으로 뛰어갔다. 그레고르도 도와주고 싶었다—그림은 아직 구해낼 수 있었다—그러나 그는 유리에 착 붙어 있었기 때문에 억지로라도 몸을 떨어지게 해야 했다. 그러고 나서 자기도 옆방으로 달려 기어갔다. 예전과 같이 누이동생에게 어떤 충고를 해줄 수 있을 것 같았다. 그러나 막상 당하고 보니 충고는커녕 누이동생 뒤에 우두커니 서 있을 수밖에 없었다. 누이동생은 여러 가지 병 속을 휘젓고 있다가 한번 뒤를 돌아다보고는 깜짝 놀랐다. 병 하나가 마루에 떨어져서 산산이 부서지고 말았다. 깨어진 조각 하나가 그레고르의 얼굴에 상처를 입혔다. 어떤 부식제 같은 약물이 그의 몸에 흘러내렸다. 그레테는 이번엔 조금도 우물쭈물하지 않고 될 수 있는 대로 여러 개의 약병을 손에 들고 어머니에게로 뛰어 들어갔다. 그리고는 문을 발로 탕 하고 닫았다. 그레고르는 어머니에게서 차단된 것이다. 어머니는 아마 그레고르의 잘못으로 빈사상태에 빠진 것 같았다. 그래서 문을 열어서는 안 되며 누이동생은 어머니 옆에 붙어 있어야만 할 터였다. 자기가 들어감으로써 누이동생을 쫓아내고 싶지는 않았다. 그대로 기다리는 수밖에 다른 도리가 없었다. 그는 가책과 근심을 이기지 못하여 이리저리 기어 다니기 시작했다. 벽과 가구와 천장을 여지저기 기어 다녔다. 어느덧 방 전체가 자기 주위에서 빙글빙글 돌기 시작함을 느끼고는, 절망한 나머지 드디어 큰 책상 위에 보기 좋게 떨어지고 말았다.

　잠시 동안 시간이 흘렀다. 그레고르는 힘없이 누워 있었다. 주위는 고요했다. 아마도 좋은 징조일 것이다. 그때 초인종이 울렸다. 물론 하녀는 부엌에 틀어박혀 있었기 때문에 그레테가 문을 열러 나가야했다. 아버지가 돌아온 것이다. "무슨 일이 있었니?" 이것이 그의 첫마디였다. 그레테의 표정을 보고 모든 것을 알아챈 모양이었다. 그레테는 아버지 가슴에 얼굴을 파묻고 어물어물 이렇게 대답했다. "어머니가 기절하셨어요. 그러나 이젠 괜찮아요. 글쎄 그레고르가 기어 나왔지 뭐예요." "내 그럴 줄 알았다." 아버지가 말했다. "내가 늘 말하지 않더냐, 그래도 어머니와 너는 통 들으려 하지 않으니 이 꼴이지." 그레고르는 아버지가 그레테의 너무나 간단한 보고로 나쁜 인상을 받아 그레고르가 어떤 난폭한 짓을 저질렀다고 오해했다는 사실을 확실히 알아차릴 수 있었다. 그래서 그레고르는 우선 아버지의 마음을 가라앉히려고 시도해 보기로 했다. 아버지에게 사정을 설명할 시간 여유뿐만이 아니라 그런 가능성조차 없었기 때문이다. 그래서 그는 자기 방문 옆으로 재빨리 달려가서 문에다 몸을 바싹 붙이고 기댔다. 그렇게 함으로써 아버지는 현관방에서 여기로 들어오자마자 그레고르가 자기 방으로 곧 돌아가려는 착한 생각을 하니 그를 쫓아 보낼 필요도 없으며, 단지 문을 열어 주기만 하면 자기 방으로 사라져 버릴 것이라는 사실을 쉽사리 알아차리리라고, 그렇게 생각했던 것이다.

그러나 아버지는 이러한 미묘한 생각을 이해할 수 있는 기분이 아니었다. 아버지는 방 안으로 들어서자마자, 격분한 것 같으면서도 기뻐하는 것 같은 목소리로 "아!" 하고 외쳤다. 그레고르는 머리를 문에서 돌려 아버지를 쳐다보았다. 지금 자기 앞에 서 있는 그러한 모습의 아버지는 이제껏 상상조차 해본 적이 없었다. 특히 최근에 와서는 이리저리 기어 다니기에 정신이 팔려서 전처럼 집안에서 일어나는 사건에 대해서 관심을 기울이는 것을 게을리 하고 있었다. 사실 전과 다른 사정에 부닥쳐도 그리 당황하거나 놀라지는 않았을 것이다. 그런데도 불구하고 아버지가 지금 웬일일까? 전에 그레고르가 상점으로 여행을 떠날 때 피로해서 침대에 푹 파묻혀 누워 있던 바로 그 아버지란 말인가? 또 그가 저녁에 돌아올 때면 잠옷을 입은 채 안락의자에 앉아서 자기를 맞아 주던 바로 그 아버지란 말인가? 그때 아버지는 잘 일어서지도 못하고, 반갑다는 표시로 두 팔만 쳐들고 맞아 주었었다. 1년에 두서너 번 일요일이나 큰 축제날에 어쩌다가 가족들과 함께 산책을 할 때, 그렇잖아도 걸음이 느린 그는 그레고르와 어머니 사이에 끼어 그보다 더 느린 속도로 걸음을 옮겼었다. 그때 그는 낡은 외투를 몸에다 두르고 언제나 조심스럽게 지팡이를 짚으며 걸어갔고, 무슨 말이라도 하려면 언제나 걸음을 멈추고 함께 따라가는 가족들을 자기 가까이 불러 모았다. 그 아버지가 바로 이분이란 말인가? 아버지는, 지금 꼿꼿이 바로 서 있었다. 마침 은행 수위들이 입고 있는 옷처럼, 노란 금단추가 달린 팽팽한 파란 빛깔의 정복을 입고 있었다. 윗도리의 높고 빳빳한 칼라 위에는 불룩하게 두 겹으로 군턱이 생겨 있었다. 총총하고 짙은 눈썹 밑에는 까만 눈동자가 생기 있고 조심스럽게 빛났다. 전에는 거칠고 더부룩했던 흰 머리칼이 단정하게 가르마를 타서 빗어 내린 듯 머리에 착 붙어 번지르르하게 빛을 내고 있었다. 아버지는 제모를 내던졌다. 제모에는 노란 금실로 큰 글자가 수놓아져 있었는데 은행 마크임에 틀림없었다. 제모는 방 안에서 아치형의 곡선을 그으면서 소파 위에 떨어졌다. 아버지는 기다란 제복 웃옷의 옷자락을 활짝 뒤로 젖히고 두 손을 바지 호주머니에 넣은 채 못마땅한 듯이 인상을 찌푸리면서 그레고르를 향해서 걸어왔다. 어떻게 하려는지 자신도 모른 채 아버지가 여느 때와는 달리 발을 번쩍 쳐들며 걸어오자, 그레고르는 넓은 장화바닥을 보고 깜짝 놀랐다. 그레고르는 가만히 있지 않았다. 그는 새로운 생활이 시작된 첫날부터 아버지가 자기에 대해서 아주 엄격하게 대하는 것만이 적당하다고 생각하고 있음을 잘 알고 있었다. 그래서 아버지가 서면 그도 멈추고 아버지가 움직이는 기색이 보이면 그도 앞으로 피해 달아났다. 이렇게 그들은 별다른 소동도 일으키지 않은 채 벌써 몇 번이나 방 안을 빙빙 돌아다녔다. 동작이 느렸기 때문에 겉으로는 별로 추격하는 것처럼 보이지도 않았다. 만일 벽이나 천장으로 도망을 치면, 특별한 악의에서 그런 행동을 했다고 아버지에게 오해받을까 두려워서 그는 잠시 마룻바닥에 머물러 있기로 했다. 어쨌든 그레고르는 이렇게 기어 다니는 게 오래 계속되지는 못하리라고 생각했다. 아버지가 한 발짝 옮겨 놓는 동안에 자기는 무수한 운동을 해야만 되었기 때문이다. 이미 벌써 숨이 가쁜 것을 느낄 정도였다. 변신되기 전에 사람으로서도 그는 폐가 튼튼하지 못했기 때문에 어느덧 숨이 찬 것도 무리가 아니었다. 그는 이렇게 기어 다니려고 안간힘을 다해서 비틀거리는 동안에 눈도 제대로 뜨지 못할 지경이 되었다. 멍하니 머리가 흐려져서, 이제는 마룻바닥을 기어서 도망치는 것밖에는 다른 도리가 없을 것 같았다. 자유롭게 벽을 기어 올라갈 수도 있었지만 그것조차 잊어버리고 있었다. 지난날 이 방의 벽들은 온통 톱니 모양과 뾰족한 장식으로 가득 찬 세밀하게 조각된 가구들로 막혀 있었던 것이다. 그때 그의 바로 옆에 무엇인지가 가볍게 던져져 그의 앞으로 굴러왔다. 사과였다. 곧 두 번째 사과가 날아왔다. 그레고르는 겁에 질린 나머지 그만 그 자리에 발을 멈췄다. 앞으로 달아나도 소용이 없었다. 아버지가 사과로 자기를 때리려고 결심했기 때문이다. 아버지는 찬장 위에 있는 과일 접시에서 사과를 집어서 호주머니에 가득히 채우고 처음에는 겨누지도 않고 사과를 연달아 던졌다. 이 조그마한 빨간 사과들은 마치 전기장치처럼 마루 위를 대굴대굴 굴러다니며, 서로 부딪치기도 했다. 살짝 던진 사과 하나가 그레고르의 등을 스쳤지만, 다치지는 않고 빗나갔다. 그러나 다음에 날아온 사과가 그레고르의 등을 바로 맞히고 말았다. 뜻밖에 받은 심한 고통을 자리를 옮김으로써 가시게 할 수 있으리란 듯이 그레고르는 천천히 앞으로 몸을 밀고 나가려고 했다. 그러나 그는 꼼짝달싹 못하게 못 박힌 것처럼 느껴지고 온 감각이 산란해져 그 자리에 뻗어 버렸다. 단지 마지막 시선으로 간신히 그는 자기 방의 문이 화닥닥 열리며 비명을 올리는 누이동생 앞으로 어머니가 속옷 바람으로 뛰어나오는 것을 볼 수 있었다. 누이동생은 어머니가 기절했을 때, 숨 쉬기 좋게 하기 위해서 어머니의 옷을 벗겨 놓았던 것이다. 어머니는 아버지에게로 달려갔다. 그 도중에 풀어놓았던 치마들이 하나씩 연달아 마룻바닥에 흘러내렸다. 어머니는 비틀거리며 흘러내린 치마와 속옷을 밟고 넘어 아버지에게로 달려가더니 꼭 껴안고—그때 그레고르의 시력은 말을 듣지 않았기 때문에 그 이상 쳐다볼 수도 없었다—아버지의 뒤통수에 손을 대며 그레고르의 목숨을 살려달라고 애원하는 것이었다.

3

그레고르가 한 달 이상이나 고생한 이 증상 때문에—아무도 꺼내 주지 않았기 때문에 사과가 등살 속에 박힌 채 그 사건이 남긴 두드러진 선물로서 남아 있었다—그레고르가 현재 아무리 비참하고 징그러운 모습일지라도 어디까지나 가족의 한 사람임에 틀림없으므로 그를 원수처럼 대해선 안 될 뿐만 아니라, 그에 대한 불쾌한 감정이라도 꾹 삼켜 버리고 무조건 참는 것이 가족으로서 당연한 의무라고 아버지까지도 뼈저리게 반성한 것 같았다.

아무리 그레고르가 부상으로 영원히 활동력을 잃어버리고 얼마 동안은 자기 방을 건너가는데도 늙은 상이군인처럼 오랜 시간이 걸린다고 해도—하물며 높이 기어 올라가는 것은 상상조차 못할 일이었다—그는 자기의 상태가 악화된 반면에 충분히 만족할 만한 보상을 받게 된 셈이다. 매일 저녁이 되면 거실로 통하는 문이 열렸던 것이다. 그레고르는 한 시간이나 두 시간 전부터 언제나 그 문을 노려보고 있었다. 그레고르가 어두운 자기 방에 누워서—거실에서 이쪽은 잘 보이지 않았다—환히 비치는 탁자 주위에 둘러앉아 있는 가족들을 바라보면서 그들의 이야기를 듣는 것이 전보다는 아주 다르게, 어느 정도 공공연하게 묵인되어 있었다.

물론 그전에 그레고르가 어느 작은 호텔방에서 지칠 대로 지친 피로한 몸으로 축축한 침대의 이부자리 속에 누워서 언제나 그리워하던 그런 활기찬 이야기 분위기는 아니었다. 이제는 대개 조용한 가운데서 이야기가 계속되었다. 아버지는 저녁 식사를 하고 나면 곧 자기 안락의자에 앉아 잠이 들었다. 어머니와 누이동생은 서로 조용히 하라고 경고했다. 어머니는 불 밑으로 바짝 몸을 구부리고 유행 양장점의 고급 내의를 꿰맸다. 여점원으로 취직한 누이동생은 장차 더 좋은 취직자리를 얻으려고 저녁때면 속기술과 프랑스어를 공부했다. 때때로 아버지는 잠자다가 깨어나서 자기가 잠들었던 사실을 전혀 모르는 듯이 어머니에게 말을 걸었다. "뭘 오늘도 그렇게 늦게까지 꿰매고 있어!" 그러고는 곧바로 또 잠이 들었다. 어머니와 누이동생은 서로 피곤한 표정으로 미소를 지었다.

아버지는 한사코 고집을 부려 집에 와서도 수위복 벗기를 거부했다. 잠옷은 아무 보람도 없이 옷걸이 못에 그냥 걸려 있었다. 언제나 아버지는 마치 직장에서 심부름 준비라도 갖추고 있는 것처럼 집에서도 상관의 명령이라도 기다리는 듯이, 단정하게 제복을 입은 채 자기 자리에 앉아서 졸았다. 그렇기 때문에 지급받던 처음부터 새것이 아니었던 이 제복은 어머니와 누이동생이 때 묻히지 않으려고 조심해서 다루었음에도 점점 더러워졌다. 그레고르는 때때로, 늘 닦아서 번쩍거리는 누런 금단추가 달린, 더럽기 이루 말할 수 없는 그 제복을 밤새도록 쳐다보았다. 이런 제복을 입은 늙은 아버지는 매우 거북하게 보였지만, 곤히 잠들어 있었다.

시계가 10시를 치면 어머니는 나지막한 목소리로 아버지를 깨워서 침대로 가서 자도록 권유하느라고 무척 애썼다. 아버지는 의자 위에서는 편히 잠을 잘 수가 없으므로, 아침 6시에 출근하려면 충분한 휴식이 필요했기 때문이었다. 그러나 아버지는 수위가 된 다음부터 고집불통이 되어 좀 더 오래 탁자 옆에 앉아 있겠다고 떼를 쓰면서 늘 잠이 들곤 했다. 그래서 안락의자에서 침대로 잠자리를 옮기도록 권유하기란 무척 힘드는 일이었다. 어머니와 누이동생이 아무리 신중하게 아버지에게 졸라 보아도 15분 동안은 눈을 지그시 감은 채 느릿느릿 흔들기만 하고 일어서려고 하지 않았다. 어머니는 아버지의 소매를 잡아당기며 그의 귓속에 기분을 맞춰 주는 말을 속삭이고, 누이동생도 공부를 뒤로한 채 어머니를 도왔다. 그러나 아버지에게는 아무 효과도 없었다. 아버지는 점점 더 깊숙이 의자 속에 파묻혀 들어갔다. 모녀가 둘이서 손으로 겨드랑이 밑을 들어올릴 때에야 비로소 눈을 뜨고 어머니와 누이동생을 번갈아 쳐다보고는 으레 다음과 같이 중얼거리는 것이었다. "이것이 인생이다. 나의 늘그막 안식이란 게 요 모양 요 꼴이란 말이냐." 그리고 그는 모녀의 부축을 받으며 마지못해 일어나기는 하나 자기 자신도 몸 전체를 무거운 짐처럼 느끼는 듯했다. 모녀에게 문 근처까지 끌려가면 이제는 됐다고 끄덕이면서 나머지는 혼자서 걸어갔다. 그러면 어머니와 누이동생은 각각 재봉도구와 펜을 내던지고 아버지 뒤를 쫓아가서 부축해 드리곤 했다. 많은 일에 시달리고 지칠 대로 지친 가족들 가운데 누구에게 그레고르를 필요 이상으로 친절하게 돌봐줄 시간이 있을까? 궁색한 집안 살림은 점점 줄어들기 시작하여 하녀까지도 내보냈다. 그대신 흩어진 흰 머리칼이 머리 주위에 나부끼는 몸집이 크고 뼈대가 굵은 할멈이 아침저녁으로 드나들며 가장 힘든 일을 거들어 주었다. 그 밖의 모든 일은 그렇게 많은 바느질을 해가면서도 어머니가 맡아서 해치웠다. 게다가 전에 어머니와 누이동생이 화합 때나 축제날에 걸치기 좋아했던 여러 가지 장식품도 팔아 버리게 되었다.

그레고르는 이런 사정을 저녁때 가족들이 물건 판 가격에 대해 이야기하는 것을 듣고서 알았다. 그러나 언제나 가장 큰 걱정거리는 지금 상태로 보아서 너무나 넓기만 한 이 집을 떠날 수 없다는 사실이었다. 이사를 하려고 해도 어떻게 그레고르를 옮길 수 있을까 엄두가 나지 않았기 때문이다. 그러나 그레고르는 이사하는 데 방해가 되는 것은 단지 자기에 대한 걱정만은 아니라는 사실을 잘 알고 있었다. 왜냐하면 자기 하나쯤은 알맞은 궤짝 속에 넣어서 공기가 통하는 구멍을 두서너 개 뚫어 놓기만 하면 쉽사리 운반할 수 있었기 때문이다. 가족들이 이사를 하지 못하는 가장 큰 원인은 오히려 깊은 절망감과, 이제까지 친척들이나 친구들 가운데서 아무도 겪어본 일이 없는 그러한 비참한 불행을 당하고 있다는 피해의식이라고 할 수 있었다. 세상 사람들이 불쌍한 사람들에게 요구하는 것을 그의 가족들은 최대한도로 실천하고 있었다. 아버지는 하급 은행원들에게까지도 아침 식사를 날라다 주고, 어머니는 알지도 못하는 사람들의 속내의 바느질에 갖은 희생을 다했으며, 누이동생은 손님들이 명령하는 대로 카운터 뒤에서 이리저리 뛰어다녔다. 가족들은 이미 더 이상 일할 여력이 없었다. 어머니와 누이동생은 아버지를 침대로 데려다 주고 거실로 돌아오면 하던 일을 그만두고 서로 뺨이 닿을 정도로 바짝 다가앉는다. 어머니는 그레고르의 방을 가리키며, "그레테야, 저 문을 닫아라!" 하고 말한다. 그레고르는 또다시 어둠 속에 혼자 남아 있게 된다. 옆방의 모녀는 함께 눈물을 흘리거나 또는 눈물조차 말라서 탁자만 뚫어지게 바라본다. 그럴 때면 그레고르는 등의 상처가 새삼스레 아프기 시작하는 것처럼 느껴졌다. 그레고르는 밤이나 낮이나 잠을 이루지 못하고 날을 보냈다. 때때로 그는 다음에 문이 열리면 가족들의 여러 가지 일을 전처럼 도맡아서 해보려고 생각했다. 그의 머릿속에는 오랜만에 또다시—사장과 지배인, 점원이나 견습생들, 그리고 우둔한 하인이나 다른 직장에서 일하고 있는 두서너 명의 친구들, 지방에 있는 호텔 하녀, 즐거우면서도 허무했던 추억, 그가 진심으로 좋아했으면서도 너무나 느리고 지루한 태도로 구혼을 했던 어느 모자점의 여자 회계원—이러한 모든 사람들의 모습이 전혀 낯선 사람이나 이미 다 잊어버린 사람들의 모습과 뒤섞여서 자꾸만 떠올랐다. 그러나 이러한 사람들의 모습은 모두 자기와 가족들을 도와주기는커녕 멀리서 미치지 못할 정도로 서먹서먹했다. 따라서 그는 그들의 모습이 머릿속에서 사라지기를 은근히 바랐다. 그런가하면 그레고르는 전혀 가족에 대해서 걱정할 기분이 나지 않을 적도 있어, 그럴 땐 자기를 학대하는 데 대해서 그저 화가 날 뿐이었다. 그는 어떤 음식에 입맛이 당길지 알 수도 없었으나 어떻게 해서든지 식당까지 기어가서, 식욕은 조금도 없지만 그래도 입맛에 맞는 음식을 먹어보려고 계획을 꾸몄다. 누이동생은 무엇을 주면 그레고르를 즐겁게 할 수 있을까, 그런 것은 생각지도 않고 그저 아침과 낮, 바삐 상점에 나가기 전에 간단히 아무 음식이나 있는 대로 그레고르의 방 안에 발끝으로 밀어 넣었다. 그리고 저녁때가 되면 그러한 음식을 조금 먹었거나 또는—그럴 때가 많았지만—전혀 입을 대지도 않은 데 대해서도 아랑곳없다는 듯이 서슴지 않고 빗자루로 밖으로 쓸어내 버렸다. 누이동생은 언제나 저녁때마다 해주던 방청소를 이제는 아무렇게나 되는대로 빨리 해치웠다. 더러운 자국이 그대로 벽에 남아 있고, 여기저기 먼지와 쓰레기 그리고 오물덩어리가 흩어져 있었다. 처음에 그레고르는 누이동생이 들어오면 일부러 특히 더러운 구석에 누워서 좀 핀잔을 주려고 했었다. 그러나 몇 주일이나 그런 곳에 누워 있는다고 하더라도 누이동생은 태도를 고칠 것 같지가 않았다. 누이동생도 자기와 마찬가지로 더러운 물건들을 빤히 바라보면서도 그것을 그냥 내버려 두기로 결심했던 것이다. 사실 대체로 가족들은 모두 신경과민에 걸렸지만, 누이동생도 그레고르의 방을 청소한다는, 자기에게 맡겨진 특권이 침해당하지 않도록 이제까지의 그녀에게서 볼 수 없었을 만큼 유달리 신경을 쓰면서 감시하고 있었다. 어느 날 어머니는 물을 몇 통 길어다가 그레고르의 방을 크게 청소한 일이 있었다―온통 물 천지가 되어서 습기 때문에 그레고르는 기분이 상해서 꼼짝도 못하고 화를 내며 소파 위에 벌렁 누워 있었지만―어머니도 그것에 대한 벌을 면치 못했다. 저녁때 누이동생은 그레고르의 방 안이 달라진 것을 보자 심한 모욕이라도 당한 듯 불쾌하게 골을 발칵 내면서 안방으로 뛰어 들어갔다. 어머니는 애원하다시피 손을 쳐들고 달래 봤지만 누이동생은 몸부림을 치면서 울음보를 터뜨렸다. 그래서 부모님은―물론 아버지는 안락의자에서 벌떡 일어섰다―그냥 깜짝 놀라며 어쩔 줄을 모르고 바라보고만 있었다. 드디어 부모님은 간신히 마음을 가다듬고 움직이기 시작했다. 왼쪽에서는 아버지가, 왜 그레고르 방의 청소를 누이동생에게 맡겨 두지 않았는가고 어머니를 나무라는가 하면, 또 오른쪽에서는 누이동생이, 이제부터는 절대로 그레고르의 방을 청소하지 않겠다고 찢어지는 목소리로 앙탈을 부렸다. 한편 어머니는 너무 흥분해서 정신을 잃은 아버지를 침실로 끌고 가느라고 안간힘을 다했다. 누이동생은 흐느껴 울며 분을 참지 못하며 조그마한 주먹으로 탁자를 두드려댔다. 그레고르는 문을 닫아 주기만 하면 이런 추태와 소동을 보지 않을 수가 있는데도 아무도 문을 닫아주려고 하지 않았기 때문에 화가 치밀어서 쉿쉿하고 큰 소리로 씨근거리기만 했다.

이제 누이동생은 일에 시달려서 전처럼 그레고르를 돌봐 주는 데 싫증이 났다. 그렇다고 누이동생 대신에 어머니가 들어오는 것도 아니었다. 물론 그레고르가 마냥 방치된 것도 아니었다. 그 늙은 할멈이 있었기 때문이다. 한 평생 아무리 어려운 일이나 심한 역경도 강한 체력으로 능히 감당했을 것만 같은 그 할멈은 처음부터 그레고르의 추잡한 꼴을 보기 싫어하는 기색은 조금도 없었다. 그녀는 어떤 호기심에서가 아니라 우연히 그레고르의 방문을 연 적이 있었다. 그때 그레고르는 아무에게도 쫓기지는 않았지만 매우 당황하여 갈피를 못 잡고 이리저리 기어 다니기 시작했다. 그 할멈은 두 손을 아랫배 위에 모아 쥐고 놀라는 표정으로 그레고르의 모습을 보며 그 자리에 우두커니 서 있었다. 그때부터 그 할멈은 아침과 저녁에는 언제나 서슴지 않고 방문을 살그머니 조금 열고 그레고르 쪽을 들여다보곤 했다. 처음 얼마 동안 그 할멈은 자기로서는 그래도 친절을 베푼다는 말투로, "이리 오너라, 늙은 말똥벌레야!"라든가, "이봐, 늙은 말똥벌레!" 하고 그레고르를 자기 옆으로 불러 보려고 했다. 이런 말을 듣고도 그레고르는 아무 대답도 하지 않고 문이 열린 것도 모르는 듯이 꼼짝도 않고 자기 자리에 누워 있었다. 그 할멈이 제멋대로 그렇게 쓸데없이 그레고르를 괴롭힌다면 차라리 매일같이 방이나 청소하라고 시켰으면 얼마나 좋을까 하고 생각했다. 한번은 어느 이른 아침에―어느덧 다가오는 봄날을 알리는 듯 세찬 비가 유리창에 와 부딪혔는데―그 할멈이 또다시 전과 같은 말투로 놀리기 시작했다. 그레고르는 금방 쓰러질 것만 같아 동작은 느렸지만, 울화통이 터져서 덤벼들려는 듯이 할멈에게로 몸을 돌렸다. 그러나 할멈은 무서워하기는커녕, 문 옆에 놓여 있던 의자를 높이 쳐들어 올렸다. 그 할멈이 입을 딱 벌리고 서 있는 꼴을 보니 그 참뜻을 알 수 있었다. 그것은 높이 쳐들어 올린 의자가 그레고르의 등을 내려쳤을 때야 비로소 입을 다물 작정이었던 것이다. "자아, 더 덤비지는 못하겠지?" 할멈은 그레고르가 슬며시 몸을 돌리는 것을 보자 그렇게 다짐하더니 의자를 가만히 방구석에 갖다놓았다.

최근에 와서 그레고르는 거의 아무것도 먹지 못했다. 다만 기어 다니다가 우연히 갖다놓은 음식 옆을 지나가게 되면 장난 삼아 그것을 조금 입에 넣어 보지만, 삼키지도 않고 그냥 입속에서 몇 시간 동안 물고 있다가 대개는 그대로 뱉어 버리고 말았다. 처음에 그는 좀처럼 식욕이 나지 않는 것이 이 방의 상태가 너무 비참하기 때문이라고 생각했으나, 실제로는 몇번이나 변한 이 방의 상태에 곧 익숙해졌다. 또한 식구들에게는 이상한 습관이 생겼다. 그것은 둘 곳이 마땅치 않은 물건을 이 방에다 넣어 두는 것이었다. 그런 물건은 이 집 안에 굉장히 많았다. 왜냐하면 살림방 하나를 하숙인 세 사람에게 빌려 주었기 때문이다. 이 점잖은 신사들은―그레고르가 어느 때 문틈으로 확인한 바에 따르면, 모두 다 털보였다―환경정리에 관심이 많았다. 자기들뿐만 아니라 일단 이 집에 하숙한 이상 집 전체에 대해서, 특히 부엌의 청결 문제까지 참견했다. 그들은 쓸데없는 폐물이나 더러운 물건을 보면 참지를 못했다. 게다가 많은 가구를 갖고 들어왔기 때문에 많은 물건들이 남아 돌게 되었다. 억울해서 팔아 버릴 수도 없고 아까워서 내버리고 싶지 않은 물건들은 모조리 그레고르의 방으로 옮겨졌다. 부엌에서 내버리는 상자와 쓰레기통까지 들어왔다. 우선 당장에 필요치 않은 물건들은 언제나 빠른 동작으로 일하는 할멈이 무조건 그레고르의 방으로 끌고 왔다.

다행히도 그레고르는 대개 날라다 놓는 물건이나 그 물건을 들고 오는 할멈의 손밖에는 보지 못했다. 그 할멈은 적당한 때에 그런 물건들을 되가져가거나 한꺼번에 갖다 버리려니 했으나, 그 물건들은 내내 처음 내던진 장소에 그대로 놓여 있었다. 그레고르는 이런 잡동사니들 사이를 구불구불 누비고 돌아다닐 수가 없었다. 처음에는 그대로 두면 자유스럽게 기어 다닐 통로가 없었기 때문에 어쩔 수 없이 그 잡동사니들을 옆으로 치워 버렸다. 그러나 나중에는, 그렇게 힘드는 일을 하며 기어 다니고 나면 몸은 죽을 것처럼 몹시 고단하고 마음은 한없이 슬퍼져서 몇 시간 동안이나 꼼짝달싹할 수도 없게 되었지만 그러한 물건들을 움직이는 데 점점 더 흥미를 느끼게 되었다.

하숙인들이 집에서 저녁식사를 할 때면 가끔 가족들이 공동으로 쓰는 거실을 사용했기 때문에 저녁땐 거실 문이 닫혀 있는 일이 많았다. 그러면 그레고르는 아예 단념하고 문을 억지로 열려고는 하지 않았다. 그전에 저녁마다 문이 열려 있을 때에도 그레고르는 그 문을 이용하지 않고 가족들의 눈에 띄지 않도록 컴컴한 자기 방 한구석에 누워 있었다. 그런데 언젠가 할멈이 거실 문을 약간 열어 놓은 채 내버려둔 적이 있었다. 저녁때 하숙인들이 거실로 들어와 불을 켤 때까지 그 문은 열려 있었다. 세 사람은 전에 아버지와 어머니와 그레고르가 앉았던 식탁 윗자리에 자리를 잡고 냅킨을 펴더니 나이프와 포크를 손에 잡았다. 그러자 소복이 고기를 담은 대접을 들고 어머니가 문에 나타났으며, 바로 이어서 그 뒤에는 한 그릇 가득 감자를 담은 대접을 들고 누이동생이 따라왔다. 음식은 김이 무럭무럭 오르고 냄새가 입맛을 돋우었다. 하숙인들은 마치 먹기 전에 검사나 해보려는 듯이 자기들 앞에 놓인 대접 위로 허리를 구부렸다. 특히 그들 중에서 한가운데 앉은 우두머리격인 남자가 대접에서 고기 한 점을 베더니 그것이 너무 연하게 익지나 않았나, 그것을 부엌으로 되돌려 보내지 않아도 좋을까, 다른 사람 앞에서 서슴지 않고 음미해 보았다. 그는 맛을 보고 나서 만족한 모양이었다. 그래서 긴장한 표정으로 들여다보고 있던 어머니와 누이동생은 한숨을 내쉬고 미소를 짓기 시작했다. 가족들은 부엌에서 식사를 했다. 그래도 아버지만은 부엌으로 가기 전에 거실에 들어와서 제모를 손에 든 채 인사를 하고 식탁 주위를 한 번 삥 돌아보았다. 하숙인들도 모두 일어나서 무슨 말인지 몇 마디 중얼거렸다.

하숙인들은 자기들만 남게 되자 거의 아무 말도 하지 않고 조용히 식사를 했다. 그레고르는 식사하는 여러 가지 소리 가운데 한결같이 음식을 씹는 이빨소리가 들리는 것이 이상스러웠다. 그 소리가 그레고르에게는 마치 음식을 먹으려면 이가 필요하고, 이 없는 턱은 아무리 훌륭하게 보여도 아무 소용이 없다는 사실을 알려 주기 위해서 들려오는 것처럼 느껴졌다. '나도 입맛이 당기는데' 하고 수심에 잠긴 듯이 혼자서 중얼거렸다. '그러나 저런 음식은 싫어. 저 하숙인들은 저리 잘도 먹는데, 나는 이처럼 비참하게 죽어 가는구나!'

바로 이날 저녁이었다—그레고르는 변신된 후론 바이올린 소리를 들어 본 기억이 나지 않았다—부엌 쪽에서 바이올린 소리가 들려 왔다. 하숙인들은 벌써 저녁식사를 끝마쳤고, 한가운데 앉은 우두머리 격의 남자가 신문을 끄집어내어 두 사람에게 한 장씩 나눠 주었다. 그들은 모두 의자에 몸을 기대고 신문을 읽으며 담배를 피우고 있었다.

바이올린 소리가 들려 왔을 때, 그들은 그 소리에 신기하게 주의가 끌린 듯 일어나 현관방의 문을 향해서 발끝으로 소리를 죽이며 살금살금 걸어가서 문 앞에 함께 모여섰다. 부엌에서도 그들의 발자국 소리가 들린 것 같았다. 그래서 아버지가 외쳤다. "여러분, 바이올린 소리가 듣기 싫으신가요? 곧 그만두게 하지요." "천만에요." 그 우두머리 격인 남자가 대답했다. "아가씨께서 이쪽 방으로 와서 연주해 주실 수 없을까요? 그쪽이 훨씬 편하고 기분도 흐뭇할 것 같은데요." "네, 그러지요." 아버지는 마치 자기가 바이올린을 켜기나 하듯이 대답했다. 하숙인들은 거실로 돌아와서 기다리고 있었다. 이윽고 아버지는 악보대를, 어머니는 악보를, 누이동생은 바이올린을 들고 거실 안으로 들어왔다. 누이동생은 침착한 태도로 연주할 준비를 갖추었다. 이제까지 한 번도 방을 빌려준 일이 없었기 때문에 부모님은 하숙인들에게 지나치게 예의를 지키느라고 감히 자리에 앉으려고도 하지 않았다. 아버지는 문에 기대서서 제복의 꼭 채운 단추 사이에 오른손을 집어넣고 있었다. 그러나 어머니는 하숙인 한 사람이 의자를 권했기 때문에 자리를 얻어 앉았다. 그 자리는 우연히 한쪽 구석이었지만 어머니는 의자를 갖다 놓아준 대로 그곳에 자리를 잡았다.

누이동생은 바이올린을 켜기 시작했다. 아버지와 어머니는 저마다 자리에서 주의 깊게 딸의 두 손의 움직임을 바라보았다. 그레고르는 바이올린 소리에 마음이 끌려서 자기도 모르게 약간 앞으로 나아가서 머리를 거실 쪽으로 내밀고 있었다. 그는 요사이 다른 사람에게 주의를 기울이지 않고 지냈고 그것을 조금도 이상하게 여기지 않았다. 그는 전에는 자신이 다른 사람들의 상황을 헤아려 줄 수 있다는 것을 자랑으로 여겼었다. 그러니만큼 지금이야말로 다른 사람의 눈앞에서 몸을 숨겨야 할 이유가 더욱 절실했을 것이다. 왜냐하면 자기 방 안에는 어디나 먼지가 소복이 쌓여 있으며, 조금만 몸을 움직여도 먼지가 펄펄 날리고, 온몸이 먼지투성이가 되었기 때문이다. 그뿐더러 실오라기, 머리칼, 먹다 남은 음식 찌꺼기 같은 것을 등허리와 옆구리에 붙인 채 끌고 돌아다녔다. 모든 것에 대한 그의 무관심한 태도는 말할 나위도 없었다. 그래서 전에는 하루에도 몇 번씩 그랬지만, 요새는 벌렁 등을 대고 누워서 양탄자에 몸을 비비는 일도 없었다. 이러한 상태에도 불구하고 티끌 하나 떨어져 있지 않은 깨끗한 거실 마룻바닥 위를 기어갔지만 조금도 거리끼지 않았을 뿐더러 부끄러운 줄도 몰랐다.

그가 기어 나온 것을 눈치 챈 사람은 아무도 없었다. 가족들은 완전히 바이올린 연주에 황홀해져서 정신이 팔려 있었다. 하숙인들은 처음에는 두 손을 바지 호주머니 속에 처넣고 누이동생의 악보대 바로 뒤에 자리 잡고 앉아 있었다. 그래서 그들 모두가 악보를 들여다볼 수 있었기 때문에 누이동생에게는 확실히 방해가 되었을 것이다. 그들은 이내 머리를 수그리고 나직한 목소리로 속삭이면서 창문 옆으로 물러섰다. 아버지는 염려하는 눈초리로 창문 옆에 머무르는 그들을 쳐다보고 있었다. 사실 누가 보더라도 아름답고 재미있는 바이올린 연주를 들을 수 있으리라고 기대했다가, 그 기대가 어긋나서 실망하고 싫증이 났지만 체면을 생각해서 예의를 지키려고 할 수 없이 듣는 것이 분명했다. 특히 그들 모두가 담배연기를 코와 입에서 허공으로 내뿜는 모습은 보는 사람으로 하여금 그들의 초조한 기색을 느끼게 하고도 남음이 있었다. 그래도 누이동생은 매우 훌륭하게 연주했다. 고개를 옆으로 갸우 뚱거리고 눈초리는 감상에 젖은 듯이 슬픈 표정으로 악보의 줄을 더듬고 있었다. 그레고르는 조금 더 앞으로 기어나갔다. 그리고 혹시나 누이동생의 시선과 마주칠 수 있을까 기대하면서 마룻바닥에 바짝 대다시피 수그리고 있었다. 이처럼 음악 소리에 감동을 느끼는데도 그는 역시 동물이란 말인가? 그는 자기도 모르게 마치 그리던 마음의 양식을 얻는 길이 열리는 것처럼 느껴졌다. 그는 누이동생 옆으로 기어가려고 했다. 누이동생의 치맛자락을 끌어당겨 그녀에게 바이올린을 가지고 자기 방으로 건너와 주었으면 하는 뜻을 알리려고 했다. 왜냐하면 여기에서는 아무도 자기만큼 그 연주를 칭찬해 주는 사람이 없었기 때문이다. 그는 자기가 살고 있는 동안은 적어도 누이동생을 자기 방에서 내보내고 싶지 않았다. 아마 그러면 그의 흉측한 모습은 비로소 도움이 될 것이다. 자기 방의 모든 문을 정신 바짝 차리고 지키다가 들어오는 놈들에게 으르렁대며 덤벼들리라. 그러나 누이동생을 강제로 방에 붙잡아두어서는 안 되며 자유로운 의사에 따라 자기 옆에서 지내게 해야 한다. 그러면 자기와 나란히 소파에 앉아서 자기 쪽으로 귀를 기울일 것이다.

그럴 때 그는 누이동생에게 그녀를 음악학교에 보내 주려고 확고한 계획을 세우고 있었다는 것과, 이런 불행한 사건만 일어나지 않았더라면 어떤 반대가 있었다 하더라도 그것에 구애받지 않고 지난 크리스마스 날 저녁에—그런데 도대체 크리스마스가 벌써 지났을까? —여러 사람들 앞에서 명백히 자기 계획을 발표했으리라는 것을 알려 주리라. 이런 이야기를 하면 누이동생은 틀림없이 감격한 나머지 울음을 터뜨릴 것이다. 그러면 그레고르는 어깨까지 기어 올라가서 누이동생 목에 입맞춤을 해주리라 생각했다. 누이동생은 직장에 나가게 되면서부터 리본도 칼라도 없이 목을 내놓고 다녔기 때문이었다.

"잠자 씨!" 우두머리 격인 남자가 아버지에게 소리를 쳤다. 그리고 그는 그 이상 아무 말도 하지 않고 천천히 앞으로 기어 나오는 그레고르를 집게손가락으로 가리켰다. 바이올린 소리가 멈췄다. 우두머리 격인 그 남자는 우선 고개를 옆으로 돌려 친구들에게 미소를 던지고 다시 그레고르 쪽을 돌아다보았다. 아버지는 그레고르를 쫓아내는 것보다는, 먼저 하숙인들을 진정시키는 것이 더 중요하다고 생각하는 듯했다. 그러나 하숙인들은 흥분하기는

커녕 바이올린 연주보다도 도리어 그레고르에게 흥미를 느끼는 모양이었다. 아버지는 그들에게로 뛰어가서 두 팔을 벌리고 하숙인들을 자기 방으로 돌려보내려고 애쓰는 동시에 자기 몸으로 그레고르가 보이지 않도록 가리려고 했다. 그러자 그들은 아닌 게 아니라 약간 화를 내는 기색이었다. 아버지의 행동에 대해서 화를 냈는지, 또는 그레고르 같은 것이 바로 옆방에 산다는 사실을 꿈에도 몰랐다가 그제야 알게 되어 화를 낸 것인지 도무지 알 수 없는 노릇이었다. 그들은 아버지에게 해명을 요구하고 그들 쪽에서도 팔을 쳐들며 불안스레 수염을 비비 꼬면서 천천히 자기 방으로 물러갔다.

그동안 누이동생은 별안간 연주를 중단하고 나서 잠시 정신없이 멍하고 있다가, 바로 정신을 차리고 얼마 동안 축 늘어뜨린 두 손을 바이올린과 활을 쥐고 계속 연주를 하려는 듯이 악보를 들여다보더니 갑자기 몸을 일으켰다. 이어서 누이동생은 어머니—숨이 막히는 듯 가슴을 들먹거리며 아직도 안락의자에 앉아 있었다—무릎 위에 악기를 놓고 하숙인들 방으로 앞질러 뛰어 들어갔다. 하숙인들은 아버지에게 쫓겨서 앞서보다 더 빨리 그들 방으로 다가가고 있었다. 누이동생은 익숙한 솜씨로 침대 위에 놓여 있던 이부자리와 베개를 톡톡 위로 올리더니 순식간에 보기 좋게 정리한 다음, 하숙인들이 들어오기 전에 살짝 빠져나왔다. 아버지는 또다시 자기 옹고집에 사로잡혀서 늘 하숙인들에게 베풀던 존경심조차 잊어버린 것 같았다. 악착같이 그들을 밀치고만 있었다. 드디어 방문까지 다다랐을 때 우두머리 격인 남자가 쾅 하고 발을 굴렀기 때문에 아버지도 할 수 없이 발걸음을 멈추었다. "나는 이 자리에서 선언하는데……" 그 남자는 한쪽 손을 쳐들고 어머니와 누이동생을 힐끗 바라본 다음 이렇게 말했다. "현재 이 집과 이 가족들 속에 감돌고 있는 불쾌한 분위기를 고려해서—여기서 그 남자는 선뜻 결심이라도 한 듯이 마루 위에 침을 뱉었다—나는 방을 해약합니다. 물론 내가 지금까지 살아온 기간의 방세에 대해서는 한 푼도 지불할 수가 없습니다. 그 대신 나는 앞으로—내 말을 똑똑히 들으십시오—근거가 충분한 손해배상 청구를 제기할지, 이 점을 신중히 고려해 볼 작정입니다." 그 남자는 입을 다물고 마치 무엇을 기대하는 듯이 똑바로 앞을 쳐다보았다. 그러자 두 친구들도 바로 입을 열었다. "우리도 역시 이 자리에서 당장에 해약하겠습니다." 그리고 나서 그 우두머리 격인 남자는 문의 손잡이를 쥐고 탕 하고 요란스럽게 문을 닫았다.

아버지는 허우적거리며 비틀거리더니 힘없이 의자 위에 쓰러지고 말았다. 겉으로 보기에는 손발을 축 늘어뜨리고 전과 같이 저녁잠을 자는 것처럼 보였으나, 고개를 가만히 둘 수 없는 듯 쉴 새 없이 끄덕거리는 모습을 보면 전혀 그렇지 않다는 것을 알 수 있었다. 그레고르는 그동안 자기가 하숙인들에게 들켰던 바로 그 자리에 조용히 누워 있었다. 자기 계획이 실패한 것에 실망한 데다 너무 오랫동안 굶주려 몸이 극도로 쇠약해진 탓인지 그는 도저히 꼼짝달싹할 수가 없었다. 그는 지금 당장이라도 자기 몸 위에 여러 가지 물건들이 한꺼번에 무자비하게 허물어져 닥쳐올 것이라고 확실히 느끼면서 그 순간을 기다리고 있었다. 그때 어머니의 손가락이 떨리더니 바이올린이 어머니 무릎에서 떨어졌다. 소리가 크게 울렸지만 그레고르는 조금도 놀라지 않았다.

"어머니! 아버지!" 하고 누이동생은 이야기를 끄집어내기 전에 손으로 탁자를 쳤다. "더는 못 견디겠어요. 어머니와 아버지는 아직 사정을 모르시겠지만 저는 잘 알고 있어요. 저는 이런 괴물 앞에서 오빠의 이름을 부르고 싶지 않아요. 그러니까 제 말은 저것을 없애야 한다는 거예요. 저것을 먹여 살리려고 참고 견디며 우리는 인간으로서 할 수 있는 일은 다해 왔어요. 아무도 우리를 나무라지는 못할 거예요."

"그래 네 말이 옳다." 아버지는 혼자서 중얼거리듯이 말했다. 아직도 완전히 숨을 돌리지 못한 어머니는 마치 정신 나간 사람과 같은 눈초리로 손을 입에 대고 먹먹하게 기침을 하기 시작했다.

누이동생은 어머니 옆으로 달려가서 이마를 짚어 주었다. 아버지는 누이동생의 말을 듣고서 무엇인가 마음속에 결심이라도 한 것처럼 보였다. 아버지는 의자 위에 똑바로 앉아 하숙인들이 저녁식사를 끝낸 다음, 아직도 식탁 위에 놓여 있는 접시들 사이에서 자신의 제모를 만지작거리면서 가끔 가만히 누워 있는 그레고르 쪽을 쳐다보았다.

"우리는 저것을 없애 버려야만 해요" 하고 누이동생은 아버지만 쳐다보며 다짐하듯이 말했다. 어머니는 기침하느라고 아무 말도 듣지 못했기 때문이다. "저것이 아버지와 어머니의 목숨을 빼앗을 거예요. 어쩐지 저는 자꾸 그런 생각이 들어요. 저희는 모두 갖은 고생을 다하면서 일해야 되는데 이처럼 끝없는 두통거리를 집 안에 두고 어떻게 참을 수가 있겠어요. 저는 더 이상 참을 수가 없어요." 이렇게 말하고 누이동생은 왈칵 울음을 터뜨렸다. 그 눈물이 어머니의 얼굴에 흘러내리자 누이동생은 그저 기계적으로 손을 움직여 어머니의 얼굴에서 눈물을 닦아주었다.

"애야" 하고 아버지는 동정하듯이 그리고 유별나게 너그러운 마음으로 이렇게 말했다. "그러면 우리는 어쩌면 좋단 말이냐?"

누이동생은 아버지에게 아무런 구체적인 방안도 없다고 어깨를 움츠렸을 뿐이다. 그녀는 울고 있는 동안에 앞서 그처럼 단호했던 태도와는 정반대로 정말 어쩌면 좋을지 갈피를 잡지 못했다.

"저놈이 우리 마음을 조금이라도 알아주었으면" 하고 아버지는 반쯤 물어보는 것처럼 말했다. 누이동생은 울면서 그런 일은 전혀 생각해 볼 여지조차 없다는 듯이 한쪽 손을 성급히 내저었다.

"저놈이 우리 마음을 조금이라도 알아주었으면……" 하고 아버지는 같은 말을 되풀이하고, 그런 일은 도저히 있을 수 없다는 누이동생의 확신을 자기도 그대로 받아들이려는 듯이 눈을 지그시 감았다. "그렇다면 저놈하고 타협할 수도 있을 텐데, 그러나 저모양 저꼴이니……."

"내쫓아야 해요" 하고 누이동생이 외쳤다. "그렇게 하는 수밖에 없어요. 아버지! 저것이 오빠라는 생각을 버리셔야만 돼요. 우리가 이제껏 너무나 오랫동안 그렇게 믿어왔던 것이 사실은 우리 자신의 불행이었어요. 어째서 저것이 그레고르란 말이에요. 만일 정말 그레고르라면 사람이 저런 동물과 함께 살 수 없다는 것쯤은 벌써 알아차리고 스스로 나가 버렸을 거예요. 그러면 오빠는 없어질망정 우리는 안심하고 살아나갈 수 있고 언제까지나 오빠를 소중하게 회상할 수 있지 않아요. 그런데 저것은 우리를 못살게 굴고 하숙인들을 쫓아낼 뿐더러, 나중에는 아마 이 집 전체를 차지하고 우리까지 길가에서 잠을 자게 할 거예요…… 저것 좀 보세요, 아버지" 하고 누이동생이 갑자기 외쳤다. "또 장난을 시작했어요!"

그레고르에게는 이해가 가지 않는 괴상한 공포에 사로잡힌 듯, 누이동생은 어머니 곁을 떠나 마치 그녀가 우두커니 그레고르 옆에 있느니보다는 오히려 어머니를 희생시키는 편이 낫다는 듯이 어머니의 의자를 박차고 펄쩍 뛰어 뒤로 물러났다. 이어서 그녀는 아버지 뒤로 달려갔다. 아버지도 누이동생의 동작을 보고 당황한 나머지 똑같이 자리에서 일어나 누이동생을 보호하려는 듯이 두 팔을 앞으로 쳐들었다.

그러나 그레고르는 누이동생은 물론이고 그 누구에게도 공포심을 일으키려는 생각은 추호도 없었다. 그는 단지 자기 방으로 돌아가려고 몸을 돌리기 시작했던 것이다. 그의 비참한 상태로는 몸을 조금만 돌리는 것도 힘이 들었기 때문에 머리의 반동을 이용해야만 했다. 그래서 몇 번이고 머리를 쳐들었다가는 마룻바닥 위를 내리쳤다. 말할 나위도 없이 그의 이같이 괴상한 동작은 그들의 주의를 끌었다. 그는 동작을 멈추고 사방을 두리번거렸다. 그래도 그레고르가 악의가 없다는 것만은 알아주는 듯했다. 사람들은 그저 순간적으로 놀랐을 따름이었다. 이제 가족들은 모두 아무 말도 하지 않은 채 슬픈 표정으로 그를 바라보고 있었다. 어머니는 의자에 앉은 채 두 다리를 모아서 쭉 뻗치고 있었다. 극도로 피곤했기 때문에 눈꺼풀이 거의 덮일 것만 같았다. 아버지와 누이동생은 나란히 앉아 있었다. 누이동생은 한쪽 손으로 아버지의 목을 감고 있었다.

'자, 이제는 방향을 돌려도 상관없겠지.' 그레고르는 그렇게 생각하고 다시 돌기 시작했다. 지쳐서 숨이 가쁘고 호흡이 거칠어졌기 때문에 숨을 돌리려고 이따금 쉬기도 했다. 그렇다고 해서 아무도 그를 쫓으려는 사람은 없었다. 무엇이든 그가 하는 대로 내버려두었다. 그는 방향을 돌리고 나서 자기 방으로 곧장 돌아가기 시작했다. 자기 방까지의 거리가 이리도 멀다는 게 놀라웠다. 조금 전에 쇠약한 몸을 이끌고 어떻게 이처럼 먼 거리를 멀다고 생각지도 않고 기어왔는지 도무지 납득이 가지 않았다. 그저 빨리 기어가려고만 생각했기 때문에 가족들이 말을 걸거나 소리를 쳐서 자기를 방해하는 일이 없었다는 사실도 거의 눈치 채지 못했다. 겨우 문 앞까지 갔을 때 비로소 한 번 고개를 돌려 보려고 했으나 제대로 잘 돌려지지 않았다. 목이 굳어진 것처럼 느껴졌기 때문이다. 그러나 그 후 자기 뒤에서는 아무 변화도 일어나지 않았고, 다만 누이동생의 서 있는 모습이 눈에 띄었을 뿐이다. 그의 마지막 시선이 어머니를 힐끗 스쳤는데, 어머니는 그때 깜빡 잠이 들어 있었다.

그가 방에 들어가자마자 어느새 성급히 문이 닫히더니 고리가 잠겨 그는 그대로 방에 갇히고 말았다. 별안간에 뒤에서 요란스러운 소리가 들렸기 때문에 그레고르는 너무나 놀라서 다리가 휘청 굽혀져서 부러질 지경이었다.

급히 달려온 사람은 누이동생이었다. 누이동생은 미리 서서 기다리고 있다가 그레고르가 방에 들어가자마자 번개같이 달려왔던 것이었다. 그레고르는 다가오는 누이동생의 발소리를 전혀 듣지 못했다. 그녀는 열쇠를 자물쇠 구멍에 넣어 돌리며, "됐어요!" 하고 부모님을 향해서 외쳤다.

"자, 이제부터 어쩐다?"

그레고르는 자기 자신에게 물어보며 어둠 속에서 주위를 둘러보았다. 그는 곧 자기가 더 이상 움직일 수 없다는 사실을 깨달았다. 그것이 별로 이상하게 여겨지지 않았다. 오히려 이렇게 가느다란 다리로 여기까지 기어올 수 있었다는 것이 부자연스럽게 생각될 정도였다. 그렇더라도 비교적 기분은 좋았다. 사실 그는 온몸이 아팠지만 점점 아픈 것이 가시고, 그것도 머지않아 완전히 가라앉을 것 같았다. 등에 박힌 썩은 사과도, 부드러운 먼지에 싸인 그 주위의 염증도 벌써 거의 느끼지 않게 되었다. 무한한 감동과 애정을 가지고 가족들을 돌이켜 생각해 보았다. 자기가 없어져야 한다는 그의 생각은 누이동생의 그것보다 아마도 훨씬 더 절실했을 것이다. 교회에서 탑시계가 새벽 3시를 칠 때까지 그는 이처럼 허전하고 고요한 명상에 잠겨 있었다. 창밖이 훤하게 밝아오기 시작한 것을 그는 짐작할 수가 있었다. 그때 그의 머리가 자기도 모르게 밑으로 푹 수그러졌다. 그리고 그의 콧구멍으로부터 마지막 숨이 힘없이 흘러나왔다.

아침 일찍이 온 할멈이—그런 짓만은 제발 하지 말라고 몇 번이나 타일렀지만 할멈은 집 안의 문이란 문은 모조리 사정없이 여닫기 때문에, 그녀가 오면 아무도 편히 잘 수 없을 지경이었다—보통 때처럼 슬쩍 그레고르의 방을 들여다보았으나 처음에는 아무런 이상도 발견하지 못했다. 할멈은 그가 기분이 좋지 않아 일부러 꼼짝도 않고 누워 있다고 생각했다. 그가 모든 것을 다 분별할 줄 안다고 생각했던 것이다. 할멈은 때마침 손에 기다란 빗자루를 들고 있었기 때문에 문 밖에서 들이밀어 그레고르를 간지럽히려고 시도해 보았다. 그래도 아무 반응이 없었기 때문에 바짝 화가 나서 그레고르의 몸을 약간 밀어 보았다. 그레고르가 아무 반항도 하지 못하고 그 자리에서 떠밀려가자, 비로소 할멈은 이상하다는 듯이 주의 깊게 살펴보았다. 곧 그 진상을 알게 되자 할멈은 눈이 휘둥그레져서 자기도 모르게 휘파람을 휙하고 불었다. 그러곤 그 자리에서 우물쭈물하지 않고 벌컥 잠자 부부의 침실 문을 열어젖히며, 어둠 속을 향해서 큰 소리로 이렇게 외쳤다. "좀 가봐요. 뻗었어요. 저기 자빠져서 그만 뻗어 버리고 말았어요!"

잠자 부부는 후닥닥 침대에서 일어나, 할멈이 외치는 소리를 이해하기 전에 우선 그녀의 큰 목소리에 놀란 가슴부터 진정시켜야 했다. 이윽고 잠자 부부는 기겁을 하며 침대 좌우로 내려왔다. 잠자 씨는 어깨에 담요를 걸치고 부인은 잠옷을 입은 채 침실에서 나와 그레고르의 방으로 들어갔다. 그러는 동안에 거실 문도 열렸다. 하숙을 친 다음부터 그레테가 거실에서 자고 있었다. 그레테는 한잠도 자지 못한 것처럼 그대로 단정하게 옷을 입고 있었다. 무엇보다도 창백한 얼굴빛이 그것을 증명하는 듯했다. "죽었다고요?" 잠자 부인은 이렇게 말하면서 믿을 수 없다는 듯이 할멈을 쳐다보았다. 물론 자기가 알아보아도 알 수 있었고, 알아보지 않아도 그냥 알 수 있는 일이었다. "죽은 것 같아요." 할멈은 이렇게 말하며 마치 증거라도 보이려는 듯이 빗자루로 그레고르의 시체를 옆으로 멀찍이 쭉 떠밀어 보였다. 잠자 부인은 그러지 못하게 막으려는 태도를 보였으나 역시 막지는 않았다. "자아, 이제 우리는 하느님께 감사해야 할 거야." 잠자 씨는 이렇게 말했다. 그는 가슴에 십자가를 그었다. 어머니와 딸도 그가 하는 대로 따라서 똑같은 동작을 했다. 그때까지 쭉 시체에서 한눈을 팔지 않던 그레테가 입을 열었다. "좀 보세요, 오빠는 어쩌면 이렇게 말랐을까요. 벌써 오래 전부터 아무것도 먹지를 않았어요. 음식을 갖다 주어도 그냥 그대로 내보냈지 뭐예요." 사실 그레고르의 몸은 너무 말라서 뱃가죽이 등에 착 달라붙어 있었다. 이미 다리들이 몸뚱이를 위로 떠받드는 것도 아니고, 그 밖에 사람들의 주의를 딴 데로 돌릴 만한 것이 모두 없어져 버린 지금에서야 비로소 사람들은 그 사실을 똑똑히 알게 되었다.

"그레테야, 이리 온" 하고 잠자 부인은 슬픈 미소를 지으며 말했다. 그레테는 시체를 돌아다보며 부모님의 뒤를 따라 침실로 들어갔다. 할멈은 문을 닫고 창문을 활짝 열어 젖혔다. 아직 이른 아침이지만 신선한 공기 속에는 어딘지 훈훈한 기운이 감돌고 있었다. 어느덧 벌써 3월 말이었다.

세 하숙인들은 방에서 나와 아침식사를 찾았으나 모두 어리둥절한 표정이었다. 이미 어젯밤의 일은 잊은 뒤였다. "아침식사는 어디 있어요?" 하고 그들 가운데 우두머리 격인 남자가 투덜거리며 할멈에게 물었다. 그러나 할멈은 손가락을 입에 대고, 아무 말 없이 그레고르의 방에 가보라고 눈짓을 했다. 그들은 그레고르의 방으로 가서 약간 해진 웃옷 호주머니에 두 손을 처넣고 그레고르의 시체를 둘러싸고 서 있었다. 방 안은 이미 환하게 밝아졌다.

그때 침실 문이 열렸다. 잠자 씨는 수위복을 입고 한쪽 팔을 아내에게 또 다른 쪽 팔은 딸에게 부축을 받으며 나타났다. 세 사람의 얼굴은 약간 운 듯 눈이 부어 있었다. 그레테는 때때로 아버지의 팔에 얼굴을 파묻었다.

"당장 우리 집에서 나가 주시오!" 잠자 씨는 아내와 딸에게 몸을 맡긴 채 턱으로 현관문 쪽을 가리켰다. "무슨 말씀인지요?" 그 우두머리 격인 남자가 약간 놀란 표정으로 싱긋 미소를 지으며 말했다. 나머지 두 사람은 뒷짐을 진 채로 끊임없이 손을 비비고 있었다. 마치 자기들에게 유리하게 벌어지게 될 언쟁을 마음속으로 은근히 기다리는 것 같았다.

"지금 내가 말한 바로 그대로요." 잠자 씨는 이렇게 대답하고 아내와 딸을 옆에 거느린 채 그대로 나란히 서서 하숙인 앞으로 곧장 걸어갔다. 처음에 우두머리 격인 남자는 꼼짝도 않고 그 자리에 서 있었는데, 마치 머릿속에서 여러 가지 일을 다시 정리하려는 듯이 잠시 마루 위를 내려다보고 있었다. "그렇다면 나가지요" 하고, 그는 말하고 잠자 씨를 쳐다보았다. 그 남자는 갑자기 자기를 엄습해 온 겸손한 기분 속에서 이렇게 새삼 결심한 데 대해서까지도 주인에게 새로운 승낙이라도 얻으려는 듯했다. 그러나 잠자 씨는 눈을 부릅뜨고 그저 몇 번이고 고개를 끄덕일 뿐이었다. 그리하여 그 남자는 곧 현관방으로 뚜벅뚜벅 걸어 들어갔다. 두 친구는 손가락 하나 까딱하지 않고 잠시 귀를 기울이고 있었으나, 곧 그 우두머리의 뒤를 쫓아갔다. 마치 잠자 씨가 자기들보다 먼저 앞질러서 현관방에 들어가 자기들과 우두머리 사이를 끊어 놓지나 않을까 두려워하는 것 같았다. 현관방에서 그 세 사람은 옷걸이에 걸린 모자를 떼어들고 지팡이를 세워 뒀던 곳에서 꺼낸 다음, 무뚝뚝하게 인사를 하고 집을 나섰다. 전혀 아무 근거도 없는 의심을 풀고—그 의혹이 단순한 기우에 지나지 않는다는 사실은 바로 밝혀졌지만—잠자 씨는 아내와 딸을 데리고 계단 앞으로 나아가서 난간에 기대어 떠나가는 세 사람의 뒷모습을 내려다보았다. 세 사람은 천천히, 그리고 한결같이 고르게 발을 옮겨서 긴 계단을 내려갔다. 아래층으로 내려가는 데 따라서 중간의 층계참에 이르렀을 때는 언뜻 자취를 감추었다가 이삼 초 뒤에 다시 모습을 나타내곤 했다. 그들이 더욱 밑으로 내려갈수록 그들에 대한 잠자 가족의 관심도 점점 사라졌다. 처음에는 밑에서 세 사람 쪽을 향해서 올라오던 푸줏간의 심부름꾼이 마침내 그들을 지나쳐서 머리에 짐을 이고 뽐내듯이 통탕거리며 계단을 올라왔다. 그때 비로소 잠자 씨는 아내와 딸을 데리고 난간을 떠나 가벼운 기분으로 집 안으로 되돌아왔다.

그들은 오늘 하루를 쉬면서 산책이나 하기로 했다. 그들은 쉴 만한 이유가 있었을 뿐만 아니라, 쉴 필요가 있었다. 그래서 책상 옆에 앉아서 잠자 씨는 자기 지배인에게, 잠자 부인은 재봉 주문자에게, 그리고 그레테는 상점 주인에게 각각 결근계를 썼다. 결근계를 쓰고 있을 때 할멈이 아침일이 다 끝났으니까 집으로 돌아가겠다고 말했는데, 그들은 쳐다보지도 않고 고개만 끄덕거렸다. 그러나 할멈이 언제까지나 그 자리를 떠나려고 하지 않았기 때문에 그들은 화를 내며 얼굴을 들었다. "왜 그러고 있어요?" 하고 잠자 씨가 물었다. 할멈은 문 옆에 서서 미소를 지었다. 가족들에게 매우 반가운 소식을 전해 주려고 왔지만 캐어묻지 않으면 선뜻 알려 주지 않겠다는 듯한 태도였다. 할멈의 모자 위에는 타조의 작은 깃털이 하나 꼿꼿이 꽂혀 있었는데 가볍게 이리저리 흔들리고 있었다. 할멈이 자기 집에서 일하는 동안에도 잠자 씨는 그 날개털이 몹시 비위에 거슬렸다. "대체 무슨 일이 있어요?" 하고 잠자 부인이 물었다. 할멈은 이 집에서 부인을 가장 존경하고 있었다. "네⋯⋯" 할멈은 이렇게 대답을 하고 정답게 웃느라고 바로 말을 계속하지 못했다. "저, 옆방에 있는 그것을 치워버릴 걱정은 조금도 마세요. 제가 벌써 다 치워 버렸으니까요." 잠자 부인과 그레테는 결근계를 계속해서 쓰려는 듯이 다시 고개를 수그렸다. 잠자 씨는 할멈이 모든 일을 자세히 이야기하려는 눈치를 채고는 손을 내밀며 한사코 거절했다. 할멈은 거절을 당하자 자기도 매우 바쁜 몸이라는 사실을 깨닫고 기분이 상한 듯이 "여러분, 안녕히 계세요" 하고 외치곤 홱 돌아서더니 요란스럽게 문을 닫고서 집을 나가 버렸다.

"저녁에 돌아오면 할멈을 내보내." 잠자 씨가 이렇게 말했으나 부인이나 딸은 아무 대답도 하지 않았다. 애써 얻은 마음의 안식이 할멈 때문에 다시 수포로 돌아간 것처럼 느껴졌기 때문이다. 아내와 딸은 자리에서 일어나 창문 옆으로 가서 서로 부둥켜안고 있었다. 잠자 씨는 의자에 앉은 채 몸을 두 사람 쪽으로 돌리더니 잠시 동안 조용히 그들을 쳐다보았다. 그 다음에 그는 이렇게 말했다. "자, 그만 이리 좀 와. 지난 일을 더 생각해서 뭘 해. 자, 이제는 나도 좀 생각해 달란 말이야!" 아내와 딸은 아버지에게로 달려가 그를 위로한 다음 빨리 결근계를 써버렸다.

그러고 나서 세 사람은 함께 집을 나섰다. 몇 달 동안이나 이런 일은 없었다. 전차를 타고 교외로 나갔다. 전차 안에는 오붓하게 그들 세 사람뿐이었다. 따뜻한 햇볕이 차 안으로 흘러들어왔다. 그들은 편안하게 좌석에 몸을 기대고, 앞으로의 일들에 대한 이야기를 주고받았다. 잘 생각해 보면, 그들의 앞날은 전혀 희망이 없는 것도 아님을 알게 됐다. 이제까지 서로 물어볼 기회조차 없었지만, 막상 이야기해 본즉 세 사람의 직업은 퍽 훌륭했으며, 특히 앞으로는 더욱 유망했다. 우선 당장에 집안환경을 개선하는 데 가장 큰 문제는 물론 이사를 가기만 하면 쉽사리 해결될 것 같았다. 그들은 그레고르가 택한 지금의 집에 쭉 살아왔던 것이다. 그런데 앞으로 그들은 지금의 집보다도 작고 집세가 싸지만 그래도 위치가 좋고 무엇보다도 훌륭한 주택에 살기를 원했다. 그들이 이런 이야기를 하는 동안 잠자 부부는 점점 활기를 띠는 딸의 모습을 바라보고 거의 동시에 다음과 같은 현상을 눈치 챘다. 즉 그레테는 최근에 얼굴빛이 창백해지도록 갖은 고생을 다했지만 이제는 토실토실 예쁘게 피어난 처녀의 자태로 자라났다는 사실이다. 잠자 부부는 점점 말수가 적어지고 또 거의 무의식중에 눈과 눈으로 마음을 주고받으면서, 이제는 슬슬 딸을 위해서 훌륭한 신랑감을 얻어 주어야 할 때가 왔다고 생각했다. 그리고 드디어 전차가 목적지에 닿았을 때 딸은 가장 먼저 일어나 싱싱한 육체를 쭉 폈다. 딸의 모습이 잠자 부부의 눈에는 새로운 꿈과 아름다운 계획을 다짐해 주는 확증처럼 비쳤다.

프란츠 카프카의 생애 문학 사상

카프카의 삶과 몽상
김정진

탄생과 도피

프란츠 카프카는 1883년 7월 3일 체코 프라하에서, 유대상인 헤르만 카프카와 율리에 뢰비 셋째 아들로 태어났다. 프라하는 그때, 오스트리아—헝가리 제국의 영토 보헤미아 왕국 수도였다. 아버지는 독일계 유대인으로 체코인 사회에서 무척이나 애를 쓴 끝에 상인으로서 지위를 구축한 인물이다.

카프카의 두 형이 어려서 죽었으므로 맏아들이 된 그는 죽을 때까지 맏이로서의 역할을 의식하며 살았다. 가족 가운데 그와 가까웠던 이는 세 여동생 중 막내인 오틀라였다. 카프카는 유대 율법을 경건하게 공부하며, 영적 이지적 감성적인 기질에다 육체적 정신적 섬세함을 지닌 어머니 쪽 혈통에 강한 일체감을 느꼈다. 그렇지만 특별히 어머니와 가까웠던 것은 아니었다. 어머니는 아이들에게 헌신하는 단순한 여인으로, 위압적이며 화를 잘 내는 남편에게 복종하고 고된 사업을 거들면서, 또한 아버지와 마찬가지로 아들이 아무 이익도 없고 건강을 해칠지도 모르는 글쓰기에 몰두하는 것을 거의 이해하지 못했다. 카프카는 부모의 몰이해 속에 '몽상적인 내면생활'을 기록해 갔다.

아버지의 형상은 카프카에게뿐만 아니라 작품에도 어두운 그림자를 던졌다. 사실 그의 작품세계에서 가장 인상적인 인물 유형으로 그의 아버지는 등장하고 있다. 물질적인 성공과 사회적인 출세 말고는 숭배할 것이 없는, 이 거칠고 실질적이며 오만한 상점 주인이자 가부장인 아버지는 카프카의 상상 속에서 거인족의 일원으로, 무시무시하면서도 감탄스럽기까지 한 혐오스러운 폭군으로 등장한다. 1919년에 쓴 《아버지에게 보내는 편지》는 자서전에 대한 매우 중요한 시도였는데, 실제 부친에게 보낸 편지는 결코 아니었다. 여기서 카프카는 그의 내면에 자신이 무능하다는 생각을 주입시켜 준 위압적인 아버지 덕분에, 아버지에게 묶인 끈을 잘라 버리고 스스로 결혼하여 자신 또한 한 아버지가 되는 평범한 삶에 실패하여 문학으로 도피했다고 고백하고 있다.

그는 아버지가 자신의 삶의 의지를 꺾어 버렸다고 느꼈으며, 이런 아버지와의 갈등을 직접 반영한 작품이 《판결》(1916)이다. 사람을 현혹할 정도로 맑고 간결한 산문으로 쓰인 카프카의 소설들은 압도적인 힘과의 절망적인 투쟁을 그리고 있는데, 미지의 힘은 《심판》에서처럼 희생자를 짓궂게 괴롭히며 심문하기도 하고 《성》에서처럼 그것을 인정받기 위해 추구하고 갈망하지만 허사로 만든다. 그렇지만 카프카의 불안과 절망의 뿌리는 그가 성인이 되어 더욱 가까이 지내고자 했던 아버지와 가족과의 관계에 있지 않았다. 그의 절망의 원천은 그가 아끼던 친구들, 사랑한 여인들, 싫어한 직업, 살아간 사회 등이 모든 인간존재와 그가 진정한 불멸의 존재라고 생각한 신과 진정한 친교를 맺지 못한 채 궁극적으로 고립되어 있다는 의식에 있었다.

아버지는 자칭 동화된 유대인이었지만 유대인 공동체의 예배와 의례를 마지못해 지킬 뿐이었으므로 카프카는 언어 면에서나 문화면에서나 독일인이었다. 소심하고 죄의식을 지닌 온순한 소년이었던 그는 초등학교에서도, 학구적인 엘리트를 양성하는 규율이 엄격한 고등학교인 알트슈테터 슈타츠 김나지움에서도 모범생이었다. 카프카는 독일어 교육을 받아 고등학교 시절 입센과 니체, 자연주의의 희곡을 읽는다. 다윈의 진화론을 안 것도 이 무렵이다. 교사들은 그를 높이 평가하고 좋아했다. 그렇지만 그의 내면에서는 이 권위주의적인 제도와 기계적인 암기식 학습, 고전어들을 강조하면서 인문과학을 비인간화시키는 교과과정에 대한 반란이 일고 있었다.

카프카가 기성사회에 대해 명백한 적대감을 표명한 것은 청년이 되어 자신을 사회주의자 무신론자라고 선언했을 때였다. 성인이 되자 줄곧 한정적이긴 하지만 사회주의자들에 대한 공감을 표시했고, 제1차 세계대전 전에는 체코 무정부주의자 회합에 참석했으며 말년에는 사회주의화된 시오니즘에 뚜렷한 관심과 공감을 보였다. 그러나 그는 본질적으로는 수동적이었고 정치적으로는 방관적인 자세를 고수했다. 유대인이기에 프라하의 독일인 사회에서 고립되어 있었고, 현대 지식인이기에 유대의 유산으로부터도 소외되어 있었다. 체코의 정치적·문화적 열망에 공감했지만 독일 문화에 동화되어 있었으므로 그러한 공감은 억눌린 채 드러나지 않았다. 이와 같은 사회적 고립과 근거 상실로 카프카는 일생 동안 개인적으로 불행하게 지냈다.

카프카는 프라하 대학에 진학해서야 헤벨과 슈티프터, 브렌타노 등의 저작에 몰두할 수 있었으며 플로베르 호프만슈탈을 즐겨 읽었다. 문학에 미련을 갖지만, 아버지의 의견에 따라 법률을 전공한다.

막스 브로트를 만나다

카프카는 프라하에서 독일계 유대 지식인·문학자들과 친해지게 된다. 프라하대학교에서 법학을 공부하던 중 1902년, 막스 브로트를 만난다. 바로이 문학예술가가 카프카의 친구들 중 가장 그를 아끼고 염려해 주는 진정한 벗이 된다. 결국 막스 브로트는 카프카의 글을 장려하고 구제하고 해석했을뿐만 아니라 가장 영향력 있는 그의 전기작가로 부상한다.

1906년 박사학위를 받고 변호사 사무소에서 실무 연습, 프라하 지방재판소에서의 사법연수 등을 거쳐 1907년 한 보험회사에 상근하기 시작했는데, 이 일반보험회사의 긴 근무시간과 엄격한 요구사항들 때문에 카프카는 글쓰기에 몰두할 수 없었다. 1908년 프라하의 보헤미아 왕국 노동자 상해보험회사라는 준(準)국가기관에서 일하게 된다. 합스부르크 통치 아래 거대 관료기구의 말단에 위치한 관청으로, 카프카는 폐병으로 중간에 병가를 얻어야했던 1917년까지 그곳에서 일하며 마침내 죽기 2년 전인 1922년 연금을 받으며 은퇴했다. 직장 생활을 하며 틈틈이 동료 막스 브로트가 주재하는 문학서클에 참가해 단편소설을 발표하고, 또 휴가 때마다 이탈리아, 스위스, 파리나 독일로 여행을 다녔다. 그 뒤 헤브라이어 공부를 시작해서 유대문제에 깊은 관심을 가지게 된다.

그는 회사 일에 열성을 가지고 성실하게 근무했으며 사장도 그의 능력을 인정해 주었고, 함께 일하는 동료들도 그를 좋아했다. 사실 카프카는 간명하고 지적이며 유머 있는 사람이었다. 그러나 낮에는 일상적인 회사 일을 해야했다. 그 때문에 주로 밤에만 글을 쓸 수밖에 없었으므로, 그에게 고된 이중생활은 극도로 괴로운 고문이라고 생각하게 된다. 또한 그에게는 보다 내밀

한 내면의 사적 관계들이 노이로제를 일으킬 만큼 혼란스러웠다. 그의 열등
감과 모순된 성격에서 비롯된 갈등의 성향은 성적 관계에서도 표출되었다.
1912년 베를린 여성 필리체 바우어를 알게 된다. 그러나 그의 금욕적 태도
는 그녀와의 관계를 고통스럽게 방해했는데, 5년에 걸쳐 두 번이나 약혼했
다가 결국 1917년 헤어지고 만다. 나중의 밀레나 예젠스카 폴라크에 대한
사랑도 또한 장애에 부딪혔다. 건강이 나빠진데다 회사 일이 그를 기진맥진
하게 만들었다. 1917년 폐병이라는 진단을 받고 그때부터 자주 장기휴가를
받아 요양원 신세를 져야 했다.

1923년 카프카는 아버지의 가부장적 억압으로부터 벗어나 글쓰기에 전념
하기 위해 베를린으로 간다. 여름에 요양지에서 사회주의자인 젊은 유대 여
성 도라 디만트를 만나 가을부터 겨울까지 함께 베를린에 머문다. 그녀와의
우정으로 삶의 용기를 얻게 되지만 1924년 겨울에 결정적으로 건강이 악화
되어 베를린 체류는 짧은 기간으로 끝난다. 급속도로 병이 진전되어 이듬해
1924년 3월, 빈 근처 새너토리엄에 입원한다. 목이 아파 거의 식사를 할 수
없는 상태에서도 단편집 《단식 예술가》(1922년 발표, 1924 사후 출간) 교정
판을 본다. 도라 디만트와 함께 프라하에 잠시 머물렀다가, 빈 근교의 결핵
요양소 키얼링에서 41세에 세상을 떠난다. 유해는 프라하의 유대인 묘지에
묻혔다.

고뇌와 글쓰기

전위문학을 주도하던 출판업자들의 요청으로 카프카는 마지못해 생전에
쓴 글 가운데 일부를 출판했다. 여기에 속하는 것이 《어느 투쟁의 묘사》에
수록된 2편의 소설과 단편 산문집 《고찰》, 성숙된 예술가의 면모를 보여주는
대표작으로 1912년에 쓰인 단편 《판결》《변신》《유형지에서》 소설집 《시골
의사》이다. 간결하고 투명한 문체의 특성을 보여주는 4편의 후기 소설집 《굶
주린 예술가》는 출판을 준비했으나 세상을 떠난 뒤에야 발행되었다. 실제로
카프카는 자신의 작품에 불안을 느껴, 죽을 때 친구 막스 브로트에게 초고와
메모, 편지를 포함해 자신이 쓴 모든 작품을 불태워 버려 달라고 부탁한다.
그 유언을 무시하고 브로트에 의해 편집·간행된 작품집이 나중에 카프카에
대한 세계적인 평가를 가져온다.

한편, 브로트가 유언을 따르지 않으리라는 것을 카프카는 알고 있었다는, 보르헤스의 해석도 있다. 그때 자기 작품의 의미를 확신했던 카프카였으므로 머지않아 자신의 시대가 온다고 확신하고, 과감한 문학적 실험을 시도한 작가상이 떠오른다.

브로트는 소설 《심판》《성》《아메리카》를 1925, 1926, 1927년에 출판한다. 단편집 《만리장성을 쌓을 때》는 1931년 출판되었다. 1904년 즈음 쓰기 시작한 《어느 투쟁의 묘사》《고찰》 등과 같은 초기작품은 후기작품보다 양식 면에서 구체적인 표현법을 쓰고 구조면에서 더 부조리하지만 그래도 특유의 독창성을 지니고 있다. 《어느 투쟁의 묘사》 중 가장 빠른 것은 1904~5년 무렵 쓰였다고 추정된다. 스타일은 그즈음 그가 애독하던 호프만스탈의 《시에 대한 대화》를 모방한 것이다. 《고찰》이라는 18개의 작은 작품집에서도 공통으로, 19세기의 리얼리즘 소설과도 친숙하며 상세한 일상적 정경의 묘사를 중심으로 하지만, 독특한 시각에 근거한 관점에서 특이하다. 결국은 작품의 밑바탕에 실제적인 체험이 깔려 있다고 여겨진다. 작은 작품이나 단편에 공통적으로, 어떤 기묘한 특징이 보인다. 일상 속의 아무렇지도 않은 정경을 이야기하면서 갑자기 일상성이 상실되어, 기괴한 수수께끼같은 비약이 시작되거나 혹은 거기서 중단된다. 매우 소박한 이야기가 결국 궤도를 벗어난 차바퀴처럼 비일상적인 세계로 빠져든다. 아무렇지도 않은 일상적인 배경 속에서 갑자기 삶의 심연을 엿보게 한다. 일상적인 배경에서 찾고, 집요한 내면화의 노력을 통해 표현된 일상은, 마치 서로 다른 하나의 원초적인 영혼의 풍경 같은 것을 엿볼 수 있다. 다른 사람과의 의사소통에 실패하는 작중인물들은 정상적 일상적인 논리를 비웃는 은폐된 논리를 따르며, 그들의 세계는 괴기하고 폭력적인 사건이 벌어지면서 밖으로 분출해 나온다. 등장인물들은 헛되이 세상에 대한 지식과 이해를 구하고 자신의 정체성과 목적을 믿고자 방법을 묻는 고뇌의 대변자에 지나지 않았다.

1912년, 단편 《판결》(1913년 발표, 1916년 간행)을 쓴다. 카프카 문학의 대부분이 집중적으로 쓰인 중기가 시작된 것이다. 《판결》은 같은 해 9월 22일부터 23일에 걸쳐 하룻밤 사이에 완성되었다. 주인공 청년과 아버지의 대화가 한창일 때 어떤 급격한 템포의 변화가 생겨, 이야기는 단숨에 망상적 성격을 띠게 된다. 아버지의 입에서 죽음의 판결이 내려지고, 그 판결에 따라 청년은 가볍게 강에 몸을 던진다. '이 순간, 다리 위가 한없이 혼잡해졌다'. 이상하고 부조리하기 짝이 없는 이야기가 처음부터 끝까지 냉정한 어조로 전개된다. 조촐한 일상적 풍경 속에서 어느 샌가 사실이 흔들리기 시작하고, 현실과의 경계가 사라진다. 원근법을 바탕으로 일상 세계에서는 있을 수 없는 진행이 질서정연하게 보고된다. 카프카는 자신에게 이 작품이 얼마나 중요한지 자신의 일기에 기록했다.

이어서, 같은 해인 1912년 11월부터 다음 달까지 《변신》을 썼다. 카프카의 작품 가운데 특히 유명한 작품이다. 어느 날 아침 그레고르 잠자가 이상한 꿈에서 깨어났더니 한 마리의 벌레로 변신해 있었다. 그 뒤 점점 가족의 짐이 되고, 어느 날 한밤중에 바싹 마른 채 조용히 숨을 거둔다. 그리고 가족은 안심하여 오랜만에 소풍을 간다. 《변신》은 집필하고 3년 뒤인 1915년에 발표되었다. 카프카의 수많은 특이한 작품들 가운데서도 유달리 기묘한 작품이다. 그중에서도 특히 기묘한 것은, 주인공이 자신의 갑작스러운 변신을 조금도 이상하게 생각하지 않는다는 것이다. 유럽에는 오비디우스의 《변신이야기》나 아풀레이우스의 《황금당나귀》 이후로 변신에 관한 이야기의 계보가 있는데, 카프카의 《변신》은 확실히 이 계보에 들어가지 않는다. 그 기묘함에 대하여 산처럼 많은 해석이 있고, 한 평설에 의하면 《변신》은 옛 오스트리아 제국 지배하에 있던 체코의 프라하에서 태어난 유대인이라는 별종의 '벌레'같은 존재를 빗댄 것이라고 한다. 다른 해석에 의하면, 억센 아버지 아래에서 힘들어 했던 심약한 작가의 자학적 작품이라고 한다. 독일인이나 체코인과 어깨를 나란히 하고 강직하게 뻗어나가 사회적 지위를 구축한 아버지의 눈에, 대학을 나왔으면서도 보잘것없는 직업을 가지고 문학 따위에 미쳐 있는 아들은, 문자 그대로 '벌레 같은 인간'에 지나지 않았다. 또 다른 해석에 의하면, 때마침 폐결핵 조짐이 있던 작가가 그즈음에는 불치의 병이었던 결핵을 '벌레'에 빙자하여 쓴 것이라고 한다. 오히려 《판결》을 시작으로 봇물 터지듯 시작된 일련의 작품 가운데 하나라고 생각해야 하지 않을까. 1912년에서 1915에 걸쳐 카프카는 《판결》과 《변신》 외에도 《실종자》(1912~1914년 집필), 《유형지에서》(1914년 집필, 1919년 간행), 《심판》(1914~1915년 집필, 해설이 뒤에 출간됨) 등을 썼다. 그림 동화에서처럼 변신은 대부분 어떤 죄에 대한 벌로 나타난다. 《실종자》는 법률용어에서 죄를 범한 다음의 행방불명자를 뜻한다. 즉, 이 시기의 작품들은 모두 '죄와 벌'이 모티브로 쓰였다.

인생과 실존 그 우화들

카프카의 많은 우화들은 정상적이며 환상적임이 종잡을 수 없이 불가해하게 뒤섞인 혼합물이다. 그러나 때때로 기묘함은 문학적 또는 표현장치의 소산으로 이해될 수 있다. 이를테면 병리상태의 기만성에 현실의 지위가 부여되거나, 일상적인 발언의 은유가 문자 그대로 받아들여지기도 하는 것이다. 이에 따라 《판결》에서는 아들이 추호의 의심도 없이 늙은 아버지의 명령에 따라 자살하며, 《변신》에서는 잠에서 깨어났을 때 자신이 기괴하고 흉측한 벌레로 변해 있음을 발견한 아들이 가족의 수치감과 무시뿐만 아니라 자책 어린 절망감으로 인해 서서히 죽어간다.

더욱 불가해한 이야기들도 많다. 《유형지에서》라는 작품에 등장하는 장교는 자신의 의무에 헌신적임을 과시하려고 스스로를 고문도구로 무시무시하게 절단하는(분석적으로 묘사됨) 조처를 받아들인다. 맡은 임무의 모호한 가치와 그 임무에의 기괴한 헌신이라는 이 주제들은 카프카가 항상 열중하여 다루는 문제들 가운데 하나로, 《굶주린 예술가》에서 다시 등장한다. 나중에 《심판》에 삽입된 이야기 《법 앞에서》(1914)는 접근하기 어려운 의미(법)와 그것에 대한 인간의 끈질긴 열망을 보여 준다. 카프카의 생애 마지막 시기인 1923~24년에 쓰인 글들은 모두 이해와 평정을 얻기 위한 개인의 열망감, 그러나 굽히지 않는 투지에 집중되어 있다.

카프카의 단편소설에 나타난 많은 주제들은 장편소설에서도 등장한다.

《심판》은 1914~15년 집필, 1925년 사후 간행되었다. 카프카의 사후노트 형태로 남아 있던 것이 브로트의 편집으로 간행되었다. 은행원 요제프 K는 서른 살 생일날 아침, 본인으로서는 죄를 지은 기억조차 없는데 체포된다. 이어지는 그의 자기증명 과정이 이야기의 줄거리이다. K는 그가 알지도 못하는 죄로부터 무죄 석방을 받기 위해 전념한다. 그는 중재자들에게 호소해 보지만 그들의 충고와 설명은 오히려 새로운 혼란을 가중시킬 뿐이다. 터무니없는 책략을 써 보기도 하지만 더럽고 어둡고 음탕한 결과만을 초래한다.

치안판사의 법정에서 행해지는 심문은 환멸스러운 어릿광대극으로 바뀌고 그가 체포된 혐의는 결코 설명되지 않는다. 기묘하게도 법정은 낡아빠진 셋집 다락방에 가까운 어두컴컴한 방에서 열리며, K의 열띤 변론에도 불구하고 눈에 띄는 반응 하나 없다. K는 숙부의 소개로 변호사 홀트를 알게 되어 변호를 의뢰하는 한편, 화가인 티토렐리에게 도움을 청한다. 어느 날, 성당에서 교회사(教誨師)와 이야기하고 있을 때, '규칙의 문'(《시골의사》 수록) 이야기가 화제에 오른다. 카프카가 독립된 단편으로 15년에 발표한 것으로, 시골에서 규칙의 문 앞으로 찾아 와서 출입 허가가 떨어지기를 계속 기다리는 남자의 이야기다. 계속 기다리다가 죽음 직전에 왜 자기 말고는 어느 누구도 안으로 들여보내 달라고 찾아오지 않느냐고 묻자 문지기가 말한다. "다른 어느 누구도 여기로 들어올 수 없다. 이 문은 너 하나만을 위한 것이다." 교회사는 이 이야기를 요제프 K에게 자신의 상황을 알게 하기 위해서 이야기한다. 결백성을 주장한 것 자체가 죄의 표지이며, 그가 억지로 찾아나서게 된 정의의 문은 영원히 열리지 않으리라는 것이다. 이런저런 판단을 나눈 뒤 교회사가 마지막으로 말한다—"나는 당신에게 이 이야기에 대한 여러 가지 의견을 전하고 있을 뿐입니다. 남의 의견에 너무 신경 써서는 안 됩니다. 변하지 않는 것은 책에 있으며, 의견 따위라는 것은 종종 그것에 대한 절망의 표현에 지나지 않습니다." 결국 그는 여전히 주위에 도움을 청하면서 최후까지 저항하지만, 어느 저녁 프록코트에 실크 모자를 쓴 뚱뚱한 두 사람에게 끌려가 개처럼 죽음을 당한다.

중심명제는 분명히 요제프 K에게 죄가 있느냐 없느냐는 점이다. 그는 체포되었지만 무슨 죄인지 듣지 못하고, 자신도 그것을 모른다. 체포된 자가 스스로의 죄를 찾아 헤맨다. '로스만과 K, 죄 없는 자와 죄 많은 자……'라는 메모를 보면, 카프카 자신은 요제프 K를 카를 로스만과 대조적인 인물로 상정했다. 이 이야기는 줄곧 요제프 K의 시점으로만 이야기되며, 주인공이 의식의 법정에서 스스로를 사고의 심판에 처했다고 간주할 수도 있다. 아무튼 화자의 시점이라는 점에서도 매우 흥미롭다. 카프카는 《심판》을 펠리체와의 약혼 파기 직후에 쓰기 시작했으며, 개인적인 자책과 죄의식을 읽어낼 수 있다는 견해도 있다. 카프카의 가장 암울한 작품으로, 악은 도처에 있으며 무죄 석방이나 구제는 얻을 수 없는 것이고 광란의 노력은 다만 인간의 현실적인 무능을 가리킬 뿐임을 보여 준다.

고독 3부작 《실종자》《심판》《성》

《실종자=아메리카》는 1912~14년에 걸쳐 카프카가 최초로 쓴 장편소설로, 그가 세상을 떠난 뒤 1927년에 막스 브로트가 유고를 기초로 《아메리카》라는 표제로 간행했다. 《심판》《성》과 함께 고독 3부작으로 불린다. 카프카는 일기에서 《실종자》라고 부르고 있었으므로, 1983년 《실종자》라는 제목으로 새 교정판이 나왔다.

'하녀의 유혹에 넘어가, 그 하녀와의 사이에 아이가 생기고 말았다. 그래서 16살의 카를 로스만은 가난한 부모의 손에 의해 미국으로 보내졌다'라고 시작하며, 뉴욕 항에 상륙하기 직전에 배 안에서 알게 된 화부에 얽힌 에피소드가 제1장(생전, 이 부분만 《화부》라는 제목으로 1913년에 간행되었다)이다. 화부가 받은 부당한 처우를 고발하기 위해 선장실로 향했는데, 거기에 백부 야코프가 있었다. 백부에게 맡겨져 미국생활을 시작하지만 이윽고 그 백부에게서도 추방된다. 정처 없이 여행하던 도중 '모든 사람에게 그에 맞는 대우'를 약속하는 '오클라호마 야외극장'을 방문하고 거기에 머무르게 된다. 그 뒤 소설은 중단된다.

주인공인 소년 카를 로스만은 미국에서 아버지와 같은 유형의 많은 인물들과 은신할 곳을 찾으려 애쓰지만 그의 순진성과 단순성으로 인해 어디서나 이용만 당한다. 카프카는 로스만이 궁극적으로 파멸하게 되리라고 말한 적이 있다.

《실종자》는 특히 제1작에서 테마가 명확히 드러난다. 어떤 사람이 추방 또는 사형을 받고 어쩔 수 없이 편력을 강요당한다. 카를은 미지의 세계에서 성심성의껏 뿌리를 내리고자 하나, 그때마다 세상의 악의에 가로막혀 본의 아니게 쫓겨나고 만다. 배 안의 갑판에서 뉴욕항을 바라보는 장면이 상징적이다. 여기에서 자유의 여신상은 횃불이 아니라 검을 들고 있으며, 카를 로스만에게는 '천천히 팔을 가슴께로 들어올린'것처럼 보였다. 소년의 편력 여행 입구에는 심판의 천사와 같은 검을 든 존재가 있었던 것이다. '오클라호마 야외극장'은 해석이 갈라지는 부분인데, 사회적 유토피아의 풍자라고도 한다. 사랑을 설파하는 기독교적 세계관을 비꼰 것이라고도 해석된다. 사후에 이르게 되는 풍경처럼, 이제까지의 장과 뉘앙스를 달리 하여 이 세상 같지 않은 투명하고 아름다운 묘사로 엮어 내고 있다.

그의 후기작품 가운데 하나인 《성》은 1922년 2~8월 집필한 것으로 추정되며, 1926년 사후 간행되었다. 유작 원고 중에서 브로트의 편집으로 간행되었는데 1982년에 새롭게 편집된 교정판이 나왔다. 《성》의 무대는 어떤 성의 지배를 받는 조그마한 촌락이다. 이곳의 겨울 풍경 속에서 시간은 흡사 정지해 버린 것 같고 거의 모든 장면은 어둠 속에서 벌어진다. K는 성 당국이 임명한 측량기사라고 주장하며 마을에 도착하지만, 마을 관리들은 그의 주장을 물리친다. 이 소설은 K가 성으로부터 다시 인정받으려고 노력하는 과정을 그린 것이다. 성에 있는 사람, 그럴 권한이 있는 사람은 요제프 K(《심판》의 주인공)의 법정만큼이나 접근하기 어렵다. 그러나 K는 희생자가 아니라 공격자로서, 하찮고 거만한 관리들과 그들의 권위를 받아들이는 마을사람들 모두에게 도전한다. 하지만 그의 책략은 모두 실패한다. 요제프 K처럼 그 또한 하녀와 사랑을 나눈다. 그러나 술집 여급 프리다는 그가 그녀를 단순히 이용하는 것뿐임을 알게 되자 그를 떠난다. 원고는 중간에 잘려 있는데, 브로트의 말에 따르면 카프카는 다음과 같은 결말을 염두에 두고 있었다고 한다. 'K가 온 힘을 다해 부딪쳐 죽은 직후 성 당국으로부터, K의 호소는 받아들여지지 않지만 제반사정을 고려하여 마을에 살며 일하는 것은 허가한다는 취지의 연락이 도착한다.'

이 소설에서는 새로운 요소들이 보인다. 이 작품은 비극적이지만 황량하지는 않고, 대부분 카프카의 인물들이 역할자에 불과하지만 프리다는 확고한 개성을 지니며 냉정하고 사실적인 성격으로 나타난다. 프리다를 통해 K는 해결의 실마리를 조금이나마 통찰하게 되며, 그가 애정을 갖고 그녀에 대해 이야기할 때면 고독감을 뚫고 나갈 수 있을 것처럼 보인다.

카프카의 작품은 단편이건 장편이건 모두 풍부한 해석을 야기했다. 브로트와 카프카의 영어 번역자인 뮤어 부부(윌라와 에드윈)는 카프카의 소설들을 성총의 상징으로 보았고, 실존주의자들은 카프카의 죄와 절망의 세계를 진정한 실존을 건설할 토대로 간주했으며, 어떤 사람들은 노이로제 증세를 보일 정도로 아버지에게 얽혀 있는 상황을 그의 작품의 핵심으로 보았다. 또한 어떤 사람들은 사회적 비판, 권력자와 그 대리인의 비인간성, 정상적인 일상 밑에 웅크리고 숨어 있는 폭력과 야만성을 강조했다. 《심판》에 등장하는 정체불명의 마구잡이 관료주의에 대한 공포를 통해 카프카가 풍부한 상상력으로 전체주의를 예견했음을 발견해 낸 사람들도 있고, 초현실주의자들은 부조리의 끊임없는 침투를 보며 기뻐하기도 했다.

장편 《성》은 K를 통해 유대 정통파의 전통에 '정주하는' 시험을 모티프로 한 것이라는 해석이 있다. 카프카 자신, 그 상실의 의미를 여러 차례 말해 왔다. 벤야민이 일찍이 지적한 부분에서, 성은 부(父)적 권위를 나타낼 뿐만 아니라, 부패한 세계 그대로의 상징이라 볼 수 있다. 카프카가 오랜 세월, 그 기구 안에서 몸담고 있었던 죽은 관료체제가 짙은 그림자를 드리우고 있음은 명확하다. 그 때문인지 확실하진 않지만 여러 인물들의 배후나 풍경에서도 죽음의 그림자를 드리우고 있다. 길은 성 근교까지 연결되어 있다가 다음에는 마치(일부러 굽어진 것처럼) 굽어져 있다. 멀리 돌아가진 않지만, 다가설 수도 없다. K가 작정하고 성에 들어선 순간, 작은 통로가 끝없이 이어져 있고, 점점 눈발은 세차게 몰아쳐 푹푹 빠지는 발은 빼기조차도 쉽지 않자, 결국 그는 발걸음을 멈춘다. 더 이상 한 발자국도 나아갈 수 없기 때문이다. 어떤 지점에서도 중심의 성에서 같은 간격을 둔 특이한 풍토 속에서 끝없이 겉돌며 반복하는 소설의 구조는 틀림없는 죽음의 영역이며, 최초의 한 걸음도 최후의 한 걸음과 동일한 죽음 곁에 있다. 《성》에 아로새겨진 여러 죽음의 형상을 더듬어가는 방식으로 읽고 이해할 수 있을 것이다. 또한 《성》도 《심판》과 똑같이 K의 시점을 시종일관 드러내고 쓰여 있어, 그 점에서도 3부작에 도달한 성과로 간주해도 좋으리라.

이런 저마다 해석들의 타당한 증거를 작품이나 일기에서 찾아낼 수는 있으나, 카프카의 작품 전체는 이 모든 것을 넘어선다. 어떤 비평가가 그의 작품들이 '열린 비유'로서 결코 그 최종적 의미를 매듭지을 수 없다고 평한 것은 이 점을 가장 정확히 표현한 말일 것이다. 그러나 카프카의 작품에도 한계는 있다. 작품들마다 절망적으로, 그러나 언제나 내면에서 의미와 안정, 자기 가치와 목적 의미를 추구하면서 정신과 육체 양쪽으로 고통 받는 인간이 등장한다. 카프카 자신은 글쓰기와 그것이 뜻하는 창작활동을 '구제'의 수단으로, '기도의 형식'으로 생각했고, 이를 통해 세상과 화해할 수 있거나 세상에 대한 부정적 경험을 넘어설 수 있으리라 여겼다. 투명하게 묘사되었지만 불가해 하게 어두운 그의 작품들은 카프카 자신의 개인적 노력이 허사였음을 폭로한다. 무력한 인물들과 그들에게 닥치는 기이한 사건들을 통해 작가는 20세기 세상 속의 불안과 소외를 폭넓게 암시하는 매혹적인 상징주의를 이룩했다.

죽을 무렵 카프카가 사귄 문학인들은 소수에 지나지 않았다. 카프카는 막스 브로트에게 출판되지 않은 원고는 전부 없애고 이미 인쇄되어 나온 작품은 재판 발행을 중지해 달라고 유언했는데, 브로트가 그의 유언대로 했더라면 카프카의 이름과 작품은 살아남지 않았을 것이다. 브로트는 유언과는 반대의 길을 밟았고, 그로 인해 카프카의 이름과 작품이 사후에 세계적으로 명성을 얻게 된 것이다. 그의 명성은 처음 히틀러 점령시 프랑스와 영어 사용국에서 널리 알려지게 되었다. 카프카의 세 누이동생이 강제수용소에 유배되어 살해된 것이 바로 그때였다. 그가 독일과 오스트리아에서 재발견되어 독일문학에 지대한 영향을 끼치기 시작한 것은 1945년 이후였고, 1960년대에는 공산주의 치하 체코슬로바키아의 지식인 문학계 정치계까지 영향력이 확대되었다.

카프카 존재의 아픔
박종서

요절자의 운명

그의 온몸을 감싸고 있는 저 찬란한 광채는 대체 어디서 오는 것일까. 평범한 사람들이 결실과 완성을 향해 긴 고난의 인생 항로를 겨우 출발하려 할 때 그는 이미 세상을 떠나갔다. 이 세상에서의 그의 인생은 아직 여리고 불안정한 청년기의 오솔길에서 중단되고 말았다. 그럼에도 그의 생애는 한 점의 티도 없는 유리알처럼 완성되어 있다. 우리 현세의 삶이 제아무리 풍부하다 해도 이처럼 깨끗한 완성도에는 도저히 미치지 못할 것이다. 그러고 보면 요절자는 죽음과 함께 그 인생이 시작되고, 죽은 뒤의 삶이 그 생애와 일을 이토록 순수하게 완성시켰는지도 모른다.

1883년 프라하에서 태어나 1924년 키어링의 요양소에서 마흔하나로 생애를 마친 프란츠 카프카를 요절자라고 할 수 있는가. 요절자에 대한 우리의 통념은 마흔하나라는 나이에 얼마간의 저항을 느낀다. 하지만 그가 죽음과 함께 그 인생을 시작한 사후(死後)의 완성자였음엔 분명하다. 그의 생애에는 금세기 많은 작가들의 전기(傳記)를 특징짓는, 외적 운명의 끊임없는 변전(變轉)이라는 것이 없었다. 망명한다든가, 긴 여행을 한다든가 하는 일도 없었다. 보통 '교양 체험'이라고 하는 경험도 없었고 같은 시대의 위대한 작가와 만난 일도 없었다. 그즈음 오스트리아의 로베르트 무질, 호프만 슈탈, 릴케, 드라크르 등과는 전혀 얼굴조차 몰랐다. 몇몇 친구와의 교제로 한정된 그의 생활은 예이츠, 아달베르트 슈티프터의 그것과 비슷한 '지방' 생활이었다. 법률가 카프카는 14년 동안 프라하의 '보헤미아 왕국 노동자 재해 보험 협회'에 근무했는데, 저녁부터 밤까지 '갈겨쓰기'를 '유일한 염원'으로 하며 살았다.

이 프라하 유대인의 근무 시간을 떠나서 쓴 작품은, 1920년대에는 독일 문학 전문가들의 작은 그룹에서밖에 알려지지 않았다. 그러다 특히 프랑스에서, 처음에는 초현실주의 예술가 앙드레 브르똥이나 초현실주의의 미술잡지 〈미노또르〉 그룹을 통해, 뒤에는 까뮈나 사르트르를 통해 발굴되고 마침내는 영국과 미국에까지 뚫고 들어갔다. 그의 작품이 독일로 돌아온 것은 겨우 1950년이 되어서였다. 그로부터 수년 동안에 그의 친구였던 막스 브로트의 노력으로 본격적인 독일어판 전집이 처음으로 간행되었다. 체코 어로 번역하는 것은 그전 20년대에 벌써 시도되었으나, 카프카가 문학 지도의 수도로 하고 있던 프라하에 처음으로 번역판이 나온 것은 1957년에 이르러서였다. 1963년에는 《유형지에서》의 러시아어 판이 나왔다. 카프카의 작품은 사십 년의 삶을 마감하고 나서야 비로소 전 세계에 독자를 두게 되었던 것이다. 요절한 자란 결국 단순히 연령으로만 되는 것이 아니라, 오히려 그 작가 사후의 성숙(成熟)에 바치는 우리의 관심이 탄생시키는 것일까.

근대의 끝

프란츠 카프카의 세계는 극한 상황에 놓인 현대인이 꾸는 악몽의 세계이다. 이것은 '고독'이라는 극한 상황인데, 고독이 바로 막다른 골목이 돼 버렸다는 데에 이 고독의 전혀 새로운, 어쩔 수 없는 국면이 있다. 그것은 이미 낭만파 시인들이 바라고 구했던 《푸른 꽃》의 감상적인 고독이 아님은 물론, 시민 사회 도덕에 대한 반역의 한 형식으로 니체, 보들레르가 외친 고독과도 근본적으로 다른 것이다. 도대체가 '자기가 자기 자신에 관계하는 바의 관계'(키에르케고르)로서의 고독이라는 것 따위가 아니다. 거꾸로 여기서는 자기가 모든 관계를 박탈당하는 것이다. 존재가 그것에 수치를 주던 세계라는 좌표에서 무서운 파격을 일으켜 제로 지점으로 굴러 떨어져 버린 것이다. 관계의 상실체(喪失體)로서 존재의 제로 지점에서의 고독, 시인 오든이

Here am I, here are you :
But what does it mean? what are we going to do?

반복해서 노래한 것과 같은 고독, 이것이 바로 현대인이 빠진 극한 상황이다. 본질적으로 다양한 해석이 가능한 카프카의 작품을 이해하는 것은 곧 우리가 놓인 이 막다른 상황의 구조를 명백히 하는 바로 그것이다. 여기서는 다만 그 해명을 위한 주춧돌로 그의 문학을 이루고 있는 여러 전제(前提)의 일단을 살펴본다.

현대문학을 고찰함에 있어 무엇보다 중요한 것은 '현대'는 이미 '근대'가 아니라는 것이다. 근대는 벌써 무너졌다. 물론 우리는 근대 세계 다음에 성립한 새 세계에 아직 살고 있지는 않다. 그러한 새 세계는 아직 성립되지 않았기 때문이다. 그렇다고 해서 근대 세계에 이미 살고 있지도 않다. 즉 우리는 이 '이미 없는' 것과 '아직 없는' 것의 두 부재(不在) 사이에 끼어 있다. 현대 세계는 그대로 부재의 세계, 제로의 세계인 것이다. 세계란 존재에 수치(數値)를 주는 좌표이다. 그런데 현대 세계는 존재의 수치가 제로인 좌표인 것이다. 현대가 위기의 시대라고 하는 것도 바로 이런 뜻에서이다.

이 부재의 세계 문학, 즉 근대문학과는 근본적으로 다른 현대문학이 나타난 시기를, 비평가인 홀트우젠의 주장에 따라서 1910년이라고 해 두자. 그때는 릴케가 무서운 고독과 부재(不在)의 소설 《말테의 수기》를 내고, 그때 아직 이름도 없는 청년이었던 카프카가 《유형지에서》를 쓰기 시작한 해이다. 이것으로 1910년이라는 해가 어떤 역사적 시점이었던가를 어렴풋이나마 이해할 수 있을 것이다—동시에 《말테의 수기》가 릴케의 카프카적 작품이라는 것, 따라서 릴케와 카프카는 전혀 다른 문학을 낳았으나 그 출발 상황은 같다는 점도 알게 될 것이다. 그와 같은 뜻에서 《말테의 수기》는 최초의 현대 문학 작품이라고 할 수 있다.

이 1910년적 상황에서 생긴 최초의 문학, 예술의 움직임이 일반적으로 표현주의의 이름으로 불리는 그것이다. 현대문학은 표현주의와 함께 시작된다. 바꾸어 말해 표현주의야말로 '근대의 끝'을 발견한 최초의 문학인 것이다. 부재의 문학은 여기서부터 시작된다. 더욱이 제2차세계대전 뒤에 이것은 보다 절실해지며 문학 인식의 근본적인 문제가 되고 있다. 현대의 예술이며 문학상의 모든 시행 착오는 '근대의 끝'을 통해 인간 존재가 처한 부재의 상황에서 탈출하고, 제로의 상황을 극복하고, 이로써 다시 존재의 수치를 획득하려는 노력 말고는 아무것도 아니다.

존재한다는 것의 아픔

'근대의 끝'이라는 문제를 원리적으로 해명하지 않는 한, 표현주의는 물론 현대의 문학이나 예술을 논하기란 불가능하다. 근대란 어떤 세계인가.

근대가 르네상스와 더불어 시작된다고 하는 것은 이미 19세기적 편견이라 해도 좋다. 르네상스는 스페인의 철학자 오르테가가 《위기의 본질—갈릴레이를 중심으로》에서 지적했듯이 중세적 세계 붕괴 뒤에 이어지는 역사상 유례없는 혼란과 위기의 시대였다. 근대적 세계, 또는 근대적 인간이 성립된 것은 갈릴레이와 데카르트 시대에서이다. 이 새로운 인간 유형은 순수 이성 (과학이성)에 대한 신앙을 먹고 사는 종족들이었다. 그들은 순수 이성의 진리, 과학의 진리를 유일한 최고의 진실이라 생각했다. 중세에 과학의 진실은 이른바 부차적인 제2급의 진실이었다. 과학이라는 특수한 광학(光學) 아래서 진실이라고 인정되는 것만으로는 아직 절대적으로 유효한 진실이 될 수는 없었다. 최종 법정에서 인간적 진실을 논증할 자격이 있는 것은 오직 신학과 철학뿐이었다. 이러한 중세기적 세계관과 옳고 그름은 그냥 두고라도 거기서는 인간적 진실이 어디까지나 과학의 진실보다 우위에 서 있었다는 것만은 확실하다.

여러 가지 진실이 있을지 모른다. 정치의 진실, 경제의 진실, 과학의 진실 …… 그러나 그것들의 중심에는 언제나 인간적 진실이 있고 이것이 우위에 서야만 한다. 인간적 진실이 우위를 빼앗길 때 그것은 인간의 파멸과 직결된다. 그런데 근대에 이르러 이 같은 균형 관계가 허물어진 것이다. 근대는 과학의 진실과 인간적 진실을 혼동하고 과학의 진실이야말로 제1급의, 최고의 진실이라고 생각하고 있다. 아니, 이 혼동이 바로 '과학의 세기'라 불리는 근대의 근본 특징인 것이다. 인간이 과학의 진실만이 유일한 바른 진실이라고 생각하게 되었을 때 인간에게 있어서 불행한 근대라는 시대가 성립되었다고 해도 지나침이 아니다. 근대는 그 성립에서 이미 인간 상실의 계기를 마련하고 있었던 것이다.

근대적 인간이 과학의 진실을 단 하나뿐인 최고의 진실이라고 생각했을 때 마땅히 모든 영적(靈的)권위는 부정되었다. '신은 죽었다' 이 말은 지나치게 유명해져 오히려 그 무서운 의미가 사라지고 말았다. 그런데 죽은 것은 과연 신뿐일까. 신을 죽임으로써 인간적 진실을, 따라서 인간 자신도 동시에 죽인 것이 아닐까. 인간적 진실이란 다시 말해 인간의 도덕이라는 것인데, 윤리(倫理)라는 것은 구체적으로는 언제나 '그대 할지어다 Du Sollst'라는 도덕률의 형태로 나타난다. '해야 한다 Sollen'는 뒤집어 말하면 주어(主語)에 대한 주어 이외의 것의 요구 또는 명령이다. 도덕률의 배후에는 그대, 즉 인간에 대해 명령하는 자가 존재해야만 한다. 이 명령하는 자는 지난날에는 신이었으나 신을 잃은 근대인은 동시에 명령하는 자도 잃었다. 즉 근대 윤리는 명령하는 자 없는 명령이라는 모순된 형태를 처음부터 안고 있는 것이다. 마침내 이 명령하는 자는 인간 자신이고 인간이 인간 자신에게 명령한다고 생각하기에 이르렀다. 명령하는 자와 명령받는 자가 동시에 존재하는 기묘한 윤리, 그것이 칸트가 체계화시킨 근대 '자율 윤리'라 불림의 실체다.

인간을 위한, 인간에 의한, 인간의 자기 입법(自記立法)이란 얼핏 꽤 훌륭하게 들릴는지 모른다. 그러나 이 일관성은 한낱 겉치레에 지나지 않는다. 왜냐하면 자기가 자기에게 내린 명령은 벌써 궁극적 의무 구속력을 갖추지 못하기 때문이다. 그리고 의무 구속력을 갖지 못한 것은 이미 어떤 의미에서도 윤리일 수는 없다. 근대의 도덕주의와 허무주의는 방패의 양면에 지나지 않는다(카프카의 문학은 이것을 전혀 거꾸로 나타내고 있다).

19세기가 끝나 가는 것과 함께 근대적 세계관은 그 모순과 한계를 드러내기 시작했다. 세계관이 무너지자, 동시에 세계 그 자체도 무너지고 인간은 존재를 상실했다. 1910년 즈음부터 근대적 세계라는 '구축물 전체가 삐걱거리기 시작'한 것이다. 이러한 상태에 놓인 인간의 최대 과제는, 그 존재의 제로 지점에서 탈출하여 또다시 자기의 세계를 획득하는 것이었다. 표현주의자였던 젊은날의 고트프리트 벤의 말을 빌리면 '정다운 거리여, 제발 나를 여기 안주하게 해다오! 여기를 고향으로 살 수 있게 해다오. 나를 너희 속에 넣어 다오!' 할 만한 세계를 찾아내야만 하게 되었다.

현대의 문학은 무엇보다 먼저 존재·그 자체를 문제로 한다. 존재론(存在論)으로서의 문학—이것이 표현주의로 비롯되는 현대문학의 근본적 특징이다. 하기는 표현주의 문학이 처음부터 존재 그 자체를 근본적으로 다룬 것은 아니다. 차라리 초기 표현주의 시인들은 존재의 붕괴와 혼란을 스스로 보여주는 진도계(震度計)였다. 그것은 이 시대의 가장 뛰어난 시인 게오르그 드라크르의 작품이 단적으로 나타내고 있듯이 '존재의 아픔'의 문학이었다고 할 수 있다. 그리하여 이 '존재의 아픔'의 문학에서 카프카의 '존재의 문학'으로 궤도는 달린다. 카프카는 결코 표현주의자는 아니었다. 그러나 표현주의가 깔아 놓은 레일은 마치 카프카 문학을 향해 달린 것 같았다. 카프카 문학이야말로 뚜렷한 제로 지점에서의 '탈출 문학'이었다. 그러나 이 탈출은 끝내 좌절 말고는 아무것도 아니었다. 카프카 문학은 무엇 하나 해결 짓지 못했다. 존재의 문제는 그대로 우리의 문제이다. 현대문학의 정치적 성격도 단순한 정치적인 것이 아니고 존재 문제로서 정치적이라 할 수 있다.

이제 카프카 문학 세계에 대해 이야기해 보자. 그에 앞서 유의해 두어야할 카프카 문학만의 특징이 있다. 카프카의 작품은 가운데 부분이 공백인 채남겨진 그림과 같다는 점이다. 무엇 하나 해결하지 못하고, 모두가 좌절로끝나 버린 문학이 어떻게 가운데 부분을 그릴 수 있겠는가. 최대의 장편소설 《성》이 끝내 미완성으로 끝난 것도 같은 이유에서일 것이다. 막스 브로트는 《성》의 초판(현행판 제18장 중간까지)의 '후기(後記)'에서 다음과 같이 보고하고 있다. 브로트가 이 소설은 어떻게 끝나느냐고 묻자 카프카는 이렇게 대답했다—측량기사 K는 적어도 부분적으로는 만족을 얻는다. 그는 싸움의손을 멈추지 않지만 마침내 힘이 다해 죽는다. 임종의 자리에 마을 사람들이모여 왔을 때 마침 성(城)에서, 마을에 살고 싶다는 K의 법적 요구는 인가되지 않으나 어떤 종류의 부수적 사정을 참작하여 마을에서 살며 일할 것을허가하는 결정이 내려진다—라고. 브로트의 보고를 전적으로 부정할 수는없다. 그러나 카프카에게 그러한 소설적 대단원은 자기 기만 아닐까. 《성》을읽는 모든 독자는 이 소설에 결말이 필요 없다는 것을, 아니 결말이 있을 수 없다는 것을 바로 깨달으리라. 이러한 결여성이야말로 카프카 문학의 본질이다. 그의 작품이 독자의 갖가지 해석을 허용할 뿐만 아니라 해석을 강요하는 것도 이 결여성 때문이다.

이방인으로서의 카프카

카프카의 생애는 몇몇 연애 사건을 제외하면 겉으로는 아무런 파란도 없는 평범한 일생으로 보인다. 그러나 내면적으로는 불행한 별 아래 태어난 고뇌의 사십일 년이었다. '나는 멋진 상처를 갖고 이 세상에 태어났다. 그것이 내가 세상에 나오는 몸치장의 전부였다.' 단편 《시골 의사》에서 나오는 이 말은 그대로 카프카 자신에게도 들어맞는다. 문학도 결국 이 쓰라린 상처를 낫게 하지는 못했다. 그의 작품이 나치스의 손에 불태워지기 전에 그 자신이 그 소각을 유언하고 있었던 것이다.

그의 상처는 시대의 상흔과 깊이 이어지고 있었다.

'나는 내가 살고 있는 시대의 부정적인 면을 힘차게 끌어안고 말았다. 어쨌든 나의 시대는 나에게 가장 친근한 것이고 내게 이 시대와 싸울 권리는 없다고 하더라도 어느 정도 그것을 대표할 권리는 있다. 나는 약간의 긍정면에도, 또 긍정으로 옮길 만한 극단적인 부정면에도 전혀 관여하지 않았다. 나는 키에르케고르같이 이미 쇠약해져 가는 그리스도교에 인도되어 온 것도 아니고, 시오니스트들처럼 시대의 바람에 펄럭이는 유대교의 기도에 매달려 온 것도 아니다. 나는 종말이든가 아니면 발단이다.'

이것은 유고(遺稿)에서 발견된 카프카 수기의 일절이다. 실로 그는 시대의 부정면만을 대표하는 것에—'시골 의사'처럼 자기의 몸으로 환자(시대)의 상처 구멍 '바람막이'가 되는 데—평생을 바친 작가였다.

그의 생애를 고뇌의 연속으로 만든 그 상처는 그가 태어남과 동시에 시작된다. '어느 개의 회상' 속에 "이제 지난날을 돌이켜, 내가 아직 한 마리의 개로 생활하고……숱한 개들 중의 한 마리였을 때를 생각해 보니…… 이 세상에는 그전부터 뭔가 딱 들어맞지 않는 데가, 말하자면 조그마한 단층(斷層)이라고나 할까, 그런 것이 존재한다는 것을 알게 되었다"고 한 것처럼 카프카는 유대인으로 태어났으나 유럽화된 이른바 '서방(西方) 유대인'이고 따라서 민족으로서의 공고한 존재를 그대로 간직하고 있는 동방 유대인, 정통 유대교도에는 속하지 않았다. 동시에 유대인으로서 그리스도교 세계에도 속해 있지 않았다. 독일어 사용자로서 체코인도 아니고 독일어를 쓴다고 해서 보헤미아 독일인도 아니었다. 그렇다고 보헤미아 태생으로서 오스트리아에도 속해 있지도 않았다. 노동자 재해 보험협회 직원으로 시민 계급도 아니고, 상점 주인의 아들로 노동자 계급도 아니었다. 그런가 하면 자신을 작가로 생각하고 있었으므로 관료 계급도 아니고, 또 자기 힘의 대부분을 전제적인 아버지가 지배하는 가정과의 싸움에 소비하고 있었으므로 완전한 작가도 아니었다. 그런데도 《아버지에게 보내는 편지》에서 볼 수 있듯이 '나는 우리 집안에서 남보다 더 남처럼 살고 있다'고 했다. 여러 세계에 조금씩 속하면서 그 어느 것에도 완전하게는 소속되지 않은, 나면서부터의 '이방인', 아니면 파리아(賤民), 이것이 그의 생(生)의 숙명적인 성좌였다. 그리고 그는 평생토록 이 상처로 인해 괴로움을 받았던 것이다.

유형지에서

카프카는 어느 아포리즘에서, 존재한다는 것은 단순히 '거기 있다 Da-Sein'는 것만이 아니라 동시에 '거기 속한다 Ihm-gehören'는 것을 뜻한다고 썼다. 지금 이 '거기'라는 존재 및 소속의 장소를 일반적으로 '세계'라고 부른다면 인간 존재는 단순히 '세계 내 존재'일 뿐 아니라 다시 '세계 소속'이기도 하다는 말이 될 것이다. 존재한다는 것은 무엇인가의 세계에 소속한다는 것이다. 어떤 세계에도 소속되지 않은 존재란 없다. 세계라는 좌표에 소속되어 있는 한에 있어서만 존재는 그 수치(數値)를 가질 수 있다. 무소속은 비존재이다. 이 점이야말로 카프카 문학—그것은 이미 말한 대로 '존재의 문학'이다—의 대전제라고도 할 수 있는 존재론적 이데아다. 그의 작품에 되풀이해 나타나는 율법(律法), 죄, 심판 따위의 관념은 모두 여기서 비롯된 것이다. 이 점을 충분히 이해하지 못하면, 존재론적으로 풀이해야 할 이 관념들을 종교적으로 받아들여 카프카 문학을 신학화하거나, 또 이들을 피해망상으로 풀이하여 카프카 문학을 심리학화할 위험에 빠진다.

다시 여기서 카프카 자신이 갖고 있던 불행한 상처의 의미가 밝혀진다. 어떤 세계에도 소속하지 못한 이방인이라는 사실은 존재를 잊어버리고 있다는 것, 존재의 제로 지점에 유형되었다는 것을 말한다. 그는 존재 상실이라는 원죄를 지고 태어났다. 그가 한 평생의 고뇌와 노력은 어떻게 하면 세계에 입장(入場)하고 소속할 것인가, 어떻게 하면 존재의 수치를 획득할 수 있는가 하는 한 점에 걸려 있었다. 질적으로나 양적으로나 카프카 최대의 작품일 뿐만 아니라 세계 문학사상 《까라마조프 형제들》과 비교될 수 있는 유일한 작품인 《성》은 존재 획득과 이 고투의 집중적 표현이라고 해도 과언이 아니다. 언제까지나 성(城)과 그 마을에 소속될 것을 허락받지 못하는 측량사 K의 생애는 나면서부터의 이방인인 카프카의 축도(縮圖)이다.

그런데 이 세계 소속은 세계와 인간 사이에 하나의 계약 관계, 다시 말해 신(神) 여호와와 이스라엘 민족 사이에 맺어진 것과 같은 계약 관계를 성립시킨다. 하나의 세계에는 그 세계에만 통용되는 도덕, 즉 삶의 방식상의 갖가지 약속이나 습관의 체계가 있다. 도덕이란 애매한 에티켓이지만, 실은 그 세계에 소속하고 세계에서 존재의 옳은 인식을 얻으려는 자는 절대로 준수해야 할 기준이다. 율법은 세계에 소속하기 위한 계약 조건이다. 율법에 따르고 그것을 삼가 행하는 자는 선량한 시민이라 하여 의롭다 하고 계약에 따라 보증과 은총을 받는다. 이에 '배반하는 자'에 대해서 세계는 '저를 미워하는 자'라 하여 '크나큰 노여움'으로 그를 땅 위에서 멸망케 한다. 계약의 신, 율법의 신으로서의 세계는 또 '질투의 신', '심판의 신'이기도 하다.

카프카의 작품에서 세계가 늘 심판관으로 나타나는 까닭이 바로 여기에 있다. 니체의 말 그대로 확실히 '신은 죽었다'. 따라서 신과 인간의 계약도 무효로 돌아갔다. 그러나 그로 인해 인간의 존재가 계약에서 완전히 풀려난 것은 아니다. 신 대신 세계가 계약 상대로 등장한 것이다. 세계가 존재의 제1원인이 되는 것이다. 여호와가 모세의 입을 통해 이스라엘 백성에게 준 저 계약의 수훈(垂訓)은 여기도 그대로 통용된다—'그런즉 너희 하느님 여호와께서 너희에게 명령하신 대로 너희는 삼가 행하여 어느 한쪽으로 치우치지 말고 너희 하느님 여호와께서 너희에게 명하신 모든 도를 행하라. 그리하면 너희가 삶을 얻고 복을 얻어서 너희의 얻은 땅에서 너희의 날이 장구하리라' (〈신명기〉 5장 32~33절).

제복에 갇힌 살덩어리

인간은 세계의 율법을 지키고 세계에서 소속을 허락받아야만 존재할 수가 있다. 율법에 배반하는 자는 죄인으로 세계에서 쫓겨나고 땅 위에서 멸망한다. 예를 들어《변신》의 주인공의 비극은 이 율법을 어긴 점에 있다. 근면한 세일즈맨으로서 한 집안의 경제적 기둥이었던 그레고르의 선량한 뇌리에 어느 날 문득 '식구들만 아니라면 이런 일은 이제 집어치웠으면' 하는 저주받은 상념이 번득이자, 단순히 그것만으로 그는 갈색 벌레로 변신돼 버렸던 것이다. 이 상념은 그 자신도 말하듯 '누구에게나 흔히 있는 일'로서 특별히 이상한 상념은 아니었다. 그러나 그것은 자기의 본성(本性)에 가한 자각을 뜻했다.

그레고르는 가정의 어진 아들이며 사회의 모범적 시민이었는데 이것은 그의 존재가 가족을 위한, 사회를 위한 존재이고, 자신을 위한 존재가 아니었다는 것, '자기 자신에 관계하는 바의 관계'이어야 하는 그가 자기 이외의 것에 관계하는 바의 관계에 떨어져 버린 채 있었다는 것, 자기 본성에서 하이데거의 이른바 '세상 인간(Das Mann)'의 세계에 퇴락해 버렸었다는 것, 바로 그것을 말한다. 이제까지의 그레고르는 자기 자신으로 존재한다는 인간의 본성을 포기함으로써 세계의 모범적 시민일 수 있었다. 그런데 어떤 악마의 유혹 때문이었는지 그는 이 퇴락을 알아차렸던 것이다.

그러나 현대 사회의 율법은 인간이 자기 자신의 본성을 유지하는 것을 허락하지 않는다. 카프카가 다른 작품에서도 되풀이하여 그렸듯, 현대 사회는 그 경제적 기구(機構)의 불가피한 귀결로서 인간을 이른바 마르크스가 말한 '자기 소외'의 상태로 빠뜨렸다. 즉, 인간을 사회라는 거대한 메커니즘 속의 한낱 톱니바퀴로 만듦으로써 인간을 철저하게 기능화하고, 추상화하고, 비인간화시켜 버렸다. 인간이란 이미 한 개의 톱니바퀴, 직업이라는 형태로 떠맡겨진 하나의 기능에 지나지 않는다. 아들의 변신 뒤에 그레고르의 아버지는 집에서도 은행 수위의 제복을 벗지 않고 밤마다 거실 의자에 기대앉아 잔다. 돼지처럼 잠에 취한, 금단추의 제복을 입은, 아니 제복 속에 갇힌 이 추악한 살덩어리—이것이 바로 자기 소외의 현대인의 모습, 직업이 삼켜 버린 인간의 모습 바로 그것이다. 그는 내 집에서도, 사복(私服)을 입은 그 자신이고 사인(私人)이며 인간일 것을 허락받지 못한다. 잠에 빠졌을 때도 그는 은행 수위밖에 그 아무것도 아니다.

Imperator somnians Imperator(황제는 잠들어 있을 때도 황제다)는 황제의

존엄을 기리는 로마의 격언이지만, 이것을 자기 소외의 현대 사회의 척도로 헤아릴 때는 전혀 다른 무서운 뜻이 된다. 즉, 현대에는 직업이 인간의 유일한 존재 형식인 것이다.

인간이란 '본디' 무엇인가—실존 철학은 인간의 '본성'에 대해 절망적인 질문을 던졌다. 그러나 인간의 본성 따위가 이미 존재하지 않는다는 것을 안 카프카는 그런 무의미한 질문은 하려고도 않고 또 거기 대답하려고도 않는다. 존재하는 것은 '직업 인간'뿐이다. 《유형지에서》의 장교도 그와 같은 직업인의 한 사람이다. 직업 인간은 오직 사회의 메카니즘의 명령하는 기능적 역할을 충실히 할 뿐 한 조각 양심도 없다. 아니, 양심을 지니길 허락하지 않는다. 양심 없는 곳에 책임 있는 행위는 생기지 않는다. 무엇이거나 책임을 지고 하지 않는 대신 명령만 받으면 어떤 일이건 무책임하게 해치운다.

이런 기능적 인간을 대량으로 사육해 두는 것, 그것이 바로 현대 권력 체계의 수법이다. 거기에는 단 하나의 구호만 있으면 된다. 이를테면 《중국의 장성(長城)을 쌓았을 때》에서 '전 국민의 일치! 일억일심(一億一心)! 가슴과 가슴! 국민의 모두가 손을 붙잡는 위대한 민족의 윤무(輪舞)……'처럼. 《심판》 제5장에 나오는 형리(刑吏)는 인정사정도 없이 두 사나이를 두들겨 패며, 자기 소임은 때리는 일이니 때릴 뿐이라고 내뱉는다. 프로이트파와 같이 여기에서 그 어떤 사디즘을 보려고 하는 것은 옳지 않다. 이것은 책임질 자유를 잃어버린 인간의, 파시즘적 지배 형태에 예속된 인간의 자기고백이다.

오늘날 많은 작가들은 주인공의 직업이 무엇인지 모르는, 혹은 그 직업 밖의 장소에 주인공의 진짜 생활이 있는 것 같은, 즉 직업이 인간의 유일한 존재 형식이라는 것을 잊은 작품들을 그대로 쓰고 있다. 그러한 문학은 과거의 인간상에 대한 향수에서 생긴 자위 행위라고 할 수밖에 없다. 철저한 사실주의자였던 카프카는 결코 그런 작품을 쓸 수는 없었다. 그의 작품에 나오는 인물들은 모두 매정할 정도로 직업적 기능으로서만 그려지고 있다. 그들이 얼핏 추상적으로 보이는 것은 그 때문이다. 그러나 그것은 그들이 현실적 인간의 추상화라는 것도 아니고, 추상관념의 인간화(우의적(寓意的) 인물)라는 것도 아니며, 이미 현실의 인간 그 자체가 추상적 존재로 퇴락해 버렸다는 그것이다. 그들의 추상성은 오히려 카프카 문학의 사실주의를 증명하고 있다. 그의 작품에서 이런 직업적 기능이 아닌 것은, 적어도 직업적 기능이 아니고자 하는 것은 언제나 주인공뿐이다. 그러나 바로 그 때문에 주인공은 사회에서 쫓겨나고 세계에 소속되지 못하는 비극을 부른다. 그레고르 잠자의 경우가 그것이다. '벌레'란, 자기 자신에 눈뜸으로써 직업이 유일한 존재 형식이라는 사회의 율법을 어긴 인간이 벌레처럼 쓸려가는 '유형지'인 것이다.

윤리적 불가지론(不可知論)

그레고르는 벌레가 된 지점(地點)에서, 이 '유형지'의 제로 지점에서 대체 어디로 가는 것일까. 이 '애굽의 땅, 그 노예의 집'에서 어떻게 탈출하고 어떻게 존재의 수치를 획득하는 것일까. 카프카의 모든 작품은 이 중심 테마를 에워싸고 펼쳐지는 하나의 '출애굽기', 결국은 좌절로 끝나고 마는 '출애굽기'인 것이다.

이 제로 지점에서는 두 개의 탈출 가능성이 있다. 플러스 존재에의 가능성과 마이너스 존재에의 가능성이 그것이다(여기서 플러스, 마이너스라 하는 것은 가치 판단이 아니고 단순한 기호에 지나지 않는다. 플러스 존재란, 현실의 이 세상 세계에 소속하는 바의 존재이다. 반대로 마이너스 존재란, 자기를 세계가 아니라 자기 자신에 관계 짓게 하고, 이른바 단독자(單獨者)로서 순수 실존의 세계(마이너스 세계)를 상상하여 이곳에 머무는 존재이다. 그것은 미(美)와 예지(叡智)로 자신의 '은(銀)의 신(神) 금의 신'을 만드는 길, 그리고 릴케처럼 '오르포이스에게 바치는 소네트'를 노래하고, '노래는 존재이다'라 부르짖고 또 폴 발레리처럼 '하얀 페이지' 위에 순수 지성의 우아하고 정교한 바퀴자국을 그려 가는 길이다.

카프카는 이 길을 걷지 않는다. 마이너스의 미(美)를 끝내 믿지 않았기 때문이다. 왜냐하면 자기를 이 세계에서 단독화(單獨化)하는 가장 완전한 방법은 결국 죽음뿐이고 마이너스 존재란 '죽음에 이르는 존재', 그것이기 때문이다. 카프카는 이 세계에의, 플러스 존재에의 길을 택한다. 그는 제로 지점 존재로서 세계를 집으로 삼지 않는 자로서, 말하자면 이방인으로 이제 세계 앞에 선다. 그의 과제는 어떻게 이 세계에 입장할 수 있는가이다. 카프카 작품 대부분이 도착 장면으로 시작되는 것은 이 까닭이다. 제로 지점 존재로 세계 앞에 선다는 것은 세계 앞에 이방인으로 도착했다는 뜻이기 때문이다. 카프카 주인공의 생애는 세계에의 도착으로 비롯한다. 그러나 이것은 사실은 시민사회의 시민적 개인의 존재 형태이다. 봉건 사회에서는 문벌이나 근본이 존재치(値)를 가졌다. 인간은 탄생과 동시에 귀족이면서 귀족으로서의 존재치를 가졌던 것이다. 그런데 반대로 시민사회에서는 개인은 평등하게 수치(數値) 없이 이 세계에 도착한다. 이러한 개인이 어떻게 시민으로 세계에 정착하고 존재치를 갖게 되는가—이것은 괴테의 《빌헬름 마이스터》나 켈러의 《푸른 하인리히》로 대표되는 19세기 독일 문학의 이른바 '교양소설' 혹은 '반전소설'의 근본 테마이다. 카프카의 《성》은 이 시민사회적 교양소설의 마지막 계열에 속한다고 할 수 있다. 이 작품이 마지막 교양소설인 것은, 세계에의 정착이 여기서는 벌써 좌절로 끝나기 때문이다. 이방인은 결국 영원한 도착자(到着者)이다.

이 정착은 왜 좌절로 끝나는 것일까. 이방인으로서는 세계에 소속되는 조건인 율법에 다가갈 길이 없기 때문이다. 율법은 그 세계의 주민에게는 분명한 약속이지만 이방인의 눈에는 전혀 모르는, 이해할 수 없는 규칙의 체계로 비친다. 더구나 이 규칙은 절대적인 복종을 요구하므로 그것은 강제 명령으로 보인다. 여기서 카프카의 작품에 자주 나오는 꽤 까다로운 관료기관—《심판》의 재판소나 《성》의 사무국 등—의 의미가 밝혀진다. 그것은 이방인의 눈에 강제 명령의 체계로 비친 세계 율법의 모습이다. 이방인은 합리적 이해라는 길을 통해 율법에 다가가려고 한다. 그러나 그 세계에 통용하는 습관적 약속인 율법은 결코 합리적인 보편 타당한 것이 아니므로 '이방인의 합리주의'는 그것을 불합리한 체제로 볼 수밖에 없다. 즉 합리적 이해가 정확하고 철저해질수록 율법은 그에게서 멀어진다. 마치 현미경으로 대상을 붙잡을 때 확대율이 커져서 관찰이 정밀해질수록 대상의 현실감이 기묘하게 엷어져 가는 것 같이.

영원한 도착 존재인 이방인은 마침내 자기에게 죄가 있는 것이 아닌가 생각한다. 그는 자기의 죄를 찾아 헤맨다. 다시 말해 벌(세계에 소속하지 못했다는)이 먼저 있고 그 뒤를 죄가 따르는 것이다. 《심판》은 죄가 벌의 뒤를 쫓는 이야기라고 해도 지나친 말이 아니다. 요제프 K는 갖은 수단을 다해 자기의 무죄를 증명하려고 한다기보다 자기의 죄를 찾아내려고 한다. 그러나 아무 데서도 죄는 발견할 수 없었다. 그것은 율법을, 규범을 모르기 때문이다. 실로 규범을 모른다는 그것이 그의 《원죄》였다. 프란츠라는 인물이 그

동료에게 말하는—"여봐 윌리엄, 규범을 모른다고 자백한 주제에 죄가 없다니, 흥"이라는 말에는 이방인의 비극 모두가 나타나 있다.

덧붙여 카프카의 에로티시즘에 대해 살펴본다. 《심판》에서도 《성》에서도 주인공과 여인의 관계는 "안녕하세요"라는 말 한마디 없이 처음부터 성적 행위가 시작된다. 죄와 벌의 경우와 마찬가지로 여기서도 보통 남녀 관계가 거치는 순서와는 정반대의 길을 밟는다. 도대체 이런 관계는 어떤 뜻일까. 인간과 인간의 결합은, 중세에는 신과 교회를 통해 굳게 맺어졌다. 그러나 근대는 신을 부정함으로써 인간의 결합 관계를 허물어뜨렸다. 근대시민사회는 '계약'으로 성립되는 사회라고 하지만 그런 계약은 인간의 참다운 결합을 낳을 수 없다. 그래서 남겨진 유일한 결합 수단으로 에로스가 지극히 중요한 의미를 띠게 되는 것이다. 19세기를 절정으로 하는 근대문학이 모두 연애문학인 까닭도 이 점에 있다.

카프카에게 에로티시즘은 이런 근대적 에로티시즘의 마지막, 그리고 가장 철저한 형태이다. 게다가 여기서도 여성은 철저하게 단순한 기능으로만 그려져 있다. 여성의 기능은 이른바 '관계한다'는 표현에 나타나 있듯이 '관계' 그 자체이다. 이방인은 여성과 관계함으로써, 비록 덧없는 성적 결합의 순간만이라도 세계와의 관계를 얻고자 원하는 것이다.

그런데 이방인에게 있어 세계와 그 율법에 이르는 길은 끝내 존재하지 않는 것인가. '목표는 있다. 그러나 길이란 없다'라는 아포리즘이 있다. 또 《판결》의 게오르그 벤데만은 아버지가 물에 빠져 죽으라고 선고하자 기꺼이 강물에 몸을 던진다. 아버지(카프카의 작품에서 아버지는 언제나 세계의 권위와 율법의 체현자(體現者)이다) 앞에서는 끝내 윤리적 판단이 버려져야만 하는가. 카프카가 '일기'에서 키에르케고르에게 마치 '친구 같은' 공명을 느꼈다고 한 것은 바로 이 점에서이다(하기는 이 공명은 키에르케고르가 보기엔 전혀 빗나간 것이지만). 그가 공명한 것은, 아들 이삭을 죽이라는 신의 명령을 받은 아브라함에 대해(《창세기》 22장 1절 이하), 신의 의지 앞에서는 '윤리적인 것의 목적론(目的論)적 정지(停止)'가 필요하다고 말하는 '두려움과 떨림'의 키에르케고르에 대해서이다. 게오르그 벤데만의 운명은 아브라함의 운명이고, 그가 기꺼이 물에 뛰어드는 결단은 '윤리적인 것의 목적론적 정지' 말고 아무것도 아니다. 어쩌면 이 윤리적 불가지론(不可知論)이 카프카가 다다른 종착점이라고 할 수 있을지도 모른다. 그러나 이해 없이 복종한다는 이 불가지론은 정치적으로는 파시즘에의 굴복을 뜻하는 것이 아닐까. 그러한 뜻에서라면 오늘날의 세계적 카프카붐은 무턱대고 환영할 만한 현상은 아니다. 그 위험을 가장 잘 알고 있었던 것은 다름 아닌, 자기 작품을 소각해 줄 것을 유언하고 죽은 카프카 자신이었을지도 모른다.

여기서 나가는 것 그것이 바로 내 목표

이방인은 율법을 모른다. 그러나 율법을 모른다는 것은 편견이 없다는 뜻이다. 이방인은 아무런 편견 없이 이 세계를 관찰하고 비판할 수 있다. 자기가 소외된 현대 사회의 부조리를 가장 날카롭게 비판하고 분석한 것이 영원한 이방인인 두 유대인, 《자본론》의 저자 마르크스와 《성》의 작자 카프카라는 것은 결코 우연이 아니다.

카프카의 위험성은 경계해야만 하지만 그가 제시한 문제는 영원히 살아남을 것이다. 존재는 어떻게 해서 수치(數值)를 가질 수 있는가 하는 문제이다. 근대는 이미 말한 바와 같이 무제약적인, 즉 아무것에도 매이지 않고 아무것에도 떠받쳐지지 않은 자아를 존재의 총개념(總槪念)으로 하는 데에서 시작되었다. 이 개인의 해방은, 그러나 개인을 한없는 허무 위에 놓았다. 절대의 자유란 이미 존재의 의미를, 수치를 갖지 않는 것이다. 개인의 존재에 수치를 줄 수 있는 것은 어떤 의미라도 전체이다. 이 전체는 지난날에는 신이었으나 근대에서는 세계가 그 소임을 대신한다. 그러나 이 세계는 단순히 해방된 개인의 서로 이익을 위해 계약적으로 만들어진 이른바 '이익 사회'에 지나지 않으며, 따라서 개인의 존재에 의미를 줄 능력이 없다. 인간은 그 자율을 절망이라는 값을 치르고 사는 것이다.

이 막다른 길은 어떻게 해결될 것인가. 이것이야말로 20세기의 문학사상에 주어진 가장 근원적 테마이지만 카프카의 문학은 그러한 구원의 세계는 아니다. 여기서는 다만 '출발'이라는 콩트의 앞머리를 실어 하나의 해답을 암시해 주고자 한다.

나는 마구간에서 말을 끌어내 오라고 명령했다. 하인은 내가 한 말을 못 알아들은 것 같았다. 나는 직접 그곳으로 가 말에 안장을 놓고 올라탔다. 멀리서 나팔 소리가 들려 왔다. "저게 뭔가?" 나는 물었다. 하인은 알지 못했다. 그에게는 들리지 않았던 것이다. 문간에서 하인은 나를 잡고 물었다.

"어디로 가십니까?"

"나도 몰라." 나는 말했다. "여기를 떠날 뿐이야. 여기서 나가는 거야. 어디까지라도 가는 거야. 그렇게 하지 않으면 나는 목표에 도달할 수 없어."

"그럼 가실 데가 있으시군요." 하인이 물었다. "암 그럼." 나는 대답했다. "지금 말하지 않았나 여기서 나가는 것―그것이 바로 내 목표야."

카프카 연보

1883년   7월 3일, 체코의 수도, 그때는 오스트리아 헝가리 제국령이었던 프라하에서 태어나다. 아버지는 건장하고 부지런한 잡화 도매상이었다. "결혼하고 가정을 이뤄 태어난 아이들을 모두 받아들이고, 되도록이면 손을 잡고 같이 걸어 준다—이것이 사람의 힘으로 할 수 있는 최대한의 것이라고 나는 생각합니다."(《아버지에게 보내는 편지》에서) 카프카는, 자기와는 이질적인 인간이라고 느끼면서도 이 아버지의 체력과 기력은 존경해 마지않았다. 어머니 율리에는 명문 출신이며 성품이 어질고 슬기로운 여인이었다. 카프카는 겉모습은 비록 아버지를 닮았을지라도 내면적인 건 모두 어머니에게서 이어받은 듯하다.

1889년(6세)   프라하의 독일계 플라이쉬마르크트 초등학교에 입학하다.

1892년(9세)   그 사이 남동생 둘이 태어났으나 연이어 죽고, 세 누이동생이 태어나다. 카프카는 이 누이동생들과 나이 차가 많이 나서 별로 친하게 지내지는 않았다. 게다가 어머니마저 장사 일로 분주하여 카프카의 어린 시절은 몹시 고독했다. 세 누이들은 나중에 모두 나치스 강제수용소에서 살해당했다.

1893년(10세)   프라하의 알트슈타트 독일계 김나지움에 입학. 학교에서는 착실한 학생이었으나 수학 점수가 나쁘고 체조를 싫어했다. 루돌프 일로비, 오스카 폴락과 사귀다. 이 학교 후기에 카프카는 스피노자, 니체, 다윈의 사상서와 괴테, 클라이스트 등의 문학작품을 탐독했다.

1901년(18세)   가을, 프라하 대학에 입학. 아버지의 뜻에 따라 법률을 공부하다. '지금은 저녁때. 아침 여섯 시부터 공부를 계속하다가 문득 정신을 차렸다. 나의 왼손이 언제부터인가 오른손의 다

섯 손가락을 가엾은 듯이 움켜잡고 있는 것이 아닌가' 뒷날 일
기에 쓴 그대로이다.

1902년(19세) 잠시 독일 문학을 수강했으나 다시 법률 공부를 시작하다. 막
스 브로트의 쇼펜하우어에 관한 강연이 인연이 되어, 한 살
아래인 이 법률학도와 죽은 뒤까지도 계속되는 숙명적인 교우
관계가 시작되다. 카프카의 작품은 대부분 죽은 뒤에 알려졌
는데, 카프카의 유언과는 반대로 유고(遺稿)를 계속 발표하고
다시 나치스와 제2차 세계대전의 전화(戰禍)로부터 이를 지켜
내 되도록 완전한 전집을 간행한 것은 막스 브로트의 공적이
다. 프란츠 브렌타노의 철학을 연구하는 '루브르 서클'에 나가
다. 이해, 리보흐와 트리쉬에서 방학을 보내다.

1903년(20세) 전기(前期) 법학 국가고시에 합격. 시와 산문을 쓰기 시작함.

1904년(21세) 가을부터 다음해에 걸쳐 《어느 투쟁의 묘사》를 쓰다. 오스카
바움, 막스 브로트, 펠릭스 벨취와 정기적으로 만나다.

1905년(22세) 여름방학을 추크만텔에서 보내다.

1906년(23세) 졸업시험을 마치고 법학박사 학위를 취득하다. 10월부터 1년
간 법원에서 법무를 실습하다. 아버지의 소망인 빵을 위한 직
업과 작가로서의 생활을 어떻게 양립시키는가가 크게 문제시
되다. 다음해에 《마을의 혼인 준비》를 쓰다.

1907년(24세) 10월, 일반 보험회사에 견습사원으로 들어가다. 가족과 니클
라스 거리로 이사하다.

1908년(25세) 7월, 노동자 재해보험 협회에 취직, 비교적 시간 여유가 있는
직장이었다. 그 후 카프카는 1922년 7월 퇴직할 때까지 14년
간 이 직장에 근무하여 지위도 꽤 높아졌다. 구스타프 야누스
의 《카프카의 대화》에 이 직장에서의 카프카의 모습이 잘 그
려져 있다. 위스망스, 플로베르, 함순 등을 탐독하다. 잡지
〈휴페리온(Hyperion)〉에 8편의 산문을 처음 발표하다.

1909년(26세) 《어느 투쟁의 묘사》에서의 두 대화를 잡지에 발표하다. 막스
브로트 형제와 리바에서 휴가를 보내다. 프렛셔에서 비행기의
비행 실연(實演)을 보다. 이어 《프렛셔의 비행기》를 썼는데,

막스 브로트에 따르면 카프카는 새로운 기계 기술의 발전에 대해 회의적 언사로 우롱한 적이 없다고 한다. '블라디치 클럽'에 참여하다.

1910년(27세) 일기를 쓰기 시작. 이것은 단순한 일기가 아니라 창작 훈련이었다. 생활과 문학이 일치되는 카프카 같은 경우, 일기와 편지의 중요성은 크다. 유대인의 민중극, 유대교, 유대 문화에 대한 흥미가 더욱 깊어지다. '판타 서클'에 나가다. 이 해와 그 다음해에 휴가여행과 공용(公用)여행을 자주 하다.

1912년(29세) 연초에 장편 《실종자(뒤에 《아메리카》로 바뀜)》를 쓰기 시작. 7월, 막스 브로트와 바이마르로 여행. 하르츠 산중에서 '자연 요법 요양소'에 머물다. 8월 필리체 바우어라는 여인을 알게 되다. 카프카는 이 여인과 그 뒤 5년간 교제를 계속하며 세 번이나 약혼했으나, 정신적 고민으로 세 번 다 파혼하고 말았다. 결혼 생활에 대한 동경과 공포, 희망과 자신의 무력함을 느끼고 고민 끝에 자살까지 시도했다. 단편 《판결》을 9월 2일 밤부터 쓰기 시작, 다음날 아침에 탈고한 것을 계기로 디킨즈 식 수법에서 벗어나 독자적인 예술 경지를 전개시켰다. 9월부터 《실종자》를 계속하여 쓰는 한편 11~12월에 《변신》을 집필, 완성하다. 12월에 첫 작품집 《고찰》을 로볼트 사에서 출판하다. 12월 프라하에서 《판결》을 처음 낭독하다.

1913년(30세) 부활절과 5월에 베를린으로 필리체 바우어를 찾아가다. 《판결》을 '알카디아 연감'에 발표. 《화부(火夫—아메리카의 제1장)》를 출간. 9월에 빈, 베니스, 리바로 여행하다. G.W.로 알려진 스위스 여자와 친교를 맺다.

1914년(31세) 5월 끝무렵 베를린에서 필리체 바우어와 세 번째 약혼, 그러나 7월에 다시 파혼하다. 발트 해로 여행하다. 8월 빌렉 거리에 자신의 방을 얻어 가족으로부터 독립하다. 장편 《심판》의 집필을 시작하다. 10월 《유형지에서》를 완성하다. 《실종자》의 마지막 장을 집필하다. 그레테 블로흐와 사귀다.

1915년(32세) 1월 필리체 바우어와 다시 만나다. 3월 랑겐 거리에 방을 얻다. 헝가리를 여행하다. 《화부》로 폰타네 상을 받다. 11월 《변신》을 출판하다.

1916년(33세) 7월 필리체 바우어와 마리엔바트로 여행. 9월 《판결》 출간. 11월 뮌헨의 두 번째 작품낭독회에서 《유형지에서》를 낭독하다. 단편집 《시골 의사》 등의 이야기를 쓰다.

1917년(34세) 3월 쇤보른 궁으로 방을 옮기다. 7월 필리체 바우어와 교제가 계속되었으나 12월에 다시 헤어지다. 카프카가 우는 것을 본 것은 이때가 처음이라고 친구 브로트는 말한다. 오랫동안 두통과 불면에 시달리던 카프카는 이해 9월 폐결핵 진단을 받고 시골 취라우에 사는 막내 누이동생 오트라에게로 가다. 가을부터 이듬해 봄까지 잠언집을 집필하다.

1918년(35세) 누이 집이 있는 취라우에서 키에르케고르와 친해지다. 다시 프라하로 돌아왔으나 여기저기로 결핵 요양을 계속하다. 유리에 보리체크와 알게 되다.

1919년(36세) 봄에 다시 프라하로 돌아가다. 5월 《유형지에서》를 출간. 유리에 보리체크와 약혼하다. 11월 셀레젠에서 지내며 자전적 요소가 짙은 《아버지에게 보내는 편지》를 집필하다. 민체 아이스너와 사귀다.

1920년(37세) 1~2월에 《그(Er)》을 집필하다. 카프카의 이른바 밀레나 시대가 시작되다. 자기 작품의 체코 어 번역자인 밀레나 예젠스카 부인과 편지를 교환하다. 사랑의 고뇌, 환희를 거듭하여 《밀레나에게 보내는 편지》를 남기다. 유리에 보리체크와는 파혼하다. 《시골 의사》를 출판하다. 7월 프라하로 돌아오나 이 해가 끝날 무렵 다시 다토라 요양소로 가, 여기서 의학생 로베르트 크로브쉬토크와 알게 되다.

1921년(38세) 가을에 다토라에서 프라하로 돌아가다. 밀레나와의 관계가 계속되다. 《첫 번째 고통》을 집필하다.

1922년(39세) 1~9월에 《성(城)》, 봄에 《단식인(斷食人)》, 여름에 《어느 개의 회상》을 집필하다. 여러 곳을 옮겨 다니며 요양 생활을 하다. 7월 1일자로 보험회사를 퇴직, 밀레나와의 관계도 끊어지다. 《밀레나에게 보내는 편지》는 뒤에 밀레나 자신이 편집자 빌리 허스에게 넘겨준 것이다(밀레나는 제2차 세계대전 중에 강제수용소에서 죽었다).

1923년(40세) 7월 발트 해 연안 뮐츠에서 유대계 처녀 도라 뒤만트를 알게 되어 9월 끝무렵, 그녀와 함께 베를린 교외 쉬데그리츠에서 지내다. 그뤼네발트 거리의 작은 별장으로 옮겨 처음으로 가정을 꾸리는 기쁨을 맛보다. 경제적으로는 어려웠지만 도라와 함께 하는 생활은 카프카가 맛본 처음이자 마지막 행복이었다. 카프카는 도라에게 헤브라이 어를 배우다. 10월 《작은 소녀》, 겨울에 《집》을 집필하다.

1924년(41세) 2월 베를린 교외 티에렌돌프로 옮기다. 3월 프라하로 돌아와 《가수 요제피네》를 집필하다. 병세 악화로 4월 초에 빈 대학병원에서 후두결핵 진단을 받다. 6월 3일 빈 교외 키어링 요양소에서 눈을 감다. 마지막 순간까지도 기지가 있었던 카프카는 의사 친구가 자리를 뜨려고 하자 "가면 안 돼"라고 말했다. "안 갈 테니 염려 말아" 친구가 대답하자, 카프카는 조그만 목소리로 "그러면 내가 가버릴 테야"라고 말했다고 한다. 마지막 고통 속에서 카프카는 약속했던 아편을 애원하며 "나를 죽여 줘, 그러지 않으면 당신은 살인자야" 친구에게 소리쳤다. 6월 11일 프라하의 슈트라슈니츠 유대인 묘지에 묻히다. 죽은 뒤 여름에 단편집 《단식인》 출간.

1925년   《심판》 출간.
1926년   《성》 출간.
1927년   《아메리카》 출간.
1934년   《법 앞에서》 출간.
1936년   막스 브로트 엮음 제1회 《카프카 전집》 전 6권 출간.
1950년   제2회 《카프카 전집》 전 9권 출간.
1967년   《필리체 바우어에게 보내는 편지》 출간.

김정진(金晟鎭)

경성제국대학 법문학부 졸업. 독일 하이델베르크대학에서 독문학 연구. 숙명여자대학교, 서울대학교 사범대학 독어교육과 교수, 서울대학교 문리과대학 독문학과 교수, 명예교수. 지은책 《대학 독일어》 《독한사전》 《독어》 등이 있고, 옮긴책에 괴테 《파우스트》 피히테 《독일 국민에게 고함》 카로사 《성년의 비밀》 《고르지 못한 세계》 등이 있다.

박종서(朴鍾緒)

일본 조치대학(上智大學) 독문학과를 졸업. 고려대학교 독문학과 교수 역임. 지은책 《독일문학개설》 《기초독일어》 《독일어교본》 《현대극 어디까지 왔나》 등. 옮긴책에 헤세 《데미안》 《유리알 유희》 괴테 《젊은 베르테르의 슬픔》 토마스 만 《선택된 인간》 케스텐 《게르니카 아이들》 주더만 《고요한 물방앗간 이야기》 《카프카 걸작선》 등이 있다.

세계문학전집041
Franz Kafka
DAS SCHLOSS/DER PROZESS
DIE VERWANDLUNG
성/심판/변신
카프카/김정진 박종서 옮김
동서문화사창업60주년특별출판
1판 1쇄 발행/2016. 9. 9
발행인 고정일
발행처 동서문화사
창업 1956. 12. 12. 등록 16-3799
서울 중구 다산로 12길 6(신당동 4층)
☎ 546-0331~6 Fax. 545-0331
www.dongsuhbook.com

사업자등록번호 211-87-75330
ISBN 978-89-497-1500-1 04800
ISBN 978-89-497-1459-2 (세트)